MW01674250

Ernst Dümmler

Geschichte des Ostfränkischen Reichs

SALZWASSER
VERLAG

Ernst Dümmler

Geschichte des Ostfränkischen Reichs

Unveränderter Nachdruck der Originalausgabe von 1865.

1. Auflage 2022 | ISBN: 978-3-37501-049-2

Verlag: Salzwasser Verlag GmbH, Zeilweg 44, 60439 Frankfurt, Deutschland
Vertretungsberechtigt: E. Roepke, Zeilweg 44, 60439 Frankfurt, Deutschland
Druck: Books on Demand GmbH, In de Tarpen 42, 22848 Norderstedt, Deutschland

Jahrbücher

der

Deutschen Geschichte

Berlin,

1865.

Geschichte

des

Ostfränkischen Reichs

von

Ernst Dümmler.

Berlin,

1865.

Vorwort.

Mit dem vorliegenden Bande endigt die Geschichte des ostfränkischen Reiches, indem an die letzten Nachkommen Ludwigs des Deutschen Konrad der Franke sich naturgemäß anschließt. Die Darstellung, die für das erste der drei Bücher dieses Abschnittes noch einigermaßen aus dem Vollen schöpfen und hie und da in den ursächlichen Zusammenhang der Begebenheiten eindringen durfte, wird in dem zweiten schon magerer und einsilbiger, um in dem letzten endlich wenige nackte Thatsachen mehr äußerlich an einander zu reihen, als innerlich zu verschmelzen. Nicht Willkür oder Nachlässigkeit hat diese ungleichmäßige Behandlung verschuldet, sondern das allmäliche Versiegen der Quellen in einem Zeitalter der Unordnung und Verworrenheit. Gern würde ich mich der unersprießlichen Mühe überhoben haben, die öfter bearbeitete Regierung Konrads I., über welche so wenig Neues zu bringen war, noch einmal durchzunehmen, wenn nicht Plan und Anlage des Werkes dies nothwendig erheischt hätte.

Die örtliche Begrenzung des Stoffes ist im Vergleiche zum ersten Bande insofern eine etwas andre geworden, als von dem Zeitpunkte an, wo die deutsche Linie der Karolinger die Herrschaft über Italien gewinnt bis auf Arnolf herab eingehender denn bisher von diesem Lande gehandelt werden mußte. Desgleichen gebot die Vereinigung des gesamten Reiches durch Karl III. und die deutschen Einwirkungen auf Gallien unter Odo hier noch eine genaue Berücksichtigung Westfranciens, von Ludwig dem Kinde an beschränkt sich dagegen die Erzählung fast ausschließlich auf die Geschicke Deutschlands, das für längere Zeit aller politischen Machtentfaltung nach außen entbehrt. Die beiden Schlußkapitel, welche Andeutungen über die Entwickelung der Verfassung sowie über den Kulturzustand unseres Vaterlandes im neunten Jahrhundert enthalten, übergebe ich nur mit Zagen der Oeffentlichkeit. So oft uns die Materialien auch gerade hier für die interessantesten Punkte im Stiche lassen, so zweifle ich doch nicht, daß diese so vielfach mangelhaften Umrisse durch befähigtere Forscher wesentlich ergänzt werden können.

Die herrschende Ansicht war unserer Periode bisher sehr ungünstig: wer kann, so heißt es darüber in einer Geschichte des Mittelalters, wer kann dieses Chaos im Einzelnen zergliedern ohne die tödtlichste Langeweile! Zwar gibt es andre spätere Abschnitte der deutschen Geschichte, die nicht minder, ja in höherem Maße unerquicklich und chaotisch sind, allein sie erfreuen sich doch größerer Beliebtheit, weil der Zustand der Quellen gestattet, uns von den handelnden Personen, ihren Beweggründen und Schicksalen ein anschauliches und deshalb ansprechendes Bild zu entwerfen. Die Helden der karolingischen Zeit hingegen erscheinen großentheils nur wie schwankende Nebelgestalten ohne festen greifbaren Inhalt und ohne individuelle Besonderheit, unverständlich in ihren Triebfedern. Auch dieser Darstellung wird es wohl nur in wenigen Fällen geglückt sein, die verblichenen Züge mit größerer Bestimmtheit und Deutlichkeit herzustellen und so einen besseren Begriff von einer Zeit zu geben, deren hohe Bedeutung kein der deutschen Geschichte Kundiger in Abrede stellen kann.

Von den der unsrigen vorangehenden Bearbeitungen ist früher die Rede gewesen. Mit Ausnahme von Arnolf, um den Wenck und Max von Gagern sich in besondern Schriften Verdienste erworben und Konrad, dessen Geschichte nach Schwartz ganz kürzlich Waitz in diesen Jahrbüchern zum großen Theile erörtert hat, ist dieser zweite Abschnitt von der neueren Geschichtsforschung mehr nur gelegentlich berührt, nirgend aber erschöpfend untersucht worden, denn Gfrörer darf als Vorgänger hier schwerlich genannt werden. Neben den gedruckten Quellen konnte von mir auch einiges Ungedruckte benutzt werden, zumal an Urkunden und Gedichten. Großentheils verdanke ich die Mittheilung dieser Stücke der Güte wohlwollender Freunde und Gönner, unter denen ich vor allem Theodor Sickel mich verpflichtet fühle, ferner Phil. Jaffe, Hinschius, K. Pertz, Th. Wüstenfeld, Wattenbach. Die Benutzer des ersten Bandes mache ich auf die am Schlusse angefügte Nachlese aufmerksam, die freilich nur eine Reihe kleinerer Nachträge bringen konnte. Bei einer nochmaligen Durcharbeitung würden besonders Hinschius Epoche machende Forschungen über Pseudoisidor, sowie von Noordens Hinkmar eingehend zu Rathe zu ziehen sein. Der Bequemlichkeit wegen habe ich die Königsurkunden stets mit den Nummern Böhmers (B.), die päpstlichen Bullen mit denen Jaffes (J.) in ihren betreffenden Regesten bezeichnet. Keine wichtigere Förderung könnte den Arbeiten über unsere Periode zu Theil werden, als wenn endlich die vollständige Sammlung der Kaiserurkunden in den Monumenten ans Licht träte. Wie manche Schwierigkeit würde sich dann von selbst heben!

Halle a. d. Saale 30. September 1864.

E. L. Dümmler,
Professor.

Inhalt.

Beilagen.

Fünftes Buch.

Karlmann Ludwig Karl III.

Ausdehnung des ostfränkischen Reiches über das westliche Lothringen und Italien.

Wiedervereinigung des fränkischen Gesamtreiches.

876—887.

I.

Das fränkische Reich ist nicht bloß die Vorstufe und der Keim des deutschen gewesen, sondern vielmehr das Vorbild und der wahre Anfang desselben, denn in ihm liegen schon alle die schöpferischen Gedanken beschlossen, die die spätere Entwickelung der deutschen Geschichte während des Mittelalters bestimmen. Die Nachkommen des h. Arnolf haben die Verfassung unserer Nation für Jahrhunderte festgestellt, spätere Geschlechter haben sie wohl umbilden und zersetzen, zuletzt auch, da sie sich völlig überlebt, sie aufheben können, aber bis auf den heutigen Tag haben sie keine andre und bessere Form für die Gesamtheit an ihre Stelle gesetzt, wie lebhaft auch die Sehnsucht nach einer solchen sich äußern mag. Ludwigs des Deutschen Regierung bezeichnet den Uebergang dieser Verfassung aus dem Gesamtreiche, für welches sie entstanden, auf die Theilreiche, von der Gemeinschaft der germanischen und romanischen Völker auf die deutschen Stämme allein. Daß er diese, sei es in Güte sei es mit Gewalt, unter seinem Scepter allesamt zu einem geordneten Staatswesen zu vereinigen gewußt, sichert ihm einen vornehmen Platz unter den Begründern unserer Nation. Die von Ludwig verfügte Theilung des Reiches unter seine drei Söhne, die Konsequenz seines eigenen Auftretens gegen Vater und Brüder beweist freilich, wie fern ihm der Gedanke eines abgeschlossenen deutschen Reiches lag, wie nicht die Interessen des Staates, sondern die der Familie allein für seine Politik maßgebend waren.

Wenn das Glück dem Könige während einer langen Regierung im Ganzen stets hold geblieben und ihn bei allen seinen Plänen begünstigt hatte — denn das Fehlschlagen des westfränkischen Zuges war eher ein Glück zu nennen — so versagte es ihm dafür am Schlusse seiner Laufbahn einen seiner heißesten Wünsche und ließ wohlvorbereitete Entwürfe an der List eines schwächeren Gegners scheitern. Er starb ohne von dem Bruder den gebürenden Antheil an der italienischen Erbschaft erlangt zu haben. So erbten die Söhne von ihm den unausgetragenen Streit um den Besitz Italiens und das unbestreitbare Anrecht darauf. Wenn dieselben sich jenseit der Alpen die Uebervortheilung durch ihren Oheim gutwillig gefallen ließen, so mußten sie auch diesseits sich stets auf neue Uebergriffe und Eroberungsversuche gefaßt machen, zu denen der erschlichene Kaisertitel leicht einen Vorwand herleihen mochte. Gegen ungerechte Angriffe von jener Seite konnten sie sich am besten durch einen gerechten Angriff ihrerseits vertheidigen. Die Ehre ihres Hauses wie die Sicherung ihrer Grenzen erheischten es, jenes Recht mit Waffengewalt zur vollen Geltung zu bringen, Italien zu erobern.

Abgesehen indessen von den Erwägungen der Politik, Welschland hatte die alte Anziehungskraft, die es seit den Tagen der Kimbern auf die Söhne Tuiskos geübt, auch jetzt durchaus nicht verloren und noch immer erschien es den ostfränkischen Fürsten als ein herrlicher und beneidenswerther Besitz, den sie sich gegenseitig nicht, geschweige denn ihrem Oheim gönnten. Gewiß konnte die Apenninenhalbinsel schon damals der Garten Europas heißen: kein andrer Theil des Frankenreiches besaß so üppige und wohl angebaute Gefilde, so zahlreiche und bevölkerte Städte und in ihnen einen so entwickelten Gewerbfleiß und Handel. Durch die Herrschaft, welche die griechischen Kaiser seit den Zeiten Justinians über Venedig, über Neapel, Gaeta, Amalfi und andre Orte behaupteten, erhielt sich eine unmittelbare Verbindung mit dem byzantinischen Reiche und durch dasselbe mit dem Morgenlande. Vorzüglich waren es die Venetianer, die durch Verträge mit den fränkischen Herrschern geschützt und im Besitze einer ansehnlichen Flotte[1]) den gewinnreichen Vertrieb der indischen Waaren nach Europa fast ausschließlich in Händen hatten[2]). Nur durch sie bezog man die als Kostbarkeiten theils zum ärztlichen Gebrauche theils zum Gaumenreize sehr hoch gehaltenen Gewürze und Spezereien Ceilons und der Molukken[3]), das für den Pomp des Got-

[1]) Ueber die Verträge der Venetianer mit den fränkischen Kaisern s. Romanin storia di Venezia I, 356 flg.; Constantin. de admin. imp. c. 28 (ed. Bekker p. 124); Andreae Danduli chronic. (Muratori scr. rer. Italic. XII, 151, 163, 176); Pertz Archiv III, 578; Waitz Verfgesch. III, 527. — Nach Iohannis chronic. Venet. (Scr. VII, 17) vermochten die Venetianer schon um 840 60 Kriegsschiffe auszurüsten.

[2]) Ruodolf. Fuld. 860: Mare etiam Ionium glaciali rigore ita constrictum est, ut mercatores, qui numquam antea nisi vecti navigio, tunc in equis quoque et carpentis mercimonia ferentes Venetiam frequentarent; Monach. Sangall. II. c. 17: de Papia ... ad quam nuper Venetici de transmarinis partibus omnes orientalium divitias advectassent vgl. aus späterer Zeit Liudprand. legatio c. 55, Thietmari chronic. VII. c. 54. Für den Verkehr der Venetianer mit Aegypten zeugt die Uebertragung des h. Markus aus Alexandrien.

[3]) Vgl. über diese Handelsartikel Formulae Salomonis N. 28, 30, 40 und was ich in den Erläuterungen dazu bemerkt habe, sowie die St. Gall. Denkmale S. 257 A. 3, ferner über den Gebrauch der pigmenta Frekulf an Raban, Rabani comment. in ecclesiast. l. V. c. 13 (Rabani opp. ed. Migne I, 444, 933); Rather. de contemtu canon. II. (Dachery spicil. II, 188): pigmento-

tesdienstes unentbehrliche arabische Räucherwerk, die seidenen Stoffe der Chinesen, das Elfenbein, die Perlen und Edelsteine und so manche überseeische Merkwürdigkeiten, für welche Liebhaber hohe Preise bezahlten. In den Augen der nordischen Barbaren galt daher Italien als eine unerschöpfliche Quelle von Reichthümern, von denen auch das ungeistliche Wohlleben der dortigen Geistlichkeit beredtes Zeugnis ablegte[4]).

Wenn die erwähnten Bedürfnisse schon einen regen Verkehr zwischen Deutschland und Italien hervorriefen, so kamen noch andere höhere Interessen hinzu, die unzählige Wanderer über die Alpen und trotz aller Fährlichkeiten bis nach Rom führten: die Heiligkeit der Stätte, an welcher die Apostel Petrus und Paulus nach dem allgemeinen Glauben der Zeit den Märtyrertod erlitten, der Wunsch an ihren Gräbern zu beten und begangene Sünden abzubüßen. Die Angelsachsen vornehmlich waren hierin den Brüdern auf dem Festlande mit ihrem Beispiele vorangegangen[5]). Vielen der vornehmeren Pilger genügte jedoch ein bloßes Gebet in der Peterskirche nicht[6]), sie wollten ein sichtliches Andenken ihrer Wallfahrt mit sich führen, einen bleibenden Gegenstand der Verehrung, und nicht umsonst hatten sie von den zahllosen Märtyrern gehört, deren rosiges Blut diesen Boden genetzt, unter dem an irgend einer unbekannten Stelle ihre sterblichen Reste ruhen mußten[7]). Seitdem zuerst im J. 826 der Abt Hilduin von St. Denis die Gebeine des h. Sebastian für das Medardkloster zu Soissons von dem Papste Eugen erlangt hatte und zahlreiche Wunder daselbst die Kraft dieses Heiligen verkündigten, strebte eine ganze Reihe theils hervorragender Kirchenhäupter theils weltlicher Großen dem

rum venerem nutrientium frequentior usus (von Vogel Ratherius v. Verona S. 282 nicht richtig verstanden).

[4]) Form. Salomon. N. 41: pauperrima et arida provincia nostra (sc. Alamannia) quid amplius habitura est matre divitiarum suarum direpta? Liudprand läßt die Ungern von Italien rühmen (antapod. II. c. 7): opes ... quae hic tot insunt, quot toto in orbe nec vidimus nec videre speravimus; Planctus Karoli aus Bobbio (Vita Kar. M. ed. Pertz p. 41): Vae tibi sola f o r m o n s a Italia, | cunctisque tuis t a m h o n e s t i s urbibus. Der Panegyrist Berengars (l. III. v. 79, Scr. IV, 203) nennt den Boden Italiens: pingue solum.

[5]) Diese Neigung der Angelsachsen erhielt sich auch im 9. und 10. Jahrh. s. Einhardi transl. S. Marcellini c. 37 (opp. ed. Teulet II, 254), Hincmari ann. 864 (Scr. I, 463), Flodoardi ann. 921, 923 (eb. III, 369, 373).

[6]) Wallfahrten nach Rom werden sehr häufig erwähnt: Pippini capitul. Langobard. c. 10 (Leg. I, 44), Neugart cod. dipl. Allem. I, 264, 340 (a. 849, 864), Lupi epist. 67, 68, 101—103, 106, 107 (p. 110, 152, 158), Folquini chartular. Sith. p. 158, Formulae Salomon. N. 10, 40, 43, Transl. S. Marcell. p. 364, Theodulfi Aurel. carm. (Sirmondi opp. II, 830, 855), Anamodi cod. tradit. S. Emmer. (Pez thesaur. anecdot. Ic, 253), Beyer mittelrh. Urkb. I, 115 (a. 868). u. s. w.

[7]) Transl. S. Marcell. c. 2 (p. 180): de ... neglectis martyrum sepulcris, quorum Romae ingens copia est.

gleichen Gewinne nach. So schickte Einhard hiedurch angespornt[8]) seinen Schreiber Ratleik nach Rom, um Reliquien für seine neugegründete Kirche im Odenwalde zu holen, desgleichen Raban von Fulda den Priester Abdo nach dem oberen Italien. Bischof Ratold von Verona beschenkte Reichenau mit dem h. Valens und Senesius, die er aus Venedig entführt[9]), Otgar von Mainz trug von seiner Gesandtschaftsreise im J. 836 den h. Severus aus Ravenna davon. Die Reste des römischen Bischofs Calixtus empfieng der Markgraf Eberhard von Friaul als Geschenk des Papstes Sergius, um sie 854 nach dem Stifte Cysoing zu übertragen[10]). Bekannt sind die Reisen jener sächsischen Großen Waltberts und Liudolfs nach der Tiberstadt, die aus ähnlichen Beweggründen entsprangen. Auch ein schwäbischer Kriegsmann, der unter Ludwig II. die Feldzüge in Unteritalien mitgemacht, beschenkte 874 sein heimatliches Kloster Reichenau mit den angeblichen Resten der h. Fortunata, die er in Torre di Patria erhoben. Den Päpsten als den Hütern der kostbarsten Schätze dieser Art ward hiedurch eine sehr wohlfeile Gelegenheit geboten, sich einflußreichen Männern des fränkischen Reiches gefällig zu erweisen und werthvolle Gegengaben hervorzurufen: so beschenkte schon Paul den Bischof Chrodegang von Metz mit dem h. Gorgonius, Nabor und Nazarius, Nikolaus[11]) die Mönche von St. Germain d'Auxerre 862 mit dem h. Urban und Tiburtius, den Bischof Liutbert von Münster 867 mit dem h. Magnus u. s. f. Die eifrige Nachfrage der nordischen Pilger nach Reliquien rief einen förmlichen Handel ins Leben, bei welchem nach der Art der Erwerbung der feilgebotenen Waare nicht geforscht wurde: verschmitzte italienische Priester wußten für ihr gestohlenes Gut auch diesseit der Alpen Käufer zu finden, die jene modernden Gebeine mit Gold aufwogen[12]). „Du, so redet ein gleichzei-

[8]) Einhardi ann. 826, 827, Transl. S. Marcell. a. a. O., Ruodolf. de reliquiis (Antiquit. Fuld. ed. Brower p. 224, 232) vgl. Transl. S. Pusinnae c. 4 (Scr. II, 682). Ueberall erscheint Hilduin als Vorbild.

[9]) St. Gall. Denkmale S. 254, oben I, 112 A. 3 vgl. Ughelli Italia sacra V, 469.

[10]) Alberici chronic. 844, 854 (Leibnitii access. hist. II, 181, 185), Flodoard. hist. Rem. eccl. IV. c. 1; oben I, 350. Ueber Fortunata s. Transl. S. Fortunatae (Mone Quellensamml. I, 232; Wattenbach Deutschl. Geschichtsq. 150 A. 1).

[11]) Herici miracula S. Germani II. c. 14 (Labbé bibl. manuscr. I, 564); Ann. Xantens. 867 (Scr. II, 232). Auch Otgar von Mainz erbat sich Reliquien von Gregor IV., die dieser jedoch nicht sogleich finden konnte s. Gregors Schreiben (Bonifacii opp. ed. Giles I, 253, I. 1962), dagegen erhielt Hitto v. Freising 834 von ihm den h. Alexander und Justinus (Acta sct. Bollandi Sept. t. V, 472).

[12]) S. über Felix oben I, 858 A. 39, über die Handelsreisen des Diakonus Deusdona und des Laien Sabbatinus s. Transl. S. Marcell. a. a. O. p. 178, 200, 364, 372, Ruodolf. de reliq. p. 226, 229, 231, 233, 240.

tiger Dichter die ewige Stadt an[13]), die du einst die Heiligen lebend mit grausamen Martern verstümmeltest, pflegst jetzt ihre todten Glieder zu verkaufen, schon längst, wenn dich das Verdienst Petri und Pauli nicht stützte, schon längst, o Rom wärest du in Elend versunken."

Ob auf die fremden Besucher die alten Kunstwerke, die damals noch so viel zahlreicheren Denkmale des Alterthums irgend welchen anregenden und bildenden Einfluß geübt, vermögen wir nicht nachzuweisen, sicherlich aber zogen diese heidnischen Reste Niemand über die Alpen. Ganz vereinzelt steht jener Mönch von Reichenau, der in Rom und Pavia antike Inschriften treulich kopirte[14]), ganz vereinzelt aber auch der Antheil, den Karl der Gr. der Kunst zuwandte, indem er das Reiterstandbild Dietrichs von Bern von Ravenna nach Achen entführte[15]) und sein Münster, für welches Rom und Ravenna Marmor und Mosaiken liefern mußten, nach dem Vorbilde der Kirche S. Vitale zu Ravenna erbaute. Derselbe Kaiser erkannte auch die Ueberlegenheit der Italiener in der geistlichen Musik vollkommen an: durch italienische Meister ward in den von ihm errichteten Sängerschulen der gesamte Kirchengesang diesseit der Alpen nach römischem Muster gestaltet[16]). Der literarische Verkehr, von dem großen Karl durch die Berufung des Petrus von Pisa und Paulus Diakonus eingeleitet, scheint in der Folgezeit sehr gering gewesen zu sein und es war auch kein Grund vorhanden, noch ferner aus Italien Lehrmeister der Wissenschaften kommen zu lassen, da dieselben seit den Zeiten Ludwigs des Fr. im Westreiche unstreitig mehr blühten als jenseit der Alpen. Empfieng doch Italien einige seiner Lehrer wie Donat und Dungal sogar aus Irland. In den Klosterschulen und unter der Geistlichkeit sehen wir dort bald die ärgste Barbarei einreißen, während sich unter den Laien allerdings hie und da eine gewisse profane Gelahrtheit im Anschlusse an die Klassiker fortpflanzte. Die letztere blieb jedoch ohne alle Einwirkung auf die übrigen Theile des Frankenreiches, in denen gelehrte Bildung zu einem ausschließlichen Vorrechte der Geistlichen geworden[17]). — In

---

13) Ioannis Scoti opp. ed. Floss (Patrolog. ed. Migne t. 122) p. 1194 vgl. ob. I, 643.

14) Wattenbach Geschichtsq. S. 148.

15) Agnelli liber pontifical. vita Petri sen. c. 2 (Muratori scr. rer. Ital. IIa, 123), Walahfrids versus in Aquisgrani palatio editi ... de imagine Tetrici (Canisii lection. ant. VI, 613—623). Die Entführung muß 801 stattgefunden haben. Ueber das Achener Münster s. Otte Gesch. der deutschen Baukunst S. 70, 79.

16) Kar. M. capit. ecclesiast. a. 789 c. 79, ann. Lauriss. cod. Engolism. 787, mon. Sang. gesta K. M. I. c. 10, Ekkehard. casus S. Galli c. 4 (Leg. I, 66, Scr. I, 170, II, 102, 735).

17) Giesebrecht de litterar. studiis ap. Italos p. 10—12. Ueber Donat, Bischof von Fiesole († 816) s. dessen Grabschrift bei Ozanam documents

den manigfachen Berührungen der Nordländer mit den Welschen trat der Gegensatz in beider Charakter deutlich genug zu Tage und damals schon machten jene an diesen manche üble Erfahrung[18]): sie fanden die Italiener schmiegsam, listig und treulos, während sie selbst ihnen als roh, plump und gierig erscheinen mochten.

Wenn wir die politische Lage des Landes ins Auge fassen, so zeigt sich, daß die königliche Macht, die in Italien bei der größeren inneren Verschiedenheit der Bevölkerung und der eingewurzelten Zersplitterung wohl von Anfang an keine so durchgreifende gewesen war, als in den übrigen Theilen des Frankenreiches, unter Ludwig II. trotz mancher einzelnen Erfolge im Ganzen nur Einbußen erlitten hatte. Was kann dafür bezeichnender sein[19]), als daß trotz der Oberaufsicht, welche die Sendboten über alle öffentlichen Leistungen führen sollten, die kaiserlichen Pfalzen sowie die zur Beherbergung der fremden Gesandten bestimmten Häuser in den Städten völlig verwahrlost hie und da den Einsturz drohten, daß ferner weder die Brücke von Pavia und andere wichtige Stromübergänge noch die zur Küstenwacht stationirten Schiffe in gutem und brauchbarem Zustande erhalten wurden? Die Lieferungen, welche die einzelnen Orte für die Sendboten zu machen hatten, kamen theils in Abnahme theils dienten sie andern Zwecken. Die außerordentliche Strenge, mit der Ludwig II. im J. 866 den allgemeinen Heerbann gegen die Saracenen aufbot, beweist, daß der Kaiser nur durch die härtesten Strafandrohungen der eingerissenen

---

inédits p. 56 (die vita S. Donati ist gänzlich inhaltsleer), über Dungal, den Gegner des B. Klaudius v. Turin Hlotharii constitut. Olonnens. a. 825 c. 6 (Leg. I, 249), Mabillon annal. Bened. II, 726, Muratori Antiq. Ital. III, 819, wo in der Bibliothek von Bobbio mehrere Bücher erwähnt werden, die Dungal schenkte. Unter den gelehrten und zugleich kunstfertigen Italienern dieser Zeit verdient der Veroneser Archidiakonus Pacificus († 846) Erwähnung s. seine Grabschrift (eb. III, 837). Erzb. Athanasius v. Neapel (850—872) errichtete Schulen auch für die Grammatik und stiftete in die Bibliothek 3 Handschr. des Flavius Josephus (Murat. scr. rer. It. I^b, 316, 317 Ioh. Diaconi chronic.).

[18]) Bemerkenswerth ist, daß gerade in Italien der Name der Deutschen zuerst als Bezeichnung des Volkes vorkommt. Auf einem Placitum zu Trient 845 heißt es: et aliis vassi domnicis tam Teutisci quam et Langobardi (Murat. ant. It. II, 971 vgl. ob. I, 206 A. 3), eine Urk. des Venetianers Cariman vom J. 909 die Schenkung einer Kapelle zu Guastalla betreffend unterschreiben 2 Zeugen ex genere Langobardorum, 2 ex genere Francorum, 2 ex genere Teutonicorum (Affò storia di Guastalla I, 313), Ratherii meditat. cordis (Martene coll. IX, 918): Teutonico ritu vgl. Giesebrecht deutsche Kaiserzeit I, 767, 853. S. über den Gegensatz die von Wenck (Erhebung Arnulfs S. 64) angef. Stellen Radberts (Scr. II, 543, 545), des Panegyristen Berengars, Liudprands (Antap. I. c. 16, 21) vgl. auch eb. III. c. 44, Erchempert c. 17: pro cupiditate tamen pecuniarum, quibus maxime Francorum subicitur genns, und das Urtheil des Kaisers Leo (tactica c. 18 ed. Meursius p. 296): *Φραγγοὶ τοίνυν καὶ Λαγόβαρδοι λόγον ἐλευθερίας περὶ πολλοῦ ποιοῦνται. ἀλλ' οἱ μὲν Λαγόβαρδοι τὸ πλέον τῆς τοιαύτης ἀρετῆς νῦν ἀπώλεσαν.*

[19]) Hludowici II. capit. a. 850 c. 5—8, a. 855 c. 3, 4, a. 856 c. 7, 8, 13 (Leg. I, 405, 407, 434, 438).

Fahrlässigkeit glaubte steuern zu können. Auf den Landstraßen herrschte die größte Unsicherheit: reisende Kaufleute oder Romfahrer wurden häufig von Wegelagerern, bisweilen von ganzen Räuberbanden überfallen und aller Habe beraubt. Und nicht selten fanden diese Strolche, die sich zu verschworenen Genossenschaften vereinigten, Rückhalt und Unterstützung bei einzelnen großen Grundherren, mit denen sie ihre Beute theilten[20]). So zeigte sich die königliche Gewalt durchaus unzureichend den öffentlichen Frieden zu schirmen: pflegten doch die Großen geistlichen wie weltlichen Standes, wenn sie zu Hofe zogen, was sie für sich, ihr Gefolge und ihre Rosse bedurften mit offener Gewalt und ohne Entgelt von den Quartiergebern zu nehmen. Nicht minder übten sie an ihren Wohnorten ungestraft jegliche Bedrückung: sie trieben ihr Vieh auf die Weide der Armen, legten ihnen ihre Leute ins Quartier u. s. f.

Man darf sich über diese Vergewaltigungen nicht allzu sehr wundern, da diejenigen die als Hüter der Gerechtigkeit eingesetzt waren, die Grafen und deren Unterbeamte, ihr Amt nur zu oft zur Unterdrückung der ärmeren Freien misbrauchten. Zu den schon an sich so drückenden Forderungen des Staates, dem unentgeldlichen Heerdienste, der Theilnahme an öffentlichen Bauten, den Lieferungen für den Hof, die Sendboten u. s. w., den Reichssteuern und Zöllen gesellten sich nun mancherlei außerordentliche Plackereien. So verursachten namentlich die häufigen Vorladungen zu Gerichtsversammlungen den Unbemittelten unerschwingliche Kosten, wiewol jährlich nur drei von der gesamten Gemeinde zu besuchende echte Dinge gehalten werden sollten[21]), ferner wurden dieselben sogar von den Grafen genöthigt, bei der Bestellung der Felder und Weinberge Handdienste zu leisten, ungesetzliche Abgaben zu zahlen u. dgl. m.[22]). Während manche Freie hiedurch so verarmten, daß sie zuletzt an den Bettelstab kamen oder ihr Leben durch Raub fristeten, suchten andere bei Zeiten sich dadurch zu sichern, daß sie mit Aufopferung ihrer vollen Freiheit oder ihres freien Eigenthums sich in ein Schutzverhältnis zur Kirche oder zu einem der kleinen Machthaber begaben[23]). Nur die aufblühenden Städte gewährten

[20]) Die Klagen über die Räubereien kehren unablässig wieder s. Pippini capit. a. 789 c. 4, Karoli M. capit. a. 802 c. 13, Hlotharii I. capit. a. 832 c. 11, Hludow. II. capit. a. 850 c. 1—4, a. 855 c. 1, 5, 6, a. 856 c. 1, 2, Karoli II. capit. a. 876 c. 13, Widonis electio c. 6—8 (Leg. I, 70, 104, 363, 405—7, 433, 438, 531, 555).

[21]) Karoli M. capit. a. 802 c. 21, Hlotharii I. cap. a. 823 c. 13, a. 832 c. 29, Hludow. II. cap. a. 855 c. 14 (Leg. I, 105, 233, 364, 423).

[22]) Schreiben Karls an Pippin a. 807, Kar. M. cap. a. 783 c. 13, a. 801 c. 15, a. 803 c. 17, Hludow. II. cap. a. 855 c. 3, c. a. 875 c. 34 (Leg. I, 47, 85, 111, 150, 433, 526).

[23]) Hlotharii I. cap. a. 825 c. 2: Placet nobis, ut liberi homines, qui non propter paupertatem, sed ob vitandam rei publicae utilitatem, fraudolenter ac ingeniose res suas ecclesiis donant easque denuo sub

der gemeinen Freiheit einigen Schirm, nur dort vermochten auch die Aermeren durch ihr Zusammenleben ihre Freiheitsrechte unverkürzt zu behaupten, während außerhalb wer nicht Vassall eines Großen werden konnte, in mehr oder minder drückende Abhängigkeit und Hörigkeit gerieth. Am liebsten wandten sich die Bedrückten der Kirche zu, die ihnen den besten Schutz verschaffend zugleich ihr Seelenheil förderte; indem sie derselben ihr freies Eigenthum übergaben, empfiengen sie es als ein mit Zins und Dienst belastetes zum Nießbrauche, zuweilen in vergrößerter Gestalt zurück und nicht immer glückte es ihnen, den Besitz dauernd ihrer Familie zu erhalten, da der Genuß des Gutes öfter nur für ihre Person oder für ihre Nachkommen bis zum zweiten Gliede bewilligt wurde. Eine Art von Hörigkeit mußte sich auch in den günstigeren Fällen hieraus stets entwickeln. Natürlich gereichten diese Ergebungen zu großem Nachtheil für den königlichen Dienst, weil die, welche in ein solches Schutz- oder Hörigkeitsverhältnis eintraten, sich dadurch vor allem dem Heerbanne sowie andern öffentlichen Lasten entziehen wollten. Lothar I. verordnete daher schon, daß die Freien, die in solcher Absicht und nicht aus Armut ihr Gut der Kirche zinspflichtig machten, auch ferner den Heerdienst leisten müßten, während bei denen, die zu gleichem Zwecke ihre Freiheit opferten, die Herren ihre Verpflichtungen gegen den Staat übernehmen sollten. Ferner dürfe Niemand in den Dienst der Kirche treten, der nicht zuvor eine königliche Erlaubnis dazu eingeholt. Vorschriften, die ohne Zweifel sehr leicht umgangen werden konnten.

Wo die weltliche Obrigkeit es an sich fehlen ließ und gewissenlos ihr Amt nur wie einen nutzbaren Besitz ausbeutete, da war es Sache der geistlichen, die stets mit ihr im innigsten Einvernehmen wirken sollte, dieselbe zu ergänzen und sie an die Erfüllung ihrer Pflichten zu mahnen. Dieser Aufgabe scheinen jedoch die italienischen Bischöfe sehr wenig entsprochen zu haben. An Gelehr-

censu utendas recipiunt, ut quousque ipsas res possident, hostem et reliquas publicas functiones faciant etc. c. 10: Videtur nobis, ut quicumque liber ingeniose se in servicio tradiderit etc.; a. 832 c. 7: De oppressione pauperum liberorum hominum, ut non fiant a potentioribus per aliquod malum ingenium contra iustitiam oppressi, ita ut coacti res eorum vendant aut tradant. ideo haec de liberis hominibus diximus, ne forte parentes contra iustitiam fiant exeredati et regale obsequium minuatur et ipsi heredes propter indigentiam mendici vel latrones seu malefactores efficiantur. c. 20: De diversis hominibus, qui ad servitium dei se tradere volunt, ut prius hoc non faciant, quam a nobis licentiam postulentur. hoc ideo, quia audivimus, aliquos ex illis non tam de causa devotionis, quam exercitia seu aliam funtionem regali fugiendo. quosdam vero cupiditatis causa ab his qui res illorum concupiscunt circumventos audivimus; hoc ideo fieri prohibemus (Leg. I, 251 flg., 361, 363). Auf die letzteren bezieht sich auch Capit. Langob. a. 803 c. 16 (eb. I, 111). Vgl. die Bemerkung Wencks (das fränk. Reich S. 92 A. 1).

samkeit weder ihren gallischen, noch an Sittenstrenge ihren deutschen Amtsbrüdern gleichkommend[24]), wurden sie vorwiegend von dem Streben nach Erwerb und Genuß beherrscht und ihre vornehmste Thätigkeit bestand darin, die Besitzungen und Einkünfte ihrer Kirchen zu vergrößern und gegen die manigfachen Anfechtungen von weltlicher Seite zu vertheidigen. Das Volk, dem keine seiner Pflichten eifriger eingeschärft wurde, als die mit großem Widerwillen geleistete Abgabe der Zehnten, ließ man in Rohheit, Aberglauben und Sittenlosigkeit dahinleben[25]). Die Kirchengesetze und die Kirchenzucht wurden sicherlich diesseit der Alpen bei weitem strenger gehandhabt als jenseits, wo ein üppiges und schwelgerisches Leben unter der Geistlichkeit im Schwange war[26]). Das Waidwerk und reiche Gelage, bisweilen durch Schauspiele geziert lagen vielen mehr am Herzen, als gewissenhafte Pflege des Berufes und nur zu oft verstanden diese Prälaten mehr von Jagdfalken, Hunden und edlen Rossen als von den heiligen Schriften und den Kirchenvätern.

War der Landbesitz der italienischen Kirche schon früher überaus bedeutend gewesen, so nahm derselbe unter der Herrschaft Karls und seiner Nachfolger theils durch königliche Schenkungen theils durch die freiwillige Schutzergebung vieler Freien außerordentlich zu, während sich in den früher unbekannten Zehnten zugleich eine neue und sehr ergiebige Einnahmequelle eröffnete. Dem entsprach die erhöhte politische Stellung, welche die fränkische Herrschaft den Bischöfen und Reichsäbten als der ersten Klasse der Reichsstände einräumte und die von Karl eingeführte Verdreifachung des Wergeldes der Geistlichkeit. Jener Vermehrung des kirchlichen Reichthums aber kam es zu gute, daß unter allen den Franken unterworfenen Ländern Italien fast allein von den Wirren des Bürgerkrieges unter Ludwig dem Fr. und nach seinem Tode nicht un-

---

[24]) Man bedenke die völlige Nichtbetheiligung der italienischen Bischöfe an den dogmatischen Streitigkeiten dieser Zeit (Klaudius von Turin war ein Spanier), den Mangel an Reformsynoden (ausgenommen die beiden zu Pavia 850 und 855), die häufigen Warnungen vor herumschweifenden Geistlichen ohne Empfehlungsschreiben in den Kapitularien u. s. w.

[25]) Einzelne Thatsachen werfen auf die Sittenzustände ein trübes Licht s. Hludow. II. capit. a. 850 c. 9, 22 (Leg. I, 398, 404), Capit. Arechis princ. Benevent. c. 8, 12 (Murat. scr. rer. It. II[a], 336 flg.), über den Aberglauben Pippini capit. a. 786 c. 2, 3 (Hexerei), Hludow. II. cap. a. 850 c. 23 (Liebeszauber und Giftmischerei), a. 855 c. 17 (heidnische Feiertage): Leg. I, 51, 400, 433.

[26]) Monach. Sangall. gesta K. M. I. c. 24, 25, 32. Die wenigen Andeutungen, welche Hludow. II. convent. Ticin. a. 850 c. 3, 4, a. 855 c. 3, capit. ecclesiast. a. 856 c. 11 (Leg. I, 396, 401, 431, 440) geben, darf man einigermaßen durch die ausgeführten Schilderungen des Ratherius v. Verona aus dem 10. Jahrh. ergänzen, der die Frage: cur prae caeteris gentibus baptismo renatis contemtores canonicae legis et vilipensores clericorum sint magis Italici durch den Hinweis auf das weichliche und ausschweifende Leben der Geistlichkeit beantwortet (De contemtu canon., Dachery spicil. II, 188).

mittelbar berührt wurde und wenn gleich Lothar für die Führung des Kampfes seine wichtigsten Hilfsquellen aus Italien zog, so blieb doch aus dem angedeuteten Grunde die italienische Kirche von sehr vielen Leiden verschont, welche die Geistlichkeit des übrigen Frankenreiches auf das härteste trafen. Durch die Immunitätsprivilegien[27]), welche den bischöflichen Kirchen sowie den Klöstern des langobardischen Reiches erst seit der fränkischen Eroberung ertheilt wurden, ward ihren Besitzungen Schutz gegen willkürliche Eingriffe und Bedrückungen der öffentlichen Beamten gewährt, die sich hiernach bei allen gesetzlichen Leistungen, so weit solche noch fortbestanden, statt unmittelbar an die Insassen an den Herrn der Immunität halten sollten. Es war dies das nämliche Verhältnis, wie es auch bei den weltlichen Inhabern von Krongütern stattfand. Mit dieser Immunität verband sich etwa seit dem Ende des neunten Jahrhunderts der Anfang einer eigenen Gerichtsbarkeit, welche der Kirchenvogt über alle freien und unfreien Hintersassen ausübte, dergestalt, daß auch der nicht zur Immunität gehörige Kläger diese in allen Fällen zuerst bei ihm belangen mußte und erst, wenn er dort kein Recht erlangen konnte vor dem ordentlichen Gericht, doch blieb den Grafen stets der Blutbann vorbehalten. Hierin lag der Keim zu weiteren Befugnissen, der Beginn zu einer Abschließung der geistlichen Herrschaften. Dazu dienten einerseits jene immer häufiger werdenden Schutzergebungen und Schenkungen der kleinen Grundeigenthümer, andrerseits die Ausdehnung der Immunität auch über solche Freie, die nicht auf den Besitzungen der Kirche selbst, sondern nur in ihrer unmittelbaren Nachbarschaft saßen. Indem Karl der Kahle im J. 876 den Bischöfen die missatische Gewalt d. h. die Oberaufsicht über alle Beamte in ihren Sprengeln übertrug[28]), ließ er ihnen für derartige Bestrebungen völlig freie Hand. Für ihn wie für jeden italienischen Herrscher, der von außerhalb kam und keine festen Wurzeln im Lande hatte, war der naturgemäßeste Weg zur Befestigung seiner Macht die Bischöfe durch Gunstbeweise zu gewinnen und erledigte Bisthümer an zuverlässige Anhänger zu vergeben. Unter den Kirchenhirten des eigentlichen Langobardiens kam als der mächtigste der Erzbischof von Mailand in Betracht, der schon daran denken durfte neben Rom

---

[27]) S. v. Bethmann-Hollweg Ursprung der lombard. Städtefreiheit S. 89—97, Hegel Gesch. der Städteverf. v. Italien II, 19, 67 flg., Waitz deutsche Verfgesch. IV, 254 flg., 357 flg. Die von den ersteren beiden vorzüglich benutzte Urk. Lothars I. für Novalese (Hist. patriae monum. I, 44, B. 594), durch welche das Kloster die königliche Gerichtsbarkeit auch über Freie erhält, ist unecht und erst um 900 verfertigt s. Bethmann, Scr. VII, 108 n. 88. (Die Urk. Ludwigs des D. für Worms, B. 777, auf welche Waitz S. 272, S. 380 A. 2 großes Gewicht legt, ist schwerlich zu halten s. Sickel Beitr. zur Gesch. d. Diplom. I. S. 397).

[28]) Vgl. gegen Hegels Auffassung Giesebrecht deutsche Kaiserzeit I, 812, über Mailand Pabst de Ariberto II. Mediolanensi p. 19.

eine selbständige Politik zu verfolgen, im mittleren Italien dagegen der Metropolit von Ravenna, der alte Nebenbuhler Roms, dessen Feindschaft, wenn auch durch die Unterwerfung unter Nikolaus vorläufig beschwichtigt[29]), doch jederzeit bei günstigem Anlasse leicht wieder aufleben konnte.

Neben den Bischöfen und Aebten nehmen während der fränkischen Herrschaft in Italien wie in den übrigen Landen, die Grafen als Nachfolger der langobardischen Herzoge den vornehmsten Platz unter den Großen des Reiches ein. Seit der Erhebung und dem Sturze Rodgauds von Friaul im J. 776[30]) wurde es für die neuen Beherrscher des Landes Grundsatz ihrer Politik, die wichtigsten Grafschaften nicht Eingebornen anzuvertrauen, sondern Männern aus dem fränkischen oder einem der längst unterworfenen deutschen Stämme, auf deren Treue sie sicher bauen konnten. Und nicht bloß die Grafschaften, auch viele andre große Lehen und Güter wurden an Fremde verliehen[31]), die in dem vielgestaltigen, so lange schon der Zersplitterung verfallenen Lande den Kern der fränkischen Macht bildeten. Freilich geschah es nun in der Regel, daß diese Grafschaften und Lehen auf die Kinder und Enkel des ersten Inhabers sich vererbten[32]). Alsdann lag die Gefahr nur allzu nahe, daß die in Welschland angesiedelten Familien des herrschenden Volkes, ob sie gleich noch nach dem Rechte ihres Stammes lebten, sich dort vollständig einbürgerten und zu Italienern werdend als solche ihr Amt und ihren Besitz nur zur Begründung einer eigenen

---

[29]) S. oben I, 495 flg., 512; Hegel a. a. O. I, 240. Ein Schreiben Johanns VIII. an den Kaiser vom 29. Jan. 874 (I. 2245) gibt Zeugnis, daß der Papst dem Erzbischof v. Ravenna 3 Klöster und eine Anzahl Kolonen entzog.

[30]) Einhardi ann. 776: civitatibus quoque, quae ad eum defecerant, sine dilatione receptis et in eis Francorum comitibus constitutis (ann. Lauriss.: disposuit eas omnes per Francos, a. 788: Francis, qui in Italia commanere videntur) vgl. dazu im Allgemeinen Waitz d. Verfg. III, 327. Zahlreich sind auch außer den weiterhin zu besprechenden Fällen die Beispiele deutscher Abkunft. Herzog Erich von Friaul († 799) war von Geburt ein Straßburger, Ludwigs II. Pfalzgraf Boderad stammte von den salischen Franken (Urk. bei Campi historia di Piacenza I, 478), desgl. Graf Anselm von Verona (Urk. bei Muratori ant. II, 247 a. 911), Berengars Pfalzgraf Odelrich ex Suevorum sanguine (Liudpr. antap. l. II c. 57) u. s. w.

[31]) Sehr häufig erscheinen in italienischen Urkunden des 9. Jahrh. Männer von fränkischer, schwäbischer Abkunft; einige Beispiele bei Hegel II, 4 A. 1, 26, v. Stälin wirtemb. Gesch. I, 358, 391; in dem Heere Ludwigs vor Bari waren Franci et Langobardi et ceteris nacionum (Andreae Bergom. chron. c. 13 vgl. c. 15: cum electa manu Francorum et Langobardorum vel ceterorum nationes).

[32]) Daß die Erblichkeit der Lehen um die Mitte des 9. Jahrh. in Italien Regel war, erhellt aus der Nachricht der ann. Fuld. 883 (Scr. I, 398) Karl III. habe die Großen dadurch erbittert, daß er beneficia, quae illi et patres et avi et atavi illorum tenuerant multo vilioribus dedit personis. Gegen Roth (Beneficialwesen S. 421) bin ich jedoch der Meinung, daß es sich hier allerdings „um eine Confiscation wegen Verbrechen" handelte.

Macht gebrauchten. Ihr deutscher Ursprung hinderte sie nicht, wesentlich in die Fußtapfen ihrer welschen Vorgänger zu treten und wie diese mit List und Gewalt um sich zu greifen, zumal als durch die bleibende Trennung Italiens von den altfränkischen Landen ihr Zusammenhang mit der Heimat gelockert oder zerrissen wurde. Unter diesen emporstrebenden Grafen ragen bald einige durch größere Macht und ausgedehnteren Besitz in dem Maße hervor, daß zur Bezeichnung ihres thatsächlichen Vorranges für sie vorzugsweise der alte Herzogstitel sich im Gebrauch erhielt oder von neuem in Gebrauch kam. Wenn statt dessen zumal in der zweiten Hälfte des 9. Jahrh. die Grafen von Friaul und Tuscien, sowie später die von Ivrea und Spoleto (Kamerino) mit einer bei den Langobarden ungebräuchlichen Benennung öfter auch Markgrafen heißen[33]), so sollte, mit Ausnahme etwa des ersteren, auch dieser vornehmere Titel gleich dem herzoglichen nur ihren Vorrang vor den übrigen Grafen ausdrücken, ohne daß sie doch in der That die besondere Stellung fränkischer Grenzgrafen bekleidet hätten.

Das Herzogthum Friaul zwischen Isonzo und Livenza belegen und von seiner Hauptstadt, dem heutigen Cividale also benannt, bildete in langobardischer Zeit die stets gerüstete Vorhut des Reiches gegen Avaren und Slaven und gewährte durch die vielfachen Kämpfe mit diesen Völkern seinen Vorstehern Gelegenheit, sich mit einer stärkeren militärischen Macht, als die übrigen Herzoge, zu umgeben. Bei der Eroberung des avarischen Reiches ward Friaul von Karl dem Gr. dann zu einer wirklichen Mark erweitert und einerseits sowol Krain, das gesamte Kärnten und Unterpannonien als auf der andern Seite Istrien und die dalmatinischen Slaven der Leitung und Aufsicht seiner Grafen unterworfen[34]). Diese Verbindung zwischen bairischen und italienischen Grenzlanden mußte schon durch die Reichstheilung gelöst werden und hörte wahrscheinlich im J. 828 auf, als bei der Absetzung des Grafen Baldrich die bisherige Mark Friaul unter vier Grafen gespalten wurde. Immerhin mögen aber die Herzoge von Istrien und die Häuptlinge der Kroaten auch ferner unter der Obhut des Friauler Markgrafen gestanden haben, wie derselbe auch im Westen der Livenza vielleicht noch über andre Grafschaften z. B. Treviso zu gebieten hatte[35]). Unter

---

[33]) S. Pabst Gesch. des langob. Herzogthums (Forschungen zur deutschen Gesch. II, 440 A. 6). Ueber die italienischen Dukate in fränkischer Zeit hat Dönniges (das deutsche Staatsrecht S. 97—100). Einiges, doch ohne scharfe Unterscheidung zusammengestellt.

[34]) S. oben I, 36 und meine Abhandlung über die Slawen in Dalmatien (Sitzungsber. der ph. hist. Kl. der Wiener Akad. XX, 383, 385). Pabst (a. a. O. S. 435) bemerkt mit Recht, daß schon unter den Langobarden die Friauler Herzoge über die Slaven bis in die Gegend von Cilli geboten. Ueber die Theilung im J. 828 vgl. auch Hirsch Jahrb. des deutschen Reichs unter Heinrich II, I, 156.

[35]) In langobardischer Zeit hatten Ceneda und Treviso ihre eigenen Her-

Lothar waltet in diesen Landen Graf Eberhard, Unrochs Sohn, der Gemahl von Ludwigs des Fr. jüngster Tochter Gisla, aus einer edlen fränkischen Familie, die dem kaiserlichen Hause sehr nahe stand und wie es scheint mit jenen im Westreiche so einflußreichen Adalharden zusammenhing[36]). Der reiche Güterbesitz Eberhards in den Gauen an der mittleren und unteren Maas und in Flandern, sowie die Stiftung des Klosters Cysoing bei Ryssel, das einst seine Ruhestätte werden sollte, läßt schließen, daß unter den salischen Franken der Ursprung seines Geschlechtes zu suchen ist. Er gehörte, wie sein vor ihm verstorbener Bruder, der Herzog Berengar von Septimanien, zu den angesehensten Männern des gesamten Reiches und nahm als Vassall Lothars an mehreren wichtigen Verhandlungen im Sinne des Friedens Theil. Er wußte sowol das Schwert wacker gegen die Saracenen und Serben zu führen, die durch Seeraub die Adria unsicher machten und die Küstenstädte plünderten, als er andrerseits auch eine in diesem Kreise so seltene Liebe für die Studien hegte, die durch den Verkehr mit Raban, mit Hartgar von Lüttich und andern gelehrten Männern genährt wurde. Auf Eberhard, der im J. 864 oder 865 sein Leben beschloß, folgte im Herzogthum Friaul der älteste seiner vier Söhne, Unroch, den er zum Erben seiner langobardischen und schwäbischen Güter eingesetzt[37]), gleichfalls ein tapferer Krieger, und als dieser frühzeitig und ohne Hinterlassung eines Sohnes starb, dessen Bruder Berengar. In dem Kampfe um die italienische Krone, der nach dem Tode Ludwigs II. entbrannte, haben wir ihn schon auf deutscher Seite als einen Parteigänger Karls von Schwaben gefunden[38]). Bei der unmittelbaren Nachbarschaft seines Gebietes mit dem ostfränkischen Reiche mußte sein Beistand für Ludwigs des Deutschen Nachkommen von großem Werthe sein, wie nicht minder auch er hiedurch auf diese Verbindung zunächst hingewiesen wurde, die er von rastlosem Ehrgeiz beseelt nur als ein Mittel zur Erweiterung seiner eigenen Macht betrachtete.

---

zoge (Pabst S. 437 vgl. S. 483), Paulinus in dem Gedichte auf den Tod Erichs von Friaul (Einhardi vita Kar. M. ed. Pertz p. 37) scheint Ceneda noch zu Friaul zu rechnen und aus dem Umstande, daß Eberhard sein Testament (Dachery spicil. XII, 495) in comitatu Tarvisiano ausstellte, läßt sich vermuten, daß er auch über Treviso gebot. Keinenfalls über Verona, da dort stets eigene Grafen nachzuweisen sind.

[36]) S. über ihn: Fünf Gedichte des Sedulius Scottus an den Markgrafen Eberhard v. Friaul in dem (Wiener) Jahrb. für vaterländ. Gesch. I, 172 flg.

[37]) S. das Testament a. a. O., Andreae Bergom. chron. c. 13, 15 (Scr. III, 235, 237). Durch Unroch (per coadiutoris filii mei Unroch solatia ab Italicis partibus delata) empfieng Gisla die Gebeine ihres Gemahls (Urk. bei Dachery spic. XII, 497). Die ann. Fuldens. 887 erwähnen filiam Unruochi comitis in dem Nonnenkloster zu Brescia. Vgl. oben I, 705.

[38]) S. oben I, 825. Die daselbst S. 826 Z. 4 v. o. benutzte Stelle des Andreas von Bergamo habe ich nicht richtig verstanden vgl. Hegel Gesch. der Städteverf. II, 13 A. 4.

Unter den übrigen Grafen des oberen Italiens gab es sicherlich keinen, der sich an Ansehen und Einfluß mit dem Herzoge von Friaul messen konnte. Die herzogliche Würde, welche als eine Art Statthalterschaft dem Grafen Boso von Vienne daselbst übertragen worden, war eine junge und künstliche Schöpfung Karls, ohne rechte Wurzeln im Lande[39]). Die Markgrafen von Ivrea aber, welche die vielbesuchte Straße über den großen St. Bernhard beherrschten, begannen ihre Rolle erst später zu spielen. Im mittleren Italien ragen besonders die reichbegüterten Herzoge oder Markgrafen von Tuscien hervor, die ihren Sitz zu Lukka hatten[40]), doch ist freilich nicht genau festzustellen, wie weit sich die Grenzen ihrer Amtsgewalt erstreckten und ob die übrigen tuscischen Grafen ihnen alle untergeordnet wären. Auch dies Amt vererbte sich fast ununterbrochen in Einer Familie, deren Ahn Bonifacius zuerst im J. 812 erwähnt, sein Geschlecht aus dem bairischen Stamme ableitete[41]). Auf ihn folgte jener Bonifacius, der, da er zur Zu-

[39]) Wenn Boso, wie Wenck annimmt (oben I, 459) ein Neffe des älteren Boso war (desselben vielleicht, der im J. 827 als kaiserlicher Sendbote in Turin zu Gerichte saß Hist. patr. monum. Chartar. I, 34), so hatte er in Italien mindestens Verbindungen, vielleicht auch Besitzungen.

[40]) Unter den Langobarden zerfiel Tuscien, das als geographische Bezeichnung häufig vorkommt, in mehrere Herzogthümer (Lukka, Florenz, Chiusi) und mehrere Gastaldate (Pabst a. a. O. S. 483). Dönniges (S. 98 A. 1) folgert aus der Theilungsakte von 806 (Leg. I, 141 c. 4), daß der ducatus Tuscanus auch Ligurien umfaßt habe, doch sicherlich mit Unrecht, da die Worte usque ad mare australe et usque ad Provinciam offenbar das vorhergehende portionem quae remansit de regione Transpadana näher bestimmen sollen. Muratori (ann. d'It. 828) folgert aus den Worten Einhards (a. 828): Bonifacius comes ... adsumpto secum fratre Berehario necnou et aliis quibusdam comitibus de Tuscia, wohl etwas zu viel, wenn er aus der Führung bei diesem einzelnen Unternehmen auf eine bleibende Obergewalt schließt. Bemerkenswerth ist aber, daß im J. 857 zu einer Zeit, wo Adalbert sicher Herzog von Tuscien war, gerade in Lukka curte ducale ein Graf Hildebrand zu Gerichte saß (Memorie e docum. per servire all' ist. di Lucca V^b, 446 vgl. 508, 543), der also doch wahrscheinlich jenem untergeordnet war.

[41]) Ueber diese Familie, die mutmaßlichen Ahnen der Estes handelt ausführlich Muratori Delle antichità Estensi I, 206—216 (236—252) sowie Leibniz (ann. imp. 823, 876, 884, 917), der auch (am Schlusse des 2. Bandes) einen Stammbaum gibt. Bonifatius dux (I.) kommt zuerst in einer Urk. Adalhards von 812 vor (Muratori ant. V, 953; Memorie e docum. per serv. all ist. di Lucca V^b, 231). Ueber Bonifacius II. s. oben I, 96, 119, woselbst ich ihn irrig Grafen von Korsika genannt habe (Einhardi ann. 828: Bonifacius comes, cui tutela Corsicae insulae tunc erat commissa). Im J. 835 findet sich ein Graf Aganus von Lukka, der 845 olim comes genannt wird (Murat. ant. I, 405, II, 979): vielleicht füllt er die Lücke zwischen Bonifacius II. und Adalbert I. Die Familienverhältnisse lernen wir durch die Urk. der Aebtissin Richilde von Lukka, Schwester Bonifacius II. von 823 und die Stiftung des Klosters S. Caprasio zu Aulla in der Lunigiana durch Adalbert I. im J. 884 kennen (Leibnitii ann. imp. II, 77, Mem. e docum. all' ist. di Lucca IV^b app. 35). In der letzteren nennt er seine (zweite) Gemahlin Rotildis, die auch Johann VIII. in 2 Briefen erwähnt (Mansi coll. conc. XVII, 75, 113, I. 2364, 2458). Der Titel wechselt: dem Papste ist Adalbert stets Markgraf, in der

rückführung der Kaiserin Judith aus ihrer Haft zu Tortona mitwirkte, von Lothar als Anhänger Ludwigs des Fr. seiner Lehen beraubt wurde. Dennoch finden wir später, zum erstenmale im J. 847 die tuscische Mark unter der Leitung seines Sohnes, des sehr erlauchten Herzogs Adalbert, wie er sich urkundlich nennt. Durch seine zweite Vermählung mit Rotilde, der Tochter des Herzogs Widos (I.) von Spoleto trat dieser in enge Verbindung mit dessen Hause und wir sehen daher ihn und seine Nachkommen ihre politische Rolle zunächst als Anhänger der Spoletiner spielen.

Der günstigsten Lage unter allen italischen Grafschaften, zu beiden Seiten der Apenninen, an der äußersten Grenze des eigentlich fränkischen Gebietes und zugleich in der unmittelbaren Nachbarschaft Roms erfreute sich das Herzogthum Spoleto. Schon unter den Langobardenkönigen nahmen die spoletinischen Herzoge, ebenso wie ihre Nachbarn in Benevent, eine bei weitem unabhängigere Stellung ein, als alle übrigen: an ihrem Hofe finden wir großentheils dieselben Würdenträger wie am königlichen und die Gastalden, die sonst überall neben den Herzogen in selbständigem Wirkungskreise die Rechte des Königs wahrzunehmen hatten, sind hier nur herzogliche Beamte[42]). Als bei der Auflösung des langobardischen Reiches die Spoletiner dem apostolischen Stuhle huldigten, um unter dessen Schutze ein für sich bestehendes Fürstenthum zu bilden, achtete Karl der Gr. den Anspruch des Papstes für nichts. Er empfieng die Unterwerfung des Herzogs Hildebrand und er wie seine Nachfolger besetzten dies wichtige Amt fortan durchaus nach eigenem Ermessen mit Männern ihrer Wahl. Während sonst die fränkischen Grafschaften oft größeren Umfang erhielten, als die langobardischen Herzogthümer gehabt, trat hier der umgekehrte Fall ein, daß seiner großen Ausdehnung wegen ein altes Herzogthum in zwei Grafschaften, Spoleto und Kamerino getheilt wurde[43]), ohne Zwei-

---

Gründungsurk. für S. Caprasio comes et marchio, i. J. 847 Adelbertus inlustrissimo dux (Mur. ant. I, 527), 871 nennt ihn der Kaiser Adalbertum inlustrem comitem atque marchionem nostrum (Mem. e docum. all' ist. di Lucca IV[b], 53) u. s. f.

[42]) Vgl. Pabst Gesch. des langob. Herzogth. und S. Abel Papst Hadrian I. (Forschungen zur deutschen Gesch. I, 457, 487 flg., II, 452 fl., 469—473, 477—481.)

[43]) K. Ludwig II. nennt im J. 874 Spoletinum ducatum atque Camerinum comitatum und ambos Spoletanos ducatus, ebenso Karlmann 877 (Muratori scr. rer. It. II[b], 811, 812, 817; B. 681, 683, 859), Bezeichnungen, die jedenfalls auf eine vorangehende Trennung schließen lassen. So findet sich i. J. 814 neben Winigis v. Spoleto ein Herzog Eggideus (Leibnitii ann. I, 296, vielleicht der böse Rathgeber Königs Bernhard, der 818 geblendet wurde, vgl. auch die Urk. bei Fatteschi duchi di Spoleto p. 290, die 15 J. früher gesetzt werden dürfte), 820 und 829 zu Kamerino Herzog Gerard, neben Winigis und Suppo (Fatteschi p. 288, 292), ferner ist eine Urk. vom J. 834 datirt temporibus Escrotoni et Gerardi comitum anno ducatus eorum I (eb. p. 293) u. s. w.

fel um die Macht der Herzoge zu schwächen, die durch die Nähe des unabhängigen Benevent und die Erinnerung an ihre früheren Rechte nur zu leicht zu Versuchen der Losreißung verleitet werden konnten.

Wie in Tuscien und Friaul, so gieng auch in Spoleto nach mehrfachem Wechsel die herzogliche Würde in den erblichen Besitz einer aus der Fremde dorthin übergesiedelten Familie über. Dies Geschlecht, in welchem die Namen Wido und Lambert vorherrschen, stammte aus dem Mosellande von altem austrasischem Adel und führte seinen Ursprung auf den h. Ludwin zurück[44]), der zuerst ein mächtiger Graf, nachmals als Bischof von Trier — welches Bisthum sich durch drei Geschlechter im Besitze der Familie befand — zu Ende des siebenten Jahrhunderts das Kloster Mettlach an der Saar auf eigenem Grunde und Boden gestiftet hatte. Lambert, ein Enkel Ludwins, besaß dasselbe unter König Pippin zum Nießbrauche und seine drei Söhne, von denen der älteste Wido heißt und als Graf der brittischen Mark eine sehr angesehene Stellung einnahm, beanspruchten daher unter Karl dem Gr. Mettlach als Erbtheil ihrer Familie, mußten es aber, da man jenen Besitz als Usurpation ansah, dem Trierer Domkapitel überlassen. Widos Sohn Lambert büßte durch seine eifrige Parteinahme für Lothar auch die Grenzgrafschaft gegen die Britten ein und starb nach Italien verpflanzt daselbst im Herbste 836. Sein Sohn war wiederum ein Wido, dem Lothar abermals das Kloster Mettlach in der Zeit des Bürgerkrieges verlieh, um es dann im J. 842 dem Erzbischof Hetti von Trier zurück zu geben. Bei diesem Anlasse zum erstenmale wird uns Wido als Herzog von Spoleto genannt[45]); ihm glückte es, auf eine starke Schar fränkischer Vassallen gestützt[46]),

---

[44]) In der sehr jungen vita Lutwini (acta sct. Bollandi Sept. t. VIII, 169) heißt derselbe quidam primas senatoriae dignitatis regiique generis Gerwino patre et matre Gunza nobilissimis ortus progenitoribus. Die nachfolgende Herleitung Widos hat zuerst Waitz entwickelt in den kleinen Beitr. zur fränk. Gesch. (Forschungen zur deutschen Gesch. III, 149 flg.), viel weiter ausgeführt ist sie von Wüstenfeld „über die Herzoge v. Spoleto aus dem Hause der Guidonen (eb. S. 383 flg.).

[45]) Den fränkischen Ursprung Widos bezeugt schon Erchempert c. 17. Das Zeugnis des Panegyristen Berengars (Duemmler de Arnulfo p. 43 n. 4) ist von keinem Gewichte, da derselbe ganz unrichtig seinen Helden zu einem echten Italiener macht. Neues Licht verbreiten die Urkunden Karls und Lothars für Mettlach (Beyer mittelrhein. Urkb. I, 32, 77, letztere in das J. 842 zu setzen, s. oben I, 177, die erstere besser bei Waitz a. a. O. S. 151). Den Zusammenhang mit den brittischen Markgrafen Wido und Lambert hat Wüstenfeld (a. a. O.) zuerst deutlich nachgewiesen, doch wurde derselbe schon früher vermutet (s. Wenck Erhebung Arnulfs S. 52 A. 75). Dem brittischen Markgrafen Wido widmete Alkuin seine Schrift de virtutibus et vitiis, deren Erwähnung in dem Testamente Eberhards v. Friaul (librum Alquini ad Widonem comitem) Wüstenfeld (S. 406) vollkommen misverstanden hat.

[46]) Johann VIII. erwähnt in einem Briefe (Mansi XVII, 100, J. 2427) Francos Lamberti, ähnlich Erchempert c. 42 cum Francis Lamberti comitis,

sich eine feste Macht zu schaffen und Begründer eines neuen Fürstenhauses zu werden. Jederzeit schlagfertig sehen wir ihn überall die Gelegenheit erspähen, um durch Einmischung in die Händel der Nachbarn für sich irgend einen Gewinn davon zu tragen. Als er im J. 843 von Sikenolf, seinem Schwager bei der Belagerung der Stadt Benevent um Beistand angerufen wurde, ließ er sich treulos von dem schon auf das Aeußerste bedrängten Radelchis durch ein Geschenk im Werthe von 70,000 Goldstücken bestechen und bewog dafür jenen die Einschließung aufzuheben: auch an den Friedensverhandlungen zwischen beiden nahm er später einen durchaus eigennützigen Antheil[47]). Bei weitem rühmlicher, doch gleichfalls nicht unbelohnt war die Hilfe, die Wido 846 der Stadt Rom gegen die saracenischen Plünderer angedeihen ließ[48]). Wenn er dann nachmals als Bundesgenosse des Herzogs Ademar von Salerno das aufsässige Kapua durch Hunger und Schwert in die Enge trieb, bis es sich demütigte, so erwarb er dafür (um 858) von den Kapuanern Sora, Arpino, Atina und andre Grenzplätze, über deren Abtretung dem Gastalden Landonolf das Herz brach[49]).

In Widos Fußtapfen trat sein und der Itana ältester Sohn Lambert, etwa seit 858 Herzog, oder, wie er ausnahmsweise bisweilen genannt wird, Markgraf von Spoleto[50]), der noch rücksichtsloser und gewaltthätiger als der Vater seine Macht und seinen Einfluß nach allen Seiten zu erweitern strebte. Während jener, wie es scheint, stets im Einvernehmen mit dem Kaiser gehandelt hatte, wagte Lambert bereits in Gemeinschaft mit dem Grafen Hildebert, vermutlich von Kamerino, sich gegen den Kaiser selbst aufzulehnen[51]): da mußte er freilich (im J. 860) vor

---

der auch sonst öfter (c. 17, 29, 62, 65, 76, 80) die Leute aus Spoleto kurzweg als Franken oder Gallier bezeichnet, ebenso nennt die chron. S. Bened. p. 203 dieselben Franken oder Gallier und das chronic. Casin. c. 23. sagt Francis id est Widoni comiti. Diese Zeugnisse lassen auf ein starkes fränkisches Element in Spoleto schließen. Auffallend ist, daß anderwärts Erchempert (c. 25 vgl. chronic. Salernit. c. 82: Guidonem, qui illo in tempore Tuscis praeerat) die Spoletiner Tusker nennt und daß Wido (II.) in den ann. Fuld. 883 comes Tuscianorum heißt. Das letztere ist wohl gewiß irrig und auch aus dem ersteren schwerlich zu folgern, daß Wido je der Mark Tuscien vorgestanden.

[47]) Erchempert. c. 17, 18, Chronic. Salernit. c. 82—84, das letztere durchaus sagenhaft vgl. Muratori ann. d'It. a. 843.

[48]) Benedicti chronic. c. 26 (Scr. III, 713): Quido marchio accepta dona amplissima et gratias Romanum populum in propria est reversus, oben I, 290.

[49]) Chronic. Casin. c. 23, Erchempert. c. 25 (Scr. III, 228, 249). Dies Ereignis fällt nach 856 (Erbauung der Stadt Neu-Kapua).

[50]) Der Herzogstitel ist für Spoleto ganz überwiegend im Gebrauche, Johann VIII. z. B., der Adalbert von Tuscien stets Markgraf nennt, braucht diesen Titel fast nie für Lambert und Wido (Mansi XVII, 78, 219; J. 2366, 2607). Das Jahr der Nachfolge ist nur ohngefähr zu bestimmen.

[51]) Davon weiß nur das chronic. Casin. c. 22, dessen Nachricht Leo (chron. mon. Casin. I c. 36, Scr. VII, 606) irrig mit der späteren Empörung

dem ergrimmten Fürsten aus seinem Gebiete weichen, um bei dem Herzoge Adalgis von Benevent eine Zuflucht zu finden, bis dieser durch Eroberung mehrerer fester Städte erschreckt endlich in St. Agata fußfällig Ludwigs Gnade für sich und seine Schützlinge erflehte. Nach einem gänzlich erfolglosen Feldzuge gegen die Saracenen von Bari, zu welchem Lambert sich von zwei beneventanischen Gastalden um hohen Preis hatte dingen lassen[52]), sehen wir ihn dann mit dem Kaiser vollständig ausgesöhnt an der Belagerung von Kapua im J. 866 theilnehmen[53]): er anstatt des Kaisers, der den Eingeschlossenen keine Bedingungen zugestehen wollte, empfieng die Unterwerfung der Kapuaner, die hiedurch wiewol vergeblich eine schonende Behandlung zu erlangen hofften. Wahrscheinlich in Ludwigs Auftrage fand auch jenes schon früher erwähnte gewaltsame Einschreiten in Rom während der Weihe Hadrians im Dec. 867 statt, da der Herzog mit seinem Gefolge in die Stadt einbrach und in Verbindung mit seinen dortigen Anhängern sich empörende Feindseligkeiten erlaubte[54]). Nach so manchen glücklichen Erfolgen trat endlich im J. 871 ein jäher Umschwung ein, als Lambert der Theilnahme an der Verschwörung des Herzogs Adalgis von Benevent gegen den Kaiser bezichtigt, aller seiner Lehen beraubt wurde[55]) und abermals nach Benevent sich zurückziehen mußte, wohin Ludwig ihm umsonst nachfolgte.

An seine Stelle wurde für einige Jahre einer der vertrautesten kaiserlichen Räthe, der Graf Suppo eingesetzt, ein Vetter

---

des Adalgis im J. 871 zusammenwirft, vgl. Prudentii ann. 860: Hludowicus imperator Italiae suorum factione impetitur et ipse contra eos ac contra Beneventanos rapinis atque incendiis desaevit angef. von Wüstenfeld S. 401. Daß Hildebert Graf von Kamerino gewesen vermutet Muratori (ann. d'It. a. 860) nach mehreren Urkunden des Klosters Casauria aus diesen Gegenden, welche seine gräfliche Verwaltung vom J. 843 an zählen (Muratori scr. rer. It. II[b], 925—928). Die letzte, nach welcher im J. 860 Ludwig per Romaniam transiens fines adisset Spoletinos pro iustitiarum commoditate et malignorum astutia deprimenda und zwar mit zahlreichem Gefolge, könnte wohl mit der obigen Auflehnung im Zusammenhange stehen, zumal da Lambert darin gar nicht erwähnt wird.

[52]) Erchempert. c. 29: multa cum prece conduxerunt Lambertum ducem Spolitensium; chron. Casin. c. 28 ohne Erwähnung Lamberts.

[53]) Erchemp. c. 32: Lamberto comiti illius se tradiderunt s. oben I, 675.

[54]) S. I, 663. Hadrian exkommunizirte hernach Aistaldum, Walterium, Hilpianum, Odonem et Teopertum cum cunctis aliis raptoribus et praedonibus, bis sie den Raub herausgäben und Genugthuung leisteten: diese standen also wohl mit Lambert in Verbindung.

[55]) S. I, 714. Auch Anastasius meldet ausdrücklich (vita Hadriani p. 429), daß Lambert ducatum perdidit und berichtet dann von dem in der vor. Anm. erwähnten Aistald: quam (sc. communionem) recipere praevaluisset, nisi coniurationi Lambertorum postea conscius cum viris excommunicatis ac rebellibus fugiens Beneventum petere maluisset. Die Verschwörung verzweigte sich also bis nach Rom.

der Kaiserin Engelberga und vermutlich mit dem früheren Pfalzgrafen Suppo verwandt, der von 822 bis 824 ebenfalls die herzogliche Würde in Spoleto bekleidete[56]). Dieser Wechsel war indessen nur ein sehr vorübergehender: sobald Karl der Kahle in Rom zum Kaiser gekrönt worden, gab er Spoleto an Lambert zurück[57]), neben welchem fortan auch sein Bruder Wido, wahrscheinlich als Graf von Kamerino auftritt. Beide sollten gemeinsam dem Papste den Schutz leisten, an dessen Gewährung der Kaiser durch seine Entfernung verhindert wurde: eine vielverheißende Aufgabe für den rastlosen Ehrgeiz dieses aufstrebenden Hauses. Indem sie ohne Zweifel durch ihre Parteinahme für Karl zurückerhielten, was sie durch die Auflehnung gegen Ludwig verwirkt, mußte andrerseits Suppo, wiewol er auf der Versammlung zu Pavia Karl ebenfalls als Kaiser anerkannte, sich mit der Grafschaft Turin begnügen, die er vermutlich schon vorher besessen[58]). Um so ausschließlicher aber schien jetzt der Papst in die Gewalt des Herzogs von Spoleto gegeben, als sein anderer Nachbar der tuscische Markgraf Adalbert durch seine Verschwägerung mit Lambert in die engsten Beziehungen zu demselben getreten war.

An das Herzogthum Spoleto, die entlegenste Provinz des fränkischen Reiches schließen sich jene Gebiete an, die selbst durch Karl den Gr. nur in zweifelhafte Abhängigkeit versetzt, auch unter seinen schwächeren Nachfolgern ihre Selbständigkeit im Wesentlichen zu behaupten wußten. Seit der Spaltung, die das alte langobardische Herzogthum Benevent in zwei von einander unabhängige

---

[56]) Ueber Suppo vgl. Muratori ann. d'It. 872. Wenn derselbe in einer Urk. (Murat. scr. rer. It. II^{b}, 935) Suppo dux filius quondam Maurini heißt, so bezieht Muratori dies auf den 824 verstorbenen Grafen Mauring von Brescia, ich möchte eher an den 840 und 844 erwähnten Pfalzgrafen Maurin denken (Mem. e docum. all' ist. di Lucca V^{b}, 337; Vita Sergii ed. Blanchini p. 352). Der Graf Suppo v. Brescia (Einhardi ann. 822, 824) dürfte mit dem Pfalzgrafen S. identisch sein (Leibnitii ann. I, 296, Vita Hludowici c. 29, Scr. II, 623), vielleicht der Großvater unseres Suppo (s. auch oben I, 690).

[57]) Erchempert. c. 39: Carlus ... Lambertum ducem et Guidonem germanum illi Iohannis papae in adiutorium dedit. Schon im Juni 876 wurde eine Urk. für Casauria per iussionem Lamberti et Widonis comitum und zwar temporibus Widonis comitis anno comitatus eius primo, eine zweite im Aug. 877 secundo anno comitatus Widonis comitis ausgestellt (Muratori scr. rer. It. II^{b}, 947—951). Jedenfalls ist später auch Kamerino im Besitze der Familie Widos s. Erchempert. c. 79.

[58]) Signum Supponis comitis findet sich zu Pavia Leg. I, 529. In einer Gerichtssitzung zu Turin i. J. 880 erscheint Supo illorum comes in predicta civitate Taurinis und im J. 881 sitzt zu Asti ein Vicegraf zu Gericht in vice Supponi inluster comes (Hist. patr. mon. chart. I, 60, 63) — wenn dies nicht der Sohn des älteren Suppo ist — und damit stimmen die Erwähnungen in den Briefen Johanns VIII. Muratori (ann. d'It. 876) dehnt daher seine Gewalt wohl zu weit aus, wenn er ihn zum Herzog der Lombardei macht. Vgl. auch die Urk. Ludwigs II. und Berengars, in welcher letzteren er Markgraf (von Spoleto?) heißt (B. 659, 1294).

Hälften Benevent und Salerno zerrissen hatte, neben denen wiederum die Gastalden von Kapua sich keck auf ihre eigenen Füße stellten[59]), herrschte zwischen diesen kleinen Machthabern und ihren Nachbarn unablässige Eifersucht und Verfeindung und die endlosen Streitigkeiten unter ihnen, wie oft auch in ihren eigenen Familien, enthüllen uns ein Gemälde der niedrigsten Leidenschaften, der Rachsucht, Grausamkeit und Treulosigkeit, das mit Ekel erfüllt. Der Kaiser Ludwig II. machte keinen Versuch, diese Fürstenthümer selbst aufzuheben oder einzuziehen, — dazu waren sie doch in der Anhänglichkeit der Bevölkerung allzu fest begründet — er suchte nur die Spaltung zwischen ihnen zu nähren und die Treue der Fürsten, die ihm verdächtig schien, durch Abführung einzelner Mitglieder ihrer Familien als Geiseln sich zu sichern.

In Benevent, über welches in den ersten 64 Jahren seiner Unabhängigkeit fünf Fürsten aus drei verschiedenen Häusern regiert, gelang es erst dem von Radelchis gestifteten Herzogshause, aus welchem auch der treubrüchige Adalgis hervorgieng, sich auf einen längeren Zeitraum zu befestigen. Die Salernitaner kehrten nach dem Sturze Ademars, den der Kaiser begünstigt hatte, ebenfalls zu einem Verwandten ihres früheren Herzogs Sikenolf, zu Waifar zurück. In Kapua, über welches der Papst gemäß Verleihung Karls des K. die Oberhoheit beanspruchte und zeitweise ausübte, gebot Landolf als Graf und Bischof in Einer Person, der in unerhörter Weise gegen sein eigenes Geschlecht wütete, seine Neffen sämtlich vertrieb und mit überlegener List und Klugheit vielfach in die Geschicke der andern Staaten eingriff. Diesem Kreise schloß sich im Ganzen auch Neapel an, obschon es, wie jene die Oberhoheit des römischen, selbst die des griechischen Kaisers noch immer anerkannte: an die Stelle der kaiserlichen Beamten traten jedoch selbstgewählte Oberhäupter, Herzoge oder Heermeister, auch Konsuln genannt, die ihre Unabhängigkeit vorzüglich gegen die wiederholten Angriffe der Beneventaner verteidigen mußten. Seit 867 führte hier Sergius II. ein sehr gewaltsames Regiment: seine eigenen Oheime, darunter den ehrwürdigen Bischof Athanasius, der dann Schutz an dem Kaiser fand, nahm er gefangen. Es ist bemerkenswerth, wie in allen diesen kleinen Fürstenthümern, deren Hauptstädte zugleich Bischofssitze waren, das Streben sich darauf richtet, eine Gegenüberstellung und Spaltung der geistlichen und weltlichen Interessen zu verhüten, damit nicht Volksaufstände oder die Einmischung fremder Gewalten, des Kaisers und Papstes, die

---

[59]) Oben I, 327 vgl. R. Köpke die erste Niederlage des abendländ. Kaiserthums in Unteritalien (Schmidt Zeitschr. für Gesch. VI, 26—64), eine lehrreiche Abhandlung, die mir leider im ersten Bande dieses Werkes unbekannt geblieben. Ueber Kapua s. I, 835 A. 50, Erchempert. c. 47: Pandonulfus prius se subdiderat dicto papae, in cuius vocamine et cartae exaratae et nummi figurati sunt.

Folge davon seien. Man suchte daher das Bisthum wo möglich mit Mitgliedern des Fürstenhauses zu besetzen. So wurde Ajo, der Bruder Radelchis II. Bischof von Benevent, Athanasius I. Bischof von Neapel, war ein Bruder des Herzogs Gregor, in Kapua endlich gehörten zwei Landolfe und ein Landonolf dem regierenden Grafenhause an, ja an den letzteren beiden Orten erfolgte durch Landolf und durch Athanasius II. (870—894) eine vollständige Vereinigung beider Gewalten, die eine nur um so rücksichts- und schonungslosere Handhabung der Herrschaft mit sich brachte[60]). Dem Namen nach zum griechischen Reiche gehörig standen neben Neapel noch als eigene Gemeinwesen Gaeta und Amalfi, beide unter selbsterwählten Herzogen, doch erfreute sich die letztere Stadt, die nach Venedig zu jener Zeit wohl durch ihre Verbindungen mit dem Morgenlande den bedeutendsten Handelsverkehr betrieb[61]), einer freieren Verfassung, welche dem Volke einen wesentlichen Einfluß auf die öffentlichen Angelegenheiten einräumte.

Es gab vorzüglich einen Umstand, der in den unteritalischen Gewalthabern immer wieder das Gefühl ihrer Schwäche erweckte und sie nöthigte ein Eingreifen des Kaisers in ihre Verhältnisse selbst hervorzurufen oder doch wenigstens zu dulden, die furchtbaren Verwüstungen nämlich jener Saracenen, die sie selbst zuerst in das Land gezogen und an denen sie auch später noch öfter einen Rückhalt suchten. Unter der saracenischen Geisel bluteten die blühendsten Landschaften des unteren Italiens, da nur die festen Städte einigen Schutz gewährten[62]). Unzählige mähte das Schwert nieder, unzählige jedes Alters und Geschlechtes wurden nach den muhammedanischen Reichen über See in die Sklaverei verkauft, zahllose Ortschaften giengen in Flammen auf. Auf Leichenhügeln feierte der wilde Sultan von Bari seinen Schmaus; um den Glauben der Christen zu verspotten, trank er aus Abendmahlskelchen und ließ sich aus Weihrauchfässern räuchern. Ein andrer ihrer Führer Abd-Allah ließ auf dem Altare einer Kirche das Lager betten, auf dem er seine viehischen Gelüste befriedigte. So schalteten sie mit rohem Uebermute, gleichviel ob als Bundesgenossen oder als Feinde und drohend stand der unter solchen Leiden seuf-

---

[60]) Vgl. chronic. Casin. c. 32: Landolfus autem extitit suis civibus non solum episcopus, sed et comes et iudex, non solum praesul, verum etiam gastaldius, neque tantum pontifex, quin velut miles super cunctos praeerat; Erchempert. c. 31.

[61]) Vgl. über den Handel Amalfis im früheren Mittelalter Wappäus Untersuchungen über die geograph. Entdeckungen d. Portugiesen I, 110 flg., woselbst zu den Belegen noch Liudprandi legat. c. 45, 55 hinzuzufügen ist.

[62]) S. besonders Chronic. Casin. c. 8, 28, 30, Erchempert. c. 18, 29, Chronic. Salernit. c. 112 und über ihre thierische Grausamkeit Theodosii monachi epist. ad Leonem archidiac. de Syracusanae urbis expugnat. (Muratori scr. rer. It. I^{b}, 261 flg.)

zenden Bevölkerung das traurige Loos Siciliens und Kalabriens vor Augen, die sich schon größtentheils unter das Joch der Ungläubigen gebeugt hatten. Ludwig II. trachtete auf wiederholten Zügen, so ungenügende Beihilfe ihm auch die einheimischen Fürsten selbst leisten mochten, diesen Feind der Christenheit von dem italienischen Boden wiederum zu verdrängen. Schon im J. 848 nahm er Abu Massar den Fürsten der spanischen Saracenen in Benevent gefangen und ließ ihn enthaupten[63]). Bei weitem länger behaupteten sich in Apulien jene afrikanischen Scharen, die Khalfun herbeigeführt und an deren Spitze namentlich der furchtbare Sultan weit und breit Jammer und Entsetzen durch die Lande trug. Erst nachdem er im J. 871 durch die glorreiche Eroberung von Bari ein Gefangener der Franken geworden und schon Tarent von den christlichen Waffen bedroht wurde, schien für die Kinder Ismaels in Italien die letzte Stunde zu schlagen. Da dünkte aber der Erfolg der kaiserlichen Heere die kleinen Tyrannen für ihre Freiheit viel gefährlicher, als alle Triumphe der Muhammedaner, die ihnen in ihren Kriegen ja schon so oft gute Dienste geleistet. So entstand in dem Augenblicke, wo die Rückwirkung des kaiserlichen Sieges auf die Beherrschung des unteren Italiens sich offenbarte, jene ruchlose Verschwörung in Benevent, die nichts andres bezweckte, als den fränkischen Einfluß für immer von diesen Gegenden auszuschließen. Die schwere Niederlage, welche die Muselmänner noch im folgenden Jahre bei der Belagerung von Salerno erlitten, brachte doch keine andre Wendung hervor[64]). Von Tarent aus, das der an Ludwig verübte Verrath ihnen erhalten, überzogen sie mit ihren Heerscharen, durch den Zuzug Othmans verstärkt, von neuem Apulien und befreiten sogar den gefangenen Sultan aus den Händen des Herzogs Adalgis. Unter diesen Umständen zogen die bedrohten Fürsten es vor, wie es der Herzog von Neapel längst gethan, sich durch Verträge mit den Saracenen abzufinden: Amalfi, Gaeta und Salerno schlossen ein förmliches Bündnis mit ihnen und leisteten ihren Unternehmungen, die sich nunmehr vorzüglich gegen die römische Campagna richteten, allen Vorschub[65]).

Die Bedrängnisse des unteren Italiens gewährten auch den Griechen die lange ersehnte Gelegenheit dort von neuem festen Fuß zu fassen. Außer Venedig, das zugleich in einem Schutzver-

---

[63]) S. oben I, 327, Iohannis chron. Venet. (Scr. VII, 18): Ludovicus ... capto Abomasale inimico vgl. Amari storia dei Musulmani di Sicilia I, 368 flg.

[64]) Zu den I, 780 beigebrachten Zeugnissen kommt noch Chronic. Siculum 872 (Muratori scr. I^b, 244): anno 6380 periit exercitus Moslemiorum in Salernah.

[65]) Daß diese Bündnisse, wie Amari annimmt (S. 445) zur Verteidigung der politischen Selbständigkeit gegen päpstliche Ansprüche geschlossen worden, ist mir doch nicht recht glaublich.

hältnis zum fränkischen Reiche stand und bei eigener Wahl seiner Dogen so gut wie unabhängig war, außer Neapel, Gaeta, Sorrent und Amalfi, die zum Thema Longobardien gehörten, gehorchte dem byzantinischen Kaiser nur noch eine Reihe von Küstenplätzen im Osten, namentlich Reggio, Gerace, Cotrone, Rossano, Gallipoli, Otranto, die mit dem östlichen Theile der Insel zusammen das Thema Sicilien bildeten und von Kriegsbefehlshabern regiert wurden[66]).

Nachdem Basilius durch seine Theilnahme an der Eroberung von Bari, die ihm freilich zunächst keinen Landgewinn einbrachte, die Absicht kundgethan, wieder kräftig in die unter seinem schlaffen Vorgänger so lange verwahrlosten italischen Dinge einzugreifen, veranlaßte im J. 873 der durch Ludwigs Rache gefährdete Herzog Adalgis von Benevent die Absendung griechischer Schiffe unter dem Patricius Gregor nach Otranto, gegen das Versprechen des Anschlusses an das östliche Kaiserreich[67]). Dieses erfüllte er nun zwar nicht, weil Ludwig unter Vermittlung des Papstes sich mit ihm wieder aussöhnte, dafür aber wurde Gregor von den geängstigten Bewohnern von Bari, die einen neuen Angriff der Ungläubigen fürchteten, im Dezember 875 zu Hilfe gerufen und nahm diese wichtige Feste für seinen Kaiser in Besitz. Zur Sicherung wurde der Gastalde nebst den vornehmsten Einwohnern sogleich treulos verhaftet und als Geiseln nach Konstantinopel entführt. Die griechische Herrschaft breitete sich wieder erobernd aus. Einige Jahre später (880) mußte sich die Feste Tarent dem Heerführer Leo ergeben. Auf dem adriatischen Meere, auf dem nach langer Entfremdung sich während der Belagerung von Bari endlich einmal wieder eine griechische Flotte gezeigt hatte, blieb es doch auch in der Folgezeit den Venetianern meist allein überlassen, ihre Kauffahrer und ihre Küsten gegen arabische oder slavische Freibeuter zu beschützen[68]). Im J. 875 wagten jene sogar einen Versuch auf Grado und plünderten als sie von dort zurückgewiesen wurden, die Inselstadt Comacchio, Kroaten aber verheerten zu gleicher Zeit vier istrische Städte und wandten sich dann ebenfalls ge-

---

[66]) Constantin. Porphyrog. de thematib. l. II. c. 10, 11, de admin. imp. c. 27 (p. 60, 120 ed. Bekker). Daß Kalabrien zum kleinsten Theile nur den Griechen noch gehörte, bezeugt Erchempert c. 35: Saraceni ... Calabriam adeunt eamque intra se divisam repperientes funditus depopularunt, ita ut deserta sit veluti in diluvio vgl. I, 704. Konstantin rechnet auch Neapel, Gaeta, Sorrent und Amalfi zum griechischen Reiche.

[67]) Oben I, 809, wo im Texte fälschlich das J. 874 gesetzt ist. S. auch für das Folgende ann. Benevent. 875 (Scr. III, 174): Graeci ingressi sunt Varum und in andrer Redaktion 876: Intraverunt Greci in Bari, missi a Leone et Alexio imperatoribus, mense Decembri, doch wird die erstere Angabe durch das Zeugnis des Lupus Protospatarius a. 875 verstärkt. Die Einnahme von Tarent meldet der Fortsetzer des Theophanes l. V. c. 66, Lupus Protospatar. 880 (Scr. V, 53): exierunt Agareni de Tarento.

[68]) Vgl. für das Folgende meine Abhandlung über die Slawen in Dalmatien (Sitzungsber. der phil. hist. Kl. der Wiener Akad. XX, 403 flg.)

gen Grado, wo sie jedoch eine vernichtende Niederlage erlitten. Die Unthätigkeit des fränkischen Reiches, das diese Gegenden längst ihrem Schicksale überlassen, trug auch hier ihre Früchte für die griechischen Nebenbuhler. Als sich im J. 877 Sedeslav, der Nachkomme eines früheren Herzogs unter den Kroaten erhob und die Söhne seines Vorgängers vertrieb, ließ sich derselbe in Konstantinopel die durch Volkswahl erlangte Herzogswürde vom byzantinischen Kaiser bestätigen. Mit ihm zugleich unterwarfen sich die Häuptlinge der Narentaner, Zachlumer und der übrigen Südserben, auch die römischen Städte schickten eine Gesandtschaft, um ihr altes Unterthanenverhältnis zu erneuern. Somit wurde die Autorität des griechischen Reiches statt des fränkischen durch ganz Dalmatien anerkannt und es schien für die völlige Beherrschung des Adriameeres der beste Grund gelegt.

Ein schwaches gebrechliches Fahrzeug in tobender See so schien das Schifflein Petri inmitten der Widersacher und Gefahren, die sich rings von allen Seiten dawider erhoben. Wie verschlungen waren die Fäden der Politik, die hier in Rom zusammenliefen, wie manigfach durchkreuzten sich die Interessen der großen und kleinen Machthaber in der Nähe wie in der Ferne, die aus einander gehalten, gegen einander benutzt werden mußten, um in ihrer Mitte als Schiedsrichter beherrschenden Einfluß zu behaupten. Dem dermaligen Nachfolger Petri, Johann VIII. fehlte es nicht an ausgezeichneten Gaben, das Schifflein durch alle Klippen und Wogen glücklich hindurch zu steuern. An Kraft und sittlicher Größe einem Nikolaus keineswegs gleich — gegen den er absticht wie gegen Gregor VII. Urban II. —, besaß er doch persönliche Tapferkeit[69]), rastlosen Ehrgeiz und jene praktische Gewandtheit in den Geschäften und der Unterhandlung, durch welche Rom auf geistige Waffen beschränkt noch immer den Barbaren imponirte und sie seinen Absichten dienstbar machte. Fehlte ihm der Schwung der Ideen, jene eigenthümlich großartige Auffassung des Hirtenberufes Petri, die in seinem Vorgänger Nikolaus zur Erscheinung gekommen, so trat er dafür durchaus dessen politische Erbschaft an und verfolgte wie jener den Plan, Rom und sein erweitertes Gebiet dem fränkischen Einfluß mehr und mehr zu entziehen und zugleich durch freie Verfügung über die Kaiserkrone die fränkischen Herr-

[69]) Aus 2 Brieffragmenten ersehen wir, daß Johann selbst Schiffe (dromones) gegen die Saracenen erbauen ließ und mit diesen einen Sieg erfocht, in welchem er 18 Schiffe eroberte, viele Saracenen erschlug und 600 Gefangene befreite (Ivonis decret. X c. 69, 71). Ich wage jedoch nicht mit Gregorovius (Gesch. d. Stadt Rom III, 201) dies Treffen in das J. 877 zu setzen, vielmehr glaube ich, daß es vor 875 gehört und daß jenes Fragment an Ludwig II. und Engelberga gerichtet ist. Auf Kämpfe mit den Ungläubigen deutet ein Schreiben an Alfons von Galicien aus dem Anfange des J. 876 (Mansi XVII, 225, J. 2264). Ueber Johanns Charakter vgl. Amari (a. a. O. S. 443), der mir ihn jedoch nicht ganz billig und unparteiisch zu beurtheilen scheint.

scher von seinem Gebote abhängig zu machen. Unnöthige Scheu vor Blutvergießen war Johann VIII. durchaus fremd: von jenen tyrannischen Grafen-Bischöfen, die zu seiner Zeit in Kapua und Neapel regierten, unterscheidet er sich nicht sowol durch die Mittel, als vielmehr durch die Ziele seiner Politik, durch die Weite seines Gesichtskreises, doch bleibt ihr Streben immerhin ein verwandtes. Die Unumschränktheit der Macht und ihre rücksichtslose Ausübnng, wie sie nur in jener Vereinigung der höchsten weltlichen und geistlichen Gewalt möglich war, ist ihm ebenso lockend als jenen. Einem Baume glich der päpstliche Stuhl, der in seinen Wurzeln mit den übrigen auf dem gleichen Boden Italiens erwachsenen Bildungen eng verflochten, mit seinem Wipfel weit über ihren krüppelhaften Wuchs hinaus noch viele andre Völker und Reiche überragte und beschattete.

Hatte Johann VIII. durch die Erhebung Karls des Kahlen auf den Kaiserthron seinen und seiner Vorgänger Lieblingswunsch erfüllt gesehen, so blieben doch abgesehen von der Feindschaft des ostfränkischen Königshauses Schwierigkeiten genug in der unmittelbaren Nachbarschaft, ja in Rom selbst zu überwinden, für welche der neue Kaiser dem Papste keinen andern Beistand gewährt hatte, als die höchst bedenkliche und unzuverlässige Bundesgenossenschaft des Herzogs von Spoleto. Seit der langobardischen Zeit spaltete sich der römische Adel in Parteien, die sich mit leidenschaftlicher Erbitterung bekämpften und deren Feindschaft oft in den rohesten Gewaltthaten zu Tage trat[70]). Die geheiligte Person des Papstes flößte diesen Frevlern keine Ehrfurcht ein, seine Würde bewahrte ihn nicht immer vor körperlichen Mishandlungen. Wie die Parteien öfter bei der Papstwahl, als dem Kampfpreise für den Sieger, ihre Kräfte unter einander maßen, so nahmen sie auch von den im übrigen Italien herrschenden Mächten eine Art von politischer Färbung an, die ihre eigensüchtigen Zwecke verhüllte. Standen sich in Rom einst die Anhänger der Franken und Langobarden gegenüber, so gab es jetzt daselbst inmitten einer feilen und wankelmütigen Bevölkerung Parteigänger des ost- und des westfränkischen Königs, diese die Freunde, jene die Gegner Johanns VIII. Wie leicht konnte der Herzog von Spoleto diesen heimlichen Widersachern die Hand bieten und mit ihnen im Bunde dem Papste überall Hindernisse in den Weg legen!

Gegen diese inneren Feinde führte der Papst einen vernichtenden Streich, indem er am 19. April 876 auf einer Synode im alten Pantheon, der Kirche S. Maria ad Martyres über sie alle die Exkommunikation verhängte, wofern sie sich bis zu einer be-

---

[70]) Alcuini ep. 93 ed. Froben. ad domn. regem: Roma vero, quae fraterna discordia initiata est, insitum dissensionis venenum huc usque tenere non cessat. Ueber die Römer s. Liudprand. ant. I c. 26, legatio c. 12, hist. Ottonis c. 17.

stimmten Frist nicht stellten. Ein Urtheil, welches sodann eine zweite Synode in der Peterskirche am 30. Juni nach Ablauf jener Frist endgiltig bestätigte. Wir erstaunen an der Spitze dieser Uebelthäter und Frevler den später als heilig gepriesenen Bischof Formosus von Porto zu erblicken[71]), der einst als Missionär unter Nikolaus so Großes bei den Bulgaren gewirkt, dann nicht minder sowol das Vertrauen Hadrians als das Johanns selbst genossen hatte. Denn jener trug ihm im J. 872 eine wichtige Sendung nach Gallien auf und dieser schickte ihn 875 ebenfalls dorthin, um mit zwei andern Bischöfen vereint Karl nach Italien einzuladen. Bald darauf glaubte jedoch der Papst in ihm den gefährlichsten Nebenbuhler und einen geheimen Gegner seiner westfränkischen Politik zu entdecken. Er verurtheilte ihn demnach und entsetzte ihn seines Bisthums, erstlich wegen seines ehrsüchtigen Strebens nach dem bulgarischen Erzbisthum und der deshalb bei dem Könige Michael angezettelten Ränke, zweitens, weil Formosus der Erhebung auf den Stuhl Petri nachtrachtend zu diesem Behufe sich eine ihm eidlich verpflichtete Partei in Rom gebildet und sich mit dieser gegen den Papst und gegen den Kaiser verschworen habe, endlich wegen unerlaubter Abwesenheit von seinem Sprengel, die zu einer Zeit, da die Saracenen denselben bedrohten, sich auf zehn Wochen erstreckt habe. Was nun weiter über die angeblichen Mitschuldigen des Formosus ausgesagt wird, die alle dem vornehmsten Kreise angehörten, läßt uns, mag es auch übertrieben

[71]) Ueber seine frühere Geschichte s. I, 631 flg., 681, 695, 778, 824; Koepke de vita et scriptis Liudprandi p. 77 n. 3. Die Sentenzen der beiden römischen Synoden über Formosus hat zuerst Richter herausgegeben in dem Marburger Prorektoratsprogramm von 1843 S. 4, 5. Vollständige Nachricht von der ersten gibt Johann selbst in dem Schreiben an die fränkischen Bischöfe vom 21. April (Mansi XVII, 236, J. 2270). Flodoard (hist. Rem. eccl. III c. 21, 24 ed. Lejeune II, 217, 318) berichtet von 2 Schreiben Hinkmars Gregorio eiusdem Romanae ecclesiae nomenclatori et apocrisiario. Die Gegnerschaft des Formosus gegen Karl erhellt aus den Worten: contra salutem rei pnblicae dilectiqne filii nostri Caroli a nobis electi et ordinati principis cum suis fautoribus conspiravit und weiterhin: contra sal. rei publ. et regni dilecti filii nostri Caroli ... cui semper infideles fuerunt et cuius provectioni semper detraxerunt conspirantes. Hiezu stimmt wenig, daß nach den Kapiteln Odos Formosus noch 875 Gesandter Johanns an Karl gewesen sein soll, Richter (a. a. O. S. 4 A. 10) verwirft daher diese Nachricht und führt sie auf eine Verwechselung mit der Sendung im J. 872 zurück. Wiewol hiefür auch der Name Gauderichs an beiden Orten sprechen könnte, so ist mir diese Annahme doch ganz unwahrscheinlich, denn Odo v. Beauvais mußte gut unterrichtet sein, er hatte in diesem Falle keinen Grund die Wahrheit zu entstellen und er konnte auch nicht etwa die beiden Sendungen in eine zusammenfassen, weil er dann Johann zugeschrieben hätte, was Hadrians Werk gewesen war. Vgl. über Sergius und Stephan noch ein späteres Schreiben Johanns (Mansi XVII, 22, J. 2290), über Formosus Sigeberti chron. a. 900 (Scr. VI, 344): Hic Formosns cum aliquando in sinistram snspicionem venisset octavo Iohanni papae timore eius fugiens episcopatum Portuensem reliquit; et quia revocatus a papa redire nolnit anathematizatus est.

sein, einen erschreckenden Einblick in den Abgrund des Lasters und der Verworfenheit thun, der sich damals wie später noch oft in Rom eröffnete. Der eine von diesen Männern, der Nomenklator Gregor, um dessen Freundschaft sich einst sogar Hinkmar bemüht, wurde beschuldigt, durch seine Habgier, durch Betrug und Räubereien schon seit acht Jahren der Kirche schweren Schaden zugefügt zu haben. Seine Tochter Constantina, die mit dem Sohne eines Hofbeamten rechtmäßig vermählt war, verließ diesen, nachdem sie sein Vermögen durchgebracht, um sich zum zweitenmale öffentlich zu vermählen und knüpfte endlich bei Lebzeiten des zweiten Gatten ein ehebrecherisches Verhältnis mit dem Heermeister Georg, dem Sohne des Primicerius Gregor an. Dieser, der zuerst seinen eigenen Bruder vergiftet haben soll, um sich dessen Geliebte anzueignen, war dann durch Verheiratung mit der Nichte des Papstes Benedikt reich geworden. Jenes Verhältnis aber zu Constantina bewog ihn sich fast auf offener Straße der Gattin durch Meuchelmord zu entledigen. Für diese Unthat gieng er durch die Verwendung seines nunmehrigen Schwiegervaters Gregor und die Bestechung der Richter straflos aus. Der Magister militum Sergius ferner, der eine Nichte des Papstes Nikolaus geheiratet hatte und durch sie der Dürftigkeit entrissen worden, bewies sich gegen seinen Wohlthäter so undankbar, daß er den zum Almosen bestimmten Theil der Hinterlassenschaft desselben noch bei seinen Lebzeiten unterschlug und statt mit seiner Gemahlin mit einer Buhlerin Walwisindula lebte. Zu ihren Mitschuldigen gehörte endlich der Sekundicerius Stephan, ein Bruder des Sergius wie es scheint, der überdem mehrere Kirchen beraubt hatte. Als wegen dieser und vieler andrer Schandthaten der Papst die genannten Männer vor seinen Richterstuhl lud, entzogen sie sich seinem Gebote, indem sie sämtlich mit geplünderten Kirchenschätzen reich beladen bei Nacht und Nebel die Stadt verließen. Das St. Pankratiusthor, durch welches sie geflohen waren, blieb geöffnet, als ob sie die durch die Campagna streifenden Saracenen einladen wollten, sich dieses Einganges zu bedienen. Während die Gegner des Papstes in dem benachbarten tuscischen und spoletinischen Gebiete sichere Schlupfwinkel fanden, von wo sie ihre geheimen Umtriebe fortsetzen konnten, ließ Johann VIII. ihre Verdammung sowie die Absetzung des Bischofs Formosus auf der Synode zu Ponthion feierlich verkündigen [72]) und statt des letzteren Walbert zum Bischof von Porto weihen.

Hatte der Papst so die Stadt Rom selbst von seinen schlimmsten Widersachern gesäubert, so lag ihm nun daneben nichts dringender am Herzen, als auch vor ihren Thoren einige Sicherheit gegen die Ueberfälle der saracenischen Horden herzustellen. Im Frühjahr 876 begab er sich daher in Begleitung der Grafen Lam-

[72]) Hincmari ann. 876 (Scr. I, 500), oben I, 347.

bert und Wido nach Kapua und Neapel, um die unteritalischen Fürsten von ihrem Bündnis mit den Ungläubigen abzuziehen und zu gemeinschaftlicher Abwehr zu vereinigen[73]). Seinem Worte gehorchte jedoch nur der Herzog Waifar von Salerno und dessen Schwiegersohn Pulkar von Amalfi, der Herzog Sergius von Neapel dagegen, von Adalgis und Lambert heimlich aufgehetzt, hielt an jener Verbindung fest, von der ihn der Papst schon längst abgemahnt, und wurde daher sofort mit dem Bann bedroht, während Waifar gegen ihn die Waffen ergriff. Da von einem Widerstande der christlichen Fürsten mit vereinten Kräften somit doch keineswegs die Rede sein konnte, so begannen die Saracenen plündernd die Campagna rings um Rom zu durchstreifen, indem sie „wie Heuschrecken" den Erdboden bedeckten und verwüsteten, ja es hieß sogar sehr übertrieben, daß noch im J. 876 eine Flotte von 100 Schiffen, darunter 15 große mit Reiterei, landen werde, um auf die ewige Stadt selbst einen Angriff zu wagen[74]). Da sah es denn bald außerhalb ihrer Mauern sehr traurig aus. „Das Blut der Christen wird vergossen, so schreibt Johann u. a. dem Kaiser, das gläubige Volk von unablässigem Verderben betroffen. Denn wer dem Feuer oder dem Schwerte entgeht, wird zur Beute gemacht, gefangen fortgeschleppt und ewiger Verbannung überliefert. Siehe da Städte, Burgen und Landgüter von ihren Bewohnern verlassen giengen zu Grunde und die Bischöfe haben sich hierhin und dorthin zerstreut. Einzig die Schwellen der Apostelfürsten sind ihnen als Zuflucht geblieben, da ihre Bischofssitze in eine Lagerstätte der wilden Thiere verwandelt werden und sie selbst ruhe- und obdachlos nicht mehr predigen, sondern nur betteln dürfen. Das Schwert ist bis ins Herz gedrungen und der Tag ist da, an dem wir ausrufen: Selig sind die Unfruchtbaren, die nicht geboren haben."

Was aber that solchem Unheil gegenüber, das wie eine ungelöschte Feuersbrunst immer weiter um sich griff, der natürliche Schirmherr der Kirche, der römische Kaiser? Jener Kaiser nach

---

[73]) Erchempert. c. 39. Wahrscheinlich schon vorher erließ Johann ein Abmahnungsschreiben an die Salernitaner, Neapolitaner und Amalfitaner durch Donat von Ostia und den Priester Eugen (J. 2251). Bei der Weihe des Bischofs Athanasius v. Neapel, die nach dem Briefe bei Mansi XVII, 38, J. 2319 in dies Jahr zu setzen ist, heißt es von Johann: qui eo tempore illuc advenerat, ut Sergius consul et dux germanus praedicti praesulis foedus dirumperet cum Agarenis, qui tunc Neapoli habitabant et Romanam provinciam penitus dissipabant (Petri subdiac. chronic. episc. Neapol., Muratori scr. I^{b}, 318). Johann verhängte jedoch den Bann über Sergius nicht statim, wie Erchempert schreibt, da er am 9. Sept. in einem Briefe an den B. Athanasius denselben erst als bevorstehend ankündigt (J. 2275). Vgl. auch sein Schreiben an Waifar (Mansi XVII, 5, J. 2279).

[74]) S. das Schreiben an den Grafen Boso (Mansi XVII, 8, J. 2277), sowie mehrere der folgenden Briefe an Karl, namentlich J. 2291, woher die oben angeführten Worte.

des Papstes Herzen, von dem Johann triumphirend verkündigte, daß Gott ihn vor Erschaffung der Welt für diesen Thron voraus bestimmt. Schon im Sommer 876 hatte er die beruhigende Zusicherung nach Rom gelangen lassen, daß er gegen das saracenische Raubgesindel eine genügende Hilfsmacht senden wolle[75]). Wenn aber der Papst hoffte, daß des Kaisers Stellvertreter, der Herzog Boso sich dieser Sache annehmen würde und ihn hiezu kräftig ermunterte, so täuschte er sich freilich vollständig. Boso erwies ihm vielmehr dadurch einen sehr schlechten Dienst, daß er die aus Westfrancien im August zurückkehrenden Legaten, die Bischöfe Leo und Peter, die schon mit der größesten Ungeduld erwartet wurden, längere Zeit bei sich in Pavia zurückhielt — ohne Zweifel, um sie im Interesse seiner weiteren politischen Pläne zu bearbeiten und zu gewinnen[76]). Als sie nun endlich im September in Rom wieder eintrafen, begleitet von den Bischöfen Ansegis von Sens und Adalgar von Autun als kaiserlichen Botschaftern, da brachten auch sie nur die leere Verheißung einer alsbald ihnen nach zu sendenden Streitmacht[77]). Um so bedrohlicher aber gestaltete sich die Lage des heiligen Vaters, als das Bündnis mit dem Herzoge von Spoleto, welches der Kaiser gestiftet, sich sehr bald wieder lockerte. Bei ihm fanden jene geschworenen Feinde Johanns, die der päpstliche Bannstral aus Rom vertrieben, eine sichere Zuflucht und ihr Einfluß gab sich bald in versteckten Feindseligkeiten kund, welche sich die Spoletiner gegen Besitzungen und Leute des h. Petrus erlaubten[78]). Sowol gegen die verrätherischen Markgrafen als

---

[75]) An Boso schreibt Johann 1. Sept. 876: quia pro maxima necessitate huius nostrae regionis, quam Saraceni pene totam depopulati sunt, audivimus imperiale adiutorium usque ad nos esse mittendum etc. (Mansi XVII, 3, J. 2272).

[76]) Darauf beziehen sich die Schreiben Johanns an die Legaten und an Boso (Mansi XVII, 7, 8, J. 2276, 2277). Das letztere beginnt: Saepe gloriam tuam missis et litteris hortari ac deprecari studuimus, ut manum auxilii porrigens contra nefandos Saracenos hostiliter occurrere tandem satageret, sed proh dolor, nil hactenus praesidii adipisci meruimus, adeo ut nec responsum ... recipere huc usque noscamur.

[77]) S. über diese Gesandtschaft I, 848, Hincmari ann. 876 (Scr. I, 501), mehrere Briefe Johanns, namentlich J. 2290, 2292, wo er von Karls Vertretern als apprime eruditis viris et deum timentibus spricht und besonders Adalgar sein Vertrauen bezeugt. An die durch Leo versprochene Hilfe (post se vestrum exercitum contra Agarenos esse mittendum), die nie gekommen, erinnert er noch später (Mansi XVII, 27, J. 2306).

[78]) In 2 Briefen vom 14. und 15. Nov. klagt Johann über diese Gewaltthätigkeiten vollbracht von infidelibus vestris et inimicis nostris, quibusdam scilicet marchionibus (Mansi XVII, 19, 21, J. 2290, 2291), d. h. von Lambert und Adalbert. Der erstere wird auch an einer nicht ganz deutlichen Stelle genannt (eb. 22) und am 14. Dez. schickte der Papst an ihn die Bischöfe Acimund und Walbert ab: quia tam hominibus S. Petri apostoli quam hominibus Guidonis tui homines, sicut fertur, innumera mala faciunt et rapinas multas exercent. (eb. 20, J. 2302). Hiernach scheint zwischen den Brüdern Lambert und Wido eine Entzweiung bestanden zu haben.

gegen ihre Schützlinge rief daher der Papst den kaiserlichen Beistand an und ersuchte Karl, die letzteren durch Verbannung unschädlich zu machen. Wie schnell mußte er gewahr werden, daß ohne kräftigen Rückhalt an einem weltlichen Herrscher, es ihm nicht möglich sein werde, seine Autorität aufrecht zu erhalten und so viele Gegner zu überwältigen. Gar flehentlich und eindringlich lauten daher die Worte, die er schon im Nov. 876 an Karl richtet: „Da wir von allen Seiten geängstiget schreien, gibt es Niemand, der uns hört, Niemand, der uns beispringt, Niemand, der uns errettet außer Dir, theuerster Sohn und gnädigster Kaiser, der Du nach Gott uns zur Zuflucht, zum Troste und zur Hilfe geschaffen bist. Daher bitten wir Dich von ganzem Herzen bewegt, mit den Bischöfen, Priestern und Vornehmen und mit dem Reste der uns einst anvertrauten Herde, geruhe endlich die Ohren zu öffnen, unser aller Seufzen und Schluchzen zu vernehmen, Deine Hand auszustrecken und Beistand zu bringen dem bedrängten Vaterlande, der in große Nöthe und Leiden versunkenen Stadt und dieser Kirche Eurer Mutter, von der Ihr nicht nur die Herrschaft sondern auch den Glauben an den Einen und wahren Herrn empfienget und welche zuletzt, indem sie Euren guten und großen Bruder verschmähte, Euch nach Art Gottes aus freier Gnade, als einen zweiten König David erwählte und vorzog und zu dem kaiserlichen Scepter erhöhte“ [79]).

Während in Italien die Dinge sich entwickelten, wie sie mochten und konnten, die Saracenen durch den Verrath christlicher Fürsten begünstigt immer unaufhaltsamer vordrangen und ehrgeizige Machthaber immer kecker ihr Haupt erhoben, uneingedenk, daß sie im Grunde nur kaiserliche Beamte seien, über dem herrschenden Wohlleben aber das Bewußtsein der Gefahr wie alle höheren sittlichen Antriebe zurücktraten — hatte Karl nach einer ganz andern Seite hin, als der Papst von ihm begehrte, die Früchte seiner Kaiserwürde zu pflücken gesucht und sich hiedurch freilich selbst der Mittel und der Fähigkeit beraubt, Italiens Retter und Heiland zu werden.

[79]) Eb. 20, weiterhin: nolite, obsecro, iam differre, nolite de die in diem induciis non profuturis abuti.

II.

Der Tod Ludwigs des Deutschen fiel in einen Zeitpunkt voller Gefahren für die Sicherheit und den Bestand seines Reiches. Nicht bloß Italien war ihm durch die List und Gewandtheit seines Gegners vorweg genommen worden: schon wagte dieser auf seine mehr erschlichenen als erstrittenen Erfolge und auf den Beistand seiner geistlichen Freunde bauend die kaiserlichen Ansprüche sogar noch weiter auszudehnen und seine begehrlichen Blicke von dem Sitze der alten Cäsaren, den er soeben gewonnen, auf den neuen Kaisersitz seiner Ahnen nach Achen zu richten. Freilich konnte er, als er den Bruder zum Kriege ebenso entschlossen als gerüstet sah, seine großsprecherischen Drohungen nicht verwirklichen — hatte doch kaum erst in seinem eigenen Reiche der Boden unter seinen Füßen gewankt. Selbst den von Ludwig geforderten Antheil an dem Besitze Italiens würde er wohl nicht auf die Dauer haben verweigern können, da befreite ihn das Hinscheiden desselben nicht nur aus aller Verlegenheit, sondern erweckte ihm sogar neue Hoffnung, die erträumten Kaiserrechte im weitesten Umfange zur Geltung zu bringen. Sollte die gespaltene, dreigetheilte Macht der deutschen Stämme ihm denselben Widerstand entgegensetzen, wie vordem die einige, ungetheilte? Dazu wurden von seinen Neffen Karlmann und Ludwig durch alten Groll von einander geschieden, jener außerdem eben damals durch mährische Händel beschäftigt[1]), Karl aber weilte fern von der bedrohten Grenze in seinem Schwabenreiche. Lothringen, das schon einmal den Kaiser als seinen Herrn anerkannt und nun erst seit sechs Jahren mit der ostfränkischen Krone verbunden war, schien für seine neuen Gebieter, die sich noch nicht einmal über die Theilung verständigt, nur ein unsicherer Besitz.

Diese Lage der Dinge hatte für Karls bodenlosen Ehrgeiz etwas ungemein Verlockendes. Sobald er die ersehnte Trauerkunde von des Bruders Tode in Quierzy empfangen, faßte er den Plan nunmehr zu Italien das gesamte Erbtheil des lotharischen Hauses in Besitz zu nehmen und nicht allein dies, sondern, wie man sagte, selbst die auf dem linken Rheinufer liegenden ostfränkischen Besitzungen, die Gaue von Mainz, Speier und Worms[2]), um den Rheinstrom zur Grenze des Ost- und Westreiches zu machen, er der erste unter den Königen Galliens, der sich so hoher Dinge vermaß. Seine Boten mußten alsbald Lothringen durchstreifen und mit den üblichen Mitteln die Eroberung vorzubereiten oder zu

[1]) Hincmari ann. 876 (Scr. I, 502): Carolomannus ... occupatus in belligeratione contra Winidos.

[2]) Ann. Fuld. 876 (Scr. I, 390): cunctas civitates regni Hludowici in occidentali litore Rheni fluminis positas suo regno addere.

erleichtern suchen. Versprechungen von Lehen und Geldgeschenken für die Fügsamen, Einziehung der Güter, ja Verjagung für die Widerstrebenden führten ihm manchen neuen Vassallen zu[3]). Nachdem er von Quierzy über Stenay zuerst die Straße nach Metz eingeschlagen, um dort gerade wie vor sieben Jahren die Huldigung der lothringischen Bischöfe und Vassallen entgegen zu nehmen, änderte er plötzlich seinen Entschluß. Mit einem ansehnlichen Heere brach er nach Achen auf, das ihn schon einmal als Herrscher begrüßt und von da nach wenigen Tagen weiter nach Köln, um durch dessen Besetzung den Niederrhein zu beherrschen und seinem Gegner den Uebergang zu verwehren. Die Nachricht, die er unterwegs erhielt, daß am 16. September die Normannen neuerdings mit etwa 100 großen Schiffen in die Seine eingelaufen[4]), die Noth seines Volkes vermochte Karl von seinem thörichten Unternehmen nicht zurückzurufen. In frevelndem Uebermute hausten seine zuchtlosen Truppen in dem Gebiete, welches sie durchzogen, wie im Feindeslande. Die päpstlichen Legaten Johann von Arezzo und Johann von Toskanella, wiewol ihre Sendung nur die Vermittelung des Friedens zum Zwecke hatte, schämten sich nicht den frechen Räuber auf diesem Zuge zu begleiten. Zum Danke stellte der Kaiser für den ersteren in Köln eine Schenkung über das Kloster des h. Antimus im Gau von Siena aus „im ersten Jahre der Nachfolge Ludwigs"[5]).

Ludwig der jüngere, der eben dem Vater in Lorsch die letzten Ehren erwiesen, schlug indessen dem Oheim gegenüber mit einer kleinen Truppenzahl von Ostfranken, Sachsen und Thüringern, die er eilig zusammengerafft, sein Lager in Deutz auf und versuchte zuerst, der Gefährlichkeit seiner Lage sich vollkommen bewußt, durch Unterhandlungen ein Abkommen herbeizuführen oder wenigstens Zeit zu gewinnen[6]). Er ließ Karl durch seine Boten an die Bande

---

[3]) Darauf bezieht sich c. 4 das convent. Carisiac. (Leg. I, 538): fideles etiam vestri post mortem fratris vestri ad vos venerunt. quale sacramentum vobis fecerunt, vos scitis. etc.

[4]) Hincmar. (a. a. O.): cum 100 circiter navibus magnis, quas nostrates bargas vocant; ann. Vedast. 876.

[5]) Muratori antiquit. Ital. VI, 335 (B. 1803), ohne Datum. Den Zug nach Köln erwähnen auch Regino, ann. Vedast. 876 (Scr. II, 196): Mortuo dehinc Ludowico ... (Karolus) regnum ipsius invasit et Aquisgrani palatium cum multitudine venit, sed non ita ut debuit. inde Coloniam perrexit; Folquini chartular. Sithiense (ed. Guérard p. 121): Karolus imperator Aquisgrani palatium pergens etiam Renum usque cum exercitu pervenit.

[6]) Ann. Fuld. 876: cum paucis; Hincmar.: cum Saxonibus et Toringis; Regino 876 (Scr. I, 588): exercitum ex Saxonia, Thuringia et orientali Francia congregat; Folquin.: collectis orientalibus Francis et Saxonibus patruo obviam venit Rhenumque cum exercitu pervenit. Ueber die Unterhandlungen berichten die ann. Fuld. und Regino ausführlich, kurz Hinkmar und die ann. Vedast.

des Blutes erinnern, die ihn von so feindlichem Beginnen zurückhalten sollten, an die Verträge, die zwischen ihm und seinem Vater nicht einmal, sondern zu wiederholten Malen vor Zeugen und unter Anrufung des Namens Christi beschworen worden, er warnte ihn nicht allzuviel auf seine Uebermacht zu bauen, da für den Ausgang Niemand bürgen könne und Gott den Israeliten sogar verboten habe, fremde Völker, bevor sie nicht den angebotenen Frieden zurückgewiesen, mit Krieg zu überziehen. Diese Ermahnungen machten auf Karl durchaus keinen Eindruck: er lehnte jene Berufung auf die Verträge mit dem Bemerken ab, daß er dieselben nur mit seinem Bruder, nicht mit seinen Neffen geschlossen! Eine bare Unwahrheit, da er diesen ausdrücklich die Nachfolge im Reiche ihres Vaters verbürgt hatte. Die Westfranken spotteten, als sie die Gegner zum Fasten und zu Bittgängen ihre Zuflucht nehmen sahen, um die Gnade des Himmels für sich herabzuflehen. Bei dem Anhange, den Karl durch Anwendung aller Mittel schon in den Rheinlanden gewonnen, fand Ludwig für nützlich, durch einen recht augenfälligen Nachweis seines besseren Rechtes die wankenden Gemüter des Volkes zu befestigen: er ließ nach altem deutschem Herkommen zehn Männer das Gottesurtheil des glühenden Eisens, zehn des heißen, zehn des kalten Wassers erproben zur Entscheidung der Frage, ob er den von seinem Vater ihm hinterlassenen Antheil an Lothringen mit Fug und Recht besitze oder nicht und bei allen fiel die Probe zu seinen Gunsten aus[7]).

Da während dieser Vorbereitungen Ludwigs Macht gewachsen war und er sich zum Kampfe allenfalls stark genug glaubte[8]), so setzte er sich ohne sein Lager abzubrechen, in der Stille der Nacht mit allen seinen Truppen in Bewegung und gieng, indem sein Oheim ihn noch in Deutz wähnte, mit einer seines Vaters würdigen Klugheit oberhalb Andernach, dessen Burg hart am Rheine er besetzte, über den Strom[9]). Ludwig, wiewol an der schmalen Oeffnung des Maiengaus in einer vortheilhaften Stellung, hegte indessen auch jetzt noch den Wunsch, bei der zweifellosen Uebermacht des Feindes den Kampf wo möglich zu vermeiden. Er schickte neue Anerbietungen an Karl, die dieser, der auf die Nachricht von

[7]) Dies meldet nur Hinkmar vgl. J. Grimm d. Rechtsalt. S. 913, 921, 924.

[8]) Nach Regino sammelte L. erst während der Unterhandlungen sein Heer, nach den dem Ereignis näher stehenden Quellen vorher und dies ist unstreitig das Richtige, doch mag er sich fortwährend verstärkt haben.

[9]) Ann. Fuld. 876: Hludowicus quadam nocte se subtraxit de castris et Rheno flumine transito, in castello Anternaco cum suis consedit; Reginon. chron. 876: ut in filio non tantum paternos vultus, quantum animi subtilitatem artiumque ingenia recognosceres, castra e regione Coloniae contra castra Caroli super ripam fluminis magno apparatu collocat, ipse autem cum omni hostili virtute inter Confluentes et Andrenacum Rhenum transit.

Ludwigs Rheinübergange stromaufwärts vielleicht bis Sinzig zog und seine schwangere Gemahlin nach Herstal schickte, anscheinend günstiger aufnahm, als die frühere Botschaft. Am 7. Oktober wurde die Verabredung getroffen, durch eine bestimmte Zahl von Räthen beiderseits einen Vertrag entwerfen zu lassen und inzwischen natürlich Waffenruhe zu halten[10]). Auf die bevorstehende Verständigung und vielleicht auf Karls Feigheit vertrauend hatte Ludwig es zugelassen, daß ein großer Theil seiner Mannschaften sich zum Fouragieren in der Umgegend von Andernach zerstreute. Der arglistige Oheim schloß jedoch jene Uebereinkunft lediglich in der Absicht, seinen Gegner sicher zu machen und ihn ohne Gefahr zu überwältigen. Er hoffte ihn durch plötzlichen Ueberfall leicht in seine Gewalt zu bekommen[11]): seine Handvoll Leute wollte er dann zusammenhauen, ihn selbst, wie einst seinen Sohn Karlmann durch Blendung unschädlich machen, um sich seines ganzen Reiches zu bemächtigen. Niemand aus seiner Umgebung wagte diesem schurkischen Plane zu widersprechen, nur der Erzbischof Willibert von Köln, der wohl nothgedrungen bei der Besetzung seiner Metropole ihm hatte folgen müssen, mahnte ihn mit ernsten Worten von seinem Vorhaben ab, das um so schändlicher wäre, da der Neffe von ihm ja nur den Frieden begehrte. Als seine Bemühungen fruchtlos blieben, schickte er schleunig auf Richtwegen einen Priester Hartwig an seinen König voraus, um ihn von dem unmittelbar bevorstehenden Anzuge des Feindes in Kenntnis zu setzen.

Ludwig zog auf diese Kunde sogleich den Harnisch an und hieß seine kleine Schar zur Schlacht sich bereit halten, denn die zum Fouragieren ausgezogenen Krieger konnte er bei der Nähe des Feindes nicht mehr rechtzeitig zurückrufen. Alle mußten weiße Kittel anlegen[12]), um sie von den Gegnern zu unterscheiden. Am Abend des 7. war nämlich der Kaiser mit seinen Truppen, die nebst dem großen Troß wohl übertrieben auf mehr denn 50000 Köpfe geschätzt wurden, mit fliegenden Fahnen aus seinem Lager aufgebrochen[13]) und marschierte die ganze Nacht hindurch auf rauhen, unwegsamen Pfaden, die Menschen und Rosse um so übler zurichteten, als zugleich unablässiger Regen herabströmte. Zu ihrer Ueberraschung fanden sie den Feind, den sie völlig arglos wähnten,

[10]) Regino weiß von diesen Unterhandlungen nichts, Hinkmar läßt Karl, die ann. Fuld. Ludwig zuerst Boten abschicken: es kann gleichzeitig der Fall gewesen sein.

[11]) Ann. Fuld. 876: ut Hludowicum ceteris extinctis comprehenderet ac sedes luminum illius evacuaret postea regnum eius quasi nullo resistente possessurus. Leibniz (ann. imp. I, 750) hält den Erzbischof Willibert für einen Gesandten Ludwigs an Karl.

[12]) Ebenda ... iussitque omnes ex sua parte candidis uti vestibus pro signo cognoscendae societatis.

[13]) Reginon. chron. 876: cum quinquaginta et eo amplius, ut ferunt, milibus. Ueber den schwierigen Marsch vgl. Hinkmar.

kampfgerüstet: die Sachsen, die in erster Reihe standen, wichen anfangs etwas dem Anprall der Uebermacht, doch bald brachten die Ostfranken das Treffen zum Stehen und als Graf Reginar, der kaiserliche Bannerträger und Graf Hieronymus fielen, war kein Halten mehr unter den ermüdeten Truppen, die durch den unverhofften Widerstand alsbald die Fassung verloren hatten[14]). Wie die Flammen in den Stoppeln, so wüteten Ludwigs Krieger in den wankenden Reihen der Feinde: der feige Kaiser, der sich im Hintergrunde gehalten, wurde von der allgemeinen Flucht sogleich mit fortgerissen und ruhte nicht eher, als bis er am Abend des folgenden Tages mit wenigen Begleitern Lüttich erreicht hatte. Der ungeheure Troß von Saumrossen, Krämern, Waffenhändlern u. s. w. gereichte zum Verderben des Heeres, da er auf den engen Wegen die Truppen am Entfliehen hinderte. Das Blutbad war sehr groß und überdem geriet so mancher von den Großen Karls auf dem Schlachtfelde oder in den benachbarten Wäldern in Gefangenschaft und wurde auf Ludwigs Befehl verschont, so der Bischof Otulf von Troyes, der Abt Gauzlin von St. Germain des Pres Karls Kanzler und die Grafen Aletram, ein Verwandter des Kaisers[15]), Adalhard, Bernhard und Eberwin nebst vielen andern. Diejenigen aber, die entkamen, mußten froh sein das nackte Leben und die Freiheit zu retten. Manche, die den erbitterten Bauern in die Hände fielen, wurden so gründlich ausgezogen, daß sie ihre Blöße nur mit Heu und Stroh bedecken konnten. Unermeßliche Beute belohnte die Ausdauer der Tapfern, denn Karl, einer der habgierigsten Fürsten, pflegte auch im Feldlager stets viele Kostbarkeiten mit sich zu führen und nicht minder viele seiner Beglei-

---

[14]) Ann. Fuld.: signiferis Karoli occisis ceteros fugere compulerunt; Hincmar.: fuerunt autem in ipsa congressione occisi Ragenarius et Hieronymus comites; Regino: initio certamine Reginarius comes, qui regium vexillum ferebat, primo impetu extinguitur. Ueber das Ergebnis sind alle Quellen im Einklange. Den Ort der Schlacht Andarnacha bezeugen auch die ann. Hildesheim., Otteubur., Weissemburg. 876, das Jahr ann. Augiens. 876: bellum inter Ludowicum et Karolum imperatorem (Scr. I, 68, III, 50), den Tag Kalendar. Lauresham. (Adonis martyrologium ed. Rosweyde II, 693): VIII. id. Oct. Bella inter Carlo et Hludowico. Folkuin (a. a. O.) setzt dafür wohl nur durch einen Schreibfehler VIII. id. Aprilis und ebenfalls irrig die ann. Vedast. Non. Oct. Diese bemerken auch: multique Franci nobiles ibi capti atque interhempti sunt; die Gefangenen erwähnt Hinkmar s. auch a. 879 (Scr. I, 511): Gozlenus ... abbas ... captus in bello apud Andrnacum et trans Rhenum ductus fuerat. Die ann. Stabulens. (Reiffenberg monuments VII, 202) 875 melden: Karolus imperator conflictum cum Hludowico ad — — — Francique mirabiliter pugna cesserunt. — Ueber die Schlacht bei Andernach hat Pfarrius verständig und kritisch gehandelt in dem Programm des Kölner Friedr. Wilh. Gymnasiums von 1851 S. 1—13.

[15]) S. über ihn die Urk. Karls Bouquet VIII, 636 vom J. 871 (Aledrannus dilectissimus nobis ministerialis), 642, Ludwigs IX, 414 (dilecto propinquo nostro Aletramno comiti) B. 1775, 1847. Die Meinung v. Noordens (Hinkmar S. 331), daß nur wenige westfränkische Vassallen bei Andernach mitgefochten, scheint mir völlig unbegründet.

ter: alle ihre Habe an Gold, Silber und prächtigen Gewändern, an Waffen, Harnischen und Rossen und an manigfachem Hausgeräth wurde Eigenthum des Siegers.

Die Schlacht von Andernach am 8. Oktober 876 erschien den Zeitgenossen als ein gerechtes Gottesurtheil, eine wohlverdiente Züchtigung frevelhaften Uebermutes. Gefangene erzählten, als sie Ludwig mit seinem kleinen Häuflein kaum erblickt, habe ein so plötzlicher Schreck ihre Glieder gelähmt, daß sie sich schon besiegt wähnten, bevor sie nur zum Schlagen gekommen. Und was noch wunderbarer war, vergeblich schlugen sie den Pferden zum Angriffe die Sporen in die Seiten, daß das Blut floß, diese standen unbeweglich wie an einen Pfahl gebunden. Und wen von den Feinden sie mit ihren Schwertern trafen, den verletzten sie kaum, denn es schien als habe eine höhere Hand ihre Schneide stumpf gemacht. In diesen Sinnentäuschungen offenbart sich der Einfluß der Meinung für eine schlechte Sache zu fechten. „So ergieng es, fügt Ludwigs Geschichtschreiber seinem Berichte hinzu, dem neuen Sanherib, damit er, welcher zuvor aus Selbstüberhebung Gott nicht erkennen wollte, jetzt überwunden und beschämt einsehe, daß nicht in der Menge des Heeres der Sieg beruht, sondern daß vom Himmel die Kraft kommt und daß er endlich seiner Habsucht und seinem Hochmute ein Maß setze.“ Selbst der dem Westreiche angehörige Mönch von St. Vaast läßt durch das Gericht Gottes Ludwig den Sieg zu Theil werden und Hinkmar, freilich damals über seinen Herrn bitter grollend ruft aus: „Und es erfüllte sich das Wort des Propheten, der da sagt: Du Verstörer, meinst du, du werdest nicht verstöret werden?“ So gab es über diesen Ausgang nur Eine Stimme[16]).

Die Schlacht von Andernach ist die erste in der langen Reihe derer, in denen die Ost- und Westfranken, die Deutschen und die Franzosen, wie wir sie jetzt nennen, ihre Kräfte mit einander maßen — wenn man nicht die Kämpfe Pippins von Herstal und Karl Martells gegen die Westfranken hieherziehen will — die erste jedenfalls, durch welche deutsche Männer ihre Freiheit und ihre Grenzen gegen die Nachbarn im Westen siegreich vertheidigten. Seit dem Bürgerkriege unter Ludwig dem Frommen fand hier zum erstenmale nach langer feindseliger Spannung ein wirklicher Kampf zwischen zwei Frankenkönigen statt, doch wie viel bestimmter hatten sich jetzt die großen Massen von einander geschieden, die ihrer gesonderten Volksthümlichkeit immer bewußter werdend nur über einige Grenzgebiete noch mit einander haderten, nimmer aber zu einem Ganzen wieder verschmelzen konnten. Der Jubel über den rühmlichen Sieg einer kleinen Minderzahl, über

---

[16]) Vgl. auch Reginon. chron. 876: Carolus ... sero secum revolvens, quanti discriminis sit aequitatis iura divinarum humanarumque legum institutionibus roborata immoderatae cupiditatis ambitione violari velle.

die schimpfliche Flucht des treulosen, ländersüchtigen Fürsten schlägt an unser Ohr wie die Ahnung eines deutschen Nationalgefühles, das ja immerdar nur durch Blut seine Taufe empfangen kann[17]).

Die Niederlage des Feindes war so vollständig wie möglich, das ganze Heer aufgelöst. Als Flüchtling langte der Kaiser in Lüttich an, wo der Bischof Franko und der Abt Hilduin zu ihm kamen und ihm die tröstliche Nachricht brachten, daß seine Gemahlin Richilde, die er unter ihrer Hut nach Herstal geschickt, von dort fliehend auf dem Wege von einem Knäblein genesen sei. Karl berief auf 14 Tage nach Martini eine Versammlung der Getreuen nach Samoussy und suchte sich zunächst aus der dringendsten Verlegenheit, von den Normannen in der Seine zu befreien, indem er ihnen durch den Grafen Konrad von Paris, seinen Vetter und andre Große Vorschläge zu einem friedlichen Vergleiche machen ließ. Diese Sendung blieb jedoch erfolglos und Karl bestellte daher in Samoussy Mannschaften, um gegen die Normannen Wache zu halten und sie wo möglich zurückzuweisen[18]). Auf derselben Versammlung entschädigte er vorläufig auch mehrere der lothringischen Großen, die, weil sie sich zu weit mit ihm eingelassen, ihm nach der Niederlage gefolgt waren, für das, was sie aufgaben, durch Abteien oder durch Güter des eingezogenen Klosters Marchiennes[19]). Eine sehr gefährliche Krankheit, die den Kaiser gleich darauf befiel, brachte ihn gegen Weihnachten an den Rand des Grabes.

Nachdem Karl endlich von seinem Uebel wieder genesen war, hielt er sich im Januar 877 in der Pfalz Quierzy, später zu Compiegne auf, wo sich die von ihm erbaute Kirche der Vollendung näherte, in Gesellschaft seines Schwagers, des Herzogs Boso, der seinen jüngst geborenen, doch bald dem Tode geweihten Sohn aus der Taufe hob[20]). In Bosos Begleitung vielleicht waren die kaiserlichen Gesandten Ansegis und Adalgar aus Italien zurückgekehrt, um außer verschiedenen andern Aufträgen, wie namentlich der Versetzung des Erzbischofs Frothar von Bordeaux nach der aquitanischen Metropole Bourges, die der Papst gegen den

---

[17]) Die Schlacht von Andernach ist wenig nach ihrer nationalen Bedeutung gewürdigt: weder H. Leo in den Vorlesungen über die Gesch. des deutschen Volkes, noch Giesebrecht in der Gesch. der deutschen Kaiserzeit gedenken derselben mit einer Silbe.

[18]) Hincmari ann. 876 (Scr. I, 502); ann. Vedast. 876: contra quos Karolus exercitum dirigit, sed nil utiliter egere. Am 25. Okt. hielt sich Karl noch Elidione villa (Elsloo?) in der Nähe von Maastricht auf (B. 1804).

[19]) Den Güterbesitz des Klosters Marchiennes bestätigte und vermehrte jedoch Karl wieder am 11. Juli 877 (Bouquet VIII, 666, B. 1818).

[20]) Hincmari ann. 877 a. a. O. Aus Carasiaco pal. imper. ist eine Urk. Karls vom 6. Jan. 877 datirt, für das Kloster des h. Benignus zu Dijon, auf Fürbitte des Boso carissimus noster dux et missus Italiae sacrique palatii nostri archiminister (Bouquet VIII, 656, B. 1805).

einstimmigen Beschluß der Synode von Ponthion genehmigte[21]), jene beweglichen Klagen über die saracenischen Verwüstungen sowol dem Kaiser als der Kaiserin ans Herz zu legen. „In Wahrheit, so schreibt Johann an jenen mit unwürdiger Schmeichelei[22]), Euer Herz, theuerster Sohn, ist in der Hand Gottes, weil Ihr nach seinem Rathe alles ordnet und weislich das Euch anvertraute Reich zu lenken strebt, weil vom Mutterleibe an mit Euch die Weisheit wuchs und die Gerechtigkeit Eure geliebte Freundin war. Die menschliche Zunge vermag nicht die Menge Eurer Vorzüge zu nennen." Ueber den schändlichen Treubruch Karls gegen seine Neffen findet sich in diesen päpstlichen Ergüssen kein Wort des Tadels, nur der leise Vorwurf kehrt wieder, daß derselbe sich durch andre Unternehmungen von dem so nothwendigen Zuge nach Italien abhalten lasse.

Noch im Februar wurde Bischof Adalgar von Autun, den für seine bisherigen Bemühungen die Schenkung der Klöster Flavigny und Corbigny lohnte[23]), abermals nach Italien geschickt, um als kaiserlicher Bevollmächtigter zur Berufung einer Synode mitzuwirken[24]). Während Ansegis, der frühere Vermittler zwischen dem Papste und dem Könige Karl, sich auf seiner letzten Sendung das Misfallen des ersteren zugezogen und sein Vertrauen verscherzt[25]), wußte dagegen Adalgar sich Johanns Zutrauen im höchsten Maße zu verdienen, so daß er ihn für die einzig geeignete Mittelsperson erklärte und ihm zur besonderen Auszeichnung das Pallium verlieh. Durch die Synode aber, auf deren Berufung Karl drang, gedachte dieser noch einmal und vollständiger als bisher alle italienischen Bischöfe zur feierlichen Anerkennung seiner kaiserlichen Würde zu nöthigen und dadurch ihren Beistand etwaigen Nebenbuhlern zu entziehen.

Als Karl zu Compiegne auch das Osterfest (7. April) gefeiert, erschien eine neue päpstliche Gesandtschaft[26]) aus den Bischöfen Peter von Fossombrone und Peter von Sinigaglia bestehend, um

---

[21]) J. 2282—2284 vgl. 2312, Mansi XVII, 9, 12, 13, 35, oben I, 845. Die für die kaiserlichen Gesandten bestimmten und von ihnen ohne Zweifel besorgten Geschenke fallen in den Zeitraum vom 15. Okt. bis 16. Nov. (J. 2280—2295).

[22]) Mansi XVII, 21, J. 2290.

[23]) Urk. Karls vom 23. Febr. 877 (Bouquet VIII, 657, B. 1806) vgl. Hugonis chronic. l. I. (Scr. VIII, 355 n. 77).

[24]) Hincmari ann. 877 (Scr. I, 503): quem (sc. Adalgarium) mense Februario Romam direxit pro agenda synodo.

[25]) Ueber Ansegis s. I, 838, 848, über Adalgar das Schreiben Johanns, in dem es u. a. heißt: idcirco inter pontificium nostrum et imperium vestrum mediatorem illum fore decrevimus, ita ut quasi vocis utriusque sit organum etc.

[26]) Hincmari ann. 877 (Scr. I, 502). Die Schreiben, welche diese Gesandtschaft überbrachte sind vom 10—27. Febr. datirt (J. 2306—2310).

ihn mit den dringendsten Anliegen um Hilfe zu bestürmen und ihm geweihte Palmenzweige zum Geschenk zu überreichen. Ebenso wie die Unterhandlungen, die Johann im Dez. mit dem Herzoge von Spoleto angeknüpft, erfolglos blieben und zu keiner Abstellung seiner Beschwerden führten, so vermochte er auch das Bündnis der unteritalischen Fürsten mit den Saracenen bei einem nochmaligen Besuche in Neapel im Januar nicht zu zerreißen — vielleicht weil jene in ihrem Beistande die beste Bürgschaft ihrer Unabhängigkeit erblickten — und es blieb ihm nichts andres übrig, als alle seine Hoffnung auf den Kaiser zu setzen[27]). In seinen Briefen vom Februar 877 schildert er die Trostlosigkeit seiner Lage mit den schwärzesten Farben[28]). Schon haben die Ungläubigen nach seinem Berichte den Teverone überschritten und streifen bis in die Sabina und bis vor die Mauern Roms. Sie schonen weder Kirche noch Altar, weder Priester noch Nonne, verödet stehen rings die Städte und Dörfer und alles Volk, welches dem Schwerte oder der Gefangenschaft entronnen, strömt in Rom zusammen, um dort den bittersten Mangel zu leiden. Den Saracenen aber reichen die Spoletiner die Hand und vollenden durch ihre Räubereien und Gewaltthaten die allgemeine Unsicherheit und Noth. „Mit gekrümmten Knien und gebeugtem Haupte" fleht der Papst „gleichsam gegenwärtig" den Kaiser um Rettung aus diesem Elend an. Er läßt ihn durch die Bischöfe daran erinnern, wie er ihn allen seinen Nebenbuhlern und Verwandten vorgezogen und ihn allein zum Schirmherrn und Beschützer der Kirche erwählt. Unverzüglich bittet er genügende Streitkräfte nach Rom zu entsenden, damit er nicht entweder den Heiden unterthan werde oder gar zur Schmach für die Christenheit im Kampfe mit ihnen seinen Untergang finde. Aber auch gegen die schlechten Christen soll der Kaiser strenge Gerechtigkeit durch seine Sendboten üben.

Karl konnte auf diesen verzweifelten Hilferuf den Papst weder länger mit eitlen Worten hinhalten, noch sich gegen Erfüllung seiner kaiserlichen Pflichten sträuben, wenn er nicht seine Krone selbst aufs Spiel setzen und Italien dem ersten besten Bewerber

---

[27]) Ueber Lambert s. oben S. 31. Joh. erbietet sich, wenn Lambert seine Leute nicht im Zaume halten könne, dieselben zu bannen. Den Bischöfen Ajo v. Benevent, Landolf v. Kapua sowie dem Herzoge Waifar v. Salerno verhieß er kaiserlichen Beistand (Mansi XVII, 26, 27, 31), Sergius v. Neapel verharrte in seinem Trotze (eb. 38, J. 2303—2305, 2319).

[28]) S. auch die vorher angef. Briefe, die von dem Verdachte starker Uebertreibung nicht ganz frei sind. An die Kaiserin schreibt er u. a.: ideo illum tanto diademate ab olim quidem a nobis exspectatum ac praeelectum decorare curavimus, ut sanctae Romanae ecclesiae recuperatio et securitas, quam ademptam dolebamus, per pium studium eius, quo semper fruebatur, rediret ... priusquam hiems vel ver transeat, contra eosdem paganos Romae sint illius exercitus praeparata subsidia, alioquin aut omnino peribunt aut coacti, ut solam vitam redimere valeamus eis, qui nobis dominantur quomodocumque subiiciemur (Mansi XVII, 29).

preisgeben wollte. Er mußte, wie trübselig auch nach der Niederlage von Andernach und unter dem Drucke der Normannen der Zustand seines Landes und Schatzes sein mochte, dennoch seine Maßregeln treffen, um ein Heer für die Romfahrt ins Feld zu stellen. Zunächst sollte jedoch die Anwesenheit der päpstlichen Legaten zur Verherrlichung einer feierlichen Handlung dienen, bei der Karl noch einmal den vollen Prunk seines nichtigen Kaiserthums entfaltete. Am 5. Mai fand nämlich unter Mitwirkung der Bischöfe der Reimser, sowie mehrerer andrer Kirchenprovinzen die Einweihung der bei der Pfalz von Compiegne erbauten Marienkirche und des dazu gehörigen, schon seit zwölf Jahren begründeten Stiftes statt[29]), als deren Vorbild der Kaiser in der Stiftungsurkunde ausdrücklich die Achener Kapelle seines erlauchten Großvaters pries. Die kostbaren Reliquien des h. Cornelius und Cyprian, die einst Karl der Gr. von Harun zum Geschenke erhalten, wurden daselbst niedergelegt[30]). Für nicht weniger als 100 Domherren war in diesem königlichen Stifte Raum und Unterhalt angewiesen und ihrer Gemeinschaft der gleiche kaiserliche Schutz gewährt, wie ihn die vorzüglich begünstigten Klöster Prüm und das Marienstift zu Laon genossen. So sollte Compiegne, dessen Rechte auch der Papst noch besonders bestätigte, als ein zweites Achen allen Glanz der Kaiserpfalz Karls des Gr. nachahmen, die sein gleichnamiger Enkel nachdem er sie zweimal besessen zweimal wieder hatte aufgeben müssen.

---

[29]) Hincmari ann. 877 (Scr. I, 502): cum multo apparatu; ann. Vedast. 879: regio cultu; ann. St. Maximini Trevir. 865 (Scr. IV, 6); Hugonis modernor. reg. Francor. actus c. 1 (eb. IX, 377); Urk. Karls des Einfält. vom J. 917 (B. 1955). In dem Eingange der Urk. Karls vom 5. Mai (Bouquet VIII, 660, B. 1809) heißt es: quia divae record. imperator avus sc. noster Karolus, cui divina providentia monarchiam totius huius imperii conferre dignata est, in palatio Aqnensi capellam in honorem ... virginis Mariae construxisse ... multiplicibusque ornamentis excoluisse dinoscitur, nos quoque morem illius imitari ... cupientes, cum pars illa regni nobis sorte divisionis nondnm contigerit, infra tamen potestatis nostrae ditionem, in palatio vid. Compendio ... monasterium cui regium vocabulum dedimus, fundotenus extruximns etc. Der Tag der Einweihung war nach dieser Urk. der 5., nicht wie Hinkmar angibt der 1. Mai. Man ist versucht mit Joh. Huber (Joh. Scotus Erigena S. 119, der jedoch den Schluß offenbar misverstanden hat) ein Gedicht des Joh. Skotus an Karl, welches Floß als Nachtrag zu seiner Ausgabe der Werke desselben ediert hat, und in welchem (v. 85 — 101) viel Rühmens von einer Marienkirche Karls gemacht wird, auf die zu Compiegne zu beziehen, wodurch wir ein wichtiges Datum für das Leben des Skotus gewönnen, allein dem steht die durchgängige Bezeichnung Karls als König im Wege, und ich möchte daher eher an die im J. 862 eingeweihte Marienkirche zu Reims denken (Hincmari ann. 862, Flodoard. hist. Rem. l. III c. 5 p. 20), die freilich nicht Karl, sondern Hinkmar erbaut hat. Höfische Schmeichelei müßte das Werk des Erzbischofs auf den König übertragen haben, der der Einweihung beiwohnte.

[30]) Adonis martyrolog. XVIII. kal. Oct. (Surins vitae probator. sanctor. VII, 1189) vgl. Mabillon annal. III, 201, Floß Aachener Heiligth. S. 114, über die Herkunft der Reliquien falsch berichtet.

Von den Festlichkeiten dieser Kirchweihe wandte sich Karl einem minder erfreulichen Geschäfte zu, dem mit den Normannen zu treffenden Abkommen. Wiewol im vorhergehenden Herbste einige Truppen gegen diese ausgerückt, so hatte man an eine ernstliche Abwehr doch gar nicht gedacht, vielmehr hegte der König wohl von vornherein die Absicht, wie in den Jahren 860, 861 und 866 ihnen die weiteren Plünderungen abzukaufen und so die Last von den zunächst betroffenen Landstrichen auf das ganze Reich abzuwälzen. Nachdem er sich mit den Seinedänen über die Summe von 5000 Pfund Silbers geeinigt, wurde noch auf der Versammlung zu Compiegne (7. Mai) zu einer entsprechenden Umlage für Neustrien und Burgund (mit Ausschluß von Lothringen) geschritten[31]). Bischöfe, Aebte, Grafen und Vassallen sollten von ihren Lehen in der Weise steuern, daß sie für jede zum Herrenhofe gehörige Hufe 12 Denare zahlten, für jede von einem Freien bebaute 8 (4 von seinem Zinse, 4 aus seinem Eigenthum), für jede von einem Leibeigenen bebaute 4 (2 von dem Zinse, 2 von dem Eigenthume des Häuslers). Ferner sollten die Pfarrer aller Kirchen ohne Ausnahme eine verhältnismäßige Abgabe, nicht unter 4 und nicht über 60 Denare leisten und es wurden, da dies nicht ausreichte, sogar die Kirchenschätze angegriffen. Die Kaufleute und Gewerbetreibenden endlich zog man dergestalt heran, daß die Juden einen Zehnten, die Christen einen Eilften von ihren Waaren entrichten mußten. Hiemit nicht genug, so zahlten die Bischöfe und Großen südlich der Seine ebenfalls noch eine große Summe, deren Betrag wir nicht kennen, um dadurch die Loiredänen aus dem Lande zu schaffen. Diese Maßregeln standen im engsten Zusammenhange mit dem zu Compiegne gefaßten Beschlusse des Kaisers, so bald als möglich dem heiligen Vater in Rom mit Heeresmacht zu Hilfe zu ziehen. Er, der sein eigenes Land von den Heiden nur durch Gold zu erlösen vermochte, wähnte die Ungläubigen aus dem päpstlichen Gebiete mit dem Schwerte zurückweisen zu können.

---

[31]) S. die exactio Nortmannis, qui erant in Sequana tribuenda, ut a regno eius recederent (Leg. I, 536), ergänzt durch den convent. Carisiac. c. 30, 31 (eb. 540); von Gfrörer (Carol. II, 163) ganz willkürlich als Römersteuer bezeichnet. Hinkmar (a. a. O.) bringt die Vertheilung der Steuer unrichtig mit den Kapiteln von Quierzy in Verbindung, da doch der angef. Erlaß Nonis Maii in Compendio palatio datirt ist. Hieher muß auch, mit Sirmond und Baluze, ein von Pertz (Leg. I, 476) unter das J. 861 gestellter Erlaß Karls gesetzt werden, in welchem die gleiche Abgabe wie in dem andern von den Lehen, nur von den Klöstern und Kirchen beansprucht wird. Vielleicht ist dies nur ein Entwurf, der als nicht umfassend genug, dem andern weichen mußte. Von Noorden (Hinkmar S. 335) schlägt einen andern Ausweg vor, indem er in dem Erlasse Leg. I, 536 statt Sequana Ligeri lesen will, allein die vollkommene Uebereinstimmung dieses Erlasses mit Hinkmar entscheidet dagegen. Die Zahlung an die Loiredänen meldet Hinkmar vgl. ann. Vedast. 877 (Scr. II, 196): facta pactione spoliantur aeclesiae et omne regnum ad hoc tributum dat, ut ab hac liberarentur clade.

Fühllos gegen die Leiden seines Volkes wußte er nur für solche Unternehmungen zu rüsten, zu denen ihn nicht seine königliche Pflicht, sondern die trügerischen Gaukelbilder des Ehrgeizes antrieben. Sehr begreiflich, daß diese Pläne des Kaisers eine gefährliche Unzufriedenheit unter seinen Großen hervorriefen[32]).

Noch in dem Beisein der päpstlichen Legaten[33]) versammelte Karl an den Tagen des 14. bis 16. Juni seine Getreuen zu Quierzy, um mit ihnen und seinem Sohne die für die Verwesung des Reiches während seiner Abwesenheit nothwendigen Anordnungen fest zu stellen. Die Leitung mußte natürlich dem erwachsenen Sohne des Kaisers, dem Könige Ludwig von Aquitanien zufallen, den eine frühere Reichsversammlung[34]) zu Reims, vermutlich im J. 870, bereits als Thronfolger anerkannt hatte. Hiemit hängt es vielleicht zusammen, daß derselbe sich von seiner ersten Gemahlin schied, die der König nicht als Schwiegertochter zulassen wollte, und zur Erzielung rechtmäßiger Nachkommenschaft, eine zweite Ehe mit Adelheid nach dem Willen seines Vaters eingieng. Seinem Erbrecht aber drohte noch immer Gefahr, sobald die Kaiserin Richilde, wie ihr Gatte sehnlichst wünschte, wiederum eines Knaben genas, dessen Bevorzugung vor dem ungeliebten älteren, mit einem körperlichen Gebrechen behafteten Sohne sich mit Sicherheit voraussehen ließ. Für diesen Fall wurde eine Theilung ausdrücklich vorbehalten. Die ängstliche Sorgsamkeit übrigens, mit der der Kaiser für die Zeit seiner Entfernung alle Schritte Ludwigs leitete und überwachte, beweist hinlänglich, wie wenig Liebe und Vertrauen er demselben schenken mochte.

Folgendes ist nun der Hauptinhalt der Kapitel, die Karl zu Quierzy theils nach dem Beirathe seiner Getreuen, theils aus eigener Machtvollkommenheit erließ[35]). Zuerst wurde herkömmlicher

---

[32]) Eb.: contra voluntatem denique suorum ... iterum Italiam ingressus est.

[33]) Hinkmar und die Akten von Quierzy schweigen darüber, s. jedoch Hludowici II. coronatio (Leg. I, 543): consentientibus ... apostolicae sedis legatis.

[34]) Diese Versammlung wird in den Kapiteln von Quierzy c. 4 (Leg. I, 538) erwähnt, sowie in Hinkmars Schreiben an Ludwig c. 7 (opp. II, 181): Vos scitis, quia pater vester prius Remis de constitutione vestra post illum in regimine regni cum primoribus regni sui disposuit, ubi quantum recordor maxime omnes regni primores fuerunt excepto venerabili abbate Hugone et Bernardo comite Arvernense et omnes secundum dispositionem patris vestri in vestra regia constitutione consenserunt. Eine andre Reichsversammlung zu Reims als die im Okt. 870 (I, 746) ist mir aus Karls späterer Regierungszeit nicht bekannt und möchte ich daher zunächst an diese denken. Ueber Ludwigs Vermählung s. I, 480, 483. Daß er Adelheid spät heimführte, schließe ich aus der erst im J. 879 erfolgten Geburt ihres Sohnes, dem freilich eine Schwester Irmintrud vorangieng (Scr. IX, 303).

[35]) Leg. I, 537 — 542, erwähnt bei der Krönung Ludwigs eb. 543. Daß die Romfahrt schon zu Compiegne beschlossene Sache war, folgt aus den Worten: tam de illis qui cum imperatore pergent, quam et illis qui remanse-

Weise den Kirchen und ihren Besitzungen sowie den Priestern Schutz und Sicherheit verbürgt, ganz besonders aber die Erhaltung der dem Stifte Compiegne verliehenen Privilegien zugesagt. Der Kaiser stellte zweitens den versammelten Großen anheim, außer den Begleitern, die er sich selbst für seine Romfahrt bereits erwählt, ihm noch andre aus ihrer Mitte zu Rath und That beizugesellen: ein Anerbieten, das von ihnen rücksichtsvoll abgelehnt wurde. Es folgt die Frage, ob der Kaiser gewis sein könne, daß *bis* auf seine Heimkehr sein Reich von Niemand beunruhigt werde, *wie* er sich ferner für diese Zeit auf seinen Sohn und seine Großen verlassen könne und wie diese zu einander stehen würden. Der Reichstag erklärte hierauf, daß der Vater am besten wissen müsse, wie es um seinen Sohn, den er erzogen bestellt sei und daß er selbst die geeigneten Maßregeln zu seiner Sicherstellung gegen ihn ergreifen möge. Hinsichtlich ihrer selbst aber erinnerten die Großen an die Treuschwüre und Gelöbnisse, die sie, geistlichen wie weltlichen Standes, ihrem Herrn und Könige zu wiederholten Malen, namentlich zu Quierzy (858), Gondreville (872) sowie auch zu Reims abgelegt und die sie bis an ihr Lebensende zu beobachten entschlossen seien. Von Seiten des Thronfolgers verlangten sie keine weiteren Bürgschaften, als ihnen bereits früher gegeben seien und versicherten auch ihn ihrer Treue. Karl ließ sich hierauf von seinem Sohne und den übrigen Anwesenden versprechen, daß seine Gemahlin auch im Falle seines Todes in den ihr überwiesenen Besitzungen geschützt werden und daß sie allein dereinst über das Loos ihrer kleinen Tochter entscheiden solle. Für den Fall, daß einer der drei ostfränkischen Könige den Kaiser entweder unterwegs oder in Italien anfiele, stellen die Getreuen anheim, die Truppen zu bestimmen, die sich bereiten müßten ihm Hilfe zu leisten[36]). Erledigte Bisthümer und Abteien sollten unter die Obhut der zunächst berechtigten Bischöfe und Grafen gestellt werden, bis der Kaiser darüber verfüge. Wenn ein Graf stirbt, dessen Sohn mit dem Kaiser nach Italien gezogen, so soll der König Ludwig einem der Verwandten oder Vertrauten desselben im Vereine mit den Unterbeamten und dem Bischof die Verwaltung der Grafschaft vorläufig übertragen. Hat er aber einen kleinen Sohn hinterlassen, so ist diesem in derselben Weise das Grafenamt anzuvertrauen, bei kinderlosem Ableben des Grafen endlich soll ebenfalls ein vorläufiger Verwalter eingesetzt werden, dessen Bestätigung oder Verwerfung sich Karl ausdrücklich vorbehält. Das gleiche Verfahren soll in Bezug auf alle kaiserlichen Vassallen beobachtet werden. „Wir wollen jedoch, fügt der Kaiser hinzu, und befehlen

---

rint (eb. 536). Vgl. über den Reichstag von Quierzy v. Noorden Hinkmar S. 336 A. 1.

[36]) Cap. 7: De ordinandis scaris et si nepotes nostri, sui patris imitantes vestigia contra nos ... venerimus etc.

ausdrücklich, daß sowol die Bischöfe und Aebte als auch die Grafen und unsre übrigen Getreuen ihren Vassallen (die Lehen) in ähnlicher Weise zu bewahren suchen." Karl erkennt hiemit das Prinzip der Erblichkeit der Lehen unumwunden an, in der Ausdehnung jedoch, daß es auch auf die Afterlehen[37]) Anwendung finden solle. Die ganze Fassung dieses Kapitels beweist aber, daß es sich nicht um ein neues Zugeständnis handelt, das etwa den Vassallen zur Beschwichtigung ihres Misvergnügens gemacht wird, sondern nur die Art und Weise wird geregelt, in der während der Abwesenheit des Kaisers, ohne Benachtheiligung der berechtigten Erben, über erledigte Bisthümer, Abteien und Lehen vorläufig verfügt werden könne, damit nicht Unordnung und Raub einreiße. Noch ausdrücklicher wird die Vererbung anerkannt, wenn Karl ferner denjenigen seiner Getreuen, die nach seinem Tode und aus Liebe zu Gott und zu ihm (d. h. um für sein Seelenheil zu beten) der Welt entsagen wollen, sogar gestattet, ihre Lehen einem Sohne oder Verwandten zu übertragen.

Verbreite sich die Nachricht seines Todes, so verfügt der Kaiser weiter, so möge sein Sohn und seine Getreuen dieselbe nicht leichtfertig für wahr halten, sollte sie sich aber bestätigen, seine Anordnungen genau vollstrecken. Zuvörderst sind dann die im voraus bestimmten Almosen zu spenden und die Bücher im königlichen Schatze zwischen St. Denis, Compiegne und dem Könige Ludwig zu theilen. Hiemit sind außer vier Grafen die Bischöfe Hinkmar, Franko von Lüttich, Odo von Beauvais und Abt Gauzlin, der Kanzler beauftragt. Alsdann wäre zu ermitteln, welcher Reichstheil Ludwig gebürt, welcher dem etwa bis dahin noch nachgeborenen Sohne und welcher vielleicht einem der königlichen Neffen, falls sich einer von ihnen dessen würdig erwiese. Letztere Hindeutung ist wohl kaum ernsthaft gemeint und dürfte nur als ein Köder zu betrachten sein, durch den Karl einen der ostfränkischen Könige zu gewinnen hoffte, da seine Absicht stets auf ihre Trennung gerichtet war. Sobald der Kaiser glücklich heimgekehrt, will er, daß sein Sohn sich zur Romfahrt rüste, um dort, so lange es nöthig, den h. Aposteln d. h. dem Papste zu dienen und die Königskrone von ihm zu empfangen. Inzwischen wird ihm auf das genaueste vorgeschrieben, welche von den geistlichen und weltlichen Großen seine Umgebung, seinen Rath bilden[38]) und welche andern

---

[37]) Gfrörer (Gesch. d. Carol. II, 150) erweist aus einer Stelle Hinkmars (Mansi XVI, 766) in dem Schreiben an Karl für seinen Neffen, daß die Erblichkeit der Kirchenlehen allgemeine Regel war. Es heißt dort u. a.: episcopus ... cum de rebus ecclesiae propter militiam beneficium donat aut filiis patrum, qui eidem ecclesiae profuerunt et patribus utiliter succedere potuerunt, quoniam, ut quidam scripsit, nisi vitulus nutriatur, bos aratro non iungitur, aut talibus dare debet etc. vgl. über die Auffassung der Zugeständnisse Karls Dönniges das deutsche Staatsrecht S. 217.

[38]) Die Bischöfe Engelwin (von Paris), Raginelm (von Tournai), Odo

sein Gefolge vermehren sollen, wenn er in die Gegend der Maas oder über die Seine zieht. Den Namen Hinkmars suchen wir unter diesen vergeblich. Droht von irgend einer Seite ein feindlicher Angriff, so braucht der junge König nicht alle seine Vassallen sogleich aufzubieten, sondern nur mit einem Theile von ihnen den Feind schnell zu schrecken. Der Pfalzgraf Adalhard oder ein Stellvertreter im Verhinderungsfalle soll stets um den König sein, wenigstens einmal jede Woche Gerichtstag halten und für den Frieden sorgen. Die Grafen und Sendboten werden ferner an ihre Pflicht erinnert, den Verbrechen zu steuern, Recht zu sprechen und die Heerpflichtigen aufzubieten. Wenn sich irgendwo eine Empörung erhebt, die der Graf nicht aus eigenen Kräften zu unterdrücken vermag, so hat der König mit seinen Getreuen sobald wie möglich einzuschreiten, damit der Aufstand nicht weiter um sich greife. Demselben wird auch anempfohlen sich in den Reichstheilen aufzuhalten, die seiner Gegenwart am meisten bedürfen. Niemand aber darf auf den Höfen des Kaisers oder der Kaiserin Quartier nehmen, ebenso werden die Güter und Lehen derjenigen, die mit nach Italien ziehen, unter besonderen Schutz gestellt und Verletzung ihrer Immunität mit dreifacher Buße geahndet. Es folgt eine allgemeine Ermahnung zum Gehorsam gegen den königlichen Sohn und die Aufforderung, nicht säumig in seinem Rathe zu sein, sondern eifrig und nach bestem Wissen daran theilzunehmen. Den bretonischen Herzogen will Karl die königliche Würde wieder entziehen, da ohnehin Salomon, dem er sie in der Zeit der Noth verliehen, gestürzt war und sein Haus nicht mehr über die Bretagne regierte. Der Kaiser bestimmt dann drei Bischöfe, Willibert von Chalons, Arnold von Toul und Wala von Auxerre als Staatsboten, die ihm in gewissen Zwischenräumen nachreisen sollen, außerdem aber ist sein Sohn verpflichtet, jeden wichtigen Vorfall im Reiche ihm durch einen Reisigen oder Schnellläufer alsbald melden zu lassen und er wie alle Getreuen müssen bei einem Angriffe der kaiserlichen Neffen auch ohne ausdrücklichen Befehl stets gerüstet sein zu Hilfe zu eilen. Ihm zu Liebe bittet Karl die Befestigung von Compiegne zu vollenden und er verfügt, wem die Herstellung und Erhaltung der Burgen von Paris, St. Denis, an der Seine (bei Pistres) und Loire obliege: alle diese Bauten dienten nur der Verteidigung

(v. Beauvais), Hildebold (v. Soissons), die Aebte Welfo (St. Colombe zu Sens), Gauzlin (St. Germain), Folko (v. St. Omer, Nachfolger des 7. Juni 877 verstorbenen kais. Bibliothekars Hilduin), die Grafen Teuderich, Balduin (v. Flandern), Konrad (v. Paris), Adalelm (v. Laon) und wo möglich Bernard (v. Auvergne) und Boso (v. Vienne); an der Maas die B. Franko (v. Lüttich), Johann (v. Kammerich), Graf Arnulf u. a., über der Seine Abt Hugo (v. Tours), die B. Walther (v. Orleans), Wala (v. Auxerre), Gislebert (v. Chartres) u. s. f. Dieser Bestimmung gedenkt später auch Hinkmar an Ludwig c. 7 (opp. II, 181): nomina vobis descripta dedit, quorum consilio et auxilio regni negotia disponere deberetis etc.

gegen die Normannen, gegen deren Angriffe lediglich die festesten Mauern einigen Schutz zu gewähren schienen. In den letzten beiden Kapiteln endlich wird dem Thronfolger in einigen der königlichen Forsten die Jagd gänzlich verboten, in andern auf Wildschweine beschränkt und Adalelm (der Oberjägermeister) dafür verantwortlich gemacht, daß er über die Zahl der von Ludwig erlegten Schweine und Hirsche zuverlässige Rechenschaft ablegen könne.

Nachdem diese Beschlüsse, durch welche Karl für eine längere Abwesenheit sich nach allen Seiten hin sicher gestellt zu haben meinte, in einem engeren Kreise der anwesenden Großen gefaßt und aufgezeichnet worden, that der Kaiser der versammelten Menge seinen Entschluß kund, nach Rom zu gehen, während sein Sohn als Reichsverweser zurückbleiben und die Entfernung der Normannen bewirken werde. Hierauf ließ er durch seinen Kanzler Gauzlin einen Auszug aus jenen Kapiteln zu allgemeiner Kenntnisnahme vorlesen, der nur vier Punkte umfaßte, den Schutz der Kirche und ihrer Diener, das herkömmliche Recht der Getreuen, die Vererbung oder Verleihung der Grafschaften und Lehen, die Sicherung der erledigten Bisthümer, Abteien und Lehen gegen Vergewaltigung und räuberische Eingriffe. Nach diesem Abschiede trennte sich die Versammlung und nur einige verweilten noch, theils aus besonderen Gründen, theils um die dargebrachten Jahresgeschenke, die wohl größtentheils in Geld bestanden, abzuwägen [39]). Noch mehrere Wochen nach dem Schlusse des Reichstages von Quierzy verlebte der Kaiser in seinem alten Reiche mit den Vorbereitungen zum italienischen Feldzuge beschäftigt, deren wichtigste darin bestand, Geld auf jede Weise zusammen zu scharren. Im Juni finden wir ihn in Compiegne und Soissons, im Juli in Ponthion und Langres, am 11. August befindet er sich bereits in Bisanz, auf der Straße nach Italien [40]). Ihn begleitete seine Gemahlin Richilde und ein wohl nicht sehr zahlreiches Gefolge, da ein großer Theil der Vassallen erst später zu ihm stoßen sollte; um so größere Schätze an Gold, Silber und andern Kostbarkeiten nebst vielen Rossen führte er mit sich [41]).

Als der Kaiser den Jura überschritten und Orbe erreicht hatte,

---

[39]) Die Worte: vel pro dona liberanda (corr. libranda) scheinen mir nur so einen faßlichen Sinn zu geben s. über die Jahresgeschenke I, 879, Hincmari quaterniones (Mansi XVI, 767): regi ac rei publicae vectigalia, quae nobis annua dona vocantur praestat ecclesia.

[40]) S. die Urk. Karls vom 20. Juni aus Compiegne (Chartular. Sithiense p. 123), 24. Juni aus Soissons, 9., 11., 12. Juli aus Ponthion, 21. Juli aus Langres u. s. f. (B. 1815—1824), womit Hinkmars Angaben völlig übereinstimmen, vgl. auch Folquini chartular. Sith. l. II. p. 126: Karolus imperator Romam properare volens post medium Iulium de Francia iter arripuit.

[41]) Hincmari ann. 877 (Scr. I, 503): cum uxore et maxima auri et argenti caballorumque ac facultatum aliarum copia.

kam ihm sein Gesandter, der Bischof Adalgar entgegen, um ihm Kunde vom Papste und die Akten der von diesem abgehaltenen Synode als ein werthvolles Geschenk zu überbringen. In gewohnter Weise war Johann, indem er mit schmerzlicher Ungeduld der kaiserlichen Hilfe harrte[42]), nach allen Seiten hin thätig gewesen, trotz seiner Bedrängnis die Angelegenheiten des ganzen Italiens in seinem Sinne zu leiten. Er wurde nicht müde, den Herzog *Sergius* von Neapel, der sich ihm wieder genähert, sowie die übrigen *benachbarten Fürsten* von dem saracenischen Bündnis abzumahnen, im Juni hielt er zu Trajetto mit ihm, wie mit den Herrschern von Kapua, Salerno, Amalfi und Gaeta eine Zusammenkunft, um sie unter seiner Leitung zu einer Liga gegen die Ungläubigen zu vereinigen[43]). Damit er ihre Habgier befriedigte, nahm er auch keinen Anstand, ihnen für diesen Zweck Geldzahlungen in Aussicht zu stellen. Die Verbindung der Neapolitaner mit den Muselmännern wurde für den Augenblick in der That aufgehoben. Bei der Unsicherheit des von dorther zu gewärtigenden Beistandes hatte sich Johann zugleich brieflich im April an den kaiserlich griechischen Feldherrn Gregor gewandt, der in Langobardien den Oberbefehl führte, und ihn um die Zusendung von 10 leichtgebauten Kriegsschiffen ersucht, welche die Küste gegen die Landungen arabischer Räuber sichern sollten[44]).

Die verwitwete Kaiserin Engelberga[45]), von der Johann noch immer eine Begünstigung der ostfränkischen Ansprüche fürchtete, ermahnte er eindringlich dem Kaiser Karl die Treue zu bewahren und verhieß, wenn sie irgend etwas von demselben wünsche, seine kräftigste Fürsprache. Um ihr einen Gefallen zu erweisen, stellte er den jungen König Karl von Schwaben sehr ernstlich wegen der Plünderung zur Rede, die seine Leute vor anderthalb Jahren in dem Nonnenkloster zu Brescia verübt und bedrohte ihn mit dem Banne, falls er nicht alles geraubte Gut binnen 60 Tagen nach Empfang des Briefes zurückstelle und sich durch einen Boten in Rom deshalb verantworte. Wie sehr der Papst sich auch auf den Beistand

---

[42]) Er bat ihn am 25. Mai noch einmal dringend um Hilfe (Mansi XVII, 47, J. 2327): „quippe cum tota iam depopulata Campania nil habeamus nilque nobis aut venerabilibus monasteriis ceterisque piis locis neque senatui Romano, unde corporaliter sustentari possimus, remanserit.

[43]) S. die Schreiben an Landolf von Kapua, Pulchar v. Amalfi, Waifar v. Salerno und Johann v. Ravenna (Mansi XVII, 44, 45, 50, J. 2325, 2362, 2334, 2336). Das Anerbieten von Geldzahlungen erhellt aus den später an Amalfi und Neapel wirklich geleisteten.

[44]) Schreiben an Ajo v. Benevent und Gregor (Mansi XVII, 41, 42, J. 2320, 2321). Er verlangt in dem einen decem dromones, in dem andern decem bona et expedita (a)chelandia.

[45]) Beide Briefe vom 27. März Mansi XVII, 38, 39, J. 2313, 2314, vgl. oben I, 826. S. auch die Urk. für das von Engelberga gegründete Kloster S. Sisto zu Piacenza (Campi hist. di Piacenza I, 463, J. 2338).

des Kaisers angewiesen sah, er wußte sich seine volle Selbständigkeit gegen denselben zu wahren. Als Adalhard von Verona [46]), der einzige von den Bischöfen der östlichen Lombardei, der sogleich die Partei Karls ergriffen, von diesem durch die reiche Abtei Nonantola belohnt worden, verbot ihm Johann nicht nur den Besitz derselben, weil Nonantola nach päpstlichen Privilegien das Recht hatte, sich selbst seinen Abt zu wählen, sondern schloß ihn auch auf sein fortgesetztes Widerstreben von der Kirchengemeinschaft aus, ohne jene kaiserliche Verleihung irgendwie an zu erkennen.

Auf den durch den Bischof Adalgar ihm übermittelten Wunsch des Kaisers berief der Papst schon zu Johannis eine allgemeine italienische Synode nach Ravenna [47]), die jedoch später um vier Wochen verschoben, erst am 1. August wirklich stattfand. Zwei Gegenstände beschäftigten vornehmlich diese von 51 Bischöfen aus dem mittleren und oberen Italien und Burgund besuchte Versammlung [48]): die Sicherung der Rechte und Besitzungen des römischen Stuhles und die nochmalige Anerkennung der Kaiserwürde Karls des Kahlen. Jener Zweck wurde durch die neunzehn von der Synode erlassenen Kapitel erreicht, die u. a. den Metropoliten die überaus wichtige Verpflichtung einschärfen, das Pallium, das Zeichen ihrer Abhängigkeit von Rom innerhalb dreier Monate nach ihrer Weihe unter Darlegung ihres Glaubens einzuholen. Die Aufzählung der Vergehen, welche Exkommunikation nach sich ziehen sollen, als Verletzung des Kirchengutes, Entführung, Mord, Mordbrennerei, Raub, Gemeinschaft mit Gebannten, sowie die Bestimmung, daß die Bischöfe die Namen der Exkommunizierten auf Täfelchen öffentlich ausstellen sollen, lassen auf das nicht seltene Vorkommen dieser Verbrechen schließen. Vorzüglich sucht nun aber der Papst die Güter der römischen Kirche gegen Entfremdung und Vergewaltigung sicher zu stellen: die Synode bedroht jeden mit dem Kirchenfluche, der es wagen würde, Stücke davon als Lehen oder in andrer Weise abzulösen, ausgenommen die Vertrauten des Papstes oder seiner Vorgänger, d. h. die Nepoten [49]).

---

[46]) S. die 3 Schreiben vom 28. April Mansi XVII, 43, 44, J. 2322—2324.

[47]) S. die Einberufungsschreiben an Johann von Ravenna, Ansbert v. Mailand, Anton v. Brescia u. s. w. (Mansi XVII, 46, 48, 49. 50, 51, J. 2328, 2331, 2336, 2337).

[48]) Daß beides zusammen gehöre, thut Jaffe (reg. pontific. p. 269) unwiderleglich dar, es ist daher sehr auffällig, daß Hefele (Conciliengesch. IV, 503) und Gregorovius (Gesch. d. Stadt Rom III, 208) wiederum von 2 Synoden in diesem Jahre sprechen. — Die 19 Kapitel Mansi XVII, 337, die Bestätigung Karls eb. app. 171, sowie Walter corpus iur. German. III, 201 flg. und ihrem Hauptinhalte nach von Hinkmar (ann. 877, Scr. I, 503) erwähnt. Die Kapitel zu Troyes bestätigt c. 3 (Mansi XVII app. 187). Die Namen der Bischöfe: Mansi XVII, 342.

[49]) Cap. 15 ... exceptis his quos familiares vel nostros vel nostrorum

Zu den in dieser Weise vorbehaltenen Gütern gehört auch die Leostadt, die römische Münze, die öffentlichen Abgaben, die Ufergefälle, die Häfen Porto und Ostia, kein Wort dagegen verlautet von jener übertriebenen Schenkung, die Karl der Kahle bei seiner Kaiserkrönung angeblich der römischen Kirche gemacht haben soll. Desgleichen verbot die Synode die Klöster, Gehöfte und Besitzungen des päpstlichen Stuhles in Ravenna, der Pentapolis, Aemilia, Tuscien als Lehen zu vergeben, außer an solche, denen sie zu besonderem Nutzen und Dienste der römischen Kirche verliehen würden.

Den Hauptzweck der Synode von Ravenna bildeten jedoch nicht die eben angedeuteten Schlüsse, sondern die Bestätigung der Kaiserwürde Karls. Johann leitete diese Handlung durch eine Ansprache an die versammelten Väter ein, in der er den Preis seines Erwählten in einem prunkvollen Wortschwall verkündigte, der zu der wahren Gestalt der Dinge in seltsamem Gegensatze stand. Der Papst, indem er die großen Männer, die Gott von Geschlecht zu Geschlecht seiner Kirche schenkt, mit den Gestirnen vergleicht, die den dunkeln Nachthimmel erhellen, erkennt es als eine besondere Gnade der Vorsehung an, daß sie diesen so gefahrvollen Zeiten als glänzendsten Stern den christlichen Fürsten Karl aufbehalten, den sie schon vor Erschaffung der Welt hiezu erkoren. Seinem erlauchten Großvater Karl, dem siegreichen Mehrer des Reiches und der Kirche[50]), dem Hersteller des Glaubens und der Wissenschaft, seinem frommen Vater Ludwig steht er in keiner Weise nach, vielmehr übertrifft er sie in allen Stücken, denn er bereichert die Kirchen, ehrt die Priester, liebt erfahrene und verehrt fromme Männer, erquickt die Armen, folgt in allem der Tugend und verabscheut das Böse. Wie schon sein Vorgänger Nikolaus gewollt, so habe er, Johann, ihn, den Heiland der Welt mit Zustimmung der gesamten römischen Kirche und des Volkes erwählt und zum Kaiser gesalbt, ohne daß er aus Ehrgeiz etwa durch trügerische Ränke nach so hoher Würde getrachtet[51]). Von ihm sei nunmehr Trost für die Trauernden, Vernichtung der Heiden und schnelle Erlösung der Christen sonder Zweifel zu erwarten. Auf die Aufforderung einmütig mit Mund und Hand dieser Wahl und Erhebung des Papstes beizustimmen, erfolgte eine ganz entsprechende Antwort der Bischöfe, in der sie, was ihr Haupt gethan als ein

---

successorum esse ratio proficua evidentissime demonstraverit. Vgl. hiezu Gregorovius a. a. O. S. III, 211 flg.

[50]) Die Worte: semper hoc ei erat in voto, semper in desiderio, sicut in gestis quae de eo scripta sunt legitur, ut sanctam Romanam ecclesiam in antiquum statum et ordinem reformaret, scheinen auf Einhardi vita Kar. M. c. 27, 28 anzuspielen.

[51]) Deinde non hic perpetuus augustus ad tanta fastigia se velut improbus intulit, non tanquam importunus fraude aliqua vel prava machinatione aut inhianti ambitione ad imperialem apicem aspiravit. Eine wahre Verhöhnung der Wahrheit!

Werk göttlicher Eingebung anerkannten und von ganzem Herzen gut hießen. „Aber, fügten sie hinzu — und diese Worte verrathen am deutlichsten den Zweck dieser Verhandlung — wenn es die Nothwendigkeit vielleicht erforderte, so werden wir mit der ganzen Kraft unseres Amtes ausgerüstet den Umtrieben derer, die Anderes im Schilde führen, zu widerstehen suchen. Denn da es nach dem Apostel keine Obrigkeit gibt außer von Gott und da dies zumal von dieser gilt, welche einem so frommen Manne übertragen ist, so widersteht unzweifelhaft der Ordnung Gottes, wer dieser vom Himmel durch unser Amt eingesetzten Ordnung hartnäckig widerstrebt." Es wurde hierauf beschlossen und von allen Bischöfen durch Namensunterschrift bekräftigt, daß die von Gott gewollte, im verflossenen Jahre in Rom vollzogene Wahl und Weihe Karls zum römischen Kaiser nun und immerdar Bestand und Geltung haben solle. Ferner daß jedweder, der aus Hochmut oder Habgier solche göttliche Einsetzung zu verletzten wage, welches Standes oder Ranges er auch sei, dem Kirchenbanne verfallen müsse. Alle diejenigen endlich, die so schlimmen Rath ersönnen und förderten, um das Reich durch Feindschaft und Zwietracht zu spalten und die Einigkeit der Kirche zu stören, sollten, wenn Geistliche abgesetzt, wenn Laien oder Mönche, gebannt werden.

Diese Synodalakten, eine Bürgschaft gegen jede Umwälzung, mochte der Kaiser wohl für eine kostbare Gabe achten, da sein Gesandter Adalgar von Autun, der an allen diesen Verhandlungen theilgenommen[52]), sie ihm in Orbe überreichte. Sie mußten, was die Beschlüsse von Ponthion nicht vermocht hatten[53]), der eherne Schild werden, von dem alle Geschosse der Widersacher wirkungslos abprallten und seiner Krone den Glanz zurückgeben, der auf dem Schlachtfelde von Andernach so kläglich verblichen war. Freilich gehörte dazu, daß den großen Worten große Thaten nachfolgten. — Zugleich mit jenem Aktenstücke brachte Adalgar die erfreuliche Nachricht, daß der Papst statt von Ravenna nach Rom zurück zu kehren, seinem heiß ersehnten Beschützer vielmehr entgegen eile, um ihn schon in Pavia zu begrüßen. Auf diese Kunde schickte Karl sogleich seinen zweiten Notar Audacher[54]) und die Grafen

---

[52]) In der auf der Synode ausgestellten Urk. für Autun (Mansi XVII, 341) heißt es: affuit confrater noster Adalgarius sanctae Augustudunensis ecclesiae episcopus missus etiam imperialis deferens nobis praecepta, imperialia. Die Ueberbringung in Orbe erwähnt außer Hinkmar auch eine alte Ueberschrift der Synode (Walter III, 201): ad Urbam civitatem, quando pergebat isdem Karolus Romam.

[53]) Hincmari ann.: quia synodns anno praeterito apud Pontigonem hinc habita secus Andrnacum nil profuit, usquequaque ista debeat praevalere. Pertz Verbesserung Antennacum verstehe ich nicht, es soll doch wohl heißen, daß die Synode von Ponthion den Kaiser nicht vor der Niederlage bei Andernach habe bewahren können.

[54]) Hinkmar a. a. O.: Odacrum secundi scrinii notarium. Audacher

Goiram, Pippin und Heribert, die beiden letzteren Enkel des Königs Bernhard von Italien voraus, um für alle Bedürfnisse seines hohen Gastes Sorge zu tragen. Indem er selbst seinen Zug über den St. Bernhard beschleunigte, konnte er Johann schon zu Vercelli (Anfang September) mit allen Ehren empfangen[55]) und mit ihm gemeinschaftlich in Pavia, der alten Hauptstadt der langobardischen Könige einziehen.

An diesem Orte, wo ohne Zweifel eine festliche Versammlung sich um die beiden Oberhäupter der Christenheit scharte[56]), traf sie wie ein Donnerschlag die zuverlässige Meldung, daß Karlmann, Ludwigs des Deutschen tapferer Sohn mit einem gewaltigen Heere über die bairischen Alpen in die lombardische Ebene herabgestiegen sei, um die väterlichen Ansprüche auf Italien mit den Waffen in der Hand zu erneuern. Ein Kampf war unvermeidlich. Sollte jedoch Karl das Spiel, das er schon einmal gegen seinen Bruder gewonnen, gegen seinen Neffen sogleich verloren geben, der über eine so ungleich geringere Macht zu verfügen hatte? Es schien nur nöthig die Vassallen, die sich inzwischen schon zur Romfahrt bereitet, heranzuziehen, um alsdann dem Nebenbuhler im Felde die Spitze zu bieten. So giengen denn Kaiser und Papst, da sie sich in Pavia nicht mehr ganz sicher fühlen mochten, zunächst über den Po nach Tortona zurück, wo Richilde von Johann zur Kaiserin gekrönt wurde[57]).

Unter den aus dem südlichen Gallien berufenen Verstärkungen zählte Karl vorzüglich auf seinen Schwager Boso, von dem er sich erst in Bisanz getrennt hatte. Mit Ehren und Gunstbeweisen von seinem kaiserlichen Herrn in jeder Art überhäuft, gebot dieser über ein weites Machtbereich zu beiden Seiten der Alpen[58]). Welcher Schreck aber mußte den Kaiser erfassen, als er vernahm, daß sowol Boso wie auch der kriegerische Abt Hugo von Tours, Graf

notarius schrieb die Urkunden Karls vom Sept. 875 bis an sein Ende (B. 1787—1826).

[55]) Der Aufenthalt zu Vercelli wird durch eine Urk. Karls für Baldrich vom 9. Sept. 877 bezeugt (Quantin cartul. de l'Yonne I, 103, B. 1826).

[56]) Ann. Vedast. 877: Papiaeque civitati Iohannes papa ei occurrit; ibi se mutuo salutaverunt; Iohannis chron. Venet. (Scr. VII, 20): Carolus Francorum rex ... Papiam adveniens regnum invasit; ad quem papa profectus digno honore susceptus est. Petrus vero patriarcha ... domni papae amore Papiam petiit; Folquin. chartular. l. II: in Italiam veniens Papia obvium habuit Iohannem papam.

[57]) Nur Hinkmar berichtet ausführlicher von diesem Rückzuge, der Aufenthalt in Tortona scheint ein paar Tage gedauert zu haben (aliquandiu ... in eisdem locis immorans).

[58]) S. oben S. 39. Nach einer Schenkung Karls für St. Martin zu Tours vom 1. Aug. sollen die Mönche nächst der kaiserlichen Familie beten: pro Bosone carissimo nostro et Widone und am 11. Aug. bestätigte er dem Bisthum Viviers seine Besitzungen: ob ... Bosonis carissimi ducis nostri deprecationem (Bouquet VIII, 670, 672, B. 1822, 1824).

Bernhard von Auvergne und Markgraf Bernhard von Gothien, kurz alle auf deren Beistand er gebaut, ihn insgesamt im Stiche ließen[59]) und zwar in Folge einer Verschwörung, an der die Mehrzahl seiner Großen sich betheiligte. Nun war, da zugleich Karlmann sich mit schnellen Schritten näherte, kein Halten mehr. Nichts anderes trug der Papst aus dieser so heiß ersehnten Zusammenkunft davon, als die Geschenke, die Karl für den h. Petrus bestimmt hatte[60]), insbesondere ein überaus schweres Kruzifix von lauterem Golde mit den kostbarsten Edelsteinen verziert. Während Johann bitter enttäuscht die Straße nach Rom einschlug[61]), um von dem erhabenen Stuhle des Apostels herab den neuen Thronbewerber je nach dem Verlaufe der Dinge entweder zu züchtigen oder ihm seine Bedingungen zu diktiren, folgte der Kaiser gänzlich entmutigt[62]) seiner Gemahlin nach, die mit den Schätzen gleich nach ihrer Krönung, nach St. Jean de Maurienne am Fuße der Alpen schon vorausgeeilt war.

Indem Karl bei dem Scheitern seines italienischen Zuges seine eigene Person wenigstens gesichert wähnte, mußte er bald inne werden, daß mit dieser schimpflichen Flucht noch keineswegs das Ende seines Misgeschickes gekommen sei. Fieberfrost schüttelte bald seine Glieder, in diesem Zustande ward er über den Mont

---

[59]) Was der Priester Andreas c. 19 erzählt: Cumque idem Karolus imperator ... in Papia sederet, audivit quod Karlomannus ... contra eum veniret cumque exercitum suum adunare vellet et cum eo bellum gerere, quidam de suis, in quorum fidelitatem maxime confidebat ab eo defecti ad Carlemannum se coniungebant. quod ille videns fugam iniit, scheint nur auf Hörensagen zu beruhen, da an eine unmittelbare Verbindung der abtrünnigen Vasallen mit Karlmann doch kaum zu denken ist. Hinkmar erwähnt keinen andern Zweck der Verschwörung als die Heeresfolge nach Italien zu verweigern. Auffallend ist, daß nach seinem Berichte (Hludow. regi c. 7, opp. II, 181) von den für Ludwig als Berather bestellten Großen in Quierzy omnes praesentes adfuerunt, excepto ipso Bosone et Hugone abbate et Bernardo comite Arvernico, es fehlten also gerade drei von den Häuptern der nachmaligen Verschwörung und dies gewis nicht zufällig.

[60]) Außer Hinkmar erwähnen dies Geschenk auch die ann. Vedast. 877: inter quae (sc. munera) et crucifixum aureum, qualis non fuit ab ullis regibus factus; Folquin. a. a. O.: papae donariis sti Petri commendatis.

[61]) Hincmari ann. 877: concite festinavit; Iohannis chron. Ven.: domnus quidem papa Romam reversus est.

[62]) Ganz allgemein der venetian. Diak. Johannes: Carlemannus ... Carolum effugavit; ann. Coloniens. 878 (Scr. I, 98): Karlus Italeam ingreditur et eandem terram Karlomannus per aliam viam intravit, inde Karolus territus fugit; Libell. de imper. potest. (eb. III, 722): fugato itaque isto Carolo prae metu alterius Caroli qui veniebat infirmatur. Von der Unmöglichkeit des Widerstandes sprechen die ann. Vedast. 877: unde commotus imperator videns non habere se unde ei resisteret; Folquin.: cum non haberet copiam Karolus rex resistendi. Den Vorwurf der Feigheit erheben vorzüglich die ann. Fuld. 877: ilico iuxta consuetudinem suam fugam iniit; Reginon. chron. 877 (Scr. I, 589): mox pavore solutus Ticinum Padumque transit et summo annisu in Gallias repedare contendit. Von Richilde heißt es bei Hinkmar: mox retrorsum fugam arripuit.

Cenis geschafft[63]). Ein Pulver, welches ihm sein hochgeschätzter jüdischer Leibarzt Zedekia verordnet, führte statt der gehofften Linderung eine so auffallende Verschlimmerung des Uebels herbei, daß Niemand zweifelte, der Jude habe ihm Gift gegeben[64]). In einem Weiler im Thale des Arc mußte Halt gemacht werden, dorthin wurde schleunig Richilde entboten, um den letzten Willen ihres Gemahles in Empfang zu nehmen, der sie verpflichtete ihrem Stiefsohne Ludwig die Reichsinsignien und das Reich zu übergeben[65]). In *ihren Armen* verschied Karl, eilf Tage nachdem er jene Arznei *eingenommen* am 6. Oktober, von den Wänden einer elenden Hütte *umgeben*[66]). Man legte den Leichnam auf eine Bahre, um ihn dem Wunsche des Verstorbenen gemäß in das Kloster St. Denis zu bringen[67]), derselbe verbreitete jedoch einen so unerträglichen Gestank, daß auch, nachdem man ihn in ein verpichtes, in Felle eingenähtes Faß gepackt, eine weitere Fortschaffung unmöglich schien. So wurde er denn in dem kleinen Kloster Nantua samt seiner Umhüllung der Erde vorläufig übergeben[68]).

Karl, schon von den Mitlebenden der Kahlkopf genannt — der Mönch Hukbald von St. Amand widmete ihm ein Gedicht von

---

[63]) Außer Hinkmar sagt auch Adonis continuat. II (Scr. II, 325): colloquio Iohannis papae usus in Galliam revertens transcenso Ciniso monte.

[64]) Hinkmar sagt geradezu: insanabili veneno hausto; ann. Vedast. 877 (Scr. II, 196): ut dicitur a quodam Sedechia Iudaeo potionatus; Regino 877: est autem fama, quod a quodam Iudaeo, qui vocabatur Sedechias poculum mortis ei propinatum sit etc.; Adelerii app. miracul. S. Bened. c. 2 (Acta sct. Mart. III, 315): vitam veneno finivit. In den ann. Fuld. dagegen heißt es nur: dissinteriae morbo correptus cum magna periit tristitia.

[65]) Hincmari ann. 877 (Scr. I, 504): praeceptum, per quod pater suus illi regnum ante mortem suam tradiderat etc. vgl. sein Schreiben an Ludwig c. 8 (opp. II, 182).

[66]) Der Ort des Todes Brios läßt sich nicht bestimmt nachweisen. Den Todestag bezeugen auch Ann. S. Columbae Senon. 877, Weingartens. 877, S. Benigni Divion. 877, Floriac. 877, Adonis contin. II, Cod. Flodoardi (Scr. I, 66, 103, II, 254, 325, III, 367, V, 39), ferner die Grabschrift aus Nantua (Bouquet VIII, 678), Adeler. a. a. O., Folquin., der ebenso wie die Jahrb. v. Weingarten den Tod schon auf den 5. Okt. setzt, Necrol. S. Germani Prat. (Bouillart hist. de St. Germain d. P. p. CXIX): II. Non. Oct. Depositio ... Karoli quoque secundi imperatoris ecclesiarum amatoris; Necr. Prum. 877 (Pertz Archiv III, 23) zum 7. Okt.

[67]) Hinkmar und die ann. Fuld. bezeugen ausdrücklich diese Absicht Karls, woraus der Ungrund der Bemerkung Hubers (Joh. Scotus Erigena S. 121) über Compiegne hervorleuchtet.

[68]) Ueber die Schicksale seiner Leiche s. Hinkmar, Regino, ann. Fuldens., Folquin. chartular. a. a. O. Herimann. Aug. 877 (Scr. V, 107) läßt ihn irrig zu St. Maurice begraben werden. Vgl. auch Hist. reg. Francor. monast. S. Dionysii c. 21—23 (Scr. IX, 401). Sein Grabmal, das durch einen Löwen (!) geziert war, beschreibt aus eigner Anschauung Richerius von Sennones (Chronic. Senoniense l. III. c. 17, Dachery spicil. III, 352).

300 Versen zum Lobe der Kahlen[69]) — hatte, da eine höhere Hand ihn so unerwartet abrief, erst das Lebensalter von 54 und einem halben Jahre erreicht, 39 Jahre die Königs-, fast 2 Jahre die Kaiserkrone getragen. Seine Geschichte beginnt früher als seine Thaten: das Dasein des Kindes schon wurde ein bewegendes Moment für den gesamten Gang der fränkischen Angelegenheiten, er selbst in der Hand einer zärtlichen und ehrgeizigen Mutter der Keil, der die unter Lothar begründete Reichseinheit sprengte. Der hingebenden Treue seiner Anhänger, eines Nithard und Genossen, verdankte es der Jüngling, daß die gallischen Lande sich unter ihm zu einem eigenen Reiche abschlossen. Wie das Glück sich ihm so in den Anfängen seiner Laufbahn hold gezeigt, so blieb es ihm auch in seiner ferneren selbständigen Regierung im Ganzen wunderbar getreu: es bewahrte ihm unter vielen Erschütterungen und Wechselfällen sein Reich wesentlich unversehrt, es verlieh ihm dazu noch die Hälfte Lotharingiens, ja es verwirklichte endlich durch das Geschenk der Kaiserkrone die stolzesten Träume seiner Kindheit. Und gehörte nicht dazu eine besondere Gunst des Glückes, daß in einer so durchaus kriegerischen, von Waffenlärm erfüllten Zeit ein anerkannt feiger und unkriegerischer Fürst sich auf dem Throne zu behaupten vermochte, von dem ein Zeitgenosse[70]) zwar bitter, aber nicht unwahr sagt: „All sein Lebtage pflegte er, wo es immer Noth that, den Gegnern die Stirne zu bieten, entweder offen die Flucht zu ergreifen oder heimlich seinen Truppen zu entschlüpfen."

Andre Gaben als persönliche Tapferkeit und Feldherrnkunst waren es, wodurch Karl seine Macht erhielt und erweiterte. Konnte er seinen streitbaren Vassallen keine hohe Achtung abnöthigen, so verstand er sich dafür desto besser mit der Geistlichkeit, die, hier in Gallien ungleich reicher und gebildeter als östlich vom Rheine, diesem Könige nach ihrem Herzen sowol ihre geistigen Kräfte als ihre materiellen Mittel dienstbar machte. Nur ein einziger Erzbischof fiel von ihm ab, als Ludwig der Deutsche zum erstenmale, sehr wenige Bischöfe als er zum zweitenmale sein Land mit feindlichen Scharen überschwemmte. Auch in Italien bewahrte ihm die Geistlichkeit ein freundliches Andenken[71]).

Karl führte persönlich einen Wandel, an dem die Kirche wenig auszusetzen fand, er hatte eine gute, vielleicht eine bessere Er-

---

[69]) Casp. Barth adversarior. commentarior. libri I. l. 46 p. 2175—78. Sämmtliche Worte dieses aus 300 Hexametern bestehenden Gedichts fangen mit C an. Von den Geschichtschreibern gebrauchen zuerst Liudprand und Richer diese Benennung. Dem Fortsetzer Ados (Scr. II, 325) heißt irrig Karl III. Karolus calvus, s. auch ann. S. Germani Paris. 840, 877, Elnon. mai. 897, min. 874, Blandiniens. 876, 877 (Scr. III, 167, V, 12, 19, 24).

[70]) Ann. Fuldens. 877 vgl. I, 214 A. 24, 333.

[71]) Chron. Brixiense (Scr. III, 239): Karolus regnavit annos 2. fuit autem valde pius, suo autem tempore magnam pacem, quia unusquisque gaudebat de bonis suis.

ziehung genossen als seine Brüder[72]), mit Verständnis und Scharfsinn gieng er daher auf gelehrte, zumal theologische Streitfragen ein und sein Hof war zu allen Zeiten, wie der seines Großvaters ein Sammelplatz der Gelehrten, nicht nur aus dem Frankenreiche, sondern selbst aus dem fernen Irland[73]). Dort allein erhielt sich unter allen inneren Wirren eine Hofschule, von deren Lehrern wir den Philosophen Johannes Skotus, das größte wissenschaftliche Genie seines Jahrhunderts, und den Abt Manno von St. Claude namhaft machen können[74]), dort verkehrten außer Hinkmar, dessen umfassende Gelehrsamkeit von seiner praktischen Thätigkeit fast verdunkelt wird, Prudentius von Troyes, Lupus von Ferrieres, Ratram von Corbie, Aeneas von Paris, Milo und Hukbald von St. Amand, Herich von St. Germain u. v. a. Sie alle aber fanden für ihre Gedichte oder Abhandlungen wie für ihre geschichtlichen Versuche Aufmunterung und ein reges Interesse bei ihrem königlichen Herrn, dem sie durch reichliche Spendung von Weihrauch ihren Dank abstatteten.

Abgesehen indessen von diesen Bestrebungen, die oft in Spielereien ausartend doch keineswegs ohne Frucht blieben, es gab noch tiefere und wesentlichere Bedürfnisse der Kirche, die der König zu fördern bestrebt war, soweit es in seinen Kräften stand. Er bemühte sich, dieselbe in ihrem Besitze zu sichern, entfremdete Güter den Bisthümern zurück zu stellen, durch reiche Schenkungen ihr

---

[72]) S. was I, 43 über Judith gesagt ist; Freculph. chronic. t. II. (Bibl. patr. Lugd. XIV, 1138): Carolus, qui ... agili prudentiae studio immaturam vincendo propriam superat aetatem; Walahfrid. ad Carol. iuvenem (Canisii lection. ant. VI, 626): forma decore nitens animusque capacior aevo | et, quod praecipuum est, zelus amorque dei; Lupi epist. 119: doctrinae studiosissimo regi nostro; Ratramn. de praedestin. (Bibl. patr. Lugd. XV, 443): ineffabili religionis amore caelestium sapientiam secretorum disquiritis et quemadmodum catholicae fidei status inviolabilis perseveret omni vigilantia elaboratis; Hincmar. de praedest. diss. I. (Flodoard. hist. Rem. eccl. l. III c. 15); de cavendis vitiis et virtutib. (opp. II, 30): vos autem domne carissime, quem deus talento intellectus magnifice et potenter ditavit; de diversa et multiplici animae ratione (eb. 104); Ioh. Scot. preces pro Karolo r. (Mai classic. V, 437): cui (sc. Karolo) lux interior donavit mentis acumen, | quo divina simul tractans humana gubernet, | vere subsistens rex atque theologus idem.

[73]) Heirici vita S. Germani c. 2 (Acta sct. Iul. VII, 222): Quid Hiberniam memorem etc., derselbe erwähnt (de mirac. S. Germ. I c. 55, Labbé bibl. I, 555) einen britischen Bischof Markus, der aus Irland nach Soissons kam piissimique regis Caroli munificentia illectus. B. Elias v. Angouleme († 860) war ein Ire und Lehrer Herichs von St. Germain (Ann. Engolism. 860, Ademar. Caban. III c. 5, 19, Scr. IV, 119, 122, XVI, 486, Archiv X, 334). Spitäler für irische Pilger ob. I, 418, Concil. Meldense c. 40 (Sirmondi conc. III, 43).

[74]) Ueber die Hofschule s. am Schlusse dieses Bandes. Ergetzliche Proben des gelehrten Weihrauchs liefert die Vorrede Herichs und die des Johannes Skotus zu seiner Uebersetzung der Areopagitika (opp. ed. Floss p. 1031) vgl. auch v. Noorden Hinkmar Erzb. v. Rheims S. 117.

Vermögen zu vermehren[75]). Eine Fürsorge, die den wie Lehen behandelten und vergabten Klöstern allerdings nur im geringsten Maße zu gute kam. Karl scheint im Allgemeinen die freien Wahlen der Bischöfe geachtet zu haben: vereinzelt steht sein Versuch, seinen Günstling Wulfad erst in Langres, dann in Bourges zum Bischof einzusetzen und das letztere gelang nur mit Hilfe des päpstlichen Stuhles. Ludwig der Deutsche dagegen begann bei seinem Einfalle im J. 858 damit, eigenmächtig einen Bischof von Bayeux zu ernennen. Ebenso erlaubte sich der König nur selten Eingriffe in die geistliche Gerichtsbarkeit: gleichfalls ganz vereinzelt steht in dieser Hinsicht sein Verfahren gegen Hinkmar von Laon da und auch in diesem war er der Belehrung zugänglich. Erst in den letzten Jahren seiner Regierung versuchte er im Bunde mit dem Papste Johann VIII. durch das dem Erzbischof Ansegis übertragene Vikariat die Unabhängigkeit der gallikanischen Kirche zu untergraben, allein der einmütige Widerspruch derselben beweist, daß sie nicht ernstlich gefährdet werden konnte. Lange Jahre hindurch übte Hinkmar von Reims, der kräftigste Verfechter der kirchlichen Selbständigkeit, im Sinne derselben einen überwiegenden Einfluß auf Karl aus und selbst in seiner letzten Lebenszeit, als dieser sich von ihm abgewandt[76]), richtete der Reimser Erzbischof (im Winter 876 zu 877) noch einmal im Namen und Auftrage des Kaisers eine Denkschrift an den Papst, in der er die misbräuchlichen Appellationen der Priester nach Rom lebhaft bekämpft.

Was indessen Karls Regierung an einzelnen Leistungen und Erfolgen auch aufweisen mag, sie werden doch gänzlich verdunkelt durch die Schwächen in seinem Charakter und die heillosen Misstände, die daraus entsprangen. Zaghaft und kleinmütig wich er jedem Drucke der Noth, um im Glücke sich alsbald zu überheben und an die Stelle schwächlicher Nachgiebigkeit Härte und Grausamkeit treten zu lassen. Bei solchen Eigenschaften blieb ihm, der stets von rastloser Begehrlichkeit gestachelt wurde, als Waffe wider stärkere Gegner nur die List übrig, er mußte täuschen, wo er nicht

---

[75]) Hincmari quaternion. (Mansi XVI, 768) an Karl: providete bonae famae quam longe lateque habetis et de ecclesiarum ditatione et de sacerdotum ac servorum dei veneratione et nolite maculare illam gloriosam famam vestram propter cuiuscunque socordiam (vgl. I, 417, 786, über die Klöster S. 278, 590, über Wulfad S. 588—590, Tortold von Bayeux 414, Hinkmar 762); Transl. S. Ragnoberti c. 14. Im J. 1223 fand man in seinem Sarkophage nur erloschene Kohlen zum Beweise seines Aufenthaltes in der Hölle, weil er decimas ecclesiarum militibus pro donativo dicitur haereditario iure distribuisse (Richerii chron. Senoniense a. a. O., offenbar eine Verwechselung mit Karl Martell).

[76]) S. I, 610, 846. Zur Strafe dafür, daß Karl Hinkmars und andrer Rath öfter verschmäht, sah der Priester Bernold ihn in einer Vision Höllenqualen leiden (Hincmari opp. II, 805). Die Schrift Hinkmars über die Appellationen der Priester und Bischöfe eb. II, 768 flg. vgl. v. Noorden Hinkmar S. 342.

schrecken konnte, seine ganze Politik trägt mehr noch als die seiner Brüder ein hinterhaltiges, treuloses aber auch ein planvolles Gepräge. Unzuverlässig und wechselnd in seinen Neigungen bewies er für Niemand dauernde Anhänglichkeit, Männer, die ihm lange Jahre treu gedient, stieß er launenhaft von sich und schenkte sein Vertrauen denen, die ihn durch plumpe Schmeichelei bethörten[77]).

Karl liebte es zwar Familienfeste zu feiern, doch auch als Familienvater ist er noch mehr herz- und gefühllos als unglücklich[78]). Er war nicht bloß eitel und prachtliebend, durch leeres äußeres Gepränge und den Schein der Macht befriedigt, sondern auch von unersättlicher Habgier. Trotz der furchtbaren Noth, unter der das Land seufzte, scharrte er einen großen Schatz und viele kostbare Kleinodien zusammen[79]), den er dann in Italien z. Th. wieder verschleuderte. Seinem Geize mußte der Verkauf der Aemter und Lehen dienen, die alle um Geld feil waren, ferner die Erpressung von Geschenken von allen denen, die seiner Gunst irgend bedurften und sich im Besitze derselben behaupten wollten[80]). Es läßt sich denken, wie unter solchen Umständen Recht und Gerechtigkeit gehandhabt wurde!

Was nützte der Kirche all seine Vorliebe und Begünstigung, da es ihm theils an den Kräften, theils an dem rechten Ernst und

---

[77]) Hincmar. ad episc. Rem. dioeces. c. 35 (opp. II, 175): nemo sicut nec de honoribus, ita nec de familiaritate in eum potest habere fiduciam, cum omnes, quos deliciosos et familiares habuerit, exosos dehonoraverit et abiecerit; ad Hludowic. Balb. c. 8 (p. 183): sicut per multos audivi, multum deperiit de utilitate in isto regno pro eo, quia consiliarii, quod sciebant bonum et utile dicere non audebant, nec ut dicerent locum habebant. Hinkmar ließ es jedoch nie an freimütigem Tadel fehlen. Vor Günstlingen warnt Lupus (ep. 64): non admittantur ergo a vobis monitores, quos baiulos vulgus appellat, ne gloriam vestram inter se partiantur et meliorem amorem alienent a vobis.

[78]) K. ordnete öfter die Feier seines Geburts- sowie seines Hochzeitstages an f. I, 43 A. 9, 181 A. 89, 724 A. 25, und der Todestage seiner Eltern eb. S. 135 A. 85, 182 A. 91.

[79]) Vgl. I, 719, 748, 835, 841 ob. S. 54, schon unter Nikolaus schenkte er dem h. Petrus ex purissimo auro et gemmis constructam vestem habentem gemmas prasinas, hyacinthinas et albas (Anastasii v. Nicolai p. 417 ed. Blanchini). Ein kön. Goldschmied Hadebert zu Quierzy 877 (Leg. I, 540 c. 28), von einem Goldschmied in Ferrieres ließ K. ebenfalls Edelsteine schneiden (Lupi ep. 96 ad Karol. reg. p. 145). Unter Karl wurden auch mehrere sehr kostbare Bibeln geschrieben vgl. Waagen Kunstwerke u. Künstler in Engl. u. Paris III, 246 flg.

[80]) Hincmar. ad episc. Rem. dioec. c. 35, angef. I, 831, ad Hludowic. Balb. c. 8: postquam radix omnium malorum cupiditas in isto regno exarsit, ut nullus aut pene nullus honorem aut aliquod bonum sine precio posset adquirere aut tenere aut securitatem habere, pax et consilium et iustitia atque iudicium, sicut necesse fuerat, locum in isto regno non habuerunt; Flodoard. hist. Rem. eccl. III. c. 18 p. 177: inter quae scribit (Hincm.) ad eum (Carol.) pro electione Belvacensis episcopi ... in qua epistola regem studet a simoniaca haeresi compescere etc. vgl. das I, 729 A. 41 angef. Beispiel von Simonie.

Eifer gebrach, sie gegen die unablässigen Beeinträchtigungen und Räubereien der großen Vassallen zu schützen, da er durch ihre Drohungen eingeschüchtert, ihnen oft genug gewährte, was er nicht gewähren durfte[81]). Ebenso wenig war er in Folge seiner unkriegerischen Natur, die ihn nicht abhielt dem Waidwerk eifrig obzuliegen[82]), im Stande die Normannen mit den Waffen fern zu halten oder zu züchtigen. Er beschränkte sich immer mehr auf eine dürftige Verteidigung, oder vielmehr er erkaufte den Abzug der nordischen Räuber um unermeßliche Summen, die das Mark des Landes verzehrten[83]). Hiezu mußte die Kirche gewaltig steuern, während sie zugleich ihre Mannschaften ins Feld stellte und mit an den Befestigungen baute, die hie und da als Schutzwehr gegen den Feind errichtet wurden[84]). Wir begreifen daher, daß an der letzten großen Verschwörung gegen Karls Römerzug sich auch die meisten Bischöfe betheiligten und daß Hinkmar über diese Art des Regimentes ein strenges Verdammungsurtheil ausspricht.

Am meisten gewannen unter diesem Fürsten die großen Vassallen, von denen einzelne vor den übrigen Grafen zu einer wahrhaft herzoglichen Stellung aufsteigend schon nach dem Vorbilde des Bretonenkönigs daran denken durften, eine völlig selbständige Herrschaft in ihrem Gebiete auszuüben. Dazu brauchte es nicht besonderer Rechte und Zugeständnisse, die sie dem von ihrer Gunst abhängigen Könige etwa abgerungen hätten, vielmehr indem alle alten Kaisergesetze den Namen nach fortbestanden, trat doch eine thatsächliche Verschiebung der Machtverhältnisse ein, die in dem Verschwinden der Gemeinfreien und in der Erblichkeit der Lehen ihren schärfsten Ausdruck findet. Bei einem Zustande der Dinge, in welchem durch innere wie äußere Feinde das Leben und Eigenthum nicht bloß einzelner sondern ganzer Gemeinden beständig auf dem Spiele stand, mußte die Gewalt zuletzt denen zufallen, deren starker Arm allein Rettung aus der gegenwärtigen Noth verhieß.

81) S. I, 418 A. 33, Lupi ep. 45 an Karl: Ne trepidetis timore ubi non est timor etc., ep. 64: ne metuatis potentes, quos ipsi fecistis et quos cum vultis extenuare potestis.

82) Hincmari ann. 867, 869, 870, 872, 873 (Scr. I, 475, 485, 490, 494, 497), besonders convent. Carisiac. c. 32, 33 (Leg. I, 541).

83) Hincmar. ad Hludow. Balb. c. 8: miser iste populus, qui iam per plures annos per depraedationes diversas et continuas et per exactiones ad Nortmannos repellendos affligitur ... quia usque modo iam ante plures annos locum in isto regno defensio non habuit sed redemptio et tributum etc.

84) Hincm. ad episc. Rem. eccl. c. 35: (dicunt) quod nemo sic ecclesias per diversa ingenia oppresserit atque despoliaverit, licet quaedam de rebus pretio suscepto contulerit et regnum sic omne vendiderit; ad Hlud. Balb. c. 8: ut ecclesiae in isto regno per occasionabiles circadas et per indebitas consuetudinarias exactiones ... ante annos XX impositas non affligantur.

III.

In dem ersten Jahre nach Ludwigs des Deutschen Tode erscheint sein Bruder Karl, des gefährlichsten Widerpartes entledigt, als die Triebfeder, die vornehmlich die Ereignisse im Abendlande in Bewegung setzt. Durch sein plötzliches Ableben ward Ludwigs Söhnen, in denen ihm bereits statt eines zwei oder drei furchtbare Gegner erwachsen waren, die Bahn vollständig frei gemacht, um im Vordergrunde der Geschichte selbst als Leiter der Begebenheiten handelnd aufzutreten. Sehen wir jedoch zuvörderst, wie diese sich unter einander abgefunden, wie sie das Reich ihres Vaters getheilt hatten.

Von dem Schlachtfelde von Andernach, auf dem Ludwig der jüngere sich so glänzend als Vorkämpfer der deutschen Stämme eingeführt, begab derselbe sich in die Achener Kaiserpfalz, um während eines dreitägigen Aufenthaltes die von seinem Oheim verwirrten Verhältnisse Lothringens neu zu ordnen, dann zu einer Zusammenkunft mit seinem jüngeren Bruder Karl nach Koblenz[1]). Aus dem früheren Auftreten dieses als seines Bundesgenossen läßt sich schließen, daß er ihm auch jetzt näher stand als ihrem älteren Bruder Karlmann und es mag daher von ihnen über ein ferneres gemeinschaftliches Handeln berathen worden sein. Erst nachdem Karl körperlich leidend nach Schwaben, Ludwig in seine Hauptstadt Frankfurt zurückgekehrt war, während Karlmann noch in Baiern verweilte, wurde eine Vereinigung aller drei Brüder verabredet, die im November 876 auf der Grenze ihrer Reiche im Rieß stattfand[2]).

---

[1]) Hincmari ann. 876 (Scr. I, 502), ann. Fuld. 876: Hludowicus post fugam Karoli ad placitum Aquisgrani perrexit et dispositis prout voluit his, quae ad se pertinere videbantur, cum triumpho rediit ad Franconofurt. Aus Frankfurt vom 11. Nov. ist die erste Urk. Ludwigs für den Bischof Wigbert von Verden datirt (v. Hodenberg Verdener Geschichtsq. 2. Heft S. 15). Karlmann hielt sich am 3. Nov. noch in Regensburg auf (B. 858).

[2]) Hinkmar ist auffallend schlecht unterrichtet, wenn er von Karlmann schreibt: nec ad eos nec ad patruum suum .., sicut ei mandaverat venit und die ganze Zusammenkunft übergeht. Regino verlegt dieselbe in den dem Rieß benachbarten schwäbischen Gau Schwalafeld und wirft diese Theilung offenbar mit den nachfolgenden zusammen, indem er sagt, daß Ludwig Fresiam et partem regni Hlotharii erhielt, daß Karl dagegen aliquae civitates ex regno Hlotharii zufielen. Zuverlässige Kunde über den Vertrag in pago Retiense (vgl. I, 147 A. 44) gewinnen wir nur aus den ann. Fuldens. 876 verglichen mit 877, 878, 879. Hiernach ist es sicher, daß Lothringen 876 noch nicht getheilt wurde, unklar bleibt dagegen, welche Verpflichtungen Karlmann in Bezug auf Italien gegen seine Brüder einging. Nach dem Annalisten (quoniam Carlmannus in divisione regni Langobardorum iuramentum suum irritum duxit) müßte man annehmen, daß Karlmann sich zur Theilung Italiens verstanden habe, doch schrieb derselbe freilich im Reiche Ludwigs und wenn nicht in seinem Auftrage, jedenfalls in seinem Sinne. Ludwigs Absichten auf Italien bezeugt namentlich der Vertrag von Fouron, worüber weiter unten. Wie die Theilherrschaften auch ferner noch als ein Ganzes angesehen wurden, zeigt u. a. eine Re-

Alle Zwistigkeiten, die bisher obgewaltet haben mochten, wurden hier beigelegt und in deutscher Sprache ein förmlicher Bund zwischen ihnen beschworen, durch welchen sie sich ihre Herrschaften gegenseitig verbürgten. Von dem alten ostfränkischen Reiche, wie es der Vertrag von Verdun geschaffen, war bereits im J. 865 für Karlmann Baiern mit seinen Marken, für Ludwig Franken, Thüringen und Sachsen, für Karl endlich Schwaben mit Churwalchen bestimmt und diese Vertheilung noch einmal im J. 872 bestätigt worden. Wie aber stand es mit den neuen Erwerbungen, mit der östlichen Hälfte Lothringens und der Anwartschaft auf Italien, welche aufzugeben die Söhne Ludwigs keineswegs gewillt waren? Dies eine nur wissen wir mit Bestimmtheit, daß Ludwig der jüngere für diese Länder ebenfalls das Prinzip der gleichmäßigen Theilung, der gleichen Berechtigung aller drei Erben geltend machte und demnach sowol Lothringen als Italien zerstückeln wollte. Und es wird glaublich überliefert, daß Karlmann in der Eidesformel, die er als der älteste zuerst beschwören mußte, jenes Prinzip ausdrücklich anerkannte. Weil jedoch Italien erst zu erobern war, so blieb vorläufig das ganze Lothringen ungetheilt in den Händen Ludwigs und nur das Elsaß scheint dieser sofort an Karl überlassen zu haben [3]). In diesen ungeschlichteten Verhältnissen lag ein reichlicher Stoff zu weiteren Streitigkeiten unter den Brüdern, von denen die beiden älteren wenigstens von gleicher Ländersucht und gleichem Ehrgeiz beseelt waren.

Vergleichen wir die drei Reiche mit einander, deren selbständiges Bestehen der Vertrag vom Rieß verbürgte, so leuchtet ein, daß Karl, jetzt im Alter von 37 Jahren stehend, das kleinste Loos gezogen hatte. Denn wenn auch Alamannien an Anbau und Fruchtbarkeit gewiß hinter Baiern oder Franken nicht zurückstand, so kam es doch an Umfang den Nachbarreichen durchaus nicht gleich und gewährte auch weniger als diese Aussicht zur Vergrößerung nach außen. Dem schwächlichsten und untüchtigsten seiner Söhne, dessen nur zu sehr an den Großvater erinnernde unmännliche Art durch einen kränklichen Körper noch verschlimmert wurde, hatte daher Ludwig die leichteste und bequemste Aufgabe bestimmt, wie wir denn auch bei seinen Lebzeiten ihn am seltensten an der Spitze von Heeren erblicken [4]). Durch seine Vermählung mit Richarda, der

---

gensburger Urk. mit dem Datum: anno dom. nostri Iesu Christi 879 indict. XII. regnantibus clarissimi regis Hludowici filiis Carlomanno, Hludowico, Carolo anno IV. (Bern. Pez thes. anecdot. I^c, 217).

[3]) Nach den Urk. Karls vom 15. Apr. und 7. Juli 877, durch welche er der getreuen Berelheida mehrere elsässische Güter schenkt und dem Kloster Murbach die freie Abtswahl bestätigt (B. 897, 899) muß man wohl annehmen, daß er schon damals, vielleicht nach Verfügung seines Vaters das Elsaß beherrschte.

[4]) Karl sollte 862 gegen die Abodriten ziehen und befehligte 869 ein Heer gegen die Mährer, auch wurde er 875 nach Italien geschickt (I, 475, 716, 825).

Tochter des hochangesehenen und reichbegüterten elsässischen und breisgauischen Grafen Erchanger, der bereits im J. 864 starb, sollte Karls Macht in diesen Landen befestigt werden[5]). Nach des Vaters Tode tritt der König der Schwaben — eine Benennung, die ihm amtlich jedoch nicht ertheilt wird[6]) — unter seinen Brüdern zunächst gleichfalls am wenigsten hervor, bis ihm dann unverhoffte Ereignisse eine glänzende Rolle aufdrängen, der seine Kräfte nicht gewachsen waren.

Baiern mit seinen Nebenländern stand an Ausdehnung der Herrschaft Ludwigs allerdings nach, hatte dafür aber den Vortheil einer festeren einheitlichen Geschlossenheit voraus. Es bot ferner nach Trient und Verona den bequemsten Uebergang über die Alpen und zudem war es wohl schon die Absicht des Vaters gewesen, seine italienischen Ansprüche auf Karlmann, seinen Erstgeborenen zu übertragen. Kriegerische Tugenden hatte dieser Fürst, zur Zeit seiner Thronbesteigung etwa 48 J. alt, bereits auf so manchem Zuge gegen die Slaven erprobt. Wie Ludwig dem Deutschen selbst in den Anfängen seiner Herrschaft, so wird auch seinem ältesten Sohne, da er über das gleiche Gebiet waltete, der Titel eines Königs der Baiern beigelegt.

Für das Reich Ludwigs des jüngeren, der wie sein Vater König der östlichen Franken genannt wird, lag ein Nachtheil darin, daß es aus drei verschiedenen Stämmen zusammengesetzt war, von denen die beiden mächtigeren, die Sachsen und Franken in einem gewissen Gegensatze zu einander standen[7]). Ihren Zwiespalt glich jedoch der König durch seine Person auf das beste aus, indem er, der Sproß des fränkischen Herrscherhauses sich mit Liutgard, der

---

[5]) Vgl. I, 475. Erchanker wird von den ann. Alamann. 864 (Scr. I, 50) unter die regni principes gerechnet. Ueber seine Familienverhältnisse belehrt eine Urk. Ludwigs vom J. 828 (B. 393) vgl. Neugart episc. Constant. I[a], 192.

[6]) In den Unterschriften seiner Urk. wird Karl durchweg nur König ohne nähere Bezeichnung genannt, nur in dem Eingange einer Formel (Form. Salom. N. 5, Rozière recueil N. 301) führt er den ganz ungebräuchlichen Titel rex Alamanniae, dem Fortsetzer Ados heißt er rex Suavorum (Scr. II, 325). Kurze St. Galler Ann. a. 877 (Scr. I, 70) sagen: Carolus Suevis imperat.

[7]) In dem ersten Bande S. 208 A. 7 habe ich an dem von Leo behaupteten leidenschaftlichen Hasse der Sachsen gegen die andern Stämme wegen des Mangels einer quellenmäßigen Begründung gezweifelt. Mein Freund Wattenbach bemerkt mir dagegen: Aus Widukinds ganzer Auffassung und Darstellung scheint mir doch wohl ein unterdrückter Ingrimm der Sachsen zu sprechen, der unter den Ottonen in Hochmut übergeht, die Franken geliebt haben sie nie." Das letztere gebe ich auch nach den von mir angef. Zeugnissen (s. S. 312, 822, zu denen noch ann. Fuld. P. V, 887: more solito Saxones et Thuringi (nämlich treulos) kommt), gern zu, ich habe nur den Uebertreibungen Leos entgegen treten wollen, für welche außer den beigebrachten andre Belege aus dieser Zeit (d. h. dem 9. Jahrh.) schwerlich nachzuweisen sind. Dagegen ist doch auch der sächsische Dichter aus der Zeit Arnolfs zu erwähnen, der den Frankenkönig Karl als den Apostel der Sachsen verherrlicht.

Tochter Liudolfs vermählte[8]), auf deren Bruder Bruno die hervorragende Stellung des im J. 865 oder 866 verstorbenen Vaters übergegangen war. Mit dieser mächtigen Familie sehen wir den König in naher Verbindung: zu seinen ersten Regierungshandlungen gehörte es, daß er ihre Lieblingsstiftung das Nonnenkloster Gandersheim, damals von seiner Schwägerin Gerberg geleitet, auf Bitten der Grafen Bruno und Otto unter seinen besonderen Schutz nahm und demselben Besitzungen zu Ehrich und Tennstedt schenkte[9]).

Frühzeitig hatte Ludwig auf jenem mislungenen Zuge nach Aquitanien im J. 854 die Schule des Bürgerkrieges durchgemacht und neben manchen sehr tüchtigen Eigenschaften scheinen gerade auf ihn einige der schlechteren Seiten seines Vaters in verstärktem Maße sich vererbt zu haben, Ländersucht zumal und Unredlichkeit mit Gewaltsamkeit gepaart. Seine ehrgeizigen Gedanken mochten noch vorzüglich durch den Umstand genährt werden, daß ihm allein seine Gemahlin ein Söhnchen geboren hatte, während seine beiden Brüder des ehelichen Segens entbehrend nur Bastarde neben sich aufwachsen sahen. In der Kriegsführung hatte Ludwig schon vor dem herrlichen Siege von Andernach sich nicht minder hervorgethan als sein Bruder Karlmann.

So lange zwischen den drei königlichen Brüdern eine leidliche Eintracht bestand, denn von einem innigeren Verhältnis konnte wol niemals die Rede sein, mochten die Grenzen des Ostreiches trotz der Theilung als gesichert erscheinen, da für den Augenblick von keiner Seite her ein ernstlicher Angriff drohte. Der Kaiser Karl dachte seit der schimpflichen Niederlage, die er durch Ludwig erlitten, an keine lotharingischen Eroberungen mehr, aber auch sein Gegner bot ihm sehr bald die Hand zur Versöhnung, indem er von Frankfurt aus, wo er im Januar 877 einen Reichstag abhielt,

---

[8]) Hrothsvithae primordia Gandersh. v. 305 (Scr. IV, 311): Ergo sui natam Liutgardae nomine dictam, | nutu clementis regis praestante perennis, | elegit clarus Francorum rex Hludowicus | regni consortem sibimet sacramque perennem. Die Vermählung muß nach 865 fallen (s. I, 576), doch jedenfalls schon vor 874, da sich aus der Erwähnung in dem Leben der Hathumod (c. 2 soror regis filio digno digna iugalis coniugi iuncta est vgl c. 26, Scr. IV, 167) schließen läßt, daß die Verbindung vor dem Tode derselben stattfand, s. auch Widukind. res gestae Saxon. l. I c. 16 (Scr. III, 425), der ihn mit Ludwig dem Kinde verwechselt. Bei Gobelinus Persona (Cosmodrom. aet. VI c. 42, Meibom rer. Germanicar. I, 243) wird an den slavischen Feldzug im J. 869 die Nachricht angeknüpft: cum ad partes Saxoniae reverteretur (sc. Lodevicus) Luithgardam filiam Luithdolphi ducis Saxoniae desponsavit et in Francia orientali in castro Aschafenburg nuptias celebravit, vielleicht aus älterer Quelle; in Aschaffenburg starb Liutgard.

[9]) Eckhart comment. II, 888, 889 (B. 880, 881) vgl. Vita Hathumodae c. 11, Hrothsvitha v. 311 flg., 447 flg., 464: Ergo rege pio iam defuncto Hludowico, | qui regum primus nostros tradebat in usus | regali prius obsequio loca debita multa, | necnon chyrographis eius sub nomine scriptis | iura monasterii firmaverat omnia nostri.

die in der Schlacht von Andernach gemachten Gefangenen zurücksandte[10]). Vielleicht zur Erwiderung auf diese freundliche Zuvorkommenheit eröffnete dann Karl in den Beschlüssen von Quierzy einem seiner Neffen, freilich in sehr unbestimmter Weise, Aussicht auf einen Theil seiner Erbschaft.

Im Südosten herrschte Ruhe, seitdem durch den Frieden von Forchheim die Selbständigkeit des mährischen Reiches im Wesentlichen anerkannt worden und nur eine unbedeutende Grenzfehde scheint dieselbe vorübergehend gestört zu haben. Die Marken Kärnten und Pannonien, wie sie einst Karlmann bei des Vaters Lebzeiten verwaltet hatte, verwaltete jetzt sein tapfrer Sohn Arnolf[11]), den kein andrer Makel, als der seiner unehelichen Geburt schändete, während über die Ostmark Graf Aribo gebot. An der nordöstlichen Grenze versuchten die Linonen (an der Elbe unterhalb der Havelmündung), die sorbischen Susler und andre Slavenstämme sich dem deutschen Joche, das ihnen erst vor drei Jahren auferlegt war, zu entziehen[12]), indem sie die Zahlung des herkömmlichen Zinses verweigerten. Ludwig, der selbst in den mittelrheinischen Gegenden blieb, bewog sie jedoch um die Mitte der Fastenzeit 877 durch die Absendung einiger seiner Getreuen mit Heeresmacht, ohne Kampf sich wieder zu unterwerfen und Geiseln und reiche Geschenke als Bürgschaften ihrer Treue zu geben.

Karlmann kehrte von dem Theilungstage im Rieß sofort in sein Reich zurück, in dessen östlichen Gegenden wir ihn in den ersten Monaten des Jahres 877 finden[13]), mit Rüstungen zu dem italienischen Zuge beschäftigt. Wir haben schon gemeldet, daß er etwa in der ersten Woche des September mit einem starken Heere von Baiern und unterworfenen Slaven in die Lombardei herabstieg[14]), nicht um sich wiederum wie vor zwei Jahren durch listige

[10]) Ann. Fuld. 877: mense Ianuario generali conventu habito apud Franconofurt. Diese Angabe wird durch Urk. Ludwigs aus Frankfurt vom 4. und 26. Januar 877 bestätigt (B. 879 – 881).

[11]) Reginon. chron. 880: Carantanum, quod ei (sc. Arnolfo) pater iampridem concesserat; ann. Fuld. 884: Arnulfi ... qui tunc Pannoniam tenuit ... in regno Arnolfi (i. e. in Pannonia). Ein Diakonus Gundbato schenkte einige Güter in Pannonien domino suo Arnolfo filio regali permittente, also bei Lebzeiten Karlmanns und wiederholte diese Schenkung später in praesentia Arnulfi ducis (Anamodi lib. tradit.; Bern. Pez thes. anecdot. I[c], 217, 257). Der Zeitpunkt der Uebertragung ist nicht ganz deutlich, vielleicht fand sie schon nach dem Sturze Gundakars im J. 866 statt (s. I, 593), über Aribo s. weiter unten.

[12]) Ann. Fuldens. 877 vgl. I, 810. Urk. Ludwigs sind ausgestellt am 15. März zu Trebur, 22. Mai zu Bisestat (Bürstadt zw. Worms und Lorsch), 13. Juni zu Trebur (B. 882, 883, Lacomblet I, 37).

[13]) Urk. Karlmanns aus Mattighofen vom 24. Febr., Ranshofen 28. Juni (Mon. Boica XXXI[a], 101, 103).

[14]) Am genauesten die ann. Fuld.: cum manu valida Noricorum diversorumque Sclavorum (unter den letzteren vorzüglich an Karantaner zu den-

Vorspiegelungen täuschen zu lassen, sondern fest entschlossen, es auf einen Kampf mit dem unkriegerischen Oheim zu wagen. Da dieser ihm schleunigst auswich, so konnte der König ungehindert bis in die Hauptstadt des Reiches, Pavia vorrücken, die er schon um die Mitte des September erreichte [15]). Dort empfieng er die Huldigung der Bischöfe und weltlichen Großen der Lombardei [16]), an ihrer Spitze des Erzbischofs Ansbert von Mailand und des Markgrafen Berengar von Friaul und diejenigen, die vielleicht anfänglich mit Rücksicht auf die Beschlüsse von Ravenna noch gezögert hatten, machten sich bald um so weniger ein Gewissen daraus, sich ihm anzuschließen, als die Nachricht von dem jähen Tode des Kaisers sie jeder weiteren Verpflichtung gegen diesen überhob.

In Pavia stellte Karlmann am 16. Oktober seine erste italienische Urkunde für Casauria, die Lieblingsstiftung des Kaisers Ludwig aus, indem er für das Seelenheil desselben, der ihm dies italienische Reich bestimmt habe, dem Kloster alle seine Liegenschaften durch ganz Italien bestätigte [17]). Besonders werthvoll mußte ihm auch die Anerkennung der Kaiserin Witwe Engelberga sein, welche er dadurch belohnte, daß er dem von ihr gegründeten Stifte San Sisto zu Piacenza ein Kloster in der Nähe dieser Stadt einverleibte [18]).

---

ken), Hincmar.: cum maxima multitudine bellatorum; ann. Vedast.: cum manu valida; Iohann. chron. Ven.: magno cum exercitu, übertreibend und unrichtig Folquini chartular. Sith.: cum multis milibus bellatorum de Baoaria et reliquis Germanorum orientalibus; Regino 877: cum ingenti armatorum multitudine; Chronic. Novalic. app. c. 2: Karolusmannus rex Bagioariorum ingressus in Italiam cum infinita populi multitudine et obtinuit regnum.

[15]) Nach Hinkmar nahm Karl das tödtliche Pulver, bevor er über den Mont Cenis gieng, 11 Tage vor seinem Tode, d. h. 25. Sept., am 9. verweilte er in Vercelli, einige Tage, bevor er floh in Tortona, dies führt auf Mitte Sept. als den Zeitpunkt, da Karlmann in eine ihm gefährliche Nähe d. h. nach Pavia kam. Ich vermute aber auch, daß dieser seinen Regierungsantritt in Italien nicht etwa erst, wie Böhmer (Reg. Carol. 89) annimmt, vom 13. Okt. datierte, sondern mindestens schon vom 20. Sept. 877, weil die beiden Urk. desselben vom 20. Sept. und 6. Okt. 878 (B. 867, 868) in ihrem Datum nicht das erste, sondern schon das 2. Jahr der italienischen Herrschaft aufweisen. Der Tod Karls kommt hiebei nicht in Betracht.

[16]) Ann. Fuld. 877: Carlmannus optimates Italiae ad se venientes suscepit et disposita prout voluit regione etc.; Andreae. Berg. chron. c. 19: Carlomannus vero regnum Italie disponens. Hinkmar scheint ein falsches Gerücht wieder zu geben, wenn er erzählt, daß Karlmann einen Angriff fürchtend et ipse fugam arripuit per viam quam venerat (Scr. I, 504).

[17]) Im Eingange der Urk. (Muratori scr. rer. It. IIb, 818, B. 859) heißt es: cum gratia auxiliante divina regnum Italicum obtinuimus primum deoque duce Papiam venimus civitatem etc. vgl. I, 824 A. 14.

[18]) Muratori ant. It. V, 501 (B. 860), später von dem Papste bestätigt (J. 2447). Er nennt sie darin Angilbergam ... dilectam sororem nostram, woraus man jedoch nichts auf die Verwandtschaft schließen darf.

Sobald Karlmann die Herrschaft im oberen Italien ohne Kampf errungen, faßte er auch als höchsten Siegespreis die Kaiserkrone ins Auge, doch wollte er es hier zuerst mit Unterhandlungen versuchen, da er sich auf den guten Willen des Papstes angewiesen sah. An diesen wandte er sich daher, wahrscheinlich schon von Pavia aus, in einem sehr verbindlichen und zuvorkommenden Schreiben, in welchem er den Tod seines Oheims Karl meldend die Absicht aussprach, demnächst zur Krönung nach Rom zu ziehen und die römische Kirche mehr zu erhöhen, als irgend einer seiner Vorgänger [19]). Zuvor müsse er jedoch noch einmal nach Deutschland zurückkehren, um sich mit seinen Brüdern aus einander zu setzen. Johann VIII. an seinem Sitze kaum erst wie ein Flüchtling wieder angelangt, durfte diese unerwünschten Anträge zwar nicht ohne weiteres zurückweisen, doch beantwortete er sie (im November) äußerst kühl und gemessen und suchte zunächst Zeit zu gewinnen. Nach der Rückkunft Karlmanns nach Italien versprach er indessen Gesandte an ihn zu schicken mit einem schriftlichen Entwurfe der Bedingungen, die derselbe dem h. Petrus und der Mutter Kirche für alle Zeiten zugestehen müsse. Wenn diese zurückgekehrt seien, so wolle er dann eine zweite Gesandtschaft abordnen, um den König in geziemender Weise zu den Schwellen der Apostel geleiten zu lassen. Insonderheit fordert ihn der Papst ferner noch auf, seinen Ungetreuen und Todfeinden durchaus keinen Zutritt zu gestatten und sich nicht durch ihre unreine Gegenwart zu beflecken. Diese Worte können nur auf jene heimlichen Gegner, Formosus, Gregor und ihre Genossen gehen, die Johann ein Jahr zuvor durch seinen Bannfluch aus der Stadt getrieben. Ihr Beschützer Lambert von Spoleto hatte erst kürzlich wieder gezeigt, wie er gesonnen sei, die Verlegenheiten des Papstes auszubeuten: unmittelbar nach dessen fluchtähnlicher Heimkehr [20]) richtete er nämlich im angeblichen Auftrage des Kaisers an ihn die ungewohnte Forderung, ihm aus dem römischen Adel Geiseln für dessen Treue gegen Karl zu stellen, eine Zumutung, welche Johann mit Entrüstung zurückwies. Die Befürchtung lag demnach sehr nahe, daß

[19]) Karlmanns Schreiben ist nur durch die Antwort des Papstes bekannt bei Mansi XVII, 53 (J. 2342), der Verheißungen für die Kirche gedenkt er später noch einmal eb 78 (J. 2366). In Bezug auf die Unterredung heißt es: dum a colloquio, ut dicitis, fratrum vestrorum fueritis reversi etc.

[20]) S. das Schreiben Johanns, Mansi XVII, 51 (J. 2340) vom 21. Okt. 877, welches mit willkürlicher Aenderung der Indiction Muratori (ann. d'It. a. 877) und Gregorovius (Gesch. der Stadt Rom III, 208), der ganz falsche Folgerungen daraus zieht, in das J. 876 setzen wollten. Karl der K. lebte nicht mehr, der Papst aber hatte die Todesnachricht noch nicht empfangen, daher schreibt er: cum autem deo iuvante ad unam concordiam et unam quietem rei publicae causa redierit et litis figmenta, quae tanquam telas aranearum putamus contra augustalem maiestatem oborta, sopita extiterint etc. vgl. auch v. Noorden Hinkmar S. 344 A. 2.

Karlmann — wie es in der That sich begeben zu haben scheint — durch Vermittelung jener römischen Verbannten mit den Markgrafen von Tuscien und Spoleto sich verständigen und sie als Werkzeuge gebrauchen möchte, um den Trotz des Nachfolgers Petri zu beugen. — Johann übersandte endlich auf Bitte des Königs seinem Erzkaplan, dem schon seit vier Jahren geweihten Erzbischof Theotmar von Salzburg das Pallium[21]), indem er ihm zugleich die Eintreibung der aus den päpstlichen Gütern in Baiern erwachsenden Einkünfte anvertraute.

Karlmann hielt sich inzwischen nur bis nach der Mitte Oktober in Pavia auf, am 19. finden wir ihn zu Cassano an der Adda, am 20. in Cortenuova am Oglio, am 29. zu Peschiera, am 20. bis 22. November zu Verona, wo er wahrscheinlich schon seit längerer Zeit verweilte, überall mit der Bestätigung der Rechte und Besitzungen geistlicher Stifter, u. a. auch des Bisthums Lukka beschäftigt[22]). Schon Ende November trat er jedoch den Rückzug nach Baiern an, da schmerzliche und unvorhergesehene Ereignisse seinen Aufenthalt abkürzten. Nicht bloß im Heere wütete eine ansteckende Krankheit, an der viele unter heftigem Husten ihr Leben aushauchten[23]), der König selbst erkrankte schwer, ja bis zum Tode, so daß die Seinigen ihn auf eine Sänfte legen und so schnell wie möglich vor dem Eintritte des Winters in die bairische Heimat schaffen mußten[24]). Am 3. Dez. befand er sich bereits wieder auf seinem Lieblingshofe Oetting am Inn, wo er eine Kirche und ein Kloster gestiftet. So traurig endigte dieser erste erfolgreiche Zug eines deutschen Königs nach Italien zum düsteren Wahrzeichen für die Zukunft! An die beabsichtigte Unterredung mit den Brüdern ließ sich für den Augenblick nicht denken, Ludwig der jüngere aber zerlegte, ohne Karlmanns Genesung abzuwarten, das bisher von der Theilung ausgenommene Lothringen in drei gleiche Stücke für

---

[21]) Vgl. das Schreiben an Theotmar Mansi XVII, 54 (J. 2343): apud Carolomannum regem dilectum filium nostrum quotidianus interventor pro Romana ecclesia hortamur existas, s. über Theotmar I, 809, 819 und über die päpstlichen Güter in Baiern I, 577, 812.

[22]) Karlmanns Urk. B. 860—864, die zweite jetzt auch Hist. patr. monum. chart. I, 58 (woselbst p. 56 eine Urk. Karlmanns, des Bruders Karls des Gr. fälschlich diesem Karlmann zugeschrieben wird), die letzte bei Ughelli sehr fehlerhaft, besser bei (Barsocchini) memorie e docum. all' istoria di Lucca V^{b}, 537, Lucca 1837 ausgestellt auf Bitte Wibods v. Parma.

[23]) Ann. Fuld. 877: pestilentia quoque ingens secuta est exercitum Carlmanni de Italia redeuntem, ita ut plurimi tussiendo spiritum exalarent. Von Karlmanns Erkrankung schweigen sie auffallender Weise.

[24]) Hincmari ann. 877 (Scr. I, 504): Carolomannus pene usque ad mortem infirmatus et lectica delatus ad propria, per annum ita iacuit, ut a multis fuerit desperatus; Erchanbert. contin. (eb. II, 329): Carlomannus itaque post paucum tempus retentae Italiae gravissimis et inremediabilibus morbis in Noricum regressus. Die erste Urk. nach seiner Rückkehr im Urkundenb. v. Kremsmünster S. 13.

sich und seine Brüder[25]), um dadurch das entsprechende Anrecht auf eine Theilnahme an der italienischen Erwerbung zu begründen.

Nicht ohne Erschütterungen, doch wenigstens ohne Bürgerkrieg, hatte sich inzwischen im westfränkischen Reiche der Regierungswechsel vollzogen. Als Karls des K. Hinscheiden seinem Sohne zu Orville (bei Doullens) bekannt wurde, suchte dieser bei der Unsicherheit seiner Lage von allen Seiten Anhänger zu gewinnen, indem er an die, welche sich ihm zuerst darboten, mit vollen Händen Abteien, Grafschaften oder Krongüter austheilte[26]). Hiedurch reizte er jedoch gerade die vornehmsten Männer des Reiches, namentlich jene, die sein Vater ihm zu Rathgebern gesetzt, weil er ohne ihren Beirath so wichtige Verfügungen getroffen und Lehen neu vergabt, die sich zuvor in andern Händen befanden. Unter der Führung der dem Stiefsohne wenig geneigten Kaiserin Witwe vereinigten sich die Misvergnügten und knüpften mit dem jungen Könige, der sich nach Compiegne zurückgezogen, förmliche Unterhandlungen über die Bedingungen ihrer Unterwerfung an. Da auch der greise Hinkmar, an den Ludwig sich um Rath gewendet, ihn in einem sehr freimütigen Schreiben eindringlich ermahnte, nur um alles keine Spaltung zuzulassen, die Gelüste seiner Anhänger zu zügeln und auf einer Versammlung der angesehensten Männer[27]) Beschlüsse zum Wohle des Reiches so bald wie möglich zu fassen, so kam durch die Nachgiebigkeit des Königs in kurzem eine Einigung zu Stande. Richilde, in allen ihren Besitzungen bestätigt, überbrachte ihm seines Vaters letzten Willen und die Kroninsignien, den einzelnen Großen wurden die von ihnen geforderten Lehen bewilligt, den Bischöfen stellte Ludwig eine Urkunde aus (30. Nov.), worin er gelobte allen Dienern der Kirche ihre Gesetze und Regeln treu und unverletzt zu bewahren und ebenso für das Volk alle Satzungen seiner Vorgänger aufrecht zu erhalten[28]).

Nach solchen Vorbereitungen fand dann unter allgemeiner Zustimmung durch die Hand Hinkmars am 8. Dezember zu Compiegne die Weihe und Krönung Ludwigs statt[29]). Die Bischöfe

---

[25]) Ann. Fuld. 877: Hludowicus rex partem regni Hlotharii cum fratribus Carlmanno et Karolo aequa lance dividit. Vielleicht gehört hieher eine Urk. Ludwigs für Kolmar vom 13. Sept. 877: matra in colloquio duorum fratrum (B. 885).

[26]) Hincmari ann. 877, Schreiben an Ludwig (opp. II, 179 flg. erwähnt von Flodoard. hist. Rem. eccl. III c. 19 p. 184) vor dem 30. Nov. verfaßt, s. besonders c. 6: regni primores, qui vobiscum sunt, sic se ipsos et suas voluntates contemperent, ne alios istius regni primores ad scandalum per suam cupiditatem aut negligentiam provocent. vgl. P. Roth Beneficialwesen S. 420.

[27]) A. a. O. c. 7 (p. 181): propterea sub celeritate mittite ad Hugonem et Gozlenum abbates et ad Bosonem et Conradum et Bernardum itemque Bernardum comites et petite etc. Alle diese, ausgenommen Bernhard von Gothien, sollten auch nach Karls Verfügung Ludwig zur Seite stehen.

[28]) Diese professio gibt Hinkmar zum Schlusse des J. 877 (Scr. I, 505).

[29]) S. die Akten Leg. I, 544 flg., vgl. dazu Waitz deutsche Verfg. III,

unter dem Vortritte des Ansegis von Sens huldigten ihm zuerst und empfiengen mit Bezug auf das erste Kapitel von Quierzy die Zusage des königlichen Schutzes für sich und ihre Kirchen, dann leisteten die Aebte, die Großen des Reiches und die Vassallen den Treueid. So ward Ludwig in herkömmlicher Weise zum Könige gesalbt, die ganze Art seiner Thronbesteigung aber, dies Feilschen um den Preis, der den einzelnen Mächtigen für ihre Anerkennung gezahlt werden mußte, zeigt auf wie überaus schwachen Grundlagen sein Regiment von Anfang an ruhte. Wenn gleich rechtlich sein Königthum nicht beschränkter war, als das seiner Vorgänger — aus dem Titel[30]), den er sich einmal beilegt „durch Gottes Barmherzigkeit und durch die Wahl des Volkes König," ist schwerlich eine neue Anschauung seiner Würde zu folgern —, so war er doch thatsächlich noch abhängiger von denen, die ihn erhoben und ihn nicht fürchteten. Auch das körperliche Gebrechen, mit dem er behaftet war und welches ihm den Beinamen des Stammlers eintrug[31]), mußte seinem persönlichen Ansehen schaden, wie es ihm denn überhaupt an Kraft und Entschlossenheit gemangelt zu haben scheint.

Es ist daher ganz natürlich, daß Ludwig von vornherein allen weiteren ehrgeizigen Gedanken entsagte und dem weisen Rathe Hinkmars folgend[32]), vielmehr Schritte that, um zur Sicherung seines Reiches so bald wie möglich ein freundschaftliches Einvernehmen mit seinen deutschen Vettern herzustellen. Ganz besonders fürchtete er die Rache des ostfränkischen Ludwig für den räuberischen Einfall seines Vaters: diesem, der sich damals wie gewöhnlich in den mittelrheinischen Gegenden aufhielt, ließ er durch eine Gesandtschaft seine Unschuld an jenen Ereignissen betheuern und bat ihn dringend um Frieden[33]). In der That nahm Ludwig seine Annäherung günstig auf: ihm lag in diesem Augenblicke Italien

---

220. Auf die Beobachtung der Kapitel von Quierzy legt auch Hinkmar in dem angef. Schreiben c. 7, 8 das Hauptgewicht. Ludwigs Thronbesteigung melden kurz die ann. Vedast., Floriac. 877 (Scr. II, 197, 254). Seine erste Urk. für Arnold von Toul ist vom 9. Dez. datiert (B. 1829).

[30]) In der angef. professio: Hludovicus misericordia domini dei nostri et electione populi rex constitutus, vor der Krönung, nach welcher diese Bezeichnung nicht wiederkehrt. Daß Ludwigs Auffassung seiner Würde ganz die hergebrachte war, beweist namentlich convent. Furon. c. 3 (Leg. I, 546).

[31]) Ann. Lemovicens. 877: Hludowicus filius eius cognomento Balbus; Abbo de bellis Paris. l. II v. 569: Lodovici ... prenomine Balbus (Scr. II, 251, 800); Reginon. chron. 878: qui Balbus appellabatur, eo quod impeditioris et tardioris esset eloquii.

[32]) Schreiben an Ludw. c. 8 (opp. II, 183): Sexto, ut inveniatis cum dei et vestris fidelibus, qualiter pacem et amicitiam secundum deum cum vestris sobrinis, patrui vestri filiis habeatis et mutuum adiutorium vobis ad ... communem fidelium vestrorum salvationem exhibeatis.

[33]) Ann. Fuld. 877: timore perterritus propter iniurias a patre suo regi illatas.

vorzüglich am Herzen und in dem westlichen, überdies ungefährlichen Nachbar erblickte er demnach eher einen zukünftigen Bundesgenossen, als einen Gegner.

Als Ludwig der jüngere, nachdem er Weihnachten 877 in der Achener Pfalz gefeiert, im folgenden Februar eine Reichsversammlung zu Frankfurt hielt, kam ihm von seinem Bruder Karlmann die Botschaft, daß derselbe ihm den im vorhergehenden Jahre erhaltenen Antheil an Lothringen zurückgäbe[34]) — zu dem Zwecke natürlich um Italien dafür allein zu behalten. So widersinnig der Plan gewesen war, dem Baiernkönige ein Stück von Lothringen einzuräumen, das durch seine Entfernung für ihn werthlos sein mußte und dagegen dem ostfränkischen Herrscher eine italienische Provinz zu überlassen, die er nur durch fremdes Gebiet erreichen konnte, so verzichtete Ludwig doch sehr ungern darauf und behielt sich im Stillen alle seine Rechte vor. Erst nach Ablauf der Fasten- und Osterzeit, die er in Salz zubrachte, theilte er auf einer zweiten Versammlung zu Frankfurt im Mai den zurückempfangenen Theil Lothringens mit seinem nicht anwesenden Bruder Karl, der sich diesen ehrgeizigen Bestrebungen gegenüber durchaus abwartend und gleichgiltig verhalten zu haben scheint[35]).

Während dieser Verhandlungen harrten die Lombarden, von ihrem neuen Herrn so schnell wieder verlassen, in Ungewißheit und ängstlicher Spannung des Looses, das jenseit der Alpen über ihr Geschick geworfen werden sollte, indem sie nach den Erfahrungen des Jahres 875 namentlich erwarten mußten, daß auch der westfränkische König sein vom Vater ererbtes Anrecht auf ihr Land geltend machen würde. „Ich beschwöre eure Treue, so schreibt um diese Zeit Bischof Anton von Brescia an einen schwäbischen Amtsbruder[36]), daß ihr mir der Wahrheit gemäß und genau Nachricht zukommen lasset, welches die allgemeine Lage der Dinge ist, wie gut sich unsere Herren Könige d. h. die Söhne Ludwigs mit einander vertragen und welchen Frieden sie mit ihrem Vetter, dem Sohne Karls halten, weil wir, die Einwohner Italiens oder vielmehr die Insassen oder, was der Augenschein lehrt, die Beute bald

---

[34]) Eb.: Carlmannus partem regni Hlotharii, quam priore anno a fratribus sibi retinendam acceperat, Hludowico reddidit.

[35]) Eb.: missisque nuntiis ad fratrem suum Karolum etc. Aus Salz villa regia ist eine Urk. Ludwigs für Fulda vom 10. Apr. 878 datiert (Dronke cod. Fuld. p. 280, B. 886).

[36]) Diese beiden früher nur unvollständig bekannten Briefe habe ich zum erstenmale vollständig herausgegeben und erläutert in dem Formelbuche des Bischofs Salomon N. 40, 41 (S. 46—50, 138—146), nach mir desgl. Rockinger (Quellen u. Erörterungen zur bayer. Gesch. VII, 238 flg.) und Rozière (Recueil des formules N. 701, 702, II, 975 flg.), die beide meiner Auffassung gefolgt sind. Gegen den letzteren vermute ich auch ferner in dem zweiten Briefsteller noch Salomon (II.) von Konstanz. Auf den schwäbischen Ursprung des zweiten Briefes weist auch die Voranstellung Karls hin.

dieser bald jener, es kaum erwarten können, bis sie einmütig unter sich ausmachen, wem sie dies Land zugestehen wollen, und wir diesem dann, wie sichs gebürt, besondere Unterwerfung zollen, den andern aber auch bereitwillig dienen, womit wir vermögen."

Die Antwort auf dieses von kostbaren Geschenken begleitete Schreiben lautete: „Ueber die Bedrängnis Italiens betrüben wir uns gar sehr, theils wegen eurer und der Kirchen Christi Unruhe und Beraubung, theils auch wegen unseres eigenen Schadens, denn was soll unser ärmliches und unfruchtbares Land ferner noch besitzen, wenn die Quelle seiner Reichthümer geplündert wird? Aber wir vertrauen auf die Barmherzigkeit Gottes, daß dieses Unwetter in kurzem sich aufklären wird. Denn da ihr mir aufgetragen, daß ich euch über die Lage des Staates etwas Zuverlässiges melden solle und welchen Frieden die drei Brüder, unsere Herren unter einander bewahren und ob sie ihren Neffen oder Vetter, den Sohn Karls in ihre Gemeinschaft aufgenommen haben, so thue ich eurer Liebe kund: jene drei Brüder umfassen sich so mit gegenseitiger Zuneigung, daß wir glauben die göttliche Dreieinigkeit selbst walte unter ihnen. So sehr übersteigt alles was in öffentlichen oder häuslichen Angelegenheiten zwischen ihnen vorgeht, das Maß menschlicher Dinge und Wünsche und ein jeder von ihnen liebt, wenn es möglich ist, noch mehr die andern als sich selbst. Und zwar haben der Herr Karl mit seinem Bruder Ludwig das Reich Lothars des jüngeren d. h. das Lyoner Gallien und Trier mit dem ganzen Mosellande, die Kölner Provinz und Burgund zur Theilung unter einander empfangen. Italien aber und Tuscien und ganz Campanien haben sie dem Herrn Karlmann zur Leitung übertragen, der jetzt auch nach wiedererlangter Gesundheit euch durch Gottes Gnade besuchen und jeglichen Widersacher und Räuber aus eurem Lande verjagen wird. Was den Sohn des Königs Karl betrifft, von dem ihr gefragt habt, wie er gegen unsere Herren Treue und Freundschaft hält und wie sie sich gegen ihn erweisen, so können wir hierüber eurer Wißbegier noch nichts Sicheres anzeigen, außer dies allein, daß alle zusammen, sowie die Einzelnen durch ihre Gesandten ihn brüderlich zu begrüßen und nur friedfertige Absichten von sich zu melden gewohnt sind und jener pflegt dies gebürend aufzunehmen und seinerseits ihnen friedliche Botschaft zu erwiedern. Dies eine wissen wir für gewis, daß er Italien nicht betreten wird, so lange er den Herrn Karlmann unter den Lebenden weiß."

Offenbar hegt unser Briefsteller, vermutlich der Bischof Salomon II. von Konstanz, von der Eintracht der drei königlichen Brüder eine viel zu günstige Meinung und auch die Hoffnung auf Karlmanns baldige Wiederkehr, die er seinem lombardischen Freunde erweckt, sollte sich leider nicht verwirklichen, da die Krankheit nicht weichen wollte und den König auch ferner an seine Höfe am Inn

Oetting, Ranshofen und Hochburg fesselte[37]). Trotzdem wurde der Baiernkönig, so wenig er den Italienern nützen oder sie regieren konnte, von ihnen auch ferner als Herrscher anerkannt. Begründet waren dagegen ohne Zweifel die obigen Mittheilungen über die friedliche Gesinnung Ludwigs des Stammlers, der sich gerade damals in einem kaum minder üblen Zustande befand, als der König Karlmann. Als jener nämlich im April über die Seine zog, um theils dem Abte Hugo von Tours, dem Nachfolger Roberts des Tapfern Beistand gegen die Loiredänen zu leisten, theils das eigenmächtige Umsichgreifen und die Räubereien einiger Grafen an der brittischen Grenze zu unterdrücken, wurde er in Tours von einer so gefährlichen Krankheit befallen[38]), daß man an dem Leben des Königs verzweifelte und er nur allmälich wieder genesend bis Ende Juli in dem von den Normannen erst kürzlich verwüsteten Kloster des h. Martin seinen Aufenthalt nehmen mußte. Auf den unsicheren Besitz Italiens konnte übrigens Ludwig um so leichter verzichten, als er aus der Erbschaft des Kaisers Ludwig doch wenigstens die reiche Provence gerettet hatte, die das westfränkische Reich nach dieser Seite hin trefflich abrundete.

Während somit im Norden der Alpen ein zwar nicht aufrichtig gemeintes, doch äußerliches Einverständnis zwischen den vier Frankenkönigen obwaltete, ward von Rom aus ein neuer Versuch unternommen, die durch den Tod des Kaisers Karl zerrissenen Fäden wieder anzuknüpfen und mit priesterlicher Hand die Herrscher nach den Zwecken der Kurie zu lenken. Ein harter Schlag war es für Johann gewesen, daß er nach den leidenschaftlichen Hoffnungen, die er auf seinen Erkorenen gesetzt, wiederum ohne Schirm und Beistand in seine bedrohte Stadt, in die Mitte des nothleidenden, misvergnügten Volkes zurückkehren mußte, dem er Abhilfe verheißen. Zum Glück gestalteten sich eben jetzt die Dinge im untern Italien wieder ein wenig hoffnungsvoller. Sergius, Heermeister von Neapel, ein hartgesottener Sünder, dem keine kirchliche Strafe etwas angehabt, fand seinen Meister an dem eigenen Bruder, dem noch ruchloseren Bischof Athanasius, der sich seiner Person bemächtigte und ihn geblendet dem Papste als ein willkommenes Geschenk zur Aufbewahrung übersandte[39]). Johann

[37]) S. die Urk. Karlmanns aus Oetting vom 14. März für B Benedikt von Kremona, Ranshofen vom 9. Sept., Hochburg (Hohberahhah curte regia, südöstl. von Burghausen, später dem Kl. Ranshofen gehörig) vom 20. Sept., 6. Okt. (B. 865 – 868).

[38]) Hincmari ann. 878 (Scr. I, 506); Urk. Ludwigs aus Tours vom 31. Mai, 20. Juni, 4, 24. Juli (B. 1834 – 1837). In der letzten heißt es: praecipimus ..., ut nec nos adventus nostri tempore, nisi pro tantae infirmitatis necessitate, sicuti nunc egisse cognoscimur, ad beatissimum patrem Martinum confugium fecerimus, quod deinceps omnipotentis manus clementer avertat etc.

[39]) Erchempert. hist. Langob. c. 39 (Scr. III, 254): ibique misera-

äußerte laut seinen Jubel über den Sturz des „neuen Holofernes," zu dem er selbst mitgewirkt hatte, und verhieß den Neapolitanern demnächst eine Unterstützung von 1400 Goldsolidi, damit sie das saracenische Bündnis leichter verschmerzten.

Gegen die Mohammedaner hatte Johann, wohl schon vor seinem Aufbruche nach Ravenna, einen Bund mit Amalfi geschlossen [40]): diese Stadt übernahm hiernach mit ihrer Seemacht den Schutz der römischen Küste von Trajetto bis Civita vecchia gegen die jährliche Zahlung von 10000 Goldsolidi. Ein Vertrag, dessen Ausführung die Amalfitaner alsbald verzögerten, indem sie als gute Kaufleute vorgaben, daß der Papst ihnen 12000 Goldstücke durch seine Bevollmächtigten zugesagt habe, um so von seiner Bedrängnis einen höheren Preis zu erpressen. Um nur dem unmittelbaren Drange der Noth zu entgehen, ließ Johann, von allen Seiten im Stiche gelassen, sich endlich sogar dazu herbei, den Ungläubigen einen jährlichen Tribut von 25000 Goldsolidi zu zahlen [41]). So war in der That das Unerhörte eingetreten: der Stuhl Petri zinste den Anhängern des Lügenpropheten, damit sie sein Gebiet nicht völlig zu Grunde richteten und zur Einöde machten. Dahin führte der Mangel eines mächtigen Kaisers und Schirmherrn der Kirche.

Noch größere Schwierigkeiten und Gefahren drohten indessen dem päpstlichen Stuhle von Seiten der falschen Christen d. h. vornehmlich des Herzogs von Spoleto, der trotz wiederholter Versöhnungen und Freundschaftsversicherungen sich immer wieder als einen verkappten Feind des heiligen Vaters offenbarte. Daß er mit Karlmann in Verbindung getreten und dessen Namen jetzt als Vorwand für seine selbstsüchtigen Pläne gebrauchen konnte, war dem Papste ohne Zweifel sogleich bekannt geworden. Da kam ihm zu Anfange des Jahres 878 die äußerst beunruhigende Nachricht zu, die Herzoge Lambert und Adalbert beabsichtigten mit seinen gebannten und vertriebenen Gegnern nach Rom zu ziehen und sie mit oder wider Willen des Papstes in die ihnen entrissenen Güter und Lehen wiedereinzusetzen [42]). Johann wies dieses frevelhafte Vorhaben mit

---

biliter vitam finivit; Johanns Schreiben an Athanasius und die Neapolitaner (Mansi XVII, 55, 56, J. 2345, 2346).

[40]) Schreiben an Landolf und Waifar eb. 58, 62 (J. 2348, 2349).

[41]) Schreiben an Karlmann (eb. 78, J. 2366): heu proh dolor! fesso mihi paganorum persecutione ac gladio atque exactione census 25000 in argento mancusorum annualiter, imo praedictae vestrae matri additus civilis mucro angustiae est. Der Zeitpunkt dieses Vertrages läßt sich nicht genau bestimmen, vermutlich die zweite Hälfte des J. 877. Ueber den Werth der mancusi s. Soetbeer (Forschungen zur deutschen Gesch. II, 359 flg.).

[42]) Schreiben Johanns Mansi XVII, 60 (J. 2352): audivimus namque, quod inimicis et infidelibus nostris per cuiusdam exhortationem cupiatis ferre solatium etc. Auf wessen Antrieb hier gemeint ist, wird nicht klar, vielleicht Karlmanns?

Entschiedenheit zurück, suchte jedoch Lambert durch Erinnerung an ihr früheres Verhältnis mit guten Worten zu besänftigen, während er sich den Besuch Adalberts als eines offenen Feindes durchaus verbat. Der Spoletiner antwortete mit trotziger Geringschätzung [43]), indem er den Nachfolger Petri wie seines Gleichen mit Ew. Edlen anredete und ihm gar verbieten wollte, ohne seine Zustimmung Gesandtschaften abzuschicken.

Diese Korrespondenz bildete nur die Einleitung zu den gewaltthätigen Schritten, die Johann gefürchtet hatte. Eines Tages — es mochte im Februar oder März sein — erschien nun wirklich Lambert mit seinem Schwager Adalbert an der Spitze eines großen Heerhaufens vor Rom [44]) und wurde, da man ihm den Eintritt nicht versagen konnte, in dem Palaste bei St. Peter von dem Papste als Freund empfangen. In der Frühe des andern Morgens besetzte er heimlich mit seinen Leuten das St. Petersthor, welches in die innere Stadt führt, und hielt dies so streng bewacht, daß nur wenige von den Räthen und Vertrauten Johanns durch vieles Bitten den Durchgang erlangten und daß selbst die für denselben gelieferten Lebensmittel von den Wächtern verkürzt wurden. Einer Prozession der römischen Geistlichkeit, die einen Bittgang nach St. Peter unternahm, ergieng es ganz ebenso wie ihren Vorgängern vor vierzehn Jahren. Ungehindert kehrten die Gebannten im Gefolge Lamberts nach Rom zurück, die römischen Großen aber wurden genöthigt, dem Könige Karlmann als Schirmherrn der Kirche den Eid der Treue zu leisten, denn in seinem Auftrage behaupteten Lambert und Adalbert zu handeln [45]). Drei-

---

[43]) Eb. 61 (J. 2353): porro quia dixisti, quod sine consensu tuo nostras legationes nusquam mittere deberemus etc.

[44]) Die Einzelheiten dieser Vorfälle erzählt Johann in mehreren Briefen an Berengar, Johann von Ravenna, Ludwig den jüngeren (Mansi XVII, 72, 73, 77, J. 2355, 2356, 2365), während er in andern nur kürzer darauf anspielt. Sehr unrichtig ist, was er an Engelberga schreibt (eb. 74): quae (sc. mala) nulla veterum scriptura decantat, nulla historia narrat, b. Petri apostolorum principis vicarium a quolibet imperatore vel rege unquam sustinuisse etc. und um so befremdlicher, als die Kaiserin sehr wohl wissen mußte, was im J. 864 in Rom passiert war s. I, 515 flg. Vgl. Hincmari ann. 878: Iohannes papa irascens contra Landbertum et Adalbertum comites, quia villas et civitatem eius depraedati sunt; ann. Vedast. 878: Iohannes papa ab Lantberto duce Spolitanorum iniuriatus (Scr. I, 506, II, 197).

[45]) Ann. Fuld. 878: Iohanne Romano pontifice sub custodia retento optimates Romanorum fidelitatem Carlmanno sacramento firmare coegerunt. Es ist nicht nöthig mit Gregorovius (III, 215) an diesen Worten zu deuteln, die Römer konnten Karlmann auch als Patricius schon einen Eid leisten. Johann verschweigt diese Thatsache gänzlich, schreibt aber an Berengar: Si vero idem Lambertus nos persequi non omiserit, nos iam dicto regi (sc. Carolomanno) fideles amici esse quomodo possumus, quia eius se voluntate iactat talia agere? und an Ludwig d. j.: (Lamb.) asserit Carolomannum regem sibi talia horrenda facere praecepisse, quod idcirco non possumus credere, quoniam ex vestra progenie nullus cervicem superbe contra hanc extulit sedem (Mansi XVII, 73, 77).

ßig Tage lang ward der Papst in der Leostadt wie ein Gefangener von seinen Gegnern eingeschlossen [46]), in deren Händen sich zugleich die ganze Umgebung Roms mit ihren Landgütern befand, endlich zogen sie unter Drohungen ab. Daß die Standhaftigkeit Johanns ihnen die vollständige Erreichung ihrer Zwecke vereitelt, ist wohl deutlich, denn keineswegs verstand er sich zu einer förmlichen Wiederherstellung der Gebannten. Ob die Herzoge noch weiteres gefordert, etwa die bestimmte Zusage der Kaiserkrone für den König Karlmann, bleibt zweifelhaft, weil der Papst mit kluger Verstellung die Miene annahm, als könne er an einen Auftrag des Baiernkönigs überhaupt nicht glauben und Lambert vielmehr beschuldigte [47]), seine Vermessenheit sei so weit gegangen, selbst das Kaiserthum usurpieren zu wollen!

St. Peter selbst sollte trauern über die unerhörten Greuel, die vor seinen Augen geschehen waren. Sobald das Kriegsvolk abgezogen, ließ der Papst alle Kostbarkeiten aus der Kirche nach dem Lateran schaffen, bedeckte den Altar des Heiligen mit einem groben Haarteppich, verschloß alle Thüren und gestattete viele Tage hindurch weder den zahlreichen Wallfahrern in der Kirche zu beten, noch ließ er daselbst eine Messe lesen [48]). So gedachte er dem römischen Volke die stattgehabte Entweihung des apostolischen Stuhles recht handgreiflich vor Augen zu stellen. Die Lage Johanns blieb auch ferner eine sehr peinliche, er sah sich von feindlichen Scharen gleichsam im Belagerungszustande gehalten, sie hinderten ihn eine Gesandtschaft an die fränkischen Könige abzuschicken, wie es seine Absicht war [49]) und drohten, wenn er nicht nachgäbe, die Stadt abermals mit gewaffneter Hand zu überfallen, um die Gebannten wieder einzusetzen. Ein verbindliches Schreiben, mit welchem Herzog Berengar von Friaul sich damals zu guter Stunde an den Papst wandte, gewährte diesem einen Anlaß durch die Vermittelung desselben den König Karlmann von den römischen Ereignissen in Kenntnis zu setzen und seine Hilfe gegen den Herzog Lambert zu begehren [50]). Ließ er doch sogar dem griechischen Kai-

[46]) Joh. an Karl (Mansi XVII, 79, J. 2373): b. Petri ... ecclesiam ... armis triginta diebus circumdatam.

[47]) Joh. an Ludw. den St.: Lambertus ... extollitur derogando adversus ortum regalis progeniei ... ad fascem, ut vera fama volitat, impudenter ... sustollere Romani imperii; an Ludw. den j.: Lambertus ... in quantam superbiam pro cupiditate, ut fama vera se habet, Romani imperii eruperit (Mansi XVII, 76, 77, J. 2364, 2365).

[48]) Ann. Fuldens. 878; Schreiben an Johann von Ravenna (Mansi XVII, 72): ipsis diebus nec vestis fuit super altare S. Petri nec aliquod ibi nocturnum vel diurnum officium ex more celebratum.

[49]) Joh. an Karl: officientibus Lamberto et Adelberto fautoribusque eorum anathematizatis.

[50]) Mansi XVII, 73: haec omnia et Carolomanno glorioso regi et spiritali filio nostro cognita faciatis, quatenus missis apicibus suis eum a tali praesumptione compescat etc.

ser Basilius, an den er gerade im April eine Gesandtschaft abfertigte, sein Leid über diese unerhörte Verletzung der römischen Kirche klagen[51]).

Der Entschluß des Papstes war indessen unwiderruflich gefaßt. In Rom durch äußeren Zwang unterjocht, aber nicht gewillt, sich einen Kaiser aus der ihm verhaßten deutschen Linie aufdrängen zu lassen, den er weder erkoren noch berufen, was konnte er anders thun, als die Straße einschlagen, die einst seinen von dem Langobardenkönige Aistulf bedrängten Vorgänger Stephan nach dem Westen geführt, um dort, wohin er stets alle seine Hoffnungen und Wünsche gerichtet, sich Schutz und Beistand zu holen. Er mußte also zuerst den Netzen der Spoletiner und Tuscier entschlüpfen, er mußte ferner den westfränkischen König ganz seinen Absichten geneigt machen und endlich dessen deutsche Vettern auf irgend eine Weise beschwichtigen oder schrecken, daß sie die Beute, die der älteste von ihnen schon gepackt, wieder fahren ließen oder sich mit einer Abfindung begnügten. Ein schwieriges Unternehmen, dem nur ihre gegenseitige Eifersucht und ihr Neid einige Aussicht auf Erfolg versprach.

Zu seiner persönlichen Sicherung verkündigte nun Johann in der Paulskirche zuerst den Bann über Lambert und seine Genossen[52]), wofern sie es wagen würden, der Stadt Rom oder dem römischen Gebiete noch die geringste Gewalt anzuthun. Er theilte diese Androhung dem Herzoge brieflich mit, indem er ihm meldete, daß er sich wegen der unablässigen Leiden und Drangsale der römischen Kirche zur See nach dem Frankenreiche begeben und den glorreichen König Karlmann um Schutz für das Erbtheil des h. Petrus anflehen wolle[53]). Mit gutem Grunde ist hier nur der Baiernkönig genannt, um dem angeblichen Vorfechter seiner Ansprüche jeden Vorwand zur Hinderung dieser Fahrt zu entreißen. In einem gleichzeitigen Schreiben an den Erzbischof Johann von Ravenna dagegen, der von der Gemeinschaft mit dem Spoletiner

[51]) Schreiben an Basilius vom 28. Apr. (Mansi XVII, 70, J. 2363). Die dort erwähnten mündlichen Aufträge können nur auf diese Vorfälle gehen, wozu das his diebus vollkommen paßt.

[52]) Schreiben an Joh. v. Rav. (Mansi XVII, 72). Diese Androhung des Bannes in der Paulskirche ist von der späteren wirklichen Exkommunikation in der Peterskirche zu unterscheiden. Den Brief an Lambert (Mansi XVII, 57), den Jaffe (N. 2347) in das Ende des J. 877 verlegt, setze ich mit Hefele (Conciliengesch. IV, 507) und Gregorovius (Gesch. d. St. Rom III, 214) in das Frühjahr 878 wegen seines offenbaren Zusammenhanges mit dem vorher angef. Schreiben. Dazu stimmt auch die Anrede: Nobili viro, wie in J. 2353, während sie in J. 2352 noch Dilecto filio lautet.

[53]) A. a. O.: Franciam per iter marinum proficisci gloriosumque Carolomannum regem adire atque optatam illius contemplari praesentiam cupimus pro salute scilicet ac defensione terrae sti Petri; an Johann: gloriosos scilicet reges deprecaturi etc.

abgemahnt wird, spricht der Papst offen die Absicht aus, sämtliche Frankenkönige um Befreiung aus so großer Noth anzurufen.

Lambert indessen blieb seinem früheren Wesen getreu und da er fortfuhr die priesterliche Stadt zu bedrohen und endlich sogar Boten zu den Saracenen nach Tarent schickte, um sich von ihnen Hilfstruppen zu erbitten[54]), so nahm Johann, nachdem er alle Vorbereitungen zu seiner Seefahrt getroffen, auch keinen Anstand mehr gegen diesen „Sohn des Verderbens" zu den äußersten Mitteln zu greifen. In einer Versammlung der in Rom anwesenden Bischöfe in der Peterskirche[55]) schloß er die Herzoge Lambert und Adalbert mit allen ihren Anhängern wegen der gegen die Kirche verübten Verbrechen von der Gemeinschaft der Christen aus und ließ den Bannspruch mit Aufzählung aller Gründe in der Kirche anschlagen, wie er ihn zugleich auch der ganzen Christenheit bekannt machte.

In den ersten Tagen des Mai etwa schiffte sich Johann ein. Noch von Rom aus fand er Gelegenheit einen Boten an den westfränkischen König zu senden, den er eindringlich ermahnte, in die Fußtapfen seines verewigten Vaters zu treten und das Beispiel seiner Tugenden nachzuahmen. Wie jener sein vertrauter Rathgeber, ja gleichsam ein Theil seiner Seele gewesen, so wolle er jetzt auch ihm den gleichen Platz in seinem Innern einräumen, „denn, so fügte er hinzu, in den Quell deines Herzens soll die Feder zuerst getaucht werden, mit der unsere Hand dann die Schriftzüge bilden wird." Er forderte ihn auf mit seinen Vettern, den Söhnen Ludwigs, für die er zugleich Briefe beifügte, Frieden zu halten[56]), sich selbst und die Seinigen zur Verteidigung der h. Mutter Kirche gegen die reißenden Wölfe zu rüsten und die gesamte Geistlichkeit seines Reiches zu der Synode anzutreiben, die er aus sehr dringlichen Ursachen bei ihm versammeln werde. In ähnlicher Weise munterte Johann auch die andern Könige zur gegenseitigen Eintracht und zur Beschickung der Synode auf[57]).

An Karlmann, der durch Gesandte seine früheren Zusagen

---

[54]) Joh. an Ludw. den St. (Mansi XVII, 75): nunc etiam Tarentum legatione directa paganis donaque transmittens atque ab eis accipiens etc., vielleicht um dem Papste auch den Seeweg abzuschneiden.

[55]) Hincmari ann. 878: eis horribiliter excommunicatis Roma exiit; Concil. Tricassin., Allocutio Ioh. papae (Mansi XVII, 347); Schreiben an Ludw. den St.: quia in alio opusculo ad omnium christianorum notitiam, quos idcirco anathematis vinculis innodavimus nonnulla conscripta teneamus. Diese Schrift erwähnt er öfter.

[56]) Eb. (Mansi XVII, 74): primum ut pacis unitatem vinculumque caritatis cum fratribus vestris, nimirum Lodovici regis Baioariorum filiis cumque fidelibus christianis tenens etc.

[57]) Der Papst erwähnt Briefe an alle drei Könige, doch ist nur der an Ludwig den j. erhalten J. 2365, in dem es u. a. heißt: quia in vestra pace, fatemur, totius christiani populi salus consistit.

für die römische Kirche und seine Forderungen wiederholt hatte, schickte der Papst nach seiner Landung in Genua noch insbesondere den Kardinalpriester Peter ab, indem er ihn versicherte[58]), daß er alle Tage mit Sehnsucht seiner Ankunft in Rom entgegengeharrt habe, wo er auf der einen Seite den Saracenen Zins zu zahlen genöthigt worden, während von der andern, wie männiglich bekannt sei, die Markgrafen Lambert und Adalbert die römische Kirche in einer noch nie erhörten Weise geschändet hätten. Weil ihm von denselben der Landweg versperrt, so habe er auch die Mühen und Gefahren einer Seereise nicht gescheut, um das Band der Bruderliebe unter den Königen fester zu ziehen und die heilige Kirche zu befreien. Er lud im übrigen die Bischöfe Karlmanns zu der bevorstehenden Synode ein, wie er auch durch den gleichen Botschafter[59]) Ansbert von Mailand, dem Patriarchen von Aquileja und den übrigen lombardischen Bischöfen die nämliche Aufforderung zugehen ließ.

Am Pfingsttage (11. Mai) landete der heilige Vater zu Arles in der Provence und schickte von hier sogleich zum Grafen Boso, um sich für die Fortsetzung seiner Reise nach Lyon dessen Geleit zu erbitten[60]). Denn indem er den provenzalischen Boden betrat, befand er sich in dem Gebiete des Grafen von Vienne, dem wahrscheinlich noch von Karl dem Kahlen die Herrschaft über dies reiche und durch seine Lage so überaus wichtige Land anvertraut worden war[61]).

Boso ein Mann von kühnem Geiste, rastlosem Ehrgeize, verschlagen[62]) und wie alle diese aufstrebenden Größen zu jedem Treu-

---

[58]) Mansi XVII, 78 (J. 2366) Data de civitate Genuensi. Er schreibt darin u. a.: vestram quoque ad praedictam matrem vestram, uti gloria culminis vestri spoponderit tanto avidius enixiusque quotidiana praestolatione adventum expectavimus, quanto etc. Dies stimmt schlecht zu dem ersten halb ablehnenden Schreiben an Karlmann.

[59]) S. die beiden Briefe an Ansbert (Petrum presbyterum cardinis nostri, quem ad Carolomannum regem dirigimus, fraternitati vestrae plurimum commendamus) und an Engelberga (Mansi XVII, 71 J. 2367, 2368).

[60]) Hincmari ann. 878 (Scr. I, 506); Gesta Iohannis VIII. (Pontific. Romanor. vitae ed. Watterich I, 27): Arelatam maritimali itinere devectus est; Schreiben an Engelberga (Mansi XVII, 80, J. 2369): ecce Arelatem regni delitiarum vestrarum sani intravimus ... illicque Bosonem principem generum vestrum, communem et filiam domnam Hermengardam alloquentes omnia prospera et iugiter desiderata invenimus; an Rostagnus (eb. J. 2371): in Arelatensium civitate.

[61]) Nur Regino a. 877 (Scr. I, 589) berichtet: dedit (sc. Carolus) insuper eidem Bosoni Provinciam. Die Sache selbst möchte ich nicht bezweifeln, da ja Boso in der That die Provence beherrscht hat, doch läßt sich der Zeitpunkt nicht genau bestimmen. Daß aber Karl Boso, wie Dönniges meint (das deutsche Staatsrecht S. 136), „zum König von Arelat erhoben" habe, ist ganz irrig.

[62]) Regino a. 879: fuit autem tam perspicacis ingenii ... tantae moderationis ...

bruche bereit, der ihn auf seinem Wege fördern konnte, war nicht zufrieden durch Richildens Einfluß und eigene Geschicklichkeit der zweite im westfränkischen Reiche geworden zu sein; die Erwerbung Italiens durch seinen kaiserlichen Schwager wollte er sich selbst so viel als möglich zu Nutze machen. Daß er mindestens die Würde eines italischen Unterkönigs, wie sie einst Pippin und Bernhard unter kaiserlicher Oberhoheit bekleidet, für sich ins Auge gefaßt, darauf deutet die herzogliche Stellung, die er sich von Karl in der Lombardei übertragen ließ, darauf vor allem die Entführung der Kaisertochter Irmingard mit dem Beistande Berengars[63]), für welche er seine Hand durch Vergiftung seiner ersten Gemahlin frei machte. Freilich war bis jetzt sehr wenig geschehen, um den Papst für die Unterstützung solcher Pläne zu gewinnen. Die Zurückhaltung der in Rom sehnsüchtig erwarteten Legaten Petrus und Leo im J. 876[64]), eitle Versprechungen des Beistandes, denen keine That nachfolgte, endlich das verrätherische Benehmen gegen den Kaiser, wodurch mittelbar dessen klägliches Ende herbeigeführt wurde, alles dies konnte wenig dazu beitragen, ihm die Zuneigung des Papstes zu verschaffen. Andrerseits besaß aber Boso an seiner Schwiegermutter Engelberga, die ihre aufgehäuften Schätze gern für kirchliche Stiftungen verwendete und mit Johann VIII. stets auf vertrautem Fuße stand, bei diesem eine sehr einflußreiche Vermittlerin, und dem Papste mußte der mächtige Arm willkommen sein, der ihm Hilfe gegen seine Dränger verhieß und ihm zur Ausschließung der Söhne Ludwigs des Deutschen die besten Dienste leisten konnte.

Von Boso konnte Johann überdem hinlänglich erfahren, daß die Hoffnung, die ihn zunächst von Rom nach Gallien geführt, sich nicht werde verwirklichen lassen, weil Ludwig der Stammler, ohnmächtig im eigenen Lande, von siechem Leibe und mit seinen Bischöfen allen weit aussehenden Unternehmungen abhold, keinenfalls der ersehnte Helfer sein könne. Grund genug für den Papst, die Lockungen des Herzogs nicht von der Hand zu weisen, mit ihm

---

[63]) Ann. Fuld. 878: qui (sc. Buoso) propria uxore veneno extincta filiam Hludowici imperatoris de Italia per vim rapuerat; Hincmari ann. 876 (Scr. I, 499): Boso ... Berengarii ... factione filiam Hludowici imperatoris Hirmengardem, quae apud eum morabatur iniquo conludio in matrimonium sumpsit. Die Zeitbestimmung Hinkmars wird durch das Testament Engelbergas als irrig erwiesen, in dem Ermengarda unica mea filia im März 877 noch als unvermählt erscheint (Campi hist. di Piacenza I, 461). Noch irriger ist die Angabe Reginos (a. 877), daß Karl selbst auf seinem zweiten Römerzuge Irmingard Boso zum Weibe gegeben und die Hochzeit mit übermäßiger Pracht gefeiert habe. Vielleicht hat Hinkmar hier die beiden Züge (postquam imperator ab Italia in Franciam rediit) mit einander verwechselt und vermählte sich Boso zu Ende 877.

[64]) S. oben S. 31. J. schreibt darüber an Boso (Mansi XVII, 8): quod quia contra decus apostolicae sedis, quod nunquam factum est, profecto non dimittemus ... inultum.

für gewisse Fälle Verabredungen zu treffen, die mindestens schon auf eine Königskrone zielten, und einen engen Bund zu schließen, dessen Wirkungen bald zu Tage treten sollten[65]). Das Bündnis mit Boso that sich zunächst dadurch kund, daß Johann statt des in Ungnade gefallenen Erzbischofs Ansegis den Metropoliten der Provence Rostagnus von Arles zu seinem Vikar für Gallien ernannte, mit dem Auftrage die weit verbreitete Simonie auszurotten[66]), ferner legte er auch zu wiederholten Malen seine Fürsprache für nahe Verwandte des Herzogs, die Töchter des verstorbenen Grafen Boso und der Ehebrecherin Engeltrud ein[67]) deren Hinterlassenschaft theils ein Vetter der letzteren, Graf Matfrid, theils der ostfränkische König Ludwig selbst an sich gerissen hatten und forderte die Inhaber zur Herausgabe der Güter auf.

Von Boso glücklich nach Lyon geleitet, wohin Johann zuerst die allgemeine Synode hatte berufen wollen[68]), schickte dieser von da aus Gesandte an den westfränkischen König zu dem Behufe, mit ihm zusammen zu treffen, wo es ihm beliebe. Ludwig ersuchte darauf den Papst, ihn in Troyes zu erwarten und wies die Bischöfe an, für die nöthige Verpflegung desselben Sorge zu tragen. Dies Benehmen des Königs zeugte von geringer Zuvorkommenheit und auch die Bischöfe beeilten sich sehr wenig, mit ihrem geistlichen Oberhaupte sich zu vereinigen. Als der heilige Vater auf der Reise in Chalon übernachtete, ereignete es sich sogar, daß ihm die Pferde von den Einwohnern geraubt wurden und im Kloster Flavigny ward ihm eine silberne Schale entwendet[69]). So gelangte er etwa

[65]) Joh. an Engelberga a. a. O.: pro amore vestro ... illos tamquam filios amplectentes pro eorum consulto illorum cum honore cuncta faciemus, quoniam ceu per vos haud secus per istos consolationem et defensionem sanctae Romanae ecclesiae quaerimus eosdemque permissu dei ad maiores excelsioresque gradus modis omnibus salvo nostro honore promovere nihilo minus desideramus.

[66]) Schreiben an Rostagnus und an die gallische Geistlichkeit (Mansi XVII, 80, 82, J. 2371, 2372): singulis quidem metropolitis secundum priscam consuetudinem proprio honore servato. Remigius v. Lyon und Ado v. Vienne schrieben (zwischen 872 und 874) an Johann VIII. pro simonia et quia per manum laicam quilibet indigni ad episcopatum promovebantur (Hugonis Flaviniac. chron. l. I, Scr. VIII, 356).

[67]) In dem Schreiben an Liutbert von Mainz (Mansi XVII, 88, J. 2391) wird schon auf ein früheres über dieselbe Sache verwiesen vgl. die Briefe an den Grafen Matfrid und an Ludwig den j. (eb. 89, 98, J. 2392, 2423). Matfrid hieß auch der Vater Engeltruds, oben I, 459.

[68]) Schreiben an Miro und Huncfrid (Mansi XVII, 86, J. 2370); Hincmari ann. 878 (Scr. I, 506): per eius (sc. Bosonis) auxilium usque Lugdunum venit et inde missos suos ad regem Ludowicum Turonis misit etc. Ungenau sagen die ann. Vedast. 878: qui (sc. Hludow.) festinanter Trecas civitate ei occurrit mutuoque se salutaverunt.

[69]) Schreiben an Isaak von Langres und an alle Bischöfe und Grafen der Christenheit (Mansi XVII, 83, J. 2375, 2376).

Mitte Juni über Langres nach Troyes, denn diesen Ort, den ihm Ludwig zur Zusammenkunft bestimmt, hatte er zugleich, wozu er vor eilf Jahren schon einmal gedient, zur Versammlung des Konzils gewählt. Der Ankunft des Königs mußte er jedoch lange vergeblich harren, da dieser noch mehrere Wochen im Martinskloster zu Tours durch seine Krankheit zurückgehalten wurde.

Nachdem der Papst sich für die Berufung der Synode nach Troyes entschieden, woselbst die Verhandlungen am 1. August beginnen sollten, setzte er seine Bemühungen fort, auch die ostfränkischen Könige zur Theilnahme an dem Konzile zu bewegen. Wie früher schon an die Fürsten selbst, so richtete er nunmehr (12. Juli) auch an die Metropoliten Liutbert, Willibert, Bertolf sowie an Witgar von Augsburg, als den vornehmsten Bischof im Schwabenreiche, noch besondere Schreiben[70]), um durch ihre Vermittelung die Könige entweder zu persönlichem Erscheinen oder zur Absendung von Bevollmächtigten zu bestimmen. Da Karlmann, der hiebei zu allermeist in Betracht kam, trotz der dringenden Bitte des Papstes auf zwei frühere Zuschriften nicht geantwortet hatte[71]), so ersuchte derselbe Karl von Schwaben, seinerseits sich bei dem Bruder für die Erfüllung seiner Wünsche zu verwenden[72]) und beauftragte alsdann den Grafen Suppo von Turin in Gemeinschaft mit den Bischöfen Ansbert und Wibod eine Gesandtschaft an den Baiernkönig zu übernehmen, bei der er sie vor Betrug warnt und zu größester Eile antreibt[73]). Weil jedoch die fortdauernde Krankheit Karlmanns[74]) jeden Gedanken an eine weitere Reise ausschloß und nicht minder Ludwig und Karl alle ihnen zugehenden Aufforderungen unerwiedert ließen[75]), so änderte Johann nothgedrungen seinen

[70]) Eb. 87, J. 2385. Das in der Ausgabe Mansis fehlende Datum: IV. Id. Iul. ind. XI. ergänzt Hartzheim (Concilia Germaniae II, 365) aus einem Exemplare des Schreibens an Willibert. Hinkmar unterstützte das Schreiben an Liutbert, indem er ihm schrieb: item de collocutione sua, quam habuit apud Trecas cum Iohanne papa et quid boni cum eo locutus fuerit de ipso, exhortans, ut litteras et missum papae benigne suscipiat et ad eum venire studeat (Flodoard. hist. Rem. eccl. III c. 21 p. 208).

[71]) J. an Karlmann (Mansi XVII, 78, J. 2388) ... Sabbatinum episcopum primum et postea per Anspertum Mediolanensem, de qua multum miramur, cur non iam a vobis responsum vel missos accepimus. Die zweite Sendung ist die oben erwähnte, die erste erfolgte durch den Bischof Sabbatinus von Genua.

[72]) J. an Karl (eb. 223, J. 2374): quasi vestro proprio consulto nec repraesentaliter Carolomanno glorioso regi mittatis consilium dantes etc.

[73]) J. an Suppo (eb. 88, J. 2387). Der eine der beiden von ihm zu überbringenden Briefe ist vermutlich J. 2388 und leider nur als Bruchstück auf uns gelangt.

[74]) S. das angef. Schreiben an ihn: quod, quia vestra infirmitate, quam nimium dolemus, est praetermissum etc.

[75]) S. die beiden Briefe an Karl und Ludwig, gleichlautend: de hac terra nullo modo regrediemur, priusquam ... percongrua et mutua vo-

ursprünglichen Plan in der Weise, daß er beschloß nach beendigter Synode eine besondere Zusammenkunft mit den drei ostfränkischen Königen oder ihren Bevollmächtigten zu veranstalten, die dann freilich später ebenfalls aufgegeben wurde.

Insoweit der Papst beabsichtigt hatte, alle vier fränkischen Herrscher auf Einer Versammlung zu gemeinschaftlichem Wirken zu vereinigen, mußte er den Zweck seiner mühseligen Reise als verfehlt betrachten. Alle seine Bitten und Ermahnungen stießen auf einen zähen Widerstand, der ihm jede Einwirkung in dieser Richtung abschnitt. Offenbar fanden die Söhne Ludwigs des Deutschen keine Veranlassung, über die Angelegenheiten Italiens, die sie in ihrem Sinne geordnet zu haben glaubten, mit dem Nachfolger Petri Unterhandlungen zu pflegen. Gewis Niemand von ihnen schenkte der Behauptung Glauben, die Johann später unter dem Drucke der Noth aussprach, daß er keines andern Hilfe lebhafter begehrt habe, als die des Königs Karlmann [76]). Nach seiner ganzen früheren Handlungsweise, nach dem Wege, den er aus freier Wahl einschlug, ließ sich da zweifeln, daß er anderswo als im Westreiche seine Freunde und Helfer suchen wolle?

Wozu aber sollte denn jene Zusammenkunft der vier Frankenkönige dienen, die der Papst fortwährend als das eigentliche Ziel seiner Reise bezeichnete, für dessen Erreichung er sich so viele Beschwerden auferlegt? Im Allgemeinen spricht er davon [77]), daß es seine Absicht gewesen sei, die Herzen der Fürsten zur Eintracht zu lenken, ihre Kräfte zur Verteidigung der von den Feinden zerrissenen Mutter Kirche zu vereinigen und sie daran zu erinnern, welches Gebiet ihre Großväter und Väter dem römischen Stuhle vertragsmäßig zugesichert. Hiernach ist als sicher anzunehmen, daß

---

biscum misceamus colloquia; an Karl: heu proh dolor! cuncti venire per inobedientiam neglexistis praeter Ludowicum regem (Mansi XVII, 91, 92, J. 2389, 2390, 2412). Vgl. das Schreiben an Engelberga (eb. 79): apud Trecas in Kal. Augusti una cum rege Ludowico ... synodum universalem celebrabimus; dehinc Carolomannum regem suosque germanos alloquemur, ut pari omnium consilio consolationem nostrae ecclesiae reperiamus.

[76]) J. an Karlmann: testamur namque deum ... quod vestro desiderabili honore nullius hominis nisi vestrum praepotens adiutorium avida mente quaerere voluimus (Mansi XVII, 127, J. 2476).

[77]) J. an Karl: servans fidem Francorum regibus secundum praedecessorum meorum pontificium multos et duros labores in mari et in terra pertuli, ab urbe et Romana sede in Franciam veni, omnes vos legatorum tam viva voce quam epistolis studui convocare, ut pactum quod avi et patres vestri sanctae Romanae ecclesiae iureiurando promiserunt adimplere contenderetis (Mansi XVII, 92 vgl. Actio IV der Synode v. Troyes eb. 347), an Suppo (eb. 223): servata praedecessorum nostrorum fide proli Francorum ad Gallias properantes idcirco venimus, ut pacis atque unitatis vinculo regum corda connecteremus; an Berengar (eb. 97): in Franciam ivimus quaerentes tranquillitatem et auxilium, ubi nostri antecessores quaesiere pontifices. misimus enim omnibus regibus ..., ut

Johann die Verdammung seiner italienischen Gegner, des Formosus und seiner Genossen, sowie der beiden feindlichen Herzoge von allen Königen wollte anerkennen lassen, damit sie an keinem derselben mehr einen Rückhalt fänden. Ferner wollte er das Erbgut des h. Petrus von neuem sicherstellen und die Beschützung desselben für eine gemeinsame Pflicht der Nachkommen Karls des Gr. erklären lassen. Daß diese Verpflichtung doch zunächst nur von Einem Könige allein erfüllt werden konnte, lag wohl auf der Hand, den andern blieb es vielleicht überlassen, ihn mit Geld und Leuten zu diesem Behufe zu unterstützen. Auf jeden Fall gieng die Wahl des künftigen Kaisers dann nicht einseitig von der weltlichen, sondern vielmehr von der geistlichen Seite aus, die Ansprüche Karlmanns mußten gegen die der andern Könige zurücktreten und Johann durfte sich wohl die Geschicklichkeit zutrauen, demjenigen von ihnen zum Besitze Italiens zu verhelfen, der ihm der genehmste war oder ihm das glänzendste Angebot machte.

Da die Söhne Ludwigs den Absichten des Papstes in keiner Weise entgegenkamen und nicht ein einziger von ihren Bischöfen in Troyes erschien, so blieb jenem nichts weiter übrig, als ausschließlich im Westreiche sein Heil zu versuchen. Dem von hier aufzustellenden Bewerber um die Kaiserkrone trat aber nicht bloß die Schwierigkeit in den Weg, die italienischen Großen, die Karlmann gehuldigt hatten, auf seine Seite zu bringen, sondern auch mit ihm, ja wahrscheinlich zugleich mit seinen Brüdern einen gefährlichen Strauß auszufechten. Und dazu sollte das erschöpfte und ausgesogene Westreich die Mittel und Kräfte liefern, dessen Große nur mit dem größten Widerwillen den ehrgeizigen Unternehmungen des verstorbenen Kaisers zugesehen hatten!

IV.

Zugleich mit jenen fruchtlosen Verhandlungen über die Betheiligung der deutschen Könige an der bevorstehenden allgemeinen Kirchenversammlung, ergiengen bereits an die westfränkischen Bischöfe die dringendsten Einladungen zum Besuche derselben, in denen der Papst sich mehrfach über ihre Säumigkeit beklagt[1]). Noch bevor er den Ort bestimmen konnte, forderte er sie zur Theilnahme an der Synode auf, als er dann Troyes und als Zeitpunkt den

cum suis episcopis ad nos venirent et una nobiscum super his tractarent, ex quibus venit Hludowicus rex (J. 2412, 2414, 2421).

[1]) Mansi XVII, 84—87, 89 (J. 2377, 2378, 2380—2383, 2394).

1. August gewählt hatte, verzögerte sich die Eröffnung dennoch über diesen Termin hinaus, weil Johann täglich die Ankunft seines „geliebtesten Sohnes," des Königs Ludwig erwartete[2]), und mußte endlich am 11. August ohne seine Gegenwart vor sich gehen[3]). Der Papst leitete die Berathungen der Synode durch eine Anrede ein, in der er sich über die grausame Unterdrückung verbreitete, die Lambert und Adalbert nebst ihrem Anhange der Kirche zugefügt, und zu dem über sie in der Peterskirche verhängten Banne die Zustimmung und Anerkennung der versammelten Bischöfe nachsuchte[4]). Diese wurde ihm in der dritten Sitzung in der That durch eine förmliche Sentenz gewährt, in der die Bischöfe ihn zur Entgegnung zugleich aufforderten, ihnen mit seiner Autorität gegen die Räuber und Verwüster der Kirchengüter beizustehen. Er entsprach diesem Verlangen durch ein Dekret, welches, von allen Anwesenden unterschrieben, den unrechtmäßigen Inhabern kirchlicher Güter auferlegte, selbige bis zum 1. Nov. zurück zu geben, wofern sie nicht von dem Genusse des Abendmahls ausgeschlossen sein und bei fortgesetztem Widerstreben dem über ihr Leben hinauswirkenden Kirchenfluche verfallen wollten.

In derselben vierten Sitzung, in der der Papst dieses Dekret publicierte, ließ er auch die Versprechungen und eidlichen Zusicherungen verlesen, die Pippin und Karl der Gr. dem h. Petrus (in Bezug auf seine Besitzungen und ihren Schutz) gemacht[5]). Wahrscheinlich wohnte Ludwig der Stammler dieser Vorlesung bei, da er endlich von seiner Krankheit genesen am 14. August etwa in Troyes eintraf. Hieran schloß sich die Verkündigung von sieben von der Synode gebilligten Kapiteln, die sich zwar zumeist auf die Sicherung der bischöflichen Rechte und Besitzungen bezogen, daneben aber auch eine Bestätigung der im vorhergehenden Jahre zu Ravenna gefaßten Beschlüsse enthielten[6]). Ferner wurde nun auch

---

[2]) An Frothar von Bourges (eb. 87): Ludowici regis amantissimi filii nostri adventum praestolamur quotidie inhianterque desideramus.

[3]) Das Datum der Eröffnung in dem Auszuge aus den Akten Mansi XVII, 345, aus denen auch Mariani Scotti chron. 900 (Scr. V, 552) schöpft, vgl. im Allgemeinen Hefele Conciliengesch. IV, 509 flg., von Noorden Hinkmar S. 358.

[4]) Mansi XVII, 347, die Sentenzen über die Gebannten und die Kirchenräuber eb. 348, sowie in Hincmari ann. 878.

[5]) Mansi a. a. O. promissio regum lecta est et sacramenta etc. Ueber die Ankunft Ludwigs, die Hinkmar (quia propter suam infirmitatem ante non potuit) Kalendas Septembris stattfinden läßt, während seine Anwesenheit am 18. Aug. wenigstens erwiesen ist (J. 2397), halte ich mit Pertz und Hefele dafür, daß sie kurz vor diesen Zeitpunkt gesetzt werden muß, nicht aber mit Jaffe auf den 1. August. Die Verzögerung des Konzils bis zum 11. würde sich sonst schwer erklären und daß Hinkmar nach der Meldung von dem Eintreffen des Königs mit interea den Beginn der Synode berichtet, beweist, daß sie inzwischen schon begonnen hatte.

[6]) Mansi XVII app. 187 vgl. Hefele a. a. O. S. 512.

von neuem der Kirchenfluch über den Bischof Formosus, den Nomenklator Gregor und den Heermeister Georg ausgesprochen[7]) „weil sie nicht aufhören die Ohren der Könige und Fürsten zu belagern und mit Kirchenräubern verbunden den früheren Schandthaten täglich neue hinzu zu fügen streben.“ Wahrscheinlich in Folge dieser Verurtheilung stellte sich nach einiger Zeit Formosus selbst vor dem erbitterten Papste[8]), dem bereits bekannt geworden war, daß er bei dem Abte Hugo von Tours eine Zuflucht gefunden. Er wurde genöthigt einen Eid zu leisten, daß er Rom nie wieder betreten noch je nach dem Besitze seines früheren Bisthums trachten wolle. Dafür nahm ihn Johann als Laien in den Schoß der Kirche wieder auf und Formosus fuhr fort als Verbannter im Westreiche zu leben.

Im Verfolge einer Eingabe des Erzbischofs Rostagnus wurden in der fünften Sitzung die kirchlichen Satzungen vorgelesen[9]), welche den Bischöfen verbieten, aus Ehrgeiz von einer kleineren zu einer größeren Kirche überzugehen und den Laien bei Lebzeiten der ersten Frau eine zweite zu nehmen, denn beide Verhältnisse pflegte man durchaus auf gleiche Linie zu stellen. Die Bestätigung dieser älteren Gesetze durch die Synode richtete sich gegen den Erzbischof Frothar, der durch seine Gefügigkeit gegen Kaiser und Papst seine Versetzung von Bordeaux nach Poitiers und von da nach Bourges erlangt hatte. Wenn auch Frothar, gegen den mehrfache Anklagen

[7]) Mansi XVII, 347, 349, Hincmari ann. 878, Schreiben an den Abt Hugo (eb. 223, J. 2379): inter haec ab omni te consortio Formosi anathematizati optamns fili carissime separare.

[8]) Sigeberti chronic. 900 (Scr. VI, 344): tandem ad satisfaciendnm papae in Galliam veniens usque ad laicalem habitum degradatus est etc.; Auxilii infensor et defensor c. 20 (Mabillon vet. anal. p. 46 vgl. c. 32 p. 51): quando depositus est mediantibus sacrosanctis evangeliis iureiurando conclusit, ut Romuleam urbem nullatenus ingrederetur suumque episcopatum nullo modo reciperet. Richter hat aus einer Handschr. der Merseburger Dombibliothek eine Sentenz der Synode von Troyes vom 14. Sept. über die nochmalige Verdammung des Formosus und sein Gelöbnis zum erstenmale herausgegeben (Marburger Prorektoratsprogr. v. 1843 S. 6), Hefele (S. 517) hat jedoch aus den unrichtigen Unterschriften der Bischöfe dargethan, daß dieselbe gefälscht sein muß. Diese Fälschung, der, wie die vorstehenden Zeugnisse beweisen, doch wirkliche Thatsachen zu Grunde liegen, müßte jedoch noch in das 9. oder den Anfang des 10. Jahrh. fallen, wo allein ein Interesse dafür vorhanden sein konnte. (In der Ausgabe Richters sind einige Namen nicht genau nach der Handschrift wiedergegeben und fehlt vor Alfredus „Everardus turtinensis episcopns ss.“). Des Formosus ferneren Aufenthalt in Gallien bezeugen die ann. S. Columbae Senonens. 882 (Scr. I, 103).

[9]) Mansi XVII, 347, 350, Hincmari ann. 878 vgl. I, 247 flg. Der Vergleich mit dem Ehebruche stammt aus Pseudoisidor (p. 90, 139 ed. Hinschius, ep. Evar. c. 4, Calixti II c. 14). Dieselbe Frage in Bezug auf Aktard von Nantes, der 871 nach Tours versetzt wurde, behandelt Hinkmar de translationibus episcopor. (opp. II, 741—761). Ueber Frothar s. die Vorladung des Papstes an ihn als Erzbischof von Bordeaux (Mansi XVII, 353, J. 2396), während er sich gleich darauf schon wieder als Erzb. von Bourges unterschreibt (J. 2397).

laut geworden, sich in Bourges zu behaupten wußte, so wurde doch ähnlichen Vergünstigungen für die Zukunft hiedurch der Weg versperrt.

Während die versammelten Kirchenhäupter, an Zahl[10]) außer drei den Papst begleitenden italienischen Bischöfen 10 Metropoliten und 33 Bischöfe, ihre Berathungen noch fortsetzten, krönte Johann Ludwig am 7. September noch einmal zum Könige Westfranciens und wurde darauf von ihm in seiner Pfalz bei Troyes glänzend bewirthet und beschenkt, dennoch vermochten er und seine Gemahlin Adelheid es mit aller ihrer Zuvorkommenheit dem Papste nicht abzugewinnen, daß er auch die letztere zur Königin krönte[11]). Schwerlich verweigerte dies Johann aus einem andern Grunde, als weil Ludwig dieselbe bei Lebzeiten seiner ersten Gemahlin Ansgard geheiratet, er würde also durch Anerkennung dieser zweiten Ehe sich sofort in einen Widerspruch mit dem eben von dem Konzile gefaßten Beschlusse verwickelt haben. Seine erste Ehe aber wollte sicherlich Ludwig selbst nicht für null und nichtig erklärt wissen, weil dadurch die beiden heranwachsenden Prinzen aus dieser Verbindung zu Bastarden gestempelt worden wären. Auch ein fernerer Wunsch des Königs, die päpstliche Bekräftigung der Urkunde, durch welche sein Vater ihm die Nachfolge zugesichert, blieb unerfüllt, denn Johann stellte die unbescheidene Gegenforderung, eine angebliche Schenkung Karls, wodurch dieser die Abtei St. Denis, die reichste seines Reiches, dem päpstlichen Stuhle übertrug, zu bestätigen, was die Synode als Betrug ablehnte.

Nachdem Ludwig den Papst auf das Andringen einiger seiner Großen, namentlich wohl Bosos, am 10. Sept. in seiner Wohnung freundschaftlich besucht, zeigte dieser in mehreren Stücken sich geneigt, auf seine Anliegen einzugehen und das wankende königliche Ansehen durch seine Autorität gegen die Ruhestörer und Empörer zu verstärken, die sich von allen Seiten erhoben. Im nördlichen Lothringen, wahrscheinlich im Sprengel von Lüttich, hatte Hugo, der uneheliche Sproß Lothars und Waldradas[12]) eine Bande von zuchtlosem Kriegsvolk um sich versammelt, mit der er Räubereien und Gewaltthaten aller Art verübte, um wie man sagte das väterliche Reich in Besitz zu nehmen. Eine sehr ernste und eindringliche Ermahnung, die Hinkmar im Auftrage des Königs an den irregeleiteten Jüngling richtete, von solchen Freveln abzustehen, blieb ohne Erfolg, wiewol ihm als Lohn der Unterwerfung reiche Lehen in Aussicht gestellt wurden. So ward er denn jetzt

---

[10]) Die größere Zahl von Unterschriften unter der Urk. für das St. Aegidiuskloster vom 18. Aug. (Bouquet IX, 167, J. 2397), eine weit kleinere Zahl unter den 7 Kapiteln (Mansi XVII app. 188). Arnold von Toul, der unter den letzteren steht, fehlt am ersteren Orte.

[11]) Hincmari ann. 878 (Scr. I, 508).

[12]) Vgl. über Hugo I, 478, 603, Hinkmars Schreiben an ihn, den Kö-

und mit ihm Emeno, der Bruder des Markgrafen Bernhard als sein Mitschuldiger, gleichfalls wegen Raubes, von der Kirchengemeinschaft ausgeschlossen, wofern sie nicht binnen dreißig Tagen zur Treue gegen den König zurückkehrten[13]). Das gleiche Loos traf erst nach dem Schlusse der Synode den Markgrafen Bernhard von Gothien[14]), der selbst zuerst als Ankläger gegen den Erzbischof Frothar aufgetreten war, nunmehr aber beschuldigt wurde, demselben gewaltsam den Eintritt in seine Stadt verwehrt zu haben, wie er auch seinen Leuten einen frevelhaften, wahrscheinlich gegen den König verpflichtenden Eid abgenommen hatte.

In der nämlichen Sitzung der Synode, die Hugo mit dem Banne bedrohte — es war die letzte —, kam endlich noch die Angelegenheit des durch eigene Schuld gestürzten Bischofs Hinkmar von Laon zur Sprache. Aus mehrjähriger Haft entlassen, in der er auf Befehl des Herzogs Boso seines Augenlichtes beraubt worden, versuchte der Unglückliche durch eine Klageschrift den Papst zur Kassierung des in Douzy gegen ihn gefällten Urtheils zu bewegen[15]). Der König selbst und so manche alte Feinde seines Oheims

nig und Franko von Lüttich Flodoardi hist. Rem. eccl. III c. 19, 23, 26 p. 185, 304, 364). In dem ersten heißt es: multos scilicet praedones conspirasse et conspirare secum ipsoque principe atque auctore innumeras et horrendas fieri depraedationes aliaque multa scelera perpetrari, quae omnia in caput ipsius redundarent ... insuper etiam quod regni moliretur pervasionem ... subiungens etiam, quod rex eidem promiserit et ex parte ostenderit eum se velle honoribus ampliare et honoratum habere, si culpa ipsius non fuerit. Die in dem Briefe erwähnte Synode in Neustria ist wahrscheinlich eine Reimser Provinzialsynode. Franko sollte den Boten Hinkmars zu ihm geleiten lassen.

[13]) Mansi XVII, 94 (J. 2402): Hugonem Lotharii regis quondam filium ... adulterina copula genitum, qui post praestitum sacramentum dilecto filio Ludovico regi Francorum mentitus esse videtur et inquietare pacificum regnum praedicti regis et Emmonem Bernardi comitis germanum complicem in excessibus etc.; Hinkmar (p. 508) erwähnt Imines Räubereien um Evreux. Emeno ist mit einem älteren Grafen E. von Poitou nicht zu verwechseln (oben I, 131).

[14]) Auf Bernhard bezieht sich eine Reihe päpstlicher Briefe, der dritte noch mit der Ueberschrift: Dilectissimo filio Bernardo nobilissimo marchionum (Mansi XVII, 86, 87, 91, 93, J. 2370, 2383, 2384, 2403, 2404) vgl. ann. Vedast. 878: ibi etiam Bernardus dux Augustuduuensium de infidelitate convincitur. Hinkmar mahnte ihn von der Besitznahme der Reimser Kirchengüter ab (Flodoard. h. R. e. III c. 26 p. 351: Bernardo comiti Tolosano propinquo suo).

[15]) Reclamatio et proclamatio Hincmari, erwähnt in der dritten Sitzung der Synode (Mansi XVII, 347, 352), Hincmari ann. 878: vim facientibus quibusdam episcopis et consentiente rege; ann. Vedast. 878 (Scr. II, 197): de omnibus, quibus olim fuerat damnatus se inculpabilem reddidit; Adonis contin. I. (eb. 325). Daß Hinkmar v. Reims sich wegen seines Neffen, sowie über mehrere wider ihn verbreitete Verleumdungen schriftlich rechtfertigte, geht aus Flodoard. hist. Rem. eccl. l. III c. 21, 29 p. 209, 405: scripsit et apologeticum contra obtrectatores suos etc. hervor. Unter der Urk. für St. Aegidius findet sich auffallender Weise der Name Hinkmars von Laon. Ueber sein Ende s. Flodoard. a. a. O. c. 24 p. 323.

nahmen sich seiner an und so wurde denn verfügt, daß sein erst 877 geweihter Nachfolger Hedenulf, der in ein Kloster einzutreten bereit war, zwar das bischöfliche Amt fortführen solle, ihm selbst aber wurde wiederum die Erlaubnis ertheilt, Messe zu lesen und seinen Unterhalt sollte er aus Gütern der Laoner Kirche beziehen. Kaum war diese Entscheidung erfolgt, als einige dem jüngeren Hinkmar gewogene Bischöfe ihn mit dem vollen Priesterornate bekleidet vor den Papst und dann unter Gesang in die Kirche führten, wo er das Volk segnete. Mit diesem kläglichen Schauspiele wurde nichts andres bezweckt, als dem älteren Hinkmar eine empfindliche Kränkung zu bereiten und ihn vor dem Papste, dem er so oft durch seinen Widerspruch lästig gefallen, dem er auch in Troyes sich keineswegs willfährig bewiesen, zu demütigen. Doch überlebte er noch seinen Neffen, der schon nach zwei Jahren starb.

Zum Schlusse der Synode hielt Johann eine Anrede an die Bischöfe und an den König in der er ihnen den Hauptzweck seines Kommens feierlich ans Herz legte. Von jenen erbat er unverzüglich die Zusage, mit ihm gemeinschaftlich die heilige römische Kirche als das Haupt aller Kirchen zu verteidigen und ihn mit dem bewaffneten Beistande ihrer Leute [16]) zu dem Stuhle Petri zurück zu geleiten, den König dagegen ersuchte er ohne Aufschub zur Beschirmung, Befreiung und Erhöhung der römischen Kirche nach dem Beispiele seiner Vorgäuger herbei zu eilen, damit ihn und sein Reich nicht die göttliche Strafe dafür träfe, daß er die Feinde und Ungetreuen des Herrn verschont.

Wir wissen nicht, welche Antwort unmittelbar auf diese Worte erfolgte, beruhigende Zusicherungen mögen dem heiligen Vater wohl gemacht worden sein, die Thatsachen aber verrathen nur zu deutlich, auf wie große Schwierigkeiten die Erfüllung seiner Wünsche stieß. Der König kränklich, ohne Macht über seine Großen, dazu voraussichtlich durch die Empörung des Markgrafen Bernhard von Gothien für längere Zeit in Anspruch genommen, die Bischöfe in der Mehrzahl einem Papste wenig geneigt, von dem sie stets Uebergriffe in die Rechte ihrer Kirchen besorgten, zudem von eigenen Leiden und Drangsalen so umlagert, daß ihnen für fremde Leiden und Gefahren nicht viel Mitgefühl übrig blieb. Nur auf den Einen Freund, den er sich unterwegs erworben, auf den Herzog Boso konnte Johann wirklich zählen, wofern er ihm für seine Hilfe genügenden Lohn in Aussicht stellte.

Boso stand zu dem Könige Ludwig in diesem Augenblicke auf ebenso vertrautem und nicht minder einflußreichem Fuße, als vordem zum Kaiser Karl. Am Tage nach dem Schlusse der Synode

---

[16]) Mansi XVII, 354: cum omnium hominum vestrorum armata bellico apparatu manu. Von dem Könige schreibt Johann später (eb. 97): venit Hlodovicus rex et tantis malis perdolens, nisi infirmus esset, nobiscum veniret. iam quia pro infirmitate non potuit ...

begab sich der König auf seine Einladung von mehreren seiner vornehmsten Räthe begleitet in sein Haus und wurde hier von ihm und seiner Gemahlin Irmingard auf das reichste bewirthet und in jeder Weise geehrt.[17]) Auf diesen festlichen Empfang folgte die Verlobung der Tochter des Herzogs Boso mit Karlmann, Ludwigs jüngerem Sohne, die zu den zwei früheren Verschwägerungen dieses aufstrebenden Geschlechtes mit dem königlichen Hause eine dritte hinzufügte. Ferner ward in diesem Kreise vorläufig bereits über die Lehen des geächteten Markgrafen Bernhard verfügt, und wenn Boso einwilligte, daß die besten Stücke der Beute an den Kämmerer Theoderich und an den Grafen Bernhard von Auvergne vertheilt wurden, so beweist dies eben, daß er seine Freundschaft mit diesen Männern, die neben ihm und dem Abte Hugo die mächtigsten im Reiche waren, möglichst eng zu knüpfen suchte, damit er nicht minder für seine Pläne auf ihre bereitwillige Förderung rechnen dürfe.

Diese Pläne traten jetzt insoweit an das Tageslicht, als der König dem Herzog Boso im Vereine mit mehreren Bischöfen den Auftrag ertheilte, statt seiner mit bewaffneter Hand den Nachfolger Petri nach Italien zu geleiten und ihm eine sichere Straße zur Heimkehr nach Rom zu eröffnen[18]). Mehr als dies hatte der Papst mit allen seinen Bemühungen nicht erreichen können; die Widersacher, die ihn in seinem Sitze bedräuten und ihn zur Flucht getrieben, ernstlich zurück zu werfen, davon war zunächst keine Rede. Je trübseliger die augenblickliche Lage der Dinge, desto hellere Aussichten zeigte die Zukunft. Denn indem Johann dem, der bisher nur der Vassall eines Frankenkönigs war, keinen geringeren Preis als die Kaiserkrone vorspiegelte, versprach Boso ihm

[17]) Hincmari ann. 878 vgl. 879 (Scr. I, 508, 511). Johann schrieb später an Hugo, Theoderich und Bernhard: dilectissimum filium nostrum Bosonem, vestrum unanimem fratrem et amicissimum, nt insolubile vinculum caritatis foedusqne amicitiae, quod coram deo vicissim colligastis, moneo hortor nulla hominum male loquentium lingua, nullo cuiuslibet fraudis ingenio vel in modico quoquomodo possit avelli, sed ... dilecti filii nostri Hlndovici regis animum erga eum immobilem et tranquillum semper servetis (Mansi XVII, 101, J, 2430). Zu Troyes bestätigte Ludwig deprecatione dilecti nostri dncis Bosonis dem Erzb. Aurelian von Lyon die Kl. Nantua und Savigny, desgl. ob deprecationem carissimi ducis nostri Bosonis später dem Kl. Tournus einige Orte (Bouquet IX, 412, 413, B. 1843, 1846).

[18]) Ann. Vedast. 878: rex denique atque omnes principes multis honoribus honoraverunt domnum apostolicnm et socium itineris eius Bosonem delegerunt usqne Italiam vgl. die Aeußerungen des Papstes über ihn an Ansbert, Suppo (qui [sc. Hludow.] nobis hunc Bosonem principem virum consultissimnm sibique ex omni parte coninnctum dedit, nt nos salvos sine impedimento maledicti Lamberti in urbem mitteret) und Berengar (Mansi XVII, 96—98, J. 2417, 2418, 2421). In dem Briefe an Ludwig (eb. 95) erwähnt Johann episcopos, qnos serenitas vestra in nostrum iussit venire adiutorium.

sobald es thunlich sei, mit der gesamten Macht des Reiches gegen die Feinde der römischen Kirche zu Hilfe zu ziehen und es wurde unter diesen gegenseitigen Bedingungen eine geheime aber feste Verabredung zwischen beiden getroffen[19]).

Der erste Schritt zur Erreichung des gemeinsamen Zieles mußte darin bestehen, die Lombarden, die noch immer Karlmann als ihren König anerkannten, von ihm ab und auf die Seite des neuen Herrschers von Italien zu bringen[20]). Von einer Zusammenkunft mit dem Baiernkönige[21]) oder seinen Brüdern verlautete plötzlich nichts mehr, statt dessen schrieb Johann noch von Troyes aus einen ziemlich kurzen und kühlen Brief an den König Karl[22]), um ihn von seiner veränderten Entschließung zu benachrichtigen. Er begann damit, daß er die Treue gegen die Frankenkönige bewahrend zu ihnen über die See gekommen sei, um sie an ihre Pflichten gegen die römische Kirche zu mahnen, aber aus Ungehorsam seien sie sämtlich ausgeblieben bis auf Ludwig, den Sohn Karls. „Auf seinen Rath und Vorschlag habe ich den ruhmreichen Fürsten Boso als meinen Sohn an Kindesstatt angenommen, damit er sich den weltlichen Händeln, wir uns ungehindert den göttlichen Dingen zu widmen vermögen. Daher bestrebt euch, zufrieden mit den Grenzen eures Reiches Ruhe und Frieden zu halten, weil wir jetzt und fürderhin alle in den Bann thun, die sich gegen unsern besagten Sohn zu erheben wagen." Die Söhne Ludwigs sollten demnach ihr Anrecht auf Italien durch ihr Nichterscheinen als verwirkt, Boso als ihren rechtmäßigen Nachfolger betrachten.

Von Troyes, wo Johann nach dem Schlusse der Verhandlungen sich noch einige Wochen aufhielt, zog derselbe Anfang Oktober nach Chalon und von da immer in Begleitung des Herzogs Boso und seiner Gemahlin[23]) sowie des Bischofs Agilmar von Clermont, der allein den königlichen Weisungen nachgekommen

---

[19]) S. das Schreiben Johanns an Boso (eb. 121, J. 2471): Secretum, quod deo auxiliante vobiscum Trecis existentes habuimus und weiterhin: nos enim sponsionem vestram nimium praestolantes, sed usque adhuc minime contemplantes.

[20]) Ann. Fuldens. 878: tandem assumpto Buosone comite ... cum magna ambitione in Italiam redIit et cum eo machinari studuit, quomodo regnum Italicum de potestate Carlmanni auferret et ei tuendum committere potuisset.

[21]) Die letzte Erwähnung derselben in einem Briefe an den B. Wibod von Parma, der darüber unterhandelt hatte (Mansi XVII, 91, J. 2411): interea monentes hortamur, ut coeptum perficias et antequam Carolomannum alloquamur vestrum legatum cum literis mittere satagas etc., von Jaffe vielleicht etwas zu spät angesetzt.

[22]) Mansi XVII, 92, J. 2412; vermutlich richtete er ähnliche Briefe auch an die andern beiden Könige.

[23]) Hincmari ann. 878 (Scr. I, 508) vgl. das Schreiben an Ludwig (Mansi XVII, 95).

war[24]), über St. Jean de Maurienne und den Mont Cenis in die Lombardei. Hier harrte seiner die erste Enttäuschung, denn statt daß der Graf Suppo von Turin, dessen Gebiet er zuerst betreten mußte, mit der Kaiserin Engelberga, dem Erzbischof von Mailand und andern Häuptern, ihm sogleich seine Aufwartung machten, wie er gewünscht hatte, legte jener ihm vielmehr Hindernisse in den Weg und suchte ihm die Straße zu versperren[25]).

In Turin am 24. November glücklich angelangt, erließ der Papst von dort aus alsbald Schreiben an die lombardischen Bischöfe[26]), sowie an die Suffragane der eben erledigten Metropole Ravenna, durch welche er sie insgesamt zu einer in Pavia am 2. Dezember abzuhaltenden Synode einlud. Ganz besonders dringend und unter Hinweis auf die den Ungehorsamen treffende Strafe, ermahnte er den Erzbischof Ansbert von Mailand, der sich schon von Troyes ferngehalten, seinem Geheiße nachzukommen. Mit den schmeichelhaftesten Ausdrücken wandte sich Johann auch an die vornehmsten unter den weltlichen Großen, die Grafen Berengar[27]) und Suppo. Er versicherte den letzteren, der sicherlich nicht aus eigenem Antriebe, nur aus Treue gegen seinen Lehnsherrn (Karlmann) sich so widerspenstig gegen ihn bewiesen, daß die Versammlung in Pavia völlig unverfänglich sei, er wolle ja nichts andres als mit ihnen in Gemeinschaft die Lage der heiligen Kirche und den Frieden des Landes in Erwägung ziehen. Von Boso meldete der Papst in allen diesen Briefen nichts weiter, als daß er vom Könige ihm mitgegeben worden sei, um ihn sicher und ohne Gefährde nach Rom zurück zu geleiten.

In Pavia erwartete den heiligen Vater eine zweite Enttäuschung, denn trotz aller schönen Worte und beruhigenden Versicherungen blieben diejenigen aus, ohne deren Mitwirkung es Thorheit gewesen wäre, den Italienern einen König aufdringen zu wollen. Zu gut durchschauten diese Männer die nur wenig verhüllten Absichten des Nachfolgers Petri, um sich in seinen Netzen fangen zu lassen. Sie waren entschlossen dem kranken Könige Karlmann die Treue zu bewahren, denn er war deshalb ihnen der liebste

---

[24]) Eb. qui in omnibus oportunitatibus nostris nulli secundus extitit ... inter haec episcopos ... scias praeter Agilmarum nullum venisse.

[25]) S. die beiden Briefe an Suppo (Mansi XVII, 223, 98, J. 2414, 2418): cur fili carissime nobis iter tua dilectio clauserit curque ut audistis nos in tuos honores venisse obviam non concurreris miramur etc.

[26]) Mansi XVII, 96, 103 (J. 2415—2417): Sanctitatem vestram scire cupimus, quoniam VIII Kal. Dec. Taurinum venimus etc.

[27]) Eb. 99 (J. 2419). Er beruft sich für seine Ergebenheit auf das Zeugnis maxime huius Widonis comitis nostri consiliarii. An Suppo (eb. 98): unde cernimus, quoniam istud non ex corde sed pro fidelitate tui senioris taliter feceris, quod ideo parcimus und am Schlusse: tamen ante alios venire satage, ut quidquid cum aliis fecerimus tecum familiariter antea terminare queamus.

Herrscher, weil sie ihn allein, ohne Befehl des Papstes gewählt hatten. Es konnte daher nichts fruchten, daß Johann den Termin der Synode hinausschob und von Pavia aus den Erzbischof Ansbert mit seinen Suffraganen[28]) und den Herzog Berengar sowie die übrigen lombardischen Großen aber und abermals in der dringlichsten Weise einlud. Er sah sich nach wie vor von ihnen im Stiche gelassen und mußte seinen Plan, den er keineswegs aufgab, auf eine gelegenere Zeit vertagen.

Boso, der ohne Zweifel nur eine geringe Streitmacht mit sich geführt, kehrte von Pavia, bis wohin er den Papst begleitet, in das Westreich zurück. Den Bischof Agilmar schickte Johann mit einem Briefe an den König Ludwig, in welchem er diesem seinen wärmsten Dank für den durch Boso genossenen Schutz ausdrückte[29]). Indem er seine aufopfernde Hingebung mit dem höchsten Lobe pries, erinnerte er den König zugleich daran, daß er ihm versprochen, dem Herzog Boso eine ausreichende Truppenzahl zur Bekämpfung der Feinde der römischen Kirche zu übergeben. Die Bischöfe tadelte er sehr bitter, daß sie sich ihm sämtlich bis auf einen entzogen und hoffte sie dafür auf königliches Geheiß nächstens mit ihren Mannschaften nach Rom ziehen zu sehen.

Nach einem längeren Aufenthalte in Pavia kehrte der Papst ohne bewaffnetes Geleit in seinen Sitz zurück, den er vor ohngefähr acht Monaten verlassen. Die Bischöfe Leo, sein Neffe und Petrus hatten während dieser Abwesenheit an seiner Statt regiert[30]). Wir erfahren nicht, wie es ihm diesmal möglich geworden den Landweg ohne alle Fährlichkeit zurückzulegen, den er der Nachstellungen seiner Feinde halber zu Anfang desselben Jahres gänzlich gemieden hatte. Die Verhältnisse des mittleren Italiens müssen sich um diese Zeit gründlich geändert haben. In der That finden wir einige Monate später den Papst mit dem „ruhmvollen Markgrafen Adalbert“ und seiner Gemahlin Rotilde, die er früher eine Buhlerin gescholten, vollständig ausgesöhnt, da er sich bei dem Herzoge Boso sehr nachdrücklich dafür verwendet, daß derselbe ihnen ihre Besitzungen in der Provence unversehrt bewahre[31]). Von

---

[28]) Ep. 96: nil contra vestram decentiam atque honorem vobis aliquatenus opponetur; an Berengar 97: ut alii veniant alter alterum incitet et has literas primo legens remittere aliis procuret etc. (J. 2420, 2421).

[29]) Ep. 95 (J. 2422): interea millenas serenitati vestrae de Bosone dilecto et communi filio ac fideli gratias referimus, qui tam prudenter communibus obtemperans iussis parere in omnibus ita nobis studuit, ut etiam ... animae et vitae suae non pepercerit. Das hostiliter am Schlusse dieses Briefes bedeutet mit Heeresmacht.

[30]) Schreiben an Engelberga (ep. 80, J. 2369). Daß Johann sich noch in Pavia länger aufgehalten (ubi etiam diutius immorantes), schreibt er selbst an Ansbert (Mansi XVII, 123).

[31]) Schreiben vom 3. Apr. 879 (ep. 113, J. 2458): de parte quoque Adelberti gloriosi marchionis seu Rutildae comitissae coniugis eius, cogno-

Lambert von Spoleto, diesem gefürchteten Tyrannen verschwindet seit dem Jahre 879, in welchem er in einem Kapuanischen Erbschaftsstreite die eine Partei unterstützte, jede Spur und es ist daher wohl nichts Andres anzunehmen, als daß er um diese Zeit gestorben sein müsse, vielleicht auf eine plötzliche und überraschende Art, weil man nachmals darin eine Wirkung des Kirchenfluches erkennen wollte, unter dem er starb[32]). Sein Sohn und Nachfolger Wido aber trat zunächst nicht in seine Fußtapfen. Seiner schlimmsten Dränger in dieser Weise entledigt und vor unmittelbaren Angriffen der Saracenen durch den Jahreszins geschützt, konnte der Papst mit um so größerer Freiheit die Entwürfe für seinen geliebten Sohn Boso betreiben und von neuem dem Traume nachhängen, mit der Kaiserkrone zugleich die oberste Leitung des gesamten Reiches nach seinem Belieben zu vergeben.

Diesseit der Alpen kümmerte man sich indessen sehr wenig um die Verschwörung, die der römische Bischof mit einem kecken Emporkömmlinge zu dem Zwecke angezettelt, um den Nachkommen Karls des Gr. den Besitz der höchsten Krone der Christenheit zu entreißen. Als der ehrgeizigste und unternehmendste der vier fränkischen Könige tritt uns hier vor allem Ludwig der jüngere entgegen, während entweder Willensschwäche oder unheilbares Siechthum die Schritte der übrigen lähmte. Der Aufforderung, die Johann VIII. theils unmittelbar, theils durch die Erzbischöfe seines Reiches an ihn ergehen ließ, sich zu dem allgemeinen Frankentage in Troyes einzufinden, hatte er nicht Folge geleistet, wahrscheinlich weil er den Papst nicht als Schiedsrichter über sein und der andern Fürsten Rechte auf Italien anerkennen wollte, um so geneigter war er dagegen auf die Anträge seines westfränkischen Vetters, der sich von Anfang an so eifrig um seine Freundschaft bemüht,

---

scat nobilitas vestra, quod vobis in omnibus fideles et devotos amicos eos esse cognoscimus, ideo rogamus, ut eorum comitata in Provincia posita, sicut iam tempore longo tenuerunt, ita deinceps pro nostro amore securiter habeant. Sollte das Schreiben an den Markgr. Adalbert, das diesen von dem Banne losspricht, wenn er im März innerhalb 15 Tage Genugthuung leiste (Mansi XVII, 191, J. 2552) nicht auch hieher gehören? Man müßte dann freilich die XIV. Indiction in die XIII. umändern.

[32]) Erchempert. c. 79: Defuncto autem Lamberto filio Guidonis senioris filio suo Spoletium reliquit, ohne Zeitbestimmung. Die letzten Erwähnungen Lamberts zu Ende des J. 878: Mansi XVII, 100 (J. 2427), im J. 879 nach dem Tode B. Landolfs von Kapua kämpfte Lando cum Francis Lamberti comitis (Erchempert. c. 42), die erste seines Sohnes im Juli 880 (eb. 184, J. 2542): una cum Widone comite Lamberti filio loqui voluimus. Fulko von Reims schrieb an den Kaiser Lambert (Flodoard. hist. Rem. IV c. 5 p. 458): recordamini quaeso avunculi vestri et aequivoci Lantberti illustrissimi, qualis erga sanctam Romanam sedem fuerit qualemque exitum consecutus sit ... domnum etiam apostolicum deprecamini, ut eum dignetur absolvere et pro illo apud deum intervenire. Gregorovius (Gesch. d. Stadt Rom III, 222) behauptet ohne allen Grund, daß er absolviert worden.

einzugehen und sich an ihm einen Bundesgenossen für seine weiteren Pläne zu gewinnen. Als Ludwig der Stammler nach der Abreise des Papstes im Oktober von Troyes nach Compiegne gieng, empfieng er dort durch ostfränkische Gesandte die Einladung, sich zu einer Unterredung mit Ludwig und zum Abschluß eines Vertrages in die Nähe von Meerssen auf die Grenze ihrer beiderseitigen Reiche zu begeben.

Zu Fouron (bei Vise)[33]) trafen am 1. November die beiden Ludwige zum Zwiegespräche zusammen, der eine über Herstal, der andre über Meerssen seinen Weg nehmend. Am ersten Tage wurde zwischen ihnen über die derzeit bestehende Theilung des Reiches verhandelt und in Bezug auf Lothringen bestimmt, daß die vor acht Jahren gezogene Grenzlinie auch fürder Geltung haben solle. Die Uebergriffe einzelner Vassallen wollte man gegenseitig abstellen. „Was aber das Reich betrifft, so lautete die Verabredung weiter, welches Ludwig, der Kaiser von Italien besaß, so soll, da bisher noch keine Theilung desselben stattgefunden, ein jeder das, was er jetzt inne hat, behalten, bis wir nach Gottes Willen wiederum zusammen kommend, mit unseren gemeinsamen Getreuen befinden und festsetzen, was uns das beste und gerechteste erscheinen möchte. Weil aber in Betreff des Reiches Italien jetzt kein Recht werden kann, so sollen doch alle wissen, daß wir unsern Theil von jenem Reiche gefordert haben, fordern und mit dem Beistande des Herrn fordern werden.“

Da in den letzten Worten dieser Uebereinkunft zwischen Italien und noch einem andern Reiche des Kaisers Ludwig II. unterschieden wird, so kann unter dem letzteren wohl nur die ehemalige Herrschaft Karls von der Provence gemeint sein sowie die Theile von Burgund, die Ludwig besessen. Diese, d. h. vornehmlich das Gebiet zwischen dem Jura und den penninischen Alpen standen wahrscheinlich unter Karl von Schwaben[34]), das weiland proven-

[33]) Die ann. Fuld. 878 verlegen das Gespräch nicht weit von Achen, ann. Vedast. 878 nach Aristallio (Herstal), Hinkmar apud Marsnam. In dem Vertrage selbst aber, den Hinkmar uns aufbewahrt hat (Leg. I, 545) heißt der Ort Furonis, bei den heutigen drei Dörfern Fouron-le-Comte, Fouron-St. Martin, Fouron-St. Pierre, die in der Provinz Lüttich, nordöstl. von Visé an der Maas, hart an der belgischen Grenze liegen, nach Ernst (hist. de Limbourg I, 328 flg.) wahrscheinlich bei dem zweiten zu suchen.

[34]) Dies Gebiet d. h. die Sprengel der 3 Bisthümer Genf, Lausanne und Sitten versuchte Ludwig der Deutsche schon 871 durch seinen Sohn Karl in Besitz nehmen zu lassen (ob. I, 773) und es ist daher wahrscheinlich, daß er dasselbe 875 wirklich in Besitz nahm. Auch fehlen die Bischöfe dieses Landes zu Troyes. Dagegen kehrte doch Karl der K. 876 noch über St. Maurice aus Italien zurück und auf der zu seinen Gunsten gehaltenen Synode von Ravenna finden sich auch die Bischöfe Ansigis von Genf und Walter von Sitten ein (Mansi XVII, 342). Der Bischof von Konstanz (Form. Salom. N. 41) nennt Burgundioniam unter den Ländern der ostfränkischen Linie. Das Bisthum Lausanne betrachtete Karl 878 jedenfalls als zu seinem Reiche gehörig (Form. Sal. N. 27, S. 30, 116 meiner Ausgabe). Einen vollständigen Verzicht Lud-

zalische Reich dagegen unter Ludwig dem Stammler, oder wie man vielleicht richtiger sagen könnte unter dem Herzog Boso. Wenn es demnach scheint, als ob der westfränkische König diese Erklärung zu seinem eigenen Nachtheile abgäbe, so ist doch andrerseits zu erwägen, daß abgesehen von der noch sehr dahin stehenden praktischen Geltung, damit doch nur die Verwahrung des Anrechtes auf Italien eingeleitet und begründet werden sollte. Sobald aber die gesamte Hinterlassenschaft des Kaisers Ludwig einer gleichmäßigen Viertheilung unterworfen wurde, mußte doch mindestens die Provence an das Westreich fallen. Man darf annehmen, daß Ludwig der Stammler, fern von allen Eroberungsplänen, sich nur deshalb so bereit zeigte, die Ansprüche seines deutschen Vetters auf Italien zu bekräftigen und durch die seinigen zu verstärken, um den gefährlichen Nachbar von den Grenzen seines Reiches abzulenken und sich mit ihm auf einen freundschaftlichen Fuß zu stellen. Gewis dachte er jetzt so wenig als früher an einen Feldzug gegen Karlmann, aber von hohem Werthe mußte ihm die erneuerte Zusicherung des westlichen Lothringens sein, die er durch jene Anerkennung erkaufte.

Am folgenden Tage wurde nun über das gegenseitige Verhalten der beiden Herrscher ein Vertrag aus neun Kapiteln bestehend abgeschlossen, der die Beziehungen ihrer Reiche zu einander etwa in derselben Weise wieder regelte, wie sie bis zum Tode Lothars II. obgewaltet hatten[35]). Wiewol für den Abschluß eines eigentlichen Freundschaftsbündnisses sich noch einige Schwierigkeiten zeigten, so sicherte man sich doch schon jetzt Frieden und Erhaltung des Besitzstandes sowie Unterstützung gegen Heiden oder falsche Christen zu. Ferner verbürgte jeder den Söhnen des andern die erbliche Nachfolge im väterlichen Reiche, sowol den schon vorhandenen als denen, die etwa noch geboren würden. Keiner von beiden sollte Angebern und Verleumdern, die ihm von dem andern Nachtheiliges berichteten, um Zwietracht zu säen, sein Ohr leihen. Zum 6. Februar des folgenden Jahres sagten sie einen gemeinschaftlichen Reichstag nach Gondreville oder in dessen Nähe an, zu welchem auch Karlmann und Karl dringend eingeladen werden sollten, um sich mit ihnen zu einem für das Reich wie für die Kirche ersprießlichen Bunde zu vereinigen. Wenn jene dieser Aufforderung jedoch keine Folge gäben, so wollten dennoch die beiden Ludwige abermals zusammentreffen, um dann erst ein inniges Bündnis der Freundschaft einzugehen. Den Bisthümern und Abteien wurden endlich ihre Güter zugesichert, gegen Ruhestörer und Friedbrecher ein Beschluß des Meerssener Tages vom J. 851 wiederholt und denen, die ungerechter Weise in den letzten unruhigen

wigs des St. auf Italien, wie v. Noorden (Hinkmar S. 356) will, kann ich in dieser Uebereinkunft schlechterdings nicht finden.

[35]) Cap. 1 und 4 des convent. Furonens. sind nur eine weitere Aus-

Zeiten ihre Besitzthümer eingebüßt, die Zurückerstattung versprochen. — So trennten sich beide Könige unter den freundschaftlichsten Versicherungen.

Daß Ludwig der jüngere auf die zu Fouron angeknüpfte Verbindung auch ferner großen Werth legte, obschon die Versammlung im Februar nicht zu Stande kam[36]), beweist ein merkwürdiger und sehr bezeichnender Brief, den er zu Ende desselben oder zu Anfang des folgenden Jahres an seinen Vetter richtete[37]). „Dem geliebtesten Bruder und gleichgesinnten Freunde, so schreibt er ihm, dem ruhmvollsten Könige Galliens, Aquitaniens und Spaniens, Ludwig wünscht Euer Namensvetter Ludwig, daß Euch vom Himmel Gnade, Friede und Sieg bescheert werden. Ich beschwöre Euch, theuerster Bruder, Euch, mein Fleisch und Gebein, Theil meiner Seele und mein Name, laßt uns mit Hintansetzung oder vielmehr Verwerfung und Vernichtung jener Eifersucht und Feindschaft, welche gierige und gottlose Menschen zwischen Eurem und unserem Vater zu säen ihre Freude hatten, bestrebt sein, uns gegenseitig mit der Liebe von Christen und Verwandten zu hegen und einer dem andern zu Hause wie im Felde Treue und Frieden zu bewahren, damit nicht irgend ein dritter darüber triumphiere, uns beide anders als einig zu finden. Und so mag es geschehen, daß weder die unsern aus unserer Zwietracht und Verkleinerung Ruhm und Ehren zu erhaschen suchen, noch die Widersacher oder die Fremden über die Abnahme oder den Sturz unseres Reiches jubeln. Damit jedoch das unter uns geschlossene Bündnis fest bestehen bleibe, schicken wir Euch als Unterpfand ein Roß, das sich durch Kraft und Hurtigkeit, nicht durch Größe und Gestalt empfiehlt und einen Sattel gleich dem, auf welchem wir zu sitzen pflegen, damit Ihr erkennet, daß wir an Tapferkeit und Thätigkeit, nicht an Weichlichkeit und Spielerei unser Ergötzen haben. Wir schicken Euch auch einen ausgezeichneten Vorhang, den Ihr in Eurer Pfalz bei den Sitzungen des Rathes zum Zeichen unserer Liebe aufhängen möget, auf daß das Gezücht der Verleumder vergehe, wenn sie an diesem Geschenke meine Ergebenheit gegen Euch und Eure Zuneigung für uns mit eigenen Augen sehen und davor erzittern. Und damit Ihr erkennet, daß wir für die lange Dauer Eures Lebens besorgt sind, schicken wir Euch Ge-

---

führung von c. 2 der Meerssener und der Koblenzer Zusammenkunft (Leg. I, 408, 470), c. 2 von Fouron ist verwandt mit c. 3 von Meerssen und Koblenz, c. 7 gleich c. 5 der Ankündigung Ludwigs auf der ersten Meerssener Zusammenkunft (p. 394), c. 8 gleich c. 4 von Meerssen (II.) und Koblenz.

[36]) L. der Stammler scheint sich dazu auf den Weg gemacht zu haben, da wir ihn am 23. Jan. 879 zu Gondreville finden (B. 1848) vgl. Hincmari ann. 878 (Scr. I, 508).

[37]) Formelbuch des Bischofs Salomo N. 28 S. 32, 118; Quellen und Erörter. zur bayer. Gesch. VII, 225; Rozière recueil des formules N. 695, II, 965, der sich meiner Zeitbestimmung anschließt.

würze, Salben und Arzneistoffe, durch deren Geruch, Benetzung und Geschmack erfreut Ihr lange leben und uns treulich und mit Recht lieben sollet." Der Schluß des Briefes hat sich leider nicht erhalten.

Der Grund, weshalb der ostfränkische Ludwig sich nicht verabredeter Maßen zu Mariä Reinigung wieder an die Westgrenze seines Reiches begeben konnte, lag in den bairischen Verhältnissen, die ihn nach dem Osten riefen. In dem langjährigen Leiden des Königs Karlmann, das ihn auf dem unseligen Zuge nach Italien befallen, trat nämlich im Winter 878 zu 879 eine Verschlimmerung ein, indem ein neuer Schlaganfall, wie es scheint, ihm die Zunge lähmte und ihn des Gebrauches der Sprache beraubte[38]). In Folge dessen vermutlich veränderte er seinen Aufenthaltsort, den er im J. 878 noch öfter gewechselt, seit diesem Winter nicht mehr und verbrachte zu Oetting den traurigen Rest seines in kräftigster Blüte geknickten Daseins.

Für Ludwig hatte das gesteigerte Uebel seines Bruders nur das Eine Interesse, daß es ihn mahnte, sich mit der Sicherstellung seines Nachfolgerechtes wohl vorzusehen. Nachdem er das Weihnachtsfest zu Forchheim in Franken gefeiert hatte[39]), begab er sich von da nach Baiern, um den kranken Karlmann zu besuchen. Er empfieng dort die Großen des Landes, die ihn als ihren künftigen Herrn anerkannten, indem sie gelobten, nach dem Tode Karlmanns keinen andern denn ihn zum Könige über ihr Volk anzunehmen oder sich seinem Regiment zu fügen. Die Spitze dieser Erklärung zielte wohl nicht so sehr gegen Karl, mit dem Ludwig allerdings von Rechtswegen Baiern nach dem Tode des älteren Bruders theilen mußte, als vielmehr gegen des letzteren einzigen Sohn Arnolf, den seine uneheliche wiewol nicht niedere Geburt von einem Throne ausschloß, für den ihn die Natur mit den glänzendsten Fähigkeiten und der Lust sie anzuwenden ausgestattet hatte.

Obgleich Ludwig durch sein eigenmächtiges und willkürliches Eingreifen in Baiern die Rechte seines jüngeren Bruders im voraus zu verkürzen drohte, so gab sich sein ruheloser Ehrgeiz doch auch mit diesem Erfolge keineswegs zufrieden, vielmehr gedachte er,

---

[38]) Ann. Fuldens. 879: Hludowicus rex ... in Baioariam profectus est invisere Carlmannum, qui gravi detinebatur infirmitate, nam paralisi morbo correptus usum loquendi amisit. Die letzte Urk. aus Ranshofen ist vom 3. Dez. 878, die folgenden 11 vom 10. Febr. bis 11. Aug. 879 aus Oetting (Urkb. v. Kremsmünster S. 14, B. 870—878, Muratori ant. It. I, 929).

[39]) Eine ungedr. Urk. von diesem Tage erwähnt Ed. de Barthelemy (Diocèse ancien de Chalons s. M. Paris 1861, I, 379) als Preceptum Hludowici Bawarorium regis de commutationibus Hliuberti et Bernonis, ohne Ort und notarielle Unterschrift und gibt als Inhalt: Liutbert archevêque de Mayence donne à l'évêque de Châlons le village de Germinon et Bernon lui cède Voltenheim dans le pays de Worms, Tupheleibe en Thuringe et les autres biens que l'église S. Etienne peut avoir dans ce duché.

wie er es zu Fouron ausgesprochen, seine Ansprüche auf Italien vollständig aufrecht zu erhalten. Er würde wahrscheinlich jetzt in dieser Absicht weitere Schritte gethan haben, wenn er nicht nach seiner Rückkehr nach Frankfurt, wo er die Feier des Osterfestes begieng, durch die Nachricht von dem zwei Tage zuvor erfolgten frühzeitigen Ende seines Vetters Ludwig überrascht worden wäre, die seine Blicke ausschließlich auf die lockende Vergrößerung im Westen lenkte. Er begnügte sich daher vorläufig den Grafen Astald nach Rom zu schicken, um dem Papste die Versicherungen seiner unbedingten Ergebenheit und seiner lebhaften Wünsche für die Erhöhung der Kirche zu übermitteln, an deren Erfüllung er für jetzt noch durch die aus dem Tode des westfränkischen Königs entspringenden Verwickelungen verhindert werde[40]).

Wiewol die Urkunden des oberen und mittleren Italiens noch im Dez. 879 nach der Regierung Karlmanns datiert wurden[41]) und bis in den Sommer hinein italienische Bischöfe und Aebte, wie der Patriarch Walbert von Aquileja, Anton von Brescia, das Kloster der h. Christina und Nonantola, ja auch die Kaiserin Engelberga ihre Boten an das Krankenlager nach Oetting entsandten oder selbst erschienen, um sich in der bairischen Kanzlei entweder ihre Privilegien und Besitztitel bestätigen oder neue Güter schenken zu lassen[42]), so konnte doch, nachdem jede Hoffnung auf Genesung verschwunden, dieser Zustand der Dinge unmöglich von Dauer sein und ein Wechsel des Regiments schon bei Lebzeiten des Königs erwies sich als unerläßlich, wenn nicht in Italien

---

[40]) Der Inhalt seiner Botschaft ist aus der Antwort des Papstes zu ersehen (Mansi XVII, 134, J. 2490).

[41]) S. z. B. Frisi memorie di Monza II, 8 Urk. vom Okt. 879, Memorie e docum. per serv. all' ist. di Lucca IV^b, 58—60, V^b, 538—545 vgl. V^a p. XIV, XV darunter Urk. vom 18. Okt. 879 datiert cives Leoniane urbis Rome b. Petri apostoli; Tiraboschi memorie storiche Modenesi I, cod. dipl. 49 Urk. vom 27. Okt. 879; Lupi cod. diplom. eccl. Bergomat. I, 891—94 Urk. vom Okt., Dez. 879.

[42]) Urk. Karlmanns für das Kloster S. Sisto zu Piacenza, das Angilberga soror nostra amantissima erbaut vom 6. Okt. 878, 4. Aug. 879 (Campi hist. di Piacenza I, 464, Muratori ant. It. I, 930), für Walpert von Aquileja vom 8. März, dem er Immunität, freie Wahl, Freiheit von gewissen Abgaben bestätigt (Rubeis monum. eccl. Aquileiens. 444), für den Abt Trasoald von dem Kl. der h. Christina bei Corte Olona, das er in seinen Schutz nimmt vom 24. Apr. (Baluzii capit. reg. Franc. II, 1504), vom 10. Mai für Adalbertus presbyter et capellanus Wicbodi venerabilis sacrosanctae Parmensis ecclesiae episcopi dilectissimi fidelis nostri über einige Besitzungen im Parmesanischen (Affò storia di Parma I, 293, B. 873; die folgende Urk. vom 11. Mai B. 874 eb. 294, Ughelli II, 182 ist unecht, wie schon Hegel ital. Städteverf. II, 71 A. 3 bemerkte), für seinen Getreuen Hillo eine Schenkung in der Grafschaft Brescia vom 8. Juli (Muratori ant. It. I, 929), für die Aebtissin Ermengarda im Kl. des Erlösers zu Brescia, die ihm per manus venerabilis episcopi Antonii eiusdem civitatis ihre Urk. vorgelegt Immunität (Margarini bullar. Casin. II, 34), für den Abt Theotrich von Nonantola, dem er Lizzano bestätigt vom 11. Aug. (Tiraboschi storia di Nonantola II, 59).

das königliche Ansehen gänzlich dahinschwinden sollte. In der That scheint auch Karlmann selbst sich von der Nothwendigkeit eines Verzichtes überzeugt zu haben. Es ist nicht unwahrscheinlich, daß ebenso wie die beiden Ludwige sich einander genähert hatten, andrerseits eine gleichzeitige Annäherung zwischen Karl und Karlmann eintrat, die durch den gewaltsamen Eingriff des mittleren Bruders in Baiern nur verstärkt werden konnte. Sie hatte die Folge, daß Karlmann nicht diesem, sondern dem Schwabenkönige, vermutlich im Sommer 879 seine Rechte auf Italien übertrug[43]).

Bevor dieser Entschluß gereift war, wiederholte Johann VIII., indem er Karlmanns Königthum vorläufig anerkannte, von Rom aus noch einmal den in Pavia so gänzlich gescheiterten Versuch, dem Baiernkönige aus eigener Wahl und Machtvollkommenheit einen Nachfolger zu geben. So lud er denn zum 1. Mai 879 die Metropoliten von Ravenna und Mailand sowie die übrigen italienischen Bischöfe nach Rom zu einer Synode ein[44]), deren Zweck wir aus dem Schreiben an Ansbert von Mailand deutlich erkennen. Nachdem der Papst darin zuerst die Leiden der römischen Kirche beklagt, für welche er vergeblich durch Stürme und Gefahren menschlichen Beistand gesucht, fordert er dann den Erzbischof auf als ein mit dem Haupte verbundenes Glied samt seinen Suffraganen sich zu gemeinschaftlicher Berathung über die Schäden der Kirche in Rom mit ihm zu vereinigen, „damit nicht, so heißt es weiter, durch Eure Abwesenheit und Nachlässigkeit dies Reich noch länger in der Verwirrung bleibe und schlimmere Aergernisse denn zuvor erfolgen. Und weil Karlmann, wie wir vernommen, von schwerer Krankheit ergriffen, das Reich schon nicht mehr zu behaupten vermag, so ist es sehr nöthig, daß Ihr zu der angegebenen Zeit zugegen seid, damit wir alle insgesamt die Wahl eines neuen Königs in Erwägung ziehen und deshalb dürft Ihr ohne unsere Zustimmung Niemand als König aufnehmen. Denn der, welcher von uns zur Kaiserwürde geweiht werden soll, muß auch von uns zuerst und hauptsächlich berufen und erwählt werden, daher wünschen wir mit Euch sowol hierüber zu verhandeln, als auch in welcher Weise wir die gesamten Angelegenheiten der Kirche ordnen mögen." Schließlich erinnert er den Erzbischof an den Ungehorsam, mit dem er in Pavia nach dreimaliger Ladung ausgeblieben und bedroht ihn im Wiederholungsfalle mit der Strenge des Gesetzes.

---

[43]) Erchanbert. contin. (Scr. II, 329): cum (Carlomannus) adhuc viveret, piissimo ... fratri suo Carolo Italiam gubernandam concessit.

[44]) Mansi XVII, 107, 108 (J. 2448, 2449). In dem Schreiben an Romanus von Ravenna vom 5. März wird der 24. April als Tag der Synode bezeichnet. In der Aufforderung an Ansbert, die jedenfalls nicht viel später abgefaßt ist, heißt es: et quia Carolomannus corporis, sicut audivimus, incommoditate gravatus regnum retinere iam nequit etc. Er hatte ohne Zweifel von derselben Verschlimmerung seiner Krankheit Nachricht erhalten, die auch Ludwigs Einschreiten veranlaßte.

Aus dem Briefe Johanns an Ansbert ersehen wir recht klar, worin eigentlich der Kern der prinzipiellen Entscheidung zu suchen ist, um die es sich hier handelte. Seitdem durch den Tod Ludwigs II. die regelmäßige Vererbung der italienischen Königs- und zugleich der römischen Kaiserkrone unterbrochen war, hatte der Papst das Recht an sich gerissen, unter den Bewerbern um diese Kronen den nach seiner Meinung würdigsten auszuwählen und selbst zum Nachfolger Karls des Gr. einzusetzen. Eine Steigerung dieses kostbaren Rechtes würde es gewesen sein, wenn es geglückt wäre, statt einer Beschränkung der Wahl auf die Frankenkönige, von denen vielleicht keiner dieses Thrones würdig war, einen ihrer Vassallen darauf zu erheben. An die Stelle der erblichen Berechtigung trat dann erst vollständig die freie Wahl des Papstes und die königliche Abkunft, die seinem Erkorenen mangelte, konnte durch die Adoption des Nachfolgers Petri aufgewogen und ersetzt werden. Dieser neuen, wenn gleich seit langer Zeit vorbereiteten Rechtsauffassung, die mit den Lehren und Ansichten der einstigen Einheitspartei im fränkischen Reiche offenbar verwandt ist, traten nicht bloß jene Frankenkönige entgegen, die Italien ohne weiteres als ihr Erbtheil ansahen und in der Kaiserkrönung nur eine Weihe, nicht eine Vorbedingung des Besitzes erblickten, sondern auch die geistlichen und weltlichen Großen des fränkischen Italiens selbst. Diesen Häuptern des langobardisch-italischen Volkes erschien es ebenso ehrenvoll als vortheilhaft durch selbständige Wahl und Huldigung den König zu bestätigen, der von Pavia aus über sie gebieten sollte und ihm ihre Bedingungen vorzuschreiben. Mochte der Papst hernach zusehen, wie er mit ihrem Erwählten fertig wurde. In dieser Weise hatten sie zuerst Karlmann erhoben und hielten hartnäckig an ihm fest, um sich auch ferner die Ausübung ihres Rechtes zu wahren.

Indem Johann noch einmal den Versuch wagen wollte, seinem Schützlinge durch einen feierlichen Wahlakt an der Spitze der gesamten italienischen Geistlichkeit den Weg zur Kaiserkrone zu bahnen, mußte er sich im voraus gestehen, daß ohne eine entsprechende Macht, ohne den Nachdruck der Waffen ein solcher Synodalbeschluß ebenso fruchtlos als überflüssig sein würde. Zwar hatte er deshalb schon früher die Streitkräfte der westfränkischen Bischöfe in Bewegung setzen wollen und es auch nicht unterlassen, den Abt Hugo und die Grafen Theoderich und Bernhard als die mächtigsten unter den Großen Ludwigs zur Bewahrung ihres Freundschaftsbundes mit Boso dringend zu ermahnen, allein außer seinen eigenen Vassallen konnte dieser doch nicht darauf zählen, daß ihm irgend Jemand seinen Arm für ein solches Unternehmen leihen würde.

Fast schon verzweifelnd wandte sich der Papst zum letztenmale etwa im Frühjahr an ihn: „Den geheimen Plan, so schrieb er[45]), den wir unter Gottes Hilfe zu Troyes mit Euch verabredet, bewahren wir sonder Zweifel fest und unwandelbar in unserer apostolischen Brust wie einen verborgenen Schatz und wünschen, so lange wir leben, ihn soviel an uns liegt mit allen Kräften rüstig zu vollenden. Darum solltet Ihr, wenn es Eurer Hoheit beliebt, ihn jetzt ins Werk richten, denn wie der Apostel ermahnt: Sehet, jetzt ist die angenehme Zeit, jetzt ist der Tag des Heils, an dem Ihr mit dem Herrn Eure Wünsche wirksam erfüllen könnet. Denn wir harren gar sehr auf Eure Zusage und sind traurig, weil wir bis jetzt nichts wahrnehmen. Und obgleich wir unablässig die über die Maßen drückende Anfeindung der Heiden aushalten müssen, so haben wir doch in dieser dringenden Noth unterlassen, an andre Orte zu schicken und passende Abhilfe zu suchen. Deshalb, wenn es gefällig ist zu handeln, so thuet, was gethan werden muß, wo nicht, so laßt es uns ohne Verzug wissen. Weil Ihr aber über unser Wohlsein Freude habt, so thun wir Euch kund, daß wir unter Christi Führung eine glückliche Rückreise gehabt haben und uns gegenwärtig leiblicher Gesundheit erfreuen."

Abgesehen von der Unzulänglichkeit der eigenen Hilfsmittel, welche eine Romfahrt des Grafen Boso als ein tollkühnes Wagnis erscheinen ließ, hielt bald noch ein andrer Grund denselben von weiteren Unternehmungen in Italien zurück: der Thronwechsel im Westreiche nämlich und die daraus sich ergebenden Aussichten, seine Macht unter einem jugendlichen Herrscherpaare immer schrankenloser zu erweitern. Denn wie sehr auch der Phantasie Bosos und vielleicht mehr noch der Eitelkeit seiner Gemahlin der goldene Traum einer Kaiserkrone schmeicheln mochte, so war er doch keineswegs geneigt für diesen nichtigen Flitter alles, was er bisher erworben, auf das Spiel zu setzen. Die Wurzeln seiner fürstlichen Stellung ruhten in den Rhonelanden, sein Einfluß wurde durch die Verbindung mit andern hervorragenden Häuptern des westfränkischen Volkes verstärkt. Auf diesen gesicherten Grundlagen weiter zu bauen, lag ihm bei weitem mehr am Herzen, als in dem Jagen nach entlegenen Zielen glücklicheren Nebenbuhlern zu Hause Raum zur Ausbreitung zu gewähren und sich von ihnen verdrängen zu lassen. Wenn er demnach auch ferner die Freundschaft des Papstes noch pflegte[46]), so geschah es doch nur, um selbst zumal

---

[45]) Nach dem Schlusse des Briefes (Mansi XVII, 121, J. 2471), der doch nur auf die Rückreise des Papstes von Pavia nach Rom gehen kann, setze ich denselben nicht mit Jaffe in den Mai, sondern schon in den März also vor N. 2453 und 2458.

[46]) Zeugnis davon geben die beiden Briefe Johanns, Mansi XVII, 113, 160 (J. 2458, 2504) beides nur Verwendungen. In dem ersteren heißt es: vestrae dilectionis amore apostolica semper cupimus benignitate manere devoti et ea, quae vobis utilia vel proficua esse videntur, alacri dumtaxat mente perficere nec pro aliquo homine vestram nobis dilectam amicitiam relinquamus.

der heimischen Geistlichkeit gegenüber Nutzen daraus zu ziehen, nicht aber um jene Pläne zu unterstützen.

Da auch der letzte Hilferuf Johanns an seinen Adoptivsohn wirkungslos verhallte und noch viel weniger die Nachkommen Karls des Kahlen an Römerzüge denken durften, so blieb dem bedrängten Nachfolger Petri wohl nichts weiter übrig, als seine Hoffnungen auf das ungeliebte Haus Ludwigs des Deutschen zu werfen und Ansprüche, die er früher entschieden zurückgewiesen, jetzt selbst zu befördern. Vielleicht versüßte ihm der eine Trost diese nothgedrungene Wendung seiner Politik, daß er nicht von der Gnade eines einzigen Herrschers abhängig war, daß der Widerstreit der drei Brüder, von denen der eine die Krone, die er noch besaß, fahren lassen mußte, die beiden andern sie sich gegenseitig neideten, noch manche Wechselfälle voraussehen ließ, die der päpstlichen Einwirkung und Lenkung einen neuen Spielraum eröffneten. Schon zu Anfang April munterte er den König Karl[47]), der sich ihm vermöge seiner kirchlichen Gesinnung zuerst genähert und ihm einige allgemeine Verheißungen gemacht hatte, auf, sobald wie möglich Gesandte nach Rom zu schicken, mit denen er über die Erhöhung der römischen Kirche, über die Rettung des Landes und über die ihm zu ertheilende Ehre (d. h. die Kaiserkrone) berathen und beschließen könne. Sodann aber solle der König als ein Mann seine Lenden umgürten und der von ihren Feinden täglich schwerer gefährdeten Kirche Petri und ihm, seinem Nachfolger zu Hilfe eilen, der ihn mit ausgebreiteten Armen erwarte.

Die ursprünglich zu Gunsten Bosos beabsichtigte Synode, die Johann zum 1. Mai nach Rom berufen, behielt auch unter den veränderten Verhältnissen für ihn die gleiche Wichtigkeit, weil seine ganze Stellung zu dem künftigen Kaiser wesentlich davon abhing, auf welchem Wege und unter welchen Bedingungen derselbe die Herrschaft über Italien und Rom antrat. Nicht minder aber hegten die Lombarden nach wie vor das gleiche Interesse die Entscheidung über ihren Thron nicht dem Papste allein zu überlassen. Der Erzbischof Ansbert von Mailand, hochverehrt in seiner Stadt, um welche er sich durch Wiederaufbau ihrer zerstörten Mauern und Herstellung vieler verfallenen Kirchen ein großes Verdienst erworben[48]), ließ sich, stolz und durch sein hohes Alter ungebeugt, weder durch die Drohungen des Papstes noch durch seine freund-

---

[47]) Ep. 110 (J. 2453) vom 3. April: magis ac magis nostrae voluntatis affectum ad vestrae exultationis (exaltationis?) cumulum ampliare magnopere cupimus atque in omnibus ceu carissimum filium vos retinere procul dubio satagemus etc.

[48]) S. seine Grabschrift (Ughelli Italia sacra IV, 124) v. 4: effector voti propositique tenax. | moenia sollicitus commissae reddidit urbi | diruta; restituit de Stilicone domum. | quot sacras aedes quanto sudore refecit etc. Ansbert regierte 868—881 † 7. Dez. (Catalog. archiep. Mediolan.; Scr. VIII, 104 vgl. Lupi cod. dipl. Berg. I, 921).

lichen Worte zur Theilnahme an der Synode bewegen. Er wußte zu gut, daß diese Versammlung, wie vordem die zu Ravenna keine andre Aufgabe habe, als, selbst willenlos, die vom Papste getroffene Wahl zu bestätigen. Doch ist es nicht unwahrscheinlich, daß auch noch andre Ursachen zu einer Spannung zwischen den beiden Kirchenhäuptern obwalteten [49]).

Der Zweck der römischen Synode wurde durch die Abwesenheit des mächtigen Metropoliten der Lombardei und seiner Suffragane begreiflicher Weise vereitelt. Da Ansbert jedoch sein Ausbleiben nicht einmal entschuldigt, so säumte der Papst nicht ihn alsbald auf der Versammlung selbst wegen seiner Unfolgsamkeit bis auf sein persönliches Erscheinen von dem Genusse des Abendmahls auszuschließen [50]). Indem er dem Erzbischof diesen Beschluß unter bitteren Vorwürfen über seinen fortgesetzten Trotz mittheilte, lud er ihn und die ihm untergebenen Bischöfe abermals zu einer Synode auf den 12. Oktober. „Außerdem, fügte er hinzu, ermahnen wir dich auch und befehlen dir samt allen deinen Suffraganen, daß ihr mit demjenigen von den Frankenkönigen, der mit Gottes Beistand Italien betreten wird, ohne unsere Einwilligung und Zustimmung keinen Reichstag zu halten euch erkühnet." Diese Weisung machte auf den Metropoliten ebenso wenig Eindruck als die früheren Befehle: er fuhr fort ohne Rücksicht auf die über ihn verhängte Exkommunikation Messe zu lesen und behandelte zwei an ihn abgeschickte päpstliche Legaten so verächtlich, daß er sie vor seiner Pforte harren ließ, ohne ihren Ermahnungen sein Ohr zu leihen [51]).

Die schon für den Mai angekündigte Romfahrt Karls [52]) ließ

---

[49]) Johann schreibt später an ihn (Mansi XVII, 190): nescio qua antiqui hostis fraude a die ordinationis tuae et tempore senectutis contra sanctam Romanam ecclesiam ... non destitisti nunc inobediens nunc dolosus te patefacere. Ich vermute, daß zu den Gründen seines Misvergnügens die auffallende Bevorzugung des Bischofs Johann v. Pavia gehörte, dem der Papst erst das Recht verlieh, Synoden zu berufen, dann statt seiner zu exkommunizieren (Mansi XVII, 102, 163, J. 2432, 2510).

[50]) Eb. 120 (J. 2461). Von den beiden hierauf bezüglichen Schreiben vom 19., 20. Mai 879 (eb. 122, 123, J. 2472, 2473) ist nur das erste an Ansbert selbst gerichtet, das zweite mit der irrigen Aufschrift Ansperto archiepiscopo dagegen, wie die Anrede vos und der dem ersten widersprechende Inhalt beweist, an mehrere andre Bischöfe, ohne Zweifel seine Suffragane. Dadurch erledigt sich die Erklärung Hefeles (Conciliengesch. IV, 519).

[51]) S. die Briefe an Ansbert und Engelberga (Mansi XVII, 133, 154, J. 2488, 2489), Invectiva in Romam (Anastasius bibl. de vitis Romanor. pontif. t. IV p. LXXIII ed. Blanchini): Iohannes papa Anspertum Mediolanensem archiepiscopum pro eo quod legatos summae sanctae sedis apostolicae recipere noluit, vocatus ad synodum venire contempsit, in synodo dampnavit, sed postea eidem ecclesiae restituit.

[52]) Schreiben vom 6. Mai an den kaiserl. Strategen Gregor (eb. 120 J. 2469): rex Francorum ad nos properans suppliciter deposcit, ut ab urbe non discedamus quoquam, donec ipse perveniat. qui cum domino protegente venerit etc.

indessen noch immer auf sich warten: der Schwabenkönig sonst nicht minder begehrlich und ländersüchtig als seine Brüder, zögerte über die Alpen zu ziehen, sei es aus Unschlüssigkeit, sei es weil er sich mit Karlmann noch nicht verständigt hatte. Der Papst setzte voraus, daß der letztere die Schuld an der Säumnis trüge und entschloß sich daher im Juni zwei Bischöfe Johann und Paschalis als Gesandte nach Baiern und Schwaben zu schicken, um die Pläne der Könige zu erforschen und ihm den Beistand eines von beiden zu verschaffen. Da Johann besonderes Vertrauen in die diplomatische Gewandtheit des Bischofs Wibod von Parma setzte, der mit den deutschen Höfen in gutem Vernehmen stand, so ertheilte er diesem den Auftrag, in eigener Person oder durch zuverlässige Leute jene Gesandtschaft zu Karlmann und, wenn derselbe wegen seiner Krankheit etwa nicht zu sprechen sei, zu Karl zu geleiten und ihr Anliegen bei beiden zu befürworten[53]).

In dem Briefe an Karlmann betheuerte er, daß er auf jener beschwerlichen Reise ins Frankenreich nur seine Hilfe eifrig begehrt habe, durch die Listen schlechter Menschen aber sei er verhindert worden, seine Absicht auszuführen d. h. ihn selbst zu besuchen[54]). Aus Liebe zu der römischen Kirche möge der König daher deren Verteidigung in ihrer Noth entweder selbst übernehmen oder auf andre Weise Rath schaffen, denn wenn die gegenwärtige Bedrängnis fortdauere, so werde er dereinst vor dem Richterstuhle Gottes zum Schaden seiner Seele Rechenschaft darüber ablegen müssen. Ganz in ähnlicher Weise schilderte der Papst in dem Schreiben an Karl die unerträglichen Leiden der Kirche und klagte über die bisher getäuschte Hoffnung auf seine Hilfe. „Denn Ihr sollt für gewiß wissen, so fuhr er fort, daß kein Mensch durch Vortheile, Schmeichelei oder Schrecken uns dahin bringen soll, uns von Eurer Gemeinschaft und dem Bunde Eurer Freundschaft zu scheiden, daher säumet nicht länger mannhaft zu vollbringen, was uns und Euch ersprießlich ist." Er spricht endlich die Besorgnis aus, daß vielleicht Karlmann ihm Hindernisse in den Weg gelegt

---

[53]) Ep. 117 (J. 2465): quod si fortasse ad Carolomannum pro eius corporea infirmitate ire non posse contigerit, ad Carolum regem ipsius germanum eos quocumque modo proficisci facito. (S. über Wibod I, 744, 780. Ueber die beiden Urk. Karlmanns für Wibod vom 10., 11. Mai, B. 873, 874 s. oben S. 99 A. 42; die zweite unechte erließ Karlmann eius erga nostrum obsequium curiosissimam fidelitatem attendentes, schon B. 864 ist per Wicbodum venerabilem episcopum dilectum fidelem nostrum als Fürbitter ausgestellt). Ich stelle diesen undatierten Brief mit J. 2476 zusammen, weil wir von einer andern Gesandtschaft an Karlmann, als der dort erwähnten nichts wissen.

[54]) Ep. 127 (J. 2476): sed malorum hominum, quos ipsi scitis praepediti insidiis hoc agere non valuimus. Diese Worte können sich wohl nur auf die vereitelte Zusammenkunft mit Karlmann beziehen s. oben S. 82.

haben könnte und meldet, daß er denselben brieflich ermahnt, dies Reich nicht fürder schutzlos der Verwirrung preis zu geben[55]).

Neben diesem ihrem wichtigsten Anliegen sollte die päpstliche Gesandtschaft noch eine zweite Angelegenheit bei dem Baiernkönige betreiben. Da nämlich gerade damals das der Mailänder Metropole untergebene Bisthum Vercelli durch den Tod des Bischofs Adalgaud erledigt war und die Wähler sich in zwei Parteien gespalten hatten, so lag Johann sehr viel daran, auf diesen Bischofssitz einen ihm ganz ergebenen Mann zu erheben, nicht aber denselben einem Anhänger des ihm so hartnäckig widerstrebenden Erzbischofs Ansbert zu überlassen. Hiezu bot der königliche Name Karlmanns eine bequeme Handhabe und der Papst gewann es daher über sich an ihn ein dringendes Gesuch zu richten, er möge als König von Italien dem in jeder Hinsicht empfehlenswerthen Diakonus Konspert das Bisthum Vercelli verleihen[56]). In der That wurde ihm diese Bitte, die er Karlmann unter den wärmsten Freundschaftsversicherungen als seine erste an das Herz legte, gewährt und Konspert erlangte in Gegenwart der Legaten die königliche Genehmigung[57]). Diesen Thatbestand stellte dann der Papst, um dem Mailänder Metropoliten um so wirksamer entgegen zu treten, in der Art dar, als ob Karlmann ihn vielmehr gebeten habe, jenen zum Bischof von Vercelli zu weihen[58]).

Im übrigen scheinen die päpstlichen Gesandten nichts Sonderliches ausgerichtet zu haben. Es war wohl davon die Rede, daß der Baiernkönig seinen Erzkaplan Theotmar zu weiteren Unterhandlungen nach Rom schicken würde[59]), doch erfolgte diese Sendung in Wirklichkeit nicht. Wenig glaublich ist es auch, worauf Johann sich später einmal beruft, daß Karlmann für die Dauer

---

[55]) Mansi XVII, 117 (J. 2464): unde illi nostram apostolicam direximus epistolam admonentes, quia si hoc regnum amplius taliter occupatum ac inordinatum et sine defensione tenuerit, animae suae detrimentum omnimodis fiet nullumque vobis pro ecclesiae dei defensione venientibus impedimentum aliquod facere praesumat. Mit dieser Anführung kann doch kaum etwas andres als J. 2476 gemeint sein, womit ich demnach das Schreiben an Karl verbinde.

[56]) S. die beiden hierauf bezüglichen Briefe eb. 116, 127 (J. 2463, 2477), das zweite wie J. 2476 vom 7. Juni.

[57]) Schreiben an Geistlichkeit und Volk von Vercelli eb. 166 (J. 2514): Carolomannus gloriosus rex istius Italici regni ipsum Vercellensem episcopatum more praecessorum suorum ... concessit huic Consperto viro nobilissimo praesentibus missis nostris.

[58]) Eb.: nos autem eius precibus inclinati; an Karl (eb. 165): secundum voluntatem et petitionem dilecti filii nostri Carolomanni.

[59]) Schreiben an Theotmar (eb. 174, J. 2527). Ich vermute, daß in dem Briefe an Wibod (eb. 121) mit den Worten: si talis archicapellanus iamfati Caroli regis, sicut nobis mandastis venerit etc. diese Sendung gemeint ist. Die Namen Caroli und Carolomanni konnten leicht verwechselt werden.

seiner Abwesenheit ihm die Statthalterschaft im italischen Reiche übertragen habe[60]). Von Karl verlautete ebenfalls nichts Bestimmtes: fast verzweiflungsvoll flehte daher der Papst abermals den Bischof von Parma an, ihm gegen das Wüten der Heiden die Unterstützung eines der beiden Könige, welcher es auch sei zu gewinnen und ihre Pläne so genau wie möglich zu ergründen[61]).

Seine Hoffnungen neu zu beleben erschien jetzt auch jener Graf Astald als Gesandter mit einem Briefe Ludwigs von Ostfranken in Rom, der ihn der aufrichtigsten Ergebenheit desselben versicherte. Johann, der von der „unbesiegten Macht" und dem „kräftigen Arme" Ludwigs sich wohl eine wirksamere Unterstützung versprechen durfte, als von Karls schwächlicher Art, unterließ nicht den König nach Kräften anzutreiben[62]). Er verhieß ihn höher zu heben, als je irgend einer seiner Vorfahren von den Nachfolgern Petri gehoben worden sei und bat ihn dringend sich nicht durch die westfränkischen Angelegenheiten zurückhalten zu lassen, weil der apostolische Stuhl, das Haupt aller Kirchen, schon nach ihm, seinem einzigen und geliebtesten Sohne das größte Verlangen trage, „denn, so fügte er mit Rücksicht auf die nimmersatte Ländersucht dieses Fürsten lockend hinzu, wenn ihr unter Gottes Beistand das römische Kaiserthum gewinnt, werden alle Königreiche Euch untergeben sein."

Trotz aller dieser rastlosen Bemühungen des Papstes einen fremden Schirmherrn herbei zu ziehen, blieb Italien bis zum Herbste sich vollständig selbst überlassen. Wie hoch aber in dieser in Wahrheit königslosen Zeit die allgemeine Unordnung gestiegen war, zeigte sich u. a. darin, daß nach den überaus reichen Gütern der verwitweten Kaiserin Engelberga, die in ihrem Nonnenkloster zu Piacenza wohnte, sich von allen Seiten gierige Hände ausstreckten, und daß der Papst, ihr besonderer Beschützer, nicht bloß Grafen sondern sogar Bischöfe mit den Kirchenstrafen bedrohen mußte, damit sie ihr das entzogene Eigenthum zurückstellten[63]). Nicht einmal den Trotz des stolzen Mailänder Metropoliten, für den

---

[60]) Joh. an Anton v. Brescia und Berengar (eb. 175, J. 2528): quia dilectus ac spiritalis filius noster Carolomannus gloriosus rex suis regalibus literis et missorum nostrorum verbo nostro praesulatui pio mentis affectu commisit, ut nos curam huius Italici regni haberemus.

[61]) Eb. 121 (J. 2470): quoniam assidua et supra modum gravi paganorum infestatione gravati cuiuslibet regis iam cupissemus habere solatium.

[62]) Eb. 134 (J. 2490). Der Zeitpunkt nur nach dem im Briefe berührten Tode Ludwigs (pro eventu regni Ludovici piae memoriae nepotis vestri praepediti) ohngefähr zu bestimmen.

[63]) Auf den Schutz der Güter Engelbergas beziehen sich J. 2459 an den Grafen Liutfrid, 2465 an Wibod, 2515 vom 19. Okt. an Roting v. Novara, 2528—2532. Wenn J. 2530 an den bekannten Grafen Suppo gerichtet ist, so gehört es vor den Aug. 879, weil in J. 2489 vom Aug. der Papst pro anima Supponis (des Vetters der Kaiserin) zu beten verspricht (Mansi XVII, 154).

Engelberga vergeblich zu vermitteln suchte, vermochte Johann zu beugen[64]): wie er alle Ladungen zur Synode verachtete, so wagte er es auch in Vercelli den einen jener beiden Bewerber, den Priester Joseph gegen den ausgesprochenen Willen des Papstes zum Bischof zu weihen, wozu er während der Dauer seiner Exkommunikation nicht befugt war. In Folge hiervon ward über Ansbert am 15. Oktober in der Peterskirche die Absetzung verhängt und die Mailänder Geistlichkeit aufgefordert im Vereine mit zwei päpstlichen Legaten zu einer neuen Wahl zu schreiten, an Stelle Josephs aber wurde unter Berufung auf den Willen und Wunsch des Königs Karlmann der Diakonus Konspert zum Bischof von Vercelli geweiht.

Dieser Anlaß war vielleicht der letzte, bei welchem Karlmann seine königlichen Rechte in Italien, die er im Ganzen zwei Jahre besessen[65]), noch auszuüben schien. Kurz darauf am Montag den 26. Oktober betrat sein Bruder Karl dieselbe Straße, über Orbe und den St. Bernhard ziehend die zwei Jahre früher Karl der Kahle eingeschlagen, mit einem stattlichen Heere den italienischen Boden[66]). Schnell rückte er nach Pavia vor und fand als Erbe Karlmanns allenthalben Anerkennung bei den lombardischen Großen. Wahrscheinlich in der Hauptstadt stellte er am 15. Nov. die erste uns erhaltene Urkunde für einen seiner neuen Unterthanen, den Bischof Johann von Arezzo aus, denselben, der sich einst um die Erhebung seines Oheims Karl so große Verdienste erworben und sich nun bei Zeiten der neu aufgehenden Sonne zuzuwenden wußte[67]). Dem Papste hatte der König seinen Entschluß nach Italien zu kommen, im voraus angezeigt und ihn aufgefordert[68]) mit ihm, wie er es zwei Jahre zuvor mit seinem Vor-

[64]) S. die Briefe an ihn und Engelberga oben A. 51, über die Synode in der Peterskirche Mansi XVII, 164—166 (J. 2511—2514).

[65]) Die italienischen Königsreihen geben ihm 2 J. (Scr. III, 218, 239, 872, 873, V, 64) eine 3 (eb. VII, 38). Ueber den schwankenden Schluß seiner Regierung s. Lupi cod. dipl. Bergom. I, 895—902.

[66]) Ueber den Weg Hincmari ann. 879 (Scr. I, 512): Carolus ... in Langobardiam perrexit et ipsum regnum obtinuit; cum quo apud Urbam, antequam montem Iovis transiret etc.; über die Zeit chronic. Brixiense (Scr. III, 239): quando autem Karolus filius Hludowici regis Baioariae in Italiam ingressus est, hoc est 7. kal. Novembris secunda feria anni incarnati domini nostri Iesu Christi 878 (corr. 879) ind. 13; eine durchaus gleichzeitige und glaubwürdige Angabe, auf die sich schon Mansi stützen wollte (Baronii ann. eccl. XV, 341 n. 1). Ganz dürftige Nachricht geben ann. Weingart., Augiens. 879, St. Galli 880 (Scr. I, 66, 68, 70); Erchanbert. contin. (Scr. II, 329): at ille grandi exercitu congregato eam undique improvisus occupavit (sc. Italiam), Regino (a. 881) verwechselt diesen Zug mit dem zweiten Karls.

[67]) Muratori ant. It. V, 943 (B. 906), ohne Erwähnung des italienischen Reiches. K. bestätigt Königsschutz und Immunität, so wie verschiedene Besitzungen, quas iniquitatis fauctores inquietare conati sunt; ohne Ort.

[68]) Schreiben Johanns (Mansi XVII, 171, J. 2522): sicut nostro prae-

gänger gethan, in Pavia am 1. November zu gemeinsamer Verhandlung aller wichtigen Angelegenheiten zusammen zu treffen.

Johann beeilte sich nicht sehr diesem Wunsche zu entsprechen: als der vorgeschlagene Termin bereits vorüber war und er die inzwischen erfolgte Ankunft Karls in Pavia von andern Seiten erfahren hatte, drückte er sein Erstaunen darüber aus, daß derselbe nicht sogleich, wie es sich gebürte, Brief und Gesandte an ihn geschickt, um ihn in aller Förmlichkeit zu einer Unterredung einzu*laden*, auf der sie sich dann über das beiden Theilen Ersprießliche *einigen könnten*. In einem andern Schreiben[69]) setzte er den König davon in Kenntnis, daß er den Erzbischof Ansbert von Mailand wegen vielfacher Ausschreitungen seines Amtes entsetzt und den Diakonus Konspert, für welchen er Karls Schutz erbat, zum Bischof von Vercelli geweiht habe.

In Erwiederung der päpstlichen Anträge erkannte der König Konspert in der That als Bischof an, von der Verdammung Ansberts, eines alten Anhängers seines Hauses[70]), wollte er jedoch nichts wissen und schlug eine Wiederaussöhnung vor, die Johann verweigerte, bis der Erzbischof persönlich ihm Genugthuung geleistet haben werde. An Stelle der nicht stattgehabten Zusammenkunft in Pavia lud Karl den Papst jetzt nochmals nach Ravenna ein, wohin er einen allgemeinen italienischen Reichstag entboten hatte und Johann, wiewol ihm seine Forderungen für die römische Kirche in keiner Weise im voraus gewährleistet wurden, entschloß sich dennoch dem Rufe diesmal zu folgen, um durch seine persönliche Einwirkung wenigstens zu erreichen, was sich erreichen ließ.

Eine glänzende Versammlung scharte sich in Ravenna um den jungen König[71]): zahlreich waren die Bischöfe, Grafen und

---

sulatui vestris iam olim regalibus direxistis apicibus, ut his Kalend. Novembr. iam transactis vobis Papiam obviam venire deberemus ... hoc quidem avida extunc perficere mente parati existimus: sed quia vos in Italiam introisse audimus etc.

[69]) Eb. 165 (J. 2513). Die Antwort des Königs (sicut nobis nunc mandasti, ut Anspertum archiepiscopum ... reconciliare deberemus) ist aus einem zweiten Schreiben Johanns (eb. 172, J. 2523) zu entnehmen. Diese Korrespondenz dürfte in die erste Zeit von Karls Aufenthalte in Italien fallen, denn es heißt in dem ersten Briefe: in ea, quae n u p e r acta est synodo (d. h. am 15. Okt.).

[70]) Ansberts Testament vom 11. Nov. 879 (Fumagalli codice dipl. St. Ambrosiano p. 465) trägt bereits das Datum: Karolus div. fav. gratia rex quondam Hludowici regis filius anno regni eius in Italia I, doch will Lupi dasselbe wohl mit Unrecht in das J. 880 setzen. Ein früheres Testament desselben vom 10. Sept. 878 (eb. 456 flg.) ist gefälscht, weil darin bereits König Arnolf vorkommt (p. 461) s. Lupi cod. Berg. I, 898.

[71]) Erchanbert. contin. a. a. O.: Ravennam veniens Romanum papam nomine Iohannem ad se vocari precepit sed et patriarcham Furiolanum necnon et Mediolanensem archiepiscopum omnesque episcopos vel comites seu reliquos primores ex Italia et ibi ab eis rex constituitur et omnes

großen Vassallen aus dem oberen und mittleren Italien erschienen, an ihrer Spitze der Patriarch Walbert von Aquileja und der Erzbischof Ansbert von Mailand. Zugegen war auch auf Befehl seines Herrn Ludwigs des jüngeren, Erzkaplan Liutbert von Mainz, ohne Zweifel um durch seine Anwesenheit und Mitwirkung das Anrecht des ostfränkischen Königs auf den Besitz Italiens zu wahren. Von den versammelten italienischen Großen wurde jetzt erst Karl zum König eingesetzt und empfieng als solcher von ihnen allen den Eid der Treue, den ihm einzig der Papst nicht leistete.

Daß Johann über diesen Gang der Ereignisse sehr misvergnügt war, läßt sich erwarten, denn er hatte in dem Streite gegen den Metropoliten von Mailand, den er nach Karls Willen in seine Würde wieder herstellen mußte[72]), eine vollständige Niederlage erlitten. Nicht auf seine Berufung, sondern eigenmächtig als Erbe seines Bruders war der König nach Italien gezogen. Bevor er mit dem römischen Stuhle die Bedingungen seiner Erhebung verabredet und festgestellt, wurde er von den Lombarden anerkannt und er verdankte seine Krone ihrer Wahl, nicht päpstlicher Bestimmung. Indem Johann sich soweit demütigte, daß er ohne weitere Gewährungen dem Könige nach Ravenna entgegenzog, erlangte er für die römische Kirche doch nichts weiter, als einige kahle allgemeine Zusicherungen des Schutzes. Karl sprach übrigens seine Absicht aus, demnächst nach Rom zur Krönung zu gehen, deren Bedingungen fernerer Verhandlung vorbehalten blieben[73]).

Zunächst beschäftigte sich der König, nachdem er von dem Reichstage zu Ravenna, der etwa Ende November stattfand[74]),

---

preter apostolicae sedis episcopum iureinrando ad devotionem servitii sui constrinxit. cui conventui etiam Liutpertus Magonciacensis episcopns iussu Hludowici regis interfuit; Schreiben Johanns (Mansi XVII, 162, J. 2507): relicta nostra ecclesia inter saevas hostium ... manus ad vos Ravennam pervenimns ... sperantes scilicet omnem honorem pristinnmque vigorem sanctae Romanae ecclesiae per vos ad angmentum perfectum perducere atqne inimicorum ... ferocem severitatem omni modo comprimere facileqne snperare pntabamus.

[72]) Dies folgt aus einem Schreiben vom Nov. 880 (Mansi XVII, 190, J. 2550): coram nobis. Der Zeitpunkt ist ungewis; da aber Ansbert in Ravenna zugegen war, erfolgte dort wahrscheinlich die Wiederaufnahme desselben.

[73]) S. hierüber die Aeußerungen Johanns; von der Reise nach Ravenna sagt er: qnod nullus antecessorum nostrorum gloriosissimis progenitoribus vestris aliquando fecisse recolitur und weiterhin: quia de his omnibus nihil apud magnitudinem vestram ... peregimus etc. und in dem andern Briefe: secundnm commune placitum sperabamus nos vobiscnm simul convenire et magnum ac proficuum opus exaltationis sanctae Romanae ecclesiae ... vestrique honoris ... peragere.

[74]) Karl nennt sich zum erstenmale in einer Urk. vom 23. Nov. 879 König von Italien (B. 907), im Nov. 880 wurde das zweite Jahr der Regierung in Italien gezählt (Hist. patr. mon. chart. I, 62); aus den päpstlichen Bullen läßt sich hierüber nichts Sicheres entnehmen. Wahrscheinlich zählte K. die Jahre seiner Regierung erst von der Versammlung in Ravenna vgl. auch Boehmer reg. Carolor. 94.

nach Pavia zurückgekehrt war, nur mit den Angelegenheiten des oberen Italiens. Eine Reihe von Urkunden, die bis Ende März 880 herabreicht legt Zeugnis von den Gnadenbeweisen ab, durch welche Karl sich die Herzen seiner neuen Unterthanen geneigt machte[75]). So wurde der Bischof Paulus von Reggio mit der Schenkung der Insel Suzzara am Po bedacht, dem Bischof Wibod von Parma der von Karlmann geschenkte Hof Zena in der Grafschaft Modena bestätigt. Mit dem Dogen Ursus von Venedig erneuerte Karl den von seinen Vorgängern geschlossenen Schutzvertrag auf fünf Jahre. Viele geistliche Stifter begnügten sich damit, ihren von allen Seiten durch die Eingriffe der weltlichen Großen angefochtenen und gefährdeten Besitz durch eine ausdrückliche Bekräftigung und einen königlichen Schutzbrief sicher stellen zu lassen, wie z. B. der Abt Peter des St. Ambrosiusklosters zu Mailand. Desgleichen einzelne Privatpersonen, die durch ihre Dienste oder ihre Stellung Anspruch auf eine derartige Berücksichtigung hatten, als der Kleriker Leo und namentlich die Kaiserin Witwe Engelberga, die Karl ebenfalls „seine geliebte Schwester“ nennt. Als Sicherung ist allen diesen königlichen Vergabungen, wie es der Gebrauch des italienischen Reiches abweichend von dem ostfränkischen, mit sich brachte[76]), die Androhung einer hohen Geldstrafe, 100 Pfund Goldes im Betrage hinzugefügt. Es läßt sich denken und entspricht dem herrschenden Brauche, daß diejenigen, welche derartige Gunstbezeugungen erlangen wollten, dem Könige nicht mit leeren Händen nahen durften. Daher sagt schon ein gleichzeitiger Dichter[77]), indem er Karl anredet: „Das Volk Italiens, aus verschiedenen Stämmen gemischt, möge mit Spezereien und Gewändern zu dir eilen.“

In einigen der angeführten Urkunden[78]) tritt als Fürbitter der allmächtige Erzkaplan Karls Liutward bereits als Bischof auf,

---

[75]) B. 909—913, 915—918, von denen nur die erste vom 8. Januar 880 den Ausstellungsort: Papie in palatio regis aufweist, von den übrigen verwerfe ich mit Böhmer 911 (schon von Bethmann-Hollweg lomb. Städtefreih. S. 90, 107, Hegel ital. Städteverf. II, 71 für unecht erklärt), 912, 916 und zweifle sehr an der Echtheit von B. 918 vom 30. März. Mit diesen Daten stimmt der von Karl mit dem Dogen Ursus geschlossene Vertrag nicht überein, der am 11. Jan. 880 von Ravenna datiert ist (Romanin storia di Venezia I, 201 n. 1), allein, da es sich hier nicht um eine eigentliche Urk. handelt, kann, wie mir Sickel bemerkt, der Abschluß in R. erfolgt sein, während K. in Pavia weilte.

[76]) Vgl. hierüber Sickel Beitr. zur Diplomatik II. (Sitzungsber. d. ph. hist. Kl. der Wiener Akad. XXXIX, 138).

[77]) Versus Waldrammi v. 13 (Mittheil. der Züricher antiq. Gesellsch. XII, 220, 256).

[78]) In B. 913 vom 1. Febr. (Muratori ant. It. I, 919): Liutvardi episcopi nostri rogatu und in B. 915 vom 21. März (Morbio storie dei municipi Italiani III, 131): Liutwardus reverendus episcopus dilectus consiliarius et archicancellarius noster etc.

und wir müssen daher, da er Bischof von Vercelli wurde, annehmen, daß der von dem Papste im Okt. 879 für dies Amt geweihte Konspert entweder unerwartet schnell starb, oder seiner Stellung freiwillig entsagte. Die Beförderung des niedrig geborenen Schwaben Liutward zu einem italienischen Bisthum[79]) ist deshalb sehr bemerkenswerth, weil abgesehen von zwei Bischöfen von Verona unter Karl dem Gr., die ebenfalls schwäbischer Abkunft waren, Karl hiedurch mit jener nachmals viel befolgten Politik den Anfang machte, die Treue der Italiener zu sichern, indem er ihre Bisthümer an zuverlässige Deutsche verlieh. Von andern Maßregeln zur Beruhigung Italiens und zur Ordnung der zerrütteten Verhältnisse ist uns leider gar nichts überliefert, als daß der König wiederum wie seine Vorgänger, Grafen und Bischöfe zu Sendboten bestellte, die von Ort zu Ort ziehen und an seiner Statt zu Gericht sitzend allen vorgekommenen Ungesetzlichkeiten und Vergewaltigungen abhelfen sollten[80]).

Während dieses längeren Aufenthaltes im oberen Italien säumte Karl die in Ravenna mit dem Nachfolger Petri wegen der Krönung angeknüpften Unterhandlungen fortzuführen und nichts deutete darauf hin, daß er Rom als sein nächstes Ziel ins Auge gefaßt. Vielleicht dürfen wir diese auffallende Zögerung daraus erklären, daß er ohne Ludwigs ausdrückliche Einwilligung es nicht wagte, die höchste Krone der Christenheit auf sein Haupt zu setzen und diese daher zuvörderst einholen wollte.

Die peinliche und ungewisse Lage, in welche sich dem Zaudern Karls gegenüber der Papst versetzt sah, verräth sich deutlich in einem Schreiben[81]), das er etwa in den ersten Monaten des Jahres 880 durch seine Legaten, die Bischöfe Marinus und Peter von Sinigaglia an den König gelangen ließ. Er stellte ihm darin vor, wie er ihn schon längst eingeladen, um ihm den Weg zum Kaiserthrone zu weisen und wie er zu diesem Zwecke aus großer Liebe zu ihm, doch wider alles Herkommen seine Kirche unter den Streichen ihrer Feinde zurücklassend sich sogar nach Ravenna be-

---

[79]) Die ann. Fuld. Pars IV. a. 887 nennen ihn ex infimo genere natum (von Konspert sagt dagegen der Papst viro nobilissimo) und bezeugen, daß Karl ihn schon ex quo rex in Alamannia constitutus est erhob; seine schwäbische Abkunft erhellt auch aus der Stiftung seines Bruders Chadolt für Reichenau (ubi ego ipse ab ipsis educatus fui cunabulis), dem derselbe früher angehörte (Mone Quellensamml. I, 233) und aus der Erwähnung beider im Necrol. Augiense. Die beiden schwäbischen Bischöfe von Verona sind Egino und Ratold.

[80]) Muratori ant. It. V, 929: dum domnns Karulus serenissimus rex sne pietatis in regnnm Italicum suos constituisset missos Iohannes humilis episcopus Idelbertus et Albericus (von Mailand) comitibus, ut irent de loco in loco, quicquid ibi iniuste invenissent legali ordine ad finem perducerent etc.

[81]) Mansi XVII, 161 (J. 2507). Daß dies Schreiben in eine viel spätere Zeit gehört, als in welche Jaffe es setzen will, verräth schon die Erwähnung des Bischofs Liutward.

geben. Dort seien aber alle seine gerechten Erwartungen betrogen worden und die Widersacher der Kirche, zu größerer Keckheit ermutigt, wagten jetzt nicht mehr bloß das Gebiet des h. Petrus zu plündern, selbst seine Unterthanen brächten und behielten sie unter ihrer Botmäßigkeit. Damit nun ihre beiderseitigen Wünsche verwirklicht würden, solle der König den Bischof Liutward, Manigold, den Sohn Adalberts und seinen Obermundschenken Adalbert als Bevollmächtigte nach Rom zuvor abfertigen, um dem päpstlichen Stuhle Bürgschaft zu leisten, daß er bei seiner Ankunft bereit sein werde, gleich seinen Vorfahren die Privilegien der römischen Kirche und den mit ihr geschlossenen Vertrag zu erneuern und zu bekräftigen. Schließlich bat er, daß Karl sich nicht durch die Gegner der Kirche von der Erfüllung dieser ihm nicht minder dienlichen Forderungen abwendig machen lasse. Johann verlangte demnach von Karl das Nämliche, was er vordem nur in stolzerem Tone auch von Karlmann gefordert: Abschluß eines Vertrages, wodurch der Kirche die von Karl dem Kahlen eingeräumten Rechte gesichert wurden als Preis der Kaiserkrönung.

Wir wissen nicht, was der König den päpstlichen Legaten für Bescheid gab — von einer Sendung jener namentlich bezeichneten Vertrauten nach Rom verlautet jedenfalls nichts —, bald darauf aber, im Frühjahr, wurde der Papst durch die Nachricht erschreckt, daß Karl statt weiter vorzudringen, demnächst über die Alpen zurückkehren werde, um mit seinem Bruder Ludwig eine Unterredung zu halten[82]). Er schickte daher schleunig seinen Neffen und Rath Farulf an ihn ab, mit der dringenden Bitte für die Zeit seiner Abwesenheit dem Gebiete des h. Petrus ausreichenden Schutz gegen die Heiden und bösen Christen zu gewähren. Der König, so bat er, möge einen geeigneten Mann zum Sendboten ernennen, der in Gemeinschaft mit dem Papste die Verteidigung und die Gerechtsame des Landes wahrzunehmen habe[83]). In der Antwort auf dies Gesuch sparte Karl die Versicherungen seiner aufrichtigsten Ergebenheit gegen die römische Kirche nicht, in Bezug auf die Hauptsache aber, den Schutz des römischen Gebietes, ließ er dem Papste sagen, daß die benachbarten Markgrafen d. h. Wido und Adalbert denselben übernehmen sollten. Dies klang fast wie Hohn,

---

[82]) Mansi XVII, 162 (J. 2508): audivimus, quod debeatis nunc Alpes transire atque cum carissimo fratre vestro communi eloquio frui, unde valde turbati existimus. Im März 881 findet sich am Hofe Karls in Siena: Farulfus comes domni apostolici (Muratori ant. It. II, 931, B. 923).

[83]) A. a. O.: legatum, qui ad salutem et iustitiam terrae nobiscum interim pariter et promptissime in omnibus desudet. Die Antwort des Königs ist aus dem Briefe Johanns vom 23. Juni 880 zu entnehmen (eb. 180, J. 2539): quod vero mandastis, ut marchiones vestri, qui circa nos existunt ad defensionem necessariam peragendam nobiscum pariter decertare debuissent, hoc autem sine vestrae maiestatis praesentia vel sine idonei optimatis vestri nullo modo sicut oportet proderit.

denn eben diese Herzoge und ihr Anhang waren die argen Christen, die einzelne von dem Nachfolger Petri beanspruchte Städte für sich besetzten und viele von seinen Unterthanen ihm entzogen, indem sie sie in ihre Dienste nahmen.

Während somit der Papst bei allen seinen Entwürfen von der Ungunst des Schicksals verfolgt, mit der ihm eigenen Biegsamkeit und Beweglichkeit des Geistes immer wieder neue Pfade zu seinen alten Zielen aufzuspüren wußte, kehrte Karl, ohne Kampf und Mühe in dem größten Theile Italiens als König anerkannt, etwa Ende Mai in sein schwäbisches Reich zurück[84]). Zum großen Leidwesen des Papstes nöthigte er die verwitwete Kaiserin Engelberga ihm nach Schwaben zu folgen, damit sie nicht aus ihren reichen Einkünften ihren Schwiegersohn Boso bei seinen usurpatorischen Bestrebungen unterstützen könne[85]). Hier im Norden der Alpen hatten im Laufe des letzten Jahres tiefgreifende Veränderungen stattgefunden, die auf die Verhältnisse sämtlicher Frankenkönige einwirkend, dem klügsten und ehrgeizigsten unter ihnen, Ludwig von Ostfranken, ein gewaltiges Uebergewicht verschafften und in seine Hand die oberste Leitung der Dinge zu legen schienen. Es war hohe Zeit, daß Karl heimkehrte, um von dem übergreifenden Bruder nicht in seinen Rechten verkürzt zu werden und sich auf gleicher Stufe neben ihm zu behaupten.

V.

Am Charfreitage, den 10. April 879 verschied in der Pfalz zu Compiegne König Ludwig[1]), genannt der Stammler, noch nicht volle 33 Jahre alt[2]) und wurde am andern Tage in der von sei-

[84]) Nach Hinkmar (ann. 880) kam Karl a Langobardia rediens um die Mitte Juni nach Gondreville. J. 2539 ist daher schon nach Deutschland gerichtet und die Botschaft des Königs, auf die es antwortet, dürfte kurz vor dessen Abzug aus Italien fallen. Am 17. Mai entschied Karl in Mailand einen Rechtsstreit zwischen S. Ambrogio und Reichenau über 6 Hufen am Komersee (Muratori ant. Ital. V, 929).

[85]) Die Belege weiter unten im VII. Kapitel.

[1]) Hincmari ann. 879 am ausführlichsten; ann. Fuld. 879, ann. Vedast. 879, ann. S. Columbae Senonens. 879, ann. Floriac. 879, Adonis contin. I, ann. S. Benigni Divion. 879, Erchanbert. contin. (Scr. I, 103, 392, 511, II, 197, 254, 325, 330, V, 39); ann. Flaviniac. 879 (Chronik des Cassiodor v. Mommsen S. 689), Necrolog. Autissiodor. (Lebeuf mémoires d'Auxerre II app. 250).

[2]) Nach den ann. Vedast. starb L. anno aetatis suae 33; da er nun selbst in einer Urk. für Tours (Bouquet IX, 403, B. 1835) den 1. Nov. als

nem Vater erbauten Marienkirche beigesetzt. Man rühmte seine milde und fromme Gesinnung [3]); seine kaum anderthalbjährige Regierung hatte in den Zuständen seines Reiches keine irgend wesentliche Umwandelung hervorgebracht, in der allgemeinen Unsicherheit im Innern und in dem gänzlichen Verzichte auf auswärtige Unternehmungen gab sich die Ohnmacht der Krone noch greller als unter Karl dem Kahlen kund. Auf einem Zuge, den Ludwig im Februar gegen den abgesetzten Markgrafen Bernhard von Gothien angetreten, war er in Troyes durch eine plötzliche Verschlimmerung seiner langwierigen Krankheit, die man der Wirkung von Gift zuschreiben wollte [4]), zur schleunigen Umkehr gezwungen worden. Von seinem Todtenbette aus schickte er dann die Kroninsignien durch den Bischof Odo und den Grafen Albuin an seinen ältesten Sohn Ludwig, den er noch einen Knaben unter die besondere Obhut des Grafen Bernhard von Auvergne gestellt, und forderte seine Umgebung auf, diesen zum Könige weihen und krönen zu lassen. Vielleicht wollte er seinen zweiten Sohn Karlmann seiner allzu zarten Jugend halber von der Nachfolge ausschließen, die ihm gebürte [5]).

Zur Zeit von Ludwigs Ableben lag ein Theil der westfränkischen Großen noch gegen den Markgrafen Bernhard im Felde, dem sie die Grafschaft Autun entreißen sollten, namentlich der Pfleger des Prinzen Ludwig, Graf Bernhard von Auvergne, ferner der Abt Hugo, Herzog Boso und der Kämmerer Theoderich, dem eben jene Grafschaft bestimmt war [6]). Dem letzteren übergaben Odo und Albuin die ihnen anvertrauten Insignien. Diese Männer, die den Thronfolger umgaben, beschlossen nun zu Meaux eine Reichsversammlung zu halten, zu welcher sie die übrigen Großen aus Neustrien einluden. Durch die Vermittelung des Abtes Hugo, der, ein Vetter des verstorbenen Königs, von dem aufrichtigsten Eifer für die Sache der jungen Prinzen beseelt war [7]) und daher

---

diem nativitatis nostrae bezeichnet, so muß er am 1. Nov. 846 von Irmintrud geboren sein.

[3]) Reginon. chron. 878 (Scr. I, 590): fuit vero iste princeps vir simplex ac mitis, pacis, iustitiae et religionis amator.

[4]) Hincmar. (Scr. I, 510): dicebatur enim veneno infectus.

[5]) Zu Fouron war dies noch nicht seine Absicht, wie c. 3 des Vertrages beweist (Leg. I, 546). Das Alter Ludwigs betrug nicht mehr als höchstens 16—17 J., da sein Vater sich in den Fasten 862 mit Ansgard vermählte (oben I, 480), Karlmann war etwa 13 J. alt s. ann. Vedast. 884 (Scr. II, 201).

[6]) Hinkmar a. a. O. Am 23. Jan. 879 stellte L. der Stammler eine Urk. für Autun ad deprecationem Theodorici comitis Augustodunensis aus (Bouquet IX, 415, B. 1848). Er war ein Bruder des früheren Grafen Ekkard v. Autun (s. dessen Urk. bei Pérard recueil de Bourgogne p. 22, 25).

[7]) Ann. Vedast. 879: Hugo abba memor fidelitatis, quam promisit Hludowico regi suo videlicet consobrino filios eius ... in paterno regno cum sibi consentientibus statuere volebat; Regino 879: industria ac studio

auch alle übrigen Großen zu gleichen Gesinnungen zu vereinigen strebte, kam zwischen Boso und Theoderich ein Uebereinkommen zu Stande, wonach jener die streitige Grafschaft Autun, dieser dafür die Abteien erhalten sollte, deren Einkünfte Boso bisher in diesen Gegenden bezogen hatte[8]). Nach diesem Abkommen nahm der letztere die Grafschaft in Besitz, um sie dann seinem Bruder Richard zu überlassen, zog sich aber selbst bald darauf wie es scheint, ganz von der Entscheidung über die Krone des Westreiches zurück, ausschließlich damit beschäftigt, an einer neuen Krone für sein eigenes Haupt zu arbeiten.

Bevor noch die Versammlung in Meaux stattfinden konnte, traten bereits die traurigen Anzeichen einer tiefen Spaltung unter den westfränkischen Großen hervor[9]) und eine Partei derselben versuchte auf eigene Hand durch Vergewaltigung und Verrath das Loos des Reiches zu bestimmen. Der Antrieb hiezu gieng von einem der höchstgestellten Männer, dem Abte Gauzlin aus[10]), der

---

Hugonis abbatis et aliorum procerum in regnum sublimati sunt. Die Anhänger der beiden Prinzen wandten sich namentlich auch an Hinkmar, der sich sehr lebhaft für ihre Sache interessierte s. sein Schreiben an Hildebald von Soissons (Flodoard. hist. Rem. eccl. III c. 23 p. 300).

[8]) Aus den von Gingins-la-Sarraz in seinen zwar fleißigen, aber nicht immer kritischen mémoires pour servir à l'hist. de Provence (Archiv für schweizer. Gesch. VII, 125) angef. Urk. ergeben sich diese Abteien nicht mit Sicherheit, da Boso doch deshalb noch nicht Inhaber eines Klosters zu sein brauchte, weil er für dasselbe als Fürbitter auftrat. So stand z. B. St. Germain d'Auxerre nach B. 1830 vielmehr unter dem Abte Hugo. Eb. S. 151 wird für die Besitznahme Autuns durch Boso eine Urk. des Bischofs Adalgar angeführt. Im J. 880 stellte Karlmann eine Urk. ad deprecationem Richardi comitis Augustodunensis aus (Bouquet IX, 418 vgl. Hincmari ann. 882).

[9]) Ann. Vedast. 879: post eius vero obitum miserabilis et excidiosa inter Francos orta est dissensio.

[10]) Gauzlin wurde von seinen Eltern, dem Grafen Roriko v. Maine und Bilechild, dem Kloster St. Maur dargebracht und dort erzogen (Urk. vom J. 839 bei Marchegay archives d'Anjou I, 378). Die erste Urk. Karls, die Gauzlenus notarius schrieb, ist vom 31. Aug. 859 (B. 1682, denn in B. 1657 muß das ad vicem Goslini auf einem Irrthume oder einer Fälschung beruhen), seit 861 regiae dignitatis cancellarius genannt (B. 1690, 1695) wurde er nach dem Tode seines Halbbruders, des Abtes Ludwig († 9. Jan. 867) Vorstand der Kanzlei (B. 1737 zuerst ad vicem Gosleni). Schon 847 bestimmte Karl, daß nach dem Tode seines Erzkaplans Ebroin vinculo consanguinitatis ei coniunctus religiosus vir Gauslenus das Kloster St. Maur sur Loire erben solle (Bouquet VIII, 490, B. 1594); er stand bereits im J. 849 eine Zeitlang dem Kl. St. Germain des Pres zu Paris vor (s. die I, 422 A. 44 angef. Urk.) das er erst 872 dauernd erhielt (ann. S. Germani Paris. 872, Scr. III, 167; Urk. vom J. 872: Bouquet VIII, 639, B 1779; Aimoini miracula S. Germani bei Mabillon acta sanct. ord. S. Bened. saec. III[b], 105, 117), ebenfalls vorübergehend 862 dem Kl. Jumieges (B. 1700), in St. Amand folgte er auf den Prinzen Karlmann (Urk. von 871, 872 Bouquet VIII, 632, 634, B. 1773, 1777, Folquini chartular. Sith. p. 131); St. Denis, das Karl nach dem Tode des Abtes Ludwig für sich behalten, empfieng er erst von Ludwig (Hincmari ann. 867, 878, Scr. I, 474, 508). Vgl. über ihn I, 404, oben S. 37. Nur ausnahmsweise heißt er archicancellarius (Leg. I, 534, B. 1819).

als Vorstand der Kanzlei unter Karl dem Kahlen und Ludwig, zu der nächsten Umgebung dieser beiden Fürsten gehört hatte, deren Huld er den Besitz der Klöster St. Germain des Pres, St. Amand und St. Denis verdankte. Er wollte sich, wie Hinkmar berichtet[11]), für die Kränkungen und Nachstellungen rächen, die er in letzterer Zeit von seinen Neidern erfahren. Wir wissen nicht, worin diese bestanden, doch darf man vielleicht an jenen Versuch denken, den der Papst in Troyes unter Beistimmung des Königs machte, mittelst einer gefälschten Urkunde die Abtei St. Denis für sich zu erwerben und sie mithin Gauzlin zu entziehen, sowie an die Verwandtschaft des letzteren mit dem gebannten Grafen Bernhard von Gothien, dem Sohne seiner Schwester Bilechild, durch dessen Empörung auch seine Treue verdächtigt wurde. Die überaus freundliche Aufnahme, die er während seiner durch die Schlacht von Andernach herbeigeführten Gefangenschaft bei Ludwig dem jüngern und dessen Gemahlin gefunden, die Verbindungen, die er im ostfränkischen Reiche angeknüpft, ließen ihn hoffen, an König Ludwig ein sehr geeignetes Werkzeug für seine Pläne zu gewinnen.

Um zuvörderst seinen Anhang im Westreiche selbst zu verstärken, zog Gauzlin den mächtigen und einflußreichen Grafen Konrad von Paris, einen Vetter des Abtes Hugo und des verstorbenen Königs ganz auf seine Seite[12]), indem er ihm vorspiegelte,

[11]) Hincmari ann. 879 (Scr. I, 511). Derselbe schrieb Gozlino pro Bernardo nepote ipsius, qui seditionem contra regem moliri ferebatur, hortans, ut ab hac intentione studeat eum revocare et ut ipse Gozlinus pro nullo carnali affectu a recta via declinet: fratrem quoque suum Gozfridum commoneat, ut ambo memores parentum suorum a fidei sinceritate non degenerent und erinnerte ihn später an die Wohlthaten der Reimser Kirche, die ihn plurimorum monasteriorum per concessionem regum abbatem constituerit. contra quae ille potentia elevatus seditionem, quae in hac ecclesia vel in isto regno male grassabatur, excitaverit (Flodoard. hist. Rem. eccl. III c. 24 p. 319). Die päpstliche Exkommunikationsbulle (J. 2404) bezeichnet Bernhard als filium Bernardi et Belihildis, vgl. auch Trausl. S. Baudelii mart. (Bouquet IX, 111): accidit, ut memorabilis Gothorum princeps Bernardus cum avunculo suo Gauzleno tunc inclito abbate, futuro autem episcopo idem monasterium (Saxiacense) adventaret.

[12]) S. außer Hinkmar auch ann. Vedast. 879: Gozlenus vero abba et Chuonradus comes multique alii eis consentientes supradictum regem Hludowicum in regno advocaverunt. Konrads Vater wird nirgends erwähnt, doch stammt er sicher von den Brüdern der Kaiserin Judith ab (s. I, 59, 63, 421) Hugo, der Sohn Konrads I. wird sein consobrinus genannt (ann. S. Columbae Senon. 882, Scr. I, 103), sein Bruder kann er schon deshalb nicht gewesen sein, weil nach dem Zeugnis Herichs (mirac. S. Germani II c. 5, Labbé bibl. man. I, 558) im J. 876 oder 877 außer Hugo kein Sohn Konrads I. mehr am Leben war. Weiso nennen die ann. S. Columbae: ex prosapia regali, er war eine Zeitlang auch Abt v. St. Riquier s. die Urk. Karls von 867, 868 (Bouquet VIII, 606, 610, 611, B. 1744, 1749, 1750) und Ludwigs (Bouquet IX, 414?) vgl. Wenck hess. Landesgesch. II, 576—579. H. nennt Konrad Parisiaci comitem, Karl der K. in einer Urk. vom 6. Sept. 876 quemdam fidelem nostrum et parentelae propinquitate coniunctum Chunradum nobilissimum comitem und schenkte praedicto Chunrado comiti no-

daß bei einer durch ihn bewirkten Umwälzung, er die höchste Machtstellung im Reiche erlangen müsse. Nachdem sie einig geworden, luden sie möglichst viele Bischöfe, Aebte und Grafen zu einer Zusammenkunft an den Ort, wo Therain und Oise sich vereinigen, unter dem Vorgeben gemeinsam über des Reiches Frieden und Wohlfahrt verhandeln zu wollen. Alle die, welche ihrer Aufforderung Folge leisteten, wurden von ihnen überredet, mit ihnen Ludwig von Ostfranken, dessen Tapferkeit sie am Rheine hinlänglich erprobt, in das verlassene Reich zu rufen, in der sicheren Zuversicht, daß er ihre guten Dienste mit freigebiger Hand belohnen und jedem die erwünschten Lehen spenden werde. Die zarte Jugend der beiden Königssöhne, vielleicht auch das zweifelhafte Recht ihrer Geburt[13]) mochte diesem Vorhaben Gründe leihen.

Gauzlin und Konrad nebst ihren Anhängern schickten demnach Gesandte nach Frankfurt, wo König Ludwig und seine Gemahlin Liutgard sich noch von der Feier des Osterfestes her aufhielten, und ließen jenen ersuchen, eiligst bis nach Metz an seine Westgrenze vorzurücken, wohin sie ihm die geistlichen und weltlichen Großen des Reiches zur Huldigung entgegenführen würden: ein ähnlicher Antrag wie der, welcher im J. 858 an Ludwigs Vater gerichtet worden, doch diesmal ein Gelingen um so sicherer verbürgend, als über Westfrancien noch kein gesalbter König regierte. So wenig wie Ludwig der Deutsche damals den lockenden Stimmen hatte widerstehen können, so wenig vermochte es jetzt sein Sohn, trotz der feierlichen und bindenden Zusagen, durch welche er kaum ein halbes Jahr früher zu Fouron die Nachfolge der beiden Söhne des Stammlers anerkannt hatte. Freilich mochte er sein Gewissen damit beruhigen, daß Kaiser Karl, der Großvater der jungen Prinzen nicht minder ihn bei seinem Regierungsantritte mit gewaffneter Hand überfallen, um ihm sein Erbe gewaltsam zu rauben und daß andrerseits der Ruf an ihn von Männern ausgieng, die durch ihre ganze Stellung, wie durch das ihnen zu Theil gewordene Vertrauen der Fürsten zu den ersten im Westreiche gehörten.

Ludwig entsprach demnach dieser Einladung ohne Zögern und rückte in kurzem mit einem ansehnlichen Heere nach Metz[14]). Dort

---

bis carissimo et familiarissimo villam quae dicitur Piredus in pago Senonico, dieses Krongut schenkte Konr. durch eine Urk., in der er (nach Berberie) Vermeriensis comes heißt, dem von seinem Bruder Welf regierten Kl. St. Colombe zu Sens im J. 877 (Quantin cartul. de l'Yonne I, 100, 104, B. 1802). Johann VIII. erwähnt 879 eine Grafschaft Konrads (Mansi XVII, 158), doch ist nicht deutlich, welche er meint, vielleicht die von Sens.

[13]) Der spätere Regino (a. 879, Scr. I, 590) sagt von Boso: pro nihilo ducens adolescentes filios Hludowici et velut degeneres despiciens, eo quod iussu Caroli eorum genitrix spreta atque repudiata fuerit, wir wissen nicht ob diese Auffassung auch anderweitig geltend gemacht wurde.

[14]) Die ann. Fuld. und Regino lassen Ludwig ohne weiteres auf die

empfieng er von seinen Verbündeten die Botschaft, er möge ihnen bis Verdun entgegenkommen, wo die westfränkischen Großen sich bequemer mit ihm würden vereinigen können. Sie selbst waren nämlich unter vielen Brandschatzungen und Verwüstungen von der andern Seite ihm nach Verdun vorausgegangen. An diesem Orte, wohin Ludwig dem Rufe folgend sogleich aufbrach, kam es zu argen Auftritten, die nicht sehr geeignet waren, den neuen Thronbewerber seinen künftigen Unterthanen zu empfehlen[15]). Als nämlich *die deutschen*] Mannschaften die Preise zu hoch fanden, die *ihnen* von den Einwohnern für die Lebensmittel abgefordert wurden, begannen sie zu plündern und wüteten durch die unglückliche Stadt in einer Weise, die sich von den Greueln normannischer Verheerung sehr wenig unterschied.

Als Hugo, Boso, Theoderich und ihre Genossen vernahmen, welche Gefahr Konrads und Gauzlins gewissenloser Ehrgeiz über das Reich heraufbeschworen, faßten sie den weisen und zweckmäßigen Entschluß, durch ein großes Opfer wenigstens die Selbstbestimmung des Westreiches zu retten. Sie boten demnach durch eine Gesandtschaft, welche aus dem Bischof Walther von Orleans und den Grafen Goiram und Anschar bestand[16]), dem noch in Verdun verweilenden Könige Ludwig die ganze Westhälfte Lothringens, die Karl der Kahle durch den Meerssener Vertrag erhalten hatte, als Abschlagszahlung an, unter dem Bedinge, daß er nach Empfang derselben alsbald in sein Reich zurückkehre und die Söhne Ludwigs des Stammlers in Frieden über das übrige Erbtheil ihres Vaters herrschen lasse. Ludwig, der sich wohl schon überzeugt haben mochte, daß zu seiner vollständigen Anerkennung in Westfrancien noch sehr viel fehle, ergriff mit Freuden dies glänzende und sichere Anerbieten. Gauzlin, Konrad und ihre Gefährten wurden mit Schimpf und Schande fortgeschickt und der König kehrte, nachdem ihm ganz Lothringen überantwortet worden über Mainz nach Frankfurt zurück.

Nachricht von dem Tode seines Vetters aufbrechen. Böhmer setzt auf den 10. Mai 879 eine etwas zweifelhafte Urk. Ludwigs aus Metz für das Kl. Gorze (Hist. de Metz IV, 40, B. 888). Ueber eine wahrscheinlich hierher gehörige Metzer Liturgie s. Pertz Archiv VII, 1013.

15) Hincmari ann. 879: tanta mala exercitus eius in omnibus nequitiis egit, ut paganorum mala facta illorum vincere viderentur; ann. Fuld. 879: exercitus ... versus est ad praedam et pene universam depopulatus est civitatem; Bruchstück des Cod, Monac. 3851 (Scr. III, 569 n. 2): in quo (sc. regno occidentali) eius invasione sacrilegia, homicidia, stupra, incendia caeteraque inaudita scelera perpetrata fuerant.

16) Hinkmar a. a. O., ann. Vedast. 879, die nur den Bischof Walther nennen. Goiram wird auch im J. 876 (Scr. I, 503) und bei Flodoard (h. Rem. eccl. III c. 26 p. 362) erwähnt, Anschar als Fürbitter in einer Urk. Karlmanns B. 1860, sowie in einer ungedr. Urk. Karls III. vom 15. Jan. 887 für den Probst Otbert (Sickel), wonach seine Grafschaft in Burgund zu suchen ist.

Die Königin Liutgard, die daselbst den Ausgang des Unternehmens abgewartet, theilte keineswegs die Freude ihres Gemahls über die neue Erwerbung, sie machte ihm vielmehr die heftigsten Vorwürfe über seine Thorheit, sich mit einem Theile zu begnügen, wo ihm das Ganze nicht hätte entgehen können und betheuerte, wenn sie dabei gewesen wäre, so würden sie nicht anders als im vollen Besitze Westfranciens heimgekehrt sein[17]). Dazu kam nun, daß Gauzlin und Konrad von allen Seiten verachtet und bedroht, bei Liutgard eine Zuflucht fanden und das Feuer von neuem schürten, indem sie klagten, wie sehr sie von dem Könige betrogen worden. Dieser wurde durch die Vorstellungen seiner Gemahlin leicht bewogen, sich ihrer wieder anzunehmen und ihnen einige Leute als Gesandte an ihre Partei sowie andre als Geiseln mitzugeben[18]), bis er selbst seinen Einbruch erneuern könne. Von ihnen begleitet verübten die beiden Empörer Raub und Wegelagerung, wohin sie kamen und verkündigten ihren früheren Anhängern, Ludwig werde sehr bald mit einem großen Heere zurückkehren, nur für den Augenblick habe ihn ein nothwendiger Zug nach Baiern an der Ausführung dieses Vorhabens noch verhindert.

In Frankfurt erschienen nämlich als Hilfsflehende bei Ludwig mehrere bairische Große, an ihrer Spitze Graf Erambert vom Isengau, die Arnolf, der Sohn und Stellvertreter Karlmanns in Folge einer Mishelligkeit zwischen ihnen und seinem Vater ihrer Lehen beraubt und in die Verbannung geschickt hatte[19]). Sie verklagten den Königssohn und beschuldigten ihn, daß er die Absicht hege bei dem nahe bevorstehenden oder schon erfolgten Tode des Baiernkönigs sich dem zu Anfang des Jahres geleisteten Eide zuwider seines Reiches zu bemächtigen[20]). Auf diese bedenkliche Nachricht brach

---

[17]) Hincmar.: audiens autem hoc uxor illius, satis moleste tulit, dicens, quia si illa cum eo venisset, totum istud regnum haberet.

[18]) Hincmar. a. a. O. Die ann. Fuld sagen: rex vero missis quibusdam fidelibus suis ultra Masam fluvium ad optimates regionis illius reversus est in Franciam. Es ist nicht ganz deutlich, ob mit dieser Sendung die von Hinkmar erwähnte gemeint ist, die jedoch erst von Frankfurt aus erfolgte, oder ob L. vielleicht diese Männer abschickte, um als seine Vertreter das westliche Lothringen in Besitz zu nehmen.

[19]) Ann. Fuld. 879: propter quandam dissensionem inter Carlmannum patrem suum et eos factam. Eine etwas unklare Bezeichnung, ohne Zweifel betrachtete Arnolf sie als Hochverräther. Daß Erambert Graf des Isanagaus hat Buchner (Dokum. zur bair. Gesch. II, 47) aus einer Urk. bei Meichelbeck (hist. Frising. I^{b}, 359) nachgewiesen.

[20]) Hincmari ann. 879: nunciatum est ei non incerta relatione fratrem suum Carolomannum paralysi percussum et iam morti vicinum, cum abiret decessisse suumque filium ... nomine Arnulfum partem regni illius occupasse etc. Diese Nachricht war jedenfalls ungenau, da Karlmann noch das folgende Jahr erlebte, es konnte sich nur um die Sicherung des künftigen Besitzes handeln. Vgl. auch ann. Coloniens. 879 (Scr. I, 98): Ludowigus rex Saxonum adhuc fratre suo Karlomanno vivente Baiuvariam ingreditur.

Ludwig schleunigst nach Baiern auf und gab seinen verdrängten Anhängern ihre Lehen zurück. Diese offenbare Anmaßung von Regierungsrechten bei Lebzeiten seines Bruders wurde von den Getreuen desselben als ein Eidbruch, als eine Verletzung des Vertrages im Rieß betrachtet. Es ist jedenfalls eine ungenügende Entschuldigung, wenn der Geschichtschreiber Ludwigs [1]) dem die Behauptung entgegenstellt, Karlmann habe, indem er die Theilung Italiens verweigert, zuerst seinen Eid gebrochen und dadurch seinen *jüngeren* Bruder, der nach ihm geschworen, aller Verpflichtungen *entledigt*. Wie es sich auch mit dem Versprechen der Theilung Italiens verhalten mochte, so ist doch soviel gewis, daß Ludwig wenn gleich murrend Lothringen als Ersatz dafür angenommen und Karlmann als König von Italien anerkannt hatte. Wie wenig Gewicht er auch sonst auf beschworene Verträge legte, beweist sein Auftreten gegen die westfränkischen Könige hinlänglich.

Da nach den Verpflichtungen, welche die bairischen Großen schon früher eingegangen und nach dem gegenwärtigen Auftreten Ludwigs, ihm das Regiment thatsächlich zugefallen war, so blieb dem hilflosen Baiernkönige nichts weiter übrig, als das Mitleid des harten Bruders für die Seinigen anzuflehen. Er ließ ihn zu sich rufen und übergab ihm, da seine Zunge gelähmt war, schriftlich sich selbst, seine Gattin und Sohn und sein ganzes Reich, wofür ihm Ludwig dann zu seinem ferneren Unterhalte die Einkünfte gewisser Bisthümer, Klöster und Grafschaften anwies. Die Baiern huldigten ihm demnach jetzt als ihrem Herrn, so viele es nicht vorher schon gethan und er konnte frei über Land und Leute verfügen, Arnolf blieb nach wie vor auf Kärnten beschränkt. Wie vollständig jenes der Fall war, zeigt uns auch eine Urkunde aus Regensburg vom 22. November, durch welche Ludwig eine Besitzung der Salzburger Kirche von dem Erzbischof Theotmar empfängt, und ihm dafür zwei andre bairische Höfe als freies Eigen überträgt, wie es dem Landesherrn zustand [2]).

Diese glänzenden Erfolge sollten jedoch nur zu bald durch einen erschütternden Trauerfall unterbrochen werden, der sie durch seine Schwere gänzlich verdunkelte. Der einzige Sohn des Königs von seiner Gemahlin Liutgard, Ludwig noch in zartem Knabenalter stehend, stürzte, während sein Vater sich in Regensburg aufhielt, aus einem Fenster der Pfalz und hauchte, da er sich den Nacken gebrochen, sogleich sein Leben aus. So bezeugt ein glaubwürdiger

---

[1]) Ann. Fuld. 879: quod quorundam offendit animos, quasi rex iuramenti sui praevaricator existeret, quod aliter intellegunt, qui eiusdem iuramenti sunt conscii etc. vgl. oben S. 61 A. 2.

[2]) (Kleimayrn) Nachrichten von Juvavia, Anh. S. 103 (B. 889), das Original jetzt auf der Berliner Universitätsbibl. Hieher gehört, was Regino ins Jahr 880 setzt: Hludowicus ... Reganasburch venit, ubi omnes optimates regni ad eum confluentes eius ditioni se subdiderunt. concessit autem idem rex Arnolfo Carantanum.

Bericht[23]), obwol im Volke über das jähe Hinscheiden des jungen Prinzen auch andre Erzählungen noch verbreitet waren. „Dieser ebenso vorzeitige, als unehrenvolle Todesfall, fügt Regino hinzu, verursachte nicht nur dem Könige und der Königin, sondern auch dem ganzen königlichen Hause die größte Betrübnis.“ Ein eigenes Zusammentreffen, daß in dem nämlichen Augenblicke, da Ludwig die westfränkischen Königssöhne der Krone berauben wollte, die er ihnen feierlich verbürgt, der Erbe seiner Krone, sein jugendlicher Sohn ein schmerzliches und gewaltsames Ende finden mußte. Für Deutschland war dies Unglück der königlichen Familie zugleich ein allgemeines und der Verlust unersetzlich, denn es lebte nun kein aus rechtmäßiger Ehe geborener Enkel Ludwigs des Deutschen mehr und es war auch sehr wenig Aussicht, daß ein solcher noch sollte zur Welt kommen.

Als im Westreiche die Getreuen der Söhne Ludwigs vernahmen, daß der ostfränkische König trotz der ihm bewilligten Abtretung abermals die Absicht hege das Reich mit Krieg zu überziehen nnd selbst die Nachfolge zu beanspruchen, schickten sie, d. h. der Abt Hugo und seine Genossen, die beiden Prinzen Ludwig und Karlmann mit einigen Bischöfen nach Ferrieres, wo sie von dem Metropoliten Ansegis von Sens zu Frankenkönigen gesalbt und gekrönt wurden[24]). In herkömmlicher Weise legten dieselben dort schriftlich ein Gelöbnis über die Erfüllung ihrer königlichen Pflichten gegen die Kirche wie gegen das Gemeinwesen ab. Hinkmar blieb dieser Handlung fern, ohne Zweifel nur wegen seiner Kränklichkeit und seines hohen Alters, denn die Nachfolge der Söhne des Stammlers hatte er von Anfang an eifrig befördert und sich weder durch die Anerbietungen noch durch die Drohungen der Gegner von ihnen abspenstig machen lassen[25]). Hugo und Theoderich, de-

---

[23]) Reginon. chron. 882 (Scr. I, 592): cum ... post obitum fratris ad obtinendum regnum eius Baioariam intrasset. Diese irrige Zeitbestimmung ist nach dem Fortsetzer Erchanberts (Scr. II, 330) zu berichtigen: filius ipsius Liutkartae ex domno Hludowico susceptus subitanea morte in itinere ad Noricum, Karlomanno adhuc vivente, ex qua nescio causa fuisset extinctus, nam de hoc varia vulgi mobilis fertur sententia. Regino nennt ihn filium unicum, in dem Vertrage von Fouron c. 3 führt daher Ludwig der Stammler den Vetter anredend nur filium vestrum Hludowicum adhuc parvulum auf und spricht übrigens von zukünftigen Söhnen.

[24]) Hincmari ann. 879, angef. von Ivo v. Chartres ep. 189 (Du Chesne scr. hist. Francor. IV, 238), der misverständlich annimmt, daß die Krönung nicht durch einen Metropoliten vollzogen worden; ann. Vedast. 879: per manus Ansegisi archiepiscopi. Der bei dieser Gelegenheit gemachten Zusagen in Ferrariorum monasterio gedenkt Karlmann im J. 882 (Leg. I, 549) und Hinkmar 881 in einem Schreiben an beide Könige c. 5 (opp. II, 191): recordamini, quaeso, professionis vestrae, quam in die consecrationis vestrae promisistis, sicut ab illis, qui interfuerunt, accepimus.

[25]) Eb. c. 7, 10 (p. 198, 199): contra plurimorum voluntates et minas atque suggestiones in electione vestra consensi vgl. vorher A. 7.

nen die jungen Könige hauptsächlich ihre Krone verdankten, lenkten in ihrem Namen, wie es nicht anders sein konnte, das Ruder des Staates[26]). Um dieselbe Zeit da diese Königsweihe stattfand, am 17. September 879 kam die verwitwete Königin Adelheid, die ihr Gemahl schwanger hinterlassen, mit einem Knaben nieder, der in der Taufe den Namen Karl empfieng[27]).

Der von neuem bevorstehende Angriff des ostfränkischen Ludwig war indessen keineswegs die einzige Gefahr, welche die unbefestigte Krone der beiden jugendlichen Herrscher bedrohte, denn während auf der einen Seite die Normannen das Westreich mit verdoppelter Wut anfielen, ward andrerseits von einem Vassallen der Könige der Versuch gewagt und ausgeführt, eines der schönsten Stücke desselben abzureißen und zu einer neuen, unabhängigen Herrschaft zu gestalten. Dieser Vassall war Boso, der Herzog der Provence, den wir anfänglich nach dem Tode Ludwigs des Stammlers als einen Genossen Hugos und Theoderichs unter den Getreuen der Königssöhne erblickten. Er befand sich selbst da noch unter ihnen, als sie den ostfränkischen König durch das Angebot des halben Lothringens zum Rückzuge bewogen. Dieser Schritt widerspricht wenigstens den weiteren Plänen Bosos nicht, denn die Herrschaft des kräftigen Sachsenkönigs mußte ihm für seine Absichten ungleich gefährlicher scheinen, als die zweier ohnmächtiger Jünglinge, die gänzlich von der Gunst ihrer Großen abhiengen und „mehr dem Namen als der That nach" regierten[28]).

Eine Zeitlang hatte der Herzog geschwankt, ob er seine Kräfte auf die Beherrschung der lombardischen Ebene, die Gewinnung der Kaiserkrone wenden oder ob er fortfahren solle, wie in den letzten Jahren Karls des Kahlen, als der erste nach dem Könige vorwaltenden Einfluß im gesamten Westreiche zu üben. Die Verfolgung jenes Zieles stieß jedoch auf unüberwindliche Schwierigkeiten und die letztere Stellung mußte Boso mit Hugo und Theoderich theilen, neben denen er selbst mehr in den Schatten trat. Der unbefriedigte Ehrgeiz des aufstrebenden Herzogs wurde von seiner Gemahlin Irmingard angefeuert, welche aufgewachsen als das einzige Kind eines Kaisers, in den Wissenschaften sorgfältig unterrich-

---

[26]) Eb. c. 4: vos et Hugo abbas et Theodoricus comes caeterique vestri fideles schreibt Hinkmar bezeichnend an die Könige.

[27]) Ann. Vedast. 879: per idem tempus mense Septembrio; Regino 878. Karl der Einf. befahl in einer Urk. vom 28. Mai 917 für St. Denis: ut in die nativitatis nostrae, quae est missa S. Lamberti memoria nostra ... fiat d. h. 17. Sept. (Bouquet IX, 531, B. 1954).

[28]) Synodus ap. S. Macram c. 8 (Sirmondi conc. Galliae III, 514): quid vobis sit agendum attendite, qui adhuc in aetate immatura estis et tantos comparticipes atque aemulos in ista particula regni habetis, ut nomine potius quam virtute regnetis; Schreiben Hinkmars an Ludwig c. 7 (opp. II, 193): quo (sc. regimine) iam nomine, det dominus etiam virtute potiti estis.

tet[29]) und einst zur Herrscherin von Byzanz bestimmt, das bescheidene Loos einer fränkischen Gräfin nicht ertragen konnte. Sie soll ausgerufen haben[30]), daß sie nicht mehr leben wolle, wenn sie, eines Kaisers Tochter und Braut, ihren Gemahl nicht mindestens zum Könige mache. Konnte aber hiezu ein günstigerer Zeitpunkt gewählt werden, als der Sommer 879, in welchem bei der gänzlichen Auflösung aller Verhältnisse in Westfrancien von den Schutzbedürftigen, zumal von der Geistlichkeit jeder kräftige Arm willkommen geheißen werden mußte, der in seinem Machtbereiche Schirm und Frieden verhieß? Ueberdem ließ sich sogar das Anrecht der beiden Königssöhne auf die Krone, die sie erst fünf Monate nach ihres Vaters Tode empfiengen, mit scheinbaren Gründen anfechten[31]), da ihre Mutter verstoßen, die Ehe mit ihr als ungiltig betrachtet worden war.

Ungemein begünstigt wurden diese Pläne der Absonderung und Losreißung durch die eigenthümliche Lage der Provence. Die Bewohner dieses Landes, von der Einwirkung fränkischer Elemente wenig berührt, unterschieden sich durch ihre Sitten wie durch ihre Mundart von den Westfranken und standen den Italienern vielleicht näher als diesen. Aber auch politisch hatten sie seit einiger Zeit zwischen Gallien und Italien hin und her geschwankt und ein deutliches Streben nach Selbständigkeit an den Tag gelegt. Unter Lothar I., gegen den sie sich empörten, mit Italien verbunden, bildeten nach dessen Tode die Provenzalen mit einem Theile der Burgunder ein eigenes Reich unter seinem Sohne Karl. Statt dieses schwachen Fürsten regierte schon einer seiner Großen, sein Erzieher der fromme und tapfere Graf Gerard und an diesen Verhältnissen wurde wahrscheinlich wenig geändert, als durch das frühzeitige Ende Karls die Provence wieder an Italien fiel, während die nördlichen burgundischen Besitzungen an Lothar II. übergiengen. Nachdem Karl der Kahle zuerst die letzteren im J. 870 sich angeeignet und in Vienne an die Stelle jenes Gerard seinen Schwager Boso gesetzt hatte, gab ihm der Tod Ludwigs II. die erwünschte Gelegenheit jener Erwerbung die Provence hinzuzufügen, die entweder sogleich oder bald darauf der Hut desselben Boso anvertraut wurde. Somit war dieser völlig in die Stellung des Grafen Gerard eingetreten, die der seinigen zum Vorbilde dienen konnte und

---

[29]) Flodoard. hist. Rem. eccl. III c. 27 p. 384: Irmingardi coningi Bosonis inclyti viri pro rebus ecclesiarum dei, quam audierat (scil. Hincmarus) sufficienter litteris sacris imbutam ab Anastasio quodam didascalo. unde petit etc.

[30]) Hincmari ann. 879 (Scr. I, 512): persuadente uxore sua. Ueber ihre frühere Verlobung s. I, 689.

[31]) Nur Regino (s. oben A. 13) hebt dies Motiv hervor, doch lehrt der Wahlakt Bosos (praesertim cum rege communi morte recepto, nullus in eos sua viscera per caritatis largitatem extenderit), daß man das Reich als erledigt ansah.

die Völker lernten sich an seine unmittelbare Herrschaft gewöhnen, bevor die soviel entferntere Oberhoheit der westfränkischen Könige ihnen lieb und vertraut geworden. Seitdem Italien in den Besitz der ostfränkischen Linie übergegangen war, seitdem Ludwig der Stammler allen Ansprüchen auf die Kaiserkrone entsagt, bildete die Provence das Grenzland der westfränkischen Monarchie und es mußte hiedurch dieser unsichere Besitz noch unsicherer werden.

Es steht nicht fest, wann Boso den Beschluß faßte, sich in *seinem bisherigen* Amtsbezirke zum selbständigen König aufzuwerfen[32]): der Sommer 879 mag den Vorbereitungen dazu gedient haben. Wenn er auch auf die provenzalischen Großen vielleicht von vornherein zählen durfte, so wünschte er doch außerdem von Burgund diesseits wie jenseits des Jura soviel wie möglich an sich zu ziehen. Die Erwerbung des westfränkischen Theiles mußten ihm seine vielfachen Verbindungen im Westreiche erleichtern, das transjuranische Burgund dagegen hatte ebenfalls seit längerer Zeit zwischen verschiedenen Herrschern geschwankt und es schien daher nicht schwer, in diesen Gegenden festen Fuß zu fassen. Vor allem galt es die Bischöfe dem Thronwechsel geneigt zu machen: außer dem Schutze, den Boso ihnen allen verhieß und an dessen Stelle er im Falle des Widerstrebens unversöhnliche Feindschaft zu setzen drohte, suchte er die mächtigeren unter ihnen durch Abteien, Krongüter und Gewährungen aller Art zu ködern[33]), wie er für manche auch früher schon bei den fränkischen Königen als ein einflußreicher Fürbitter zu gleichem Behufe aufgetreten war. Um die stärkeren zu beschenken, mußten die schwächeren beraubt werden und Boso trug auch nicht das geringste Bedenken, seine Vassallen mit Klostergütern oder mit Besitzungen der Reimser Kirche auszustatten[34]). Hatte er doch sogar das dem päpstlichen Stuhle gehörige Krongut Vendeuvre einem seiner Getreuen verliehen[35])! Mit solchen Mitteln wurden

[32]) Aus der von Gingins-la-Sarraz (S. 155, Duchesne hist. de Vergy preuves p. 12) angef. Urk. vom 25. Juli 879 mit dem Eingange: Ego Boso dei gratia i d q u o d s u m et dilecta coniux Hirmengardis proles imperialis erhellt nur, daß er sich schon nicht mehr als westfränkischen Grafen betrachten wollte.

[33]) Hincmari ann. 879: partim comminatione constrictis, partim cupiditate illectis pro abbatiis et villis eis promissis et postea datis episcopis illarum partium persuasit, ut eum in regem ungerent et coronarent; Regino 879: denique nonnullos episcopos partim minis partim suasionibus in societatis foedera colligit. Diese Aussagen verdienen sicherlich mehr Glauben, als die salbungsvollen Phrasen des Wahlaktes, denen Gingins-la-Sarraz (S. 158) folgt.

[34]) Hinkmar an Boso (idque quod de ipso periculosum audierat non tacens videlicet, quod res diversarum ecclesiarum suis hominibus dedisset), an Irmingard (ut ostendat illi ex scripturis sanctis quam grave iudicium sit a deo prolatum) bei Flodoard. hist. Rem. III c. 26, 27 p. 362, 385.

[35]) S. die Briefe Johanns Mansi XVII, 158—160 (J. 2502—2504): villam nostram Vendoaram absque nostro consensu et voluntate occupastis et uni vestro vasallo nomine Aremberto in beneficium dedistis vgl. I, 575.

zuerst die frommen Väter, dann die habgierige Schar der Vassallen für den Usurpator gewonnen: es schmeichelte ihren Unabhängigkeitsgelüsten, einen eigenen König zu haben und sie alle wollten, daß er seine schirmende Hand über sie ausstrecke.

Zu Mantaille, einem Krongute einige Meilen südlich von Vienne, auf dem sich einst König Karl öfter aufgehalten, traten die Bischöfe und die großen Herren der Provence und eines Theiles von Burgund zur Königswahl um die Mitte des Oktober zusammen. In dem über diese Verhandlung aufgenommenen Aktenstücke[36]) führen die Kirchenhäupter zuerst aus, wie sie nach dem Tode des Königs Ludwig bei der Verlassenheit des Reiches eines Herrschers bedurft hätten, der sie nach den Vorschriften der Bibel regierte und ihnen gegen ihre sichtbaren Feinde Schutz gewährte. Indem sie mit den Vornehmeren des Landes über die Person des zu Wählenden Rath gepflogen, sei ihnen allen auf ihr brünstiges Gebet zu Gott Ein Fürst als der einzige geoffenbaret worden. Derselbe Mann, der schon dem Kaiser Karl als ein nothwendiger Schützer und Helfer zur Seite gestanden und von seinem Sohne Ludwig wegen seiner ausgezeichneten Klugheit noch mehr erhöht worden sei. „Nicht nur in Gallien, sondern auch in Italien leuchtete er allen voran, so daß der römische Papst Johann ihn gleich einem Sohne achtend seine lautere Gesinnung mit vielem Lobe pries und auf der Heimkehr nach seinem Sitze ihn zum Schirm sich erkor. Daher haben sie (die Versammelten) nach Gottes Willen, unter Zustimmung der Heiligen wegen der drängenden Noth und um der an ihm erprobten Tüchtigkeit und scharfsichtigen Klugheit willen mit einmütigem Entschlusse den erlauchtesten Fürsten Herrn Boso, unter Christi Führung, zu diesem Königsamte aufgefordert und einhellig erwählt. Wiewol er in Anbetracht einer so großen Aufgabe sich erst geweigert und abgelehnt, so hat er doch endlich als ihm vorgehalten wurde, was Gott und der Kirche gebüre, gehorsam seinen Nacken gebeugt und sich unterworfen.“ Die Unterschriften von 23 Bischöfen sollten diesem am 15. Oktober stattgehabten Wahlakte zur Bestätigung dienen.

Nachdem man sich der Zustimmung Bosos im voraus versichert hatte, wurde dieser durch eine feierliche Gesandtschaft der Synode, der er nicht selbst beiwohnte, ersucht, sich über die Grundsätze seiner künftigen Regierung auszusprechen und es wurden ihm zugleich seine Regentenpflichten vornehmlich gegen die Kirche eindringlich ans Herz gelegt. In seiner Entgegnung sagte der König Boso zuerst den Bischöfen und Großen Dank, daß sie ohne sein Verdienst, nur aus Wohlwollen ihm ihre Liebe zugewandt und

[36]) S. die Electio Bosonis regis (Leg. I, 547). Ueber die Lage von Mantala s. Gingins-la-Sarraz S. 157 A. 272. Es ist ein bloßes Misverständnis, wenn Dönniges (das deutsche Staatsrecht S. 137) aus den Worten des Wahlaktes, die von dem Sträuben Bosos sprechen, eine frühere „Abdankung“ folgert, auch seine weitere Auslegung ist sehr willkürlich.

erklärte, daß er das ihm angetragene Amt wegen seiner Unwürdigkeit zurückgewiesen haben würde, wenn er nicht ihre von Gott gewirkte Einmütigkeit wahrgenommen hätte, der er zu gehorchen habe. Die ihm gewordenen Belehrungen nahm er mit Freuden an, bekannte seinen katholischen Glauben, verhieß alle Privilegien der Kirchen zu erhalten und nach dem Vorbilde der guten Fürsten ihnen Recht und Gerechtigkeit zu bewahren. Er unterwarf seinen Wandel ihrer Aufsicht, wie er auch seinen Hof nach Gottes Gebot zu leiten versprach, dagegen ersuchte er sie seinerseits um ihre Fürbitte beim Herrn und um ihren menschlichen Beistand (gegen die zu erwartenden Angriffe) und ordnete endlich ein dreitägiges Gebet in allen Kirchen zur Erforschung des göttlichen Willens an. An diese Wahlhandlung schloß sich die Krönung des Erwählten an, die im Beisein der übrigen Bischöfe in Lyon, der größten Stadt des neuen Reiches, von dem Erzbischof Aurelian vollzogen wurde[37]).

Somit hatte sich zum erstenmale eine Provinz des Frankenreiches aus dem Verbande des Ganzen gelöst, um sich einen König aus ihrer eigenen Mitte zu wählen, der wenn er auch dem königlichen Hause des h. Arnolf noch so nahe verwandt sein mochte, dennoch nicht selbst dazu gehörte. Nicht die Geburt gab ihm ein Anrecht auf diese Krone, sondern lediglich die Wahl und die Salbung der Geistlichkeit. Wie es der heilige Vater in Rom längst als sein Recht in Anspruch nahm, den Kaiser, den Schirmherrn der Kirche zu wählen und zu krönen, so gedachten auch diese Bischöfe — denn sie hatten den Vortritt und die Leitung bei dem Wahlakte —, zu günstiger Stunde sich einen Beschützer und Herrn ohne Rücksicht auf das Erbrecht frei zu erkiesen. Ein bedenklicher Vorgang für alle fränkischen Reiche, wenn es dem Usurpator gelang sich auf dem neu gegründeten Throne zu behaupten.

An der Spitze der Wähler von Mantaille steht der Erzbischof Otram von Vienne, der Bosos Erhebung auch durch die Behauptung unterstützt hatte, daß der Papst dieselbe wolle und genehmige[38]), ferner folgen die Metropoliten von Lyon, Tarentaise, Aix, Arles und Bisanz, der Erzbischof von Embrun fehlte, wiewol er den neuen König ebenfalls anerkannte und aus der Narbonner Kirchenprovinz hatte sich endlich der Bischof von Usez den übrigen zugesellt[39]). Wenn wir diese Namen überblicken, so ist ersichtlich, daß außer der Provence auch die südlichen Theile von dem ehemaligen Reiche Lothars II., die Rhonelande das Königthum Bosos bilden halfen. Hiemit aber nicht zufrieden strebte dieser nach dem

[37]) Regino 879. Aus Lyon sind die beiden ersten Urkunden Bosos vom 8. November datiert (B. 1443, 1444).

[38]) Schreiben Johanns (Mansi XVII, 212, J. 2553): falsa opinione sanctam nostram Romanam ecclesiam infamare non dubitas, quod ad talia peragendum ipsius auctoritatem habere te certifices.

[39]) Vgl. die Erläuterungen von Gingins-la-Sarraz a. a. O. S. 161 flg.

Besitze von ganz Burgund[40]): indem die Bischöfe von Macon, Chalon an der Saone und Autun (der bei der Wahl fehlte) ihm huldigten, wurden sogar jene Grenzen des Westreiches überschritten, die der Vertrag von Verdun geschaffen. Dadurch aber daß dem Erzbischof von Bisanz sein Suffragan, der kürzlich erst gewählte Hieronymus von Lausanne nach Mantaille folgte[41]), ward auch der Theil von Burgund bedroht, den Karl von Schwaben als sein Erbe betrachtete. Die weltlichen Großen, die bei der Wahl mitwirkten, werden uns nicht genannt und es läßt sich daher nicht mit Sicherheit ausmachen, inwieweit sie in den genannten Landestheilen sich den Schritten der Bischöfe anschlossen, doch bleibt ihre überwiegende Betheiligung jedenfalls wahrscheinlich. Natürlich waren die Grenzen des neuen Reiches vorläufig sehr schwankend, leicht mochten sie durch Waffengewalt oder friedliche Lockungen weiter ausgedehnt werden, ja selbst das obere Italien lag nicht außer dem Bereiche der Hoffnung.

Trotz der innigen Freundschaft, die zwischen Johann VIII. und seinem Adoptivsohne im vorhergehenden Jahre geschlossen worden, dürfen wir den Versicherungen des ersteren wohl glauben, daß er das Unterfangen Bosos nicht ausdrücklich begünstigte, wenn er gleich deshalb auch keineswegs mit ihm sogleich brach. Und nicht ohne Werth war es für die beiden jungen westfränkischen Könige, daß der Papst, dem sie durch einen Bischof ihre Thronbesteigung anzeigten, ihnen den Schutz der römischen Kirche verhieß[42]), zugleich die Männer, welche sich um ihre Nachfolge besonders verdient gemacht, höchlich belobte und sie ermahnte den beiden Königen auch ferner ihre Treue unverletzt zu bewahren.

Gerade die Gefahren welche Ludwig und Karlmann bei ihrem Regierungsantritte umgaben, führten ihnen noch einen andern Freund in der Person ihres Vetters Karl zu. Bevor dieser den Saumpfad

[40]) Ann. Vedast. 879: Boso etiam dux Provinciae per tyrannidem nomen regis sibi vendicat partemque Burgundiae occupat; Regino 879: Boso ... a Provincia egreditur totamque Burgundiam occupare nititur ... in regem super praefatum Burgundiae regnum inungitur. Daß Adalgar Boso anerkannte, geht aus der Urk. für denselben hervor (Bouquet IX, 670, B. 1444). Der Eingang einer späteren Urk. (Bouquet IX, 672), welcher lautet: Boso procurante divina gratia Burgundiorum Ausonorumque rex, mag über den Umfang seiner Wünsche belehren.

[41]) Ann. Lausonens. 878 (Cassiodor her. Mommsen S. 689): Obiit Hartmannus episcopus; 881: Hoc anno fuit ordinatus Ieronimus episcopus vgl. Chartulaire de Lausanne (Mémoires de la Suisse Romande VI, 8): Hartmannus episc. Lausannensis ob. XIX Kal. Mai.

[42]) S. die Briefe Johanns an die Könige und Hugoni eximio abbati seu Bernaldo (corr. Bernardo), Guitoni et aliis regni gloriosis comitibus (Mansi XVII, 213, J. 2524, 2525): a nostra parte vos certos existere volumus, quia sicut ... avus vester ac postmodum genitor vester ... sub protectione Romanae ecclesiae ... vos commendaverunt, ita nostrum apostolicum affectum circa vos in omnibus ostendere ... parati existimus.

über den St. Bernhard einschlug, um, wie schon erzählt worden, die italienische Krone zu gewinnen, hielt er im Oktober mit seinen westfränkischen Vettern in Orbe eine Zusammenkunft[43]), auf der nichts andres als Versicherungen der Freundschaft ausgetauscht worden sein können. Gewis lag es nicht in den Wünschen Karls, daß sein Bruder Ludwig durch die Eroberung des Westreiches übermächtig würde und seine nimmersatte Ländergier zuletzt gegen ihn kehrte, andrerseits hatte er ein sehr lebhaftes Interesse seine burgundischen Besitzungen, die wegen der Alpenübergänge so wichtig waren, nicht in die Hände des Usurpators Boso fallen zu lassen. Wie er sich nach dieser Seite hin zu sichern gesonnen war, erhellt daraus, daß er die unter Zwiespalt erfolgte Wahl des Bischofs Hieronymus von Lausanne nicht anerkannte, ihm vielmehr einen andern Geistlichen entgegenstellte, der sich seine persönliche Huld verdient und daß er Güter der Bisanzer Kirche einem seiner Getreuen Hubo preisgab[44]). Denn Theoderich von Bisanz und Hieronymus hatten sich beide an der Wahl Bosos betheiligt. Ihre Klagen fanden in Rom einen Wiederhall und riefen (im Juni 880) eifrige Verwendungen Johanns zu ihren Gunsten hervor.

Als die westfränkischen Könige von Orbe in ihr Reich zurückgekehrt waren, erhielten sie die Nachricht, daß die Loiredänen, die ihre Standquartiere in diesem Strome seit einer ganzen Reihe von Jahren nie völlig aufgegeben hatten, von dort durch neue Raubzüge das umliegende Land verheerten. Sie brachen sogleich nach den bedrohten Gegenden auf, lieferten den Heiden ein siegreiches Treffen und trieben die, welche dem Schwerte entgiengen, in die Fluten der Vienne (30. November)[45]). Bei weitem schwerer als die südlichen Theile des Westreiches wurde schon seit einigen Monaten die der brittischen Insel zugewandte Küste desselben von den Normannen heimgesucht: auf die Striche zwischen der Mündung der Somme und der Schelde wirft sich in den nächsten Jahren vorzugsweise ihre Wut und es hängt dies ohne Zweifel mit der gewaltigen Ausbreitung zusammen, die ihnen auf angelsächsischem Boden gelungen war[46]). Nachdem sie hier alle Gestade un-

[43]) Hincmari ann. 879: cum quo (sc. Carolo) apud Urbam ... Ludovicus et Carolomannus loqui perrexerunt.

[44]) S. die Schreiben Johanns vom 20. Juni 880 an Karl, Liutward und Theoderich (Mansi XVII, 178, 179, J. 2536—2538). Hartmann starb schon 14. Apr. 878 und im Sommer dieses Jahres verbot Johann wegen der nefanda divisio in der Lausanner Kirche dem Erzbischof Theoderich ohne seine Einwilligung einen neuen Bischof zu weihen (eb. 89, J. 2394). Ueber den Kandidaten Karls belehrt uns ein Schreiben Salomons von Konstanz an den Erzb. Theoderich (Formul. Salom. N. 27 ed. Dümmler S. 30, 116, Quellen u. Erörter. zur bayer. Gesch. VII, 223; Rozière recueil des formules N. 519, II, 622).

[45]) Hincmari ann. 879. Die Nortmanni, qui erant in Ligeri werden als längst vorhanden betrachtet.

[46]) Vgl. über diese Lappenberg Gesch. v. England I, 297—321, Pauli

ter ihre Herrschaft gebracht hatten und selbst der tapfere Aelfred sich vor ihnen eine Zeitlang in eine unzugängliche Burg zurückzog, um von dort aus den Widerstand neu zu organisieren, mußten sie immer tiefer in das Innere vordringen oder sich mit den armen Pikten herumschlagen, um ungenügende Beute auf ihren Schiffen davon zu tragen. Sehr natürlich war es daher, daß das reiche Flandern, welches seit längeren Jahren verschont geblieben, die nordischen Räuber jetzt wieder bei weitem mehr anzog, zumal da das Zwischenreich nach dem Tode Ludwig des Stammlers jeden Gedanken an eine kräftige Abwehr ausschloß.

Die Verbrennung des Klosters St. Omer am 28. Juli 878 bildete das Vorspiel dieser Verheerungszüge [47]). Unweit davon landete um die Mitte des Juli 879, während Ludwig der jüngere so eben von der andern Seite die westfränkischen Grenzen überschritt, eine normannische Flotte, die kaum erst Fulham und die Ufer der Themse verlassen hatte [48]). Da die Räuber ungestraft die Stadt Therouanne heimsuchen konnten, so wurde alsbald auch das ganze umliegende Gebiet mit Feuer und Schwert verwüstet. Hierauf liefen sie in die Schelde ein und bereiteten Brabant das gleiche Loos. Ein Angriff, den Hugo, der Sohn Lothars mit unzureichenden Kräften wider sie unternahm, steigerte durch die schimpfliche Flucht des Führers und den leicht errungenen Sieg nur ihren Uebermut. In Gent, das vor etwa 30 Jahren ihre Hand schon einmal schwer hatte empfinden müssen, schlugen sie im November ihre Winterquartiere auf, doch ruhten sie selbst nicht während der rauhen Monate: gleich zu Anfang des Jahres 880 wurde Tournay von ihnen überfallen und ebenso wie die Klöster an der Schelde ausgeplündert. Viele Einwohner gerieten in Gefangenschaft und wurden fortgeschleppt, überall waltete Angst und Schrecken.

König Aelfred S. 82—143. Eine strengere Kritik der jüngeren Quellen bleibt noch zu wünschen.

[47]) Ann. Blandiniens. 878 (Scr. V, 24), Folquini cartular. Sith. p. 126 ed. Guérard. Wenn diese Zeugnisse nicht so bestimmt lauteten, so wäre man versucht den Brand des Klosters erst in das J. 879 zu setzen. Auf das J. 878 oder 879 führt es, wenn Fulko von Reims an den P. Stephan schreibt: hanc infestationem huic regno ab octo annis iam praeteritis inferri, ut nemini extra castella procul liber aditus patere videretur (Flodoard. hist. Rem. eccl. l. IV c. 1 p. 412).

[48]) Am ausführlichsten ann. Vedast. 879 (Scr. II, 197): his denique inter se discordantibus Nortmanni ultra mare positi eorum audientes discordiam navali evectione cum infinita multitudine mare traiecto etc. Die andern Quellen Hincmari ann. 880, ann. Gandens. 880, ann. Elnonens. mai. 880, Blandiniens. 880 (Scr. I, 513, II, 187, V, 12, 24) gedenken alle nur der Winterquartiere in Gent, welche die angelsächs. Quellen um ein Jahr später ansetzen, s. Chronic. Anglosaxon. 880, Asserius de reb. gestis Aelfredi 880: exercitus paganorum, qui in Fullonham hyemaverat Britannicam insulam deserens, iterum ultra mare navigans ad orientalem Franciam perrexit et per unum annum in loco qui dicitur Gaent mansit; Ethelwerdi chronicor. l. IV c. 3 (Monum. histor. Britannica I, 358, 482, 516).

So lagen die Dinge in Westfrancien, als Ludwig von der glücklich vollbrachten Besitzergreifung Baierns nach Frankfurt zu seiner Gemahlin zurückkehrte, um in Gemeinschaft mit ihr seinen Eroberungsversuch auf Neustrien ernstlich zu erneuern. Weder der Einfall der Normannen, die jeden Augenblick auch seine Grenzen erreichen konnten, noch die Erhebung Bosos, der schon ein Stück des ihm abgetretenen Lothringens vorweg genommen, vermochten jene ehrgeizigen Pläne zurück zu drängen. Ja noch unmittelbarer bedrohte ihn Hugo, der Sohn Lothars und Waldradas, der wegen seiner Räubereien schon auf der Synode von Troyes gebannt, jetzt eine noch größere Schar von verwegenen Abenteurern sich zugesellt hatte, um mit ihrer Hilfe nach dem Vorbilde Bosos das lothringische Reich wiederherzustellen, welches er als seines Vaters Erbtheil ansprechen konnte[49]).

Bevor Ludwig selbst in das westfränkische Reich einrückte, schickte er einige seiner Getreuen gegen Hugo ab, die ihn aus seinem Gebiete vertreiben sollten. Diese belagerten und nahmen eine von den Leuten Hugos besetzte Burg in der Nähe von Verdun. Die Burg wurde gebrochen, die Besatzung zum Theil verjagt, zum Theil niedergemacht, einigen zog man zum warnenden Exempel Haut und Haare ab[50]). Trotz dieser kleinen Niederlage verstärkte sich die Bande Hugos immer mehr, sogar mehrere von den lothringischen Großen ergriffen seine Partei und leisteten ihm Huldigung, darunter Graf Thietbald, der Sohn des im J. 864 erschlagenen Abtes Hukbert, den Hugo mit seiner eigenen Schwester Bertha vermählte[51]). So verband sich jetzt die Tochter Waldradas mit dem Neffen Thietbergas, uneingedenk der alten Feindschaft, die vordem ihre Häuser entzweit.

Nachdem Ludwig von Ostfranken das Weihnachtsfest 879 in Frankfurt gefeiert, zog er von da mit seiner Gemahlin nach Achen und drang etwa im Januar 880 in das westfränkische Gebiet bis nach Douzy am Chiers vor, um sich dort mit Gauzlin, Konrad

---

[49]) Hincmari ann. 879: Hugo etiam filius iunioris Lotharii ex Waldrada collecta praedonum multitudine regnum patris sui est molitus invadere (vgl. oben S. 88 A. 12, 13); ann. Fuldens. 879: Hugo ... tyrannidem in Gallia exercebat etc.; Regino a. 883 (Scr. I, 593): Hugo filius Hlotharii in spem recuperandi paterni regni ab aliquibus discordiarum ac litium sectatoribus introducitur omnesque, qui iustitiam et pacem execrabantur ad eum confluxerunt, ita ut in paucis diebus innumera multitudo praedonum eius dominationi se submiserit. inter quos etiam nonnulli ex primoribus regni vana spe seducti manibus datis accedunt etc., gut unterrichtet, doch leider mit unrichtigen Zeitangaben, daher nicht alles Einzelne sicher einzureihen ist.

[50]) Vgl. über diese barbarische Strafe J. Grimm d. Rechtsalterth. S. 702.

[51]) Ann. Laubiens. 880: Thietbaldus filius Huberti abbatis; Hincmari ann. 880: sororium illius Teutbaldum; ann. Vedast.: Teutbaldum filium Hucberti vgl. die weiteren Belege bei Gingins-la-Sarraz (Archiv für schweizer. Gesch. IX, 100).

und seinen übrigen Anhängern zu vereinigen [52]). Wie ernstlich seine Absicht auf eine vollständige Eroberung gerichtet war, bewies er dadurch, daß er Hinkmar, der ihn vergeblich von diesen Plänen abzubringen versucht, den Auftrag ertheilte [53]), ihm mit den Bischöfen der Reimser Kirchenprovinz nach Attigny entgegen zu kommen. Der greise Erzbischof, der sein Nichterscheinen mit Krankheit entschuldigte, fürchtete seine Metropole nächstens von feindlichen Schaaren überschwemmt zu sehen, von deren Unbarmherzigkeit Verdun zu erzählen wußte, er rief daher die Vermittelung der Königin Liutgard an, damit wenigstens die Stadt Reims und die ihm untergebenen Klöster vor den Schrecken des Krieges bewahrt blieben und wandte sich zugleich an den Abt Hugo um Rath, was er nur thun solle, wenn Ludwig gebieterisch die Krönung von ihm fordere. Diese äußerste Bedrängnis wurde ihm jedoch erspart, denn das Unternehmen des ostfränkischen Königs fand schnell einen unerwarteten Abschluß.

In Douzy trafen Konrad und Gauzlin, wiewol der letztere von Hinkmar, seinem väterlichen Freunde in der liebevollsten Weise zur Umkehr ermahnt worden war [54]), allerdings der Verabredung gemäß mit Ludwig zusammen, allein schon hatten sich die meisten ihrer früheren Genossen von dem Bündnis mit ihnen zurückgezogen und immer mehr mußte sich der König, als er seinen Weg nach Attigny und von dort über Ecly in östlicher Richtung nach Ribemont an der Oise [55]) fortsetzte, überzeugen, daß jene seine Anhänger ihn mit leeren Versprechungen getäuscht und er überall als ein

---

[52]) Ann. Fuldens. 880, Hincmari ann. 880; ann. Vedast. 880: Gozlinus vero et Chuonradus eorumque complices aegre ferentes de amicitia Hugonis abbatis suorumque dominorum cum Hludowico iterum eum faciunt venire in Franciam; Chron. Remense 880 (Labbé bibl. I, 359): Ludowicus regnum invasit Ludovici consobrini sui.

[53]) Hieher setze ich die von Flodoard (hist. Rem. eccl. l. III c. 20, 24, 27 p. 199, 325, 384) erwähnten Schreiben Hinkmars an K. Ludwig, Liutgard und Abt Hugo, theils wegen der Nennung von Attigny, das auf dem ersten Zuge nicht berührt wurde, theils wegen der angerufenen Verwendung der Königin, die ihren Gemahl nur im J. 880 begleitete. Hinkmar schrieb Leutgardi Ludovici Transrhenensis coniugi pro suis missis, quos ad eumdem Ludovicum regem mittebat, ut per eius interventionem ad illius praesentiam pervenirent et eius intercessione ac dispositione rex idem strenuos missos ad Remensem dirigeret urbem, qui eam et monasteria sibi subiecta salvare possent ab impetu supervenientis exercitus transrhenensis, desgl. den Brief an den kürzlich geweihten B. Hetilo von Noyon (eb. c. 23 p. 307): item quia Ludovicus rex Germaniae mandaverat illi, ut iret ei obviam, quod tamen non esset acturus in cippo infirmitatis detentus, mandans huic episcopo, ut et per se et per sibi commissos precibus insistat pro pace et defensione ecclesiae etc.

[54]) Eb. III c. 24 p. 319: item significans, quomodo de dilecto filio ei Gozlinus idem factus sit inimicus et adhuc carum filium eumdem nominat etc.

[55]) Das von Hinkmar erwähnte Ercuriacum ist doch wol Ecly unweit der Aisne am Vauxbache.

Feind betrachtet werde. Zudem stellte nun der Abt Hugo mit den Gleichgesinnten ein ansehnliches Heer ins Feld, welches bei dem Kloster St. Quentin lagerte[56]). Ihm zu begegnen hatte ohne Zweifel der König die Straße nach der Oise eingeschlagen. Indem die Parteien in geringer Entfernung einander gegenüber standen und nur ein blutiger, brudermörderischer Kampf einer von beiden den Sieg verleihen konnte, im Angesichte fast der letzten normannischen Verwüstungen, wich für diesmal die Ländergier Ludwigs und seiner ehrsüchtigen Gemahlin dem Gebote der Vernunft und der Christenpflicht. Gesandte giengen zwischen beiden Lagern hin und wieder und schnell waren die Vorbedingungen einer engeren Einigung entworfen.

Als Freunde begrüßte der ostfränkische König seine beiden jugendlichen Vettern in einer persönlichen Zusammenkunft und unter Vermittelung des Abtes Hugo ward im Februar ein Bundesvertrag festgesetzt und beschworen, der, wahrscheinlich auf Grund der Verabredungen von Fouron, die Grenzen beider Reiche sicherte. Nochmals und ohne Rückhalt verzichteten Ludwig und Karlmann auf ihren Antheil an Lothringen, doch behielten sie die von Lothar II. an ihren Großvater zurückgegebene Abtei St. Vaast zu Arras[57]). Sie nahmen ferner die abtrünnigen Großen, die ihnen soviel Herzeleid bereitet, zu Gnaden wieder auf[58]): Gauzlin erscheint noch

[56]) Diesen wichtigen Umstand erwähnen nur die ann. Vedast. 880: Hugo abba cum sociis ac dominis et copioso exercitu venire non distulit und Regino 879: cui occurrerunt duo memorati fratres cum valida manu (Scr. I, 590, II, 198).

[57]) Ann. Fuldens. 880: in Galliam profectus filios Hludowici ad se venientes suscepit totumque regnum Hlutharii suae ditioni subiugavit; Regino 879: portionem regni Hlotharii, quam avus paterque tenuerat ex integro illi concesserunt addita insuper Atrabatis abbatia sancti Vedasti (vgl. über die wechselnden Schicksale der letzteren I, 586 A. 24). Die letztere Angabe scheint mir unrichtig, da der Verf. der ann. Vedast. offenbar die westfränkischen Könige fortwährend als seine Landesherren ansieht. Odo stellte schon 21. Mai 890 für den Abt Rudolf von St. Vaast eine Urk. aus (Bouquet IX, 452, B. 1884). S. auch Bruchstück des Augsb. Codex (Scr. III, 569 n. 2): Ludowicus ... industria principum, qui regnum illud tunc gubernabant extra fines eorum reductus est.

[58]) Ann. Vedast. 880: regratiatis his, qui a se desciverant. Hieher gehört Hinkmars Schreiben an Gauzlin (Flodoard. hist. Rem. eccl. III c. 24 p 320): item pro correctione ipsius deo gratias agens etc. Ueber Konrad s. ann. S. Columbae Senonens. 882 (Scr. I, 103): cui (sc. Guelphoni) successit Chounradus christianissimus comes, germanus eius, qui etiam ipso anno diem claudens extremum cum magno moerore et gemitu totius regni ... honorifice est sepultus. Sollten nicht Welf und Konrad vielleicht Söhne Rudolfs, des im J. 866 verstorbenen Bruders der Kaiserin Judith gewesen sein, der nach Flodoard (hist. Rem. eccl. III c. 26 p. 340) verheiratet war und ebenso wie später Welf dem Kl. S. Riquier vorstand? In der Urk., die Konrad dem Kl. St. Colombe über das Gut Perrot ausstellte (Quantin cartul. de l'Yonne I, 104) heißt es: hanc autem donationem laudaverunt heredes nostri Guilo et Garinno comites, ich folgere aus dieser Bezeichnung, daß er keine Söhne hinterließ, abweichend von Wenck (Hess. Landesgesch. II, 585).

in demselben Jahre als Abt von St. Germain im Kampfe gegen die Normannen und Konrad erhielt durch die königliche Gunst nach dem Tode seines Bruders Welf, den er jedoch nur um kurze Zeit überlebte, im J. 882 dessen Kloster St. Colombe zu Sens. Nicht bloß Friede sollte auf diesen Grundlagen zwischen beiden Reichen bestehen, sondern zugleich Freundschaft, die zu gegenseitigem Beistande verpflichtete. Daher ward für den Juni ein Frankentag zu Gondreville unter voraussichtlicher Mitwirkung des aus Italien zurückkehrenden Schwabenkönigs verabredet, um gemeinschaftlich weitere Maßregeln gegen die allen Königen gleich gefährliche Empörung Bosos und Hugos zu ergreifen.

In dem absteigenden Gange, den die Entwickelung der westfränkischen Angelegenheiten seit der unhaltbaren Erwerbung der Kaiserkrone genommen, bezeichnet nach dem Verluste Italiens die Abtretung des gesamten Lothringens, jener glänzenden Errungenschaft Karls des Kahlen, einen der wichtigsten Abschnitte, indem sie von dem vollkommenen Uebergewichte der ostfränkischen Macht ein unwiderlegliches Zeugnis gibt. Allerdings wurde die Größe des Opfers, durch welches man den feindlichen Einfall der Deutschen abkaufte, dadurch einigermaßen gemindert, daß der hingegebene Besitz in diesem Augenblicke ein so überaus bestrittener war, daß hier die Normannen darin hausten, dort Hugo und Boso von der Bevölkerung begünstigt die Herrschaft usurpierten und die Bekämpfung dieser gefährlichen Feinde nunmehr dem neuen Landesherrn zufiel. Wenn wir von dem neuen burgundischen Reiche absehen, über welches erst die Waffen entscheiden mußten, so erwarb Ludwig der jüngere durch seine beiden Raubzüge die vier Bisthümer Lüttich, Kammerich, Toul und Verdun und vereinigte demnach unter seiner Herrschaft den gesamten Kölner und Trierer Metropolitansprengel nebst einem Stücke des Reimser. Er vereinte ferner das durch die Meerssener Theilung zerrissene Frisland, das gespaltene Ripuarien und die Mosellande.

Die deutsche Ostgrenze[59]) begann fürder bei der Mündung der Schelde (oder etwas südlicher an der des Sinkfal bei Sluis), folgte, Brabant von dem westfränkischen Flandern scheidend, dem Laufe derselben, umschloß den Gau von Kammerich, den Hennegau, den Lommagau (im heutigen Namur) und erreichte die Maas unterhalb des Durchbruches durch die Ardennen. Sie umfaßte so-

---

Den zweiten dieser Erben erwähnen die ann. S. Columbae 895 als Guarinum comitem. Diesen Namen (Warin) wirft Wenck mit Gerhard, Gerhard wieder mit Gebhard zusammen! Welf † 14. Nov. (Necrol. Autissiodor.).

[59]) S. über die Westgrenze Lothringens oben I, 195, 737 und Schwartz der Bruderkrieg d. Söhne Ludwigs des Fr. S. 97—99. Urkunden Ludwigs für diese Landestheile haben sich nicht erhalten. Berthar (Gesta episc. Virdun. c. 20, Scr. IV, 45) erwähnt, daß Dado von Verdun im J. 881 Meinrodum fiscum per praeceptum ad opus sibi commissae ecclesiae von K. Ludwig empfieng.

dann das Gebiet an der Krümmung dieses Flusses mit Sedan und Doncherh und hielt sich nun in größerer Entfernung westlich von der Maas, die Argonnen durchschneidend, so daß sie die Gaue von Verdun und Bar le Duc, sowie die an beiden Ufern des Ornain und der Marne bis Chaumont einschloß. Von dort wandte sie sich in östlicher Richtung nach dem Elsaß hinüber. So ward zum erstenmale jenes Gebiet vollständig mit Deutschland verschmolzen, welches nachmals unter dem Namen des Herzogthums Lothringen als ein wesentliches Glied des Reiches alle Geschicke desselben durch Jahrhunderte theilen und recht eigentlich die Brücke nach dem romanischen Westen bilden sollte.

Von jenen Aufgaben, die der Besitz Lothringens für seinen neuen Gebieter mit sich brachte, der Unterdrückung der Usurpatoren und der Vertreibung der heidnischen Horden, nahm derselbe die letztere sogleich selbst in die Hand. Wahrscheinlich schon zu Ribemont faßte Ludwig den Beschluß gegen die Dänen an der Schelde einen vernichtenden Schlag zu führen[60]) und der Abt Hugo lieh ihm hiezu seine Mitwirkung, wie ja jene gerade auf der neuen Grenze der beiden Reiche vorzüglich hausten. Der ostfränkische König schlug daher seinen Rückweg in veränderter Richtung durch den Hennegau ein und überfiel bei Thuin an der Sambre ein zahlreiches Normannenheer, welches unter der Führung des Königs Gotfrid eben von einem Plünderungszuge beutebeladen zu seinen Schiffen zurückkehren wollte. Ohne Zögern ward man handgemein und es entspann sich ein sehr hitziger Kampf[61]), in welchem der größere Theil der Räuber — man schätzte nachher die Zahl der Gefallenen auf 5000 — durch das Schwert niedergestreckt wurde. Der flüchtige Rest suchte sich auf dem Krongute Thuin zu befestigen.

Als das Gefecht sich dort fortsetzte, ereignete es sich, daß Hugo ein natürlicher Sohn des Königs von einer sehr edlen Frau, ein Jüngling ebenso schön als tapfer, allzu hastig vordringend, von Gotfrid tödtlich verwundet wurde und bald unter den Händen der Feinde sein Leben aushauchte[62]). Ludwig, der den heißgeliebten Sohn nur

[60]) Ann. Fuldens. 880: inde ad expugnandos Nordmannos, qui in Scalta fluvio longo tempore residebant, convertit exercitum; ann. Vedast. 880: Hugo quoque abba fuit in illo praelio.

[61]) Die besten Nachrichten verdanken wir Regino a. 879, dessen Bericht die ann. Fuld. und Vedast. bestätigen; die ersteren geben die Zahl der Gefallenen an, die letzteren lassen Hugo von Godefridus rex Danorum getödtet werden, den Ort Tumiomum nennen Regino und ann. Ved. vgl. Folcuin. gesta abbat. Lobiens. c. 16 (Scr. IV, 61): adiacens Thudinii castrum idque nobis proprium et munitissimum fecerat affinentes indempnes haberi. Hinkmar sagt nur a. 880: et inveniens Ludovicus Nortmannos in itinere domino opem ferente magnam ex illis partem occidit exercitus suus; ann. Ved.: multi quoque nobiles illius gentis ibi corruerunt.

[62]) Erchanberti contin. (Scr. II, 330): similiter Hludowicus rex Fran-

gefangen wähnte, gab den Seinigen sogleich das Zeichen zum Rückzuge, damit er ihn sei es auch um einen noch so hohen Preis wieder loskaufen könne. Da ihn der Einbruch der Nacht nöthigte, sich in sein Lager zurückzuziehen, so benutzten die Normannen die Dunkelheit, um zu ihrer Flotte zu entfliehen, nachdem sie die Leichen der Ihrigen den Flammen übergeben, und entgiengen so der sicheren Vernichtung. Der Morgen des anbrechenden Tages zeigte dem Könige nur die Leiche seines Sohnes, die er tief bekümmert in einem Sarge fortschaffen ließ, um sie in Lorsch, seines Vaters sowie seiner eigenen künftigen Ruhestätte beizusetzen.

Dieser Unglücksfall, der nur das königliche Haus betraf, blieb jedoch keineswegs allein, vielmehr begrüßte den aus dem Westreiche mit schmerzlicher Einbuße heimkehrenden König eine zweite Hiobspost, die ebenso nahe seine Familie, wie das gesamte Reich angieng, die Nachricht einer furchtbaren Niederlage, welche am 2. Februar die Sachsen durch die Normannen erlitten[63]). Ein zahlreiches sächsisches Heer unter der Führung des Herzogs Bruno war gegen die Dänen ins Feld gerückt, wahrscheinlich um einem schon erwarteten Einbruche derselben sich entgegen zu stellen und dies ganze Heer fand seinen Untergang. Wenn wir einem etwas jüngeren Berichte trauen dürfen[64]), so drang das normannische Geschwader

---

ciae habuit unum filium nomine Hug bellissimum et bellicosissimum iuvenem de concubina praecellentissimae generositatis, qui hoc anno in bello contra barbaros ... est interemptus; Bruchstück des Cod. August. (Scr. III, 569 n. 2): Ludowicus ... in eadem reversione ammissa spe invasi regni obvios habuit Nortmannos, cum quibus bello commisso carum perdidit filium tantaque afflictione in redenndo attritus est, ut ipse et sui vix ad propria remearent. Die Bestattung in Lorsch meldet Regino (Scr. I, 591).

[63]) Den Tag überliefert Thietmar (chronic. l. II c. 15, Scr. III, 750), Nekrolog. v. Möllenbeck (Wigand Archiv f. d. Gesch. Westphalens V, 343) IV. Non. Febr. Theodericus episcopus; Nekrol. des St. Michaelsklosters zu Hildesheim (Leibnitii scr. Brunswic. II, 104) IV. Non. Febr. Marquardus episcopus Hildenshemensis. Daß diese Schlacht fast gleichzeitig mit der bei Thuin, geht aus ihrer engen Verbindung bei Hinkmar hervor (a. 880 nach dem Berichte über jene: sed in Saxonia magnum damnum de fidelibus suis per Nortmannos sustinuit), sowie aus der vollständigen Verschmelzung beider bei dem schwäbischen Fortsetzer Erchanberts, der Hugo in Sachsen fallen läßt (s. vorher). Ohne Zweifel war das Treffen bei Thuin später, weil schon der Vertrag von Ribemont nach den ann. Ved. in den Februar fiel. Völlig unhaltbar ist daher die Vermutung Wedekinds (Noten zu einigen Geschichtschreibern I, 300), daß die Normannen von der Schelde in Sachsen eingefallen seien.

[64]) Die Zeitgenossen geben keine näheren Umstände an, dagegen Widukind. res gestae Saxon. I c. 16: Brun, cum ducatum administrasset totius Saxoniae duxit exercitum contra Danos et inundatione repentina circumfusus, non habens locum pugnandi periit cum omni exercitu. Thietmar sagt noch deutlicher: a Luthuwigo rege in expeditionem ad Danos missus ... fluminis inundatione interiit. Wedekind (a. a. O. S. 298) hat diese Angabe näher erläutert und Waitz (Scr. III, 425 n. 36) ist ihm beigetreten. Wenn dagegen Stenzel (Leipzig. Literaturzeit. Jahrg. 1825 S. 2023—2028) an die Abhängigkeit Thietmars von Widukind erinnernd, nur an ein Misverständnis

durch eine Sturmflut begünstigt unverhofft bis Hamburg vor und engte die Sachsen etwa in dem Winkel zwischen der hoch angeschwollenen Elbe und dem rechten Ufer der Alster plötzlich so ein, daß sie sich fast wehrlos mußten hinschlachten lassen. Da erlag Bruno, der Bruder der Königin Liutgard dem feindlichen Schwerte[65]), desgleichen die Bischöfe Markward von Hildesheim und Theoderich von Minden, letzterer unter Ludwig dem Deutschen einst ein hochangesehener Mann, noch eilf andre Grafen außer Bruno, und *achtzehn* königliche Vassallen mit ihren Leuten und unzählige gerieten in die Gefangenschaft der Heiden.

Seit diesem Tage des Verderbens hören wir nichts mehr von einer dänischen Mark, alle ihre Kräfte mußten die Sachsen aufbieten, um ihr Gebiet diesseit der Elbe gegen fernere Einfälle der Nachbarn sicher zu stellen[66]). An die Stelle des erschlagenen Bruno trat sein jüngerer Bruder Otto, Graf in Südthüringen, wie jener die Führung des gesamten Heerbannes in seiner Hand vereinigend und daher mit dem Namen eines Herzogs vor den übrigen Grafen des Landes ausgezeichnet. Etwas anderes, als daß er Otto mit der Verteidigung Sachsens beauftragte[67]), scheint König Ludwig für den Schutz desselben nicht gethan zu haben und

---

des ersteren denkt und die Ueberschwemmung nicht auf Fluten, sondern auf Feinde deuten will, so ist dies einerseits sehr gezwungen, andrerseits hat Thietmar sicher noch eine selbständige Quelle gehabt, da er die Namen der beiden Bischöfe und den Tag hinzufügt.

[65]) Die ann. Fuldens. 880, die über den Verlauf der Schlacht nur sagen: in Saxonia cum Nordmannis infeliciter dimicatum est; nam Nordmanni superiores existentes etc., zählen am vollständigsten die Gefallenen auf, der Fortsetzer Erchanberts: in bello contra barbaros cum Theoderico et Marcwardo religiosissimis episcopis et Bardone fratre Liutkartae reginae (eine sehr erklärliche Verwechselung der Namen, da 3 Grafen Namens Bardo fielen!); ann. Corbeiens. 880: Thiadricus et Marcwardus episcopi occisi sunt; ann. Hildesh. 875: Marcwardus successit, qui a Sclavis (!) interfectus quarto anno decessit (Scr. III, 3, 50); Necrol. Fuld. mai. 880 (Boehmer fontes III, 155): Brun comes et frater reginae; Hrotsvithae primord. Gandersh. v. 361 flg.: cuius primatus (sc. Hathumodae) sexto, ni fallor, in anno | Brun dux, ecclesiam promptus defendere sanctam, | incursu de saevorum satis Ungariorum (!) | proh dolor! ex ipsis domini pravis inimicis | occiditur, binis cum praesidibus venerandis | omnibus atque viris propriae pariter legionis. Adam von Bremen (gesta Hammaburg. eccl. pontif. l. I c. 40, Scr. VII, 298) folgt nur den ann. Fuld. Ueber Theoderich s. I, 430, 730, 773.

[66]) S. Waitz Heinrich I. in Rankes Jahrb. des deutschen Reichs I[3], 4, 132, Neue Bearb. S. 265.

[67]) Hrotsvitha a. a. O. v. 367: quo mox occiso iunior frater suus Oddo | dux factus populi dono regis Hludowici, vgl. v. 501: Oddonisque ducis clari; Widukind. I c. 16: Brun ... fratri natu quidem minori sed omni virtute multo potiori relinquens ducatum. In der Urk. Ludwigs vom 26. Jan. 877 treten auf Brun et Otto nostri fideles comites und es wird darin Liutolf genitor eorum und Gerbirg soror eorundem comitum erwähnt und in einer zweiten Urk. von demselben Tage kommen zwei Orte vor in pago qui vocatur Suththuringa in comitatu Ottonis, die der König an Gandersheim schenkt (Eckhart comment. II, 888, 889, B. 880, 881).

gewis ergab sich diese Anordnung aus der hergebrachten Stellung der Liudolfinger ganz von selbst. Um die Befreiung derer, die in die Gefangenschaft geführt waren, machte sich Erzbischof Rimbert von Bremen sehr verdient, der für ihren Loskauf selbst die Altargefäße der Kirchen nicht schonte[68]). Die Opfer dieses Kampfes aber fieng man nachmals an als Märthyrer zu verehren, weil sie gegen die Heiden gefallen waren und da später ein Theil ihrer vermeintlichen Gebeine in das Kloster Ebstorf in der Lüneburger Haide gelangte, so konnte durch eine unbegründete Sage leicht der Schauplatz jener Unglücksschlacht in die Gegend von Ebstorf verlegt werden[69]).

Die Kunde dieser schweren Niederlage ermutigte rings umher die Grenzvölker, die sich dem ostfränkischen Joche hatten beugen müssen zur Empörung. Als der König zu Frankfurt das Osterfest feierte (3. April), wurde ihm gemeldet, daß die Daleminzier (im Meißnischen), die Czechen, ein Theil der Sorben und mehrere andre benachbarte Stämme sich zu einem gemeinschaftlichen Einfalle in das thüringische Gebiet verbunden hätten und zunächst die treu gebliebenen Slaven an der Saale mit Raub und Brand heimsuchten. Es bedurfte jedoch keines besonderen Aufgebotes von Kräften, um sie zurückweisen: Poppo, der Graf der Sorbenmark und Nachfolger Ratolfs überwand sie in Einem Treffen so vollständig, daß, wie man sagte, von der ganzen Menge kein einziger entkommen sein soll[70]) und wetzte hiedurch die an der Elbe empfangene Scharte einigermaßen wieder aus.

Nachdem Ludwig der jüngere in sein Reich zurückgekehrt, konnte endlich nach so vielen Wechselfällen die Regierung Westfranciens geordnet werden. Zu Amiens traten im März die beiden Könige mit ihren Großen zu einem Reichstage zusammen und theilten nach deren Beirath was ihnen von der väterlichen Herrschaft geblieben war in der Weise, daß Ludwig Francien und Neustrien empfieng, das Hauptstück und den Kern, Karlmann dagegen Aquitanien, Burgund und Gothien, die ganze südliche Hälfte[71]). Die

---

[68]) Vita S. Rimberti c. 17 (Scr. II, 773), woselbst jedoch nur im Allgemeinen von den christlichen Gefangenen bei den Heiden die Rede ist.

[69]) Daß dieser Angabe, die sich zuerst in Lerbeccii chronic. episc. Mindens. (Leibnitii scr. rer. Brunsvic. II, 159) um 1404 findet, kein Glaube beizumessen sei, hat Wedekind (a. a. O. S. 300) überzeugend dargethan, doch wird freilich auch Hamburg nur in ganz jungen Chroniken als Ort der Schlacht genannt (s. eb. 296), die an sich nichts beweisen würden, wenn nicht die Wahrscheinlichkeit sehr dafür spräche.

[70]) Ann. Fuldens. 880. Ueber die Daleminzier vgl. I, 397. Zu Frankfurt bestätigte L. schon am 23. März einen Gütertausch zwischen Abt Ansbald v. Prüm und dem Grafen Ruodger im Einrichgau (Beyer mittelrh. Urkb. I, 122).

[71]) Ann. Floriac. 880: Hludovicus et Karlomannus apud Ambianas regnum suscipiunt et dividunt mense Martio; ann. Lemovic. 879: filii eius regnum susceperunt Hludowicus Franciae, Karlomannus Burgundiae (Scr. II, 251, 254); Hincmari ann. 880; ann. Vedast. 880. Die letzteren rechnen Gothien zum Antheile Karlmanns, Hinkmar erwähnt es nicht.

beiden jungen Fürsten, der eine ein blühender Jüngling, tapfer und wohl unterrichtet, der andre fast noch ein Knabe, ungleich ihrem Hause durch innige Bruderliebe verbunden, erweckten bereits die schönsten Erwartungen. Ihr Schwert, schon von Normannenblut gefärbt, verhieß dem geplagten Volke Erleichterung von seinen Leiden und selbst in den deutschen Gauen, wo keinem der Söhne Ludwigs ein ehelicher Sproß als künftiger Nachfolger zur Seite stand, wandten sich die Blicke mancher auf sie als die echten Nachkommen Karls des Gr., denen dereinst vielleicht sein gesamtes Erbtheil beschieden war[72]).

Während hier im Westen für die Lande Karls des Kahlen neue Hoffnungen aufkeimten, neigte sich im Osten, in dem bairischen Reiche ein Dasein seinem Ende entgegen, an welches sich einst die glänzendsten Aussichten geknüpft, um nur zu schnell durch die nahende Hand des Todes verdunkelt zu werden. Karlmann, der älteste Sohn Ludwigs des Deutschen und der Königin Hemma, starb fast verschollen und unbeachtet, am 22. September 880 auf seinem Hofe Oetting, etwas über fünfzig Jahre alt[73]). Sein Ende, ähnlich dem seiner Mutter, war eine Folge der Lähmung, die ihn zuerst im Herbste 877 in Italien befallen und ihn seit mehr denn einem Jahre bereits der Sprache beraubt hatte. Seine Ruhestätte fand er zu Oetting[74]), denn diesen Ort hatte er bei seinen Leb-

---

[72]) Erchanbert. contin. (Scr. II, 330): qui nunc in primaeva aetate spes adolescunt vel iam florescunt Europae; Angilberts v. Corbie Verse an Ludwig (Mabillon analecta vet. p. 425): qui est pius atque humilis, | qui sanctae sophiae certat rimare secreta, | nobilis ingenio, nocte dieque simul, | quique etiam domini ac fratris praeclarus amator | ingenti dictu permanet ore pio.

[73]) Ann. Alamann. 880, Angiens. 880, Hildesheim. 879: et eodem anno Karlomannus paralisis morbo periit; Erchanbert. contin.: quarto (anno) post mortem patris sui; ann. Vedast. 880 (Scr. I, 51, 67, 68, II, 329, III, 50); Necrol. Fuld. 880 (Boehmer fontes III, 155): Karalman rex. Ueber den Todestag findet eine merkwürdige Abweichung statt, vielleicht weil man, wie Hinkmar (a. 879) vermuten läßt, Karlmann schon bei einem früheren Schlaganfalle todt sagte. Am glaubwürdigsten ist eine schon von Folkuin (gesta abbat. Lobiens. c. 15, Scr. IV, 61) angeführte Urk. Arnolfs von 889 für Lüttich (Aub. Miraei opp. diplom. I, 650, B. 1069): in decimo Calend. Octob. die quo Carolomannus venerandae memoriae piissimus rex et genitor noster praesentem finivit vitam sui commemoratio ... habeatur. Denselben Tag bezeugen die Todtenbücher von Niederaltaich (Jaffe), Reichenau, Weißenburg, Merseburg (Mittheil. d. Züricher antiq. Ges. VI, 63; Archiv des hist. Vereins v. Unterfranken XIII, 3, 35; Höfer Zeitschr. f. Archivkunde I, 122) und auch die Zeitfolge der ann. Ved. spricht dafür. Dagegen den 22. März 880 geben die ann. Fuldens., Todtenbuch v. Prüm (Pertz Archiv III, 23) und Regino 880: Carlmannus rex paralysi dissolutus VII. Nonas April. (offenbar fehlerhaft), sowie 2 Todtenbücher von St. Emmeram (Mon. Boica XIV, 376): XI. Kal. Apr. Karlomannus rex pater Arnolfi imperatoris; Necrol. Hugonis Flavin. (Scr. VIII, 287) ganz irrig 5. Dez. den Todestag von Karls des Gr. Bruder Karlmann.

[74]) Arnolf machte 898 der Oettinger Kirche ein Vermächtnis: in memo-

zeiten besonders geliebt. Dort ließ er auf königlichem Grunde und Boden eine Kirche zu Ehren der Jungfrau und des Apostels Philipp erbauen, in die er unter andern Reliquien vorzüglich auch den h. Maximilian und die h. Felicitas übertrug und verband damit ein Stift unter dem Abte Werinolf, dem er die Abtei-Mattsee, den Hof Treffen in Kärnten mit 70 Hufen und andre Güter zu eigen gab[75]).

Karlmann, der schon in ganz jungen Jahren an dem Kampfe seines Vaters gegen seinen Oheim Lothar Antheil nahm, erwarb sich dann unter des ersteren Regierung vorzüglich Lorbeern in den mährischen Kriegen und trug in diesen trotz des zuletzt ungünstigen Ausganges den Ruhm höchster Tapferkeit davon[76]). „Die Schönheit seines Körpers, so sagt ein Zeitgenosse, war außerordentlich und auch seine Manneskraft bewundernswerth, dieser aber entsprach sein hochherziger Geist ... den Seinigen erschien er mild, den Feinden furchtbar, im Gespräche leutselig, mit Demut geschmückt, in der Regierung des Reiches von ungemeiner Thätigkeit beseelt, zeigte er sich in jeder Hinsicht so, daß ihm nichts zu fehlen schien, was königlicher Majestät geziemt.“ Derselbe Schriftsteller rühmt an ihm, daß er in den Wissenschaften gut unterrichtet, von ehrbaren Sitten, gerecht, friedliebend und dem christlichen Glauben ergeben gewesen. In Baiern erfuhr außer Oetting vorzüglich auch das Stift Kremsmünster die königliche Freigebigkeit[77]). Daß

---

riam patris nostri Carlomanni regis, qui ibidem corporaliter requiescit reconditus (Mon. Boic. III, 309, B. 1144); Regino 880, Herimann. Aug. 880, Excerpta Altah. 880 (Scr. IV, 36): in loco Baioariae Odingas dicto. Es ist das heutige Alten-Oetting am Inn.

[75]) Karlmanns Urk. vom 24. Febr. 877, in der er es nennt monasterium noviter a nobis a fundamentis constructum in loco qui dicitur Otinga, und vom 9. Sept. 878, wo es von den Reliquien heißt: quorum corpora in novam nostre edificationis basilycam ad Otingas collocare in timore et amore dei omnimodis curavimus (Mon. Boic. XXXI^{a}, 101, 109, B. 866); Arnolfs Urk. vom 2. Juli 899: ad Otingam capellam nostram quam b. m. genitor noster Karlomannus in honore sancti Phylippi apostuli Christi operari ac dedicari iussit (eb. 158). Die zweite dieser Urk. bezieht Ambros. Eichhorn, der sie nach dem früher zu Ossiach befindlichen Originale herausgab (Beytr. zur ält. Gesch. des Herzogth. Kärnten I, 155) auf dies Kloster vgl. jedoch v. Ankershofen im Archiv für östr. Geschichtsq. I^{c}, 10.

[76]) Regino 880: plurima quippe bella cum patre, pluriora sine patre in regnis Sclavorum gessit semperque victoriae triumphum reportavit; Erchanbert. contin.: primogenito suo bellicosissimo Carlomanno; Herim. Aug. 880: Karlomannus rex Baioariae fortis, prudens et pius; Tabula genealog.: Karlomannus rex Baioariae invictissimus; K. rex sapiens (Scr. II, 314, III, 215). In der merkwürdigen Urk. Arnolfs für St. Gallen vom 2. Juli 892: patre nostro Karolomanno semper in bellorum procinctu. Scherer (Müllenhoff Denkmäler deutscher Poesie und Prosa S. 308) folgert aus der Ueberschrift einer späteren Sequenz: Modus qui et Carelmanninc, daß ein Gedicht auf unseren Karlmann mit der gleichen Melodie existiert haben müsse.

[77]) Urkundenb. v. Kremsmünster S. 11, 13, 14.

übrigens wenig Thatsachen bekannt sind, die jene vortheilhafte Schilderung im Einzelnen weiter begründen, begreift sich wohl leicht, da Karlmann nach seines Vaters Tode nur Ein Jahr bei voller Gesundheit regierte, dann noch zwei Jahre lang vom Krankenbette aus wenigstens seinen Namen für alle Handlungen der Regierung hergab, im letzten Jahre endlich nur noch den königlichen Namen führte. Denn so vollständig hatte ihn sein Bruder Ludwig schon im Herbste 879 beerbt und die Huldigung des ganzen Landes empfangen, daß nach Karlmanns Tode ein neuer Akt der Besitzergreifung gar nicht stattzufinden brauchte. In gleicher Weise folgte ihm ohngefähr um die nämliche Zeit Karl in Italien nach.

Karlmann vermählte sich schon vor dem J. 861 mit einer Tochter des Markgrafen Ernst, deren Name uns nicht genannt wird. Die Königin, deren Vater im J. 865 als eine gestürzte Größe sein Leben beschloß, überlebte ihren Gemahl, ihre Ehe aber war eine unfruchtbare[78]). Aus einer andern Verbindung, der der Segen der Kirche fehlte, mit einer vornehmen Frau Liutswinda wurde Karlmann ein schöner und kräftiger Sohn geboren, dem er nach dem Ahnherrn seines Geschlechtes den Namen Arnolf gab[79]). Wie er selbst unter seinem Vater einst der Mark Kärnten vorgestanden, so übertrug er diese dem einzigen Sohne, der ohne Zweifel während des langen Siechthums Karlmanns die Leitung der Geschäfte in seine Hand nahm. Die stolzen Hoffnungen aber, die er hieran knüpfen mochte und zu denen er durch seine Tapferkeit berechtigt schien, scheiterten an dem Eingreifen seines Oheims Ludwig, der ihm keine andre Rolle als die bisherige zugedacht hatte, denn als unehelicher Sprößling konnte Arnolf überhaupt kein Erbrecht geltend machen und sah sich lediglich auf das Mitleid seiner Verwandten angewiesen. Liutswinda besaß später, doch vielleicht erst durch die Liebe ihres Sohnes, als Witthum die reizend gelegene Abtei Moosburg bei Freising und ein Lehen zu Erding.

An dem Hofe Karlmanns finden wir, wie in den späteren Regierungsjahren Ludwigs des Deutschen, einen Erzkaplan, der

---

[78]) Vgl. I, 463, 465 A. 74. Die Urk. vom 9. Apr. 879 stellte Karlmann cum regina aus (B. 871) und 879 empfahl er uxorem et filinm seinem Bruder (ann. Fuld.).

[79]) Regino 880: ex quadam nobili femina; Hincmari ann. 879: filium de concubina nomine Arnulfum; Erchanbert. contin.: Carlomannus ... filios non habuit, nisi tantum unum nomine Arnulfum ex nobilissima quidem femina sed non legaliter sibi desponsata conceptum. Arnolf erwähnt seine Mutter in 2 Urk. vom 9. März 891: mater nostra bone memorie Liutswind und vom 19. Juli 895: post obitum dilectae matris nostrae Lintswindae (Kleimayrn Juvavia Anh. 115, Mon. Boic. XXVIII^a, 109, B. 1088, 1117), wonach sie in diesen Jahren noch gelebt haben muß. Aus diesen Urk. lernen wir ihre Besitzungen kennen. Otto v. Freising (chronic. l. V c. 24) schreibt von Moosburg: locus, qui Mosenburga dicitur, pulcher valde et delectabilis in b. Castuli ecclesia congregationem clericorum habens.

zugleich Vorstand der Kanzlei war, den Erzbischof Theotmar von Salzburg, zum erstenmale in dieser Eigenschaft am 28. Juni 877 urkundlich erwähnt[80]). Er unterhandelte in Karlmanns Auftrage mit dem Papste, der ihm die Verwaltung seiner Einkünfte aus Baiern übertrug. Unter ihm stand als königlicher Kanzler Baldo und unter diesem als Schreiber der Notar Madalwin, beide im übrigen unbekannt. Die ersten Urkunden Karlmanns sind von Madalwin an Stelle Baldos ausgefertigt, die spätern von beiden abwechselnd an Stelle Theotmars. Wie diese sich überhaupt in ihrer Fassung ganz an die in der Kanzlei Ludwigs des Deutschen üblichen Formeln anschließen, so besonders auch in der Zeitrechnung, die noch nicht nach Jahren von Christi Geburt bestimmt wird, sondern nur nach der laufenden Römerzinszahl sowie nach den Jahren des bairischen und später des italienischen Reiches[81]). Als häufigere Aufenthaltsorte ergeben sich für Karlmann außer Regensburg selbst die bairischen Königshöfe Mattighofen, Ranshofen, Hochburg und zu allermeist Oetting. Von den etwa 24 Urkunden, die sich erhalten haben, fällt die größere Hälfte auf Italien. Von den andern Hofbeamten des Königs kennen wir nur noch seinen Truchseß Eginolf und seinen Jäger Alaman[82]). Die Priester Werinolf, wahrscheinlich der nachmalige Abt von Oetting und Job wurden von ihm unter besonderen Lobsprüchen, der eine im Traungau, der andre im Donaugau, mit Gütern beschenkt: vielleicht haben wir in ihnen Mitglieder der königlichen Kapelle zu erblicken[83]).

---

[80]) Urkb. v. Kremsmünster S. 11: Baldo cancellarius ad vicem Diotmari; erst die folgende Urk. vom 16. Okt.: ad vicem Theotmari archicapellani (B. 859). Die beiden Urk. adv. Baldonis cancellarii: Mon. Boica XXVIII[a], 61, XXXI[a], 101. Vgl. über ihn Sickel Beitr. zur Diplom. II. (Sitzungsber. d. ph. hist. Kl. d. Wiener Akad. XXXIX, 108).

[81]) Diese doppelte Zählung auch in einem Tauschvertrage des B. Embricho von Regensburg strenuissimo rege Karlomanno permittente iam anno secundo regnante in Bawariorum regione in Longobardorumque primo (B. Pez thesaur. anecdot. I[c], 247). Nur 2 Urk. Karlmanns (B. 873, 874, Affò storia di Parma I, 293, 294) tragen die ganz irrigen Jahre dominicae incarn. 871, 872. Die letztere entschieden unecht (s. oben S. 99), allein auch die erstere, die ihre Verwandtschaft dadurch verräth, daß sie gleichfalls per Evrardum dilectum fidelem nostrum ausgestellt ist, ist mindestens schlecht überliefert: statt sanctae kehrt mehrmals das ungebräuchliche sacrosanctae wieder und die notarielle Unterschrift lautet Baldo cancellarius iussu regio ohne Erwähnung Theotmars, der Inhalt ist unanstößig, vielleicht also nur überarbeitet.

[82]) Muratori ant. It. I, 929: quidam dilectus fidelis noster nomine Hillo per Eginolfum dapiferum nostrum atque per Alamannum dilectum venatorem nostrum petiit culmen regalitatis nostrae etc. (Böhmer hat unter N. 875 statt dieser Urk. den Inhalt von N. 865 durch ein Versehen wiederholt).

[83]) Mon. Boic. XXVIII[a], 62: cuidam fideli prespitero nostro nomine Werinolfo; eb. 63: quidam fidelis ac dilectus presbiter noster nomine Iob culmen serenitatis nostrae adiit ... nos vero libentissime petitionibus illius satisfacientes propter nimiam servitutem illius in nos exhibitam etc. (B. 858, 869).

Die kurze Regierung Karlmanns konnte in Baiern keine bleibenden Spuren hinterlassen. Ein dauerndes Andenken hat sich dieser unglückliche Fürst nur dadurch gestiftet, daß er als der erste deutsche König die italienische Krone erwarb und damit jene für beide Länder so verhängnisvolle Verbindung anbahnte, ohne selbst die Früchte derselben irgendwie genießen zu können.

VI.

Die vielfachen Gefahren, welche in steigendem Maße seit dem Tode der Söhne Ludwigs des Frommen den unversehrten Bestand und die Sicherheit der fränkischen Reiche bedrohten und in Frage stellten, hatten endlich im J. 880 seine Enkel zu der klaren Einsicht geführt, daß ohne ein festes Zusammenhalten, ohne eine Vereinigung aller Kräfte, das Reich nothwendig in immer weiterer Ausdehnung eine Beute der Normannen, der Thron ein Preis für glückliche Usurpatoren werden müsse. In Westfrancien, dem am meisten gefährdeten Reichstheile war diese Erkenntnis zuerst gereift und schon Ludwig der Stammler suchte überall da freundschaftliche Beziehungen anzuknüpfen, wo sein Vater Haß und Hader gesäet hatte. Noch größer zeigte sich die Schutzbedürftigkeit unter seinen unmündigen Söhnen und fast ein Wunder war es zu nennen, daß es überhaupt gelang diesen inmitten so vieler Feinde die Krone und wenigstens das Hauptstück der väterlichen Erbschaft zu retten. Dies bewirkte wohl nicht bloß die Treue und Klugheit einiger mächtiger und entschlossener Anhänger, sondern vielleicht ebenso sehr eine noch nicht zu klarem Bewußtsein entwickelte, mehr dunkel gefühlte Abneigung gegen die Verschmelzung mit dem deutschen Osten, von dem man sich nun schon so lange gesondert, um eigene Wege einzuschlagen. Es lag nicht mehr im Sinne der westfränkischen Großen, die gewohnt waren, mit ihrem Könige die Landesangelegenheiten zu berathen und zu entscheiden, sich von Frankfurt aus regieren zu lassen und erst die zweite Stelle im Rathe des Königs einzunehmen.

Die Männer, welche der Vereinigung der beiden getrennten Hälften oder vielmehr der Verschlingung der kleineren durch die größere entgegenwirkten, widerstrebten mit nichten auch der Versöhnung. Im Gegentheil boten sie alles auf, ein aufrichtiges Verständnis zwischen ihren jugendlichen Herrschern und den mächtigen Söhnen Ludwigs des Deutschen möglich zu machen. Wie die westfränkische Linie früher schon ihrem Antheile an der Erbschaft des Kaisers Ludwigs II. entsagt, so opferte sie jetzt nicht minder den Antheil auf, den sie rechtmäßiger Weise von dem Reiche Lothars II. besaß und erkannte somit das Uebergewicht der ostfränkischen Vettern vollständig an — alles in der Absicht, für den Rest, das ursprüngliche Reich Karls des Kahlen, ihres Beistandes um so sicherer gewärtigen zu können. Wenn es keine große Schwierigkeit hatte, von dem Schwabenkönige, sei es aus gerechter und friedfertiger Gesinnung, sei es aus Eifersucht gegen seinen Bruder, die gewünschten Zusicherungen und Versprechungen zu erhalten, so verschloß sich Ludwig der jüngere um so länger der besseren Erkenntnis seiner Lage, die ihm bald durch jene furchtbare Niederlage des sächsischen Adels so deutlich vor Augen gerückt werden sollte. Zu Ribemont indessen verzichtete er auf seine unseligen Eroberungspläne, er stimmte der Thronbesteigung Ludwigs und Karlmanns nicht bloß zu, sondern verband sich mit ihnen auch in Frieden und Freundschaft und verhieß seine thätige Mitwirkung zu einem gemeinschaftlichen Frankentage, zu gemeinsamen Schritten gegen diejenigen, die es wagten ihre Hand vermessen nach der allein den rechtmäßigen Nachkommen Pippins des Kleinen gebürenden Krone auszustrecken. Noch schien es Zeit das Unkraut der Empörung, das so üppig aufschoß, durch Zusammenfassung aller Kräfte mit der Wurzel auszuroden.

Um die Mitte des Juni 880 begaben sich die beiden westfränkischen Könige zu der mit ihren Vettern verabredeten Zusammenkunft nach Gondreville, einer Pfalz in dem abgetretenen Theile Lothringens[1]). Von den erwarteten erschien jedoch nur Karl aus Italien zurückkehrend in Person, während Ludwig durch eine Krankheit in Ostfranken zurückgehalten, sich durch Gesandte vertreten ließ. Mit jenem verständigten sich Ludwig und Karlmann leicht über ein ferneres Zusammengehen, wie er auch vornehmlich auf ihr Verlangen die Kaiserin Engelberga, Bosos Schwiegermutter nach Schwaben verbannt hatte, um sie unschädlich zu machen. Karls Wohlwollen gegen seine Vettern gieng so weit, daß er ihnen sogar, wir wissen nicht durch welche Vortheile bewogen, die Zurückgabe des westlichen Lothringens verhieß, sobald er seinem kinderlosen Bruder in der Regierung nachgefolgt sein würde.

Als die dringendste Aufgabe erschien die Bewältigung des Aufstandes, den Lothars Sohn Hugo mit seinen Spießgesellen und einigen Grafen verbunden, schon seit längerer Zeit in den nördlichen lothringischen Grafschaften angeregt hatte[2]), zum größten

[1]) Nach den ann. Fuldens. 880 (Scr. I, 394) müßte man die Versammlung erst in den August setzen, allein Hinkmar sagt ausdrücklich mediante Iunio und läßt den Aufbruch gegen Boso per mensem Iulium erfolgen. Das Versprechen Karls wegen der Zurückgabe Lothringens (Hincmari ann. 882, Scr. I, 514: sicut ipse Carolus olim promiserat) kann doch wohl nur hieher gesetzt werden.

[2]) Daß Hugo in diesen seinen Sitz hatte, ist auch daraus zu folgern, daß er nach den ann. Vedast. 879 einen Angriff auf die Normannen in Brabant machte, sowie aus der Richtung auf Attigny. Den Sieg schreiben die

Schaden der von diesem räuberischen Gesindel ausgesaugten Gegenden. Es wurde daher beschlossen, daß die Könige selbst zu diesem Zwecke nach Attigny ziehen und vereinigt mit der von Ludwig von Ostfranken ihnen zu Hilfe gesandten Truppenmacht den Usurpator bekämpfen sollten. An der Spitze der deutschen Streitkräfte stand der ostfränkische Graf Heinrich und Graf Adalhard vom Moselgau, der Laienabt von Echternach. Wiewol man Hugos selbst nicht habhaft werden konnte, so geriet man doch mit dem von seinem Schwager Thietbald geführten Kerne seiner Macht in ein sehr blutiges Handgemenge, welches mit einer theuer erkauften vollständigen Niederlage der Aufrührer endigte. Hugo schien hiedurch unschädlich gemacht, Thietbald verschwand und es verbreitete sich das Gerücht, daß er gefallen sei[1]), er fand jedoch eine Zuflucht bei seinem Vetter Boso in der Provence, wo seine Familie später noch zu höchstem Ansehen aufsteigen sollte.

Nach diesem glücklichen Erfolge sollte der zweite in Gondreville beschlossene Feldzug gegen Boso beginnen. Nachdem der Abt Gauzlin von St. Germain und andre Große jener Gegenden mit dem Schutze der Nordgrenze gegen die noch immer in Gent sitzenden Normannen beauftragt worden, brachen im Juli die beiden Könige vereint mit den deutschen Hilfstruppen von Troyes gegen den Usurpator auf und eroberten zuerst das feste Macon

---

ann. Fuld. und Vedast. allein der ostfränkischen Schar zu, die ersteren sagen: Heinricus vero et Adalhartus et caeteri qui cum eis erant cum Thiotbaldo principe militiae Hugonis, qui robur exercitus secum tenuit, iniere certamen et ceciderunt multi ex utraque parte vulnerati. in quo conflictu Heinricus cruentam obtinuit victoriam. Ludw. d. j. machte 24. Juli 880 dem Kl. Fulda eine Schenkung in pago nuncupato Muselahgewi in comitatu Adalhardi (Dronke cod. dipl. Fuld. 281). Der Moselgau liegt um Metz. Vgl. über Adalhard I, 778, 797, 847. Wenck (Hess. Landesgesch. II, 537—540) hält ihn für identisch mit dem älteren Adalhard, dem Oheim der Königin Irmintrud, doch scheint mir dies der Zeitfolge nach unmöglich, vielleicht war er dessen Sohn, vgl. Chronic. Epternac. (Martene coll. ampl. IV, 460, 507): Adelardus iunior comes successit ei (sc. Carlomanno) sub nomine abbatis anno II. Ludowici regis Germaniae, qui fuit filius Ludowici filii Pii, qui est annus inc. 878 ind. XI ... praefuit autem huic loco Adelardus iunior XIII annis ac III° anno Arnulfi regis ... qui est annus inc. dom. 890 ind. VIII locus iste delegatus est cuidam Rnoberto comiti ad regendum. Adalard der ältere stand der Abtei 849—856 vor, womit das Schreiben Theoderichs und mehrere Urk. des Cod. aur. Epternac. (f. 5, 66, 67) übereinstimmen, eine im 1. J. Lothars II. unter dem Abte Adalard, 2 im 2. J. Ludwigs des j. unter dem vir venerabilis Adalardus comes.

[1]) Ann. Laubiens. 880 (Scr. IV, 15): Thietbaldus filius Huberti abbatis occiditur ab Heinrico duce, dagegen Hinkmar sagt ausdrücklich: illum (sc. Teutbaldum) in fugam verterunt. Gingins-la-Sarraz (Archiv für schweizer. Gesch. IX, 98) citiert eine ungedruckte Urk. aus der Provence: coram inluster vir Teutbolt comite. Hugo, der spätere König von Italien war der Sohn Thietbalds und Berthas (Liudprand. antap. I c. 39, III c. 18; Urk. Hugos Bouquet IX, 690: memoriale patris mei Teutbaldi et matris meae Berthae) und Arelatensium seu Provincialium comes.

an der Saone[4]), das von Bosos Getreuem Siwald vertheidigt wurde. Die Grafschaft ward einem gewissen Bernhard übertragen, der mit dem gleichnamigen Grafen von Auvergne nicht zu verwechseln ist. Wahrscheinlich unterwarf sich jetzt ohne weiteren Widerstand auch Bosos leiblicher Bruder, der Graf Richard von Autun, da wir ihn etwas später mit dem Könige Karlmann ausgesöhnt finden[5]).

Der König Boso wagte es nicht in diesen burgundischen Landen, in denen seine Macht noch weniger befestigt war, dem Angriffe seiner Gegner die Spitze zu bieten: er zog sich vielmehr über die Rhone in seinen alten Sitz, das feste Vienne zurück. Während der Graf Heinrich mit den ostfränkischen Hilfstruppen entweder schon jetzt oder bald darauf heimkehrte, so stieß dagegen Karl, der in der Zwischenzeit ohne Zweifel Schwaben besucht hatte[6]), mit seinen Streitkräften nun ebenfalls zu dem westfränkischen Heere und gemeinsam schlugen daher die drei Könige den Weg nach der Rhone ein. Bei ihrer Annäherung verließ Boso auch Vienne, dessen Vertheidigung er seiner Gemahlin Irmingard und seinen Getreuen anvertraute und begab sich, vielleicht weiterer Rüstungen wegen, in die Berge.

Die Stadt Vienne am linken Ufer der Rhone inmitten einer reichen und fruchtbaren Ebene auf mehreren steilen Hügeln stattlich aufgebaut, war nicht nur durch ihre natürliche Lage gesichert, sondern zudem durch starke Mauern und Thürme aus der Römerzeit her umkränzt. Man konnte daher mit den damaligen Mitteln der Belagerungskunst weniger daran denken sie zu erstürmen, als vielmehr nur sie durch vollständige Einschließung und Abschneidung aller Zufuhr auszuhungern. Bevor man hiezu übergieng, wurden an Boso Erbietungen des Friedens gerichtet: wahrscheinlich wollte man ihm den größten Theil seines Gebietes lassen, wenn er dafür dem angemaßten Königsnamen entsagte und wieder Vassall der westfränkischen Krone würde. Da diese Anträge zurückgewiesen

---

[4]) In der Urk. Bosos vom 2. Dez. 879 (Bouquet IX, 670, B. 1445) wird in der Grafschaft Macon Siwaldus comes et fidelis noster genannt, darnach ist vielleicht die Angabe der ann. Fuld. zu berichtigen: Madasconam urbem expugnantes Bernhardum, qui in ea principatum tenebat in dedicionem accipiunt, die daraus entsprungen sein kann, daß die Könige nach der Eroberung eum comitatum Bernardo cognomento Planta pilosa dederunt, wie Hinkmar berichtet.

[5]) Urk. Karlmanns vom 30. Nov. 880 aus Neronde: Theodoricus comes ambasciavit (Bouquet IX, 418, B. 1849).

[6]) Die Urk. Karls für Andlau vom 10. Juli 880 (B. 919) trägt wie so viele dieses Fürsten leider keinen Ausstellungsort. Zu der Nachricht über Macon fügen die ann. Fuld. nur hinzu: Buoso vero fugiens ultra Rhodanum fluvium in urbe Vienna se tutatus est, es scheint daher nicht, daß Gr. Heinrich sich noch an der Belagerung betheiligt. Was Gingins-la-Sarraz (Archiv für schweiz. Gesch. VII, 170) über Marsch und Aufstellung des Belagerungsheeres bemerkt, beruht durchaus nur auf Vermutung und ist nicht zu erweisen.

wurden, so schritten die verbündeten Fürsten zur Einschließung von Vienne. Um ihr gutes Recht wider den Thronräuber noch einmal recht feierlich zu bekräftigen, wurde derselbe von ihren Bischöfen aus der Kirchengemeinschaft ausgeschlossen und zu ewiger Verdammnis verflucht.

Der Ausgang dieses Unternehmens entsprach indessen nicht den großen Vorbereitungen, denn nachdem die Belagerer einige Zeit vor Vienne gelegen, ließ Karl, wiewol er sich seinen Vettern eidlich verpflichtet hatte, plötzlich alles im Stiche, indem er eines Nachts — es mochte im November sein — sein Lager den Flammen übergab und zur Kaiserkrönung nach Italien aufbrach. Nach seinem Abzuge reichten die Streitkräfte der königlichen Brüder zur Fortsetzung der Einschließung nicht mehr aus, Ludwig kehrte durch die üblen Nachrichten über die normannischen Verwüstungen bewogen in sein Reich zurück, Karlmann dagegen blieb in den südlichen Gegenden, um den Krieg gegen Boso weiter zu führen. In der Hauptsache hatte das junge arelatensische Reich diese erste gefährliche Probe glücklich bestanden und dem Angriffe der vereinigten Frankenkönige gegenüber seine Lebensfähigkeit bewiesen.

Trotz des Sieges von Thuin, den man im vorigen Jahre über die Dänen davongetragen, hatten diese sich nach wie vor in Gent behauptet und ihre Brandschatzungen fortgesetzt. Der Abt Gauzlin, dem an Stelle der gegen Boso ziehenden Könige die Hut der Grenze gegen sie anvertraut worden, beschloß einen kühnen Schlag auszuführen, vielleicht in der Absicht die Schmach seines Verrathes am Vaterlande durch ein leuchtendes Verdienst zu tilgen [8]). Zu einem bestimmten Tage bot er die Mannschaften an beiden Ufern der Schelde zu einem Ueberfalle der Feinde auf, der die fremden Eindringlinge vernichten sollte. Allein das Unternehmen scheiterte, wir wissen nicht durch wessen Schuld, vollständig. Nur ein Theil der christlichen Streiter rettete sich in schimpflicher Flucht, während die Mehrzahl entweder erschlagen wurde oder in Gefangenschaft geriet. Da verbreitete sich Furcht und Schrecken über das ganze Land, die Sieger aber, noch mehr gestachelt durch jenen Angriff, rasteten weder Tag noch Nacht die Kirchen zu verbrennen und das Volk hinzuschlachten. Aus dem ganzen Bezirke

---

[7]) Vgl. über die Lage von Vienne Gingins-la-Sarraz a. a. O., der (S. 175) mit Recht bemerkt, daß an eine zweijährige Einschließung der Stadt nicht zu denken ist. Von den Unterhandlungen und dem Bannfluche sprechen nur die ann. Vedast., die Boso selbst in Vienne verweilen lassen (Bosonem in Vienna civitate incluserunt), dagegen Hinkmar: in qua (sc. Vienna) Boso uxorem suam cum filia et magnam partem de suis hominibus relinquens fugam ad montana quaedam arripuit. Die Erzählung Reginos a. 879 (Scr. I, 590) gibt nur den allgemeinen Eindruck der Ereignisse wieder.

[8]) S. besonders ann. Vedast. 880. Hinkmar erwähnt nur, daß die Könige im Juli aufbrachen ordinatis, qui regnum suum contra Nortmannos in Ganto residentes custodirent; ann. Elnonens. mai. 881 (Scr. V, 12): Nortmanni in Curtriaco.

zwischen Somme und Schelde, sowie vom andern Ufer der Schelde entwichen die Mönche, Domherren und Nonnen mit den Reliquien als der kostbarsten Habe, sowie alle die, die sonst etwas zu verlieren hatten, weil Niemand auf Schonung rechnen durfte. Gauzlin erkannte, daß hier jeder Widerstand eitel sein würde und entließ deshalb sein Heer zu Anfang Oktober. Die Dänen verließen im November ihre bisherigen Sitze und nahmen ihre Winterquartiere etwas weiter nach Süden zu Kortrijk, woselbst sie ihr Lager mit Befestigungen umgaben. Brennende Ortschaften längs der ganzen flandrischen Küste bezeichneten bald ihre Spuren.

Ludwig von Ostfranken, den nur Krankheit, nicht übler Wille von dem gemeinschaftlichen Unternehmen gegen Boso fern gehalten, verlebte indessen den ganzen Sommer 880 in den fränkischen Landen, in denen er sich am meisten heimisch fühlte. Wir finden ihn im Mai zu Forchheim, im Juli in Fulda, Mitte August hielt er eine Reichsversammlung zu Worms[9]) und schon hier mag er den Bericht des aus dem Westen heimkehrenden Grafen Heinrich über seine tapfern Thaten gegen Hugo sowie vor Macon, vernommen haben. Außer jenen normannischen Freibeutern, die auf der Grenzscheide beider Reiche sitzend auch in das jetzt ostfränkische Lothringen streiften, richteten andre Scharen desselben Volkes ihre Angriffe noch unmittelbarer gegen Ludwigs Reich. Eine dänische Flotte lief in die Mündung der Waal ein und drang, was seit dem J. 863 nicht geschehen war, den Rhein aufwärts bis in die Gegend von Xanten. Außer andern Ortschaften und Klöstern ward dort namentlich Birten, eine Niederlassung der Frisen durch sie ein Raub der Flammen[10]). Von da zogen sie sich nach Nimwegen zurück, um in der hochgelegenen Pfalz Karls des Gr., die an sich schon sehr fest gebaut und nur von Einer Seite zugänglich von ihnen noch durch Mauern und Wälle verstärkt wurde, ihre Winterquartiere

---

[9]) S. B. 890, 891. Aus Vulda monasterio ist noch eine zweite Urk. Ludwigs (Bestätigung der von seinem Urgroßvater und Vater verliehenen Immunität u. s. w.) vom 23. Juli datiert, deren Original Sickel in Fulda auffand. Vielleicht gehört hieher eine Notiz bei den Magdeb. Centuriatoren (Cent. IX c. 7 p. 347): rex Francorum ad Fuldense monasterium venit ibique Bonifacium et servos eius visitavit, ut patet ex epistola Sigehardi (abbatis) ad Gebehardum episcopum (Spirensem). Wenn die ann. Fuld. mit der Wormser Versammlung mediante mense Augusto die Absendung Heinrichs und der Gesandten nach Gondreville verbinden, so rührt dieser Irrthum vielleicht daher, daß sie zurückkehrend in Worms eintrafen.

[10]) Ann. Fuld. 880, Regino 881. Nur die ersteren erwähnen Biorzuna, ubi pars maxima Frisionum habitabat (vgl. über die Plünderung Xantens I, 489). Die Nimweger Pfalz nennt Regino palatium ingentis magnitudinis mirique operis vgl. Einhardi vita Karoli M. c. 17, der sie unter die von Karl erbauten palatia operis egregii rechnet, Lamberti ann. 1046: Neumago domum regiam miri et incomparabilis operis; Otte Gesch. der deutschen Baukunst S. 73, 85. Ueber Eberhard s. Regino 885, 898. Die Urk. Ludwigs aus Frankfurt vom 17. Nov. 880 (B. 892) ist wahrscheinlich nach der Rückkehr vom Feldzuge ausgestellt.

aufzuschlagen. Sobald Ludwig von diesen Freveln unterrichtet worden, bot er eine starke Mannschaft auf, um die Räuber aus ihren Schlupfwinkeln zu vertreiben. In mehrtägigen Kämpfen mußte er sich jedoch bald überzeugen, daß gegen einen so wohl verwahrten Ort wenig auszurichten sei. Die Gegner nahmen sogar einen der vornehmsten Führer des Heeres, den Grafen Eberhard von Frisland, Meginhards Sohn, einen Sachsen gefangen und gaben ihn später erst gegen ein hohes Lösegeld wieder frei, welches seine zärtliche Mutter Evesa für ihn zahlen mußte. Da somit Ludwig die feindlichen Befestigungen nicht zu nehmen vermochte und ein strenger Winter vor der Thüre stand, so ließ er sich endlich ohne obgesiegt zu haben, durch das Versprechen zum Abzuge bewegen, daß, sobald er die Belagerung aufhöbe, auch die Normannen aus seinem Reiche weichen würden. Sie erfüllten diese Zusage in der That und kehrten zur Rheinmündung zurück, doch erst nachdem sie die Brandfackel in die Kaiserpfalz geschleudert und den herrlichen und vielbewunderten Prachtbau samt seinen Befestigungen dem Feuer übergeben hatten.

Unter traurigen Aussichten in die Zukunft schloß somit das Jahr 880, das Todesjahr des Königs Karlmann, nachdem es schon in seinen Anfängen eine der schwersten Niederlagen für die Christenheit im Gefolge gehabt hatte. Wie vorher in Sachsen und am Niederrhein, so hausten gerade noch in den letzten Dezembertagen die Dänen von Kortrijk auf das übelste an der neuen Westgrenze des ostfränkischen Reiches. Am 26. überfielen sie zuerst in unzähliger Menge das Kloster St. Vaast zu Arras[11]), steckten es ebenso wie die Stadt und die umliegenden Weiler in Brand und schleppten aus der Umgegend Menschen und Vieh truppweise mit fort. An demselben Tage noch, an dem sie es verlassen, den 28. drangen sie auch in den Bischofssitz Kammerich ein, verheerten diesen Ort nebst dem Stifte des h. Gaugerich (Gery) durch Feuer und Schwert und kehrten mit unermeßlicher Beute in ihr Lager zurück. Schon um Mariä Lichtmesse (2. Febr.) setzten sie sich abermals zu einem Raubzuge in Bewegung, der über Therouanne gegen die der Sommemündung nahe gelegenen Klöster St. Riquier und St. Valery sowie viele andre benachbarte Orte gerichtet wurde[12]). Von

[11]) In der von Lebeuf aufgefundenen Handschrift der ann. Vedast. (Scr. I, 519) sowie in den abgeleiteten ann. Lobiens. (Würdtwein nova subsid. diplom. XIII, 180) steht monasterium nostrum d. h. St. Vaast, in einer jüngeren Brüsseler Handschr. dagegen sowie in dem abgeleiteten chronic. Normannor. Scr. I, 534, II, 198) heißt es dafür monasterium Sitdiu. Die erstere Lesart scheint mir die richtige, einmal weil die zweite durch einen Irrthum leicht daraus entstehen konnte, was umgekehrt kaum möglich ist, dann weil die Erwähnung mehrerer Kirchen (exceptis aeclesiis) und der an Einem Tage zurückgelegte Marsch nach Kammerich besser auf Arras als auf St. Omer paßt.

[12]) Ann. Vedast. 881, Hincmari ann. 881, wo nur Amiens und Corbie erwähnt werden; ann. Blandiniens. 881 (Scr. V, 24): monasterium sancti Audomari incensum est XI Kal. April.

dort gieng es dann weiter aufwärts gegen die Stadt Amiens und das Stift Corbie, Korveis hochverdientes Mutterkloster, das einst die ersten Missionäre zu den Dänen entsandt. Niemand erhob sich zum Schutze dieser zu Westfrancien gehörenden Landstriche: unversehrt und mit reicher Beute durften die Plünderer heimkehren. Noch in demselben Monat um Petri Stuhlfeier (22. Febr.) besuchten sie ungestraft Arras zum zweitenmale und am 22. März ward das Kloster St. Omer von ihnen angezündet.

Wie schon der Winter 879 zu 880 rauh und ungewöhnlich langwierig gewesen war — selbst der Rhein und Main froren längere Zeit zu —, so richtete nicht minder der folgende Winter durch seine lange Dauer großen Schaden an, weil es im Frühjahr 881 an der nöthigen Weide für das Vieh fehlte. Dieser Mangel machte sich um so fühlbarer, als die vorhergehende Ernte misrathen war und nun zu der Knappheit der Feldfrüchte auch noch das Vieh vor Frost und Hunger hinstarb[13]).

Mit so manigfachen und weitverbreiteten Leiden und Nothständen begann das Jahr 881 in einer Unheil verkündenden Weise und der weitere Verlauf der Dinge entsprach nur zu sehr diesen düsteren Vorzeichen. Angetrieben durch den Druck, der auf dem Lande lastete und hoffend durch Heilung der inneren Schäden auch gegen die äußeren Abhilfe zu schaffen, traten am 2. April die Bischöfe aus dem Reiche des westfränkischen Ludwig zu Fismes im Reimser Sprengel zu einer Synode zusammen[14]). Die Beschlüsse dieser Versammlung, von Hinkmar aufgesetzt, bestehen fast nur in Ermahnungen. Sie beginnen mit der oft wiederholten Erklärung, daß die bischöfliche Gewalt höher stehe und vorzüglicher sei, als die königliche, um dann die Geistlichen selbst sündhafter Nachlässigkeit anzuklagen, denn sie müßten dem zu Grunde gehenden Volke die Führer zum Leben, nicht die Urheber des Todes sein, indem sie dasselbe von seinen Lastern bekehrten und zur Buße bewegten. Die Kirchen und ihren Besitz solle der König beschirmen und seine Sendboten in die einzelnen Klöster schicken, damit dieselben in Gemeinschaft mit den betreffenden Bischöfen den Wandel der Bewohner, den Zustand der Gebäude und des gesamten Vermögens genau untersuchten und dem Könige Bericht erstatteten. Ausführlich verbreiten sich die Bischöfe dann über die Strafbarkeit des Raubes, für welche sie sowol ältere kirchliche Verfügungen, darunter pseudoisidorische, als auch eine lange Reihe von Kaisergesetzen anführen und mit einer eindringlichen Mahnung zur Zurückgabe des ungerechten Gutes an den rechtmäßigen Besitzer schließen.

---

[13]) Ann. Fuld. 879—881. Vorzüglich fand die sterilitas frugum im Wormsfelde und Niddagau statt; ann. Weingart. 881: hiems dura (Scr. I, 66).

[14]) Synodus quae fuit acta apud st. Macram (Sirmondi concilia Galliae III, 502—517).

Zuletzt wendet sich die Synode an den jugendlichen König, um ihm das erhabene Vorbild Karls des Großen vor die Seele zu führen, der stets drei seiner weisesten Rathgeber zur Seite gehabt und unablässig dem Wohle des Staates wie der Kirche nachgedacht habe. Diesem Beispiele solle Ludwig um so mehr nachfolgen, da er noch in unreifem Alter stehe und bei so vielen Nebenbuhlern in seinem Reichstheile mehr dem Namen als der That nach herrsche. Er müsse daher sich Berather geistlichen und weltlichen Standes erkiesen für jeden einzelnen Monat und ihren Rathschlägen ein offenes Ohr leihen. Die hauptsächlichsten Beschwerden, die hiernach noch geltend gemacht werden, stimmen der Sache wie dem Wortlaute nach ganz mit den Wünschen überein, die Hinkmar vor drei bis vier Jahren Ludwig dem Stammler bei seiner Thronbesteigung brieflich an das Herz gelegt hatte[15]): die ungewohnten Erpressungen von der Kirche, die Käuflichkeit der Aemter und die Unsicherheit des Besitzes, die Räubereien und der Verfall der Rechtspflege werden dem jungen Könige als die schwersten Uebelstände zu Gemüte geführt.

Eine neue Hoffnung auf Beistand in den gegenwärtigen Drangsalen mußte sich für das westfränkische Volk erheben, als der verbündete König von Ostfranken nach Ostern (23. April) 881 sich nach Lothringen aufmachte, um dort Frieden und Ruhe herzustellen. Hugo, der Sohn Lothars, der im vorigen Jahre nur überwunden, nicht vernichtet worden, stellte sich jetzt freiwillig zur Huldigung und empfieng als Ludwigs Vassall mehrere Grafschaften und Abteien, darunter auch das seinen Herrn oftmals wechselnde Lobbes im Lütticher Sprengel[16]). Dieser unverdiente Gnadenbeweis übte keineswegs die erwartete Wirkung. Hugo, den Einflüsterungen seiner alten Rathgeber folgend, verrieth sehr bald die Absicht aufs neue, sich mit Hilfe seines Anhanges im väterlichen Reiche zum unabhängigen Herrscher aufzuwerfen. Sogleich schickte Ludwig ein Heer gegen ihn aus, das ihn nöthigte die Flucht nach Burgund zu ergreifen, womit dann die Möglichkeit weiterer Empörungsversuche noch immer nicht abgeschnitten war. Hiernach traf der König zu Gondreville mit seinem gleichnamigen Vetter zu einem Zwie-

---

[15]) Vgl. oben S. 59 A. 79, 80, S. 60 A. 83, 84, S. 69 A. 26. Die Synode fordert c. 8: quatenus ecclesiae in isto regno ... per indebitas consuetudinarias exactiones, quae tempore Pippini, Karoli et Hludovici non fuerunt, sed moderno tempore impositae fuerunt, non affligantur etc. und fügt hinzu: et ideo regium nomen ad tantam contumeliam et ad tantam brevitatem devenit, sicut multis notum est et istud regnum quondam nobile atque amplum in seipsum divisum est.

[16]) Ann. Fuldens. 881: ei abbatias et comitatus in beneficium dedit, ut ei fidem servaret; ann. Laubiens. 880: Hugo filius Lotharii regis Lobiensis abbas efficitur, vgl. 873: (abbatia remanet) in manu alterius Ludovici Germanorum regis per annos duos, donec eam Huguni filio Lotharii ex Valdrada dedit (Scr. IV, 15).

gespräche zusammen. Wenn auch hier ihre freundschaftlichen Beziehungen erneuert wurden, so dachte doch der ostfränkische Ludwig für jetzt nicht daran gegen den gemeinsamen Feind an der Schelde thatkräftige Hilfe zu leisten. Er überließ das Westreich seinem Schicksale, um sich über Frankfurt selbst für den ganzen Sommer nach Baiern zu begeben[17]), das er seit dem Tode Karlmanns (22. Sept. 880) noch nicht besucht hatte.

Nachdem die Normannen in den ersten Monaten des Jahres 881 das Land bis zur Somme so gründlich ausgeplündert hatten, daß dort nichts mehr für sie zu thun übrig blieb, überschritten sie auf der gewohnten Straße im Juli auch jenen Fluß und rückten in großer Zahl bis Beauvais vor. Da endlich ermannte sich Ludwig von Schmerz erfüllt auf den Hilferuf seines bedrängten Volkes zur Abwehr und zog mit seinen Mannen über die Oise nach Lavier unterhalb Abbeville, um den Räubern, welche hier die Somme passieren mußten, den Rückweg in ihr festes Lager abzuschneiden. Bald kehrten die ausgeschickten Späher mit der Nachricht heim, daß der Feind mit Beute beladen sich auf dem Rückzuge befände. Der König gieng ihm sogleich entgegen und es kam am 3. August bei dem Orte Saucourt im Gau Vimeux (auf halbem Wege zwischen Abbeville und Eu) zum Handgemenge[18]). Die

---

[17]) Ann. Fuld. 881: inde transiens omne tempus aestivum in Baioaria moratus est, nach dem 5. Juni, an dem L. noch in Frankfurt verweilte (Urk. bei Erhard reg. Westf. I, 24). Aus Regensburg ist eine Urk. Ludwigs vom 14. Okt. datiert (B. 894, dagegen kann B. 893 nicht hieher gehören).

[18]) Am ausführlichsten belehren uns über diese Schlacht die ann. Vedast. 881 (Scr. II, 199), die den Ort bezeichnen: in pago Witmau in villa Sathulcurtis, übereinstimmend damit setzt Regino a. 883 sie: in loco, qui vocatur Sodaltcurt, der Fortsetzer Ados (Scr. II, 325) in pago Wiminaco (Vimiaco), nach Lebeuf das Dorf Saucourt zwischen Abbeville und Eu rechts ab von der Straße. Den Tag ergänzen die ann. Blandiniens. 881 (Scr. V, 39 daraus ann. Besuens. 881 eb. II, 248): indict. 14 die III Nonar. Augustar. mensis ipsius intrantibus die Marte et 6 concurrente inierunt bellum Franci contra paganos Lodowico filio Lodowici regis primum exeunte ad pugnam deoque donante potiti sunt victoria et pars innumerabilis eorum maxima cecidit, doch fiel der 3. Aug. 881 auf einen Freitag, nicht auf einen Dienstag. Ueber die Zahl der Gefallenen sagt Regino: in quo certamine, ut ferunt, plus quam octo milia adversariorum gladio prostravit, die ann. Fuldens. 881: nepos vero illius (sc. Hludowici) cum Nordmannis dimicans nobiliter triumphavit, nam novem milia equitum ex eis occidisse perhibetur. Hinkmar meldet den Sieg in einer offenbar misgünstigen, verkleinernden Weise, die sich wie schon Gfrörer (II, 221) bemerkt, aus seinem feindseligen Verhältnis zu Ludwig hinlänglich erklärt, a. 881: de quibus (sc. Nortmannis) non modicam partem occisis ceterisque fugatis et ipse Ludovicus una cum suis retrorsum nemine persequente fugam arripuit divino manifestante iudicio, quia quod a Nortmannis fuerat actum non humana sed divina virtute patratum exstiterit. Diese Angabe ist jedenfalls durch die ann. Ved. zu ergänzen, welche ausdrücklich sagen: perpauci vero Dani quieti (?) interitum suorum nuntiavere in castra. Auch in England hörte man von dieser Schlacht s. Chronic. Anglosaxonic. a. 881, Asserius de reb. gestis Aelfredi a. 881 ... praefatus exercitus superius in Franciam perrexit, contra quem Franci

Normannen, sämtlich beritten, hielten nicht Stand, sondern wichen auf den Hof Saucourt zurück, die Franken ihnen nach trugen unter furchtbarem Gemetzel einen glänzenden Sieg davon.

Fast aber hätte sich ihr Triumph in eine Niederlage verkehrt, denn als die Franken, den Feind entkräftet wähnend, sich sorglos der Freude des Sieges überließen, oder, wie ein Zeitgenosse sagt, ihrer Macht den Erfolg zuschrieben und nicht Gott die Ehre gaben, da brach unverhofft eine kleine Schar von Dänen kühn aus dem von ihnen besetzten Meierhofe hervor, jagte alles vor sich her und erschlug etwa 100 der arglosen Sieger. Schnell sprang in der allgemeinen Verwirrung der König vom Pferde, brachte die Seinigen wiederum zum Stehen und nöthigte endlich den Rest der Feinde zu schimpflicher Flucht. Nur sehr wenige der Heiden entrannen dem Verderben — man schätzte ihren Gesamtverlust auf 8 bis 9000 Mann — und brachten die Kunde des erlittenen Misgeschickes in das Lager zurück, während Ludwig triumphierend nach Compiegne heimkehrte. „Von Stund' an, so sagt ein Mitlebender, begannen die Normannen den jungen König Ludwig zu fürchten."

Der Sieg von Saucourt, so wenig er für den Verlauf der normannischen Verwüstungen entscheidend geworden ist, brachte dennoch dem, der ihn davon getragen, hohen Ruhm ein und wurde diesseits wie jenseits des Rheines als ein glorreiches Ereignis gefeiert. Auch die Sage des Volkes hielt dasselbe in dankbarer Erinnerung fest und wußte noch nach Jahrhunderten zu berichten[19]), wie ein Neffe des Königs, Isembard, von ihm ungerecht verbannt den heidnischen Dänenkönig Guarmund aus Rache herbeigerufen habe. Nach der Verbrennung des Klosters St. Riquier sei dann Ludwig gegen die Verwüster ins Feld gezogen und habe sie in einer großen Schlacht überwunden, in der Guarmund selbst fiel. Der jugendliche Sieger aber nahm durch die schwere Arbeit des Kampfes

---

pugnaverunt, et finito praelio pagani equis inventis equites facti sunt; deutlicher Ethelwerdi chronicor. l. IV: agmina Francorum e contra insiliunt armis victoriaeque funguntur numen, barbaro exercitu fugato; ausschmückend Simeonis Dunelmens. hist. 881: at tunc feroces Franci invicta fortitudine a castellis et oppidis et civitatibus atque turribus viriliter progredientes more leonum succensi sunt ira .., inito consilio prudenti audaces Franci bellum iniere durissimum cum paganis, finito praelio Franci cum triumpho reversi sunt etc. (Monum. Britann. I, 358, 483, 516, 560, 682).

[19]) Hariulfi chronic. Centulense l. III c. 20 (Dachery spicileg. IV, 518): quia quomodo sit factum non solum historiis sed etiam patriensium memoria quotidie recolitur et cantatur nos pauca memorantes cetera omittamus, ut qui cuncta nosse anhelat, non nostro scripto sed priscorum auctoritate doceatur (s. über das richtige Verständnis dieser um 1088 geschriebenen Worte Hoffmann in den Elnonensia p. 17—20); Guido de Bazochiis in dem chronic. Alberici 881 (Leibnitii access. hist. II, 212) s. über dessen Quellenwerth Wilmans in Pertz Archiv X, 206 und über die französ. Lieder K. Müllenhoff Denkmäler deutscher Poesie und Prosa S. 286. Lappenberg (Gesch. v. Engl. I, 323 A. 2) und Pauli (König Aelfred 144) haben diese sagenhaften Nachrichten ohne alles Bedenken benutzt.

einen inneren Schaden, der ihm bald darauf den Tod brachte. Die Geschichte weiß jedoch nichts von Isembards Verrath und von Guarmunds Untergang, wie auch der frühzeitige Tod des Helden von Saucourt mit dieser Schlacht in keiner Verbindung steht.

Unverwelkt grünt der Lorbeer dieses Schlachttages auch bis auf unsere Zeiten noch in dem deutschen Ludwigsliede fort, welches die Hand eines Zeitgenossen in ein Pergament des Klosters St. Amand eingetragen. Mögen nachfolgend die Worte dieses Gedichtes in getreuer Uebertragung[20]) den Leser lebendiger in jene kampferfüllten Tage zurückversetzen.

Einen König weiß ich, sein Name ist Ludwig;
  Der mit Eifer Gott dient: ich weiß, er wird es ihm lohnen.

Noch Kind, ward er vaterlos. Dafür ward ihm alsbald Ersatz:
  Der Herr rief ihn, er ward sein Erzieher.

Er gab ihm männliche Tüchtigkeit, eine herrliche Mannenschaft,
  Den Thron hier in Franken. Mag er des lange genießen!

Das theilte er darauf alsbald mit Karlmann,
  Seinem Bruder, theilte mit ihm die gesamte Flur.

Als das alles vollendet war, wollte Gott ihn prüfen,
  Ob er Noth und Mühsal, so jung wie er war, zu tragen vermöchte.

Er ließ heidnische Männer über das Meer daherfahren,
  Um das Volk der Franken ihrer Sünden zu mahnen.

Da gab es manchen Verlorenen, auch manchen zum Heil Erkorenen.
  Wer bis dahin übel gelebt, litt peinliche Strafe.

Wer da ein Dieb war, aber heil davon kam,
  Der fastete reuig: er ward von nun an ein guter Mensch.

Mancher war ein Lügner, mancher ein Räuber,
  Mancher voll Schlechtigkeit, doch alle reinigten sich davon.

Der König war fern, das ganze Reich in Verwirrung,
  Christus zürnte: ach, es litt darunter so schwer!

Doch hatte Gott Erbarmen mit ihm, er kannte das ganze Elend.
  Er hieß Ludwigen ungesäumt hinreiten.

„Ludwig, König mein, hilf meinen Leuten!
  Die Nordmannen haben sie hart bedrängt.“

Da sprach Ludwig: „Herr, so will ich thun,
  Hindert mich nicht der Tod daran, thu' ich alles was du gebietest.“

Da wandt' er sich mit Gott zur Fahrt, hob die Kampffahne auf,
  Ritt hin in's Frankenland entgegen den Nordmannen.

---

[20]) Die obige Umschreibung des Ludwigsliedes, nach dem besten Texte desselben (Müllenhoff und Scherer Denkmäler S. 15—17) verdanke ich der Güte meines Freundes Karl Lucä. Sie bezweckt nur Zeile für Zeile den Sinn möglichst treu und in ursprünglicher Färbung wiederzugeben.

Gott dankten, die seiner harrten,
Riesen all: „Gebieter mein, so lange harren wir dein."
Da sprach mit lauter Stimme Ludwig der gute:
„Fasset Mut, Genossen, meine Nothgefährten.
Gott hat mich hergesandt und mir selbst geboten,
Wenn's euch räthlich schiene, daß ich hier föchte,
Mich selbst nicht sparte, bis ich euch errettete.
Nun will ich, daß mir folgen alle Gott ergebenen.
Beschert ist uns hier zu bleiben, so lang' es Christus will.
Will er unser Hinscheiden, auch darüber gebietet er.
Wer tapfer hier im Kampfe Gottes Willen thut,
Kommt er heil davon, so lohne ich's ihm;
Bleibt er in der Schlacht, lohn' ich seinem Geschlecht."
Da nahm er Schild und Speer, kampfmutig ritt er,
Die Wahrheit wollt' er weisen seinen Widersachern.
Da währte es nicht gar lang, bis er die Nordmannen fand.
Des dankte er Gott, denn er sieht nun, was er gewünscht hatte.
Der König ritt kühnlich, sang ein Gotteslied,
Und allesamt sangen „Kyrie eleison."
Sang war gesungen, Kampf war begonnen,
Blut schien aus den Wangen, froh tummelten sich da die Franken.
Da focht der Helden keiner so wie Ludwig:
Behend und kühn, so lag's ihm in der Art.
Manchen durchschlug er, manchen durchstach er
Er schenkte vollauf seinen Feinden
Bitteren Würzwein. Weh ihnen daß sie das erlebten!
Gelobt sei Gottes Macht! Ludwig ward siegreich,
Er dankte allen Heiligen: sein ward der Sieg.
Heil, immer Heil Ludwig, dem siegbeglückten König!
So bereit er immer war, wo des irgend Noth war,
So erhalte ihn der Herr in seinen Ehren.

Als in dem Jahre der Schlacht von Saucourt die Normannen noch einmal in das westfränkische Gebiet streiften, bot Ludwig abermals seine Getreuen auf und zog ihnen in den Gau von Kammerich entgegen[21]). Auf den Vorschlag einiger seiner Rathgeber erbaute er hier eine Burg von Holzwerk an einem Orte, der Stromus (Etrun bei Arras) genannt wird. Wiewol es ihm an Mannschaften zur Verteidigung dieser Feste gebrach und daher zu befürchten stand, daß der Feind sich derselben zu seinem eigenen Gebrau-

[21]) Ann. Vedast. 881: in loco qui dicitur Strum; Hincmari ann. 881: quod magis ad munimen paganorum, quam ad auxilium christianorum factum fuit (Scr. I, 513, II, 199).

che bemächtigen könnte, so hatten die Dänen die Tapferkeit des jungen Frankenkönigs doch hinlänglich erprobt, um vorläufig nicht wieder mit ihm anzubinden. Um so anlockender eröffnete sich vor ihren gierigen Blicken das ostfränkische Reich, denn König Ludwig der jüngere, nachdem er den ganzen Sommer in Baiern verlebt, lag in Frankfurt, wo er erst kürzlich wieder eingetroffen, krank danieder und es ließ sich voraussehen, daß es den lothringischen Grenzen an einem wirksamen Schutze fehlen würde.

Nachdem die Normannen von jenem Einfalle in das Kammerich nach ihrem alten Hauptquartiere Gent zurückgekehrt waren, besserten sie dort ihre Schiffe aus, ergänzten ihre Reiterei, die bei Saucourt sehr gelitten hatte und schlugen dann theils zu Lande theils zu Wasser den Weg nach der See ein. Doch sie entfernten sich aus dem Reiche nur, um durch einen andern Eingang wieder zu kommen. Unter der Führung ihrer Seekönige Gotfrid und Sigifrid, von denen der erstere sie schon bei Thuin befehligt hatte, liefen sie, ohne Zweifel durch neuen Zuzug verstärkt, noch im November in die Mündung der Maas ein[22]) und fuhren diesen Strom aufwärts bis in die Nähe von Maastricht. Dort errichteten sie zu Aschloh an der Maas, einer königlichen Pfalz (Elsloo unterhalb Maastricht) ein Standlager für ihre Winterquartiere, das sie mit Wällen und Mauern wohl befestigten.

Sogleich begannen die umliegenden Lande, die einen solchen Feind noch nie in ihren Fluren gesehen, die Anwesenheit der schlimmen Gäste zu empfinden. Die Städte Maastricht, Lüttich und Tongern, die erste ein lebhafter Handelsplatz, die zweite als Bischofssitz und durch den Besitz des h. Lambert berühmt, samt den übrigen Ortschaften und Klöstern des benachbarten Haspengaus, darunter St. Trond, wurden im ersten Anlaufe von ihnen überrannt und unter Sengen und Brennen ausgeplündert[23]). Aufgemuntert

[22]) Ann. Vedast. 881: Nortmanni hoc cognoscentes Gandavum rediere suisque reparatis navibus etc.; Regino 881: eodem anno mense Novembrio duo reges Nordmannorum Godefridus et Sigifridus cum inaestimabili multitudine peditum et equitum consederunt in loco, qui dicitur Ahslon iuxta Mosam; Chron. Anglosax. 882, Asserius de reb. gest. Aelfredi 882 ... praefatus exercitus suas naves per flumen quod dicitur Mese sursum tanto longe in Franciam pertraxit et ibi uno anno hyemavit; Ethelwerd. chronic. l. IV c. 3: postque circulum unius anni transiit praedictus exercitus in superiora territoriis Maesae et castra metati sunt in loco Escelun (a. a. O.). Die Führer werden später auch von den ann. Fuld. und Hinkmar a. 882 (Scr. I, 396, 514) genannt; die ersteren erwähnen munitionem, quae circumsepta constabat secus litus Mosae fluminis loco qui dicitur Ascloha de Reno miliaria 14, in den ann. Ved. Haslao oder Haslac, in einer Urk. Karls Asloha, eine Urk. Lothars II. ist ausgestellt Aslao palatio regio und ebenso wird Aschlo auch später noch als lotharisches Krongut aufgeführt (B. 699, 944, 1042, Lacomblet I, 39), vgl. Ernst hist. de Limbourg I, 330 flg.

[23]) Regino 881: et primo quidem impetu finitima loca depopulantes etc. Auch Hinkmar erwähnt monasterium sancti Landberti in Leudico, die ann. Fuld.: Traiectum et pagum Haspanicum. Das von den letzteren vor-

durch die reiche Beute an diesen bisher noch unberührten Stätten schweiften die Scharen der Normannen alsbald tiefer nach Ripuarien hinein und erreichten ohne Widerstand die Ufer des Rheins[24]): Köln selbst, die Metropole des Landes, vermochte keinen Widerstand zu leisten und alle seine Kirchen mit ihren Reliquien, die Klöster sowie die meisten Häuser der Stadt wurden eingeäschert. Ein ähnliches Loos traf die Nachbarstadt Bonn, die Burgen Zülpich, Jülich, Neuß, überall wüteten in gleichem Maße Raub, Brand und Mord, um statt der menschlichen Wohnungen rauchende Trümmer zurückzulassen.

Erschütternder als alle diese Unglücksfälle mußte die Trauerkunde wirken, daß selbst das ehrwürdige Haupt des Reiches, Achen von heidnischen Horden überfallen worden[25]), daß sie an die Pfalz Karls des Gr. und seine Bäder Feuer gelegt und die Marienkirche, deren Reliquien und Kostbarkeiten von einigen Mönchen aus Stablo gerettet wurden, zum Pferdestalle entweiht hätten. Da

---

angestellte Cameracum wurde schon zu Ende 880 verwüstet. Jocundus (translatio S. Servatii c. 18, 19, Scr. XII, 97) um 1088 erzählt eine fabelhafte Geschichte von der versuchten Plünderung der St. Servatiuskirche und einer schweren Niederlage, welche die Normannen durch die Einwohner von Maastricht erlitten s. auch über St. Trond Gestor. abbat. Trudon. contin. III P. I c. 20 (Scr. X, 375). Nach einer sagenhaften Ueberlieferung (Henric. de Herfordia c. 75 p. 66 ed. Potthast) wurde Tongern gerade in der Christnacht überfallen, doch stimmt dies nicht recht zu der beglaubigten Zeitangabe Reginos über Prüm.

[24]) Nach den ann. Fuld. müßte man die Plünderung Achens vor die von Köln setzen, allein Regino scheint besser unterrichtet: secunda incursione Ribuariorum finibus effusi caedibus, rapinis ac incendiis cuncta devastant, Coloniam Agrippinam, Bunnam civitates cum adiacentibus castellis scilicet Tulpiacum, Iuliacum et Niusa igne comburunt. Die ann. Fuld. nennen Köln und Bonn, Hinkmar, ann. Vedast. 882, Liudprand (antapod. III c. 47) nur Köln. Vgl. ann. Fuld. 883 (Scr. I, 398): Agripina Colonia absque aecclesiis et monasteriis reaedificata, Schreiben Stephans VI. an Hermann von Köln, Mai 891: quia ... basilice et omnes fabrice domorum Coloniensium civitatis una cum nomina predicte ecclesie igne conbuste perierunt, convenit fraternitas tua nos implorasse, ut reliqnias sancte dei genetricis ... ei mittere deberemus, quatenns urbs, que per diaboli insidias igne cremata est, patrocinia sanctorum mereatur consequi (Floss Leonis papae VIII. privileg., diplom. p. 124 vgl. p. 122); Chronica S. Martini Coloniens. (Scr. II, 214): Gotfridus mortuus III id. Maii snb annum 882, quo tempore monasterium Nortmannorum irruptionibus vastatum fuit.

[25]) Ann. Vedast. 882: Dani vero famosissimum Aquisgrani palatium igne cremant; ann. Fuld. 881: Aquense palatium, ubi in capella regis equis suis stabulum fecerunt; Hincmar. 882: Aquis etiam palatium; Regino 882: post haec Aquis palatium, Indam, Malmundarias et Stabulaus monasteria in favillam redigunt; Liudprand. antap. III c. 47: thermas etiam Grani palatii atque palatia combusserunt; Urk. Karls III. für Stablo, worin der Probst Anton bittet pro quibusdam fratribus sibi commissis ex monasterio, quod vocatur Stabulaus, qui ob dei amorem nostramqne fidelitatem pignora sanctorum a praedecessorum nostrorum prudentia Aquis recondita cum thesauro eiusdem fideliter reservaverunt et ad nos absque nlla diminutione detulerunt (Martene et Durand collectio ampliss. II, 31, B. 948).

war es denn zur schrecklichen Wahrheit geworden, was vor mehr als siebzig Jahren der kleine Dänenkönig Gotfrid dem großen Kaiser prahlerisch gedroht hatte, daß er mit Heeresmacht in Achen eindringen werde! Damals waren an diesem kaiserlichen Sitze allerdings größere Schätze aufgehäuft, die vorzüglich Lothar in dem Bruderkriege zerstreute und seit dem Tode seines gleichnamigen Sohnes sah Achen, zu einem Grenzorte geworden, die Herrscher des Landes nur selten in seinen Mauern. So spiegelte sich in den Schicksalen dieser Stadt, die man einst mit gutem Grunde ein zweites Rom nennen durfte, das Verhängnis des fränkischen Gesamtreiches, dessen naturgemäßer Mittelpunkt sie gewesen und in ergreifendem Wechsel stellte sich auf diesem engen Schauplatze die Blüte, die Abnahme und der Untergang jenes Reiches dar. Wie sollte nun für die Glieder noch Sicherheit und Gedeihen zu hoffen sein, nachdem das Haupt von dem Feinde geschändet und erniedrigt worden?

Von Achen wälzte sich die Woge der Zerstörung zunächst über das nur drei Meilen entfernte Kloster an der Inde (Cornelimünster), welches Ludwig der Fr. einst seinem geistlichen Freunde Benedikt von Aniane in der Mitte eines Forstes erbaut und für ihn reich ausgestattet hatte[26]). Gleiches Verderben ereilte die beiden von Einem Abte regierten, eng verbrüderten Ardennenklöster Malmedy und Stablo (Stavelot)[27]), doch waren die Mönche des letzteren wenigstens zeitig genug vor dem nahenden Sturme gewarnt worden, um sich durch den dichten Wald, der ihr Stift einschloß, mit dem Leibe des h. Remaklus, ihrem kostbarsten Schatze auf eine entlegene Besitzung des Heiligen zu flüchten, während die Flammen ihre Wohnung verzehrten. Quer durch die unwirthbare Eifel streiften die Plünderer hierauf nach Prüm[28]), das von Pip-

---

[26]) Außer Regino auch von den ann. Fuld. und Hinkmar genannt vgl. Ermold. Nigell. l. II v. 569—600 (Scr. II, 489).

[27]) Ann. Stabulens. 881 (Reiffenberg monuments VII, 202): ipso anno Stabulaus monasterium a Normannis incendio crematur. Eine ausführliche Erzählung von der wunderbaren Flucht und Rettung der Mönche enthalten die Miracula S. Remacli c. 1—5 (Acta sct. Bollandi Sept. I, 705—706) aus dem 11. Jahrh., die zwar den Ueberfall irrig in das J. 883 setzen, sonst aber einige brauchbare Traditionen bewahrt zu haben scheinen, wie sie auch das Verderben hyemali tempore erfolgen lassen. Auch nach dieser Quelle brannte das Kloster vollständig nieder (voraci flamma esse consumptum). Karl III. schenkte schon am 13. Nov. 882 den Mönchen das Krongut Blandonium ad restaurationem ecclesiae, ubi etiam agius requiescit Remaclus (B. 948 a. a. O.).

[28]) Reginon. chron. 882, Monach. Sangall. gesta Kar. M. II c. 12 (Scr. II, 756): qui (sc. Pippinus) ... optavit locum in quodam monasterio tunc nobilissimo, nunc autem, non incertum de qua causa destructo; Urk. Karls vom 22. Mai 882: nos ad monasterium, quod dicitur Brumia ... audita infestatione paganorum, qui dicuntur Nordmanni ad eundem monasterium erumpentium quandam curtem nostram, quae dicitur Neckarauwa ... iure perpetuo tradimus (Beyer mittelrh. Urkb. I, 127, B. 943).

pin und Bertrada begründet unter allen Klöstern dem regierenden Hause vielleicht am nächsten stand. Am Feste der h. drei Könige, 6. Januar 882 drangen die Normannen dort ein und hielten sich drei Tage daselbst auf, um zugleich die ganze umliegende Gegend auszurauben. Die Verzweiflung trieb das Landvolk sich in großen Haufen bewaffnet zusammen zu scharen und den frechen Räubern die Spitze zu bieten, allein ungeübt, wie diese Aermsten waren und ohne Führung und Mannszucht, wurden sie in einem furchtbaren Gemetzel wie das Vieh hingeschlachtet. So brachten die Dänen ihre Beute ohne alle Gefährde in Sicherheit: nach ihrem Abzuge schlugen bald die Flammen über den Gebäuden des Klosters zusammen, da an verschiedenen Orten Feuer angelegt worden und in der allgemeinen Flucht Niemand zum Löschen da geblieben war. Hiernach kehrten die Plünderer wieder nach Elsloo zurück.

Da drang aus ganz Ripuarien ein erschütternder Klageruf zu den Ohren Ludwigs und als beredte Zeugen der Schmach, welche den Häusern Gottes und dem ganzen christlichen Volke zugefügt worden, strömten in Mainz flüchtige Domherren, Mönche und Nonnen in großer Zahl zusammen, mit den Gebeinen ihrer Heiligen oder einzelnen Kleinodien der Kirchen beladen, die sie als das werthvollste allein aus dem allgemeinen Schiffbruche geborgen hatten. Der König aber wurde durch schweres Siechthum an seine Pfalz in Frankfurt gefesselt, er konnte nicht selbst ins Feld ziehen und mußte sich begnügen, ein Heer gegen die Dänen an der Maas zu entsenden[29]). Verhieß der Mangel der königlichen Führung diesem Unternehmen schon von vornherein wenig Aussicht auf Erfolg, so kamen zum Beginne des Jahres 882 düstere Vorzeichen hinzu, um die geängstigten Gemüter noch mehr zu erschrecken: am 30. Dezember 881 in der Frühe wurde in Mainz ein heftiges Erdbeben wahrgenommen und am 18. Januar 882 erschien ein Komet mit ungewöhnlich langem Schweife, wozu auch eine Mondfinsternis sich gesellte. Als wenige Tage darauf sich die niederschlagende Kunde verbreitete, daß am 20. Januar König Ludwig zu seinen Vätern heimgegangen sei, wußte Jedermann, was jenes schreckhafte Himmelszeichen zu bedeuten gehabt habe[30]).

Kaum war die Nachricht von dem Tode des Königs zu dem Heere gelangt, welches die Dänen zu Elsloo in ihren Befestigungen belagerte, als allgemeine Entmutigung einriß und alle nur an das

---

Die vorhergehenden Plünderungen müssen mit Regino sämtlich noch in das J. 881 gesetzt werden.

[29]) Ann. Fuld. 881: rex apud Franconofurt gravi infirmitate laborabat et quia ipse ire non potuit exercitum suum contra Nordmannos destinavit.

[30]) Eb.: rem infaustam, quae cito secuta est sua apparicione praemonstrans. Zu Rethel an der Aisne beobachtete man dies Himmelszeichen am 25. Januar (Cod. August., Scr. III, 569 n. 2); Ann. Alamann. 882: eclypsis lunae.

Ihre denkend sich unvollendeter Dinge auf den Heimweg begaben. Kaum ihrer Dränger entledigt, folgten die Normannen den abziehenden Truppen fast auf dem Fuße nach, schweiften ungehindert bis nach Koblenz und verwüsteten in diesen Gegenden jetzt alle die Ortschaften mit Feuer und Schwert, die früher von ihnen verschont geblieben. Schon begann man in Mainz, dem Zufluchtsorte der vertriebenen Geistlichkeit, vor einem Ueberfalle zu zittern, man stellte deshalb die alten z. Th. römischen Mauern dieser Stadt wieder her und umgab sie mit einem schützenden Graben.

Während aus den bedrängten Landen Boten nach Italien eilten, um den letzten der Söhne Ludwigs des Deutschen, den Kaiser Karl, der damals mit dem Papste in Ravenna tagte, zur schleunigen Heimkehr aufzufordern[31]), weil das Reich ohne Haupt zu Grunde gehe, überließen sich die Normannen über die Nachricht von dem Tode des Königs ungemessener Freude, denn sie hofften nun, daß ihnen die Beute ohne allen Kampf zufallen werde. Wiederum wie das vorige Mal schlugen sie die Richtung nach der Mosel ein und am 5. April, dem grünen Donnerstage, wurde Trier die ehrwürdigste unter den deutschen Metropolen von ihnen überwältigt und unter den Einwohnern, so viele nicht rechtzeitig die Flucht ergriffen ein furchtbares Gemetzel angerichtet[32]). Drei Tage lang gerade bis zum Osterfeste, ruhten die Heiden ihre vom

[31]) Regino 882 diversis legationibns Germaniae ac Galliae pulsatur (sc. Carolus), ut ad suscipienda regna sibi haereditario iure competentia festinaret.

[32]) Eb. 882 am ausführlichsten, ann. Fuld. (Pars IV, V) 882, die auch den Tag des Ueberfalles Nonas Aprilis angeben, qnibusdam locis et aecclesiis dimissis, qnibusdam concrematis; Hinkmar, ann. Vedast. 882 (Treviris nobilissimam sc. civitatem), Liudprand (antap. III c. 47) nennen Trier nur unter den zerstörten Orten; ann. S. Maximini Trevir. 882 (Scr. IV, 7): Nortmanni Treverim cum monasterio sancti Maximini vastantes Galliam cremaverunt; Sigehardi miracula S. Maximini c. 26 (eb. 234 n. 13): contigit hauc qnoque urbem Trevericam cum suburbanis eius eisdem casibns obnoxiam subiacuisse. et qnoniam tam miseranda civium strages urbisque subversio improvisa ac subita evenisse asseritur, hoc monasterium inter cetera non solum concrematum est etc.; Notkeri martyrolog. IV Kal. Iun. (Pertz Archiv IV, 311) erwähnt die Nordmannorum tempora, in denen die Priestergewänder des h. Maximin in Trier zu Grunde giengen. Gleichzeitige Notiz einer Trierer Handschr. (Scr. VIII, 167 n. 97): Anno 882 indict. 15. Normannorum gens Treverim incendio cremavit. Arnolf erwähnt im J. 894, daß eine Urk. Ludwigs des jüng. für Trier per invasionem paganorum violatum esse sigillumque diruptum (Beyer mittelrh. Urkb. I, 201), Erzb. Theoderich v. Trier 975: ex decreto superum propter delicta inhabitantium civitas Trevirensis data gentibus Normannorum vastatione a suo statu concidit (eb. 716); Eberwin. V. S. Magnerici (Scr. VIII, 208): ecclesia antem illa (sc. S. Martini) ... vastatione Normannica cum ipsa civitate succensa; Miracula S. Modoaldi l. III c. 1 (eb. 224); Nizo V. S. Basini, prolog. (Acta sct. Boll. Mart. I, 315): scitum namqne habetur, urbem Trevericam una cum suis suburbanis ct ecclesiis adiacentibus per eosdem spurcissimos Nortmannos incendio concrematam etc. Ueber spätere Fabeleien, die sich an die normannische Verwüstung anknüpfen s. Scr. VIII, 112, 166.

Marsche ermüdeten Glieder daselbst aus, indem sie aus allen Kirchen und Klöstern der Stadt sowie der Umgegend, namentlich auch aus St. Maximin an Raub zusammenrafften, was ihrem Herzen irgend wohlgefiel. Als dann die Zeit zum Aufbruche gekommen war, legten sie an vielen Orten Feuer an, um wenigstens alle die Habe, die sie nicht selbst brauchen konnten, zu vernichten. Die Gluten der brennenden Stadt leuchteten ihrem Abzuge.

Das nächste Ziel normannischer Verwüstung sollte das reiche Metz sein, die Ruhestätte des h. Arnolf, eine Stadt, an welche vorzüglich sich viele Erinnerungen aus der Geschichte des fränkischen Volkes knüpften. Der Bischof Wala von Metz, seit einigen Jahren von dem Papste, wie einige seiner Vorgänger, mit dem sonst nur Erzbischöfen zustehenden Abzeichen des Palliums geschmückt[33]), wollte es jedoch dahin nicht kommen lassen, daß sein Sitz dasselbe Loos erführe, wie Trier. Vereint mit dem flüchtigen Erzbischof Bertolf von Trier und dem Grafen Adalhard von Metz stellte er sich an der Spitze von eilig aufgebotenen Mannschaften am 10. April den Räubern bei Remich an der Mosel entgegen[34]). Sehr schnell war bei der Uebermacht des Feindes der Kampf entschieden, der aus einem Handgemenge sich alsbald in ein Gemetzel verwandelte. Während die übrigen Führer entkamen, fiel Wala von Metz, da er, wie Hinkmar sagt, gegen die Kirchengesetze und seine geistliche Würde die Waffen führte. Trotz ihres Sieges setzten die Normannen ihren Marsch nicht weiter fort, sondern kehrten, vielleicht durch Gerüchte von der Annäherung Karls erschreckt, mit ihrer unermeßlichen Beute nach Elsloo zurück.

Die Burg Mouzon an der Maas und die zunächst angrenzenden Theile des Reimser Sprengels bezeichnen den entlegensten Punkt, bis zu welchem die Normannen auf diesen Zügen in südwestlicher Richtung vordrangen[35]). Gerade das westliche Lothrin-

---

[33]) Hartzheim Concil. Germaniae II, 363 (J. 2401), Flodoard. hist. Rem. eccl. III c. 23 p. 303.

[34]) Ann. Fuld. 882: Walah ... incaute cum paucis occurrens; Regino 882: Walo adiuncto sibi Bertulfo episcopo et Adalhardo comite ultro illis obviam etc. (vgl. über Adalhard A. 2); ann. Vedast. 882: statim terga verterunt; Hincmari ann. 882: Walam ... contra sacram auctoritatem et episcopale ministerium armatum et bellantem; Miracula S. Glodesindis c. 29 (Scr. IV, 237): qui Walo ... excursione Nortmannorum ... usque Treviros accedente, dum eis incaute manuque impari congredi parat usque ad locum, qui dicitur Remicha in littore Moselle obviam venit ... non praelium iam illud sed strages miserorum fuit etc.; Ann. Mettens. Vincentii 882 (Scr. III, 157): Walo episcopus interfectus est a Normannis. Er war 876 auf Adventius gefolgt. Den Todestag gibt der Katalog der Metzer Bischöfe (Scr. II, 269), das Martyrolog. der Metzer Kathedrale (Hist. de Metz I, 638). Ungedruckte ann. S. Arnulfi Mettens. bringen (nach Jaffe) noch die Notizen: 876 Galo 6 annis. Hic occisus est a Normannis; 879 Iohannes papa dedit pallii usum soli Galoni episcopo Metensi. B. 942 vom 17. Mai für das Kl. Gorze ist post obitum Valaonis episcopi ausgestellt.

[35]) Hincmari ann. 882 (Scr. I, 513, 514). Es ist unklar, wann die

gen, welches erst Ludwig der jüngere für das Ostreich erworben, hatte ihnen allenthalben offen gelegen und nur ungewis erschien die Aussicht auf eine künftige Hilfe. Es war daher sehr natürlich, daß man sich im Drange der Noth der Söhne Ludwigs des Stammlers, des früheren Landesherrn erinnerte, deren Name schon einen guten Klang gewonnen. Die westlothringischen Großen schickten nach dem Tode Ludwigs von Ostfranken zu dem neustrischen Könige Ludwig, dem Sieger von Saucourt und baten ihn, sie in seine Huld aufzunehmen. So gerecht die Wiedererwerbung dieses ungerecht entrissenen Besitzthums der westfränkischen Krone scheinen mochte, so wies der König auf den Rath seiner Getreuen dennoch das lockende Anerbieten zurück, weil er dadurch den mit Karl beschworenen Vertrag verletzt haben würde. Um jedoch mit Rücksicht auf spätere Gelegenheiten das ihm entgegenkommende Vertrauen der Lothringer nicht zu täuschen, faßte er den weisen Beschluß einen Heerhaufen unter dem Befehle seines Kämmerers Theoderich zu entsenden, der ihnen gegen die Normannen die begehrte Hilfe leisten sollte.

Das ganze weite Gebiet zwischen der Maas, dem Rheine und der Mosel war von dänischen Raubscharen durchstreift worden, die ansehnlichsten Städte, Klöster und Burgen dieser Lande lagen in Asche, oder waren verwüstet und ihrer Bewohner beraubt, ohne daß irgendwo ein nachhaltiger Versuch zur Gegenwehr sich erhoben hätte. Jammer und Elend herrschte, soweit die Hufen normannischer Rosse den Boden zerstampft: in ihr Standlager an der Maas strömten sowol die Schätze und Kostbarkeiten aus allen den geplünderten Orten zusammen, als andrerseits Vieh und Lebensmittel aller Art in unversieglicher Fülle dort aufgehäuft wurden. Noch nach sechs Jahren spricht sich eine Mainzer Synode über den Eindruck dieser Greuel folgendermaßen aus[36]): Trauern wir also mit dem Propheten (Jeremias) und laßt uns in unserem Haupte Wasser suchen und in unseren Augen Thränenquellen, damit wir die Erschlagenen der Tochter unseres Volkes beweinen. Denn wer vermag mit trockenen Augen die Leiden unseres Stammes und der Heiligen aufzuzählen? Schauet und betrachtet, was für glänzende und herrliche Gebäude der Diener Gottes zerstört, an-

---

Normannen bis in den Reimser Sprengel vordrangen, ob vor oder nach dem Brande von Trier. Nach dem Treffen von Remich läßt Regino sie summa celeritate in ihre Verschanzungen zurückkehren. In einem Briefe an Hetilo v. Noyon meldete Hinkmar: in magna se tribulatione vallatum a barbaris esse et quod caeteris omnibus depraedatis tanta quaerebatur pro civitate redemptio, quantam explere non valeret (Flodoard. hist. Rem. IV c. 23 p. 307), doch bleibt der Zeitpunkt zweifelhaft.

[36]) S. die praelocutio des Mainzer Konzils im J. 888 und c. 9 (Hartzheim concil. Germaniae II, 369, 372) vgl. auch ann. Weingart. 882 (Scr. I, 66): quo etiam anno et preterito Nordmanni in populo christiano multa mala fecerunt.

gezündet und gänzlich vernichtet worden, wie die Altäre herausgerissen und zerschlagen, kostbare und bewundernswerthe Kleinodien der Kirchen Gottes geraubt und vom Feuer verzehrt worden sind. Bischöfe und Priester und andre Männer geistlichen Standes wurden mit dem Schwerte geschlagen und durch verschiedenartige Martern dem Tode geweiht. Jegliches Alter, beiderlei Geschlecht sind durch Schwert, Feuer und andre Todesarten hingerafft. Was kann hierüber weiter noch gesagt werden? Alles wünschenswerthe und köstliche ist uns entrissen worden, wie einst bei der angedrohten Zerstörung des jüdischen Tempels jenen gesagt wurde: Siehe ich will dir deiner Augen Lust nehmen, darüber deine Seele zittert. Viele der Unsrigen also, denen dies Unglück zustieß, zitterten für ihre herrlichen Kirchen und für die ihnen anvertraute Herde, was alles, wie es der Augenschein lehrt, geraubt und gänzlich verwüstet worden. Die Gefahr solcher Verheerung fürchtend schweifen die Einwohner der Klöster beider Geschlechter hie und dort ungewis umher und von allem Troste völlig entblößt, wissen sie nicht, was sie thun noch wohin sie auf ihrer Irrfahrt sich wenden sollen und setzen ohne Hirten ihren Beruf auf das Spiel."

So traurig sah es in den gesegneten Rheinlanden aus zu der Zeit, da Ludwig der jüngere sein Leben und seine Regierung beschloß und noch weilte der Helfer in der Ferne. König Ludwig aber, der zweite Sohn Ludwigs des Deutschen und Hemmas, starb am 20. Januar 882 in der von ihm vorzüglich geliebten Pfalz zu Frankfurt[37]), in der er schon einige Zeit an einem Fieber krank gelegen und wurde an der Seite seines Vaters in dem Kloster

[37]) Das Todesjahr geben u. a. Necrolog. Fuld. mai., min. 882 (Boehmer fontes III, 156, Dronke tradit. Fuld. 172), ann. Laubiens. 881, Elnon. min. 880, Alamann. 882: Hludowicus filius Hludowici pii obiit (Scr. I, 52 IV, 15, V, 19). Ueber den Todestag weichen die Angaben, eben so wie bei Karlmann von einander ab: den 20. Januar hat das Necrol. Augiense, Kalendar. Lauresham.: XIII Kal. Febr. Ob. Hludowicus iunior rex (Martyrologium Adonis ed. Rosweyde II, 689, Boehmer III, 144), ann. Fuldens. 882, vita Meinwerci c. 6 (Scr. XI, 109), den 21. zwei Nekrologien von St. Emmeram mit dem irrigen Zusatze filius Arnolfi imperatoris; von Obermünster (Boehmer fontes III, 485): Ludewicus imperator; von Weltenburg (Mon. Boica XIII, 475): XII Kal. Febr. Ludwicus rex und von Niederaltaich; den 20. Aug. Necrol. Epternac. (Reiffenberg monuments VII, 211), Lauresham. (Boehmer fontes III, 149), Regino 882, Wiener Handschr. der ann. Fuld.; den 20. Dez. Necrol. Prum. zum J. 882 (Pertz Archiv III, 23), Altaicher Handschr. der ann. Fuld. Für die erstere Angabe entscheidet die Genauigkeit der ann. Fuld., die seinen Tod mit dem Normanneneinfalle in Verbindung bringen, Hinkmar und ann. Vedast., welche beide die Nachricht zwischen Weihnachten 881 und Ostern 882 setzen, die Zeit des Regierungsantrittes Karls und die letzten Urk. Ludwigs aus Frankfurt vom 17. und 18. Jan. datiert (B. 895, 896, in dieser ist nach dem Originale in Kassel das Datum zu verb. XVI Kal. Februar.); Bruchstück des Cod. August. (Scr. III, 569 n. 2): ac deinde in regno suo obstacula grassabantur multiplicia atque inenarrabilibus calamitatibus undique vallatus Nortmannorumque infestatione inquietatus febre corripitur ultimum emittens spiritum.

Lorsch beigesetzt[38]), woselbst er für diesen Zweck eine Kapelle, die Bunte genannt, eigens erbaut hatte. Schon im Sommer 880 war Ludwig durch eine Krankheit von der mit den andern Frankenkönigen verabredeten Zusammenkunft fern gehalten worden. Wenn er auch später noch einmal einen Zug gegen die Normannen in Nimwegen unternahm, so scheint es doch fast, als habe seine Kraft seit jenem Uebel nachgelassen, da ihm seitdem nichts von Bedeutung mehr gelang und er für die bedrohte Sicherheit Lothringens so geringe Sorge trug.

Von Ludwigs des jüngeren Persönlichkeit ist uns überaus wenig bekannt. Regino meldet wider seine Gewohnheit sein Ableben ohne jedes Urtheil über seinen Charakter, doch rühmt er bei einem andern Anlaß, daß er seinem Vater wie in den Zügen so an Scharfsinn und erfinderischem Geiste geglichen. Sehr bitter bemerkt dagegen Hinkmar[39]), der König sei „nach einem Leben ohne Gewinn für sich, für die Kirche und das Reich" hingeschieden. Dies Wort eines leidenschaftlichen Mannes erklärt sich, abgesehen von dem trüben Eindruck der normannischen Verwüstungen, hinlänglich aus dem Kummer, welchen dem Reimser Erzbischof die Einverleibung des westlichen Lothringens, zu dessen Erwerbung durch Karl den K. er einst so wesentlich mitgewirkt, in das ostfränkische Reich verursachen mußte.. Diese Einverleibung eben, die sich nach manchen Schwankungen als eine bleibende erwies, ferner jener glänzende Sieg bei Andernach, durch welchen den westfränkischen Eroberungsgelüsten ein plötzliches Ende bereitet wurde, reichen hin der kurzen Regierung Ludwigs, die nicht viel über fünf Jahre dauerte, ein ehrenvolles Andenken zu sichern. Das treulose Benehmen dieses Fürsten gegen die Söhne Ludwigs des Stammlers, denen er die in dem Vertrage von Fouron beschworenen Verpflichtungen in keiner Weise hielt, ja denen er den schon abgeschlossenen Frieden abermals brach, soll freilich damit nicht beschönigt werden

[38]) Ann. Fuld. 882: in monasterio sancti Nazarii ... iuxta patris sui tumulum; Regino 882: iuxta patrem in Lorasham coenobio; Necrolog. Lauresham.: XIII Kal. Sept. Ludowicus rex iunior, hic in Winheim hubas III ex toto tradidit (B. 879) sibique sepulturam iuxta patrem in ecclesia elegit, Urk. Karls III. angef. I, 849 A. 2, Chronic. Lauresham. (Cod. Lauresh. I, 82): Ludowico rege Germaniae ... defuncto et iuxta patrem apud Lauresham in ecclesia, quae dicitur Varia, quam ipse huius rei gratia construxerat sepulto vgl. G. Helwich antiquit. Laurishaim. p. 10: extant etiam ibidem in hanc usque diem ea regum monumenta licet anepigrapha ... alterum in media navi (ut vocatur) templi columellis suis impositum nec ineleganti fabrica antiquitatem suam referens. Daß diese von Leo IX. 25. Okt. 1052 geweihte Kapelle (Jaffé reg. pontif. p. 375), die sich wahrscheinlich am südlichen Kreuzesarme der Kirche befand, völlig verschwunden ist (vermutlich 1621 zerstört), hat eine neuere Untersuchung ergeben s. Ph. Heber Ludwig der Deutsche S. 23.

[39]) Hincmari ann. 882 (Scr. I, 513): inutiliter sibi et ecclesiae ac regno vivens morti succubuit; Regino 876.

und ebenso wenig die rücksichtslose Härte gegen seinen Bruder Karlmann, da er ihn bereits bei seinen Lebzeiten beerbte und seiner Rechte beraubte. Es befremdet, daß von Seiten Karls von Schwaben nichts geschah, um sein gleiches Anrecht auf Baiern und das westliche Lothringen geltend zu machen und darf man daher wohl annehmen, daß etwa im Sommer 880 darüber eine Verständigung zwischen den beiden Brüdern stattgefunden hat, wonach der ausschließliche Besitz Italiens für Karl den Ersatz seines Antheils an jenen andern Erwerbungen bilden sollte.

Unter den Ländern, die Ludwig theils unmittelbar von seinem Vater überkam, theils später hinzu erwarb, steht das deutsche Franken als der Kern und Mittelpunkt seines Reiches den andern voran. In dem Gebiete des ostfränkischen Stammes hielt er sich vorzugsweise auf: in der Pfalz zu Frankfurt [40]) — der von seinem Vater gestifteten Kirche daselbst bestätigte er alle ihre Besitzungen — hat er gewöhnlich das Weihnachts- und Osterfest gefeiert und die Seinigen zum Reichstage versammelt, sonst besuchte er auch Trebur, Bürstadt, Fulda, das sich stets der besonderen Gunst dieses Königshauses erfreute und namentlich Salz und Forchheim, schon nahe der bairischen Stammesgrenze. Der Mainzer Erzbischof war sein Erzkanzler, das Kloster Lorsch, wo er auch seinen geliebten Sohn Hugo beisetzen ließ, hatte er sich zur letzten Ruhestätte erkoren und er vermachte demselben drei Hufen zu Weinheim, die er zunächst seinem Getreuen, dem Grafen Werner auf Lebenszeit schenkte und u. a. eine früher seiner Gemahlin überwiesene Besitzung bei Heidelberg [41]). Nichts verlautet dagegen von einem Besuche oder gar einem längeren Aufenthalte des Königs in Sachsen, der Heimat seiner Gemahlin, nicht einmal nach der furchtbaren Normannenschlacht im J. 880 scheint er dorthin gekommen zu sein und ebenso wenig unternahm er Feldzüge gegen die Slaven in eigener Person. Die Verteidigung dieses Landes und die damit verbundene Autorität fiel daher um so ungetheilter den Söhnen Liudolfs, Bruno und Otto zu, die sie schon wie eine erbliche besaßen. Obgleich Achen durch die Vereinigung wieder die Hauptstadt des gesamten Lothringens geworden war, so war doch Ludwig auch vor jener heidnischen Verwüstung durchaus nicht geneigt, dorthin etwa den Sitz seiner Herrschaft zu verlegen. Baiern besuchte

[40]) Regino nennt in der oben (I, 207 A. 4) angef. Stelle Frankfurt in Bezug auf Ludwig den jüng. principalem sedem orientalis regni. Ueber die Frankfurter Kirche s. I, 340 A. 2.

[41]) Cod. Lauresham. I, 76, 80 (B. 879, 895). Aberinesburg lag auf dem heutigen Heiligenberge gegen Heidelberg über, Necrol. Lauresham. (Boehmer fontes III, 144): XIII Kal. Febr. Ludewici regis. (Was weiter folgt bezieht sich auf Ludwig das Kind, wie Böhmer reg. Karol. p. 118 richtig erkannte). — Die Düringische Chronik des Joh. Rothe c. 214 (p. 170 ed. v. Liliencron) meldet sagenhaft von L., daß er seinen Sitz zu Jechaburg (bei Sondershausen) aufschlug und dort eine Liebfrauenkirche erbaute.

er, um sich die Nachfolge daselbst zusichern zu lassen und verweilte nur in dem letzten Sommer längere Zeit in diesem Lande. Von den 23 erhaltenen Urkunden Ludwigs fallen neun auf Franken, sechs auf Lothringen, vier auf Sachsen, drei auf Baiern, eine auf das nicht zu seinem Reiche gehörende Elsaß.

Ludwigs Gemahlin Liutgard, die Tochter Liudolfs und Odas, scheint großen Einfluß auf ihn geübt zu haben, wie aus ihrer Mitwirkung bei dem Unternehmen gegen Westfrancien hervorgeht sowie daraus, daß Hinkmar ihre Verwendung nachsuchte, um seine Stadt vor den Verwüstungen des königlichen Heeres zu schützen[42]). Ihr zu Liebe beschenkte der König das Kloster Gandersheim, die liudolfingische Familienstiftung und nahm es unter seinen besonderen Schutz und in mehreren Urkunden gedenkt er ihrer als seiner sehr geliebten Gattin. Die ehrsüchtige Königin Liutgard überlebte ihren Gemahl um einige Jahre: sie starb erst am 30. November 885 zu Aschaffenburg, vermutlich ihrem Witthume, wo sie auch ehrenvoll bestattet wurde. Drei Kinder Ludwigs des jüngeren werden uns genannt[43]): Hugo vor seiner Ehe von einer vornehmen Frau geboren und bei Thuin von den Normannen erschlagen, Ludwig der vermeintliche Thronfolger, der im Herbste 879 in Regensburg durch einen Unglücksfall sein Leben beschloß, und eine Tochter Hildegard, vermutlich mit Liutgard erzeugt, die in Baiern begütert war und in der Folgezeit noch eine hervorragende Rolle spielte.

---

[42]) Vgl. oben S. 64, 120, 132. Die erste Urk. für Lorsch stellte Ludwig aus pro remedio animae piissimi genitoris nostri et pro perdilecta coniuge nostra Liutgarda ac carissima prole nostra, die zweite für Gandersheim pro dilecta coniuge nostra Liutgarda et carissima prole nostra (vgl. Hrotsvithae primordia Gandersh. v. 311: quae regina quidem nobis ad prosperitatem | facta, suae dignum sanctae matri famulatum | praestat, opem regis praebens, proprii senioris | multaque coenobio promisit commoda nostro, V. S. Hathumodae c. 11, versus v. 433, 434, Scr. IV, 170, 184) und in der zweiten Urk. für Lorsch schenkt er in pago nuncupato Lobodengowe locum quendam, qui nominatur Aberinesburg, sicuti ipsum carissimae coniugi nostrae Liutgardi hucusque praestitum habebamus (B. 879, 881, 895). Ueber ihren Tod Necrol. Fuld. mai. 885: Lintgart regina (Boehmer fontes III, 156), Annalista Saxo 885 (Scr. VI, 586): Liudgardis regina obiit II Kal. Dec., in Ascafaburh honorifice condita iacet; Hrotsvitha de primordiis Gandersh. v. 469 flg.: eius post annos discessus denique paucos | Liudgardis regina, sui dignissima regni | consors, ... | ... e mundo discessit proh dolor! isto.

[43]) Ueber Ludwig s. oben S. 121, über Hugo S. 135. Man hat schon früher vermutet (Wenck Hess. Landesgesch. II, 539 A. k), daß Hugo, dessen Mutter als sehr vornehm gerühmt wird, vielleicht ein Sohn der mit Ludwig im J. 865 verlobten Tochter Adalhards war (s. I, 576 A. 31). Arnolf gedenkt in eine Urk. vom 9. Febr. 888 neptis nostrae Hiltigardae, deren Vasallen Wigand er im Grabfelde beschenkt (Dronke cod. Fuld. p. 287), vgl. in einer andern vom 5. Mai 895, wonach dieselbe Güter im Nordgau besaß (Mon. Boica XXXIa, 146); Ann. Fuld. 895: Hildigardis filia Hludowici Francorum regis; Regino 894: Hildegardis filia Hludowici regis, fratris Carlomanni et Caroli; Mirac. S. Walburgis c. 4 (Acta sct. Bollandi Febr. t. III, 539): Hildegarda domina pacifici regis Ludovici filia.

Der Kanzlei Ludwigs stand während seiner ganzen Regierung als Erzkaplan der Erzbischof Liutbert von Mainz vor[44]), der dies Amt bereits unter seinem Vater seit dem Jahre 870 bekleidet hatte. Wie früher an dessen Statt der Kanzler Hebarhard die Urkunden schrieb, so finden wir unter Ludwig mit diesem Geschäfte auch immer nur je Einen Kanzler betraut: in den ersten Jahren Wolfher, seit dem 3. Mai 880 bis zu Ende Arnolf, beide im übrigen ganz unbekannt, wenn nicht der erstere etwa, was der Zeit nach recht gut passen würde, auf den in der Normannenschlacht gefallenen Theoderich als Bischof von Minden folgte. Für Baiern wurde nach der Vereinigung mit Ostfranken keine besondere Kanzlei beibehalten. Eine Abweichung von dem bisherigen Brauche trat dadurch ein, daß in dem Datum der Urkunden neben der Römerzinszahl und den Regierungsjahren Ludwigs jetzt auch die Jahre nach Christi Geburt angegeben werden. Im Anfange seiner Herrschaft heißt Ludwig der jüngere wie sein Vater in der Datierung König von Ostfranken, seit dem Jahre 880 aber, nachdem er den Besitz Baierns angetreten, fällt die nähere Bezeichnung fort, ohne daß sich an der bisherigen Zählung etwas änderte[45]).

Von den übrigen Würdenträgern am Hofe Ludwigs werden uns nicht einmal die Namen überliefert, doch glauben wir nicht zu irren, wenn wir annehmen, daß neben dem zugleich streitbaren und gelehrten Erzbischofe Liutbert der tapfre und vielgewandte Graf Heinrich in seinem Rathe die erste Stelle einnahm, wie er sie in noch höherem Maße unter seinem Nachfolger einnehmen sollte. Wahrscheinlich ein Sohn des unter Ludwig dem Fr. hochangesehenen, in der fuldischen Gegend und im Speßhart reich begüterten Grafen Poppo im Grabfelde und Tullifelde sowie im Saalgaue (819—839)[46]), taucht er zuerst als Anführer der Dienstmann-

---

[44]) Vgl. über ihn I, 875. Unter den Urk. Ludwigs für Verden, für Stavelot und Metz (v. Hodenberg Verdener Geschichtsq. 2 S. 15, B. 884, 888) findet sich nur Wolfherius cancellarius, unter der für Cornelismünster (B. 882) Geberhardus cancell., offenbar für Hebarhardus, wodurch diese Urk. verdächtigt wird. Die letzte Wolfhers ist vom 23. März 880 für Prüm (Beyer mittelrh. Urkb. I, 122), die erste Arnolfs vom 3. Mai (B. 890). Obige Vermutung über Wolfher hegt Eckhart (Comment. de reb. Franciae or. II, 690). Schlecht überliefert ist die Schenkung von Alsheim an Humbold (B. 893).

[45]) Bis B. 889 einschließlich wird in der Datierungszeile zu dem Namen des Königs hinzugefügt: Hludowici serenissimi regis in orientali Francia regnantis, während es im Eingange einfach Hludowicus divina favente gratia rex heißt. In der Urk. vom 23. März 880 (Beyer I, 122) fällt jener Zusatz zum erstenmale fort und fehlt seitdem in allen Urk. Ludwigs.

[46]) Diese Abstammung hat zuerst Eckhart (Comment. de reb. Fr. or. II, 731) vermutet, dem sich mit weiteren Nachweisen Genßler (Gesch. des Gaues Grabfeld II, 69, 109) anschließt. Poppo findet sich in fuldischen Urk. im Grabfelde zuerst 4. Nov. 819, zuletzt 8. Juli 839 (Dronke cod. Fuldens. p. 175, 176, 178, 184, 201, 205, 226, 231, 302: letztere Urk. ist von Ludwig dem Fr. ausgestellt und gehört mit B. 497 zusammen), er war in der Buchonia (dem westl. Grabfelde) s. I, 127 sowie am mittleren Main zu Remlingen im Gau

schaft oder Leibwache Ludwigs des jüngeren auf und wurde von seinem Herrn im J. 866 nach Mähren geschickt, um ein Bündnis mit dem Herzoge Rastislav zu vermitteln[47]). Die über einen seiner Vassallen verhängte Bestrafung hinderte dann fünf Jahre später die Aussöhnung zwischen Ludwig dem Deutschen und seinen beiden jüngeren Söhnen — so großen Werth legte man auf seine Person. Ihm ward der wichtige Auftrag anvertraut, den Usurpator Hugo niederzuwerfen und Bosos Macht zu brechen und zum Theil wenigstens entledigte er sich desselben mit glänzendem Erfolge. Sein Bruder Poppo war Graf der Sorbenmark und kämpfte an der Spitze des thüringischen Heerbannes gegen die Slaven. Heinrichs eigene Grafschaften lagen theils im westlichen Grabfelde, der sog. Buchonia, theils im Volkfelde (bei Bamberg), am mittleren Main also und an der Fulda wurzelte seine Macht. Eine Mark wurde ihm nicht übertragen, dagegen später im weitesten Umfange die Verteidigung der ganzen Nordwestgrenze gegen die Normannen. Unstreitig gehörte Heinrich zu den ausgezeichnetsten Männern des sinkenden Frankenreiches, der wenigen einer, auf welche mit voller Zuversicht die Blicke des bedrängten Volkes als auf seine Retter und Helfer sich richteten[48]).

Waldsazzi begütert. Am 30. April 838 erscheint Poppo comes auf einem Reichstage zu Achen (Gesta Aldrici, Baluzii miscell. I, 108). Einhard schrieb 2 Briefe magnifico et honorabili atque illustri viro Popponi gratioso comiti, die auf nähere Beziehungen deuten (Einhardi epist. 7, 13, 63, opp. ed. Teulet II, 12, 20, 112 vgl. oben I, 131 A. 68).

[47]) Ueber Heinrich vgl. I, 593, 756. In einer fuldischen Urk. vermutlich vom J. 885 (Dronke cod. Fuld. p. 284): in pago Graphelt in comitatu Heinrici in loco, qui dicitur Munrichestat (Münnerstadt an der Lauer), in einer andern vom J. 888 (eb. 287): in pago Puohunna dicto in comitatu filiorum Heimrici comitis in loco Taftaha nuncupato (Großentaft bei Hünfeld in der Buchonia vgl. p. 311: in Buochunna ... hoc est in pago Grapfeld nuncupato), sein Sohn Adalbert folgte ihm im Grabfelde (eb. 286), daher auch die Erwähnung seines Namens im Necrol. Fuld. mai., min.; Urk. Arnolfs vom J. 888 (Mon. Boica XXVIII^a, 85): ad Chrutheim in pagis Folcfeld et in Iffigewe in comitatibus filiorum Heimrici et Eginonis (südl. von Schweinfurt). In den ann. Fuldens. P. V 886 heißt er marchensis Francorum, eine Benennung, die Waitz (kl. Beitr. zur fränk. Gesch. in den Forschungen zur deutschen Gesch. III, 159) ganz allgemein von dem Oberbefehle gegen die Normannen versteht, den ihm Karl III. übertrug; die ann. Vedast. 886 nennen ihn ducem Austrasiorum, Regino (a. 885) spricht von ihm als einem viro prudentissimo, bei Abbo (de bellis Paris. l. II v. 3, Scr. II, 791) heißt er vir Ainricus fortisque potensque. Poppo, zum erstenmale 880 als sorbischer Markgraf erwähnt, wird von den ann. Fuld. 882, 883 (Scr. I, 397, 399) Heinrichs Bruder genannt.

[48]) Lappenberg entdeckte im J. 1836 die Grabschrift Heinrichs in London, welche der Katalog (Catal. of manuscr. in the British Museum; new series I^a, 115 a. 1834) irrig auf K. Heinrich III. beziehen wollte. Hr. A. Panizzi, Direktor des brittischen Museums hatte die große Güte sie für mich abschreiben zu lassen. Sie befindet sich in dem Arundel Mscr. 390, welches in seinem Haupttheile die Chronik Reginos aus dem zehnten Jahrh. enthält, auf fol. 131^b von etwas jüngerer Hand geschrieben (s. Catalogue a. a. O., wo auf Taf.

Wie einst der Mönch Rudolf von Fulda, ohne Zweifel im Auftrage Ludwigs des Deutschen die Geschichte seiner Regierung in Jahrbuchform schrieb, so führte unter Ludwig dem jüngeren ein Fortsetzer, der jedoch schon mit dem J. 863 begann, sein Werk bis zum Tode dieses Fürsten weiter, mit welchem er abschließt. Der Gegensatz gegen das westfränkische Reich tritt bei ihm sehr lebhaft hervor und steigert sich fast zu einer nationalen Gesinnung[49]), in dem Streite Ludwigs mit Karlmann ergreift er für jenen, seinen Herrn entschieden Partei, Karls des Jüngeren Römerzüge, selbst seine Kaiserkrönung werden von ihm wunderbarer Weise mit Schweigen übergangen. Zuverlässig in allen heimischen Angelegenheiten läßt er sich Fehler fast nur bei solchen Ereignissen zu Schulden kommen, die außerhalb der ostfränkischen Grenzen stattfanden[50]). Seine Sprache ist minder rein und angemessen als die seines Vorgängers, ein Zeugnis der sinkenden Studien. Dieser dritte Theil der fuldischen Jahrbücher, wie wir sie zu nennen pflegen, trägt sehr wenig einen örtlichen Charakter an sich, denn es werden darin z. B. gleichmäßig gute Nachrichten über den mährischen Krieg und über die Beziehungen zum Westreiche gegeben, der Verfasser mag daher, etwa als Mitglied der Kapelle vielfach am königlichen Hofe gelebt haben. Da er das Kloster Fulda fast gar nicht besonders berück-

---

II ein Facsimile der Handschr.; Pertz Archiv VII, 382, 1000, VIII, 759, Scr. III, 213), und lautet:

Heinrici magni Francorum germinis alti
  hic recubat corpus: sit sibi vera salus.
Saxonibus, Francis, Fresonibus ille triarchos
  praefuit, hinc trino stemmate fretus ovet.
consiliis cuius res publica crevit et armis
  pendula forte prius, idque repende deus.
hostes si minuit, si se tulit obice nostros:
  insigni palma hoc pie Christe nota.
tu reddis longum pro te morientibus aevum:
  huic pro te strato rex bona redde polo.
martyrii testis sonipes perfossus et arma,
  vir quoque traiectus: esto corona deus.
ecce hoc iusticium praelambens signa leonis
  te tetigit virgo:. laus in utroque deo.
dic aliquid lector copulans suspiria votis,
  plange viri casum, quin magis immo virum.

V. 3 erkläre ich durch die Befehlshaberschaft gegen die Normannen; im V. 7 ist se obice als Abl. absol. zu nehmen, hostes mit nostros verbunden Objekt für beide Verba, V. 9 erinnert an Isai. 53, 10 videbit semen longaevum.

[49]) Für die Gesinnung des Autors vgl. was er über Gundakars Tod a. 869 erzählt, über Suatopluks Treubruch 871, die Aeußerungen über Karl den K., Galliae tyrannus 873, 875—877, über das Verfahren Ludwigs gegen Karlmann 879.

[50]) Im J. 864 setzt er die Zusammenkunft zu Thousey um 5 Monate zu früh an, die Exkommunikation Waldradas (a. 867) um ein Jahr zu spät, die Reise Lothars nach Italien (a. 868) um ein Jahr zu früh; zum J. 869 meldet er irrig, daß Karl der K. den Kaisertitel angenommen. Weiterhin finden sich keine nachweisbaren Fehler.

sichtigt, die örtlichen Nachrichten, die bei ihm vorkommen, vielmehr fast alle sich auf Mainz, Frankfurt, Worms und die benachbarten Gaue beziehen[51]), so dürfen wir vielleicht in dem vermeintlichen fuldischen Annalisten einen Geistlichen der Mainzer Kirche vermuten, wofern man es nicht vorzieht jene Angaben sämtlich aus dem häufigen Aufenthalte des Hofes in den mittelrheinischen Gegenden zu erklären.

Unter Ludwigs Regierung brach mit den Einfällen der Dänen in Sachsen und in das Innere Lothringens eine eiserne Zeit über Deutschland herein, äußere Gefahren, Unsicherheit und bald auch Unbotmäßigkeit im Innern reichten sich die Hand, um alles Gedeihen zu zerstören und das sichtliche Hinschwinden des königlichen Hauses ließ mit banger Sorge in die Zukunft blicken. Ludwig starb kinderlos, Karlmann hatte nur einen unehelichen Sohn hinterlassen, Karls Ehe blieb unfruchtbar und im Westreiche herrschten zwei Jünglinge, von denen der eine noch kaum dem Knabenalter entwachsen war. In Boso und Hugo aber erschienen die ersten Vertreter einer neuen Zeit, in der das Recht der Geburt, der Glanz der ererbten Krone erbleichen und die Wahl des Volkes verbunden mit der geistlichen Weihe aus den Häuptern des übermächtigen Adels neue Könige erheben sollte.

Schon damals, wo zum erstenmale alle Abkömmlinge Ludwigs des Frommen zu einem aufrichtig gemeinten Bündnis wider ihre gemeinsamen Feinde sich geeinigt hatten, regte sich das dunkle Vorgefühl großer Veränderungen, deren Erwartung die Gemüter erschreckte. „Jetzt also, so schreibt im J. 881 ein schwäbischer Mönch, liegt es allein in der Hand des allmächtigen Gottes, durch dessen Willen die Welt gelenkt wird, ob er geruhen will, von dem Herrn Kaiser Karl und seiner Gemahlin Richarda Samen zu erwecken, durch welchen die Usurpatoren oder vielmehr die Räuber, die noch bei Lebzeiten des erlauchtesten Kaisers und seines Bruders, des Königs Ludwig[52]) wiewol im Verborgenen ihr Haupt zu

[51]) Die einzige Nachricht aus Fulda betrifft den Tod des Geschichtschreibers Rudolf im J. 865, die Absetzung des Abtes Theoto i. J. 869 dagegen und die Nachfolge Sigehards wird verschwiegen. Abgesehen von den Erwähnungen eines königlichen Aufenthaltes finden sich aber Nachrichten über Mainz z. J. 866, 870, 872, 873 (besonders bezeichnend!), 881, 882, über den Niedgau um Frankfurt 875, 880, über Worms oder das Wormsfeld 870, 872, 878, 880, über Rhein und Main im Allgemeinen 874, 877, 878, 880 und beachtenswerth ist doch auch die größere Genauigkeit in den Angaben über Besuche des Königs an diesen Orten (z. B. 874 den Tag der Ankunft in Mainz), während zum J. 880 sogar der urkundlich bezeugte Besuch Ludwigs in Fulda fehlt. Ich will jedoch nicht verschweigen, daß auch bei Rudolf vermöge des allgemeineren Charakters seines Werkes, Mainz sehr häufig und Lokalnachrichten aus Fulda nur zu den J. 844, 853, 856 vorkommen.

[52]) Erchanbert. contin. (Scr. II, 330). Gfrörer (Gesch. der Carol. II, 195) hat die Worte: adhuc vivente serenissimo imperatore Karolo et fratre eiusdem Hludowico rege misverstanden, indem er sie auf Karl den K. und

erheben wagen, mit göttlichem Beistande unterdrückt werden. Diese bedecken wir inzwischen aus menschlicher Rücksicht mit Stillschweigen, bis sie entweder den Fürsten der Erde sich unterwerfend Verzeihung für ihre Thorheit erlangen, oder wie es für die Störer des öffentlichen Friedens sich gebürt, zu Asche verbrannt und in alle Winde zerstreut, mit ihren Namen und dem Gedächtnis ihrer Schmach in Ewigkeit verdammt werden.“

VII.

Karl, der König von Schwaben brach seinen ersten Römerzug, den er nicht über Ravenna ausgedehnt, im Frühling 880 plötzlich ab, um sich, bevor er zur Kaiserkrönung nach Rom zöge, zuerst mit seinem Bruder Ludwig hierüber in Einvernehmen zu setzen. Denn daß er feindliche Schritte von seiner Seite für möglich hielt, darauf deutet die enge Verbindung, in die Karl mit den westfränkischen Königen trat und das ihnen gemachte Versprechen der dereinstigen Zurückgabe Lothringens. Der Papst mußte aus diesem Grunde die auf Karl gebauten Hoffnungen ebenso scheitern sehen, wie seit dem Tode Kaiser Ludwigs II. alle seine Bemühungen gescheitert waren, einen kräftigen Beschützer Italiens und seiner Hauptstadt über die Alpen herbei zu ziehen. Auf den Beistand der Markgrafen von Spoleto und Kamerino, die ihm nicht viel weniger verhaßt waren als die „Kinder der Magd,“ die Saracenen verwies ihn der künftige Kaiser. Johanns erfinderischer und beweglicher Geist aber rastete nicht, auf allen Seiten nach neuen Möglichkeiten zu spähen, um eine befriedigendere Lage der Dinge, eine würdigere und gesichertere Stellung für die römische Kirche herbeizuführen.

Der Zustand des unteren Italiens war ein äußerst unerfreulicher, die Geschichte der dortigen kleinen Fürsten geistlichen wie weltlichen Standes besteht fortdauernd in nichts andrem als einem Gewebe treuloser Ränke und blutiger Gewaltthaten. Die Grafschaft Kapua wurde nach dem Tode des kriegerischen Bischofs Lan-

---

Ludwig den Deutschen bezieht, sie gehen sicher auf die Fürsten, unter deren Regierung der Mönch schreibt. Das Wortspiel in den letzten Worten: cum nominibus vel potius ignominia et memoria sna condemnentur in saecula läßt sich nicht gut wiedergeben. — Stälin hat mich darauf aufmerksam gemacht, daß der sog. Fortsetzer Erchanberts unmöglich, wie Pertz meinte, aus dem erst 1145 gestifteten Kl. Weißenau (Wirtemb. Gesch. II, 728) stammen könne, nur die Handschrift, jetzt in Stuttgart (Cod. iur. Nr. 134, 4° fol. 169) stammt von dort vgl. Leg. I, 267, III, 9.

dolf im J. 879 durch eine heftige Fehde zerrissen, in der die zahlreichen Neffen des verstorbenen Fürsten gegen einander in Waffen standen. Den Streit zwischen zwei Bewerbern um das erledigte Bisthum, Landolf und Landonolf, suchte der Papst, der von dem Grafen Pandonolf, Landonolfs Bruder durch die Anerkennung seiner Oberhoheit in Kapua bewogen, den letzteren voreilig und unklug geweiht hatte, endlich auf einer persönlichen Zusammenkunft durch eine Theilung desselben zu schlichten, die jedoch den Frieden ebenfalls nicht herstellte, sondern die Quelle großen Unheils wurde. An diesen Kämpfen betheiligte sich auch ohne Rücksicht auf die gemeinsame Gefahr vor den Saracenen der Herzog Waifar von Salerno [1]), der von dem Papste dringend ermahnt wurde, seine Feindseligkeiten gegen Kapua einzustellen. Bei weitem mehr noch als diese Fürsten erregten die Herrscher von Amalfi und Neapel des letzteren Unzufriedenheit. Den früheren Verabredungen gemäß hatte Johann den Amalfitanern die für ihren Beistand ausbedungenen 10000 Silbersolidi im J. 879 wirklich ausgezahlt: statt der versprochenen Kriegshilfe fuhren sie fort, ihre Verbindung mit den Ungläubigen aufrecht zu erhalten. Bald verlangte der Papst jene Geldsumme zurück, die ihren Zweck gänzlich verfehlt hatte, bald bot er der Stadt noch 1000 Solidi mehr und dazu Zollfreiheit im römischen Hafen, wenn sie endlich leiste, was sie längst versprochen, schließlich bedrohte er sie, wenn sie jenes Bündnis nicht bis zum 1. Dezember lösten, mit dem Kirchenbanne und der Ausschließung aus allen den Häfen, in denen sie Handel trieben [2]). In gleicher Weise und aus dem gleichen Grunde wurden auch die Häupter der Stadt Gaeta mit dem Bannfluche bedroht und dieselbe später dem Grafen Pandonolf als päpstlichen Vassallen überantwortet.

Noch viel größeres Aergernis als diese Kaufleute, die ihre politischen Verbindungen lediglich nach dem daraus entspringenden Gewinne abwogen, gab durch die Förderung der Muhamedaner der Bischof und Heermeister Athanasius von Neapel, der seinen ruchlosen Bruder Sergius nur gestürzt hatte, um völlig in seine Fußtapfen

---

[1]) S. die von Jaffe regesta pontif. p. 284 angeführten Zeugnisse und über Waifar von Salerno J. 2498, 2505 (Mansi XVII, 156, 160). Amari will die Theilung des Sprengels erst in das J. 881 setzen (Storia dei Musulmani I, 455), doch, wie mir scheint mit Unrecht.

[2]) S. über die Zurückgabe die Schreiben an Waifar und an den Präfekten Pulkar (J. 2498, 2501, Mansi XVII, 156, 157). Mit dem ersteren Briefe gehört ein späterer an die Amalfitaner (J. 2535, eb. 177) zusammen, weil in beiden von der Sendung des Bischofs Dominikus die Rede ist. In dem letzteren droht der Papst: omnium terrarum aditus, in quibus negotiari soliti estis, vobis omnino claudemus, ut illic nulla possitis exercere negotia, die Androhung des Bannes im Okt. und Nov. wiederholt J. 2516, 2520. Ueber Gaeta s. Leonis chronica mon. Casinens. I c. 43 (Scr. VII, 609), wo es u. a. heißt: nam Caietani tunc temporis Romano tantum pontifici serviebant.

zu treten [3]). Trotz aller Abmahnungen des Papstes gewährte er den Saracenen Aufnahme in sein Gebiet und seine Stadt und gestattete ihnen gegen einen gewissen Antheil an der Beute die benachbarten römischen, beneventanischen und spoletinischen Landschaften nach Belieben plündernd zu durchstreifen. Erst nach wiederholten Androhungen und nachdem alle persönlichen Bemühungen des heiligen Vaters, selbst reiche Geldgeschenke, ihn nicht von dieser Bundesgenossenschaft abzubringen vermocht, rief er durch dieselbe im April 881 den Bann auf sein schuldiges Haupt herab, der ihn freilich in seinem bisherigen Treiben nicht im mindesten störte.

Auf eine thatkräftige Hilfe gegen die mit erneuter Wut andringenden Saracenen konnte demnach der Papst bei den unteritalischen Fürsten nirgend zählen, denn während die einen unbekümmert um die allgemeinen Interessen sich in tödtlicher Feindschaft unter einander befehdeten, scheuten die andern sich nicht, das geraubte Gut, zu welchem christliche Kirchen und Klöster das kostbarste beigetragen, mit den Ungläubigen zu theilen und sie gegen ihre christlichen Brüder zu unterstützen. In dieser Bedrängnis, da alle Bestrebungen zur Herstellung eines dauernden Friedensstandes geringen Erfolg hatten, knüpfte der Nachfolger Petri mit dem griechischen Kaiser aufs neue eine nähere Verbindung an. Die kräftige Persönlichkeit des Kaisers Basilius und die Absendung des Patricius Gregor nach Bari mußte neues Vertrauen in die kriegerischen Leistungen des byzantinischen Reiches erwecken, dessen letzte Ziele freilich immer auf eine mehr oder minder vollständige Verdrängung der Franken aus Italien gerichtet waren. Die erste Annäherung zwischen dem oströmischen Kaiser und dem Papste gieng indessen von Konstantinopel aus [4]), Basilius forderte zweimal die Sendung römischer Legaten, um durch deren Mitwirkung den Frieden in die griechische Kirche zurück zu führen und die noch immer fortbestehende Spaltung zwischen den Photianern und Ignatianern beizulegen. Indem Johann diesem Verlangen im April 878 entsprach und die Bischöfe Paul und Eugen als seine Bevollmächtigten nach Konstantinopel entsandte, beauftragte er sie vorzüglich bei dem Kaiser und Patriarchen sowie dem Könige Michael für die Zurück-

[3]) Erchempert. c. 44 (Scr. III, 255): primum (Saracenos) infra portum aequoreum et urbis murum collocans vgl. c. 49; die päpstlichen Abmahnungen J. 2520, 2534, 2565, die Verkündigung des Bannes an die unteritalischen Bischöfe J. 2568 (Mansi XVII, 200) worin es u. a. heißt: sed heu! pro turpis lucri commodo, quod ab ipsis Saracenis de praeda eorum partes recipiendo huius promissionis oblitus noluit adimplere, quod multis coram positis scriptis et verbis promisit.

[4]) Eine übersichtliche Darstellung dieser Verhandlungen gibt Hefele (Conciliengesch. IV, 431 – 467) vgl. oben I, 694 flg., s. auch Erchempert. c. 52 (Scr. III, 257): (Focius) a Iohanne papa, ut ita dicam ignaro, ad pristinum gradum resuscitatus; Photius de spirit. sancti mystagogia ed. Hergenroether p. 100.

gabe des der römischen Kirche entzogenen bulgarischen Sprengels zu wirken.

Der Tod des Patriarchen Ignatius am 23. Okt. 878 und die nur drei Tage darauf erfolgte Wiedereinsetzung seines Gegners Photius, der sich inzwischen mit dem Kaiser vollständig ausgesöhnt hatte, gab den Dingen eine gänzlich andre Wendung, denn nun erschien im Mai oder Juni 879 eine griechische Gesandtschaft in Rom mit der dringenden Bitte um die Anerkennung des Photius. Schwerlich würde der große Nikolaus zur Erhöhung des Mannes die Hand geboten haben, auf den er alle Flüche der Kirche gehäuft und der diese Flüche durch die erbittertsten Angriffe erwidert hatte. Anders entschied Johann VIII., wohl nicht bloß in der trügerischen Hoffnung durch Nachgiebigkeit in diesem Stücke Bulgarien wieder zu gewinnen, sondern um zugleich hiedurch einen Anspruch auf die kaiserliche Hilfe in Italien zu erwerben. Der Kardinalpriester Peter wurde im August den früheren beiden Legaten zugesellt, damit er nebst ihnen unter gewissen Bedingungen auf einer konstantinopolitanischen Synode die Anerkennung des Photius und die Herstellung des Kirchenfriedens vollzöge.

In Bezug auf Bulgarien trug dies Entgegenkommen des Papstes, welches von dem arglistigen Patriarchen in der schnödesten Weise gemisbraucht wurde, demselben nichts weiter ein als eine Zusage des Verzichtes, die nicht erfüllt werden sollte, dagegen erwarb sich Basilius Anspruch auf die Dankbarkeit Johanns, indem er ihm Schiffe zur Verteidigung des Gebietes der römischen Kirche zur Verfügung stellte[5]). Diese griechische Flotte, die er in die Gewässer des tyrrhenischen Meeres entsandte, kam zwar nicht nach Rom selbst, wie der Papst gewünscht hatte, aber sie lieferte den Saracenen von Neapel ein Treffen, in welchem dieselben eine vollständige Niederlage erlitten. Sollten nicht hieran sich weitere Hoffnungen auf ein kräftiges Eingreifen der byzantinischen Macht in die italischen Drangsale anschließen, zumal da diese Macht allein im Stande war, den Räubern auf der See die Spitze zu bieten und sie von ihnen zu säubern. Der Fall von Syrakus aber, der Hauptstadt Siciliens, am 21. Mai 878 und die furchtbare Zerstörung dieser reichen Stadt, deren Bevölkerung in die Sklaverei verkauft wurde, mußte andrerseits den Kaiser Basilius belehren, daß es die höchste Zeit sei den Fortschritten des Islam im unteren Italien ernstlich Einhalt zu thun.

---

[5]) Schreiben Johanns an Basilius (Mansi XVII, 186, J. 2543) vom 13. Aug. 880: primo quidem (gratias agimus) quod dromones vestros, qui pro defensione terrae sancti Petri in nostro manerent servitio nobis misistis; an den Spathar Gregor, den Turmarchen Theophylakt und den Komes Diogenes (eb. 176, J. 2533), worin er sich beklagt, quia Romam venire nostramque apostolicam neglexistis videre praesentiam. Er bittet, ut cum aliquantis dromonibus ... has nostras in partes iterum venire omnimodis satagatis, quatenus contra eosdem nefandos Agarenos congruum nobis adiutorium praebere possitis.

Während Johann seine Blicke nach Ostrom richtete mehr in der Absicht die Griechen gelegentlich zu benutzen, als sich mit ihnen in ein aufrichtiges Verständnis einzulassen, setzte er zugleich den brieflichen Verkehr mit dem Könige Karl fort, der als Beherrscher des oberen Italiens jetzt einzig und allein für die seit drei Jahren erledigte Kaiserkrone in Betracht kam. In einem Schreiben vom 23. Juni 880 hatte der Papst den König dringend aufgefordert, zunächst einen Sendboten nach Rom zu schicken, um der Kirche wieder zu den ihr entzogenen Gerechtsamen zu verhelfen und sie gegen ihre Feinde zu beschützen[6]). Da Karl den Papst wegen der Widerwärtigkeiten, die seine Gegner ihm angethan, auf seine Ankunft vertröstete, so wiederholte dieser im September die Bitte[7]), der König möge seinem persönlichen Erscheinen einen Sendboten zur vorläufigen Verständigung vorausgehen lassen. Er beklagte sich ferner bitter darüber, daß der Heermeister Georg, einer der von ihm gebannten Widersacher des römischen Stuhles, mit einem Vassallen des Markgrafen Wido von Karl zurückkehrend, unter Berufung auf seine Autorität sich keck seiner früheren Besitzungen zu bemächtigen wage, die doch der Kaiser Karl der römischen Kirche geschenkt habe. Solchen Unbilden gegenüber erinnert Johann an die Versprechungen, die der König ihm selbst mündlich (in Ravenna) gemacht, sowie seinen Legaten durch Vermittelung des Bischofs Liutward, nämlich die Gerechtsame der Kirche zu schützen. — Es ist hiernach klar, daß Karl, ebenso wie vor ihm Karlmann, zugleich mit dem Papste und mit jener mächtigen Gegenpartei unterhandelte, die trotz aller Kirchenstrafen von dem Herzoge von Spoleto unterstützt, immer wieder in Rom ihr Haupt erhob und den Nachfolger Petri durch geheime Nachstellungen nicht viel weniger ängstigte, als die Saracenen durch ihre Raubzüge.

Karl schickte hierauf, vielleicht ehe er den eben erwähnten Brief empfangen, den Bischof Wibod von Parma mit einem Schreiben und mündlichen Aufträgen als seinen Bevollmächtigten nach Rom[8]), um über mehrere Punkte sich Aufklärung zu erbitten. Der Papst versicherte in seiner Antwort, die Wibod überbrachte, den König, daß ihm von Bedrückungen der Griechen nichts bekannt sei, von denen wohl nur seine Neider und Abgönner Karl etwas ein-

---

[6]) Mansi XVII, 180, J. 2539 vgl. oben S. 113.

[7]) Eb. 187, J. 2545 vom 10. Sept. Der Inhalt dieses Schreibens steht mit dem vorher angeführten offenbar in so naher Beziehung, daß ich es unmittelbar darauf folgen lasse und J. 2542 später ansetze, womit auch ganz gut übereinstimmt, daß in letzterem Briefe bestimmter als in dem ersteren von der bevorstehenden Ankunft des Königs die Rede ist.

[8]) Mansi XVII, 183, J. 2542. Auf die mündlichen Aufträge Wibods gab Johann ihm eine mündliche Erwiderung mit. Er bemerkt noch, daß er Ioannem ... episcopum Tritiensem (Ticinensem?) in Rom zurückbehalten habe, ut si aliquid novi nobis evenerit et necesse fuerit per eum vestris mandare fidelibus etc.

geflüstert hätten; er würde von solchen Dingen, wenn sie wirklich stattfänden, gewis sogleich Nachricht geben, wie er auch für den apostolischen Stuhl nie einen andern Verteidiger und Schirmherrn begehre denn ihn. Man sieht hieraus, daß Johanns Annäherung an den Kaiser Basilius zu Verdächtigungen Anlaß gegeben hatte, als wolle er den Griechen wieder ihre frühere Herrschaft über Italien verschaffen. Der Papst lobte es ferner, daß der König allen Bischöfen und Grafen im Umkreise von Rom den Befehl hatte zugehen lassen, mit vereinten Kräften nach päpstlicher Weisung das Gebiet des h. Petrus gegen jeden feindlichen Einfall zu beschirmen, weil sowol die schlechten Christen als die Saracenen allenthalben nach Diebes Art daselbst plünderten. Als er dieser Bedrängnis halber nach dem Rathe des Bischofs Wibod sich auf ein Landgut der römischen Kirche hinausbegeben habe, um dort mit dem Herzoge Wido, dem Sohne Lamberts Verabredung zu halten, sei dieser jedoch wider Verhoffen ausgeblieben. Er äußert daher wegen dieser unabläßigen Unfälle seine lebhafte Freude über den ihm angekündigten Besuch des Königs, der Rettung bringen werde, wünscht jedoch, daß derselbe zuvor zuverlässige und geeignete Männer ihm als Sendboten schicke, die mit königlicher Autorität die römische Kirche in den Besitz aller ihr entrissenen Gerechtsame wieder einsetzten.

Noch in einer andern Beziehung hatte jedoch Johann des Königs Argwohn heftig erregt und mußte er sich gegen denselben rechtfertigen, nämlich durch sein früheres freundschaftliches Verhältnis zu Boso. Bei der Wahl von Mantaille wurde die päpstliche Adoption als eine gewichtige Empfehlung für den neuen Thronbewerber geltend gemacht, mit der Kaiserin Engelberga, die wegen ihres nahen Verhältnisses zu Boso in die Verbannung hatte wandern müssen, stand Johann stets auf dem Fuße einer väterlichen Freundschaft, endlich verwendete er sich auf das wärmste für den Bischof Hieronymus von Lausanne und setzte seine ganze Autorität für ihn ein, als Karl ihn wegen seiner Parteinahme für Boso verdrängen wollte. Hiernach ist es sehr natürlich, daß man in dem Nachfolger Petri noch immer einen Bundesgenossen seines früheren Schützlings erblickte und an eine geheime Begünstigung seiner Usurpation durch den päpstlichen Stuhl glaubte. Ueber diese Anschuldigung ließ sich Johann jetzt gegen den König also vernehmen. „In Bezug auf Boso sollt ihr euch versichert halten, daß er weder ein freundschaftliches Entgegenkommen noch Beistand von unserer Seite bei uns haben und finden wird, weil wir euch als Freund und Helfer gesucht haben und mit ganzem Herzen euch als unseren theuersten Sohn halten und hegen wollen. Denn keinen Theil können wir an dem haben, der solcher Auflehnung sich unterfangen hat.“

Dieser Aeußerung entspricht es, wenn Johann etwa um die

nämliche Zeit den Erzbischof Otram von Vienne[9]) hart darüber anläßt, daß er sich unbesonnen zur Partei derer gesellt, die „mit dem Empörer und Friedbrecher Boso nicht ablassen Tyrannei zu üben.“ Ja er habe sogar gewagt die römische Kirche in üblen Leumund zu bringen, indem er ganz fälschlich vorgebe, von ihr zu solcher Handlungsweise ermächtigt zu sein. Otram wird daher zu seiner Rechtfertigung nach Rom vorgeladen und im Falle der Zögerung mit dem Verbote der Ausübung der bischöflichen Amtshandlungen bedroht. Es ist kein Grund vorhanden an der Aufrichtigkeit dieser Sinnesänderung des Papstes zu zweifeln. Seitdem der Plan, Boso als päpstlichen Adoptivsohn auf den Kaiserthron zu erheben, endgiltig gescheitert war und dieser sich begnügte unter unsäglichen Schwierigkeiten ein neues Königreich an der Rhone zu gründen, konnte er dem Papste von keinem Nutzen mehr sein und die Klugheit gebot, die Verbindung mit ihm jetzt um so eifriger zu verleugnen, je eifriger sie früher angestrebt worden war.

In dem nächsten Schreiben an Karl vom 30. Oktober 880[10]) wünscht Johann diesem den Sieg über seine Widersacher, ohne Zweifel mit Rücksicht auf Boso, gegen welchen der König so eben zu Felde zog und drückt den lebhaftesten Wunsch aus, ihn recht bald persönlich zu begrüßen und ihn der römischen Kirche zu Hilfe eilen zu sehen, weil gerade damals die saracenischen Angriffe sich mehrten. Es gereicht ihm deshalb zu großer Genugthuung, daß Karl seinen Erzkaplan Liutward als seinen Vertreter nach Rom vorausschicken will. Auf geschehene Anfrage meldet der Papst von dem Seesiege, den die Griechen über die Ismaeliter davongetragen, dennoch stehe es so schlimm, daß Niemand außerhalb der Stadtmauern sicher verweilen oder das Feld bestellen könne. Wenn daher der König nicht auf alle Weise seine Ankunft in Rom beschleunige, um dort die Schlachten des Herrn zu schlagen, so sei dringende Gefahr vorhanden, daß zum Schaden seiner Seele dies ganze Land zu Grunde gienge. — Kurz nach dem Empfange dieses Briefes, im November, mag dann in der That Karls plötzlicher Aufbruch von Vienne und sein zweiter Uebergang über die Alpen, auf derselben Straße wie der erste, erfolgt sein.

Noch im November ließ Karl in Pavia durch den Pfalzgra-

---

[9]) Mansi XVII, 212, J. 2553: turbati existimus eo quod, sicut fidelium relatu comperimus, his, qui cum Bosone praesumptore et regni perturbatore tyrannidem exercere non cessant, ausu temerario favere eorumque malis operibus communicare praesumas etc. vgl. S. 126.

[10]) Eb. 189, J. 2548. Von Liutward heißt es darin: cum eum pro communi utilitate semper desudare cognoverimus, magnum nobis gaudium in adventu illius nascetur, eo quod in ipsius praesentia vestram intuebimur excellentiam. Der griechische Sieg bezieht sich doch wohl auf das oben erwähnte Treffen bei Neapel. Der Papst konnte eine am 12. Okt. beabsichtigte Synode nicht halten: bellica immo Sarracena impediente angustia (Mansi XVII, 188, J. 2546, 2547).

sen Boderad, der dies Amt bereits unter dem Kaiser Ludwig II. bekleidet, in der Pfalz Gericht halten[11]), wobei die Bischöfe von Pavia und Vicenza und die Grafen Berengar und Suppo als Richter erscheinen. In den letzten Tagen des Dezember finden wir den König dann in Piacenza, wo er auf Bitten seines Erzkanzlers Liutward der Kirche St. Antonin mehrere Besitzungen schenkte „für das Seelenheil des ruhmwürdigsten Königs Lothar (II.), der dort die letzte Ruhe erlangt“[12]), desgleichen bewies er sich gegen das Nonnenkloster des Erlösers zu Brescia freigebig und nahm es unter seinen Schutz[13]). Am 4. Januar 881 verweilte Karl schon jenseit des Po zu Reggio: dort verlieh er seinem vielvermögenden Erzkaplan für ein Kloster und mehrere Ortschaften in Churwalchen, die er ihm früher geschenkt, und die nun an das Bisthum Chur übergehen sollten, 150 Hufen im Elsaß, die bisher der Churer Kirche gehört hatten[14]). Indem der König unterwegs die Botschaft nach Rom gelangen ließ, daß er demnächst daselbst eintreffen werde, mußten hiedurch dem Papste die lebhaftesten Besorgnisse erweckt werden. Denn er hatte bisher noch keine Bürgschaft dafür erlangt, daß seine zu Gunsten der römischen Kirche zu erhebenden Forderungen irgend welche Berücksichtigung finden würden. Wie viel ihm dieser entscheidende Augenblick zu bedeuten hatte, bezeugt ein Brief, den er am 25. Januar an Karl richtete[15]).

„Nachdem wir den Brief Eurer Herrlichkeit empfangen, so ohngefähr heißt es dort, in welchem Ihr Euch vollkommen entschlossen zeigt, zu den Schwellen der Apostel zu eilen, vielmehr in überstürzender Hast hinzufliegen, sind wir darüber in Staunen geraten oder richtiger erstarrt, daß Eure Schicklichkeit die väterlichen Grenzen überschreiten, die Schranken Eures Geschlechtes

---

[11]) Hist. patr. monum. chart. I, 62: Dum in dei nomine civitate Papia in sacro palacio ubi domnns Karolns rex preerat in iudicio resederet Boderadus comes palacii singulorum hominum iustitiam faciendum ... residentes cum eo ... Supo et Berengerius comitibus etc., ausgestellt anno regni ... in Italia II mense Novembre indict. XIV. (Ueber Boderad s. I, 725, 839, Suppo ist vermutlich ein Sohn des früher oft genannten Grafen).

[12]) Campi historia di Piacenza I, 467, B. 920: pro remedio animae Hlotarii quondam gloriosissimi regis (vgl. oben I, 683). Wenn die in ihrer ganzen Fassung auffallende Urk. Karls für die Abtei Tolla bei Piacenza, Bestätigung ihrer Besitzungen (eb. 465) überhaupt echt ist, so möchte ich sie mit einer Emendation des Datums XII Kal. Ian. statt Iun. hierher setzen, wozu die übrigen Daten und der Ausstellungsort civitate Placentiae gut passen würde. Am 21. Mai ist sie nirgend unterzubringen.

[13]) Muratori ant. It. III, 753, B. 921, für die Aebtissin Ermingarda, die ihre Bitte ebenfalls per manus venerabilis episcopi Liutwardi archicancellarii nostri vorbrachte.

[14]) v. Mohr cod. dipl. von Graubünden I, 47, B. 922, ausgestellt Regense civitate II Non. Ianuar.

[15]) Mansi XVII, 191, J. 2556, ohne Adresse, die in der erhaltenen Abschrift entweder aus Versehen fortgefallen oder vielleicht aus Vorsicht absichtlich weggelassen ist, wie man das Gleiche bei J. 2471 vermuten könnte.

hochmütig umstoßen und sich durchaus zum Schlechteren, nicht zum Besseren wenden will. Und siehe in meinem Schmerze fühle ich mich gedrungen mit dem Apostel auszurufen: In den letzten Tagen werden greuliche Zeiten kommen, denn es werden Menschen sein, die von sich selbst halten und die das Ihre suchen, nicht Jesum Christum. Aber wir, theuerster Sohn, die wir Dich in dem Geiste Christi gar sehr lieben, wünschen Dich zu dem anzutreiben, was Eurer Seele zum Heile diene. Wir haben nämlich von unserer Seite Legaten mit Vollmacht abgeschickt, denen Ihr nicht anstehen möget, vollen Glauben zu schenken in allen Aufträgen, die wir ihnen mündlich und schriftlich nach einzelnen Punkten mitgegeben haben. Daher ermahnen wir Euch mit väterlicher Zuneigung, daß Ihr Sorge traget alles durch die nämlichen Legaten durchweg so zu vollziehen, wie wir es Euch geschickt haben. Wisset demnach, daß, wenn Ihr nicht in rechtskräftiger Weise alles, was wir Euch gesandt haben, vollziehet, wir dagegen, soviel an uns liegt, von dem Eifer Gottes entzündet, durchaus bestrebt sein werden ins Werk zu richten, was die Ehre der heil. römischen Kirche erfordert: davon wird uns kein Wüten, keine Drohung böser Menschen abzubringen vermögen, so lange noch Leben in unsern Gliedern ist. Daß Du den Befehl unseres Priesterthums in ungeheurer Anmaßung für nichts geachtet hast, dadurch hast Du Dich ganz und gar selbst mit eigenem Geschosse getroffen und wie eine taube Natter dem was zu Deinem Heile gereichte, Dein Ohr nicht geliehen. Doch wozu der Worte? Aber und abermals gebieten wir kraft apostolischer Autorität, daß ihr das Gebiet des h. Petrus nicht eher zu betreten Euch anschicket, bevor nicht die besagten Legaten zu uns zurückgekehrt sind, um uns alles zu berichten und Du andre an uns abgeschickt hast."

Es verlautet leider nicht das geringste darüber, worin die Aufträge der päpstlichen Legaten an Karl bestanden, noch wie er dieselben beantwortet. Nach des Königs nachgiebiger und kirchlichen Interessen zugeneigter Sinnesart läßt sich wohl annehmen, daß er den päpstlichen Vorschlägen zustimmte und die Gerechtsame des h. Petrus in dem Umfange und den Grenzen bestätigte, wie es Johann von ihm verlangt hatte. Wahrscheinlich handelte es sich vor allem um die nähere Bestimmung des Gebietes der römischen Kirche, welches von den Erzbischöfen von Ravenna, den Herzogen von Spoleto u. s. w. so vielfach geschmälert worden, um die Verfolgung jener dem Nachfolger Petri noch immer gefährlichen Gegenpartei, endlich vielleicht um die Abgrenzung der Regierungsrechte in Rom. Wenn die kaiserlichen Rechte in dieser Stadt durch den Mangel eines ständigen Sendboten auch ferner im Wesentlichen ruhten, so muß doch bemerkt werden, daß Johann VIII. zur Verstärkung seiner eigenen Autorität selbst die Einsetzung eines solchen gewünscht und erbeten hatte.

Wie dem auch sei, im Februar 881 hielt Karl an der Spitze

einer zahlreichen Schar von schwäbischen, fränkischen und langobardischen Vassallen, friedlich seinen Einzug in Rom und empfieng um die Mitte dieses Monats an der Seite seiner Gemahlin Richarda in der Peterskirche die Krone Karls des Gr., seines erlauchten Urgroßvaters[16]), er der erste rein deutsche Fürst, der als Cäsar Augustus begrüßt wurde. Ohne alle Anstrengung fiel ihm, dem schwächlichsten und friedfertigsten unter den Söhnen Ludwigs des Deutschen, die höchste Würde der Christenheit wie eine reife Frucht in den Schoß, da Niemand sie ihm streitig machte.

---

[16]) Ann. Alamann. 881: Karolus imperator a Ioanne papa benedicitur; ann. Weingart., Augiens. 881, Regino 881: Carolus ... Romam perveniens a praesule apostolicae sedis Iohanne et senatu Romanorum favorabiliter exceptus cum magna gloria imperator creatus est; ann. Vedast. 882; Erchanbert. contin.: Sequenti autem anno hoc est ab incarn. dominica DCCCLXXXI ind. XIV idem clementissimus Carolus ... cum omnibus Italiae rectoribus et multis de Francia seu Suevia Romam profectus a pontifice Romano de thesauro sancti Petri apostoli corona capiti imposita ad imperium consecratus et Augustus appellatus ... domna Richcarta simul cum eo ad regni consortium ab eodem apostolico sublimata (Scr. I, 51, 66, 68, 592, II, 199, 329). Nur Hinkmar, der ihn citato itinere nach Rom ziehen läßt, gibt einen Tag für die Krönung an: Weihnachten 880 (derselbe Tag, an dem Karl I. und II. gekrönt wurden). Man könnte versucht sein, dies für eine Verwechselung mit dem Feste der Erscheinung Christi zu halten, denn nach einer Stiftung des B. Chadolt v. Novara sollte das Gedächtnis Karls in Reichenau gefeiert werden in die consecrationis suae id est epiphaniarum die (Mone Quellens. I, 233) und eine ähnliche Stiftung macht Karl selbst für Fulda im J. 885: in annuali nostrae consecrationis die hoc est epiphania domini (Dronke cod. Fuld. 284; in dem Originale einer ähnlichen ungedr. Urk. für Langres vom 29. Okt. 886 findet sich merkwürdiger Weise hinter den Worten consecrationis nostrae diem quod est eine Lücke, zum Zeichen, daß der Kanzler selbst diesen Tag nicht gekannt). Wenn Eckhart (comment. de reb. Franc. orient. II, 654) die Kaiserkrönung hiernach auf den 6. Jan. 881 setzen wollte, so stehen dem die beiden Urk. Karls aus Placenza vom 28., 29. Dez. 880, die Urk. aus Reggio vom 4. Jan. 881 (die allerdings das J. 880 trägt) im Wege, die eine so frühe Anwesenheit in Rom nicht zulassen, noch mehr aber der vorher anges. Brief Johanns, der datiert ist VIII Kal. Febr. ind. XIV. Schon Muratori (ann. d' It. a. 880) erklärte sich daher gegen die Annahme Eckharts, wiewol sich durchaus nicht mit einiger Wahrscheinlichkeit vermuten läßt, welche andre Weihe am 6. Jan. stattgefunden haben kann, wenn nicht etwa, wie Mansi annahm (Baronii ann. eccles. ed. Mansi XV, 294 n. 1), die zum Schwabenkönige im J. 877. Böhmer (Reg. Carol. p. 95) setzt im Anschluß an Lupi (cod. dipl. Bergom. I, 903—912), der jedoch keinen Tag bestimmt, die Krönung auf den 12. Febr., einen Sonntag, womit die in den nächsten Jahren in der Mitte dieses Monats ausgestellten Urk. Karls in ihrer Zählung übereinstimmen. Jaffe (Reg. pontif. p. 287) verwirft jedoch diese Bestimmung und will die Krönung erst nach dem 15. Febr. ansetzen, weil Johann in dem von diesem Tage datierten Schreiben an Ansbert v. Mailand (Mansi XVII, 192, J. 2557) sagt, daß der Priester Joseph permissu Caroli gloriosi regis zum Bischof von Asti geweiht werden solle. Darauf möchte ich jedoch deshalb kein großes Gewicht legen, weil Karl jene Erlaubnis früher allerdings noch als König gegeben haben mochte und deshalb doch am 15. Febr. bereits zum Kaiser gekrönt sein konnte. Aus der genauen Zeitangabe einer italienischen Königsreihe (Scr. III, 872): Anno Karoli imper. II. mense Febr. nono eiusdem mensis, die Mercurii ... anno dom. 882 ind. XV wäre auf einen Krönungstag vor dem 9. Febr. 881 zu schließen.

Auf seinem Haupte aber war diese vielbegehrte Krone nur ein eitler Flitter, denn so wenig diesem Kaiser die Kraft inne wohnte, ihre Rechte aus dem Verfalle wieder herzustellen, so wenig durfte andrerseits der Papst von ihm sich irgend welchen nachhaltigen Beistand in den Stürmen versprechen, die nun schon so lange seinen Sitz umtosten. Karl war ein frommer Friedensfürst in einer Zeit, deren Uebel nur das Schwert heilen, deren Arzt nur ein tapferer Krieger sein konnte. Nach der Krönung übergab Richarda dem Papste das von ihr auf ihrem väterlichen Erbtheile gestiftete Nonnenkloster Andlau im Elsaß[17]) vor dem Grabe des h. Petrus und stellte es gegen einen jährlichen Zins unter seinen besonderen Schutz, der ihrer Stiftung urkundlich zugesichert ward.

Nur spärliches Licht fällt auf die Verhandlungen, die in Rom noch über die Angelegenheiten Italiens zwischen Kaiser und Papst stattfanden. Der letztere genehmigte, daß derselbe Priester Joseph, dessen Weihe zum Bischof von Vercelli er einst so entschieden widerstrebt hatte, jetzt nach dem Willen des Königs Karl das Bisthum Asti erhielt. Man erkennt hieraus die vollständige Aussöhnung Johanns mit dem Mailänder Metropoliten, dessen Schützling jener Joseph gewesen war, der Papst forderte sogar den Archidiakonus Anselm, der sich gegen Ansbert in offener Auflehnung befand, sowie andre Gegner des Erzbischofs unter Androhung des Bannes auf, sich ihm wieder zu unterwerfen, indem er dadurch vermutlich den Wünschen des Kaisers entsprach[18]). Dagegen lag der Papst demselben dringend an, der Kaiserin Witwe Engelberga, die nach Schwaben verbannt war, die Rückkehr und den Aufenthalt in Rom zu gestatten, indem er sich darauf berief, daß ihr verstorbener Gemahl, sowie König Ludwig der Deutsche auf der Zusammenkunft in Verona, im Mai 874 dieselbe ihm übergeben und daß sie sich unter den besonderen Schutz des h. Petrus gestellt hätte[19]).

---

[17]) Undatierte Urk. Ludwigs des Kindes (Grandidier hist. de l'égl. de Strasbourg II, CCCXIII), in der eine Bulle Johanns erwähnt wird enthaltend, qualiter ... imperator Karolus ad imperialis gubernacula regiminis Romanae sedis limina a cuncto senatu simulque tocius regni primatibus adstantibus cum sua coninge Rickarda vocatus devenisset atque ... coronas imperiales a praefato papa suscepisset et quomodo eadem imperatrix ... monasterium puellare Eleon ... ante confessionem sancti Petri tradiderit ... statuendo, ut census annualis ... illuc persolvatur vgl. die Urk. Karls des Einf. vom J. 912 (B. 1937) und über den Zins die Statuten von Andlau c. 21 (Grandidier II, CCCVIII, CCCXIX). Karl III. bezeugt selbst, daß Richarda Eleon nostra concessione in defensione b. Petri primi apostolorum adstantibus nobis ante confessionem b. Petri apostoli übergab (eb. CCLXXII, B. 973). — Gar nicht unterzubringen weiß ich eine Urk., durch welche K. 26. Febr. anno imperii ... domni Caroli praepotentis augusti unctionis suae I ind. XIV dem Kl. Farfa die Verleihungen der K. Haistulf und Desiderius bestätigt Actum Aquis palatio, das J. Chr. fehlt (Muratori scr. rer. Italic. II[b], 380 — 382).

[18]) S. die Briefe Johanns Mansi XVII, 192, 193, J. 2557 — 2559.

[19]) Joh. an Ludwig und Karlmann und an die italien. Bischöfe und

Er verbürgte sich dafür, sie solle in Rom weder ihrem Schwiegersohne Boso noch sonst irgend Jemand zum Nachtheil der fränkischen Reiche ihren Beistand gewähren, widrigen Falles er sie an den Kaiser zurück zu schicken versprach. Karl erklärte sich zur Erfüllung dieser Bitte bereit, wofern seine Vettern, die beiden westfränkischen Könige gleichfalls einwilligten. Die Hinwegführung Engelbergas aus Italien scheint demnach nach gemeinschaftlicher Verabredung als eine der gegen Boso gerichteten Maßregeln erfolgt zu sein. Johann wandte sich alsdann im März mit dem gleichen Gesuche an die Könige Ludwig und Karlmann und den Abt Hugo und ersuchte auch die italienischen Bischöfe und Grafen ihm in dieser Sache bei dem Kaiser förderlich zu sein.

Wie wenig der Papst im übrigen von Karl in den Dingen erreicht hatte, die ihm am meisten am Herzen lagen, beweist ein Schreiben, welches er an jenen am 29. März ergehen ließ[20]). Die alten Klagen über die täglich sich steigernden Bedrängnisse der römischen Kirche durch die Saracenen kehren darin wieder „Und da wir, so heißt es u. a., Tag für Tag diese Leiden sich nicht vermindern, sondern mehr und mehr wachsen und zunehmen sehen, so überwältigt uns der Schmerz und Jammer und Traurigkeit ohne Ende und deshalb möchten wir lieber sterben als Solches noch ferner ertragen." Er bittet daher flehentlich, Karl möge das Heer, dessen Kommen er in Aussicht gestellt, so schnell wie möglich senden und an seiner Spitze als Führer einen tüchtigen und kriegskundigen Mann, damit ihm vergönnt werde, endlich einmal von diesen Nöthen aufzuathmen. Wenn Karl sich hierin Fahrlässigkeit zu Schulden kommen lasse, so werde er eine sehr schwere Sünde begehen. „Deshalb um Gottes Willen eilet uns zu Hilfe, eilet zu Hilfe, damit nicht die Völker im Umkreise sagen: Wo ist ihr Kaiser geblieben?" Als ein Zeichen des Sieges schickt er ihm end-

---

Grafen eb. 194, 208, J. 2562, 2563 vom 12. März. In dem zweiten heißt es von Engelberga: quam divae memoriae Ludovicus rex pater imperatoris et Ludovicus imperator vir eius nobis Veronae commendaverunt ac postmodum ipsa se sancto Petro tradidit et de ipsius altaris confessione tuendam recepimus, vgl. oben I, 812. Ueber den Aufenthalt in Rom: tanta custodia circumspecta nobis credite erit, ut nec Bosoni nec alii homini ad perturbationem imperii sive regni quodlibet adiutorium ... praebere quoquomodo valeat und ferner: sicut illud regnum, in quo nunc illa sub custodia manet, eius est (sc. Caroli), ita et istud; et sicut ibi custoditur, ne aliquod solatium vel consilium dare facereque possit Bosoni, ita et nos eam in tali loco habitare faciemus, quo nihil adversi moliri ... valeat. Daß sie in Alamanniam geführt worden, sagt Hinkmar a. 882 (Scr. I, 514).

[20]) Mansi XVII, 199, J. 2567, das andre undatierte Schreiben eb. 205, J. 2575: pro recipiendis de omnibus, quae hactenus perperam acta fuerant, iustitiis et emendationibus ac pro totius terrae S. Petri salute pristinaque restitutione, quatenus in praesentia missorum vestrorum ea quae necessario emendanda et corrigenda erant, iure legitimo corrigerentur, ut tam diuturnum malum finem acciperet.

lich eine Palme mit seinem apostolischen Segen. Um die nämliche Zeit etwa meldete der Papst dem Kaiser, daß er gemäß der unter ihnen stattgehabten Verabredung seinen Rath Petrus und den Bischof Zacharias, Bibliothekar des heiligen Stuhles beauftragt habe, allen Rechtsverletzungen nachzugehen, die seit langer Zeit vorgefallen, Genugthuung dafür zu fordern und das Anrecht des h. Petrus überall wieder zur Geltung zu bringen, damit dann in Gegenwart der kaiserlichen Sendboten alles Unrecht gesühnt und somit diesen Vergewaltigungen ein Ende gemacht werden könne.

Der Kaiser empfieng diese Schreiben im oberen Italien, das man von den Zeiten der Langobarden her noch immer vorzugsweise als das italische Königreich anzusehen gewohnt war. Nachdem er in Rom ohngefähr bis Ende Februar verweilt haben mochte, finden wir ihn im März nach königlichem Brauche zu Siena in der bischöflichen Residenz inmitten einer glänzenden Versammlung von Großen zu Gerichte sitzen[21]). Unter den Anwesenden erscheint in erster Reihe Markgraf Berengar von Friaul, ein alter Anhänger Ludwigs des Deutschen und seines Hauses, der wahrscheinlich selbst der Krönung beigewohnt, ferner acht Grafen, darunter Waltfrid von Verona und Berthold, beide schon im vorigen Jahre als sehr geliebte Getreue und Rathgeber Karls genannt, fünf kaiserliche Vassallen, drei Richter der heiligen Pfalz, Graf Farulf als Vertreter des Papstes u. v. a. Der Rechtsstreit aber, um den es sich handelte, betraf die streitigen Grenzen der Bisthümer Arezzo und Siena, die dahier festgestellt wurden.

Am 13. März hielt sich Karl schon wieder in Pavia auf und machte an diesem Tage dem Bischof Wibod von Parma, der sich in den Verhandlungen mit dem Papste Verdienste um ihn erworben, zwei Schenkungen, indem er ihm auf Bitte Liutwards die Abtei Mezzana und auf Fürbitte der Grafen Berengar und Waltfrid, seiner geliebten Rathgeber den Ort Lugolo in den Bergen verlieh[22]). Auch in den beiden folgenden Monaten April und

---

[21]) Muratori antiq. Ital. II, 931 (B. 923): Dum in dei nomine civitate Sena in domum episcopii ipsius civitatis intus caminata, ubi domnus Karolus piissimus imperator in iudicio residebat, adessent cum eo Berengarins marchio, item Berengarius, Walfredus, Bertaldus, Winigisus, Gotfredus, Adelbertus, Maurinus et Erardus comitibus etc. Wenn Adalbert der Markgraf von Tuscien gemeint ist, so fällt es auf, daß er so wenig hervortritt. Die Urk. für Reggio vom 8. Jan. 880 erbaten Waltfredus insignis dapifer et Pertoldus illustris comes palatii dilectissimi fideles seu consiliarii nostri (Muratori ant. It. I, 361, B. 909).

[22]) Affò storia di Parma I, 300, 341, B. 924, 925. In der ersten heißt es von Wibod: cuius precibus benignitatis nostrae aurem accommodantes eiusque erga nos devotissimam fidelitatem intendentes, in der zweiten interventu ac petitione Berengarii necnon et Walfredi sublimium comitum dilectorumque fidelium et consiliariorum nostrorum Wibodus sancte Parmensis ecclesiae reverentissimus episcopus dilectus fidelis noster nostri augustalis culmen postulavit regiminis etc.

Mai scheint Karl größtentheils in Pavia, bisweilen in der benachbarten Pfalz Corte Olona verweilt zu haben, wie aus einer Reihe daselbst ausgestellter Urkunden für geistliche Stiftungen hervorgeht[23]). Unter den von ihm Beschenkten befand sich auch ein Kaplan des Markgrafen Berengar, Peter, ein neuer Beweis für die enge Verbindung, in welche dieser zum Kaiser getreten war. Die Chorherren in der Kirche St. Antonin bei Piacenza nahm Karl mit Rücksicht auf das daselbst befindliche Grab des Königs Lothar unter seinen besonderen Schutz.

Der Zeitpunkt der Rückkehr des Kaisers aus Italien wird nicht überliefert, ja wir würden kaum wissen, daß derselbe im Sommer 881 sein angestammtes Reich wiederum besuchte, wenn dies nicht zwei Urkunden aus der Pfalz Bodman am Bodensee vom 14. Oktober bezeugten[24]). Spätestens im November schlug jedoch Karl, in Begleitung seiner Gemahlin und seines Erzkaplans Liutward, abermals die Straße über die Alpen ein, denn er verweilte bereits im Anfange des Dezember zu Mailand, wo er bis zu Ende des Jahres geblieben zu sein scheint, mit Verfügungen für das Nonnenkloster Theodota zu Pavia, das Chorherrenstift zu Monza u. s. w. beschäftigt[25]). Von dort schickte er den Bischof Johann von Pavia mit einem Schreiben nach Rom, um den Papst abermals zu einer Zusammenkunft in Ravenna einzuladen, welche am 2. Februar 882 stattfinden sollte. Johann ergriff diesen Vorschlag, der ihm eine Erledigung aller seiner Beschwerden verhieß, mit Freuden[26]) und erklärte, wenn seine Gesundheit es gestatte, vier Tage vor dem anberaumten Termine in Ravenna eintreffen zu wollen. Dem fügte er noch die Bitte hinzu, der Kaiser möge in seiner Begleitung den Grafen Suppo als gemeinsamen Getreuen mitbringen.

Das wirkliche Zusammentreffen der beiden Oberhäupter der Christenheit muß sich indessen noch verzögert haben, denn aus Urkunden läßt sich der gemeinschaftliche Aufenthalt derselben in Ra-

---

[23]) Aus Pavia vom 2. und 9. April für das Kl. Brugnetto und den B. Paul von Piacenza, aus Corte Olona vom 27. Apr. (Berengarium ducem et affinitate nobis coninnctum nostram deprecasse clementiam etc.), abermals aus Pavia vom 9., 11. Mai (B. 926—930). Eine Urk. vom 22. Mai ist ohne Ausstellungsort (Mittheil. d. Züricher antiq. Gesellsch. VIII Beil. 17).

[24]) B. 931, 932. Die Nachricht der St. Galler Fortsetzung der schwäbischen Annalen a. 881 (Scr. I, 51): Karolus imperator a Ioanne papa benedicitur et tertio Italiam ingreditur beweist gleichfalls, daß Karl im J. 881 in sein früheres Reich zurückgekehrt war.

[25]) Muratori ant. It. III, 49, 51, Frisi memorie di Monza II, 9 (B. 933—935). In allen 3 Urkunden erscheint Liutward als Fürbitter, in der letzten daneben auch Richarda.

[26]) Mansi XVII, 211, J. 2577: sicut mandastis, ut die purificationis b. Mariae ... Ravennae venientes simul coniuncti fuissemus ... nos autem et hoc libenti animo recipientes etc.

venna, sowie die gleichzeitige Anwesenheit einer zahlreichen und glänzenden Versammlung von Bischöfen, Aebten und weltlichen Großen erst für die Tage des 13. bis 15. Februar nachweisen[27]). Von Seiten jener wurde der Kaiser mit sehr heftigen Klagen über ungesetzliche Uebergriffe und Vergewaltigungen der weltlichen Beamten bestürmt, denen er Abhilfe schaffen sollte[28]). In wörtlich übereinstimmender Fassung erließ daher Karl Schutzbriefe für die Bisthümer Arezzo, Kremona und Verona und vermutlich noch für andre, von denen wir nichts mehr wissen, um ihre Besitzungen und deren Insassen in Zukunft gegen solche Behandlung sicher zu stellen[29]). Im Anschluß an die bisherigen Verfügungen dieser Art wurde fortan den königlichen Beamten strengstens untersagt, auf dem Grunde und Boden der Kirche Gericht zu halten, gegen die Unterthanen derselben Gerichtszwang zu üben oder irgend welche öffentlichen Leistungen von ihnen zu fordern, vielmehr sollen die Vorsteher der Kirchen oder ihre Vögte allein sowol die unfreien Bauern als auch die Freien, die sich in den Schutz der Kirche ergeben, vor das Grafengericht führen und daselbst vertreten. Durch diese Verordnung wurden demnach keine neuen Rechte an die Bisthümer verliehen, sondern nur die vielfach misachteten rechtlichen Wirkungen der Immunität gegen die Verletzungen der Beamten

---

[27]) Tiraboschi memorie Modenesi I cod. dipl. 53 flg.: venientibus nobis Ravennam ad colloquium spiritalis patris nostri Iohannis summi pontificis et universalis papae, ubi multorum episcoporum venerabilis coetus necnon et nobilium procerum caterva convenerat etc. Jaffé (Reg. pontif. p. 290) läßt diese Zusammenkunft bis zum 19. Febr. dauern, weil bei Sanclementius series episc. Cremon. p. 219 (aus Muratori ant. It. II, 5) eine Urk. Karls für Kremona von diesem Tage aus Ravenna datiert wird. Nach dem daselbst angef. Eingange und Schlusse ist jedoch ohne Zweifel die bei Zacharias Cremonens. episcop. series p. 71 abgedruckte Urk. Karls vom 15. Febr. gemeint und daher bei Muratori für XI Kal. Martii XV Kal. Mart. zu verbessern.

[28]) Zacharias a. a. O.: pervenit ad nostram notitiam maxime venerabilium episcoporum et populi proclamatio de plurimis sibi illatis superstitionibus et iniustis oppressionibus a seculari et publica potestate, ita ut ... per plebes et ecclesias seu ecclesiastica praedia et domos placita teneant, districtiones in liberos massarios super ecclesiasticas res residentes et servos et aldiones faciant, tributa ab eis exigant, census et donaria, angarias etiam et operas et non solum ab eis, sed ab omnibus liberis erimannis et ecclesiae filiis, weiterhin: omnes has superstitiones et importunas violentias funditus ab hodierna die et deinceps abolendas et extirpandas radicitus modis omnibus decernimus.

[29]) Ughelli Italia sacra V, 628, Zacharias series 71, Muratori ant. It. I, 869 (B. 937, 939). Ich halte es für unrichtig, wenn Bethmann-Hollweg (Urspr. d. lombard. Städtefreiheit S. 95) die letztere Urk. als einen Erlaß für alle bischöflichen Kirchen Italiens auffaßt. Die von ihm angef. Schlußklausel bezieht sich lediglich auf die Besitzungen von Arezzo in allen Theilen des Reiches, nicht auf andre Kirchen und B. Lando von Kremona beruft sich im Nov. 910 auf die für seine Kirche besonders erlassene, nicht auf eine allgemein giltige Urkunde.

und kleinen Machthaber aufs neue zugesichert und bestätigt[30]). In ganz ähnlicher Weise nahm der Kaiser das Kloster Brugnetto auch den Bischöfen gegenüber unter seine Obhut und verbot gegen die Unterthanen desselben sowol die Ausübung des Gerichtszwanges als die Eintreibung ungesetzlicher Abgaben und Frohnden. Dem Bischof Aaron von Reggio endlich stellte er auf Fürbitte seiner obersten Räthe Liutwards und Wibods von Parma eine Urkunde über alle Freiheiten seiner Kirche, namentlich die Immunität aus, weil die Verleihungen früherer Könige im Feuer theilweise zu Grunde gegangen waren[31]).

Von anderweitigen Ergebnissen dieser Reichsversammlung ist noch zu berichten, daß die Markgrafen von Spoleto und Kamerino, beide Wido benannt, der Sohn und der Bruder Lamberts, ebenfalls in Ravenna erschienen[32]) und in Gegenwart des Kaisers sämtliche Besitzungen des h. Petrus, die sie bisher widerrechtlicher Weise in Händen gehabt, dem Papste zurückgaben, um sie dann als Lehen neuerdings von ihm zu empfangen. Auf diese Art sollte der so oft von Johann erhobenen Beschwerde abgeholfen werden, daß ein großer Theil seines Gebietes und seiner Unterthanen sich in feindlicher Gewalt befände, doch fehlte es auch ferner an allem Nachdrucke, um die wirkliche Anerkennung der päpstlichen Oberhoheit durchzusetzen. Endlich ward in Ravenna auch über eine bestrittene Bischofswahl in Genf verhandelt[33]): während nämlich die dortige Geistlichkeit auf den Wunsch des Kaisers einen ihm ergebenen Geistlichen Optandus erkoren hatte, verschob der Metropolit Otram von Vienne die Weihe desselben, weil er als eifriger Parteigänger Bosos einen Anhänger des Usurpators an seine Stelle zu setzen wünschte. Der Papst ertheilte ihm daher die Bischofsweihe, indem Karl zugleich das freie Wahlrecht der Genfer Kirche

---

[30]) Vgl. über die Auslegung Bethmann-Hollweg a. a. O. S. 94—97, berichtigt von Hegel (Städteverf. v. Ital. II, 68).

[31]) Mansi XVII, 557, 558 (B. 936, 938): Aaron S. Regiensis ecclesiae praesul per reverendos pontifices Liutwardum Vercellensem sacri palatii nostri archicancellarium et Wibodum Parmensem, summos et dilectos consiliarios nostros detulit nobis praecepta etc.

[32]) Mansi XVII, 214, J. 2601: de omnibus immobilibus rebus territorii sancti Petri, quas nobis Ravennae consistentibus in praesentia serenitatis vestrae uterque Wido marchio pro reinvestitione reddidit, nec unum recepimus locum sed ipsi et homines eorum contra ius et aequitatem omnia retinere praesumunt. Auf die erste Zusammenkunft in Ravenna im J. 879 kann dies nicht wohl bezogen werden.

[33]) S. die Schreiben Johanns an die Genfer Geistlichkeit und an Otram v. Vienne (Mansi XVII, 207, 213, 216, J. 2600, 2604, 2605). In dem ersten heißt es: Dilectissimi filii nostri Caroli imperatoris principumque ipsius relatu vestram ecclesiam viduatam cognoscentes pastore et propter dissensionem Bosonis, cui sociatus eiusdem sedis videtur metropolitanus ordinationem electi vestri Optandi differre habe er secundum deprecationem eiusdem serenissimi imperatoris ... atque optimatum eius Optandus geweiht. Diese Ausdrücke können doch nur auf die Versammlung von Ravenna gehen.

bestätigte, Otram aber gieng in seinem Widerstreben so weit, daß er Optandus in den Kerker warf und seine ganze Habe einzog.

Von Ravenna kehrte der Kaiser nach Pavia zurück, wo er noch bis über die Mitte des Monats April verweilte: eine umfangreiche Schenkung an das Bisthum Vercelli und die Bestätigung der weit verbreiteten Besitzungen der Kaiserin Engelberga in Italien sind die einzigen Spuren seiner Thätigkeit daselbst[34]). Dort wahrscheinlich erreichten ihn jene Botschaften aus Ostfranken, die ihm den Tod seines Bruders meldeten und schleunigen Beistand gegen die normannischen Verwüster erheischten. Wenn auch die Noth des Volkes seine Heimkehr nicht dringend erfordert hätte, so würde schon der Wunsch das ihm zugefallene Erbtheil schnell und unverkürzt in Besitz zu nehmen, den Kaiser bewogen haben, den Rückweg über die Alpen anzutreten und Italien seinem Schicksale zu überlassen.

Kaum hatte Karl Welschland den Rücken gewandt, so trat auch schon deutlich zu Tage, wie wenig sein bloßes Wort über die widerstrebenden Gewalten daselbst vermocht hatte. Als nämlich der Papst begleitet von dem Bischof Adalhard von Verona als kaiserlichem Sendboten sich nach Fano begab, um in Gemäßheit der in Ravenna getroffenen Verabredungen in persönlicher Verhandlung mit dem Markgrafen Wido zunächst dort die Gerechtsame des h. Petrus wieder zur Anerkennung zu bringen, blieb der Erwartete aus und der Papst konnte daher weder in dieser noch in den andern Städten der Pippinischen Schenkung seine Rechte geltend machen. Ebenso ermangelten zwei Sendungen des Bischofs Adalhard und des Bischofs Walbert von Porto als päpstlicher Bevollmächtigten jedes Erfolges, Wido trotzte allen Anmahnungen des apostolischen Stuhles[35]). Einer seiner Leute erkühnte sich sogar päpstliche Unterthanen, 83 an der Zahl, die ihm vermutlich irgendwo Widerstand geleistet, gefangen zu nehmen und an den Händen verstümmeln zu lassen, wodurch viele ihren Tod fanden[36]).

Im Sommer 882 bat demnach Johann den Kaiser inständig durch sein Eingreifen, seine Gegenwart der Kirche zu ihrem gekränkten Rechte zu verhelfen. Er wandte sich zugleich an die Kaiserin und den Erzkanzler ihnen mit beweglichen Worten sein unerträgliches Elend zu schildern. „Wir haben Licht erwartet und siehe da ist Finsternis; wir haben Hilfe gesucht und wir wagen uns nicht aus den Mauern der Stadt. Denn vor eurer Ankunft

---

[34]) Hist. patr. monum. chartar. I, 64 (späte Abschrift), Muratori antiq. It. VI, 33, B. 940, 941, vom 16. März, 18. April Papiae.

[35]) Mansi XVII, 214, J. 2601: nihil emendationis nihilque redditionis ab eo vel sequacibus eius, sicut promissum fuerat, recipere potuerunt.

[36]) Schreiben an den Erzb. Anselm v. Mailand vom Aug. 882: quidam sceleratus Longobardus nomine homo Widonis marchionis (Mansi XVII, 219, J. 2607).

in Rom gab es für uns doch noch einige Ruhe, jetzt aber bricht ein unleidlicher Sturm der Verfolgung herein, weil weder unser geistlicher Sohn der Kaiser noch sonst irgend eines andern Volkes Mann uns Beistand bringt.“ Auf alle seine Beschwerden habe der Kaiser nicht einmal die Unterthanen der römischen Kirche, die unter fremder Herrschaft stünden, ihrem Dienste zurückgegeben, möge also die Kaiserin fußfällig von ihrem Gemahle für den Nachfolger Petri Rettung aus dieser dräuenden Lebensgefahr erflehen [37]). Zur Beförderung dieses Gesuches schickte Johann einen seiner Vertrauten ab, den Bischof Peter, obschon dieser früher zu Pavia durch sein ungestümes Auftreten sich die kaiserliche Ungnade zugezogen hatte. Endlich wiederholte der Papst nochmals seine Fürbitte für Engelberga, deren Zurückführung ihm Karl schon längst versprochen habe. Dieser letztere Wunsch wurde ihm in der That erfüllt: Karl beauftragte etwa im Herbst seinen Erzkaplan Liutward die Kaiserin Witwe nach Italien zu geleiten [38]), doch dies war der einzige Erfolg, dessen Johann sich von allen diesen Bemühungen rühmen konnte.

Ein Hoffnungsschimmer inmitten der von den Ungläubigen verhängten Trübsale zeigte sich dem Papste endlich, als der Bischof Athanasius selbst seiner saracenischen Bundesgenossen, die er am Vesuve angesiedelt und der von ihnen geübten Bedrückungen überdrüssig wurde und sich mit dem Herzog Waimar von Salerno sowie mit den Kapuanern zu ihrer Vernichtung verband. Bei dieser erwünschten Wendung der Dinge sprach ihn der Papst auf sein Verlangen sogleich vom Banne los, unter der Bedingung, daß er seinem antichristlichen Bündnis nicht nur für immer entsage, sondern auch zur Bürgschaft seiner Sinnesänderung gewisse namentlich bezeichnete saracenische Vornehme ihm als Gefangene überliefere [39]), während die übrigen über die Klinge springen sollten. Mit vereinter Anstrengung wurden die Saracenen jetzt wirklich

[37]) Eb. J. 2602: nisi divinitas summa subveniat, aut in desperationem aliquam lapsi (quia non solum duplum ... sed etiam triplum et quadruplum exercitum contra nos venire conspicimus) ea quae pacis sunt postulabimus aut certe non solum iugo illorum coacti subdemur sed etiam ab eis capti impie iugulabimur.

[38]) Hincmari ann. 882 (Scr. I, 514): Engilbergam vero ... per Leodoardum Vercellensem episcopum Iohanni papae sicut petierat Romam remisit.

[39]) Erchempert. c. 49; Schreiben Johanns an Athanasius (Mansi XVII, 215, J. 2599): si ... maiores Saracenorum quantos melius potes, quos nominatim quaerimus, cum aliis omnibus ceperis et iugulatis aliis nobis direxeris, a vinculo excommunicationis absolvimus ... eo sc. modo ... ut captis et traditis antea, ut dictum est, Saracenis, deinceps nullum cum eis ulterius foedus quoquomodo inire praesumas. Der oft getäuschte Papst wollte nur eine sichere Bürgschaft für den völligen Bruch mit den Saracenen, ich begreife daher nicht recht, wie Gregorovius (Gesch. d. Stadt Rom III, 200 A. 2), der von einer verrätherischen (!) Gefangennahme spricht, diese Politik „völlig der des Cäsar Borgia ebenbürtig“ nennen kann.

aus der Umgegend von Neapel verdrängt, doch nur um zu Agropolis am Busen von Pästum eine neue Zuflucht zu finden.

Von dort gelangten sie auf die Einladung des Fürsten Docibilis von Gaeta in die Nähe dieser Stadt und leisteten ihm als Hilfstruppen Dienste gegen die Kapuaner, endlich schlugen sie auf einer Anhöhe am rechten Ufer des Flusses Garigliano nicht weit von Trajetto ihr Lager auf und legten eine von allen Seiten wohlbefestigte Burg an, die ihnen über dreißig Jahre als sicherer Schlupfwinkel und unzugängliches Raubnest diente[40]). Von hier aus zeigten sie sich den Christen erst recht furchtbar, wie denn unter vielen andern kirchlichen Stiftungen insonderheit die berühmten Klöster S. Vicenzo am Volturno und Monte Cassino in den J. 881 und 883, Farfa im J. 891 von ihnen ausgeraubt und in Brand gesteckt wurden[41]). Ihre Stärke und Unüberwindlichkeit lag in der fortgesetzten Uneinigkeit der christlichen Fürsten: bald zitterte vor ihnen das ganze untere und mittlere Italien, vor allem aber bot in unmittelbarer Nachbarschaft das römische Gebiet ihren Angriffen eine leichte und bequeme Beute.

Der Kaiser hatte indessen auf jene frühere Aufforderung Johanns ihm wenigstens sagen lassen, daß er nächstens über die Alpen ziehen wolle, mit Hintansetzung aller andern Sorgen. Der Papst begrüßte in einem Schreiben vom 13. November[42]) diesen Entschluß mit großer Freude, weil die Sicherheit der heiligen Kirche seinen kräftigsten Beistand unumgänglich erheische. Vorzüglich forderte er, daß Wido (Rabia, wie er ihn nennt) endlich aus dem von ihm usurpierten Gebiete des h. Petrus vertrieben werde. Bei dem Bischof Liutward aber bedankte er sich für die Mühewaltun-

---

[40]) Der wohl unterrichtete Erchempert c. 49, 51 schweigt über den Anfang der Niederlassung am Garigliano, den Leo (chronica mon. Casin. l. I c. 43, Scr. VII, 609) in einer nicht über allen Zweifel erhabenen Weise erzählt, doch erwähnt auch Erchempert c. 55, daß Decivilis (Docibilis) dux Caietae sich der Saracenen bediente. Nach der Chronik Benedikts c. 27 (Scr. III, 713) herrschten die Saracenen in Romano regno: per curricula triginta annorum (bis 916), nach Leo a. a. O. per quadraginta ferme annos, der Zeitpunkt der Ansiedelung bleibt daher unsicher und läßt sich nur mutmaßlich in das J. 881 oder 882 setzen. Ueber ihre Befestigungen s. Benedikt: veniente ad fluvium qui dicitur Garinganu apprehenderunt turres et facta est eorum habitatio, Liudprandi antapod. l. II c. 44 (der c. 45 über die Veranlassung ihres Kommens fabelt), Hugonis destructio Farfens. c. 3 (Scr. XI, 534). Daß sie ihr Lager jedoch erst später so stark befestigten, beweist ihre vorübergehende Vertreibung um 886 durch Herzog Wido II. (Erchempert. c. 58).

[41]) Erchempert. c. 44 (früheres und späteres zusammenfassend), c. 61, Leonis chronica mon. Casin. I c. 44, Chronic. Vulturnense (Muratori scr. rer. Ital. I^b, 404, sagenhaft vgl. Muratori annali d'It. 882, 884), Ann. Farfens. 891 (Scr. XI, 588).

[42]) Mansi XVII, 206, J. 2612: quod autem dicitis, ut postpositis ceteris curis iter vestrum in Italiam recto itinere ordinatum habeatis grato animo suscepimus et ut utinam non solum Papiae verum etiam propius essetis necessitas maxima deposcit.

gen, die dieser in Gemeinschaft mit der Kaiserin nicht gescheut, um jenen Entschluß hervor zu rufen: er bat ihn dringend bei dem begonnenen Werke zu verharren, für welches er durch zeitliche Vortheile sich ihm dankbar beweisen werde[43]).

Johann sollte die Erfüllung dieser trügerischen Hoffnungen nicht mehr erleben. Bis an sein Ende blieben die Mauern der ewigen Stadt, denen er noch eine besondere Befestigung um die St. Paulskirche hinzugefügt hatte[44]), von saracenischem Raubgesindel umschwärmt, so daß, wie er einmal schreibt, vor Schmerz über die Verödung des Landes seinen Augen der Schlaf, seinem Munde die Speise fehlte. Stets von inneren Feinden bedroht, die er mit leidenschaftlicher Heftigkeit verfolgte, endete er auch sein Dasein durch die Nachstellungen eines geheimen Widersachers. Einer seiner Verwandten soll ihm Gift gereicht haben[45]), um sich seiner Schätze und wo möglich auch des apostolischen Stuhles zu bemächtigen und als dies zu langsam wirkte, überfiel er ihn mit andern Verschworenen und machte — am 15. Dezember 882 — durch Hammerschläge auf den Kopf seinem Leben ein Ende. Da das Volk sich hierauf zusammenrottete, starb der Urheber der That plötzlich, ohne eine Verletzung empfangen zu haben.

So beschloß Johann durch einen gewaltsamen Tod seine zehnjährige Regierung, über welche nach einigen anfänglichen Erfolgen im Ganzen ein fortwährender Unstern gewaltet hatte. Bei aller Klugheit, Feinheit und rastlosen Thätigkeit, bei aller noch so gewandten, noch so rücksichtslosen Benutzung der Umstände, die man diesem Papste sicherlich nachrühmen muß, konnte er das Herabsinken der päpstlichen Macht von der Höhe, auf welche Nikolaus sie gestellt, nicht aufhalten. Wie ließ sich da weiter bauen, wo die Grundlagen wankten und der kaiserliche Schirmherr der Kirche selbst keinen ausreichenden Schutz mehr gewährte? Weder gegen

---

[43]) Ep. 207, J. 2613: quia tantum nobis necesse est, quantum docere non valemus.

[44]) Von dieser Johannipolis, wie er sie nannte, wissen wir nur durch eine Inschrift s. Gregorovius Gesch. d. Stadt Rom III, 205.

[45]) Ann. Fuld. P. V 882 (Scr. I, 398): praesul apostolicae sedis Iohannes nomine prius de propinquo suo veneno potatus, deinde cum ab illo simulque aliis suae iniquitatis consortibus longius victurus putatus est, quam eorum satisfactio esset cupiditati ... malleo dum usque in cerebro constabat percussus est exspiravit. Ich halte diese Nachricht deshalb für glaubwürdig, weil sie auf einer dem Kaiser geschehenen Meldung beruht. Die andern Quellen ann. Alamann. 883, ann. Fuld. P. IV 882 (Scr. I, 52, 397) berichten einfach den Tod des Papstes. In seiner Grabschrift (Pontific. Romanor. vitae ed. Watterich I, 83) heißt es von ihm: prudens et doctus verbo linguaque peritus | solertem sese omnibus exhibuit; Invectiva in Romam (Anastasius bibl. ed. Blanchini t. IV p. LXXII): qui (sc. Iohannes papa) Italiam, Germaniam et Galliam peragravit et ea, quae prava et invia atque aspera erant, correxit, erexit et direxit et utrumque Karolum Gallicum et Germanicum augustalibus coronis constituit et redimivit.

die Herzoge von Spoleto, die für alle Unzufriedenen in Rom selbst einen Rückhalt bildeten, setzte der Papst seine Absichten jemals durch, noch vermochte er die unteritalischen Fürsten seiner Oberleitung zu beugen. Ihre Bündnisse mit den Saracenen, durch welche Rom unsäglich litt, beförderte er gerade, indem er nach Einfluß in ihren inneren Angelegenheiten strebte und namentlich Kapua und Gaeta unter kirchliche Herrschaft zu bringen suchte. Alle jene hochfliegenden Pläne, denen nur die rechten Werkzeuge fehlten, alle politischen Berechnungen, sie giengen zuletzt unter in der täglichen Noth des Lebens und vergeblich blieben alle Bemühungen, die durch das Sinken des Kaiserthums entfesselten Kräfte Italiens, die nur an ihrer gegenseitigen Zerstörung zu arbeiten schienen, auf irgend ein gemeinsames Ziel hinzulenken. Ein Zustand, in dem ohne alle Scheu vor dem Heiligen nur rohe Gewalt und plumpe List sich wechselseitig Vortheile abzuringen suchten, mußte für den päpstlichen Stuhl, selbst einen Preis dieser Kämpfe, äußerst nachtheilig sein, der wie unbedenklich er auch den Gegnern ihre eigenen Waffen entleihen mochte, doch in seinem Kerne Träger einer geistigen und sittlichen Macht blieb.

Wir müssen jedoch, ehe wir von diesem letzten großen Papste des neunten Jahrhunderts, der in der That entscheidend in den Gang der Weltbegebenheiten eingriff, Abschied nehmen, noch sein Verhältnis zur griechischen Kirche und zur Mission im Osten in Betrachtung ziehen. Der sehr bedenkliche und prinzipiell schwer zu rechtfertigende Entschluß, Photius trotz der über ihn verhängten ewigen Verdammnis als Patriarchen von Konstantinopel wieder anzuerkennen und durch römische Legaten zu seiner feierlichen Herstellung mitzuwirken, trug keineswegs die gehofften Früchte. Diese Mitwirkung selbst, auf der Aftersynode von Konstantinopel im Nov. 879, wurde in der Weise von Photius gemisbraucht und der wahre Hergang der Sache durch Fälschungen entstellt, daß Johann sich doch endlich genöthigt sah, das Auftreten seiner eigenen Legaten zu verurtheilen und den Patriarchen von neuem abzusetzen [46]). Die wiederholten Aufforderungen, die Johann an den Bulgarenfürsten Michael und an die Vornehmen seines Volkes richtete, zur römischen Kirche zurückzukehren, waren sämtlich erfolglos: Michael suchte zwar durch Uebersendung von Geschenken sich das Wohlwollen des Nachfolgers Petri zu bewahren, blieb aber im übrigen doch der griechischen Kirche getreu [47]).

[46]) Mansi XVI, 450, 453; Hefele Conciliengesch. IV, 467. Es bleiben in dieser Angelegenheit noch manche Dunkelheiten, namentlich ist es sehr auffallend, daß in den zahlreichen Briefen Johanns jede Erwähnung der nochmaligen Verdammung des Photius fehlt. Auch wissen wir nicht, wie es sich mit dem Schreiben verhält, welches Hadrian III. an Photius gerichtet haben soll (Photius de spirit. sti mystagogia c. 89, p. 100 ed. Hergenroether).

[47]) S. die Briefe Johanns aus den J. 878—880 (J. 2357—59, 2466—68, 2484, 2555, 2580).

Besser als in Bulgarien, der großen Eroberung des Papstes Nikolaus, glückte es Johann mit Kroatien. Als dort im J. 879 der Fürst Sedeslav, ein Anhänger der Griechen gestürzt worden, schloß sich sein Mörder und Nachfolger Branimir sofort an den Papst an und ließ ihm durch den Priester Johann von Venedig seine Ergebenheit bezeugen[48]). Der kroatische Bischof Theodosius von Nona empfieng in Rom seine Weihe. Freilich schlossen sich die griechischen Bischöfe Dalmatiens von diesen Schritten aus und ihr Metropolit Marinus von Spalato ließ sich sogar damals in völlig ordnungswidriger Weise von dem Patriarchen Walbert von Aquileja, einem Anhänger des Photius weihen, der ihn hiezu wahrscheinlich bevollmächtigt hatte.

Derselbe Priester Johann, der den Verkehr der Kroaten mit Rom vermittelte und der schon einige Jahre früher über den Frieden zwischen Ludwig dem Deutschen und Suatopluk unterhandelt hatte, überbrachte dem Papste jetzt auch bei jener Anwesenheit in Rom ein Schreiben des letzteren über die Angelegenheiten der mährischen Kirche. Seit dem Verzichte des Erzbischofs von Salzburg auf den pannonischen Sprengel[49]) hatte diese sich ungestört entwickeln und Methodius ohne äußere Anfechtungen seinem erzbischöflichen Amte obliegen können. Leider aber war dem jungen mährischen Kirchenwesen, das einen so hoffnungsvollen Fortgang genommen, durch seinen doppelten Ursprung von vornherein der Keim des Zwiespaltes eingepflanzt; der Gegensatz zwischen den griechischen und fränkischen Missionaren dauerte fort, auch nachdem die Abhängigkeit Mährens vom Frankenreiche thatsächlich aufgehört hatte und somit diesen ihr bester Rückhalt entzogen war. Das Bestreben der deutschen Geistlichen gieng vorzüglich darauf, den Erzbischof Methodius zunächst bei dem Herzog Suatopluk, dann auch bei dem Papste durch allerlei Verdächtigungen anzuschwärzen, um hiedurch seinen Sturz herbeizuführen. Bei jenem erreichten sie in der That ihren Zweck und brachten ihm sogar eine Abneigung gegen die slavische Messe bei, die freilich Johann bereits im J. 874 durch seinen Legaten Paul von Ankona untersagt hatte. Derartige Einflüsterungen waren es also, welche die Sendung des Priesters Johann nach Rom zu Anfang des Jahres 879 veranlaßten, über seine Aufträge aber belehren uns nur die darauf bezüglichen päpstlichen Briefe[50]).

---

[48]) S. über diese Verhältnisse meine Abhandlung die Slawen in Dalmatien (Sitzungsber. d. phil. hist. Kl. der Wiener Akad. XX, 407 flg.).

[49]) S. oben I, 819. Daß, wie ich früher vermutete (Südöstl. Marken S. 46), die Anwesenheit Theotmars v. Salzburg in Rom im J. 880 (Auctar. Garstense, ann. St. Rudberti 880) irgend welchen Bezug auf Methodius gehabt, ist mir jetzt doch unwahrscheinlich.

[50]) Sie sind adressirt Methodio archiepiscopo Pannoniensis ecclesiae und Zwentapu(lco) de Maravna (Boczek cod. dipl. Moraviae I, 39, 40, J. 2486, 2487), vgl. oben I, 818—820.

„Während du, so schrieb Johann am 14. Juni 879 an Methodius, durch die Lehre deiner Predigt das Volk des Herrn, das dir als einem geistlichen Hirten anvertraut ist, unterrichten und zum Heile führen solltest, haben wir vernommen, daß du nicht das lehrest, was die heilige römische Kirche von dem Apostelfürsten selbst überkommen hat und täglich lehret, sondern das Volk in Irrthum verleitest.“ Er befiehlt ihm daher unverzüglich nach Rom zu kommen, damit er seine Lehre und seinen Glauben prüfen könne, ob sie mit dem übereinstimmten, was er der römischen Kirche gelobt habe. „Auch hören wir, fährt der Papst dann fort, daß du die Messen in barbarischer d. h. in slavischer Sprache singest. Wir haben dir deshalb schon durch die Briefe, welche Bischof Paulus von Ankona überbrachte, verboten, das Hochamt in dieser Sprache zu feiern; nur in lateinischer und in griechischer Sprache darf es geschehen, wie die über den ganzen Erdkreis verbreitete Kirche Gottes singt. Predigen oder eine Rede vor dem Volke halten darfst du, da der Psalmist alle Völker ermahnt, Gott zu loben und der Apostel sagt: Jede Zunge bekenne, daß Jesus der Herr sei zur Ehre Gottes des Vaters.“ An demselben Tage schrieb Johann auch an Suatopluk, um ihn über seine Zweifel am rechten Glauben zu beruhigen, von denen er durch den Priester Johann vernommen habe. Er ermahnte ihn stets bei dem Glauben zu verharren, den die heilige römische Kirche als von dem Apostelfürsten empfangen über den ganzen Erdkreis verbreite. Jede andre Lehre, möge sie von einem Bischof oder Priester ausgehen, solle er als eine falsche von sich weisen. Daß Methodius, wie er gehört habe, anders lehre, als er vor dem apostolischen Stuhle mündlich und schriftlich bekannt, verwundere ihn höchlich und habe er ihn deshalb unverzüglich zur Verantwortung nach Rom vorgeladen.

Der angeschuldigte Erzbischof entsprach alsbald dieser Aufforderung und erschien vor dem Papste, geleitet von Suatopluks Lehnsmanne Semisisn, um Rechenschaft über seine Lehre zu geben[51]). Ganz anders aber lautete die Entscheidung, als seine

---

[51]) Boczek cod. dipl. Moraviae I, 42, J. 2540 vgl. Wattenbach Beitr. zur Gesch. der christl. Kirche in Mähren S. 22 flg., Dümmler die pannon. Legende vom h. Methodius S. 50, dagegen Ginzel Gesch. d. Slawenapostel Cyrill und Method S. 72 flg. Die Gründe des letzteren, der zur Durchführung seiner Ansicht sich genöthigt sieht, sowol der pannonischen Legende, als dem Leben des h. Klemens ihre Glaubwürdigkeit abzusprechen, beruhen auf der Voraussetzung, Johann VIII. habe die Lehre vom Ausgehen des h. Geistes vom Vater und vom Sohne schon in der Weise als Dogma betrachtet, daß eine Abweichung von derselben ihm als Irrglauben erschienen sei und er demnach Methodius nur bei voller Uebereinstimmung mit derselben seine Rechtgläubigkeit habe bescheinigen können. Wäre der Gegensatz in diesem Punkte in der That damals schon so verhärtet gewesen, wie konnte dann der Papst mit Photius, der sich hierüber bereits im J. 867 unzweideutig genug ausgesprochen hatte, noch kirchliche Gemeinschaft halten und ihn als ein Glied der rechten Kirche ansehen? Wenn wir

Widersacher gehofft haben mochten, die Prüfung wurde zur glänzenden Rechtfertigung: „Wir haben, so schrieb Johann im Juni 880 dem mährischen Fürsten, den Methodius, euren ehrwürdigen Erzbischof gefragt vor den Bischöfen, unseren Brüdern, ob er das Bekenntnis des rechten Glaubens so halte und bei der Feier der Messe so absinge, wie es die heilige römische Kirche hält und es in den heiligen allgemeinen Konzilien von den heiligen Vätern nach der evangelischen Lehre Christi unseres Gottes verkündigt und überliefert ist. Er aber hat erklärt, daß er nach der evangelischen und apostolischen Lehre, wie die heilige römische Kirche lehrt und es von den Vätern überliefert ist, halte und singe. Wir also, da wir ihn in allen kirchlichen Lehren und Bedürfnissen rechtgläubig und förderlich erfunden haben, senden ihn euch als Erzbischof zurück."

Nicht von abweichenden Bräuchen und Sitten ist hier die Rede, wie solche sich in der griechischen Kirche herausgebildet hatten und wie sie bei den Streitigkeiten zwischen Nikolaus und Photius bereits zur Sprache gekommen waren, sondern von dem rechten Bekenntnis des Glaubens. In diesem aber gab es nur Einen Punkt, über den damals gestritten werden konnte und auch ferner gestritten worden ist, die Lehre vom Ausgehen des heiligen Geistes, ob nur vom Vater oder vom Vater und vom Sohne. Die letztere Auffassung herrschte in der gesamten abendländischen Kirche, die erstere in der griechischen. Während diese demgemäß das apostolische Symbolum unverändert beibehielt, schlich sich im Abendlande der Zusatz filioque in dasselbe ein, der jedoch der päpstlichen Sanktion noch entbehrte. Die fränkische Geistlichkeit legte auf diesen Zusatz, wie auf die denselben begründende Lehre den größten Werth und beschuldigte im Anschluß an die Wormser Synode von 868 alle Abweichenden des Irrglaubens, nicht minder aber verketzerte Photius, das Haupt der griechischen Kirche alle diejenigen, welche an dem geheiligten Symbol etwas zu ändern und dieser Aenderung entsprechend zu lehren wagten. Während seine Absicht dahin gieng durch schärfere Hervorhebung dieser bisher geduldeten Verschiedenheit eine Spaltung in der Kirche hervorzubringen und durch diese seinen Patriarchenstuhl gegen alle römischen Anfechtungen sicher zu stellen, suchten die deutschen Geistlichen in Mähren

auch über die Auffassung des Methodius selbst kein unmittelbares Zeugnis besitzen, so ist doch die seiner Schüler vollkommen klar bezeugt und läßt sich daraus auf die seinige zurückschließen. Daraus, daß Photius die römische Kirche wegen ihrer Auffassung dieser Lehre der Häresie beschuldigte, folgt doch noch keineswegs, daß sie diesen Vorwurf zurückgab, sondern höchstens daß sie ihn ablehnte. Ich halte daher die frühere Ansicht vollkommen aufrecht. Ginzels Art der Beweisführung erhellt u. a. daraus, daß er (S. 76 A. 4) zuerst vermutet, M. habe das Pallium von Johann erhalten, dann diese bloße Vermutung als „einen neuen, triftigen Grund für seine Orthodoxie" verwerthet. Wo bleibt da die historische „Unbefangenheit"?

in ihrem blinden Hasse gegen den fremden Eindringling und seinen Anhang jede Abweichung im Sinne der griechischen Kirche, die sie an ihm wahrnahmen, zur Ketzerei zu stempeln. Johann, dem wie seine Anerkennung des Photius beweist, der Kirchenfriede ernstlich am Herzen lag, konnte sich auf einen freieren Standpunkt stellen. Stimmte er doch in Bezug auf den unveränderten Wortlaut des Symbolums ohnehin mit Methodius, nicht mit den Franken überein. Wie er diesen den Zusatz zum Symbol gestattete, den er selbst nicht annahm, sollte er nicht jenem die griechische Auffassung einer Lehre nachsehen, die noch nicht Merkmal der Rechtgläubigkeit geworden war? Hatte doch auch sein Vorgänger Hadrian bereits dieses Mannes Lehre rechtgläubig befunden und ihn auf Grund dessen zum Erzbischof geweiht. Die Uebereinstimmung im Bekenntnis, als der rechten Grundlage des Glaubens genügte dem Papste.

Johann wendet sich in seinem Schreiben ferner zu dem zweiten Punkte, der vorzüglich zu Anklagen gegen den mährischen Erzbischof ausgebeutet worden war, zu der slavischen Liturgie. Wie gänzlich ihn Methodius von seiner früheren Verwerfung derselben zu bekehren gewußt hatte, geht am klarsten daraus hervor, daß er sie gegen den Mährerherzog selbst in Schutz nimmt. „Die von dem weiland Philosophen Konstantin erfundenen slavischen Buchstaben, in denen Gott Preis erschallen möge, loben wir mit Recht und gebieten, daß in dieser Zunge Christi unseres Herrn Thaten und Werke verherrlicht werden sollen." Nachdem er dann weiter ausgeführt, daß wir Gott nicht bloß in drei sondern in allen Sprachen preisen dürfen, fährt Johann fort: „Von wahrem Glauben und rechter Lehre ist nichts, das verhindere, die Messe in derselben slavischen Sprache zu singen oder das heilige Evangelium und die Lektionen des alten und neuen Bundes in guter Uebersetzung zu lesen und die übrigen Tagzeiten zu singen, weil der, welcher die drei Hauptsprachen, die hebräische, griechische und lateinische gemacht, selbst auch alle übrigen zu seiner Ehre und zu seinem Lobe geschaffen hat." Nur „der größeren Ehrerbietung halber" befiehlt er das Evangelium in allen Kirchen künftig zuerst lateinisch und dann in slavischer Uebersetzung zu lesen, dem Fürsten und seinen Großen aber stellt er frei, wenn ihm dies mehr zusage, die Messe in lateinischer Sprache feiern zu lassen.

Methodius wurde demnach vom Papste als Erzbischof bestätigt und von neuem mit der obersten Leitung aller kirchlichen Geschäfte in Mähren betraut. Zugleich setzte Johann ihm einen Suffraganbischof, indem er den schwäbischen Priester Wiching[32]),

[32]) Seine schwäbische Abkunft erhellt außer den ann. Fuld. 899 (Wihingus Alamannus quidam) auch aus dem Vorkommen seines Namens im Necrolog. Augiense, vgl. das Schreiben Theotmars an Johann IX. (Chronic. Reichersperg. ed. Gewold app. p. 35): antecessor vester Zuentibaldo duce

den Suatopluk zu diesem Behufe nach Rom gesandt, zum Bischof von Neitra weihte. Die Bestimmung eines zweiten bischöflichen Sitzes überließ er dem Herzoge, der im Einvernehmen mit dem Erzbischofe ihm seiner Zeit einen dafür geeigneten Priester oder Diakonus zur Weihe zusenden solle, damit dann Methodius mit diesen beiden Bischöfen nach seinem Ermessen andre Bischöfe ordinieren könne. Alle Geistlichen im Lande aber, dem slavischen oder andern Völkern angehörig, sollen ihrem Erzbischof Gehorsam leisten und wenn sie sich unterfangen Aergernis oder Spaltung zu verursachen und sich nach der ersten und zweiten Ermahnung nicht bessern, so sollen sie des Landes verwiesen werden, „nach dem Inhalt der Kapitel, die wir ihm gegeben und euch gesandt haben."

Johann glaubte sicherlich allen Theilen durch diese im Geiste echter Milde und Weisheit erlassene Verfügung gerecht geworden zu sein: den Erzbischof, der so leuchtende Verdienste um die Bekehrung und Sittigung der Slaven sich erworben, den das Volk als den seinigen verehrte und dem eine große Schar eifriger Geistlichen anhieng, hatte er gegen ungerechte Angriffe in Schutz genommen, in seiner Stellung befestigt und durch besondere Kapitel gesichert. Andrerseits aber galt es auch den mächtigen Mährerherzog, der sich mit Verschmähung aller Fürsten dieser Welt den h. Petrus und seinen Nachfolger als alleinigen Schutzherrn, Helfer und Verteidiger erwählt hatte[33]), in dieser seiner ergebenen Gesinnung zu erhalten: ihm zu Gefallen wurde Wiching das Haupt jener fränkischen Gegner des Methodius zum Bischof geweiht und diesem untergeordnet. Die Bedenken des Herzogs meinte Johann hiedurch beschwichtigt zu haben, die streitenden Gegensätze in der mährischen Kirche aber hoffte er durch seine Autorität niederzuhalten.

Diese Erwartungen sollten indessen nicht erfüllt werden, vielmehr setzten die fränkischen Geistlichen auch nach der päpstlichen Entscheidung ihre Hetzereien gegen die Gegner fort, ja Wiching statt seinem Metropoliten den vorgeschriebenen Gehorsam zu erweisen, behauptete sogar vom päpstlichen Stuhle eidlich zum Widerstande gegen ihn verpflichtet worden zu sein und berief sich auf einen von ihm vermutlich untergeschobenen Brief Johanns an Suatopluk in gleichem Sinne. Es ist kaum glaublich, daß sie Solches gewagt haben sollten, wenn sie nicht den Herzog wesentlich auf ih-

---

impetrante Wichingum consecravit episcopum ... in quandam neophitam gentem, quam ipse dux domuit bello, ann. Fuld. a. a. O.: Maravensis ab apostolico destinatus episcopus.

[33]) Nam divina gratia inspirante contemptis aliis seculi huius principibus b. Petrum apostolici ordinis principem vicariumque illius habere patronum et in omnibus adiutorem ac defensorem pariter cum nobilibus viris fidelibus tuis et cum omni populo terrae tuae amore fidelissimo elegisti et usque ad finem snb ipsius et vicarii eius defensione colla summittens pio affectu cupis ... utpote filius devotissimus permanere.

rer Seite gehabt hätten, so sehr dies bei seinen politischen Bestrebungen befremden muß. Wenn wir einem parteiischen Gewährsmanne[54]) glauben wollen, so stieß ihn, den Lehrstreitigkeiten durchaus gleichgiltig ließen, Methodius durch seinen sittlichen Ernst und seine Strenge ab, während die geschmeidigeren Franken seinen Lüsten schmeichelten und alle Ausschweifungen zuließen. Hiervon mag wenigstens soviel wahr sein, daß die deutschen Missionäre im Anfange durch mildere Beurtheilung des geschlechtlichen Verkehrs, durch Nachsicht gegen unerlaubte Verbindungen die Annahme der neuen Lehre zu erleichtern strebten, während uns von dem Erzbischofe ausdrücklich überliefert wird, daß er u. a. einst einen vornehmen Rath des Herzogs zwingen wollte, die unerlaubte Ehe mit seiner Schwägerin zu lösen und ihn dadurch auf die Seite seiner Feinde trieb.

Methodius suchte gegen diese Nachstellungen in Rom Zuflucht und der Papst nahm ihn durch ein Schreiben vom 23. März 881[55]) abermals unter seinen Schutz. In demselben beklagte er, indem er von neuem seine Rechtgläubigkeit bezeugte, lebhaft die Widerwärtigkeiten, von denen sein Brief Kunde gäbe und versicherte, daß er dem Fürsten Suatopluk keinen andern Brief geschrieben, als jenen zu seiner Rechtfertigung, noch habe er dem Bischof (Wiching) öffentlich oder heimlich irgend einen andern Auftrag ertheilt. Methodius möge daher in seiner Wirksamkeit unbeirrt fortfahren, über die Vergehen aber, die sich jener Bischof gegen ihn habe zu Schulden kommen lassen, wolle er nach Anhörung beider in Rom selbst ein kanonisches Urtheil fällen und seine Halsstarrigkeit züchtigen. So hielt Johann, dem Geiste seines Vorgängers gemäß auch fürder seine schützende Hand über den Erzbischof ausgestreckt und für diesmal wenigstens siegte die gerechte Sache, da Methodius durch die päpstlichen Vollmachten seine Gegner des

---

[54]) Vita S. Clementis c. 5 (p. 8 ed. Miklosich): *τί γὰρ οὐκ ἔμελλεν ἐκεῖνος* (sc. Suatoplucus) *ἀνδράποδον ἡδονῶν γυναικείων ὢν ... ἐκείνοις μᾶλλον διδόναι τὴν οἰκείαν γνώμην τοῖς θύραν αὐτῷ πρὸς τὰ πάθη πᾶσαν ἀνοίγουσιν, ἢ Μεθοδίῳ τῷ πάσης ἡδονῆς πικρίαν ψυχόλεθρον στηλιτεύοντι.* Von der allzu großen Nachsicht der fränkischen Priester spricht auch die vita Coustantini c. 15 (s. oben I, 626, wo ich auch das Schreiben Johanns an Kozel über leichtfertige Ehescheidungen ex paganorum more J. 2592 angeführt habe). In ähnlicher Weise schreibt Papst Stephan an den B. Theodosius von Nona in Bezug auf die Kroaten: Nunquidne duabus simul sponsis nubere barbaricam gentem instruis? etc. (Ivonis decret. VIII c. 59, J. 2658) vgl. was Kosmas von Prag über die Sitten der Czechen berichtet Chronica Boemor. l. I c. 3, 36, l. II c. 4 (Scr. IX, 34, 58, 68).

[55]) Boczek cod. dipl. Mor. I, 44 J. 2566: neque aliae litterae nostrae ad eum directae sunt neque episcopo illi palam vel secreto alind faciendum iniunximus et aliud a te peragendum decrevimus, quanto minus credendum est, ut sacramentum ab eodem episcopo exigeremus, quem saltem levi sermone super hoc negotio allocuti uou fuimus. ideoque cesset ista dubietas etc. vgl. Wattenbach Beitr. S. 25.

Betruges überführen und zum Schweigen bringen konnte[56]). An Johann aber verlor er seine festeste Stütze und nach seinem Tode sollten, indem auch Wiching in der Gunst des Fürsten sich behauptete, bald neue Stürme über die slavische Kirche hereinbrechen und ihre nationale Gestaltung gefährden. Diese großsinnig gefördert, einen Mann wie Methodius seinem vollen Werthe nach erkannt und gewürdigt zu haben, gereicht dem Papste jedenfalls zu bleibendem Nachruhme.

VIII.

Im kräftigsten Mannesalter stehend kehrte Karl, Ludwigs des Deutschen jüngster Sohn im April 882 mit der Kaiserkrone geschmückt auf deutschen Boden zurück, um nach dem Tode beider Brüder nunmehr das gesamte Reich seines Vaters nebst dem ganzen Lothringen in Besitz zu nehmen. Außer den Schwaben, die Karl als ihrem angestammten Fürsten eine besondere Verehrung widmeten, kannten ihn die andern deutschen Stämme, die er jetzt alle wieder unter seinem Scepter vereinigen sollte, nur wenig, denn es hatte ihm die Gelegenheit gemangelt, sich wie Karlmann und Ludwig kriegerische Lorbeern zu erringen und alle bisherigen Erfolge waren ihm, wie die Erbschaft, die er eben antreten sollte, mühelos zugefallen. So gieng ihm nur der Ruf voraus, daß er unter Ludwigs Söhnen der mildeste und frömmste sei, ein ergebener Zögling der Kirche, vielleicht aber haftete in Ostfranken auch noch eine Erinnerung jener traurigen Auftritte, die vor etwa neun Jahren zwischen ihm und seinem Vater zu Frankfurt stattgefunden und ebenso die arge Sinnesart als die Willensschwäche des von einem bösen Geiste besessenen Prinzen dargethan hatten. Ob von dem väterlichen Geiste etwas auf ihn übergegangen, da er nun ganz des Vaters Stelle einzunehmen hatte, dafür sollte Karl erst die entscheidende Probe ablegen.

Im Fluge zog der Kaiser von Pavia aus zuerst durch Baiern, das noch immer als ein besonderes Reich angesehen wurde, um die Huldigung der dortigen Großen zu empfangen[1]). Unter ihnen

---

[56]) Vita Methodii c. 12. Dort ist von einer allgemeinen Reichsversammlung die Rede (tum congregati omnes Moravici homines), auf der Methodius das päpstliche Schreiben (an Suatopluk?) vorlegte. Der Vorgang paßt am besten in diese Zeit. — Ferd. Baur (die christl. Kirche des Mittelalters S. 14 A. 1) ist geneigt an eine Perfidie des Papstes zu glauben: die bloße Möglichkeit genügt jedoch nicht zum Beweise.

[1]) Ann. Fuld. P. V 882: de Italia per Baiowariam iter suum in Franciam direxit; Pars IV 882: de Italia perrexit in Baioariam et opti-

leistete auch sein Neffe Arnolf den Eid der Treue und wurde in seiner bisherigen Stellung belassen. Dann gieng es von dort im Mai nach Worms, wo dem Kaiser die ostfränkischen Großen huldigten [2]). Die Wiedervereinigung der getheilten deutschen Stämme, denen sich überdies Italien noch zugesellt hatte, war somit vollzogen. Wie hätte da nicht die Hoffnung erblühen sollen, daß der Inhaber einer so großen Macht, wie sie seit langer Zeit nicht in Einer Hand ruhte, dieselbe nach allen Seiten gebrauchen würde, um endlich dem bedrängten Volke Sicherheit und Gedeihen wieder zu schaffen.

Nicht bloß im Osten des Reiches richteten sich aller Blicke erwartungsvoll auf die Thaten, durch welche Karl seinen kaiserlichen Beruf den Völkern verkündigen sollte, auch aus dem Westen hatte sich bereits eine gewichtige Stimme vernehmen lassen, die ihm die Leitung und das Heil des ganzen Reiches anvertrauen wollte. Es war Hinkmar, der greise Erzbischof von Reims, der uneingedenk seines einstigen Widerstrebens gegen Ludwigs des Deutschen Pläne auf Westfrancien, die Interessen der beiden regierenden Häuser jetzt selbst auf das engste zu verschmelzen dachte. Fast von vornherein bestand zwischen ihm und den beiden jungen Söhnen Ludwigs des Stammlers, wiewol auch er ihre Erhebung eifrig betrieben, eine Verstimmung. Misbilligend äußerte er sich sowol gegen den Grafen Theoderich als den Abt Hugo [3]) darüber, daß die Könige einem zu jugendlichen Rathgeber folgten und daß die wichtigsten Staatssachen statt nach dem Rathe vieler, wie sichs gebürte, von einem einzigen entschieden würden, die beiden Fürsten dagegen maßen ihm einen Theil der Schuld an der Verstoßung ihrer Mutter bei. Als dann zu Ende des J. 879 Bischof Raginelm von Noyon starb [4]), geriet Hinkmar als Metropolit, in-

---

mates, qui fuerant fratris sui ad se venientes in suum suscepit dominium, über Arnolf eb. 887: lignum sanctae crucis, in quo prius ei fidem se servaturum iuraverat. In einer Regensburger Tradition heißt es: Actum est ad Rockinga ... anno imperii Karoli super Baoarios et Franchos primo (B. Pez thesaur. anecdot. I^c, 211).

[2]) Ann. Weingartens. 882 (Scr. I, 66): Karolus imperator apud Wangionum civitatem gubernacula regni Francorum suscepit; Fuld. P. V 882: placitum generale ad Wormaciam tenuit receptis primoribus ex regno fratris sui mense Maiarum. Erst eine Urk. vom 19. Juli ist datiert anno (imperii) in Francia I (B. 944).

[3]) Flodoard. hist. Rem. eccl. III c. 24: item (Hugoni abbati) ut praefatis regibus necessarios constituat nutricios, quia nimis iuvenem habebant consiliarium; c. 26: Theuderico illustri comiti ... ostendens, quia non solum grandis praesumptio, sed etiam magnum periculum est uni soli generalem regni dispositionem tractare sine consultu et consensu plurimorum etc. (p. 323, 363).

[4]) Ann. Vedast. 879, Blandiniens. 880 (Scr. II, 197, V, 24); Flodoard. hist. Rem. III c. 19, 23 an die B. Odo, Berno, Adalbern, c. 24 an Hugo, c. 25 an Sigebert (p. 185, 292, 305, 322, 331). Hetilo folgte auf Raginelm.

dem er mit großer Entschiedenheit für eine freie gesetzliche Wahl kämpfte, sogleich in Streit mit dem Hofe Ludwigs, der einen seiner Kaplane zu diesem Bisthum befördern wollte und lebhaft über den Widerstand des Erzbischofs zürnte.

Bei weitem heftiger aber entbrannte der Zwist, als durch den Tod des Bischofs Odo bald darauf auch der Stuhl von Beauvais erledigt wurde: Rudolf und Honorat von der Geistlichkeit daselbst nach einander erwählt, wurden beide von Hinkmar und der Synode zu Fismes (Apr. 881) als untüchtig verworfen und hiemit zugleich in dem vorliegenden Falle das Wahlrecht der Geistlichkeit und Gemeinde für verwirkt erklärt, so daß den benachbarten Bischöfen die Besetzung dieses Stuhles jetzt zustehen müsse. König Ludwig, dem diese Beschlüsse zur Nachachtung mitgetheilt wurden, erhob dessen ungeachtet einen seiner Günstlinge, einen gewissen Odaker zum Nachfolger Odos, der sich alsbald in den Besitz des Amtes und seiner Einkünfte setzte[5]). Wiewol der König durch ein halb drohendes, halb schmeichelndes Schreiben Hinkmar für den von ihm beförderten Bewerber zu gewinnen versuchte, so konnte ihm dies bei dessen starrsinnigem Charakter doch keineswegs gelingen. Der hochbejahrte Reimser Metropolit antwortete vielmehr dem jungen machtlosen Fürsten, den er fast wie sein Geschöpf ansah, mit kühnem Freimute, wies seine Anmaßung wider die Kirchengesetze in der herbsten Weise zurück und that Odaker als einen Simonisten in den Bann. In der That mußte dieser dann einem andern seinen Platz einräumen und Ludwig selbst wegen seiner ungesetzlichen Handlungsweise einer Kirchenbuße sich unterziehen.

Diese Streitigkeiten, die vorzüglich in den Frühling und Sommer 881 fallen so wie der Verdruß als Rathgeber des Königs Männer zu erblicken, die ihm durchaus nicht genehm waren, brachten Hinkmar auf den Gedanken durch die Einmischung des Kaisers einen Umschwung hervor zu rufen. Er wandte sich daher im J.

---

[5]) Das Synodalschreiben von Fismes über diese Wahl hat sich nicht erhalten, s. die beiden Briefe Hinkmars an Ludwig und an seine Suffragane (opp. II, 188, 196, 811), in deren zweitem es u. a. heißt (c. 7 p. 198): non vos me elegistis in praelatione ecclesiae, sed ego cum collegis meis et caeteris dei ac progenitorum vestrorum fidelibus vos elegi ad regimen regni sub conditione debitas leges servandi. Hieher gehört auch die Schrift: Quae exsequi debeat episcopus (eb. II, 762 flg.), die für den kürzlich erwählten B. von Beauvais bestimmt ist. Darin finden sich die Worte: magnopere dilectissimo domno nostro regi curandum est, ne suggestione vel postulatione quorumcunque hominum contra haec s. spiritus decreta faciat ... maxime post hanc visitationem dei, qua per confessionem et poenitentiam et reconciliationem sacerdotalem illum credimus emendatum. Hinkmars Abneigung gegen Ludwig tritt auch in den Jahrbüchern unverkennbar hervor. An die Stelle Odakers trat als Bischof Hrotgar, der 883 starb und dann durch Honorat ersetzt wurde (Ann. Vedast. 883, Scr. II, 200).

881 oder 882 an Karl in einem Briefe[6]), durch den er ihn ersuchte, bei den verwaisten Söhnen seines Vetters Ludwig gleichsam Vaterstatt zu übernehmen, selbst das zerrissene Reich und die erschütterte Kirche herzustellen und als ihr Vormund diejenigen unter den Vornehmen zu bestimmen, die ihnen mit ihrem Beirathe zur Seite stehen sollten, ungeeignete Räthe aber zu entfernen. Ausführlich verbreitete er sich dann darüber, wie diese von Karl zu setzenden Hofmeister zum Heile des Landes beschaffen sein und welche Lehren sie ihren königlichen Zöglingen beibringen sollten. Er berief sich hiebei auf die Liebe und Treue, die der Kaiser den Söhnen seines Vetters bisher bewiesen, mit Rücksicht auf jene freundschaftlichen Zusammenkünfte von Orbe und Gondreville und das gemeinsame Vorgehen gegen Boso, und ohne Zweifel hoffte er die Entschlüsse desselben in Bezug auf die Pfleger der jungen Könige in seinem Geiste zu leiten. Hinkmar verband mit dieser bedenklichen Aufforderung jedoch noch einen andern Plan, den er dem Abte Hugo zur Unterstützung mittheilte[7]): der Kaiser, der selbst keinen Sohn habe, solle einen der beiden westfränkischen Könige an Kindesstatt annehmen und indem er ihn schon jetzt seinem Sinne gemäß erziehen lasse und zugleich sich der Regierung seines Reiches unterzöge, ihn dereinst zum Erben in seiner ganzen oder wenigstens in einem Theile seiner Herrschaft einsetzen. Es steht sehr dahin, ob der Abt Hugo zu diesen Verhandlungen die Hand bot,

---

[6]) Hincmari opp. II, 185—188. Ich wäre geneigt dies Schreiben in eine frühere Zeit zu setzen, wenn nicht die Ueberschrift: Domno Carolo imperatori glorioso dies verböte. Man hat also nur die Wahl zwischen dem Sommer 881, in dem Karl zuerst als Kaiser aus Italien zurückkehrte und — was im Hinblicke auf den inzwischen erfolgten Tod Ludwigs von Ostfranken wahrscheinlicher ist — dem Frühjahr 882; an einen späteren Zeitpunkt ist nicht zu denken. In dem ersten Kap. schreibt H.: precamur ..., ut ... regni huius ecclesiam ... apud nos in multis conlapsam vestro sapienti consilio et potestatis auxilio relevetis et regni divisionem consolidetis ac primores ipsius compaginetis et quae in hoc regno propter dissensiones perperam aguntur evelli faciatis et istos iuvenes reges nostros propinquos vestros et pupillos sine patre loco filiorum teneatis et eis regnum ... per suggestionem primorum regni huius disponatis et qui de primoribus cuique illorum convenient ordinetis, weiterhin c. 2: istis iuvenibus fidelibus filiis vestris regibus nostris maturos ac prudentes atque sobrios baiulos singulis constituite etc., erwähnt von Flodoard l. III c. 20 p. 200.

[7]) Flodoard. hist. Rem. III c. 24 p. 324: item mittens ei (sc. Hugoni) exemplar epistolae, quam regi Karolo ... direxerat pro regibus adhuc pueris Ludowico et Karlomanno hortansque, ut si potuerit obtineat, quatenus idem Karolus (quia filium non habebat) unum ex his regulis sibi adoptet in filium et sub manu boni ac strenui baiuli ad hoc eum nutriri faciat, ut sibi haeredem aut in totum aut in partem statuat et ut secrete Hugo apud Karolum obtineat, quo et horum puerorum et regni huius causam super se totam suscipiat et quaeque disponenda regio sunt in ministerio ipse disponat. Da er im Folgenden diese Angelegenheit völlig in seine Hand legt, so konnte Hugo, wenn er wollte, den ganzen Antrag an Karl unterdrücken.

deren möglicher Vortheil um einen allzu hohen Preis erkauft werden sollte. Das Vorhaben Hinkmars scheiterte daher vielleicht schon durch sein Widerstreben, jedenfalls gelangte es nicht zur Ausführung und die Regierung des Westreiches verblieb in denselben Händen wie zuvor, bis eine höhere Macht auf anderem Wege dennoch zur Verschmelzung der Reiche führte. Sicherlich würde sich Karl, wiewol er Karlmann später einmal seinen Adoptivsohn nennt[8]), auf die ihm angesonnene Uebertragung der Nachfolge an die westfränkische Linie nicht eingelassen haben.

Hoffnungen wie die, welche Hinkmar auf den Kaiser setzte, daß in ihm dem zerrütteten Reiche der Retter und Wiederhersteller erstehen werde, sollten nur zu bald gründlich enttäuscht werden, denn der Augenblick der That war gekommen, als zu Worms im Mai sich die Getreuen Karls, seine alten und neuen Vassallen von allen Seiten um ihn scharten und flüchtige Geistliche und Mönche aus den Rheinlanden ihm das grause Bild der normannischen Verheerung vor Augen stellten[9]). Da wurde beschlossen, daß zu einem bestimmten Termine, etwa zu Johannis, das Aufgebot des gesamten Reiches, aller von Karl beherrschten Stämme sich gegen den Feind der Christenheit erheben solle, um ihn in seinem Raubneste an der Maas vom Angesichte der Erde zu vertilgen. Der Schimpf, der dem ganzen Frankenvolke durch die Entweihung der Achener Pfalz und Kirche widerfahren, mußte mit den vereinten Kräften aller Glieder desselben gerächt werden.

Seit den Zeiten des ungetheilten Reiches, an deren Glanz sich nur die ältesten Männer noch erinnern mochten, hatte man keine so großen Heeresmassen nach Einem Ziele sich bewegen sehen, als sich jetzt auf den Befehl des Kaisers dem Rheine zuwälzten[10]): alle deutschen Stämme, Franken, Schwaben, Baiern, Thüringer, Sachsen und Frisen sandten ihre Vertreter, neben ihnen aber eilten sogar Langobarden dem Kampfplatze zu. „Eine unzählige Menge

---

[8]) Karl bestätigte den Mönchen von St. Germain 28. Okt. 886 u. a. et aliud praeceptum mansuetissimi Karlomagni regis adoptitii filii nostri, quod pancartam vocant (Quantin cartul. de l'Yonne I, 117, B. 1006, gemeint ist B. 1868).

[9]) Ann. Fuld. P. IV 882: deinde Wormatiam veniens cum suis undique venientibus consiliatus est, quomodo Nordmannos de suo regno expelleret; P. V, 882. Aus Wormacia civitate sind Urk. Karls vom 17. und 22. Mai datiert für Gorze auf Bitte des schwäbischen Grafen Udalrich und für Prüm, das den Königshof Neckarau zum Ersatze für seine Leiden erhielt (Hist. de Metz IV, 42, Beyer mittelrh. Urkb. I, 127, B. 942, 943).

[10]) Hinkmar sagt allgemein: Carolus autem nomine imperator contra Nortmannos venit cum multo exercitu usque ad illorum firmitatem; ann. Vedast. 882: contra quos Karolus imperator exercitum infinitum congregat eosque in Haslac obsedit. Regino a. 882 läßt ex diversis regnis et gentibus inaestimabilis multitudo in unum zusammenströmen. Die Langobarden werden von ihm und dem fünften Theile der fuldischen Jahrb. ausdrücklich erwähnt.

und für jeden Feind furchtbar, wenn sie einen tüchtigen, ihrer Gesinnung entsprechenden Führer gehabt hätten." Zu beiden Seiten des Rheins rückten diese Streitkräfte gen Norden vor, der Kaiser selbst mit dem Hauptheere am linken Ufer, am rechten die Baiern. In Andernach, wo auch diese den Strom überschritten, wurde Kriegsrath gehalten und ein Theil der Truppen vorausgeschickt, die Baiern unter der Führung des Königssohnes Arnolf, die Franken des Grafen Heinrich, der unter Karl eine noch hervorragendere Stellung einnahm, als unter seinem Vorgänger, um die Feinde, die noch keines Angriffes gewärtig wären, aus einem Hinterhalte außerhalb ihrer Befestigungen zu überfallen. Diese Kriegslist scheiterte jedoch in der Hauptsache[11]), denn die Normannen, wie man sagte, durch bestochene Verräther aus den Franken rechtzeitig gewarnt, ließen sich nicht überraschen und erlitten daher nur geringen Verlust.

Erst nachdem Arnolf und Heinrich von diesem mislungenen Unternehmen zurückgekehrt waren, brach der Kaiser mit dem gesamten Heere auf und rückte vor Elsloo an der Maas, um durch eine vollständige Einschließung des Feindes in seinen eigenen Verschanzungen ihn zur Ergebung zu zwingen[12]). An der Spitze der Dänen standen die Seekönige Sigifrid und Gotfrid, von denen dieser sich schon bei Thuin mit den Ostfranken gemessen, und die ihnen untergebenen Fürsten Wurm und Hals. Gegen die Mitte des Juli begann die Belagerung der normannischen Feste — noch legt eine aus Elsloo vom 19. datierte Urkunde des Kaisers für das bairische Kloster Metten Zeugnis von seinem Aufenthalte daselbst ab —, in deren Verlaufe das christliche Heer durch ein Naturereignis gewaltig erschreckt wurde. Am Nachmittag des 21. Juli wurde plötzlich der Himmel durch schwarze Gewitterwolken verfinstert und unter Donner und Blitz rasselte ein so furchtbarer Hagel hernieder, wie keiner der Krieger sich eines ähnlichen je entsinnen konnte, die einzelnen Stücke so dick, daß der Daumen und Mittelfinger sie nicht zu umspannen vermochte und von rauher und unebner Oberfläche. Die Pferde rissen sich scheu geworden los und irrten innerhalb wie außerhalb des Lagers umher, ein großer Theil der Mauern der Burg Elsloo stürzte zusammen, so daß eine ganze Schwadron in voller Ordnung hätte hineinreiten können, wenn nicht die Wälle noch im Wege gestanden. Zwölf Tage verflossen indessen über der Belagerung, schon brachte der Leichengeruch der Verwesenden Krankheiten im fränkischen Heere hervor,

---

[11]) Ann. Fuld. P. V 882: et ita factum foret, ni nostri muneribus corrupti, ut fama refert, de parte Francorum proditores essent et impedirent. Auf diese Mitwirkung Arnolfs bezieht sich die Anspielung des Mönchs von St. Gallen (gesta Karoli M. II c. 14, Scr. II, 758).

[12]) Ann. Fuld. P. V 882: castra exercitus in circuitu prope civitatem fieri praecepit sicque per dies 12 obsessam constrinxit. Die Urk. für Metten Mon. Boica XI, 431, B. 944.

noch größer aber war die Noth der Belagerten, so daß sie an ihrer Rettung verzagten und sich bereits zur Uebergabe anschickten. Indem die Franken von Kampflust beseelt einem günstigen Ausgange des großen Unternehmens mit Zuversicht entgegensahen, faßte ihr Kaiser einen Entschluß von Kleinmut und Schwäche eingegeben[13]), der ihres Namens durchaus unwürdig war. Mit dem bedrängten, fast schon überwundenen Feinde knüpfte er Unterhandlungen wegen eines gütlichen Vergleiches an und gewährte ihm Bedingungen, wie sie der Sieger hätte fordern dürfen.

Unter Vermittlung des Bischofs Liutward und des trugvollen Grafen Wikbert, die von der Volksstimme beide der Bestechung beschuldigt wurden[14]), erschien im kaiserlichen Lager der Seekönig Gotfrid, um mit Karl, der ihn als Freund empfieng, über den Frieden zu verhandeln. Inzwischen ward Waffenstillstand geschlossen und durch Geiseln von beiden Theilen gesichert. Bei dieser für sie so günstigen Wendung der Dinge erwachte alsbald in den Normannen der frühere Uebermut und die freche Geringschätzung ihrer Gegner aufs neue. Zum Zeichen der Waffenruhe steckten sie nach ihrer Sitte einen Schild auf und öffneten die Thore ihrer Befestigungen, um die Franken arglistig hineinzulocken. Als diese zahlreich den Mauerring betraten, sei es um Handel mit ihnen zu treiben oder um sich die Lage des Ortes zu beschauen, wurde der Schild plötzlich herabgenommen, die Thore geschlossen und alle Franken, die sich im Innern vorfanden, entweder niedergehauen oder für einen vortheilhaften Loskauf in eisernen Ketten aufbewahrt.

Trotz dieser unerhörten Schmach, die dem fränkischen Heere zugefügt worden, schloß der Kaiser als ob nichts vorgefallen sei, seinen Vertrag mit den Räubern ab. Gotfrid, der eine der beiden Könige[15]) bekannte sich zum Christenthum und wurde von Karl

---

[13]) Hincmari ann. 882 (Scr. I, 514): quo veniens (Carolus) concidit cor eius.

[14]) Hinkmar a. a. O.: interventione quorumdam; ann. Fuld. P. IV 882: quidam ex consiliariis augusti nomine Liutwardus pseudoepiscopus ... iuncto sibi Wicberto comite fraudulentissimo imperatorem adiit et ab expugnatione hostium pecunia corruptus deduxit (Als Karl der K. im J. 845 die Normannen abkaufte, geschah es auch principibus tamen quibusdam, ut fatebatur, muneribus laesis nach Aimoin), vielleicht derselbe Graf Wikbert, den der Bastard Hugo später tödtete (Regino 883).

[15]) Die Taufe Gotfrids und die Verleihung frisischer Graffchaften an ihn melden übereinstimmend der vierte Theil der ann. Fuld., Hinkmar, ann. Vedast. und Regino, und ihr Bericht wird durch die folgenden Ereignisse bestätigt. Die letzteren beiden erwähnen als ein Zugeständnis des Kaisers auch die Vermählung Gotfrids mit Gisla, der Tochter Lothars II. und Waldradas, doch verdienen hierin wohl die ann. Fuld. (vierter Theil) mehr Glauben, die diesen Bund unabhängig von jenem Vertrage erst in das folgende Jahr setzen. Wenn dagegen der fünfte (in Baiern verfaßte) Theil der ann. Fuld. Sigifrid getauft werden läßt, so kann dies dem übereinstimmenden Zeugnis der andern Quellen gegenüber doch nur auf Verwechselung beruhen. Hinkmar meldet ferner: Sigefrido etiam et Vurmoni illorumque complicibus plura milia argenti et

selbst aus der Taufe gehoben, dafür erhielt er als sein Vassall die Grafschaften und Lehen, die ehedem sein Landsmann Rorich im westlichen Frisland in dem sog. Kennemerlande (um Haarlem und Alkmaar) und auf der Betuwe inne gehabt hatte. So wurde er, der zuvor der Schrecken der gesamten Niederlande gewesen war, zu einem Gliede der Kirche und des Reiches gemacht. Wer aber konnte unter diesen Umständen an eine aufrichtige Bekehrung und Umkehr des nordischen Kämpen und seiner Genossen glauben und wer durfte nach den früheren trüben Erfahrungen in Frisland Heil von seiner Ansiedelung in christlichen Landen erwarten? Den übrigen Normannen, die nicht der Fahne Gotfrids folgten, Sigifrid und Wurm nebst ihren Gefährten ward nicht bloß freier Abzug zugestanden, unter dem bei solchen Gelegenheiten stets gegebenen und selten gehaltenen Versprechen, das Reich nicht wieder in feindlicher Absicht zu betreten, sondern sie empfiengen auch, um ihrer nur ledig zu werden, zu dem von ihnen angehäuften Raube obendrein unter dem Namen eines Geschenkes noch die unermeßliche Summe von 2412 (nach andern über 2800) Pfunden Goldes und Silbers, das Pfund im Werthe von 20 Solidi. Um diese Summe aufzubringen, wurden auch diejenigen Kirchen noch ausgeplündert, die wie St. Stephan zu Metz ihre Schätze bisher glücklich vor Raubanfällen geborgen hatten. Zwei Tage vergiengen über dem Abschluß und der Erfüllung dieser Bedingungen in friedlichem Verkehr und so streng hielt Karl seinerseits über der Waffenruhe, daß jeder Franke, der an einen Normannen Hand zu legen wagte, mit dem Leben oder dem Augenlichte büßen mußte. Die Heiden beluden endlich mit ihren Schätzen und Gefangenen 200 Schiffe, die sie in die Heimat zurücksandten, sie selbst aber warteten an einem sicheren Schlupfwinkel die günstige Stunde ab, um sich zu neuen Einfällen zu rüsten. In Koblenz entließ der Kaiser seine Truppen.

Das große von den Kräften des ganzen Frankenreiches unterstützte Unternehmen war kläglich zerronnen[16]) und Schimpf und

---

auri, ... eis dedit et ad devastandam regni sui atque consobrini sui partem ... residere permisit, desgl. Regino: Sigifrido et reliquis Nordmannis immensum pondus auri et argenti expositum est et tali tenore fines regni excedunt; diese Angabe wird auch durch den fünften Theil der ann. Fuld. bestätigt, während der vierte auch diese Zahlung auf den dort allein erwähnten Gotfrid überträgt.

[16]) Regino 882: sed conatus eius parum effectum obtinuit ... indignatione caelesti super populum christianam religionem profanantem desaeviente. In der Auffassung unterscheiden sich die beiden ausführlichsten Berichte in den ann. Fuld. sehr wesentlich. Der Verf. des fünften Theiles stellt alles glimpflich dar und spricht nur von Geschenken für die Normannen, der des vierten dagegen ist voller Erbitterung: sed imperator tantam contumeliam exercitui suo illatam floccipendens und weiter et quod maioris est criminis, a quo obsides accipere et tributa exigere debuit, huic pravorum usus consilio, contra consuetudinem parentum suorum, regum videlicet Francorum tributa solvere non erubuit; er zahlte ad confusionem sui totiusque exercitus qui illum sequebatur.

Schande folgte dem abziehenden Heere auf dem Fuße nach. Doch nicht den fränkischen Mannen, die mutvoll zum Kampfe ausgezogen, konnte ein Vorwurf aus dem erwachsen, was ihr Haupt aus Feigherzigkeit gesündigt. Im Westreiche hatte man schon oft die Feinde abgekauft, die man nicht zu schlagen vermochte, hier im Osten empfand man dies ebenso unehrenhafte als gefährliche Mittel der Befreiung noch als eine Schmach, die um so heftiger schmerzte, als man sich des Sieges schon ganz gewis gedünkt. „Darüber war das Heer gar sehr betrübt, so schreibt ein Zeitgenosse, und es trauerte, daß ein solcher Fürst über sie gesetzt worden, der den Feinden hold ihnen den Sieg über dieselben entzöge und in tiefem Schmerze kehrten sie in ihre Heimat zurück." Der Vertrag von Elsloo war das erste schwere Misgeschick, welches den vom Glücke bisher so begünstigten Kaiser traf: seinem Ansehen im Reiche schlug diese Niederlage nach so großen Hoffnungen eine tödtliche Wunde. Unter denen aber, die Zeugen seiner Unfähigkeit gewesen und die vergeblich ihr Schwert gegen die Heiden geschwungen, befand sich auch sein Neffe Arnolf.

Wie anders als Karl stand in den Augen der Völker sein jugendlicher Vetter Ludwig, der Sieger von Saucourt da, der neben seiner Tapferkeit auch seine Treue, eine in jener Zeit so seltene Tugend, bewies, indem er festhaltend an den beschworenen Verträgen nach dem Tode Ludwigs von Ostfranken der lockenden Versuchung widerstand, sich des herrenlosen Lothringens zu bemächtigen. Seiner Heldenlaufbahn aber war, wie in dieser Zeit des sinkenden Reiches gerade den tüchtigsten unter den Frankenkönigen allen, nur kurze Dauer zugemessen. Während Karl im Juli vor Elsloo lag, zog Ludwig über die Seine an die Grenze der Bretagne, in der Hoffnung, daß die bretonischen Fürsten sich mit ihm zur Bekämpfung der Loiredänen vereinigen würden. Als ihm dies fehlgeschlagen und seine eigenen Streitkräfte für das vorgesetzte Ziel nicht ausreichten, ließ er sich in Tours in Unterhandlungen mit dem normannischen Führer Hasting ein, die im Herbste in der That dessen Abzug zur Folge hatten[17]). Da geschah es während dieses Aufenthaltes zu Tours, als der junge und heißblütige Fürst einem Mädchen, der Tochter Germunds allzu eifrig nachsetzte und diese vor ihm in das väterliche Haus entfloh, daß er, zu Pferde durch die enge Pforte eindringend sich an Schulter und Brust erheblich verletzte[18]). Der Erkrankte wurde auf einer Sänfte

[17]) Ann. Vedast. 882: Nortmannos volens e regno suo eicere atque Alstingum in amicitiam recipere; Hincmari ann. 882: sed et Hastingus et complices illius Nortmanni ex Ligeri egressi maritimas partes petierunt. Es ist schon aus chronologischen Gründen ganz unzulässig Hasting und Hals zusammen zu werfen, wie es Lappenberg (Gesch. v. Engl. I, 324 A. 1) will.

[18]) Ann. S. Columbae Senon. 882, Floriac. 882, Lemovic. 881, Adonis contin. zum 4. Aug. 881 (Scr. I, 103, II, 251, 254, 325), Hincmar.: mense Augusto; ann. Vedast. (die allein den Grund des Todes berichten):

nach St. Denis gebracht, wo er am 5. August 882 zur letzten Ruhe eingieng, unter den lauten Wehklagen des Volkes, das Großes von ihm erwartete, gerade ein Jahr nachdem er gegen die Heiden unvergänglichen Ruhm gewonnen. Karlmann blieb nun allein übrig.

Neben den Brandschatzungen der Normannen, denen Karl für den Augenblick vorgebeugt, wurde Lothringen noch immer durch die ehrgeizigen Pläne Hugos, des Sohnes Lothars II. beunruhigt, der nur der Gelegenheit harrte, um von dem, was er als sein väterliches Erbe betrachtete, so viel wie möglich an sich zu reißen. Statt diesen Herd beständiger Unruhen endlich einmal zu ersticken, suchte der Kaiser ebenso wie ein Jahr zuvor sein Bruder Ludwig seinen Bastard-Vetter durch Güte zu beschwichtigen und verlieh ihm daher vorläufig — vielleicht noch in dem Lager von Elsloo — die reichen Einkünfte des durch Walas Tod erledigten Bisthums Metz zum großen Aergernis der streng gesinnten Geistlichkeit, indem er es ein volles Jahr hindurch unbesetzt ließ[19]). Der verwilderte Königssohn, hiedurch nur in seinen Absichten bestärkt, fuhr daher fort in wüster und gewaltthätiger Weise in Lothringen zu schalten. Seine eigenen Anhänger fühlten sich vor den Ausbrüchen seiner wilden Leidenschaft nicht sicher[20]): so ließ er einsmals, wir wissen nicht weshalb, den Grafen Wikbert tödten, der ihm von Kindesbeinen an hold gewesen, wenige Tage darauf ward auf seinen Befehl der edle Bernar, ein ihm ergebener Mann meuchlings ermordet, weil dessen schönes Weib Friderada seine Begier gereizt hatte und alsbald trat er mit ihr in die Ehe. Gefährlich für das Reich wurden jedoch Hugos aufrührerische Bestrebungen erst dadurch, daß die im J. 883 vollzogene Vermählung Gotfrids, des getauften Normannenkönigs mit seiner Schwester Gisla[21]), vielleicht in Folge eines kaiserlichen Versprechens, eine enge Verbindung zwischen ihm

---

Nonis Augusti defunctus maximum dolorem Francis reliquit; Regino 883: quem omnes Galliarum populi nimio planctu lamentati sunt. fuit enim vir virtutis maximae regnumque sibi subditum a paganorum infestatione potenter viriliterque defendit; zwei bemerkenswerthe Urtheile, zumal das letztere aus Lothringen. Bei Aimoin (Scr. I, 513 n. o) heißt L. vir plenus omnibus immunditiis et vanitatibus, ein Zusatz, den ich auf Hinkmar selbst zurückführen möchte. Urkunden Ludwigs sind nicht bekannt.

[19]) Hincmari ann. 882 (Scr. I, 514). Ueber den Tod Walas s. oben S. 161, sein Nachfolger Rodbert, ein Schwabe wurde erst 22. Apr. 883 geweiht (Regino 883, Ann. Mettens. 883, Miracula S. Glodesindis c. 30: post annum; Scr. I, 593, III, 156, IV, 237).

[20]) Regino, über Hugo besonders gut unterrichtet, meldet a. 883 Einiges über ihn, was sich nicht genau unter bestimmte Jahre einreihen läßt.

[21]) Ann. Fuld. P. IV 883: Gotafrid Nordmannus ... cum Hugone Hlutharii filio foedus iniit eiusque sororem duxit in coniugium, unde idem Hugo audatior effectus regnum patris sui suae dicioni subiugare studuit.

und dem neuen Schwager anbahnte, deren Zweck kein anderer als der einer gemeinsamen Erhebung sein konnte.

Karl nachdem er, wie früher erzählt worden, Engelberga nach Italien zurückgeschickt und in Koblenz sein Heer entlassen hatte, zog über Mainz nach der Pfalz Trebur[22]), wo er sich einige Zeit aufhielt. Zu Anfang des November fand dann eine Reichsversammlung zu Worms statt, doch auch hier wurde, wie ein Zeitgenosse sagt, gar wenig Heilsames von dem Kaiser beschlossen[23]). Trübe Nachrichten liefen von verschiedenen Seiten ein: in Baiern war unmittelbar nach Beendigung des normannischen Feldzuges eine furchtbare Seuche ausgebrochen, die zahllose Menschenleben hinraffte[24]), in Thüringen tobte eine blutige Fehde zwischen den Grafen Poppo und Egino, in die sich der Kaiser durchaus nicht gemischt zu haben scheint, an der frisischen Küste überfielen die Normannen, dieselben vermutlich, die kurz zuvor die Maas verlassen den Hafen Deventer, die Ruhestätte des h. Liafwin, metzelten viele Einwohner nieder und steckten endlich den Ort in Brand[25]). Dieser Ueberfall veranlaßte wahrscheinlich die Absendung des Grafen Heinrich, der noch in dem nämlichen Jahre glücklich gegen die Normannen kämpfte[26]) und für die nächste Zeit mit der gesammten Verteidigung der Reichsgrenzen gegen dieselben betraut wurde. Mehrere auswärtige Gesandtschaften erschienen hier in Worms, u. a. namentlich Boten des Herzogs Suatopulk von Mähren[27]), mit dem nun schon seit einer Reihe von Jahren Friede bestand, freilich um den Preis der fast vollständigen Unabhängigkeit dieses mächtigen Fürsten, der nicht den römischen Kaiser, sondern den Nachfolger Petri als seinen Schirmherrn betrachtete. Auf

---

[22]) Ann. Fuld. P. IV 882: imperator inde transiens Mogontiacum venit et inde ad villam Tribure ibique per plures moratus est dies.

[23]) Eb.: qui etiam Wangioni placitum habuit et parum utilitatis decrevit; der 5. Theil der ann. Fuld. setzt diese Versammlung vor Weihnachten, Hinkmar auf den 1. Nov. Die letztere Angabe wird durch Urk. vom 4. (Bestätigung eines Tausches zwischen dem Grafen Wido und dem Kanonikus Otbert, ungedr. zu Chaumont), 6. (f. Korvei), 12. (f. Weißenburg), 13. Nov. (f. Stablo; B. 946—948) aus Worms bestätigt.

[24]) Ann. Fuld. P. V 882: ita ut saepe duo cadavera in unum tumulum sepelirentur.

[25]) Eb. P. IV 882: portum, qui Frisiaca lingua Taventeri nominatur, ubi sanctus Liobomus requiescit vgl. Altfridi v. Liudgeri c. 13 (Scr. II, 408) und über den Zusammenhang dieser Züge Ernst hist. de Limbourg I, 358 n. 1.

[26]) Eb. P. V: Heimricus quippe missus est obviam Nortmannis; ibi prospere, prout potuit, dispositis rebus reversus est. Aus der später für Heinrich gebrauchten Bezeichnung marchensis Francorum folgert Waitz (Forschungen zur deutschen Gesch. III, 159) eine dauernde „Befehlshaberschaft" gegen die Normannen, für welche auch v. 3 der Grabschrift angeführt werden könnte.

[27]) Eb.: ibi multiformis nuntiis Maravorum aliarumque gentium receptis et auditis.

die Verwickelungen in der Ostmark, die zu dieser Sendung den Anlaß gegeben haben dürften, werden wir weiterhin zurückkommen.

Eine Gesandtschaft aus Westfrancien, an ihrer Spitze der Abt Hugo erinnerte den Kaiser an die Versprechungen, die er seinen Vettern auf ihren früheren Zusammenkünften hinsichtlich des westlichen Lothringens gemacht[28]). Wie Karl das ganze Gebiet seines Vaters nebst der Hinterlassenschaft der lotharischen Linie unter seinem Scepter wieder vereinigt hatte, so vereinigte seit dem frühzeitigen Tode Ludwigs, Karlmann, der Enkel Karls des Kahlen jetzt wieder das ganze ursprüngliche Reich desselben. Von der Belagerung von Vienne hatten ihn nach dem Ableben seines Bruders die neustrischen Großen, die eben gegen die Normannen im Felde lagen, abberufen[29]), um ihm zu huldigen und zu Quierzy trat er am 9. September die Regierung in diesen Landestheilen förmlich an, indem er der Geistlichkeit eine schriftliche Versicherung ihrer herkömmlichen Rechte ausstellte[30]). Noch ausschließlicher als bisher fiel die Leitung der Geschäfte und zugleich die Verteidigung des Landes an den Welfen Hugo[31]), von Karlmann in einer Urkunde der erlauchteste Abt genannt, „den wir wegen seiner uns stets bewährten Treue als einen Vater verehren,“ doch ließ auch Hinkmar, der an dem verstorbenen Könige so üble Erfahrungen gemacht hatte, sich trotz seines hohen Alters bewegen, dem gegenwärtigen in zwei Schriftstücken ausführliche Belehrung über die Pflichten seines Berufes sowie über die ganze Einrichtung der Pfalz und des Regimentes zu gewähren[32]): sein letztes Eingreifen in die öffentlichen Angelegenheiten seines Vaterlandes.

Hugo, indem er sich auf den ostfränkischen Reichstag nach Worms begab, in einem Augenblicke der äußersten Gefahr vor den

---

[28]) Hincmari ann. 882: Hugo abbas quibusdam sociis secum assumptis.

[29]) Eb., ann. Vedast. 882. Daß Karlmann damals vor Vienne lag, wird durch eine ungedr. Urk. desselben zu Chaumont vom 8. August apud Viennam für den Bischof Geilo von Langres bestätigt (Sickel).

[30]) Leg. I, 549: nur Wiederholung früherer Verpflichtungen.

[31]) Bouquet IX, 435 (B. 1868): illustrissimus Hugo abbas monasterii S. Germani Autisiodorensis, quem pro fidelitate ad nos semper conservata loco patris colimus, vom 11. Juni 884. In einer früheren Urk. vom 11. Aug. 883 heißt es von Walther von Orleans: iuncto suis precibus inclyto ac venerabili Hugone abbate tutore nostro ac regni nostri maximo defensore und weiterhin saepedicti venerabilis abbatis petitionibus ac commonitionibus exhortati etc. (eb. 431, B. 1862). Als Fürsprecher erscheint er auch noch eb. 421, 429, 432.

[32]) Hincmari opp. II, 201, 216, beide Schriften auch von Flodoard (Hist. Rem. eccl. III c. 19 p. 187) erwähnt. Die erste Ermahnung ist überaus werthvoll, weil H. eine für uns verlorene Schrift des berühmten Abtes Adalhard von Corbie de ordine palatii aus der Zeit Karls des Gr. derselben zu Grunde legt, um darin ein Muster für den König aufzustellen (vgl. Noorden Hinkmar S. 384, 400 Alfr. Pernice de comitib. palatii p. 47—50). Die zweite Ermahnung, die auch auf die Leiden des Volkes mehrfach Rücksicht nimmt hat H. nach der Ueberschrift erst auf seiner Flucht zu Epernay verfaßt.

Normannen, hoffte, daß der Kaiser seinem Worte getreu die westliche Hälfte Lothringens dem Könige Karlmann zurückgeben würde und er gedachte hiedurch wieder einzubringen, was in jenen unseligen Wirren nach dem Tode Ludwigs des Stammlers geopfert worden war. Um so mehr mochte er auf die Erfüllung seiner Bitte derzeit rechnen, als kürzlich gegen den gemeinsamen Feind, den Usurpator Boso glückliche Fortschritte gemacht worden waren. Seit jenem plötzlichen treulosen Aufbruche Karls III. von der Belagerung von Vienne im November 880 hatte der Krieg gegen Boso fast ganz geruht und Karlmann sich mit dem Besitze der durch jenen Feldzug gewonnenen Landschaften am rechten Ufer der Saone begnügt, während der Kaiser sich darauf beschränkte, die Kaiserin Witwe Engelberga unter seine besondere Aufsicht zu nehmen und den Papst Johann durch seine Schreiben an Otram von Vienne zu einer öffentlichen Lossagung von der Sache der Empörung zu bewegen.

Im Sommer 882 eröffnete endlich Karlmann in eigener Person die Belagerung Viennes von neuem, während gleichzeitig ein italienischer Graf Berard, des Bonifacius Sohn, wahrscheinlich auf Befehl des Kaisers, Boso in seinem Gebiete bedrängte[33]). Diesmal nun führte die Einschließung, wiewol der König dieselbe im Stiche lassen mußte, wirklich zum Ziele: das feste Vienne, von Anfang an einer der Hauptsitze der Macht des Usurpators ergab sich im September, Irmingard die Gemahlin Bosos und ihre Tochter Engeltrud nahm sein Bruder Richard unter seinen Schutz und führte sie nach Autun, die Provence aber blieb auch ferner noch in den Händen Bosos und von Seiten des Kaisers erfolgte durchaus keine ernstliche Anstrengung, sie ihm zu entreißen. Jene Vorstellung Hugos wegen der Zurückgabe Lothringens blieb indessen ganz erfolglos, er konnte von dem Kaiser, der zur Nachgiebigkeit keinen Grund sah, keine bestimmte Zusage erlangen und seine Abwesenheit brachte überdies dem Reiche großen Schaden.

Indem Karl durch den schimpflichen Vertrag von Elsloo die Normannen zunächst zwar aus seinen Grenzen entfernte, durch jene ungeheure Summe aber, um welche er ihre Beute noch vermehrte, sie zugleich zu weiteren Unternehmungen aufmunterte, schuf er durch ihren Abzug dem Westreiche, gegen das sie sich naturgemäß wenden mußten, eine furchtbare Geisel. Die Dänen nämlich, die unter der Führung Sigifrids verblieben waren, kehrten kaum ein Vierteljahr nach ihrem Auslaufen aus der Maas, vielleicht durch den

[33]) Hincmari ann. 882 (Scr. I, 513, 514); ann. Vedast. 882 (Scr. II, 199): Berardus quoque quidam ab Italia veniens Bosonem tyrannum non sinebat quietum esse. Gingins-la-Sarraz (Archiv f. schweizer. Gesch. VII, 183 A. 412), der im übrigen diese Dinge mit einer viel zu weit gehenden Freiheit der Phantasie ausmalt, hält diesen Berard für identisch mit Berardo Bonifacii filio, den Johann VIII. unter andern Grafen von der Beraubung der Kaiserin Engelberga abmahnte (Mansi XVII, 174, J. 2530).

Grafen Heinrich verdrängt, in jene Grenzgegenden zurück, die ihren früheren Zügen so förderlich gewesen waren und ließen sich die Schelde aufwärts fahrend im Oktober zu Condé, einem Nonnenkloster nieder[34]). Als sie von dort auf gewohnten Pfaden bis an und über die Somme streiften, nahm Karlmann zu Barleux unweit Peronne ihnen gegenüber seine Aufstellung, ohne daß es jedoch zum Schlagen kam. Die Reise des Abtes Hugo nach Worms, die ihre Wirkung sogleich in dem Nachlassen des Widerstandes der fränkischen Großen äußerte, ermutigte die Räuber so sehr, daß sie von ihrem Standquartiere durch den Wald Thierache an der oberen Oise bis nach Laon vordrangen, in eine Gegend, welche die Hufe ihrer Rosse noch niemals betreten hatten. Da Laon durch seine feste Lage gegen sie gesichert wurde, so beschlossen sie sich von da gegen Reims zu wenden, das um so schutzloser allen Angriffen preisgegeben war, als der Erzbischof die Mannschaften seiner Kirche zum königlichen Heere hatte stoßen lassen, die alten Mauern der Stadt aber von seinem Vorgänger Ebbo zum Baue der Kathedrale verwendet worden.

Hinkmar, von Alter und Krankheit gebeugt, durfte sich der Gefahr nicht aussetzen, in heidnischer Gefangenschaft sein Leben zu beschließen: mit den Reliquien des h. Remigius, des Apostels der Franken und den Kleinodien seiner Kirche beladen, ließ er sich am 8. November bei Nacht auf einem Tragsessel nach Epernay, einer Reimser Besitzung jenseit der Marne schaffen, um dort den Ausgang abzuwarten. Ein Trupp Normannen dem Hauptheere vorausgehend plünderte in der That die Umgegend von Reims aus, ohne sich jedoch wunderbarer Weise in die Thore der offenen Stadt hineinzuwagen. Da erschien König Karlmann, der ihrem Zuge nachgefolgt war und schlug die Plünderer mit starkem Verluste, doch nicht entscheidend bei Avaux an der Aisne, worauf sie in ihre Quartiere zu Condé für den Winter zurückkehrten. Von da fuhren sie fort, auf wiederholten Zügen das ganze Reich bis zur Oise mit Feuer und Schwert zu verheeren, ohne daß weder der König noch der Abt Hugo Einhalt zu thun vermochte. Zu

[34]) Ann. Vedast. 882: in Condato; Chronic. Anglosaxon. 883, Asserius de reb. gest. Aelfredi regis: Anno dom. inc. 883 ... praefatus exercitus naves suas per flumen, quod dicitur Scald contra flumen navigans ad monasterium sanctimonialium, quod dicitur Cundoht traxit et ibi anno uno mansit; Ethelwerdi chronic. l. IV c. 3: ibique hyemale sumunt metatum (Monum. hist. Britannica I, 358, 483, 516). Daß dies die Normannen von Elsloo waren, bezeugt auch Regino a. 884 (Scr. I, 594): Nordmanni, qui ab Ahslon recesserant Somnam fluvium intrant. Ueber ihre weiteren Züge an die Oise ergänzen sich die ann. Vedast. und Hinkmar; Rotfridi translatio S. Remigii c. 1 (Acta sct. Bollandi Oct. I, 170), wonach die Flucht timore Nordalbingorum am 8. Nov. 882 geschah. Flodoard. hist. Rem. eccl. I c. 21: quia civitas Remorum tunc temporis non habebat in ambitu sui murum vgl. l. III c. 30, IV c. 8 p. 407, 491; Chron. Remense 882 (Labbé bibl. manuscr. I, 359): bellum in Avall(is).

Anfang des Jahres 883 gingen namentlich das berühmte Kloster St. Quentin[35]) und die Marienkirche zu Arras in Flammen auf.

Während so ohne Hilfe und Rettung fort und fort unsägliche Leiden das Westreich heimsuchten, wurde am 21. Dezember 882 Erzbischof Hinkmar von Reims[36]) diesem traurigen Erdenwallen entrückt, welches ihn noch zuletzt die Bitterkeit der Flucht hatte kosten lassen. Welch bunte Reihe von wechselnden Bildern entrollte das Leben dieses Mannes, der unter den Häuptern des fränkischen Volkes als der letzte Zeuge seiner großen Vergangenheit hinschied! Von dem Glanze und der Herrlichkeit des ungetheilten Frankenreiches, die Hinkmar in seiner Kindheit und Jugend gesehen, bis zu jenen trüben Tagen, als normannische Räuber ungestraft vor den Thoren seiner Stadt plünderten, welch furchtbare Verwandlung! Fast ein halbes Jahrhundert hatte er seiner Metropole, der ersten Galliens vorgestanden, von Ludwig dem Frommen bis auf seinen Urenkel Karlmann herab vier Frankenkönigen nach einander mit seinem Rathe gedient und stets blieb seine Stimme eine der gewichtigsten im Reiche, auch, wenn sein Fürst, wie Karl der Kahle in späteren Jahren, sich grollend und undankbar von ihm abwandte. Wir haben seine kirchlichen Bestrebungen kennen gelernt, sie stehen ihm immerdar im Vordergrunde seiner Thätigkeit, mag es sich nun darum handeln die Metropolitanrechte von Reims gegen widerspenstige Suffragane in vollem Umfange aufrecht zu erhalten oder die Freiheit der gallikanischen Kirche wider päpstliche Uebergriffe und Machtsprüche oder endlich der Vergewaltigung des kirchlichen Besitzstandes durch den König und mächtige Große zu wehren. Ueberall und nach allen Seiten hin zeigt sich da Hinkmar gleich schlagfertig, gleich bereit mit redlichen wie mit unredlichen Mitteln die Rechte der Kirche oder was er dafür ansah, durchzufechten, aber freilich gehörte dazu, um ihn für verletzte Ansprüche recht in Feuer zu bringen, daß seine Reimser Metropole ein unmittelbares Interesse an der Sache hatte, nur in ihr verkörperten sich ihm die kirchlichen Interessen überhaupt.

Hinkmar fühlte sich jedoch nicht bloß als Kirchenfürst, sondern zugleich als eines der hervorragendsten Glieder des Reiches: sein herrischer, herrschsüchtiger Charakter bedurfte der Bethätigung im Staatsleben und machte sich ebenso im engeren Rathe des Königs wie auf den großen Reichsversammlungen geltend. Wiewol

[35]) Ann. Vedast. 883, S. Quintini Veromand. 883 (Scr. XVI, 507): Hoc anno ecclesia sancti Quintini a paganis incensa est.

[36]) Ann. Vedast. 882: Hincmarus ... vir merito a cunctis praedicandus, Ann. Elnon. min. 881, Folquini chartular. Sith. p. 127, Flodoard. hist. Rem. eccl. l. III c. 30 p. 408, wo seine Grabschrift, nach der er 47 J. 7 Mon. 4 Tage im Amte war. Ueber seinen Todestag, über den die Angaben zwischen dem 21. und 23. Dezember schwanken s. Mabillon ann. ordinis S. Bened. III, 237: wahrscheinlich bezeichnet der letztere Tag den Zeitpunkt der Uebertragung nach Reims.

ein treuer Anhänger des regierenden Hauses war er doch weit von einer abgöttischen Verehrung des Königthums entfernt, vor welcher ihn schon seine Ueberzeugung von der größeren Erhabenheit des Priesterthums bewahrte. Im Bewußtsein dieser seiner höheren Verantwortung scheute er sich nie mit offenem Freimute den Königen den Spiegel ihrer Sünden vorzuhalten und ihnen das Bild des Todes mahnend vor die Seele zu führen[37]). Das Alter aber machte ihn in seinen Aeußerungen nicht milder sondern herber. Es scheint, daß er stets der Gegner unumschränkter Königsherrschaft war, die nur die Herrschaft einzelner Günstlinge herbeiführte, er wünschte vielmehr eine regelmäßige Theilnahme der Großen an der Regierung, unter denen natürlich der Geistlichkeit die erste Stimme zustehen sollte. Wiewol auch bei Hinkmar die Vorstellung von der Macht und Größe des Reiches mit der seiner Einheit sich unzertrennlich verknüpfte, so dachte er doch nicht daran herstellen zu wollen, was durch den Spruch der Geschichte als unhaltbar verworfen war. In die Trennung hatte er sich eingelebt und selbst ein Franke seiner Herkunft nach, schloß er sich von ganzem Herzen dem überwiegend romanischen Westreiche an, wie er auch der deutschen Sprache wohl kaum vollkommen mächtig war[38]), Nicht auf eine Wiedervereinigung der entzweiten Theile richteten sich seine Bestrebungen in der auswärtigen Politik, sondern auf eine bessere Abrundung auf Unkosten des lotharischen Reiches, wodurch Westfrancien sichere Grenzen und eine der Osthälfte gewachsene Macht erlangen sollte. Nur bis zu diesem Ziele fand die nimmersatte Ländergier Karls des Kahlen an ihm einen Verbündeten. Im übrigen wirkte er nach Kräften für die Erhaltung der Eintracht zwischen den blutsverwandten Königen und arbeitete persönlich oft an der Befestigung derselben, die für die Sicherheit und das Gedeihen der Kirche eine so wesentliche Vorbedingung war.

Hinkmar besaß eine sehr ausgebreitete kirchliche Gelehrsamkeit — kein andrer Franke mag ihm seit Raban hierin verglichen werden — und er beherrschte sein Wissen in hohem Maße, allein er war nichts weniger als ein Gelehrter, der an den Dingen ein unbefangenes wissenschaftliches Interesse nimmt[39]). Alle seine Kenntnisse, sowie die Gewandtheit seiner Feder dienen immer nur bestimmten praktischen äußeren Zwecken. Auf dogmatische Streitigkeiten läßt er sich nur ungern und nothgedrungen, dann aber mit einer dem freien Gebrauche der Vernunft widerstrebenden

[37]) Ergreifend sind besonders die an den jungen König Ludwig gerichteten Worte (opp. II, 198 c. 9), die nur zu bald zur Wahrheit werden sollten.

[38]) S. Weizsäcker Hinkmar u. Pseudo-Isidor (Niedners Zeitschr. f. die histor. Theologie S. 425). Nach K. v. Noorden ist H. „der erste Träger eines deutlichen (?) französischen Nationalbewußtseins,“ wofür mir jedoch die Begründung nicht ausreichend scheint (v. Sybels histor. Zeitschr. VII, 341 vgl. v. Noorden Hinkmar S. XIII—XXIV).

[39]) S. Weizsäcker a. a. O. 331—338.

Gläubigkeit, mit einer echt katholischen Neigung für das Uebernatürliche ein. Die Wissenschaft ist in seinen Händen entweder eine Lehrerin der Fürsten, oder sie liefert ihm Rüstzeug und Waffen, um seine kirchlichen Gegner auf literarischem Gebiete niederzuwerfen oder sie verherrlicht endlich in bewußter Absicht die Thaten des Schutzpatrons der Reimser Kirche und überliefert der Nachwelt die Geschichte der Zeit in Hinkmarischer Auffassung. Urtheil und Kritik fehlen den zahlreichen, leider bei weitem nicht vollständig erhaltenen Schriftwerken des großen Reimser Erzbischofs keineswegs, aber nur da dürfen sie sich geltend machen, wo es für seine Zwecke paßt, sie schweigen, wo sie nicht hin passen, so vollständig, daß Hinkmar nicht bloß die Fälschungen andrer, die er durchschauen mußte, sich zu Nutze macht, sondern auch selbst neue Fälschungen zu Tage fördert. Von diesem Vorwurfe müssen wir jedoch seine Jahrbücher ausnehmen, in denen er zwar nicht überall leidenschaftslos urtheilt, bisweilen auch kleine Irrthümer sich zu Schulden kommen läßt[40]), im Ganzen aber bei der eindringendsten Kenntnis der Dinge und dem Blicke des Staatsmanns eine aufrichtige Wahrheitsliebe verräth, durch welche vereinten Vorzüge er in seinem Werke uns eines der besten Denkmäler mittelalterlicher Geschichtschreibung überhaupt hinterlassen hat.

Ein Charakter wie der Hinkmars, stolz, gebieterisch, ja hart, erfüllt von dem Bewußtsein seiner Würde und seiner Ansprüche und stets streitfertig, mußte sich viele Feinde erwecken und auch den Freunden auf die Dauer leicht unbequem fallen. Die sittliche Strenge, die sein eigener Wandel bekundete, forderte er auch von andern. Sein Leben ist ein beständiges Gefecht, in welches er die ganze Glut seiner leidenschaftlichen Natur wirft und die bittersten Kränkungen blieben ihm nicht erspart. Mit zäher Ausdauer aber, durch kein Misgeschick entmutigt, geht er stets seinen Zielen nach, die bei aller Beimischung persönlicher Zwecke doch immer mit den höchsten Interessen des Reiches und der Kirche zusammenhängen und von großartigen Anschauungen getragen sind. Hier ist jedoch nicht der Ort seine Ideen eingehender zu würdigen, denn Hinkmar, wie oft er auch auf die Verhältnisse diesseit des Rheines Einfluß geübt, gehört seinem innersten Wesen nach der französischen Nation und Geschichte an. —

[40]) Daß Hinkmar der Verfasser des dritten Theiles der fälschlich sog. ann. Bertin., ist jetzt wohl allgemein anerkannt und wird insbesondere noch durch das ausdrückliche Zeugnis Richers von Reims im Prologe seiner Geschichte bestätigt (Hincmarus ... suis annalibus copiosissime annexuit), einen weiteren Beweis könnte die wörtliche Uebereinstimmung mancher Stellen der Annalen mit den andern Schriften Hinkmars liefern. Gfrörer (Gesch. der Carolinger II, 243) und v. Noorden (Hinkmar S. 152 A. 2) heben mit Recht die große Zuverlässigkeit der Annalen hervor, die nur in einigen dem Verfasser ferner liegenden Begebenheiten irren. Hs. Parteilichkeit zeigt sich in vielen seiner Urtheile z. B. über Rolhad, Hinkmar von Laon, Ludwig den jüngeren, z. Th. auch über Karl den Kahlen.

Nach Beendigung des Wormser Reichstages verweilte der Kaiser noch einige Wochen in den fränkischen Landen — am 11. Dezember bestätigte er zu Frankfurt die Ausstattung der von seinem Vater gegründeten Marienkapelle daselbst und fügte den Neunten von mehreren benachbarten Königshöfen außerdem noch hinzu —[41]), um sich dann zur Feier des Weihnachtsfestes nach Schwaben zu begeben. Anfang Januar 883 finden wir ihn zu Kolmar im Elsaß, Mitte Februar auf dem Krongute Mündersdorf unweit des Bodensees und Ende dieses Monats zu Ulm[42]). Nicht wichtige Reichsangelegenheiten scheinen ihn hier beschäftigt zu haben, sondern lediglich Gnadenbeweise und Schenkungen an geistliche Stifter oder Tauschverträge mit solchen. Und doch wurde damals der Friede des Reiches durch eine Fehde zwischen zwei hervorragenden Gliedern desselben gestört, ohne daß Karl ihrem gegenseitigem Wüten durch seinen Machtspruch Einhalt geboten hätte.

Schon im Sommer 882 nach Vollendung des normannischen Feldzuges kam es zwischen Poppo, dem Herzoge der Thüringer und dem fränkischen Grafen Egino[43]), der dem Badenachgau am linken Mainufer oberhalb Wirzburg vorgesetzt war, wir wissen nicht durch

[41]) Boehmer cod. dipl. Moenofrancofurt. p. 5 (B. 949). Das Original dieser Urk., deren Daten sämtlich auf das J. 881 weisen, wohin sie doch nicht gehören kann, in Paris ist am 11. Dez. ausgestellt (Sickel).

[42]) Ann. Fuld. P. V 882: rex ... remeavit Alamanniam; 883: Caesar in Alamannia natale domini celebravit, Urk. aus Kolmar vom 9. Jan., Mündersdorf 13., 14. Febr. (erstere noch ungedruckt in St. Gallen), Ulm 25., 26. Febr. (B. 950—953).

[43]) Ann. Fuld. P. V 882: Civile bellum inter Saxones et Thuringos exoritur machinantibus Poppone fratre Heimrici et Eginone comitibus; magna post clade Poppo cum Thuringis inferior extitit, dagegen in dem vierten Theile der ann. Fuld. 883: Boppo et Egino comites et duces Thuringorum inter se confligentes non paucas hominum strages dabant. Ueber Poppo s. oben S. 138, 168. Hinkmar schrieb in Bezug auf Reimser Besitzungen in Thüringen Popponi cuidam compescendo eum ab harum inquietatione rerum (Flodoard. hist. Rem. l. III c. 24 p. 317). Wir kennen nur einen fränkischen Grafen Egino in einer Urk. vom 16. Apr. 885 (Dronke cod. dipl. Fuld. 284): in pago Badnegewe in comitatu Eginonis; da in einer Urk. Arnolfs vom 13. März 888 von einem Sohne Eginos die Rede ist (Mon. Boica XXVIII[a], 86), so ist dieser wahrscheinlich der spätere Genosse Adalberts, der auch in einer Urk. Ludwigs vom 8. Juni 908 erwähnt wird (Guden cod. dipl. I, 345, B. 1220): in pago Padanichowe in comitatu Egenonis. Es hindert nichts anzunehmen, daß der im Necrol. Fuld. (Boehmer fontes III, 156) zum J. 886 verzeichnete Egino comes der ältere dieses Namens ist, zumal da wir den jüngeren gleichfalls z. J. 908 finden. M. v. Gagern (Arnulfi imp. vita p. 87) vermutet, weil die Grafschaft am Main nicht zu der Angabe der Ann. Fuld. P. IV stimmt, daß daselbst für Saxones zu emendieren sei Francos, zumal da in dem fünften Theile nur von thüringischen Grafen die Rede ist. Man könnte sonst etwa auch annehmen, daß Egino neben seiner fränkischen Grafschaft auch größere Besitzungen an der sächsisch-thüringischen Grenze gehabt habe, die er vielleicht in Folge dieser Kämpfe verlor. Vgl. Knochenhauer Gesch. Thüringens S. 35, dessen Auffassung mit der unsrigen ganz übereinstimmt.

welche Veranlassung, zu einem blutigen Kampfe. Ein zweiter Zusammenstoß fand dann im Sommer 883 statt, in welchem Poppo abermals den kürzeren zog und nach schwerem Verluste nur von wenigen begleitet, aus dem Treffen entfloh[44]). Da wir Poppo nach dieser Fehde, die ohne Zweifel nur aus persönlichem Ehrgeize oder Rachsucht entsprungen war, in derselben Stellung wie vorher erblicken, so ist es nicht unwahrscheinlich, daß der Kaiser durch den Einfluß seines Bruders Heinrich bestimmt, nachmals seine Partei ergriff und den Streit vielleicht durch Versöhnung zu seinen Gunsten beilegte. Egino scheint aber ebenfalls straflos ausgegangen zu sein und somit zeigt dieser grobe Landfriedensbruch, wie sehr die kaiserliche Autorität im ostfränkischen Reiche bereits erschüttert war und wie in Folge dessen die Zustände sich allmälich denen des Westreiches zu nähern anfiengen.

Im März zog Karl von Schwaben nach Baiern, das er bei seiner Heimkehr von Italien im vorigen Jahre nur im Fluge besucht, um diesmal in der Landeshauptstadt Regensburg einen längeren Aufenthalt zu nehmen und Ostern (31. März) daselbst zu feiern[45]). Auch die bairische Ostmark wurde wie Thüringen schon seit einem Jahre durch erbitterten Bürgerkrieg zerrissen, allein hier ließ der Kaiser gleichfalls die Dinge gehen, wie sie mochten, ohne sie durch thätiges Eingreifen in ihrem Laufe zu hemmen. Nicht die bairischen Händel waren es, sondern die italischen, die in erster Reihe seine Aufmerksamkeit in Anspruch nahmen, als er im April in Regensburg eine Reichsversammlung hielt[46]). Dort nämlich kam ihm die Nachricht von dem schrecklichen Ende des Papstes Johanns VIII. zu, dem er auf seinen flehentlichen Hilferuf ohnlängst erst sein persönliches Erscheinen zugesagt hatte, und zugleich erfuhr der Kaiser, daß auf den Stuhl Petri durch die einmütige Wahl des römischen Volkes der Bischof Marinus von Cerveteri (Cärä) erhoben worden[47]).

---

[44]) Ann. Fuld. P. IV 883: in quo conflictu Boppo superatus vix cum paucis viris effugit caeteris omnibus occisis; P. V. 883: iterum inter Popponem et Eginonem discordia cum crudeli bello concrepat, quorum Poppo, prout antea solebat, inferior extitit.

[45]) Eb.; aus Regensburg sind Urk. Karls vom 23., 28. März (Mon. Boica XXVIII[a], 69, 70) und vom 2. und 5. April (B. 954, 955) datiert, theils für Regensburg, theils für Altaich.

[46]) Ann. Fuld. P. V 883: ibique (sc. Radisbona civitate) habito conventu diversis rebus ab Italia auditis illuc reversus est.

[47]) Im Widerspruche mit Jaffe (Reg. pont. Rom. p. 292) halte ich es doch nach dem Zeugnis der ann. Fuld. P. IV 882 für wahrscheinlicher, daß Marinus im Dez. 882 erwählt wurde. Die ann. Alamann. 883 (Scr. I, 52) beweisen nichts dagegen, da sie auch Johanns Tod in das J. 883 setzen. Wäre die Wahl erst nach dem 16. März erfolgt, so glaube ich kaum, daß man nach einem Monate in Regensburg schon Kunde davon gehabt hätte. Nach den ann. Fuld. P. V war Marinus, der omni populo Romano unanimiter confortante erwählt wurde, vorher Archidiakonus, nach den ann. Fuld. P. IV hingegen

Diese Wahl, deren Gesetzmäßigkeit sich anfechten ließ — weil es nach den Kirchengesetzen verboten war, ein Bisthum mit dem andern zu vertauschen — und die Weihe des neuen Papstes erfolgte anscheinend ohne jede Mitwirkung eines kaiserlichen Sendboten. Marinus hatte das Vertrauen der drei vorhergehenden Päpste besessen, die ihn mit den wichtigsten Sendungen nach Konstantinopel in der Angelegenheit des Photius beauftragten, unter Johann bekleidete er überdem das Amt des Schatzmeisters [48]). Es entsprach seinem früheren Auftreten, wenn er den Bann über Photius erneuerte; in Gegensatz zu seinem Vorgänger Johann aber stellte er sich dadurch, daß er den verbannten Bischof Formosus, sei es aus eigenem Antriebe sei es auf Verlangen des Kaisers, von seinem erzwungenen Eide lossprach und ihm nicht bloß die Rückkehr nach Rom gestattete, sondern ihn auch im J. 883 oder 884 in sein früheres Bisthum Porto wiedereinsetzte. Westfrancien hatte dem Verbannten inzwischen eine Zuflucht gewährt [49]). Die neue Papstwahl brachte in dem Kaiser den wohl vorher schon gefaßten Plan eines vierten Römerzuges zur Reife.

Im April 883 gieng Karl, wie immer von Liutward begleitet, wahrscheinlich über den Brenner nach Verona [50]), wo er einen italienischen Reichstag abhielt. Sein nächstes Ziel war Mantua: dort erreichte ihn eine Gesandtschaft des venetianischen Dogen Johann, des Sohnes und Nachfolgers des Ursus, aus dem Bischof Lorenz und zwei vornehmen Männern Vigilius und Leo bestehend, um eine weitere Bestätigung der Rechte und Besitzungen Venedigs zu erlangen. Schon bei seinem ersten Aufenthalte in Italien hatte Karl nämlich im Januar 880 den von dem Kaiser Lothar abge-

---

antea episcopus contra statuta canonum subrogatus est. Daß dies das Richtige sei, lehrt der Brief Stephans an den Kaiser Basilius (Mansi XVI, 423): qui dicunt Marinum antea fuisse episcopum, ostendant hoc etc.; Invectiva in urbem Romam pro Formoso papa (Anastasius ed. Blanchini IV p. LXXII flg.): Caerensis namque episcopus fuit (sc. Marinus) non unus ex septem sicut Formosus, sed ex forensibus unus etc.; Auxilii libell. super causa Formosi papae (Mabillon vet. anal. p. 31): quod si tu, inquam, dixeris episcopum illicitum esse scandere ad papatum pavendum est, ne irritum dicas Marinum et eius factum.

[48]) S. oben I, 634, 691, 695, die dritte Sendung nur aus dem Briefe Stephans bekannt (Mansi XVI, 423) Johanns Schreiben an Athanasius (eb. XVII, 215, J. 2599): Marino videlicet reverendissimo episcopo et sanctae sedis nostrae arcario.

[49]) Sigeberti chronic. 900 (Scr. VI, 344): post a Marino successore Ioannis in episcopatu contra datum sacramentum restitutus non solum Romam intravit etc.; Invectiva in Romam (a. a. O.): a Marino ... a quo fuit absolutus et benigne receptus et in pristinum honorem ... digne et canonice est revocatus; Auxilius a. a. O. J. 2615 vom 12. Juni 883 ist noch per manum Valentini (corr. Valberti) ecclesiae Portuensis episcopi, also vor der Herstellung des Formosus ausgefertigt.

[50]) Ann. Fuld. P. IV 883: Imperator Italiam petens apud urbem Veronam cum suis fidelibus de statu regni sui consiliatus est.

schlossenen Vertrag mit Venedig zur Sicherung der beiderseitigen Grenzen und des Handels dieser Stadt dem Dogen Ursus Participatius abermals auf fünf Jahre zugestanden[51]) und insonderheit auch die darin enthaltene Bestimmung über die gemeinsame Abwehr der slavischen Räuber auf der Adria erneuert. Durch eine Urkunde vom 13. Mai erklärte der Kaiser[52]), indem er sich auf den Zustand der Dinge zur Zeit seines Urgroßvaters Karls als den maßgebenden bezog, daß die in seinem Reiche gelegenen Besitzungen der Venetianer, die in dem alten Vertrage näher bezeichnet seien, von allen seinen Unterthanen geachtet und unverletzt gelassen werden müßten, daß es ihnen ferner freistehen solle, überall in seinem Reiche unter Entrichtung der üblichen Hafen- und Flußzölle unbelästigt Handel zu treiben — dem Dogen wurden jedoch jene Zölle für sich und seine Familie erlassen —, endlich sicherte er dem Gemeinwesen und der Kirche Venedigs sowol den ungestörten Besitz des nicht unter seiner Hoheit stehenden Dukates wie aller innerhalb des Kaiserreiches befindlichen Güter zu. Mit Rücksicht auf die häufigen inneren Umwälzungen in Venedig wurde noch verfügt, daß wer es ferner wagen würde, einem Dogen nach dem Leben zu trachten oder ihn aus seiner Gewalt zu verdrängen, dafür in die Verbannung wandern solle, während seinen Mitschuldigen eine Geldstrafe von 100 Pfund Goldes, zur Hälfte an die kaiserliche Pfalz, zur Hälfte an den Dogen und seine Erben zahlbar zu erlegen haben[53]). Die gleiche Geldstrafe wurde herkömmlicher Weise allen Uebertretern des kaiserlichen Erlasses angedroht. Dieser Vertrag, dessen letzte Bestimmung in der Hand eines wirklich mächtigen Königs für die Freiheit Venedigs nicht ohne Beden-

---

[51]) Der Güte Sickels verdanke ich eine Vergleichung des von Andrea Dandolo (Muratori scr. rer. Ital. XIV, 187), Pertz (Archiv IV, 174) und Romanin (Storia di Venezia I, 201 n. 1) erwähnten Vertrages Karls mit dem Dogen Ursus, der bis auf geringe Abweichungen völlig mit dem bei Romanin (I, 356—361) fehlerhaft abgedruckten Vertrage Lothars übereinstimmt und ebenfalls mit den Worten schließt qui pignus habuerit, desunt reliqua im cod. Trevisan. des Wiener Staatsarchives fol. 54. Darin heißt es auch: et hoc statuimus, ut quodcumque mandatum domni imperatoris Karoli clarissimi augusti vel missorum eius vobis nuntiatum fuerit, inter utrasque partes ad vestrum solatium navalem exercitum contra generationes Sclavorum, inimicos scil. vestros, in quo potuerimus solatium prestare, debeamus absque ulla occasione. Sehr auffallend ist an dieser Stelle, sowie weiterhin der Karl schon am 11. Jan. 880 beigelegte Kaisertitel, der sich wohl nur aus einem gedankenlosen Kopieren der Urk. Lothars erklären läßt.

[52]) Romanin a. a. O. p. 363—365 (B. 957): quemadmodum temporibus bisavi nostri Karoli per decretum cum Grecis sancitum possiderunt.

[53]) Eb.: adiungimus inter hoc ..., quia nefarium malum est alicuius interficere seniorem aut ducatus sui privari honorem, ne quis libenter deinceps hoc agere presumat, quod qui fecerit, exilio retrudatur et ceteri in hoc facinori deprehensi C libras auri componere cogantur, medietatem palatio nostro et medietatem prefato duci suisque heredibus. In der Urk. Widos vom J. 891 fehlt diese Bestimmung.

ken gewesen wäre (wie sie denn auch bei der nächsten Bestätigung desselben wieder fortfiel), wurde nicht wie die früheren nur auf fünf Jahre, sondern auf unbestimmte Zeit geschlossen und sollte daher die dauernde Grundlage der Beziehungen Venedigs zum Königreiche Italien bilden.

Von Mantua zog Karl über den Po nach dem Stifte Nonantola bei Modena[54]), welches an Reichthum und Pracht alle andern italienischen Klöster außer Farfa übertraf. An diesem Orte erwartete der Kaiser die Ankunft des Papstes, dem im Juni durch ihn ein ehrenvoller Empfang zu Theil wurde[55]). Zeugnis ihrer Vereinigung gibt noch eine am 20. dieses Monats daselbst ausgestellte Urkunde für die zum Bisthum Piacenza gehörige Pfarrkirche zu Varsio, in deren Eingange Karl erwähnt, daß er sie auf Bitten seines geistlichen Vaters, des Papstes Marinus erlassen habe, als er sich verschiedener Angelegenheiten des Reiches halber mit ihm zu Nonantola aufgehalten. Unter diesen Angelegenheiten, die ohne Zweifel auf einer Versammlung der italienischen Großen verhandelt wurden, stand das Gericht über den Markgrafen Wido in vorderster Reihe.

Die beiden Herzogthümer Spoleto und Kamerino seit längerer Zeit getrennt, waren kürzlich, wahrscheinlich im J. 882 dadurch verbunden worden, daß Wido II., der Sohn Widos I. und jüngere Bruder Lamberts dessen einzigen ebenfalls Wido genannten Sohn beerbte, mit dem er sich bisher in diese Lande getheilt hatte[56]).

---

[54]) Aus Nonantola sind zuerst Urk. vom 24. und 31. Mai datiert (B. 958, 959) vgl. über den Ort Hugonis destructio Farfensis c. 2 (Scr. XI, 533): in toto regno Italico non inveniebatur simile illi monasterio (sc. Farfensi) in cunctis bonis, excepto monasterio quod vocatur Nonantule; sed non ex toto, ut plures fatentur; Arnulfi gesta archiep. Mediol. I c. 4 (Scr. VIII, 7): quae (sc. Nonantula) propter XC sui iuris curtes sic vocata perhibetur. Die nächste Urk. Karls vom 5. Juni ist ausgestellt in vico Fontana Titerici (nach Campi hist. di Piac. I, 230 jetzt borgo di Fontana fredda im Gebiete von Piacenza), die folgenden vom 20. ad monasterium quod nuncupatur Nonantula (B. 960, 962, 963).

[55]) Ann. Fuld. 883 P. V: imperator obviam papae pergit et illum loco nuncupante Nonantula, prout merito, honorifice suscepit; s. die Urk. Karls bei Campi hist. di Piacenza I, 468: commorantibus nobis monasterio Nonantolas cum reverendo patre nostro Marino papa pro diversis imperii nostri utilitatibus idem spiritalis pater noster Marinus papa directis ad nos ex latere suo venerabilibus episcopis Zacharia scilicet et Gaiderisio atque Walperto pastorali providentia pro Placentina ecclesia nostram commonuit clementiam, quatenus eidem ecclesiae privilegia et praecepta, quae a Ioanne papa decessore suo et ab ipso Marino papa necnon et ab antecessoribus nostris ad sui defensionem acceperat, augustali auctoritate confirmaremus etc.

[56]) Wido II., der nachmalige Kaiser, wird von den ann. Fuld. und von Regino 888 (Scr. I, 405, 598) ein Sohn Lamberts genannt, allein mit Unrecht, da in einem oben S. 94 A. 32 angef. Briefe Fulkos von Reims an Lambert II., den Sohn Widos II., Lambert I. dessen Oheim genannt wird vgl. ferner Erchempert. c. 79: Defuncto autem Lamberto filio Guidonis senio-

Wido II. trat dem Papste gegenüber, wie wir bereits früher ausgeführt haben, gänzlich in die Fußtapfen seines Vaters und gab Johann VIII. zu beständigen Klagen Anlaß, indem er viele dem h. Petrus von den Frankenkönigen geschenkten Ortschaften fortwährend in seiner Gewalt behielt, wie er auch das Kloster Farfa in seinem Besitzstande schmälerte. Es steht zu vermuten, daß Marinus die Beschwerden seines Vorgängers, die er unerledigt fand, in Nonantola von neuem zur Sprache brachte und Abhilfe begehrte, zugleich aber wurde Wido beschuldigt, eine Gesandtschaft nach Konstantinopel geschickt und Geld von dort erhalten zu haben, um sich mit griechischem Beistande gegen den Kaiser zu empören[57]). Karl ließ ihn daher in Haft bringen und wollte ihn als Hochverräther vor Gericht stellen, als Wido der drohenden Todesstrafe sich durch die Flucht entzog.

Sein Entweichen setzte ganz Italien in Schrecken, denn alsbald gieng er, nicht mit den Griechen, wie man ihn angeschuldigt hatte, sondern mit einer der saracenischen Raubscharen, wahrscheinlich der zu Sepino (in der Grafschaft Molise), mit der er schon vorher Frieden geschlossen ein festes Bündnis ein[58]), um sich gegen die Wirkungen der kaiserlichen Ungnade sicher zu stellen. Karl zog hierauf allerdings seine sowie einiger seiner Anhänger Lehen ein und verlieh sie sogleich an andre Personen, erregte aber durch diese Maßregel allgemeines Misvergnügen unter den italienischen Großen, weil es ihnen allen gefährlich für ihren Besitzstand dünkte, daß Lehen, die sich durch mehrere Geschlechter bereits in einer Familie gleichsam vererbt hatten, auf irgend welche Anklagen hin so ohne weiteres den Besitzern sollten entzogen werden können[59]).

---

ris, filio suo Spoletium reliquit; quo etiam decedente, Guido iunior Spoletium et Camerinum suscipiens etc., der letztere aber wird c. 58 ausdrücklich erwähnt als Guido filius Guidonis senioris. Hiernach scheint es mir unhaltbar, daß Waitz und Wüstenfeld (Forschungen zur deutschen Gesch. III, 150, 412), den Kaiser Wido wieder zu einem Sohne Lamberts machen wollen, wogegen ich mich schon in meiner Dissertation (De Arnulfo Francor. rege p. 43 n. 3) erklärt habe. Die beiden Widone werden zuletzt auf dem Reichstage von Ravenna Febr. 882 genannt (Mansi XVII, 214), später ist nur noch von Einem die Rede und mag also Johann VIII., wenn er 11. Nov. 882 (eb. 206) de Widone Rabia invasore scilicet et rapaci spricht, Wido II. meinen, dessen gleichnamiger Neffe inzwischen verstorben war.

[57]) Erchempert. c. 79: regiam ad urbem legationem dirigens, contra ius faciens pecuniam accepit. quamobrem a Carlo III. augusto captus est; ann. Fuld. P. V 883: ibi inter alia Wito comes Tuscianorum reus maiestatis accusatur, quod ille profugus evasit.

[58]) Eb.: manu cum valida gentilium de gente Mauritanorum. Erchempert erzählt vor Widos Sturz, daß er cum Saracenis in Sepino castra metatis pacem fecit obsidibus datis et acceptis. Daß die Verbindung mit den Saracenen das frühere Bündnis mit den Griechen ausschließt, kann ich Muratori (ann. d'It. a. 883) nicht zugeben.

[59]) Ann. Fuld. P. IV 883: imperator ... Witonem aliosque nonnullos exauctoravit ... quod illi graviter ferentes pari intentione contra eum

Dem Kloster Farfa wurden bei diesem Anlasse die von Lambert, Wido und andern Uebelthätern entrissenen Güter gleichfalls zurückgegeben[60]). Man konnte fragen, ob es nicht weiser gewesen wäre, den tapfern Herzog Wido, dessen Macht das beste Bollwerk gegen die saracenischen Anfälle bildete, schonend zu behandeln, ihn nicht zum Feinde machen. Da dies aber einmal geschehen, so war es für die Aufrechthaltung der kaiserlichen Autorität allerdings nothwendig, daß sein Trotz gründlich gebrochen würde. Diese Aufgabe übertrug Karl, der von deutschen Streitkräften gewis nur sehr wenig mit sich führte, seinem Vetter, dem Markgrafen Berengar von Friaul, der neben Wido der mächtigste unter den italienischen Großen, von jeher ein treuer Anhänger der Söhne Ludwigs des Deutschen gewesen war[61]).

Der Zug Berengars nahm anfänglich einen günstigen Verlauf, er entriß dem Gegner einen Theil seiner Länder und würde ihn noch weiter zurückgedrängt haben, wenn nicht, wie es so oft in diesen Gegenden zu geschehen pflegte, durch die Sommerhitze eine Seuche unter seinen Truppen ausgebrochen wäre, die zur schleunigen Umkehr nöthigte. Dieselbe Krankheit verbreitete sich auch außerdem über einen großen Theil Italiens und drang bis in die unmittelbare Umgebung des Kaisers vor[62]). Vielleicht um dem Uebel zu entgehen, zog dieser sich noch gegen Ende Juni auf den Königshof Murgola in die kühlere und bergige Umgebung Bergamos zurück[63]). Er blieb bis zum Herbste in Italien, während des Oktobers zu Pavia, die übrige Zeit seines Aufenthaltes aber scheinen die üblichen Gnadenbeweise gegen geistliche Stifter,

---

rebellare disponunt, multo etiam plura, quam ante habuerant, sibi vindicantes.

[60]) S. die von Mabillon (ann. ord. S. Bened. III, 246) und Fatteschi (duchi di Spoleto p. 70) angef. Urk. Karls für Farfa vom 24. Juni 883, in der er dem Abte Teuto die Güter bestätigt, quas Lambertus et Guitto ... et singuli pravi homines iniuste de eodem monasterio subtraxerunt. Von demselben Tage ist eine andre Urk. aus Nonantola datiert, durch welche Karl dem Bischof Theoditius von Fermo auf Bitte Liutwards für ein zu St. Elpidio erbautes Klösterlein mehrere Schenkungen macht (Fioravanti dissert. sopra la basilica eretta nel territ. di St. Elpidio, Loretto 1770 p. 67—69 mit dem J. 884).

[61]) Cb. P. V 883: Perangarius vero ... mittitur ad expoliandum regnum Witonis, quod ille quadam parte peregit etc. Vgl. Panegyric. Bereng. l. I v. 138: Brengarii, stimulis olim quia motus iniquis | finibus absentes Gallos quaesivit Etruscis.

[62]) Eb.: ut in curtem et inter miliciam vel ipsum regem haec miseria perveniret.

[63]) Aus Murgula curte regia sind vom 22. Juni, 30. Juli, 1. Aug. 5 Urk. Karls datiert (B. 964—968, vgl. über die Lage dieses Ortes dicht bei Bergamo, an den noch der Name des Flusses Morla erinnert, Lupis Darlegung Cod. diplom. Bergomas I, 925). In der ersten ist jedoch das Datum wahrscheinlich zu emendieren, weil Karl nach den vorher angef. Urk. sich am 24. Juni noch in Nonantola aufhielt.

wie für die Bischöfe Garibald von Bergamo, Lando von Kremona u. a. oder für einzelne Getreue ausgefüllt zu haben[64]).

Nachdem der Kaiser im November etwa die Alpen überschritten hatte, begegnet er uns zu Anfang des Dezember in dem Stifte St. Gallen, wo er drei Tage lang verweilte[65]). Während das benachbarte Reichenau, eine fränkische Stiftung sich von Anfang an der besonderen Gunst der Frankenkönige zu erfreuen hatte, wurde die ärmliche und bescheidene Niederlassung, die der Ire Gallus mit seinen Gefährten in der Einöde gegründet, längere Zeit von ihnen vernachlässigt und gewann nicht sowol durch königliche Verleihungen, als vielmehr durch die reichen Gaben frommer Privatleute Ansehen und Vermögen[66]). Nachdem die Stellung des Abtes Grimold als Erzkaplans Ludwigs des Deutschen dem Kloster zu gute gekommen und ihm gleiche Vergünstigungen verschafft hatte, wie Reichenau sie längst genoß, bewies demselben auch Karl seine Huld durch wiederholte Schenkungen, namentlich der Meierhöfe Roßrüti und Stammheim im Thurgau, des Schottenklosters St. Viktorsberg bei Feldkirch, der kleinen Abtei Massin in der Lombardei u. a. Orte.

Als der Kaiser nun selbst in St. Gallen einsprach, das er bis dahin noch nie besucht zu haben scheint, wurde er als Wohlthäter des Stiftes mit allgemeiner Freude begrüßt und die hervorragendsten Dichter der frommen Brüderschaft Notker, Ratpert, Waldram und Hartmann wetteiferten in zierlichen lateinischen Gesängen zur Verherrlichung Karls und seiner Gemahlin[67]). Aber auch dieser fühlte sich sehr wohl in der Mitte der Jünger des h. Gallus und Othmar, die bei großer Strenge des Wandels schon seit längerer Zeit den Ruf hervorragender Gelehrsamkeit erlangt hatten, wie denn vorzüglich von den Lehrern der Klosterschule Iso und sein Schüler Notker der Stammler in weiteren Kreisen rühmlich bekannt waren; Karls Neigungen trafen ganz mit den Beschäftigungen zusammen, die in ihrem gleichmäßigen Verlaufe innerhalb der Klostermauern die Stunden des Tages füllten. Bald

---

[64]) Ann. Fuld. P. IV 883: imperator omne tempus aestivum mansit in Italia. Aus Pavia sind Urk. Karls vom 5., 9., 23. Okt. datiert (B. 969—971).

[65]) Ratperti casus S. Galli c. 9 (Scr. II, 74): contigit domnum imperatorem de Italia redeuntem nostrum intrare monasterium; ubi cum maxima laudum honorificentia cunctorumque non parva laetitia fuisset susceptus, ipse etiam laetus tridno ibidem permansit, wahrscheinlich vom 4—6. Dez.

[66]) Vgl. über die frühere Stellung St. Gallens Vita S. Galli l. II c. 11, Gesta Karoli M. II c. 10 (Scr. II, 23, 754): reiculae sancti Galli non ex regalibus donariis, set ex privatorum tradiciunculis collectae, daher noch Notker: pro statu parvi loci reique modo pauperis. Die Urk. Karls für St. Gallen zählt Ratpert (p. 73) auf.

[67]) St. Gallische Denkmale aus der karol. Zeit (Mittheil. der Züricher antiq. Gesellsch. XII, 218—221) vgl. dazu die Erläuterungen.

vergnügte sich der Kaiser damit, dem h. Notker, den manche für den gelehrtesten Mann seines Reiches hielten, schwierige wissenschaftliche Fragen vorzulegen und den Scharfsinn des demütigen Mannes bei ihrer Lösung zu bewundern[68]), bald ließ er sich von einem gemütlichen alten Mönche, der mit seinem Latein noch wenig der modernen Zeit angehörte, kurzweilige Geschichten aus den Tagen seines Urahns Karls des Gr. erzählen, die in ihrer treuherzigen Einfalt ihm so wohl gefielen, daß er den Erzähler aufforderte, sie ihm zu fernerer Belustigung in einem Buche ordentlich zusammen zu schreiben[69]). Dem ehrwürdigen Abte Hartmut, der schon unter Grimolds Leitung seit langen Jahren dem Kloster vorgestanden und nun seine letzten Tage in Ruhe beschließen wollte, gestattete Karl seine Würde nieder zu legen. Den Mönchen gab er hierauf einen neuen Beweis seiner Gewogenheit, indem er ihnen die Wahl des neuen Abtes vollkommen anheimstellte und als ihrer aller Stimmen sich auf einen jungen Mann aus vornehmer Familie, Namens Bernhard vereinigt hatte, diesen — am 6. Dezember 883 — sofort selbst in sein Amt einführte[70]). Unter der Zusicherung, dem Stifte die Wahlfreiheit auch ferner bewahren zu wollen, schied der Kaiser nach drei fröhlichen Rasttagen von den Mönchen, die für ihn eine herzliche Anhänglichkeit bis an sein Ende hegten. Ihre gelehrten Schätze wurden von Karl, wie auch von seiner Gemahlin und seinem Erzkanzler noch öfter durch Entleihen in Anspruch genommen[71]).

Der Kaiser verlebte den Winter in seinem Stammlande Schwaben und hielt um Mariä Lichtmesse 884 eine Reichsversammlung zu Kolmar[72]). Um die Ehre des kaiserlichen Namens in Italien wiederherzustellen, erließ er hier den Befehl, daß die Baiern gegen den noch unbezwungenen Herzog Wido marschieren

---

[68]) Ekkehardi casus St. Galli (Scr. II, 96): agnitoque, quod is esset (sc. Notkerus), qui Karolo multa querenti pridie quesita resolveret.

[69]) Die Vorrede zu den durch diese Anregung entstandenen gesta Karoli M. ist nicht mehr vorhanden, die Bestimmung des Werkes aber tritt öfter hervor s. l. I c. 18, II c. 8, 16.

[70]) Ratpert. a. a. O., Ann. Sangall. mai. 883 (Scr. I, 77): Ex petitione Hartmoti abbatis Bernhardus in locum illius constituitur vgl. gesta Kar. M. II c. 10.

[71]) S. die Notizen darüber in dem alten Kataloge von St. Gallen (Weidmann Gesch. d. Biblioth. v. St. Gallen S. 368, 369, 372, 373, 385, 397). Die Widmung der Sequenzen Notkers an Liutward mag auch auf diesen Aufenthalt zurückgehen (St. Gall. Denkm. S. 224, 259).

[72]) Ann. Fuld. P. IV, V 884 (an letzterem Orte ist für Cholonpurun zu verb. Cholonpuruch). Die Zeitbestimmung der ersteren circa purificationem S. Mariae wird durch eine Urk. Karls für Abt Fulbert von Toul vom 14. Febr. Columbariae (B. 972) bestätigt. Eine von Grandidier (Hist. de Strasbourg II, CCLXXIX) herausgegebene Urk. für Andlau aus Kolmar vom 15. Febr. ist wegen ihrer widersprechenden Daten zu verwerfen.

sollten[73]). Da wir jedoch von einem weiteren Erfolge dieser Maßregel durchaus nichts hören, so ist es sehr glaublich, daß dieselbe in Folge der blutigen Fehde, die damals in der Ostmark stattfand, überhaupt nicht zur Ausführung gekommen ist.

Viel nothwendiger als dieser Zug in das ferne Italien schien der Schutz der nach so großen Opfern dennoch wieder von den Normannen bedrängten Rheinlande. Kaum hatte man nämlich in diesen vor zwei Jahren von den Heiden so schwer heimgesuchten Gegenden die verwüsteten Ortschaften nothdürftig hergestellt — Köln wurde zwar wieder aufgebaut und mit neuen Mauern verwahrt, seine Kirchen und Klöster aber lagen noch in Trümmern[74]) — als die Anwohner des Niederrheins abermals durch das Erscheinen eines dänischen Raubgeschwaders auf ihrem Strome aufgeschreckt wurden. Aus Dänemark kommend waren diese schlimmen Gäste zuerst im Kennemerlande gelandet, wo der getaufte Seekönig Gotfrid gebot[75]): mit seiner Genehmigung fuhren sie dann im Herbst 883 den Rhein aufwärts, zündeten viele schon früher besuchte Orte von neuem an und machten große Beute. Der tapfere Erzbischof Liutbert von Mainz warf sich ihnen mit einer Handvoll Leute entgegen, streckte nicht wenige nieder und jagte ihnen die Beute wieder ab; ein andrer Schwarm, der gegen Prüm vordringen wollte, wurde von dem Grafen Heinrich überfallen und vollständig aufgerieben[76]). Diese Schlappen betrafen nur einzelne Streifscharen und hinderten ihr weiteres Vordringen, die Hauptmacht der Heiden aber hatte sich des Platzes Duisburg bemächtigt, dort ihr Lager durch Befestigungen verstärkt und behauptete sich hier den ganzen Winter über[77]). Als sie von da etwa im Januar 884 einen Einfall in Sachsen unternahmen, rückte ihnen der wachsame Graf Heinrich und der Bischof Arno von Wirzburg mit einem starken ostfränkischen Heere entgegen und es entspann sich ein sehr hitziges Gefecht, in welchem die Christen doch zuletzt einen blutigen Sieg davontrugen. Die ungewohnte Größe und Schönheit der nordischen Recken, die mit ihren Leibern das Schlachtfeld bedeckten, erregte die Bewunderung ihrer Gegner[78]).

---

[73]) Ann. Fuld. P. V: inde edictum est Baioarios ad Italiam contra Witonem belligera manu proficiscere.

[74]) Ann. Fuld. P. IV. 883: Nordmanni per alveum Rheni fluminis ascendentes plurima loca nuper restaurata succenderunt etc.

[75]) Reginon. chron. 884: Eodem anno Nordmanni qui in Chinheim ex Denemarca venerant adsentiente Godefrido Rhenum navigio ascendunt.

[76]) Ann. Fuld. P. V. 883. Prumiam für primum steht in der Altaicher Handschrift (Naumanns Serapeum I, 330).

[77]) Ann. Coloniens. 884 (Scr. I, 98): Sedes Norhmannorum in Duisburg; Regino: Diusburch oppido occupato munitionem in eodem loco more solito construunt et in eo tota hieme resident. Die ann. Fuld. P. IV 884 erwähnen munitionem illorum, ohne den Ort zu nennen.

[78]) Eb. in quo certamine tales viri de Nordmannis cecidisse referun-

Auf die Nachricht von diesen Kämpfen und der noch immer die Umlande bedrohenden Räuberkolonie zu Duisburg gab der Kaiser in Kolmar einigen Bischöfen, Aebten und Grafen den Auftrag mit ihren Mannschaften sich zur Abwehr des Feindes zu vereinigen. Graf Heinrich aber hielt inzwischen so vortrefflich gegen sie Wacht, daß er in einer Reihe von kleinen Gefechten jeden Trupp vernichtete, der den Versuch wagte, auf Beute auszuziehen. Als nun endlich in Folge jener kaiserlichen Verfügung ein größeres Heer zur Einschließung der normannischen Feste sich nahte, ergriffen deren Insassen bei Nacht die Flucht, indem sie Feuer an ihre Befestigungen legten. Heinrich setzte ihnen auf dem linken Rheinufer noch nach, holte sie ein und erschlug ihrer 102 ohne jeden Verlust von seiner Seite[79]). Wiewol diese Plage hiemit glücklich beseitigt war, so mußte doch der erneute Einbruch der dänischen Freibeuter und die Unterstützung, die sie bei ihren Landsleuten in Frisland gefunden, zu verdoppelter Wachsamkeit auffordern. Als der Kaiser nach der Mitte Mai eine Reichsversammlung zu Worms hielt[80]), ordnete er daher abermals ein außerordentliches Aufgebot gegen die Normannen an. Gisla, die Gemahlin Gotfrids, die von ihm als Unterhändlerin nach Worms gesandt wurde, vermutlich um ihn wegen seines Antheils an dem letzten Unternehmen zu rechtfertigen, wurde von Karl als Geisel zurückgehalten: ein Beweis der Spannung zwischen beiden.

Noch in demselben Jahre, ohngefähr im Dezember landete ein neues Dänenheer in dem frisischen Gaue Norden[81]): unter der Führung des Erzbischofs Rimbert von Bremen, der sich gerade in dieser zu seinem Sprengel gehörigen Gegend aufhielt, durch sein Wort ermuntert, rafften sich die Frisen zu mutvoller Gegenwehr auf und gewannen einen so vollkommenen Sieg, daß das feindliche Heer vernichtet wurde. Die, welche nicht auf dem Schlachtfelde blieben — ein Zeitgenosse gibt ihre Zahl gewis sehr übertrieben auf 10377 an — ertranken größtentheils auf der Flucht in den Flüssen, die sie passieren mußten. Noch nach 200 Jahren zeigte man den grünenden Hügel, auf dem Rimbert bei dem Be-

---

tur, quales numquam antea in gente Francorum visi fuissent, in pulchritudine videlicet ac proceritate corporum (vgl. oben I, 186 A. 13).

79) Eb., Regino a. a. O.

80) Ann. Fuld. P. IV 884: mense Maio mediante; Urkunden Karls aus Worms sind datiert vom 22., 23. Mai, 11. Juni (B. 975 – 977).

81) Ann. Fuld. P. IV 884: in loco, qui vocatur Norditi (ein auf diese Schlacht bezügliches Schreiben Rimberts an Liutbert hat der Abschreiber leider fortgelassen); Adami gesta Hammab. eccl. pontif. l. I c. 41 (Scr. VII, 299), Bruchstück aus der Geschichte Bovos von Korvei: ad quendam Frisiae pagum ... qui ... Nordwidi appellatur. Auf diesen Kampf bezieht sich wohl auch die Nachricht des Chron. Bremense (eb. 390): anno S. Rimberti 6to Dani cum novem regibus oceani Fresiam et Saxoniam impugnantes a Loudowico iuniore victi sunt oratione S. Rimberti, die offenbar diese Schlacht mit Kämpfen gegen die Slaven im J. 869 zusammenwirft.

ginne des Kampfes die Hilfe des Himmels angerufen und verehrte seinen Namen als den eines Heiligen.

Karl III. hatte an den glücklichen Erfolgen dieses Jahres, die den Franken die geschwundene Zuversicht auf ihre Kräfte zurückgaben, keinen persönlichen Antheil, ja als der letzte Sieg erfochten wurde, weilte er bereits wieder außerhalb der deutschen Grenzen. Nachdem er bis zum Frühjahr in Schwaben herumgezogen, wo er u. a. auch dem von ihm sehr geliebten Kloster Reichenau einen Besuch abstattete[82]) und dann jenen Reichstag in Worms abgehalten hatte, besuchte er noch das lange vernachlässigte Lothringen und gieng darauf im September nach Regensburg, denn die Lage der Dinge in der Ostmark erheischte schon längst dringend sein Eingreifen. Eine lange Reihe von Jahren hindurch hatte sich die Grafschaft im Traungau und die Mark im Osten in den Händen Einer Familie befunden[83]): auf den Grafen Wilhelm, der zwischen 820 und 853 erwähnt wird, folgten die beiden Brüder Wilhelm und Engelschalk als Grenzgrafen, in denen wir seine Söhne vermuten dürfen. Nach vielen rühmlichen Kämpfen gegen das aufstrebende mährische Reich fanden sie bei jenem verrätherischen Ueberfalle, durch welchen Herzog Suatopluk das ihm verbündete bairische Heer im J. 871 vernichtete, ebenfalls ihren Untergang. Da die Söhne, welche sie hinterließen — es werden später von jedem von beiden ihrer drei genannt — noch unmündig waren, so mußte nun die Verwaltung der Mark der Familie Wilhelms entzogen werden und gieng nach der Bestimmung des Königs Ludwig an Aribo über. Einige Jahre mochte dies hingehen. Sobald aber die Knaben herangewachsen waren, forderten sie, von ihrer Sippschaft unterstützt, die Ostmark von Aribo als ein Erbtheil ihrer Väter zurück und erklärten, falls er nicht freiwillig wiche, auf Tod und Leben mit ihm um die väterliche Würde kämpfen zu wollen. Während dieser hiedurch erschreckt ein Bündnis mit Suatopluk schloß und ihm sogar seinen Sohn (Isanrich) zur Geisel gab, brachten jene mit Hilfe ihrer Verwandten und andrer bairischer Großen ein Heer zusammen, mit der sie Aribo schimpflich aus seiner Grafschaft vertrieben. Dies geschah in einem Au-

---

[82]) Am 19. Febr. befand sich Karl zu Schlettstadt, am 22. April zu Reichenau (B. 973, Dümgé regesta Badensia p. 75). Nach dem Wormser Reichstage am 26. Juni Mettis civitate (Baronii ann. ecclesiast. a. 881 ed. Mansi XV, 374, B. 978). In Regensburg sind Urk. vom 19., 20. September ausgestellt (B. 979, 980, Trouillat monuments de Bâle I, 120).

[83]) S. über die Grafen der Ostmark I, 37, 734, 756 flg., die südöstl. Marken S. 19, 41. Zuerst in einer Urk. Karlmanns vom 3. Nov. 876 (Mon. Boica XXVIII a, 62, B. 858) wird ein im Traungau liegender Ort als in comitatu Arbonis comitis bezeichnet und noch am 26. Sept. 903 heißt es in einer Urk. Ludwigs des K. (B. 1195): in valle, quae dicitur Oliupespurc in comitatu Arbonis von einer Gegend an der Steier. Quelle für das Folgende ist der fünfte Theil der ann. Fuld. a. 884.

genblicke, da das Reich völlig verwaist war, nach dem Tode Ludwigs des jüngeren[84]).

Eine so freche Verletzung der königlichen Autorität konnte Karl nicht ungeahndet lassen, doch begnügte er sich bei dem Antritte der Regierung in Baiern die Mark dem Grafen Aribo von neuem zu übertragen. Sollte aber da ein bloßes Wort entscheiden, wo bisher die Waffen den Ausschlag gegeben hatten? Der verschlagene Mährerherzog, Aribos Freund und Bundesgenosse durfte diese kostbare Gelegenheit nicht ungenützt vorüber lassen, zugleich die ihm so verhaßte Ostmark durch Einmischung in jenen innern Hader gründlich zu schwächen und Rache an dem Geschlechte Wilhelms und Engelschalks zu nehmen, deren Schwert ihm so manches Leid zugefügt. Im Sommer 882 fiel er in die Mark ein, nahm am linken Donauufer Werinhar, den zweiten Sohn Engelschalks und den ihnen verwandten Grafen Vezzilo gefangen und ließ ihnen die rechte Hand, die Zunge und die Schamtheile abschneiden, mehrere ihrer Leute aber an beiden Händen verstümmeln. Weit und breit wurde alles verwüstet und auch die am andern Ufer des Stromes gelegenen Besitzungen der Grafensöhne durch ausgesandte Leute den Flammen preisgegeben.

Bei diesen Drangsalen wandten sich die Urheber des Unheils, da sie sich vom Kaiser keinen Beistand versprechen durften, an ihren Nachbar Arnolf, der Kärnten und Pannonien verwaltete, und erhielten gegen Leistung des Lehnseides seine Hilfe zugesichert. Auf die Kunde hiervon schickte Suatopluk Boten an ihn und drohte mit einem Angriffe, falls er seine Hand nicht von seinen Feinden zurückzöge, zugleich stellte er an ihn die Forderung, er möge beschwören, daß er an einem Einfalle der Bulgaren in das mährische Reich, der im vorhergehenden Jahre stattgefunden, keinen Antheil gehabt habe. Wie Arnolf sich dessen weigerte und seine Vasallen nicht aufgeben wollte, brach der Herzog mit einem sehr zahlreichen Heere, das er aus allen Theilen seines Reiches gesammelt in Pannonien ein und verheerte es „nach Art eines Wolfes" unmenschlich mit Feuer und Schwert, ohne selbst den geringsten Schaden zu leiden. Nachdem er dies im Sommer 883 vollbracht, kehrte er im folgenden Jahre mit einer so großen Heeresmacht wieder, daß der Durchzug derselben an einem Orte von früh bis Abends dauerte. Mit diesen Scharen hauste er zwölf Tage lang in Pannonien, um zu vertilgen, was er auf dem ersten Zuge noch übrig gelassen: von der Raab bis zum Wienerwalde erstreckte sich der Greuel der Verwüstung, die Unfreien, die das Land bauten, wurden samt ihren Familien großentheils erschlagen, die großen Herren theils in Gefangenschaft geführt, theils getödtet oder grausam verstümmelt. Als Suatopluk nach seinem Abzuge einen

[84]) Eb.: Hoc ergo factum est post obitum Hluduwici regis natorumque eius Karlmanni et Hluduwici, also zu Anfang des J. 882.

Theil seiner Truppen am rechten Donauufer zurückgelassen hatte, machten Megingoz und Papo, die beiden ältesten von den Söhnen Wilhelms und Engelschalks mit den Leuten Arnolfs einen übereilten Angriff auf dieselben und erlitten eine völlige Niederlage. Während viele der ihrigen in Gefangenschaft gerieten, fanden sie selbst fliehend ihren Tod in den Wellen der Raab.

Alle diese unheilvollen Kämpfe, durch den Ehrgeiz der zurückgesetzten Grafensöhne heraufbeschworen, welche den Wohlstand Pannoniens untergruben, verliefen, wie die Fehde der Grafen Poppo und Egino ohne jedes unmittelbare Eingreifen des Kaisers. Erst nachdem der Krieg zwei und ein halbes Jahr gedauert hatte, im Herbst 884 begab dieser sich über Baiern endlich selbst an die bedrohte Grenze und hielt bei Königsstetten am Tulnflusse eine Zusammenkunft[85]) mit dem Herzoge Suatopluk. Von einer Ahndung der den Marken des Reiches zugefügten Unbilden war hier keine Rede, zumal da durch dieselben nur die Macht Arnolfs geschwächt worden war, den Karl schon damals mit eifersüchtigem Auge als einen künftigen Nebenbuhler betrachtete. Aribo wurde demnach im Besitze der Markgrafschaft bestätigt und Suatopluk zu Gnaden aufgenommen, indem er dem Kaiser den Lehnseid erneuerte und sich durch einen besonderen Eid verpflichtete, bei seinen Lebzeiten nicht wieder feindlich in sein Reich einzudringen. Der beiderseitige Besitzstand scheint im übrigen unverändert geblieben zu sein. Zugleich

---

[85]) Ann. Fuld. P. IV 884: imperator in terminis Noricorum et Sclavorum cum Zwentibaldo colloquium habuit; P. V: imperator per Baioariam ad Orientem proficiscitur veniensque prope flumen Tullinam Monte-Comiano colloquium habuit vgl. über die Lage ann. Einhardi 791. Hansiz (Germania sacra I, 165) und Dobner (ann. Bohemor. Hageki III, 221) haben die Vermutung aufgestellt, daß Karl bei dieser Gelegenheit Pannonien an Suatopluk als fränkisches Lehen abgetreten habe. Daß die Worte der ann. Fuld.: vituperavere autem pacem, qua conservata Pannonia conservata est, qua vero viciata, per spatium tantum isto continuatim tertio anno dimidio instanti Pannonia de Hraba flumine ad Orientem tota deleta est nur von der Verheerung, nicht von der Abtretung Pannoniens handeln, hat schon Wenck (die Erhebung Arnulfs S. 24 A. 23) richtig bemerkt. Ich habe dennoch in meinen südöstl. Marken (S. 48 A. 3) an jener Mutmaßung festgehalten, indem ich sie auf Unterpannonien, das ehemalige Reich Kozels beschränkte, theils, weil im J. 892 Gesandte Arnolfs an die Bulgaren propter insidias Zwentibaldi ducis terrestre iter non valentes habere zu Schiffe auf der Odra, Kulpa und Sau hinreisen mußten — allein wie Wenck hervorhebt brauchen ja nur mährische Streifscharen Pannonien damals unsicher gemacht zu haben —, theils weil Konstantin (de adm. imp. c. 40) Suatopluks Reich, das er Großmähren nennt, von Sirmium (Mitrowic) seinen Anfang nehmen läßt. Seine Anschauung aber ist unklar, da er Großmähren ungetauft nennt und es (c. 13) südlich von Ungern setzt (an die Morawa?). Dagegen heißt es in dem Schreiben der bairischen Bischöfe (Chronic. Reichersp. ed. Gewold app. p. 37): in tota Pannonia, nostra maxima provincia. — Der von Jos. Kremper (de Ungaror. ex Lebedia demigrat. p. 46) beigebrachte Grund, daß Arnolf Pannonien, weil es nicht ihm gehörte, gegen die Ungern nicht verteidigt habe, widerlegt sich dadurch, daß er Braziawo diesen Schutz anbefahl. Ueber Braziawo vgl. ann. Fuld. 892, 896.

mit Suatopluk erschien auch Brazlawo, der Herzog des Landes zwischen Sau und Drau, also ein Nachfolger Liudewits und Ratimars und huldigte dem Kaiser als sein Vassall. Arnolf grollend, daß das geschehene Unrecht ungesühnt blieb, beschwor nebst den bairischen Großen erst im folgenden Jahre 885 seinen Frieden mit Suatopluk[86]).

Von Königstetten zog der Kaiser auf ungewohntem Wege durch Kärnten, wo er vielleicht Arnolf milder zu stimmen suchte, nach Italien[87]) und feierte das Weihnachtsfest bereits in Pavia. Dort hielt er am Dreikönigstage des Jahres 885 eine Reichsversammlung, auf der Herzog Wido nebst seinen mit ihm verfolgten Anhängern erschien und sich durch einen Eidschwur von der Anklage des Hochverrathes reinigte[88]). Sie alle wurden hierauf zu Gnaden wieder angenommen und Wido in dem Besitze seiner beiden Herzogthümer belassen. Mochte auch für Italien ein Abkommen segensreich sein, welches dem unheilvollen Bündnis des mächtigen Herzogs von Spoleto mit den Mohammedanern ein Ende machte — er wandte bald darauf seine Waffen gegen sie —, so mußte es dafür die kaiserliche Autorität in diesem Lande gewaltig schwächen, daß Karl vergeblich versucht hatte, den Trotz eines großen Vassallen mit Waffengewalt zu brechen, um endlich auf dem Wege der Unterhandlungen ihn ohne jede Züchtigung in seine Huld wieder aufzunehmen. Fortan durfte jeder mächtige Empörer, der sich zu behaupten wußte, sich Straflosigkeit versprechen, so diesseits wie jenseits der Alpen und immer greller trat die Ohnmacht dieses kaiserlichen Regimentes zu Tage.

IX.

Das Glück, welches Karl seine Gaben bisher schon in so verschwenderischer Fülle zugetheilt, sparte wider alles Verhoffen noch eine der glänzendsten für ihn auf, die Krone des Westreiches, die ihm wie seine übrigen Kronen ohne alle Mühe und Arbeit zufallen

---

[86]) Ann. Fuld. P. V 885: praesentibus scilicet Baioariorum principibus.

[87]) Eb. 884: per Carentam.

[88]) Eb. P. IV 884: cum Witone et caeteris, quorum animos anno priore offenderat pacificatur; P. V 885 ... Wito dux Spolitanorum ... cum iuramento excusavit se non esse reum maiestatis ad fidelitatem regiam susceptus est. Die einzige Urk. Karls aus diesem Aufenthalte in Italien ist Murgelae am 11. Januar ausgestellt für den Bischof Joseph von Asti (Ughelli Italia sacra IV, 483 mit dem J. 884 vgl. oben S. 181).

sollte. Noch während seines Aufenthaltes in Italien erreichten ihn die Boten, die ihm die Kunde dieser neuen Erwerbung brachten und damit zu den andern Lasten eine der schwersten auf seine Schultern wälzten. Nicht sowol ein anlockendes Geschenk, ein Ziel des Ehrgeizes schien in diesem Augenblicke der westfränkische Thron, als vielmehr eine der schwierigsten und drückendsten Aufgaben für den, der mit diesem Throne zugleich die Verteidigung des tief gesunkenen, bis in seinen innersten Kern von der Verderbnis ergriffenen Reiches übernehmen sollte.

Die Regierung Karlmanns, der kaum dem Knabenalter entwachsen diesen Thron bestiegen hatte, zeigt uns das traurige Bild zunehmender Verwilderung im Innern, wachsender Wehrlosigkeit nach außen. Schwerlich wird man dem jungen Könige, der sich einige Male tapfer und erfolgreich mit den nordischen Räubern schlug, Mangel an Mut oder Thatkraft vorwerfen und ihn für die Leiden des Volkes verantwortlich machen können, aber er besaß zu wenig Ansehen, um der Zuchtlosigkeit der Großen zu steuern und um bei der allgemeinen Entmutigung und Verzweiflung die Scharen der Vassallen im Felde zusammen zu halten. So konnten in dem Winter von 882 zu 883 die Normannen, die zu Condé im Hennegau ihren Sitz aufgeschlagen, — ein Theil derselben, die vorher in Elsloo an der Maas gesessen — ungestraft die Gegenden an der Scarpe und Somme, u. a. auch die Klöster St. Amand und Marchiennes ausplündern [1]), bis sie im Frühjahr wie gewöhnlich die Winterquartiere verließen, um an die Seeküste zurück zu kehren und sich für den Sommer mit ungesättigter Raubgier auf Flandern zu werfen.

Karlmann gedachte ihre Festsetzung für den nächsten Winter zu verhindern und stellte sich im Herbst 883 mit seinen Mannschaften am linken Ufer der Somme Lavier gegenüber zur Bewachung des Reiches auf. Sobald aber die Normannen Ende Oktober mit ihren Schiffen in diesen Fluß einliefen und mit zahlreichem Fußvolk und Reiterei anrückten, erlahmte vor ihnen jeder Widerstand. Der König zog sich mit den Truppen über die Oise zurück und in Amiens, noch näher dem Mittelpunkte seiner Herrschaft als im vorigen Jahre, nahmen die Dänen ihre Winterquartiere [2]), von denen aus sie ohne jegliche Gegenwehr bis zur Seine

---

[1]) Die Notiz der ann. Elnon. mai. 884 (Scr. V, 12): Nortmanni in Condato sedem sibi fecerunt et abbatiam sancti Amandi et reliquas super Scarb devastaverunt. sanctus Amandus asportatur scheint unter ein falsches Jahr geraten zu sein, da die Sitze in Condé nur auf den Winter 882 zu 883 passen. Vgl. die (im übrigen von den ann. Vedast. abhängigen) Mirac. S. Rictrudis l. I c. 12 (Acta sct. Bollandi Maii t. III, 92): dirutis quoque monasteriis, quae super fluvium Scarp sita erant, etiam Marchianense coenobium, in quo b. Rictrudis corpus quiescebat ... deletum est ... in qua destructione deperiit omnis ornatus Marchianensis ecclesiae in chartis videl. et privilegiis, in libris et gestis sanctorum etc.

[2]) Ann. Vedast. 883 (Scr. II, 200); Chronic. Anglosaxon. 884, Ethel-

und Oise streiften. „Die Normannen aber, so schreibt ein Mitlebender, lassen nicht ab, das christliche Volk gefangen zu nehmen und zu tödten, und die Kirchen zu zerstören, die Mauern nieder zu reißen und die Dörfer zu verbrennen. Auf allen Straßen lagen die Leichname von Geistlichen, von adlichen und nicht adlichen Laien, von Weibern, Jünglingen und Säuglingen, denn es gab keinen Weg oder Ort, wo nicht Todte gelegen hätten und alle ergriff Schrecken und Schmerz, da sie sahen, wie das christliche Volk bis zur Vernichtung heimgesucht wurde."

Zu Compiegne versammelten sich die neustrischen Großen, um zu berathen, wie diesem unerträglichen Zustande abzuhelfen sei; sie verzagten es in den Waffen mit ihren Bedrängern aufzunehmen und faßten daher den Beschluß, einen christlichen Dänen Sigifrid als Unterhändler abzuschicken, auf daß er mit den Häuptern des feindlichen Heeres die Höhe der Summe verabrede, welche das westfränkische Volk als Lösegeld für seine Befreiung von weiteren Plünderungen zahlen solle [3]). Sigifrid begab sich nach Amiens und nach längerem Hin- und Herschicken einigte man sich über die alle früheren Leistungen ähnlicher Art weit übersteigende Zahlung von 12000 Pfund Silber, gegen deren Empfang die Normannen auf zwölf Jahre das Land zu meiden versprachen. Von Mariä Reinigung (2. Febr.) bis zum Oktober wurde Waffenstillstand geschlossen, um inzwischen die ausbedungenen Gelder flüssig zu machen. Die Anwohner der Oise konnten für den Augenblick aufathmen, jenseit der Schelde aber fuhr das normannische Heer fort, mit Feuer und Schwert unter der Bevölkerung zu wüten. Nach Ostern begann die Erhebung des Tributes, für welchen die Kirchen ihrer letzten Kostbarkeiten, die Unterthanen ihrer letzten Habe beraubt wurden. Diese Art der Brandschatzung hatte vor der andern nur den Vorzug einer gleichmäßigeren Vertheilung voraus, das Mark des Landes wurde auf die eine wie auf die andre Weise ausgesogen.

Bei dieser allgemeinen Landesnoth und Unterjochung durch die Heiden wurden die Uebel und Misstände, an denen Westfrancien von jeher im Innern krankte, nicht geringer sondern größer, und vernichteten, was jene von dem Wohlstande des Volkes noch übrig ließen. Neben dem Misbrauche, den seit alten Zeiten die Grafen und deren Unterbeamte mit ihrer Amtsgewalt, namentlich mit ihrem Gerichtsbanne zur Bedrückung der ärmeren Freien trie-

---

werdi chronic. l. IV c. 3 (Monum. hist. Britann. I, 359, 516): in superiora Sunnan turmae in locum Embenum ibique castra metatur spatio hibernali; Regino 884.

[3]) Ann. Vedast. 883, 884: Sigefridum Danum christianum regique fidelem, qui nepos fuerat Heorici Dani; ann. Fuld. P. IV 884, die den Vertrag ungenau nach dem Tode Karlmanns erzählen; Regino 884: XII milia pondera argenti puri atque probati exigunt totidemque annis pacem promittunt.

ben[4]), nahmen vorzüglich die Beraubungen der Wehrlosen über die Maßen überhand und es herrschte eine so allgemeine Unsicherheit des Eigenthums, daß der junge König zu wiederholten Malen den Versuch machte, diesem eingewurzelten Schaden durch gesetzliche Verfügungen abzuhelfen. Nachdem er schon im Febr. 883 eine, wie es scheint, ganz unbeachtet gebliebene Verordnung gegen Räubereien erlassen[5]), erneuerte er im März 884 in der Pfalz Verneuil auf einer Versammlung seiner Getreuen, zumal der Geistlichkeit, die alten Gesetze „gegen dieses weit und breit ausgegossene Gift[6])."

„Es ist aber nicht wunderbar, so heißt es in dem königlichen Erlasse, wenn Heiden und fremde Völker über uns herrschen und uns unsere zeitlichen Güter nehmen, da ein jeder seinem Nächsten mit Gewalt fortnimmt, wovon er leben soll. Daher paßt mit Recht auf uns, was der allmächtige Gott drohend durch den Propheten Jesaias spricht: Wehe aber dir du Verstörer! Meinest du, du werdest nicht verstöret werden? Wir aber plündern unsere Brüder und deshalb plündern die Heiden nach Verdienst uns und unser Vermögen aus. Wie aber sollen wir sicher gegen der heiligen Kirche Gottes und unsere Feinde ins Feld ziehen, wenn in unserem Hause der Raub des Armen eingeschlossen ist? Und nicht nur in dem Hause ist er eingeschlossen, sondern gar oft geschieht es, daß einige, den Bauch mit fremdem Gute angefüllt, gegen den Feind gehen. Und wie sollen wir unsere Widersacher überwinden, wenn das Blut unserer Brüder von unserem Antlitz trieft und unsere Hände mit Blut befleckt sind und die Arme von dem Gewichte der Missethaten und Räubereien beschwert werden und die ganze Kraft des Geistes und des Leibes geschwächt ist? Unsere Gebete werden von Gott nicht angenommen, weil das Geschrei und Geheul und die tiefen Seufzer der Armen und Waisen, der Unmündigen und Witwen unseren Bitten zuvorkommen und sie verdrängen, die heiser sind durch das vergossene Blut unserer Brüder und keinen Wohlklang der Tugenden haben. Und es gibt einige, die für Mord, Ehebruch, Meineid und Brandstiftung Rath und Buße suchen und das Vergehen des Raubes für nichts achten, indem sie nicht erkennen, daß man ebenso viele Morde begeht, als man Arme ausplündert und durch Hunger und Blöße Gefahr laufen läßt, weil man dann seinen Nächsten tödtet, wenn man ihm das nimmt, wovon er leben soll."

Auf diese zur inneren Umkehr auffordernde Einleitung folgten vierzehn Kapitel, größtentheils Wiederholung älterer Gesetze über die Bestrafung und Verfolgung der Räuber. Am meisten Gewicht

[4]) S. Hincmari admonitio alt. pro Carolomanno rege apud Sparnacum facta c. 14, 15 (opp. II, 223).

[5]) Capitula in broilo Compendii palatii (Leg. I, 550).

[6]) Capitula apud Vernis palatium (eb. 551—553.)

legt der König auf die so schnell wie möglich über jeden derselben zu verhängende Exkommunikation, die theils durch die Bischöfe theils durch eigens als Stellvertreter eingesetzte Priester verkündet werden soll. In den Bischöfen sieht er die letzten Stützen der wankenden Ordnung, wie auch die königlichen Sendboten, die Grafen und ihre Unterbeamten, ja alle der weltlichen Gesetze kundigen Franken ermahnt werden, ihnen in der Unterstützung der Armen behilflich zu sein. Da die meisten Räubereien von solchen verübt wurden, die sich auf der Reise befanden, namentlich zu Hofe zogen, so wird den Priestern und ihren Pfarrkindern anbefohlen, sich gastlich zu beweisen, Reisenden Obdach und Kost um billigen Preis zu gewähren, Selbsthilfe gegen die Räuber aber, sog. Schutz-Gilden unter den Bauern sind verpönt.

Die Schlüsse von Verneuil, diese ernste, doch fruchtlose Mahnung zur Buße, lassen uns einen Einblick in die trostlosen, tief zerrütteten Verhältnisse des Westreiches thun, die sicherlich die Geistlichkeit auch bei einmütigem Streben nicht zu bessern vermochte. Das nächste und furchtbarste Uebel, von dem Westfrancien heimgesucht war, die normannische Einlagerung schien indessen seinem Ende entgegen zu gehen, als im Oktober 884 der ungeheure Tribut von 12000 Pfund den Räubern in der That gezahlt werden konnte. Endlich wurde das Lager von Amiens zu Ende dieses Monats abgebrannt und den abziehenden Feinden folgte ein fränkisches Heer langsam nach, um einer etwaigen Treulosigkeit derselben sofort mit den Waffen in der Hand entgegen zu treten. In Boulogne hielten die Dänen Rath über das Ziel, welches sie zunächst verfolgen sollten[7]): ein Theil von ihnen gieng über den Kanal nach der brittischen Insel und versuchte dort die Stadt Rochester zu erobern, der andre Theil aber zog nach Löwen, das schon zum ehemaligen Reiche Lothars, also nicht mehr zu Westfrancien gehörte, um dort zu überwintern.

Als der junge König nach der Rückkehr von diesem Zuge im Walde von Bezu-la-foret (nordöstlich von les Andelys) dem Lieblingsvergnügen seines Volkes, der Jagd, mit wenigen Begleitern oblag, wollte es das dunkle Verhängnis, welches immer neue Schläge gegen das fränkische Herrscherhaus führte, daß der Fürst

---

[7]) Ann. Vedast. 884, ergänzt durch Asserius de reb. gest. Aelfredi a. 884: praefatus exercitus in duasse turmas divisit; una etenim turma in orientalem Franciam perrexit et altera ad Britanniam veniens Cantium adiit civitatemque, quae Hrofesceastre Saxonice dicitur . . . obsedit; Ethelwerdi chronic. l. IV c. 3: post annum partiuntur in sortem sibi arva telluris ipsius in dnas partes unam ad Lofenum alteram ad Hrofecestre partem videlicet pertinentem obsederuntque oppida praedicta (Mon. hist. Britt. I, 483, 516); Regino 884: his etiam diebus Nordmanni a Somna exeunt et rursus in regno Hlotharii revertentes in loco qui dicitur Lovon castrametati sunt in confinio eiusdem regni. Ich stimme v. Gagern (Arnulfi imp. vita p. 38) vollständig bei, wenn er abweichend von Pertz für diese Nachricht das J. 884 (nicht 887) für das richtige hält.

am Beine tödtlich verwundet wurde. Man sagte zuerst, daß ein Eber mit seinem Hauer ihm diese Verwundung beigebracht, bald aber verlautete, einer der Jünglinge, die den König auf die Jagd begleiteten, Berthold habe ihm wider Willen, als er ihn gegen das Wild unterstützen wollte, die Wunde geschlagen[8]). Dem beklagenswerthen Fürsten, der selbst das Misgeschick seines unschuldigen Gefährten zu verbergen suchte, blieb nur noch Zeit dem Kloster St. Crespin bei Soissons eine Schenkung für das Heil seiner Seele zu machen, dann ward er sechs Tage nach jenem Unfalle, kaum 18 Jahre alt eine Beute des Todes (12. Dezember) und fand seine letzte Ruhestätte zu St. Denis bei seinem ihm vorangegangenen Bruder. Karlmanns kurze und größtentheils unselbständige Regierung — sie hatte dem Namen nach im Ganzen fünf Jahre gedauert — fiel in eine zu unglückliche Zeit, als daß sich über seine Fähigkeiten und Leistungen in besseren Tagen urtheilen ließe.

Indem die Normannen nach ihrem Abzuge aus Amiens sich zu Löwen niederließen, nahmen sie hier so nahe der Grenze eine vortreffliche Stellung ein, um je nach der Lage der Dinge sich entweder mit ihren Scharen über das östliche oder über das westliche Reich zu ergießen. Ohne Rücksicht auf den Vertrag von Elsloo, der ihnen überhaupt die Besetzung von Löwen verwehrt hätte, drang zu Anfang des Jahres 885 ein Theil von ihnen noch tiefer in den Haspengau (um Lüttich) vor[9]), wo sie Vorräthe für den Winter aufbrachten und Männer und Weiber zu ihrem Dienste aufboten. Unverhofft aber begegnete ihnen ein ostfränkischer Heerhaufe unter dem Erzbischof Liutbert, dem Grafen Heinrich u. a., der viele von ihnen niedermachte, ihre Vorräthe erbeutete und den Rest in einer kleinen Befestigung einschloß. Dort wurden sie so lange belagert, bis der Hunger sie bewog, bei Nacht ihren Drän-

---

[8]) Ann. Lemovic. 884, Laubac. 885 (Scr. I, 15, II, 251). Den Eber beschuldigt Asserius a. a. O. und der Fortsetzer Ados (Scr. II, 325), den Begleiter des Königs die ann. Vedast.; der vierte Theil der ann. Fuld. und Regino erwähnen ganz übereinstimmend beide Todesarten, doch so, daß sie der letzteren Nachricht den Vorzug geben. Den Ort bestimmen die ann. Ved.: in Basiu silva, Ados Forts.: in Ewelina saltu in monte Aerico. Lebeuf suchte diesen Ort in dem Walde von Baizieux (mémoires de l'acad. des inscr. XXIV, 706), der aber zu Karlmanns letzter Urk. nicht paßt, richtiger verlegte ihn daher Bouquet (rec. IX, 438 n. a) nach Bezu-la-Forêt, einem Gehölz im Depart. de l'Eure, 6½ lieues nordöstl. von les Andelys. Als Todestag geben die ann. S. Benigni Divion. 884 (Scr. V, 40) den 5. Dez., Ados Fortsetzer, Necrol. S. Dionysii den 6., Necrol. S. Remigii den 12., womit vielleicht auch die ann. Ved. übereinstimmen würden, wenn nicht hier eine Lücke wäre. Daß letztere Angabe die richtigere, beweist Karlmanns letzte Urk. ausgestellt pro relaxandis nostrorum facinorum culpis zu les Andelys an der Seine am 10. Dez. (B. 1869). Die erstere erklärt sich sehr einfach durch eine Verwechselung des Tages der unglücklichen Jagd mit dem Todestage.

[9]) Ann. Fuld. P. IV 885: idem Nordmanni pagum Haspannicum invadentes caeteros in circuitu vicinos occupaverunt etc. (nachdem vorher von den Normannen in Löwen die Rede gewesen).

gern zu entschlüpfen. Ganz ähnlich war das Loos der Abtheilung, die sich schon früher nach England gewandt: sie mußten, von dem Heldenkönige Aelfred vor Rochester besiegt, mit Zurücklassung ihrer fränkischen Gefangenen und ihrer Pferde wieder zu Schiffe steigen und zu ihren Gefährten in das Frankenreich zurückkehren[10]).

Die Hauptmacht der Dänen indessen, die in Löwen saß, hatte nicht sobald die Nachricht von dem jähen Tode des Königs Karlmann erhalten, als sie auch schon den Vertrag wieder zerrissen, der so eben ihre Entfernung aus dem Reiche bewirkt hatte, die Geiseln, die noch in ihren Händen waren, ermordeten und auf ihren Zügen von neuem das westfränkische Gebiet heimsuchten[11]). Eine Gesandtschaft wurde daher von dem Abte Hugo und den andern Häuptern des verwaisten Volkes an sie abgeschickt, um sie an die von ihnen beschworenen Verpflichtungen zu erinnern, doch sie brachte nur die höhnische Antwort zurück, mit Niemand anders sei jener Vertrag geschlossen worden, als mit dem Könige Karlmann, sein Nachfolger, wer es auch sein möge, müsse, um in Ruhe und Frieden das Reich zu besitzen, ihnen abermals eine gleiche Summe an Zahl und Gewicht entrichten. — Wer sollte dieser Nachfolger sein? An den letzten Sprößling vom Stamme Karls des Kahlen, den nachgeborenen Sohn des Stammlers, Karl, einen fünfjährigen Knaben durfte man in dieser entsetzlichen Noth nicht denken. Es blieb nichts weiter übrig, als, wie es schon Hinkmar vor einigen Jahren gewollt hatte, den ostfränkischen Herrscher ins Land zu rufen. Täuschte man sich vielleicht auch nicht über die Schwäche seines Charakters, so war er doch jetzt der einzige Anker, der dem Reiche gegen die herandringenden Wogen einigen Halt gewähren konnte und überdem hatte er erprobte Krieger, wie den Grafen Heinrich in seinem Dienste. Die neustrischen Großen schickten also den Grafen Theoderich nach Italien, um Karl in ihr Reich einzuladen[12]).

Der Kaiser brach auf diese Botschaft, die er in der Lombardei erhielt, so schnell wie möglich von dort auf: am 15. April befand er sich bereits wieder auf deutscher Erde zu Bodman am

---

[10]) Asserius a. a. O. omnibus equis, quos de Francia secum adduxerant derelictis, maxima parte necnon captivorum suorum in arce dimissa ... eadem aestate iterum Franciam adierunt.

[11]) Ann. Fuldens. P. IV 884: et obsides occiderunt et a praedationibus minime cessaverunt; Regino 884: Nordmanni cognita morte regis protinus in regnum revertuntur etc.

[12]) Ann. Vedast. 884: Da hier von der Rückkehr der Normannen in das Westreich gar nicht die Rede ist, so geht Regino wohl zu weit, wenn er sagt: territi huiuscemodi mandatis optimates regni ad Carolum imperatorem missos dirigunt eumque ultro in regnum invitant, die Wahl Karls wäre gewis auch ohne jenen Einfall der Normannen erfolgt. Der hier erwähnte Gr. Theoderich ist von dem Grafen v. Autun, der damals nicht mehr lebte, zu unterscheiden, doch war er vielleicht sein Sohn (s. die Urk. bei Pérard recueil p. 32).

Bodensee[13]). Vom 20. Mai aus Granges, vielleicht im östlichen Burgund, sind die ersten westfränkischen Urkunden Karls für Kirchen zu Dijon, wie für einen seiner Getreuen Dodo ausgestellt und wir finden schon hier einige der neuen Unterthanen, wie die Bischöfe Geilo von Langres und Anscherich, den Grafen Rudolf u. a. in der Umgebung des Kaisers. Erst in Gondreville bei Toul, wo Karl 12. Juni Verfügungen zu Gunsten des Bisthums Chalon traf, sowie zu Ponthion, einer von Karl dem K. einst vielbesuchten Pfalz am Ornain, huldigte ihm als ihrem Könige die Mehrzahl der westfränkischen Großen[14]), in der Nähe des letzteren Ortes auf dem Krongute Etrepy verweilte der Kaiser vom 20. bis 22. Juni.

Karl zählte fortan die Jahre seiner Regierung in Gallien besonders neben denen im ostfränkischen Reiche und in Italien[15]).

---

[13]) B. 982; Ann. Vedast. 885 (Scr. II, 201): Karolns imperator nnntio percepto acceleravit iter. Die ersten Urk., in denen Karl seine Regierungsj. in Gallia zählt, sind die 3 vom 20. Mai aus Granias villa (Granges bei Peterlingen, oder Gr. bei Bruyeres im Dep. Vosges?) ausgestellten (B. 983, 984, Pérard rec. p. 51, 160; die dritte für den Getreuen Dodo intervenientibus atque deprecantibus fidelibus nostris Anscherico vocato episcopo et Rodulfo comite atque Pipino ungedr. zu Chaumont), Böhmer läßt irrig diese Zählung erst mit B. 992 beginnen.

[14]) Ann. S. Benigni Divion. 885: Karolus imperator efficitur Francorum; ann. Blandiniens. 885 (Scr. V, 24, 40): Karolus regnare cepit; Adonis contin. (Ann. Virdun. 884, Scr. IV, 7): Karolns calvus ... monarchiam tocins imperii Francorum et Romanorum assumit anno verbi incarn. 885 ind. 3.; Asserius de reb. gest. Aelfredi (Mon. Britann. 484): Eodem qnoqne anno (sc. 884) Farlns Almannorum rex occidentalium Francorum regnum et omnia regna, quae snnt inter mare terrenum et illnm marinnm sinum, qui inter antiquos Saxones et Gallos adiacet voluntario omninm consensu accepit absque Armoricano (id est minori Britannia) regno. Als Ort der Huldigung erwähnen die ann. Ved. 885: venit nsque Pontionnm ibiqne omnes qui fuerant in regno Karlomanni ad eum venerunt eiusqne se snbdidere imperio, abweichend Regino 884: eique advenienti ad Gundolfi villam obviam procedunt et ... eius ditioni se subiciunt. Aus Gondreville (consistentibus nobis in Gnndulfi villa palatio nostro) sind 2, aus Toul (cum pro diversis imperii nostri negotiis ad urbem Leucorum devenissemns) eine Urk. Karls vom 12. Juni datiert, diese Verschiedenheit des Ortes kann nicht auffallen, da beide nur 1 Lieue von einander entfernt sind (Bonquet IX, 340). Aus Stirpiaco villa pnblica (Etrepy am Ornain westl. von Ponthion) sind 4 Urk. vom 20—22. Juni ausgestellt (B. 985—991), die ich mit der Nachricht der ann. Ved. verbinde.

[15]) In Westfrancien sah man das Reich nach Karlmanns Tode zuerst als erledigt an, daher ist eine Schenkung an das Kloster Fleury datiert: mense Aprili anno defunctionis domini Karlomanni regis (Mabillon ann. ord. Bened. III, 252), eine andre für Beaulieu: in mense Maio anno primo qno Karlomannus rex migravit a saeculo (Deloche cartul. de Beaulieu p. 101, 232). Daß indessen hierauf nicht zu viel Gewicht gelegt werden darf, zeigt eine andre Urk., die noch im Juli nichts von Karl weiß. eine dritte ist sogar ausgestellt: in mense Augusto anno III quo Kallamandus rex migr. ab hoc saec. (eb. 183, 236), doch wurde er auch in Aquitanien anerkannt, wie andre Urk. aus Beaulieu lehren (eb. 245), von denen eine ausdrücklich datiert ist: anno quarto regnante domino nostro Karolo rege vel imperatore Franco-

Mit Ausnahme der Provence, in der noch immer Boso sich behauptete und der Bretagne, welche, obgleich von Bürgerkriegen zerrissen, dennoch durch die Schwäche der westfränkischen Könige unabhängig geblieben war, reichte Karls Herrschermacht jetzt gerade so weit, wie die seines Großvaters Ludwigs des Frommen, aber nur in seiner Person beruhte die Einheit dieser Reiche, die durch eine Trennung von über vierzig Jahren einander fremd geworden. Es gab außer dem wandernden Hofe und seinen unmittelbaren Organen keinen andern das Ganze umfassenden Mittelpunkt, und jener Hof selbst bei seiner unvollkommenen Kenntnis der Bedürfnisse der einzelnen Landestheile, die durch so weite Strecken geschieden wurden, unterlag nothwendig dem wechselnden Einfluß der in jedem Gebiete hervorragendsten Häupter geistlichen und weltlichen Standes, die bei den Berathungen über die Reichsangelegenheiten den Kaiser umgaben oder sonst auf ihn einzuwirken wußten. Die seltenere Anwesenheit des Oberhauptes gewöhnte die einzelnen Stämme des Frankenreiches ihre Blicke auf die Männer zu richten, welche, in ihrer eigenen Mitte die reichsten, angesehensten und tapfersten, sie am besten führen und vertreten konnten. In der ungeheuern Ausdehnung der Herrschaft Karls vom atlantischen Ocean bis zur Sau und zur Tiber, von der Elbe bis zum Ebro lag keine wirkliche Vermehrung der Macht, denn es wurde durch die Zusammenhäufung verschiedenartiger Länder und eben so manigfaltiger Interessen kein einheitlicher Reichskörper und kein wahres Gemeinwesen gebildet. Dazu hätte es einer neuen durchgreifenden Organisation des Ganzen bedurft, an welche in dieser so wenig schöpferischen Zeit, in der die Verteidigung gegen den auswärtigen Feind alle Kräfte in Anspruch nahm, sicherlich Niemand dachte. Jede neue Krone brachte daher dem Schwabenkönige zunächst nur einen neuen Zuwachs von Gefahren und Schwierigkeiten und drohte seine Unfähigkeit immer stärker hervortreten zu lassen.

Es ist hiernach sehr natürlich, daß von einer tieferen Einwirkung Karls auf die Verhältnisse Westfranciens keine Rede sein konnte, daß im Wesentlichen alles unverändert blieb und seine Herrschaft sich vorwiegend nur in Gnadenbeweisen gegen geistliche Stiftungen oder einzelne Getreue äußerte. Die erste Rolle im Lande aber spielten nach wie vor die beiden Aebte Hugo und Gauzlin[16]), beide mehr Krieger als Geistliche, von denen der letz-

---

rum sive Aquitaniorum (eb. 133). Die Synode von Chalon (Pérard recneil p. 50 angef. von Mansi Baronii ann. eccl. XV, 404) trägt die Daten: anno dom. inc. 887 anno quoque domini et serenissimi Karoli imperatoris augusti in Gallia imperantis II ind. V. XV Kal. Iunii, wonach der Regierungsantritt erst nach dem 18. Mai fallen würde.

[16]) Ann. Fuld. P. IV 886: Hugo et Gozilin abbates et duces praecipui Galliae regionis, in quibus omnis spes Gallorum contra Nordmannos posita erat. Ueber Gauzlin s. ann. Vedast. 884; Hugo heißt bei Regino a. 867 vir strenuus, humilis, iustus, pacificus et omni morum ho-

tere nach dem Tode Engelwins im J. 884 die bischöfliche Würde in Paris erhielt, der erstere aber nicht bloß in Aemtern und Lehen, sondern auch in tapfern Thaten als der Nachfolger Roberts des Starken gelten konnte. Gegen die Normannen in Löwen, deren Treulosigkeit den schnellen Anschluß an Karl vorzüglich bewirkt hatte, zog dieser nicht selbst zu Felde, gewarnt durch die trüben Erfahrungen seines ersten Zuges an die Maas, er befahl nur, während seines kurzen Aufenthaltes in Westfrancien, daß der Heerbann aus diesem Reiche wie aus dem ehemals lotharischen vereint gegen die Landesfeinde marschieren sollte[17]). Darin also, daß auch die nicht minder bedrohten Lothringer gegen die Dänen aufgeboten wurden, lag vorläufig der einzige Vortheil, den die Anerkennung Karls den Westfranken brachte. Dieser Vortheil war gering; zum Unglücke wurde, als beide Heere sich verabredeter Maßen zusammen fanden, der Abt Hugo durch ein Fußübel von der Betheiligung an dem Unternehmen fern gehalten, die übrigen aber konnten nichts ausrichten, sondern kehrten mit Schimpf und Schande zu den Ihrigen zurück. „Warum seid ihr zu uns gekommen, so riefen die Dänen höhnend den Franken aus dem Reiche Karlmanns zu, ihr hattet es nicht nöthig. Wir wissen, wer ihr seid, und wie sehr ihr wünscht, daß wir zu euch zurückkehren: das wollen wir auch thun." Bald genug lösten sie ihr Wort ein.

Gelang es dem Kaiser nicht seine neuen Unterthanen von der Plage zu befreien, von der sie ohne Unterlaß heimgesucht wurden, so wußte er wenigstens einen andern nicht minder schlimmen Feind aus den Grenzen seiner alten Herrschaft zu beseitigen und diese hiedurch vor einem ähnlichen Loose zu bewahren. Der Seekönig Gotfrid, dem durch den schimpflichen Vertrag von Elsloo ein großer Theil Frislands anvertraut worden, hatte nach seiner Aufnahme in den Reichsverband durch sein zweideutiges Auftreten sehr bald den Argwohn der Franken gegen sich rege gemacht; schon im J. 883 verlautete, daß seit seiner Vermählung mit Gisla ein hochverrätherisches Bündnis zwischen ihm und seinem neuen Schwager Hugo abgeschlossen worden, von welchem man schlimme Dinge

---

nestate fundatus, a. 887 magnae potestatis vir et magnae prudentiae; Ann. Laubiens. 887: vir mirae potestatis et prudentiae. Vgl. über ihn oben S. 209, Herici mirac. S. Germani c. 5 (Labbé bibl. I, 558); Adelerii mirac. S. Bened. app. c. 2 (Acta sct. Mart. t. III, 315): Hugo nobilissimus abbas strenne rem pnblicam ,gubernans cum armis tum consiliis suis et virtute eius (sc. Nortmannicae gentis) barbaricos conatus reprimendo.

[17]) Ann. Vedast. 885: praecipiens eis, qui erant ex regno quondam Hlotharii et regno Karlomanni pergere Luvanio contra Nortmannos; Regino 884 (886): ad qnorum malitiam compescendam imperator semel et iterum exercitum misit, sed nihil dignum memoria adversus tantam violentorum rapacitatem actum est. Wir wissen nur von der Absendung Eines Heeres, die Regino in seiner ungenauen Weise verdoppelt. Die ann. Fuld. P. V 885 melden nur: caesar regnum ipsum adgreditur receptisque primoribus et dispositis ibi rebus prout volnit remeavit etc.

argwöhnte. Man gab ihm ferner Schuld jene Niederlassung seiner Landsleute in Duisburg zugegeben und befördert zu haben und als im Mai 884 seine Gemahlin Gisla in seinem Auftrage nach Worms reiste, sei es um den Kaiser zu beschwichtigen, sei es um ihm Forderungen zu überbringen, ließ Karl sie längere Zeit zu ihrem Gatten nicht zurückkehren, sondern behielt sie, als Geisel seiner Treue vermutlich, an seinem Hofe.

Das Jahr 885 sollte die Pläne der beiden Verbündeten zur Reife bringen. Auf den Antrieb Hugos, der eine offene Empörung gegen den Kaiser im Schilde führend seine Boten heimlich an Gotfrid schickte und ihm die Hälfte Lothringens als Lohn seiner Unterstützung verhieß[18]), sandte dieser in die dänische Heimat und forderte seine kampfesmutigen Landsleute auf, ihm mit einem Heere zu Hilfe zu kommen, welches er den Rhein aufwärts in sein Gebiet führen wollte[19]). Indem er so alles zum Losschlagen rüstete, knüpfte er zugleich Unterhandlungen mit seinem Oberlehnsherrn, dem Kaiser an, vorzüglich zu dem Zwecke, um einen anscheinend gerechten Grund zur Auflehnung zu gewinnen. Die frisischen Grafen Gerolf und Gardolf, Vassallen Gotfrids erschienen vor dem Kaiser[20]) mit der Botschaft, wenn er wünsche, daß Gotfrid in der gelobten Treue verharre und die ihm übergebenen Reichsgrenzen gegen die Dänen ferner verteidige, so möge er ihm Koblenz, Andernach, Sinzig und einige andre mit Wein gesegnete Besitzungen der Krone abtreten, weil das ihm überwiesene Land nichts von diesem edlen Gewächse hervorbrächte, welches er doch nicht missen wolle. Wurde diese unverschämte Forderung bewilligt — was kaum glaublich schien —, so konnte der Seekönig die Seinigen in das Herz des Reiches einführen und sich ohne alle Schwierigkeit

---

[18]) Regino, der ausführlichste Berichterstatter, führt a. 885 den Ursprung der Empörung Gotfrids auf Hugo zurück (his suasionum promissionibus Godefridus veluti veneno infectus), die Verbindung beider wird auch von den ann. Fuld. P. IV 883, 885 bezeugt.

[19]) Regino spricht nur von der Aufforderung an Gotfrid, ut in patriam mitteret et auxiliatorum validam manum undique contraheret, dagegen berichten die ann. Fuld. P. IV von der Sammlung des Heeres (quod dum mense Maio facere instituisset) und ebenso P. V: Gotafridus rex accusatus ut in regnum Francorum cum Nortmannis consuleret. Die Worte der ann. Vedast. 885: Godefridus Danus, qui disponebat suam immutare fidem deuten wohl auch auf eine Verbindung mit heidnischen Dänen.

[20]) Regino 885: Gerolfum et Gardolfum comites Fresonum legatos ad caesarem dirigit. Die ann. Vedast. 885 lassen Gotfrid astu Gerulfi sui fidelis erschlagen werden: worin jedoch seine Mitwirkung bestanden, wissen wir nicht. Er ist wahrscheinlich ein Sohn des Geruls, dem Ludwig der Fr. im J. 839 Güter in ducatu Frisiae in pago Westracha, die er ihm schon einmal geschenkt, zurückstellt. Arnolf machte ihm (quidam fidelis et venerabilis comes noster nomine Gerolfus) eine Schenkung mit mehreren Gütern im Kennemerlande zwischen dem Rheine und Suithardeshagen (Erhard reg. hist. Westf. I, Anh. 11, Miraei opp. dipl. I, 34, B. 497, 1062 vgl. Hirsch Jahrb. des deutschen Reichs unter Heinr. II., I, 340); Regino nennt 898 seinen Sohn Waltger.

mit seinem Schwager Hugo verbinden, wurde sie aber verweigert, so glaubte er dann mit um so besserem Scheine sich von der Treue gegen seinen ungnädigen Lehnsherrn lossagen zu können.

Am kaiserlichen Hofe durchschaute man indessen dies ganze Gewebe und man erfuhr, daß schon im Mai das normannische Hilfsheer, welches Gotfrid eingeladen, in den Rhein einlaufen sollte. Wie konnte man dem begegnen, da die Dänen in jener von Strömen und Sümpfen umgürteten Gegend, die man ihnen thörichter Weise eingeräumt, eine fast unangreifbare Stellung einnahmen, gegen welche die deutschen Waffen nichts vermocht haben würden? Unter so schwierigen Umständen beschloß der Kaiser auf den Rath des klugen Grafen Heinrich, es statt mit der Gewalt, mit der List zu versuchen und der den Rath gegeben, wurde auch mit der Ausführung betraut. Die Gesandten Gotfrids, von denen jedoch Graf Gerolf in den Plan eingeweiht ihn heimlich beförderte, wurden demnach mit dem unbestimmten Bescheide entlassen, der Kaiser würde durch seine eigenen Botschafter auf alle Gegenstände ihrer Sendung eine Antwort ertheilen, wie sie sowol ihm als Gotfrid geziemte.

Hierauf trat Heinrich mit wenigen Begleitern die Reise nach Frisland an, seinem übrigen Gefolge befahl er nicht in geschlossener Schar, sondern einzeln durch Sachsen zu ziehen, um an dem verabredeten Sammelplatze sich zu rechter Zeit mit ihm zu vereinigen. In Köln nahm er den Erzbischof Willibert mit sich, dessen ehrwürdige Persönlichkeit vorzüglich geeignet schien, den Betrug, der im Werke war und von dem er ohne Zweifel selbst nichts ahnte, zu bemänteln. Als Gotfrid vernahm, daß eine fränkische Gesandtschaft auf der Betuwe eintreffen werde und schon unterwegs sei, zog er ihnen zum Empfange nach Herispich entgegen, dem Orte, wo damals Rhein und Waal sich von einander trennten, um mit ihren Wogen die batavische Insel zu umschließen (wahrscheinlich das heutige Rindern unterhalb Kleve)[11]). Die Verhandlungen wurden jedoch nicht dort, sondern auf der bereits unter Gotfrids Herrschaft stehenden Insel selbst gepflogen. Auf diese begaben sich Heinrich und Willibert und tauschten in längerer Unterredung als Bevollmächtigte des Kaisers mit dem Dänen Anklagen und Beschwerden aus, bis der hereinbrechende Abend ihrem Gespräche ein Ende machte und die Gesandten in ihre Quartiere zurückkehrten.

Erst am andern Tage, nachdem Gotfrid durch diese friedfertige Einleitung noch sicherer gemacht worden, sollte der Hauptschlag gegen ihn erfolgen. Willibert, der der Gewaltthat fern

[11]) Die Lage von Herisspich, welches außerhalb der Betuwe gesucht werden muß, erörtert mit genauer Kentnis der Gegend Andr. Dederich Gesch. der Römer u. der Deutschen am Niederrhein (Emmerich 1854) S. 215—220 und entscheidet sich für das Dorf Rindern (Arenacum) bei Kleve.

blieb, lud nach Heinrichs Anweisung die Prinzessin Gisla nach Herispich ein, um sie für die Vermittelung des Friedens zu gewinnen, Heinrich selbst und der frisische Graf Eberhard[22]), dem Gotfrid seine Besitzungen gewaltsam entrissen, trafen nebst ihren übrigen Begleitern abermals zu einer Unterredung mit ihm auf der Betuwe zusammen. Eberhard mußte hier, wie es mit ihm verabredet worden, als Ankläger gegen den Normannenfürsten auftreten, der ihn ungerecht seines Eigenthums beraubt habe, und ihn durch bittere Vorwürfe reizen. Gotfrid ließ es in der Hitze des Zornes nicht an Schmähungen und höhnischen Ausfällen gegen die Franken fehlen, da zog Eberhard alsbald sein Schwert und streckte ihn durch einen Hieb auf den Kopf zu Boden. Bevor er sich wieder aufrichten konnte, warfen sich die Begleiter Heinrichs auf ihn und machten seinem Leben ein Ende. Hierauf wandten sie sich gegen die führerlosen, zu keinem Widerstande vorbereiteten Normannen auf der Betuwe, die mit leichter Mühe insgesamt niedergemetzelt wurden. So endete der Verräther sein Leben durch Verrath, dem Reiche aber brachte die arglistige That des Grafen Heinrich den größten Vortheil, weil nur hiedurch die dauernde Festsetzung der Dänen an der Rheinmündung vereitelt wurde, an der sonst leicht eine ältere Normandie sich gebildet hätte.

Jene dänischen Hilfstruppen, die Gotfrid zu seiner Unterstützung herbeigerufen hatte, waren indessen, ohne von seinem jähen Untergange etwas zu wissen, plündernd in Sachsen eingebrochen. Eine kleine sächsische Schar stellte sich ihnen entgegen, wagte jedoch wider die ungeheure Uebermacht den Kampf nicht aufzunehmen. Indem sie den Rückzug antraten, ließen sich die Feinde in der Hoffnung ihrer noch habhaft zu werden, durch die Verfolgung von ihren Schiffen weiter hinweg locken, da geschah es durch eine glückliche Fügung, daß an der Küste im Angesichte der Kämpfenden eine frisische Flotte aus dem Teisterbant (dem heutigen Seelande) sich zeigte, aus sehr kleinen und gewandten Fahrzeugen bestehend, wie sie dort üblich waren[23]). Die Frisen, wie vom Himmel ge-

---

[22]) Wahrscheinlich derselbe Eberhard, Meginhards Sohn, der 881 in normannische Gefangenschaft gerieт und 898 ermordet wurde (Regino 881, 898). Der Erzählung Reginos dient es zur Bestätigung, daß nach den ann. Fuld. P. V Gotfrid ab ipsis etiam accusatoribus occisus est, da Eberhard einer dieser Ankläger war vgl. auch P. IV: ab Heimricho aliisque fidelibus imperatoris ad colloquium invitatus et infidelitatis correptus, cum eos conviтiis variisque ludibriis exacerbaret occisus est. Als Zeitpunkt muß der Mai angenommen werden. In falscher Zeitfolge spricht auch Folkuin (Gesta abbat. Lobiens. c. 17, Scr. IV, 62) von rege eorum Godefrido ad fidem Christi converso et baptisato nec multo post interfecto, wodurch der Kirche der Friede zurückgegeben worden.

[23]) Ann. Fuld. P. IV 885: Frisiones, qui vocantur Destarbenzon quasi a domino destinati, parvissimis ut eis est consuetudo naviculis vecti. Auf diese Schlacht bezieht sich die Nachricht des Asserius de reb. gest. Aelfredi a. 884: Eodem quoque anno magnus Paganorum exercitus de Germania

sandt, landeten und fielen den Dänen unvermutet in den Rücken, die Sachsen bei dem Anblicke der unerwarteten Bundesgenossen, machten ebenfalls wieder Front gegen den Feind. Sie setzten demselben von beiden Seiten so tapfer zu, daß sie nach hartem Strauße zuletzt einen vollkommenen Sieg errangen. Nun folgte ein furchtbares Blutbad, dem von der großen Menge der Heiden nur sehr wenige entrannen. Nach beendigter Schlacht bemächtigten sich die Frisen auch der normannischen Schiffe und erbeuteten auf diesen so große Schätze an Gold, Silber und allerlei Hausrath, daß sie sämtlich durch ihren Antheil an dem Raube reiche Leute wurden. Dies glückliche Treffen scheint für lange Zeit das letzte gewesen zu sein, welches die Dänen auf sächsischem Boden zu liefern wagten. Selbst nach England drang die Kunde von dem Siege, den die Christen unter Gottes Beistande davongetragen.

Als Anstifter der verrätherischen Anschläge Gotfrids, welche durch seinen plötzlichen Tod gescheitert waren, betrachtete man den Prinzen Hugo und es konnte daher nicht anders sein, als daß auch dieser mit in seinen Untergang verwickelt wurde. Wenige Tage nach der Ermordung des Seekönigs, wahrscheinlich ehe dieselbe bekannt geworden, wurde Hugo nach dem Rathe des Grafen Heinrich, der auch hierbei die Schritte des Kaisers leitete, unter trügerischen Vorspiegelungen nach Gondreville gelockt[24]). Hier an-

---

in regionem Antiquorum Saxonum, quod Saxonice dicitur Ealdseaxum supervenit; contra quos adnatis viribus iidem Saxones et Frisiones ibidem in uno illo anno viriliter pugnavere; in quibus duobus bellis christiani divina opitulante misericordia victoriam habuere; Ethelwerdi chronic.: in motione illius anni factus est (appulsus?) cum barbarorum classiali non impetu parvo littora complens Veteranorum Saxonum bisque in eodem parent tempore bella: victores post existunt Saxones adfuereque tum Frisii certamine simul (Mon. hist. Britann. I, 484, 516). Daß darin von zwei Schlachten die Rede ist, beruht wohl auf einem Misverständnis und es mag mit der ersten Schlacht das anfängliche Zusammentreffen mit den Sachsen allein gemeint sein. Widukind (res gestae Saxon. l. I c. 31) erzählt von einem Sohne Thiadrichs, Nachkommen Widukinds: Reginbern autem ipse erat, qui pugnavit contra Danos multo tempore Saxoniam vastantes vicitque eos, liberans patriam ab illorum incursionibus usque in hodiernum diem; es ist nicht unwahrscheinlich, daß hiemit das Treffen im J. 885 bezeichnet werden soll, doch wage ich es nicht mit Bestimmtheit zu behaupten vgl. die Bemerkung von Waitz (K. Heinrich I. Neue Bearb. S. 35 A. 1).

[24]) Ann. Fuld. P. V 885: Hugo filius Hlotharii incaute in regno imperatoris agens oculorum luce orbatus est: Ann. Vedast. 885: Hugo etiam ... iubente imperatore per consilium dicti ducis (sc. Heinrici) excaecatus est; Ann. Alamann. contin. Sangall. 885 (Scr. I, 52): Hug obcecatur. Von dem gegen Hugo verübten Verrathe berichtet Regino, der hierüber am besten unterrichtet war, die ann. Fuld. P. IV denken mehr an ein regelmäßiges Rechtsverfahren: Hugo ... insimulatus est apud imperatorem, quod eiusdem conspirationis Gotafridi contra regnum imperatoris fautor existeret. quam ob rem ad imperatorem vocatus et noxa convictus lumine oculorum una cum avunculo suo (?) privatus est. Wenn sie ihn nach Fulda gebracht werden lassen, Regino nach St. Gallen, so können beide Angaben neben einander richtig sein: der Aufenthalt in St. Gallen wird durch die Erwähnung

gelangt ward er sogleich verhaftet, des angesponnenen Hochverrathes überführt und wie einst der unglückliche König Bernhard von Italien zur Blendung verurtheilt, die Graf Heinrich an ihm vollstrecken ließ. Auch alle seine Begleiter traf entehrende Strafe: der Rosse, Waffen und Oberkleider beraubt ließ man sie fast nackt nach Hause gehen.

Nachdem Hugo die Augen ausgestochen waren, wurde er zuerst nach Fulda gebracht, später nach St. Gallen, endlich (zwischen 895 und 899) in das lothringische Kloster Prüm, wo der Abt Regino ihn zum Mönche schor. Dort starb er nach einigen Jahren und fand somit an demselben Orte seine letzte Ruhestätte, den sein Großvater, der Kaiser Lothar sich zu eben diesem Zwecke ausersehen hatte. Umsonst hatte Hinkmar, als er ihn einige Jahre zuvor von seinem verbrecherischen Beginnen abmahnte, ihn an den traurigen Ausgang erinnert, den sein Vater genommen, weil er gegen den Willen Gottes anstrebte: jetzt bereitete Hugo durch ungezähmte Leidenschaft sich ein noch härteres Loos. In dem Verhängnis aber, das ihn auf dieser düsteren Bahn hinabzog, erkannten die Zeitgenossen die Nachwirkung jenes schweren Fluches, den Papst Nikolaus auf das unselige Bündnis Lothars und Waldradas wie auf sein ganzes Land gelegt, denn auch Lothringen litt noch immer unter den Nachwehen der Zuchtlosigkeit und Verwilderung, die der entartete Königssohn daselbst eingeführt[25]). — Gisla, das unschuldige Opfer der Verbindung Gotfrids und Hugos trat, wie ihr Bruder in den geistlichen Stand und wurde Aebtissin der Klöster Nivelles und Fosses bei Namur; bei dem ihr ebenbürtigen Könige Zwentibold, der ihr Güter in der Gegend von Achen schenkte, stand sie in hohem Ansehen; sie erlebte noch die Regierung Ludwigs des Kindes[26]), unter welcher sie um 907 starb.

Hugos in den ann. Alam. bestätigt. Die zu Gondreville am 12. Juni ausgestellten Urk. Karls geben uns einen Fingerzeig für den Zeitpunkt des Ereignisses.

[25]) Vgl. Reginos Bemerkung a. 883 (Scr. I, 594).

[26]) In der Schenkung Zwentibolds vom 30. Juli 896 heißt sie dilecta propinqua nostra nomine Kisla gloriosissimi regis Luitharii filia und venerabilissima abbatissa Kisla und er beschenkte sie ob maximam dilectionem eius (Lacomblet Urkb. des Niederrheins I, 42); das Kl. Nivelles bedachte er 26. Juli 897 dilectissimae neptis nostrae interventu Gislae (Miraei opp. dipl. I, 503). Nach einer Urk. Ludwigs vom 26. Okt. 907 übergab bonae mem. Kisala illustris femina abbatiam Fosses nominatam, die der König ihr geschenkt, der Lütticher Kathedrale et per cartam precariam alias res episcopii ipsius ad dies vitae suae sibi inde accepit, weiterhin finito autem tempore vitae suae etc., nach einer andern vom 28. Jan. 908 erwarb das Bisthum Lüttich abbatiam nomine Fossas per praestariam a Gisla abbatissa nostra consanguinea (eb. I, 34, Ernst hist. de Limbourg VI, 90, B. 1160, 1164, 1218). Noch lebend erscheint sie in einer ungedr. Urk. Ludwigs vom 20. Okt. 906 (K. Pertz), einen Tauschvertrag zwischen Liutardus vassallus Gislae venerabilis abbatissae und dem Bischof Stephan v. Lüttich betreffend. — Was Depping (Expeditions des Normands I, 191) von Kindern Gotfrids erzählt, beruht auf Irrthum.

Durch den Sturz Hugos wurde die Gefahr einer Losreißung Lothringens aus dem Reichsverbande um so vollständiger beseitigt, als seine Macht bei dem wüsten räuberischen Treiben seiner Spießgesellen wohl niemals tiefere Wurzeln im Lande geschlagen hatte[27]). Durchaus anders verhielt es sich in dieser Hinsicht mit dem Könige Boso, der mit der Geistlichkeit seines Reiches auf das engste verbündet, nach allen Niederlagen doch immer wieder sein Haupt erhob und den vereinten Nachstellungen der Frankenkönige trotzte[28]). Die Einnahme der festen Stadt Vienne im Sept. 882 war der letzte Fortschritt, dessen sich seine Gegner rühmen konnten: der Herrschaft Karls aber gereicht es sicherlich zum Schimpfe, daß es Boso gelang, sich dieses wichtigen Platzes, dessen Bischof Otram zu seinen ergebensten Anhängern zählte, von neuem zu bemeistern und ihn fortan zu behaupten. Einen seiner Getreuen Teutbert setzte er daselbst zum Grafen ein[29]).

Es deutet vielleicht auf einen Vermittlungsversuch, wenn Kaiser Karl am 20. Juni 885 auf Bitten seines Erzkaplans Liutward und des erlauchtesten Markgrafen Bernhard (von Auvergne) dem Erzbischof Aurelian von Lyon alle entfremdeten Besitzungen seiner Kirche zurückstellte, damit er und seine Nachfolger, wie die Formel lautet, dem Kaiser treu dienen und des Himmels Gnade für ihn, seine Familie und sein Reich anflehen möge[30]), denn Aurelian war ebenfalls ein eifriger Parteigänger Bosos, dessen einziger Sohn Ludwig ihm zur Erziehung anvertraut wurde. Wie dem auch sein mag, weder scheint es, daß ein Verständnis zwischen dem Kaiser und dem Usurpator hergestellt werden konnte, noch erneuerte der erstere den Krieg gegen ihn, da ihm andere und dringlichere Sorgen am Herzen lagen und somit konnte das junge Königreich an der Rhone sich immer mehr befestigen. Nach einer

---

[27]) So beurtheilt ihn auch Wittich (Entstehung des Herzogthums Lothringen S. 17).

[28]) Regino 879 in rednerisch übertreibender Weise. Für die Worte: fuit autem (sc. Boso) ... tantae moderationis, ut cum sibi faventes proscriptionibus damnarentur bonisque omnibus privarentur, nunquam insidiis suorum militum fuerit petitus neque fraude proditus, cum utrumque hostes saepe tentassent fehlt es an weiteren Belegen. In Bosos Grabschrift (Mermet hist. de Vienne II, 234) heißt es ähnlich: quamvis hunc plures voluissent perdere reges, | occidit nullus.

[29]) Die Wiedereinnahme Viennes durch Boso folgt aus einer freilich zweifelhaften Urk. (Bouquet recueil IX, 672), aus Münzen, die dort nach seiner Rückkehr geschlagen wurden (Archiv für schweiz. Gesch. VII, 194), endlich daraus, daß er in Vienne seine letzte Ruhestätte fand.

[30]) Bouquet IX, 339 (B. 988): ad deprecationem dilecti nobis Liutvardi ... episcopi et Bernardi illustrissimi marchionis concessimus ecclesiae beatissimi Stephani Lugdunensis, cui venerabilis Aurelianus archiepiscopus praeesse dinoscitur etc. Im J. 892 machte Ludwig der Lyoner Kirche eine Schenkung pro sincerissimo Aureliani didascali nostri obsequio (eb. 674, B. 1448).

freilich unsicheren Nachricht[31]) fand der Markgraf Bernhard, den wir soeben als Fürbitter kennen gelernt, in einem Kampfe, den er für die kaiserliche Sache gegen Boso unternommen, seinen Untergang, doch wissen wir nicht, ob er sich im Auftrage Karls oder nur auf eigene Hand in diese Fehde begab.

Im Juli oder August kehrte Karl von Lothringen auf kurze Zeit nach dem geliebten Schwaben zurück — am 23—25. August verweilte er auf dem Hofe Waiblingen im Remsthale[32]), — dann zog er noch in demselben Monate nach Rheinfranken, über Lorsch nach Frankfurt, wo er den größten Theil des Septembers hindurch seinen Aufenthalt nahm und mit den Seinigen Berathungen pflog[33]), die sich, wie es scheint, auf die überaus wichtige, noch völlig unentschiedene Frage der Nachfolge im Reiche bezogen. Die vor mehr als zwanzig Jahren geschlossene Ehe des Kaisers mit Richarda war eine kinderlose geblieben, wer sollte, wenn ihn sein Geschick plötzlich abrief, die Lasten der Regierung übernehmen? Aus dem Hause Karls des Kahlen lebte nur noch ein sechsjähriges Kind, welches die Westfranken selbst als untauglich vom Throne ausgeschlossen, aus dem Hause Ludwigs des Deutschen dagegen blieben außer dem regierenden Kaiser nur zwei uneheliche Sprossen übrig, Arnolf, der Sohn Karlmanns und Bernhard, Karls Sohn. Unzweifelhaft würden beide jedes Anspruches auf die Krone entbehrt haben, wenn neben ihnen ein ehelicher Nachkomme ihres Großvaters existiert hätte, alsdann konnten sie nur darauf rechnen, daß ihnen aus Gnade größere Lehen, Grafschaften u. dgl. bewilligt wurden, ebenso gewis aber war es, daß in Ermangelung eines rechtmäßigen Erben, im ostfränkischen Reiche Jedermann auf sie als die zunächst Berechtigten die Blicke richtete[34]). So schreibt

---

[31]) Urk. Karls für den B. Emmenus von Nevers, dem er auf Bitte des Markgrafen Wilhelm pro redemptione animae patris sui Bernardi comitis eine Schenkung macht memorantes, cum quanta fiducia et animi virtute et permanente fidelitate Bernardus gloriosus comes et marchio se opposuerit contra hostes nostros et insidiatores ac devastatores regni, contra Bosonem tyrannum et sequaces eius et quam prompto animo mori in bello contra supradictos infideles (pro excellentia nostrae fidelitatis pugnans amaverit etc. (Bouquet IX, 349). Die Daten dieser Urk., die auch in ihrer Fassung manches Auffallende hat, lassen sich nicht mit einander vereinigen, doch müßte sie auch im Falle der Unechtheit immer ein ziemlich gleichzeitiges Machwerk sein und kann daher wohl als historisches Zeugnis benutzt werden.

[32]) Mon. Boica XXVIII^a, 76, XXXI^a, 116 (B. 992). Ueber die Lage des Ortes vgl. Stälin Wirtemb. Gesch. I, 261 A. 6.

[33]) Aus dem monasterio, quod dicitur Lauressam ist eine Urk. Karls vom 28. Aug. datiert (Original in Chaumont), aus Frankfurt Urk. vom 6., 8., 23. September (B. 993—996) vgl. ann. Fuld. P. IV 885: imperator cum suis apud Franconofurt colloquium habuit.

[34]) Vgl. Waitz deutsche Verfgesch. III, 240. Wenn Ludwig der Fr. in der Theilungsakte vom J. 817 (Leg. I, 200) anordnet, daß Lothar in Bezug auf liberos ex concubinis seiner Brüder misericorditer verfahren solle, d. h. sie anständig ausstatten, ohne ihnen das väterliche Erbtheil zu geben, so ent-

schon im J. 881 ein schwäbischer Mönch: „Karlmann, der Sohn des großen Ludwig hatte keine andern Söhne außer einem einzigen Namens Arnulf, nicht aus rechter Ehe geboren, der noch lebt. O möchte er auch ferner leben, damit nicht die Leuchte des großen Ludwig aus dem Hause des Herrn erlösche"[35]).

Wie dieser Mönch, der doch vor allem der Kaiserin Richarda Nachkommenschaft wünscht, so dachten gewis sehr viele im Reiche. Und konnte wohl, wenn es sich darum handelte, welchem von den beiden Enkeln Ludwigs der Vorzug gebüre, die Wahl streitig sein zwischen Arnolf, dem gereiften Manne, dessen Tapferkeit noch kürzlich bei dem Zuge gegen die Normannen an der Maas hell geleuchtet, und Bernhard, einem unmündigen Knaben dunkler Herkunft, dessen Arm noch kein Schwert führte[36])? Daß auf jenem des Reiches Zukunft beruhte, diese Ueberzeugung spricht sich sogar in der dem Kaiser gewidmeten Schrift über die Thaten seines Urahns aus, deren Entstehung wir oben erwähnten. Dort heißt es[37]), nachdem vorher von der Normannengefahr die Rede gewesen, „Euer Schwert, im Blute der Nordostmänner gehärtet, möge sie hemmen, verbunden mit der Waffe eures Bruders Karlmann, die freilich schon mit ihrem Blute benetzt ist, aber jetzt nicht aus Feigheit, sondern durch den Mangel an Gut und die engen Grenzen eures vielgetreuen Arnold ganz verrostet, doch so, daß auf das Geheiß und den Willen eurer Macht sie mit Leichtigkeit wieder scharf und blank wie früher gemacht werden könnte. Denn dieser Zweig sproßt jetzt, nebst dem zarten Schößling eures Bennolin ganz allein von der fruchtbaren Wurzel Ludwigs unter dem einzig übrigen Wipfel eures Schutzes."

Anders als seine getreuen Unterthanen dachte der Kaiser. Hätte er Arnolf als seinen Nachfolger angesehen oder ihn dazu bestimmt, er würde ihm sicherlich eine andre Stellung angewiesen haben, als jene ärmliche und entlegene Provinz, die er ihm nur lassen mußte, weil sie ihm schon vor seinem Regierungsantritte zugetheilt war. Was wäre natürlicher gewesen, als daß Arnolf,

---

spricht dies, wie die Beispiele Arnolfs und Hugos zeigen, dem allgemeinen Herkommen, paßt aber nicht auf den Fall, daß überhaupt keine ehelichen Nachkommen mehr da waren.

[35]) Erchanberti contin. (Scr. II, 330): qui adhuc vivit et ó utinam vivat, ne extinguatur lucerna magni Hludowici de domo domini.

[36]) Monachi Sangall. gesta Karoli M. II c. 12: quam (sc. causam) antea non absolvam, quam Bernhardulum vestrum spata femur accinctum conspiciam. Arnolfs Mutter wird als sehr vornehm gerühmt (s. oben S. 141), von Bernhard dagegen heißt es nur schlechtweg, daß er ex pellice (Regino 887) oder ex concubina (ann. Fuld. P. IV 885) geboren worden.

[37]) Gesta Karoli M. II c. 14 ... hic enim solus ramusculus cum tenuissima Bennolini astula de foecundissima Hludowici radice sub singulari cacumine protectionis vestrae pullulascit. — In zwei Königsreihen wird Bernhardus als Sohn Karls genannt (Scr. III, 214, 215).

der kaiserliche Neffe jene gefährlichen Sendungen gegen die nordischen Räuber übernahm, welche jetzt dem Namen des Grafen Heinrich zum Ruhme gereichten. Aber nicht einmal die Besitznahme Westfranciens sollte ihm irgend einen Spielraum zur Thätigkeit und Auszeichnung gewähren. Es darf dies nicht Wunder nehmen, wenn wir sehen, daß der erste Versuch, den Arnolf wagte, durch seine Unterstützung der Söhne Wilhelms und Engelschalks, über die Grenzen Kärntens hinaus Einfluß zu erlangen und seinen Wirkungskreis auszudehnen, auf das entschiedenste zurückgewiesen wurde und nur zu einer größeren Einschränkung führte. Seine Thatkraft sollte gelähmt, nicht befördert werden, denn in Karls Augen war der tapfere Neffe nicht der nächste Erbe des Thrones, sondern ein lästiger, ja gefährlicher Nebenbuhler. So konnte in ihrem gegenseitigen Verhältnis nur feindseliges Mistrauen auf der einen, gekränkter Ehrgeiz auf der andern Seite walten. Noch aber war das Glück dem Kaiser in allen großen Dingen hold gewesen: er hatte die Macht in Händen und durfte hoffen, sie ungeschmälert dem einzigen, wenn gleich unehelichen Sohne zu vererben. Um jedoch seiner Autorität eine zweite nicht minder gewichtige hinzu zu fügen, um namentlich die Geistlichkeit ganz auf seiner Seite zu haben, hatte Karl eine Gesandtschaft nach Rom[38]) geschickt und den Papst zu einer Reise ins Frankenreich eingeladen. Wie das Gerücht gieng, wollte er durch ihn einige Bischöfe unrechtmäßig absetzen und seinen Sohn Bernhard zum Erben einsetzen, was er aus eigener Machtvollkommenheit sich nicht zu thun getraute. Aus der Verbindung, in welche diese beiden Zwecke zu einander gebracht werden, darf man folgern, daß eines zum andern gehörte, daß also etwa diejenigen Bischöfe beseitigt werden sollten, die sich dem Nachfolgeplane widersetzten.

Auf dem päpstlichen Stuhle saß zur Zeit dieser Sendung nicht mehr Marinus, der nach einer Regierung von noch nicht anderthalb Jahren ohngefähr im Mai 884 gestorben war[39]), sondern Hadrian III., in dessen Zeiten die Römer viel unter der Heuschreckenplage, unter Dürre und Hungersnoth zu leiden hatten[40]).

---

[38]) Ann. Fuld. P. IV 885: missisque Romam nuntiis Hadrianum pontificem invitavit in Franciam. voluit enim, ut fama vulgabat, quosdam episcopos inrationabiliter deponere et Bernhartum filium suum ex concubina haeredem regni post se constituere et hoc quia per se posse fieri dubitavit per pontificem Romanum quasi apostolica auctoritate perficere disposuit. Es ist unmöglich, daß, wie es nach dem Berichte der ann. Fuld. scheint, der Kaiser von Frankfurt aus, wo er sich nur während des Septembers aufhielt, die Gesandtschaft nach Rom schickte und auch bereits die Nachricht von dem Tode des Papstes empfieng. Da das letztere feststeht, so muß das erstere wohl in eine frühere Zeit fallen. Vielleicht steht mit diesen römischen Unterhandlungen die Schenkung im Zusammenhange, die Karl am 22. Juni dem B. Wibod von Parma für die Kirche des h. Nikomedes zu Fontana broccola machte.

[39]) Ueber den Zeitpunkt seines Todes s. Jaffé reg. pontif. Rom. p. 293.

[40]) Ann. Alamann. 884 (Scr. I, 52); V. Stephani (Pontif. Romanor.

Wir erfahren, daß unter ihm wieder ein kaiserlicher Sendbote, der Bischof Johann von Pavia in Rom seinen Sitz aufschlug[41]), dem Hadrian in seiner Abwesenheit den Schutz der Stadt anbefahl. Dem Wunsche des Kaisers entsprach der Papst mit Bereitwilligkeit und trat alsbald die Reise an. Sehr begreiflich, denn konnte es wohl für den päpstlichen Stuhl ein lockenderes Anerbieten geben, als nicht nur über die römische Kaiser- sondern auch über die fränkische Königskrone einen schiedsrichterlichen Ausspruch zu thun und die zweifelhafte Erbfolge zu regeln? Hadrian würde hiedurch in die Fußtapfen seiner glücklichen Vorgänger Zacharias und Stephan getreten sein und mit Erfolg vollführt haben, was Gregor IV. auf jener wenig ehrenvollen Reise nach Kolmar angestrebt hatte. Noch hatte er jedoch auf seinem Wege den Po nicht überschritten, als er etwa im August zu S. Cesario am Panaro von einem plötzlichen Tode hingerafft wurde und in dem nahe gelegenen Kloster Nonantola bestattet werden mußte[42]). „So wurden, sagt ein deutscher Zeitgenosse, diese tückischen Pläne nach Gottes Willen zu Schanden," Karl aber, als er noch in Frankfurt auf dem Wege nach Worms begriffen, die Trauerbotschaft erhielt, betrübte sich schwer über das Scheitern seines Lieblingswunsches, den er freilich deshalb gewis noch nicht aufgab[43]).

Von Frankfurt zog der Kaiser über Mainz nach Worms, wohin er (zu Anfang Oktober) die westfränkischen Bischöfe und Grafen zu einer Zusammenkunft beschieden hatte[44]). Nicht viel

---

vitae ed. Watterich I, 718, 723). Ueber die angeblichen Dekrete dieses Papstes vgl. Muratori ann. d'It. a. 884.

[41]) Eb.: tunc iam nominatus Hadrianus pontifex Romae reliquerat Iohannem venerabilem Ticinensem episcopum ut missum Caroli excellentissimi imperatoris pro tuitione urbis. Johann v. Pavia erscheint auch schon unter Johann VIII. als kaiserlicher Bevollmächtigter (s. oben S. 184), inwiefern seine Stellung den früheren Sendboten entsprochen und wie lange er sie bekleidet, ist jedoch nicht auszumachen.

[42]) Ann. Fuld. a. a. O. (doch starb er noch jenseit des Po, nicht Heridano flumine transito); Vita Stephani: defuncto ... Hadriano papa ... super fluvium Scultinna in villa quae Viulzachara nuncupatur. Nach lokalen Ueberlieferungen, die ihn mit Hadrian I. verwechseln, starb er am 8. Juli zu Spilamberto (s. die Notiz bei Jaffé reg. pontif. p. 215, Acta sct. Bollandi Iulii t. II, 643—49). Die ann. Alamann. setzen seinen Tod irrig in das J. 886.

[43]) Ann. Fuld.: cuius fraudulenta consilia dei nutu dissipata sunt ... quod cum imperator comperisset contristatus est valde, eo quod in tali negotio voti compos effici non potuit, eb. P. V: caesar ... remeavit in Franciam ad edictum placitum Wormacense (s. die folg. Anm.) obviam apostolico. sed dum ipse papa iam medio itineris spacio foret, correptus celeri infirmitate exspiravit.

[44]) Eb.: ibique cum episcopis et comitibus Galliarum habita collocutione. Der Aufenthalt Karls in Worms wird durch eine Urk. vom 1. Okt. für St. Maximin bestätigt Warmatia civitate ausgestellt B. 997.

Erfreuliches konnte er hier über den Stand der Dinge im Westen vernehmen[45]). Nach dem Abzuge des fränkischen Heeres von Löwen waren auch die Dänen von dort wieder aufgebrochen, um plötzlich am 25. Juli vor der Stadt Rouen aufzutauchen, welche diese wilden Feinde schon einmal vor vier und vierzig Jahren in ihren Mauern gesehen. Die Franken konnten es nicht hindern, daß die Heiden sich der Stadt bemächtigten, mit Schiffen, die sie auf der Seine vorfanden, den Strom überschritten und nach ihrer Weise ein festes Lager an demselben errichteten. Das Aufgebot aus Neustrien und Burgund versammelte sich, um ihrem weiteren Vorbringen entgegen zu treten. Als es jedoch zum Zusammenstoße kam, fiel gleich anfangs der Führer des Heeres, Herzog Raginold von Maine mit einigen Begleitern, worüber so große Entmutigung sich durch die Reihen der Franken verbreitete, daß alle sofort unverrichteter Dinge nach Hause giengen. Die Normannen begannen hierauf nach ihrer Art mit Mord, Brand und Zerstörung gegen das wehrlose Volk zu wüten. Nachdem sie in den letzten Jahren die Bezirke an der Somme und Oise gründlich abgeweidet, gewährten ihnen jetzt ohne Zweifel die Seinegegenden, die seit fast zwanzig Jahren brach gelegen, reichere Beute. Die Befestigungen, die Karl der Kahle an diesem Strome, namentlich zu Pistres, errichtet hatte, waren längst verfallen, denn wir hören nichts mehr davon, so blieb, da man an jedem Widerstande auf offenem Felde verzweifelte, nichts andres übrig, als durch neue Festungsbauten dem Feinde die Wasserwege abzuschneiden und die wichtigsten Plätze zu halten. Etwas andres als diesen Rath und Versprechungen für die Zukunft brachten die westfränkischen Großen schwerlich aus Worms zurück.

Der Kaiser zog indessen aus den Rheinlanden zur Feier des Weihnachtsfestes nach Regensburg, wo er auch den Januar 886 noch zubrachte. Neben der Kaiserin Richarda finden wir dort auch den Erzbischof Liutbert von Mainz in seiner Umgebung[46]), von seinem Erzkanzler Liutward dagegen hatte er sich für einige Zeit getrennt, indem er ihn mit einer Sendung nach Rom beauftragte. Die Nachricht

---

[45]) Ann. Vedast. 885. Woher die Normannen in die Seine kamen, ergibt hier nur der Zusammenhang, dagegen Regino a. 887 sagt ausdrücklich: Nordmanni a Lovon recedentes Sequanam ingrediuntur und dem entspricht der Name des Königs Sigifrid als Führers der Dänen vor Paris (Abbo de bellis Paris. l. I v. 37), denn dieser stand schon zu Elsloo an ihrer Spitze. Hieher gehört die Nachricht der ann. Blandiniens. 885: Delata sunt corpora sanctorum Wandregisili, Ansberti, Vulfranni ad urbem Carnotenam in monasterium sancti Carauni martiris (aus St. Vandrille).

[46]) Die Weihnachtsfeier in Baiern (Regensburg) melden ann. Fuld. P. IV 885, P. V 886; in Regensburg sind Urk. Karls für B. Engelmar von Passau vom 7. und 10. Januar ausgestellt und eine undatierte für die Achener Marienkirche, der Karl Bastogne schenkte pro petitione Rutharde (corr. Richarde) dilecte coniugis nostre et Liuberti archiepiscopi nostri sancte Maguntiensis ecclesie (Lacomblet niederrh. Urkb. I, 39, B. 998—1000).

war nämlich eingelaufen und hatte den Kaiser in nicht geringe Aufregung versetzt, daß die Römer ohne seine Willensmeinung abzuwarten, auf die Kunde von Hadrians Tode sogleich Stephan, den Kardinalpriester der vier Gekrönten zum Nachfolger Petri erwählt und geweiht hätten. Ergrimmt über diese Eigenmächtigkeit schickte Karl Liutward nach Rom, um im Vereine mit einigen römischen Bischöfen den unrechtmäßig Gewählten abzusetzen[47]). Stephan aber, der unter traurigen Verhältnissen den päpstlichen Stuhl bestieg, denn er fand die Schatzkammer, die Keller und die Scheunen völlig ausgeleert, sandte dem Kaiser Legaten entgegen, die den urkundlichen Beweis beibrachten, daß mehr als 30 Bischöfe, sämtlich Kardinalpriester und Diakonen und die Vornehmen der Stadt ihm einmütig ihre Stimmen gegeben. Auch war Stephan alsdann im Beisein des kaiserlichen Sendboten Johann von Pavia nach dem Lateran geführt[48]) und der Ordnung gemäß von dem Bischof Formosus von Porto geweiht worden. Dieser Rechtfertigung, nach welcher der Kaiser die Wahl Stephans nicht länger anfocht, fügte derselbe eine Einladung nach Italien hinzu[49]).

Karl folgte dieser Aufforderung und überschritt etwa im Februar 886 zum sechsten- und letztenmale seit seinem Regierungsantritte die Alpen, um in die Lombardei hinabzusteigen. Auch diesmal gieng er nicht selbst nach Rom, welches er nur zum Zwecke der Kaiserkrönung besucht hat, sondern begnügte sich den Bischof Liutward als Bevollmächtigten dorthin zu senden. Viele Angelegenheiten sollen nach den Wünschen des Kaisers dort zwischen ihm und Stephan geordnet worden sein, doch wissen wir davon nur das eine, daß nach einer auf Karls Antrag erlassenen Verfügung des letzteren es den Bischöfen, deren Sprengel durch heidnische Verwüstung völlig verödet worden, künftig freistehen sollte, einen andern Sitz einzunehmen[50]). Diese Erlaubnis bezog sich vorzüglich auf die gallische Kirche, in der ähnliche Fälle (Aktard von Nantes, Frothar von Bordeaux) früher schon vorgekommen waren und sich daher ein Bedürfnis der Schadloshaltung der durch die dänischen Raubzüge unschuldig Betroffenen herausgestellt hatte.

Am Palmsonntag (20. März) entspann sich in Pavia, während der Kaiser in dem benachbarten Corte Olona weilte, um dort

---

[47]) Ann. Fuld. P. IV 885: unde imperator iratus, quod eo inconsulto ullum ordinare praesumpserunt ...

[48]) Ausführlich über seine Wahl Vita Stephani a. a. O., die ausdrücklich hervorhebt, daß omnes cum eodem legato imperiali (sc. Iohanne) iuncti unanimes venerunt ad domum etc.: freilich kein unparteiischer Bericht.

[49]) Ann. Fuld. P. V 886: inde invitatus ab apostolico Italiam petiit, ohne Zweifel durch dieselben Legaten, die nach Weihnachten dem Kaiser die Wahlurkunden überbrachten.

[50]) Eb.: ut episcopis, quorum parrochiae de incendiis gentilium vastatae penitus apparent, aliae sedes eis non occupatae concederentur.

Ostern zu feiern, eine blutige Schlägerei zwischen den kaiserlichen Leibwächtern und den Bürgern der Stadt, die als der erste Ausbruch dieser Art in einer langen Reihe ähnlicher Kämpfe bemerkenswerth ist. Viele von den Trabanten kamen dabei ums Leben, aber auch von den Einwohnern wurden nicht wenige schwer verwundet, die als sie der kaiserlichen Rache durch die Flucht zu entgehen suchten, unterwegs ebenfalls starben[51]). Karl hielt nach Ostern einen italienischen Reichstag zu Pavia und verweilte daselbst mindestens bis zur Mitte des April[52]), um dann in Folge der immer dringenderen Mahnungen, die aus dem bedrängten Paris an ihn gelangten, durch Burgund den Rückweg nach Schwaben einzuschlagen. Am 9. Juni treffen wir ihn bereits wieder zu Sasbach im Straßburger Sprengel.

Nicht ganz ohne Grund war die Abneigung des Kaisers gegen die Wahl Stephans, denn der neue Papst zeigte bald, daß er entschlossen sei, seine eigenen Wege zu verfolgen und sich der Abhängigkeit vom Frankenreiche wo möglich zu entziehen, welches nur Ansprüche an ihn richtete, ohne ihm wirkliche Vortheile, ausreichenden Schutz zu bieten. Von allen Mitteln entblößt[53]), von Gegnern innerhalb der Stadt bedroht, die vor keiner blutigen Gewaltthat zurückbebten[54]), während außerhalb die Saracenen durch die

---

[51]) Sollte nicht auf diesen nur von den ann. Fuld. berichteten Aufstand auch die Nachricht Liudprands (antap. I. I c. 35) über einen sehr blutigen Kampf in Pavia gehen, den er irrig unter Arnolf setzt?

[52]) Am 11. April schenkte Karl zu Pavia dem Diakonus Garibert auf Bitte Liutwards ein Grundstück in Piacenza (Campi hist. di Piacenza I, 471 die Daten a. inc. dom. 886 ind. 3 a. r. 7 imp. 5 sind fehlerhaft). Wenn echt würde hieher auch die am 16. April Ticinensi palatio ausgestellte Bestätigung der Abtei Berceto für Wibod v. Parma gehören (Ughelli It. sacra II, 188, Affò storia di Parma I, 305 vgl. v. Bethmann-Hollweg lomb. Städtefreiheit S. 90 A. 2, 107 A. 1). Aus Sasbach ist B. 1001 datiert. Da dieser Aufenthalt Karls in Italien der letzte war, so ist die von dem Notar Inquirinus geschriebene Urk. über die am 14. Sept. 887 angeblich domno Karolo serenissimo imperatore praesente cum multis principibus clericis et laicis durch den B. Theoditius v. Fermo vollzogene Weihe der Kirche Sta Croce unzweifelhaft unecht (Ughelli It. sacra II, 746—749, Fioravanti dissertaz. p. 69—78) vgl. oben S. 221 A. 60.

[53]) Stephan schreibt an Basilius (Mansi XVI, 426): cetera taciti sustinemus, cum nobis ne oleum quidem suppetat pro ecclesiae luminaribus ad cultum dei necessarium; Vita Stephani p. 719: quid erogaret clero et scholis non habebat vel unde captivos redimeret, orphanos et viduas pasceret etc. Die vorhergehende Hungersnoth, die allgemeine Unsicherheit, welche die Pilger fernhielt und die Raubgier des römischen Pöbels erklären diese Dürftigkeit.

[54]) Fulko von Reims schrieb an Stephan: audisse se de insidiis quorumdam pestilentium, quas ipsi papae moliebantur et satis aegre tulisse (Flodoard. hist. Rem. eccl. IV c. 1 p. 412). Die Ermordung des Superista Gregor unter Marinus, wird von den ann. Fuld. P. IV 882 bezeugt, in diese Parteikämpfe gehört auch die wunderliche Notiz der chronica S. Benedicti (Scr. III, 199): iste Adrianus cecavit Gregorium de Abentinum et Mariam superistanam nudam per totam Romam fusticavit.

römische Campagna schwärmten, befand der Nachfolger Petri sich in der That in einer heillosen Lage, gegen deren wachsenden Druck schon Johann VIII. mit allen Hilfsquellen seines reichen Geistes stets vergeblich angekämpft hatte. Indem Stephan von allen Seiten eingeengt, sich nach Bundesgenossen umsah, die ihm besseren Beistand gewähren könnten, als jener ohnmächtige Fürst, der den Kaisernamen trug, lag es nahe, sich im Anschlusse an die schon von Johann versuchte Politik der neu aufstrebenden Macht der Griechen zuzuwenden. Unter dem Patricius Nicephorus Phokas hatten diese gerade im J. 884 die Saracenen vor S. Severina aufs Haupt geschlagen, hierauf diesen Platz sowie Amantea und Tropea ihnen entrissen und dadurch ganz Kalabrien von den Ungläubigen gesäubert[55]). Sie betheiligten sich bei den Händeln der unteritalischen Fürsten, wie sie namentlich den Bischof Athanasius von Neapel gegen die Kapuaner unterstützten, ja einige Jahre später leistete selbst der Fürst Waimar von Salerno in Konstantinopel dem Kaiser Huldigung und wurde griechischer Unterthan. Einer Annäherung zwischen Rom und Byzanz legte jedoch der neu erwachte Photianische Streit große Schwierigkeiten in den Weg, so lange der von dem Papste verfluchte Patriarch noch das Ohr des Kaisers besaß. So fand Stephan bei seiner Thronbesteigung ein noch nicht beantwortetes Schreiben des Kaisers Basilius vor, welches von Photius eingegeben seinem Vorgänger Marinus sogar die päpstliche Würde streitig machte, weil er als Bischof seinen Sitz nicht habe vertauschen dürfen. Stephan wies in seiner Entgegnung diesen Vorwurf mit vieler Würde zurück, indem er jedoch die Sache des falschen Patriarchen gänzlich von der des Kaisers trennte und sich wohl vorsah, den letzteren nicht persönlich zu beleidigen. Er schloß mit der Bitte[56]), Basilius möge Kriegsschiffe ausrüsten und mit allem Nothwendigen versehen, damit sie vom April bis September die römische Küste und ihre Häfen gegen die Landungen der Saracenen bewachen könnten. Photius bildete ferner wenigstens kein Hindernis der Verständigung mehr, denn nach dem Tode seines Gönners Basilius (gest. 1. März 886) unter der Regierung Leos des Weisen mußte er dem jüngeren Bruder desselben, dem Prinzen Stephan weichen. Da ward unter diesem Regimente dem Papste die Genugthuung zu Theil, noch einmal zur Herstellung des Friedens in der griechischen Kirche entscheidend mitzuwirken. Hiedurch trat wiederum ein äußerlich gutes Einver-

[55]) Muratori ann. d'It. a. 884, über Waimar eb. a. 887, vgl. die Urk. desselben Muratori antiq. It. I, 755, II, 39.

[56]) Mansi XVI, 426: rogo tuam sacram maiestatem, uti celoces munias rebusque necessariis ab Aprili ad Septembrem usque instruas mittasque, qui portus nostros maritimave loca contra Agarenorum populationes tueantur. — Erchempert (c. 66) berichtet von einem erfolglosen Zuge, den der Stratege Theophylakt von Bari aus gegen die Saracenen bei Teano, etwa 887, unternahm.

nehmen zwischen dem päpstlichen Stuhle und dem byzantinischen Kaiser ein, allein die von letzterem erbetene thatkräftige Hilfe blieb dennoch aus.

Einen völligen Umschwung in der Politik des apostolischen Stuhles bezeichnet es, wenn Stephan VI. den Mann, der von seinen Vorgängern Johann VIII. und wahrscheinlich auch von Marinus als der bitterste Feind der römischen Kirche gehaßt, ja in seiner Anfeindung den Saracenen fast gleichgestellt worden war, den Herzog Wido von Spoleto, sich auf das engste verbündete, ihn sogar an Kindesstatt annahm[57]). Seit dem Anfange des Jahres 885 gehörte allerdings Wido wieder zu den Getreuen des Kaisers und hatte sich ihm von neuem unterworfen, allein wer mochte glauben, daß er seinen ehrgeizigen Planen entsagt, nachdem er eben bei diesem Anlasse die Schwäche des kaiserlichen Regimentes so gründlich kennen gelernt. Mächtiger als seine Vorgänger, da er die bisher getrennten Herzogthümer Spoleto und Kamerino vereinigte, griff er wie sie nach allen Seiten um sich, um immer weitere Kreise zu beherrschen: wahrscheinlich durch den Hilferuf des Papstes bewogen, erstürmte und plünderte er im J. 885 die Feste der Saracenen am Garigliano und nöthigte die Bewohner, nachdem ein Theil durch das Schwert gefallen, in das Dunkel der Wälder zurück zu weichen; ein andermal ließ er einen ihrer grausamsten Häuptlinge Arran mit 300 Gefährten bei Arpaja niederhauen[58]). Die Kapuaner brachte er vorübergehend in seine Botmäßigkeit, der Person des Herzogs Ajo von Benevent bemächtigte sich Wido, wiewol mit seiner Schwester Ageltrude vermählt, verrätherisch und gelangte hiedurch auf einen Augenblick auch in den Besitz seiner Hauptstadt und seines Herzogthums, die er freilich ebenso wie Kapua nicht auf die Dauer behauptete[59]). So stand

[57]) Fulko an Stephan (im J. 886 zu Anfang): pro Widone quoque affine suo, quem idem papa in filium adoptaverat, memorat tam se quam ceteros consanguineos suos, quibus id notificaverat, debitam exhibituros eidem papae reverentiam, darauf erwidert Stephan: memoriam quoque Widonis ducis gratissime se suscepisse, quem unici loco filii tenere se fatetur und Fulko in einem zweiten Briefe: praefati quoque Widonis satagit commendare favorem (Flodoard. hist. Rem. eccl. IV c. 1 p. 415).

[58]) Erchempert. c. 58, 79 (Scr. III, 258, 263): Arranem Hismaelitam tirannum crudelissimum cum CCC pene sequacibus suis. Die Vertreibung der Saracenen vom Garigliano war nur von vorübergehender Wirkung.

[59]) Eb. c. 58—60, 65, 79: relinquens Beneventanam provinciam sibi subactam et Spolitensium ducatum, heißt es hier von Wido. Eine klare Zeitfolge in die verworrenen Erzählungen Erchemperts zu bringen, scheint fast unmöglich, vgl. Wüstenfeld (Forsch. zur d. Gesch. III, 415). — Daß Ageltruda, die Gemahlin Widos eine Schwester des (Ajo und) Radelchis und folglich Tochter des Adalgis war, lehren chronica S. Benedicti, chronic. Salernit. c. 148 (Scr. III, 201, 545), auch nennt sie sich selbst in einer Urk. vom J. 907: filia quondam principis de Benevento (Muratori ant. It. V, 512). Ajo (Ἐγίων) wird daher von dem Fortsetzer des Theophanes (l. VI c. 6) u. a. Byzantinern γαμβρὸς τοῦ ῥηγὸς Φραγγίας genannt.

er unbestritten als der mächtigste Fürst des mittleren Italiens da und er konnte, wenn er fortfuhr seine Streitkräfte gegen die Mohammedaner ins Feld zu führen, dem unglücklichen und zerrissenen Lande die Rettung bringen, die es vom Kaiser vergeblich erhofft hatte. Schon seinen älteren Bruder und Vorgänger Lambert hatte Johann VIII. einst beschuldigt, daß er danach trachte den Nachkommen Karls des Gr. das Kaiserthum streitig zu machen: ein geringeres Ziel konnte auch dem Ehrgeize des Herzogs Wido nicht vorschweben. Wie sein Vorgänger in dem gleichen Streben, Boso von Vienne von Johann adoptiert worden, gleichsam als könne der geistliche Vater in Rom den Mangel der Abstammung von dem rechtmäßigen Herrscherhause ersetzen, so nahm Stephan ihn „wie einen einzigen Sohn" an Kindesstatt an. Boso war gescheitert, weil er als Fremdling den Italienern aufgedrängt werden sollte, Widos Aussichten gestalteten sich um so viel günstiger, als seine Macht in Italien selbst wurzelte. Seine Verbindungen reichten jedoch über die Grenzen dieses Landes hinaus: wie seine fränkische Abkunft den Italienern selbst unvergessen geblieben war, so besaß er auch noch eine angesehene und ausgebreitete Sippschaft in Westfrancien. Vor allen gehörte zu seinen Verwandten der Erzbischof Fulko von Reims[60]), ein Mann von vornehmer Geburt und bewundernswerthen Gaben, der ursprünglich Chorherr und Hofkaplan Karls des K., im J. 878 durch königliche Gunst zuerst die Abtei St. Omer erhielt, dann zu Anfang des Jahres 883 dem großen Hinkmar in der ersten Metropole Galliens nachfolgte. Zunächst bemühte er sich eifrig durch seine Empfehlungen den Papst in der freundschaftlichen Gesinnung für Wido zu bestärken. Daß jener trotz derselben an eine Losreißung von Karls Herrschaft vorläufig noch nicht dachte, beweist ein Schreiben an Wido, worin Stephan in freundlicher Weise die von dem Herzoge gewünschte Weihe eines neuen Bischofs von Rieti so lange noch verschiebt, bis dazu die kaiserliche Genehmigung eingetroffen sei, „damit nicht etwa der Kaiser hiedurch schwer gekränkt werde"[61]).

In die Regierung des Papstes Stephan VI, dessen Verbindung mit den Spoletinern für die sich vorbereitende Umgestaltung

---

[60]) Ueber Fulkos frühere Schicksale s. Flodoard (hist. Rem. eccl. l. IV c. 1) und besonders sein Schreiben an Papst Stephan VI (eb. c. 4 p. 409, 443); er begleitete Karl den K. auf seiner Romfahrt; Ann. Blandiniens. 878 (Scr. V, 24), Folquin. chartular. Sith. p. 126 flg. Ueber seine Nachfolge in Reims ann. Vedast. 883: cui (sc. Hincmaro) in sede Folcho vir admirabilis per omnia successit; ann. Elnon. min. 881 (Scr. V, 19).

[61]) Decretum Gratiani I. D. 63 c. 18 (J. 2627) Stephanus Guidoni comiti, u. a. voluntati vestrae in hoc parere distulimus, ne augustalis animus durissime hoc quocunque modo perciperet ... vestra solertia imperiali (ut prisca consuetudo dictat) percepta licentia et nobis, quemadmodum vos scire credimus, imperatoria directa epistola, tunc voluntati vestrae de hoc parebimus eundemque electum ... consecrabimus; quod carissime fili, moleste nullo modo suscipias.

Italiens von großem Einflusse sein sollte, fiel auch auf einem andern die deutschen Interessen nicht minder nahe berührenden Gebiete eine Umwälzung, welche den Absichten Johanns VIII. durchaus entgegenlief: ich meine die Zerstörung der mährischen Nationalkirche. Bis an sein Ende hatte der h. Methodius trotz aller Anfechtungen unermüdlich dem Werke der Mission obgelegen, welches so fröhlich gedieh, daß er nicht weniger als 200 slavische Geistliche, Priester, Diakonen und Subdiakonen als seine Schüler zurücklassen konnte[62]). Mit Hilfe von zweien derselben vollendete er auch das von seinem Bruder Konstantin begonnene Werk der slovenischen Bibelübersetzung[63]), so weit es ihm für den kirchlichen Gebrauch nothwendig schien. In seinen letzten Lebensjahren besuchte er noch einmal auf die Einladung des Kaisers (Basilius) Konstantinopel, seine geistige Heimat, wo er von dem Herrscher selbst wie von dem Patriarchen auf das ehrenvollste empfangen wurde, sowie andrerseits den heidnischen Fürsten der Ungern, der ihm gleichfalls seine Hochachtung bezeugte, wiewol sein Volk für die Bekehrung noch nicht reif war[64]). Die fränkische Geistlichkeit, unter der Führung ihres Bischofs Wiching setzte indessen, auf die Gunst des Herzogs pochend, ihr Widerstreben gegen den Erzbischof fort, dem sie nach päpstlicher Verfügung Gehorsam schuldete und so heftig wurde die Entzweiung, daß Methodius sich endlich gezwungen sah, über den widerspenstigen Bischof den Bann auszusprechen[65]), nach einer allerdings unverbürgten Nachricht soll er sogar Suatopluk selbst mit seinen Anhängern gebannt haben. Wie sehr die Gemüter schon gegen einander erbittert waren, so flößte doch das ehrwürdige Haupt des Methodius auch dem abgeneigten Fürsten zu viel Ehrfurcht ein, als daß er seinem Ingrimme wider ihn freien Lauf gelassen hätte. In Frieden, aber in der bangsten Sorge für die Zukunft konnte der Erzbischof am 6. April 885 sein Leben beschließen[66]),

---

[62]) Diese Zahl nennt die vita S. Clementis c. 6, 11 (p. 11, 17 ed. Miklosich).

[63]) Vita Methodii c. 15, daraus Nestor (s. Büdinger in dem Wiener Jahrb. für vaterl. Gesch. I, 39). Er soll damals nur das alte Testament mit Ausnahme der Apokryphen übersetzt haben, da das neue und der Psalter schon früher übersetzt waren. Kopitar ist jedoch der Ansicht, daß außer dem Psalter vom alten Testamente nur die für den Gottesdienst nothwendigen Lektionen übertragen wurden (Miklosich slaw. Biblioth. I, 77, Wiener Jahrb. XVII, 68).

[64]) Vita Methodii c. 13, 16.

[65]) Vita S. Clementis c. 7 *Βιχνῖκον δέ τινα ... παρὰ τοῦ Μεθοδίου τῷ τοῦ ἀναθέματος Σατανᾷ παραδοθέντα*; Mähr. Legende c. 11 (ed. Dobrowsky p. 43); Stephans Schreiben (S. 47): anathema vero pro contemnenda catholica fide qui indixit, in caput redundabit eius. tu autem et populus tuus sancti spiritus iudicio eritis innoxii etc.

[66]) Vita Methodii c. 17, womit die 24 Jahre nicht zu vereinigen sind, welche die vita S. Clementis c. 6 p. 10 seiner erzbischöflichen Würde gibt. Die Umstände seines Todes stimmen in beiden Quellen vollständig überein vgl. Ginzel S. 91 A. 5. — Die Monse'schen Fragmente halte ich mit Wattenbach (die

nachdem er sein Ende drei Tage vorhergesagt und einen seiner fähigsten Schüler, den Slaven Gorazd[67]), der der griechischen und lateinischen Sprache wohl kundig war, zu seinem Nachfolger in der erzbischöflichen Würde bestimmt hatte. Wo wir die Kathedrale zu suchen haben, in der er seine letzte Ruhestätte fand, dafür fehlt leider jeder Fingerzeig.

Kaum war an dem Grabe des Methodius unter lauter und allgemeiner Trauer des Volkes das Todtenamt gehalten worden, als der Streit zwischen der lateinischen und slavischen Priesterschaft heftiger denn zuvor entbrannte, denn unter keiner Bedingung wollte sich jene Gorazd als Erzbischof gefallen lassen, in dessen Person ihnen gleichsam der verhaßte Methodius nach seinem Tode noch fortlebte, sie stellten ihm vielmehr Wiching als Haupt der mährischen Kirche entgegen[68]). Dieser übernahm in der That, wiewol nicht als Erzbischof, die Leitung derselben und verlangte von den Schülern des Methodius Unterwerfung, namentlich in Bezug auf das Dogma, welches sie vornehmlich entzweite. Die slavischen Priester aber blieben sämtlich dem Bekenntnis ihres Meisters getreu und so gelangte die Sache endlich zur Entscheidung an Suatopluk, der vergeblich zum Frieden mahnte. Gorazd und Klemens suchten ihm im Namen der übrigen den Streitpunkt, auf den es ankam, die Lehre vom Ausgehen des heiligen Geistes klar zu machen, allein für diese dogmatischen Feinheiten fehlte dem Barbaren, wie er selbst sehr wohl fühlte, das Verständnis[69]). Da soll er seine Wahl zwischen den beiden streitenden Parteien in der Weise getroffen haben, daß er derjenigen seine Stimme zu geben versprach, die zuerst ihren Glauben als den rechten beschwören wolle, wodurch dann die Franken den Sieg davontrugen. Wenn dieser Erzählung sicher auch etwas Wahres zu Grunde liegt, so ist sie in dieser Form doch gewis unvollständig, vielmehr dürfen wir annehmen, daß ein angebliches Schreiben des Papstes Stephan den Ausschlag gab.

Dieser Brief an „Zuentopolk den König der Slaven" ge-

---

slaw. Liturgie in Böhmen S. 221 A. 1) auch ferner (s. meine pannon. Legende S. 11) für eine Fälschung, wiewol Büdinger (? Oestr. Gesch. I, 191 A. 1, 197 A. 4) und Ginzel (S. 89 A. 15) dieselben als echt benutzen.

[67]) V. Methodii c. 17 sagt Method von Gorazd: hic est vestrae patrae vir ingenuus atque in Latinis libris apprime eruditus et orthodoxus; die v. Clementis c. 12 nennt ihn *ἐκ Μοράβου γενόμενον καὶ ἄμφω τὰ γλώττα τήν τε Σθλοβενικὴν ὄντα καὶ τὴν γραικικὴν ἱκανώτατον*. Der Name Gorazdu bedeutet peritus (Miklosich Bildung der slav. Personennamen S. 53).

[68]) Vita Clementis c. 7 flg. die einzige Quelle, von sehr parteiischer Auffassung, doch in den Thatsachen nicht unglaubwürdig. Die Einwirkung des päpstlichen Stuhles auf die mährischen Verhältnisse wird darin völlig ignoriert.

[69]) V. Clementis c. 9 *ἦν γὰρ παντάπασι γνῶναί τι τῶν θείων ἠλιθιώτατος*; c. 5 *βάρβαρον ἄνδρα καὶ τοῦ καλοῦ ἀνόητον*.

richtet[70]), enthält eine ausführliche Begründung der Lehre vom Ausgehen des heiligen Geistes, mit dem Bedeuten, daß Suatopluk selbige mit der Zunge bekennen und mit dem Herzen glauben, aber nicht über seine Kräfte untersuchen solle. Ebenso werden darin die Vorschriften der römischen Kirche über die Fasten dargelegt. Der Bischof Wiching wird als rechtgläubig und dem Fürsten getreu auf das wärmste empfohlen und ihm in unbestimmten Ausdrücken die oberste Leitung der kirchlichen Anlegenheiten anvertraut[71]). „Daß Methodius, so heißt es endlich, der falschen Lehre, nicht der Erbauung, dem Streite, nicht dem Frieden nachgeht, haben wir mit großer Verwunderung vernommen und, wenn es sich so verhält, wie wir gehört haben, verwerfen wir seine falsche Lehre gänzlich. Das Anathema aber, aus Verachtung des katholischen Glaubens hervorgegangen, wird auf dessen Haupt zurückfallen, der es aussprach. Du dagegen und dein Volk werdet nach dem Urtheile des heiligen Geistes ohne Schuld sein, wenn ihr die Lehre, welche die römische Kirche predigt, unverletzt haltet.“ Schließlich wird die slavische Liturgie durchaus verboten, welche Methodius noch immer zu feiern wage, da er doch durch einen Eid auf den Körper des h. Petrus gelobt habe, es nicht mehr zu thun, nur die Uebersetzung und Erklärung der Evangelien in der Landessprache wird gestattet. Mit diesem Schreiben bewaffnet, dessen Inhalt ebenso sehr den Anordnungen Johanns VIII. widersprach, als er andrerseits die Wünsche der fränkischen Priesterschaft zum Gesetze

---

[70]) Wattenbach hat dies merkwürdige Schreiben entdeckt und zuerst herausgegeben in den Beitr. zur Gesch. der christl. Kirche in Mähren S. 43—47 (J. 2649): seine Zeitbestimmung (890) habe ich zu berichtigen gesucht in meiner pannon. Legende S. 54. Schon W. (S. 29) zweifelte, ob Wiching dies Schreiben in Rom erschlichen, oder ob er es „gar selbst verfertigt“ habe. Die letztere Ansicht nahmen Erben (Regesta Bohemiae I, 21), Büdinger (östr. Gesch. I, 198) und Ginzel (Gesch. der Slawenapostel S. 9) auf und ich schließe mich ihnen jetzt ebenfalls an, vorzüglich aus den von dem zweiten beigebrachten Gründen, wozu noch als sehr auffallend der sonst nur von Regino und Widukind gebrauchte Königstitel für Suatopluk kommt. Der jedenfalls ganz gleichzeitige Brief ist indessen nicht denkbar, ohne daß in der That eine Sendung an den Papst stattgefunden, mit dem ja auch nach den ann. Fuld. 890 Suatopluk im Verkehr stand. Dann bleibt es immer sehr auffallend, daß Wiching dem im August 885 geweihten Papste Stephan einen Brief unterschieben konnte, in welchem der nach glaubwürdiger Angabe am 6. April 885 verstorbene Methodius noch als lebend vorausgesetzt wird. Dieser Zwischenraum von mindestens 4 Monden läßt sich nicht in befriedigender Weise erklären, an eine spätere Abfassung des Briefes aber als höchstens im J. 886 ist doch nicht zu denken.

[71]) Eb. S. 45: in qua et Wichingum venerandum episcopum et carissimum confratrem aecclesiastica doctrina eruditum repperimus et ideo eum vobis ad regendam sibi commissam a deo aecclesiam remisimus, quia fidelissimum eum tibi et pro te satis solicitum in omnibus agnovimus. quem veluti spiritualem patrem et proprium pastorem digno honore ... recipite ... ipse itaque omnium aecclesiasticorum negociorum habeat curam ... quia et pro his et pro animabus commissi sibi populi ipse redditurus erit districto iudici racionem.

erhob, konnte diese allerdings in dem Wettstreite um die Rechtgläubigkeit einen vollständigen Sieg davontragen.

Suatopluk ließ dem Bischof Wiching und seinem Anhange freie Hand gegen die Jünger des Methodius und alle die sich dem Bekenntnis jener nicht anschließen wollten, wurden ins Gefängnis geworfen, zum Theil mit Ketten beladen. So harte Behandlung war jedoch nicht im Sinne des Fürsten und konnte nur in seiner Abwesenheit stattfinden. Nach längerer Einkerkerung, die die Standhaftigkeit der Bekenner nicht zu beugen vermochte, wurden sie sämtlich in Freiheit gesetzt, aber nur um von dem heimischen Boden für immer verbannt zu werden[72]). Rohe Söldner führten sie eine Strecke weit nach Süden, dann überließ man sie ihrem Schicksale und sie zerstreuten sich nach verschiedenen Seiten, indem für die meisten das griechisch gläubige Bulgarien das Land ihrer Sehnsucht war. Ueber Belgrad gelangten namentlich Klemens, Angelar und Naum in dies Reich und wurden von dem christlichen Fürsten Michael, der wie sein Volk ihre Sprache redete und der griechischen Bildung zugethan war, in der wohlwollendsten Weise aufgenommen, um so mehr vielleicht, weil Mährer und Bulgaren sich als feindliche Nachbarn und Nebenbuhler gegenüber standen. Unter ihm, wie uuter seinen beiden Söhnen fanden sie dort einen neuen gesegneten Wirkungskreis, zumal Klemens, der nachmals als Bischof von Belica an die Stelle der von Konstantin erfundenen glagolitischen Schrift die dem griechischen Alphabet bei weitem mehr angenäherte kyrillische setzte[73]), welche jene ältere allmälich ganz verdrängte. So wurde hier für die slavische Liturgie und für die daran sich schließende kirchliche Litteratur eine neue Stätte gewonnen und damit der Grund zu ihrer späteren Verbreitung nach Rußland gelegt. Andre Schüler des Methodius, von deren Schicksalen uns nichts Näheres überliefert wird, fanden in den Reichen der Serben und Kroaten südlich von der Donau eine Zuflucht[74]), verbreiteten dort die Kenntnis der slavischen Schrift und eroberten sich die Herzen des Volkes mit ihrem nationalen Gottesdienste.

---

[72]) Vita Clementis c. 9 flg. Bogoris ließ seinen zweiten Sohn Simeon zu Byzanz in griechischer Bildung erziehen (Liudprand. antapod. l. III c. 29); von der Feindschaft der Bulgaren gegen Mähren zeugen ann. Fuld. 884, 892. Ueber den Zeitpunkt der Vertreibung im J. 886 vgl. meine pannon. Legende S. 55.

[73]) Ich folge hier dem sachkundigen Urtheile von Miklosich in dem Artikel Glagolitisch (Ersch u. Gruber Encyklop. LXVIII, 412 flg.).

[74]) Die vita S. Clementis c. 14 sagt ausdrücklich *ἄλλος ἀλλαχοῦ διεσπάρησαν*, daher liegt es sehr nahe die Verbreitung der glagolitischen Schrift und der slavischen Liturgie unter den dalmatischen Kroaten mit jener Austreibung in Zusammenhang zu bringen vgl. darüber meine Abhandlung über die Slaven in Dalmatien (Sitzungsber. der phil. hist. Klasse der Wiener Akad. XX, 415). Miklosich a. a. O. S. 418.

Suatopluk gereicht es ohne Zweifel zum schweren Vorwurfe, daß er engherzig und vielleicht durch persönliche Vorliebe bestochen, nicht erkannte, eine wie brauchbare Stütze seiner Macht und Selbständigkeit er an einer wahrhaft nationalen Kirche sich hätte schaffen können, allein auch der apostolische Stuhl ist in dieser Sache von dem Tadel eines inkonsequenten Verfahrens nicht freizusprechen. Wenn auch Stephan an dem Briefe, der seinen Namen an der Stirne trägt, persönlich unschuldig sein mag, so ist es doch andrerseits gewis, daß er jene Verfolgung und Verbannung der Jünger des Methodius geschehen ließ, ohne dagegen einzuschreiten. Und doch hatten diese nichts andres gethan, als das von dem Nachfolger Petri gebilligte und empfohlene Werk ihres Meisters fortzusetzen.

Noch befremdlicher ist, daß der Name des Methodius selbst in der römischen Kirche einen schlechten Klang behielt und er fortan in dem gehässigen Sinne Wichings als ein Irrlehrer aufgefaßt wurde[73]). Dieser behauptete demnach nicht bloß in Mähren das Feld, sondern er scheint seiner Ansicht auch in Rom Geltung verschafft zu haben. Wenn wir auch nicht so weit gehen wollen die Aufrichtigkeit der früheren Gewährungen Johanns VIII. an den griechischen Missionär zu bezweifeln, so scheint man es in Rom nachmals doch gar nicht so ungern gesehen zu haben, daß seine Schüler aus dem Gebiete der römischen Kirche weichen mußten und daß damit jenes sonst unerhörte Zugeständnis der Liturgie in der Landessprache aufhörte, zumal da Suatopluks Anhänglichkeit hiedurch keineswegs verscherzt wurde. Nur in schwachen Spuren lebte die slavische Liturgie noch im Bereiche der lateinischen Kirche fort, ihre wahre Heimat fand sie fortan innerhalb der Grenzen der weitherzigeren griechischen Kirche. Den unschätzbaren Werth, den dieselbe als Werkzeug zur Verbreitung christlicher Lehre und kirchlicher Wissenschaft unter den Slaven haben konnte, wußte man in Rom nicht zu würdigen und überließ kurzsichtig der jüngeren Schwester am Bosporus die größere Hälfte der Ernte, die auf diesem Gebiete zu halten war.

---

[73]) S. das Schreiben Johanns X. an den Erzbisch. Johann von Salona (Farlati Illyric. sacr. III, 93, J. 2736): absit hoc a fidelibus ..., ut doctrinam evangelii atque canonum volumina apostolicaque etiam praecepta praetermittentes ad Methodii doctrinam confugiant, quam in nullo volumine inter sacros auctores comperimus; Thomas archidiac. c. 16 (Schwandtner scr. rer. Hungaricar. III, 552): dicebant enim Gothicas litteras a quodam Methodio haeretico fuisse repertas, qui multa contra catholicae fidei normam in eodem Sclavonica lingua mentiendo conscripsit, quamobrem divino indicio repentina dicitur morte fuisse damnatus, vgl. Ferd. Baur die christl. Kirche des Mittelalters S. 14 A. 1, der freilich in seinen Verdächtigungen zu weit geht.

X.

Mit der unbestrittenen Besitznahme Westfranciens, mit der dadurch bewirkten Wiedervereinigung fast der gesamten Herrschaft Karls des Großen hatte Kaiser Karl III. den Höhepunkt seiner Erfolge erreicht, „so daß er an Hoheit, Macht und Reichthum nach jenem keinem andern Frankenkönige nachzustehen schien. Denn, so sagt ein Zeitgenosse, alle die Lande der Franken, die seine Vorgänger mit vielem Blutvergießen und großer Anstrengung erworben hatten, empfieng er selbst sehr leicht in einer kurzen Frist ohne Streit und Widerstand zu seinem Besitze." Es bezeichnet aber den beginnenden Niedergang seines Glückes, daß die Feststellung der Erbfolge für seinen Sohn ihm vorläufig mislang und daß in Italien eine Papstwahl stattfand, die den Interessen seines Hauses nicht förderlich sein konnte. Bei einer so ungesicherten Lage der Dinge, in Ermangelung eines allgemein anerkannten Thronfolgers, mußten sich mächtig die Hoffnungen der geheimen Widersacher und Nebenbuhler des Regenten erheben, die in verschiedenen Theilen des Reiches der Gelegenheit warteten, einen Fetzen des Kaisermantels für sich zu erhaschen. Noch aber wagte Niemand dem letzten echten Sprossen des ruhmvollen Herrscherhauses Pippins der Kronen, die er trug, eine streitig zu machen: was auch bisher Karl schon durch eigene Schwäche und die Unfähigkeit seiner Rathgeber gefehlt, noch lag es in seiner Hand seine wankende Autorität wieder zu befestigen, wenn er sich jetzt wenigstens zu kräftiger Abwehr der in immer größerer Menge die Grenzen überflutenden Heiden aufraffte. Wie einst Karl der Hammer seinen Nachkommen vorzüglich dadurch das Anrecht auf die Krone erworben, daß er neben der Ueberwindung der deutschen Stämme die Christenheit vor saracenischer Knechtschaft bewahrte, so blieb es aller seiner Nachfolger vornehmste Pflicht, dem christlichen Gemeinwesen durch ihr Schwert Schirm und Sicherheit wider die Angriffe der Ungläubigen zu verschaffen. — Wie genügte Karl ferner dieser Aufgabe, die er bisher nur so unvollkommen erfüllt hatte?

Das unglückliche Neustrien, welches erst im Oktober 884 nach unsäglichen Leiden die normannischen Freibeuter abgekauft, dann, als sie von neuem drohten, dem Kaiser sich schutzflehend gleichsam zu Füßen geworfen, sah dieselben Räuber, denen es seine letzten Schätze geopfert, gegen welche es den kaiserlichen Beistand angerufen, im Juli 885 mit ungestillter Gier in der Mündung der Seine auftauchen. Nachdem sie sich Rouens ohne Widerstand bemächtigt, wollte man ihnen wenigstens das weitere Vordringen wehren: eine neu erbaute Burg zu Pontoise, von dem Grafen Aletram verteidigt, stellte sich ihren Fortschritten in den Weg. Sie ward umringt und bald nöthigte Wassermangel die Belagerten ihre Feste gegen freien Abzug mit Roß und Waffen, den Normannen zu übergeben, die sie nach vollbrachter Plünderung den Flammen zum Raube ließen [1]). Uebermütig über diesen leichten Sieg wälzte sich ihre ganze Macht jetzt gegen Paris heran, das ihnen von früheren Besuchen her wohlbekannt war. Mit Staunen sahen die Pariser, daß der Strom, der sonst nur den Handelschiffen zum Pfade diente, auf eine Ausdehnung von mehr als zwei Lieues mit normannischen Barken sich bedeckte [2]), rohen Fahrzeugen, aus je Einem Baumstamme geschnitten und nach einer davon erhaltenen Probe zu schließen, für je 8 Mann mit Gepäck und Proviant ausreichend. Außer den zahllosen kleineren Barken dieser Art wollte man 700 größere Schiffe zählen, die Menge der Streiter aber, welche sie trugen, wird von glaubwürdigen Berichterstattern auf 30 bis 40000 Mann angegeben, doch dürfen wir vielleicht hiervon den Troß der Weiber u. s. w. abziehen [3]).

Paris, ein blühender Sitz des Handels, seit alten Zeiten wie eine Königin unter den übrigen Städten des Frankenreiches hervorleuchtend [4]), erwartete den Besuch der nordischen Gäste nicht ungerüstet. Noch im J. 865 war es so wehrlos gewesen, daß nach drei früheren und größeren Plünderungen 200 Nordmänner ungestraft sich daselbst mit Wein versehen konnten, diesmal aber wollte Bischof Gauzlin seine Stadt nicht wieder den Feinden zur leichten Beute werden lassen und er begann daher, sobald die Normannen sich der Seine zugewandt hatten, Befestigungen anzulegen, d. h. vornehmlich Thürme an den beiden Brücken zu erbauen, welche die Insel im Norden und Süden mit dem festen Lande verbanden [5]). Nur an die Verteidigung dieses Werders, welches da-

---

[1]) Ann. Vedast. 885 (Scr. II, 201): hac Nortmanni patrata victoria valde elati Parisius adeunt.

[2]) Abbo de bellis Parisiacae urbis l. I v. 28—35 (eb. 779): abies quoniam velaverat illum | ac quercus ulmique simul, madidae sed et alni. Bei der Grundlegung des pont des invalides im Aug. 1806 fand man tief in der Erde ein langes schmales Fahrzeug aus einem Eichenstamme gehöhlt, mit hölzernen Pflöcken, ohne eiserne Nägel, für 8 Mann groß genug s. die Beschreibung und Abbildung dieser Pirogue in der hist. et mémoires de l'institut royal de France, Acad. des inscript. et belles lettr. V, 91—93 (Paris 1821). Daß die Normannen auch viel größere Schiffe besaßen, lehrt v. 375, 376 l. II v. 221 und von diesen zählte Abbo 700.

[3]) Regino 887: erant enim, ut ferunt, triginta et eo amplius adversariorum milia, omnes pene robusti bellatores; ein Einschiebsel zu Hincmari ann. 882 (Scr. I, 514) gibt 40000 Mann an, ebenso der am besten unterrichtete Abbo (l. I v. 115, Scr. II, 781).

[4]) Abbo l. I v. 12: Sum polis ut regina micans omnes super urbes! vgl. die I, 404 A. 55 angef. Worte Adrevalds. Aimoin nennt die Stadt urbem quondam populosam und opinatissimam Parisius civitatem (Miracula S. Germani l. I, Mabillon acta sanct. ord. S. Bened. saec. III[b], 106, 109),

[5]) Ueber die früheren Plünderungen in den J. 845, 856, 865 s. I, 270, 404, 467, 584, über die Befestigungen ann. Vedast. 885: Parisius civitatem Gauzlinus episcopus munit; Abbo de bellis Paris. urb. I v. 15—19.

mals die eigentliche Stadt in sich schloß, konnte gedacht werden, die offenen Vorstädte an beiden Ufern der Seine mit ihren Klöstern und Kirchen mußten preisgegeben werden, indem die Einwohner mit ihrer besten Habe, zumal den Reliquien sich in die Stadt flüchteten. Den Befehl in derselben führte Gauzlin, in früheren Kämpfen gegen die Normannen erprobt und Odo, der Sohn Roberts des Tapfern als Graf von Paris, der bei dem Tode des Vaters (im J. 866) noch ein Kind, jetzt samt seinem Bruder Robert zuerst Gelegenheit fand, sich als ein Erbe der väterlichen Tugenden zu zeigen[6]). Neben ihnen ragte unter den andern Helden, welche die Franken anführten, vorzüglich noch der kriegerische Abt Ebolus von St. Germain (des Pres), Gauzlins Neffe hervor.

Am Tage nach der Ankunft des normannischen Geschwaders ließ sich der Seekönig Sigifrid vor den Bischof geleiten[7]) und richtete an ihn die Forderung, ihm mit den Seinigen freien Vorbeizug an der Stadt in das Binnenland zu gestatten, alsdann solle keinem ein Leides geschehen. Gauzlin und Odo aber beriefen sich auf den Befehl des Kaisers, die ihnen anvertraute Stadt zu beschirmen und wiesen den Antrag, durch Drohungen ungeschreckt, zurück. Früh am andern Morgen, den 26. November begann der Sturm der Heiden gegen den nördlichen Thurm, der in der Gegend des späteren Grand Chatelet belegen die von Karl dem Kahlen neu erbaute steinerne Brücke schützen sollte. Den ganzen Tag über

---

Schon Aimoin stellt der Stadt (cité) die Klöster im Umkreise vicinaque suburbana gegenüber. Ueber die nördliche Seinebrücke s. die Urk. Karls vom J. 861 oder 862 (Cartulaire de Notre Dame ed. Guérard I, 243, B. 1694), wodurch er die supra terram monasterii S. Germani suburbio commorantis, quod a priscis temporibus Autisiodorensis dicitur von ihm erbaute größere (maiorem) Brücke nebst dem dazu führenden Wege dem B. Aeneas von Paris und seinen Nachfolgern übergibt. Vgl. auch Asserius de reb. gest. Aelfredi (Mon. hist. Brit. I, 489): Anno dom. inc. 886 ... saepe memoratus exercitus ... iterum et in occidentalium Francorum regionem venit naves suas dirigens in flumen, quod Signe dicitur, sursum contra longe navigans Parisiam civitatem adiit et ibi hyemavit et castrametatus est: intra quam partem fluminis prope ad pontem, ut transitum pontis civibus prohiberet, quia illa civitas in medio fluminis sita est in insula parva, obsedit illam civitatem anno illo integro, sed deo misericorditer favente et civibus viriliter se defendentibus munitionem irrumpere non potuit.

[6]) Abbo de bellis Paris. urb. l. I v. 48 p. 780. Ebolus, der Schwestersohn Gauzlins wird v. 68, 601 fortissimus abba, v. 244, II v. 166, 436 Mavortius abba genannt und v. 94—110 wird ihm neben Odo der Preis der Tapferkeit ertheilt s. auch ann. S. Germani Paris. 881: Ebolus abba (Scr. III, 167).

[7]) Abbo I v. 36—59. Von Sigifrid heißt es dort: solo rex verbo, sociis tamen imperitabat. Der Zeitpunkt dieser Kämpfe ergibt sich aus v. 170. Die ausführliche Schilderung Abbos (v. 60—171) wird im Wesentlichen durch die ann. Vedast. bestätigt. Die dunkle Sprache desselben bereitet große Schwierigkeiten vgl. die französ. Uebersetzung bei Guizot collection des mémoires à l'hist. de France VII, 2, Dahlmann Gesch. v. Dänem. I, 55, wo einiges misverstanden.

fiel ein Hagel von Pfeilen, Wurfspießen, Schleuderkugeln auf die tapfern Verteidiger, bis die einbrechende Nacht die Dänen zwang, nach manchem Verluste zu ihren Schiffen zurück zu kehren. Diese Nacht diente den Franken, um auf das Mauerwerk des noch unvollendeten Thurmes einen zweiten Stock von Balken und Brettern aufzusetzen und seine Höhe zu verdoppeln.

So erneuerte sich der Sturm am andern Morgen mit rasendem Ungestüme: während oben das frisch gezimmerte Holzwerk von den schweren Wurfgeschossen sich knarrend bewegte, versuchten die Feinde zugleich die Mauer mit eisernen Werkzeugen zu untergraben. Auf ihre Köpfe aber ergoß sich ein glühendes Gemisch von Oel, Wachs und Pech, so daß sie schnell das brennende Haar in den Fluten der Seine zu löschen eilten. Mannhaft bot die kleine Schar der Franken — man zählte ihrer nicht mehr denn 200 — Odo und Ebolus voran, dem Angriffe der Tausende die Stirne und Verderben bringend entsandten sie ihre Pfeile in den dichten Haufen. Dänische Reiter, die eben frisch vom Schmause heransprengten, um Steine gegen die Belagerten zu schleudern, wurden durch die herabgeworfenen Brennstoffe übel zugerichtet sogleich in die Flucht geschlagen und erregten den Spott ihrer Weiber, die sie bei den Schiffen empfiengen. Es gelingt den Angreifern endlich durch eine Mine in die Mauer eine Bresche zu legen, sofort aber treten die Tapfersten in die Lücke ein und ein Rad aus der Höhe herabfallend erschlägt sechs Normannen auf einmal. Ein Feuer vor dem Eingange des Thurmes angelegt hüllt denselben während einer ganzen Stunde in dichten Qualm ein und versetzt die Eingeschlossenen in die größte Sorge, bis ein rettender Regen die Glut dämpft. Erwünschte Verstärkung naht aus der Stadt, vom Thurme weht das saffrangelbe Banner und die Wurfmaschine der Franken rafft so viele Menschenleben hin, daß am Abend die Dränger sich wieder erfolglos zurückzogen. Dreihundert Leichen brachten sie zu ihren Schiffen, die Franken hatten nur einen von den Vornehmen und einige geringere Leute zu beklagen. Die Nacht gab ihnen Muße, die Schäden des Thurmes auszubessern.

Dieser blutige zweitägige Kampf hatte die Normannen überzeugt, daß Paris im ersten Anlaufe und ohne weitere Vorbereitungen sich nicht erobern lasse, sie beschlossen daher sich auf eine längere Belagerung einzurichten. Jetzt erst errichteten sie unweit des Thurmes ein festes Lager um die runde Kirche St. Germain l'Auxerrois, das mit Verschanzungen aus Steinen und Erde verwahrt wurde. Und nun begannen sie von dem Kloster St. Denis anfangend zu Fuße wie zu Rosse das ganze Land bis gegen Reims plündernd zu durchstreifen, wer da vermochte, verbarg sich vor ihnen in den Wäldern, alles was sie an Werth aufraffen konnten, schleppten sie auf ihre Schiffe und brachten reichlichen Proviant für den Winter zusammen[8]).

---

[8]) Ueber diese Streifzüge s. Abbo I v. 172—204. In den Dezember

Der Erzbischof Fulko von Reims sah die Räuber bis auf wenige Meilen von seiner Stadt schweifen und richtete klagende Briefe an den Papst und an den Kaiser in Italien. Jenem meldete er von seiner eigenen Bedrängnis und der Belagerung von Paris und wie nun schon acht Jahre darüber hingiengen, daß außerhalb der Burgen Niemand sicher auf der Straße verkehren könne. Den Kaiser aber mahnte er sehr ernstlich an die ihm obliegende Verteidigung des Reiches, dessen schwerstes Misgeschick mit dem Tage seiner Wahl anhebe, nachdem es unter seinen Vorgängern von Gott beschirmt worden. Er stellte ihm vor, daß die Stadt Paris, das Haupt und der Eingang der Reiche Neustrien und Burgund, von den Heiden umringt bald fallen werde, wofern Gottes Gnade ihr nicht zu Hilfe käme. Ihr Untergang aber würde den Ruin des ganzen Reiches nach sich ziehen. Schon stehe es so schlimm, daß zwischen Paris und Reims Niemand seines Lebens sicher sei, mit Ausnahme der schlechten Christen, die mit den Heiden gemeinschaftliche Sache machten, denn viele seien vom Christenthume abgefallen und hätten zum heidnischen Glauben sich bekennend den Schutz der Normannen erworben. — Fulko selbst suchte seine Kirche dadurch zu sichern, daß er die von Ebbo zerstörten Mauern von Reims wiederherstellte und überdem noch Burgen zu Omont und Epernay erbaute⁹). Hiedurch wurde Reims so fest, daß es nicht nur den Gebeinen seines Schutzheiligen, sondern auch zahlreichen Geistlichen und Mönchen aus den bedrohten Orten, wie namentlich von St. Denis nebst ihren Reliquien eine Zuflucht vor dem Sturme gewährte, der inzwischen über das Land dahinbrauste.

Ueber den Beutezügen verloren die Normannen ihr Ziel keinen Augenblick aus dem Gesichte. All ihr Bemühen gieng während der Waffenruhe dahin, sich mit besseren Werkzeugen für den bevorstehenden Sturm auszurüsten. Drei ungeheure Karren von je 16 Rädern bewegt, auf ihnen ein Haus aus eichenen Bohlen, begannen sie zu zimmern, so groß, daß, wie die Franken meinten, sechzig Geharnischte darin Platz hätten, um unter diesen Gerüsten Widder gegen die Mauern zu führen[10]). Den Belagerten glückte

oder Januar mögen die beiden Briefe Fulkos an Stephan und Karl gehören bei Flodoard. hist. Rem. eccl. l. IV. c. 1, 5 p. 412, 445. In dem letzteren heißt es: asserens illud (sc. regnum) auxiliante deo hactenus fuisse protectum, quamdiu patrui et aequivoci eius ac filiorum ipsius regebatur dominatione. tunc vero illis feliciter humana excedentibus, postquam se proceres regni eius imperiali commiserant tuitioni, eos undique secus multi superaggravent casus.

[9]) Flodoard. hist. Rem. eccl. IV c. 8, 52 vgl. I c. 21 p. 164, 492, 627, Rotfridi transl. S. Remigii (Acta sct. Oct. I, 170), Chron. Remense (Labbé I, 359), Mabillon ann. III, 256.

[10]) Abbo I v. 205—216 vgl. die deutlichere Beschreibung eines ähnlichen Kriegsgeräthes bei Richer. historiar. l. II c. 10. Im Allgemeinen bemerken die ann. Vedast. 885 von den folgenden Kämpfen: indeque sibi castrum sta-

es durch wohlgezielte Geschosse die Künstler zu tödten, welche diese „Ungethüme“ bauten und damit ihr Werk zu vernichten. Aus Stierhäuten wurden ferner im feindlichen Lager an die tausend Schutzdächer gefertigt, groß genug um je vier bis sechs Mann zu decken und Tag und Nacht wurden Pfeile geschmiedet und Schilde ausgebessert. Am 29. Januar 886 ergoß der Feind von neuem einen Hagel von Bleikugeln und schwereren Geschossen über Thurm und Brücke und zugleich riefen alle Glocken die Streiter von Paris unter die Waffen[11]). Die Normannen theilen sich in drei Haufen, von denen der größte den Thurm unmittelbar angriff, die beiden andern zu Schiffe die Brücke zu ihrem Zielpunkte wählten: so weit der Blick der Belagerten reichte, sahen sie Fluß und Land von den bemalten Schilden der Dänen bedeckt, und unter betäubendem Geschrei die Luft von ihren Geschossen verfinstert.

Am folgenden Tage versuchten die Feinde zuerst den Graben, der den Thurm umschloß auszufüllen: Erde, Rasenstücke, Baumäste und Reben, selbst geraubtes Vieh mußten dazu dienen, ja endlich wurden zum Entsetzen der Christen sogar Gefangene geschlachtet, um mit ihren Leibern die Tiefe auszufüllen. Bischof Gauzlin aber, indem er die Jungfrau, die Schützerin von Paris anrief, erlegte mit eigener Hand einen der Würger. Darüber gieng der zweite Tag hin, am dritten, den 31. Januar hatten sich die Feinde hinlänglich genähert, um von drei Seiten zugleich ihre Widder gegen die Festung heran zu führen, die Franken rüsteten dagegen schwere Balken mit eisernen Zähnen bewehrt, die sie auf die Maschinen der Angreifer hinabwerfen und Schleuderwerkzeuge sog. Mangonen, die so schwere Steine entsenden, daß Schild und Mann unter ihnen zusammenbricht. Indem so die Mauer den Widdern trotzt, ersinnen die Feinde eine neue Kriegslist. Auf drei ihrer höchsten Schiffe häufen sie abgehauene Bäume, die in Brand gesteckt werden und führen diese flammenden Fahrzeuge mit Tauen dicht an Brücke und Thurm heran. Ein Augenblick des höchsten Schreckens: die ganze Stadt hallt wieder von dem Angstgeheul des verzweifelnden Volkes, das an dem Grabe des h. Germanus um Rettung fleht, die Dänen antworten mit wildem Freudengeschrei, da werden die Schiffe durch den steinernen Unterbau der Brücke in ihrem Laufe gehemmt und es gelingt den Franken, sie in den Strom zu versenken. Abermals trat Waffenruhe ein, die Normannen kehrten in ihr Lager zurück und zerstreuten sich auf Raubzügen in die Umgegend.

Da geschah es am 6. Februar, daß der angeschwollene Fluß

---

tuunt adversus civitatem eamque obsidione vallant, machinas construunt, ignem supponunt et omne ingenium suum adponunt ad captionem civitatis; sed christiani adversus eos fortiter dimicando in omnibus extitere superiores.

[11]) Der Zeitpunkt dieser Kämpfe wird v. 433 flg. angegeben.

in der Nacht einen Theil der Brücke fortriß[12]), welche die Stadt mit dem Thurme verband. Bevor der Bischof den Schaden ausbessern lassen konnte, in früher Morgenstunde, eröffneten die Dänen die Belagerung aufs neue, indem sie die Feste nun auch auf der Wasserseite von ihren Schiffen aus einschlossen. Weinend sah Gauzlin mit den Seinigen von den Zinnen der Stadt aus dem ungleichen Kampfe zu, denn er konnte die Bedrängten nur dem h. Germanus empfehlen, keine Hilfe bringen. Unerschüttert standen die Franken, nicht mehr denn zwölf Männer inmitten der tobenden Menge, endlich führten die Feinde einen Wagen mit brennendem Heu an die Feste, das durch seine Glut die tapfern Verteidiger zum Abzuge zwang. Während der Thurm ein Raub der Flammen wird, kämpfen die Franken noch an seinem Fuße, bis sie sich zuletzt ergeben müssen. Sie werden in Stücke gehauen und in die Seine geworfen, der Thurm dem Erdboden gleichgemacht. Hiernach blieb nur ein kleiner Theil des Feindes zur Einschließung der Stadt im Lager zurück, welches sie jedoch gegen einen Angriff des Abtes Ebolus siegreich verteidigten, die übrigen zerstreuten sich Beute machend über das weite Gebiet zwischen Seine und Loire, von wo sie unzählige Stücke Vieh und Wild in ihre Quartiere zusammenschleppten. Hie und da stießen sie auf ernstlichen Widerstand: von Chartres namentlich wurden sie durch die Brüder Gotfrid und Odo mit starkem Verluste zurückgeschlagen und ebenso wenig vermochten sie in das feste le Mans einzudringen[13]).

In dieser unablässigen Bedrängnis setzte Gauzlin seine letzte Hoffnung auf auswärtige Hilfe; in großer Niedergeschlagenheit schrieb er an den Grafen Erchengar und beschwor ihn selbst nach Deutschland zu gehen und den tapfern Grafen Heinrich, dem der Kaiser während seines Römerzuges die Verteidigung des Reiches vornehmlich übertragen hatte, zum Beistande herbei zu ziehen. Erchengar erfüllte schleunig diesen Auftrag und Heinrich brach im Februar mit einem ostfränkischen Heere zum Entsatze von Paris auf[14]), wir wissen nicht ob auf eigene Hand oder auf ausdrück-

[12]) Abbo I v. 504—597, ann. Vedast. 886, die den Tag angeben.

[13]) Abbo I v. 598—660. Vor Chartres sollen 1500 Normannen gefallen sein. Ueber le Mans s. oben I, 718.

[14]) Nur die ann. Vedast. 886 wissen von der Botschaft des Grafen Herkengerus und fahren fort: Heiuricum cum exercitu Parisius venire fecit; sed nil ibi profecit atque in suam rediit regionem, ähnlich Regino 887: contra quos imperator Heiuricum ducem cum exercitu vernali tempore dirigit, sed minime praevaluit; ausführlicher Abbo l. II v. 1—22: Saxonia vir Ainricus fortisque potensque | venit in auxilium Gozlini presulis urbis, | at tribuit victus illi loetumque cruentis | heu paucis, auxit vitam nostris, tulit amplam | his predam etc., ann. Fuld. P. IV 886, die ihn mense Februario aufbrechen lassen und hinzufügen: igitur diebus quadragesimae et usque ad tempus rogationis inani labore consumptis. Die letztere Angabe führt auf den 1. Mai, an welchem im J. 886 die Bittwoche begann, allein diese Angabe ist wahrscheinlich ungenau, weil man nach den in der Zeit-

lichen Befehl des Kaisers. Seine Truppen verloren unterwegs viele Pferde, da nach starken Regengüssen ein plötzlicher Frost eintrat. Vor dem normannischen Lager angelangt, fand der Graf die Insassen desselben, die von allen Lebensmitteln die Fülle hatten, sehr wenig geneigt, ihm ohne Noth eine Schlacht auf offenem Felde zu liefern. Nur wenige, die sich außerhalb ihrer Feste finden ließen, wurden erschlagen. In einer Nacht machte Heinrich den Versuch in dieselbe einzudringen, doch entriß er den Feinden nur viele Rosse und Rinder, ohne ihnen sonst erheblichen Schaden zu thun, die Normannen aber warfen sich, als jener sich zurückzog, mit verdoppelter Wut auf die Städter, die den Lärm des Kampfes vernehmend unter dem Grafen Odo ihrerseits einen Ausfall gemacht hatten. Der einzige Erfolg, den der Zug der Deutschen herbeiführte, bestand demnach darin, daß sie der eingeschlossenen Stadt einige Lebensmittel verschafften. Nachdem Heinrich mit seinen für dies Unternehmen wahrscheinlich zu schwachen Streitkräften bis nach Ostern (27. März) vor Paris gelegen, kehrte er unverrichteter Dinge heim.

Kaum war das deutsche Heer abgezogen, so verlegten die Dänen unter Sigifrids Leitung ihre Quartiere auf das linke Ufer der Seine in die verlassene Abtei des h. Germanus auf der Wiese (des Pres), die schon vorher nach mehrfachen Kämpfen von ihnen besetzt und in einen Viehstall verwandelt worden war. Sie umgaben ihr neues Lager wiederum mit Wällen und Mauern[15]). Da die Hoffnung auf einen Entsatz getäuscht worden, so gedachte Gauzlin dem geplagten Volke dadurch Abhilfe zu schaffen, daß er mit dem Seekönige Sigifrid, der vielleicht der endlosen Gefechte müde ward, Unterhandlungen anknüpfte und durch Geschenke ihn mit einem Theile der Seinigen wenigstens zum gütlichen Abzuge bewöge[16]). Sigifrid ließ sich in der That durch 60 Pfund reinen Silbers als Lösegeld gewinnen und forderte hierauf seine Gefährten auf, ihm nach der See zu folgen. Als sie sich weigerten, hieß er sie höhnisch ohne seine Mitwirkung einen Sturm auf die Stadt selbst versuchen. Mit schwerem Verluste von der Insel zurückgeschlagen — u. a. fielen zwei ihrer Könige —, waren jetzt alle geneigt, das Beispiel Sigifrids nachzuahmen, der nach Empfang jener Summe

---

folge zuverlässigen Berichten Abbos und der ann. Vedast. annehmen muß, daß Heinrichs Rückzug einige Zeit vor dem Tode Gauzlins also spätestens Anfang April stattfand.

[15]) Abbo l. II v. 31—40: suas ut Ainricus secessit ad aulas vgl. über frühere Kämpfe daselbst l. I v. 461—503 und über den Viehstall v. 635—644 vgl. den Zusatz zu Hincmari ann. 882 (Scr. I, 514). Depping (expéditions des Normands I, 206) setzt gegen das Zeugnis Abbos die Uebersiedelung schon in eine frühere Zeit.

[16]) Ann. Vedast. 886 ergänzt durch Abbo l. II v. 41—67, vgl. v. 23—30, die sich auf eine Unterhandlung Odos mit Sigifrid zu beziehen scheinen.

in der That von der Seine in die offene See hinaussteuerte, als sich mit wunderbarer Schnelligkeit plötzlich die Kunde verbreitete, Bischof Gauzlin, der standhafte Verteidiger der Stadt sei (am 16. April) einer Krankheit erlegen[17]). Eine Nachricht, die in Paris die tiefste Niedergeschlagenheit, im Lager draußen aber die froheste Zuversicht des Sieges erweckte. Westfrancien verlor an diesem Manne um so mehr, als nicht lange danach am 12. Mai zu Orleans auch der Abt Hugo von Tours starb, der seit dem Tode Karls des Kahlen die Geschicke des Reiches vorzüglich durch seine Klugheit gelenkt hatte. Er wurde im Kloster St. Germain zu Auxerre bestattet.

Während die Normannen sich jetzt so sicher fühlten, daß sie sich unbesorgt der Jagd und andern Unterhaltungen hingaben[18]), herrschte in der belagerten Stadt eine tödtliche Entmutigung und nur Graf Odo, der jetzt allein den Oberbefehl führte, hielt durch Wort und Beispiel den sinkenden Mut des Volkes noch aufrecht. Mit Inbrunst rief man als Hüter der Stadt den h. Germanus an, der seine Getreuen in Visionen tröstete und durch Bestrafung einiger Frevler selbst den Feinden so viel Achtung abnöthigte, daß sie täglich an seinem Altare die Messe lesen ließen. Tag für Tag gab es vor den Mauern Scharmützel, die ihre Opfer forderten, in Folge des immer fühlbarer werdenden Mangels an Lebensmitteln erzeugten sich verheerende Seuchen unter der eng zusammengedrängten Bevölkerung und bald wußte man nicht mehr Platz für die Beerdigung so vieler Leichen zu finden[19]). In dieser äußersten Noth entschloß sich Odo kühn durch die Linien der Normannen zu schleichen, um von dem Kaiser, der inzwischen endlich aus Italien zurückgekehrt war, schleunige Hilfe für die unglückliche Stadt zu begehren[20]). Der Abt Ebolus führte inzwischen den

---

[17]) Necrolog. S. Germani Prat. (Bouillart hist. de l'abbaye roy. de St. Germain des Prez p. CXII): XVI Kal. Mai. Depositio ... Gozlini episcopi; Necrol. Autissiodor. (Martene coll. ampl. VI, 704): IV Id. Mai. Hugo abbas. Abbo (l. II v. 68—76), die ann. Fuld. P. IV 886 (interea Hugo et Gozilin ... defuncti sunt) und Regino 887 (der ebenso wie die ann. Ved. den Begräbnisort Hugos namhaft macht) erwähnen den Tod beider Männer als gleichzeitig, die ann. Vedast. Hugos Tod etwas später vgl. auch ann. Laubiens. 887, Lemovic. 886 (Scr. II, 251, IV, 15): Hugo abbas inclitus obiit. Karl erwähnt in einer Urk. für St. Germain vom 28. Okt. 886: unde et ibidem (sc. Hugo) venerabiliter conditus requiescit (Quantin cartul. de l'Yonne I, 117).

[18]) Ann. Fuld. 886; ann. Vedast. 886: dehinc vulgus pertaesi una cum morte patris obsidione inremediabiliter contristantur, quos Odo illustris comes suis adhortationibus roborabat.

[19]) Abbo II v. 155—162, ann. Ved. 886: escae etiam coeperunt minui in civitate.

[20]) Abbo v. 163: rex igitur venturus Odo transmittitur inde | Francorum Karolo suprafato basileo, | quatinus auxilio caeleri succurreret urbi. Nach den Worten der ann. Vedast.: a principibus regni requirens auxilium

Befehl in Paris und machte seinen Namen durch manchen kecken Handstreich dem Feinde furchtbar. Endlich nach einer Zeit banger Erwartung erschien von drei bewaffneten Haufen begleitet Graf Odo auf der Höhe des Montmartre, doch schon wußten auch die Feinde von seiner bevorstehenden Ankunft und stellten sich vor jenem Thore auf, durch welches er seinen Einzug bewerkstelligen sollte. Zu allgemeiner Bewunderung des Volkes[21]) aber schlug sich Odo mit seinem Schwerte Bahn durch ihre dichtesten Scharen und gelangte, wiewol mit Verlust seines Pferdes, wohlbehalten in das von Ebolus geöffnete Thor.

Der heiß ersehnte Entsatz, das Ende aller Leiden schien endlich zu nahen, als der Kaiser im Juli eine Reichsversammlung zu Metz abhielt[22]), um die Vorbereitungen zum Zuge nach Paris zu berathen. An der Spitze einer großen Heeresmacht aus allen Theilen seiner Herrschaft sah ihn Neustrien jetzt seine Grenzen überschreiten: am 30. Juli verweilte Karl noch in Metz, am 17. August in der Pfalz Attigny, am 22. zu Servais bei Laon, von wo er in den nächsten Tagen sich nach der Pfalz Quierzy begab[23]). Bevor er selbst mit ganzer Macht nach Paris rückte, sandte er den Grafen Heinrich abermals mit einem Theile des Heeres voraus, um der Stadt raschere Hilfe zu bringen[24]). Un-

---

et ut imperatori innotescerent velocius perituram civitatem etc. muß man annehmen, daß Odo den Kaiser nicht selbst aufsuchte.

[21]) Eb. non tamen sine admiratione in eam introiit; Abbo v. 205: cunctique stupent hoc nobile factum.

[22]) Ann. Fuld. P. V: imperator per Burgundiam; P. IV 886: mense Iulio imperator cum suis colloquium habuit in urbe Mettensi et inde contra Nordmannos profectus est. Aus Mettis civitate vom 30. Juli ist eine ungedr. Schenkung Karls interveniente Rodulfo comite Pipini videl. patre für seinen Getreuen Jakob in pago sive comitatu Barrinse datiert (Sickel).

[23]) S. die Urk. Karls B. 1002, 1003. Aus Charisiaco palatio vom 4. Sept. ist eine ungedr. Urk. Karls für das Kl. S. Seine im Departementalarchive von Cote d'or datiert (Sickel), doch muß er an diesen Ort schon früher gelangt sein, weil er nach den ann. Vedast. von dort Heinrich nach Paris sendet.

[24]) Der genauere Zeitpunkt dieser Sendung ergibt sich aus dem Necrolog. Fuld. mai. 886 (Leibnitii scr. rer. Brunsvic. III, 763): Heinrich comes V Kal. Sept., Regino sagt aestivo tempore, antequam segetes in manipulos redigerentur. Eine kurze Nachricht seines Todes geben Ann. Alamann. 886: Heimrihcus dux a Nordmannis occisus est; ann. Fuld. P. V 886: occiso ibi Heimrico, marchensi Francorum, qui in id tempus Niustriam tenuit; P. IV 886: Heimrih comes a suis desertus et ab hostibus circumdatus occiditur; Abbo l. II v. 217: en et Ainricus ... | obsidione volens illos vallare necatur; Necrol. Fuld. min. 886 (Dronke tradit Fuld. p. 172): Heimrih; ausführlicher und ganz übereinstimmend berichten ann. Vedast. und Regino 887, bestätigt durch die Grabschrift. Der von den ersteren genannte quidam e Francis Rainerus nomine comes ist vermutlich derselbe comes Ragenarius, den Abbo (l. I v. 67, 245) als tapfern Verteidiger von Paris hervorhebt. Regino, der die Bestattung in Soissons meldet, verkennt den Zusammenhang dieser Sendung mit dem Zuge des Kaisers, indem er hinzusetzt: exercitus amisso duce ad propria revertitur.

vorsichtig und in geringer Begleitung wagte sich dieser am 28. August in die Nähe der feindlichen Verschanzungen, daß er mit eigenen Augen prüfte, wo sich am leichtesten ein Angriff auf das normannische Lager unternehmen ließe oder wo die Franken ihr Lager am bequemsten aufschlagen könnten. Die Normannen aber hatten auf der Seite ihres Lagers, auf welcher sie die Ankunft des fränkischen Heeres gewärtigten, im Umkreise viele Gruben angelegt, einen Fuß breit und drei Fuß tief und diese durch darüber gebreitetes Stroh und Gerümpel verdeckt. Als Heinrich sich dieser Gegend näherte, sprangen einige von den Feinden, die sich in einer Vertiefung versteckt hielten, plötzlich aus ihrem Hinterhalte hervor, schossen ihre Pfeile auf den Grafen ab und begrüßten ihn mit höhnenden Worten. Heinrich will über sie herfallen, alsbald stürzt er mit seinem Pferde in einen jener blinden Gräben, die Gegner werfen sich auf ihn, bevor er sich aufraffen kann und durchstoßen ihn an der Erde. Der Todte wird seiner Waffen und seiner Rüstung beraubt und nur den entseelten Leichnam vermochte Graf Raginar mit Gefahr seines Lebens den Händen der Dänen zu entreißen. In der berühmten St. Medarduskirche zu Soissons wurde er, ein Märtyrer für die christliche Sache, von seinen Leuten bestattet. So endete der Ueberlister Gotfrids, selbst durch eine Kriegslist des Feindes, zum größten Schmerz und Schrecken für die Christen, die von seiner erprobten Tapferkeit Rettung erwartet hatten und nun nach Verlust ihres Hauptes seine Scharen wiederum unverrichteter Dinge sich zurückziehen sahen [25]). Am schlimmsten und niederschlagendsten war jedoch die Rückwirkung dieses Unfalles auf den Kaiser, der in Heinrich gleichsam seinen rechten Arm verloren hatte und, wie sich bald zeigen sollte, zur Ergreifung und Durchführung mannhafter Entschlüsse jetzt erst völlig unfähig geworden war.

Während Karl in Quierzy unbegreiflicher Weise zögerte und säumte, das so nahe liegende Ziel seiner Rüstungen zu erreichen, sah sich die Stadt Paris, in ihrer Hoffnung auf baldigen Entsatz durch den jähen Untergang Heinrichs betrogen, von neuem der vollen Wut des Feindes preisgegeben. Gerade jetzt, bevor der Kaiser ihnen die Beute entrisse, versuchten die Nordmänner, begünstigt durch den niedrigen Wasserstand, einen allgemeinen Sturm, obschon sie erst kurz zuvor einen ihrer Könige, Sinrik verloren hatten [26]). Gleichzeitig erhob sich von allen Seiten gegen die Thürme und Zinnen von Paris ein furchtbarer Hagel von Bleikugeln und gewichtigen Felsstücken, denen bald die Bogen und Wurfmaschinen

[25]) Ann. Vedast. 886: magnumque dolorem et terrorem christianis fecerunt, Danis vero gaudium ... quod statim imperatori nuntiatum est. ille vero audito multum doluit ... sed quia dux periit, ipse nil utile gessit.

[26]) Abbo l. II v. 219 flg.: Danorum | rex Sinric ...

der Stadt mit Pfeilen und geschleuderten Steinen Antwort gaben. An einer der am meisten gefährdeten Stellen gewährten die Reliquien der h. Genovefa Schutz: dort wehrte der kleine, beherzte Gerbold mit nur fünf Gefährten die Feinde ab, auf welche sein Geschütz nie vergeblich zielte. Der Andrang war jedoch so heftig, daß allgemeine Mutlosigkeit sich der Verteidiger zu bemächtigen drohte: schluchzend, mit aufgelösten Haaren, Brust und Wange mit ihren Nägeln zerfleischend riefen die Weiber den h. Germanus um Beistand an, daß die Mauern der Stadt von ihrem Geschrei wiederhallten. Der Angriff der Dänen, von den übrigen Punkten zurückgewiesen, richtete sich endlich mit vereinter Kraft gegen einen der Thürme, sie versuchten ihn wie den früheren vermittelst des Feuers zu erobern, das sie vor seiner Pforte anzündeten, aber obschon die Besatzung hiedurch zum Abzuge gezwungen wurde, so mußten doch endlich mit schwerem Verluste die Belagerer sich auf die Flucht begeben und abermals dankte die Stadt ihrem Patrone für die Errettung aus so großer Noth[27]).

Auf die Kunde dieser neuen Drangsale schickte der Kaiser den Parisern zunächst 600 Mann zu Hilfe, die vor der Stadt von den Normannen angegriffen, von einem Ausfalle der Belagerten unterstützt diese glücklich zurückschlugen. Im Oktober endlich erschien Karl selbst mit einem gewaltigen Heere sowol deutscher als französischer Zunge[28]) und schlug sein Lager am Fuße des Montmartre, gegenüber einem der Thürme auf. Bei seiner Annäherung verließen die Dänen die Quartiere, die sie immer noch auf dieser Seite der Seine zur vollständigeren Einschließung der Stadt beibehalten und zogen sich sämtlich in das Lager auf dem linken Ufer des Stromes. Der Kaiser verstärkte hierauf die Besatzung der Stadt und verlegte sein Lager ebenfalls auf das linke Ufer, um den Feind in seinen Verschanzungen zu belagern[29]). Da verlautete, daß Sigifrid, der im April das Westreich verlassen hatte,

---

[27]) Eb. v. 227—314 vgl. ann. Vedast. 886: sine intermissione cum diverso apparatu armorum et machinarum arietumque ipsam concutiebant civitatem.

[28]) Abbo l. II v. 330 flg. ... induperator adest Karolus, comitatus opimo | diversi populo labii, tentoria figens | sub Martis pedibus montis speculamque secundam; ann. Ved. 886: cum manu valida; Regino 887: imperator Galliarum populos perlustrans Parisius cum immenso exercitu venit; ann. Lemovic. 886 (Scr. II, 251): Karolus imperator Parisius contra Nortmannos venit. Karl selbst sagt in einer Urk. (Bouquet IX, 358): dum apud Parisius cum Germanicis et Francis ad obsidionem sederemus contra paganos Emmenus venerabilis vir episcopus Nivernensis in eadem militia nobiscum pernoctans etc. Urkunden Karls zu Paris sind ausgestellt am 24., 27., 28. Okt. (B. 1004—1006, Quantin cartul. de l'Yonne I, 114, ungedr. Urk. für Gello v. Langres in Chaumont), 29. Okt., 1., 6. Nov. (B. 1007—1009). Irrig scheint das Datum in der Urk. vom 18. Dez. (B. 1010).

[29]) Ann. Vedast. 886.

abermals mit einem zahlreichen Heere in die Seine eingelaufen sei, um die Streitkräfte seiner Landsleute zu verstärken [30]).

Diese Nachricht, dazu die Nähe des Winters — denn schon war, ohne daß irgend etwas geschehen wäre, der November herangekommen — raubte dem Kaiser, der zu dem Wagnis einer Schlacht sich ohnehin nie verstanden haben würde, den Rest seiner Entschlossenheit und bewog ihn in den Unterhandlungen, die bereits angeknüpft waren, auf die schimpflichsten Bedingungen sich einzulassen. Umsonst hatte Paris zehn Monate hindurch mit heldenmütiger Ausdauer gegen die Heiden gefochten, denn was es denselben verweigerte, eine Loskaufssumme für die Plünderung und den freien Paß auf der Seine, das wurde ihnen beides jetzt durch den Herrscher selbst bewilligt, der an der Spitze der gesamten Reichsmacht erschienen war, um die frechen Räuber für alle den Christen zugefügten Unbilden zu züchtigen.

„Es geschah nichts, was kaiserlicher Majestät würdig gewesen wäre," so schreibt ein Zeitgenosse, „es wurde ein ganz erbärmlicher Beschluß ausgeführt," ein andrer. Der mit den Normannen abgeschlossene Vertrag, der hiemit gemeint ist, lautete nämlich dahin [31]), daß Karl ihnen wegen der vorgerückten Jahreszeit Winterquartiere in Burgund bewilligte, im nächsten März sollten sie dann nach Empfang von 700 Pfund Silber als Lösegeld für Paris Westfrancien erst gänzlich verlassen. Burgund, ein Land, das bisher von den Schrecknissen heidnischer Verheerung noch verschont geblieben, wurde den Dänen demnach jetzt ebenfalls zur Plünderung überliefert. Daß dies geschehen sei, wie ein Schriftsteller berichtet, um die Unbotmäßigkeit der dortigen Großen zu brechen, die vielleicht die Heeresfolge verweigert, hat einige Wahr-

[30]) Ann. Fuld. P. IV 886: interea Sigifrid cum magna multitudine Nordmannorum caeteris, qui ibi residebant auxilium laturus venit ac christianis magnum intulit metum. unde imperator perterritus etc. Diese allein stehende Nachricht wird durch das bestätigt, was die ann. Vedast. von den weiteren Raubzügen Sigifrids erzählen. Die letzteren sagen nur: indeque coeperunt, quia hyems imminebat missi ad invicem discurrere, ut imperator pacem cum Danis faceret.

[31]) Ungenau scheint was die ann. Fuld. P. IV 886 melden: imperator ... quibusdam per Burgundiam vagandi licentiam dedit, quibusdam plurimam promisit pecuniam, si a regno eius statuto inter eos tempore discederent, da nach den ann. Vedast. 886 (vgl. 887): utrumque et civitatis redemptio illis promissa est et data est via sine impedimento, ut Burgundiam hieme depraedarent, beides denselben Normannen bewilligt wurde. Noch bestimmter sagt Abbo (l. II v. 338 flg.): annuiturque feris licitum Senones adeundi, | septies argenti libris causa redeundi | Martis mense datis centum sua ad impia regni. Nur Regino begründet die Ueberlassung der Gegenden ultra Sequanam damit, eo quod incolae illarum sibi obtemperare nollent. Wenck (Erhebung Arnulfs S. 12 A. 5) bezieht dies auf verweigerte Heeresfolge, weil Abbo (l. II v. 344) die Burgunder anredet: pigra o Burgundia bello. Am unbestimmtesten drücken sich die ann. Fuld. P. V 886 aus: rex parum prospere actis rebus revertitur in sua.

scheinlichkeit. Da dem Feinde trotz des Vertrages von den Parisern verwehrt wurde, ihre Stadt auf der Seine zu passieren, so sah sich derselbe genöthigt Paris zu umgehen, die Schiffe 2000 Schritte auf dem Trocknen fortzuschaffen und sie dann oberhalb der Stadt wieder den Fluten zu übergeben[32]). Auf der Seine und Yonne aufwärts fahrend gelangten sie am 30. November vor Sens[33]), woselbst sie den Erzbischof Eberhard durch die Belagerung seiner Stadt zur Zahlung einer Summe zwangen, um sich dann bis zur Saone und oberen Loire brandschatzend auszubreiten.

Dies war das traurige Ergebnis des großen Zuges nach Paris, des letzten Unternehmens, in welchem sich noch einmal die Einheit des gesamten Frankenreiches unter Einem Haupte darstellte. Der Ausgang desselben, die völlige Unfähigkeit dieses Hauptes, verglichen mit der hochherzigen Tapferkeit der Verteidiger von Paris, mußte allen Theilen die Lehre einleuchtend machen, daß in dieser wachsenden Landesnoth jeder sich am besten selbst helfen und sich am sichersten auf seine eigenen Kräfte verlassen werde. Niemand aber konnte mehr irgend ein Vertrauen auf den gegenwärtigen Bestand der Dinge fassen, die nur durch die Kraft der Trägheit sich noch in dem alten Gleise erhielten. Dies letzte Auftreten Karls an der Spitze der gesamten Reichsmacht[34]) entsprach vollkommen seinem ersten bei Elsloo.

Indem er noch im November sich zur Heimkehr anschickte, hinterließ er Paris nur für den Augenblick von seinen Drangsalen erlöst, doch keineswegs der Sorge für die nächste Zukunft überhoben, da die Normannen im Schooße des Reiches verblieben waren und im Frühjahr wiederkehren konnten. An Stelle Gauzlins setzte der Kaiser Askrich zum Bischof von Paris ein[35]), dem Grafen Odo, den wir vor Paris öfter in seiner Umgebung erblicken, übertrug er zu der Grafschaft des Welfen Konrad, die er

[32]) Regino 888 (Scr. I, 599): civibus autem omni instantia prohibentibus ascensum fluminis, dies konnte nur im Widerspruche mit dem Vertrage geschehen.

[33]) Ann. S. Columbae Senonens. 886 (Scr. I, 104): Hoc anno II Kal. Decemb. ascenderunt Nortmanni Sennis a Parisins. Die ann. Vedast. 886—887 sprechen von einem Loskaufe, Regino (a. 888) von dem tapfern Widerstande der Einwohner durch 6 Mon. Den Nov. bezeichnet auch Abbo (v. 341) als Zeitpunkt des Aufbruches. Hieher gehört auch die Nachricht der ann. Lemovic. 887 (Scr. II, 251): monasterinm sancti Germani (zu Auxerre) a Nortmannis incensum est; S. Benigni Divion. 887 (eb. V, 40): Burgundia a Nortmannis vastatur. Nach dem Chronic. Hugonis l. I hausten die Normannen vom 11—25. Jan. 887 in Flavigny (eb. VIII, 356).

[34]) Vgl. das Urtheil L. Rankes (Französ. Gesch. I, 16).

[35]) Abbo II v. 335 flg., ann. Vedast. 886, Regino 887. Schon in einer ungedr. Urk. Karls vom 20. Mai 885 (Sickel) begegnen wir unter seinen Getreuen: Anscherico videl. vocato episcopo, vermutlich war dieser also schon nach dem Tode Engelwins gewählt worden, hatte aber damals Gauzlin weichen müssen.

bereits besaß, nun auch die Lehen von dessen Vetter Hugo, dem verstorbenen Abte von Tours und St. Germain und machte ihn hiedurch zum mächtigsten Manne im Westreiche[36]). Odo trat damit nur in die Erbschaft seines Vaters Roberts des Tapfern ein, die ihm einst seiner Unmündigkeit halber vorenthalten worden war. Im übrigen knüpfte sich an den Aufenthalt Karls bei Paris nur eine Reihe der gewöhnlichen Gnadenbeweise für geistliche Stiftungen, welche die Gelegenheit wahrnahmen, um sich ihre Besitztitel bestätigen und sich den Königsschutz zusichern zu lassen, so namentlich die Bischöfe Emmenus von Nevers, der selbst an dem Feldzuge gegen die Normannen theilnahm, Geilo von Langres, Theotar von Gerona, die Klöster St. Martin zu Tours, welches hier dem Grafen Odo übergeben wurde, St. Germain zu Auxerre und St. Maur des Fosses, andrer zu geschweigen.

Noch im November zog der Kaiser von Paris nach Soissons, wo er die erledigten Lehen unter die westfränkischen Großen vertheilte[37]): bald aber wurde er von dort durch die Nachricht aufgeschreckt, daß der Seekönig Sigifrid, der in jenen Vertrag mit dem dänischen Belagerungsheere nicht einbegriffen war, von der Seine in die Oise eingelaufen sei und den Kaiserlichen auf dem Fuße nachfolge. In der That verkündigten bald brennende Weiler seine verheerende Nähe und schlennig brach Karl auf, um die Heimat wieder zu gewinnen. Gleich darauf wurde die prächtige Kirche des h. Medardus, in der einst Ludwig der Fromme Buße gethan und welche kürzlich erst die sterblichen Reste des Grafen Heinrich aufgenommen, ein Raub der Flammen[38]) und ein gleiches Loos

[36]) Ann. Vedast. 886: terra patris sui Rothberti Odoni comiti concessa; Regino 887: ducatus, quem tenuerat (Hugo) ... Odoni filio Rodberti ab imperatore traditur, qui ea tempestate Parisiorum comes erat. Am 27. Okt. bestätigte Karl auf die Bitte des fidelis noster Odo comes einen Prekarievertrag des Abtes Hugo mit den Bischöfen von Tours und Orleans, am 29. machte er der Kirche St. Maurice zu Tours eine Schenkung deprecante Odone comite. Am 16. Juni 887 adiit imperatoriam serenitatem nostrae maiestatis praestantissimus vir Odo religiosus abbas basilicae ... b. Martini in suburbio Turonensis civitatis sitae um Bestätigung ihrer Besitzungen bittend pro remedio animae suae suique genitoris Roberti eiusdem loci quondam abbatis, ebenso in einer Urk. vom 17. Juni fidelis noster Odo comes seu abba coenobii ... b. Martini (Bouquet IX, 352, 355, 359, 360, B. 1005, 1007, 1017, 1018). In der Urk. Karls vom 22. Aug. (eb. 349) erscheinen die Mönche von St. Martin noch ohne Abt. Auf Odo folgte in dem Kloster später sein Bruder Robert. Bei dem Dukate Hugos ist vornehmlich an die Grafschaften Anjou und Touraine zu denken (s. I, 592).

[37]) Ann. Vedast. 886: qua venerat redire festinavit. nam Suessionis apud sanctum Medardum terram inter Francos dispertiit.

[38]) Eb.: posthaec Sicfridus famosissimam ecclesiam b. Medardi igne cremavit etc. S. die Urk. Karls vom 23. Juni 887 (Bouquet IX, 361, B. 1019): concedimus dilectissimis monachis coenobii SS. Medardi atque Sebastiani ad eorum sc. usus, stipendia atque refugium ingruentis persecutionis ex eadem abbatia villam nostram ... Doncherium nomine ...

traf die benachbarten Ortschaften, Klöster und Pfalzen dieser wegen ihrer Jagdreviere von den westfränkischen Königen besonders geliebten Gegenden. Als Zuflucht für fernere Nöthe und Verfolgungen schenkte Karl nachmals den ihm sehr theuern Mönchen zu St. Medard das Krongut Donchery an der Maas, um auf demselben eine Kolonie anzulegen. Sigifrid hauste den ganzen Winter über in gewohnter Weise in diesen Strichen, zog dann im Frühling 887 an die Seine zurück und ward endlich im Herbste bei einer Landung in Frisland von den Einwohnern erschlagen[39]).

Der Kaiser kehrte indessen eilends in sein schwäbisches Reich zurück, bevor er jedoch den Rhein überschreiten konnte, wurde er im Elsaß von einer schweren Krankheit befallen, die ihn längere Zeit, wahrscheinlich in der Pfalz Schlettstadt, an das Lager fesselte[40]). Wenn Ostfranken sich gleich verhältnismäßig einer günstigen Lage erfreut hatte, da die Normannenplage im verflossenen Jahre ausschließlich das Westreich heimsuchte, so fehlte es doch auch hier nicht an mancherlei Unglücksfällen und Leiden. Auf einem Feldzuge gegen die Slaven — wir wissen leider nicht, welcher der an der Elbgrenze sitzenden Stämme hiemit gemeint ist —, fand am 15. September 886 Bischof Wolfher von Minden, vermutlich Ludwigs des jüngeren früherer Kanzler, nebst vielen andern seinen Untergang[41]). Während des Mai, Juni und Juli hatte der Himmel unablässigen Regen herabströmen lassen, so daß der Rhein, die Donau, der Po und viele andre Flüsse übertraten und nicht bloß Saaten zerstörten, sondern ganze Ortschaften durch ihre Fluten fortrissen. Hierauf folgte ein rauher und ungewöhnlich langwieriger Winter, der in Ostfranken eine verheerende Pest unter Rindern und Schafen zur Folge hatte[42]). Das größte Unglück für das Reich war jedoch die zunehmende geistige und leibliche Unfähigkeit des Kaisers.

---

ut praefatis sanctis inibi cella construi possit ad divertendam violentae persecutionis rabiem etc.; Urk. Odos von 893 (eb. 460): ad reintegrandum decorem domus dei, quae nuper a Marcomannis combusta esse videtur.

[39]) Eb. 887: circa autumni tempora Fresiam petiit ibique interfectus est; die einzige Kunde seines Endes.

[40]) Eb. 886: festine rediit in terram suam; ann. Fuld. P. IV 886: ipse vero inde concito gradu in Alsatiam se recepit ibique per plures dies iacuit aegrotus; P. V 887: imperator Elisacia magna infirmitate adgravatur. Aus Scletistat palacio kennen wir 4 Urk. Karls vom 15. Jan. 887 für Geilo von Langres (B. 1011, 1012 u. zwei ungedr. in Chaumont).

[41]) Ann. Corbeiens. 886: Vulfharius episcopus occisus est; Hildesh. 885: Hoc anno Vulferi episcopus cum aliis multis occisus est a Sclavis (Scr. III, 3, 50); Necrolog. Fuld. mai., min. 886: Wolfheri episcopus (Boehmer fontes III, 153, 155). Seinen Todestag überliefern die Todtenbücher von Merseburg und Möllenbeck (Höfer Zeitschr. f. Archivk. I, 121; Wigand westfäl. Archiv V, 370). Sein Nachfolger Drogo erscheint am 1. April 887 auf der Kölner Synode als gewählt, aber noch nicht geweiht (Hartzheim concil. Germaniae II, 366).

[42]) Ann. Fuld. P. IV 886, 887, P. V 886.

Von Schlettstadt, wo Bischof Geilo von Langres zu vielen andern Vergünstigungen, die er zum Theil früher schon erlangt, sich auch die gegen die Normannen neu erbaute Mauer seiner Stadt nebst allem bisher der Krone gehörenden Grunde und Boden 15 Fuß innerhalb und 60 Fuß außerhalb der Ringmauer schenken ließ [43]), wandte sich Karl wieder etwas zu Kräften kommend nach Schwaben. Um die Mitte des Februar finden wir ihn zu Rottweil am Neckar [44]), dann gieng er nach Bodman am Bodensee und versuchte hier durch einen Einschnitt am Kopfe Linderung der Kopfschmerzen zu erlangen [45]), die ihn peinigten. Er wurde so weit wenigstens hergestellt, um nach Ostern (16. April) zu Waiblingen einen Reichstag halten zu können [46]).

Hier ward ein Streit zum Austrage gebracht, der sich im vorhergehenden Sommer zwischen dem Erzkaplan Liutward und dem Herzoge Berengar von Friaul, dem Vetter des Kaisers und der hauptsächlichen Stütze seiner Macht in Italien entsponnen hatte. Jener, stets bestrebt seine niedrige Verwandtschaft durch vornehme Verbindungen zu heben und zu Ansehen zu bringen, wagte es nämlich aus dem Nonnenkloster zu Brescia durch einige seiner Freunde eine Tochter des Grafen Unruoch, des frühe verstorbenen älteren Bruders Berengars, gewaltsam entführen zu las-

---

[43]) Bouqnet IX, 346 (B. 1011): ... Geilo sanctae Lingonensis ecclesiae reverendus antistes ... celsitudini nostrae innotuit, qualiter Lingonis civitatem ... ob nimiam persecutionem sive infestationem paganorum et refugium sive salvationem christianorum et sanctae dei ecclesiae defensionem prope iam reaedificatam sine alicuius comitis vel iudicis iuvamine atque constructam haberet et ut ad perfectionem illam perducere posset modis omnibus satageret, daher bat er, qnatinus ob nimias comitum seu iudicum inquietudines ... et ipsum civitatis murum et XV pedes de intus et LX de foris sive omnia ex fisco nostro infra eandem civitatem ad ius comitis pertinentia ... eidem Lingonensi ecclesiae ... perdonare dignaremur. In einer ungedr. Urk. aus Schlettstadt (Sickel) wird derselbe Geilo venerabilis Lingonensium episcopns deo dignus nobisqne valde amabilis genannt.

[44]) An diesem Orte sind zwei etwas zweifelhafte Urk. für die Nonnenklöster der h. Julia zu Brescia und für Obermünster in Regensburg ausgestellt, vom 10. und 16. Febr. (B. 1013, 1014) vgl. I, 862 A. 50.

[45]) Ann. Fuld. P. V 887: postea parum convalescens ad Alamanniam proficiscitur vergens curtem Podomam pro dolore capitis incisionem accepit.

[46]) Eb. P. IV 887: imperator cum snis colloquium habuit in Weibilingon, P. V: habitum est placitum Weibilinga. Diese Angaben werden durch eine daselbst ausgestellte Urk. für Korvei vom 7. Mai bestätigt (B. 1016). Die Entzweiung und Versöhnung Berengars mit Liutward melden ann. Fuld. P. V 886, 887, wozu der Grund ohne Zweifel aus den ann. Fuld. P. IV 887 zu entnehmen ist. Die Vermutung Eckharts (comment. II, 690), der die von der Kölner Provinzialsynode 1. Apr. 887 (Mansi XVIII, 45 c. 2) an Kirchenräuber gerichtete Aufforderung sich zu Johanni in foro Iulii zur Buße einzufinden, auf Berengar bezieht, ist ganz unzulässig, denn was hatte der Erzb. von Köln mit Friaul zu schaffen? vgl. Hefele Conciliengesch IV, 524 A. 3.

sen und sie einem Neffen zu vermählen. Dieser Frevel wurde zwar vom Himmel gerächt, der die Bitten der frommen Schwestern in Brescia erhörend, den Entführer in der Hochzeitsnacht eines plötzlichen Todes sterben ließ, aber auch Berengar machte sich auf, den Anstifter für seine Vermessenheit zu züchtigen. Er überfiel mit seinen Leuten die Stadt Vercelli, den Sitz Liutwards, plünderte das Eigenthum desselben gründlich aus und kehrte mit seinem Raube unversehrt heim. Nach diesem Landfriedensbruche, der im Sommer 886 stattfand, stellte er sich auf jener Versammlung zu Waiblingen als Getreuer des Kaisers ein, machte durch große Geschenke den Schimpf wieder gut, den er dem Erzkanzler zugefügt und söhnte sich mit ihm aus. Dies Auftreten des mächtigen Markgrafen, den im Falle einer Empörung der Kaiser schwerlich zu unterwerfen stark genug gewesen wäre, dem verhaßten und verachteten Günstlinge gegenüber erscheint äußerst befremdlich, wenn man nicht annehmen will, daß er jene Versöhnung nur geheuchelt, um unter der Maske anscheinender Unterwürfigkeit an dem bald darauf erfolgenden Sturze des allmächtigen Kanzlers um so wirksamer zu arbeiten.

Noch einmal bereitete dem kranken Kaiser sein gutes Glück einen unverhofften Erfolg: der einzige Theil des fränkischen Gesamtreiches, der ihm bisher hartnäckig die Anerkennung verweigert, das junge Königreich der Provence suchte ebenfalls Schutz unter den Fittichen des kaiserlichen Adlers. König Boso, der Begründer dieses Reiches, bis zuletzt erfolgreich in seinem Widerstande gegen das Haus Karls des Gr., hatte am 11. Januar 887 sein vielbewegtes Leben beschlossen und in der von ihm reich beschenkten Kathedrale von Vienne die ewige Ruhe gefunden[47]). Zum Unglück aber für sein Volk hinterließ er seiner Witwe Irmingard nur einen unmündigen Sohn Ludwig, der seiner zarten Jugend halber von den Großen nicht zum Könige gewählt wurde. Da in Folge dessen im Lande ein sehr trauriger Zustand allgemeiner Verwirrung und Zuchtlosigkeit eintrat, so entschloß sich Irmingard die bis dahin behauptete Unabhängigkeit zu opfern und an dem Kaiser wenigstens einen Halt und Beistand für ihren Sohn zu gewinnen.

Zu Kirchheim oder Kirchen am Oberrhein[48]) traf Karl etwa

---

[47]) S. seine (noch erhaltene) Grabschrift (Mermet hist. de la ville de Vienne II, 234, 320) worin es u. a. heißt: hic pius et largus fuit, audax atque benignus | . . . huic dum vita fuit, bona dum valitudo maneret, | munera multa dedit patrono carmine dicto (sc. Mauricio); | urbibus in multis devoto pectore magna | contulit et sanctis pro Christi nomine dona.

[48]) In Kirchheim (1/2 St. südl. v. Marlenheim, unweit Wasselnheim nach Schöpflin Alsatia illustr. I, 704, ich möchte jedoch eher an das in St. Galler Urk. vorkommende Chirihaim villa d. i. Kirchen im bad. Bezirksamte Lörrach denken s. Wartmann Urkb. v. St. Gallen I, 180, 204, 233, wozu die Bezeichnungen circa Renum und in Alamannia besser passen) hielt sich Karl mindestens seit dem 30. Mai auf, da er an diesem Tage (nach einer ungedr. Urk.) dem Kl. St. Gallen die von seinem Großvater und Vater de inmunitate et de coacto iuramento verliehenen Privilegien bestätigte.

Ende-Mai mit ihr zusammen: er empfieng seine erlauchte Verwandte sehr ehrenvoll und nahm den Sohn Bosos, der ihm zugleich die Huldigung leistete, an Kindesstatt an[49]), indem er hiemit auch sein Anrecht auf die väterliche Würde anerkannte. Von wirklichem Werthe würde dies wichtige Zugeständnis freilich erst dann geworden sein, wenn der Kaiser im Stande gewesen wäre, seinem Ausspruche über die arelatensische Krone, welcher der Usurpation eine rechtliche Grundlage verlieh, den provenzalischen Großen gegenüber mit den Waffen Nachdruck zu verschaffen. Daran war jedoch nicht zu denken. Einige Monate später schickte die verwitwete Königin einen ihrer Getreuen an Karl ab und ließ sich von ihm, wie er es ihr schon in Kirchheim zugesagt, alle ihre und ihrer Kinder Besitzthümer in Italien, Burgund und Francien noch ausdrücklich bestätigen[50]), wie er auch an demselben Tage (11. August) ihrer Mutter „seiner geliebtesten Schwester" Engelberga alle ihre oft angefochtenen Besitzungen gleichfalls bestätigte. Die Herrenlosigkeit mit allen ihren Uebeln aber, bald durch äußere Gefahren noch drückender gemacht, dauerte in dem verwaisten Reiche nach wie vor fort.

In Kirchheim trat die leidige Angelegenheit der in den Schooß des Westreiches aufgenommenen Normannen abermals an den Kaiser heran, freilich nur um in der bisherigen schimpflichen und unwirksamen Weise erledigt zu werden. „Wegen der maßloßen Anfeindung der Barbaren, so sagt Karl in einer kurz vorher für den Abt Bovo von Korvei ausgestellten Urkunde[51]), thut es noth, daß

[49]) Ann. Fuld. P. V 887: honorifice ad hominem sibi quasi adoptivum filium etiam iniunxit, daher heißt es in der Wahlakte Ludwigs vom J. 890 von ihm: cui praestantissimus Karolus imperator iam regiam concesserat dignitatem und ebenda wird die Herrschaft Karls über Burgund anerkannt: post gloriosissimi Karoli imperatoris obitum aliquamdiu sine rege et principe existens (sc. hoc regnum) (Leg. I, 558). Daran knüpft auch die ziemlich werthlose Visio Karoli (Scr. XII, 458) an, in der Karl aufgefordert wird, den kleinen Ludwig zu seinem Erben einzusetzen. Mit diesem Anschlusse an Karl hängt es wohl zusammen, wenn eine burgundische Synode zu Chalon 18. Mai 887, an der auch die Bischöfe Aurelian v. Lyon, Barnoin v. Vienne, Isaak v. Valence u. a. theilnahmen die Jahre regnante Karolo imperatore augusto in Gallia zählt (Pérard recueil p. 50).

[50]) S. die Urk. Karls vom 11. Aug. (Muratori ant. Ital. I, 565, 919, B. 1021, 1022): nosse volumus industriam omnium fidelium nostrorum ... dilectam neptem nostram Hermingardam ad nos Winigisum fidelem suum direxisse nostram per eum clementiam obsecrans, ut sicut ei de proprietatibus suis filiique sui Chibbleim (Chirhbeim) perdonavimus, ita nostro praecepto stabilitum fore censeremus. cuius petitionem benigno suscipientes affectu etc. und in der andern: cum dilectissima et amantissima soror nostra Angilberga imperatrix quondam augusta Gisulfum venerabilem abbatem et medicum ad nostram direxisset perspicuitatem etc.

[51]) Erhard regesta hist. Westf. I Dipl. 24 (B. 1016): quam concessionem firmam in futurum esse volumus, licet ad praesens eam instantis periculi necessitas paululum minuere cogat. nam propter immensam barbarorum infestationem necesse habemus cum universo populo nobis di-

wit mit unserem gesamten von Gott uns anvertrauten Volke der Verteidigung der Kirche Christi obliegen," ja es that wahrlich noth, allein eben der Verlauf der Dinge im Westreiche zeigte mit furchtbarer Deutlichkeit, wie unter diesem Kaiser die christliche Kirche von aller Verteidigung entblößt war. Im Mai 887 waren nämlich die Belagerer von Paris, nachdem sie sich den Winter über in Burgund gütlich gethan, in ihre alten Quartiere bei der Abtei St. Germain auf der Wiese zurückgekehrt und verlangten nun, bevor sie das Reich verließen, die Auszahlung der Summe, die ihnen für den Abzug von Paris verheißen worden. Der Bischof Askrich begab sich daher an das kaiserliche Hoflager, um die versprochenen 700 Pfund Silber zu holen[52]). Da wir um die Mitte Juni in zwei zu Kirchheim ausgestellten Urkunden für das Martinskloster in Tours, dessen Abt, den Grafen Odo von Paris am Hofe des Kaisers anwesend erblicken[53]), so dürfen wir mit Fug voraussetzen, daß die gleiche Veranlassung auch den Grafen zu dieser Reise bewogen habe. Jedenfalls ist es nicht unwichtig, daß sowol Berengar als Odo, die beiden künftigen Kronbewerber die Verhältnisse im ostfränkischen Reiche und die persönliche Stellung des Kaisers so kurze Zeit vor dem Zusammensturze aus eigner Anschauung kennen lernten.

Die vollkommene Erfolglosigkeit des mit so großen Mitteln unternommenen Pariser Feldzuges trat jetzt in ihrer ganzen Nacktheit zu Tage. Denn als Askrich den Dänen den ausbedungenen Tribut gezahlt hatte, machten diese durchaus keine Miene[54]) nach der See aufzubrechen, vielmehr versuchten sie abermals mit ihrer Flotte an der Stadt vorbei zu schleichen, um in die reichen Gefilde Burgunds zurück zu kehren. Die Wachsamkeit Askrichs und des streitbaren Abtes Ebolus verlegte ihnen jedoch alsbald den Weg, ein Friede wurde geschlossen und von den Normannen so lange gehalten, bis es ihnen glückte bei günstiger Strömung in die Marne einzulaufen[55]). Zwanzig Gefangene den Christen zum Hohne un-

---

vinitus commisso ecclesiae Christi defensioni insistere et ob hoc non omnes sub memorati loci dominio consistentes a profectionibus in hostem immunes relinquere possumus etc.

[52]) Ann. S. Columbae Senon. 886: sequenti (sc. anno) in Maio mense redierunt in Francia; ann. Vedast. 887: Dani vero Parisius regressi propter tributum ab imperatore promissum etc.; Abbo de bellis Paris. l. II v. 347: inde revertentes prato sua castra reponunt | iam dicto, templum sancti velut ante colentes vgl. v. 389, 393.

[53]) Urk. Karls vom 16. 17. Juni (Bouquet IX, 359, 360, B. 1017, 1018). Durch die damals aus dem Westreiche empfangenen Nachrichten mag auch die schon erwähnte Schenkung an die Abtei des h. Medard zu Soissons hervorgerufen worden sein.

[54]) Abbo l. II v. 388—441 (vgl. Regino 889). Von Depping (Expédit. des Normands I, 213) werden diese Vorfälle ganz irrig mit dem ersten Abzuge der Normannen von Paris im Nov. 886 in Verbindung gebracht.

[55]) Ann. Vedast. 887: datoque tributo, quia nullus erat, qui eis re-

ter Martern tödtend, segelten sie diesen Strom aufwärts. Sie setzten sich noch oberhalb von Meaux zu Chezy fest, einer königlichen Meierei. Von dort streiften sie auf der einen Seite bis nach Troyes, das von ihnen den Flammen übergeben wurde, auf der andern nach Verdun, Toul sowie nach Reims, alles im Umkreise dieser Städte verwüstend, welche selbst durch ihre Mauern gegen eine Plünderung geschützt wurden. Die innere Zerrüttung des Frankenreiches und der bald darauf erfolgende Sturz des Kaisers gestattete ihnen, ohne jede Rücksicht auf die abgeschlossenen Verträge sich immer tiefer in das Mark des Reiches einzunisten.

Jener Aufenthalt Karls in Kirchheim während des Juni sollte indessen noch einen Ausbruch der allgemeinen Unzufriedenheit herbeiführen, der schon als ein deutliches Vorzeichen des ihn selbst bedrohenden Unheils erscheinen mußte. Von jeher hatte Karl, der schon von seinem Vater in jungen Jahren zum Schwabenköuige bestimmt worden, für Alamannien, das ihm zur Heimat geworden, eine besondere Vorliebe gehegt, dort oder im Elsaß, dem seine Gemahlin entstammte, am liebsten verweilt und vornehmlich Männer dieses Stammes zu seinen Rathgebern erwählt[56]). Ein Zeichen seiner Gunst für den schwäbischen Volksstamm ist es z. B., daß er Abkömmlingen desselben manches reiche Bisthum außerhalb Schwabens zuwandte, so den Brüdern Liutward und Chadolt, die in Reichenau erzogen, die italienischen Bisthümer Vercelli und Novara, Ratbod, einem edlen Alamannen 883 das Erzbisthum Trier, Ruodbert, einem Zöglinge von St. Gallen in demselben Jahre Metz, seinem Kanzler Waldo, den St. Gallen ebenfalls gebildet, 884 Freising[57]).

---

sisteret, iterum per Sequanam Maternam fluvinm ingressi Gatiaco sibi castra statuunt; Asserius de reb. gest. Aelfredi reg. (Mon. hist. Brit. I, 490): A. d. 887 supra memoratus paganorum exercitus Parisiam civitatem derelinquens incolumem ... classem suam sub illo ponte sursum contra Signe longe remigando tamdiu direxit, donec ad ostium fluminis, quod Materre nominatur, pervenisset; tunc Sigonam deserentes in ostium Materrae divertunt, contra quod diu ac longe navigantes demum non sine labore usque ad locum qui dicitur Caziei id est villa regia pervenerunt, in quo loco hyemaverunt integro anno (vgl. Ethelwerd. chron. l. IV c. 3 eb. 517). Ueber ihre weiteren Unternehmungen ann. Vedast. 887, Regino 889, ann. Fuldens. P. IV 887: Nordmanni audita Francorum dissensione et imperatoris eorum abiectione plurima loca, quae prius minime tetigerant vastaverunt. ad Remensem quoque urbem venisse referuntur etc. In diese Zeit dürfte auch die Verwüstung des Klosters St. Mihiel an der Maas gehören, dessen Mönche Zwentibold 15. Aug. 895 beschenkte considerantes illorum penuriam de oppressione gentilium (Bouquet IX, 375, B. 1152).

[56]) Ann. Fuld P. V 887: Alamannis, quibus maxime negotium sui regni habebat commissum. — Schon im J. 862 erscheint Karl als Graf des Breisgaus (s. I, 560 A. 57), daher richtet auch Waldram an ihn die Verse: Francia te Suevis, o rex, direxit alendis, | iam pecuare tunm pasce diu vidnum (St. Gall. Denkmale S. 220).

[57]) Ueber Chadolt s. dessen Stiftung für Reichenau (Mone Quellensamml. I, 233, Fickler Quellen u. Forschungen Urk. 6): cum domnus Karolus ...

Alle schwäbischen Günstlinge des Kaisers überragte jedoch jener Liutward bei weitem, der trotz seiner niederen Geburt nicht nur zur bischöflichen Würde aufstieg, für welche in der Regel Abkunft aus einer vornehmen Familie gefordert wurde, sondern als Kanzler dem Könige schon im ersten Jahre seiner Regierung zur Seite stehend, sehr bald zu dem Amte des Erzkanzlers oder Erzkaplans sich aufschwang[58]) und als solcher über seinen Herrn einen völlig beherrschenden und ausschließlichen Einfluß gewann. In einer ganz ungewöhnlich großen Zahl von Urkunden erscheint Liutward, der „geliebte Erzkanzler" und „vertraute Rath" des Kaisers als der Fürbitter, der die Ausstellung derselben zu Wege bringt und wir mögen daher wohl glauben, was ein Zeitgenosse schreibt, daß er ähnlich dem Haman unter Ahasveros mehr denn der Kaiser selbst von allen geehrt und gefürchtet wurde[59]). In allen wichtig-

---

omnibus in se fidentibus ineffabili benignitate copiam suae largitatis exhiberet, mihi qnoqne ... Chadolto episcopo consuetam benignitatem hilari ac promptissimo animo manifestare dignatus est. qui me ... de Auva monasterio ... tulit et in sunm servitium coaptavit ac sanctae Novariensi ecclesiae ... pontificem constituit; Ratbod, nach Regino 8. April 883 zum Erzb. v. Trier geweiht, vorher nach den gesta Treveror. c. 28 Abt v. Metlach, heißt in einer St. Galler Aufzeichnung Rapolt nobilissimus Allemannorum Trevirensis ecclesiae pontifex (Nengart cod. dipl. I, 459); von Ruodbert, seit dem 22. Apr. 883 (s. oben S. 207 A. 19) B. v. Metz, an den der h. Notker ein Gedicht über die Wunder des h. Stephan richtet (St. Gall. Denkm. S. 228), heißt es in den Miracula S. Glodesindis c. 30 (Scr. IV, 237): Ruotperto gentis Alamannorum viro clarissimo. Waldo erscheint als Notar Karls seit dem 29. Dez. 880 (B. 921, 926 u. s. w.), seit dem 14. Mai 882 (Dronke 282, B. 946 flg.) als Kanzler, zuletzt 26. Juni 884 unterschreibt er als Waldo episcopns (B. 978) vgl. über ihn meine St. Gall. Denkm. S. 263, Sickel Beitr. zur Diplomatik (Sitzungsber. d. Wiener Akad. phil. hist. Kl. XXXIX, 108).

[58]) Liutward schrieb als Kanzler B. 897, 899, 900 aus dem J. 877, die erste und dritte ad vicem Witgarii archicapellani, des Augsburger Bischofs; Urk. vom 13. Jan., 10. Febr. 878 (Dümgé reg. Bad. 73, B. 901) sind ad vicem Liutwardi cancellarii ausgefertigt (in B. 904 steht wohl nur irrig cancell. für archicanc.), seit dem 24. März 878 aber werden alle Urk. Karls ad vicem Liutwardi archicancellarii (zuerst B. 902 und B. 898?) oder archicapellani (zuerst B. 907 vom 23. Nov. 879) geschrieben bis zum 24. Juli 887 (B. 1020). Ueber seine Abkunft s. oben S. 112. Hieraus erhellt, wie unrichtig die Behauptung Leos (Gesch. des deutschen Volkes I, 554) ist, daß Karl Liutward „als seinen Kanzler für das italienische Königreich aus Italien mitgebracht hatte."

[59]) Auf Liutwards Fürbitte berufen sich abgesehen von einigen unechten oder verdächtigen Urk. (B. 916, 918, 956) folgende vom 1. Febr. 880 bis 10. Febr. 887: B. 913, 915 (darin zuerst dilectus consiliarius), 920—922, 924 (per Liutvardum summum cancellarinm nostrum), 929, 930, 933—936, 940, 947, 958 (Liutvardus episcopus summusque archicancellarius ac consiliarius noster), 962, Mabillon annal. ord. Bened. III, 246, Fioravanti dissertaz. etc. p. 67 (per Liutvardum reverendissimum praesulem nostrique palatii archicappellanum), B. 965, 970, 972, Dümgé reg. p. 75, B. 978, Ughelli It. sacr. IV, 483, B. 987, 988, 991 (per Liutvardum reverendum praesulem, strenuum atque intimum consiliarium nostrum nostrique palatii summum archicancellarium), 993, 1000, Campi hist. di Piacenza I,

sten Angelegenheiten ist er Karls rechte Hand: er vermittelt die Anliegen des Papstes Johanns VIII. bei ihm und wird unter Stephan V. nach Rom geschickt, zuerst um ihn abzusetzen, dann um als kaiserlicher Stellvertreter über viele gewichtige Fragen mit ihm zu verhandeln, ihm wird auch der Abschluß des schimpflichen Vertrages mit den Normannen von Elsloo Schuld gegeben. Fast beständig ist er dem Kaiser auf seinen Zügen, namentlich nach Italien, zur Seite und auch mit der Kaiserin Richarda verband ihn ein näheres und vertrauliches Verhältnis, daher treten beide öfter vereint in den Urkunden als Fürbitter auf und Johann VIII. sucht sich ihrer gemeinsamen Verwendung zu versichern[60]).

Liutward, für so viele andre der Mittler der kaiserlichen Gunst, war nicht gewillt, den kostbaren Besitz derselben sich nicht auch selbst in vollem Maße zu Nutze zu machen. Außer dem Bisthum Vercelli, das er im Winter 879 zu 880 antrat, empfieng er in Italien noch die Abtei Bobbio an der Trebbia und das an Oel und Wein reiche Klösterlein Massin, das nach seinem Tode an St. Gallen fallen sollte und auf seine Veranlassung machte Karl im J. 882 dem Hochstifte des h. Eusebius d. h. Vercelli eine sehr ausgedehnte Güterschenkung[61]). In Deutschland verlieh ihm der Kaiser eine Kapelle im Thurgau, die er mit einer Celle in

---

471, B. 1012, 1013, Grandidier hist. de l'egl. de Strasb. II, CCLXXVIII für Gengenbach undatiert, Chadolts Stiftung für Reichenau a. O., Ratperti casus S. Galli (Scr. II, 73) im Ganzen 34 Urk. aus 7 Jahren, darunter 22 für Italien vgl. ann. Fuld. P. IV 887: qui priscis temporibus, id est ex quo rex in Alamannia constitutus est, quendam de suis ex infimo genere natum, nomine Liutwardum supra omnes qui erant in regno suo exaltavit, ita ut Aman ... et nomine et dignitate praecelleret ... et plus quam imperator ab omnibus honorabatur et timebatur; P. V: qui tunc maximus consiliator regis palatii fuit; Regino 887: Liudwardum episcopum Vercellensem virum sibi percharum et in administrandis publicis utilitatibus unicum consiliarium, 901: Lindwardus ... Caroli quondam imperatoris familiarissimus et consiliarius a secreto.

60) Regino 887: eo quod reginae secretis familiarius quam oportebat immisceretur. In B. 929 heißt es: carissima coniunx nostra Riggarda necnon Liutuhardus venerabilis episcopus ac dilectus archicancellarius noster deprecati sunt etc., ähnlich B. 935: rogatu Ringurdae dilectae coniugis nostrae atque Liutwardi episcopi und 978. Johann VIII. adressierte J. 2602: Riccardi augustae seu Liutwardo Vercellensi episcopo a paribus und an Liutward schreibt er in J. 2613: studio tuo, quod cum spiritali filia nostra imperatrice, sicut asseris, ut domnus imperator ... ingrederetur Italiam, habuisti, gratias agimus (Mansi XVII, 207, 218).

61) Ueber Vercelli s. oben S. 112. Daß L. dem Kloster Bobbio vorstand, lehrt das Schreiben Notkers an ihn: abbatique coenobii sanctissimi Columbani (St. Gall. Denkm. S. 224). Karl schenkte rogante Hartmoto (also vor 883 Dez.) et efficiente Liutwardo episcopo atque archicancellario imperatoris (also nach 881 Febr.) quandam abbatiolam in Italia sitam olearum et vinearum feracem ..., cui nomen est Massin an St. Gallen, indem er sie Liutward gegen einen Jahreszins von 60 solidi zum lebenslänglichen Nießbrauche vorbehielt (Ratpert. casus S. Galli c. 9). Die Schenkung an den h. Eusebius Hist. patr. monum. chart. t. I, 64, B. 940.

Reichenau vertauschte[62]), und sehr umfangreiche Besitzungen in Churwalchen, welche Liutward dem Bisthum Chur überließ, um dafür 150 Hufen im Elsaß einzutauschen. Auch seinem Bruder Chadolt verschaffte er durch seine Fürsprache eine Besitzung zu Langdorf im Thurgau[63]). Es darf hiernach nicht Wunder nehmen, daß der Erzkanzler unermeßliche Schätze aufhäufte und in den Ruf schmutziger Habgier geriet[64]). Aber auch sonst wurden vielfache Anklagen gegen ihn laut. Um seinen niedrig geborenen Verwandten ehrenvolle Partien zu Wege zu bringen, ließ er in Schwaben, wie in Italien Mädchen aus vornehmen Familien entführen, wie dies insonderheit von jener Nichte des Markgrafen Berengar bekannt ist. Man behauptete sogar, daß der Bischof von Vercelli vom rechten Glauben abgefallen und in eitler Selbstüberhebung in Bezug auf die Person Christi einer ketzerischen Meinung zugethan sei, indem er die Einheit derselben leugne. Nicht minder hatte sein vertrautes Verhältnis zur Kaiserin zu allerlei Gerede Anlaß gegeben, da der einmal gegen den Emporkömmling entflammte Haß jeden Anlaß, aus dem er neue Nahrung saugen konnte, begierig aufgriff[65]).

Dieser allgemeine Haß entlud sich auf der Versammlung der Getreuen, welche der Kaiser im Juni zu Kirchheim abhielt, in einem vernichtenden Ungewitter. Die schwäbischen Großen hatten sich zum Sturze des allmächtigen Erzkanzlers verschworen, sie drangen von allen Seiten auf den rathlosen Herrscher mit ihren

---

[62]) K. schenkte L. quandam capellam, quae vocatur Birninga sita in Alamannia, wofür dieser 9. Okt. 883 von Reichenau cellam infra monasterium ... quae vocatur Thegamarscella eintauschte (Pupikofer Gesch. des Thurgaus I Beil. 3, B. 970), ferner monasterium Tuberis (Münster bei Taufers) et plebes in Vinomna (Rankwil) et in Nuzudres (Nüziders) et ad Flumina (Flumbs), wofür L. von Chur im Elsaß 150 mansos cum capellis in villis nominatis Sclectistat, Chunigesheim, Breitenheim et Winzenheim eintauschte, 4. Jan. 881 (v. Mohr cod. dipl. v. Graubünden I, 47, B. 922).

[63]) Stiftung Chadolts (Mone I, 233): fratri meo interveniente videl. Liutwardo archicapellano curtem suam, quae vocatur Erichinga placida ac benignissima mente in proprietatem concessit, bestätigt von Arnolf 1. Aug. 888 (Dümgé reg. Bad. p. 79).

[64]) Ann. Fuld. P. IV 887: philargiria caecatus. Nach Regino 901 wurde Liutward assumptis secum opibus atque incomparabilibus thesauris, quibus ultra quam aestimari potest abundabat von den Ungern erschlagen.

[65]) Von der Entführung vornehmer Mädchen und der Ketzerei spricht nur der gegen Liutward leidenschaftlich eingenommene Verf. des vierten Theiles der ann. Fuld., der damit schließt: sed idem rex regum hoc anno concitavit animos imperatoris in blasphemum, qui habita cum suis conlocutione in loco, qui vocatur Kirihheim, eum deposuit, ne esset archicappellanus multisque beneficiis ab eo sublatis, ut haereticum et omnibus odiosum cum dedecore de palatio expulit, dagegen sagen die ann. Fuld. P. V 887, wie ich glaube den Sachverhalt am richtigsten wiedergebend: Alamanni contra Liutwardum episcopum dolose conspiravere, ... et eum a praesentia imperatoris omni honore privatum abire compellunt. Regino sagt nur kurz: a suo latere cum dedecore repulit.

Beschuldigungen so ungestüm ein, daß dieser in einer plötzlichen Aufwallung seinen Günstling fallen ließ, ihm so wie seinen Verwandten viele ihrer Lehen entzog und ihn schimpflich vom Hofe verwies. Sein Amt als Erzkaplan übernahm bald darauf der Erzbischof Liutbert von Mainz, der dasselbe schon unter den beiden Ludwigen zwölf Jahre hindurch verwaltet hatte[66]). Wiewol den Kaiser bald genug der schnelle Entschluß reute, der ihm wohl nur durch Ueberrumpelung abgewonnen oder abgedrungen worden, wie er denn einem Neffen Liutwards, Adalbert die entzogenen Lehen zurückgab[67]), so war die Sache doch selbst unwiderruflich: der Erzkanzler blieb auf sein Bisthum beschränkt und nicht lange, so vernahm man, daß er sich zu des Kaisers Neffen Arnolf nach Kärnten begeben, um mit ihm an dem Sturze seines ungnädigen Herrn zu arbeiten[68]).

Durch die üblen Nachreden, die über Liutward umgiengen, wurde auch die Ehre der Kaiserin Richarda verdächtigt, die ihre Huld ihm in allzu hohem Maße geschenkt haben sollte. Wir wissen nicht, in welcher Form diese Anklagen gegen sie laut wurden und ob namentlich Karl, der bisher ihr großen Einfluß eingeräumt und seine Freigebigkeit durch Schenkung vieler Güter, insonderheit der Klöster Seckingen, Zürich (Fraumünster), S. Marino in Pavia und Zurzach gegen sie in der glänzendsten Weise bewährt hatte[69]), den Verleumdern irgend welchen Glauben schenkte — jeden-

[66]) Liutwards Sturz gehört in den Juni 887, in welchem Karl sich zu Kirchheim aufhielt (B. 1017, 1018), wenn trotzdem Urk. vom 23. Juni und 24. Juli in seinem Namen ausgefertigt sind, so kann er doch selbst keinen Theil mehr daran gehabt haben, wie auch im Texte der letzteren Liutbert bereits als Erzkanzler genannt wird. Urk. Karls vom 11. Aug. bis 21. Sept. sind ad vicem Liutberti archicancellarii (oder archicapell.) ausgefertigt (B. 1021—1024, auch 1015, das jedenfalls nach 1020 gehört, und eine undatierte Urk. für Wibod v. Parma bei Muratori ant. Ital. I, 922, Affò storia di Parma I, 308).

[67]) Urk. bei v. Mohr I, 48 (B. 1015): credimus quoque ad plurimorum pervenisse notitiam, qualiter nos quibusdam exortis occasionibus Liutwardo venerabili episcopo paulolum comoti honores abstulimus ac proinde Adalberto nepoti suo proprietas, quam sibi antea per praeceptum auctoritatis nostrae contulimus, sublata est ... nos quoque ad pristinam tranquillitatem animum revocantes eidem supra memorato fideli nostro proprietatem sublatam reddidimus ... nullamque in suis rebus pro hac occasione calumniam patiatur, sed libere potiatur omnibus rebus et proprietatibus suis, vielleicht der S. 113 erwähnte Obermundschenk Adalbert. Diese Urk. begünstigt die Auffassung, wonach Karl mehr gedrängt als freiwillig Liutward entließ.

[68]) Ann. Fuld. P. IV 887: at ille in Baioariam ad Arnulfum se contulit et cum eo machinari studuit, qualiter imperatorem regno privaret.

[69]) Auf Fürbitte der Richgarda dilectissima coniunx nostra ließ Karl 11. Juli 877 ihren Hörigen Bernhoh frei (B. 898), am 10. Febr. 878 schenkte er dilectissimae nostrae Rihgardae die Stifter Seckingen und Zürich, welches letztere vorher seine Schwester Bertha besessen (B. 901), am 10. Juli 880 genehmigte er eine Schenkung Richardas von 3 Husen im Elsaß an Huto und

falls aber gab dies Gerede den Anstoß, daß Richarda sich gänzlich von ihrem Gemahle trennte, um sich allein dem gottseligen Leben zu widmen, zu welchem das Verlangen ihrer Seele sie längst hingezogen hatte. Die des Ehebruches bezichtigte Fürstin, so wird erzählt[70]), trat wenige Tage nur nach dem Sturze des Erzkaplans öffentlich vor der Reichsversammlung auf und nachdem der Kaiser bezeugt, daß er sie während ihrer fünf und zwanzigjährigen Ehe nie berührt habe, bekannte sie ihrerseits, daß sie in unbeflecktem Magdthume weder je ihres Gatten noch eines andern Mannes Umarmung genossen. Zum Beweise dessen erbot sie sich entweder durch einen Vertreter das Gottesurtheil des Zweikampfes oder selbst die Probe der glühenden Pflugschaaren zu bestehen.

Den Grund, weshalb ihre Ehe nicht vollzogen worden, vermögen wir nicht zu erkennen: sie wurde nunmehr gelöst und Richarda zog sich für den Rest ihres Lebens in das von ihr auf ihrem väterlichen Erbtheile zu Ehren des Erlösers gestiftete Nonnenkloster Andlau im Elsaß zurück, dem sie außer den von ihrem Vater, dem reichen Grafen Erchanger, zu Kinzheim, Zellweiler u. a. O. ererbten Gütern und den von ihrem Schwiegervater als Witthum im Breisgau empfangenen Besitzungen noch viele andre liegende Gründe, namentlich das Kloster Bon-Moutier im Wasgau durch

---

Walpurga, die nach deren Tode an Andlau fallen sollten (B. 919), 15. Okt. 881 schenkte er Rickarde dilectissime nostre et regni nostri consorti das Nonnenkloster S. Marino und Zurzach (B. 931, 932), 19. Febr. 884 übergab er, quia Rigarda dilectissima coniunx nostra monasterium puellarum, quod dicitur Eleon in proprietate sua paterna a fundamento construxit, demselben quoddam monasterium, quod dicitur Botonis monasterium (B. 973 vgl. 267, 1936). Ueber das von Johann VIII. im Febr. 881 verliehene Privilegium, dessen Karl gedenkt s. oben S. 181. Auf Fürbitte Richardas sind außer den A. 60 angef. Urk. noch B. 1000 und eine ungedr. Urk. für Geilo v. Langres vom 15. Jan. 887 (consentiente dilectae coniugi nostrae Rigardi) ausgestellt.

70) Nur Regino meldet unter den Zeitgenossen, daß Liutward obiecto adulterii crimine entfernt wurde und fährt dann fort: deinde paucis interpositis diebus coniugem Richardem ... pro eadem re in concionem vocat et, mirum dictu, publice protestatur, nunquam se carnali coitu cum ea miscuisse, cum plus quam decennio legitimi matrimonii foedere eius consortio esset sociata etc. Das letztere ist sehr ungenau, da sie gerade 25 J. verheiratet waren (s. I, 475), ein Gelübde, quia uxorem suam carnali commercio non contingeret, legte Karl nach Hinkmar im Jan. 873, doch in unzurechnungsfähigem Zustande ab. Wegen des Schweigens der ann. Fuld., die z. J. 899 eine ähnliche Anklage gegen die Kaiserin Ota multis temporibus inauditum scelus nennen, bezweifeln v. Gagern (Vita Arnulfi imp. p. 41) und Wenck (Erhebung Arnulfs S. 19 A. 14) die Erzählung Reginos gänzlich und allerdings glaube ich nicht, daß die Verbindung mit Richarda zum Sturze Liutwards wesentlich beitrug, wohl aber mag ein Gerede darüber den Anlaß zu öffentlichen Erklärungen und zu der Scheidung der Ehe gegeben haben. Dieser Kern der Erzählung muß festgehalten werden, da Regino bei näher liegenden Ereignissen in den Sachen meist zuverlässig nur in der Zeitfolge und Verbindung derselben irrt.

die Güte ihres Gemahles verschafft hatte[71]). Sie lebte dort noch einige Jahre und hinterließ die Leitung des Stiftes ihrer Nichte Rotrude, da dasselbe wo möglich immer der Familie Erchangers, ihres Vaters verbleiben sollte. Der seltsamen Trennung der Kaiserin von ihrem Gatten aber bemächtigte sich die Sage und dichtete, daß Richarda vor einer zahlreichen Versammlung in der That die Feuerprobe bestanden, indem sie ein Wachshemde auf bloßem Leibe anzog, das an vier Enden angezündet ihren jungfräulichen Körper unverletzt ließ, worauf ihren Verleumdern der Galgen zum verdienten Lohne ward[72]). Diese Ueberlieferung, dazu der fromme Wandel der gottgeweihten Fürstin brachten sie nach ihrem Tode in den Geruch der Heiligkeit, wie nachmals ihre Nachfolgerin Kunigunde, Heinrichs II. Gemahlin. Ihr Todestag, der 18. September wurde im Elsaß gefeiert und im November 1049 kam Papst Leo IX. selbst nach Andlau, um ihre Gebeine zu erheben und feierlich in der von ihm geweihten Kirche beizusetzen[73]).

Der Kaiser begab sich nach der Trennung von seinem bisherigen Rathgeber und seiner Gattin im Juni noch einmal nach Ingelheim, dann zog er sich während des August und September auf den Königshof Lustnau am Rhein oberhalb des Bodensees zurück[74]). „Nach diesen Ereignissen, so schreibt ein Zeitgenosse, be-

---

[71]) Eb.: in monasterio, quod in proprietate sua construxerat, deo famulatura recessit; Herimann. Aug. 887: moxque ab eo separata in Andelahense coenobium virginum a se constructum secessit vgl. die von ihr 892 oder 893 erlassenen Statuten von Andlau mit Aufzählung aller Besitzungen des Klosters, welche ihr der Papst und K. Arnolf, sowie ihrer Nichte Ruuddrudis Ludwig und Karl der Einf. (im J. 912) bestätigten (Grandidier hist. de l'égl. de Strasb. II, CCCIV, CCCXIII, CCCXIX).

[72]) S. die auf Herimann v. Reichenau beruhende Legenda S. Richardis (eb. CCCX): cereatam camisiam ei ad cutem induerunt et in IV partibus ipsam incenderunt etc. (dies Wachshemde wurde in dem Kl. Etival als kostbare Reliquie aufbewahrt, Acta sct. Bollandi Sept. t. V, 796), weiter ausgeführt in naiver Weise in der sog. Kaiserchronik des 12. Jahrh. v. 15417—15530 (her. v. Maßmann II, 415 flg. vgl. III, 1053), wo ein Verleumder Sigerat genannt wird, s. auch den Hymnus zu ihren Ehren (Mone latein. Hymnen des MA. III, 492; Daniel thesaur. hymnolog. IV, 247).

[73]) Annalista Saxo 1048 (Scr. VI, 688): idem papa (sc. Leo) in cenobio virginum, quod nominatur Andela in Alsatia corpus sanctae Richardis imperatricis de tumulo honorifice elevavit et in eclesia recondidit vgl. die Bulle Leos (J. 3194). Richardas Todestag geben das Necrol. Augiense, Einsidl. (Mabillon anal. vet. p. 20): XIV Kal. Oct. sancta Rihkart monialis, u. a. (Pertz Archiv IX, 524).

[74]) Aus Ingelheim ist eine Urk. Karls vom 23. Juni datiert, ad Lustenowa curte regali Urk. vom 24. Juli, 11. Aug., 21. Sept. (B. 1019—1024). Die in villa que dicitur Weiblinga praesentibus plurimis principibus nostris ausgestellte Urk. (v. Mohr I, 48) ohne Datum, wird, wie v. Gagern (Arnulfi imp. vita 41) schon richtig bemerkte, den letzteren nachgesetzt werden müssen. Ueber die Krankheit des Kaisers s. Ann. Fuld. P. IV 887: mox vero caesar gravissima infirmitate detentus est, Regino 887. Nach Spoleto drang die Kunde: Carlum augustum seminecem iacere (Erchempert. c. 79). Die von Dönniges (deutsches Staatsrecht S. 160) angef. Urk. Arnolfs,

gann der Kaiser an Leib und Seele zu erkranken," Karl wurde von einem sehr schweren Siechthume befallen, ein andrer. Gewis stammten diese Leiden des unglücklichen Fürsten nicht von gestern und ehegestern: hatte er doch als Prinz schon in so hohem Maße an der fallenden Sucht gelitten, daß er in seiner Pein daran dachte, der Welt zu entsagen. Von Paris kehrte er mit so heftigen Kopfschmerzen zurück, daß man ihm durch eine Operation Linderung zu verschaffen suchte. Seit er an dem Grafen Heinrich, der letzten Stütze des wankenden Reiches, sein Schwert, an Liutward seinen Rath verloren hatte — mochte dieser Rath auch oft ein schlechter und selbstsüchtiger gewesen sein — war er ein hilfloser und geschlagener Mann, dessen Unfähigkeit zu jeder geistigen Anstrengung, nunmehr auch dem Blödesten einleuchtend wurde[75]).

Das Staatsschiff trieb gleichsam steuerlos, wohin die Winde und Wellen es führen mochten und Niemand fand sich, der den Mut gehabt hätte, für diesen Kaiser noch einmal die Lenkung zu übernehmen. Was half es, daß die Schwaben[76]), denen er am nächsten angehörte, ihm ihrem „gütigsten" und „mildesten" Herrscher einige Anhänglichkeit bewahrten, daß die Geistlichkeit zu preisen wußte[77]), wie unermüdet er die Gebote der Kirche zu erfüllen trachte, aus vollen Händen Almosen spendend, unablässig dem Gebete und den Psalmen obliegend. „All sein Hoffen und seinen Rath setzte er auf die göttliche Vorsehung," heißt es von ihm: ein hohes Lob ohne Zweifel, wenn nicht Willensschwäche und Mangel eigenen Entschlusses die besten Stützen dieses Gottvertrauens gewesen wären. Mag auch die Pietät schön und löblich sein, mit der er unter seinen zahlreichen Schenkungen an geistliche Stifter auch der Marienkirchen zu Frankfurt und Regensburg, der Gründungen seines Vaters, der Klöster Lorsch und Oetting, der Ruhestätten des Vaters und der Brüder keineswegs vergaß[78]) — die Tugen-

in der dieser von der Schwäche Karls spricht (Mon. Boica XXXI^a, 149), ist, wie schon Hansiz erkannte, handgreiflich unecht.

[75]) Ann. Vedast. 887: Franci vero australes videntes imperatoris vires ad regendum imperium invalidas, eiecto eo de regno etc.; Regino 887: cernentes optimates, non modo vires corporis, verum etiam animi sensus ab eo diffugere, daher erzählt Helmold (chron. Slavor. c. 7): Carolus accusatus in curia et ob stultitiam regno depositus.

[76]) Vgl. oben A. 56. Der schwäbische Fortsetzer Erchanberts nennt ihn mansuetissimum Carolum, Ratpert von St. Gallen schreibt: idem mitissimus imperator Carolus omnibus Italiae Germaniaeque populis suavissimo ordine imperavit (Scr. II, 73, 329).

[77]) Regino 888: fuit vero hic christianissimus princeps, deum timens et mandata eius ex toto corde custodiens, ecclesiasticis sanctionibus devotissime parens etc., daher sagen die ann. Alamann. 887: Karolus imperator regno t e r r e s t r i privatus.

[78]) Am 11. Dez. 882 bestätigte Karl die Ausstattung der Frankfurter Kirche und schenkte ihr noch dazu den Neunten von 7 benachbarten Königshöfen (B. 949), der Regensburger Marienkirche machte er Vermächtnisse 23. März 883,

den, die den Fürsten eines friedlichen Volkes geziert haben würden, verdunkelten sich zu Fehlern in dieser rauhen, kriegerischen Zeit, die nicht fromme Demut, sondern streitbare Kraft vom Throne erwartete.

Indem in dem Mittelpunkte der Reichsregierung jede Thätigkeit gleichsam gelähmt und erstorben war, regte es sich rings im Umkreise und in den Gliedern begann eine selbständige Bewegung, die Fäden einer Verschwörung spannen sich über das Reich, die vornehmlich von den Baiern und Ostfranken ausgehend auch die Sachsen und Thüringer und selbst einen Theil der Schwaben umfaßte[79]). Als der Kaiser sich um Martini (11. Nov.) nach der Pfalz Trebur begab, wohin er eine Reichsversammlung entbot[80]), aufgeschreckt wahrscheinlich durch das Gerücht der Dinge, die da kommen sollten, vernahm er, daß sein Neffe Arnolf an der Spitze eines bairisch-kärntnerischen Heeres in offener Empörung gegen ihn heranziehe[81]). Die fränkischen Großen, die vorher mit ihm einverstanden waren und ihn eingeladen hatten, sowie die aus den übrigen Stämmen, giengen insgesamt zu ihm über und leisteten Huldigung, einzelne, die zu kommen zögerten, trieb die angedrohte Entziehung ihrer Lehen zu größerer Eile an[82]). Noch einen Au-

---

19. Sept. 884 (Mon. Boica XXVIIIa, 69, 74), der Kapelle zu Oetting schenkte er 25. Aug. 885 den Neunten von 19 benachbarten Königshöfen sowie von der an zwei Zollstätten erhobenen Mauth (Mon. Boic. XXXIa, 116), dem Kloster Lorsch bestätigte er 25. Febr. 883 seine Privilegien, namentlich die freie Abtswahl und schenkte 11. Juni 884 den Königshof zu Alsheim (B. 952, 977) vgl. Necrol. Lauresham. zum 13. Jan. (Boehmer fontes III, 144).

[79]) Die ann. Fuld. P. IV 887: omnes optimates Francorum, qui contra imperatorem conspiraverant; Regino 887: subito facta conspiratione de imperatore deficientes; ann. Hildesh. 887 (Scr. III, 50): conspiratione facta adversus eum sprechen von einer Verschwörung, genauer sagen die ann. Fuld. P. V: ab illo ergo die male inito consilio, Franci et more solito Saxones et Duringi, quibusdam Baioariorum primoribus et Alamannorum ammixtis cogitaverunt deficere a fidelitate imperatoris. Aus einer gewissen Parteilichkeit hat der bairische Verfasser dieser Quelle, wie schon Wenck (Erhebung Arnulfs S. 28 A. 28) bemerkt, den Antheil seiner Landsleute, von denen doch der Abfall ausgieng, möglichst gering dargestellt.

[80]) Nur die ann. Fuld. P. V, daraus Adam v. Bremen l. I c. 42 (? vgl. Pertz Archiv VI, 776) lassen Karl sich in Frankfurt aufhalten, dagegen P. IV: cum idem imperator in villa Tribure consedisset suorum undique opperiens adventum; Regino: mense itaque Novembrio circa transitum sti Martini Triburias venit ibique conventum generalem convocat; ann. Hildesh.: Karolus veniens in Triburias; et cum placitum haberet post festivitatem sancti Martini.

[81]) Ann. Fuld. P. IV: Arnulfus cum manu valida Noricorum et Sclavorum supervenit et ei molestus efficitur. An Suatopluk ist nicht zu denken, vielmehr sind mit den Slaven, wie in den ann. Fuld. 877 die Winden in Kärnten gemeint.

[82]) Eb.: nam omnes optimates Francorum ... ad se venientes in suum suscepit dominium, venire nolentes beneficiis privavit, von jenen eben heißt es in der P. V: isti invitaverunt Arnulfum ipsumque ad seniorem eligerunt.

genblick dachte der überraschte Kaiser an bewaffneten Widerstand, allein seine Alamannen, auf die er zählte, waren, wenn auch mit dem Empörer nicht im Einvernehmen, doch so eingeschüchtert und bestürzt, daß Niemand das Schwert für den rechtmäßigen Herrscher zu ziehen wagte[83]). Da griff, je mehr der Usurpator sich Trebur näherte, der Abfall immer weiter um sich. Alle, die sich sonst an der kaiserlichen Gnade gesonnt, wandten sich dem neu aufgehenden Gestirne zu, um die Wette liefen selbst die Diener davon und der Hof verödete in drei Tagen bis auf einige geringe Personen. Liutbert der Erzkanzler, durch dessen Vermittelung Karls letzte Regierungshandlungen erfolgt waren, versah allein noch aus Mitleid seinen Hofhalt mit den nöthigen Lieferungen an Speise und Trank[84]). Durch eben diesen Liutbert schickte der entthronte Kaiser seinem Neffen die Reliquie vom Kreuze des Herrn, auf die er ihm einst den Treueid geleistet und bat ihn seiner Treupflicht eingedenk zu sein und sich menschlich gegen ihn zu beweisen[85]). Arnolf soll bei diesem Anblicke in Thränen ausgebrochen sein, aber an der Nothwendigkeit der Dinge vermochte er nichts zu ändern. Auch begehrte Karl, mit Gleichmut und gottergebenem Sinne in das Unabänderliche sich fügend, von seinem Nachfolger nichts weiter, als einige Meierhöfe in Schwaben, um auf ihnen sein Leben in Ruhe zu beschließen und für seinen Sohn Bernhard, den er mit Geschenken an den Neffen sandte, eine gnädige Behandlung[86]). Im November hatte sich diese unblutige Umwälzung vollzogen, gegen Ende dieses Monats finden wir Arnolf zu Frankfurt, von allen deutschen Stämmen (außer den Lothringern) anerkannt und selbst der Primas des Reiches, Liutbert von Mainz, noch eben Erzkaplan des gestürzten Kaisers, erscheint bereits unter denen, die seinem Nachfolger hold und gewärtig sind[87]). Karl zog sich von

---

[83]) Eb.: Karolus, nitens bellum contra Arnulfum regem instaurare, sed non proficit, concussis timore Alamannis. Die Abneigung der letzteren gegen Arnolf zeigt die Nachricht der ann. Alamann. 887: Arnolfus inmanissimns rex elevatur.

[84]) Regino 887. Die Urk. vom 24. Juli 887 für einen Vassallen von St. Gallen ist ausgestellt per suggestionem Liutperti venerabilis archiepiscopi ac dilecti archicancellarii nostri (B. 1020), ebenso die Urk. für Wibod v. Parma per dilectum fidelem et sanctissimum archiepiscopum Lintbertum (Muratori ant. It. I, 921).

[85]) Ann. Fuld. P. IV: ut sacramentorum snorum non immemor tam ferociter et barbare contra enm non faceret. qno viso lacrimas fndisse perhibetur.

[86]) Ann. Fuld. P. V: Karolns dum se undique a suis desertum sentiret ... tandem munera ad regem direxit, exposcens suam gratiam vel pauca loca in Alamannia sibi ad usum usque in finem vitae suae largiri; Regino: dirigit etiam Bernhardum filium ... cum exeniis eumque eius fidei commendat ... concessit autem ei Arnolfus rex nonnullos fiscos in Alamannia, unde ei alimonia praeberetur; Ann. Fuld. P. IV: imperator vero cum paucis, qui secum erant in Alamanniam repedavit.

[87]) Die A. 80 angef. Stellen führen auf die Mitte Nov. als Zeitpunkt

wenigen Begleitern umgeben, ohne den Versuch eines Widerstandes auf die ihm angewiesenen Besitzungen in Schwaben zurück, aber nur etwa sechs Wochen überlebte er den Unfall, der ihn von der Höhe herabgeschleudert. Er starb am 13. Januar 888 zu Neidingen an der Donau[88]) (bei Fürstenberg) in Folge der Krankheit, die schon längst seine Kraft untergraben und wurde auf dem lieblichen Eilande Reichenau in derselben Klosterkirche, neben dem Altare der Jungfrau bestattet[89]), die einst auch die Gebeine Gerolds, des Schwagers Karls des Gr. aufgenommen hatte. An diesem friedlichen Orte, der jetzigen Pfarrkirche von Mittelzell ruhen seine Reste noch heute. In Folge einer Stiftung des Bischofs Chadolt von Novara wurde an seinem Todestage jährlich, so lange das Kloster bestand, ein feierliches Hochamt für seine Seele, so wie zugleich für die der Brüder Chadolt und Liutward gehalten und von den

---

des Umschwungs, die Angabe Assers (Mon. hist. Brit. I, 491) 888 ... Earnulf ... sexta antequam defunctus esset hebdomada illum regno expulerat auf das Ende Nov.; vgl. auch Gobelin. Personae cosmodrom. aet. VI c. 43 (Meibom rer. German. scr. I, 244): cumque Carolus iste segnius ageret, quam regni solicitudo poscebat, optimates regni Arnulphum ... elegerunt in regem in opido Franckefordt et post hoc Carolus IIX septimanas supervixit. Arnolfs erste Urk., ein Tauschvertrag cum venerando ac dilecto archiepiscopo nostro nomine Liutperto ist aus Frankfurt vom 27. Nov. 887 datiert (v. Mohr cod. dipl. I, 51, vom Herausgeber irrig unter das J. 888 gesetzt).

[88]) Den Ort des Todes: in villa Alamanniae Nidinga infirmatus ... decessit erwähnt nur Herimann. Aug. 888. Derselbe fügt hinzu: ut quidam perhibent, a suis strangulatus, ebenso ann. Vedast. 887: Karolus vero post amissum imperium fertur a suis strangulatus. Es scheint mir unerlaubt darauf hin Arnolf eines Mordes an seinem Vorgänger zu bezichtigen. Als Todestag geben den 12. Januar Regino 888, Necrolog. Wizzenburg. (Archiv des hist. Ver. v. Unterfranken XIII, 3), Epternac. (Reiffenberg monuments VII, 210), Calendar. monast. Beronis (Herrgott genealogiae II[b], 851), dagegen den 13. Necrol. Augiense (Mittheil. d. Züricher antiq. Ges. VI, 55), St. Galli (Eckhart comment. II, 919), Argentin., Lauresham. (Boehmer fontes III, XV A. 1, 144), Ratispon. super. mon. (eb. 485), St. Emmerammi ex cod. Monac. 14868, Prumiense (Pertz Archiv III, 24 z. J. 887), Ann. Sangall. mai. 888, Ann. Fuld. P. V 887, Herimann. Aug. 888. Diese Quellen, zumal die Reichenauer entscheiden für den 13. Das Todesjahr überliefern noch Necrolog. Fuld. mai. (Boehmer font. III, 156), ann. Alamann., Augiens., Hildesh.', Weissenburg., S. Maximini Trevir., Lemovic., Coloniens., Sangall. 888. Aus der Angabe des Necrol. St. Germani Prat. (Bouillart hist. de St. Germain p. CXXI): Non. Dec. Depos. ... domni Karoli imperatoris darf man weder mit v. Gagern (Arnulfi vita p. 49) den Tag der Absetzung, noch mit Pertz (Scr. V, 109 n. 42) den Tag der Beisetzung Karls entnehmen, da mit dem Ausdrucke Depositio in dem betreff. Nekrologe stets nur der Todestag gemeint ist.

[89]) Ann. Fuld. P. V 887: honorifice Augensi ecclesia sepelitur; Regino 888: sepultusque est in Augea monasterio; Herimann. Aug. 888: Augiam delatus iuxta altare stae Mariae sepultus est. Die Grabschrift Karls bei Neugart (Episcop. Constantiens. I[a], 103) ist ohne Zweifel sehr jungen Ursprungs und daher werthlos, s. über seine Grabstätte Staiger die Insel Reichenau S. 29, 98.

Einkünften eines dazu bestimmten Landgutes im Thurgau ein fröhliches Festmahl zu seinem Andenken begangen.

Der jähe Sturz und frühe Tod des Kaisers, der zum letztenmale das Reich Karls des Großen in seiner Hand vereinigt, erfüllte die Mitlebenden, welche Zeugen eines so unverhofften Umschwunges wurden, mit Staunen und Wehmut oder Mitleid. Darin kamen sie überein, daß ihr Haupt das irdische Reich nur verloren, um das himmlische desto sicherer zu gewinnen. Die demütige Ergebung, mit der er die harten Schläge des Schicksals über sich ergehen ließ, nachdem ihm zuvor das Glück seine Gaben in so verschwenderischer Fülle gespendet, gewann ihm von neuem die Herzen der Geistlichkeit und versöhnte über die vielen Fehler und Schwächen seiner Regierung. Der klägliche Anblick eines Herrschers der Welt, der aller Zierden seiner Würde beraubt nun zum Bettler geworden war und sich für seine letzten Tage ein kärgliches Gnadenbrot erbitten mußte, entwaffnete den Haß und die Geringschätzung, die seine früheren Thaten ihm zugezogen und man war fast geneigt ihn, wie seine dem Klosterleben geweihte Gemahlin als einen Heiligen, einen Märtyrer anzusehen. Vor seiner Bestattung glaubten in Reichenau viele den Himmel geöffnet zu schauen, zum Zeichen, daß der, den die Menschen verworfen, von Gott der Krone des ewigen Lebens würdig erachtet werde[90]). So gereichte ihm sein Misgeschick, wie Regino meint, nicht nur zur Läuterung, sondern auch zur Bewährung.

Die Geschichte freilich muß einen andern Maßstab anlegen und wenn man auch zur Milderung ihres verdammenden Urtheils darauf hinweisen mag, daß Karl schon frühzeitig von körperlichen Leiden heimgesucht ward, die seinen Geist nicht zu freier und frischer Entfaltung gedeihen ließen, so wird dies an dem Ergebnis seiner Regierung doch nichts ändern können. Sicherlich war es das größte Unglück für ihn und noch mehr für das Reich, daß ihm je die Herrschaft über andre Gebiete zufiel, als über das kleine Schwaben, für welches seine Kräfte allenfalls ausgereicht hätten.

Von Karls persönlichen Eigenschaften ist Näheres nicht weiter zu melden. Er soll von sehr großer Gestalt gewesen sein[91]),

---

[90]) Ann. Fuld. P. V 887: ut aperte monstraretur, qui spretus terrenae dignitatis ab hominibus exuitur, deo dignus caelestis patriae vernula mereretur feliciter haberi; ann. Vedast. 887: in brevi finivit vitam praesentem possessurus caelestem, nt credimus; Regino 887: ex imperatore effectus egenus, 888: siquidem hanc (sc. tentationem), ut ferunt, patientissime toleravit, in adversis, sicuti in prosperis gratiarum vota persolvens et ideo coronam vitae ... absque dubio accepturus est; Tabula Karolor. (Scr. III, 215, VI, 32): Karolus imperator sanctns set in fine egenns; Todtenbuch von Obermünster (a. a. O.): Id. Ian. Karolus imperator et martyr Hemmae reginae filius.

[91]) Diese Annahme stützt sich auf die Worte des Mönches von St. Gallen (Gesta Karoli M. I c. 34: vidi capnt Francorum ... duosque flores auri-

der Beiname des Dicken aber, den ihm alle neueren Geschichtschreiber beilegen, ist nicht vor der Mitte des zwölften Jahrhunderts nachzuweisen[92]) und verdient um so weniger irgend welche Beachtung, als er auch bei jüngeren Chronisten vor dem vierzehnten Jahrhundert nur sehr selten gebraucht wird. Von Karls Gutmütigkeit, die in zahlreichen Schenkungen hervortritt, zeugt es, daß er einem Priester, der ihn noch als Jüngling einst nach einem heißen und ermüdenden Tage zur Nacht gastlich aufnahm und königlich bewirthete, dafür ein Bisthum zum Lohne zudachte, aber es zeugt auch für seine Schwäche, daß er die Wahl dieses Priesters zum Bischofe von Lausanne gegen den Widerspruch des Papstes nicht aufrecht erhielt[93]). Es fehlte ihm nicht an Sinn für wissenschaftliche Bestrebungen, wie die Beziehungen zu St. Gallen beweisen, aus dessen Bibliothek der Kaiser bisweilen Bücher entlieh, im Ganzen aber mag seine Anhänglichkeit an die Kirche doch mehr den Andachtsübungen als den kirchlichen Studien gegolten haben.

Bei aller Freigebigkeit, die Karl gegen die Bisthümer und Klöster seines Reiches an den Tag legte, ist es doch auffallend, daß keine einzige neue kirchliche Gründung auf ihn zurückgeführt

---

comos ex eius femoribus progressos, quorum qui prior egressus est, proceritatem illius adaequabat, posterior autem paulatim excrescens verticem stipitis sui summa gloria decoravit et transcendendo contexit, die auf Karlmann und Karl gehen. Auch sollen die Gebeine des letzteren in Reichenau von ungewöhnlicher Größe sein, wie mich der Meßner versicherte.

[92]) Annalista Saxo 888 (Scr. VI, 587): Karolus Crassus ex imperatore augusto superborum abiectio factus omnia fallentis fortunae ludibria expertus und vorher 887 post mortem Karoli Crassi (derselbe Autor, bei dem sich für Heinrich I. zuerst der Beiname auceps findet s. Waitz K. Heinr. I. Neue Bearb. S. 213); die angef. Grabschrift: Carolus a crasso corpore nomen habens. Mehrere Schriftsteller, bei denen man diesen Beinamen am ersten vermuten würde, wie Gotfrid v. Viterbo, die Pöhlder Ann., die Kaiserchronik kennen ihn nicht, dagegen Martin von Troppau (Aeneae Sylvii hist. rer. Friderici III, Argentor. 1685) p. 364: Carulus tertius imperator, qui dicitur Grossus vel iunior imperavit annis 12; Ricobaldi Ferrariens. hist. imper.: Karulus tertius dictus Grossus vel Simplex succedit, desgl. compilatio chronol. (Eccard. corpus histor. I, 1158, 1272); Ptolemai Lucens. hist. eccl. l. XVI c. 21, 22, 26: Carolus imperator dictus Grassus desipiens corpore et anima (Muratori scr. rer. Ital. XI, 1020 flg.); Galvaneus Flamma manipul. flor. c. 129: Carolus Grossus (eb. 603); Henric. de Herfordia c. 74, 75: Karolus iunior, qui et Grossus dicitur (p. 64, 65 ed. Potthast); Cronica presul. Coloniens. eccl. (bis 1370): sub Karolo 3°, qui dicebatur iunior sive grossus (Eckertz fontes rer. Rhenanar. p. 8); Martini Fuldens. chronic. a. 879 (Eccard. a. a. O. 1666): Carolus III. qui Grassus dictus est et minor vocabatur; Gobelini Personae cosmodrom. aet. VI c. 43: Carolus, qui cognominatus est Grossus, c. 44: Bernhardus filius Caroli Grossi (Meibom scr. rer. Germanic. I, 244); Theodor. Engelhusii chron. (Leibnitii scr. Brunsv. II, 1069): K. dictus Grossus; Andreae Ratisbon. chronic. a. 885: Karolus, qui dicitur Grossus vel iunior vgl. a. 888 (Eccard. I, 2049); Hermanni Corneri chron. (eb. II, 497, 501) Chron. Andegav. 890 (bis 1192, Martene thesaur. III, 1379): Karolus Grossus.

[93]) Form. Salom. N. 27. Vgl. oben S. 129 A. 44.

werden kann: seine Gemahlin stiftete Andlau, er selbst zeigte sich auch in dieser Hinsicht träge und unthätig, indem er sich begnügte die Stiftungen seiner Vorgänger zu bereichern. Bezeichnend ist es auch, daß während seiner ganzen Regierung nur eine einzige Provinzialsynode stattfand und auch diese nicht unmittelbar durch ihn veranlaßt. Wir wissen nicht, ob er die heiligen Stätten in Palästina gleich seinem Vater unterstützt, als im J. 881 der Patriarch Elias von Jerusalem durch zwei geistliche Brüder fromme Gaben im ganzen Abendlande einsammeln ließ[94]).

Wie wenig der Kaiser, abgesehen von der mangelnden Verteidigung des Reiches nach außen, den Frieden im Innern zu schirmen und eigenmächtige Gewaltthat zu bestrafen wußte, haben wir an der Fehde der Grafen Poppo und Egino, an der Auflehnung der Söhne Wilhelms und Engelschalks zur Genüge ersehen. Eine Beschränkung der königlichen Macht fand weniger in der Weise statt, daß die Reichsversammlung als solche ihren Einfluß erweitert hätte, als vielmehr dadurch, daß die einzelnen Großen bei der Schwäche des Kaisers thun und lassen konnten, was ihnen beliebte. Bemerkenswerth ist jedoch, daß unter Karl zuerst in Urkunden für die Häupter des deutschen Adels die Bezeichnung als Fürsten vorkommt, die jedenfalls auf eine fester ausgeprägte Stellung derselben hinweist[95]).

Von den traurigen Familienverhältnissen Karls haben wir gehandelt. Vor Bernhard, dem einzigen Sprößlinge eines uns unbekannten Kebsweibes, der ihn überlebte, wurde ihm noch ein andrer unehelicher Sohn, Karlmann geboren, der aber schon im J. 876 starb[96]). Der königlichen Kanzlei und Kapelle stand nur in den ersten Anfängen seiner Regierung Bischof Witgar von Augsburg vor, einst in den Jahren 858 bis 860 Kanzler Ludwigs des Deutschen[97]), um sehr bald Liutward Platz zu machen, der endlich sei-

---

[94]) S. das Schreiben des Patriarchen: omnibus magnificentissimis ... ex alta stirpe progenitis domini magnificentissimi summi imperatoris Karoli regibus cunctarum regionum Galliarum etc. d. h. an die Könige aus Karls des Gr. Geschlechte (Dachery spicileg. II, 373 vgl. I, 858 A. 40).

[95]) Dies bemerkt Ficker vom Reichsfürstenstande I, 43 mit Beziehung auf eine allerdings verdächtige Urk. für Reichenau (Dümgé reg. Bad. 74) und auf die A. 74 angef. für Adalbert. Vgl. die ungedr. Urk. für Geilo vom 29. Okt. 886: ob deprecationem praenominati fidelis nostri Geylonis venerabilis episcopi cum consilio principum nostrorum hanc saepefatam villam ... ecclesiae Lingonensi restituimus. Diese Benennung steht jedoch sehr vereinzelt, eine Verleihung für Otbert vom 15. Jan. 887 erfolgt intervenientibus optimatibus atque fidelibus nostris, für St. Medard vom 23. Juni 887 (B. 1019) suggestione fidelium procerum nostri palatii, für Emmenus v. Nevers (B. 1010): adepto consilio cum primoribus palatii nostri, für St. Gallen vom 30. Mai 887 cum consensu omnium fidelium nostrorum u. s. f.

[96]) Ann. Alamann. 876, Weingart. 876 (Scr. I, 51, 66): ... Karolomannus filius Karoli obierunt.

[97]) Nur B. 897 und 900 sind ad vicem Witgarii archicapellani aus-

nerseits wieder dem Erzbischof Liutbert für die letzten Monate weichen mußte. Groß ist die Zahl der Mitglieder der Kanzlei, die unter diesen Leitern theils als Notare, theils als Kanzler die Urkunden Karls schrieben und ausfertigten. Ganz vereinzelt begegnet uns unter ihnen in einer Urkunde noch einmal Ludwigs des Deutschen Kanzler Hebarhard, in zwei andern ein Notar Walto, der gleichfalls schon unter jenem in der Kanzlei vorübergehend beschäftigt wurde[98]).

Alle übrigen Schreiber treten unter Karl neu ein: zuerst der Notar Ernst[99]), einmal Subdiakonus genannt, in den Jahren 878 (13. Januar) bis 882 (18. April), der auch unter Karls Nachfolgern noch dies Amt bekleidete, der Notar Inquirinus, unter keinem andern Titel bekannt, vom J. 878 (24. März) bis zum 1. Okt. 885, der Notar Waldo seit (dem 29. Dez.) 880, Kanzler seit (dem 14. Mai) 882 bis (26. Juni) 884, in welchem Jahre er Bischof von Freising wird, der Notar Amalbert seit (dem 31. Mai) 883, seit (20. Mai) 885 abwechselnd auch Kanzler genannt bis zum Schlusse der Regierung, der Notar Liutfrid nur zweimal in den J. 883 und 887, Segoin nur während des Jahres 884 (vom 14. Febr. bis 20. September), Salomon, der Bruder Waldos, — beide aus vornehmer Familie, Großneffen des im J. 871 verstorbenen sehr angesehenen Bischofs Salomon von Konstanz und Zöglinge des Klosters St. Gallen —, als Notar seit 15. April 885, zum letztenmale und zwar als Kanzler am 23. Sept. desselben Jahres und nachmals noch zu großen Dingen bestimmt, endlich der Notar Fridebold in den letzten Monaten des J. 887 (seit dem 11. August).

---

gefertigt vgl. über ihn I, 873, Regino 887: eodem anno Witgarius episcopus de Augusta civitate obiit.

98) Jener in B. 929, dieser in B. 944, Mon. Boica XXVIII[a], 70 und ungedr. Urk. für Otbert vom 4. Nov. 882, in der er nur Walto (ohne den Titel notarius) heißt s. Sickel Beitr. II, S. 108.

99) Ernestus notarius zuerst in B. 898, Hernustus subdiaconus in B. 917, zuletzt in B. 941. Inquirinus notarius (so durchweg) zuerst in B. 902, zuletzt ganz vereinzelt in der Urk. für St. Gallen vom 30. Mai 887 (in B. 968 verderbt Iuriaph cancellarius); über Waldo s. oben A. 57. Sickel hält den Waldo notarius in B. 964, 965 (in B. 966 nur Waldo) für eine andre Person, doch scheint mir dies nicht unbedingt nothwendig, weil bei Amalbert erweislich die Titel Kanzler und Notar wechseln. Auffallend ist in B. 1000 vom J. 886 (?) noch einmal Waldo cancellarius. Amalbertus notarius zuerst in B. 959, Amalb. cancellarius in B. 983, 984, dann beide Benennungen abwechselnd bis auf B. 1024. Liutfridus notarius in B. 961, 1016; Segoinus notarius in B. 972—977, 979, 980; Salomon notarius in B. 982, 985, 986, 995, Sal. cancellarius nur in B. 996 vgl. über ihn mein Formelbuch des Bischofs Salomo III. S. 109—114. Fredeboldus notarius in B. 1015, derselbe als cancellarius in B. 1021, 1022. Offenbar apokryph ist die Unterschrift der Urk. für die Abtei Tolla Deusdedit ad vic. Liutvardi archicancell. (Campi hist. di Piac. I, 476). Vgl. über die Schrift der Urk. noch die Bemerkung Sickels Beitr. II, 113.

Wir vermissen bei dieser Aufzählung die feste Gliederung der Kanzlei, wie wir sie für die spätere Regierungszeit Ludwigs des Deutschen gefunden haben: dem Erzkanzler steht keineswegs durchweg ein Kanzler als Mittelglied zwischen ihm und den eigentlichen Schreibern, den Notaren zur Seite, vielmehr scheinen häufig nur die letzteren Mitglieder der Kanzlei gewesen zu sein. Wie in den Urkunden Ludwigs des Jüngeren, so werden auch in denen Karls die Jahre nach Christi Gebürt berechnet. Zu dem Namen des Königs wird in den Unterschriften nirgend die Bezeichnung eines besonderen Landes hinzugefügt[100]), seine Regierungsjahre aber werden nach fünf verschiedenen Anfangspunkten gezählt, nach dem Tode seines Vaters, der Nachfolge in Italien, der Kaiserkrönung, der Nachfolge im ostfränkischen und endlich im westfränkischen Reiche. Die Zahl der aus der eilfjährigen Regierung desselben uns erhaltenen Urkunden ist groß genug, wie es durch den weiten Umfang seiner Herrschaft erklärlich wird: von den 150, die wir ohngefähr kennen, kommen etwa ein Drittel auf Italien, 33 auf Schwaben, 27 auf Westfrancien, 13 auf Lothringen, 11 auf Baiern, 7 auf Ostfranken, 5 auf Sachsen und 4 auf Burgund, wiewol der Natur der Sache nach eine derartige Abgrenzung sich nicht scharf durchführen läßt.

Außer der Kaiserin und dem Erzkaplan Liutward treten in den Urkunden Karls nur wenige Fürbitter, wie vielleicht der Bischof Wibod von Parma in der Weise hervor, daß man ihnen einen wirklichen Einfluß auf die Regierung zuschreiben dürfte[101]). Von den übrigen Hofbeamten kennen wir nur den Obermundschenk Adalbert, den Truchseß Waltfrid, die Pfalzgrafen Berthold, Boderad und Meginhard, ebenso wenig ist von der kaiserlichen Kapelle

---

[100]) Vgl. oben S. 63 A. 6. In den Urk. aus den J. 877—879 (B. 897—906) werden nur die J. regni gezählt, dann zuerst am 23. Nov. 880 neben einander in Francia IV in Italia I u. s. f. (s. ob. S. 110 A. 74), die J. imperii zuerst in der verdächtigen Urk. vom 26. Febr. 881 (s. S. 181 A. 17) und in B. 924 vom 13. März; in der Urk. vom 19. Juli 882 (B. 944) wird zuerst die kaiserliche Herrschaft in Italien und Ostfranken unterschieden: anno vero augustali domni Karoli in Italia II in Francia I, endlich in 3 Urk. vom 20. Mai 885 (B. 983, 984 und ungedr.) lauten die J. anno imperii Karoli imperatoris in Italia regnantis V, in orientali Francia IIII, in Gallia I. Gar nicht maßgebend wegen ihrer Abweichung von sämtlichen echten Urk. sind die auf den 24. Juni 881 weisenden Daten einer Formel (Rozière recueil N. 61 p. 84): anno quinto domini K(aroli) post mortem patris sui Hluduici in Francia (et) Alamannia, secundo regni eius in Burgundia (vgl. oben S. 95 A. 34), imperatoriae vero dignitatis et apostolicae benedictionis primo.

[101]) Für ihn ausgestellt B. 910, 911 (unecht), 924, 925, 991, Ughelli II, 188 (unecht), Affò I, 308 (wo für Albricus not. doch wohl Amalbertus zu lesen ist). Auf seine Fürbitte B. 936, 956 (unecht). Ueber die Hofbeamten s. oben S. 113, 178, 183. In einer Freisinger Urk. vom J. 883 findet sich unter den Zeugen Meginhardus palatinus comes (Meichelbeck hist. Frising. I^b, 394). In Urk. vom 8. Febr. 880, 9. Mai 881 wird ein Priester Ruodpert als custus capellae nostrae genannt (Neugart I, 422, 425, 469).

Näheres bekannt. Liutward selbst war nicht ohne wissenschaftlichen Sinn, wie er denn namentlich Notker den Stammler bewog seine Sequenzen, die seinen Namen weithin berühmt gemacht, in zwei Büchern zu sammeln und ihm dieselben zu widmen. Die von den fuldischen Mönchen Enhard und Rudolf begonnene Zeitgeschichte wurde unter Karl von einem bairischen Verfasser von 882 an fortgeführt, während eine andre mit seiner Absetzung abbrechende Fortsetzung durch ihre dem Kaiser abgeneigte Gesinnung hinlänglich den unabhängigen Ursprung beweist.

Sechstes Buch.

Kaiser Arnolf
Auflösung des fränkischen Gesamtreiches
Abschließung und Uebergewicht
des ostfränkischen Reiches.

887—899.

I.

Arnolf, Karlmanns Sohn[1]), an Geist und Gestalt dem Vater ähnlich, wurde aus einem eng begrenzten Wirkungskreise zur Leitung aller deutschen Stämme, ja vielleicht des gesamten Frankenreiches berufen. Die Mark Kärnten nebst dem angrenzenden Pannonien, die er mindestens seit dem Tode Ludwigs des Deutschen, wenn nicht schon etwas früher, verwaltete, stand, wie es von einem Grenzlande nicht anders erwartet werden kann, mit ihrer fast durchweg slavischen Bevölkerung, sicherlich in Anbau und Kultur hinter andern Reichstheilen weit zurück. Noch gab es dort keine Stadt, die diesen Namen verdiente, nur Burgen wie Gurk, Moosburg, durch Sümpfe unzugänglich gemacht und Karantana (d. i. Karnburg) im Saalfelde werden uns als die Orte genannt[2]), an denen der junge ehrgeizige Königssohn hauste. Da geschah es, daß Karlmann seit dem italienischen Zuge hinsiechte und daß mit dem Antheile, den Arnolf durch die Hilflosigkeit des Vaters an der Regierung Baierns erlangt, die Hoffnung in ihm aufflammte, ihm dereinst in diesem Lande nachzufolgen. Den ehelichen Brüdern

---

[1]) In den Geschichtsquellen heißt der König abwechselnd Arnulf und Arnolf, für die letztere Form aber entscheiden die Urkunden, denen wir um so lieber folgen, als wir uns auch der entsprechenden Form Rudolf bedienen. Arnold nennt ihn von den Zeitgenossen wohl nur der Mönch von St. Gallen II c. 14 (Scr. II, 758). Der Name bedeutet Adlerwolf.

[2]) S. I, 616. Ginzel (Gesch. der Slawenapostel S. 78 A. 11) will das von Pribina gegründete, in mehreren Salzburger Urk. genannte Moosburg für eines und dasselbe halten mit der von Regino z. J. 880 erwähnten Feste, in der später Arnolf mehrere Urk. ausstellte, weil der Name und die Lage beider Orte im Sumpfe übereinstimmt. Den Sitz Pribinas und Kozels nach Kärnten zu verlegen, ist jedoch ganz unthunlich, dagegen dürfte man vielleicht diese Vermutung umkehren und unter der Voraussetzung, daß der mit diesen Gegenden wenig vertraute Abt von Prüm Kärnten zu weit ausgedehnt, Arnolfs Moosburg für die frühere Hauptstadt des um 873 verstorbenen Kozel halten, die mit ihren drei Kirchen schon ein ansehnlicherer Ort gewesen sein muß. Ich halte dies jedoch selbst für eine kaum zulässige Vermutung. Noch im J. 1286 bei der Einsetzung Meinhards zum Herzoge von Kärnten wird daran erinnert, daß quondam Ludewicus imperator Arnolfo ducatum Karinthie cum castro Mosburch, quod ad palatinum pertinet, contulerit (Iohann. Victoriens. l. II c. 7, Boehmer fontes I, 321).

seines Vaters gegenüber hatte jedoch der Bastard keinen rechtlichen Anspruch. Ludwig von Ostfranken sicherte sich gegen solche Pläne, indem er sich von den bairischen Großen die Erbfolge eidlich verbürgen ließ und als Arnolf dennoch wider einige seiner Anhänger, die ihm im Wege standen, strafend vorzugehen wagte, wurde zu noch größerer Sicherheit Karlmann bei seinen Lebzeiten zur Abdankung genöthigt, Arnolf wieder auf Kärnten beschränkt. Nicht anders ergieng es nach Ludwigs Tode, da Karl von den Baiern als König anerkannt wurde.

Noch einmal winkte Arnolf eine glänzendere Rolle, an der Spitze des gesamten bairischen Heeres[3]) durfte er gegen die Normannen an der Maas vorrücken, vergeblich aber harrte er hier mit den übrigen der Gelegenheit zu rühmlichem Streite, welche der schmachvolle Friedensvertrag bald vollständig abschnitt. Die südöstlichen Marken wurden nun wieder ausschließlich Schauplatz seiner Thätigkeit: er dachte sie zu erweitern, da die Söhne der ehemaligen Markgrafen Wilhelm und Engelschalk ihm als Vasallen huldigten, um mit seinem Beistande ihrer Väter Nachfolger den Grafen Aribo aus dem Besitze der Ostmark zu verdrängen. Hiemit lehnte er sich offen gegen den Willen seines Oheims, des Kaisers auf, Herzog Suatopluk von Mähren züchtigte ihn und seine Verbündeten durch wilde Verheerung ihres Gebietes und Karl wies ihn in seine alten Grenzen zurück. So war auch dieser Versuch gescheitert, eine mächtigere Stellung zu erringen und grollend steckte Arnolf sein Schwert in die Scheide, um es rosten zu lassen. Die Kunde von der beabsichtigten Nachfolge Bernhards stellte auch für die Zukunft keine Verbesserung seiner Lage in Aussicht: schon damals im J. 885 mag die Verschwörung gegen den Kaiser und seine Entwürfe begonnen haben. Der jähe Untergang des Grafen Heinrich, seines besten Degens war das erwünschteste Ereignis: er hätte vielleicht der Empörung noch die Spitze bieten mögen. Es folgte Liutwards Sturz im Juni 887, der indem er zu Arnolf sich begab, deutlich kund that, auf wen die Unzufriedenen im Reiche ihre Blicke gerichtet hielten. Eine wirksame Unterstützung konnte freilich der Mann, den der allgemeine Haß beseitigt, einem Unternehmen nicht gewähren, welches von der Volksgunst getragen sein wollte, allein er kannte alle Geheimnisse des Kaisers und vermochte guten Rath zu ertheilen, wann und wie ihm am besten beizukommen sei. Für diesen Verrath an seinem Herrn erntete er von Rechts wegen geringen Dank, denn weit davon entfernt

[3]) Die Ann. Fuld. P. V 882 sagen ausdrücklich: Baioarii cum principe eorum Arnulfo. Arnold von St. Emmeram l. I c. 5 (Scr. IV, 550) nennt ihn irrig Arnolfum Carolomanni filium primo Baioariae ducem, dein Franciae regem, ebenso bei Konrad von Scheiern (Chronic. Schirense c. 16, Scr. XVII, 620) dux Noricorum und von Folkuin (Gesta abbat. Lobiens. c. 15, Scr. IV, 61) wird er Arnulphus rex Noricorum genannt.

seine frühere Stellung wieder zu erlangen, beschloß er sein Leben als Bischof von Vercelli unbeachtet in Italien.

Worin der letzte Anstoß gelegen zur Erhebung des Kärntners, wer wollte es bestimmen. Ich glaube kaum, daß jene Pläne wegen der Nachfolge Bernhards ihm unmittelbar gefährlich schienen, denn mochte auch Karl sie keineswegs aufgegeben haben, so war er doch sicherlich in dem letzten Sommer seines Lebens viel zu leidend, um neue Schritte in dieser Richtung zu thun. Eine größere Gefahr lag ohne Zweifel darin, wenn das Reich durch den Tod des Kaisers erledigt wurde, ohne daß die Erbfolge in irgend einer Weise festgesetzt und gesichert worden. Arnolf harrte demnach wohl schon längst der Gelegenheit zum Losschlagen, die ihm Karls Krankheit und Rathlosigkeit günstiger denn je gewährten. Ob die Einladung der Ostfranken seinem Aufbruche als bewegende Ursache vorangegangen oder ob sie durch sein Auftreten an der Spitze eines Heeres erst hervorgerufen worden, ist nicht mit Sicherheit auszumachen.

Die Vorbereitungen zur Empörung begannen jedenfalls damit, daß Arnolf die Baiern, denen er am besten bekannt war, die er recht eigentlich als seine Landsleute ansah, auf seine Seite zog und zum Abfalle verleitete. Hier mußte es ihm, dem Sohne ihres früheren Königs am leichtesten fallen, wie ja dem bairischen Stamme auch zumeist die Vortheile des Sieges zu gute kamen. Wenn Hildegard, der Tochter Ludwigs von Ostfranken ein sehr wesentlicher Antheil an der Erhebung ihres Vetters Arnolf zugeschrieben wird[4]), so ist es, da sie sowol in Baiern als in Franken begütert gewesen zu sein scheint, wohl möglich, daß sie in beiden Stämmen ihren Einfluß und ihre Verbindungen zu Gunsten des Usurpators aufbot. Welche Verbündeten sich dieser sonst zu gewinnen gewußt, ob etwa in Sachsen das Haus der Liudolfinger, dem jene Hildegard durch ihre Mutter angehörte, in Franken die Familie des Grafen Gebhard, die im Gegensatze zu den Nachkommen Heinrichs sich nachher der fortwährenden Huld und Förderung des neuen Königs zu erfreuen hatte, darüber sind nur unsichere Vermutungen möglich[5]). Bei der gänzlichen Ohnmacht des

[4]) Herimann. Aug. chron. 895: Hildigard ... cuius maxime molimine deiecto Karolo rex (sc. Arnulfus) factus fuerat. Auf ihren Beistand bezieht sich vielleicht die Schenkung, die Arnolf ihrem Vassallen Wigand pro merito bonae fidelitatis et servitutis am 9. Febr. 888 zu Großentaft in der Buchonia machte (Dronke 287). Von Hildegard selbst wissen wir nur, daß sie Besitzungen im bairischen Nordgau im Eichstädter Sprengel hatte und mit dem dortigen Grafen Engildieo in näherer Beziehung stand, es ist jedoch, da jener Vassall im Grabfelde beschenkt wurde und ihre Mutter in Aschaffenburg starb sowie aus allgemeinen Gründen nicht daran zu zweifeln, daß sie auch in Ostfranken und wahrscheinlich auch in Sachsen begütert war. Auf die Fürsprache Hildegardae venerandae neptis machte Arnolf dem Kl. Gandersheim eine Schenkung (Leibnitii scr. rer. Brunsvic. II, 373 o. J.).

[5]) Auf dergleichen deutet auch Wenck (Erhebung Arnulfs S. 26) hin.

Kaisers, der Entmutigung seiner wenigen wirklichen Anhänger in Schwaben, mußten die ersten glücklichen Fortschritte der Empörung entscheidend werden. Sobald einmal der Glaube an die Sache Karls geschwunden war, trieb der Vortheil[6]) oder die Furcht vor Verlust auch alle nicht Einverstandenen auf die Seite des Neffen. Standen ja doch die Leben aller derer auf dem Spiele, die ihm nicht sofort Huldigung leisteten. Der Verzicht des Kaisers, wodurch er selbst seinen Neffen als Nachfolger anerkannte und für sich nur sein Mitleid anrief[7]), schloß vollends jeden Gedanken an einen etwaigen Widerstand aus.

So erlangte Arnolf in Frankfurt, dem Lieblingssitze seines Großvaters, bis wohin er seinem in Trebur verweilenden Oheim entgegen gerückt war, die allgemeine Anerkennung der Baiern, Ostfranken, Thüringer, Sachsen und Schwaben und von den deutschen Stämmen hielten sich demnach nur die Lothringer (nebst den Frisen) größtentheils noch fern, indem sich hierin der Gegensatz zwischen den seit dem Vertrage von Verdun vereinigten und den später hinzugekommenen Stämmen ausspricht[8]). Es ist nicht unwahrscheinlich, daß unter der Geistlichkeit, der Karl sich stets als ein so gütiger, freigebiger Herr bewiesen, eine größere Zuneigung für ihn vorhanden war, als unter den weltlichen Großen und daher mag von den letzteren der Umschwung vorzugsweise ausgegangen sein[9]), daraus folgt jedoch durchaus nicht, daß etwa die Bischöfe, die auch ihrerseits unter der Schutzlosigkeit des Reiches zu leiden gehabt hatten, dem neuen Herrscher einen offenen oder versteckten Widerstand zu leisten suchten. Es ist keinem Zweifel unterworfen, daß sie ihm ebenso ausnahmslos und bereitwillig huldigten, wie die Grafen und Kronvassallen. Den Erzbischof Theotmar von Salzburg finden wir zu Arnolf als Erzkaplan von vornher-

---

[6]) Die Geschichte von dem Welfen Heinrich, der als Lehnsmann des Kaisers 4000 Hufen empfieng, durch diese Erniedrigung aber seinen alten Vater Ethicho so schwer kränkte, daß dieser sich mit 12 Gefährten in die Scharnitz an der Isar zurückzog (Anonym. Weingartens. bei Hess monum. Guelfica p. 7) hätten Stälin (Wirtemb. Gesch. I, 353) u. a. schon deshalb nicht als Zeugnis für Arnolfs Auftreten benutzen sollen, weil der ältere Annalista Saxo a. 1126 (Scr. VI, 764) dieselbe Geschichte ganz bestimmt von Kaiser Ludwig dem Fr. berichtet. Der Hintergrund derselben ist ohnehin nicht historisch sondern mythisch s. K. Simrock deutsche Mythologie S. 366, 399.

[7]) Vgl. A. 86 im vor. Abschn., ann. Hildesh. 887: Franci reliquerunt eum et elegerunt Arnulfum in regem et Karolus subicit se Arnulfo.

[8]) Die Lothringer werden in den Ann. Fuld. P. V 887 weder unter den mit Arnolf einverstandenen Stämmen genannt, noch unter denen, die sich zu Anfang 888 in Regensburg um ihn scharten. Unter ihnen trat der Welfe Rudolf als Thronbewerber auf.

[9]) Mehr kann ich L. Ranke (deutsche Gesch. im Zeitalter d. Reform. 3. Ausg. I, 14) nicht zugeben und ich glaube, daß es zu viel behauptet ist, wenn er hinzufügt: Die Bischöfe, selbst der Bischof von Mainz waren eher dagegen.

ein in der engsten Beziehung, mit dem „ehrwürdigen und geliebten Erzbischof Liutbert" von Mainz aber schloß der König bereits am 27. November einen Tauschvertrag ab[10]), wodurch er ihm (und Hatto) statt der fränkischen Abtei Herrieden das schwäbische Elwangen auf Lebenszeit überließ. Ebenso beeilten sich andre geistliche Stiftungen, wie die Klöster Korvei und Fulda sich ihre Privilegien von Arnolf bestätigen zu lassen.

Wie der Tag des Regierungsantrittes, der in die zweite Hälfte des November fällt[11]), sich nicht genau bestimmen läßt, so bleiben wir auch über die Form der Thronbesteigung gänzlich im Unklaren und können nur vermuten, daß sie wie nachmals bei Arnolfs Sohne Ludwig in einer Krönung bestand, die jedoch ebenso wohl in Frankfurt als in Regensburg vor sich gegangen sein kann. Hieran knüpft sich noch die andre oft aufgeworfene Frage, ob denn mit Arnolf, der in doppelt unrechtmäßiger Weise, nach Verdrängung nämlich des rechtmäßigen Kaisers und als Bastard auf den Thron gelangte, nicht eine neue Form der Verfassung in Wirksamkeit getreten sei, die Wahlmonarchie an Stelle der erblichen. Diese Frage aber ist unbedingt zu verneinen, wie schon ein Zeitgenosse, der englische Bischof Asser sie verneint hat[12]). Daß Ar-

[10]) Diese Urk., welche Ernestus notarius ad vicem Theotmari archicappellani (ebenfalls ein früherer Notar Karls) schrieb, ist im J. 887, in der sechsten Indiction anno I regni domni Arnulfi regis invictissimi zu Franchonofurt ausgestellt, so daß alle Daten auf 887 hinweisen, während für das J. 888, wohin v. Mohr (cod. dipl. I, 51) sie setzt schon der Ausstellungsort nicht mit dem Itinerar Arnolfs in dieser Zeit zu vereinigen wäre. Die Abtei Herrieden schenkte Arnolf 24. Febr. 888 dem Bisch. Erchenbald von Eichstädt (Mon. Boica XXXI[a], 125).

[11]) S. den vor. Abschnitt. In einer Urk. für Franko v. Lüttich bestimmte Arn., daß seiner gedacht werden solle eo die, quo divina praeordinante misericordia ad dignitatem regiam promoti sumus annuatim tam in Laubacensi quam in Leodiensi ecclesia, vom 15. Nov. 889 (Miraei opp. dipl. I, 650, B. 1069). Nach den Daten der zunächst in Betracht kommenden Urk. Arnolfs vom 27. Nov., 1. (?), 4., 8. Dez. 889 mit a. r. II (B. 1073—1075, Dümgé reg. Bad. p. 81), vom 7. Dez. 892 mit a. r. V, vom 1. Dez. 895 mit a. r. VIII, vom 13., 15. Dez. 898 mit a. r. XI (B. 1099, 1119, 1146, 1147) müßte man annehmen, daß er erst nach Mitte Dez. 887 den Thron bestiegen, ich vermute jedoch, da die 3 ersten Urk. Arnolfs dem widersprechen, daß die Notare der Bequemlichkeit halber den etwa 4 Wochen vor Weihnachten erfolgten Regierungsanfang statt dessen vom Weihnachtsfeste selbst als dem Jahresanfange zählten. Dazu stimmen die beiden Urk. vom 26. Dez. 888 mit a. r. II (B. 1049, 1050).

[12]) Asscrius de reb. gest. Aelfredi (Mon. hist. Brit. I, 491): quo (sc. Farlo) statim defuncto, V reges ordinati sunt et regnum in V partibus conscissum est. sed tamen principalis sedes regni ad Earnulf iuste et merito provenit, nisi solummodo qnod in patruum suum indigne peccavit. caeteri quoque IV reges fidelitatem et obedientiam Earnulfo, sicut dignum erat, promiserunt. nullus enim illorum quatuor regum haereditarius illius regni erat in paterna parte, nisi Earnulf solus. quinque itaque reges confestim, Farlo moriente, ordinati sunt, sed imperium penes Earnulf remansit. Auf dieses durch seine Unbefangenheit werthvolle Zeugnis möchte

nolf seinen Oheim entthronte, mag man es auch vom sittlichen Standpunkte aus verwerflich finden, hat auf die Rechtmäßigkeit seiner Königswürde keinen Einfluß: usurpiert war dieselbe nur so lange Karl III. noch am Leben blieb oder vielmehr sogar nur bis zu dem Tage, als er selbst auf die Krone verzichtete und Arnolf als seinen Herrn anerkannte. Zudem lag den germanischen Völkern, insonderheit auch den Franken, die Vorstellung nicht ganz fern, daß ein König durch Unfähigkeit seine Krone verwirken und von Rechts wegen abgesetzt werden könne[13]). Die Absetzung Karls hat daher, soweit es sich um Deutschland handelt, kaum eine größere Bedeutung, als etwa in neuerer Zeit die Einsetzung einer Regentschaft für einen geisteskranken Herrscher haben würde.

Unbestreitbar ist nun allerdings die uneheliche Geburt Arnolfs, wenn seine Mutter auch eine vornehme Frau war und sein Vater ihn wie einen ehelichen Sohn liebte. Diese seine Herkunft hatte ihn von der Nachfolge in Baiern mit dem gleichen Rechte ausgeschlossen, mit dem die Versuche Hugos die Erbschaft Lothars II. anzutreten, mit den Waffen unterdrückt und geahndet wurden. Dennoch ist es gewis, daß die Franken ihm nur deshalb huldigten, weil er Karlmanns Sohn war und sich in seinem ganzen Wesen als einen würdigen Sprossen ihres Königshauses zeigte: sein Erbrecht, hinfällig sobald ihm ein besseres gegenüber trat, galt, weil nur auf ihn die Hoffnung auf eine Fortsetzung des Hauses Ludwigs des Deutschen sich gründen ließ. Es beruht aber auf einer ganz falschen, jener Zeit fremden Auffassung[14]), wenn man Wahl und Erblichkeit als Gegensätze ansehen will, die sich gegenseitig ausschlossen. Die Erblichkeit im Ganzen streng an das herrschende Geschlecht gebunden, war in ihrer Anwendung auf die einzelnen Glieder doch bisweilen zweifelhaft und dehnbar, die Wahl trat ergänzend und bestätigend hinzu und ersetzte was an der vollen Berechtigung zu fehlen schien. Daher, wenn auch für die roma-

---

ich für die herrschende Auffassung der Dinge doch mehr Gewicht legen, als Wenck (Erhebung Arnulfs S. 100 A. 24) es thut.

[13]) Belege für diese Auffassung bei J. Grimm deutsche Rechtsalterth. S. 231 und mit Bezug auf das neunte Jahrh. bei Waitz deutsche Verfg. III, 242.

[14]) Ich stimme der Ausführung Gagerns (Arnulfi imp. vita p. 50—54) vollständig bei und verweise wegen des richtigen Begriffs der Erblichkeit noch auf J. Grimm a. a. O. Die Zeitgenossen drücken sich alle in einer mehr oder minder unbestimmten Weise aus s. Ann. S. Vincentii Mettens. 888: Arnulfus rex efficitur; ann. Alamann. 888: Karolus imperator a regno depositus et Arnulfus in regnum elevatus, fast ebenso ann. Augiens. 887, Fuld. P. V 887: ipsumque ad seniorem eligerunt, sine mora statuerunt ad regem extolli; Vedast. 887: eiecto eo de regno Arnulfum ..., qui eius nepos erat, in regni solio ponunt; Ann. S. Maximini 888: Karolus rex ... defungitur et Arnulfus rex constituitur; Weissemburg. 887: Karlus est de regno eiectus atque Arnoldus electus etc. Lehrreich sind auch die Worte Fulkos an Arnolf (Flodoard. h. Rem. eccl. l. III c. 5 p. 448): morem Francorum gentis asserit secutos se fuisse, quorum mos semper fuerit, ut rege decedente alium de regia stirpe vel successione ... eligerent.

nischen Nationen Karls Absetzung das Signal wurde, sich ihre besonderen Häupter zu wählen, in Deutschland wußte man nicht anders, als daß man in der alten Ordnung der Dinge verharre. Arnolf, auf den sich schon längst hoffende Blicke gerichtet hatten, vorahnend benannt nach dem erlauchten Ahnherrn des Geschlechtes, dem h. Arnolf von Metz, schien einzig berufen, die gesunkene Macht seines Hauses und seines Volkes nach so vielfachen Erschütterungen mit kraftvoller Hand wiederherzustellen[15]).

Nachdem der König in Frankfurt die nöthigsten Verfügungen getroffen[16]), gieng er im Dezember über die Pfalz Forchheim in Franken, woselbst er dem Abte Sigehard von Fulda die Immunität und Wahlfreiheit, dem Abte Bovo von Korvei für dies Kloster sowie für Herford die Befreiung der edlen Vassallen vom Kriegsdienste zugestand[17]), nach Regensburg, um dort das Weihnachtsfest zum erstenmale als König zu feiern. Eine glänzende und zahlreiche Versammlung aus den Stämmen, die ihn bisher anerkannt sowie aus den unterworfenen Slaven, scharte sich hier um ihn zusammen[18]) und Arnolf schwelgte in der Hauptstadt seines Vaters in dem Gefühle seiner neu erworbenen Macht, indem er nach allen Seiten, vorzüglich aber den Baiern Gnadenbeweise spendete, bald Dienste aus früherer Zeit reichlich belohnend[19]), bald durch seine Freigebigkeit neue Freunde gewinnend.

---

[15]) Regino 880: quem Arnolfum nominari iussit ob recordationem reverendissimi Arnolfi Mettensis ecclesiae episcopi, de cuius saucto germine sua aliorumque regum Francorum prosapia pullulaverat... donec... hic solus de tam numerosa regum posteritate idoneus inveuiretur, qui imperii Francorum sceptra susciperet; Poeta Saxo l. V v. 135 (den h. Arnolf anredend): prae cunctis igitur tibi cura uepotibus una, | quaesumus, Arnulfus sit tuus omonimus. | ... ex illo nobis igitur tam principe sancto | hacteuus est domiuans inclita progenies. | ... sic electa deo mansit iam tempore longo | haec stirps in regno atque diu maneat. Vgl. oben S. 246 A. 35.

[16]) Ann. Fuld. P. IV 887: disposito prout voluit regno in Baioariam se recepit; Regiuo 887: ipse vero compositis in Francia feliciter rebus iu Baioariam revertitur.

[17]) Beide Urkunden vom 11. Dez. aus Forhheim palatio regio oder curte regia datiert (Erhard reg. Westf. I, 26, Dronke 285, B. 1025, 1026). Die erstere befreit die edlen Vassallen von Korvei gänzlich vom Kriegsdienste, während Karl (s. die S. 278 A. 51 angef. Urk.) nur 30 davon auszunehmen gestattete vgl. dazu Waitz d. Verfg. IV, 509.

[18]) Ann. Fuld. P. V 888: rex Arnulfus urbe Radasbona receptis primoribus Baioariorum, orientales Francos, Saxoues, Duriugos, Alamauuos, magna parte Sclavanorum natalem domini et pascham ibidem houorifice celebravit. Urk. Arnolfs aus Regensburg reichen vom 1. Jan. bis 11. Febr. (B. 1027—1032, ergänzt Duemmler de Arnulfo p. 190), vom 18. Febr. ad Otingun, 20. Rantesdorf (B. 1033, 1034), 24. Aterhove (de Arnulfo p. 191), 13., 19. März Mosaburc urbe (B. 1035, 1036), 1. Apr. ad monasterium sti Floriani (de Arn. 191), 5., 13. Regensburg (eb.) desgl. 12. Mai (B. 1037).

[19]) In einer Urk. vom 20. Febr. 888 (Mon. Boica XXVIII^a, 81): nos

Bis in die Mitte Februar verweilte er in Regensburg selbst, dann besuchte er an der östlichen Grenze Baierns die Königshöfe Oetting, Ranshofen und Attersee, im März die Moosburg in Kärnten, wo er die Tage seiner Jugend verlebt, um dann im April über St. Florian zur würdigen Feier des Osterfestes nach Regensburg zurückzukehren, das ihn auch während des Mai noch großentheils in seinen Mauern sah. So vergiengen fünf kostbare Monate in ruhigem Genusse der erworbenen Güter, ohne daß der neue Herrscher seine Macht nach außen hin irgend wie zur Geltung gebracht hätte. „Während er aber lange säumte[20]), wuchsen überall in Europa kleine Könige empor.“ An einen engeren Gesichtskreis gewöhnt und ohne klaren Ueberblick der größeren Aufgaben seiner neuen Stellung dachte Arnolf mit dem Sturze seines Oheims bereits alles gethan und alles gewonnen zu haben. Sein ganzes Unternehmen faßte er als ein persönliches Abenteuer zwischen sich und dem Oheim, nach dessen Gelingen er sich in Ruhe des Errungenen freuen dürfe.

Die Nachricht von den Umwälzungen, welche gleichzeitig in Italien und Neustrien, in Burgund wie in Lothringen stattgefunden und alle diese Länder dem Scepter des ostfränkischen Königs zu entziehen drohten, trieb Arnolf endlich von Regensburg aufzubrechen und sich Ende Mai über Speier nach Frankfurt zu begeben, wo er dann bis in den Juli seinen Aufenthalt nahm[21]). In diese Zeit, wahrscheinlich in den Juni, fällt die erste allgemeine Synode[22])

---

cuidam Iezonis militi Engilger dicto quasdam res proprietatis nostrae in Bawariae partibus sitas inter montana alpesque Italiae parti conticuas iacentes in perpetuam donavimus proprietatem recordantes crebri servicii nobis per illum facti, priusquam regium nomen acciperemus.

[20]) Ann. Fuld. 888: illo diu morante multi reguli in Europa vel regno Karoli sui patruelis excrevere. Ich schließe mich im Obigen ganz der Auffassung, z. Th. den Worten Wencks an (Erhebung Arnulfs S. 30).

[21]) Aus urbe Spirensi ist eine Urk. für Straßburg vom 26. Mai datiert (B. 1038), welche durch den Ort ihrer Ausstellung in unlösbarem Widerspruche mit der am 29. Mai Lunsaeae für den Abt Bernhard von St. Gallen ausgefertigten Urk. stünde (Neugart cod. dipl. I, 471), wenn man mit dem Herausgeber dabei an das Kl. Mondsee (Maninseo, Lunaelacus) in Oberöstreich denken müßte. Aus Frankfurt sind Urk. Arnolfs vom 8. Juni bis 3. Juli ausgestellt (B. 1039—1044, Duemmler de Arn. p. 191).

[22]) Die Akten der Mainzer Synode (Mansi XVIII, 61 flg., Hartzheim conc. Germ. II, 368) tragen nur das J. 888 an der Stirne, eine nähere Zeitbestimmung ist aus den Namen der anwesenden Bischöfe zu entnehmen, doch werden in den Akten selbst nur Liutbert, Willibert und Ratbod genannt, die übrigen in einer ohne Zweifel zu Mainz ausgestellten Urk. für Korvei und Herford (Erhard reg. Westf. I cod. dipl. p. 29). Ihre Zahl beträgt 20, nach einer Bestätigung der Korveier Urk. durch Friedrich v. Köln im J. 1120 19 (Wigand Gesch. der Reichsabtei Corvey II, 236). Unter ihnen findet sich Dodilo von Kammerich, der nach den ann. Vedast. 888 erst am 17. März geweiht wurde und Baltram von Straßburg, Nachfolger des am 10. Mai verstorbenen Reginhard (Necrolog. Wizzenburg. in dem Archiv des hist. Ver. v. Unterfranken XIII, 16, Erchenbaldi versus, Straßburger Todtenbuch bei Boehmer fon-

der deutschen Geistlichkeit zu Mainz, die unter der Regierung Arnolfs zusammentrat und es sich zur Aufgabe machte, dem neuen Herrscher die Wünsche und Bedürfnisse der Kirche sogleich ans Herz zu legen. Die Versammlung war, wenn auch nicht sehr zahlreich besucht, doch umfassender als irgend eine der früheren, weil außer Liutbert von Mainz, Adalgar von Hamburg, dem Nachfolger des am 11. Juni verstorbenen Rimbert, Theotmar von Salzburg sich auch die lothringischen Metropoliten Willibert von Köln und Ratbod von Trier betheiligten, deren Anwesenheit ebenso wie die einiger ihrer Suffragane, der Bischöfe Ruodbert von Metz, Dado von Verdun und Dodilo von Kammerich den Beweis liefert, daß wenigstens der größere Theil von Lothringen Arnolf ebenfalls anerkannte[23]). Wir wissen nicht, ob die Erzbischöfe von Rouen und Reims, die Bischöfe von Beauvais und Noyon sowie Liutward von Vercelli, die sämtlich der Synode beiwohnten, auch an ihren Verhandlungen theilnahmen.

In der Einleitung zu ihren Schlüssen bekennen die versammelten Väter, daß an den Stürmen und Drangsalen, welche die Kirche täglich über sich müsse ergehen lassen, die eigenen Sünden und die eigene Fahrlässigkeit der Geistlichen Schuld sei. Daher begannen sie mit einem offenen Geständnis dieser ihrer Verschuldung: denn mit welcher Stirne, so heißt es weiter, werden wir die göttliche Gnade für die Sünden des uns anvertrauten Volkes anrufen können, die wir selbst offenbar in den Schlingen der Sünden gefangen sind? Siehe im Verlaufe so vieler Jahre sind wir nie weder zu einer allgemeinen noch zu einer Provinzialsynode zusammengekommen, damit wir in gegenseitiger Besprechung etwas Würdiges und der Kirche Dienliches zu Stande brächten": ein Vorwurf, der etwas zu weit geht, da allerdings am 1. April 887 wenigstens für die Kölner Kirchenprovinz eine Synode stattgefunden hatte. Die Bischöfe schildern dann, da sie nun unter dem Beistande ihres Herrn und Königs Arnolf wieder vereinigt seien, jene vorher angedeuteten Leiden: das entsetzliche Unglück vor allem, welches die Normannen in den Jahren 881 bis 882 und 884 über so viele Kirchen der Rheinlande gebracht. Zwar war Mainz selbst durch seine Mauern gegen einen Ueberfall geschützt worden — es wurde dafür im März 886 durch eine Feuersbrunst verheert, die den besten, von frisischen Kaufleuten bewohnten Stadttheil ver-

---

tes III, XV A. 1, S. 2). Adalgar v. Hamburg wird daher nicht bloß als Stellvertreter Rimberts mitgewirkt haben (wie man nach der vita Rimberti c. 21, Scr. II, 774 annehmen könnte), sondern als Nachfolger. Rimbert † 11. Juni 888 nach dem Necrol. Fuld. mai., min. 888 (Fontes III, 153, 156), Augiense, Merseburg., Moellenbeck., Bremense (Scr. II, 379), ann. Corbei. 888. Ich setze daher übereinstimmend mit Leibniz (ann. imp. II, 110) die Synode in die Zeit des Aufenthaltes Arnolfs zu Frankfurt.

[23]) Schon am 23. Jan. 888 schenkte Arnolf dem Kloster St. Maximin bei Trier das Krongut Rübenach im Matfelde (Beyer mittelrh. Urkb. I, 131).

zehrte[24]) —, allein die große Zahl der dorthin geflüchteten Geistlichen und Mönche gab hinlängliches Zeugnis von den Greueln der Zerstörung an andern Orten.

Nach Erwähnung dieser Verluste fahren die frommen Väter fort: Aber während wir durch dieses Ungemach mit Bitterkeit erfüllt und fast bis zum Tode betrübt werden, ängstigt und bedrängt uns ein andres Uebel ganz aus der Nähe, das je näher desto schwerer und für uns, die wir Hirten heißen, desto gefährlicher ist. Denn siehe an unserer Seite wütet die Schar der Räuber und Abtrünnigen, welche die in Christo Armen und Demütigen unterdrückt und tödtet, da sie weder Gott fürchten noch irgend einen Menschen scheuen. Von diesen nämlich würde, wenn heidnische Wildheit es nicht vollbrächte, das Land in eine Einöde verwandelt werden, weil sie weder eines Geschlechtes, noch Alters, noch der Armut zu schonen wissen, sondern alle, die sie vermögen, ohne Erbarmen ausplündern und sei es durch Feuer oder Schwert oder irgend eine andre Todesart grausam ums Leben bringen, und dies für nichts achten. Auch der Buße wollen sie ihren Nacken nicht beugen."

Nach diesen allgemeinen Klagen, deren Inhalt durch manche andre Zeugnisse bestätigt[25]), uns einen viel ungünstigeren Stand der allgemeinen Sicherheit als in den Zeiten Ludwigs zeigt, folgen 26 Satzungen der Synode, die größtentheils nur Wiederholungen früherer Synodalbeschlüsse und Kapitularien sind. Für den König und seine Gemahlin Ota wird ein allgemeines Kirchengebet angeordnet und er sodann mit den Worten der Bibel und der Kirchenväter Isidor und Fulgentius an die Pflichten seines Herrscherberufes[26]), zumal an die eifrige Handhabung der Gerechtigkeit zu Gunsten der Unterdrückten erinnert. Bemerkenswerth

---

[24]) Ann. Fuld. P. IV 886: optima pars Mogontiae civitatis, ubi Frisiones habitabant post mediam quadragesimam mense Martio conflagravit incendio vgl. über die Normannen oben S. 162.

[25]) Auf der Kölner Provinzialsynode im J. 887 c. 2 (Conc. Germ. II, 366) berichtete Franko von Lüttich, sanctam dei ecclesiam ... a schismaticis et raptoribus, qui neque deum prae oculis habent, neque ullius verentur occursum, neque divina humanave lege a malo coercentur, sed ad omne malum praecipites feruntur graviter vexari vgl. auch die später zu erwähnende Trierer Provinzialsynode in Metz c. 1 (Beyer I, 133): qualiter a perversis christianis undique atteramur, omnes in commune sentimus; c. 7: viri pestilentes vastabant miserabiliter istam provinciam etc.

[26]) Die Ermahnungen in c. 2 und 3 finden sich zum großen Theile ebenso in den Akten der Wormser Synode von 829 de persona regali c. 1 (Leg. I, 346), sowie in der Achener von 836 c. 1—3 (Conc. Germ. II, 84), diese Gemeinplätze kehren immer wieder. Die ganz bedeutungslosen Schlußworte des c. 3: plura igitur sunt ex auctoritate sanctarum scripturarum de ministerio regis, quae scribere potuimus, sed ne onerosa glorioso principi nostro haec admonitio nostra existat, haec perpauca scripta sufficiant deutet Leo (Gesch. des deutschen Volkes I, 563) auf „das Verlangen, Arnulf solle sich nun nicht weiter um Italien und Frankreich kümmern" (!).

sind unter diesen Ermahnungen die aus dem Deuteronomion gewis nicht ohne besondere Absicht angeführten Worte: „Er soll auch nicht viel Weiber nehmen, daß sein Herz nicht abgewandt werde und soll auch nicht viel Silber und Gold sammeln.“ Mehrere Schlüsse zielen gegen die vorher so schwer beschuldigten Räuber und Uebelthäter. So sollen die, welche das zum Almosen bestimmte Vermögen der Kirchen und Stiftungen berauben, als Mörder der Armen ewig gebannt werden, desgleichen die, welche sich im Allgemeinen Kirchengüter aneignen. Die Mörder von Geistlichen sollen der strengsten Kirchenbuße unterliegen, bei der sie Zeit Lebens weder Fleisch essen, noch Wein trinken dürfen u. s. w., aber auch die, welche Priester übel behandeln oder verleumden, werden von der Kirchenthüre ausgeschlossen bis zur angemessenen Genugthuung. Die Zahlung der Zehnten wurde eingeschärft. Ungesetzliche und auf Täuschung beruhende Prekareiverträge über kirchliche Besitzungen sollten ohne weiteres rückgängig werden. Den Klöstern, die an Geistliche oder Laien zu Lehen gegeben sind, müssen solche Vorsteher oder Pröbste gesetzt werden, die ihre Herde nach der Regel zu führen vermögen. Endlich wurden die Grafen, wie schon oft geschehen war, zu einträchtigem Zusammenwirken mit den Bischöfen ermahnt.

Die Synode stellte jedoch nicht bloß für die Laien, sondern auch für schuldige Geistliche mancherlei Vorschriften auf: so sollte jeder Priester abgesetzt werden, der, wie es leider sehr viel im Schwange sei, durch Geld seine Kirche erlangt habe[27]). Den Priestern wurde im Hinblicke auf die Folgen überhaupt verboten, Frauen, die eigene Schwester nicht ausgenommen, bei sich im Hause zu haben. Der niedere Geistliche sollte nicht gegen den höheren klagen dürfen, ein Bischof nur mit 72 Zeugen verdammt werden, der Papst aber keinem Gerichte unterliegen, weil geschrieben steht: Der Jünger ist nicht über seinen Meister. So nahe dies an die Ideen Pseudoisidors anstreift, so fehlt doch jede ausdrückliche Beziehung darauf[28]). Messe darf nur an den vom Bischof geweihten oder bestimmten Orten gehalten werden: weil jedoch so viele Kirchen, zumal durch die Schuld der Normannen ein Raub der Flammen geworden[29]), so sei es bis auf ihre Herstellung gestattet, auch in Kapellen Messe zu lesen.

[27]) C. 5: quod vitium late diffusum summo studio emendandum est vgl. das Schreiben Johanns VIII. an Rostagnus von Arles (Mansi XVII, 81, J. 2371): quibusdam namque narrantibus agnovi, quod in Galliarum vel Germaniarum partibus nullus ad sacrum ordinem sine commodi datione perveniat ... nam ipse quoque qui pretio ad sacrum ordinem perducitur, iam in ipsa provectus sui radice vitiatus paratior est aliis venumdare quod emit.

[28]) Dies bemerkt Gfrörer (Gesch. der Carol. II, 293), dagegen citiert die Kölner Synode c. 3 ein Dekret des P. Anaklet ep. II c. 16 Omnis enim — liberetur p. 74 ed. Hinschius.

[29]) C. 9: quod nostris exigentibus culpis per plurimum est factum

Indem die deutsche Geistlichkeit ihre Verhandlungen mit einem Rückblicke auf die vorangegangene traurige Zeit eröffnete und daran die Satzungen knüpfte, die den schlimmsten Uebelständen Abhilfe gewähren sollten, hoffte sie ohne Zweifel, daß durch den König Arnolf, der ihren Bestrebungen hold war, eine bessere Zeit herbeikommen würde. Wenn auch später ein noch engeres und innigeres Verhältnis zwischen dem Könige und den Bischöfen eintrat, so scheint doch auch jetzt schon zwischen beiden ein gutes Einvernehmen obgewaltet zu haben, wie ja auch Arnolf sich von vornherein geistlicher Rathgeber vielfach bediente[30]). Von einem misbilligenden Seitenblicke auf die Entthronung Karls ist in den Mainzer Akten nichts zu entdecken, der ausgesprochene Tadel trifft vielmehr gerade die Zeiten seines Regimentes. Von den Erwartungen, die man zumal in geistlichen Kreisen dem neuen Könige entgegentrug, zeugen die Worte eines sächsischen Dichters[31]), der den h. Arnolf also anredet: „Vor allen deinen Enkeln möge dir, darum bitten wir, Arnolf, dir gleichnamig, am Herzen liegen. Schaffe, daß ihm in seiner Herrschaft Christus ein Leiter sei. Seiner bedarf die Kirche gar sehr, der jetzt ein gerechter König und ihr einziger Beschirmer unter so vielen Niederlagen ist, von denen sie erschüttert wird.“ Und an einem andern Orte auf die frühere Zeit zurückschauend: „Wehe dir Francien, wehe, daß du jetzt eines solchen Verteidigers entbehrst (eines Karls des Gr.), von wie manigfachen Nöthen wirst du niedergedrückt? Siehe von allen Seiten stehst du den wilden Heiden offen zur Verheerung, und, einst glückselig, bist du jetzt allzu elend; denn deine Feinde jubeln laut über deine Thränen und bereichern sich unablässig an deiner Beute, Tausende sind gefallen und die Zahl deiner Gefangenen ist größer als des Sandes am Meere. Denn seit Karl (der Gr.) starb, entschwand allmälich all deine Zier und Ehre und gieng zu Grunde. Jetzt aber freust du dich mit Recht unter dem Fürsten Arnulf, der solchem Ahnherrn an Sinnesart ähnlich ist. Denn hochherzig, mild und wacker richtet er mit rastloser Bemühung das gesunkene Reich wieder auf, er bewegt mit alter Kraft die Arme der Franken und ruft die lässigen Mannen wieder zu den Waffen. Aber die unermeßliche Masse, die lange zuvor zusammenstürzte,

---

a Nortmannis seu alio qualicunque modo vgl. c. 1 der Metzer Synode (Beyer I, 133): ergo qualiter a Nortmannis hec omnia in nobis completa sint, nemo dubitat.

[30]) Zu der Auffassung Leos (a. a. O.): „Diese Mainzer Synode ist gewissermaßen der innere, geistige und geistliche Anfang einer deutschen Nation.“ scheint mir jede Berechtigung in den Thatsachen zu fehlen. Gagern (Arnulfi imp. vita p. 57 n. 3) bemerkt mit Recht, daß das Mainzer Konzil an Wichtigkeit dem Konzile von Trebur im J. 895 durchaus nicht gleichkomme.

[31]) Poeta Saxo de gest. Karoli M. l. V v. 135 flg., 405—424 (Scr. I, 269, 274) vgl. hiezu die Bemerkungen Bernh. Simsons (Forschungen zur deutschen Gesch. I, 323 flg.).

läßt sich nicht auf einmal wieder aufbauen. Jenem möge der Leben verleihen, der ihm hohe Tugend verlieh, so wird dies für uns die Ursache großen Heiles sein."

Zunächst führte die Herstellung des Reiches, in der dieser sächsische Dichter mit vielen andern das Ziel des neuen Herrschers erkannte, zur Auseinandersetzung mit den Machthabern, die sich unabhängig von ihm in den andern Landen des abgesetzten Kaisers erhoben hatten. „Nach seinem Tode, so schreibt der Abt Regino[32]) von Karl redend, lösen sich die Reiche, die seinem Gebote gehorcht hatten, als ob sie eines gesetzmäßigen Erben entbehrten, aus ihrem Verbande in Theile auf und erwarten nicht mehr ihren natürlichen Herrn, sondern ein jedes schickt sich an, aus seinen Eingeweiden sich einen König zu wählen. Diese Ursache rief große Kriege hervor; nicht etwa, weil es den Franken an Fürsten gefehlt hätte, die durch Adel, Tapferkeit und Weisheit über die Reiche herrschen konnten, sondern weil unter ihnen selbst die Gleichheit des Geschlechtes, der Würde und Macht Zwietracht erwachsen ließ, weil Niemand die andern so sehr überstralte, daß die übrigen sich dazu verstanden hätten, sich seiner Hoheit zu unterwerfen. Denn viele zur Lenkung des Reiches tüchtige Fürsten hätte Francien erzeugt, wenn das Schicksal ihnen nicht im Wetteifer der Kraft zu gegenseitigem Verderben die Waffen in die Hand gegeben." Ganz ähnlich spricht ein italienischer Dichter dieser Zeit[33]) von der beklagenswerthen Gier, welche die bisher zu Einem Reiche gehörenden Völker ergriffen, sich ihre besonderen Tyrannen zu wählen, da sie doch durch die gleiche Liebe verbunden waren.

Verschiedene Gründe machen es begreiflich, daß in den romanischen Landestheilen, von denen hier zunächst die Rede ist, der erbliche Anspruch Arnolfs nicht von vornherein dieselbe Geltung haben konnte, wie bei den deutschen Stämmen. Wer kannte außerhalb der Grenzen der deutschen Zunge den Bastard von Kärnten, der von dem Kaiser geflissentlich zurückgesetzt, aus seiner Abgeschiedenheit so wenig hervorgetreten war? Die Entthronung Karls — denn diese, nicht sein Tod, gab zu allen Umwälzungen den nächsten Anstoß — brachte in jenen Ländern, die dem Hause Ludwigs des Deutschen erst seit so kurzer Zeit zugehört hatten, nur das Gefühl völliger Verwaistheit hervor. Man zählte in manchen entfernteren Gegenden die Jahre nach seinem Tode und erwartete einen neuen Fürsten vom Himmel[34]). Die Wiedervereinigung aller dieser so

---

[32]) Chronic. 888. Die Worte: iam non naturalem dominum praestolantur geben doch wohl auf Arnolf?

[33]) Panegyricus Berengarii l. I v. 43 flg.

[34]) Vgl. die von Wenck (Erhebung Arnulfs S. 37 A. 40) angef. Urk. aus der span. Mark (Petr. de Marca Marca Hispan. p. 821, 822), von denen die letztere datiert ist: anno II quo mortuus est Carolus imperator, regn. domino nostro Iesu Christo, nobis autem expectante rege ab ipso largi-

verschiedenartigen Gebiete unter dem Scepter Karls war eine viel zu flüchtige und lose gewesen, sie war viel zu wenig durch irgend welche Thaten oder Erfolge besiegelt worden, als daß sie die Eindrücke der langjährigen Trennung hätte verwischen können. Je mehr die Glieder sich als eigene Ganze hatten fühlen lernen, desto schwächer mußte ihr Zug zu dem gemeinsamen Herrscherhause sein, das mit seinen Ansprüchen noch die Gesamtheit umspannte. Das Bedürfnis des Schutzes und der Verteidigung auf der einen, der durch die Schwäche des letzten Kaisers gewaltig angespornte Ehrgeiz einzelner Großen auf der andern Seite, gaben hier allein den Ausschlag, die Idee der Erblichkeit aber tritt gar sehr zurück. Dies lehrt die Wahl Bosos in Burgund, des Vorbildes aller dieser neuen Könige schon im J. 879, ferner die dem Kaiser Karl dargebrachte Huldigung des Westreiches im J. 885, da doch der jüngste Sohn Ludwigs des Stammlers das nächste Anrecht auf die Krone besessen hätte. Wie schon Ludwig und Karlmann mehr durch freien Entschluß der Großen, als in Folge ihres Rechtes den Thron bestiegen, so wurde ihr Bruder Karl (der Einfältige) trotz seines unzweifelhaften Rechtes sowol 885 als 887 vom Throne ausgeschlossen, weil seine Unmündigkeit ihn zur Regierung ungeeignet erscheinen ließ. Woher aber sollte den Italienern ein klares Bewußtsein von dem Erbrechte des regierenden Hauses kommen, seitdem durch das Aussterben der Linie Lothars ihr Land ein Kampfpreis zwischen den Herrschern des Ost- und Westreiches geworden war, ja sogar in der Person des Herzogs Boso den Versuch erlebt hatte, den Abkömmling eines neuen Geschlechtes auf den Thron des Desiderius zu erheben?

Ueberall außerhalb Deutschlands also nehmen wir bereits vor der Auflösung aller Verhältnisse, welche die Absetzung des Kaisers mit sich führte, ein Schwanken der Völker oder vielmehr der dieselben vertretenden Bischöfe und Großen in Bezug auf das Prinzip der Erblichkeit wahr, welches vornehmlich auch in dem Streben der einzelnen Stämme nach Absonderung seine Nahrung fand. Das ohnmächtige Kaiserthum Karls aber, das ebenso wenig die inneren Bewegungen zu dämpfen, als die äußeren Feinde zu schrecken vermochte, ließ das Gesamtreich vollends zum Gespötte werden. Während die deutschen Stämme trotz des zwischen ihnen empfundenen Gegensatzes in der Idee an diesem festhielten, strebten die Romanen nach ihren provinziellen Verschiedenheiten sich unter eigenen Häuptern abzuschließen. Jene huldigten, wenn auch in einer gewaltsamen und unregelmäßigen Weise doch einmütig dem am meisten berechtigten Sprossen ihres alten Königshauses, unter diesen arbeiteten sich durch eigene Macht und die Wahl des Volkes

---

tore; Hist. de Languedoc I preuv. p. 140. Im Limousin zählte man im Januar 888 noch das vierte J. der Regierung Karls (Deloche cartul. de Beaulieu p. 133).

neue Geschlechter zur höchsten Gewalt empor[35]). Wie schon bei Bosos Erhebung, so spielte auch bei den andern Königswahlen im romanischen Europa meist die Geistlichkeit die erste Rolle. Ihres Vortheils wahrnehmend ersetzte sie den fehlenden Rechtstitel durch die von ihrer Hand ertheilte göttliche Weihe. Wie der Papst in Rom durch die Salbung den Kaiser machte, so gedachten diese Bischöfe ihrerseits durch die Salbung Könige zu machen. Daher stehen alle diese Emporkömmlinge mit der geistlichen Gewalt im Bunde. Von geringem Belange und ohne alle entscheidende Bedeutung ist die Abstammung einiger derselben von dem fränkischen Königshause in weiblicher Linie, ein deutliches Zeichen aber der zwar zerstörten, doch immer noch fortwirkenden Gemeinschaft liegt darin, daß überall die Sprößlinge vornehmer fränkischer Familien an die Spitze der einzelnen Stämme treten.

In Italien standen sich schon seit längerer Zeit zwei Familien unbestritten als die ersten und angesehensten gegenüber: die der Friauler Markgrafen, von Eberhard und Gisela, der Tochter Ludwigs des Fr. abstammend und bisher dem ostfränkischen Königshause besonders zugethan und die der Herzoge von Spoleto, schon längere Zeit so gut wie unabhängig von ihren fränkischen Oberherren. Trotz ihrer Nebenbuhlerschaft, die schon einmal offen hervorgetreten war, als im J. 883 Berengar von Friaul im Auftrage des Kaisers Karl gegen den des Hochverraths beschuldigten Wido von Spoleto zu Felde zog, um ihm sein Herzogthum zu entreißen, glückte es jenem zunächst allein, in Pavia, der alten Hauptstadt sich im Januar zum Könige von Italien wählen und krönen zu lassen[36]). Gewis hatte er diesen Schritt mindestens seit jenem Tage vorbereitet, da er in Waiblingen dem Erzkanzler Liutward Abbitte leistend von der Ohnmacht und Unzurechnungsfähigkeit des Kaisers sowie von den Anzeichen der bevorstehenden Umwälzung sich durch den Augenschein überzeugte. Seine Macht beruhte durchaus im oberen Italien, wo der Kern seiner eigenen Besitzungen lag, wo Bischof Adalhard von Verona sein Erzkanzler[37]), Graf Waltfrid

---

[35]) Diesen Gegensatz hat L. Ranke (deutsche Gesch. I, 14) sehr richtig hervorgehoben, vgl. auch die Betrachtungen Wencks a. a. O. S. 32 flg.

[36]) Panegyr. Berengarii l. I v. 57: ... contendit ad urbem | irriguam cursim Ticini abeuntibus undis. | sustulit hic postquam regale insigne coronam etc.; ann. Fuld. 888: Perngarius filius Eberhardi in Italia se regem facit; ann. Vedast. 887: Berengarius etiam regnum Italiae usurpat; Regino 888: quaedam pars Italici populi Berengarium ... regem sibi statuunt. Rud. Köpke (de vita et scriptis Liudprandi p. 67) bestimmte den Zeitpunkt zwischen dem 26. Dez. 887 und 2. Jan. 888 als Anfang der Regierung Berengars, damit stimmt die Zählung der Urk. vom 4. Jan. 904 als im 17. und vom 9. Jan. 905 als im 18. Jahre der Regierung ausgestellt (B. 1322, 1330), andere Urk. vom 2. Jan. 899 und 11. Jan. 903 (Campi hist. di Piacenza I, 478; Giulini memorie di Milano II, 475) folgen einer abweichenden Zählung.

[37]) Die Urk. Berengars sind vom 8. Mai 888 (die erste, die wir kennen)

von Verona sein vornehmster Rath[38]) wurde und auch die übrigen Bischöfe und Grafen, darunter die durch seine Gemahlin Berthila ihm verschwägerten Söhne Suppos[39]), wohl sämtlich auf seiner Seite standen.

Wenn Wido diese Entwickelung der Dinge ruhig vor sich gehen ließ, so lag der Grund nicht etwa darin, daß ihn ein minder brennender Ehrgeiz beseelt hätte, als Berengar, sondern in dem höheren und ferneren Ziele, dem er nachtrachtete. Einem austrasischen Geschlechte entsprossen, das an Alter und Adel dem des h. Arnolf von Metz kaum nachstand, zog ihn bei der Nachricht von der hereinbrechenden Auflösung des Reiches, sein Verlangen um so mehr zu den Stammsitzen des fränkischen Volkes, als er im Westreiche an Fulko von Reims, an Rampo und andern mächtigen Männern sehr angesehene Verwandte hatte, die es nicht an Einladungen fehlen ließen, sich an ihre Spitze zu stellen[40]). So sehen wir auch hierin noch eine Wirkung jener Zusammenhänge, die einst die verschiedenen Reichstheile enger mit einander verkittet hatten. Wido also verließ plötzlich den Schauplatz seiner bisherigen Thaten und brach auf, um die Herrschaft über Gallien anzutreten. „Die Landschaft Benevent, so schreibt ein Mitlebender, wird von den Griechen eingenommen, Spoleto von den Saracenen geplündert, er selbst aber (Wido) ist verschwunden und verschollen. Wenn er sich aber wieder hat sehen und hören lassen, so will ich

bis zum 2. Dez. 894 sämtlich ad vicem Adelardi episcopi et archicancellarii ausgestellt (B. 1289—1298).

[38]) Schon in der ersten Urk. für Engelberga (Muratori ant. It. VI, 345): Adelardus et Antonius (von Brescia) venerabiles episcopi atque Walfredus illuster marchio, nostri dilectissimi fideles nostram humiliter postulaverunt clementiam etc., am 10. Sept. 892 erwähnt Ber. Walfredum illustrem comitem summumque consiliarium nostrum (eb. I, 937) und am 12. Mai 890 (Tiraboschi memorie Modenesi I, 63): Unrocb consanguineus noster filius quondam Supponis incliti marchionis, interventu Adelardi venerabilis episcopi necnon et Waltfredi illustris marchionis, dilectorum fidelium nostrorum ostendit nobis precepta antecessorum nostrorum etc.

[39]) Diese Verschwägerung erhellt theils aus der eben angef. Urk., theils aus dem Paneg. Bereng. l. II v. 77 flg. mit der Glosse. Die Urk. vom 3. Nov. 889 (Tiraboschi I, 65) ist die erste, die interventu et petitione Berchtilae dilectae coniugis et consortis regni nostri ausgestellt wurde.

[40]) Ueber Widos Abkunft s. oben S. 18. Auf Einladungen aus Gallien sind die Worte Erchemperts (c. 79) zu beziehen: cupiditate regnandi devictus deceptusque a contribulibus suis. Ueber die Verwandtschaft Widos mit Fulko s. oben S. 254; in Bezug auf Lambert spricht F. von der consanguinitatis necessitudine, qua illi devinctus habebatur und erwähnt in einem Briefe an ihn Ramponem propinquum vestrum et meum (Flodoard. hist. Rem. eccl. l. IV c. 3, 5 p. 437, 459). Diese Verwandten stammen vermutlich von Hrodold und Warnar, den Brüdern des älteren Wido in der Zeit Karls des Gr. Was Liudprand (antapod. l. I c. 14) von der früheren Freundschaft Berengars und Widos und von einem Vertrage zwischen ihnen berichtet, ist auf sein Zeugnis allein nicht zu glauben s. Koepke de vita Liudprandi p. 66.

den Wißbegierigen eines nach dem andern erzählen, was er gesagt oder gethan hat."

Schon zu Langres, nachdem er so eben die Grenze des westfränkischen Burgund überschritten[41]), ließ sich der Herzog von Spoleto in einer kleinen Versammlung der Großen aus diesen Gegenden zum Könige wählen und von dem Bischofe Geilo krönen. Der letztere, Sohn eines gleichnamigen Grafen und früher Abt des Klosters Tournus an der Rhone, hatte sich als Bischof von Langres durch die große Betriebsamkeit hervorgethan, mit der er, zuerst ein Anhänger des Usurpators Boso, seiner Kirche durch den König Karlmann und besonders den Kaiser Karl theils abhanden gekommene Besitzungen wieder zu verschaffen, theils neue Erwerbungen zuzuführen wußte, wie er auch seine Stadt zum Schutze gegen die Normannen mit Befestigungen umgab[42]). Wahrscheinlich hoffte er durch die von ihm vollzogene Krönung, die etwa in den Anfang März 888 fällt, sich den neuen König auf das engste zu verpflichten und dadurch seinem Bisthume Vortheile zuzuwenden. Diese Erwartungen sollten sich jedoch nicht erfüllen, denn als Wido vernahm, daß von einer bei weitem stärkeren Partei der Westfranken fast gleichzeitig ein andrer König erwählt worden, mit dem er um die Krone kämpfen müsse, zog er es vor, von einem Theile seiner gallischen Anhänger begleitet, über die Alpen zurück zu kehren und lieber in dem Lande, in welchem seine Macht vornehmlich wurzelte, Berengar, seinem alten Gegner die Krone streitig zu machen[43]).

Jener andre König, der Widos Hoffnungen vereitelte, war der bisherige Graf Odo von Paris, Roberts des Starken Sohn, der einer aus Ostfranken eingewanderten[44]), schon unter Karl dem

[41]) Ann. Fuld. 888: Hludowicus ... et Wito filius Lamberti Galliam Belgicam necnon Provinciam prout reges habere proposuerunt; ann. Vedast. 887: inferiores Franci inter se divisi quidam Widonem ab Italia, quidam Odonem in regno statuere volunt; 888 Franci divisi aliqui Widonem, qui partibus Fulchonis archiepiscopi favebant ... pauci vero ex Burgundia Widonem Lingonis civitate per Geilonem eiusdem civitatis episcopum sibi creaverunt regem.

[42]) Vgl. über ihn Chronic. Falconis monast. Trenorchiens. c. 1, 6 (Mabillon acta sct. ord. S. Bened. saec. IV^{a}, 560), Flodoard. hist. Rem. IV c. 1 p. 417 (wonach eine nähere Verbindung zwischen Fulko und Geilo nicht angenommen werden kann, da jener sich lebhaft darüber beklagt, daß Aurelian von Lyon Geilonem quendam monachum nuper de saeculo venientem eigenmächtig zum Bischof geweiht habe), Ann. S. Benigni Divion. 880, Besuens. 879, 883 (Scr. II, 248, V, 40), B. 1443, 1855, 983, 984, 993, 1011, 1012 und fünf ungedr. Urk. in Chaumont (Sickel).

[43]) Ann. Vedast. 888: Wido vero rex factus, audiens Odonem in Francia creatum regem cum his, qui se sequi deliberaverant rediit Italiam. Die von Liudprand (antap. I. c. 16, 17) über seine Rückkehr erzählte Anekdote, ist um so mehr zu verwerfen, als Wido gewis nicht nach der ostfränkischen Stadt Metz vordrang, sondern seine Absicht auf das Westreich gerichtet hatte, doch bemerkt er ebenfalls ganz richtig: traxerat sane et a Francis quandam affinitatis lineam.

[44]) Die Zeugnisse über seine Herkunft s. I, 428 A. 11, doch stimme ich

Kahlen hochangesehenen Familie angehörig, sich als Vorkämpfer gegen die Dänen längst die Liebe und das Vertrauen des Volkes von Neustrien erworben hatte. Schönheit der Gestalt, hoher Wuchs und weiser Sinn zeichneten ihn vor andern Häuptern aus[45]), bei jener furchtbaren normannischen Belagerung von Paris, die ein volles Jahr hindurch dauerte, hatte er allein nach dem Tode des Bischofs Gauzlin den sinkenden Mut der Bürger aufrecht erhalten, er hatte sich hinausgeschlichen, um den Kaiser zur Hilfe herbei zu rufen und mitten durch die Feinde mit seinem Schwerte sich den Rückweg gebahnt. Diese Thaten, verbunden mit dem ruhmvollen Andenken seines Vaters, dazu die ausgedehnte Erbschaft des Abtes Hugo von Tours, die ihm meist zugefallen, mußten ihn in jeder Hinsicht als den der westfränkischen Krone würdigsten erscheinen lassen, als den Mann, von dessen erprobter Tapferkeit man allein Rettung aus der heidnischen Knechtschaft erhoffen durfte. Zu Odos eifrigsten Anhängern gehörte der frühere Kämmerer Graf Theoderich (oder sein Sohn), der neben dem Abte Hugo unter den letzten Regierungen den größten Einfluß besessen hatte[46]).

So wurde er denn am 29. Februar 888 in der Pfalz Compiegne von dem jungen Erzbischof Walther von Sens, einem durchaus weltlich gesinnten Geistlichen, der ganz in die politischen Händel aufgieng, in einer Versammlung der Großen gekrönt[47]). Der

---

Wenck (Erhebung Arnulfs S. 44 A. 48) ganz darin bei, daß auf die von Aimoin von Fleury u. a. gemeldete sächsische Abkunft kein Gewicht gelegt werden darf. Daß Odo als Neustrier betrachtet wurde, lehrt Abbo (de bellis Paris. l. II v. 447 flg.): Francia laetatur, quamvis is Nustricus esset, | nam nullum similem sibimet genitum reperire. | nec quia dux illi Burgundia defuit, eius | Nustria ad insignis nati concurrit honorem.

[45]) Regino 888: Odonem ... virum strenuum, cui prae caeteris formae pulchritudo et proceritas corporis et virium sapientiaeque magnitudo inerat; Adonis contin. II (Scr. II, 326): Odonem non eiusdem generis regem, mira tamen probitate pollentem.

[46]) Ann. Vedast. 888: inter quos Theodericus comes eminebat.

[47]) Ann. Vedast. 888: Compendio palatio ... per manus Walteri archiepiscopi; ann. Fuld. 888: Odo filius Rodberti ... usque Ligerim fluvium vel Aquitanicam provinciam sibi in usum usurpavit; ann. S. Columbae Senon. 886: iam defuncto Evrardo episcopo (von Sens) Kal. Febr. (d. h. 887) et ordinato Gualterio in loco eius 4 Non. Apr.; qui eodem anno unxit Odonem in regem (vgl. über Walther Regino 888, Scr. I, 104, 599); ann. S. Germani Paris. 888: Odo rex unguitur fratre eius Rotberto existente comite Parisiensi; ann. Lemovic. 888, Blandiniens. 888 (Scr. V, 24). Ueber den Zeitpunkt der Krönung verbreiten die Urk. ungenügendes Licht. In der ersten vom 10. Jan. aus Orleans mit dem J. Chr. 888, dem 2. J. der Regierung ohne Indiction (Bouquet IX, 440) sind die Daten unklar, nach B. 1882 vom 30. Dez. 889 J. der Reg. 2, muß seine Erhebung nach dem 30. Dez. 887, nach B. 1883 vom 30. Jan. 890 J. der Reg. 3 müßte sie vor dem 30. Jan. 888 stattgefunden haben. Dieses eine Datum aber vermag wenig zu beweisen. Nach Abbo (l. II v. 442 flg.) müssen wir annehmen, daß Odo erst nach dem Tode Karls gekrönt wurde, die ann. Vedast. erzählen seine und Widos Salbung ohngefähr gleichzeitig mit der am 17. März erfolgten Weihe des Bischofs Dodilo (interim dum haec aguntur etc.), hiedurch gewinnen die

Geistlichkeit seines Reiches gelobte Odo urkundlich, daß er ihre Kirchen gegen Raub und Unterdrückung sichern, alle ihre Gerechtsame und Privilegien unverletzt erhalten und ihren Besitz nach besten Kräften mehren und erweitern wolle[48]). Noch aber fehlte viel, daß ihm das ganze Reich Karls des Kahlen gehorcht hätte. Außer der Bretagne, die fortwährend unter eigenen Fürsten stand, hielten sich auch Graf Wilhelm von der Auvergne und von Gothien, und der mächtige Herzog Ramnolf von Aquitanien, dem sogar der Königstitel beigelegt wird, ganz unabhängig von dem Erwählten der Neustrier, dessen Macht daher zunächst nicht über die Loire hinausreichte[49]). Gefährlicher für ihn war aber noch der Umstand, daß er auch in seinem eigentlichen Gebiete eine starke Partei gegen sich hatte, die sich ihm nach Widos Abzuge nur zum Scheine unterwarf und fortfuhr seine Macht zu untergraben[50]). An ihrer Spitze stand Erzbischof Fulko von Reims, der es nicht verschmerzen konnte, daß der Erzbischof von Sens, der alte Nebenbuhler seines Stuhles auf eigene Hand einen König gesalbt hatte. An Karl, das rechte Königskind aber, das sich in Ramnolfs Obhut befand, dachte zunächst Niemand[51]).

Zwischen den beiden Gebieten, in denen Berengar und Odo sich zu Königen aufwarfen und Wido beiden nach einander das Reich streitig machte, in der Mitte lagen die lothringisch-burgundischen Lande, die von der gleichen Bewegung, doch in selbständiger Weise ergriffen wurden. Die Provence, die durch ihre Losreißung aus dem Gesamtreiche unter Boso allen übrigen Sonderbestrebungen zum Muster gedient hatte, befand sich zwar damals in einem Zustande wildester Verwirrung. Trotz der Adoption durch Kaiser Karl konnte der kleine Ludwig bei den zügellosen Großen, die das

---

Angaben der ann. S. Germani min. 888 (Scr. IV, 3): Odo rex II Kal. Mart. und Richers von Reims (l. I c. 5): Anno itaque inc. dom. 888 [II Kal.] Mart. quinta feria communi decreto Odonem virum militarem ac strennuum in basilica sancti ... regem creant an Glaubwürdigkeit, zumal da der 29. Febr. 888 in der That auf einen Donnerstag fällt.

48) Odonis regis electio (Leg. I, 554 mit einem ganz irrigen Datum).

49) Vgl. über diese Verhältnisse Wenck a. a. O. S. 54—58. Nur die ann. Fuld. 888 erwähnen Ramnolf in der Reihe der neuen Thronbewerber: deinceps Rannolfus se regem haberi statuit, in den ann. Vedast. 889 heißt er Ramnulfus dux maximae partis Aquitaniae.

50) Ann. Ved. 888: Odo vero rex Francos, qui suo nolebant se subdi dominatui, partim blanditiis, partim terroribus sibi sociare festinabat.

51) Eb. 889 vgl. Fulkos Schreiben an Arnolf (Flodoard. hist. Rem. eccl. l. IV c. 5 p. 447): quando Karolus imperator decessit ... hic Karolus adhuc admodum corpore simul et scientia parvulus existebat nec regni gubernaculis idoneus erat et instante immanissima Normannorum persecutione periculosum erat tunc eum eligere. Durchaus sagenhaft sind die Nachrichten über das Verhältnis Odos und Karls bei Widukind (Res gestae Saxon. I c. 29), Aimoin von Fleury (de regib. Francor., Scr. IX, 374), Chronic. S. Benigni Divion. (Bouquet VIII, 240) u. a. vgl. Wenck S. 45 A. 52.

Land durch ihre Fehden zerrissen, keine Anerkennung finden. Nicht genug, daß die Normannen auf ihren Zügen nach Burgund im J. 887 oder 888 bis in diese Gegenden vordrangen[52]), auch die spanischen Saracenen, die kurz zuvor an der Küste zu Garde-Freynet unweit Frejus eine durch das Dickicht des umschließenden Waldes geschützte Räuberkolonie gegründet hatten, wurden gerade wie in Benevent von den einheimischen Machthabern selbst zu Hilfe gerufen und brachten durch ihre Verheerungen bald Jammer und Elend ins Land[53]).

In Hochburgund dagegen, dem Gebiete zwischen dem Jura und penninischen Alpen, nach welchem König Boso als Erbe gleichsam seines Oheims, des Abtes Hukbert vergeblich seine Hände ausgestreckt, schwang sich das welfische Haus jetzt zu einer unabhängigen Macht empor. Mit Karl dem Kahlen durch seine Mutter Judith blutsverwandt, mit Ludwig dem Deutschen und Lothar verschwägert, hatten die Welfen in allen drei fränkischen Reichen Wurzel geschlagen und ehrgeizig und hochstrebend in allen eine große Rolle gespielt. Am höchsten aber reichte ihre Geltung bisher im Westreiche, dessen Herrscher ihnen ja auch am nächsten verwandt waren: Rudolf, der Bruder der Kaiserin Judith gehörte zu Karls vornehmsten Rathgebern, Graf Konrad von Paris, vielleicht sein Sohn[54]), stürzte nach dem Tode Ludwigs des Stammlers durch sein verrätherisches Bündnis mit den Ostfranken das Reich in die größte Gefahr, der Abt Hugo endlich, ein Sohn Konrads, des zweiten Bruders der Kaiserin Judith, rettete es und regierte fast wie ein Vormund für die Söhne des Stammlers. Konrad und Hugo hinterließen in Westfrancien keine Erben, mit ihnen geht das welfische Haus dort zu Ende. Ein andrer Konrad aber, der Bruder des Abtes Hugo hatte sich in die Dienste der

[52]) Hludowici electio (Leg. I, 558): ex una parte Nortmanni cuncta penitus devastantes insistebant. Die Vermutung, daß Kaiser Karl dies veranlaßt (de Arnulfo p. 56 n. 6) scheint mir jetzt selbst nicht mehr stichhaltig.

[53]) Eb.: ex alia vero Sarraceni Provinciam depopulantes terram in solitudinem redigebant. Ihre nähere Erläuterung erhalten diese Worte durch den Bericht Liudprands (antapod. l. I c. 1—4), von Pertz mit Unrecht in das J. 891 gesetzt, und des Chronic. Novaliciense l. IV c. 22, 23, 26.

[54]) Wenck (Erhebung Arnulfs S. 61) verwechselt den im J. 882 verstorbenen Grafen Konrad von Paris mit dem Konrad, der 864 bei Orbe siegte (s. I, 551), wiewol schon sein Großoheim Wenck (Hess. Landesgesch. II, 576—579) ihn eines Besseren hätte belehren können. Die Annahme des letzteren, daß Konrad von Paris und der Abt Welfo Brüder des nachmaligen Königs Rudolf von Burgund gewesen seien, will mir jedoch deshalb nicht recht einleuchten, weil sie bei ihrem kinderlosen Tode nicht, wie man doch erwarten sollte, von Rudolf beerbt wurden, der vielmehr gar keinen Zusammenhang mit dem Westreiche zeigt. Ich vermute daher, daß sie beide Söhne des älteren Rudolf, des im J. 866 verstorbenen Bruders der Kaiserin Judith (vgl. über ihn I, 394 A. 33, oben S. 133 A. 58) waren und mithin Vettern des Abtes Hugo. Hiemit steht wenigstens keine der Quellen im Widerspruche. Ueber Hugo s. ann. S. Columbae 882: Hugo ... qui monarchiam clericatus in palatio optinens ducatum etiam regni post regem nobiliter amministrabat.

Söhne Lothars begeben: in ihrem Auftrage entriß er Hukbert im J. 864 Hochburgund und nach ihm waltete dort sein Sohn Rudolf zugleich als Abt von St. Maurice und als Graf[55]).

Wie schon die nur schwer bewältigte Auflehnung Hukberts bewies, so gab der Besitz des burgundischen Alpenlandes mit dem wichtigen, damals sehr besuchten Passe über den St. Bernhard seinem Inhaber eine äußerst feste und unangreifbare Stellung, die zur Erringung völliger Unabhängigkeit sehr verlockend sein mußte. Der Kaiser Karl griff in diese Verhältnisse nicht ein, er scheint mit Rudolf, den er in einer Urkunde vom J. 885 für einen seiner Vassallen seinen getreuen und geliebten Markgrafen nennt, auf freundlichem Fuße gestanden zu haben[56]). Als er der Macht beraubt, ließ sich Rudolf im Januar 888 zuerst zu St. Maurice in einer Versammlung der geistlichen und weltlichen Großen Burgunds, unter denen namentlich der einst im Widerspruche mit Karl erhobene Bischof Hieronymus von Lausanne auf seiner Seite stand, zum Könige wählen[57]), sogleich aber sandte er auch seine Boten

[55]) Vgl. I, 551 und die vielleicht in das J. 872 zu setzende Urk. (Muratori ant. It. III, 155), durch welche Rodulfus humilis comes necnon et monasterii sancti Mauricii Agaunensis abba ... in regno Tusciae villam nuncupatam Paterno et Aciano der Kaiserin Engelberga auf Lebenszeit gegen einen jährlichen Zins von 15 solidi und einem Maße Oel überläßt. Das Todesjahr Konrads II. ist unbekannt.

[56]) Am 15. Febr. 885 schenkte Karl cuidam vasallo Ruodolfi fidelis et dilecti marchionis nostri nomine Vodelgiso quasdam res proprietatis nostre ... in comitatu Waldense (Zapf monum. anecd. I, 17, B. 981). Unter einer Schenkung Reginolds an die Kirche Lausanne vom 6. Aug. 886 im Waadtlande findet sich auch das signum Rodulfi gloriosi comitis, qui hanc rogationem donatus consensit und diese Uebergabe bestätigte am 13. Aug. dominus Rodulfus comes necnon etiam inclitus marchius (Zapf I, 21, 23). Der Titel Markgraf findet sich sonst nirgend für den Grafen dieser Landschaft.

[57]) Ann. Lausonens. 888 (Cassiodors Chronik h. v. Mommsen S. 689): Hoc anno fuit ordinatus Rodulfus rex primitus; ann. Fuld. 888: Ruodolfus vero filius Chuonradi superiorem Burgundiam apud se statuit regaliter retinere. Regino läßt ihn (a. 888) zuerst provinciam inter Iurum et Alpes Penninas in Besitz nehmen und apud sanctum Mauritium adscitis secum quibusdam primoribus et nonnullis sacerdotibus sich die Krone aufsetzen, post haec, heißt es dann, mittit legatos per universum regnum Hlotharii et suasionibus pollicitationibusque episcoporum ac nobilium virorum mentes in sui favorem demulcet. Die ann. Vedast. 888 dagegen, von einer Krönung in St. Maurice nichts wissend berichten: at hii qui ultra Iuram atque circa Alpes consistunt Tullo adunati Hrodulfum nepotem Hugonis abbatis per episcopum dictae civitatis benedici in regem petierunt; qui et ita egit (anscheinend im März nach der Zeitfolge der Erzählung). Diese letztere Thatsache wird durch eine Urk. Arnolfs vom 2. Febr. 893 bestätigt (Bouquet IX, 366), in der es heißt: Notum sit omnibus fidelibus ... quatenus Arnaldus Tullensis ecclesiae episcopus postposito nostrae dominationis regimine, alterius se miscuit societate, qui regni nostri iura modico quamvis intervallo subripuit: pro quo temerario ausu fidelium nostrorum consultu plura bona et abbatias, quas tenere videbatur ei subtraximus et fisco nostro concessimus. Es ist daher fraglich und ich wage es kaum zu bejahen, ob wir auf das Zeugnis Reginos allein an eine Krönung in St.

durch das gesamte Reich Lothars, in der kühnen Hoffnung, daß es ihm gelingen würde, durch reiche Versprechungen die neuerungssüchtigen Lothringer für sich zu gewinnen und mit besserem Erfolge den Versuch zu erneuern, an dem Hugo vor kurzem so schmählich gescheitert war. In der That blieben diese Bemühungen nicht ganz vergeblich: zu Toul setzte ihm der Bischof Arnold in einer Versammlung der Lothringer die Krone auf das Haupt, so schien zwischen Arnolf und Odo das alte Mittelreich in seiner Selbständigkeit wieder zu erstehen.

Alle diese Ereignisse fanden statt, während Arnolf noch in seinem Stammlande Baiern verweilte. Als er sich endlich auf ihre Kunde Ende Mai an den Rhein begab und im Juni eine Reichsversammlung zu Frankfurt hielt, mußte er gewahr werden, daß ohne sein Zuthun das Reich seines Oheims rings umher eine andre Gestalt angenommen[58]). Er allein trug noch die Krone als Nachkomme Karls des Gr., alle die Häupter der andern Stämme giengen aus neuen Geschlechtern hervor. Aus dem Westreiche selbst gelangte zuerst die Aufforderung an ihn, die Herrschaft zu übernehmen und den Usurpator zu verdrängen. Zu Frankfurt erschienen drei der vornehmsten Männer Westfranciens, der Erzbischof Fulko von Reims, den wir früher als Parteigänger Widos kennen gelernt, der Abt Rudolf von St. Omer und St. Vaast und der dem letzteren blutsverwandte Graf Balduin von Flandern, ein Sohn Balduins und der Prinzessin Judith, der Tochter Karls des Kahlen, bereit dem Könige Arnolf, als ihrem rechtmäßigen Herrn die Huldigung zu leisten, wiewol sie kaum erst Odo Treue gelobt hatten, mit der dringenden Einladung alsbald von dem ihm gebürenden Reiche Besitz zu ergreifen[59]). Fulko hielt sich einige Zeit

---

Maurice glauben dürfen. Rudolfs erste Urk., Schenkung der Abtei Romainmotier an seine Schwester Adelheid (Mémoires et docum. de la Suisse Romande III, 577) ist vom 10. Juni 888 datiert, nach der Urk. vom 28. Januar 895 (B. 1485) mit dem 8. J. der Regierung muß man vermuten, daß der Anfang seiner Regierung vor den 28. Jan. 888 fällt. Am 21. Dez. 888 wurde noch das erste J. seiner Regierung gezählt s. die Urk. des Bodelgis (Mémoir. d. l. Suisse Rom. VI, 133).

[58]) Ann. Fuld. 888: his auditis rex Franciam petiit habitoque ad Franconofurt generali conventu ...

[59]) Ann. Vedast. 888: cum ei fidem dedissent (sc. Odoni), quod eius dominatui se subderent, contulerunt se ad Arnulfum regem, ut veniret in Franciam et regnum sibi debitum reciperet etc., darauf bezieht sich Fulkos Aeußerung in einem Schreiben an Arnolf im J. 893 (Flodoard. hist. Rem. eccl. l. IV c. 5 p. 446): quod decedente Karolo imperatore huius Arnulfi avunculo, in ipsius Arnulfi servitium fuerit profectus, cupiens eius suscipere dominium et gubernationem; sed ipse rex eum sine ullo consilio vel consolatione dimiserit. Ueber den Abt Rudolf († 5. Jan. 892) s. Ann. Elnon. mai. 892, Blandiniens. 882, 892 (Scr. V, 12, 24), Vedast. 891, 892, Folquin. Cartul. Sith. ed. Guérard p. 127, 133. Er folgte in St. Omer auf Fulko, als dieser Erzbischof von Reims wurde. Balduin II. der Kahle folgte auf seinen zu Ende des J. 878 verstorbenen Vater Balduin I.

am königlichen Hofe auf — er wohnte mit dreien seiner Suffragane, den Bischöfen von Beauvais, Noyon und Kammerich, sowie mit dem vertriebenen Erzbischofe Johann von Rouen damals auch den Verhandlungen der in Mainz tagenden Synode bei —, allein sein nächstes Ziel verfehlte er, denn Arnolf entließ ihn „ohne Rath und Trost," d. h. mit leeren Worten und unbestimmten Versprechungen. Glaubte er sich nur im Augenblicke noch nicht stark genug, um schon einen Eroberungszug in das Westreich anzutreten, für den sich später vielleicht ein passenderer Zeitpunkt finden ließ[60]) oder dachte er, abgeschreckt durch die unendlich schwierige Aufgabe der Bekämpfung der Normannen, überhaupt nicht an eine wirkliche Besitznahme desselben?

Arnolf begnügte sich zunächst seinen Anspruch an das gesamte Reich zu wahren: er schickte Gesandte an Odo, die ihn gleichsam zur Prüfung der Rechtmäßigkeit der von ihm geübten Regierungsrechte zu einer Zusammenkunft einluden. Soeben hatte Odo durch eine glänzende Waffenthat den Ruhm seines Namens gemehrt[61]): mit einer kleinen Schar — man sagte, nicht mehr als 1000 Mann — schlug er bei Montfaucon unweit der Aisne gerade zu Johannis in zwei auf einander folgenden Treffen erst die Reiterei, dann das Fußvolk der Normannen, beide in gewaltiger Uebermacht und so mutvoll focht er selbst gegen die Feinde, daß eine dänische Streitaxt ihm den Helm vom Haupte auf die Schulter warf, doch nur, um alsbald der Hand ihres entseelten Trägers zu entsinken. Viel zu unsicher war indessen trotzdem die Stellung Odos im Innern seines Reiches, als daß er in stolzem Selbstbewußtsein jene Anforderung Arnolfs hätte zurückweisen dürfen. Bevor er selbst kam, schickte er den treuen Grafen Theoderich mit andern Gesandten voraus, um einige nothwendige Verabredungen zu treffen[62]). In-

---

Eisenarm s. ann. Elnon. min. 878, Blandiniens. 879, Vedast. 879, Folquin. cartul. Sith. p. 127. Den Zeitpunkt der Reise Fulkos hat Leibniz (ann. imp. II, 102) richtig bestimmt. Unter den Unterschriften der Urk. Liutberts für Bovo von Korvei (Erhard reg. Westf. p. 29) finden sich außer Folko, Johann von Rouen, Dodilo, Honoratus von Beauvais und Heidilo von Noyon. Fulko selbst erwähnt später in einem Briefe an Hermann v. Köln eine Zusammenkunft mit Arnolf apud Warmaciam, die vielleicht mit dieser Reise zusammenhängt (Flodoard. hist. Rem. eccl. l. IV c. 6 p. 466). Dodilo v. Kammerich verdankte sein Bisthum allein Fulko, der sich später rühmte, daß er ihm sine rege, sine ullo ipsius parti consulente dazu verholfen (eb. p. 471).

[60]) Auf die Worte Widukinds (res gest. Saxon. I c. 29): sed Arnulfus imperator, qui seniorem Karolum Germania expulit, post mortem eius omne regnum ipsius sibi vendicavit ist kein besonderes Gewicht zu legen.

[61]) Ann. Vedast. 888: quae victoria non modicam illi gloriam contulit, ausführlich beschrieben von Abbo (de bellis Paris. l. II v. 491—529, Scr. II, 799).

[62]) Genauer berichten über diese Unterhandlungen nur die ann. Vedast. Arnolf, nachdem er mindestens bis zum 3. Juli in Frankfurt verweilt, hielt sich am 1. August zu Trebur (Dümgé reg. Bad. p. 79), am 23—25. Aug.

zwischen unterwarf sich ihm glücklicher Weise noch der Graf Balduin, der enttäuscht von Frankfurt zurückgekehrt war. Odo nahm ihn sehr gern zu Gnaden wieder an und hieß ihn nebst andern Vornehmen ihm zu der Zusammenkunft folgen.

An dem festgesetzten Tage fand diese im Juli oder August zu Worms statt: Odo, der sich auf den Beistand der Seinigen verließ, wurde ehrenvoll von Arnolf empfangen und sie schieden als gute Freunde von einander. Der Neustrier wollte, wie ein Zeitgenosse sagt, sein Reich lieber in Frieden durch die Gunst des Königs besitzen, als ihm trotzig die Treue versagen[63]), der Ostfranke aber verzichtete darauf Westfrancien unmittelbar zu beherrschen und begnügte sich mit einer Anerkennung seiner Oberhoheit. Für diejenigen, welche sich ihm hatten unterwerfen wollen, bedang er nur aus, daß sie straflos ausgehen sollten. Es entspricht ganz dieser Sachlage, daß Odo, nachdem er im Herbste Paris gegen die Normannen beschützt, die während seiner Abwesenheit Meaux verbrannt hatten, von Gesandten Arnolfs eine Krone als Geschenk desselben empfieng[64]). Im Beisein dieser deutschen Gesandten wurde er am 13. November in der Marienkirche zu Reims noch einmal feierlich gekrönt und vom Volke zum Könige ausgerufen. Alle, die ihm früher widerstrebt, Fulko, der ihn krönte an ihrer Spitze, unterwarfen sich ihm hier und erlangten volle Verzeihung, indem Odo sie nur ermahnte, ihm fortan die Treue zu bewahren.

Durch den Wormser Vertrag, ein Werk weiser Mäßigung von Seiten der beiden Herrscher, die ihn eingiengen, ward im Anschluß an einige frühere Vorgänge, die Möglichkeit gewonnen,

---

zu Gernsheim auf (B. 1045, 1046), kurz vor oder nach diesem Aufenthalte zu Trebur fällt wahrscheinlich die Wormser Zusammenkunft.

[63]) Ann. Fuld. 888: rex ... disposuit adventare Wormaciam. quod vero Odo comperiens, salubri utens consilio, contestans se malle suum regnum gratia cum regis pacifice habere, quam ulla iactantia contra eius fidelitatem superbire veniensque humiliter ad regem et gratanter ibi recipitur. rebus ab utraque parte, prout placuit, prospere dispositis etc. Die ann. Vedast. sagen ganz lakonisch: et facti amici, Regino, der offenbar die beiden Krönungen von Compiegne und Reims zusammenwirft, läßt Odo cum consensu Arnolfi gewählt werden. Wenn Fulko an Arnolf schreibt (a. a. O. p. 447): unde cum nec in eo sibi spes ulla remansisset, coactus sit eius hominis, videlicet Odonis dominatum suscipere, so ist es nicht ganz klar, ob er eine Thatsache berichten, oder nur seinem Unmute Luft machen will. Asser endlich (oben A. 12) begreift Odo unter den Königen mit, die Arnolf Treue und Gehorsam gelobten und der spätere Widukind (I c. 29): huic (sc. Arnulfo) Oda et diadema et sceptrum et caetera regalia ornamenta obtulit imperiumque domini sui gratia imperatoris Arnulfi obtinuit. Die cronica reg. Francor. aus Konrads II. Zeit (Scr. III, 214): eiusdem Arnulfi tempore ipsiusque iussu atque consensu Gallorum populi elegerunt Odonem ducem sibi in regem wirft irrig die spätere Anerkennung mit der Wahl zusammen.

[64]) Ann. Vedast. 888: Odo rex Remis civitatem contra missos Arnulfi perrexit, qui ei coronam, ut fertur, misit etc. vgl. die angef. Worte Fulkos.

den Zusammenhang des gesamten Frankenreiches in einer loseren Form zu erhalten, ohne deshalb nach allen Seiten hin zugleich einen vernichtenden Bürgerkrieg entzünden zu müssen. Eine Vermittelung wurde hiedurch gefunden, welche die neuen Bildungen, so gut es eben gehen wollte, dem überlieferten Zustande der Dinge anpaßte. Odo wurde, daran läßt sich nicht zweifeln, Arnolfs Vassall und erkannte ihn durch einen Treueid als seinen Oberherrn an, wie er auch zum Zeichen dessen die Krone als eine Gabe aus seiner Hand entgegennahm. Die Verpflichtungen aber, welche ihm seine Abhängigkeit auferlegte, waren so allgemeiner Art und so geringfügig, daß der Akt seiner Unterwerfung fast nur wie ein Freundschaftsbündnis erscheinen mochte. Seine Stellung ähnelte also einigermaßen der jener Unterkönige, wie wir sie früher für Italien, Aquitanien und Baiern vorgefunden haben, doch mit dem großen Unterschiede, daß diese, wie sie sämtlich der regierenden Familie selbst angehören, so auch in einer viel strengeren Abhängigkeit von ihren Oberherren standen, mit Ausnahme vielleicht Pippins (II.) von Aquitanien, der nach voller Selbständigkeit strebte. Die einzigen Abweichungen von dieser Regel bilden Ludwig, der Sohn Bosos, dessen unebenbürtige Abkunft Kaiser Karl durch Adoption zu verbessern suchte und Herzog Salomon von der Bretagne, dem Karl der Kahle den Königstitel und die Krone zugestand. Der letztere aber kann als der Herrscher eines stammfremden Volkes hier nicht eigentlich in Betracht gezogen werden. — Ein durch seine Folgen für die ganze weitere Entwickelung höchst bedeutsamer Schritt war es jedenfalls, daß Arnolf die Thronbesteigung eines dem königlichen Hause nicht verwandten Fürsten[65]) nicht nur zuließ, sondern ausdrücklich genehmigte und das Prinzip nur durch eine unbestimmte Anerkennung seiner Oberhoheit wahrte.

Zu den Gründen, die die schnelle Nachgiebigkeit des ostfränkischen Königs gegen Odo erklären, gehört ohne Frage auch der Umstand, daß ja noch nicht einmal alle deutschen Stämme seiner Herrschaft vollständig gehorchten, daß Rudolf es gewagt hatte, ihm wenigstens einen Theil der Lothringer vorweg zu nehmen. Von dem Königshofe Gernsheim am Rheine aus, wo wir Arnolf Ende August finden, zog er gegen Rudolf in das Elsaß und empfieng wahrscheinlich hier die Huldigung der lothringischen Großen, die den Welfen zuerst zum Könige gewählt[66]). Unter

[65]) Fulko a. a. O. sagt ausdrücklich von ihm: qui ab stirpe regia existens alienus regali tyrannice abusus fuerit potestate, ebenso heißt er bei Folkuin (Cartul. Sith. p. 130): quidam Odo non ex regia stirpe. Die Herleitungen, die ihn mit dem Königshause in Verbindung bringen, hat Wenck (Erheb. Arnulfs S. 87—93) hinlänglich widerlegt.

[66]) Ann. Fuld. 888: rex contra Rodolfum Elisatiam progreditur; inde ad eum misso Alamannico exercitu ipse per Franciam Baioariam reversus est. Es bleibt undeutlich, wann der Rest der Lothringer sich Arnolf unterwarf und wann die in der A. 57 angef. Urk. (B. 1101) erwähnte Bestrafung

ihnen wurde Bischof Arnold von Toul durch Entziehung vieler Güter seiner Kirche, zumal der Abteien St. Germain und St. Evre bestraft. Die Fortführung des Krieges gegen Rudolf, der sich nach Hochburgund zurückgezogen, überließ Arnolf, indem er selbst nach Baiern gieng, einem schwäbischen Heere. Auf den Rath der vornehmen Alamannen, die dasselbe führten, begab sich Rudolf im Oktober oder November aus freien Stücken zum Könige nach Regensburg und trug ihm seine Unterwerfung an, über deren Form sich beide nach längeren Verhandlungen friedlich einigten[67]). Auch der Herrscher von Hochburgund wurde wie der von Westfrancien und wahrscheinlich unter ähnlichen Bedingungen von Arnolf als König anerkannt, unklar aber bleibt, wie weit ihm dieser den Besitz der Lande bestätigte, die er sich angemaßt hatte und die Bestimmung der Grenzen mag dann auch den weiteren Anlaß zu Streitigkeiten zwischen beiden gegeben haben.

Die Ursache, die Arnolf bewog, schon zum Oktober nach Regensburg zurück zu kehren[68]) und den Feldzug gegen Burgund nicht in eigener Person zu beendigen, lag in den italienischen Händeln, denn der Anspruch auf Italien, den er von seinem Vater Karlmann geerbt hatte, dünkte ihn unter allen ihm zustehenden Rechtstiteln auf die übrigen Theile des Reiches der wichtigste und ehrenvollste. Ohne sein Zuthun aber wurde Welschland bereits von der Geisel des Bürgerkrieges schwer heimgesucht: sobald nämlich Wido etwa zu Anfang des Sommers von seinem vergeblichen Unternehmen gegen Gallien heimgekehrt war, rüstete er auf das eifrigste, Berengar die italienische Krone streitig zu machen. Theils aus den fränkischen Mannschaften, die ihn begleitet hatten, theils aus den Einwohnern der Marken Spoleto und Kamerino, endlich aus so manchen bisherigen Anhängern seines Gegners, die er durch Geld oder Versprechungen auf seine Seite zog, brachte er ein stattliches Heer zusammen[69]), durch dessen Annäherung Berengar in

---

Arnolds eintrat. Bei der Nachricht Reginos a. 888: quod cum nuntiatum esset Arnolfo, illico cum exercitu super eum irruit; ille per artissima itinera fuga dilapsus, in tutissimis rupium locis salutis praesidium quaesivit, ist es fraglich, ob nicht schon eine Verwechselung mit dem späteren Feldzuge im J. 894 mitspielt, da der Abt von Prüm offenbar nur ungenau unterrichtet ist.

[67]) Ann. Fuld. 888: Rodolfus enim, inito consilio cum primoribus Alamannorum sponte sua ad regem urbem Radisbonam usque pervenit multaque inter illos convenienter adunata ipse a rege cum pace permissus, sicuti venit, ad sua remeavit. Asser (a. a. O.) nennt Rudolf (Hroththwlf quoque internam partem regni accepit) unter den Fürsten, die Arnolf Treue gelobten.

[68]) Aus Regensburg sind Urk. Arnolfs vom 9. Okt. und 8. Nov. datiert (B. 1047, 1048), eine Urk. vom 22. Okt. für Trier hat keinen Ausstellungsort (Beyer I, 135).

[69]) Ueber Widos Streitkräfte vgl. A. 43, Liudprand. antap. I c. 17, Panegyr. Bereng. l. I v. 130: ubi constitit oris Italiae |, nunc ille minis,

Verona, seinem Lieblingssitze überrascht wurde. Bei Brescia kam es etwa im Oktober zu einem sehr blutigen Treffen[70]), in welchem unter großem Verluste von beiden Theilen Berengar zwar das Schlachtfeld behauptete, sich aber doch so geschwächt fühlte, daß er seinem Widersacher, der sich mit der größten Tapferkeit geschlagen, einen Waffenstillstand bis zum 6. Januar 889 bewilligte, der nicht der Vorbote des Friedens sein, sondern nur zu umfassenderen Rüstungen die nöthige Frist gewähren sollte.

Nicht lange nach dem Kampfe von Brescia wurde Berengar durch die Nachricht erschreckt, daß Arnolf über die Brennerstraße mit einem Heere gegen ihn heranziehe, um die Lombardei für sich zu erobern. Auf einen Waffengang mit diesem Feinde durfte er es nicht ankommen lassen: er schickte, wie vordem Odo einige seiner Großen als Unterhändler voraus und traf dann selbst mit Arnolf in Trient zusammen, einer Stadt, die in Folge ihrer bequemen Lage schon öfter zu Zusammenkünften der deutschen und italienischen Könige gedient hatte. Ein freundlicher Empfang wurde ihm hier zu Theil: Arnolf bestätigte ihm den Besitz seines italienischen Reiches, von dem er nur zwei an der Grenze gelegene Königshöfe abzutreten hatte, in vollem Umfange, Berengar dagegen ließ sich die deutsche Oberhoheit gefallen[71]).

---

aliquando rogatu, | sollicitat invenum hoc fluxas sermone catervas etc., v. 144: male fida recessit | sed penitus Tyrrhena manus hostesqne protervos | exultans in regna tulit. Diese letzteren Worte gehen wohl nicht auf Adalbert von Tuscien, sondern allein auf die Spoletiner.

[70]) Ann. Alamann. 888: Bellum in Italia inter Widonem et Berengarinm; Erchempert c. 82: Hoc etiam anno revertens Guido ad Italiam... iuxta civitatem Brecianam cum Berengario et ipso duce conflixit, in gno nimirum conflicto ntriusque acies partis crudeliter caesa est etc. ausführlich doch ohne Angabe des Ortes Panegyr. Ber. l. I v. 147—272. Liudprand (antap. I c. 18, 19) verwechselt den Ort dieser Schlacht mit dem der folgenden, indem er die zweite nach Brescia setzt vgl. Koepke de vita Liudpr. p. 69. Der Zeitpunkt ist nur nach den ann. Fuld. 888 zu bestimmen: Italiam equidem cum exercitu aggredi regi complacuit, sed Perangarius, qui parnmper antea cum Witone dimicans cruenter tyranno, hoc praecavens etc. Der Zug Arnolfs fällt zwischen den 8. Nov. und Weihnachten.

[71]) Eb.: missis ante se principibus suis, ipse vero oppido Tarentino regi se praesentavit. ob id ergo et a rege est clementer susceptus nilque ei antequaesiti regni abstrahitur, excipiuntur curtes navum (al. navium) et sagum. Diese letzten dunkeln Worte wollte Leibniz (ann. imp. II, 107) auf einige Deutschland benachbarte Königshöfe deuten, desgl. Eckhart (comment. de reb. Fr. or. II, 707), der an Nave bei Trient und an einen Hafen Sagis bei Comacchio dachte. Daß die letztere Annahme unhaltbar sei, bemerkte Muratori (ann. d'It. a. 888). Pertz (Scr. I, 406 n. 9) hat eine andre Erklärung versucht, wonach in jenen Worten eine sinnbildliche Bezeichnung der von Berengar übernommenen Vasallenpflichten liegen soll, diese Deutung scheint mir aber so gekünstelt, daß ich bis auf weiteres der andern den Vorzug gebe. Außer Asser, der Berengar (aber irriger Weise auch Wido) zu den Arnolf unterthänigen Fürsten zählt, drücken sich die andern Quellen nicht deutlich über ihr Verhältnis aus: Regino 888 erwähnt nur das Hilfsgesuch, der Panegyrist das Bündnis (l. II v. 104: Rheni licitum nec foedera pancis | effari), am

Dieser halb gezwungene, halb freiwillige Anschluß des Friaulers an das ostfränkische Reich widersprach nicht seinem bisherigen Auftreten: seine Beziehungen zum fränkischen Königshause waren von jeher inniger Art gewesen, wie er auch auf die Blutsverwandtschaft mit demselben großen Werth legte[72]), sein Gegner Wido aber stand dem Stamme Karls des Gr. gerade so fremd gegenüber wie etwa Odo in Westfrancien und erschien seiner ererbten Stellung nach mehr als ein feindlicher Nebenbuhler. Nach dem mit Berengar geschlossenen Vertrage konnte Arnolf sofort sein Heer in die Heimat entlassen, er selbst aber begab sich auf die neue Freundschaft bauend in geringer Begleitung durch Friaul nach Kärnten, um das Weihnachtsfest auf seiner Burg Karantana an altgewohnter Stätte zu feiern. Das deutsche Heer, welches nur eben die Grenze Italiens berührt, brachte als unheilvolles Geschenk von dort eine sehr verheerende Pferdeseuche mit.

So endete das ereignisreiche Jahr 888, welches für die Geschichte der werdenden romanisch-germanischen Nationen in mehrfacher Beziehung einen der wichtigsten Abschnitte bildet. Geringeres Gewicht ist darauf zu legen, daß die Völker sich jetzt zuerst und durchgreifend von ihrem angestammten Fürstenhause entfernten und durch die Wahl neue Geschlechter auf den Thron erhoben. Nicht nur war Deutschland von diesem Wechsel überhaupt ausgenommen, auch in Frankreich erfolgte sehr bald eine Rückkehr zu den Nachkommen Karls des Kahlen, nur in Burgund gelang schon jetzt die Gründung eines neuen Königshauses und in Italien wurde für einige Zeit eine Art von sehr unregelmäßiger Wahlmonarchie die Verfassung des Landes. Diesseit der Alpen also kann von der Einführung neuer Verfassungsformen durchaus keine Rede sein: zur Königswahl schritt man einzig da, wo eine Abweichung von der Erblichkeit geboten war, um zu dieser so bald wie möglich wieder zurück zu kehren. Allerdings ist es natürlich, daß durch diese Vorgänge der Einfluß der hohen Geistlichkeit und der großen

---

klarsten erscheint bei Liudprand, freilich erst etwas später ein Vassallenverhältnis (l. I c. 22), worauf auch in den ann. Fuld. 896 der Ausdruck deutet: Perngarium ... a fidelitate sua defecisse.

[72]) Es ist gewiß in Berengars Sinne, daß sein Panegyrist (l. I v. 33—40) ihn von Karl III. zum Erben eingesetzt werden läßt; in seiner ersten Urk. für Engelberga wird der serenissimus imperator Hludowicus et quondam noster avunculus nosterque carissimus senior Karolus videlicet invictissimus imperator besonders hervorgehoben (B. 1289). Daß Wido nicht mit dem Hause Karls verwandt, hat Wenck (a. a. O. S. 93—98) ausreichend dargethan, die Vermutungen Wüstenfelds (Forsch. zur d. Gesch. III, 398) entbehren des Grundes; der einzige ganz schwache Beweis für eine Verwandtschaft sind allenfalls die Worte, die der Herzogin Ida von Salerno, der Schwester Widos (III.) in den Mund gelegt werden: ego sum ex regali stegmate orta (Chronic. Salernit. c. 153, Scr. III, 541). Der Panegyrist (l. I v. 88) läßt Wido sprechen: Quid referam, quantus sedeat Rodulfus in aula? | an qualis referam Francis dominetur in arvis | Oddo, mei similes dudum notique sodales?

Vassallen wachsen mußte, die jene Wahlen allein entschieden, aber auch schon bei den früheren Thronbesteigungen durften die Herrscher nicht versäumen, durch Bewilligungen und Verheißungen sehr ausgedehnter Art sich den guten Willen dieser Männer zu erkaufen, so daß eigentlich neue Verhältnisse auch jetzt nicht eintraten.

Anders lagen die Dinge in Italien, das seit dem Tode des Kaisers Ludwigs II. eines besonderen Hauptes entbehrte. In diesem vielgestaltigen, gespaltenen Lande fehlte es an jedem festen Kerne und Mittelpunkte, der einer selbständigen politischen Entwickelung zum Halte hätte dienen können. Die Lombarden, die zu einer solchen am meisten berufen waren, konnten das Recht der Königswahl, welches sie beanspruchten, nur schwer aufrecht erhalten, da einerseits die angrenzenden Herrscher gewohnt waren, Italien als die Beute des Stärkeren anzusehen und andrerseits der Papst sich die Befugnis zuschrieb, ihnen durch die Kaiserkrönung ein Oberhaupt zu setzen, sodann aber waren auch sie selbst stets uneinig und mit einer hier am weitesten getriebenen Verwirrung der sittlichen Begriffe allezeit ebenso bereit Treue zu geloben, als sie um augenblicklicher Vortheile willen zu brechen. Denn, wie Liudprand sagt[73]), die Italiener lieben es stets zwei Herren zu haben, damit sie den einen durch die Furcht vor dem andern im Zaume halten können.

Die vornehmste Bedeutung der im J. 888 stattgehabten Umwälzung liegt darin, daß nach kurzer Wiedervereinigung die durch den Vertrag von Verdun begründete, später vereinfachte Theilung des Frankenreiches hiedurch für immer bekräftigt und besiegelt wurde[74]). Nicht das ist die Hauptsache, daß man beim Abgange natürlicher Erben zur Wahl schreiten mußte, sondern daß die einzelnen Völker und Reiche sich hiebei von einander absonderten und ihrer Selbständigkeit durch ein besonderes Oberhaupt Ausdruck gaben. Indessen blieben sie bei dieser bloßen Scheidung nicht stehen, sondern sie fanden sich gewissermaßen auch wieder zusammen. Wie schon bei jenen späteren Theilungen durch das wachsende Uebergewicht des ostfränkischen Reiches diesem der Löwentheil des Ganzen zugefallen war, so stand dasselbe auch jetzt unter den übrigen Staatswesen bei weitem am mächtigsten da und erfreute sich zugleich des am meisten berechtigten Herrschers, ganz natur-

---

[73]) Antapod. l. I c. 37: quia semper Italienses geminis uti dominis volunt, quatinus alterum alterius terrore coherceant. Wenck (a. a. O. S. 67 A. 112) vergleicht damit die Erzählung des Andreas von Bergamo (c. 18, Scr. III, 238), der von den in Pavia versammelten Großen berichtet: pravum agentes consilium, quatenus ad duo mandarent regnum.

[74]) Daher sagt die cronica regum Francor. (Scr. III, 214), wenn auch nur verworren über diese Dinge unterrichtet, nicht ganz unrichtig mit Bezug auf Odos Wahl: hic divisio facta est inter Teutones Francos et Latinos Francos.

gemäß war es daher, daß sein thatsächlicher Vorrang auch in einer rechtlichen Form zur Geltung gelangte, die als ein gemeinsames Band die Gesamtheit umschlingend und den Frieden sichernd, doch der nationalen Entwickelung der Theile keine Fesseln anlegte. Diese Form bestand in der Oberhoheit des ostfränkischen Königs über die andern kleineren Könige, in der Treupflicht, die sie gegen ihn übernahmen. Auf die unmittelbare Herrschaft verzichtend, die eben so leicht zu erringen, als schwer zu behaupten war, konnten die deutschen Stämme, an deren Spitze wir zunächst nicht die Franken, sondern die Baiern erblicken, hiedurch den ihnen gebürenden Vorrang unter allen übrigen abendländischen Völkern um so sicherer festhalten. Zur Vollendung dieser Stellung gehörte freilich, daß das Haupt dieser Stämme eine ihrer Natur nach höhere Würde erlangte, als die andern Könige, nämlich die kaiserliche. Die Krone Karls des Gr. mußte ein besonderes Eigenthum der deutschen Nation werden, wenn diese auf die Dauer die oberste Leitung des christlichen Abendlandes für sich gewinnen wollte[75]). Dazu legte das Jahr 888 den ersten, wenn gleich in vielem Betrachte noch unzureichenden Grund.

II.

Wiewol die Ergebnisse des ersten Jahres der Regierung Arnolfs für die Gestaltung der allgemeinen Verhältnisse des Frankenreiches noch in vieler Hinsicht unbefriedigend waren, — denn in Italien entbrannte der Bürgerkrieg zwischen den beiden Thronbewerbern trotz seines Eingreifens mit erneuter Heftigkeit und das arelatensische Reich befand sich nach wie vor in der größten Verwirrung —, so sehen wir den König dennoch die ersten fünf Monate des Jahres 889 abermals ruhig in Kärnten und Baiern verleben[1]), indem er hierin ohne Zweifel seinen persönlichen Neigungen nachgab. Es war eine unerfreuliche Zeit für die Völker: zu der vielfachen Unsicherheit, die der öffentliche Zustand noch darbot, kamen in Deutschland ein italisches Fieber, das viele durch Husten gewaltig plagte, eine ungewöhnliche Anschwellung der Gewässer, Seuche und Hun-

[75]) Wenck S. 77: Daß Arnulf der Kaiserkrone nachstrebte und sie endlich auch empfing, gehörte zur Vollendung seiner Stellung.

[1]) Arnolf begab sich nach dem ann. Fuld. 888 zur Weihnachtsfeier nach curtem Corontanam (Karnburg in der Nähe des heutigen Mariasaal) woselbst zwei Urk. vom 26. Dez. ausgestellt sind (B. 1049, 1050), am 20. Jan. 889 verweilte er zu Moosburg, am 3. Mai ad novam aeclesiam (Neukirchen im Innviertel?), 23. Mai zu Regensburg (B. 1051—1053).

gersnoth hie und da, zumal in Folge des Hagelschlages, der die Früchte vernichtete[2]).

Das einzige hervorragende Ereignis in diesen Tagen und auch dies trauriger Art war der Tod des Erzbischofs Liutbert von Mainz am 17. Februar[3]), eines adlichen, wohl unterrichteten und christlich frommen Mannes, geschätzt in seinem Sprengel durch seine Milde, Demut und Freigebigkeit und im ganzen Reiche durch seinen kirchlichen Eifer hochgeachtet. Unter Ludwig dem Deutschen und Ludwig dem jüngeren hatte er als Primas des Reiches und Erzkanzler in allen politischen Händeln eine wichtige und einflußreiche Rolle gespielt und im Sinne des Friedens gewirkt, unter Karl längere Zeit von Liutward in den Schatten gestellt, gelangte er dennoch zuletzt wieder zu der früheren Geltung, um unter Arnolf endlich dem Erzbischof von Salzburg Platz zu machen. Der Papst Nikolaus verlieh ihm das Pallium, Hadrian gegenüber wahrte er in würdiger Weise die Selbständigkeit der deutschen Kirche gegen die römische Vielregiererei, der Berufung Johanns VIII. zu der Synode von Troyes widerstrebte er, um die politischen Absichten desselben nicht zu fördern.

Während der 26 Jahre, die Liutbert seinem Sprengel vorstand, versammelten sich unter seiner Leitung nur zwei allgemeine deutsche Synoden, zu Worms 868, um nach dem Wunsche des Papstes den griechischen Angriffen auf die römische Kirche entgegen zu treten und zu Mainz, um beim Beginne der neuen Regierung dem Könige die christlichen Herrscherpflichten ans Herz zu legen und den dringendsten Nothständen der Kirche abzuhelfen. In der Zwischenzeit scheiterten seine Bemühungen seine geistlichen Mitbrüder zu einem Konzile zu vereinigen[4]). Liutbert selbst sah sich über Gebür durch weltliche Sorgen in Anspruch genommen: außer den Staatsgeschäften, die ihm anvertraut wurden, hatte er öfter mit der trotzigen Widersetzlichkeit aufsässiger Vasallen seines Erzstiftes

---

[2]) Ann. Fuld. 888: Grave igitur tempus hoc anno incanduit. nam Italica febris tussiendo perplurimos vexabat etc. vgl. a. 877: febris Italica dolorque oculorum Germanicum populum graviter vexavit ... pestilentia quoque ingens secuta est exercitum... de Italia redeuntem, ita ut plurimi tussiendo spiritum exalarent.

[3]) Ann. Alamann. 889 (Scr. I, 52), Necrol. Fuld. min. 889 (Dronke tradit. Fuld. 172): Liutbraht archiepiscopus; ann. Fuldens. 889: nobilis archiepiscopus ... cuius vivendi ordo, quali probitate maneret, per omnia longum est explicare ... largus erat multum, paciens humilisque, benignus, | omnibus exemplum in bonitate manens; Regino 889. Seinen Tod setzt auf den 17. Febr. das Necrol. Fuld. mai. (Leibnitii scr. rer. Brunsvic. III, 762), St. Galli (Cod. 915 p. 305): XIII Kal. Mart. Ob. Liutperti archiepiscopi; Augiense (Zür. Mitth. VI, 56), Mariani Scotti chron. 911 (Scr. V, 552), auf den 27. Necrol. Wizzenburg. (Archiv v. Unterfranken XIII, 7) vgl. über ihn I, 521 A. 21, 552, 732, 790.

[4]) S. das Schreiben Liutberts an Salomon II. von Konstanz und dessen Antwort, Formulae Salomonis N. 38, 39 (N. 526, 527 ed. Rozière), etwa aus dem J. 877.

zu kämpfen und in seinen späteren Jahren zwang ihn die Noth des Vaterlandes selbst das Schwert gegen die Normannen zu führen und seine Stadt gegen ihren Angriff zu befestigen. Außer dem Erzbisthum Mainz stand er durch königliche Gunst den Klöstern Weißenburg im Speiergau und Herrieden an der Altmühl vor, wofür er später Elwangen eintauschte[5]). An seine Stelle trat durch die Empfehlung des Markgrafen Poppo ein schlichter Mönch von Fulda Sunderold oder Sunzo[6]).

Gegen Ende des Monats Mai begab sich Arnolf von Regensburg wieder in die westlicheren Theile seines Reiches, zunächst nach Forchheim, wo er unter Mitwirkung der Bischöfe Sunderold, Baltram, Erchanbald, des Abtes Hatto von Reichenau, des Grafen Otto u. a. eine Versammlung seiner Getreuen abhielt[7]). Wichtige Berathungen über die Zukunft des Reiches wurden hier gepflogen: der König wollte nicht in den Fehler seines Vorgängers verfallen, der zu spät die Regelung der Nachfolge ins Auge gefaßt und deshalb mit seinen Entwürfen nicht durchgedrungen war. Schon standen die Baiern auf seiner Seite, denn an sie, die ihm allezeit die nächsten waren, hatte er sich zuerst, wahrscheinlich während jenes letzten längeren Aufenthaltes, mit seinen Vorschlägen gewandt, jetzt wollte er auch die fränkischen Großen für dieselben gewinnen. Der Antrag Arnolfs gieng dahin, daß die Franken sich eidlich verpflichten sollten, nach seinem Tode seinen beiden von Kebsweibern geborenen Söhnen Zwentibold und Ratolf die Erbfolge im Reiche zuzugestehen[8]). Veranlaßt wurde dieser Plan

[5]) Vgl. oben S. 303 und über Weißenburg die Urk. Karls, wodurch er am 12. Nov. 882 den Mönchen die freie Abtswahl verlieh auf Bitte des vir venerabilis archiepiscopus noster Liutberdus necnon archicapellanus, der die Abtei jedoch auf Lebenszeit behalten sollte (Schoepflin Alsatia diplom. I, 91, B. 947). In dieser Urk. ist nur die zweite Bezeichnung für diesen Zeitpunkt falsch und vielleicht durch spätere Interpolation hineingekommen.

[6]) Regino 889: in cuius loco subrogatus est Sunzo vir religiosus ac simplex, sacris litteris sufficienter imbutus, qui in Vulda monasterio sub regimine abbatis ab ineunte aetate nutritus et conversatus fuerat, annitente Boppone Thuringorum duce et Arnolfo rege annuente. Meginhart von Fulda widmete seine Transl. S. Alexandri: dilectissimo ... Sundrolto presbitero (Scr. II, 674). Schon die Urk. Arnolfs vom 13. Juni 889 wurde ertheilt: coram fidelibus nostris Sunderoldo videl. Moguntinensi archiepiscopo et Baltramno Argentinensis sedis episcopo et multis aliis und am 6. Juli machte er dem sächsischen Grafen Adalger eine Schenkung, weil quidam venerabilis episcopus nomine Sundrolt deprecatus est nostram clementiam (B. 1056, 1059).

[7]) Ann. Fuld. 889: exeunte mense Madio. Urk. Arnolfs sind zu Forahheim vom 3—20. Juni ausgestellt (Mon. Boica XXXI^a, 128, Dümgé reg. Bad. p. 79, B. 1054—1057).

[8]) Ann. Fuld.: ibique disputans de statu sui regni consultum est, ut eodem tenore primores Francorum prout Baioarii iuramento confirmarent, ne se detraherent a principatu vel dominatu filiorum eius, Zwentibulchi quidem et Ratoldi, qui ei de concubinis erant nati, also von verschiedenen Müttern. Zwentibold war damals 19 J. alt, wenn meine I, 755

dadurch, daß die rechtmäßige Gemahlin des Königs, Ota ihrem Gemahle damals noch keinen Sohn geboren hatte, während von jenen Kindern der Liebe Zwentibold, ein roher und wilder Gesell, mindestens schon erwachsen war. Wenn nun allerdings ein großer Vortheil darin erkannt werden mußte, einen gereiften und kräftigen Fürstensohn als Nachfolger im Reiche zu wissen, bei den Gefahren, die dem Erbrechte der Unmündigen drohten, so wurde doch dies Interesse gewis durch die Nachtheile überwogen, welche die fortgesetzte Anerkennung von Bastarden für die Sicherheit des Erbrechtes überhaupt mit sich führte. Nicht aus Gründen der Staatsklugheit, vielmehr aus einer zu weit gehenden persönlichen Zuneigung für jene beiden Sprößlinge scheint daher Arnolf den Großen seines Reiches dieses Ansinnen gestellt zu haben. Auch sträubte sich ein Theil der Franken eine Zeitlang gegen die Forderung des Königs und endlich verpflichteten sie sich durch Handschlag dazu nur für den Fall, daß ihm von seiner rechtmäßigen Gemahlin kein Sohn geboren würde [9]).

In Forchheim erschienen vor dem Könige auch Gesandtschaften von verschiedenen Völkern: die vornehmste unter diesen war die der verwitweten Königin Irmingard, die in eigener Person mit reichen Geschenken kam, um Arnolf für ihren kleinen Sohn günstig zu stimmen. Sie wurde ehrenvoll empfangen und erlangte nicht nur, daß dieser ihrer Mutter Engelberga ihre sehr ausgedehnten Besitzungen im oberen Italien urkundlich bestätigte, die nach deren Tode ihr selbst zufallen sollten [10]), sondern daß er auch ihrem

---

ausgesprochene Vermutung begründet ist. Buchner (Dokum. zur bair. Gesch. II, 22) glaubte die Mutter desselben in der femina quedam nobilis nomine Winpurc entdeckt zu haben, die ihre Besitzung zu Nördlingen, qnod traditione filii sui Zuentipulchi nostraque preceptali donatione in possessionem adepta est im J. 898 an St. Emmeram vermacht und dafür eine andre zu Wemding zu lebenslänglichem Nießbrauche empfängt (Mon. Boica XXVIII^a, 117, B. 1137), allein es wäre doch nicht einzusehen, warum Arnolf hier Zwentibald nicht als König und als seinen Sohn bezeichnet. Ausdrücklich wird im J. 914 nur Ellinrata als Beischläferin Arnolfs genannt (eb. 148).

[9]) Ann. Fuld. 889: quod quidam Francorum ad tempus rennuentes, tandem regiae satisfacientes voluntati, dexteram dare non recusabant, eo tamen modo, ut si de legali sua uxore heres ei non produceretur. Zuerst in einer Urk. vom 12. Mai 888 ordnete Arnolf an, ut preces quotannis fierent pro nobis et coniuge nostra (Cod. Lauresh. I, 86), desgl. betete das Mainzer Konzil c. 1: pro gloriosa coniuge sua und eine Urk. vom 3. Mai 889 ist ausgestellt: depraecatione et rogatu dilectae coniugis nostrae Otae (Mon. Boica a. a. O. 87).

[10]) Campi hist. di Piacenza I, 471 (B. 1055): Engilberga landabilis vitae matrona filiam suam dilectam videlicet cognatam nostram, nomine Irmingardam ad nostri culminis praesentiam direxerat supplicans, ut res, quas ... in regno Italico consistentes habere videbatur ... denuo firmaremus. et nos pro amore Christi eiusque congrua supplicatione praedictaeque neptis nostrae dilectione libenter illi assensum praebentes (folgen 5 Klöster zu Brescia, Pavia, Piacenza und 5 Königshöfe) ... similiter autem praelibatae filiae suae post illius discessum haec omnia potestative te-

Sohne unter seiner Oberhoheit die Herrschaft über das väterliche Reich übertrug, wie dies zwei Jahre früher schon der Kaiser Karl gethan hatte. Das Interesse, welches Arnolf zu dieser Begünstigung vermochte, lag darin, ein Gegengewicht gegen die Macht Rudolfs zu bilden, daher begnügte er sich auch nicht mit dieser allgemeinen Zustimmung, er schickte vielmehr im nächsten Jahre zwei Gesandte, den Bischof Reokulf und den Grafen Bertald nach Burgund, um die Krönung Ludwigs zu betreiben[11]). Da zu gleicher Zeit auch der Papst Stephan auf Anregung des Erzbischofs Barnoin von Vienne, durch die traurige Schilderung, welche dieser von der Lage des Landes entwarf bis zu Thränen gerührt, die Bischöfe dringend zur Wahl des Sohnes Bosos ermahnt hatte, so versammelten sich diese und die weltlichen Großen endlich im J. 890 zu Valence, an ihrer Spitze die Erzbischöfe von Lyon, Arles, Embrun und Vienne und wählten einmütig den Enkel Kaiser Ludwigs II. zu ihrem Könige. Sein Oheim der Herzog Richard von Burgund, obschon Unterthan des Königs Odo und seine Mutter Irmingard, eine Frau von männlichem Scharfsinne sollten im Vereine mit den Großen zunächst statt seiner kindlichen Arme das Steuer des Staates lenken[12]). So wurde wenigstens wieder der Anfang zu einer neuen Ordnung der Dinge gemacht, die freilich noch auf schwachen Füßen ruhte und zu den drei Königen, die Arnolfs Oberherrlichkeit bereits anerkannten, trat ein vierter hinzu.

Auf demselben Forchheimer Reichstage, auf welchem Irmingard ihr Anliegen vorbrachte und Erhörung fand, trafen u. a. auch Boten der Dänen und Slaven ein, die sich alle friedlich bezeugten und in Frieden entlassen wurden[13]). Bei den letzteren ist jeden-

---

nenda ... pro consanguinitatis nodo per hoc idem conscriptum concedere decrevimus. Auf diese Urk. gestützt setzte Muratori (ann. d'It. V, 194) die Nachricht der ann. Fuld. 890: ibi (sc. Forahheim) ad eum filia Hludwici, Italiae regis, vidua Bosoni tyranni magnis cum muneribus veniens honorifice suscepta et ad propria remissa est in das J. 889; daß in beiden Jahren im Mai Versammlungen zu Forchheim stattfanden, mag die Verwechselung veranlaßt haben.

[11]) Hludowici electio (Leg. I, 559): Arnulfus, qui successor eius (sc. Karoli) extitit, per suum sceptrum perque suos sagacissimos legatos Reoculfum videlicet episcopum et Bertaldum comitem fautor regni auctorque in omnibus esse comprobatur. Eckhart (comment. d. r. Fr. or. II, 716) vermutet in diesen sonst unbekannten Gesandten den Bischof Thiadulf von Chur und den schwäbischen Grafen Berthold.

[12]) A. a. O.: maxime inclyti Richardi ducis eximiique principis fulta iuvamine, quin etiam dominae Hirmengardis gloriosissimae reginae utilitatis (corr. utilitas) regni, insita sibi acutissima atque profundissima a deo prudentia ... decentissime administrabitur vgl. über Richard Gingins-la-Sarraz in dem Archive für schweizer. Gesch. VIII, 20.

[13]) Ann. Fuld. 889: advenientibus etiam ibidem undique nationum legatis Nortmannorum scilicet ab aquilone, Sclavanorum pacifica optantes; quos rex audivit et sine mora absolvit. inde itaque edictum est in exercitum ire ad Obodritos.

falls an die Elb- und Oderslaven, die Grenznachbarn Sachsens zu denken und wenn wir hören, daß gerade hier in Forchheim für den Sommer ein Feldzug gegen die Abodriten, den tapfersten und streitbarsten von diesen Stämmen angekündigt wurde, so liegt die Vermutung nahe, daß während alle jene übrigen Völkerschaften dem neuen Herrscher huldigten und ihm den herkömmlichen Tribut darbrachten, nur die Abodriten, einst die treuesten Bundesgenossen Karls des Gr., sich von der allgemeinen Unterwerfung ausschlossen. Ob gegen sie, oder gegen welchen andern Stamm drei Jahre zuvor Bischof Wolfher von Minden seinen Untergang fand, läßt sich nicht ergründen.

Ebenso unklar sind uns leider in diesen Zeiten die Verhältnisse des ostfränkischen Reiches zu den Dänen. Die feindlichen Einfälle an den frisischen und sächsischen Küsten müssen jedenfalls sehr nachgelassen haben: in Frisland, welches durch des Grafen Heinrich Kriegslist von der Tyrannei des Normannenkönigs Gotfrid befreit worden, ist der Untergang seines Genossen Sigifrid im Herbste 887 das einzige Ereignis von Bedeutung, welches uns aus der Folgezeit berichtet wird, doch dauerte ohne Zweifel die Unsicherheit der Gestade sowie der Rheinmündungen fort und der Bischofssitz Utrecht lag großentheils in Trümmern[14]). In Sachsen wiederholten sich ähnliche Einbrüche, wie der furchtbare des Jahres 880, sowie die in den Jahren 884 und 885, nicht weiter, vielleicht nur deshalb, weil Westfrancien damals eine so bei weitem leichtere und reichere Beute gewährte. Es bleibt daher auch fraglich, wohin wir den Sieg zu setzen haben, den Reginbern, ein Nachkomme Widukinds über die Dänen als einen für lange Zeit von ihren Angriffen befreienden davongetragen haben soll[15]).

Auch in Sachsen aber hielt man sich, wenn gleich etwas ruhigere Tage eingetreten waren, beständig auf neue Ueberfälle gefaßt: so beschränkte schon Kaiser Karl die Befreiung der Vassallen der Klöster Korvei und Herford vom Kriegsdienste auf 30 edle Vassallen „so lange so schwere Kriegsgefahren drohen:"[16]) und

---

[14]) Vita S. Radbodi c. 6 (Mabillon acta sct. Bened. saec. V, 29). Der Zeitpunkt für diese gewis öfter wiederholte Verwüstung Utrechts läßt sich nicht näher bestimmen. Adam von Bremen (Gesta Hammab. I c. 40, Scr. VII, 298) bringt sie, nur durch eine Verwechselung mit Mastricht, in Verbindung mit dem großem Verwüstungszuge von 882, seine Quelle ist das Leben Ratbods. Erst Baldrich, Ratbods Nachfolger stellte die Kirchen in Utrecht wieder her (Ruotgeri vita Brunonis c. 4, Liudprand. antap. IV c. 14). Es ist nicht recht klar, auf was für Normannen eine Aeußerung Stephans VI. an die Bischöfe der Kölner Kirchenprovinz vom 31. Okt. 890 geht: licet, quod circumvallari vos undique hostium insidiis ingemiscatis, in tantum, ut nulli vestrum pateat aditus nostram adire mansuetudinem ab his, qui Reni fluenta obsident et quos possunt neci addicunt, graviter doleamus (Leonis p. VIII privil. ed. Floss p. 121).

[15]) Widukind. res. gest. Saxon. l. I c. 31 vgl. oben S. 242 A. 23.

[16]) Erhard reg. Westf. 25: et hoc quandiu tanta bellorum pericula

Arnolf sprach ebenso das Bisthum Osnabrück von der Theilnahme an allen Heerzügen los, ausgenommen wenn die Dänen eine Landung unternähmen. Von der Mark jenseit der Eider verlautet in den letzten Jahrzehnten dieses Jahrhunderts durchaus nichts mehr und es steht daher zu vermuten, daß sie, vielleicht seit dem J. 880, sich in den Händen der Dänen befand. Die christliche Mission konnte unter diesen Umständen nur ein schwaches, hinsiechendes Leben fortschleppen, aber gewis keinen neuen Aufschwung nehmen. Zwar bestand noch die christliche Gemeinde zu Birka in Schweden unter dem dänischen Priester Rimbert, von dem Erzbischof mehrmals besucht[17]) und ebenso mögen die Gemeinden von Schleswig und Ripen im Heidenlande fortbestanden haben[18]), allein im übrigen konnte doch Rimbert, Anskars Nachfolger (865—888), der seinen gewöhnlichen Sitz zu Bremen hatte — von Hamburg ist in diesen Zeiten überhaupt gar nicht die Rede — nichts weiter für das Christenthum unter den Dänen thun, als daß er das Gut seiner Kirche zum Loskaufe christlicher Gefangenen unter denselben verwandte. Arnolf gewährte ihm dadurch eine Unterstützung, daß er das schon früher an Hamburg verliehene Münz- und Marktrecht von dort auf Bremen übertrug[19]).

Nachdem der König im Juli noch eine Zusammenkunft mit den Franken in Frankfurt gehalten[20]), woselbst unter vielen andern Bischöfen und Vornehmen auch Sunderold von Mainz und

imminent. ubi vero divina pietas pacem dederit, concessionem ... stabilem manere volumus; eb. 26, 33 für Osnabrück: eius reclamationi consensum dedimus, ita ut nisi Dani ad delendam christianitatem sui episcopii naves ascenderent nullum se suosque ad aliud exercitale iter debite conscensuros (B. 1016, 1025, 1067).

[17]) Vita S. Anskarii c. 33: (Rimbertus) divina apud eos mysteria ... libere hactenus celebravit; v. S. Rimberti c. 16, 20.

[18]) Eb. c. 16, 18: ad partes Danorum, ubi ecclesiam novellae christianitati constructam habebat in loco qui dicitur Sliaswich vgl. I, 338, 803.

[19]) Lappenberg Hamburg. Urkb. I, 32: sicut dudum ecclesiae eiusdem rectoribus in Hamapurg concessum fuisse sed propter infestationes paganorum nunc inibi esse non posse comperimus sitque in potestate episcopi provisio eiusdem mercati cum iure telonii. Auffallend ist die sehr beiläufige Art, mit der zuletzt das Recht der freien Bischofswahl verliehen wird.

[20]) Ann. Fuld. 889: ante placitum curte regia Franconofurt haberi cum Francis regi complacuit. In Frankfurt sind Urk. vom 1., 6., 9. Juli ausgestellt (B. 1058—1060, Erhard I, 31), vgl. die Urk. des B. Wolfhelm von Münster (eb. 33): quod cum ille (sc. Arnulfus) pro sua clementia suscipere dignaretur, iussit hoc in sua presentia perfici coram venerabilibus archiepiscopis Sunderoldo et Williberto, abbate quoque venerando Sihardo et multis aliis episcopis et abbatibus, comitibus et primatibus regni tradidique ipse supradictum predium (Ulfloa, Olsen) ... presente rege in regio palatio Franconoford II Non. Iul. sancto Liudgero ... quam donationem suscepit comes Heremannus ad manus abbatis Hembil etc.; die Urk. aus Fulda vom 21. Juli (B. 1061) vielleicht auf dem Wege gegen die Abodriten. B. 1062 scheint mir, wie schon Gagern (Arnulfi vita p. 67 n.) in eine frühere Zeit zu gehören.

Willibert von Köln zugegen waren, zog er in der zweiten Hälfte dieses Monats mit einem starken Heere gegen die Abodriten[21]), allein der Erfolg fehlte seinen Fahnen und ohne etwas ausgerichtet zu haben, kehrte er nach kurzer Zeit über Portenhagen (bei Eimbeck) und Korvei (Ende August[22]) nach Frankfurt zurück, indem er sein Heer sogleich wieder entließ. Dieser unglückliche abodritische Feldzug gab die erste und einzige Veranlassung, bei der Arnolf das Sachsenland besuchte: er hat es, hierin ganz dem Beispiele seiner Vorgänger folgend, seitdem nie wieder gesehen. Ebenso wenig betheiligten sich aber ihrerseits die Sachsen an den von dem Könige geführten Reichskriegen, wiewol sie an ihrer Grenze im Wesentlichen Frieden gehabt zu haben scheinen. Sachsen blieb demnach sich selbst überlassen und wenig berührt von fränkischen Einflüssen, wie sich dies u. a. darin zeigt, daß während im ganzen übrigen Reiche der Roßdienst vorherrschte, die Sachsen zu Fuße zu kämpfen gewohnt waren.

Otto, der zweite Sohn Liudolfs, den der frühzeitige Tod seines Bruders Bruno an die Spitze des sächsischen Volkes gerufen, stand demselben auch ferner vor und erfreute sich der Gunst des Königs, den er sogar später auf seinem ersten Zuge über die Alpen begleitet haben soll. Auf seine Verwendung stellte Arnolf einige Urkunden aus[23]), seiner Mutter Oda, die sich als Witwe in das von ihrer Tochter Gerberga geleitete Kloster Gandersheim zurückgezogen, schenkte er das nach ihrem Tode für das Stift bestimmte Gut zu Wanzleben[24]), das ihr einst ihr Schwiegersohn

---

[21]) Ann. Alamann. 889: Arnulfus in hostem; Fuld. 889: cum maximo exercitu ... ibi parumper rebus prospere gestis ...

[22]) Ann. Corbeiens. 889 (Jaffé bibl. I, 34): Arnulfus rex venit ad novam Corbeiam, bestätigt durch eine Urk. Arnolfs vom 16. Aug. 889, durch welche er das von der gottseligen Frau Fridurwi gestiftete Nonnenkloster Meteln in seinen Schutz nimmt, doch stimmt dies Datum nicht gut zu dem der Urk. vom 20. Aug. ad curtem quae vocatur Portanaha, die früher ausgestellt zu sein scheint (Erhard I, 31, 32, B. 1063, 1064).

[23]) Schon am 10. Juni 888 bewerkstelligte Arnolf einen Gütertausch inter fideles nostros Bovonem abbatem et Oddonem comitem pro mutua utilitate, bei dem er dem ersteren ein bisheriges Leben zu eigen gab (Erhard reg. I, 30); am 20. Juni 889 machte er einem gewissen Alberich eine Schenkung im Thurgau per interventum Ottonis dilecti comitis nostri, am 9. Juli seinem Arzte Amandus im Moselgau deprecatione ... Ottonis illustris comitis nostri (B. 1039, 1057, 1060), doch ist bei den letzteren beiden es sehr fraglich, ob wir an Otto von Sachsen denken dürfen. Am 28. Jan. 897 bestätigte er einen Tausch zwischen Fulda und dem Grafen Konrad per interventum ... Ottonis fidelis marchionis nostri über einige Güter in pago Eichesfelden in comitatu Ottonis sitas (Dronke p. 295).

[24]) Wigand Archiv f. Gesch. u. Alterthumsk. Westfalens VI, 1: ob quorundam procerum nostrorum interventum cuidam fideli nostrae in sanctimoniali habitu constitutae nomine Odae quasdam res iuris nostri ... concessimus, hoc est in pago Nordthuringa dicto in comitatu Liudulfi in loco

König Ludwig zu Lehen gegeben, wie er auch sonst Gandersheim mit mehreren andern Besitzungen bedachte. Die beiden eng verbundenen Klöster Korvei und Herford, damals von dem Abte Bovo, und von der Aebtissin Hadwig gelenkt, erhielten von dem Anfange seiner Regierung an viele Beweise seiner Gnade: er bestätigte alle ihre Besitzungen und Privilegien, insbesondere die von Karl eingeschränkte Befreiung ihrer Vassallen vom Kriegsdienste, die freie Abtswahl und die Zehnten, die von einem großen Theile des Osnabrücker Sprengels an die beiden Klöster gezahlt wurden[25]).

Ueber die fortgesetzte Entziehung der letzteren führte Bischof Egilmar von Osnabrück, der sich auf den vierten Theil der seinem Bisthume ursprünglich zustehenden Einkünfte beschränkt sah, bittere Klage in Rom bei dem Papste Stephan, den auch die andre Partei als Schiedsrichter anrief. Er erkannte die Entscheidung der Mainzer Synode, die unter dem Vortritte Liutberts sämtliche Privilegien der beiden Stifte bekräftigt[26]) nicht an, ein Gericht von neun Bischöfen, das seiner Angelegenheit halber zusammentretend unter dem Vorsitze Williberts sich gegen ihn ausgesprochen, beschuldigte er der Liebedienerei gegen Arnolf und „einige Grafen" und suchte daher sein verletztes Recht durch den Papst herzustellen[27]). Dieser scheint sich zu seinen Gunsten erklärt zu haben, eine beson-

Wanzleva nuncupato, quicquid Hludowicus rex et patruus noster ei ibidem in beneficium quondam prestiterat ... sed quia eadem nostra fidelis Oda eandem postmodum proprietatem ... ad Gandeshemense monasterium tradidit ... ubi venerabilis filia eius Gerberga abbatissa praeesse dinoscitur, petiit etc. v. J. Hrotsvitha (primord. Gandershem. v. 443 flg.) erwähnt, daß Oda loca, quae generi dono regis Hludowici | possessura quidem proprium suscepit in usum an Gandersheim schenkte. Otto I. gedenkt in einer Urk. vom 21. Apr. 956 (Leibnitii rer. Brunsvic. scr. II, 373) einer Schenkung an Gandersheim und Hrotsvitha (a. a. O. v. 452): quem rex Arnulfus ... | posthac per scriptum regali iure statutum | firmat, vinetis eius dono superauctis, vgl. v. 507—511.

[25]) Urk. Arnolfs vom 11. Dez. 887: decimas dent ad portam monasterii, nec alibi eas dare cogantur etc. vgl. das Schreiben an die sächsischen Bischöfe, Aebte und Grafen (Erhard I, 26, 40).

[26]) Eb. I, 27, mit ernster Mahnung an Arnolf die freie Abtswahl nicht zu beschränken.

[27]) Eb. 37. Egilmar sollte sich rechtfertigen, weil er den von den Klöstern eingesetzten Priestern die Spendung der Sakramente untersagt coram Arnulfo principe et episcopis novem, nämlich Willibert v. Köln († 11. Sept. 889) und den Bischöfen von Wirzburg, Utrecht, Minden, Speier, Hildesheim, Verden, Halberstadt, Paderborn, er berief sich auf Schriftstücke seiner Kirche, at illi scientes voluntatem principis et quorundam comitum et ne eum offenderent renitentes, nil de causa prolata respondere praesumpserunt ... sicque adulando principi iussus sum ab eo, si eius gratiam vellem habere propiciam eiusque potestati non contrairem, ut haec in decimis et reliquis huiuscemodi negociis querulosis omnia permitterem fore sicut inveni. Bovo v. Korvei † 29. Okt. 890, in der Antwort Stephans auf obige Klageschrift wird sein Nachfolger Gotschalk als Abt genannt (J. 2660), daher darf man diese Verhandlung wohl in das J. 890 setzen.

dere Wirkung aber hatte sein Eingreifen jedenfalls nicht, vielmehr blieben Korvei und Herford in vollem Genusse der streitigen Zehnten, mit der Verpflichtung für den Unterhalt der Erzpriester und Pfarrer in den betreffenden Sprengeln zu sorgen[28]). Der Bischof von Osnabrück erhielt auf seine Klagen keine andre Genugthuung, als daß ihm außer der Immunität das Recht verliehen wurde, an keiner Heerfahrt theilzunehmen, es sei denn daß die Dänen sein Bisthum angriffen. — So sehen wir Arnolf in Bezug auf Sachsen genau derselben Politik folgen, die vor ihm von seinem Großvater und seinen Oheimen befolgt worden war: er enthielt sich so viel wie möglich jeder Einmischung in die innern Verhältnisse dieses Landes, das ihm unter allen deutschen Stammgebieten am fernsten lag und überließ die oberste Leitung der seinem Hause ergebenen Familie Liudolfs, deren Interessen von ihm in jeder Weise gefördert wurden.

Nach der Rückkehr aus Sachsen hielt sich der König während des Oktobers und Novembers größtentheils in Frankfurt auf und zog dann im Anfange des Dezember nach Ulm und von da über Augsburg weiter[29]) zur Weihnachtsfeier nach Regensburg: der erste Besuch, den er seit seiner Thronbesteigung dem ihm wenig geneigten Stamme der Schwaben machte. Während des Winters verweilte Arnolf wieder, wie er pflegte, in der bairischen Hauptstadt, im März 890 aber reiste er durch Kärnten nach Pan-

---

[28]) Vgl. J. Möser Osnabrück. Gesch. (her. v. Abeken) I, 276—284, wo jedoch mehrere Urk. benutzt sind (B. 756, 1066 und noch 2 Arnolfs), deren Unechtheit Erhard (reg. Westf. I, 115, 116, 118) und Fechner (Osterprogr. der Erfurter Realschule v. 1864 S. 26—31) neuerdings dargethan haben. Die einzige von beiden für echt gehaltene Urk. (cod. dipl. 32, B. 1067) scheint interpoliert zu sein, namentlich dürften die Worte nec pontem — contradicente späterer Zusatz sein. Weiterhin heißt es darin: insuper etiam ad nostrae celsitudinis auctoritatem idem prefatus episcopus se reclamavit, magnam sibi destitutionem habere de decimis, quae ad Osnabruggensem aecclesiam ... servire debuissent. maximae scil. et quantitate et numero partes ... inter monachos Huxorienses et inter puellas Herifurdenses nostrorum antecessorum conspiramine divisas esse ob hocque maxime nullum iter exercitale extra eiusdem episcopatus confinia posse perficere etc. Erst Heinrich IV. gab der Kirche Osnabrück im J. 1079 die streitigen Zehnten zurück s. seine beiden Urk. (Erhard cod. dipl. 121, 122), Vita Bennonis episc. Osnabr. c. 20, ann. Yburg. 1083 (Scr. XII, 70, XVI, 437).

[29]) Aus der unbekannten villa Wolfdeoza ist eine Urk. Arnolfs vom 5. Okt. ausgestellt, aus Frankfurt vom 15. Okt., 15., 18., 21. Nov., aus Wiesloch vom 27. Nov., wieder aus Frankfurt vom 1. Dez., aus Ulm vom 4., Augsburg vom 8. Dez. (B. 1065, 1068—1075, Dümgé reg. Bad. 80, 81). Da Wiesloch auf dem Wege von Frankfurt nach Ulm liegt, so ist eine Rückkehr an jenen Ort zwischen dem 27. Nov. und 4. Dez. äußerst unwahrscheinlich, ich vermute daher mit Gagern (Arnulfi vita p. 68), daß in B. 1074 (Mon. Boica XXVIII^{a}, 99) vor Kalend. Decemb. durch ein Versehen des Schreibers eine XI ausgefallen ist und daß demnach diese Urk. wie die andern für Arno von Wirzburg zum 21. Nov. gehört vgl. ann. Fuldens. 889: inde per Alamanniam paulatim transgrediens Baioariam urbe Regia honorifice natalem domini celebravit.

nonien, um an einem sonst unbekannten Orte Omuntesberg in größerer Versammlung eine Unterredung mit dem Mährerherzog Suatopluk zu halten[30]). Seit dem J. 885 bestand Friede zwischen diesem und Arnolf, der Friede Suatopluks mit dem ostfränkischen Reiche aber scheint sogar seit dem letzten großen Kriege unter der Regierung Ludwigs des Deutschen nicht wesentlich gestört worden zu sein, wie denn auch während dieser ganzen Zeit die Lenker jenes Reiches sicherlich durchaus nicht wünschten, sich an dieser Grenze einen neuen Feind zu erwecken. Daß die Verhältnisse als friedliche und freundschaftliche angesehen wurden, beweist die Bitte, welche der Mährerherzog im Auftrage des Papstes an den König richtete. Stephan VI., durch die Uebermacht der Spoletiner, die er bisher begünstigt hatte, bedrückt, ließ den König ersuchen, so bald wie möglich nach Rom zu ziehen, um Italien als Herr des Landes von den schlimmen Christen und drohenden Heiden zu befreien. Arnolf aber durfte auf diese lockende Aussicht so schwer es ihm fiel, für jetzt nicht eingehen, weil ihn so manche dringendere Sorge in Deutschland zurückhielt.

Wiewol hiernach die äußeren Beziehungen zwischen Arnolf und Suatopluk noch freundlicher Art waren, wiewol dieser also ohne Zweifel die Oberhoheit des ostfränkischen Reiches, auf welche er sich vor sechs Jahren von neuem verpflichtet, noch immer anerkannte, so müssen doch gerade auf dieser Zusammenkunft Zwistigkeiten ausgebrochen sein, weil schon zu Anfang des nächsten Jahres der König Gesandte wegen der Erneuerung des Friedens nach Mähren schickte[31]). Die näheren Anlässe der Entzweiung sind durchaus unbekannt: daß es aber an solchen nicht fehlen konnte, liegt auf der Hand. Zwischen den Baiern, von denen alle die früheren Kriege geführt worden waren und den Mährern bestand eine althergebrachte nationale Feindschaft. Nur nach schweren Niederlagen hatten jene in dem Frieden von Forchheim im J. 874

[30]) Nach den Urk. befand sich Arnolf 10. Januar, 16. März zu Regensburg, 21. zu Moosburg (B. 1076, 1078, 1079), am 15. und 16. April wieder zu Regensburg (B. 1080, Mon. Boic. XXXI^a, 133); ann. Fuld. 890: mediante vero quadragesima rex Pannoniam proficiscens generale conventum cum Zwentibaldo duce loco qui vulgo appellatur Omuntesperch habuit etc. Die Mitte der Fasten fiel 890 streng genommen auf den 19. März. Omuntesberg vermutete Kopitar (Glagolita Clozianus p. LXXII) in dem heutigen Münzenberg in Obersteier, allein diese Gegend hat unseres Wissens nie zu Pannonien gehört.

[31]) Ann. Fuld. 891: rex legatos suos pro renovanda pace ad Moravos transmisit. Es ist gewis irrig und schon von Gagern (Arnulfi vita p. 71) gerügt, wenn Regino, dem ich (de Arnulfo p. 65) früher gefolgt bin, den Ausbruch des mährischen Krieges in das J. 890 setzt, da nicht bloß die fuldischen, sondern auch die trotz ihrer Kürze genauen alamannischen Annalen den ersten Feldzug Arnolfs unter das J. 892 stellen. Ebenso ist kein Gewicht darauf zu legen, wenn Regino z. J. 891 schreibt: Arnolfus rex in Baioariorum extremitatibus morabatur insolentiam Sclavorum reprimens.

auf die Eroberung Mährens verzichtet und ganz natürlich war es, daß sobald ein kräftiger Herrscher in Baiern das Scepter ergriff, er jene Kämpfe bei passender Gelegenheit wieder aufnahm. Arnolf aber fühlte sich nicht bloß vornehmlich als König von Baiern, sondern er hatte auch bei der Fehde, die er für die Markgrafensöhne zu schwerem Nachtheile für Pannonien gegen Suatopluk anfieng, gegen diesen einen bitteren persönlichen Groll gefaßt, dessen Befriedigung zwar vertagt, aber nicht aufgegeben war.

Jene Jahre der Ruhe zwischen dem Kriege gegen Ludwig dem Deutschen und dem, welcher sich jetzt gegen seinen Enkel Arnolf vorbereitete, hatte Suatopluk sicherlich nicht ungenützt für die Erweiterung seiner Macht verstreichen lassen, wenn gleich die Kunde seiner kriegerischen Thaten und Eroberungen fast gänzlich für uns verstummt ist. Den Kern seiner Herrschaft bildete das eigentliche Mähren, das nach Süden und Osten bei weitem ausgedehnter als heutzutage[32]) die ganze jetzige Slovakei etwa bis zur Einmündung der Gran in die Donau mit umfaßte, wenn es nicht darüber sogar noch hinausgieng. In dem Flachlande zwischen Donau und Theiß stieß das mährische Reich hier mit den Bulgaren zusammen, die ihm feindliche Nachbarn waren[33]). Andrerseits kämpfte Suatopluk gegen die heidnischen Polen und führte einen Fürsten von der Weichsel als Gefangenen in sein Reich fort[34]). Aber auch die Böhmen hatten sich ihm angeschlossen und erkannten eine Zeitlang mährische Oberhoheit an[35]). Nicht nur von dem ostfränkischen Reiche, zu welchem sie dem Namen nach noch immer gerechnet

---

[32]) Was wir über die Grenzen des mährischen Reiches wissen, ist sehr ungenügend. Neitra, der Bischofssitz Wichings gehörte dazu (s. oben I, 619), vgl. Cosmas chron. Boemor. I c. 14: qui (sc. Arnulfus) sibi (sc. Zvatopulco) non solum Boemiam verum etiam alias regiones hinc usque ad fluvium Ogram et inde versus Ungariam usque ad flumen Gron subiugarat. Schafarik (slaw. Alterth. II, 492 A. 2) benutzt für die Bestimmung der Grenzen Mährens auch die Urk. Heinrichs IV. für Prag (eb. II c. 37, Scr. IX, 44, 92 vgl. Wolff krit. Sichtung der Gesch. der Stadt Sagan S. 4—7), in der es heißt: inde Ungarorum limitibus additis (zum Bisthum Prag) usque ad montes, quibus nomen est Tritri (Tatra) dilatata procedit. deinde in ea parte, quae meridiem respicit addita regione Moravia usque ad fluvium, cui nomen est Wag et ad mediam silvam, cui nomen est Moure.

[33]) Ann. Fuld. P. V 884. Suatopluk ließ Arnolf im J. 883 sagen: tui homines in vitam meam, nec minus in regnum meum dolose cum Vulgaris conciliaverunt — qui priore anno suum regnum vastavere.

[34]) Vita Methodii c. 11. Kosmas von Prag (I c. 14) spricht später von Verheerungen der Polen in Mähren.

[35]) Die Nachricht Reginos (a. 890), daß Arnolf ducatum Behemensium freiwillig an Suatopluk abgetreten und die Böhmen dadurch zum Abfalle getrieben habe, widerlegt sich aus den ann. Fuldens. 895, 897, die von einer erzwungenen Unterwerfung Böhmens unter Mähren sprechen, wie schon Palacky (Gesch. v. Böhmen I, 144 A. 112) bemerkte. In dem Gedichte Waldrams an Karl III. erscheinen unter den Unterthanen des Kaisers v. 9: Noricus et Sclavus, Bemanus, Saxo, Toringus (Mittheil. d. Zür. antiq. Gesellsch. XII, 220).

wurden, sondern auch von der bairischen Kirche sagten sie sich los. Einer ihrer mächtigsten Herzoge Boriwoi, der zu Prag seinen Sitz hatte, ließ sich nebst seiner frommen Gemahlin Ludmilla von dem h. Methodius taufen und hiedurch begann die slavische Liturgie auch unter den Czechen Eingang zu gewinnen[36]).

Boriwoi, der erste aus dem Hause Premysls, dessen Name historisch beglaubigt ist und vielleicht der hauptsächlichste Begründer der Herrschaft desselben über ganz Böhmen, stand also mit Suatopluk in engem Bündnis. Hiedurch mögen auch die Sorben, die öfter als Verbündete der Czechen auftreten, sowie andre kleinere slavische Stämme am Erzgebirge zum Anschlusse an die mährische Macht bewogen worden sein: spätere Ueberlieferungen dehnen daher, wohl übertrieben, Suatopluks Herrschaft bis zur Saale und zur Oder aus[37]). So war dieser, als Arnolf mit ihm sich zu entzweien begann, ein weitgefürchteter Kriegsfürst, berühmt durch tapfere Thaten, wie durch die ränkevolle Hinterlist und Treulosigkeit, mit der er seine Absichten zu verfolgen wußte, der gefährlichste Gegner, mit dem der deutsche König zusammenstoßen konnte. Er war jedoch ein roher Barbar, ohne Sinn für höhere Bildung: was die unter seinem Vorgänger Rastislav begründete nationale Kirche seinem Volke hätte werden können, verstand er nicht zu würdigen.

Nachdem Arnolf von der Unterredung mit dem Mährerherzog nach Regensburg zurückgekehrt war und das Osterfest daselbst gefeiert hatte, begab er sich im Mai nach Forchheim, um dort gerade zu derselben Zeit wie vor einem Jahre eine Reichsversammlung zu halten[38]). Aus einer auf Bitten des Bischofs Biso von

---

[36]) Ann. Pragens. 894 (Scr. III, 119), Cosmas chron. Boemor. I c. 10: Borwoy ... primus dux baptizatus est a venerabili Metudio episcopo in Moravia sub temporibus Arnolfi imperatoris et Zuatopluk eiusdem Moraviae regis, c. 14. Was ich früher (de Bohemiae condicione p. 17 flg.) gegen diese Nachricht und die Verbreitung der slav. Liturgie nach Böhmen einzuwenden hatte, nehme ich nach den Ausführungen Wattenbachs (die slaw. Liturgie in Böhmen S. 221 flg.) als unbegründet zurück.

[37]) Thietmari chronic. VI c. 60 (Scr. III, 835): Boemii regnante Zuetepulco duce quondam fuere principes nostri. huic a nostris parentibus quotannis solvitur census et episcopos in sua regione Marierun dicta habuit. — Außer dem angeblichen Briefe Stephans VI. (oben S. 256) legen nur fern stehende oder jüngere Schriftsteller, wie Regino a. 890, 894, Widukind (l. I c. 19), Kosmas von Prag (l. I c. 10, 14) Suatopluk den Namen eines Königs bei, den er selbst schwerlich geführt hat. Konstantin (de admin. imp. c. 13, 38, 40) nennt sein Reich ἡ μεγάλη Μοραβία, dieser Benennung aber möchte ich ebenso wenig besondere Wichtigkeit beilegen, als dem Groß-Francien für das Frankenreich in c. 26. Konst. ist mit dem μέγας sehr freigebig.

[38]) Ann. Fuld. 890: post pascha mense Madio. Zu Forchheim schenkte Arnolf dem Wipertus venerandus ac dilectus episcopus noster (von Verden) einige Güter in Westfalen zu eigen, die er bisher als Lehen hatte, am 1. Juni (Pertz Probedruck eines Urkds. der welf. Lande S. 8, v. Hodenberg Verdener Geschichtsquellen II, 17).

Paderborn ausgestellten Bestätigung der Güter und Freiheiten des Nonnenklosters Heerse in Westfalen, die von allen anwesenden Bischöfen unterschrieben wurde, ersehen wir, daß auf diesem Tage Sunderold von Mainz, Hermann von Köln, der Nachfolger des hochverdienten Willibert, sämtliche sächsische Kirchenhirten, die Bischöfe von Metz, Verdun, Speier, Wirzburg, Eichstädt und Passau sowie fünf Aebte zugegen waren[39]). Von Forchheim gieng der König im Juni nach Ulm, um eine Bewegung zu unterdrücken, die in Schwaben gegen seine Herrschaft auszubrechen drohte[40]).

Bernhard, der uneheliche Sohn Kaiser Karls III., der ohne Zweifel die seinem Vater zum Unterhalte zugewiesenen alamannischen Kammergüter geerbt hatte und jetzt zum Jüngling herangewachsen war, verband sich mit dem von seinem Vater eingesetzten Abte Bernhard von St. Gallen und dem Grafen Udalrich vom Linz- und Argengau, der als Abkömmling einer Schwester der Kaiserin Hildegard dem königlichen Hause blutsverwandt war, zu einer Verschwörung gegen die Herrschaft Arnolfs, welche ihm selbst den Besitz der Krone Schwabens verschaffen sollte[41]). Zu einem

---

[39]) Schaten ann. Paderborn. I, 221. In dem Eingange heißt es: ego Sunderholdus humilis Moguntiac. sedis arch. una cum venerabili Coloniens. civitatis arch. Herimanno necnon et aliis coepiscopis ac consacerdotibus nostris, qui nobiscum ad praesentem synodum convenere etc. Bestätigt wurde eine zu Worms im J. 868 ausgestellte Urk. s. I, 644 A. 26. Agiulf ist der sonst Egoif genannte Bischof von Halberstadt.

[40]) Eine Urk. Arnolfs für das Kl. Ottobeuern ist am 26. Juni ad Ulma curte regia ausgestellt (Mon. Boic. XXXI^a, 135; B. 1081 damit nicht verträglich gehört vielleicht in das folgende J.). Die ann. Fuld. 890 berichten vorher von Arn.: rex multimodis causis in suo regno excrescentibus praepeditus, womit sie vielleicht auf die schwäbischen Verhältnisse anspielen.

[41]) Den Zusammenhang der nachfolgenden Ereignisse hat zuerst Neugart (Cod. dipl. Alemanniae I, 526 n. a) klar erkannt. Ueber Udalrich s. die von Gagern (Arnulfi vita p. 78) mit Recht in das Ende des J. 890 gesetzte Urk. Arnolfs (Neugart I, 481, B. 1077): nos quorumdam fidelium nostrorum relatu comperientes Odalricum una cum Perehtheda uxore sua pravo consultu contra regalem maiestatem nostram deliquisse omnes res proprietatis suae, quas in Alamannia vel Alisatia habere visi sunt ... legali conditione publicandas censuimus et in regiam potestatem redigere precepimus et eas Haddoni dilecto abbati nostro in beneficium concessimus. Den Stammbaum Udalrichs s. bei Stälin wirtemb. Gesch. I, 243 vgl. 328. In einer Urk. Ludwigs des D. vom J. 867 kommt sein Vater dilectus nepos noster Odolricus comes vor (Neugart I, 362) und im Necrol. St. Galli (Eckhart comment. II, 920) findet sich zum 11. Apr.: obitus Vodalrici comitis regum nepotis. In der Urk. Karls III. vom 15. Apr. 877 heißt es: quia quaedam fidelissima nostra nomine Beretheida adiit celsitudinem culminis nostri deprecans, ut quasdam res iuris nostri suae proprietati positione contiguas ... sibi in proprietatem largiremur. statimque nos propter fidelitatem et obsequii illius instantiam libentissimo animo decrevimus ita facere, worauf er ihr Besitzungen im oberen Breisgau und Elsaß schenkte (Neugart I, 411 vgl. eb. 464). Dem lothringischen Kl. Gorze gab Karl 17. Mai 882 eine Besitzung zurück per consultum Vuodelrici fidelissimi nostri nepotis (Hist. de Metz IV, 42).

Kampfe von Seiten der Empörer scheint es nicht gekommen zu sein: Bernhard, der sich in Churwalchen aufhielt, entwich den Verfolgern mit genauer Noth[42]), der Abt Bernhard wurde wegen seiner Auflehnung gegen die königliche Majestät abgesetzt und statt seiner der königliche Kaplan Salomon, ein früherer Zögling des Klosters, zuerst vom Könige zum Abte ernannt, dann von den Brüdern, deren Vertrauen er schnell erwarb, nach der Regel erwählt[43]). Die Güter eines Priesters Isanrich wurden eingezogen, weil er zu den Anhängern des verjagten Königssohnes gehörte[44]).

Den Grafen Udalrich und seiner Gemahlin Perechteda, die beide bei Kaiser Karl einst in hohem Ansehen standen, aber auch von Arnolf selbst mit dem Königshofe Lustnau beschenkt worden waren, wurden zur Strafe des Hochverrathes alle ihre Eigengüter sowol in Schwaben wie im Elsaß entzogen und dem „geliebten" Abte Hatto von Reichenau, vermutlich als Lohn für die Verdienste, die er sich um die Vereitelung dieses Aufstandsversuches erworben, zum Geschenke gemacht[45]). Auf den Antrag Hattos selbst, den der König bald darauf in Reichenau besuchte, wohin er „des Gebetes halber" gieng[46]), gab er jedoch noch in demselben Jahre dem Grafen Udalrich die verwirkten Besitzungen bis auf eine einzige zu Tüffen zurück, wahrscheinlich weil die Abkunft desselben von dem alten schwäbischen Herzogshause eine Aussöhnung mit ihm für die

[42]) Ann. Alamann. 890: Berenhart filius Karoli vix de Retia evasit.

[43]) Urk. Arnolfs vom 2. Juli 892: accidit, ut pro quorundam hominum negligentia et incautela de ... monasterio S. Galli ... serenitas nostra adeo turbaretur, quatenus abbatem ipsum honore sibi a nobis inpenso privaremus et fidelem capellanum nostrum Salomonem in eius locum subrogaremus. qui cum illuc pervenisset ac devote a fratribus susceptus fuisset devotiusque ipse cum illis conversatus fuisset, cognita eorum humilitate et obedientia atque nobis fidelitate .., propter communem etiam ipsorum utilitatem abbas ab eisdem fratribus electus; Urk. Ludwigs vom J. 903 (Neugart I, 526. B. 1190): Salomon ... abba coenobii S. Galli, qui in vicem Bernhardi abbatis, cui suis culpis exigentibus, quia Bernhardo regiae maiestati resistenti et regni alieni invasori favit, abbatia sua ablata est, regia potestate primo subrogatus est ac deinde omnium fratrum ... communi deliberatione, quia eos divinitus et humanitus bene procurare studuit ... electus est; Ekkehardi casus S. Galli (Scr. II, 83): Gerhaldo (corr. Bernhardo) abbate deposito per Hattonem archiepiscopum nobis oblatus est. B. wird zum letztenmale 14. Mai 890 als Abt genannt, S. zuerst im August (Neugart I, 483, 484). In einer Urk. vom 5. Okt. 889 tritt Salomon capellanus noster als Fürbitter auf (Kleimayrn Anh. 109, B. 1065).

[44]) Urk. Ludwigs vom J. 904 (Wirtemb. Urkb. I, 203): Kaiser Karl schenkte cuidam religioso presbitero Isanrih 6 Hufen, die dieser an Reichenau vermachte, postea autem quia ipse Isanricus Pernharto regiae maiestati resistenti consensit, ei ea proprietas ablata est et fisco regio sociata.

[45]) Hatto war nach der A. 39 angef. Urk. auch in Forchheim anwesend.

[46]) Ann. Fuld. 890: rex ... causa orationis in Alamannia Augeam Constantiamque pervenit, inde regrediens urbe Radaspona natale Christi celebravit.

Befestigung der königlichen Macht räthlich erscheinen ließ. Auf einer Versammlung der Edlen aus dem Thurgau, Linzgau und Rhätien, welche Salomon in Gemeinschaft mit dem Bischofe von Chur Ende August berief, mußte er sich jedoch dazu verstehen nach dem Spruche der Anwesenden dem Kloster St. Gallen alle die Nutzungen zurück zu geben, die es früher dort besessen und die Udalrich für das ihm geschenkte Lustnau widerrechtlich beanspruchte[47]).

Die fortgesetzt feindliche Stimmung der Alamannen gegen Arnolf, dem sie von vornherein abhold gewesen, erhellt namentlich daraus, daß sie im folgenden Jahre unter dem Vorwande einer Krankheit eigenmächtig von dem Feldzuge gegen die Dänen nach Hause zurückkehrten[48]). Daher hielt sich auch am Ende desselben und dem Anfange des nächsten Jahres der König abermals ohngefähr einen Monat in ihrem Lande auf. In dem nämlichen Winter 891 zu 892 wurde Bernhard von dem Grafen Rudolf von Rhätien aus dem Wege geräumt[49]), ohne Zweifel auf Befehl Arnolfs: wahrscheinlich hatte er einen neuen Versuch machen wollen, die Fahne des Aufruhrs aufzupflanzen. Seit dieser Zeit verlautet nichts wieder von Unbotmäßigkeit oder Widersetzlichkeit der Alamannen gegen königliche Gebote: gehorsam sehen wir sie sowol gegen Mähren als gegen Italien zu Felde ziehen. Außer dem klugen Abte Hatto[50]), dem noch zu höheren Würden aufzusteigen bestimmt

---

[47]) Neugart I, 485, Urk. Salomons vom 30. Aug. 890: postquam autem rex Arnolfus Udalrico cuidam comiti de Lintzgowe in praenominato pago Ringowe curtem Lusteuowam in ius proprietatis dedit, usus omnes, quos prius ... in eodem pago habuimus, isdem comes cum sua ditione uobis auferre ... voluit.

[48]) Eb. 891: sed Alamanni quasi aegrotantes a rege domum relapsi sunt.

[49]) Ann. Alamann. 891: et Perenhart filius Karoli a Ruodulfo occisus; Laubac. 892: Berenhartus filius Karoli a Ruodolfo occiditur. Beide erzählen das Ereigniß unmittelbar nach der Einsetzung des Papstes Formosus (Herbst 891). Die Tradition der Himiltrud im J. 890 fand statt sub Ruadolfo duce Raetianorum, als dessen Nachfolger 903 Purchart marchio Curieusis Rhetiae erscheint (Neugart I, 488, 526). Daß jener rhätische Markgraf Rudolf und nicht der König R. von Burgund in den obigen Annalen gemeint sei, hat Gagern (Arnulfi vita p. 79) mit Recht bemerkt. Gobelinus Persona (Cosmodr. aet. VI c. 44, Meibom rer. German. I, 244) läßt Bernhard in Italiam ad Guidouem fliehen.

[50]) Herimann. Aug. 888 (Scr. V, 110): Augiae Roudhoho abbati Hatto succedeus praefuit annis 25; Abbat. Augieus. catal. (eb. II, 38). Daß er obscuro geuere natus gewesen sei, wie nur zwei Handschriften des Widukind (l. I c. 22, cod. 2, 3 ed. Waitz) melden, ist an sich unwahrscheinlich und wird durch die Urk. Arnolfs für Liutbert v. Mainz vom J. 887 widerlegt, wonach dieser für Herrieden, welches er und nach seinem Tode Hatto zu eigen hatten, in derselben Weise Elwangen empfieng, das ebenfalls Hatho noster fidelis bis an sein Ende besitzen sollte (v. Mohr cod. dipl. I, 51; daß er es wirklich besaß, lehrt die auf seine Fürbitte für Elwangen im J. 893 ausgestellte Urk., Wirtemb. Urkb. I, 196). Hieraus darf eine Verwandtschaft Hattos mit Liutbert gemutmaßt werden. Schon am 5. Juni 889 schenkte A.

war und dem edlen und würdigen Bischof Adalbero von Augsburg, diente namentlich Salomon, der frühere Kanzler des Kaisers Karl, der durch die Gunst Arnolfs in einem und demselben Jahre sowol die reiche Abtei St. Gallen, als auch das ihm gleichsam erblich gebürende Bisthum Konstanz erhielt, ein Mann von seltenen Geistesgaben und allseitiger Bildung, der königlichen Partei in Alamannien zur festesten Stütze[51]). — Mit der Weihnachtsfeier in Regensburg beschloß Arnolf wie er pflegte das Jahr 890, welches außer dem gescheiterten Unternehmen Bernhards fast nur noch durch eine größere Sterblichkeit sich ausgezeichnet hatte[52]).

III.

Wenn bisher das hauptsächlichste Streben des Königs Arnolf dahin gegangen war, seine Herrschaft im Innern unter den deutschen Stämmen selbst zu befestigen und er deshalb jeder Verlockung zu weiter aussehenden Zügen widerstanden hatte, so führte ihn die erneute Gefahr vor den Normannen doch endlich im J. 891 an die äußerste Westgrenze seines Reiches in den Krieg. Die Wehrlosigkeit der fränkischen Lande gegen die Einfälle der Heiden, die schmachvolle Unterwerfung unter ihre Forderungen gehörte zu den wesentlichen Ursachen, die den Sturz Karls III. herbeigeführt hatten: seinem Nachfolger wurde die Aufgabe der Vertheidigung dadurch sehr erleichtert, daß er die ihm angebotene Krone Westfranciens ausschlug und dadurch die größere Hälfte dieser Last auf die Schultern Odos wälzte.

Die geringere Widerstandskraft des Westreiches bewirkte dann, daß in den ersten Jahren seiner Regierung dieselben Raubscharen, die Paris belagert und sich zuletzt zu Chezy an der Marne festgesetzt hatten, auch ferner Neustrien und Burgund ausschließlich

rogatu Hathonis venerabilis ac dilecti abbatis nostri dem Kl. Reichenau Güter zu Ried-Oeschingen, desgl. bestätigte er 18. Nov. Besitzungen im Thurgau, weil Hatho venerabilis ac dilectus Augiensis coenobii abba regias aures pulsando precatus est (Dümgé reg. Bad. 79, 80).

[51]) Salomon II. von Konstanz † 2. Apr. 890 (Ann. Alamann., Fuld., Regino 890; den Todestag hat Necrol. St. Galli, Augiense). Ekkehard läßt Salomon III. erst nach 1½ J. folgen und die ann. Alamann. ihn erst 891 Bischof werden (Scr. I, 52, II, 83), doch fälschlich, da er schon im Aug. 890 als Bischof vorkommt (Neugart I, 484 flg.) vgl. über ihn Regino 890: in cuius loco successit Salomon, qui hac aetate abbatiam sancti Galli tenebat, vir non solum nobilitate, verum etiam prudentiae ac sapientiae virtutibus insignitus. Ueber seine Herkunft und Bildung s. mein Formelbuch des Bischofs Salomo III. S. 104—112, 120, 146, 149—162.

[52]) Ann. Alamann., Laubac. 890: Nimia mortalitas hominum.

zu ihrem Tummelplatze machten. In jenen Quartieren an der Marne blieben die Normannen, die im Juli 888 Meaux einnahmen und gegen den Vertrag niederbrannten[1]), bis zum November desselben Jahres; dann kehrten sie aufs neue vor die oft bestürmten Mauern von Paris zurück, allein die Tapferkeit des Bischofs Askrich, der sich als würdiger Nachfolger Gauzlins bewährte, und seiner Gefährten sowie die Nähe des Königs Odo ließ sie von ihrem Vorhaben abstehen[2]). Theils zu Wasser, theils zu Lande giengen sie jetzt wieder die Seine aufwärts und wählten für ihre Winterquartiere die Striche an einem der Nebenflüsse derselben, dem Loing[3]), von wo sowol das benachbarte Burgund als auch das nördliche Aquitanien sich leicht mit Feuer und Schwert heimsuchen ließ. Der Herbst 889 sah sie durch die bisherigen Beutezüge noch immer nicht gesättigt zum viertenmale vor Paris[4]). Indem der König Unterhandlungen mit ihnen anknüpfte, scheint es jedoch, daß sie sich durch ein mäßiges Geschenk bewegen ließen, das wirklich auszuführen, wozu sie sich durch den Vertrag mit Kaiser Karl schon vor mehr als zwei Jahren verpflichtet, nämlich die Seine und das Reich endlich einmal zu verlassen. Sie stachen in See, um bald darauf an dem äußersten Westende des Landes in dem Cotentin zu landen und in der Nähe der Burg St. Lo Winterquartiere zu beziehen. Während der Belagerung dieses festen Platzes starb der Bischof von Coutances; nachdem die tapfersten Verteidiger gefallen, wurde endlich zu Anfang des Jahres 890 der Ort genommen, die Insassen erschlagen und die ganze Feste dem Erdboden gleichgemacht[5]).

Wenn die Normannen bei dieser ihrer Niederlassung auf dem Grenzgebiete der Franken und Bretonen, gehofft hatten, an den letzteren, deren Kraft seit längerer Zeit durch einen Bürgerkrieg getheilt und gelähmt war, leicht zu bewältigende Gegner zu finden,

[1]) Ann. Vedast. 888, Abbo de bellis Paris. l. II v. 454—466 (Scr. II, 798).

[2]) Auf diesen von den ann. Vedast. erwähnten Besuch von Paris bezieht sich Abbo l. II v. 467—490. Das von Pertz hinzugefügte J. 889 ist daher unrichtig.

[3]) Ann. Vedast. 888: Luviam fluvium, dagegen berichtet Asser (Mon. hist. Brit. I, 490) a. 887 ... sequenti anno (i. e. 888) in ostium fluminis, quod dicitur Iona intraverunt, non sine magno regionis damno et illic remorati sunt anno uno. Jedenfalls drangen sie nach Burgund vor, wie außer den ann. Ved. 889 auch ann. Lemovic. 889: Nortmanni iterato Autissiodorum repetentes suburbana eius incenderunt, bezeugen.

[4]) Ann. Vedast. 889: nuntiis intercurrentibus munerati ab eo regressi a Parisius. Regino a. 890 wirft diesen Besuch von Paris mit dem vorigen zusammen.

[5]) Ann. Vedast. 889, 890, Regino 890, der den Bischof Lista irrig bei der Einnahme erschlagen werden läßt, Chronic. Anglosaxon. 890, Fabii Ethelwerdi chronic. l. IV: ad locum, qui vulgo dicitur Sandlaudan, cuius situs inter Brittannos et Francos videtur (Mon. Brit. I, 362, 517).

so sollte sich bald zeigen, daß dies eine vollständige Täuschung war. Denn zuerst allerdings drangen sie siegreich und verheerend bis zum Flusse Blavet vor, da aber einigten sich in dieser Bedrängnis die beiden Fürsten, welche sich die Herrschaft der Bretagne streitig machten, Judicheil und Alan zu gemeinsamer Abwehr. Jener schlug zuerst die Feinde mit großem Verluste, büßte jedoch selbst sein Leben auf unvorsichtiger Verfolgung ein, dieser griff hierauf mit den Kräften der ganzen Bretagne an und siegte, dem h. Petrus den Zehnten alles seines Gutes gelobend so vollständig, daß, wie man irrig glaubte, nur 400 von 15000 zur Flotte entkamen[6]). Wiederum sah jetzt die Seine die schlimmen Gäste in ihre Gewässer einlaufen; Paris vermieden sie diesmal, um auf der Oise Ende Oktober bis nach Noyon zu fahren, woselbst sie ihren Sitz für den Winter aufschlagen wollten. König Odo vermochte es nicht zu hindern, wiewol er mit einer zu Lande marschierenden Abtheilung kämpfte, er stellte sich daher als Wächter seines Reiches mit einem Heere an der Oise auf. Um so drohender erschien die Lage der Dinge, als gleichzeitig ein andrer Schwarm unter der Führung des weit gefürchteten Hasting sich zu Argoeuvres an der Somme festsetzte.

Die ostfränkische Grenze lag den Normannen von Noyon nur allzunahe und sie lag unverteidigt vor ihnen, während Odo sich bereit hielt, ihnen das Eindringen in das Innere des Westreiches nach Kräften zu erschweren. So sandten sie denn zu Anfang des Jahres 891 ihre Streifscharen durch wohlbekannte Gegenden bis zur Maas, durch Brabant kehrten sie zurück und entgiengen dem Angriffe Odos am linken Ufer der Schelde, indem sie ihre Beute im Stiche ließen[7]). Im Frühling zogen sie dann von der Oise an die Seeküste herab, von wo sie während der Sommermonate das westliche Lothringen bis zur Maas vielfach ausplünderten als eine furchtbare Geisel für diese schon so oft heimgesuchten Lande. Arnolf selbst, der die ersten vier Monate des Jahres wie gewöhnlich in Regensburg verlebt hatte[8]), eilte etwa im Mai schnell her-

---

[6]) Reginos etwas ausgeschmückter Bericht (a. 890) wird im Allgemeinen von den ann. Vedast. 890, der angelsächs. Chronik und Ethelwerd a. a. O. bestätigt, die alle von einem Siege der Britten an einem Flusse (Blavet?) erzählen.

[7]) Ann. Vedast. 891: hi vero qui Noviomo erant moventes exercitum usque Mosam omnem terram pervagati sunt etc., nachher circa autumni vero tempora relicto Noviomo maritima petiere loca ibique toto aestivo tempore morati sunt (wo ohne Zweifel, wie ich schon de Arnulfo p. 176 vorschlug, circa autem veris tempora zu lesen ist). Am 2. Mai 891 versuchten die Normannen in das befestigte Kloster St. Omer einzudringen und kämpften dort vom Mittag bis zum Abend s. ann. Blandiniens. 892 (Scr. V, 24), Folquini chartul. Sith. p. 133.

[8]) S. die aus Regensburg datierten Urk. vom 6. Jan. bis 22. April 891 (B. 1085—1090, Dümgé p. 82). Ostern fiel auf den 4. April. Die nächste Urk. Arnolfs ist aus Mattighofen vom 21. Juli datiert (Mon. Boica XXXI[a],

bei, um die Räuber zu züchtigen: über die Schelde bis an die äußerste Westgrenze seines Reiches in die Nähe von Arras verfolgte er sie, ohne sie zum Stehen zu bringen. Wahrscheinlich die drohende Lage der Dinge im Osten, der bevorstehende Krieg mit Mähren, bewog ihn selbst sogleich nach Baiern zurück zu kehren, doch ordnete er an, daß die Franken sich zu Maastricht an der Maas zum Heereszuge gegen die Dänen versammeln sollten.

Bevor das fränkische Heer noch vollständig beisammen war, setzte der Feind in seinem Rücken bei Lüttich über die Maas, zerstreute sich in den der Pfalz Achen benachbarten Wäldern und Sümpfen und erschlug nicht bloß viele Einwohner, sondern nahm auch viele Wagen und Karren mit den für die Franken bestimmten Lebensmitteln. Erstaunt über diese Keckheit hielten die Anführer der letzteren Kriegsrath, um zu überlegen, welchen Rückweg die Heiden wohl einschlagen würden, denn das wichtigste schien, sie nicht entschlüpfen zu lassen, da an ihrer sicheren Vernichtung Niemand zweifelte. Am frühen Morgen das 26. Juni brachen die Christen kampfbereit, mit flatternden Fahnen aus ihren Quartieren auf und zogen am rechten Ufer der Maas abwärts dem Feinde entgegen. Als sie den Geulenbach, der bei Meerssen einmündet, überschritten hatten, machten sie sämtlich Halt und beschlossen, daß jeder von den Hauptleuten zwölf Männer auslesen sollte, damit diese dann vereinigt den Feind aufspürten und nicht das ganze Heer sich fruchtlos ermüdete. Indem zeigten sich schon normannische Späher: ohne Befehl, in aufgelösten Gliedern setzten ihnen die fränkischen Mannschaften kampfesmutig nach und stießen bald in einem Weiler auf das feindliche Fußvolk, das fest zusammenhaltend die zerstreuten und ungeordneten Angreifer leicht zurücktreibt. Jetzt giengen die Normannen alsbald ihrerseits zum Angriffe über, indem sie nach ihrer Sitte mit den Köchern rasselten und ein Schlachtgeschrei zum Himmel erhoben. Die Reiterei, durch den Lärmruf herbeigelockt vereinigte sich mit dem Fußvolke und theuer genug mußte das christliche Heer für seine Uebereilung und Unvorsichtigkeit büßen. Der Erzbischof Sunderold von Mainz und der Graf Arnolf, welche die Franken befehligt hatten, blieben auf dem Felde, mit ihnen viele andre Edle und gemeines Volk*).

137). Nur die ann. Vedast. melden: indeque (sc. ab ora) iterum moventes iter usque Mosam. quod audiens Arnulfus rex velociter accurrit eosque usque trans Scaldum et prope Attrebatis insecutus, sed eos non comprehendit indeque rediit in regnum suum. Wenn nicht die sonst so zuverlässigen Jahrb. von St. Vaast diese Nachricht brächten, so würde ich sie bei dem Schweigen der übrigen Quellen für unbegründet halten.

*) Regino a. 891 gibt genauen Bescheid über den Zeitpunkt, Ort (torrentem, qui Gulia dicitur) und Verlauf dieses Treffens, in quo proelio episcopus Magontiacae urbis Sunzo et Arnolfus comes occubuerunt necnon innumera multitudo nobilium virorum, vgl. ann. Fuld. 891: Nortmanni igitur fines occidentalium Francorum invadunt, ad quod defendendum

Die Gefangenen wurden niedergemacht, das christliche Lager erobert. Eine Sonnenfinsternis und ein Komet waren diesem unheilvollen Ereignisse als schreckende Zeichen voraufgegangen [10]).

Schwer empfand der König diese unverhoffte Niederlage, ihn betrübte der Verlust seiner Getreuen und er beklagte laut die Schmach, daß die bisher unüberwindlichen Franken ihren Feinden den Rücken gewiesen hätten [11]). Die Schwaben und Franken wurden von ihm im Herbste zu einem Rachezuge aufgeboten, jene aber kehrten unter dem Vorwande einer Krankheit wieder nach Hause zurück [12]), nur mit diesen rückte Arnolf bis zum 1. Oktober nach Maastricht vor, um von dort aus dem Feinde zu Leibe zu gehen, der noch immer sein Standquartier an der Küste hatte [13]). Erst zu Ende dieses Monats brachen die Normannen von da in das Innere des Landes auf, da sie beschlossen hatten, sich für den Winter bei Löwen an der Dyle nieder zu lassen. Nach ihrer Art befestigten sie dort ihr Lager durch Verschanzungen, die aus Holz-

exercitus a. Francia dirigitur; ibi Sundaroldus Mogonciac. archiep. incante illis occurrens interfectus est; Ann. Alamann., Laubac., Augiens. 891: Sunderolt archiepiscopus a Nordmannis occiditur; Corbeiens. 891: Sunzo interfectus; Ottenbur. 891 (Scr. I, 52, 68, III, 3, V, 3), Necrol. Fuld. min. 891 (Dronke tradit. Fuld. 172): Sundrolt archiep. Den Todestag überliefern außer Regino Kalendar. Moguntin.: IV Kal. Iul. Sanctus Sunderoltus archiepisc. et martir; Necrol. Fuld. mai. 891 zum 29. Juni (Boehmer fontes III, 142, 156), Necrol. Wizzenburg. zum 27. Juni. Die Autorität Reginos ist jedoch gewichtiger, weil der Ire Marianus (Scr. V, 552) a. 913 ihn sabbato VI Kal. Iul. getödtet werden läßt, der für 891 dem 26. Juni entspricht. Seine Grabschrift aus St. Alban in 5 Distichen, die auch auf seinen Märtyrertod anspielt, hat Joh. Latomus herausgeg. (Mencken scr. rer. German. III, 464 – 465). Durch einen wunderlichen Irrthum verlegt Marianus Sunderolds Tod nach Worms (s. die Bemerkung von Waitz Scr. XVII, 6 n. 19).

[10]) Ann. Corbeiens. 891, Annalista Saxo 891 (Scr. VI, 588), Folquin. chartular. Sith. p. 133.

[11]) Regino 891: primo pro amissis fidelibus nimium tristatur et querelam cum gemitu deponit, quod Franci eotenus invicti adversariis terga darent, deinde indignitatem rei animoso in pectore versans in hostem accenditur.

[12]) Ann. Fuld. 891: cum Francis Alamannico exercitu inutile secum assumpto vgl. S. 343 A. 48.

[13]) Eine Urk. vom 1. Okt. ist: actum Traiecto tempore regiae sessionis, eine andre vom 9. iuxta Mosam fluvium (B. 1091, 1092), beide, wie mir scheint vor der Schlacht, in dem Lager an der Maas (Regino 891: circa litora Mosae castra statuit) ausgestellt, denn die ann. Vedast. melden: Nortmanni, qui Noviomo hiemaverant, decreverunt Luvanio sibi sedem firmare ad hiemandum illucque mense Novembrio petunt iter. Für ganz genau halte ich jedoch diese Angabe deshalb nicht, weil die ann. Fuld. nach der Schlacht berichten: eodem in loco die Kal. (der Monat ist ausgefallen) letanias rex celebrare praecipit, mit welchem Tage nach jenen Urk. zu schließen wohl nur der 1. Nov. gemeint sein kann. Just. Lipsius (opp. III, 759, Antverpiae 1637) vermutete den 1. Sept., weil an diesem Tage bis auf seine Zeit in Löwen ein öffentliches Freuden- und Dankfest begangen wurde, die Beziehung desselben auf die Schlacht aber ist doch durchaus unsicher.

werk und Erde aufgeführt waren[14]). Da erschien plötzlich vor ihren Umwallungen das deutsche Heer, entschlossen den Heiden die erlittene Niederlage blutig heimzuzahlen. Der König setzte über den Fluß, dort aber zauderte er einen Augenblick unschlüssig, wie die Schlacht am besten zu beginnen sei, denn die Dyle auf der einen, ein Sumpf auf der andern Seite, gestatteten dem Reiterheere keinen Raum zur Ausbreitung und er fürchtete, seine Leute mutlos zu opfern. Die Normannen ihrerseits übermütig auf ihren früheren Erfolg pochend, begrüßten ihre Gegner mit spöttischem Gelächter und Hohnreden: sie möchten der schmählichen Flucht am Geulenbache gedenken und des Blutbades ihrer Genossen, auch ihnen würde es bald nicht besser ergehen u. dgl. m.

Arnolf indessen machte dem Zögern ein Ende. „Ihr Männer, so ohngefähr redete er seine Franken an, die ihr den Herrn verehrt, durch Gottes Gnade seid ihr bei der Verteidigung des Vaterlandes stets unbesieglich gewesen, fasset euch jetzt ein Herz, an diesen Feinden, die auf heidnische Weise wüten, das fromme Blut eurer Verwandten, welches sie vergossen, zu rächen. In eurem Vaterlande seht ihr ja die Kirchen zerstört, die zur Ehre der Heiligen eures Gottes erbauten und Diener des Herrn von höchstem Range erblickt ihr zu Boden gestreckt. Jetzt, ihr Krieger, frisch auf, die Missethäter selbst habt ihr vor Augen, folget mir, der ich zuerst vom Pferde steigen und das Banner in meiner Hand euch vorantragen will, nicht unsere, sondern des Allmächtigen Schmach rächend, wollen wir im Namen Gottes unsere Feinde angreifen.“ Begeistert durch diese Worte sprangen die Franken, wiewol sie des Fußkampfes längst entwöhnt, nur als Reiter zu fechten gelernt hatten, augenblicklich von den Rossen[15]), alt und jung wurde von gleicher Kühnheit beseelt, nur baten sie den König ihnen den Rücken zu decken, damit sie nicht aus einem Hinterhalte überfallen werden möchten. Der Schlachtruf der Christen, mit dem sie ihren Mut gegenseitig befeuern, dringt zum Himmel, nicht minder das Gebrüll der Heiden, deren Fahnen abschreckende Bilder entrollten.

Die Schwerter wurden beiderseits gezogen und sie trafen

[14]) Ann. Fuld. 891: Nortmanni devastata ex maxima parte Hlotharici regni regione, prope fluvio Dyla, loco qui dicitur Lovonnium sepibus more eorum munitione coepta securi consederunt. ex inproviso enim rex etc., etwas abweichend Regino: illi cernentes acies appropinquare, super fluvium qui Thilia dicitur, ligno et terrae congerie more solito se communiunt.

[15]) Ann. Fuld. (die auch die Worte Arnolfs überliefern): (rex) oculis, cogitatione, consilio huc illuc pervagabatur, quid consilii opus sit, quia Francis pedetemptim certare inusitatum est; Regino: rex felle commotus exercitum iubet descendere et pedestri congressione cum adversariis decertare. qui dicto citius ab equis desilientes vgl. über den Roßdienst der Franken Waitz d. Verfg. IV, 458—461.

auf einander, wie das Eisen auf den Stein: so drangen die Franken in heißem Kampfe in die Verschanzung des Feindes ein, der in langjährigen Sträußen abgehärtet noch nie innerhalb seiner Befestigungen überwältigt worden. Diesmal mußte er nach hartnäckigem Widerstande dennoch zuletzt weichen[16]); indem die Christen kräftig nachdrängten, hinderte der Fluß, der anfangs die Stellung der Dänen gedeckt, nunmehr ihre Flucht. In ganzen Haufen stürzten sie fliehend in seine Wellen hinab, um den Hals, an Armen oder Beinen sich gegenseitig festhaltend und sein Lauf schien durch die Menge der Leichen gehemmt zu werden. Zwei normannische Seekönige, wie ihre Vorgänger, Sigifrid und Gotfrid geheißen, befanden sich unter den Erschlagenen[17]), sechzehn Fahnen, die bei der Einnahme des Lagers erobert wurden, schickte der König als Siegeszeichen nach Regensburg, das er hiedurch um so mehr als seine Hauptstadt anerkannte, als gerade die Baiern gar keinen Antheil an dem Kampfe genommen. Hierauf bestimmte er, daß zum Andenken an diesen glorreichen Sieg, der vielen Tausenden von Feinden das Leben gekostet hatte, während von christlicher Seite nur ein einziger Mann gefallen sein soll, künftig in Löwen am 1. November Bittgänge gehalten werden sollten. Er selbst brachte sogleich mit dem ganzen Heere in feierlicher Prozession Gott seinen Dank für das sichtliche Walten seiner Gnade dar.

Die durch die Niederlage am Geulenbache befleckte deutsche

---

[16]) Ueber die Schlacht an der Dyle vgl. außer den angef. Quellen ann. Alamann., Laubac. 891: Arnulfus rex de Nordmannis triumphavit; Vedast. 891: deo se protegente ipsum cepit castrum, interfecta non modica multitudine Danorum atque hac patrata victoria ita rediit in regnum suum; Chronic. Anglosaxon. 891, Fabii. Ethelwerdi chronic.: post etiam spatio unius anni catervae supradicti exercitus visitant orientales Francorum partes, rex Earnulfus obvius, quorum equestris tandem imbuit certamen, antequam venere gurgite classes. manus Francorum orientalis aderant ibi, Saxones quippe Baiverique, auras dant fugae pagani (die Sachsen und Baiern sind irrig genannt; Mon. Britann. I, 362, 517). Uebertreibend sagt Adam v. Bremen (l. I c. 49, Scr. VII, 301): bellum celitus administratum. siquidem centum milibus paganorum prostratis, vix unus de christianis cecidisse repertus est. et ita restincta est persecutio Nortmannorum, ähnlich Helmold. chron. Slavor. c. 7 (Leibnitii scr. rer. II, 544): qui congregato exercitu fines adiit Danorum eosque multis gravibusque praeliis ad internecionem usque delevit. Martin v. Troppau, dem viele späteren nachschreiben, fügt hinzu: et tunc coepit regnum Normannorum et Danorum cessare, qui 40 annis Galliam vastaverant (Aeneae Sylvii hist. rer. Frider. IV, Argentor. 1685 p. 364).

[17]) Lappenberg (Gesch. v. Engl. I, 341 A. 2) ist hier zur Unzeit kritisch, wenn er diese beiden Könige anzweifelt, weil eine Verwechselung mit früheren gleiches Namens vorliegen könnte, dagegen wage ich nicht (s. eb. 342 A. 2) aus einer so durchaus trüben Quelle, als für diese Zeit die Chronik Alberichs ist (a. 895, Leibnitii access. hist. II, 228 vgl. Villelm. Gemmetic. hist. Normann. I c. 11 bei Duchesne hist. Normannor. scr. p. 221) den Namen Biörns Eisenrippe mit diesen Ereignissen in Verbindung zu bringen, zumal da Berno dux bei Prudentius schon z. J. 858 vorkommt.

Waffenehre war durch die Schlacht an der Dyle glänzend wiederhergestellt worden, Arnolfs Name mit unvergänglichem Ruhme geschmückt, vollständig ausgerottet aber war die normannische Landplage auch durch diesen furchtbaren Schlag nicht. Wenn auch von denen, die sich bei Löwen verschanzt, kaum ein Bote übrig geblieben sein soll, um ihr Unglück den Landsleuten zu melden, so war dort eben überhaupt nicht ihre gesamte Macht im Treffen gewesen. Der bei den Schiffen zurückgebliebene Theil derselben, verbunden mit den versprengten und zerstreuten, fühlte sich noch immer stark genug, um zu Löwen dennoch die Sitze für den Winter aufzuschlagen[18]), während Hasting mit den Seinigen zu Amiens Quartiere bezog. Im Februar 892, da sie Arnolf fern wußten, überschritten jene abermals die Maas und verheerten das linke Rheinufer bis nach Bonn hin mit gewohnter Wildheit[19]). Als sie von dort aufwärts zogen, begegnete ihnen bei Lannesdorf (unweit Mehlem), das von ihnen besetzt worden, eine christliche Streitmacht, doch ohne einen ernstlichen Kampf zu wagen. In der folgenden Nacht entwichen die Normannen aus jenem Dorfe und eilten in größter Schnelligkeit durch die Wälder nach dem Kloster Prüm, das sie vor zehn Jahren schon einmal niedergebrannt hatten. Der Abt Farabert und die Mönche entgiengen dem drohenden Ueberfalle kaum noch im letzten Augenblicke durch die Flucht. In dem Stifte wurde alles verwüstet, einige zurückgebliebene Brüder und viele Hörige des Klosters erschlagen, andre in Gefangenschaft fortgeführt. Endlich eroberten die Heiden noch eine auf steiler Höhe neu erbaute Burg, die zur Zuflucht für die umwohnende Bevölkerung in der Eifel diente und brachten, nachdem sie die ganze Besatzung erschlagen, reiche Beute von dort zu ihren Sitzen. Erst im Herbste dieses Jahres, als eine Hungersnoth die westlichen Gegenden heimsuchte, brachen die Heiden von ihren Quartieren bei Löwen auf, verließen das ostfränkische Reich und segelten auf 250 Schiffen von Boulogne aus, mit reicher Beute nach dem gegenüberliegenden Kent[20]). Jetzt also wurde Lothringen erst völlig von dieser Geisel befreit, die seitdem nicht wiedergekehrt ist.

---

[18]) Ann. Vedast. 891: Nortmanni, qui huc illucque dispersi erant adunati in eodem loco iterum sibi sedem firmant; Regino erwähnt 891 ihre Flotte und 892 Nordmanni, qni ad naves remanserant. Vgl. auch die angelsächs. Nachrichten, zumal Florent. Wigorniens. 892 (a. a. O. 564): priusquam illo classes eorum venire poterant, imperator Arnulfus ... contra pedestrem exercitum pugnam iniens in fugam vertit.

[19]) Diesen Streifzug erzählt nur Regino 892. Die Bestimmung der Lage des von ihm erwähnten Landulfesdorf verdanke ich einer Mittheilung des Hrn. Dr. Ernst aus'm Weerth.

[20]) Ann. Vedast. 892: Nortmanni vero a Luvanio regressi videntes omne regnum fame atteri, relicta Francia tempore autumni mare transierunt (vorher ist schon von der Hungersnoth die Rede, die so groß war, ut accolae terrae prae magnitudine famis sua reliquerint loca, dieselbe erwähnen die chron. Andegav. 892 bei Labbé bibl. I, 285: quem (sc. cometam) sub-

Von dem Schlachtfelde von Löwen wandte sich Arnolf zunächst nicht nach Baiern, sondern nach Schwaben und begieng das Weihnachtsfest 891 ausnahmsweise in Ulm[21]). Außer der Widersetzlichkeit, auf welche er in diesem Jahre bei den Alamannen gestoßen war, bewog ihn dazu vielleicht auch noch der Umstand, daß am 10. August dieses Jahres die Stadt Regensburg bis auf zwei Kirchen niederbrannte[22]) und daher jetzt keinen passenden Raum zur königlichen Wohnung bot.

Durch den jähen Tod des Erzbischofs Sunderold, eines wie es scheint, wenig hervorragenden Mannes, war die Mainzer Metropole erledigt worden und sie wurde noch im Laufe dieses Jahres neu besetzt, indem Arnolf seinen Günstling, den Abt Hatto von Reichenau und Elwangen zum Nachfolger des h. Bonifacius weihen ließ. In jeder Hinsicht mußte der Erwählte seines erhabenen Berufes würdig erscheinen:[23]) aus guter Familie, wahrscheinlich ein Verwandter des früheren Erzbischofs Liutbert, in allem Wissen jener Zeit gründlich bewandert, von unerschöpflicher Gewandtheit des Geistes, die auch aus den schwierigsten Lagen Auswege zu finden wußte, mit dem durchdringendsten Scharfsinne gepaart, genoß er die Gunst des Königs Arnolf schon seit seiner Thronbesteigung, der ihn, wie es in einer Urkunde heißt, jetzt zum Bisthum Mainz beförderte, weil er ihn in allen göttlichen und menschlichen Angelegenheiten fromm und klug erfunden. Als er bei diesem Anlaß auf die Abtei Reichenau verzichtete, wählten ihn die Mönche sogleich wieder zu ihrem Vorsteher, um sich dadurch dem Könige gefällig zu beweisen und dieser säumte nicht zum Danke durch eine

---

secuta est validissima siccitas toto Aprili ac Maio. IV autem Id. Maii et XVII Kal. Iun. ita immensum gelu vineas et sigalum decoxit, ut per omnem Franciam, Burgundiam et Neustriam et partem Germaniae modicum quid colligeretur.); Regino 892: oneratisque navibus cum omnibus copiis transmarinas repetunt regiones; Chronic. Anglosaxon. 893, Ethelwerdi chronic., Florent. Wigorniens. 893: classicus et equestris paganorum exercitus orientalem Franciam deserens Bononiam adiit indeque simul cum suis equis CCL navibus Cantiam transvectus etc. vgl. Lappenberg a. a. O.

[21]) Ann. Fuld. 892: rex de Francia cum victoria in Alamannia, curte regia Ulma honorifice natalem domini celebravit.

[22]) Eb. 891: divina ultione mirum in modum subito incensa; Ann. Corbeiens. 891 (Scr. III, 3), Alamann. 891: Radaspona igni crematur; St. Emmerammi 890 (Scr. I, 94): sic cremata est Radisbona.

[23]) Ueber seine Herkunft s. S. 343 A. 50. Regino widmete ihm seine 2 Bücher de synodalibus causis (p. 1 ed. Wasserschleben): non temere arbitratus, aut omnium librorum copiam vestris armariis deesse aut vestri excellentis ingenii prudentiam quicquam latere, qui locum vestrae celsitudini caelitus commissum dignitate nobilitatis famosis praeconiis extollitis, qui tantus in omni genere philosophiae estis, ut solus nobis repraesentetis hac decrepita aetate ingenia philosophorum, de quibus illa sollers latialis antiquitas gloriata est; Ann. Fuld. 891: Haddo ... homo subtilis ingenii; Contin. Reginonis 912: Hatto ... vir adeo strenuus et prudens; Widukind. l. I c. 22: Hatho acutus consilio, acer ingenio et qui varietate sibi consueta multos mortales praecederet.

zu Zusmarshausen bei Augsburg am 21. Januar 892 ausgestellte Urkunde dem Kloster den Königsschutz, die freie Abtswahl und alle seine Besitzungen zu bestätigen[24]). Als Erzbischof von Mainz blieb Hatto auch ferner Arnolfs vertrautester Rathgeber und stand ihm bei allen wichtigen Unternehmungen, wie namentlich seinen Römerzügen hilfreich zur Seite, so daß nachmals im Munde des Volkes für ihn die Benennung aufkam „das Herz des Königs.“

Nur vorübergehend war Arnolf um die Schmach der Niederlage zu tilgen, an die Westgrenze seines Reiches geeilt. Sobald er jenen Flecken von der deutschen Waffenehre abgewaschen, kehrte er daher im Februar 892 nach Baiern zurück, und begab sich über Oetting in die Ostmark[25]), in der Hoffnung, daß dort der Herzog Suatopluk, wie er ihm versprochen, sich zu einer Zusammenkunft stellen und wegen aller streitigen Punkte Genugthuung leisten würde. Der Erwartete aber blieb aus und brach hiedurch selbst die Unterhandlungen ab, die seit dem Anfange des vorigen Jahres mit ihm gepflogen worden: der Krieg wurde unvermeidlich. In tiefem Grimme hielt Arnolf sogleich zu Hengstberg (bei Wildon) Zwiesprache mit dem Herzoge Brazlavo, der als sein Vassall über die Slovenen zwischen Sau und Drau im unteren Pannonien gebot und zu den Gegnern des mährischen Reiches gehörte, um mit ihm gemeinsam zu überlegen, durch welche Mittel und Wege dasselbe am besten bewältigt werden könne und es wurde beschlossen, den Krieg gegen Mähren mit drei Heeren zugleich zu eröffnen. Nicht bloß mit den Streitkräften des bairischen Stammes allein, wie es früher stets der Fall gewesen, wollte der König den Kampf gegen den aufsässigen Vassallen aufnehmen, sondern Baiern, Schwaben und Franken mußten diesmal zugleich ins Feld rücken.

---

[24]) Dümgé reg. Bad. p. 82: nos Hathonem venerabilem Angiensis monasterii abbatem ac monachum ... quia eum in divinis et humanis negocis religiosum acutumque agnovimus salubri fidelium nostrorum consultu Magontiae civitatis archiepiscopum fieri censuimus, worauf er formidans fratribus ipsis ... posse inde aliquod periculum vel scandalum oriri die Abtswürde niederlegte, nos quoque tam salutiferam petitionem libentissime audientes eorum arbitrio concessimus, wen sie aus ihrer Mitte wählen wollten, illi etiam, quia prius ipse eos in suis necessitatibus bene procuravit et maxime ob nostrum amorem, quod nobis aptum esse cognoverunt, sibi abbatem preesse ... pari et communi voto denuo deliberaverunt. at nos pio monitu eiusdem antistitis in recompensationem bonae voluntatis eorum seduleque orationis praesens praeceptum conscribi iussimus etc.; Ekkehardi casus St. Galli (Scr. II, 83): quem cor regis nominabant; Annalista Saxo 893 (Scr. VI, 589): post Sunzonem Hatto ... antecessori moribus longe dissimilis. Bei Marianus Scottus a. 918 (Scr. V, 553) findet sich der Anfang eines Schreibens des Papstes Formosus, mit welchem er Hatto das Pallium übersandte.

[25]) Ann. Fuld. 892: inde Orientem proficiscitur, wahrscheinlich zwischen dem 15. Febr., an dem wir ihn in Oetting finden (B. 1093) und dem 3. April, an dem er sich zu Salzburg (Kleimayrn Juvavia Anh. 117) aufhielt. Die Lage von Hengistfeldon hat Kopitar (Glagol. Clozianus p. LXXII) zu bestimmen versucht.

Wahrscheinlich hielt Arnolf, den wir am 10. Mai zu Forchheim finden, dort auch in diesem Jahre, wie in den vorhergehenden eine Reichsversammlung ab, um den gemeinsamen Feldzug vorzubereiten[26]). Am 30. Juni befand er sich zu Oetting, am 2. Juli zu Ranshofen[27]), gleich darauf überschritt er die mährische Grenze und durchzog mit seinen zahlreichen Truppen vier Wochen lang verwüstend das feindliche Gebiet. Die Mährer bargen sich hinter den Mauern ihrer Städte und Burgen, das platte Land dem Feinde überlassend, der sich damit begnügen mußte, durch Vertilgung der Saaten und Umhauen der Fruchtbäume sowie durch Niederbrennen der Gebäude möglichst großen Schaden anzurichten. In diesem traurigen Werke der Zerstörung leistete dem deutschen Könige ein ungrischer Reiterschwarm treulich Beistand, der ihm aus dem fernen Osten zugezogen: der Vorbote unsäglichen Unheils, welches dies wilde Volk bald über Mähren wie über Deutschland bringen sollte.

Um den Mährern noch weiterern Abbruch zu thun, schickte Arnolf nach der Rückkehr von dem Feldzuge, im September Gesandte an den Bulgarenkönig Wladimir, den ältesten Sohn und Nachfolger Michaels, um das Bündnis zu erneuern, welches sein Großvater Ludwig einst mit dem Fürsten Michael abgeschlossen, und ein Verbot der Salzausfuhr von Bulgarien nach Mähren zu erwirken. Die Gesandten, die wegen der Unsicherheit Pannoniens ihren Weg zu Wasser auf der Kulpa und Sau durch das Reich Brazlavos nahmen, wurden mit den Geschenken, die sie überreichten, von Wladimir ehrenvoll empfangen und kehrten auf demselben Wege im Mai 893 mit Gegengeschenken wieder heim[28]).

Gleichzeitig mit dem Kriege gegen Mähren, doch ohne inneren Zusammenhang damit unternahm der streitbare Bischof Arno von Wirzburg auf den Rath des thüringischen Markgrafen Poppo an der Spitze eines fränkischen Heeres einen Zug nach Böhmen, vermutlich in der Hoffnung diesmal größere Erfolge als sonst zu erzielen, da den Czechen der mährische Beistand fehlte. Auf dem

[26]) Die Urk. vom 10. Mai bei Dronke p. 293; am 25. Apr. befand sich A. in Regensburg (B. 1094, 1095), am 31. Mai wieder in Regensburg (B. 1096 vgl. Archiv f. Kunde östr. Geschichtsq. XI, 63). Die 3 Heere erkläre ich durch die Worte: assumptis secum Francis, Baioariis, Alamannis.

[27]) Aus Oetting ist B. 1097, ad curtem regiam, quae Rantesdorf nominatur eine ungedr. Urk. für St. Gallen datiert. Den Zeitpunkt bestimmen die ann. Fuld.: rex equidem ... mense Iulio Maravam venit. ibi per quatuor epdomadas etc. vgl. ann. Alamann. 892: Arnolfus rex contra Maravenses pergebat; Laubac. 892: Arnolfus rex cum exercitu suo in Maraha terramque devastavit; Regino 890: Arnolfus cum exercitu regnum Marahensium ingressus cuncta quae extra urbes reperit, solotenus demolitus est. Ueber die Art der Kriegsführung vgl. I, 371, über die Ungern weiter unten.

[28]) Ann. Fuld. 892; Vita S. Clementis c. 19: *διαδέχεται δὲ τὴν ἀρχὴν ὁ τούτου υἱὸς Βλαδίμηρος, τέταρτον δὲ ἔτος ἐπιβιοὺς τῇ ἀρχῇ ἐξ ἀνθρώπων ἐγένετο* vgl. über Michael I, 528.

Rückzuge aber widerfuhr ihm und den Seinigen schweres Misgeschick: im Kampfe gegen den sorbischen Stamm, der in dem Gau Chutizi an der Chemnitz saß, wurde Arno am 13. Juli gleich beim ersten Zusammenstoße niedergehauen, seine Gefährten ergriffen bald darauf die Flucht, auf der sie durch einen gewaltigen Platzregen gehemmt die schwersten Verluste erleiden mußten. Ein thüringischer Edler Heio glaubte seine Rettung aus dieser blutigen Niederlage nur der Fürbitte des h. Wigbert zu Hersfeld zu verdanken[29]). An der Stätte von Arnos Untergange wollte man später Lichtflammen beobachten, zum Zeichen, daß hier Märtyrer ihr Leben geendigt und die Nachkommen derer, die ihn erschlagen, verehrten ihn als Heiligen, indem zur Erhöhung seiner Verdienste berichtet wurde, daß ihn das feindliche Schwert nicht im Treffen, sondern bei der friedlichen Meßfeier in seinem Zelte hingewürgt habe. Das Reich verlor an ihm einen tapfern und thatkräftigen Mann, der sich mit Slaven und Normannen öfter rühmlich geschlagen. Um sein Bisthum, dem er seit dem J. 855 vorstand, hatte er sich u. a. durch die Stiftung von 10 neuen Kirchen verdient gemacht, von denen sich eine in Wirzburg selbst befand[30]).

---

[29]) Regino 892: Arnt Wirziburgensis ... episcopus hortatu et suasione Popponis Thuringorum ducis ad pugnam contra Sclavos profectus in eadem pugna occiditur; Miracula S. Wigberhti c. 11 (Scr. IV, 225): vir quidam in Turyngia nobilis ... nomine Heio (vgl. über ihn unten A. 33) huiusmodi ... solitus erat narrare miraculum: duces ac primates Francorum in procinctu prelii contra Sclavos constitutos ... duri eventus excipiunt ... cumque pugnae materies in manibus habebatur, in primo congressu Arn episcopus occubuit atque exinde totum pondus certaminis cruentissima strage in nostros conversum est ... undique cedes, undique mortes, infelix illa dies miserabiles nostratibus infixerat clades etc.; Thietmari chronic. l. I c. 3 (Scr. III, 735): non longe a predicto amne (sc. Caminizi) in pago Chutizi dicto Arn episcopus ... ab expeditione Boemiorum reversus ... cum missam caneret hostili circumvallatus agmine premissisque omnibus per martirium suimet consociis semet ipsum obtulit deo patri a. d. 892 ... et sanctos dei martires hos esse nec Sclavi dubitant; Ann. Hildesheim. (Ottenbur.) 892: Arn episcopus occiditur. Den Todestag bestimmen eine Inschrift der Wirzburger Kathedrale (Eckhart comment. II, 730), Ekkehardi chronic. Wirziburg. (Scr. VI, 28 vgl. ann. St. Albani 891, Scr. II, 241): III Id. Iul. Arn Wirciburgensis episcopus in Saxonia occisus est inter missarum sollemnia; sedit annos 36 mens. 7 dies 12; Necrol. Fuld. mai. 892: Arn episcopus III Id. Iul. (Necr. Fuld. min. hat nur das Jahr; Boehmer fontes III, 153, 155); Necrol. Merseburg. (Höfer Zeitschr. I, 117). Die Abweichungen Thietmars und Ekkehards über die Todesart sind vielleicht daraus entsprungen, daß man einen Bischof nicht wollte im Kampfe fallen lassen. Ueber den Gau Chutizi s. Zeuß die Deutschen S. 644.

[30]) Thietmari chron. a. a. O.: predictus antistes in diebus offitii suimet in urbe Wirciburgensi unum domino templum et in episcopatu suo ad instar eiusdem aecclesias 9 in 10 annis (!) fecit. Die Urk. Arnolfs für ihn Mon. Boica XXVIII[a], 92 flg., Eckhart comment. II, 892 (B. 1070—1072, 1074); er wird dort (p. 96) Arn honorabilis episcopus ac dilectus familiaris noster genannt. Arno erwarb 877 die Abtei Schwarzach, der früher die Töchter Ludwigs des D. vorstanden (Eckhart II, 630).

Arnolf schätzte ihn persönlich hoch und bestätigte ihm auf sein Verlangen im J. 889 alle von seinen Vorgängern verliehenen Freiheiten und Besitzungen, darunter die vierzehn Kirchen der Main- und Rednitzslaven und den Zehnten der in Ostfranken von Alters her zu entrichtenden Abgabe, welche Steuer oder Osterstufe geheißen in Honig und Gewändern bestand.

In demselben Jahre, in dem Arno sein Ende gefunden, wurde der Graf Poppo von der Sorbenmark abgesetzt und seine Lehen ihm entzogen[31]). Die Vermutung liegt nahe, daß dies eben deshalb geschehen sei, weil der Bischof von Wirzburg auf seinen Rath und vielleicht ohne seine ausreichende Unterstützung jenen unglücklichen Zug unternahm. So ereilte ihn jetzt erst die gerechte Strafe für jene blutige Fehde, die er zum größten Unheil des Landes unter der Regierung Karls III. wider den fränkischen Grafen Egino geführt. Poppo, der Bruder jenes einst so mächtigen Grafen Heinrich, der vor Paris normannischer Arglist erlag, genoß anfänglich der Gunst Arnolfs, der sogar das Erzbisthum Mainz auf seinen Vorschlag an Sunderold verlieh und als dessen Bevollmächtigter er im J. 891 der Wahl des Abtes Huggi von Fulda beiwohnte, auch blieben seinen Söhnen Adalbert und Poppo († 945) nachmals Grafschaften in den fränkischen Gauen Grabfeld und Tullifeld an der Werra und an der Rhön.

Die sorbische Mark dagegen ward dem fränkischen Grafen Konrad übergeben, dessen jüngerer Bruder Rudolf trotz großer Beschränktheit des Geistes, durch die Gunst des Königs gleichzeitig zum Bischof von Wirzburg ernannt wurde[32]). Zum erstenmale

[31]) Ann. Fuld. 892: Poppo dux Thuringorum honoribus privatus est; Regino 892: Boppo dux dignitatibus exspoliatur et ducatus, quem tenuerat Chuonrado commendatur. Vgl. Annalista Saxo 891 (Scr. VI, 588): Hugo prepositus presentibus legatis regis Thiotbaldo et Poppone electus. Ueber Sunderold s. S. 330 A. 6. Am 21. Juli 889 schenkte A. per quorundam procerum nostrorum admonitionem videlicet Pobhonis et Deotpoldi Güter an Fulda (Dronke p. 289, B. 1061), desgl. am 12. Jan. 891 per interventum Popponis marchionis nostri der Frau Friderun einige Güter im Folkfelde (Mon. Boica XXXI[a], 132, B. 1086). Eine Tradition des Priesters Martin in pago Graphelde an Fulda cum consensu sui domini Bobbonis unterschrieben Bobbo comes. Adalbraht. Bobbo filii eius; in einem Tauschvertrage vom J. 901: in pago Grabfelde et Tullifelde in comitatu Adalbrahtes; in der Urk. Ludwigs von 906: in pago Folcfelda (corr. Grahfelda) in comitatu Popponis; in einer Tradition: in pago Tullifelde in comitatu Adalhraht; Urk. Heinrichs von 922: in Buochunna ... in pago Grapfeld nuncupato in comitatu Bohbonis u. s. w. (Dronke cod. dipl. p. 286, 297, 300, 307, 311, 313, 320) vgl. Knochenhauer Gesch. Thüringens S. 33.

[32]) Regino 892: cuius (sc. Arnonis) cathedram Ruodolfus licet nobilis stultissimus tamen, frater scil. Chuonradi et Gebehardi comitum obtinuit. Ueber die Herkunft und Besitzungen dieser Brüder wird später gehandelt werden. Von den auf ihre Verwendung ausgestellten Urk., die v. Gagern (p. 88) aufzählt, gehört B. 1038 nicht hieher, weil dort ein elsässischer Graf Eberhard gemeint ist. B. 1041 für Lorsch vom 3. Juli 888 per interventum Cunrati et Gaganhardi (Gebehardi?) fidelium nostrorum; Urk. vom 19. Mai

treten diese Brüder, zwischen denen noch zwei andre, Gebhard und Eberhard standen, bei dieser Gelegenheit in bedeutender Stellung hervor, um dann während der Regierung Arnolfs und seines Sohnes stets an Macht und Ansehen zu wachsen. Mit dem Könige verwandt, vielleicht durch seine Gemahlin Ota, aus einer edlen Familie entsprossen, wahrscheinlich als Enkel des unter Ludwig dem Fr. hochangesehenen Grafen Gebhard vom Lahngau, in Hessen und am Mittelrheine reichbegütert und mit Grafschaften ausgestattet, würden sie in Franken unbedingt die erste Rolle gespielt haben, wenn nicht die Söhne Heinrichs ihnen den Vorrang streitig gemacht hätten. Die thüringische Mark übrigens verwaltete Konrad nur kurze Zeit und gab sie freiwillig wieder auf, worauf sie dem wackern Grafen Burchard übertragen wurde[33]).

Der König begab sich indessen von Baiern zum Anfang November nach Frankfurt, wo er bis in den Januar des folgenden Jahres verweilte[34]), um dann das Gebiet des deutschen Stammes zu besuchen, der ihm bisher am fernsten gestanden, der Lothringer. Sicherlich bedurfte dies Land ganz besonders dringend der Gegenwart des Herrschers, da hier in höherem Maße als in den andern Theilen des ostfränkischen Reiches Unsicherheit, Räubereien und Gewaltthaten zum täglichen Brote gehörten. Die schlaffe Regierung Lothars II., die schwankenden Besitzverhältnisse nach seinem Tode und die wüste Erhebung seines Sohnes Hugo, endlich die Verwüstungen der Normannen erklären diesen Zustand hinlänglich. So eben erst hatte eine blutige That, die eine allgemeine Erschütterung hervorrief, von der zügellosen Wildheit der lothringischen Großen erschreckendes Zeugnis abgelegt:[35]) Megingaud, einer der

---

891 für den Abt Stephan von St. Evre (Bouquet IX, 365): rogatu et ammonitione Chonradi dilecti comitis et nepotis nostri; B. 1098 (Erhard I, 39) vom 3. Nov. 892 für Herford auf Bitte der Bischöfe Wikbert und Biso una cum Chuonrado fideli comite nostro; B. 1126 (Dronke p. 294) vom 28. Jan. 897 Bestätigung eines Tauschvertrages des Abtes Huki von Fulda cum Chunrado dilecto comite nostro.

[33]) Regino 892: deinde Burchardo comiti committitur, qui hunc hactenus strenue gubernat. In den Miracula S. Walburgis c. 3 (Acta sct. Febr. t. III, 537) kommen im J. 895 duo a regione Tyringia Burchardi comitis milites Deitharius atque Heio vor; im J. 903 wird auf einem Reichstage Burkhard marchio Turingionum genannt (Neugart I, 525, B. 1190). Ich glaube nicht, daß aus den Worten Reginos auf eine mehrjährige Wirksamkeit Konrads in Thüringen geschlossen werden kann, wie es Knochenhauer (Gesch. Thüringens S. 43) will, sicher legte er nach der angef. Stelle Wolfhards sein Amt schon vor 895 nieder.

[34]) Die erste Urk. nach dem mährischen Feldzuge ist aus Lentinchovon (Pleinting an der Donau) vom 4. Okt. datiert (Mon. Boica XXXI[a], 142), die nächsten vom 3. Nov., 7. Dez. 892, 6. Jan. 893 aus Frankfurt (B. 1098—1100). Die letzte ist erlassen cum consensu procerum caeterorumque circumstantium fidelium nostrorum auctoritate (Neugart I, 491), also auf einer Versammlung der Getreuen.

[35]) Ueber seinen Tod, der in monasterio sancti Xysti, quod vocatur Rotila (Retel bei Sierk an der Mosel) erfolgte, s. Regino 892 (vgl. 896 und

angesehensten Männer des Landes, Graf der Gaue Wormsfeld und Maienfeld (am linken Moselufer) wurde am 28. August zu Retel von Alberich, einem der früheren Spießgesellen Hugos und mehreren Gefährten meuchlings ermordet. Mit dem Könige Odo verwandt hatte Megingaud auch dem ostfränkischen Fürstenhause nahe gestanden. Ludwig der Deutsche schickte ihn im J. 876 als Gesandten an Karl, an Arnolf schloß er sich gleich anfangs an und empfieng von ihm als Lohn seines Uebertrittes die reiche Abtei St. Maximin bei Trier, die eben erledigt war. Ein Strafwunder des Heiligen, den er in keckem Uebermute seinen Knecht genannt, erschreckte ihn so, daß er demselben fortan die größte Verehrung bewies und zur Beschwichtigung seines Zornes den Mönchen im J. 888 die Schenkung des Meierhofes Rübenach bei Arnolf auswirkte[36]). Seine Ermordung, die nachmals an dem Mörder in gleicher Weise geahndet wurde, rief in Lothringen eine blutige Fehde hervor, so daß sogar der Papst Formosus sich veranlaßt sah, die Erzbischöfe von Reims und Köln zur Beilegung dieser ärgerlichen Händel aufzufordern[37]).

über Alberich 883), seine Gemahlin erwähnt in den Mirac. S. Walburgis (a. a. O. 535): Gisila matrona pernobilis, uxor Burchardi Walachonis comitis filii, quae antea matrimonio iuncta fuerat comitis Megingaudi. Ueber seine Gesandtschaft an Karl I, 847. Als Graf im pago Vurmacense erscheint er 868, 870, 889 (in pago, qui vocatur Wormazfelda in comitatu Megingaudi) b. Beyer mittelrh. Urkb. I, 115, 117, Dronke p. 289, B. 827, 1061, am 23. Jan. 888 wird er von Arnolf als quidam fidelis noster comes nomine Megingoz genannt in pago Meinifeld dicto in comitatu ipsius (Beyer I, 131, B. 1029). Hinkmar von Reims vertraute ihm Besitzungen seiner Kirche zu Boppart, Kusel und Altenglan zur Beaufsichtigung an (Flodoard. hist. Rem. eccl. III c. 26: Maingaudo cuidam amico suo vgl. IV c. 6, p. 357, 467; Sigehardi mirac. S. Maximini c. 13: comes quidam nomine Ruobertus germanus illius ... Megingaudi fuit, cuius praedia in pago Naachgowe Maximini ac Remigii conlimitantia praediis adiacebant; Scr. IV, 232). Auch in einer Urk. für Echternach wird eine Schenkung der Berktrudis in pago Megininse und in comitatu Megingaudi gemacht in dem damit unvereinbaren 8. J. Arnolfs (Cod. Eptern. f. 65').

[36]) Sigehard. c. 8, 9 (p. 231): cuidam Megingaudo regni huius duci, qui tunc forte aderat, abbatia ab imperatore donata est etc. Die von ihm erwirkte Urk. (nec prius ... obsecratione circa regem destitit, quam regalem fiscum Ribiniacum nomine fratrum usibus acquisisset) ist B. 1029, mithin muß die Schenkung des Klosters an ihn in die erste Regierungszeit Arnolfs fallen.

[37]) Schreiben des Formosus an Hermann v. Köln (Leonis papae VIII privileg. ed. Floss, dipl. p. 133): Plurimis apostolorum principum suffragia convenientibus conperimus, Magingotum videl. illustrem virum ab Alberico peremptum, unde patet ineffabiles inimicitias insurrexisse etc.; Flodoard. hist. Rem. IV c. 3 p. 434: item (Formosus) scribit ipsi (Fulconi) pro discordia sedanda, quam audierat insurrexisse pro Manigauldi ab Alberico perpetrata interemptione. — Seit dem Anfange des 13. Jahrh. wurde Megingaud unter dem Namen des h. Mengold zu Huy in Belgien, wo damals seine Reliquien auftauchten, als Märtyrer verehrt und dazu ihm eine durchaus fabelhafte Lebensgeschichte angedichtet (Vita S. Mengoldi in den Acta sct. Febr. t. II, 191—196, Notae Aureaevallens. 896, Scr. XVI, 682, Al-

Wir wissen nicht, welche Maßregeln der König in dieser Angelegenheit ergriff, als er vor der Fastenzeit 893 Lothringen besuchte. Aus dem Umstande aber, daß er einen Theil der durch Megingauds Ableben erledigten Lehen, darunter auch St. Maximin seinem unehelichen Sohne Zwentibald übergab[38]), läßt sich schließen, daß er, vielleicht durch die Schwangerschaft seiner Gemahlin bewogen, die jenem die Hoffnung auf die Nachfolge abschnitt, schon jetzt an eine Versorgung seines Erstgeborenen in dem ehemaligen Reiche Lothars dachte. Er besuchte „des Gebetes halber," wie unsere Quelle[39]) meldet, mehrere Bischofssitze und Klöster und empfieng von den Bischöfen überaus reiche Geschenke. Indessen kam auch er keineswegs mit leeren Händen: dem Bischof Arnold von Toul, der sich einst erdreistet hatte, dem Welfen Rudolf die Krone von Lothringen aufs Haupt zu setzen, nun aber seine Schuld reuig beweinte, gab Arnolf am 2. Februar zu Floringen, die ihm zur Strafe entzogenen Abteien St. Germain und St. Evre für ewige Zeiten zurück; dem Trierer Domkapitel bestätigte er auf Bitte des „geliebten" Erzbischofs Ratbod, den er schon früher mehrfach bedacht hatte, alle seine Einkünfte und Pfründen (am 7. Februar), dem Bischof Dado von Verdun schenkte er die Abtei Montfaucon.

Das engere Verhältnis zwischen dem Könige und der lothringischen Geistlichkeit, durch welches jener die künftige Wahl seines Sohnes Zwentibald vorzubereiten gedachte, äußerte seine Wirkungen auch in dem Zusammentritte einer Trierer Provinzialsynode zu Metz am 1. Mai 893, die als die erste nach langer Zeit in dem verwilderten Volke, das der kirchlichen Strafen sehr wenig achtete, wieder Zucht und Ordnung mit größerer Strenge einzuführen

berici chronic. 1224, Leibnitii access. hist. II, 513 vgl. dazu Dnemmler de Arnulfo p. 201 flg.).

38) Regino 892: honores Megingaudi comitis ex parte. Daß dazu die Abtei St. Maximin gehört habe, vermutet Wittich (Entstehung des Herzogth. Lothr. S. 25 A. 2) wohl mit Recht.

39) Ann. Fuld. 893: ante quadragesimam (d. h. vor dem 21. Febr.) rex per totam occidentalium Francorum provintiam monasteria episcopatus causa orationis obibat; Regino 893: Arnolfus Baioaria egressus Franconofurt venit et Rhenum transiens civitates, quae in regno Hlotharii sunt, ex maxima parte circuivit, in quo itinere ingentia dona illi ab episcopis oblata sunt. In der Urk. für Arnald (Bouquet IX, 366, B. 1101 vgl. B. 1092 oben S. 319 A. 57) heißt es: postmodum vero (Arnaldus) reatus sui culpam cognoscendo deflens ad nostram adiit pietatem et debitam nobis exhibens fidelitatem nostram confugit ad clementiam et pro tali praesumptione indulta venia, si quid deliquit donavimus. Die Urk. f. Trier (Beyer I, 139, B. 1102) ist auf Bitte des Ratpot venerabilis atque dilectus Trevirensis civitatis archiepiscopus zu Treviris ausgestellt. Demselben Ratbod bestätigte Arn. 22. Okt. 888 die Abtei Metlach und schenkte er 1. Juli 889 die St. Servatiusabtei zu Maastricht (eb. 135, 136). Die nicht mehr vorhandene Urk. für Dado wird von ihm selbst erwähnt (Scr. IV, 38).

strebte [40]). Hiebei rechneten die Bischöfe vorzüglich auch darauf, daß ihnen die Autorität Arnolfs zu Hilfe kommen würde, für den sie ein allgemeines Kirchengebet anordneten. Aus ihrer Schilderung erkennen wir den traurigen Zustand des Landes, das von den einheimischen Großen kaum minder schwer heimgesucht wurde als durch die Normannen und unter häufiger Hungersnoth litt.

Von dem Besuche Lothringens zurückkehrend treffen wir Arnolf in Begleitung des Erzbischofs Hatto schon am 11. Februar wieder in der Pfalz Ingelheim und im Juni sodann in Regensburg [41]). Hier beschäftigten ihn zunächst, bevor er an die Fortsetzung des mährischen Krieges gieng, die Angelegenheiten der südöstlichen Marken, in denen das Geschlecht des Grafen Wilhelm einem jähen Untergange zueilte. Trotz der heftigen Feindschaft, die vor zehn Jahren zwischen Arnolf und dem von Karl eingesetzten Markgrafen Aribo entbrannt war, hatte der letztere doch bei dem Regierungswechsel den Traungau und die Ostmark behalten, sei es daß eine wirkliche Aussöhnung eingetreten war, sei es daß jeder zureichende Grund zu seiner Absetzung fehlte [42]). Die Söhne seiner Vorgänger, welche das von ihnen selbst heraufbeschworene Unglück ihres Hauses überlebt hatten, wurden durch anderweitige Grafschaften an der Grenze entschädigt. Engelschalk, der Sohn des gleichnamigen Grafen entführte in jugendlicher Keckheit eine uneheliche Tochter des Königs und floh mit ihr nach Mähren, bald söhnte er sich jedoch mit Arnolf aus, erwarb seine Gunst und erhielt einen Theil der Ostmark neben Aribo [43]).

---

[40]) Beyer I, 132—135 zum 1. Mai 888. Mit Sirmond (Conc. Galliae III, 689) halte ich jedoch dafür, daß die Jahreszahl DCCCLXXXVIII in LXXXXIII geändert werden muß, weil sonst die Metzer Synode allzunahe mit der Mainzer zusammenfallen würde und weil ferner Arnold v. Toul am 1. Mai 888 sich ohne Zweifel Arnolf noch nicht unterworfen hatte, die Synode aber ordnet c. 9 ein Gebet pro domno rege Arnulfo an und spricht c. 1 in Bezug auf die Uebelthäter die Hoffnung aus: velint nolint pro timore etiam gloriosissimi nostri senioris Arnulfi regis ad satisfactionem venire faciemus.

[41]) Zu Ingelheim machte A. St. Maximin eine ausgedehnte Schenkung, quia Hatto venerabilis ac dilectus archiepiscopus noster pio monitu postulavit clementiam nostram (Beyer I, 140), zu Regensburg bedachte A. 5. und 23. Juni das Kl. Metten und den B. Engelmar von Passau (Mon. Boica XI, 435, XXXIa, 143).

[42]) Aribo (vgl. oben S. 226) erscheint als Graf im Traungau Mon. Boica XXVIIIa, 87, XXXIa, 120, 126; im Grunzwitigau (Kleimayrn) Juvavia Anh. 118; zu Melk (in comitatu Arbonis in loco Medelicha) eb. 117 und in den ann. Fuld. 898 wird er marchio genannt.

[43]) Ann. Fuld. 893 ... marchensis in Oriente effectus est, vielleicht im oberen Pannonien, jedenfalls neben oder unter Aribo. Im J. 889 machte A. eine Schenkung an Lüttich per quorumdam procerum nostrorum Engilscaldi (corr. calci) videl. et Iringi interventum (Miraei opp. diplom. I, 650, B. 1069) desgl. an seinen Vassallen Regenhard rogatu Asperti episcopi et Engilscalci comitis fidelium nostrorum (Juvavia Anh. 110 o. J.). Die entführte Tochter ist vielleicht die in einer Urk. Konrads vom J. 914 erwähnte

Durch willkürliches und eigenmächtiges Verfahren zog er sich hier so sehr die Abneigung der bairischen Großen zu, daß er im J. 893 in der königlichen Pfalz zu Regensburg, wo er unvorsichtig in ihrer Mitte erschien, nach ihrem Urtheilsspruche geblendet wurde. Sein Vetter Wilhelm, der hiernach für seine Sicherheit besorgt, Boten an den Herzog Suatopluk geschickt hatte, erlitt deshalb den Tod als Hochverräther. Der Bruder des letzteren endlich Rudbert, der einer Grafschaft in Kärnten vorstand, suchte nun gleichfalls eine Zuflucht in Mähren, ward aber daselbst auf Befehl Suatopluks mit allen seinen Begleitern meuchlings ermordet. Ihre gesamten Besitzungen zu beiden Seiten der Donau wurden eingezogen und giengen zum Theil (22. Okt.) an das von Tassilo gestiftete Kloster Kremsmünster über, dessen damaliger Abt Snelpero sich der ganz besonderen Huld des Königs erfreute und von ihm wiederholte Vergabungen empfieng[44]). So traf die Nachkommen jener ruhmreichen Markgrafen Wilhelm und Engelschalk zur Vergeltung des einst von ihnen angestifteten Unheils sämtlich ein frühzeitiges und schmähliches Ende.

Auf diese traurigen Ereignisse folgte im Sommer der Feldzug gegen Mähren[45]), das wiederum wie im vorigen Jahre zum

Ellinrata (Mon. Boic. XXVIII[a], 148). Ueber Engelschalks Ausgang sagen die ann. Fuld. etwas dunkel: ibi audacter contra primores Baioariae in rebus sibi summissis agens, iuditio eorum Radaspona urbe incaute palatium regis prolapsus nec regi praesentatus obcaecatus est vgl. ann. Alamann. 893: Wilhelm occisus, Engilscalch obcecatur. Ruodpertus occiditur; der letztere ist ohne Zweifel der in den ann. Fuld. nicht genannte Bruder Wilhelms (Scr. I, 53 n. 3). Eine Urk. für Aspert von 889 ist Ruodperti dilecti terminalis comitis nostri suggestione ausgestellt (Mon. Boic. XXVIII[a], 90, B. 1068) und in einer andern wird ein Ort in comitatu Roudberti in regno Carantano iuxta flumen Gurca genannt (Juvavia Anh. 110), ebenso findet sich im Verbrüderungsb. v. St. Peter (108, 6 v. Karajan) Ruodpreht comes.

[44]) Urkb. v. Kremsmünster S. 23: qualiter divino afflati instinctu et per dilecti abbatis nostri Snelperonis obtentum admoniti nos quasdam res iuris nostri ob quorundam infidelitatis contra nos perpetrate reatum in nostram publice ditionem redactas id est quicquid Willihelmus et Engilscalchus germani fratres, comites vid. quondam strenui terminales vel coheredes filii ac posteri eorum in terris etc. tam ad Eporespurh (bei Mautern), ad Campe (am Kamp) sive ad Persiniccham (Perschling) quamque in aliis Baioriae scil. atque Sclavinicae locis vel terminis ad stum dei martyrem Agapitum tradiderunt, vorher S. 16—23 6 Urk. für Snelpero: ob amorem et pro gratissime sue servitutis frequentatione petitionibus eius assensum prebentes und pro eternitatis gaudiis acquirendis grateque servitutis sue meritis.

[45]) Ann. Alamann. 893: iterum Arnolf in Maraha; Fuld. 893: propter insidias positas magna cum difficultate itineris in Baioaria ... reversus est. Nur auf diesen Rückzug kann sich die sagenhafte Erzählung Arnolds de sto Emmerammo c. 5 (Scr. IV, 551) beziehen, deren Schluß lautet: hinc princeps gloriosus victoria tali oppido laetus Ratisbonam revertitur, ubi consonis omnium in ea ecclesiarum campanis suscipitur ... tunc sapienti usus consilio ... per cuncta Norica monasteria misit gratifica munera. speciali autem suo patrono Emmerammo pro gratiarum actione contulit

großen Theile gründlich verwüstet wurde. Auf dem Rückzuge aber geriet das bairische Heer durch einen von Suatopluk gelegten Hinterhalt in die größte Gefahr, denn der kluge Herzog, nachdem er jeden Kampf in offenem Felde vermieden, suchte sich irgend einen schwierigen Gebirgspaß zum Angriffe aus, wo die Natur mit ihm im Bunde stand. Arnolf selbst schrieb seine Rettung aus dieser Noth dem Schutze der Heiligen, zumal St. Emmerams zu, den er sich zu seinem besonderen Patrone erwählt. Zum Danke schickte er nach seiner Heimkehr an alle bairischen Klöster reiche Geschenke, an St. Emmeram aber den ganzen Schmuck und die Kostbarkeiten seiner Pfalz. Wie Suatopluk, der durch diesen Feldzug ebenso wenig, als durch den vorjährigen gedemütigt war, stets Verbindungen in dem feindlichen Gebiete anzuknüpfen und die Getreuen Arnolfs zum Abfalle zu verleiten suchte — erst ein Jahr zuvor hatte der König einem gewissen Thiethard aus solchen Gründen seine Besitzung im Traungau entzogen —, so trat jetzt gerade der umgekehrte Fall ein, daß ein Mann, auf den der Mährerherzog bisher sein vollstes Vertrauen gesetzt, der Bischof Wiching von Neitra zur Partei seiner Feinde übergieng. Dieser, der alte Widersacher des h. Methodius, dem er so viel Herzeleid zugefügt, trat, in das Land seiner Geburt zurückkehrend, in die Dienste Arnolfs: seit dem 2. September 893 schrieb er als Kanzler die Urkunden dieses Königs und mit der Stelle des Bischofs Aspert von Regensburg gieng der Einfluß und die Geltung auf ihn über, die dieser im königlichen Rathe besessen [46]).

Nach der Heimkehr von der beschwerlichen mährischen Heerfahrt ward dem Könige bald darauf zu Oetting die Freude zu Theil, daß seine Gemahlin Ota von einem Knäblein genas. Das Kind erhielt in der Taufe den Namen seines erlauchten Großvaters Ludwig. Taufpathen waren die beiden von Arnolf sehr hochgeschätzten Bischöfe Hatto von Mainz und Adalbero von Augsburg, von denen der letztere, ein feingebildeter Mann die Erziehung des Kindes später hauptsächlich leitete [47]).

---

totum palatii ornatum vgl. ann. Fuld. 869 über die von Ludwig den Klöstern gemachten Geschenke.

[46]) Durch die Urk. vom 15. Febr. 892 (Mon. Boica XXXIa, 141) entzog A. cuidam Thiethardo ein Gut zu Rohrbach im Traungau, quia ille apostata factus est et regnum nostrum ac fideles nostros depredavit. Die erste Urk., welche Wichingus cancellarius schrieb, s. Metten ist B. 1104.

[47]) Ann. Fuld. 893: nomine avi sui Hludowicum appellaverunt. Der König hielt sich (nach dem mährischen Feldzuge?) am 21. Aug. zu Ebersberg, 2. Sept. zu Regensburg, 22. Okt. zu Ranshofen auf (Mon. Boic. XXXIa, 145, XI, 436, Urk. v. Kremsm. 23). Die Urk. vom 25. Mai 895 (Mon. Boica XXVIIIa, 108) ist ausgestellt per interventum Hathonis venerabilis archiepiscopi et carissimi compatris nostri.

IV.

Seit jenen ersten Verträgen, durch welche Arnolf sein Verhältnis zu den übrigen neu emporgekommenen Königen innerhalb des ehemaligen Frankenreiches auf Grund seiner Oberhoheit regelte, verflossen mehr denn vier Jahre, in denen er sich jeder Einmischung in die inneren Angelegenheiten ihrer Länder enthielt. Und doch hatten sich diese keineswegs durchaus in den durch jene Verträge gezogenen Grenzen bewegt, so daß es dringend einer neuen Kundgebung der höheren Herrschergewalt des ostfränkischen Königs bedurfte, wenn anders sein Anspruch darauf noch irgend welche Beachtung finden sollte. Das Ergebnis jener vier Jahre, so weit wir es übersehen können, bestand vornehmlich darin, daß Arnolf seinen Kindern die Nachfolge sicherte, seine Stellung im Innern befestigte, zumal durch die Beseitigung eines unter Umständen gefährlichen Thronbewerbers in Schwaben und endlich durch einen großen Sieg Lothringen gegen die Normannen schirmte. Anderes, was er in diesem Zeitraume unternahm, glückte nicht in gleichem Maße, so der kurze Feldzug gegen die Abodriten. Der mährische Krieg, der seine Aufmerksamkeit vielleicht am meisten beschäftigte, wurde schon seit zwei Jahren mit aller Kraft geführt, aber er bestand fast nur in ruhmlosen Verheerungszügen, von denen sich ein erfolgreiches Ende zunächst noch nicht erwarten ließ.

Wenn Arnolf jetzt endlich zu thätigem Eingreifen in die Verhältnisse der Nebenreiche sich entschloß, so mußte unter diesen aus vielen Gründen Italien zuerst an die Reihe kommen, theils weil nur in der Erlangung der Kaiserkrone der naturgemäße Abschluß seiner überlegenen Stellung zu finden war, theils weil jenseit der Alpen seine Autorität gänzlich misachtet wurde, während andrerseits gerade von dort die lebhaftesten Einladungen an ihn ergiengen. Die Gestalt Italiens, wie er sie einst durch seine Abkunft mit Berengar zu Trient zu bestimmen suchte, wurde in den Jahren, die der König ausschließlich den deutschen Angelegenheiten widmete, vollständig umgewandelt. Statt seines Schützlings Berengar regierte Wido, sein entschiedener Widersacher.

Der Waffenstillstand, den die beiden Nebenbuhler um die italienische Krone, bis zum Anfange des Jahres 889 geschlossen, diente beiden nur dazu, Verstärkungen von allen Seiten an sich zu ziehen, um mit dem Aufgebote aller ihnen zur Verfügung stehenden Kräfte den bisher unentschiedenen Kampf zu erneuern. Berengar erhielt ansehnlichen Zuzug aus Deutschland [1]), woselbst

---

[1]) Panegyric. Bereng. l. II v. 84 (Scr. IV, 198): Teutonico ritu sexcentos urguet ovantes | Leuto viros; etiam simili strepit agmine frater | Bernardus. stimulant longis calcaribus armos | alipedum cuncti, et cludunt latera ardua parmis. | Germanus sic bella gerit.

er von seinem Vater mehrere Besitzungen ererbt, Wido wurde wie früher von seiner Sippschaft in Westfrancien unterstützt[2]), die Hauptmacht beider bestand jedoch aus Italienern, wiewol viele von den italienischen Großen nach dem Vorbilde des Markgrafen Adalbert von Tuscien, des Neffen Widos aus kluger Vorsicht oder Eigennutz sich von aller Theilnahme an dem Bürgerkriege fernhielten und den Ausgang abwarteten[3]). Neben den Grafen führten auch Bischöfe das Schwert[4]), und es standen sich demnach jetzt zwei Heere gegenüber, deren ohngefähr gleiche Stärke wir auf mindestens 7000 Mann beiderseits veranschlagen dürfen[5]). An der Trebbia, deren Wellen einst Hannibal mit Römerblut gefärbt, erfolgte in den ersten Monaten 889 der entscheidende Zusammenstoß der Völker Italiens: nach einem heißen Kampfe, der den ganzen Tag hindurch währte und Tausenden das Leben kostete, behauptete diesmal Wido das Schlachtfeld und Berengar mußte sich als Besiegter über den Po zurückziehen[6]). Er hatte das Spiel verloren und

---

[2]) Eb. II v. 4 flg., 14, 149: qui nuper ab arvis | Sequanicis illectus erat. Der Panegyrist hebt diesen fremden Beistand Widos geflissentlich hervor. Der von Waltfrid erlegte Graf Wido (v. 148) darf nicht, wie Wüstenfeld (Forsch. zur d. Gesch III, 405, 429) will, mit dem gleichnamigen Vertrauten Karls des K. verwechselt werden, da dieser nach B. 1757 schon vor dem J. 869 starb.

[3]) Adalbert erkannte, wie schon Fiorentini (Memorie di Matilda p. 26) bemerkt, bis zum J. 891 weder Berengar noch Wido an, daher sind Urk. aus Lukka datiert: In nomine dei nostri Iesu Christi dei eterni anno ab incarnatione eius 889 post obito vero Karoli... anno secundo und anno tertio (Memorie e docum. all' ist. di Lucca V^b, 595—601), es folgt dann eine Urk. vom 10. Juli 891: regnante domno nostro Wido gratia dei imperatore augusto anno imperii eius primo (p. 602 flg.), doch machte Wido dem Hochstifte Fiesole 26. Mai 890 (oder 889) eine Schenkung auf Bitte des Adalbertus dilectus nepos noster et marchio (Ughelli III, 274, B. 1269), dgl. bestätigte er 24. Nov. 891 seinem Getreuen Thiethelm eine Schenkung Karls III. im Gau von Fiorenz auf Bitte des Adalbertus dilectus nepus noster et marchio (de Dionysiis de Aldone et Nothingo Veronens. episc. p. 92—94).

[4]) Paneg. Ber. l. II v. 102: farier illectos studio Mavortis utrimque | pontifices vereor.

[5]) Der Panegyrist nennt als Mannen Berengars Waifred mit 3000 M. (v. 73), die 3 Söhne Suppos mit 1500 Reitern (v. 81), Leuto und Bernard mit je 600 M. zu Rosse (v. 84), Albrich mit 500 M. (v. 90), Berard mit 300 (v. 95), außerdem Bonifacius, Azo und Olrich (Odelrich) ohne Angabe der Zahl (v. 93, 98, 100), also, wenn wir den letzteren je 300 M. zulegen, zusammen 7400 auf der Seite Berengars. Von den Mannen Widos nennt er die Brüder Anscher und Otto mit 500 M. (v. 16, 158, 189), Gauslin mit 300 Reitern (v. 18), Ubert mit 200 M. (v. 20), die Tyrrhena iuventus d. h. die Spoletiner ohne Zahl, aber da die cohors Camerina auf 1000 veranschlagt wird (v. 87) gewis nicht weniger, Albrich mit 100 M. (v. 28), Withelm und Ubald mit je 300 M. (v. 36, 37), denen Raginer (v. 32) gleich geschätzt werden mag, endlich noch 3000 M. (v. 43) unter 3 Führern, von denen wir nur Maginfrid kennen, zusammen also mindestens 7000. Dem entspricht es, wenn nach glaubwürdiger Angabe Berengar 899 allein 15000 M. gegen die Ungern führte.

[6]) Den Ort dieser zweiten Schlacht nennt nur Liudprand (antap. I c. 18

wenn er auch noch in einem Theile der Lombardei, wie in Verona, Brescia und Kremona königliche Rechte ausübte[7]), so fehlte ihm doch gänzlich die Macht sich noch einmal mit Wido in offenem Felde zu messen.

In der Pfalz zu Pavia, die in die Hände des Siegers übergegangen war, versammelten sich um die Mitte des Februar die italienischen Bischöfe, zum großen Theile dieselben, die vorher auf der Seite Berengars gestanden[8]), um Wido in aller Form zum Könige zu wählen. Als Bedingungen gleichsam der von ihnen zu vollziehenden Wahl legten sie ihre dringendsten Anliegen in acht Kapiteln nieder, zu deren Beobachtung der neue Herrscher sich alsbald verpflichtete. Sie begannen damit, im Allgemeinen die Gerechtsame und Besitzungen ihrer Kirchen gegen jede ungerechte Schmälerung zu verwahren, indem sie jedoch die Vorrechte und Ehren der römischen Mutterkirche als die von allen Fürsten am höchsten zu achtenden voranstellten. Die geistlichen Stiftungen wurden gegen neue und dem Herkommen widerstreitende Belastungen in Schutz genommen, desgleichen auch alle freien Bewohner Italiens, unter der Androhung der Absetzung und des Bannes für die zuwiderhandelnden Grafen.

Ganz besonders aber suchte die Synode den Räubereien und Gewaltthaten entgegen zu wirken, die durch die herrschende Unsicherheit über die Maßen eingerissen waren: den Personen, die zum Gefolge des Königs gehörten, sowie allen den Großen, die

---

iuxta fluvium Triviam), indem er sie mit der ersten verwechselt, die Worte des Panegyristen aber (v. 125): campus erat dudum studio damnatus iniquo enthalten eine Anspielung auf Hannibals Treffen an der Trebbia. Derselbe läßt (v. 278) den unentschiedenen Kampf nocte instante aufhören, allein der Erfolg bezeugt den Sieg Widos, vgl. ann. Alamann. 889: Alium bellum inter Widonem et Perengarium. Den schließlichen Sieg Widos bezeugen ausdrücklich Regino, ann. Vedast. 888: ibique cum Berengero rege non modica gessit bella semperque victor extitit, das Wahldekret (Leg. I, 555): illi, superveniente perspicuo principe Widone, bis iam fuga lapsi ut fumus evanuerunt. Die zwei Schlachten erwähnt auch Papst Formosus an Fulko (Flodoard hist. Rem. eccl. IV c. 2 p. 428): in quibus litteris fatetur Italiam tunc semel et secundo horrida bella perpessam et pene consumptam; chron. S. Bened. (Scr. III, 202): Guido, qui cum Berengario Foru-Iulense duo civilia egerat bella; Asser. de reb. gest. Aelfr. reg. (Mon. hist. Britann. I, 491): Beorngar et Witha ... bis pleno praelio inter se belligeravere et illa regna persaepe devastaverunt invicem. Der Zeitpunkt ist nur nach der Wahl Widos zu bestimmen.

7) S. Berengars Urk. aus den J. 889, 890 die meisten in Verona ausgestellt (B. 1291—1295).

8) S. das Wahldekret: quasi ad certum signum supervenerunt, qui pro hoc regno, ut sibi volentes nolentesque adsentiremus, minis diversis et suasionibus inretitos furtive ac fraudulenter adtraxerunt. Daß Wido nach dem 12. Febr. gewählt wurde, beweist eine Urk.: regni in Italia a. I et die 12 de mense Febr. ind. VIII vom J. 890 (Tiraboschi storia di Nonantola II, 67), Kaiser aber wurde er 21. Febr. 891: anno regni in Italia III (B. 1270, 1271) vgl. Wüstenfeld (Forsch. zur. d. Gesch. III, 417).

zu den Reichstagen zusammenkommen, wurde ans Herz gelegt, sich in den Ortschaften, durch welche sie zögen, nichts gewaltsam anzueignen. Noch mehr beschwerten sich die Bischöfe über die Fremden, die von andern Ländern nach Italien kommend Raub und Einbruch verübten und machten ihre Herren für den Ersatz des Schadens verantwortlich. Hiemit wurde auf die gallischen Hilfsvölker Widos gezielt, die sich in dem reichen Lande allen Ausschweifungen ungestraft hingegeben haben mögen[9]). Nach Verkündigung dieser Satzungen erklärten die italienischen Kirchenhirten, da ihre frühere Wahl Berengars eine abgelistete und erzwungene gewesen sei, sich einmütig für den ruhmvollen Fürsten Wido, der die römische Kirche erhöhen, allen Kirchen ihre Gerechtsame bewahren, allen Unterthanen ihr Recht geben und dem Reiche den Frieden sichern wolle.

Zur Vollendung von Widos Herrschaft über Italien fehlte nach der völligen Zurückdrängung Berengars und der Königswahl in Pavia nur noch eins: die Krönung durch die Hand des heiligen Vaters in Rom. Trotz der freundschaftlichen Beziehungen aber, die früher zwischen ihm und Stephan obwalteten, mußte dem letzteren die Macht des Spoletiners im höchsten Grade bedrohlich erscheinen, sobald er ohne Nebenbuhler dastand, um so mehr als seine Erblande in unmittelbarer Nachbarschaft von Rom lagen. Wenn er ihm daher auch nicht offen entgegen zu treten wagte, so versuchte er doch unter der Hand ihm einen Feind zu erwecken, der schnell seiner Herrlichkeit ein Ende machen sollte. Durch Vermittelung des Herzogs Suatopluk von Mähren wandte sich der Papst zu Anfang des Jahres 890 an König Arnolf[10]) mit dem dringenden Gesuche, derselbe möge nach Rom ziehen, um Italien, dessen Besitz ihm gebüre, von den schlimmen Christen und den dräuenden Heiden zu befreien. Diese Bitte unterschied sich in nichts von den wiederholten Aufforderungen, die Johann VIII. einst um Beistand gegen die Spoletiner in das fränkische Reich ergehen ließ: die päpstliche Politik war also durchaus wieder in das frühere Fahrwasser eingelenkt. Arnolf aber, wiewol es ihm sehr schwer wurde, der vielverheißenden Einladung zu widerstehen, mußte sie für dies-

[9]) Leg. I, 554 flg. Die Bischöfe versammelten sich post bella horribilia cladesque nefandissimas und weiterhin klagen sie: quot quantaque pericula huic Italico regno usque in presens tempus supervenerint, nec lingua potest evolvere nec calamus explicare. Ihr c. 5 lautet: plebei homines et universi ecclesiae filii libere suis utantur legibus. ex parte publica ultra quam legibus sancitum est, ab eis non exigatur nec violenter opprimantur; quod si factum fuerit, legaliter per comitem ipsius loci emendetur etc.

[10]) Ann. Fuld. 890: regem enixe interpellabat, ut urbe Roma domum sti Petri visitaret et Italicum regnum a malis christianis et imminentibus paganis ereptum ad suum opus restringendo dignaretur tenere. sed rex ... quamvis non libens postulata denegavit.

mal dennoch ablehnen, weil ihn gewichtigere Ursachen, vornehmlich wohl die Rücksicht auf die in Schwaben drohende Empörung, in Deutschland zurückhielten.

Dem Papste, von dieser Seite im Stiche gelassen, blieb hiernach nichts andres übrig, als sich Wido vollständig in die Arme zu werfen: am Sonntage Invokavit, den 21. Februar 891 empfieng dieser nebst seiner Gemahlin Ageltruda, der Tochter des früheren Herzogs Adalgis von Benevent, aus Stephans VI. Hand die römische Kaiserkrone[11]), er, der erste, der seit Karl dem Gr. aus einem andern Hause zu dieser höchsten Würde der Christenheit emporstieg. Welche Bedingungen der Papst an diese Verleihung knüpfte, wird nirgend ausdrücklich überliefert, doch ist es sicher, daß Wido durch einen schriftlichen Vertrag der römischen Kirche alle ihre Rechte und Besitzungen gewährleistete[12]), wie er dies ja ohnehin bei seiner Königswahl in Pavia schon gethan hatte. Vielleicht hängt es hiemit zusammen, daß der neue Kaiser die ererbten Herzogthümer Spoleto und Kamerino[13]) nicht länger in seiner Hand behielt, sondern sie einem Verwandten übergab, der gleichfalls den Namen Wido führte. Er selbst nahm seitdem seinen Sitz im oberen Italien, dem eigentlichen Kerne seines Reiches. Seinen Sohn Lambert nahm er, wie es scheint, zum Mitregenten an und ertheilte ihm den Königstitel[14]). Der Bischof Wibod von Parma, der bei allen bisherigen Thronwechseln als gewandter Unterhändler eine Rolle gespielt hatte, stand auch dem Kaiser Wido als Erzkaplan zur Seite: auf seine Fürbitte sind die ersten drei Urkun-

---

[11]) Nur die ann. Vedast. 888 überliefern von den Geschichtschreibern dies Ereignis: cumque Berengerum e regno fugere compulisset, Romam ivit, imperator efficitur. Ueber den Tag der Krönung aber belehren drei Urk. für die Kaiserin Ageltruda: Data IX Kal. Martii ind. IX anno inc. dom. 891 regnante domno Widone in Italia anno regni eius III imperii illius die prima (Muratori ant. It. II, 871, Ughelli It. sacr. II, 191, Affò stor. di Parma I, 193). Zur Bestätigung dient auch die Bulle Stephans vom 26. Febr. im ersten J. des Kaisers Wido (J. 2661). Formosus schrieb an Fulko (Flodoard. h. Rem. eccl. IV c. 2 p. 430): imperatorem quoque Widonem coronatum eodem anno significans indictione decima.

[12]) Lamberti conventus Ravennas c. 6 (Leg I, 563): Ut pactum, quod a b. mem. vestro genitore domno Widone ... iuxta praecedentem consuetudinem factum est, nunc reintegretur, 7, 8.

[13]) Guido dux et marchio wird nicht vor dem J. 895 erwähnt (Ann. Benevent. 895, Chronica S. Bened., Chronic. Salernit. c. 147, Scr. III, 174, 201—204, 544); s. über ihn die Bemerkungen Muratoris (ann. d'Italia a. 896), der mit Recht die Annahme zurückweist, als ob dieser Wido ein Bruder des Kaisers Lambert gewesen sein könne: vielleicht war er ein Sohn des frühe verstorbenen Markgrafen Wido, des Sohnes Lamberts des ält. vgl. Wüstenfeld (Forsch. zur deutschen Gesch. III, 430).

[14]) Dies bemerkt Wüstenfeld (a. a. O. S. 417) gestützt auf eine Urk. vom Jan. 892 inperante domno nostro Wido inperator augustus anno inperii eius et do(mno Lam)bertus rex filio eius ic in Italia anno primo (Hist. patr. mon. I, 78).

den desselben ausgestellt, wodurch er seiner Gemahlin alle ihre Besitzungen bestätigte[15]). Der Markgraf Adalbert II. von Tuscien, durch seine Mutter Rotilde ein Neffe des Kaisers, wegen seiner großen Schätze der Reiche genannt, erkannte jetzt Widos Oberhoheit gleichfalls an, der er sich bisher entzogen hatte[16]). Ebenso die Ravennaten nach dem Vorbilde Roms[17]).

Wenn jene Marken im mittleren Italien auch die Grundlage für Widos Macht bildeten, so kann man doch nicht füglich behaupten, daß er in vollem Sinne des Wortes ein nationaler italienischer Fürst war, daß er sich etwa als solcher zu seinen fränkischen Vorgängern in einem entschiedenen Gegensatze befunden habe. Nur ein Gegensatz der Familien, nicht der Nationen fand bei seiner Erhebung statt. Daß erst der Vater des Kaisers aus den altfränkischen Landen in Italien eingewandert, mußte um so mehr allen seinen Unterthanen im Gedächtnis geblieben sein, als dieser Zusammenhang durch fränkischen Zuzug stets lebendig erhalten wurde und noch jüngst zu jenem vergeblichen Ringen nach der westfränkischen Krone geführt hatte. Daher konnte ein Dichter, der zu Anfang des zehnten Jahrhunderts die Thaten Berengars verherrlichte, seinen Gegner in dem gehässigen Lichte eines Fremdlings darstellen, der auf fremde Kräfte gestützt die Herrschaft über Italien an sich gerissen.

Wido trennte freilich durch seine Thronbesteigung Italien aus seinem Verbande mit den übrigen Theilen des ehemaligen Frankenreiches, allein der gleiche Zustand der Dinge hatte schon unter Ludwig II. Platz gegriffen, der als Kaiser ebenfalls nur über die Italiener gebot. Bezeichnend für Widos Strebungen ist das seiner ersten kaiserlichen Urkunde angehängte Bleisiegel, das auf der einen Seite sein Brustbild mit der Umschrift: Wido Imperator Augustus zeigt, auf der andern die Worte: Erneuerung des Fran-

[15]) S. die angef. Urk., in denen er als Wicbodus stae Parmensis eccl. venerabilis episc. et archicapellanus noster auftritt. Schon in der Urk. vom 24. April 889 oder 890 (Muratori ant. It. III, 65, B. 1268) bestätigte Wido dem B. Wibod eine Schenkung Karls illius erga nos adtendentes devotionem und am 18. Juli 892 machte er seinem Getreuen Fulchrad eine Vergabung, der ihn per Wihbodum venerabilem episcopum consiliarium nostrum gebeten (Muratori ant. It. I, 985, B. 1277).

[16]) Vgl. oben A. 3. In der Stiftungsurk. für das Kl. S. Caprasio vom J. 884 von Adalbert I. und Rotildis finden wir signo manus Adalberti comitis filii suprascripti Adalberti comitis et marchionis nach dem des Vaters (Muratori antichità Estensi I, 210). Bei Liudprand (antap. l. I c. 39) heißt er illustris Tuscorum marchio und derselbe fügt hinzu: tantae quippe Adelbertus erat potentiae, ut inter omnes Italiae principes solus ipse cognomento diceretur Dives vgl. eb. l. II c. 35, wo er ihn Tuscorum praepotentissimum marchionem nennt.

[17]) In einer Urk. aus Ravenna vom 29. Nov. 889 heißt es: nomen domini imperatoris non habemus, dagegen im J. 893: imperante domino Gnidone a deo coronato pacifico magno imperatore in Italia vero sexto u. s. f. (Ant. Vesi documenti di Romagna I, 126, 133, 137 flg.)

kenreiches[18]), die theils im Allgemeinen für den Anschluß Widos an seine fränkischen Vorgänger zeugen, insonderheit aber auch eine Hindeutung auf den noch immer nicht ganz aufgegebenen Wunsch einer Erwerbung des westfränkischen Reiches enthalten mögen.

Während Berengar, wie es scheint, sich gänzlich nach Verona zurückzog, hielt Wido am 1. Mai 891 einen Reichstag zu Pavia, auf dem er ganz im Sinne der von den Bischöfen früher an ihn gerichteten Anträge eine Reihe von Gesetzen zur Herstellung eines geordneten Rechtszustandes erließ[19]). Bischöfe und Grafen, so verfügte er, sollten in ihren Sprengeln und Grafschaften in Gemeinschaft den Frieden erhalten, indem sie keinem Räuber darin Aufenthalt verstatteten. Durchziehende Truppen — es sind hier wieder vornehmlich gallische Hilfsvölker gemeint — müßten unter ihrem Geleite friedlich marschieren und die Lebensmittel bezahlen. Wenn sie dennoch Beute machten und ihren Raub nicht wieder herausgeben wollten, so sollten sie schließlich gebannt werden. Für einen Räuber, der im Kampfe fällt, darf weder Fehde angesagt, noch Wergeld gefordert werden. Jedem in der Verfolgung der Wegelagerer säumigen Grafen wird der Verlust seiner Lehen angedroht, ebenso jedem Grafen der den Nachbar auf sein Hilfsgesuch hiebei im Stiche läßt. Die Insassen der Grafschaft, die dem Aufgebote für diesen Zweck nicht sogleich Folge leisteten, sollten, wenn sie frei, eine Geldstrafe zahlen, die Unfreien dagegen eine Tracht Prügel erhalten. Den Grafen und ihren Unterbeamten ward verboten, ungesetzliche Forderungen an die freien Unterthanen zu richten, oder gewaltsam in ihre Häuser einzudringen, den Freien hingegen wurde eingeschärft, daß sie mit Ausnahme der gesetzlich Entschuldigten[20]) zur Verteidigung des Vaterlandes auf kaiserlichen

---

[18]) Muratori antiq. It. II, 871: Renovatio regni Francorum. Daß man eine Erneuerung seiner Pläne auf Westfrancien für sehr möglich hielt, beweist eine Stelle aus einem Briefe Fulkos an Arnolf vom J. 893: quod autem iactitatum audierat, causa Widonis hoc eum fecisse, ut hac arte illum subintroduceret in regnum et dimisso puero Karolo se verteret ad Widonem, asserit livore invidiae contra se scienter haec falso fuisse iactata (Flodoard. hist. Rem. eccl. l. IV c. 5 p. 449).

[19]) Benedicti chronic. c. 28 (Scr. III, 713): In Langobardorum gens civitatis Ticine preerat rex nomine Quido ... fecit idem Quido synodum cum episcopis et abbatibus et cum fidelibus Langobardis capitulis legis et in edictis affigi precepit. Die Gesetze Widos (Leg. I, 556) gehören der Indiktion nach in das J. 889, wohin sie auch wegen der Uebereinstimmung ihres Inhaltes mit den Synodalbeschlüssen von Pavia recht gut passen würden, allein in der Ueberschrift wird domnus Wido imperator genannt, sie werden anno imperii eius I erlassen und c. 4 findet sich der Ausdruck ex praecepto imperiali sowie de palatio imperatoris, so daß nur an das J. 891 gedacht werden darf.

[20]) Hegel (Städteverf. v. Ital. II, 61) hebt in c. 4 die Worte hervor: exceptis his, quos episcopus in sua elegerit necessitate aut comes dimittere voluerit als Beweis, daß die Bischöfe und Grafen in der Auswahl der-

Befehl sämtlich zu den Waffen greifen oder die herkömmliche Geldstrafe (Widrigeld) entrichten müßten. Schließlich wurde noch u. a. die Form des Erwerbes und der Besitzergreifung fremden Eigenthumes strenger geregelt, damit nicht unter dem Scheine eines Kaufes oder Tausches unrechtmäßige Aneignungen stattfinden könnten.

Einen traurigen Zustand der Unsicherheit und Gesetzlosigkeit setzen diese Verordnungen voraus und die Abhilfe, die hier gegen die herrschenden Uebel versucht wurde, war sicherlich nur eine sehr ungenügende. Die Bischöfe, die mit den Königen das gleiche Interesse hatten, wollte Wido vorzüglich zu Hütern der öffentlichen Ordnung und des Friedens bestellen, denn die Grafen waren selbst allzusehr bei der Unterdrückung und Ausraubung der ärmeren Freien betheiligt, denen die königliche Macht Schutz gewähren sollte. Die Begünstigung der Bischöfe, die für Wido durch die Umstände geboten wurde, zeigte sich vornehmlich auch darin, daß schon einzelnen von ihnen das öffentliche Eigenthum in ihren Städten überwiesen und geschenkt wurde.

Das erste bekannte Beispiel dieser Art ist Leodoin von Modena, dem der Kaiser zur Wiederherstellung seiner zerstörten Stadt nicht bloß alle Gefälle abtrat, die der Staat daselbst zu erheben hatte, sondern auch den Grund und Boden selbst mit allen Thoren, Brücken und Straßen, ferner gestattete er ihm Gräben zu ziehen, Mühlen anzulegen, Thore zu errichten und die Stadt eine Meile rings um die bischöfliche Kirche zu befestigen[21]). Leodoin machte von dieser Erlaubnis vollständigen Gebrauch und umgab Modena mit Wällen und befestigten Thoren. In dieser Schenkung, die bald nicht mehr vereinzelt stehen sollte, — Berengar bereits gewährte nachmals den Kirchen von Bergamo und Kremona ähnliche z. Th. noch ausgedehntere Vergünstigungen — lag ein sehr wichtiger Fortschritt von der bloßen Immunität zu wirklichen Hoheitsrechten, doch blieb die hohe Gerichtsbarkeit in der Regel noch den Grafen.

Einige Monate nach der Krönung Widos etwa im September starb Stephan VI., gleich darauf wurde der Bischof Formosus von Porto, der einst der Gegenstand so bitteren Hasses und so

---

jenigen, welche sie von dem Aufgebote freilassen wollten, nicht mehr beschränkt waren.

[21]) Ughelli It. sacra II, 120—122, Tiraboschi memorie Modenesi I, 66—68 (B. 1274), Bethmann-Hollweg lombard. Städtefreiheit S. 57, 100 flg., Hegel a. a. O. S. 70, wo weitere Beispiele. Ueber Leodoin die Verse (Muratori ant. It. I, 21): Dum premeret patriam rabies miserabilis istam | Leudoinus sancta Motinensi praesul in aula | his tumulum portis et erectis aggere vallis | firmavit positis circum latitantibus armis | non contra dominos erectus corda serenos | sed cives proprios cupiens defendere tectos. Leodoins Nachfolger Gamenulf ließ sich jene Schenkung, die zugleich eine Wiederholung der Immunität ist, im J. 898 von Lambert und Berengar bestätigen (B. 1288, 1308). Ein Seitenstück zu dieser Schenkung bildet die Karls III. für Geilo v. Langres (oben S. 276).

vieler Verfolgungen von Seiten Johanns VIII. gewesen, in herkömmlicher Weise zum Papste gewählt und geweiht[22]), ein Mann von brennendem Ehrgeize und hervorragender Begabung. Zahlreiche Feinde umgaben ihn von Beginn seiner Regierung an. Wiewol wir von einer unmittelbaren Einwirkung des kaiserlichen Anhanges auf diese Wahl nichts wissen, so ist doch in Folge der früheren Verbindung des Formosus mit den Spoletinern anzunehmen, daß seine Erhebung den Wünschen des Kaisers Wido entsprach. Jedenfalls zeigte sich der neue Papst dem letzteren zunächst willfährig: einen sehr wichtigen Dienst zur Befestigung seiner Herrschaft leistete er ihm, indem er Ende April 892 Widos Sohn Lambert zugleich mit dem Vater in Ravenna zum römischen Kaiser krönte und ihm, der bei diesem Anlaß der römischen Kirche alle ihre Rechte und Besitzungen ebenfalls verbürgte, hiedurch in der feierlichsten Weise die Nachfolge zusicherte[23]).

Welches auch die Gesinnungen gewesen sein mögen, die den Bischof Formosus früher gegen das spoletinische Haus beseelten, als Papst mußte er nothwendig in die Bahnen einlenken, auf welche ihn seine ganze Stellung und die von seinen Vorgängern überlieferte Politik hinwies. Ein mächtiger einheimischer Herrscher in Italien dünkte ihn, wie Stephan, die Kirche mit den größten Gefahren für ihre Selbständigkeit zu bedrohen. So wandte er sich denn im Sommer 893 in einem Schreiben an König Arnolf, welches nicht wie das Hilfsgesuch Stephans durch dritte Hand an diesen gelangte, sondern durch eine förmliche Gesandtschaft ihm in Regensburg übergeben wurde. Mit den päpstlichen Legaten trafen mehrere italienische Große von Berengars Partei ein, um ihre Vorstellungen mit denen jener zu vereinigen. Ihre dringende Bitte lautete aber dahin, der König möge so bald wie möglich über die Alpen ziehen und das italische Reich sowie das Erbgut des h. Petrus da-

---

[22]) Ueber seine Wahl Invectiva in Romam (Anastasius Biblioth. ed. Blanchini IV p. LXX), Auxilii infensor et defensor c. 25 (Mabillon anal. vet. p. 49): nec Francorum nec alterius gentis obsidione vel impulsu coacti.

[23]) Als Tag der Krönung Lamberts nimmt Jaffe den 27. Febr. an (Reg. pontif. Romanor. p. 299), während Wüstenfeld (Forsch. zur deutschen Gesch. III, 417) sie richtiger zwischen 28. Apr. und 1. Mai ansetzt, womit eine Urk. vom Apr. 895 (Hist. patr. mon. I, 83) anno imperii eius tercio übereinstimmt, desgl. andre vom April, Mai 896 (eb. 85, 86 im 4., 5. J.). Vom 1. Mai aus Ravenna ist die erste gemeinschaftliche Urk. der beiden Kaiser für ihren Oheim Konrad datiert anno Lamberti imperatoris I (B. 1275); da der 30. April 892 auf einen Sonntag fiel, so vermute ich, daß dies der Tag der Krönung ist, auf deren Ort man aus der obigen Urk. schließen darf. Hiedurch widerlegt sich die Angabe Reginos, der die Krönung in das J. 894 setzt, in welchem Lambert seinem Vater in der Regierung nachfolgte. Auf die Zusagen, die Wido und Lambert bei ihrer Krönung machten, beziehen sich c. 6—8 des convent. Ravennas (Leg. I, 563).

durch, daß er es unter seine Obhut nähme, von der Tyrannei der schlimmen Christen d. h. der Spoletiner zu befreien[24]).

Arnolf empfieng die Gesandten, die nicht lange nach der Heimkehr von dem zweiten mährischen Feldzuge anlangten, sehr ehrenvoll und entließ sie reichbeschenkt, indem er ihnen Gewährung ihrer Bitte zusagte. Jetzt also da Wido auf der Höhe seiner Macht stand, Berengar schon in Verona durch ihn bedrängt wurde[25]), entschloß er sich das Unternehmen zu wagen, welches er stets gewollt, vor drei Jahren aber als ein derzeit unausführbares vertagt hatte. Sicherlich gereichte dieser Aufschub seinen Plänen zu großem Nachtheile: die doppelte Krönung Widos und seines Sohnes durch den Nachfolger Petri sowie der längere Besitz der Herrschaft hatten ihn in seiner Stellung wesentlich gefestigt. Daß Arnolf Feindseliges gegen den Kaiser im Schilde führe, wurde diesem durch den Erzbischof Fulko im voraus kundgethan[26]).

Bevor Arnolf selbst seine Romfahrt antrat, schickte er noch im J. 893 seinen unehelichen Sohn Zwentibald mit schwäbischen Mannschaften voraus, eine Sendung, die vermutlich schon vor der Ankunft der päpstlichen Gesandtschaft beschlossen war, sei es um überhaupt die Lage der Dinge genauer kennen zu lernen, sei es um Zwentibald Gelegenheit zu kriegerischen Lorbeern zu verschaffen[27]). Der Königssohn vereinigte sich beim Eintritt in Italien sogleich mit Berengar, dem er Hilfe bringen sollte, dann rückten beide gemeinsam gegen Wido, der ihren Angriff nicht in offenem Felde erwartete, sondern sich hinter die festen Mauern seiner Hauptstadt Pavia zurückzog. An dem Flüßchen Vernavola, welches dieselben bespült, befestigte er sich und verwehrte den Gegnern den Uebergang. Nachdem beide Heere ohngefähr drei Wochen

---

[24]) Ann. Fuld. 893: enixe deprecantes, ut Italicum regnum et res sancti Petri ad suas manus a malis christianis eruendum adventaret; quod tunc maxime a Widone tyranno affectatum est.

[25]) Panegyr. Bereng. l. III. v. 13. Arnolf redet Zwentibald an: Tantumne potis perferre dolorem, | nostra ut progenies propria vexetur in aula (d. h. in Verona). Urk. Berengars fehlen aus den J. 891 und 892 gänzlich, erst vom 9. Nov. 893 findet sich wieder eine in Verona ausgestellte und auf das Kl. S. Zeno daselbst bezügliche (B. 1296).

[26]) Flodoard. hist. Rem. eccl. l. IV c. 5 p. 453: (Fulco) Widonem imperatorem legatione suarum visitans litterarum, admodum se de ipsius gaudere fatetur gloria et exaltatione ..., de Arnulfo quoque rege significat, quod non velit eidem Widoni pacem servare.

[27]) Die Nachricht der ann. Alamann. 893: Alamanni in Italiam bestimmt den Zeitpunkt, da sie nur auf diese Sendung gehen kann, wie Köpke (de vita Liudprandi p. 70) mit Recht bemerkt. Nachricht geben Liudprand (antap. I c. 20 — 22) und der Panegyrist (l. III v. 7 — 44). Was dieser zuletzt bemerkt (v. 38): interea loca tuta petit dux Gallicus, atqui | non geminis obstare sua virtute tyrannis | posse videns. illi fremitu (miserabile) clusos | irritant, hinc inde solum peragrando Latinum. | verum ubi cuncta silere vident hostilibus armis etc. bestätigt im Allgemeinen Liudprands Bericht, dessen Einzelheiten freilich nicht zu verbürgen sind.

einander gegenüber gelegen, begab sich Zwentibald für jetzt auf den Rückweg: eine ansehnliche Geldsumme, die Wido ihm anbot, soll ihn in diesem Entschlusse bestärkt haben. Nach einer sehr unsicheren Nachricht begleitete Berengar den Abziehenden nach Deutschland, um persönlich Arnolfs Beistand anzurufen und ihm von neuem Huldigung zu leisten[28]).

Der König, der Baiern wegen des fortdauernden Kriegszustandes an der Ostgrenze von Streitkräften nicht entblößen durfte, beschloß indessen den Zug nach Italien mit einem alamannischen Heere zu unternehmen. Mit den Vorbereitungen zu diesem Ziele beschäftigt, feierte er das Weihnachtsfest schon auf dem schwäbischen Königshofe Waiblingen[29]). Ein ungewöhnlich rauher und langwieriger Winter suchte die deutschen Lande gerade in diesem Jahre heim, so daß noch im März in manchen Gegenden Baierns der Schnee 5 Fuß hoch lag und Reben, Schafe und Bienen erfroren — trotzdem zogen die wackeren Schwaben im Januar 894 über die eisigen Alpen nach Welschland. Die erste Stadt, die Arnolf und dem in seiner Begleitung befindlichen Berengar Trotz zu bieten wagte, war Bergamo, von Widos Grafen Ambrosius verteidigt, nachdem das befreundete Verona ihm friedlich seine Thore geöffnet[30]). Bevor der König die wohlverwahrte hochgelegene Stadt selbst einschloß, wandte er sich zuerst gegen die oberhalb derselben auf einem höheren Hügel liegende Burg, welche ein Geistlicher aus Verona, Gotfrid, der Sohn Gislars gegen ihn zu behaupten suchte[31]). Nach einem sehr harten Kampfe wurde sie am 1. Februar von den Deutschen genommen, Gotfrid erlitt das

[28]) Davon meldet nur Liudprand c. 22, dessen Zeugnis allein für diese Thatsache nicht ausreicht.

[29]) Ann. Fuld. 894: inde cum Alamannico exercitu Italiam intravit; Ann. Laubac. 894: Arnulfus rex in Italia ... cum magno exercitu. Ueber den rauhen Winter ann. Fuld. 893; Miracula S. Walburgis c. 2 (Acta sct. Bollandi Febr. III, 531): anno igitur praeterito, quo famis acerrima tabes inedia squalentes multos tam in urbibus quam in vicis protraxit ad necem.

[30]) Liudprand. antap. I c. 23: susceptus itaque a Veronensibus; der Zug scheint also über den Brenner gegangen zu sein.

[31]) Die Geschichtschreiber schweigen von der Eroberung dieser Burg: nur die ann. Fuld. 894 (conserti sunt enim ita vesperascente iam die pugnantes) deuten darauf hin. Am 1. Febr. stellte jedoch Arn. Bergomensi castello eine Urk. aus, in der er divino compuncti affectu fideliumque nostrorum provida admonitione attacti quasdam res iuris nostri i. e. quicquid quidam clericus nomine Gotefridus infra Italici regni terminos ... habere visus est an die St. Vincenzkirche zu Bergamo schenkte, weiter heißt es dort: eundem quoque Gotefridum Bergomensi castello armis bellicis difficile capto legali iudicio interemptum fore procaciter ditioni nostrae repugnantem cunctorum patescat agnitioni nostraeque eiusmodi tenore proprium ipsius subactum esse ditioni und in einer andern Urk. vom 1. Jan. 895 wird seiner gedacht als Gotefridi clerici Veronensis filii scil. Gislarii (Lupi cod. dipl. Bergom. I, 1017, 1045, woselbst treffliche Erläuterungen über diese Ereignisse, B. 1105, 1112).

Todesurtheil, alle seine Güter wurden eingezogen und dem Domkapitel von Bergamo zum Geschenke gemacht. Dieser letztere Umstand läßt schließen, daß Berengar unter den Domherren Anhänger hatte, die man hiedurch belohnen wollte: dem Bischof dagegen, der auf der Seite Widos stand, wurde ausdrücklich jede Befugnis über diese Güter zu verfügen, abgesprochen.

Nach diesem blutigen Vorspiele, welches den Grimm Arnolfs über den unverhofft hartnäckigen Widerstand noch mehr gereizt hatte[32]), ließ er das Heer, indem er selbst die Lage der Stadt rekognoscierte, auf jener Höhe bis zu den Mauern hin ein Lager beziehen. Beide Theile blieben die Nacht über unter den Waffen. Bei Tagesanbruch, nachdem Messe gelesen worden, vertheilte der König seine Truppen rings im Umkreise auf verschiedene Punkte der Mauern, er selbst hielt mit den Feldzeichen auf der Höhe, von wo er das Ganze überschauen konnte, um wo es Noth thäte, den Angreifern zu Hilfe zu eilen. Die Trompeten gaben das Zeichen zum Angriffe, von wunderbarer Kampflust waren sowol die Belagerer als die Belagerten beseelt, ihre Reihen hielten ebenso fest geschlossen Stand wie die Mauer zwischen ihnen. Der Steinhagel, der bei dem ersten Anlaufe von den Zinnen herab gegen die Schilde der Stürmenden geschleudert wurde, erregte ein so furchtbares Getöse, daß man es über eine Viertelmeile weit wie einen Donner wahrnahm. Bald wurden die Gräben ausgefüllt und zur Mauer selbst vorgedrungen, an die man die Leitern zu legen versuchte: mit der größten Anstrengung fochten die Leibwachen vor dem Angesichte des Königs[33]). Alle munterte die Hoffnung auf reiche Beute auf, da ihnen die zu erobernde Stadt preisgegeben war. Die deutschen Krieger hoben endlich ihre Schilde sämtlich als ein Schutzdach über ihre Häupter empor, unter dessen Schirme sie die alte, hie und da vielleicht schon schadhafte Mauer zu untergraben begannen. Die Städter versuchten, was in ihren Kräften stand, dies Vorhaben zu hindern: mit langen vorn zugespitzten Stangen stießen sie die Feinde nieder, alle Arten von Geschossen warfen sie herab, ganze Fässer mit Steinen, endlich sogar die Zinnen der Mauer selbst. Alles vergeblich, denn plötzlich stürzte ein so großes

[32]) Als Augenzeuge offenbar berichtet über diese Vorgänge der sog. Annalist von Fulda a. 894, mit dem der Panegyrist Berengars (l. III v. 79—123, Scr. IV, 203) im Wesentlichen übereinstimmt; kürzere Nachricht geben Regino a. 894, der, wie die angef. Urk. beweist, den Tag (circa purificationem sanctae Mariae) ganz richtig bestimmt und Liudprand (antap. l. I c. 23).

[33]) Ann. Fuld.: maximis cum laboribus palatinis militibus coram rege certantibus tandem ad murum usque perventum est (vgl. Waitz Verfg. III, 454 flg., IV, 514, der gerade diese Stelle übergeht); Panegyr. Ber. v. 95: urget enim utrorumque nimis praesentia regum, | moenia quod retinent carum pro munere dantum. Auf die Plünderung von Bergamo bezieht Lupi (a. a. O. 1025) mit gutem Grunde die allgemeiner gehaltene Schilderung bei Liudprand (c. 33): sacerdotes dei vincti trahebantur, sacrae virgines vi obprimebantur, coniugatae violabantur etc.

Stück derselben zusammen, daß den Belagerern ein weiter Zugang aufgethan wurde. Da erhob sich draußen unter dem Volke ein Siegesruf, drinnen waltete Verwirrung und Flucht und von allen Seiten drang nun das feindliche Heer in die unglückliche Stadt ein. Wie der Wirbelwind alles Bewegliche aufrafft, so fielen die Truppen, erbittert durch den heißen Kampf, ohne Unterschied über Häuser und Kirchen her, um zu plündern, was ihren Herzen wohlgefiel. Priester und Nonnen erfuhren die gleichen Mishandlungen, wie das übrige Volk, welches in die Hände der Sieger geriet.

Der Graf Ambrosius flüchtete sich, als das Unheil unaufhaltsam hereinbrach, auf einen der Thürme der Befestigung, aber auch hier ward er ergriffen und die Hände auf den Rücken gebunden vor den ergrimmten Fürsten geführt. Dieser, von dem Rachegeschrei des Heeres bestärkt, ließ ihn alsbald in vollem kriegerischem Schmucke, wie er war, zum warnenden Beispiele vor dem Thore der eroberten Stadt an einem Baume aufhängen[34]). Die Gräfin und ihre Söhne nebst großen Schätzen wurden ebenfalls Arnolf überliefert. Ihre liegenden Gründe dienten, wie vorher die des Priesters Gotfrid, der Kirche von Bergamo zum Ersatze der schweren Einbuße, den sie bei der Erstürmung erlitten. Den Bischof Adalbert von Bergamo schützte sein geistlicher Stand vor persönlichen Unbilden: er wurde als Gefangener unter die Bewachung des Erzbischofs Hatto von Mainz gestellt, der wahrscheinlich als Abt von Reichenau Arnolf auf diesem Römerzuge begleitete, bald söhnte er sich auch mit dem Könige vollständig aus, denn schon am 1. Januar 895 bestätigte ihm dieser in Regensburg alle die Besitzungen seiner Kirche, über welche die bezüglichen Urkunden bei der Zerstörung der Stadt zu Grunde gegangen[35]), auch solche, deren rechtmäßigen Besitz die Kirche nur durch das Zeugnis der Nachbarn oder die Erinnerung der Richter beweisen könne. Zu-

[34]) Ich stimme Lupi (p. 1027) vollständig bei, der die Angabe der ann. Fuld.: prae furore iudicio exercitus captus et mox patibulo suspensus est durch das Zeugnis Reginos, des Panegyristen und Liudprands berichtigt, die alle den Grafen auf Arnolfs Befehl erhängt werden lassen. Ueber seine Güter s. die Urk. vom 1. Jan. 895: sed et proprietatem omnem Ambrosii Bergomensis et Gotefridi clerici ... in integrum sepedicte ecclesie stabilimus et omnium optimatum iudicio denuo confirmanus.

[35]) Lupi cod. Berg. I, 1045: in excidio ipsius civitatis Bergami tam illud a nobis factum quamqne et alia precepta ... ipsins ecclesie et munimina liberorum hominum circumquaqne manentium disperdita esse noscuntur, weiterhin: de liberis quoque hominibus, qui in ipso urbis excidio sue proprietatis firmitates perdiderunt et, sicut relatu prenominati Adelberti venerabilis episcopi comperimus, iuxta suam legem calumniam per hoc patiantur, eorum necessitatibns misericorditer subvenire dignum duximus atque ut erga nostram celsitudinem fideliores et devotiores existant, decernimus, ut quicumque sue proprietatis firmitates in excidio ipsius urbis amiserunt ... ut recordatione vel comprobatione facta non liceat alicui eos de suis rebus disvestire, sed liceat eos suam proprietatem pacifico ordine habere etc.

gleich nahm der König das Eigenthum aller der freien Einwohner in Schutz, die bei dem gleichen Anlaß die schriftlichen Beweisstücke eingebüßt hätten, „damit sie in Zukunft ihm desto größere Treue und Ergebenheit zeigten.“ So suchte er den angerichteten Schaden einigermaßen gut zu machen, die Stadt aber blieb ein Jahrzehent hindurch ihrer Befestigungen beraubt.

Das furchtbare Strafgericht, welches an Bergamo vollstreckt worden, erfüllte die Lombarden weit und breit mit Schrecken und alles zitterte vor einem ähnlichen Loose. Noch nach zweihundert Jahren heftete sich in Italien an Arnolfs Namen vorzüglich die Erinnerung dieses erschütternden Ereignisses[36]), um wie viel mehr wirkte diese That damals, wo sie den Eintritt des deutschen Königs in die Lombardei blutig bezeichnete. Wenn der Kriegsplan des Kaisers Wido, der sich über den Po bis nach Spoleto zurückgezogen hatte[37]), darauf zielte, ein Zusammentreffen mit den überlegenen deutschen Streitkräften in freiem Felde zu vermeiden, durch Versperrung der festen Städte aber denselben jeden dauernden Erfolg abzuschneiden und so das Unwetter unschädlich vorüberbrausen zu lassen, so mußte der zweite Theil dieses Planes jetzt als gescheitert angesehen werden, denn nach Bergamo wagte keine von den italienischen Städten mehr Widerstand zu leisten[38]), selbst die größten unter ihnen, die beiden Metropolen der Lombardei, die eine in geistlicher, die andre in politischer Hinsicht, Mailand und Pavia trugen dem Könige durch Gesandte freiwillig ihre Unterwerfung an. Nach Mailand, welches er auf seinem Zuge nicht selbst berührte, schickte er nach einer allerdings sehr zweifelhaften Nachricht, den sächsischen Grafen Otto, Liudolfs Sohn, dessen Erwähnung bei diesem Anlasse deshalb auffallend ist, weil das königliche Heer nur aus Schwaben bestand[39]). Dort gebot der Graf Maginfrid, der wiewol er von Wido als Pfalzgraf und Rathgeber geehrt worden war und ihm in der Schlacht an der Trebbia mit

---

[36]) Thietmari chronic. l. VI c. 5: Pergamam ab Arnulfo imperatore olim devictam; Benzonis episc. Albens. ad Heinric. IV l. I c. 13: rex autem Arnulfus Karlomanni filius qualiter exarsit adversus Bergamensis comitis falsa consiliabula, sit modo lupus in fabula (Scr. III, 806, XI, 603).

[37]) Chron. S. Bened. (Scr. III, 202): eo autem tempore Guido ... rex erat Italiae, qui tunc aufugerat in partes Spoleti.

[38]) Panegyr. Bereng. l. III v. 120: hinc igitur iuvenum solvuntur frigore mentes, | urbibus excedunt ... | hostesque feros in moenia linquunt; Regino 894: unde tantus timor super reliquas civitates cecidit, ut nullus auderet contradicere, sed omnes obviam procederent venienti; Ann. Fuld. 894: hinc tantus terror totam Italiam invasit, ut maximae urbes Mediolanium scil. et Papia sponte ad regem venientes se subdidissent; Liudprand. antap. I c. 23, 24: quicumque hoc audierat, utraque auris eius tinniebat.

[39]) Eb. Ottonem itaque Saxonum potentissimum ducem ... Mediolanium defensionis gratia dirigit, von Waitz (K. Heinrich I. Neue Bearb. S. 10 A. 7) in Schutz genommen.

zahlreichen Mannen beigestanden hatte, jetzt dennoch zum deutschen Könige abfiel und von diesem in seinem Amte als Graf von Mailand bestätigt wurde[40]).

Arnolf selbst setzte seinen Marsch nach Pavia fort, einer glänzenden und volkreichen Stadt, in der man damals nicht weniger als 44 Kirchen zählen wollte[41]). Dort erschienen die mächtigsten der italienischen Großen vor ihm, um ihm ihre Huldigung darzubringen: der Markgraf Adalbert von Tuscien, der Gemahl von Lothars II. Tochter, der klugen Bertha, der in Lukka einen mehr königlichen als markgräflichen Hofhalt führte, sein Bruder Bonifacius und die mächtigen Grafen Gerhard und Hildebrand[42]). Da sie jedoch allzu anmaßend auftraten und übermäßige Lehen forderten, ließ der König sie sämtlich verhaften und übergab sie einzelnen Fürsten zur Bewachung. Nicht lange blieben sie in Gewahrsam, denn bald schenkte Arnolf von Mitleid bewogen ihnen die Freiheit wieder, nachdem sie ihm durch einen Eidschwur Treue gelobt hatten. Adalbert und sein Bruder brachen diese Treue sogleich, indem sie sich heimlich aus der Umgebung des Königs entfernten.

Von Pavia zog dieser über den Po nach Piacenza, wo er am 11. März dem Stifte des h. Ambrosius bei Mailand auf Fürbitte des Erzbischofs Hatto seinen ganzen Grundbesitz bis an die Mauern der Stadt nebst der daran haftenden Immunität bestä-

---

[40]) Ueber Maginfrid s. den Panegyr. Ber. l. II v. 42 mit der Glosse. Liudprand l. I c. 36: Magimfredus ... praedives Mediolanensis urbis comes; Chronic. Novalic. l. IV c. 21: tempore Heirardi abbatis erat Mainfredus comes palatii. Am 14. Mai 891 machte Wido dem B. von Acqui eine Schenkung, quoniam Manfredus noster fidelissimus comes et consiliarius nostram imploravit clementiam und am 22. Nov. dem B. von Modena: adiens per Mainfredum comitem sacri palatii serenitatem culminis nostri (Moriondi monum. Aquensia I, 2, Ughelli II, 120, B. 1272, 1274); in einer Urk. vom Aug. 892 sitzt zu Gericht Magnifredus comes palatii et comes ipsius comitati Mediolanensis und im J. 894 Maginfredus, qui fuit comes palatii Arnulfi regis (Giulini memorie di Milano II, 469, 472).

[41]) Liudprand. ant. I c. 24: recta ipse Ticinum tendit; Chronica S. Bened. (Scr. III, 202): Arnulfus rex Gallorum intravit Italiam cum multa multitudine veniens usque ad Ticinum. Bei Liudprand (l. III c. 6) heißt es: Papia vero ... copiosa et apellatur et cernitur; non solum quippe praecellit vicinas, sed et longe positas opibus civitates; Flodoardi ann. 924 (Scr. III, 373): Papiam ... urbem populosissimam atque opulentissimam ..., ubi opes periere innumerabiles; aecclesiae 44 succensae etc.

[42]) Ann. Fuld. 894: primores itaque marchenses, qui fuerunt Italici regni, doch darf auf diesen Ausdruck hier nicht zu viel Gewicht gelegt werden, da wir nur für Adalbert eine Mark nachweisen können vgl. über seinen prächtigen Hofhalt Liudprand l. II c. 38, 39; sein Bruder Bonifacius findet sich unter der Stiftungsurk. von S. Caprasio (Muratori antichità Estensi I, 210). Bei Liudprand (l. I c. 39) wird Ildeprandus praepotens comes als Genosse Adalberts erwähnt, wahrscheinlich der Sohn des früheren Grafen Hildebrand von Lukka, oben S. 22.

tigte[43]). Zu gleicher Zeit war jedoch ein schon lange schwebender Streit zwischen den Klöstern Reichenau und San Ambrogio über 6 Hufen zu Limonta am Komersee durch den Pfalzgrafen Maginfrid und den Bischof Waldo von Freising als königliche Sendboten zu Gunsten des ersteren entschieden worden, indem die Reichenauer den günstigen Zeitpunkt wahrnahmen, wo ihr Abt Hatto, der vielvermögende Metropolit von Mainz ihre Ansprüche bei dem Könige vertreten konnte[44]).

Jene Urkunde Arnolfs aus Piacenza zählt zum erstenmale die Jahre seines italischen Reiches: über dieses hatte er thatsächlich die Herrschaft angetreten, wenn gleich aus Rücksicht auf seinen Vasallen Berengar eine förmliche Krönung nicht stattgefunden zu haben scheint. Dieser Ort aber bezeichnete für diesmal die äußerste Grenze seines Vordringens:[45]) die Romfahrt, der eigentliche Zweck des ganzen Unternehmens mußte auf einen zweiten Zug vertagt werden. Die deutschen Truppen, nur aus der Streitmacht eines einzigen Stammes bestehend, hatten den beschwerlichen Marsch über die Alpen in der rauhesten Jahreszeit gemacht, auch in Italien war ihnen die Witterung ungünstig und litten sie noch Mangel an Lebensmitteln, kein Wunder daher, daß Krankheiten unter ihnen ausbrachen. Mit diesen zusammengeschmolzenen Streitkräften konnte aber Arnolf den Zug nach Rom um so weniger wagen, als er

[43]) Fumagalli cod. dipl. Santambros. p. 534 (B. 1106): Hattho sanctae Mogontiensis ecclesiae venerabilis archiepiscopns nostrae humiliter suggessit mansuetudini pro qnodam venerabili abbate, qui nominatur Petrus etc. Bei Dümge (reg. Bad. p. 83) findet sich eine Urk. Arnolfs für seinen Kanzler Ernst actum Placentiae, deren sämtliche Daten auf das J. 895 weisen, dürften wir dieselbe in das J. 894 setzen (wozu es ganz gut paßte, daß sie per interventum Wihcingi fidelis episcopi nostri ausgestellt ist, der in der That A. nach Italien begleitete), so würde darnach der König schon am 17. Febr. in Piacenza sich befunden haben.

[44]) Giulini memorie II, 472: Maginfredus ... et Waldo episcopus missus domni regis (Arnulfi) civitate Papia in sala, qui est infra viridario ..., hubi in iudicio residebat investierunt ad salva querela Attonem archiepiscopum ad partes monasterii, qui dicitur Auwa, qui est in finibus Allamanie de mansos VI, quibus sunt positis in loco et fundo, qui dicitur Lemonte ... pro ideo qnia, pro persecutione ostili ipsius Arnulfi ad eorum placitum venire ausi non fuimus (nämlich die Vertreter von S. Ambrogio) ... hoc actum perrexit ipse Arnulfus rex foris hoc regno etc. Im J. 835 hatte Lothar I. Limonta an S. Ambrogio geschenkt (B. 541, 546), 880 wurden durch Karls III. Sendboten jene 6 Hufen, die die Reichenauer zu Tremezzo ziehen wollten, ebenfalls Mailand zugesprochen (Muratori ant. It. V. 929), das sie endlich im Okt. 896 unter Lambert wiedererlangte.

[45]) Regino 894: pervenit antem usque Placentiam, inde conversus etc.; Ann. Fuld. 894: rex propter nimiam longitudinem itineris languescente exercitu, usque Placentiam veniens, reversus est pascha (d. h. doch wohl nach Ostern, das auf den 31. März fiel); Chronic. S. Bened.: Arnulfus ... cupiens pertingere Romam, sed idem fame et intemperie aeris compulsus reversns est ad propria. Was Liudprand (I c. 35) über einen Aufstand in Pavia erzählt, halte ich für eine Verwechselung mit dem letzten Zuge Karls III.

sich durch sein allzu heftiges Auftreten Adalbert zum Feinde gemacht hatte und deshalb bei dem Wege durch Tuscien sich darauf vorbereiten mußte, ihm und Wido zugleich die Spitze zu bieten. Um Ostern trat er demnach mit schwerem Herzen den Rückzug nach Deutschland an, doch schlug er hiebei die westliche Richtung ein, um dem seiner Vassallenpflichten gänzlich vergessenden Könige Rudolf von Hochburgund eine Züchtigung angedeihen zu lassen.

Auf die ersten ernstlichen Schwierigkeiten stieß Arnolf bei diesem Marsche, als er gegen die Mitte des April die Stadt Ivrea erreichte, die von einem der ergebensten Anhänger und tapfern Mitkämpfer Widos in der Schlacht an der Trebbia, dem Markgrafen Anskar verteidigt wurde[46]). Dieser, im Besitze der die Stadt beherrschenden sehr festen Burg und von einer Schar von Burgundern unterstützt, die Rudolf ihm zu Hilfe gesandt, hatte die Straße, die durch das Thal der Dora Baltea bei Ivrea vorbei nach Aosta führt, durch Verschanzungen an ihrer engsten Stelle abgeschnitten und so dem Könige gleichsam das Thor der Alpen verschlossen. Arnolf lagerte einige Tage bei der Stadt: am 16. April machte er hier auf Fürbitte seines Kanzlers Wiching dem Erzbischof Ratbod eine Schenkung für das Trierer Domkapitel, am 17. bestätigte er durch Vermittelung Hattos dem Bischof Wibod von Parma, der seine wie aller früheren Machthaber Gunst sich dienstbar zu machen wußte, die ausgebreiteten Besitzungen seines Hochstiftes durch ganz Italien[47]).

---

[46]) Ann. Fuld. 894: comes Widonis, nomine Ansger; Liudprand. I c. 35: Anscarius marchio. Am 21. Febr. 891 schenkte Wido auf Bitte der Wicbodus ... et Anscherius marchio dilectique consiliarii seiner Gemahlin das Kl. S. Marino (Affò storia di Parma I, 193), am 11. Juli 892 ließ er Martin von Vercelli frei interventu Amal ... seu Anscherii itemque strenuissimi marchionis (Tiraboschi storia di Nonantola p. 85), am 25. Juli 896 bestätigte Lambert die Privilegien von Bobbio auf Bitte des dilectissimus marchio noster atque fidelissimus comes Anscharius (Hist. patr. mon. chart. I, 87). Von seinen Thaten an der Trebbia handelt der Panegyrist Berengars (l. II v. 15, 158, 189). Daß man ihn nur irrthümlich zu einem Bruder des Kaisers Wido hat machen wollen, weist Wüstenfeld (Forschungen zur deutschen Gesch. III, 419) überzeugend nach. Im J. 901 wird urkundlich Adalbertus marchio filius quondam Anscherii, der Vater Berengars II. erwähnt (Hist. patriae monum. I, 103).

[47]) Die erste dieser beiden Urk. per admonitionem Wichingi venerandi presulis et cancellarii nostri (von ihm sind auch B. 1105, 1107 geschrieben) ist aus civitate Eboriensi datiert (Beyer mittelrh. Urkb. I, 201), die zweite für Wibod per Attonem sanctae Mogontinae ecclesiae archiepiscopum et dilectum consiliarium nostrum und weiterhin: cuius precibus ob devotionem et fidelitatem eius assensum prebentes ebenso Yporegiae (Affò storia di Parma I, 313, B. 1107). Nach Liudprand a. a. O. müßte man annehmen, daß Ivrea sich unterwarf und nur Anskar sich in cavernis petrarum vor Arn. verbarg, die ann. Fuld. dagegen sagen: rex ... reversus est (post) pascha prope castello Eboregia, quod tunc et firmissimas clausas obseratas, desuper posito lapideo castello ... Ansger ... ne via ibi redeunti regi daretur obsessum defendebat. rex namque per occupatam viam sine periculo suorum non posse expugnari sentiens etc. Das Verständnis dieser Worte bietet manche Schwierigkeiten, es bleibt zweifelhaft, ob Arn. die Stadt Ivrea

Der König konnte es mit den geschwächten Kräften der Seinigen jedoch nicht auf einen Kampf ankommen lassen, der bei ungünstigem Ausgange ihn mit Vernichtung bedrohte. Er ließ sich daher durch kundige Führer rechtsab vom Wege über die Alpen geleiten, um so die Klausen bei der Feste Bard zu umgehen. Unter unsäglichen Beschwerden wurde der pfadlose Weg über Klippen und schroffe Felsenstürze von der Reiterei zurückgelegt, bis man endlich in sanfterer Senkung am dritten Tage in das Thal von Aosta gelangte. Von hier schickte Arnolf das Heer über den St. Bernhard nach St. Maurice hinab gegen den König Rudolf, der in unzugängliche Gebirgsregionen sich zurückziehend, jedes Angriffes spottete, während sein Gebiet bis zum Jura hin schwer verwüstet wurde[48]. Der König selbst eilte auf kürzerem Wege über Konstanz in die Heimat zurück und traf in Kirchen unterhalb Basel mit seiner Gemahlin Ota zusammen.

Die Ergebnisse dieses mühseligen ersten italienischen Zuges konnten nach keiner Seite hin befriedigen: unter dem Eindrucke des Schreckens und der Waffengewalt war Arnolf im ganzen oberen Italien als König anerkannt worden und übte königliche Rechte, sein Verhältnis zu Berengar aber, mit dem er gemeinschaftlich ins Feld gerückt war und der als sein Vassall nicht minder königliche Rechte ausübte[49], blieb ein unklares, das bei der Unvereinbarkeit ihrer Ansprüche über kurz oder lang zu offener Feindschaft führen mußte. Südlich vom Po herrschte nach wie vor der Kaiser Wido und vergeblich hatte der Papst sich der Hoffnung hingegeben, durch den deutschen König aus den Banden der Spoletiner befreit zu werden. Eine wichtige Veränderung in der Lage der Dinge brachte der einige Monate nach Arnolfs Rückkehr in der zweiten Hälfte des Dezember erfolgende Tod seines hauptsächlichen Gegners Wido hervor, welcher, im Begriffe den Krieg gegen Berengar zu erneuern,

---

besetzte (während ihm die Burg jedenfalls verschlossen blieb) und wo wir die Klausen zu suchen haben, die man nach der Lage der Gegend nicht bei Ivrea, sondern mehrere Stunden weiter oberhalb bei dem heutigen Fort Bard vermuten möchte, welches die Straße vollständig schließt (per Hannibalis viam, quam Bardum dicunt nennt Liudprand dieselbe). Auf diese Besetzung scheinen die Worte des verworrenen Benedikt von Sorakte zu gehen (chron. c. 28, Scr. III, 713): cuius (sc. Quidonis) temporibus horta est intentio inter Langobardos et Francos de regno Italie; clauserunt Langobardi clusas et custodierunt vie Galliarum.

[48]) Ann. Alamann. 894: Arnulfus rex Italiam cepit simul et Purgundiam; Ann. Fuld. 894, Regino 894: per Alpes Penninas Galliam intravit et ad st. Mauritium venit etc.; Urk. für Toul (Bouquet IX, 367): in reditu nostro de Langobardia vir venerabilis Arnaldus ... nobis Constantiae occurrens lacrymabiliter conquestus est etc.

[49]) Die Jahre der Herrschaft in Italia werden nur in 3 Urk. Arnolfs gezählt: in B. 1106, Beyer I, 201 aus dem J. 894 und Ughelli It. sacra III, 706 aus dem J. 896. Von Berengar kennen wir 2 Urk. aus dem J. 894 vom 21. Nov. für den B. von Mantua und vom 2. Dez. in Mediolano ausgestellt für S. Ambrogio, die Zeugnis von seiner Herrschaft über die Lombardei geben.

am Flusse Taro durch einen Blutsturz plötzlich hingerafft wurde und in der Kathedrale von Parma seine Ruhestätte fand[50]). Als Erbe seines Reiches trat zwar sogleich sein Sohn Lambert auf, der schon seit zwei Jahren die römische Kaiserkrone trug und äußerlich blieb demnach alles beim Alten, aber es waltete doch ein wesentlicher Unterschied ob zwischen dem in vielen Sträußen erprobten Helden, der sich zuerst auf den Thron der Cäsaren geschwungen und dem unerfahrenen Jünglinge, der diese Stellung von ihm überkam. Hiedurch gestalteten sich die Aussichten für das Gelingen einer künftigen Romfahrt ungleich günstiger, für welche nur die Entzweiung mit dem mächtigen Markgrafen Adalbert ernste Bedenken erwecken mußte.

Nach viermonatlicher Abwesenheit hielt Arnolf in der ersten Hälfte des Mai eine allgemeine Reichsversammlung zu Worms, auf der unter andern Bischöfen namentlich auch Hatto von Mainz, Salomon von Konstanz, Arnold von Toul und der Kanzler Wiching zugegen waren[51]). Neben vielen andern Angelegenheiten, die hier der Erledigung harrten, trat als die wichtigste der Thronwechsel in den Vordergrund, der sich im westfränkischen Reiche vollzogen hatte oder vielmehr im Begriffe war, sich zu vollziehen. Die Herrschaft Odos stand, so wacker und mannhaft er auch selbst das Schwert gegen alle seine Feinde zu führen wußte, trotz der Anerkennung Arnolfs von jeher auf sehr schwachen Füßen: Aquitanien, durch seine Volksthümlichkeit von Francien scharf geschieden, ge-

[50]) Ann. Laubac. 894: Wido imperator (sc. obiit); ann. Fuld. 894: Wido ... morbo correptus obiit; Regino 894: Wido ... moritur; Chron. S. Bened.: qui post paululum vomitu sanguinis ab hac luce subtractus est. Lambertus denique ... patri successit in regno; Liudprand. ant. I c. 37: iusta fluvium defunctus est Tarum; Paneg. Bereng. l. III v. 161—197: sic tamen ut proprio componat lumina lecto; Ann. Farfens. (Scr. XII, 588) 894: Guido imperator obiit. Ueber sein Begräbnis s. die Urk. Ageltrudas vom J. 923, in der sie für sein Seelenheil eine Stiftung macht (Affò storia di Parma I, 329). Seine letzte Urk. im Apr. 894 ist zu Petrognano bei Teramo ausgestellt (B. 1281). Daß er am 30. Dez. 894 nicht mehr lebte, lehrt eine Urk. aus Lukka (Memorie e docum. all ist. di Lucca V[b], 613): In nomine ... Iesu Christi dei eterni anno ab incarn. eius 894 post ovito domni nostri Widoni imperatoris anno primo III Kal. Ianuarii ind. 13, dagegen eine Urk. des Erzb. Dominikus v. Ravenna wird datiert nach dem 3. J. des P. Formosus imperante domno Widone a deo coronato anno quarto die XII mens. Dec. ind. XII Ravennae (Hier. Rubei historiar. Ravennat. p. 248 l. V) vgl. Wüstenfeld (Forsch. zur d. Gesch. III, 417).

[51]) Ann. Fuld. 894: Vormacia habitum est generale conventum; Regino: post haec Wormatiam venit ibique placitum tenuit. Am 5. Juni bestätigte A. auf Fürbitte des Erzb. Hatto der Abtei Elwangen ihre Privilegien, am 6. dem B. Dodilo von Kammerich die Immunität per interventum venerabilis episcopi nostri Salomonis (Scr. VII, 423), am 13.: cum pro diversis regni nostri negotiis ad urbem Vurmatiam devenissemus den Domherren von St. Stephan zu Toul admonente et exhortante nos sanctissimo episcoporum nostrorum, qui tunc praesentes fuere collegio, necnon interveniente Wichingo venerabili episcopo alle ihre Güter (Bouquet IX, 368, B. 1108, 1109).

horchte ihm so gut wie gar nicht, wenn gleich Herzog Ramnolf sich ihm im J. 889 unterworfen hatte, Graf Balduin von Flandern nahm nach dem Tode des Abtes Rudolf, ohne weiteres das befestigte Kloster St. Vaast in Besitz und behauptete es in offener Empörung gegen den Willen des Königs[52]), Fulko von Reims endlich, der nur dem Drucke nachgegeben, pflog geheimer Verabredungen mit den Gleichgesinnten, um das Regiment des ihnen so verhaßten Herrschers so bald wie möglich zu stürzen[53]).

In dieser Absicht gaben die Verschworenen im Herbste 892 Odo den arglistigen Rath, er möge doch den nächsten Winter statt in Francien, in Aquitanien zubringen, theils damit das schwer daniederliegende Land sich durch die Entfernung des Hofes etwas erholen könne, theils weil nach dem Tode Ramnolfs ein günstiger Zeitpunkt eingetreten sei, die Aquitanier, die unter der Führung seiner beiden Brüder, des kühnen Abtes Ebolus von St. Germain und St. Denis und des Grafen Gozbert standen, durch deren Verdrängung sich unterthänig zu machen. Odo ließ sich in der That durch die ihm gestellte Falle berücken: er gieng für den Winter nach Aquitanien, wo Ebolus, einst um die Verteidigung von Paris gegen die Heiden hochverdient, bei der Belagerung einer Burg durch einen Steinwurf bald darauf (2. Okt.) sein Leben einbüßte und Gozbert ebenfalls ein gewaltsames Ende fand[54]).

Während Odo südlich von der Loire gegen die Aufständischen kämpfte, trafen seine in Francien zurückgebliebenen Gegner in Reims zusammen und beschlossen nunmehr, ihm den kleinen Karl, Ludwigs und Adelheids Sohn, den einzigen rechtmäßigen Erben des westfränkischen Thrones, als König entgegen zu stellen. In einer zahlreichen Versammlung der fränkischen Großen wurde dieser damals dreizehnjährige Prinz in der Kathedrale zu Reims am 28. Januar 893 von dem Erzbischof Fulko gesalbt und mit der Beistimmung aller auf den Thron seiner Väter gesetzt[55]). Alle Anwesenden ver-

---

[52]) Ann. Vedast. 889, 892, Elnonens. min., Blandiniens. 892 (Scr. V, 19, 24), Folquin. chartular. Sith. p. 134.

[53]) Diese Verabredungen leuchten aus den Gesprächen hervor, von denen Fulko selbst an Arnolf berichtet (Flodoard. hist. Rem. l. IV c. 5 p. 449). Die ann. Vedast. 892 nennen die Verschworenen: Franci, qui dudum Odoni regi infesti fuerant, sociatis sibi aliis.

[54]) Eb., Regino 892; Necrol. St. Germani Prat. (Bouillart hist. de St. Germain p. CXIX): VI Non. Oct. Depositio domni Eboli abbatis nostrae congregationis. Abbo (l. II v. 436 flg.) sagt von Ebolus: his micuit praestans Ebolus Mavortius abba, | ni cupidus nimium, lascivus et omnibus aptus; | nam pulchre nituit studiis, quae gramma ministrat vgl. Wenck Erhebung Arnulfs S. 57.

[55]) Karl der Einfält. ordnet in vielen Urk. eine Feier des Tages seiner Salbung an: Bouquet IX, 531, 536, 545 (in die, quo ad regni fastigium ordinati sumus, quae evenit V Kal. Februarii id est nat. stae Agnetis virginis), 552 (B. 1953, 1954, 1957, 1963, 1970), womit auch Richer. historiar. l. I c. 12 übereinstimmt, während die ann. Vedast. 893 irrig den

schworen sich zu gemeinschaftlichem Widerstande gegen Odos unerträgliche Tyrannei. Triebfedern dieser Empörung waren neben Fulko vorzüglich noch die Grafen Heribert und Pippin, beides Enkel des unglücklichen Königs Bernhard von Italien. Außer den Männern, deren Puppe der noch ganz unselbständige und auch fürderhin charakterschwache Königssproß war, übte vorzüglich seine Mutter Adelheid vielen Einfluß auf den Gang der Dinge[56]).

Nach Ostern (8. April) rückten Fulko und Heribert mit ihrem kleinen Könige gegen Odo ins Feld, während von der andern Seite Herzog Richard von Burgund und die Grafen Wilhelm von Aquitanien und Ademar von Poitou mit starker Mannschaft ihnen begegneten. Für diesmal kam es indessen zu keiner Entscheidung, da Odo Unterhandlungen anknüpfte und der Streit ruhte bis zum Sommer. Fulko versuchte inzwischen, indem er den König Odo auf alle Weise bei dem Papste Formosus verklagte[57]), diesen zu Gunsten Karls zu stimmen und er erwirkte auch, daß der Nachfolger Petri Karl ein geweihtes Brot übersandte und den beiden kämpfenden Parteien Waffenruhe gebot, bis er selbst nach persönlichem Erscheinen des Reimser Metropoliten seinen Schiedspruch gefällt haben würde. Weder durfte aber Fulko damals die Reise nach Rom antreten, noch konnten die Anhänger Odos sich einem Schiedsgericht unterwerfen, das auf die Aussage eines so parteiischen Zeugen gegründet werden sollte.

In der Erntezeit erschien Odo, von seinem Bruder, dem Markgrafen Robert unterstützt, unvermutet mit einem Heere in Francien und nöthigte Karl mit seinem Anhange vor ihm zu weichen[58]). Hierauf wandte er sich gegen Reims, den eigentlichen Herd der Empörung, belagerte die Stadt, deren Umgegend er mit Feuer und Schwert heimsuchte, vertheilte die Kirchengüter an seine Vassallen und zerstörte eine Burg bei Epernay. Als der Bürgerkrieg bis zu dieser Stufe gelangt war, begann auch Arnolf in denselben einzugreifen, indem er zunächst die in seinem Reiche gelegenen Besitzungen der Reimser Kirche, namentlich die im Kölner Sprengel, die er früher selbst Fulko zurückgegeben, mit Gewalt in

---

2. Febr. angeben vgl. Regino 892: Francorum principes ex permaxima parte ab eo deficiunt etc., Abbo de bellis Paris. l. II v. 567 flg., ann. S. Benigni 893 (Scr. V, 40).

[56]) Viele Urk. Karls sind per deprecationem carissimae et venerabilis genitricis nostrae Adeleidis ausgestellt, s. Bouquet IX, 468—472, 483, 485, 489, 490, 494.

[57]) Flodoard. hist. Rem. eccl. IV c. 2, 3 p. 432, 434 flg.

[58]) Ann. Vedast. 893, Regino 893: Odo ... cum Ruodberto fratre Carolum fugat defectoresque persequitur; Flodoard. hist. Rem. IV c. 3 Fulko an Formosus: quod Odo civitatem Remensem obsederit, innumeras etiam caedes et depraedationes exercuerit et res ecclesiae Remensis suis satellitibus dederit, huius ecclesiae insistens rapinis vgl. c. 8 (Fulco instituit) aliud (castellum) apud oppidum Sparnacum, quod Odo, quia desciverat ab eo, propter evectionem Karoli subvertit (p. 435, 491).

Beschlag nahm[59]). Die Anregung zu diesem Verfahren gieng von Odo selbst oder seiner Partei aus, die dem deutschen Herrscher vorstellte, daß in dieser eigenmächtigen Wahl eines neuen Königs, im Widerspruche mit dem von ihm bestätigten Fürsten eine offenbare Misachtung seiner Rechte liege, ja man erregte ihm sogar den Verdacht, als sei der neue Thronbewerber kein rechter Sohn Ludwigs des Stammlers, sondern nur zu Parteizwecken untergeschoben und als gehe die Endabsicht des Reimser Metropoliten nicht einmal darauf, ihm den Thron zu verschaffen, vielmehr schließlich den Kaiser Wido, seinen Vetter auf denselben zu erheben.

Fulko seinerseits, der wohl erkannte, von wie entscheidender Wichtigkeit für die Sache seines Schützlings es sein würde, wenn Arnolf sich derselben annähme oder wenn er wenigstens nicht geradezu die Partei Odos verstärkte, ließ nichts unversucht, um auf die Stimmung des ostfränkischen Königs in seinem Sinne einzuwirken. Der Papst richtete, auf Betreiben Fulkos, vielleicht durch dieselbe Gesandtschaft, die Arnolf nach Italien einlud, die Aufforderung an ihn, Karls Reich nicht zu beunruhigen, ihm vielmehr als seinem Verwandten schuldigen Beistand zu leisten. Diese Mahnung fruchtete jedoch wenig[60]). Ein ausführliches Rechtfertigungsschreiben sandte sodann Fulko selbst an Arnolf, um ihm die Beweggründe darzulegen, die ihn zur Salbung Karls vermocht und seinen Unwillen zu beschwichtigen. Er erinnerte daran, wie er nach dem Tode des Kaiser Karl zuerst die Nachfolge Arnolfs eifrig gewünscht und angestrebt habe, doch ohne Erhörung bei ihm zu finden. Daher sei ihnen nur dieser letzte Abkömmling ihres Königshauses übrig geblieben, an den sie sich halten konnten und sie hätten ihn gewählt, sobald er alt genug geworden, um heilsame Rathschläge zu befolgen. Sitte der Franken sei es bisher gewesen, sich bei dem Tode ihres Fürsten aus seinem Geschlechte einen neuen Herrscher zu wählen, ohne Befragung irgend eines mächtigeren Königs, doch wolle ihr König Karl samt seinem ganzen Reiche sich durchaus den Rathschlägen und Weisungen Arnolfs fügen und unterordnen[61]).

---

[59]) Eb. c. 3: sed et Arnulfus res ecclesiae Remensis tam eas, quas aliquamdiu iniuste sublatas ipse restituerat, quam eas etiam, quae nunquam prius subtractae fuerant, abstulit ... significans etiam, quod Rotbertus homo Arnulfi ex parochia Herimanni Coloniensis episcopi res huius ecclesiae invaserit ac diripuerit, donec eum vi acsi canem rabidum ab eadem devastatione repulerit vgl. über diese Besitzungen c. 6 an Hermann von Köln (p. 436, 466).

[60]) Eb. c. 3: Arnulfo quoque Transrhenensi auctoritate apostolica praeciperet (Formosus), ne Karoli regnum inquietaret, quin potius ei auxilio esset, ut propinquum propinquo deceret ... item quia post admonitionem ipsius papae nec Arnulfus orbitati Caroli subvenire voluit etc.

[61]) Eb. c. 5 p. 448: de eo quoque, quod sine ipsius Arnulfi consilio praesumpserint hoc agere, morem Francorum gentis asserit secutos se fuisse, quorum mos semper fuerit, ut rege decedente alium de regis

Als Verleumdung wies er das Gerücht zurück, daß Wido eigentlich der von ihm begünstigte Bewerber sei, sowie den Zweifel an der echten Abkunft Karls, den schon die Aehnlichkeit der Züge als einen Sohn Ludwigs kund thue. Arnolf möge wohl erwägen, daß von dem einst so blühenden Königshause der Franken jetzt Niemand weiter übrig sei, als er und dieser sein kleiner Vetter. Wie solle es werden, wenn ihn ein plötzlicher Tod hinraffe mit Hinterlassung eines unmündigen Sohnes, da schon so viele Herrscher aus neuen Geschlechtern regierten und andre emporstrebten[62]), alsdann könne nur Karl seines Sohnes Stütze werden. Zum warnenden Beispiele hielt er Arnolf die sagenhafte Gestalt des Gothenkönigs Ermanarich aus den deutschen Heldenliedern entgegen, der durch die treulosen Rathschläge Sibichos verführt sein ganzes Geschlecht dem Tode weihte[63]). Schließlich fordert er ihn auf, durch Vernehmung weiterer Zeugen die Wahl zu prüfen, und wenn er alles in der Ordnung fände, Karl seine Unterstützung angedeihen zu lassen. Auch die Freundschaft des Kaisers Wido suchte Fulko für den jungen König zu gewinnen, ebenso wie später die Lamberts.

Im September 893 kehrte Karl unverhofft mit einem ansehnlichen Heere auf den Kriegsschauplatz zurück und nöthigte seinen Gegner die Belagerung von Reims aufzuheben. Hierauf wurden Unterhandlungen zwischen ihnen angeknüpft und bis Ostern des nächsten Jahres ein Waffenstillstand geschlossen[64]). Beide Theile, in ihren Kräften einander ohngefähr gewachsen, trugen Scheu ernstlich Bürgerblut zu vergießen, um nicht die furchtbare Normannenplage von neuem über das Volk herbei zu ziehen. Als jene Frist abgelaufen, rückte Odo abermals mit einem Heere gegen Karl heran, der mit seinen Getreuen in Reims stand. Bald über-

---

stirpe vel successione, sine respectu vel interrogatione cuiusquam maioris aut potentioris regis eligerent. hoc more hunc regem factum ipsius fidelitati et consilio committere voluerint etc.

[62]) Eb. p. 451: cum tot iam de aliena stirpe reges existant et adhuc sint plures, qui sibi regium nomen affectent ... misereatur gentis huius et regio generi subveniat decidenti, satagens ut in diebus suis dignitas successionis suae roboretur et hi, qui ex alieno genere reges exstabant vel existere cupiebant, non praevalerent contra eos, quibus ex genere honor regius debebatur.

[63]) Eb.: subiicit etiam ex libris Teutonicis de rege quodam Hermenrico nomine etc. vgl. W. Grimm deutsche Heldensage S. 30. Gfrörer (Carol. II, 333) denkt hiebei an den Suevenkönig Hermerich in Spanien (!).

[64]) Ann. Vedast. 893, Flodoard. hist. Rem. IV c. 3 p. 435: donec Karolus cum valido exercitus apparatu adveniens eum ab obsessa civitate depelleret ... ipse semper bellum distulerit, non quod inferiores vel impares fuerint, aut de iniusta causa dubitaverint, sed ne vires regni bellis adtritae paganorum proderentur invasionibus. unde dato placito inter se dextras securitatis invicem usque ad tempus praefinitum dederint. Aus der Anspielung auf Ludwig (das Kind) muß man folgern, daß der Brief Fulkos an Arn. nicht früher als zu Ende des J. 893, in der Zeit dieses Waffenstillstandes geschrieben sein kann.

zeugte sich dieser, daß er seine Macht nicht mit der des Gegners messen könne: in dieser gefährlichen Lage täuschte er denselben durch das Vorgeben eines Friedensschlusses, schlich sich indessen aber bei Nacht aus der Stadt, die er mit hinlänglichen Wachen besetzte und begab sich nach Worms, wo Arnolf eben die erwähnte Reichsversammlung abhielt, um dessen Beistand anzuflehen.

Welche Beweggründe die Entschließungen des ostfränkischen Königs in dieser Angelegenheit bestimmten, läßt sich leider in keiner Weise ermessen. Er empfieng seinen jugendlichen Vetter, der mit großen Geschenken zu ihm kam und es nicht an Versicherungen seiner Ergebenheit und seines Gehorsams fehlen ließ, überaus freundlich und liebevoll, übergab ihm nicht nur das westfränkische Reich als Lehen zum Besitze[65]), sondern beauftragte sogar die Bischöfe und Grafen aus den Maasgegenden, Karl mit Heeresmacht auf den Thron seiner Väter zurück zu geleiten. Diese Hilfsleistung nützte demselben allerdings sehr wenig, denn als das deutsche Heer in Francien einrückte, trat ihnen Odo an der Aisne zur Schlacht gerüstet entgegen. Man lagerte einige Zeit einander gegenüber, um dann unverrichteter Dinge in die Heimat zurück zu kehren, sei es wegen allzu geringer Neigung für eine blutige Entscheidung, sei es, wie erzählt wird, daß persönliche Freunde Odos die deutschen Hilfstruppen führten[66]). Karl blieb nichts anderes übrig, als in Burgund eine Zuflucht zu suchen.

Daß Arnolf sich jetzt für Karl erklärte, nachdem er früher Odo anerkannt, findet seine Erklärung wohl kaum in dem von Fulko angeregten gemeinschaftlichen Interesse des regierenden Hauses. Nach den Beziehungen, die bisher stets zwischen der ost- und westfränkischen Linie dieses Hauses obgewaltet hatten, mußte Arnolf für seinen Sohn vielleicht größere Gefahren von dem rechtmäßigen Erben des westfränkischen Thrones als von einem Usurpator befürchten. Schwerlich gaben daher solche prinzipielle Gründe den Ausschlag, sondern lediglich das größere Angebot: weil Karl,

---

[65]) Ann. Fuld. 894: ibi inter alia Karolus puer ... Hludowici ... filius, nepos regis ad eum veniens, quem rex cum dilectione suscepit et absolvit; Vedast. 894: Arnulfus vero rex benigne suum excepit consobrinum eique regnum paternum concessit adiutoresque ei delegavit hos, qui erant ex superiori Francia; Regino 893 (zu einem falschen Jahre): aestivo siquidem tempore iamdictus rex conventum publicum Wormatia civitate celebravit, ubi Carolus venit et Arnolfum magnis muneribus sibi conciliat regnumque, quod usurpaverat, ex eius manu percepit etc.; Ann. Blandiniens. 894 (Scr. V, 24): Carlus adiutorium Arnulfi expetiit. Auf diesen Vorgang bezieht sich ein späteres Schreiben Fulkos an Arnolf (Flodoard. hist. Rem. l. IV c. 5 p. 453): promissionem quoque, quam rex suus Karolus eidem Arnulfo, qui regnum sibi contradiderat, promisisset, manere inconvulsam tam in ipso rege quam in subditis sibi.

[66]) Ann. Vedast.: sed hi, qui erant cum Karolo ex parte Arnulfi cum Odone amicitiam habebant. Regino, der sie als episcopi et comites, qui circa Mosam residebant bezeichnet, sagt nur: Odo ... copias Arnolfi intrare in regnum nullatenus permisit.

wie es scheint, sich zu einer unbedingteren Unterwerfung verstand, als sein Nebenbuhler, weil er überdies der schwächere und also hilfsbedürftigere war, so gebot der augenblickliche Vortheil ihn zu unterstützen trotz der früher gegen Odo eingegangenen Verpflichtungen: eine Politik, der allerdings Treue und Zuverlässigkeit durchaus gebrach.

Außer jener Verfügung über das westfränkische Reich, beschäftigte sich der König auf dem Reichstage zu Worms auch mit der künftigen Gestaltung Lothringens. Schon die Verleihung eines Theiles der Lehen des ermordeten Grafen Megingaud an Zwentibald im J. 892 wies darauf hin, daß Arnolf damit umgieng, seinem Erstgeborenen eine Ausstattung in diesen westlichen Theilen seines Reiches zuzuwenden. Seitdem nun durch die Geburt des kleinen Ludwig demselben jede Hoffnung auf die Nachfolge abgeschnitten wurde, tauchte in verstärktem Maße der Gedanke auf, ihm wenigstens ein Unterkönigreich zu errichten. Für diesen Zweck aber mußte Lothringen durchaus am geeignetsten erscheinen, da es vom Mittelpunkte des Reiches d. h. von Regensburg am weitesten entfernt, stets am lebhaftesten ein Streben nach Absonderung kund gegeben hatte. Vorzüglich suchte der König für seine Absichten die Geistlichkeit sich geneigt zu machen. Er bestätigte dem Bischof von Kammerich und den Domherren von St. Stephan zu Toul ihre Rechte und Besitzungen, dem Bischof Arnold von Toul, seinem früheren Gegner ließ er auf seine Beschwerden glänzende Genugthuung zu Theil werden[67]).

Schon zu Konstanz war dieser nämlich dem aus Italien zurückkehrenden Könige entgegen gekommen und hatte sich bitter beklagt, daß die Grafen Stephan und die beiden Brüder Gerard und Matfrid die Güter seiner Kirche mit Feuer und Schwert verheert, die Klöster St. Maurice und St. Evre unter dem Namen der Voigtei sich angeeignet und im Widerspruche mit den Privilegien des Bisthums Toul innerhalb vier Lieues von der Stadt Befestigungen

---

[67]) Bouquet IX, 367. Diese undatierte Urk. als Transsumpt in einer Urk. Friedrichs II. vom J. 1225 (Boehmer reg. imp. 551) enthalten, hat manches Auffallende und Fehlerhafte, wie z. B., daß Stephan und Gerard als Brüder bezeichnet werden, während vielmehr Gerard und Matfrid, deren Grafschaften wir nach Regino a. 906 im Bliesgau suchen müssen, Brüder waren, dennoch kann dieselbe nicht wohl in späterer Zeit entstanden sein und setze ich diese Fehler auf Rechnung des Abschreibers. Matfrid hängt vermutlich mit dem bekannten im J. 836 verstorbenen Matfrid von Orleans (dem Vater Engeltruds? oben I, 118, 459) zusammen, desgl., wie Wittich (Herzogth. Lothr. S. 31) annimmt, mit dem unter Lothar I. und II. angesehenen Gr. Matfrid vom Eifelgau (Beyer I, 79, 84, 94, 97, 98, 113) und ist vielleicht identisch mit dem Gr. Matfrid, an den Johann VIII. schrieb (ob. S. 81) und dem M. in pago Metensi im J. 926 (Beyer I, 229). Vgl. über die Strafe des Landfriedensbruches Grimm deutsche Rechtsalterth. S. 713 flg. Die Urk. ist ausgestellt interventu dilecti filii nostri Zuenteboldi et Vilcovindi ducis (Wichingi episcopi?) et praefati episcopi.

angelegt hätten. Zur Strafe dafür mußten die drei Grafen in Worms eine schimpfliche Prozession, wahrscheinlich mit Hunden abhalten, wie sie für Landfriedensbrecher herkömmlich war, 700 Pfund Silber erlegen und die Freiheiten des Bisthums Toul beschwören, die der König auf Fürbitte seines Sohnes Zwentibald bekräftigte. Trotz dieser Bemühungen, die Gunst der Geistlichkeit zu gewinnen, gaben die lothringischen Großen für jetzt noch nicht ihre Zustimmung zur Wahl Zwentibalds[68]), die demnach auf einen gelegeneren Zeitpunkt verschoben werden mußte.

Von Worms schickte Arnulf seinen Erstgeborenen mit einem starken schwäbischen Heere nach Burgund, um den König Rudolf zur Unterwerfung zu zwingen. Dieser aber befolgte das nämliche Verfahren wie einige Monate früher: er zog sich in das Hochgebirge zurück und gab die zugänglichen Theile seines Gebietes feindlicher Verwüstung preis, die ihm wohl empfindlichen Schaden zufügte, seine Unabhängigkeit aber doch nicht gefährden konnte[69]). Noch von einer andern Seite suchte Arnolf ihm beizukommen, denn als er nach Beendigung der Reichsversammlung sich von Worms nach Lorsch begeben, trat er dort dem jungen Könige Ludwig auf Fürbitte seiner Mutter Irmingard mehrere im Besitze Rudolfs befindlichen Städte mit ihren Gauen ab, es ihm selbst überlassend, sich dieses Geschenkes zu versichern, wozu dann freilich Ludwig die Macht gänzlich gebrach. Diese burgundischen Verhältnisse blieben demnach in eben so unbefriedigendem Stande, wie die italienischen.

V.

Im Sommer des Jahres 894 kehrte Arnolf nach einer Abwesenheit von mindestens sieben Monaten nach seiner Hauptstadt Regensburg zurück[1]), nachdem er seine Oberhoheit, zu deren voller Anerkennung freilich noch vieles fehlte, in den übrigen Reichen überall nachdrücklich wieder in Erinnerung gebracht. Mußte es in dieser Hinsicht als ein erfreuliches Ereignis gelten, daß der Kaiser

[68]) Regino 894: volens Znendibold filium suum regno Hlotharii praeficere, sed minime optimates praedicti regni ea vice assensum praebuerunt.

[69]) Ann. Fuldens. 894: Alamanni cum manu valida super Rodulfum regem cum Zuentibaldo etc.; Regino 894: soluto conventu cum ad Lorasham isdem princeps venisset ... sed et hoc ei in vacuum cessit, quia eas nullo modo de potestate Rodulfi eripere praevaluit.

[1]) Aus Regensburg sind 2 Urk. vom 26. Aug. 894 und eine vom 1. Jan. 895 datiert (B. 1110—1112), jene beiden für Salomon von Konstanz, diese für Adalbert von Bergamo.

Wido und in ihm der gefährlichste Feind der deutschen Herrschaft in Italien dem Geschicke erlegen war, so erfolgte nun gleichzeitig noch ein andrer Todesfall, den Arnolf ebenfalls als eine Gunst des Glückes preisen mochte. Suatopluk von Mähren, sein unbezwinglichster Gegner beschloß sein Leben auf dem Krankenbette, indem er sein Reich als ein getheiltes seinen beiden Söhnen Moimir und Suatopluk hinterließ [2]).

Der Haß des bairischen Stammes begleitete den großen Mährerfürsten ins Grab. Als ein „Hirn voll von Falschheit und Hinterlist," als der Inbegriff aller Treulosigkeit wird er uns geschildert, der „nach Menschenblut dürstend umherzog, indem er alle angrenzenden Lande durch seine Arglist in Verwirrung brachte." Noch auf seinem Todtenbette soll er die Seinigen ermahnt haben, nimmer Frieden zu halten, sondern auch fürder ihre eigenen Stammgenossen zu bekriegen. Ein andrer den mährischen Händeln ferner stehender Schriftsteller sagt dagegen von Suatopluk nur, er sei unter den Seinigen der klügste und listigste Mann gewesen. Daß jene, wenn auch von der Feindschaft eingegebenen Bezeichnungen nicht gerade unbegründet waren, dafür genügt es auf den Sturz Rastislavs hinzuweisen und auf die treulose Art, in der der Herzog dann die Fesseln zerbrach, die er sich selbst geschmiedet. Nicht minder aber wurde seine kriegerische Tapferkeit von allen umwohnenden Völkern anerkannt und gefürchtet [3]).

Es ist freilich auffallend, daß dieser so national gesinnte Fürst, der sein ganzes Leben hindurch für die Unabhängigkeit des slavischen Volkes kämpfte, dennoch ein großer Begünstiger der Fremden war, daß er sich deutsche Truppen hielt und sich erst des Priesters Johann von Venedig, dann des Schwaben Wiching für die wichtigsten und folgereichsten Aufträge bediente, ja er ließ durch den letzteren sogar die Verjagung der von dem h. Methodius geweihten slavischen Geistlichen geschehen. [4]) Wir mögen hierin die Hochachtung erkennen, welche die überlegene Bildung dem Barbaren abgewann. Jene unheilvolle Zerstörung der von Methodius

---

[2]) Ann. Alamann. (Laubac.) 894: Zwentibulc dux; St. Emmerammi 895 (Scr. I, 94): Zuendipalc dux obiit; Fuld. 894: Zuentibaldus dux Maravorum et vagina tocins perfidiae ... diem ultimum clansit infeliciter; Regino 894: Zuendibold rex Marahensium Sclavorum, vir inter suos prudentissimus et ingenio callidissimus diem clausit extremum. Die Söhne, die auch Regino erwähnt, werden genannt in den ann Fuldens. 898, 899 vgl. eb. 884: Zuentibaldus dux Maravonum plenum doli et astuciae cerebrum.

[3]) Constantin. de admin. imp. c. 41: *ἰστέον, ὅτι ὁ Μοραβίας ἄρχων ὁ Σφενδοπλόκος ἀνδρεῖος καὶ φοβερὸς εἰς τὰ πλησιάζοντα αὐτῷ ἔθνη γέγονεν*; Liudprand. antap. l. I c. 5: cui (sc. Arnulfo) Centebaldus Maravanorum dux viriliter repngnabat.

[4]) Wattenbach (Beitr. zur Gesch. d. christl. Kirche in Mähren S. 26) hebt diese Thatsachen hervor und vergleicht deshalb Suatopluk mit Otokar und Peter dem Gr.

gegründeten slavischen Kirche aber dürfte am leichtesten dadurch erklärt werden, daß dem Herzoge mehr als alles andre das Einverständnis mit Rom am Herzen lag, das er nach den Vorspiegelungen Wichings nur auf diesem Wege glaubte erhalten zu können. Denn an dem Nachfolger Petri, den er als seinen Herrn anerkannte, meinte er den besten Schutz und Rückhalt wider die Ansprüche der fränkischen Könige zu haben, da er denselben doch nur in des eigenen Volkes Liebe und Anhänglichkeit finden konnte.

Der Krieg, den Arnolf mehrere Jahre gegen Suatopluk führte, brachte bei des letzteren Lebzeiten keineswegs den erwünschten Erfolg. Der Mährerfürst schied aus demselben zwar nicht als Sieger, doch unbesiegt und ohne dem fränkischen Reiche von neuem zinspflichtig geworden zu sein [5]). So starb er noch auf der Höhe seiner Macht, aber unter düsteren Anzeichen für die Zukunft seines Volkes, dessen Herrlichkeit mit ihm zu Grabe gieng. Nach dem Berichte eines jüngeren byzantinischen Geschichtschreibers [6]), soll Suatopluk vor allem gefürchtet haben, daß durch die Zwietracht seiner Söhne, von denen er den ältesten als Großfürsten über die beiden jüngeren gesetzt habe, das Reich zu Grunde gehen würde. Er ermahnte sie daher auf seinem Sterbebette eindringlich zu brüderlicher Einigkeit und hieß sie, jenes alten Gleichnisses sich bedienend, ein Ruthenbündel zerbrechen. Als sie an diesem ihre Kräfte vergeblich versucht, gab er ihnen die drei einzelnen Ruthen, aus denen es bestand und diese vermochten sie ohne alle Anstrengung zu brechen: ein Sinnbild der Schwäche, in welche sie das Reich durch ihre Entzweiung stürzen würden.

Nach einer späteren böhmischen Sage soll Suatopluk dagegen inmitten seines Heeres entrückt und für immer verschwunden sein [7]). Wie einige meinten, begab er sich in einen dichten, finsteren Wald auf dem Berge Zobor bei Neitra, that Waffen, Harnisch und

---

[5]) Regino 890: ad ultimum cum et caeterae fructiferae arbores radicitus exciderentur, Zuendibold pacem poposcit et dato filio obside hanc sero promeruit; Liudprand. antap. I c. 13: Centebaldus vincitur, subiugatur, fit tributarius. Diese beiden Zeugnisse haben der Angabe der ann. Fuld. gegenüber, die den Frieden erst von Suatopluks Söhnen geschlossen werden lassen, kein Gewicht und mit vollem Rechte bemerkte Leibniz (ann. imp. occid. II, 146), daß der Mährerfürst das Reich seinen Söhnen als ein mächtiges und blühendes hinterließ.

[6]) Constantin. a. a. O. ἔσχε δὲ ὁ αὐτὸς Σφενδοφλόκος τρεῖς υἱοὺς καὶ τελευτῶν διεῖλεν εἰς τρία μέρη τὴν ἑαυτοῦ χώραν καὶ τοῖς τρίσιν υἱοῖς αὐτοῦ ἀνὰ μιᾶς μερίδος κατέλιπε, τὸν πρῶτον καταλείψας ἄρχοντα μέγαν, τοὺς δὲ ἑτέρους δύο τοῦ εἶναι ὑπὸ τὸν λόγον τοῦ πρώτου υἱοῦ etc. Wiewol die Dreizahl falsch zu sein scheint, so möchte ich diese Nachricht doch nicht völlig verwerfen.

[7]) Cosmae chronica Boemor. l. I c. 14 (Scr. IX, 44): eodem anno (sc. 894) Zvatopulch rex Moraviae (sicut vulgo dicitur) in medio exercitu suorum delituit et nusquam comparuit sed revera etc. (das folgende z. Th., wenigstens die Beziehung auf Arnolf, Zuthat des Autors).

Streitroß von sich und lebte mit drei Einsiedlern, den einzigen Bewohnern dieses Waldes unerkannt bis an sein Ende. Sein gefeierter Name lebte auch im Munde der Ungern fort, welche seine Erben wurden, in ihren Sagen ist er allein der Fürst der Slaven, mit dem sie um den Besitz des Landes streiten. Mit jener Sage von dem Verschwinden Suatopluks vom Schlachtfelde hängt vielleicht die merkwürdige, in einigen Gegenden Mährens noch gebräuchliche Redensart zusammen: den Suatopluk suchen[8]), in der man den Ausdruck der Sehnsucht des Volkes nach dem großen Fürsten und den Zeiten seines Glanzes hat erkennen wollen.

Die Söhne Suatopluks, von denen, wenn wir jenem griechischen Berichterstatter glauben dürfen, der älteste Moimir eine Oberhoheit über seinen Bruder ausüben sollte, in derselben Weise vielleicht wie ehedem Rastislav über Suatopluk, schlossen noch im Herbste des Jahres 894 Frieden mit Arnolf[9]), der das alte Verhältnis der Abhängigkeit und Zinspflichtigkeit wiederhergestellt haben mag. Ein Einfall der Ungern, die in diesem Jahre zum erstenmale durch das mährische Gebiet bis nach Pannonien hinüberstreiften, bestärkte ohne Zweifel auf beiden Seiten die Neigung zum Frieden, indem er die Gefahren der Zukunft enthüllte. Der Bruch desselben erfolgte später auch erst in Folge der Zwietracht, die unter dem mährischen Volke selbst entsprang. Der Gesandte des griechischen Kaisers Leos des Weisen Anastasius, den der König bald darauf in Regensburg empfieng und an demselben Tage wieder entließ, konnte ihm sicherlich zuverlässige Mittheilungen über die immer bedrohlicher sich gestaltende Lage der Dinge im Osten machen, die zu spät erst das mährische Reich als eine Vormauer des fränkischen schätzen lehrte.

Der König verweilte den ganzen Winter über in Baiern[10]), das ebenso wie Schwaben in diesem Jahre von einer so argen Hungersnoth heimgesucht wurde, daß viele Menschen aus Mangel starben. Ein andres unglückliches Ereignis machte denselben Winter noch denkwürdig: eine Verschwörung, die von dem mächtigsten Manne in Baiern und einer Verwandten Arnolfs selbst ausgehend dem Könige in hohem Grade gefährlich schien, so daß er sogleich mit der größesten Strenge dagegen einschritt. Engildeo, der Graf der böhmischen Mark sowie der damit verbundenen Grafschaft im Nordgau und noch einer andern Grafschaft im oberen Donaugau (der Westermannmark), und Graf zu Regensburg, ein Nachfolger also des unter Ludwig dem Deutschen so angesehenen Mark-

---

[8]) Swatopluka hledati s. Schafarik slaw. Alterth. übers. v. Aehrenfeld II, 464 A. 1 vgl. dazu die Bemerkung Kopitars in Chmels östr. Geschichtsforscher I. 3, 515.

[9]) Ann. Fuld. 894: pax tempore autumni inter Baioarios et Maravos compacta est.

[10]) Eb. 895: per universam Baioariorum provinciam; Ann. Alam. 895.

grafen Ernst, wurde wie vordem dieser, wegen Untreue aller seiner Lehen beraubt[11]).

Das gleiche Loos erlitt nach dem Urtheile der Franken, Baiern, Sachsen und Schwaben die Prinzessin Hildegard[12]), Ludwigs des jüngeren Tochter, die einst zu der Thronbesteigung Arnolfs wesentlich mitgewirkt haben soll. Sie wurde überdem zur Strafe in das Kloster Frauenwörth im Chiemsee verbannt. Die beiden Verurtheilten müssen in enger Beziehung zu einander gestanden haben, da Arnolf (am 5. Mai) einem Vasallen des Bisthums Eichstädt Güter an der Altmühl in Engildeos Grafschaft zurückstellte, die sie ihm gemeinsam in widerrechtlicher Weise entzogen hatten: vielleicht also fand sogar ein eheliches Band zwischen ihnen statt. Während der abgesetzte Markgraf unseren Blicken gänzlich entschwindet, wurde Hildegard, an deren Schuld

[11]) Eb. 895: Engildieo marchensis Baioariorum honoribns privatus est. Er wird erwähnt in den Tradit. St. Emmerammi bei Pez thesaur. anecdotor. I[c], 221: actum coram Engildeone comite et Engilmaro abbate regnante Karolo imperatore, 261 ein Tausch coram Engildeone comite ad Reganespurc, 262: quicquid igitur Engildeo praedictus comes habere visus est ad Stupinga ad comitium sunm pertinentis (Staubing b. Kelheim), 270: ad Reganespurc coram Engildeone comite a. d. 888, 280: in pago Westarmannomarcha nuncupato iuxta Prointala in loco Reitinpuoh in comitatn Engildeonis comitis (Raitenbuch b. Hohenfels), 282: in comitatn Engildeonis in loco, qui dicitnr Scornashova (Schrozhofen), 286 als Zeuge unter Aspert; Mon. Boica XXVIII[a], 63 Urk. vom 3. Dez. 878: in pago qui dicitur Tonagewe in comitatu Engildeonis ... in villa, qnae vocatur Samutesbach (Sansbach b. Kelheim); 74: ad Marlingon vocato loco in comitatu Engildei; 89 Arn. schenkt per interventum Erchanbaldi episcopi cuidam Engildeonis comitis nostri vassallo Gotahelm vocato quasdam res.... in pago Nordgowe vocato in comitatu sui senioris in loco Phuncina vocato (Pfünz unterh. Eichstädt), 100 im J. 890 als Zeuge; XXXI[a], 146 Urk. Arnolfs vom 5. Mai 895 (B. 869, 979, 1054, 1113): quasdam res in pago Nortgowe in comitatu Cheldionis (corr. Engildeonis) vocabulo Phaldorf (Pfahldorf), Gundoltingen (Gundelfing), Haralanta (Harlanden), Suantharelanta.

[12]) Ann. Alamann. 895: Hildigart exiliata; Ann. Fuld. 895: Hildigardis ... contra fidelitatem regis agere accusata inde publicis honoribus deposita etc.; Regino 894: per idem tempns Hildegardis ... a quibusdam ad Arnulfum accnsata regiis possessionibus privatur et in exilium destinatur in monasterio puellarum Chemissem, sed non multum post tempus in gratiam rediit et sua ex maiori parte recepit vgl. die angef. Urk. Arnolfs: noverit ... fidelinm ... solercia, qualiter venerabilis episcopus et fidelis noster Waldo nostram adierit excellenciam deprecans atque hnmili rogatu suadens, nt quasdam res ..., qnas Hildigardis neptis nostra et Engeldichi comes necnon et Sigo vicarius eius et advocatus prefate Hiltgardis Megingozo vasallo dilecti et nostri fidelis Erkenboldi episcopi fraude mali ingenii abstulerunt, iterum ... reddere deberemus. nos igitur ... reminiscentes quoque infidelitatis eiusdem neptis nostre, qua contra nos et regnum nostrum est machinare conata et cum consilio et iudicio Frankorum, Bawariorum, Saxonum atque Alamannorum fidelium nostrorum omnibus, que possidebat legaliter indemptis, inter cetera, qne ei abstulimus etiam prefatas res, quas iniuste et fraude ingenii invaserat, ab eins dominacione retraximus.

nicht alle glauben wollten, nach einiger Zeit von Arnolf zu Gnaden wieder aufgenommen und erhielt den größeren Theil ihrer früheren Besitzungen zurück. Grund und Inhalt der gegen sie erhobenen Anklage bleiben uns leider gänzlich verborgen.

Die durch Engildeos Absetzung erledigten Reichslehen erhielt ein Verwandter des Königs, Liutbold, vielleicht der Familie seiner Mutter Liutswinda angehörig, dem wahrscheinlich schon seit 893 die Mark Kärnten und vielleicht auch ein Theil der Ostmark zugefallen war. Er vereinigte also die Erbschaft Engildeos mit der der Söhne Wilhelms und Engelschalks, über dem Sturze dieser beiden angesehenen Familien erhob er sich durch das Vertrauen Arnolfs zu der weitaus mächtigsten Stellung unter allen bairischen Großen, denn in seiner Hand ruhte die Verwaltung von zwei Marken und zwei oder drei Grafschaften. Er sollte zugleich der Hüter der Grenze gegen Böhmen wie gegen Mähren sein und unter seiner Leitung den Donaugau mit dem Nordgau verbinden. Hiedurch wurde für den tapferen Grafen Liutbold und sein Geschlecht zu einer ähnlichen Macht der Grund gelegt, wie sie in Sachsen die Nachkommen Liudolfs besaßen. Von Befugnissen, die sich etwa auf den ganzen bairischen Stamm erstreckten, läßt sich auch hier nichts nachweisen[13]).

---

[13]) Ann. Fuld. 895: in cuius (sc. Engildieonis) locum Liutboldus nepos regis subrogatus est vgl. die Urk. v. J. 900 (Ried cod. dipl. Ratisbon. I, 79): in pago Solanzgowe in comitatu Lintpoldi in loco Mulihusa iuxta fluviolum Solanza (Mühlhausen an der Sulz), von 903 (Mon. Boica XXVIII^{a}, 128): in pago Nordgewi in comitatu Liutpoldi in villa Teorinhova, quae pertinebat ad Otunussaz (Ottensoos an d. Pegnitz), v. J. 901 (eb. XXXI^{a}, 165): in pago Westarmann in comitatu Liutpoldi prope villam, qne dicitur Maetingan (Bergmating oberh. Regensburg) und in einer Urk. von 903 heißt er Liutpolt dux Boemanorum (Neugart I, 525, B. 1181, 1189, 1190 vgl. auch noch Ried I, 78, 80). Hartkirchen (Hartchirihha) in comitatu Linpoldi comitis nostri (Mon. Boica XXXI^{a}, 155) vermag ich nicht nachzuweisen, ebenso wenig in der Urk. Ludwigs vom 16. Mai 905 (eb. 175) aquam, que dicitur Lova, an welchem der König einem Vassallen Liutbolds illustris marchionis eine Hufe in comitatu senioris sui schenkt. Als Graf v. Kärnten erscheint L. zuerst 29. Sept. 895 in der Urk. für Walthuni im Glantbale rogatu ... Liupoldi videlicet nepotis nostri ausgestellt: in comitatu Liupoldi in orientalibus partibus Charanta nominatis und im J. 898 für Zwentibolch Liupoldi carissimi propinqui ac illustris nostri marchionis vasallo quasdam res iuris nostri, hoc est in Charentariche in comitatu ipsius consanguinei nostri curtem quae dicitur Gurca und demselben in Carinthia in comitatu ipsius consanguinei nostri (Hormayr Archiv f. Süddeutschl. II, 213—215, Eichhorn Beytr. zur Gesch. v. Kärnten I, 167, II, 93, B. 1118, 1139, 1140). Es ist nicht ganz unwahrscheinlich, daß L. auch dem Theile der Ostmark (oder Pannoniens) vorstand, den früher Engelschalk verwaltet hatte, wie man aus den ann. Fuld. 898, 900 erwähnten Kämpfen schließen darf, doch vermissen wir seinen Namen in den für die Ostmark erlassenen Zollgesetzen (Leg. III, 480). Jedenfalls unrichtig ist es, wenn Giesebrecht (deutsche Kaiserzeit I, 185) nach dem Vorgange von Waitz (K. Heinrich I S. 126) „die gesammten östlichen Marken Baierns" unter seiner Leitung stehen läßt, da wir neben ihm stets Aribo in der Ostmark finden. Die Verwandtschaft mit Arnolf

Von Regensburg zog Arnolf, nach Ostern (20. April) vermutlich, an den Rhein, wo wir ihn in der ersten Hälfte des Mai auf dem Königshofe Trebur treffen[14]). Der Zweck dieses Aufenthaltes war die Abhaltung einer allgemeinen Reichssynode, die unter dem Vorsitze der drei Erzbischöfe Hatto, Hermann und Ratbod von 26 oder 27 Bischöfen, mehreren Aebten und vielen Geistlichen aus allen Theilen des Reiches besucht wurde[15]). In der Einleitung zu den Akten verbreiteten sich die frommen Väter über die Nachstellungen des Satan, der nie aufhöre, Unkraut unter den Weizen zu säen und dessen verderblichen Ränken man daher mit dem Schilde der Autorität entgegentreten müsse, wie dies auch jederzeit seit dem Konzile von Nicäa geschehen sei. Der König der Könige habe nun allen geistlichen Ordnungen, wie allen weltlichen Würdenträgern als einen neuen Fürsten den König Arnolf vorgesetzt, dessen Herz der heilige Geist mit der Glut göttlicher Liebe entflammt, damit der ganze Erdkreis erkenne, daß er nicht vom Menschen und durch Menschen, sondern durch den Herrn selbst erwählt sei[16]). Von jenem Geiste getrieben habe der weiseste Fürst

---

bezeugt auch das Fragment. de Arnulfo duce (Scr. XVII, 570), wo es von diesem heißt: quia de progenie imperatorum et regum est ortus. Aus der Nachricht der Mirac. S. Walburgis l. IV c. 1 (Acta sct. Boll. Febr. t. III, 539): accidit praeterea quodam tempore, ut Hildegarda domina pacifici regis Ludowici filia orationis gratia cum Liutpoldo famosissimo comite ad iam dictum monasterium (Monheim) deveniret, folgerte Buchner (Bair. Gesch. II, 124), daß Liutbold der Sohn Engildeos und Hildegards sei. Abgesehen von der großen Unwahrscheinlichkeit, die darin liegt, daß der Sohn des wegen Untreue Verurtheilten sofort noch größere Lehen als der Vater erhalten haben sollte, so ist die Annahme auch chronologisch unhaltbar: Hildegard, die nirgend als uneheliche Tochter bezeichnet wird und also ohne Zweifel von Liutgard geboren war, konnte keinenfalls 895 schon einen in männlichem Alter stehenden Sohn haben. Ueber Kärnten vgl. oben S. 361.

[14]) In Trebur sind Urk. vom 5., 8., 14. Mai ausgestellt (B. 1113—1115; das Datum der ersten in den Mon. Boica XXXI[a], 146 berichtigt III Non. Maii, wo auch der Ausstellungsort ergänzt wird). In den Synodalakten (Leg. I, 559) heißt es nur im Allgemeinen, daß A. im Mai in villam regiam videl. Triburiam in terra Francorum consistentem kam. In der transl. S. Berthae c. 5 (Mabillon acta sct. saec. III[a], 456) wird erzählt: ut rex Francorum nomine Arnulfus in loco, qui dicitur Triburis suum celebraret concilium, ad quod venit venerabilis abbatissa Rotrudis nomine (von Blangy bei Amiens, durch die Normannen vertrieben) cum aliis regni principibus etc.

[15]) Nach Regino und einer Wolfenbütteler Handschr. des Regino de synodalib. causis (Wasserschleben Gesch. der vorgratian. Kirchenrechtsq. S. 178, 179 A. 1) von 26, nach den ann. Fuld. von 27 Bischöfen, die Synodalakten machen nur 22 namhaft (Leg. I, 561), darunter 4 aus Franken (Mainz, Speier, Worms, Wirzburg), 4 aus Lothringen (Köln, Trier, Verdun, Metz), 3 aus Baiern (Freising, Eichstädt, Regensburg), 5 aus Schwaben und Burgund (Augsburg, Konstanz, Chur, Basel, Straßburg), 6 aus Sachsen (Bremen, Hildesheim, Halberstadt, Minden, Paderborn, Osnabrück): vermutlich sind die fehlenden Namen vor dem formellen Abschluß der Synode abgereist.

[16]) Leg. I, 559: ut totus cognoscat mundus, non ab homine neque

seine Bischöfe, Aebte und Grafen und eine unzählbare Menge von Geistlichen wie von Weltlichen nach Tribur beschieden, um mit unermüdlicher Ausdauer Göttliches wie Menschliches zu verhandeln und die hervorbrechenden Uebel zu unterdrücken, damit die heilige Kirche um so freier ihrer Ehre genieße.

Dies fromme Werk wurde, wie es herkömmlich war, durch ein dreitägiges Fasten mit Litaneien und Gebeten sowie durch eine Fürbitte für den König eingeleitet[17]). Hierauf gieng Arnolf in der Pfalz auf seinem Throne sitzend mit den Großen über den Zustand des Reiches zu Rathe, die Bischöfe aber in vollem Ornate versammelten sich gleichzeitig in der Kirche zur Synode. Aus ihrer Mitte wählten sie kundige und gewandte Vermittler, die sich als Gesandte zum Könige begaben, um ihn zu fragen, in welcher Gesinnung er die seinem Schutze anbefohlene Kirche vertheidigen und den geistlichen Stand erhöhen wolle. Sie ließen es hiebei nicht an den üblichen Ermahnungen zur Gerechtigkeit fehlen und hielten Arnolf als Vorbild die Schrift des Martin von Braga über die vier Kardinaltugenden an den König Miro vor.

Ihnen erwiderte Arnolf auf ihre Anfrage, „Ihr Hirten der Kirchen Christi und hellste Leuchten der Welt, lieget eurem Hirtenamte ob, wie es euch aufgetragen ist. Haltet an, nach dem Apostel, es sei zu rechter Zeit oder zur Unzeit, strafet, dräuet, ermahnet mit aller Geduld und Lehre, auf daß ihr in wachsamer Sorge und durch unablässige Mahnung die Schafe Christi in die Hürde des ewigen Lebens treiben möget. Mich habet ihr als den entschlossensten Widersacher aller derer, die der Kirche Christi widerstreben und eurem priesterlichem Amte sich nicht fügen, denn, wie der Apostel den Römern schrieb, in dem allen überwinden wir um des willen, der uns geliebet hat. Und ist Gott für uns, wer mag wider uns sein.“ Mit dieser Antwort kehrten die abgesandten Priester, von einigen Männern aus der Umgebung des Königs begleitet, zur Synode zurück. Als sie ihre tröstliche Botschaft ausgerichtet, erhoben sich alle versammelten Väter von ihren Sitzen und stimmten drei oder viermal in den Ruf ein: Christe erhöre uns, Heil unserem großen Könige Arnolf“ und indem die Glocken einfielen, sangen sie ein Tedeum und priesen Christus, der seiner Kirche einen so frommen und milden Tröster und einen so kräftigen Helfer zur Ehre seines Namens verliehen habe.

---

per hominem, sed per ipsum dominum eum esse electum. Die Berufung der Synode erfolgte eiusdem sancti spiritus instinctu et primatum suorum consultu. Hervorgehoben wird die Anwesenheit beider Stände: cum episcopis infra conscriptis, abbatibus, comitibus et omnibus regni sui principibus necnon convenientibus ecclesiasticorum et saecularium innumeris turbis.

[17]) Vgl. über die Mainzer Synode von 847 oben I, 303. Ich habe schon früher (de Arnulfo p. 117) darauf aufmerksam gemacht, daß das Einleitungsschreiben Reime unter die Prosa mischt.

Hiernach, da man sich des königlichen Beistandes versichert und den Dank der Synode dafür abgestattet, wurde zur Berathung der vorliegenden Fragen geschritten. Dies geschah in der Weise, daß jeder der anwesenden Bischöfe diejenigen straffälligen Handlungen und Gesetzwidrigkeiten aus seinem Sprengel zur Kentnisnahme und Beschlußfassung den übrigen mittheilte, zu deren Bestrafung entweder seine eigene Autorität nicht ausgereicht hatte oder über deren Behandlung nach dem bisher geltenden Kirchenrechte noch irgend welche Zweifel obwalteten[18]). Die Synode faßte also ihre Aufgabe die vorhandene kirchliche Gesetzgebung zu ergänzen, die Kirchenzucht aufrecht zu erhalten oder zu verschärfen, den Uebergriffen mächtiger Laien eine Schranke zu setzen, rein praktisch auf. Nicht von allgemeinen Gesichtspunkten ausgehend wollte man neue Gesetze entwerfen, theoretisch Neuerungen einführen, vielmehr wurde für eine ganze Reihe einzelner aus dem Leben gegriffener Fälle untersucht, in wie weit aus den alten Kanones Abhilfe zu gewinnen sei und nur wo diese nicht ausreichten, wie es freilich öfter eintrat, ward zu neuen ergänzenden Satzungen geschritten[19]). Wenn man in Trebur unter jenen älteren Quellen auch Dekrete Pseudoisidors nicht selten angeführt findet[20]), so vermuteten sicherlich die versammelten Väter nicht, daß sie sich hiemit auf eine ganz junge Autorität stützten.

Manigfaltig waren die Fälle, die aus den verschiedensten Theilen des Reiches auf der Synode zur Sprache kamen. So hatte an einem Orte ein Freier, um sich von seiner Frau scheiden zu können, sich in die Hörigkeit eines andern Freien begeben und

---

[18]) Wie man die Behandlung solcher Fälle als Zweck ansah, lehrt sehr deutlich das Schreiben Liutberts an Salomon und dessen Antwort (Formulae Salomonis N. 38, 39, Rozière N. 526, 527). In der Schlußredaktion der Synodalakten ist die Art der Entstehung häufig verwischt, vgl. jedoch c. 8, 18 des Mainzer Konzils von 888 (Hartzheim conc. Germ. II, 372) und die Metzer Synode c. 6—8 (Beyer I, 134). Für das Konzil von Trebur wird uns jedoch der Geschäftsgang gleichfalls ganz klar, wenn man die von Wasserschleben zusammengestellten Schlüsse (a. a. O. S. 168—171) als Reste der ursprünglichen Protokolle, die 58 Kanones der Ausgaben (Hartzheim II, 391—407) als das Ergebnis der darüber gepflogenen Berathungen, die 36 bis 47 kurzen, von Wasserschleben (S. 171—186 vgl. S. 24) gesammelten Kanones als Bruchstücke der von dem Könige genehmigten und dadurch (wie die Leg. I, 410 abgedruckten Mainzer Akten von 852) zu Gesetzes Kraft erhobenen Schlußredaktion ansieht.

[19]) Vgl. Reginos Vorrede an Hatto (de synodalib. caus. p. 2): illud etiam adiiciendum, quod multa flagitiorum genera hoc pessimo tempore in ecclesia et perpetrata sunt et perpetrantur, quae priscis temporibus inaudita, quia non facta et ideo non scripta et fixis sententiis damnata, quae modernis patrum regulis et damnata sunt et quotidie damnantur.

[20]) Gfrörer (Gesch. d. Carol. II, 348) hat auf diese Anführungen hingewiesen, citiert werden c. 7 Anacleti ep. I c. 14, in c. 8 Clement. ep. III c. 57, c. 9 eb. c. 57, ep. Alex. II c. 13, in c. 19 Alex. I c. 9, in c. 22 Evar. II c. 11, in c. 32 Clement. ep. III c. 70 ed. Hinschius p. 53, 57, 73, 92, 99, 102.

es fragte sich nun, ob unter diesen Umständen die Ehe fortbestehen solle und wenn dies zugegeben würde, ob die Frau ebenfalls in Hörigkeit geraten müsse. Das erstere wurde bejaht, das letztere verneint. Ein edler Franke hatte mit einer vornehmen Frau aus sächsischem Stamme längere Zeit in der Ehe gelebt und mehrere Kinder mit ihr erzeugt, da verstieß er sie und heiratete eine andre, unter dem Vorwande, daß er sich nicht nach dem Rechte seines Stammes mit jener verlobt oder sie zur Frau genommen habe und daß sie daher sein rechtmäßiges Weib nicht sein könne. Die Synode stellte natürlich die gelöste Ehe wieder her und verurtheilte den Ehebrecher zu einer Kirchenbuße[21]). Neben diesen unerlaubten Scheidungen fehlte es auch nicht an mancherlei andern fleischlichen Vergehen, für welche verschiedenartige Bußen verhängt wurden. Ganz andrer Art ist wieder die Klage, daß die Priester hie und da für Taufe, Abendmahl oder Salbung sich bezahlen ließen, ein Verfahren, das den Vätern als Simonie erschien, sowie, daß einige Bischöfe zu träge wären, ihren Sprengel der Predigt oder Firmung halber jährlich zu bereisen, dennoch aber von denen, die ihnen auf ihrer Reise Quartier hätten geben müssen, eine Zahlung von Geld dafür einforderten.

Die Synodalakten, wie sie aus diesen Berathungen hervorgiengen, um dem Könige schließlich zur Bestätigung vorgelegt zu werden, zerfallen einerseits in eine Reihe von Satzungen, die sich auf die Disziplin der Geistlichkeit wie der Gemeinden beziehen, andrerseits in solche Bestimmungen, die den Rechtsschutz der Kirche nach außen bezwecken und Streitigkeiten mit der weltlichen Gewalt vorbeugen sollen. Bemerkenswerth ist unter jenen die Anerkennung der römischen Mutterkirche als der Meisterin aller kirchlichen Ordnung[22]). „Daher, so heißt es weiter, muß mit der Sanftmut die Demut bewahrt werden, so daß, wenn auch ein kaum erträgliches Joch uns von jenem heiligen Sitze auferlegt wird, wir es auf uns nehmen und in frommer Hingebung erleiden." Dieser so ganz im Geiste des h. Bonifacius gehaltenen allgemeinen Erklärung wird, bezeichnend für den Misbrauch des päpstlichen Namens noch die Erläuterung hinzugefügt, daß Priester oder Diakonen, die ein gefälschtes apostolisches Schreiben oder anderweitige unpassende Aufträge überbrächten, von dem betreffenden Bischof in Gewahrsam gehalten werden sollten, bis derselbe sich über den Grund der Sache in Rom unterrichtet. Sehr ausführlich werden

---

[21]) Wasserschleben a. a. O. S. 170, 177. Es scheint mir ganz haltlos, wenn Gfrörer hierin eine Wirkung des Provinzialgeistes erkennen will, die Verschiedenheit des Rechtes wird offenbar hier nur als Vorwand benutzt, um eine aus andern Gründen gewünschte Scheidung zu rechtfertigen.

[22]) C. 30 (Hartzheim II, 400): In memoriam b. Petri apostoli honoremus sanctam Romanam et apostolicam sedem, ut quae nobis sacerdotalis mater est dignitatis, esse debeat magistra ecclesiasticae rationis etc.

ferner die Mordbußen, in ihrer Abstufung nach sieben Jahren festgestellt, die Verbote gegen Hurerei und Ehebruch im Einzelnen wiederholt, nähere Bestimmungen über die Abendmahlsfeier gegegeben u. s. w.

Wichtiger als diese den Kultus und die Zucht betreffenden Satzungen sind die Verfügungen, die das Verhältnis der Kirche zur weltlichen Macht regeln. Nachdem die Synode zuerst zu einem gemeinsamen Gebete für die Eintracht der Geistlichkeit und des Volkes sich vereinigt, stellte sich als erster Gegenstand ihrer Verhandlungen ein von einem Laien geblendeter Priester dar, für welchen der Thäter dem Bischofe die Genugthuung verweigert hatte. Bei seinem Anblicke brachen die Väter schmerzerfüllt in das Klagelied Jeremiä aus: Wie ist das Gold so gar verdunkelt und liegen die Steine des Heiligthums vorne auf allen Gassen zerstreuet! und schickten Vertreter an den König Arnolf, den „frommen Vertheidiger der Kirche," mit der Anfrage, was gegen solche Uebelthäter geschehen solle, die wegen ihrer Verbrechen mit dem Banne belegt halsstarrig die Buße verschmähten[23]). Hierauf ergieng folgende Antwort: „Wir, denen die Sorge für das Reich und die Obhut der Kirchen Christi anvertraut ist, können auf andre Weise kirchlichen Rechten gemäß unser Reich nicht lenken und regieren, als wenn wir diejenigen, die die fleckenlose Kirche Christi beunruhigen, in gläubigem Eifer verfolgen. Daher verordnen wir, nicht der Gewalt fröhnend, sondern der Gerechtigkeit folgend, und befehlen kraft unserer Autorität allen Grafen unseres Reiches, daß alle die, welche von den Bischöfen mit dem Bannfluche getroffen dennoch nicht Buße thun wollen, von ihnen ergriffen und vor uns geführt werden, damit die, die das göttliche Gericht nicht scheuen, der menschlichen Strafe anheimfallen." Wenn sie sich den Leuten des Grafen widersetzen und dabei erschlagen werden, so soll für ihre Tödtung weder eine Kirchenbuße auferlegt noch ein Wergeld erhoben werden und ihre Verwandten dürfen keine Blutrache üben, sondern müssen eidlich Frieden geloben.

Wie hier die gräfliche Gewalt der bischöflichen dienstbar sein sollte zur Vollstreckung ihrer Straffentenzen, so sollte sie ihr andrerseits, wo beide sich in ihren Ansprüchen berührten, unbedingt nachstehen. Wenn der Bischof auf seiner Rundreise und der Graf auf den gleichen Tag eine Gerichtsversammlung anberaumt haben, so soll die erstere allein gelten und auch der Graf selbst darauf erscheinen. Anders wenn der gleiche Fall an dem Wohnsitze des Bischofs eintritt, dann hat der den Vorzug, der die Versamm-

---

[23]) C. 2, 3 vgl. c. 8, 20. Auf dieselbe Angelegenheit bezieht sich das erste Kap. bei Wasserschleben S. 168: de talibus ... devoto regi Arnulfo cum sancta synodo placuit, ut quicunque post excommunicationem debitam sic parvi aestimant deum et christianitatem seculari potestate persequendos et, si interficiantur, iaceant absque compositione. Die Erklärung Arnolfs (c. 3) auch Leg. I, 561.

lung zuerst ausgeschrieben, um der Erhaltung der Einigkeit willen. Den Grafen wurde auch untersagt an den Sonn- oder Fasttagen Gericht zu halten und Büßende auf eine Versammlung zu laden. Leute, die an einen Geistlichen Hand angelegt und ihn verwundet oder sonst beschädigt, sollen von dem Bischofe und Grafen gemeinsam zur Verantwortung gezogen und zur Zahlung des Strafgeldes an den Verletzten und des Bannes angehalten werden. Gegen Räuber und Diebe, welche das Vermögen der Kirchen plündern, wurde bestimmt, daß, wofern sie bei ihren teuflischen Werken ums Leben kämen, Niemand weder für sie beten noch Almosen geben dürfe und daß die für sie gegebenen Almosen wirkungslos bleiben sollten. In keiner Kirche dürfte ein Priester ohne Einwilligung des Bischofs eingesetzt oder vertrieben werden. Alle diese und ähnliche Verfügungen rechtfertigen den Ausspruch Reginos, daß die Synode von Trebur vornehmlich gegen viele Weltliche sich gerichtet habe, die die bischöfliche Autorität zu vermindern trachteten[24]).

Bei diesen ihren Bestrebungen konnten die Bischöfe mit voller Zuversicht auf den König rechnen, der ihnen laut dem Einleitungsschreiben seinen Schutz und Schirm in so feierlicher Weise verbürgt, dessen Erhebung sie ihrerseits als eine von Gott gewollte anerkannt hatten. Die Berathungen selbst fanden durchaus in freier Weise und ohne Anwesenheit des Herrschers statt. „Hiernach, so heißt es in jenem Schreiben, wohnte der sehr kluge König den geheiligten Mysterien des Glaubens bei, die heiligen Väter aber den geheimen Berathungen der Pfalz[25]) und Eintracht waltete unter ihnen allen zum Preise Jesu Christi." Wenn wir nun ferner hören, daß Arnolf noch in demselben Jahre nach dem Berathe der Bischöfe seinen zweiten Römerzug antrat, so ist es wohl deutlich, daß sich zwischen ihm und den Häuptern der Kirche ein enges Bündnis geknüpft hatte, das vorzüglich durch die Synode von Trebur dauernd befestigt wurde. Schon in einer Urkunde vom J. 892 nannte sich Arnolf den Sohn und Verteidiger der katholischen Kirche und hob als die vornehmste Pflicht der von Gott ihm übertragenen Herrschaft hervor, den Bisthümern und Klöstern ihre Rechte und Satzungen nicht nur zu bewahren, sondern sie auch in deren Beobachtung durch seine Autorität zu unterstützen[26]).

---

[24]) Regino 895: contra plerosqne seculares, qui auctoritatem episcopalem imminuere tentabant. Die ann. Fuld. bemerken von den Beschlüssen: multa quidem pro utilitate christianae religionis tractantes eademque statuta memoria retinendum successoribus suis propriis capitulis scripta commendaverunt.

[25]) Leg. I, 561: sancti patres secretis palatinis (sc. interfuerunt) vgl. ann. Fuld. 895: rex vero, cum consilio episcoporum suorum peticionibus suis (sc. papae) satisfacere decreverit.

[26]) Urk. für St. Gallen vom 2. Juli 892: Arnolfus rex ecclesiae catholicae filius et defensor. Cum dispositione superna in regnum patrum

Mehrere von den deutschen Kirchenfürsten spielen im Rathe des Königs fortwährend die erste Rolle und erfreuen sich großen Einflusses und vielfacher Gunstbeweise: so vor allen Hatto von Mainz, der die Verhandlungen der Synode leitete, des Königs Begleiter auf seinen beiden Römerzügen; Adalbero von Augsburg, der Erzieher seines Sohnes Ludwig, dem damals das Kloster Lorsch zur Herstellung der verfallenen Zucht übertragen wurde, Erchanbald von Eichstädt, von Arnolf mit der Abtei Herrieden und Ahausen beschenkt[27]), ein Mann, dem es nicht an Sinn für literarische Studien fehlte, Engilmar von Passau, urkundlich als Ministeriale d. h. als Inhaber eines Hofamtes bezeichnet[28]). Ebenso nahe standen dem Könige die beiden Brüder Waldo und Salomon, zumal der erstere, dem er die schwäbische Abtei Kempten und das früher seiner Mutter gehörige Kloster Moosburg für Freising verlieh[29]). Nicht zu vergessen ist der Erzkaplan Theotmar von

---

nostrorum ... sublimati fuissemus, placuit nobis, ut omnibus regni nostri provinciis immo singulis ordinibus et hominibus maximeque episcopiis atque monasteriis leges, scita, canones atque regulas ab antiquis sibi traditas non solum observare concederemus sed etiam ad observandum nostra illos auctoritate iuvaremus.

[27]) In dem auf seine Veranlassung abgefaßten Leben und Wundern der h. Walburgis heißt er prudentissimus ac sagacissimus in omnibus negotiis Erchanboldus episcopus und probus piusque pontifex Erchanboldus (Acta sct. Bollandi Febr. t. III, 525, 540, 545 vgl. anonym. Haserens. c. 8—10, Scr. VII, 256). Schon am 24. Febr. 888 schenkte A. auf Bitte des Erkenboldus venerabilis ac dilectus episcopus noster Herrieden an Eichstädt, 8. Dez. 889 Sezzi bei Weißenburg zur Erbauung einer Wallfahrtskirche, 25. Mai 895 auf Fürbitte Hattos das Klösterlein Ahausen im Nordgau.

[28]) Am 28. Jan. 888 bestätigte A. dem Priester Ruodpert eine Schenkung per interventum Engilmari et Waldonis venerabilium episcoporum nostrorum (Neugart I, 469, B. 1030); am 14. Apr. 890 schenkte er dem Engilmarus dilectus episcopus et ministerialis noster 5 Leibeigene mit ihren Familien, 30. Juni 892 machte er per interventum Engelmari dilecti episcopi nostri (von Osnabrück?) dem sächsischen Grafen Eckbrecht eine Schenkung (Scheidt orig. Guelf. IV, 403, B. 1097), er schenkte 8 Leibeigene 23. Juni 893 der Passauer Kirche, ubi dilectus et fidelis vir Engilmarus episcopus ac pastor esse dinoscitur, dem Geistlichen Nithard machte er eine Schenkung per interventum venerabilis ac dilecti episcopi nostri Engilmari (Mon. Boica XXXI[a], 133, 143, 154), dem Künstler Eoprecht 5. Mai 897 desgl. (eb. XI, 127, B. 1129), endlich 13. Dez. 898 schenkte er der Passauer Kirche, cuius nunc Engilmarus dilectus ac fidelis episcopus noster pastor et rector bonus ac providus esse dinoscitur eine Hofstätte zu Passau (eb. XXVIII[a], 124, B. 1146).

[29]) S. vorher A. 28. Am 3. Juni 889 gestattete A. dem Kl. Kempten jährlich 6 Wagen Salz zollfrei aus Hall zu holen, am 21. Juli 891 schenkte er der Freisinger Kirche ob interventum Waldonis sanctae Frisingensis aecclesiae presulis die Kapelle zu Lurnfeld, am 21. Aug. 893 bestätigte er einen Gütertausch zwischen Waldo venerabilis ac dilectus episcopus noster und seinem Vasallen Jakob, die Zurückgabe der von dem Grafen Engildeo entfremdeten Güter am Megingoz erfolgte auf seine Fürbitte 5. Mai 895, am 19. Juli 895 schenkte er per interventum Waltonis venerabilis nostri episcopi et per eius assiduam fidelis obsequii benivolentiam der Freisinger Kirche die Abtei Moosburg (Mon. Boica XXXI[a], 128, 137, 145, 146, XXVIII[a], 109), am

Salzburg, den wir jedoch in Trebur vermissen; der Kanzler Aspert, Bischof von Regensburg war damals bereits nicht mehr unter den Lebenden, seinen Einfluß aber wie seine Stellung erbte der vertriebene Bischof Wiching von Neitra. Diese und manche andre Kirchenhirten, z. B. Tuto von Regensburg, Zacharias von Seben, Wigbert von Verden erfuhren häufig die Gunst Arnolfs[30]); dem Uebermute und Trotze allzu mächtiger Vassallen gegenüber, wie Engildeo und seines Gleichen gedachte er die Geistlichkeit zur festen Stütze seines Thrones zu machen. Dies Streben tritt unter ihm unverkennbar stärker hervor, als etwa unter seinem Großvater Ludwig dem Deutschen.

Zu Trebur wurde auch eine schon seit mehreren Jahren von dem Erzbischof Hermann von Köln, dem Nachfolger Williberts[31]) angeregte Streitfrage zu einem Austrage gebracht, der wenig den Forderungen der Gerechtigkeit entsprach. Hermann konnte es nämlich nicht verschmerzen, daß sein Vorgänger Günther durch die bedrängte Lage, in die er sich durch Liebedienerei gegen seinen Herrn versetzt, dahin gebracht worden war, das Bisthum Bremen zur Vereinigung mit Hamburg aus seinem Metropolitanverbande zu entlassen. Obgleich Papst Nikolaus diese Verfügung auf Bitte des Königs Ludwig feierlich bestätigt hatte und obgleich diese Abtretung nicht zur Befriedigung eines unlauteren Ehrgeizes, sondern für die hohen Zwecke der christlichen Mission erfolgt war, so hielt dennoch Hermann für angemessen, ohne Rücksicht auf die unersetzliche Einbuße, die er dadurch der Mission zufügte, das ganze alte Gebiet seiner Metropole wieder zu fordern. Vielleicht bewog ihn zu diesem Auftreten die bedrängte und hilfsbedürftige Lage der Hamburger Kirche, die unter den damaligen Zeitverhältnissen ihre

---

15. Dez. 898 befreite er die Salzfuhren von Freising, cuius nunc Waldo fidelis ac dilectus episcopus noster pastor bonus ac rector optimus esse visus est von Zoll und Mauth (Meichelbeck hist. Frising. I[a], 147, B. 1113, 1117, 1147).

[30]) Dem B. Tuto bestätigte A. 14. Mai 895, 18. Mai 898 Tauschverträge und nennt ihn in dem zweiten Tuto honorabilis Radesbonensis ecclesiae praesul et commissi gregis nomine et merito tutissimus provisor (Mon. Boica XXVIII[a], 106, 117); am 31. Mai 892 schenkte er Zacharias von Seben einen Wald nebst Wildbann pro ... eiusdem venerandi praesulis studium, quod in nostrae fidelitatis servitute efficaciter nititur demonstrare (Resch ann. Sabion. II, 256, B. 1096). Ueber Wigbert s. die Urk. vom 1. Juni 890 (oben S. 340 A. 38) und vom 3. Nov. 892, auf Fürbitte der Wicpreht et Biso venerabiles ac dilecti episcopi nostri (Erhard reg. I, 39). Ich weiß nicht, worauf sich die Angabe des sächsischen Annalisten a. 894 (Scr. VI, 589) bezieht: in qua (sc. synodo Tribur.) Wicbertus Hildensheimensis episcopus multum viguit.

[31]) Regino 890: hac tempestate sanctissimo ... Williberto episcopo ab hac luce subtracto Herimannus venerabilis vir per electionem cleri ac plebis ecclesiae Coloniensi praeficitur. Die ann. Leodiens. (Scr. IV, 15) setzen Williberts Ende sogar erst in das J. 891. Da er aber am 11. Sept. starb (Necrol. Colon. bei Boehmer fontes III, 343, Lacomblet Archiv f. d.

Aufgabe freilich nur sehr unvollkommen erfüllen konnte, vielleicht genoß auch der Erzbischof Adalgar[32]), Rimberts Gehilfe in seinen letzten Lebensjahren, kein so großes Ansehen, wie seine beiden hochverehrten Vorgänger und mochte es daher leichter scheinen, ihm den bremischen Sprengel wieder zu entreißen.

Hermann von Köln richtete demnach im J. 890 in Gemeinschaft mit seinen fünf Suffraganen, den Bischöfen von Lüttich, Utrecht, Münster, Minden und Osnabrück ein Schreiben an den Papst Stephan, der ihm schon vorher das Pallium verliehen, wodurch er die Zurückgabe Bremens an die Kölner Metropole unumwunden forderte. Unter vielen Klagen über die Missethäter, die ihn innerhalb seines Sprengels beunruhigten und über die Normannen, welche den Rheinstrom in der Weise belagert hielten, daß die Reise nach Rom hiedurch gänzlich verwehrt sei, berichtete der Erzbischof in jenem Briefe, daß nur durch das Wohlwollen seines Vorgängers Günther dem Bischof von Bremen das Pallium von dem apostolischen Stuhle zugetheilt worden sei, damit er der Predigt des Wortes unter den angrenzenden Barbaren mit um so mehr Würde und Anstand obliegen könne, doch habe dadurch seinen Pflichten gegen den Metropoliten kein Abbruch geschehen sollen[33]). Der Papst, bei dem inzwischen auch Adalgar sich beschwert hatte, daß Hermann auf die Verletzung der Privilegien seiner Kirche ausgehe, erklärte im Oktober 890 zunächst, daß Vertreter beider Parteien nach Rom kommen müßten, um ihren Streit vor ihm auszufechten. Adalgar erschien hierauf in eigener Person vor dem Papste, sein Gegner aber schickte Vertreter, die nicht mit genügender Vollmacht versehen waren, so daß die Sache unerledigt blieb[34]).

Als hierauf Hermann durch ein weitschweifiges Schreiben sein angebliches Recht auf Bremen abermals verteidigt hatte, erwiderte ihm Stephan im J. 891, daß auf schriftlichem Wege dieser Zwist nicht entschieden werden könne, sondern nur durch mündliche Verhandlung in seiner Gegenwart[35]). Zur Vorbereitung die-

---

Gesch. des Niederrheins II, 17) und sein Nachfolger Hermann schon im Mai 890 das Pallium von Stephan empfieng (Floss privileg. Leonis VIII p. 113), so müssen wir seinen Tod in das J. 889 setzen.

[32]) Vgl. über ihn vita Rimberti c. 12, 21, 24 (Scr. II, 770, 774). Er war ein Bruder des Abtes Adalgar von Korvei (856—877).

[33]) Das Schreiben Hermanns ist nicht mehr vorhanden s. die Antwort des Papstes vom 31. Okt. bei Floß Papstwahl unter den Ottonen Anh. S. 120 (unvollständig bei Lappenberg Hamburg. Urkb. I, 777, J. 2648), eb. S. 113 der Brief zur Uebersendung des Palliums.

[34]) Dies ergibt sich aus den Briefen Stephans an Hermann (Floß S. 117, Lappenberg I, 778): quia veniente Adalgario venerabili episcopo ipse venire distulisti et a te directis, prout ipsi fatebantur, vicariacionem tuam ad integrum non commisisti finem inponere tante liti noluimus etc. und an Fulko von Reims (Flodoard. hist. Rem. eccl. IV c. 1 p. 422, J. 2666, 2667), sowie aus dem Schreiben des Formosus an Hermann (Floß S. 128).

[35]) A. a. O. S. 118: qua pro re non atramento et pellibus hec di-

ses Endurtheils sollten die Erzbischöfe Fulko von Reims (dem der Papst besonderes Vertrauen schenkte) und Sunderold von Mainz am 15. August 892 mit Hermann und dessen Suffraganen sowie mit Adalgar zu einer Synode in Worms zusammentreten und die beiderseitigen Ansprüche unparteiisch prüfen. Alsdann erst wollte Stephan zwischen den beiden Erzbischöfen in Rom selbst, wo möglich unter Mitwirkung Fulkos, die letzte Entscheidung fällen[36]). Dem Kölner Metropoliten bewies er inzwischen seine Huld, indem er ihm (im Mai 891) auf seine Bitte Reliquien für die in dem normannischen Brande vor zehn Jahren zerstörten Kirchen sandte und ihm alle Besitzungen und Einkünfte seines Erzstiftes bestätigte, deren Belege ebenfalls zum Theile zu Grunde gegangen waren[37]).

Bevor die beabsichtigte Wormser Synode stattfinden konnte, starb im September 891 Stephan VI.: von seinem Nachfolger Formosus erbat sich Fulko einen neuen Auftrag zur Abhaltung jener Versammlung[38]). Der Papst zögerte mit der Antwort und verfügte endlich, nachdem Hermann ihm noch einmal die unter Leo III. seiner Kirche ertheilten Privilegien dargelegt, daß die angeordnete Synode im August 892 an einem schicklichen Orte unter dem Vorsitze des Erzbischofs Hatto von Mainz statthaben und dann erst in Rom das Urtheil gefällt werden sollte. Er zeigte sich hiebei mit der Thatsache bekannt, daß sein Vorgänger Nikolaus auf den Antrag des Königs Ludwig das Bisthum Bremen für die Zwecke der nordischen Mission bestimmt habe[39]). Die Synode trat nun in der That in Frankfurt zusammen, Hermann erschien mit allen seinen Suffraganen[40]). Die Bischöfe gaben die Erklärung ab, daß von Alters her die Bremer Kirche unter Köln gestanden habe, die durch den Erzbischof Hatto dem Papste übermittelt wurde. Dieser lud hierauf Hermann und Adalgar ein, entweder selbst nach Rom zu kommen oder ihre Bevollmächtigten zu senden. Der Kölner Erzbischof zwar entschuldigte sein Aus-

scussio concedenda est, sed alternandi sermocinatione sub cautela et diligenti examinatione libranda.

[36]) Flodoard. a. a. O. p. 423: monet etiam fraternitatem ipsius domni Fulconis, ne sibi suam specialem praesentiam, si omnimodis fieri possit, exhibere cum iis quoquomodo differat, quoniam et haec et alia, quae imminebant ecclesiastica negotia cum ipso tractanda eiusque terminanda consultu providerat etc. Aus der Einladung Sunderolds zur Synode ersieht man, daß bei Abfassung dieses Schreibens dessen am 26. Juni 891 erfolgter Tod in Rom noch nicht bekannt gewesen sein kann.

[37]) Floß S. 123 flg., Binterim die Sage von den geborenen Kardinälen der köln. Kirche S. 95.

[38]) Flodoard. hist. Rem. IV c. 1 p. 424. Der Brief Fulkos an den Papst scheint nach c. 2 verloren gegangen zu sein.

[39]) Floß a. a. O. S. 127, Lappenberg S. 779, J. 2676.

[40]) Diese Synode wird in ganz übereinstimmender Weise in den beiden Schreiben des Formosus an Hermann und Adalgar erwähnt, Floß S. 130, Lappenberg Hamburg. Urkb. I, 34, 780, J. 2680, 2681.

bleiben mit einer Krankheit und schickte einige Priester als seine Vertreter, Adalgar dagegen kam weder selbst noch ließ er sich durch einen andern vertreten. Formosus entschied nun im J. 893 in vermittelnder Weise: daß von Rechts wegen Bremen allerdings unter Köln stehen müsse, um jedoch die Mission nicht der erforderlichen Mittel zu berauben, solle es so lange noch mit Hamburg vereinigt bleiben, bis die Hamburger Kirche im Stande sei, sich Suffraganbisthümer unter den Heiden zu gründen. Inzwischen sollte der Bischof von Bremen bei wichtigen Angelegenheiten der kölnischen Kirche seinen Beistand nicht versagen und auf Verlangen an den kölnischen Provinzialsynoden theilnehmen. Nur entschuldigend gleichsam berief sich der Papst auf die Verfügung seines Vorgängers Nikolaus und auf die Bedürftigkeit der Hamburger Kirche, die ihn hindere, der Kölner Metropole schon jetzt ihr volles Recht angedeihen zu lassen[41]).

Nachdem Hermann somit erreicht hatte, daß sein Anrecht im Prinzipe anerkannt wurde, ruhte er nicht, bis er es auch thatsächlich in Vollzug gesetzt. Er erneuerte seine Klagen auf der Synode von Trebur, ein Zweikampf zwischen Widger und Adelin, in welchem jener die Rechte der Hamburger Kirche vertrat und unterliegend am andern Tage starb, soll als ein Gottesurtheil für Köln entschieden haben. Der König geleitet von dem Erzbischof Hatto ergriff die Partei Hermanns und das Bisthum Bremen wurde sofort seiner früheren Metropole zurückgegeben[42]). Wenn Adalgar die Synodalakten nicht als Erzbischof von Hamburg, sondern als Bischof von Bremen d. h. als bloßer Suffragan des Kölner Metropoliten unterschrieb, so ersehen wir daraus nur, daß seit der Verwüstung Hamburgs der Bestand des nordischen Erzbisthums damals ausschließlich auf Bremen beruhte. Die Abtretung Bre-

---

[41]) An Hermann: aliter antem nostro apostolatui deliberare visum non est, ne sepe dicta Hamburgensis ecclesia ad vocationem gentium instituta, ablato adnihiletur subsidio et inopia cogente a deo digno opere cesset, praesertim cum et decessor noster recolende memorie Nikolaus ... suo privilegio Bremensem ecclesiam Ansgario Hamburgensi archiepiscopo confirmaverit vgl. hierüber I, 472, 524.

[42]) S. die Bulle des Papstes Sergius (Lappenberg I, 36, J. 2716), worin von Herimanni ;.. et Haddonis ... et aliorum episcoporum iniqua circumventione et iudicio und von iniquo consensu Formosi papae et Arnulphi regis et machinatione Herimanni archiepiscopi die Rede ist, worauf es weiter heißt: Herimannum autem Coloniensem archiepiscopum et Haddanum Moguntinum archipresulem pro satisfactione penitentiae ... a divino suspendimus officio, quoniam apud Triburiam per eos inique cassata sunt concessa ecclesiae tuae et tibi apostolicae sedis privilegia et gloriosorum imperatorum anullata sunt testamenta; Adam. gesta Hammaburg. eccl. pont. l. I c. 51 (Scr. VII, 301) nach mehreren Worten aus dieser Bulle: deinde facta subscriptione Adalgarius archiepiscopus in cauda concilii positus est (bestätigt durch die Unterschrift: Adalgarius Bremensis episcopus, Leg. I, 561), fabula grandis de Adelino et Widgero, qui disceptantes ad spectacula synodum traxerunt tragoediae lugubris etc.

mens an Köln kam daher einer völligen Unterordnung unter Köln gleich. Wie die Kölner, um an dies Ziel zu gelangen, zu unwürdigen Täuschungen ihre Zuflucht nahmen, zeigt die von ihnen eingegebene Bemerkung des Papstes Formosus, daß bis auf Adalgar alle Bremer Bischöfe der Kölner Kirche die schuldige Unterwerfung gezollt hätten, da doch Anskar und Rimbert sich schon in der gleichen Lage befanden. Jedenfalls war es eine schnöde Ungerechtigkeit, die dem Andenken derer, die daran theilnahmen nur zur Schande gereichen kann, daß jene von König Ludwig und dem Papste Nikolaus feierlich bestätigte Vereinigung Bremens mit Hamburg aufgehoben und damit der hinsiechenden nordischen Mission der Todesstoß versetzt wurde — lediglich zur Befriedigung eines sehr persönlichen Ehrgeizes und Eigennutzes.

Von Trebur begab sich Arnolf in der zweiten Hälfte des Mai nach Worms, um sich dort mit der Lage des westfränkischen Reiches zu beschäftigen, die durch sein eigenes bisheriges Eingreifen in immer größere Verwirrung geraten war. Die Hilfsschar, die er im verflossenen Jahre durch seine lothringischen Vassallen dem kleinen Könige Karl mitgab, kehrte unverrichteter Dinge zurück und bald mußte dieser in Burgund bei dem Herzoge Richard eine Zuflucht suchen, während sein Gegner Francien beherrschte und ihn auch in Burgund noch zu beunruhigen suchte[43]). Ein trauriger Zustand der Verwilderung riß durch diese Spaltung in zwei feindliche Heerlager im Westreiche ein: „und so kommen, schreibt ein Zeitgenosse, wechselsweise auf beiden Seiten viele ums Leben, ungeheure Bosheit, zahllose Räubereien, unablässige Plünderungen finden statt.“ Da geschah es, daß der Bischof Teutbald von Langres von Richard, seinem Vertrauten dem Grafen Manasses und Rampo, einem Verwandten Fulkos von Reims überfallen und geblendet wurde. Die ersteren beiden bemächtigten sich später auch der Stadt Sens (8. Juni 895) und nahmen den Erzbischof Walther gefangen, von dessen Hand Odo einst zum Könige gesalbt worden. Wegen dieses Frevels, der von der Partei Karls aus-

[43]) Flodoard. hist. Rem. l. IV c. 53 p. 630: tempore, quo inter reges Odonem et Karolum graves agebantur Francorum in regno discordiae, per hanc occasionem licito rapinae et depraedationes fiebant, confusum erat fasque nefasque, nusquam dei, aut humanarum timor legum, sed vi et potentia universa constabant; Ann. Vedast. 894, Regino 894. Jene melden die Blendung Teutbolds a Manasse Ricardi dilecto vgl. Flodoard. hist. Rem. l. IV c. 3 p. 439, wo es u. a. heißt: notificat quoque (sc. Formosus) Richardum, Manassem atque Ramponem excommunicatos a se atque perpetuo ligatos anathemate, pro eo quod tam nefandissima perpetraverint, ut Teutboldo Lingonensi episcopo oculos eruerint, Walterium Senonensem propria depulsum sede custodiae mancipaverint, eb. c. 5 p. 459 bittet Fulko den Kaiser Lambert um seine Verwendung für Rampo bei dem Papste; ann. S. Columbae Senon. 895 (Scr. I, 104): Richardus princeps Burgundiae recepit Sennis contra Gualterium episcopum et Guarinum comitem VI Id. Iun. Richard, der Nachfolger Hugos als Abt von St. Colombe gehörte anfänglich zu Odos Anhängern s. die Urk. für ihn vom J. 891 (B. 1887).

gieng und gegen Anhänger Odos gerichtet war, wurde von dem Papste über die vornehmen Missethäter der Bann verhängt. Karl indessen überwinterte in Burgund, das schwer unter den Brandschatzungen seines Anhanges leiden mußte, nachdem Odo demselben alle Besitzungen in Francien entzogen hatte. Klagen über diese Bedrückungen gelangten bis zu den Ohren Arnolfs, der als Beschützer des jungen Königs ein Recht zur Abhilfe zu haben schien. In Folge dessen schickte er Gesandte in das Westreich und forderte beide Könige auf, vor ihm zu erscheinen, um als Schiedsrichter ihren verderblichen Streit wo möglich auf friedlichem Wege zu schlichten[44]).

Die Parteigänger Karls riethen ihm, vielleicht weil sie die Straße durch Francien für allzu unsicher hielten, dringend ab, die Reise selbst zu unternehmen und bewogen ihn nur eine Gesandtschaft zu schicken, Odo dagegen durch solche Bedenken nicht gehemmt, machte sich in Begleitung einiger angesehener Männer selbst auf den Weg zu Arnolf und überbrachte ihm als sein Getreuer kostbare Geschenke. Er traf den deutschen König zu Worms inmitten einer glänzenden Versammlung aus allen Theilen seines Reiches[45]) und wurde ehrenvoll von ihm empfangen. Mehrere Tage blieb er an seinem Hoflager und erlangte von Arnolf, im Widerspruche mit der vorjährigen Anerkennung Karls, daß ihn derselbe in seiner königlichen Würde von neuem bestätigte[46]). Es bleibt unklar, wodurch diese abermalige Sinnesänderung bewirkt wurde, ob dadurch, daß Odos Unterwerfung unter die deutsche Oberhoheit eine vollständigere war oder weil das Uebergewicht sich völlig auf seiner Seite zu befinden schien. Als Odo von der Wormser Zusammenkunft, die für ihn so erfolgreich gewesen, fröhlich heimkehrte, stieß er unterwegs auf die von seinem Gegner abgeordneten Gesandten, die eben mit ihren Geschenken zu Arnolf eilten. Sogleich fiel das königliche Gefolge, die Gunst des Zufalles nutzend, über sie her: der Erzbischof Fulko entgieng weiterem Misgeschicke durch die Flucht, Graf Adalung aber wurde

---

[44]) Ann. Vedast. 895: venit clamor eorum ad aures Arnulfi regis, qui missos in Franciam mittens iussit, ut Odo et Karolus ad eum venirent, quatenus tantae calamitatis malum inter eos finiret. Auf diese Aufforderung ist wohl der zweite Brief Fulkos an Arn. zu beziehen (p. 453): significans ei de fidelitate et devotione, quam erga ipsum habebat et quia in eius servitium ad ipsius iussionem properare desiderabat etc.

[45]) Aus Worms ist eine Urk. Arnolfs für Eichstädt vom 25. Mai datiert (B. 1116); Ann. Fuld. 895: regale equidem placitum Vormacia habitum est; Regino 895: post haec Arnulfus Wormatiam venit ibique optimatibus ex omnibus regnis suae ditioni subditis sibi occurrentibus conventum publicum celebravit.

[46]) Die Quellen deuten diese Entscheidung nur an, ann. Fuld.: post paucos dies in sua, prout venerat, placabili licentia reversus est; Vedast. (die Worms nicht nennen): rex illum cum honore excepit atque cum leticia ad sua remisit; Regino: omnibusque impetratis, pro quibus venerat.

tödtlich verwundet, seine Begleiter erschlagen und ihr Gepäck geplündert[47]).

In Worms ward indessen noch ein andrer längst vorbereiteter Beschluß Arnolfs wirklich ausgeführt, der auf die Geschicke Westfranciens von wesentlichem Einfluß werden sollte. Zwentibald, des Königs ältester Sohn, wurde noch im Beisein Odos unter Zustimmung der versammelten lothringischen Großen geistlichen wie weltlichen Standes zum Könige von ganz Lothringen und von Burgund gesalbt[48]). Schon am 30. Mai machte er dem Kloster Stablo auf Bitte seines geliebten Grafen Liutfrid, dem dasselbe übergeben war, eine Schenkung, unter der wir dem Namen Ratbods von Trier als des Erzkanzlers für Lothringen begegnen[49]). Wir wissen nicht, wodurch es Arnolf diesmal gelang, den Widerstand zu bewältigen, der sich früher seinem Plane entgegenstellte. Wie er sich durch die Synode von Trebur der Geistlichkeit überhaupt mehr näherte, so mag er bei diesem Anlasse auch die lothringischen Bischöfe enger an sich gezogen haben und es ist vielleicht nicht zu kühn, wenn wir in der Zurückgabe des Bisthums Bremen an Köln den Preis erblicken, um welchen Erzbischof Hermann, bald der Erzkaplan des jungen Königs, zu dessen Erhebung mitwirkte. Der Umfang des Reiches wurde in der Weise bestimmt, daß es alles umfassen sollte, was von dem Gebiete weiland Lothars II. jetzt zu Ostfranken gehörte, also auch ganz Frisland, das Elsaß mit dem Breisgau, den Rest von Burgund, den Boso und Rudolf übrig gelassen d. i. den Erzsprengel von Bisanz, vielleicht nebst einer

---

47) Dies Zusammentreffen erwähnen ann. Ved. und Regino übereinstimmend, irrig Herimann. Aug. chron. 895: Arnulfus Karolo, filio regis Ludowici Balbi, non multo post advenienti et munera offerenti auxilium denegat.

48) Ann. Fuldens. 895: in Burgundia et omni Hlutharico regno, receptis eiusdem regni primoribus; Regino 895: omnibus assentientibus atque collaudantibus; Ann. Vedast. 895: filiumque suum rex Arnulfus in praesentia Odonis Zuendebolchum benedici in regem fecit eique concessit regnum quondam Hlotharii; Ann. Alamann. 895: Zuentebulc rex elevatus, desgl. Laubac., Laubiens., Leodiens., Blandiniens. 895 (Scr. IV, 15, V, 24): Zuendibolchus fit rex Lothariensium; Cronica reg. Franc. (eb. III, 214): Arnulfus imperator Lothoringiam dedit filio, nomine Szuentbaldo ex pellice genito. Böhmer setzt seinen Regierungsantritt auf den 11. Mai, gewiß zu frühe, da Arn. sich nach B. 1115 noch am 14. zu Trebur aufhielt. Die Urk. schwanken in ihrer Zählung und gestatten nur die Krönung zwischen den 15. und 30. Mai zu setzen.

49) Martene et Durand coll. ampl. II, 34 auf Bitte des Liutfridus fidelis et dilectus comes noster, der im J. 890 (eb. 33) auftritt als Liutfridus comes et sui monachi ex monasterio Stabulaus (B. 1083, 1150). Die beiden ersten Urk. Zwentibalds sind ad vicem Ratbodi archicancellarii ausgestellt, die vierte vom 25. Okt. 895 ad vicem Herimanni archicapellani. Die Urk. vom 5. Juni, 25. Aug., 25., 28. Okt. u. s. f. sind auf Fürbitte Ratbods erlassen (Bouquet IX, 375, Beyer I, 202—204).

Anwartschaft auf das hochburgundische Reich, das bisher allen Angriffen getrotzt hatte[50]).

Zwentibalds Königthum scheint ein völlig unabhängiges gewesen zu sein, seine Abhängigkeit vom Vater eine ganz lose, wesentlich nur durch die Kindespflicht bedingte. Arnolf griff in die lothringischen Verhältnisse wohl noch rathend und helfend auf den Wunsch des Sohnes selbst ein, im Uebrigen aber hatte er diesem die ganze königliche Machtvollkommenheit eingeräumt:[51]) Zwentibald verfügte über alle Reichslehen in Lothringen nach eigenem Gutdünken, er nahm an keinen Heerfahrten der andern deutschen Stämme Theil, vielmehr führte er auswärtige Kriege ganz auf eigene Faust. Einem Jünglinge von wildem und ungestümem Charakter, der geschändet durch den Makel einer unehelichen Geburt noch wenig Proben wirklicher Tüchtigkeit abgelegt, vertraute Arnolf demnach die schwierige, für die Sicherheit seines ganzen Reiches so überaus wichtige Aufgabe an, das leicht bewegliche, stets zur Veränderung neigende Volk der Lothringer im Zaume zu halten[52]) und die Westgrenze deutscher Herrschaft zu hüten.

Wenn auch an die Ueberlieferungen der Linie Lothars sich anlehnend mußte dies neue Reich in seiner bunten Manigfaltigkeit immerhin als eine ziemlich künstliche Schöpfung erscheinen: neben den Franken als Kern, die aber theils die deutsche, theils die romanische Zunge redeten, umschloß es Frisen, Alamannen und Burgunder und zahlreiche persönliche und sachliche Zusammenhänge leiteten daraus sowol nach dem Westen wie nach dem Osten hinüber, die sich einst in diese Lande getheilt. Gab es nun Gründe wahrhafter Staatsklugheit, die darauf führten, gerade durch die Tren-

---

[50]) Den Besitz Frislands bezeugt die Urk. für Odilbald von Utrecht (B. 1159), den Besitz des Elsasses die Urk. für Münster im Gregorienthal, zu Straßburg ausgestellt (Trouillat monuments de Bâle I, 125, B. 1155; die andre vom 2. Febr. ungedr. s. Spach im Bulletin de la sociétè pour la conserv. des monum. histor. d'Alsace III, 226). Aus jener folgerte Stälin (Wirtemb. Gesch. I, 264 A. 4) auch den Besitz des Breisgaus, weil sie Güter in diesem Gaue bestätigt. Eine Urk. für die St. Stephanskirche auf Bitte des Eb. Theoderich von Bisanz wird erwähnt bei Chifflet Vesontio civitas monum. illustr. II, 182.

[51]) Bezeichnend für das Verhältnis beider ist die Urk. vom 25. Okt. 895 für Trier, in der es heißt: qui (sc. Arnulfus) etenim ut nobis regni gubernacula commisit, iubendo petiit et petendo precepit, ut idem monasterium (sc. Orrea) sub numine regii muniminis ad prefatam ecclesiam S. Petri ... redderemus ... nos autem genitoris voluntati et pontificis efflagitatui libenter assensum prebuimus (Beyer I, 204, B. 1153).

[52]) Ueber die Lothringer s. Widukind. res gestae Saxon. I c. 30: gens varia erat et artibus assueta, bellis prompta mobilisque ad rerum novitates; II c. 15: Lothariis generi hominum inbelli (!); c. 36: genti indomitae Lothariorum, und vgl. dazu die Geschichte Immos l. II. c. 23, 27, 28. Ueber die Zügellosigkeit der Lothringer klagt die Metzer Synode c. 1 (Beyer I, 133): statuenda est lex dei, qua crudelissimi gentis nostrae homines a vastacione pauperum repellantur vgl. c. 7.

nung, durch Verleihung eines besonderen Hauptes diesen unzuverlässigen Stamm mit den andern vereinigt zu halten? Offenbar war die Krönung Zwentibalds der Weg zu völliger Selbständigkeit und Ablösung Lothringens, wofern es ihm gelang sich zu befestigen, der Tod Arnolfs mußte hier den letzten Schatten von Abhängigkeit aufheben. Gewis nicht Erwägungen des Gemeinwohls, nur eine demselben nachtheilige Liebe für den Erstgeborenen trieben Arnolf an, ihn ohne Rücksicht auf seine Befähigung mit der Königskrone zu schmücken, weder zum Segen für ihn selbst noch für das gesamte Reich.

Der ungemessene Ehrgeiz und die Unzuverlässigkeit des neuen Herrschers zeigte sich schon in dem ersten Jahre seiner Regierung in der Art und Weise, wie er sich in die westfränkischen Händel einmischte. Die Partei Karls, von Arnolf gänzlich im Stiche gelassen, warf sich kurze Zeit nach dem Wormser Reichstage Zwentibald in die Arme. Die Hoffnung, die diesem von Karls Getreuen erregt wurde, daß ihm für seinen Beistand ein Stück von dem westfränkischen Reiche abgetreten werden solle, bewog ihn im Sommer seinem Vetter mit einem Heere zu Hilfe zu kommen[53]). Während Odo bei der Unlust der Seinigen zum Kampfe über die Loire zurückgieng, als ob er von diesem gemeinschaftlichen Unternehmen nichts gewahr werde[54]), rückten die beiden Könige vor das durch seine natürliche Lage überaus feste Laon und belagerten es. Indem die Belagerung sich in die Länge zog und von beiden Seiten tapfer gefochten wurde, gaben sich bald die eigennützigen Absichten des Lothringers kund. Mehrere der mächtigsten Vassallen seines Verbündeten, der Graf Balduin von Flandern, der schon einmal die Partei gewechselt, dessen Bruder Rudolf und Graf Reginar vom Hennegau, ein Enkel vermutlich Lothars I., einer der verschlagensten Köpfe, leisteten sämtlich Zwentibald den Lehnseid und giengen zu ihm über.

Karl mit seinen treuen Anhängern geriet in eine Lage, wo ihm bald seine falschen Freunde viel gefährlicher scheinen mußten, als seine offenen Feinde, wurde doch sogar geglaubt, daß Zwentibald mit den Seinigen einen Anschlag auf das Leben des jungen Königs ausgesponnen. Man schickte daher von dieser Seite heimlich Boten an Odo und ließ ihm sagen, er möge, welchen Theil

[53]) Ann. Vedast. 895: ut fertur Zuendebolchus cum suis Karolum privare vita cogitabant; Regino 895: Zuendibold collecto immenso exercitu, cupiens amplificare terminos regni sui, quasi Carolo adversus Odonem auxilium laturus etc.; Abbo de bellis Paris. II v. 577: sermo quis effari poterit, quotiens fuga celsi | Arnulfi indnperatoris genitum tulit ense | Odonis Cendebaldum post terga tonante?

[54]) In den ann. Vedast.: Odo ... quasi ignorans hoc Sequanam transiit, möchte ich lieber Ligerim setzen, theils weil Regino Odo ea tempestate in Aquitania verweilen läßt, theils weil vom 14. Juli 895 eine Urk. Odos aus Tours datiert ist (B. 1895).

des Reiches er für gut finde, seinem Nebenbuhler überlassen und unter diesem Bedinge Frieden mit ihm schließen. Der Sohn Arnolfs hatte inzwischen die vergebliche Belagerung von Laon schon aufgehoben und mit dem Bischofe der Stadt, Dido Waffenstillstand abgeschlossen. Als ihm jetzt das Einverständnis der beiden bisherigen Widersacher klar wurde und er von der Annäherung Odos vernahm, blieb ihm nichts weiter übrig, als einen schleunigen Rückzug in sein Reich anzutreten[55]). Dieses so kläglich endende Unternehmen Zwentibalds, das zugleich ein so übles Licht auf seinen Charakter warf, das erste und letzte in seiner Art, half demnach gerade die Umwandelung vorbereiten, die für Westfrancien segensreich dem deutschen Einflusse den Zugang versperrte, die friedliche Verständigung der beiden streitenden Thronbewerber.

Von dem Wormser Reichstage schlug Arnolf indessen den gewohnten Weg durch Franken nach Baiern ein. Auf dem Königshofe Salz an der Saale empfieng er etwa im Juni eine Gesandtschaft der Abodriten, die ihm Geschenke überreichte und von ihrer friedlichen Gesinnung Zeugnis ablegte. Es bleibt dunkel, wodurch diese Sinnesänderung in einem Volke hervorgerufen worden, gegen welches der König sechs Jahre zuvor nur einen erfolglosen Feldzug unternommen, doch mag dieselbe vielleicht ohne äußere Einwirkung durch das Aufkommen eines neuen Herrschers oder andre innere Wechselfälle erfolgt sein. Arnolf gewährte die Bitten, die die abodritische Gesandtschaft ihm vortrug, unverzüglich und entließ sie in Gnaden[56]).

Als der König um die Mitte des Juli in Regensburg eine Reichsversammlung hielt[57]), kündigte dort ein noch viel mächtigerer slavischer Stamm als der der Abodriten freiwillig seine Unterwerfung an. Die czechischen Häuptlinge aus Böhmen erschienen nach langwieriger Entfremdung insgesamt vor ihm, indem sie erklärten, daß sie durch den Herzog Suatopluk seit langer Zeit gewaltsam und wider Willen aus ihrer alten Verbindung mit dem bairischen Volke losgerissen worden seien[58]). Sie leisteten daher jetzt, da der Gewaltige sie nicht mehr schreckte, in der üblichen Weise durch

[55]) Eine Urk. Zwentibalds vom 15. Aug. ist datiert in vico Droslei iuxta Noviomam civitatem, zu Trosly unweit Noyon (B. 1152), also noch jenseits Laon. Es bleibt zweifelhaft, ob sie vor oder nach der Belagerung ausgestellt ist.

[56]) Ann. Fuld. 895: curte regia Salz vgl. über dessen Lage I, 158 A. 1.

[57]) Eb.: mediante mense Iulio. Dieser Zeitangabe dient die Urk. Arnolfs zur Bestätigung, durch die er am 19. Juli dem Hochstift Freising zu Regensburg die Abtei Moosburg schenkte (B. 1117).

[58]) Ann. Fuld. 895: ibi de Sclavania omnes duces Boemaniorum, quos Zuentebaldus dux a consortio et potestate Baioaricae gentis per vim dudum divellendo detraxerat. Von den darauf folgenden Namen hat Palacky (Gesch. v. Böhmen I, 163 A. 131) den zweiten Witizla, der schon in den ann. Fuld. 872 vorkommt, willkürlich in Wratislav geändert.

Handschlag den Lehnseid: das erste Zeichen der beginnenden Auflösung des eben noch so furchtbaren mährischen Reiches. An der Spitze dieser böhmischen Oberhäupter standen Spitihniev und Witisla, jener der Sohn des damals bereits verstorbenen Herzogs Boriwoi und der frommen Ludmilla, der Tochter des Grafen von Bssov. Wie sein von dem h. Methodius getaufter Vater, so war auch er ein eifriger Förderer des Christenthums in Böhmen, dessen Verbreitung man später auf ihn vorzüglich zurückführen wollte[59]). Lateinische und slavische Priester mögen auch hier neben einander gewirkt haben, wie in dem benachbarten Mähren und wenn jene schließlich das Feld behaupteten und die Rechte des Regensburger Sprengels auf Böhmen aufrecht erhielten, so konnte doch die dem Volke theure slavische Liturgie so schnell nicht von ihnen verdrängt werden. Ludmilla, Boriwois Witwe ließ ihren Enkel Wenzel, den Sohn Wratislavs sogar in den slavischen Büchern wie einen Priester unterrichten[60]). Wenn in Regensburg mehrere böhmische Herzoge auftraten, unter ihnen der Premyslide Spitihniev als der vornehmste, um neben einander Arnolf ihre Huldigung darzubringen, so ersieht man daraus, daß die alte Theilung des Landes noch fortbestand, doch schon waren die Herzoge, die in Prag geboten, im Begriffe zugleich mit der Einführung der christlichen Lehre ihren Vorrang vor den übrigen in eine wirkliche Oberherrschaft umzuwandeln, wie sie nach Spitihniev dessen Bruder Wratislav und dann Wenzel besaßen.

VI.

Das Jahr 895 hatte sich der Befestigung und Stärkung von Arnolfs Herrschermacht im Ganzen hold bewiesen. Auf die Entdeckung des von dem Grafen Engildeo angezettelten Hochverrathes, der um so schneller und strenger von dem Könige geahndet wurde, als er gerade in Baiern, seinem Stammlande hervorgetreten war, folgte die Synode von Trebur, die den innigen Bund zwischen Königthum und Kirche besiegelte und beiden an einander einen stär-

[59]) Gumpoldi vita Venceslavi c. 2 (Scr. IV, 214), wo er jedoch irrig unter Heinrich I. gesetzt wird, über die Familie Boriwois s. Cosmae chron. Boemor. I c. 15.

[60]) S. die altsloven. Wenzellegende (Miklosich slav. Bibl. II, 276): et tradidit eum avia eius Ljudmilla docendum literas Slovenicas in modum presbyteri et didicit sensum bene und dazu die Ausführungen Wattenbachs (slaw. Liturgie in Böhmen S. 223 flg.), über das Anrecht Regensburgs oben I, 273 A. 87.

keren Halt gab. Die Salbung Zwentibalds zum Könige von Lothringen brachte einen längst gehegten Lieblingsplan Arnolfs zur Ausführung. Ihm als dem Grenzhüter des Reiches im Westen wurden fortan sowol die westfränkischen als die burgundischen Händel ausschließlich überlassen, nachdem die nochmalige Huldigung und Anerkennung Odos den deutschen Einfluß hier dauernd gesichert zu haben schien. Die Unterwerfung der Abodriten gab den sächsischen Marken die Ruhe zurück, die der Czechen eröffnete um so glänzendere Aussichten, frühere Niederlagen wieder gut zu machen, als durch den kurz zuvor erfolgten Tod Suatopluks das mährische Reich schon viel von seiner Furchtbarkeit verloren hatte und bald seinem Verfalle mit schnellen Schritten entgegeneilte.

Wenn demnach nach allen andern Seiten hin die Herrschaft Arnolfs einen ersprießlichen Fortgang gewonnen hatte, so gab es doch noch einen Punkt, in dem die Erfolge weit hinter dem angestrebten Ziele zurückblieben, nämlich Italien, das rechtmäßige Erbtheil der Nachkommen Ludwigs des Deutschen. Nur zu einer unsicheren Begründung der deutschen Oberhoheit in der Lombardei führte der erste Römerzug des Königs, der rechte Abschluß fehlte, so lange er den Papst, der seine Hilfe angerufen und die Stadt Rom in den Händen der Spoletiner ließ. Günstigere Aussichten aber bot eine neue Romfahrt dadurch, daß im J. 894 der Kaiser Wido gestorben war und statt eines kräftigen und erprobten Mannes demnach jetzt ein unselbständiger Jüngling an der Spitze der dem deutschen Könige feindlichen Partei stand. Andrerseits war freilich das Verhältnis zu Berengar ebenfalls ein unklares, das leicht in offene Feindschaft umschlagen konnte, sobald ihm kein Spielraum zur Ausübung der Herrschaft mehr gelassen wurde.

In solcher Lage der Dinge suchte den König, wahrscheinlich in Regensburg, eine Gesandtschaft des Papstes Formosus auf, die ihn sowol durch die mündlichen Aufträge, die sie überbrachte, als durch Schreiben dringend aufforderte, dem heiligen Vater zum Beistande nach Rom zu ziehen[1]). Die Gesinnungen des Papstes gegen Arnolf hatten sich daher seit seiner ersten vergeblichen Sendung vor zwei Jahren nicht geändert und er gab unter Lambert ebenso wie vorher unter Wido einem fremden Schirmherrn vor dem einheimischen den Vorzug. Dazu bildet es freilich einen seltsamen Gegensatz, wenn derselbe Nachfolger Petri nicht lange zuvor an den befreundeten Erzbischof Fulko von Reims schrieb, er wolle für Lambert wie ein Vater sorgen, liebe ihn als seinen theuersten Sohn und wünsche mit ihm in unzertrennlicher Eintracht zu leben[2]), worauf Fulko ihm seinerseits versicherte, daß er dem jun-

[1]) Ann. Fuld. 895: iterum rex a Formoso apostolico per epistolas et missos enixe Romam venire invitatus est; Liudprand. antap. I c. 28: cuius (sc. Formosi) et hortatu Romam rex Arnulfus advenerat.

[2]) Flodoard. hist. Rem. eccl. l. IV c. 3 p. 436: item pro ... impe-

gen Kaiser nicht so sehr wegen ihrer Blutsverwandtschaft zugethan sei, als weil derselbe ein so großer Verehrer und Bewunderer des Papstes wäre. Seinem kaiserlichen Vetter aber theilte der Reimser Erzbischof nicht bloß jene Aeußerungen des Papstes mit, sondern ermahnte ihn auch ernstlich, Formosus wie ein Sohn den Vater zu ehren und ihm und der Kirche Treue und Gehorsam zu erweisen, wodurch er am besten allen seinen Feinden obsiegen werde. Als warnendes Beispiel hielt er ihm das Bild seines erlauchten Oheims Lambert vor, der wegen seiner Frevel wider die römische Kirche unter dem Banne gestorben sei und ersuchte ihn zugleich für ihn als seinen Verwandten die apostolische Fürbitte bei Gott anzurufen. Formosus aber versicherte noch in einem späteren Briefe, er sei mit Lambert so einträchtig in Frieden und Liebe verbunden, daß sie durch keine Untreue je von einander geschieden werden könnten [3]). Wir brauchen zur Erklärung der Sinnesänderung des Papstes nicht anzunehmen, daß Lambert jene weisen Rathschläge misachtend durch irgend welche Handlungen sein Wohlwollen verwirkt habe, viel wahrscheinlicher ist es, daß jene väterliche Zärtlichkeit eine mehr durch die Umstände erzwungene, nicht aufrichtig gemeinte war und daß Formosus, wie schon sein Vorgänger Stephan, von vornherein nichts sehnlicher wünschte, als den päpstlichen Stuhl aus der allzu engen Umschließung der Spoletiner zu befreien.

Nachdem Arnolf die römische Botschaft vernommen, faßte er, wie es vielleicht vorher schon sein Wille war, nach Berathung mit den Bischöfen den Entschluß einen neuen Römerzug zu unternehmen. Ende September finden wir ihn noch zu Oetting, der Stiftung seines Vaters [4]), im Oktober überstieg er bereits die Al-

ratore Lantberto gratiarum referens actiones, quod notificaverit sibi (sc. papa Fulconi) de ipso Lantberto patris se curam habere filiique carissimi loco eum diligere atque inviolabilem cum eo concordiam se velle servare etc., c. 5 p. 458: Lantberto imperatori congratulationis apices dirigens notificat, quid sibi de ipso domnus papa Formosus suis litteris intimaverit, quod scil. eundem imperatorem multum diligeret et in omnibus ei consulere loco carissimi filii atque indissociabilem vellet ad eum servare concordiam: hortatur ergo hunc principem et admonendo flagitat, ut tantae benignitati eiusdem papae gratus exsistat, illum ut patrem piissimum diligat ... eiusque sacris monitis ut verus filius obtemperet etc.

[3]) Eb. c. 3 p. 439: asserens se cum ipso (sc. Lantberto) tantam pacis et dilectionis habere concordiam, ut nequeant aliqua iam ab invicem pravitate seiungi. Aus der hieran sich schließenden Erwähnung der Exkommunikation Richards, Manasses und Rampos (für welchen letzteren Fulko bei Lambert Fürbitte einlegt), geht hervor, daß dieser Brief erst in der zweiten Hälfte des J. 895 abgefaßt sein kann (s. oben S. 405 A. 43), also etwa gleichzeitig mit der Einladung an Arnolf.

[4]) Von dort ist eine Urk. vom 29. Sept. datiert (B. 1118); Ann. Fuld. 895: rex vero ... mense Octobrio de Francia et Alamannia in Italia promovit exercitum; Ann. Alamann. 895 (Scr. I, 53): Arnolfus in Italiam. Von Wiching sind 3 während dieses italienischen Zuges ausgestellte Urkunden geschrieben.

pen mit den Kräften zweier deutschen Stämme, der Franken und Schwaben, während an seinem ersten Zuge nur die letzteren theilgenommen. In seinem Gefolge befanden sich von seinen vertrauteren Rathgebern insbesondere der Erzbischof Hatto und der Kanzler Wiching, sowie der Bischof Adalbero von Augsburg. Bei günstigerer Jahreszeit wurden diesmal die Alpenpässe zurückgelegt: am 1. Dezember verweilte der König noch in der Hauptstadt Pavia, wo er der Aebtissin Rihsinda in dem Nonnenkloster St. Maria Theodota daselbst auf Fürbitte Adalberos die von seinen Vorgängern verliehene Immunität bestätigte[5]).

Während dieses Aufenthaltes in der Lombardei wurde das schwankende Verhältnis des deutschen Königs zu seinem Vetter Berengar von neuem festgestellt und geordnet. Dieser nämlich hatte nach dem Abzuge Arnolfs, soweit es ihm vergönnt war, seine Herscherrechte durchaus selbständig ausgeübt und sich nicht an die Bedingungen seiner früheren Unterwerfung gebunden. Als jetzt ein deutsches Heer, welches er diesmal nicht herbeigerufen, die Alpen überschritt, suchte er erschreckt den König auf, um durch schleunige Ergebung und Verzicht auf das angemaßte italische Reich sich seine Gunst wieder zu gewinnen. Dies scheint ihm jedoch nicht in vollem Maße gelungen zu sein, denn Arnolf, statt ihm die Herrschaft, der er entsagte, sogleich zurückzugeben, theilte jetzt das obere Italien in zwei durch die Adda geschiedene Amtsbezirke, von denen er den westlichen dem Grafen Maginfrid von Mailand, den östlichen dem Grafen Waltfrid von Verona, einem sehr tapfern Manne und weiland ergebenen Anhänger Berengars, als seinen unmittelbaren Vassallen verlieh[6]).

---

[5]) Muratori ant. It. III, 51 (B. 1119): ob amorem dei deique genitricis Mariae necnon venerabilem petitionem dilecti fidelissimi Adalperonis) concedimus atque confirmamus etc. vgl. B. 933.

[6]) Herimann. Ang. chron. 895: (Arnulfus) Peringarium perterritum ad dedicionem venientem regnumque pervasum Italiae reddentem suscepit et Waltfredo Maginfredoque comitibus Italiam cis Padum distribuit vgl. ann. Fuld. 896: Waltfredi Foro Iulii marchensis, qui multum fideliter ad imperatorem Veronam contendendo retinuit. Daß sein Gebiet bis zur Adda gereicht habe, nimmt Lupi (cod. dipl. Bergom. I, 1050) mit Recht an. Ueber Waltfrid s. oben S. 314 A. 38 und das Loblied auf den Bischof Adalhard von Verona (Baronii ann. ed. Mansi Luccae 1744, XV, 480 not.): Fletque Walfredum comitem Verona | cum suburbanis viculisqne cnnctis, | quod lupis saevis pateant et ipsi | ense repulso. Schon unter Karls des K. Wahlakte von Pavia im J. 876 findet sich das signnm Walfridi comitis (Leg. I, 529), dann erscheint er in mehreren Urk. Karls III. aus den J. 880 und 881 (B. 909, 923, 925) und in einem Gerichte Adalhards Audakari vicecomes civitatis Veronensis in vice Walifrit comitis im J. 880 (Muratori antiq. It. I, 435). Graf Ingelfrid v. Verona saß später (918) zu Gericht civitate Verona ad casa que fuit bone memorie Walfredi comitis (Tiraboschi stor. di Nonantola II, 99). Es fragt sich, ob ihm etwa schon Berengar bei seiner Königswahl die Mark Friaul zu der Grafschaft Verona übertrug, da er ihn urkundlich als Markgrafen nennt und da Waltfrid 3000 M. an der Trebia befehligte s. Panegyr. Bereng. l. II v. 73: nec mora, Walfredus ter

Von Pavia zog Arnolf über den Po nach Piacenza, wo er in dem Kloster S. Sisto die verwitwete Kaiserin Engelberga als Aebtissin besuchte und von ihr gebeten wurde, ihr am Feste der h. Martina (d. h. vom 20. Mai bis 6. Juni) die Abhaltung eines Marktes zu gestatten[7]). Der Bischof jener Stadt, Eberhard gehörte zu Lamberts eifrigsten Anhängern[8]). Durch das Gebiet des feindlich gesinnten Markgrafen Adalbert von Tuscien wurde alsdann unter schweren Verwüstungen der Marsch fortgesetzt, in der Weise, daß die Schwaben getrennt über Bologna nach Florenz zogen, die Franken dagegen von dem Könige selbst geführt den Apennin zwischen Berceto und Pontremoli überschritten und an der Magra herab Luni (bei Carrara) an der Seeküste erreichten, wo die Weihnachtsfeier begangen wurde[9]).

Auf dem weiteren Wege durch Tuscien in der schlechtesten Jahreszeit und unter einer abgeneigten Bevölkerung hatte das deutsche Heer manigfache Leiden zu ertragen: bald mußte es mit heftigen Stürmen, bald mit ungewöhnlich starken Regengüssen kämpfen und da durch die Ueberschwemmungen die Pfade unkenntlich geworden, mühsam auf den Bergrücken umherirren[10]). Durch die feuchte Witterung und die Beschwerden des Marsches entstand eine so große Sterblichkeit unter den Pferden, daß fast alles Gepäck auf Ochsen fortgeschafft wurde, die nach Art der Saumrosse gesattelt waren. Dazu verbreitete sich das niederschlagende Gerücht, Berengar, der, wie es scheint anfänglich den König Arnolf begleitet hatte, sei deshalb nach der Lombardei zurückgekehrt, um dort eine Erhebung gegen ihn vorzubereiten, ja er habe sogar den

---

mille resumit amicos, | his manus in capulo, primus ac fervor ab armis | hostilem turbare globum; nec fortior alter | hostica quem pubes bello vereatur euntem, | Ausona cui faveat vgl. v. 148.

7) Urk. Arnolfs (Campi hist. di Piacenza I, 476, B. 1120): dum ad limina beator. apostolorum Petri et Pauli reverteremur et Placentiam ad monasterium sanctae resurrectionis atque beator. martyrum Sixti et Fabiani constructum diverteremus, nostram adiit munificentiam Angilberga abbatissa ipsius monasterii cum tota congregatione sibi commissa etc.

8) L. schenkte ihm einige Besitzungen im Spoletinischen, quia Hevrardus ... episcopus in nostra expeditione cum suis saepissime fideliter sudabat (v. J.) und bestätigte im Febr. 895 die Schenkungen seines Vaters praedicti venerabilis episcopi dilectissimi nostri Hevrardi devotione (Campi Piac. I, 473, 474).

9) Ann. Fuld. 895: venientes vero ultra Padum ibi diviso exercitu etc.; Herimann. Aug. 895: et omnia vastando divisisque ad superum inferumque mare copiis, transiens ipse natalem domini Lunae celebravit; Panegyr. Bereng. (wo der erste und zweite Zug Arnolfs zusammengeworfen werden) l. III v. 125: subito Etruscas procinctus ad oras | vertit iter.

10) Ann. Fuld. 896: igitur propter nimiam intempestatem aeris et immoderatam effusionem imbrium etc. Von einem Gewitter und einem furchtbaren Sturme in Sens am 9. Januar berichten die ann. S. Columbae (Scr. I, 104).

schwankenden Markgrafen Adalbert in einer Unterredung bewogen, auf keinen Fall dem Könige Gehorsam zu beweisen [11]).

Unter so schwierigen Verhältnissen, indem Arnolf durch die feindlichen Bewegungen in seinem Rücken beunruhigt wurde, in dem Heere aber Noth und Entmutigung herrschten, gelangte man endlich im Februar 896 bis vor Rom, an das Ziel des Zuges. Wenn man aber bisher bei dem gänzlichen Verschwinden Lamberts gewähnt hatte, daß er und seine Partei jedem Widerstande entsage, so sollte sich dies bald als eine Täuschung herausstellen: zum größten Schrecken der Truppen hatte die Kaiserin Ageltruda, Widos mannhafte Witwe, alle Thore der Stadt schließen und dieselbe in Verteidigungszustand setzen lassen, um ohne Rücksicht auf päpstliche Einladungen jedem fremden Herrscher den Eintritt zur Peterskirche zu verwehren [12]).

Statt der gastlichen Aufnahme, welche die deutschen Krieger nach so schweren Mühsalen zu finden gehofft, harrte ihrer demnach hier erst das schwerste Stück Arbeit und eine allgemeine Niedergeschlagenheit bemächtigte sich der Gemüter. Der König selbst tief bekümmert, versammelte das ganze Heer zum Rathe bei der Kirche San Pankrazio vor dem gleichnamigen Thore. Nachdem dort von allen die Messe gefeiert worden, fragte Arnolf sie insgesamt, was zu thun noth sei. Unter allgemeinem Zurufe und allseitiger Beistimmung wurde ausgesprochen, daß man die Stadt

---

[11]) Der Panegyrist läßt in absichtlicher Entstellung der Thatsachen Berengar mit Arnolf nach Rom ziehen. Die Worte der ann. Fuld.: Perngarium ... a fidelitate sua defecisse et in Italiam iam per hoc reversum fuisse beziehe ich nicht mit Muratori (ann. d'It. 895) auf eine Verbannung nach Deutschland, vielmehr glaube ich, daß B. nur aus Tuscien, woselbst er das königliche Heer begleitete, nach der Lombardei eigenmächtig zurückkehrte. Köpke (de vita Lindprandi p. 74) nahm Anstoß an den beiden zu Verona 4. März und 30. Apr. 896 ausgestellten Urk. Berengars (B. 1300, 1301), allein jene gehört, wie Lupi (cod. dipl. Berg. I, 1053) nach Einsicht des Originales berichtigt, in das J. 915, bei dieser aber sind die Daten so widersprechend, daß man sie mit gleichem Rechte in das J. 895 oder 897 setzen kann. Die seltsame Datierung einer Urk. des B. Adalbert v. Bergamo: post obitum bone memorie domni Caroli imperatoris quondam Ludovici regis filius anno nono mense Aprilis ind. XIV d. i. 896 (Lupi cod. Bergom. I, 1053) zeugt für die Unsicherheit der Verhältnisse. Der zweideutige Adalbert erkannte Lambert nicht sogleich an, wie daraus erhellt, daß man in Lukka bis 896 die Jahre nach dem Tode Widos zählte (Urk. bei Barsocchini memorie e docum. all' ist. di Lucca V^b, 613—617).

[12]) Ann. Fuld. 896: adventantibus illis Ageldrudis vidua Widonis portas in circuitu murorum omnes serrando praeoccupavit. Ueber Lamberts Aufenthalt in dieser Zeit läßt sich leider nichts Sicheres ausmachen (in Rom selbst war er nicht zugegen). Nach den Urk. hielt er sich am 24. November zu Pavia, 6. Dezember zu Reggio auf (Hist. patr. monum. I, 79, B. 1283). Wenn diese Urk., von denen die erste schlecht überliefert ist, wirklich hieher gehören, so müßte man annehmen, daß L. nur schrittweise vor dem deutschen Heere zurückgewichen sei. In Piacenza zählte man im Nov. noch nach Jahren Lamberts (Campi hist. di Piac. I, 474—475).

mit Sturm nehmen müsse: dazu gelobten alle unter Thränen nochmals Treue, beichteten ihre Sünden öffentlich vor den Priestern und beschlossen zur würdigen Vorbereitung einen Fasttag zu halten.

Als die Truppen aus jener Versammlung bei der Pankratiuskirche zögernd in ihr Lager zurückkehrten und der König selbst die Stärke der Mauern durch den Augenschein prüfte, da geschah es wie durch höheres Verhängnis, daß zwischen einigen der Deutschen und den Verteidigern auf dem Walle, vielleicht durch irgend einen höhnischen Zuruf veranlaßt, ein Zank ausbrach[13]). Der Lärm lockte andre herbei, von allen Seiten entstand ein Zusammenlaufen und aus der Menge erscholl das Geschrei, man solle sofort zum Sturme gegen die Stadt vorgehen. Da entbrannte, noch von der gehobenen Stimmung des Morgens genährt, in allen die größte Kampfbegier. Ohne Verzug bringen sie gegen die Mauer an und vertreiben die Römer durch Steinwürfe von derselben, größere Haufen drängen sich an den Thoren zusammen. Mit Aexten und Schwertern suchen die einen die eisernen Riegel zu lösen oder durch den Stoß eines langen Balkens das Thor wankend zu machen, andre untergraben von ihren Schilden gedeckt die Mauern oder legen Sturmleitern an, ja in der Hast des Angriffes werden sogar an einer Stelle Reit- und Packsättel über einander gehäuft, um auf ihnen den Wall zu erklimmen[14]).

Gegen Abend befand sich, ohne daß von dem deutschen Heere auch nur ein Mann ums Leben gekommen, das ewige Rom in den Händen der nordischen Barbaren. Mit spöttischer Hindeutung auf die Feigheit der neueren Römer, die wie Liudprand sagt, lieber an der Hanfschnur fette Welse fiengen, als Schild und Schwert führten, erzählte man später, daß den Anlaß zu der ruhmvollen Eroberung ein Häslein gegeben, das von den deutschen Kriegern aufgejagt und gegen den Wall hin verfolgt die Verteidiger in dem Glauben, ihnen gelte der Angriff, zu schleuniger Flucht fortgerissen habe[15]).

Wiewol durch diesen Sturm zunächst nur die Leosstadt auf

---

[13]) Ann. Fuld. 896: dei nutu subito inter obsessis et obsidentibus insperate contentio exoritur, concursus ex omni parte plebis, omnes vociferantes urbem bello expugnare etc.

[14]) Liudprand. antap. I c. 27: quod populus cernens sagmatibus sellisque, quibus equis insederant iuxta murum proiectis per eorum acervum murum ascendunt; Chronic. Benedicti c. 30 (Scr. III, 714): Civitas Leoniana ... capta fuistis a Sarracenis et alienigene gentis, verum etiam a Baiuariorum gens Galliarum et a rege, cui nomen erat Arnulfus; ferunt namque, quod a sellis caballorum fuisset appreensa. Man sieht, wie dieser eine auffallende Zug fest in der Volkssage haftete.

[15]) Liudprand. a. a. O. (vorher c. 26 läßt er Arn. von den Römern sagen: his torta studium pingues captare siluros | cannabe, non clipeos manibus gestare micantes!) vgl. dazu Köpke a. a. O. p. 73.

dem rechten Tiberufer in Arnolfs Hände gefallen war[16]), so entschied derselbe dennoch über das Schicksal der ganzen Stadt, denn Ageltruda verzichtete auf jeden ferneren Widerstand und verließ Rom mit den Ihrigen in aller Stille[17]). Der Papst war somit von dem Joche der Spoletiner befreit. Wenn wir bedenken, daß eben diese Befreiung als der nächste Zweck der mit päpstlicher Zustimmung unternommenen Belagerung galt[18]) und daß Formosus ohne Zweifel eine ihm ergebene Partei unter den Römern besaß, so werden wir die schwache Gegenwehr der letzteren, die so schnell in allgemeine Flucht übergieng[19]), wohl weniger ihrer Feigheit, als der zwiespältigen Gesinnung zuschreiben dürfen, die unter ihnen herrschte. Gleichviel welche besonderen Beweggründe hier mitwirkten, die Erstürmung der berühmtesten und glänzendsten Stadt der gesamten Christenheit, die vor andern wohl verwahrt und befestigt war, erschien den Zeitgenossen als eine überaus glorreiche Waffenthat, für welche sie kein andres Seitenstück wußten, als Roms Einnahme durch Brennus und seine Gallier[20]) und nicht minder lebte diese Demütigung in dem Andenken der Römer noch lange fort, bis die Erinnerung daran durch die vielen nachfolgenden Kämpfe mit den deutschen Barbaren allmälich verwischt wurde.

Nachdem Rom in der Abenddämmerung von den Franken besetzt und der Papst aus der Gewalt seiner Feinde erlöst war, fand am andern Tage erst, wahrscheinlich am Sonntag den 22. Februar[21]), der bei solchen Gelegenheiten herkömmliche festliche Einzug des siegreichen Heeres über die oberhalb der Stadt belegene Tiberbrücke Ponte Molle von der Neronischen Wiese aus statt. Dort begrüßte der gesamte römische Adel und die bewaffnete Bürgerschaft, die Genossenschaften der Fremden, vor allen die

---

[16]) Liudprand sagt ausdrücklich: Romam, quam Leonianam dicunt ... vi capiunt.

[17]) Regino 896: mater Lantberti, quae ad praesidium a filio relicta fuerat, cum suis latenter aufugit.

[18]) Eb.: Arnolfus ... urbem Romanam cum consensu summi pontificis armis cepit; Ann. Fuld. 896: apostolico pariter et urbe de inimicis liberato.

[19]) Daher stellt der Panegyrist Berengars die Einnahme als eine ohne Kampf erfolgte dar (l. III v. 139 flg.): talibus imperiis talique hortamine regum | induvias rapiunt cuncti Mavortis anheli, | commissas avidi ferro proscindere portas. | iam quia parta sibi speculantur nigra quirites, | undique dissutis reserant penetralibus urbem | admittuntque duces veneranda ad delubra mites vgl. auch Ann. Alamann. 896: Arnulfus Romam vi cepit; Farfens. 896 (Scr. XI, 588): Arnulfus rex Romam venit.

[20]) Ann. Fuld. 896: sicque dei providentia firmissima et nobilissima urbs ... nobiliter cum triumpho expugnata est; Regino 896: quod retro ante seculis ideo inauditum, quia non factum fuit, excepto quod Galli Senones cum Brennone duce multo ante nativitatem Christi tempore semel fecerunt (und doch erzählt Regino selbst in seiner Chronik die Einnahme Roms durch Alarich!).

[21]) Ueber den Zeitpunkt der Krönung s. die erste Beilage.

Griechengilde mit Kreuzen und flatternden Fahnen den König durch Lobgesänge und Jubellieder und geleitete ihn in feierlicher Prozession zur Peterskirche[22]). Nachdem Arnolf die Stufen der Kirche erstiegen, empfieng ihn der Papst mit väterlicher Zuneigung vor dem sogen. Paradiese des h. Petrus, dem weiten Vorhofe, durch welchen er ihn freudig in das Innere des Heiligthums führte. Vor dem Grabe des h. Petrus, der heiligsten Stätte an diesem Orte, wurde er dann, vielleicht in Gemeinschaft mit seiner Gemahlin, von Formosus geweiht, mit der Kaiserkrone geschmückt und zum Cäsar Augustus unter lautem Widerhalle der versammelten Menge ausgerufen.

Welche Verpflichtungen der Kaiser dem Papste gegenüber in Betreff des Erbgutes Petri eingieng oder wie die Verhältnisse des mitleren Italiens im übrigen von ihnen geordnet wurden, wissen wir nicht, dagegen wird überliefert, daß Arnolf seine kaiserlichen Rechte in der Stadt durch einen Treueid sich sicherte, der von dem ganzen römischen Volke in der St. Paulskirche außerhalb der Mauern geleistet werden mußte. „Ich schwöre, so lautete die Formel, bei allen diesen Geheimnissen Gottes, daß ich unbeschadet der Ehre, der Gesetze und meiner dem Papste Formosus schuldigen Treue, dem Kaiser Arnolf treu bin und während aller Tage meines Lebens bleiben werde, daß ich mich niemals mit irgend Jemand zu einer Handlung der Untreue gegen ihn verbinden will; auch Lambert, dem Sohne der Agiltruda oder seiner Mutter werde ich keinerlei Hilfe zur Erlangung weltlicher Ehren leisten noch diese Stadt Rom selbigem Lambert oder seiner Mutter Agiltruda oder einem ihrer Leute durch irgend welche List oder Trug überliefern.“ Hiernach erst, als so die kaiserliche Autorität wieder festen Boden gewonnen hatte, wurden zwei Häupter des römischen Adels, Konstantin und Stephan des Hochverrathes angeklagt, weil sie zuvor sich dazu verschworen hatten, der Kaiserin Ageltruda die Stadt in die Hände zu spielen[23]). Sie wurden sogleich in Haft genommen und

[22]) Ann. Fuld. 896: omnis namque senatus Romanorum necnon Graecorum scola cum vexillis et crucibus ad pontem Malvium venientes etc. vgl. dazu Hegel Städteverfass. v. Italien I, 286, Papencordt Gesch. d. Stadt Rom S. 123. Aehnlich war der Empfang Karls des Gr. durch Hadrian, Leos III. selbst, wo es auch heißt: simul omnes connexi ad pontem Milvium cum signis et bandis et canticis spiritalibus susceperunt (Gesta pontific. Romanor. ed. Blanchini p. 248, 280) und besonders der Berengars im J. 915, wo auch zuerst der Senat erwähnt wird, dann Daedaleis Graius sequitur laudare loquellis etc. (Panegyr. Bereng. l. IV v. 103 flg., Scr. IV, 209) vgl. auch Giesebrecht deutsche Kaiserzeit I, 456. Die Krönung melden auch Regino: Arnolfus ... a Formoso ... cum magno honore susceptus est et ante confessionem S. Petri coronatus imperator creatur; Ann. Alamann. 896: Arnolfus ... a Formoso papa imperator consecratur; Augiens. 896: Arnolfus Romae Caesar efficitur; Hildesh., Lamberti 896.

[23]) Ann. Fuld. 896: quia cum Agildrude prius urbem capiendam conspiravere. Was Liudprand (l. I c. 28) bei dieser Gelegenheit von Arnolf

mußten im Gefolge des Kaisers später nach Baiern in die Verbannung wandern. Die Bewachung der Stadt vertraute Arnolf schließlich bei seinem Abzuge seinem Vassallen Farold an.

Von der weiteren Thätigkeit des Kaisers in Rom legen noch mehrere Urkunden Zeugnis ab: seiner Muhme Engelberga gewährte er für das von ihr erbaute Kloster S. Sisto zu Piacenza das Recht einen Jahrmarkt zu halten, das sie unterwegs von ihm erbeten hatte und bestätigte demselben auf die Bitte seines geistlichen Vaters, des Papstes Formosus den Königsschutz und alle seine Besitzungen[24]). Einen ähnlichen Gnadenbrief, der auch den Brüdern die freie Wahl zugestand, ließ sich der Abt Peter von Monte Amiata für sein Stift durch die Vermittelung des Erzbischofs Hatto ausstellen[25]). Der Papst bewährte dem Kaiser seine Liebe auch dadurch, daß er ihm das kostbarste Geschenk machte, über welches er gebieten konnte, nämlich Reliquien: Arnolf legte dieselben in der von ihm zu Ehren des h. Jakob und Pankratius zu Roding am Regen gestifteten Kapelle nach seiner Heimkehr nieder[26]). Der vielvermögende Hatto von Mainz empfieng ebenfalls bei diesem Anlaß unter vielen andern Schätzen solcher Art das Haupt und noch ein Glied des h. Georg, für welche er zu Oberzell auf der Insel Reichenau eine eigene Kirche gründete[27]).

---

erzählt: in cuius ingressu ulciscendo papae iniuriam multos Romanorum principes obviam sibi properantes decollare praecepit dürfte auf eine sagenhafte Uebertreibung obiger Nachricht zurück zu führen sein.

[24]) Campi hist. di Piacenza I, 476 (B. 1120, 1121) wahrscheinlich vom 24. Febr., 1. März. In der zweiten heißt es: si cunctis fidelium petitionibus aures serenitatis nostrae dignum diiudicamus praebere, multo dignius nostra auctoritate censetur, ut summi pontificis, spiritalis scil. patris nostri domni Formosi papae hortamenta toto mentis adnisu suscipere debeamus und weiterhin: cuius monitis libentissime obedire conati statuimus etc.

[25]) Ughelli Italia sacra III, 706: Petrus abba coenobii in honore S. Salvatoris in monte Amiato constructi quoddam praeceptum detulit ad manus nostras bonae mem. domni Hludowici imperatoris per interventum Hathonis venerabilis atque dilectissimi archiepiscopi nostri deprecans clementiam nostram, ut hoc nostra auctoritate roboraremus etc.

[26]) Mon. Boica XXVIIIa, 113 (B. 1123) Urk. vom 6. Aug. 896: nos aecclesiam et regalem cappellam nostram, quam ad Rotagin a fundamentis construere iussimus et dedicare fecimus in honore et veneratione S. Iacobi apostoli ... et S. Pancratii sanctarumque, quas a Roma nobiscum in istam patriam deferimus, istis infra titulatis casis dotavimus. Sollte der h. Pankratius vielleicht an seine Kirche bei Rom erinnern?

[27]) Martyrolog. Notkeri (Canisii lect. ant. VI, 814, cod. St. Galli 456 p. 110): VII Kal. Maii in Perside sancti Georgii martyris iuxta kalendarium sagacissimi Hieronimi. cuius passio apud Romanos ... IX Kalendar. Maiar. ... celebris habetur, quod idcirco significandum putavi, ut patriarcha noster Hatho Magontiacensis episcopus, qui hoc anno id est ab incarnatione domini [896] caput eius sed et aliud quoddam membrum cum plurimis et maximis sanctorum reliquiis in Alemanniam ad novum monasterium suum a Formoso apostolico impetratis asportavit, in eius solemnitate, sancti Georgii videl. indicenda caute se agat vgl. den Reiche-

Mit der Befreiung Roms und der Kaiserkrönung war das Werk, um dessentwillen Arnolf ausgezogen, nur halb vollbracht: erst dann konnte das wiederhergestellte Römerreich Dauer und Festigkeit erlangen und der Papst Sicherheit gegen seine zahlreichen Widersacher, wenn es glückte jenes neu emporgestiegene Herrscherhaus der Widone von dem usurpierten Throne in die frühere Vasallenstellung zurück zu drängen. An der Spitze desselben stand in diesem Augenblicke minder der jugendliche Kaiser Lambert, als vielmehr seine Mutter Ageltruda, die Tochter jenes Herzogs Adalgis von Benevent, der einst in frecher Empörung seine Hand wider die gesalbte Majestät Ludwigs II. erhoben, eines der männlichen und herrschsüchtigen Weiber, an denen das damalige Italien so reich war[28]). Von Rom, als sie es nicht mehr halten konnte, zog sie sich nach Spoleto, dem einstigen Sitze ihres Gemahls zurück, dessen Nachfolger, der Markgraf Wido gerade ein Jahr zuvor den hoffärtigen und bitter verhaßten Griechen die Stadt Benevent entrissen und dadurch neuen Glanz über seine Familie verbreitet hatte[29]).

Nach fünfzehntägigem Aufenthalte in Rom brach demnach Arnolf zu Anfang März jetzt gegen Spoleto auf, um auch diese Stadt zu erobern und seine Feindin zur Unterwerfung zu zwingen. Schon aber war er an das Ende seines Siegeslaufes gelangt: bevor er sein nächstes Ziel erreicht, wurde er, wie einst sein Vater Karlmann von heftigem Kopfweh und einer schweren Lähmung befallen, daher nichts andres als ein schleuniger Rückzug nach Baiern übrig blieb[30]). In großer Eile wurde dieser Weg zurückgelegt, so

nauer Abtkatalog, wo es von Haito heißt: iste fundavit ecclesiam S. Georgii in superiori cella; Herimanni Augiens. chron. 888 (Scr. II, 38, V, 110) und über die Kirche zu Oberzell Staiger die Insel Reichenau S. 35, 99, 101.

[28]) In der Urk. Lamberts vom 6. Dez. 895 für den Vicegrafen Ingelbert v. Parma: domina et genitrix nostra Ageltruda gloriosissima imperatrix augusta ... nostram caesaream flagitavit clementiam (Muratori ant. It. I, 437), am 4. Mai 896 schenkte er der preclarissima atque dulcissima genitrix nostra den Hof Corana in der Grafschaft Tortona (eb. III, 739), 21. Mai 898 machte er interventu ac petitione dominae genitricis nostrae Agiltrudae serenissimae imperatricis (Ughelli III, 36) eine Schenkung, desgl. 3. Sept. (Muratori ant. It. V, 281, B. 1283—1285, 1287), endlich in einer undatierten Urk. an Eberhard von Piacenza auf Bitte der domna et dilectissima genitrix nostra Ageltrudis imperatrix augusta aus Spoleto (Campi hist. di Piacenza I, 473).

[29]) Ann. Benevent. 895: Expulsi sunt Graeci de Benevento per Guidonem marchionem; Lupus Protospatar. 894: mense Augusto; Chronica S. Benedicti, Chronic. Salernit. c. 146, 147 (Scr. III, 174, 201, 544, V, 53).

[30]) Ann. Fuld. 896: gravi infirmitate capitis detentus; Regino 896: inde revertens paralisi morbo gravatur, ex qua infirmitate diu languescit; Ann. Alamann. 896: et rex Arnolfus coepit infirmari. Die nachfolgende Sage aus Liudprand (antap. I c. 32 vgl. c. 37), der Wido zu dieser Zeit noch leben läßt, vgl. die Sage über Ottos III. Tod (Rankes Jahrb. des deutschen Reichs II[b], 243).

daß der Kaiser schon im Mai durch das Thal von Trient die Heimat wiedergewann. Die einzige Maßregel, die er vorher noch zur Sicherung Italiens treffen konnte, bestand darin, daß er seinen jüngeren unehelichen Sohn, den kleinen Ratolf in Mailand zurückließ und ihn der Treue des Volkes anvertraute.

Dieser jähe und unverhoffte Ausgang des mit so großen Erwartungen und Mitteln unternommenen Römerzuges erweckte das Staunen und die Verwunderung der Völker und man konnte sich schwer überzeugen, daß solches mit natürlichen Dingen zugegangen. Der Zug, auf welchem den Kaiser das verhängnisvolle Uebel ergriffen, war gegen Ageltruda gerichtet, sie also mußte offenbar die Urheberin der Krankheit sein, die ihrer Noth ein so erwünschtes Ende machte. So erzählt denn bald die Sage, Arnolf sei von Rom gegen die feste Burg Fermo in der Mark Kamerino gezogen, um dort Widos Weib zu belagern und gefangen zu nehmen. In ihrer Bedrängnis habe sie endlich mit Schlangenklugheit den Plan gefaßt, ihres furchtbaren Gegners durch den Tod sich zu entledigen. Durch große Versprechungen gewann sie einen von des Königs vertrauten Dienern, daß er ihr seinen Beistand zusagte und bewog ihn, jenem einen Becher zu kredenzen, dessen Inhalt, wie eine Probe zeigte, nicht den Tod bringen, sondern nur die Wildheit seines Sinnes sänftigen sollte. Als Arnolf diesen Becher geleert, verfiel er in so tiefen Schlaf, daß ihn der Lärm des ganzen Heeres drei Tage lang nicht zu wecken vermochte und er mit offenen Augen weder sehen noch sprechen konnte. Da schwand sein Ansehen in Italien dahin und in der Heimat ereilte ihn ein früher Tod.

Ueberraschend schnell stürzte nach Arnolfs Abzuge, dessen Veranlassung die Furcht vor einer baldigen Wiederkehr verscheuchte, das kaum begründete Gebäude seiner Herrlichkeit zusammen. Schon am 4. Mai 896 wagte Lambert aus der Verborgenheit hervortretend in Pavia wieder Regierungsrechte auszuüben, indem er seiner Mutter einen in der Grafschaft Tortona gelegenen Hof schenkte[31]). Seine Annäherung bewog Ratolf, den Sohn des Kaisers, seinem Vater auf dem nächsten Wege über den Komersee eilends nachzufolgen[32]). Der Graf Maginfrid, der auf keine Verzeihung hoffen durfte, suchte Mailand gegen die Macht Lamberts zu behaupten, ja er machte sogar noch Streifzüge in die Umgegend, allein bald unterlag auch er und ward mit seiner Familie ein Gefangener des schwer beleidigten Kaisers. Dieser säumte nicht, an ihm als hartnäckigem Rebellen das Todesurtheil voll-

[31]) Muratori ant. It. III, 739. Seine nächste, in vorliegender Fassung stark interpolierte Urk. für Bobbio aus Marengo vom 25. Juli (Hist. patr. mon. I, 87).

[32]) Ann. Fuld. 896. Ratolf war vorher ad fidem Italicae gentis Mediolanium dimisso.

strecken zu lassen, sein Sohn Hugo und sein Schwiegersohn kamen mit der milderen Strafe der Blendung davon[33]). Ganz Italien zitterte bei der Kunde von diesem furchtbaren Strafgericht, welches Arnolfs Ohnmacht allen sichtlich offenbarte. Schon im Oktober saß in Mailand an Lamberts Statt der Pfalzgraf Amadeus mit dem Erzbischof Landolf zu Gericht und einer ihrer ersten Rechtssprüche gab dem Kloster San Ambrogio jene streitigen sechs Hufen zu Limonta zurück, die Arnolfs Sendboten einst den Mönchen von Reichenau zugesprochen.

Während Lambert sich so im Westen der Lombardei wieder ausbreitete, erhob sein alter Gegner Berengar, durch den gleichen Druck bisher niedergehalten, im Osten derselben sein Haupt. Den Grafen Waltfrid, dessen Schwert Verona oftmals siegreich beschirmt hatte, bewahrte ein rechtzeitiger Tod vor dem traurigen Ende Maginfrids. Ohne weiteres fiel Verona, das er bis zuletzt für Arnolf verteidigt, nun Berengar zu, der statt seiner Anselm zum Grafen der Stadt einsetzte[34]). Bald trafen sich die beiden Nebenbuhler, deren Feindschaft fremder Eroberung den Weg gebahnt hatte, zu einer persönlichen Zusammenkunft in Pavia, auf der sie ihren Streit um den Besitz Italiens in freundschaftlicher Weise beilegten. Den wirklichen Machtverhältnissen entsprechend erhielt Berengar von dem Gebiete diesseit des Po alles Land bis zur Adda, jenseit derselben begann Lamberts Herrschaft[35]), die sich

[33]) Ueber das Ende Maginfrids eb., Panegyr. Bereng. l. II v. 47: iubet tandem Lamberticus horror | praecipuum truncare, gl. Magenifredum significat; Liudprand. ant. I c. 38: quae res terrorem cunctis Italiensibus non minimum adtulit; Chronic. Novalic. app. c. 13: hoc tempore Lambertus rex apud Italiam regnabat suoque tempore fuit comes Maginfredus, quem interfecit. Es ist unrichtig, wenn Liudprand von Maginfrid berichtet, daß er 5 J. lang sich gegen Lambert aufgelehnt habe. Es waren höchstens 2 bis 3, da schon im Oktober 896 ad monasterium sancti Ambrosii ... ubi domnus Lambertus piissimus imperator preerat ... in iudicio resideret Amedeus comes palatii una cum Landulfus vocatus archiepiscopus singulorum hominum iusticiam faciendam (Giulini memorie di Milano II, 472). Völlig sagenhafte Nachrichten über diese Einnahme Mailands gibt Landulfi hist. Mediolan. l. II c. 2 (Scr. VIII, 45), wo es u. a. heißt: hanc itaque civitatem perosissimam habens impiissimus Lambertus rex nefandissimus, maxime quia dux Ilduynus ipsam regens civitatem sibi minime favebat, regibus cum tribus ac ducibus multis Franciae, Sansoniae, Nurmandiae ac Teutonicae ac barbarorum multitudine innumerabili per decem annos ... frustra obsedit etc.

[34]) Ann. Fuld. 896: post mortem etenim Waltfredi ... ilico Perngarius regnum Italicum invasit. In mehreren Urk. Berengars aus den J. 904 bis 911 (B. 1324, 1331, 1341, 1345) kommt Graf Anselm von Verona vor. In der vorletzten verwendete sich die Königin Berthila pro fideli nostro Anselmo glorioso comite nostroque compatre et consiliario ob fidei illius puritatem, quam sepe probavimus (Muratori ant. It. II, 245).

[35]) Ann. Fuld. 896: et usque ad flumen Adduam quasi hereditario iure contra Lantpertum in participationem recepit. Damit stimmen die Urk. Berengars aus den J. 896 und 897 überein (B. 1302—1304). In Bergamo

überdies über das ganze mittlere Italien südlich vom Po erstreckte, soweit Adalbert von Tuscien und der Papst sich ihm hier fügen wollten. Auf irgend welchen weiteren Widerstand scheinen die beiden Machthaber in der Lombardei nicht gestoßen zu sein. Ihre Verabredung trat vielmehr vollständig in Kraft und wir sehen auf Grund derselben Berengar in diesem wie in den folgenden Jahren Regierungsrechte über Verona und Mantua ausüben. Wenn dieser bei jenem Abkommen auch das bei weitem geringere Loos gezogen und nicht viel mehr als ein erweitertes Friaul empfangen hatte, so blieb ihm doch die königliche Würde und die Aussicht bei einem neuen Umschwunge seine Macht alsbald weiter auszudehnen.

Wie im oberen Italien, so wurden auch in Rom die Spuren, welche die deutsche Herrschaft zurückgelassen, schnell genug vertilgt. Formosus, der durch seinen offenen Abfall von der spoletinischen Partei, von deutscher Seite zugleich im Stiche gelassen, jetzt in eine sehr schwierige Stellung gerathen mußte, starb zu seinem eigenen Glücke kurze Zeit nach Arnolfs Abzuge von Rom, zu Ostern (4. April) 896[36]). Sein Nachfolger Bonifacius VI. erlag schon nach einer Regierung von fünfzehn Tagen dem Podagra und es folgte nun in Stephan VII. ein persönlicher Feind und leidenschaftlicher Gegner des Formosus und aller seiner Werke. Zuerst zwar erkannte dieser Arnolf noch als Kaiser an und zählte in einer Bulle vom 20. August die Jahre seiner Regierung[37]), doch sicherlich nur so lange, als ihm durch die Partei, welcher der deutsche König zur Herrschaft verholfen, ein Zaum angelegt wurde. Bald aber schüttelte er dies Joch ab, Farold, der deutsche Vassall mußte sich ohne Zweifel zurückziehen und zu Anfang des Jahres 897 hielt Ageltruda mit ihrem Sohne Lambert und in Begleitung des Markgrafen Wido ihren Einzug in Rom, das ihr von neuem

---

wurde Berengar in den J. 897 und 898 als König anerkannt, wie die nach seiner Regierung datierten Urk. beweisen (Lupi cod. dipl. I, 1059, 1077, 1079). Trotz der sehr gefärbten und parteiischen Darstellung des Panegyristen darf man daraus wohl den Ort der Zusammenkunft entnehmen (l. III v. 235): tandem rex optimus atque | Lambertus properant, ubi fertilis unda Ticini | alluit egregiam fluvii cognomine dictam | urbem, in qua soliti regem spectare Latini. | mutua verba serunt, postquam promittit uterque | mansurum foedus etc. Was Liudprand (I c. 37) über diese Dinge erzählt, ist ganz verworren und ungenau; Lambert nennt er elegantem iuvenem adhuc ephoebum nimisque bellicosum. Ueber den Zeitpunkt des Abschlusses s. Lupi (cod. dipl. Berg. I, 1057), der denselben mit Recht erst einige Monate nach Arnolfs Rückkehr ansetzt.

[36]) Ann. Fuld. 896. Ueber Bonifacius s. eb., ann. Alamann. 896, Flodoard. de Rom. pontif. (Muratori scr. rer. Ital. III[b], 318), Concil. Roman. c. 3 (Mansi XVIII, 223).

[37]) Bouquet IX, 204 (J. 2697): imperante domino piissimo augusto Arnulpho a deo coronato magno imperatore anno primo vgl. eb. 205 (J. 2700) vom 23. Jan. 897, mit den Jahren Lamberts. Von Stephan schreibt Sigebert a. 902 (Scr. VI, 344): hic primum a Formoso papa episcopus Anagninae ecclesiae ordinatus.

Gehorsam und Unterwerfung zollte[38]). Um so vollständiger schien Lamberts Autorität in der Tiberstadt jetzt begründet, als auch der zweideutige Markgraf Adalbert von Tuscien, sein Vetter ihm damals als seinem Oberherrn gehuldigt hatte[39]).

Einige Tage nach der Ankunft der Kaiserin, im Januar oder Februar 897, wurde Rom der Schauplatz eines grausen Possenspieles[40]), in welchem entartete Parteileidenschaft sich für ewige Zeiten brandmarkte und der päpstliche Stuhl seiner Würde in einer sowol vorher wie nachher unerhörten Weise vergaß. Der Papst versammelte eine Synode zum Gerichte über seinen Vorgänger Formosus: der entseelte Leib desselben, der neun Monate bereits im Grabe ruhend in Verwesung übergieng, wurde von rohen Händen herausgeholt und in dem Ornate des Lebenden auf den päpstlichen Stuhl gesetzt, ein Diakonus mußte sodann die traurige Rolle übernehmen, für den Verstorbenen als sein Vertreter gleichsam Rede und Antwort zu stehen. Alle seine Verschuldungen wurden ihm nun vorgehalten: sein den Kirchengesetzen widerstreitender Ehrgeiz, der ihn von dem Stuhle von Porto auf den rö-

---

[38]) Chronic. S. Bened. (Scr. III, 204): praedictus marchio (sc. Wido) Spoletium perrexit imperatorem Lambertum eiusque matrem imperatricem cernere cupiens. ibant enim Romam ad apostolorum limina, cum quibus et idem ire gestiebat. Der ohngefähre Zeitpunkt dieses Besuches ergibt sich daraus, daß paucis quoque post hinc diebus elapsis das Todtengericht über Formosus stattfand, sowie daß Ageltruda am 31. März 897 nach Benevent kam (eb. p. 201).

[39]) Dies ergibt sich aus der Datierung der Urk. von Lukka aus dem J. 897, sowie aus einer Gerichtssitzung, die Lamberts Pfalzgraf Amedeus am 4. März 897 mit Adalbert zusammen in Florenz abhielt (Barsocchini mem. e docum. di Lucca IV^b app. 70, V^b, 618).

[40]) Den Zeitpunkt dieser Synode bestimmt die invectiva in Romam (Anastasius Biblioth. ed. Blanchini t. IV p. LXX): eius cadaver iamque per IX menses sepultum und iam post novem menses marcidum et pene in pulvere redactum, dagegen sagt Herimann. Augiens. 896 (Scr. V, 111): Formosum papam VIII post obitum mense effossum et in sella positum, die chron. S. Bened. p. 204: cuius corpus post menses XI inventum est integrum; jedenfalls ungenau erzählen die ann. Alamann. und Fuld. die Sache noch zum J. 896. Liudprand (I c. 30 vgl. Köpke a. a. O. p. 75 flg.) verwechselt Stephan mit dem der gleichen Partei angehörigen Sergius. Die Zeugnisse hat Jaffe (p. 303) alle gesammelt s. namentlich auch Eugen. Vulgar. c. 11 (ungedr.): corporeo siquidem suco haeserat busto, unde non tam facile discerpi poterat, cum ecce subito rabidi duo frenetica frendentes sagacitate fixis pedibus horribile dictu super venerabile corpus sacri pontificis cruda agitatione totam compagem substantiae enerviter ruperunt, pavor et timor omnium, quorum mens sanior erat; Libell. super causa Formosi papae (Mabillon vet. anal. p. 30): cum ... toto mundo ut alter lucifer illuxisset, vim passus in sepulcro, busta diruta, ossa fracta uti quoddam mephiticum eiectus est extra publicum; cui tanto viro examinato ut aurum nil iuvare potuere scholae clamantes: O parcite sepulto! est nullum cum mortuis certamen; Epitaph. Stephani: hic primum repulit Formosi spurca superbi, | culmina qui invasit sedis apostolicae. | concilium instituit, praesedit pastor et ipsi | lege satis fessis iura dedit famulis.

mischen geführt, der Bruch des Eidschwurs, welchen er Johann VIII. geleistet, Rom nie wieder zu betreten u. s. f. Schließlich ward er durch den Urtheilsspruch der Synode feierlich seiner angemaßten Würde als Nachfolger Petri entsetzt und alle von ihm vollzogenen geistlichen Weihen für null und nichtig erklärt, weil er kein Recht gehabt sie zu ertheilen. Der Leiche, die statt des Lebenden büßen sollte, wurden die apostolischen Gewänder herabgerissen und Laienkleidung dafür angelegt, die drei Finger der rechten Hand aber, die sich zu jenem Schwure erhoben, abgehackt und unter dem Weherufe des Volkes, das um Schonung für den Verstorbenen bat, der todte Körper endlich an einem abgelegenen Orte begraben und später sogar in die Tiber geworfen, wahrscheinlich damit jene Ruhestätte nicht als das Grab eines Märtyrers verehrt werde[41]).

Ob Lambert und Ageltruda, die sich damals in Rom aufhielten, dieses ebenso abgeschmackte als abscheuliche Todtengericht geradezu veranlaßt, steht dahin, da ja auch der junge Kaiser seine Krönung dem gemishandelten Papste verdankte, doch hätte es keinesfalls wider ihren Willen stattfinden können. Die verwitwete Kaiserin verließ die Stadt bald wieder, um nach Benevent zu gehen und die Regierung dieses Herzogthums, welches Markgraf Wido von den Griechen befreit, ihrem einst verdrängten Bruder Radelchis zurück zu geben[42]). Von dort kehrte sie im August nach Pavia zurück, wohin schon Wido im Anschlusse an die früheren Herrscher den Schwerpunkt seiner Macht verlegt hatte. Da Rom nach ihrem Abzuge sich wieder selbst überlassen blieb, so fand die dem regierenden Papste feindliche Partei jetzt Raum und Gelegenheit seine Stellung zu untergraben und um so leichter konnte sie in der wandelbaren und beweglichen Bevölkerung der Stadt neuen Boden gewinnen, als die an der Leiche des Formosus verübten Greuel allgemeine Entrüstung hervorgerufen hatten.

Diese Stimmung steigerte und nährte sich an den Wundern, die an dem todten Leibe des Papstes erscheinend Zeugnis seiner Heiligkeit gaben[43]). Schon da er an den Füßen durch die Kirche

[41]) Darauf bezieht sich c. 9 des Concil. Romanum (Mansi XVIII, 225): Violatores namque, seu corruptores sacri tumuli eiusdem domni Formosi papae, qui sub foedere conspirationis ad capiendum thesaurum corpus illius trahentes in fluvium Tiberim iactare non timuerunt etc. Nach den andern Quellen würde man glauben, daß Stephan selbst ihn habe in die Tiber werfen lassen s. ann. Alamann., Herimann. Aug. 896, Liudprand. l. I c. 30. Ueber den Eindruck Eugenius Vulgar. c. 11: ecce unde ministerium dei vituperatur in gentibus, Iudaeus gannit, Agarenus illudit et quia in axe mundi talia fiunt, celari non possunt.

[42]) Chron. S. Benedicti (Scr. III, 202): quibus expletis in eadem civitatem ingressa est Ageldruda imperatrix Kal. Aprilis et egressa est exinde mense Augusti Papiamque reversa est cum ipso marchionem et Radelchis fratrem suum Benevento principatum restituit vgl. p. 205, Ann. Benevent. 898 vgl. über Wido Wüstenfeld (Forsch. zur d. Gesch. III, 430).

[43]) Ann. Alamann. 896: sanguis de ore eius fluebat, Chron. S. Be-

geschleift wurde, soll frisches Blut dem halbverwesten Munde entflossen sein. Als dann seine Leiche von den Fischern aus der Tiber wieder hervorgesucht und auf einer Bahre nach der Peterskirche geschafft wurde, verneigten sich vor ihm grüßend die Heiligenbilder. Zu Ende Juli schwoll die Volkswut in Rom endlich zu einer großen Empörung an: Stephan fiel als ein Opfer der wüsten Leidenschaften, die er entfesselt hatte. Ein Gefangener seiner erbitterten Feinde wurde er in einen Kerker geworfen und dort erwürgt[44]). Die römische Kirche hinterließ er in grenzenloser Verwirrung, da von ihm alle Weihen seines Vorgängers für ungiltig erklärt worden waren.

Romanus, der Nachfolger Stephans, hatte den päpstlichen Stuhl noch nicht volle vier Monate inne, auf ihn folgte etwa im November 897 Theodor, der es sich ernstlich angelegen sein ließ, der zerrütteten Kirche den Frieden wieder zu geben. Obgleich seine Regierung nur 20 Tage dauerte, so versammelte er doch eine Synode, auf welcher er alle von Formosus vollzogenen Weihen wieder anerkannte und den mishandelten Leichnam desselben an seine frühere Ruhestätte zurückbringen ließ[45]). Nach seinem baldigen Tode versuchte die Partei Stephans, die durch seine gewaltsame Entthronung nur eine Zeitlang zurückgedrängt worden, wieder einen der Ihrigen auf den entweihten Stuhl Petri zu erheben: es gelang dem von Stephan geweihten Diakonus Sergius sich hinauf zu schwingen, doch nur auf kurze Zeit[46]). Nach einigen Monaten schon, ohngefähr im Juni 898 machte er Johann IX. Platz, der ganz in die Fußtapfen Theodors trat und im innigen Einvernehmen mit dem Kaiser Lambert die schweren Gebrechen der Kirche zu heilen unternahm.

Bald nach seiner Thronbesteigung versammelte der neue Papst

---

sed.: quod (sc. corpus) dum huc illucque iactaretur etiam sanguis exiit tanto iam tempore elapso; Herimann. Aug. 896: divinis per merita eius miraculis territi cives Romani; Liudprand. l. I c. 31.

[44]) Herimann. a. a. O.: cives Romani non multo post Stephanum digne cruciatum eiecerunt Formosumque in sepulcrum suum reposuerunt; Flodoard. de Rom. pontific. (Muratori scr. III^{b}, 318); Epitaph. Stephani (A. Mai spicil. Rom. IX, 356, Watterich vitae pontif. Roman. I, 84). Ueber den Zeitpunkt vgl. Jaffé p. 303.

[45]) Auxilii inf. et def. c. 4 (Mabillon anal. vet. p. 43): eos namque, quos Stephanus secum in ecclesia vestiri prohibuit, papa Theodorus ... et vestiri et suum agere officium praecepit eiusque corpusculum ... cum exultatione ad apostolicam tumbam reduxit; Concil. Roman. (Mansi XVIII, 221); Flodoard. de Rom. pontif. a. a. O., Sigeberti chronic. 903 (Scr. VI, 345): his reconciliatis Theodorus papa libellos abrenuntiationis reddidit et igni cremari praecepit.

[46]) Jaffé reg. pontif. p. 304, 307. Nach Liudprand (l. I c. 30) war Adalbert v. Tuscien ein Gönner des Sergius, doch könnte auch dies auf Verwechselung mit Stephan beruhen. In der invectiva p. LXXII heißt es: Sergii, quem Stephanus consecravit ad diaconatum.

eine Synode in der Peterskirche zu Rom[47]), auf welcher die ganze Angelegenheit des Formosus zur Verhandlung kam und sowol die Akten seiner ersten Verurtheilung durch Johann VIII., wie die der unter Stephan und Theodor gehaltenen Synoden verlesen wurden. Niemand von den anwesenden Bischöfen und Priestern wollte irgend eine Schuld an den stattgehabten Greueln auf sich nehmen: drei der Geistlichen, die als die Ankläger des todten Papstes bezeichnet wurden, stellten einstimmig ihre Anwesenheit in Abrede, der Protoskriniarius wollte die Akten nicht geschrieben haben, nur fünf Bischöfe und zwei Kardinalpriester gestanden ihre Mitwirkung an dem Schandgerichte ein, indem sie sich mit dem gegen sie geübten Zwange zu entschuldigen suchten. Zur Strafe mußten sie die versammelten Väter fußfällig um Verzeihung anflehen, die ihnen dann auch gewährt wurde.

Die Beschlüsse der Synode, an der — ein Beweis, daß alles dies mit Genehmigung des Kaisers Lambert geschah — mehrere lombardische Bischöfe theilnahmen, entsprachen ganz dieser Einleitung. Vor allem wurde also die Synode Stephans VII. feierlich kassiert, ihre Akten verbrannt und das allgemeine Verbot hinzugefügt, welches sich unter andern Umständen wohl von selbst verstanden hätte, daß fortan über keinen Todten mehr Gericht gehalten werden dürfe. Die Bischöfe und Geistlichen, die jener Verurtheilung beigewohnt, wurden begnadigt und auf ihre Bitte verfügt, daß in Zukunft Niemand mehr wagen solle, einem Bischofe Gewalt anzuthun. Bischöfe sollten ihre Sitze nicht wechseln, gesetzlich abgesetzte Geistliche nicht, wie dies bei Bonifacius geschehen, zu höheren Aemtern befördert werden[48]). Alle von Formosus geweihte Geistliche erhalten ihren früheren Grad wieder. Die von demselben vollzogene Salbung des Kaisers Lambert wurde ausdrücklich für ewige Zeiten bestätigt. „Jene barbarische Arnolfs aber, welche durch Betrug erpreßt ist, so heißt es wörtlich weiter[49]), verwerfen wir auf alle Weise.“ So erkühnte sich demnach der Papst auf die Macht der Spoletiner bauend dem deutschen Könige offene Feindschaft anzukündigen, ja ihm sogar die Rechtmäßigkeit seiner

[47]) Mansi coll. concil. XVIII, 221 flg. In der Einleitung werden unter den Theilnehmern die Bischöfe von Turin, Brescia, Lodi und Verona genannt.

[48]) C. 3 ... prout de Bonifacio primo de subdiaconatu, postmodum de presbyteratu depositum popularis manus agere praesumpsit.

[49]) C. 6: Unctionem sacri chrismatis in spiritalem filium nostrum dominum videl. Lambertum excellentissimum imperatorem actam ... in aeternum stabilitam esse ... decernimus. illam vero barbaricam Berengarii (corr. Arnulfi), quae per surreptionem extorta est omnimodis abdicamus. Dieser einseitigen Erklärung kann natürlich gar keine Wirkung beigemessen werden, wiewol später Sergius, der Gesinnungsgenosse Stephans sich ebenfalls herausnahm, Arnolf nur König zu nennen s. seine Bullen Neugart cod. Alem. I, 533, Lappenberg I, 36. Eugenius Vulgarius (c. 15) dagegen führt zu Gunsten des F. an, daß Niemand nisi perfectus pontifex habe Lantbertum et Arnulfum tantae maiestatis homines zur kaiserlichen Würde erhöhen können.

kaiserlichen Würde unter einem lügenhaften Vorwande abzustreiten. Er würde es wahrlich nicht gewagt haben, wenn nicht der damalige Gesundheitszustand desselben jeden Gedanken an einen neuen Römerzug unterdrückt hätte.

Die Synode schloß ferner Sergius nebst zwei zu seiner Partei gehörigen Priestern und zwei Diakonen, die sich an dem Versuche seiner Erhebung betheiligt hatten, von dem Schoße der Kirche aus. Desgleichen die Leute, die die Leiche des Formosus aus dem Grabe gerissen und in die Tiber geworfen. Um den großen Unordnungen vorzubeugen, die in Rom bei dem Tode eines römischen Bischofs durch die Abwesenheit kaiserlicher Sendboten stattzufinden pflegten, wurde im Anschluß an ein früheres Gesetz Stephans IV. bestimmt[60]), daß die Wahl auf Vorschlag des Adels und Volkes durch die römische Geistlichkeit vollzogen, der Gewählte dann in Gegenwart der kaiserlichen Sendboten geweiht werden solle, ohne daß ihm andre, als die von Alters her üblichen Verpflichtungen auferlegt würden. Die verbrecherische Gewohnheit, daß bei dem Tode des Papstes sein Palast vom Volke geplündert würde, wie ebenso bei dem Tode der Bischöfe deren bewegliche Habe, sollte für die Zukunft nicht nur durch kirchliche sondern auch durch kaiserliche Strafen beseitigt werden. Endlich wurde den Bischöfen ihr Recht gewahrt, gegen fleischliche Vergehen mit kirchlichen Censuren einzuschreiten, denen sich viele Missethäter dadurch zu entziehen gesucht hatten, daß sie sich von dem weltlichen Richter Straflosigkeit erkauften und sich dann auf die Verurtheilung durch diesen beriefen.

Was in der Peterskirche begonnen worden, die Herstellung der gesetzlichen Ordnung in kirchlichen wie in staatlichen Dingen durch ein inniges Bündnis des Papstes mit dem Kaiser Lambert, wurde auf einer zweiten viel zahlreicheren Synode zu Ravenna, auf der 74 Bischöfe aus ganz Italien zugegen waren, unter persönlicher Anwesenheit des jungen Kaisers fortgesetzt[61]). Den Beschlüssen der ersten Synode fügte dieser hier seine ausdrückliche Bestätigung hinzu[62]). Im übrigen wurden vorzüglich die Rechte

[60]) C. 10; das Gesetz Stephans Leg. II app. 158 vgl. Jaffé reg. p. 221, dem auch Hefele (Conciliengesch. IV, 7) beistimmt.

[61]) Leg. I, 562; Invectiva in Romam (p. LXXII): (Iohannes) postmodum in sancta synodo eadem in urbe (sc. Ravennae) congregata, cui Landebertus imperator interfuit apostolico favore viriliter resedit; Auxilii inf. et def. c. 29 (Mabill. anal. vet. p. 50): verum in Ravennati urbe congregata synodo sancitum est, ut tam Formosus quam eius ordinatio in suo vigore stabilita permanerent ... non solum Romuleae civitatis sed omnes pene Italiae praesules memorato interfuere concilio. Nach Sigebert a. 903 (Scr. VI, 345) nahmen 74 Bischöfe Theil. Ein Aufenthalt Lamberts in Ravenna ist nur am 21. Mai nachzuweisen (B. 1285), welcher Zeitpunkt nicht zu der Synode paßt.

[62]) C. 4: ut synodus, quae vestris temporibus in basilica b. Petri apostoli pro nonnullis malis eradicandis et maxime pro causa domni For-

der römischen Kirche gewahrt, die von Wido und Lambert mit derselben geschlossenen Verträge bekräftigt und die Zurückgabe einzelner, im Widerspruche damit an andre verliehener Orte und Besitzungen verheißen. Die Römer sollten jedoch das Recht besitzen, in allen Streitigkeiten und Nöthen sich klagend an den Kaiser zu wenden, der in eigener Person oder durch seine Sendboten ihnen Abhilfe gewähren würde. Es wurde also beabsichtigt, das Institut der ständigen kaiserlichen Sendboten in Rom zu erneuern.

Die Bischöfe beklagten sich bitter über die vielen Einquartierungen, Räubereien und Gewaltthaten, die in ihren Sprengeln stattfänden und verlangten gesetzliche Bestrafung. Mit einer Fürbitte für Lambert schlossen die Verhandlungen. Dieser seinerseits erließ im Anschlusse hieran eine Reihe von Gesetzen zur Besserung des allgemeinen Rechtszustandes, die von der Unsicherheit desselben ein sehr trübes Bild entwerfen[33]). Da wurden namentlich die so oft wiederkehrenden Verbote erneuert, daß die Grafen und Schultheißen die Freien nicht öfter, als es gesetzlich sei zu den Gerichtsversammlungen laden, daß die kaiserlichen Vassallen, wenn sie zu Hofe oder im Dienste reisten, keine Bedrückungen üben dürften, daß die Leute des Grafen sich nicht in den Häusern der Freien einquartierten u. s. f. Neu dagegen und vielsagend ist die Verordnung, daß kein Graf wagen solle seinen Vassallen Freie, d. h. deren öffentliche Leistungen und Abgaben zu Lehen zu geben, woraus man ersieht, wie sehr die Gemeinfreien schon Dienstpflichtigen gleichgestellt wurden. Das gleiche Verbot ward auch auf die Hörigen der Kirche ausgedehnt. Die der Kirche gehörigen Häuser sollten von jeder Einlagerung der Sendboten, Grafen oder Richter befreit sein. Die Zehnten stets den Bischöfen vorbehalten bleiben und nicht auf beliebige Privatkapellen übertragen werden. Die Lieferungen für den Kaiser sollen in alter Weise von den Bischöfen und Grafen aufgebracht werden. Wo aber neuerdings die öffentliche Gewalt in das Recht der Kirche übergegangen ist, da muß dieselbe die Leistungen für den Kaiser in dem Umfange vermehren, als durch jene Abtretung das Eigenthum des Staates gemindert worden ist. Diese letztere Bestimmung beweist, daß zu der Immunität jetzt auch die Gerichtsbarkeit des Grafen mit ihren Einkünften auf die Bischöfe über zu gehen anfieng. Daß die vorher angeführten Maßregeln zum Schutze der Freien wiederum nichts fruchteten, ist um so sicherer anzunehmen, als es denselben ohne

---

mosi ... acta est vestro imperiali consensu et venerabilium episcoporum et optimatum vestrorum roboretur ...

[33]) Leg. I, 564. Pertz scheint mir diese Kapitel mit Recht mit der Synode von Ravenna zusammengestellt zu haben. C. 3 lautet: ut nullus comitum arimannos in beneficia suis hominibus tribuat vgl. dazu, sowie zu c. 8 Hegel Städteverf. v. Ital. II, 60, und die oben angef. Urk. für Modena (B. 1274, 1288).

Bedingung freigestellt ward, ihr Eigenthum zu übertragen und nur die Heerpflicht sowie der Gerichtszwang hiebei vorbehalten blieb[54]).

Die Hoffnung, daß durch den jungen tapfern Kaiser im Vereine mit dem Papste wenigstens die ärgsten Misbräuche beseitigt und dem zerrissenen Lande einige Ruhe und Sicherheit zurückgegeben werden würde, sollte jedoch schnell vollständig scheitern. Nachdem Lambert gerade im J. 898 einen Empörungsversuch der tuscischen Grafen Adalbert und Hildebrand durch einen Ueberfall bei Borgo S. Donino und die Gefangennehmung derselben rasch gedämpft[55]), ereilte ihn selbst in der Blüte seiner Jahre, auf der Höhe seiner Macht ein klägliches Ende. Als er im Oktober in dem anmutigen Walde von Marengo, einem beliebten Jagdreviere der italiemischen Könige[56]), zu Rosse der Spur eines Ebers oder Bären folgte, strauchelte das Thier, das ihn trug und er fiel so unglücklich, daß er sogleich das Genick brach[57]).

Wie das Volk es zu allen Zeiten liebt, unerwartete Unglücksfälle dieser Art auf die persönliche Verschuldung eines Einzelnen zurück zu führen, so geschah es auch hier. Der Umstand, daß zufällig nur ein einziger Gefährte sich zur Zeit des Sturzes in der Nähe des jungen Kaisers befand, sowie andrerseits das in aller Erinnerung als das hervorragendste Ereignis dieser kurzen Regierung fortlebende Strafgericht gegen den Grafen Maginfrid, ge-

---

[54]) C. 5: ut scriptoribus publicis nullatenus interdicatur res arimannorum transcribere, si quando eis fuerit opportunum. quod si occasione vitandi exercitus aut placitum venditae fuerint et ipsi eas pendere supersederint, exigatur ab eis utrumque, sicut ante transcriptionem.

[55]) Liudprand. antap. I c. 39—41, vgl. über den Zeitpunkt Köpke a. a. O. p. 81. Wüstenfeld will es durch die Erhebung Adalberts erklären, daß in einer Urk. des Bischofs Eberhard von Piacenza vom Aug. 898 das zehnte J. Berengars gezählt wird (Campi hist. di Piac. I, 477). Sehr auffallend ist eine von Berengar am 15. Febr. 898 zu Mailand auf Bitte des Erzb. Landulf ausgestellte Urk. (Lupi I, 1073, B. 1305), die ein offenbarer Eingriff in die Rechte Lamberts zu sein scheint. Sollte sie mit Adalberts Plänen im Zusammenhange stehen? Daß das Verhältnis der beiden Könige zu einander gestört wurde, deutet der Panegyrist an (l. III v. 245 flg.): o iuvenale decus, si mens non laeva fuisset! | saepe datas volvit pacis rescindere dextras | fraudibus inventis. sed enim ratione sagaci | deprendis, pater alme, dolos ac murmura temnis.

[56]) Liudpr. antap. I c. 41: est enim eodem mirae magnitudinis et amoenitatis lucus adeo venationibus aptus. Aus Marinco in nemore sind die letzten beiden Urk. Lamberts vom 3. und 30. Sept. 898 datiert (B. 1287. 1288). Nicht lange nach dem letzteren Tage mag sein Tod erfolgt sein, da eine Urk. Berengars vom 6. Nov. bereits in Pavia ausgestellt ist und eine andere vom 1. Dez. L. schon zu den Verstorbenen zählt (B. 1306. 1307) s. auch ann. Alamann. 898: Lantbertus imperator Italiae filius Widonis obiit, Regino ganz irrig zum J. 896.

[57]) Den wirklichen Hergang seines Todes berichtet der Panegyrist l. III v. 249—279 und Liudprand a. a. O., der jedoch auch die Volkssage mittheilt; weiter ausgeführt in dem Chronic. Novalic. app. c. 13, Landulfi hist. Mediol. l. II c. 2 (Scr. VII, 127, VIII, 46) vgl. Köpke a. a. O. p. 82, wo jedoch das Chronic. Cavense zu streichen ist.

nügten eine bei weitem einleuchtendere Auffassung jenes Unfalles hervorzurufen. Lambert, so wurde erzählt, schloß den Sohn des enthaupteten Grafen von Mailand, Hugo so sehr in sein Herz, daß er ihm viele Wohlthaten erwies und ihn unter seine vertrautesten Diener aufnahm, ja bei jener Jagd entschlief er sogar durch langes Harren ermüdet, indem er sein Haupt auf des treuen Gesellen Schoß bettete. Dieser jedoch ersah den einsamen Augenblick, um der lange zurückgedrängten, nie aufgegebenen Rache für des Vaters Tod Raum zu schaffen: mit einem schweren Holze brach er das Genick seines Herrn, damit nicht ein Schwerthieb sofort den Thäter verriethe und erdichtete einen unglückseligen Sturz, bis später das böse Gewissen ihn zu freiwilligem Geständnis trieb.

Der Unfall, welcher Lamberts Lebensfaden vor der Zeit zerriß, ward für die Geschicke Italiens um so entscheidender, als weder der Verstorbene, unvermählt wie er war, einen Erben hinterließ, noch überhaupt aus dem Hause der spoletinischen Markgrafen, dessen Gestirn nach kurzem Glanze erbleicht, ein Thronbewerber übrig blieb. Alles wandte sich daher, da keine Wahl gelassen war und von deutscher Seite nichts für die Erneuerung der Ansprüche Arnolfs geschah, Berengar zu [58]). Die Kaiserin Ageltruda schloß mit ihm einen Freundschaftsvertrag (1. Dez.), durch welchen alle ihre ausgedehnten Besitzungen, insbesondere die Schenkungen ihres Gemahls und Sohnes ihr gewährleistet wurden und zog sich nachmals wie ihre Vorgängerin Engelberga in ein Kloster (in der Mark Kamerino) zurück. Der Markgraf Adalbert und seine Mitverschworenen wurden sogleich in Freiheit gesetzt, indem sie dem Könige ohne Zweifel Huldigung leisteten. Auch mit dem Papste trat Berengar in ein freundliches Einvernehmen [59]), wenn er gleich zunächst nur im oberen Italien herrschte und auf die ersehnte Kaiserkrone noch lange warten sollte.

Obwol bei der Schwäche von Berengars Herrschaft und dem Wankelmute der Italiener die Gelegenheit zur Herstellung fränkischer Herrscherrechte jenseit der Alpen lockend genug war, so trennten sich dennoch die Pfade Deutschlands und Italiens seit der unseligen Heimkehr Arnolfs für mehr denn ein halbes Jahrhun-

[58]) Panegyr. Ber. l. III v. 287—298, Liudprand. l. I c. 43. Die Urk. für Ageltruda nebst einem besonderen Gelöbnis der Freundschaft am 1. Dez. 898 zu Reggio ausgestellt bei Muratori ant. It. VI, 337, Leg. I, 565. Am 11. Dez. 907 stellte sie veste religionis induta eine Schenkungsurk. für das Kl. Campii in Kamerino aus (Muratori ant. It. V, 511), sie lebte noch im J. 923, in dem sie am 27. Aug. für das Seelenheil ihres Gemahls eine Stiftung machte (Affò storia di Parma I, 329).

[59]) In einem Schreiben vom Mai 899 meldet Johann IX. der Geistlichkeit von Langres, daß er ihren Brief una cum dilecti filii nostri Berengarii regis apicibus gern empfangen habe (Bouquet IX, 208, J. 2704). Eine Urk. aus Monte Amiata ist datiert: Regnante domno Berinchari rex post obitum Lanberto imperatore in Italia anno II mens. Sept. intr. die XII ind. II (Gregorovius III, 258 A. 1).

dert und während dieses vermittelst des römischen Bischofs noch immer einige Einwirkung auf jenes üben konnte, so fand umgekehrt so gut wie gar kein Einfluß von der deutschen Seite aus statt. Die Italiener würden Zeit gehabt haben ein nationales Königthum aus ihrer eigenen Mitte zu entwickeln, wenn die fortdauernde Zerrissenheit und Spaltung in ihrem Innern sie nicht von neuem darauf hingewiesen hätte, daß nur von den Nachfolgern Arnolfs auf dem ostfränkischen Throne ihnen Heil und Rettung kommen könne. Nichts aber beweist schlagender den gänzlichen Verfall deutscher Macht auf der Apenninenhalbinsel, als daß die Fürsten der kleinen burgundischen Reiche, die selbst auf so schwachen Grundlagen ruhten, es dennoch wagen durften, nicht ohne Erfolg das Erbtheil Ludwigs II. sich anzueignen.

Um die nämliche Zeit ohngefähr, als jene bleibende Trennung Italiens von Deutschland ihren Anfang nahm, verlor sich auch die Oberhoheit, die dieses über das entzweite Westreich geübt, weil der Grund derselben, die Entzweiung fortfiel. Die höheren Rechte, welche die neu erworbene kaiserliche Würde hatte begründen sollen, erwiesen sich auch hier als nichtig, da eine entsprechende größere Machtentfaltung fehlte. Indem Arnolf seinem Erstgeborenen die Wahrung der deutschen Interessen im Westen überließ, legte er dieselben in die ungeschicktesten Hände. Wenn die Widersprüche seiner eigenen Politik in der wechselnden Anerkennung Odos und Karls, die Unzuverlässigkeit derselben seinem Ansehen in diesen Landen nicht zur Förderung gereichen konnte, so verdarb vollends Zwentibalds plumpes und eigennütziges Zugreifen alles und führte im Sommer 895 den ersten aufrichtig gemeinten Versuch einer Ausgleichung zwischen den beiden Nebenbuhlern herbei. Diese Annäherung hatte zunächst nur den Erfolg, daß während des Winters 895 zu 896 zwischen den kämpfenden Parteien Waffenruhe eintrat und daß im folgenden Jahre sehr lebhaft über eine Einigung verhandelt wurde, während der Graf Balduin und sein Bruder Rudolf beiden Königen ungetreu eine ganz selbständige Stellung einzunehmen suchte.

Die Macht Karls schmolz indessen immer mehr zusammen, seine ältesten Anhänger wie die Grafen Heribert und Erkenger fielen von ihm ab, nachdem sie ihre ganze Habe für ihn eingesetzt. Als alle seine übrigen Burgen bis auf Reims gefallen waren, konnte dies endlich auch nicht länger den Getreuen Odos widerstehen, die es belagerten. Zum zweitenmale mußte sich der Erzbischof Fulko sehr gegen seine Neigung dem von seinen Feinden erwählten Könige unter den Bedingungen unterwerfen, die dieser ihm vorzuschreiben für gut fand. Wie es so weit gekommen war, entwich Karl in das Reich seines zweideutigen Bundesgenossen Zwentibald, woselbst wir ihn im Juli 896 zu Gondreville vorfinden[60]),

[60]) Ann. Vedast. 896: Folcho ... licet invitus venit ad regem et de

doch that auch dieser nichts weiter zu seiner Unterstützung, als daß er Fulkos unfreiwilligen Abfall durch Feindseligkeiten gegen die Reimser Kirche, Beschlagnahme ihrer Güter u. dgl. mehr rächte[61]), gegen welche derselbe den päpstlichen Schutz anrief. Inzwischen machten sich die Normannen die traurige Lage des Reiches zu Nutze und drangen unter Führung des Hunedeus auf fünf Schiffen in die Seine, aus dieser in die Oise ein und schlugen gegen Weihnachten zu Choisy an der Aisne ihre Sitze auf.

Karls Lage war eine so verzweifelte, daß er ernstlich den Plan erwog, mit den heidnischen Normannen, deren Führer Hunedeus von ihm zu Ostern 897 aus der Taufe gehoben wurde[62]), ein Bündnis zu schließen. Fulko jedoch brachte ihn durch ein väterliches Ermahnungsschreiben, worin er sich nicht scheute, ihn für den äußersten Fall mit dem Banne zu bedrohen, von diesem unseligen Vorhaben glücklich zurück. So wandte er sich dann endlich nur an das Mitleid seines großmütigen Gegners und forderte nicht als sein Recht, nur aus Erbarmen von ihm ein Stück des väterlichen Reiches. Odo wies diese Zumutung nicht von sich: in einer persönlichen Zusammenkunft wurde Karl gütig von ihm empfangen und durch die Abtretung eines Theiles von Westfrancien vorläufig ausgestattet[63]). Die Beilegung des verheerenden Bürgerkrieges, die Frucht dieser weisen Aussöhnung wurde durch eine höhere Hand bald noch vollständiger befestigt.

Odo erkrankte in der Burg la Fere an der Oise gegen Ende des Jahres so schwer, daß er seinem Tode entgegensehend die Sei-

---

omnibus, quae ei rex iussit, satis illi fecit. Karolus vero hoc audito secessit in regnum Zuendebolchi. Am 25. Juli 896 stellte er zu Gundulfi villa auf Fürbitte seiner Mutter Adelheid und des Rothaus eine Urk. aus, deren Original sich in Nancy befindet s. Journal de la société d' archéol. Lorraine 1853 p. 161.

[61]) Vgl. das Schreiben Fulkos an Stephan VII. (Flodoard. hist. Rem. IV c. 4 p. 444): subnectit autem, quod si aliqua regno quies concessa fuerit et ab Odone rege licentiam impetrare valuerit, ad ipsius beatitudinis vestigia tandem aliquando properare studebit, dum sibi viae patuerint, quae tunc ab Zendebaldo Arnulfi regis filio erant obstructae, qui ecclesiam quoque Remensem multis affligebat iniuriis res eiusdem suis impertiens subditis. cuius tyrannidem apostolica petit auctoritate reprimi. Wenn Fulko in einem etwas früheren Schreiben eben demselben meldet Odonem et Carolum reges in pacis tandem concordia se studente connexos, so muß dies auf jene Verhandlungen im J. 896 gehen. In eine spätere Zeit fällt dagegen die Aufforderung an Odo für Dido von Laon einen Nachfolger wählen zu lassen (eb. c. 5 p. 454).

[62]) Ann. Vedast. 897; Flodoard. hist. Rem. IV c. 5 p. 456. Fulko schrieb u. a.: et certe cum deberetis malis praeteritis terminum ponere et rapinis et depraedationibus pauperum renunciare, ac pro his omnibus poenitentiam agere, nunc ad maiorem iram dei provocandam his, qui deum ignorant et in sua feritate confidunt vos coniungitis etc.

[63]) Ann. Vedast. a. a. O., Abbo de bell. Paris. l. II v. 580: subsidium Karoli, virtus, spes hic in Odonem, doch gehen diese Worte wohl schon auf das J. 896.

nigen nur noch ermahnen konnte dem Könige Karl die Treue zu bewahren. Er hinterließ von seiner Gemahlin keinen Sohn, in seine Erbschaft trat sein Bruder Robert ein. So endete am 1. Januar 898 dieser tapfere und hochherzige Fürst nach kaum zehnjähriger Regierung sein kampferfülltes Leben[64]). Nicht leicht möchte ihn einer seiner gekrönten Zeitgenossen an wahrhaft frommer und edler Gesinnung übertroffen haben. Mit Recht fand er zu St. Denis ein königliches Begräbnis. Während die Normannen einen eben geschlossenen Vertrag brechend das Reich mit Mord und Brand erfüllten, wurde Karl der Einfältige, jetzt 18 Jahre alt, auf einem Reichstage zu Reims auf den Thron erhoben und es huldigten ihm nun alle die Häupter des Volkes, Balduin von Flandern, Robert von Anjou, Odos Bruder, Richard von Burgund u. s. f.

Die Wiedereinsetzung Karls in das Reich seiner Väter, zunächst ein segensreiches Ereignis für Westfrancien trotz seiner bald hervorleuchtenden Unfähigkeit, weil nur in seinem Namen und Rechte sich alle Parteien einigen konnten, bedeutete für Deutschland die Ausschließung des seit Jahren geübten Einflusses. Nicht mehr ein unberechtigter Emporkömmling und ein hilfloses Kind haderten dort um den Thron und riefen um die Wette die Einmischung des ostfränkischen Herrschers herbei, indem sie ihr Anrecht von seinem Spruche abhängig machten — ein Jüngling von echtem königlichem Geblüte, fremder Hilfe nicht bedürftig, weil sein eigenes Volk ihm anhieng, sah sich unbestritten im Besitze der Herrschaft. Unkriegerisch wie sein gleichnamiger Großvater, doch nicht minder ehrgeizig als dieser, dem er freilich an geistigen Gaben keineswegs glich, mochte der junge Fürst kaum erst aus der Verbannung heimgekehrt, gar bald Eroberungsplänen auf Kosten seiner Nachbarn nachgehen und von neuem seine begehrlichen Blicke auf Lothringen werfen.

Die glorreiche Kaiserkrönung Arnolfs, der Gipfel seiner Erfolge bezeichnet zugleich den Anfang seines sinkenden Glückes. Wie ein Gestirn, das den Höhepunkt seiner Bahn erreicht hat, indem es ihn überschreitet abwärts wandeln muß, so sehen wir fortan die Thätigkeit des Kaisers nicht erweitert, sondern gelähmt, auf ein engeres Feld beschränkt, mehr abwehrend als schaffend. Der Grund dieser traurigen Erscheinung lag in dem Krankheitskeime, welchen der Aufenthalt in Italien in Arnolfs kräftigen Körper gepflanzt

---

[64]) Ann. Vedast. 897, Regino 898 (zum 3. Jan.), Ann. S. Columbae Senon., S. Germani 898, S. Quintini 898 (Scr. I, 104, III, 167, XVI, 507), Richer l. I c. 13, Folquin. cartul. Sith. p. 136, der ihn an Gift sterben läßt. In der Urk. Odos vom 21. Mai 890 gedenkt er der carissima coniux nostra Theoderada (B. 1884). Karl rechnet fortan in seinen Urk., zuerst 8. Febr. 898, anno redintegrante primo. Ueber die Stellung Roberts s. B. 1921, wo er als Abt von St. Martin zu Tours erscheint, 1957 (Mabillon ann. III, 697): Rotbertus venerabilis marchio nostri quidem regni et consilium et iuvamen.

und der ein langwieriges Siechthum erzeugend dem Streben seines Willens Schranken setzte. Um so schwerer mochten die Völker von dieser Erkrankung ihres Königs betroffen werden, als eine harte Hungersnoth in den Jahren 896 und 897 sie drückte und großes Elend hervorrief[65]).

Nachdem Arnolf nach seiner Heimkehr, wahrscheinlich mit seiner leiblichen Pflege beschäftigt, längere Zeit in Regensburg verweilt[66]), hielt er im August einen allgemeinen Reichstag zu Forchheim in Franken ab[67]), auf welchem er auf Bitte des geliebten Bischofs Salomon von Konstanz dem Kloster St. Gallen den Königsschutz und die freie Abtwahl bestätigte und dem von der edlen Frau Hildeburg und dem Priester Folkhart, ihrem Bruder neu erbauten Nonnenkloster Möllenbeck in Westfalen die gleichen Rechte gewährte. Auf dieser Versammlung bedrohte ein beklagenswerther Unfall das Leben des Kaisers aufs neue mit Gefahr: ein Gebäude, in welchem er sich befand, stürzte zusammen, wie dies bei morsch werdenden Holzbauten in jener Zeit häufig vorkam, und verursachte ihm und vielen andern schwere Verletzungen, die sein früheres Uebel steigerten. So sah sich der thatkräftige, hochstrebende Fürst zu längerer Unthätigkeit, zu unfreiwilliger Muße verdammt.

---

[65]) Ann. Alamann. 896: Fames validissima; Augiens. 896: et in Augia miseria famis ac mortalitatis. christiani homines alterius carnem comederunt; Corbeiens. 896: inundatio nimia; Fuld. 897 (im Frühjahr): fames valida per universam regionem Baiowariorum incubuit, ita ut multi inedia consumerentur.

[66]) Aus Regensburg sind Urk. vom 8. Juli, 2. August datiert (B. 1122, 1123).

[67]) Ann. Alamann. (Laubac.) 897: Arnolfus cum omnibus regni populis generalem habuit conventum ad Foraheim et casu cecidit; Herimann. Aug. 896: Arnulfus imperator quodam aedificio cadente cum multis aliis graviter conterens corpus cecidit. In der ersteren Quelle ist das Ereignis wahrscheinlich nur durch ein Versehen des Schreibers unter das sonst leere J. 897 gerathen, da für 896 die beiden aus Forchheim datierten Urk. Arnolfs vom 9. und 13. Aug. entscheiden. In der ersten Urk. auf Bitte des Salomon dilectus episcopus noster ertheilt, heißt es ausdrücklich, daß sie communi consilio cum nostris fidelibus episcopis scilicet et abbatibus atque comitibus habito erlassen worden (Neugart I, 506, B. 1124), die zweite (Würdtwein subsidia diplomat. VI, 300) ist ausgestellt interveniente predicto venerabili et dilecto episcopo (sc. Drogone Mindensi).

VII.

Während die Beziehungen zum Westreiche der Obhut Zwentibalds anvertraut waren, in Italien dem Schalten der einheimischen Machthaber freier Spielraum gelassen wurde, drängten sich die verworrenen Verhältnisse des Südostens immer ausschließlicher in den Vordergrund von Arnolfs unmittelbarer Thätigkeit. Ein neues Volk aus unbekannten Fernen hergezogen, pochte an die Pforten des Reiches, die Gefahren, welche seine Annäherung bringen konnte, bisher übersehen und nicht gewürdigt, treten seit dem Jahre 896 klarer zu Tage und fordern zu Vorkehrungen der Sicherheit für die bedrohten Marken heraus. Mit der Geschichte Arnolfs ist der Name dieses Volkes, der Magyaren unzertrennlich verknüpft, weil dasselbe unter seiner Regierung zuerst den abendländischen Nationen bekannt wurde und sich an deren Grenze bleibende Wohnsitze eroberte, wenn es gleich schon lange zuvor an der Schwelle des Abendlandes erschienen war [1]).

Die Magyaren, wie sie selbst sich nennen oder die Ungern (Ugern), wie sie zuerst von den Slaven, dann auch von den Deutschen benannt wurden [2]), gehören nach dem unwiderleglichen Zeugnisse ihrer Sprache der finnisch-uralischen Völkerfamilie an, deren zunächst verwandte Glieder an der oberen Wolga, am Ob und Irtysch zu suchen sind. Von diesen oder benachbarten Gegenden, auf welche noch nach Jahrhunderten sagenhafte Erinnerungen hinwiesen [3]), mögen auch die Magyaren ursprünglich ausgezogen sein, sei es dem Wandertriebe folgend, der sich dieser nomadischen Stämme bisweilen auch ohne äußeren Anstoß bemächtigt, sei es, was wahrscheinlicher ist, durch andre in ihrem Rücken sitzende Völkerschaften gedrängt. In derselben Richtung gen Westen zogen sie vorwärts, die vor ihnen Hunen, Bulgaren und Avaren, alle im weiteren oder engeren Sinne ihre Verwandten, eingeschlagen hatten. Die erste beglaubigte Thatsache ihrer Geschichte ist die enge Verbindung der Ungern mit dem mächtigen Reiche der Chasa-

---

[1]) Nicht mehr als dies ist aus dem Zeugnis der ann. Sangall. mai. 888 (Scr. I, 77): in cuius (sc. Arnulfi) temporibns Agareni in istas regiones primitus venerunt, sowie aus der Jahreszahl 889 für ihren Auszug aus Scythien bei Regino zu entnehmen. Die Tradition (s. weiter unten) verknüpfte dann bald allgemein ihre Niederlassung mit dem Namen Arnolfs s. auch ann. Palidens. (Scr. XVI, 10): Ungarii, qui snb Arnulfo imperatore emerserant; Chron. Bremense (eb. VII, 391): anno eins (sc. Arnulfi) 8. Ungri egressi sunt.

[2]) Vgl. über diesen Namen Sel. Cassel magyar. Alterth. S. 144. Hinkmar z. J. 862 ist der erste fränkische Schriftsteller, der sich desselben bedient. Daß Ungern, ungrisch geschrieben werden müsse, hat Barth. Kopitar wiederholt bewiesen vgl. seine kleineren Schriften herausgeg. v. Miklosich I, 147, 156, 174.

[3]) Büdinger öst. Gesch. I, 213.

ren[4]), welches seit der Mitte des siebenten Jahrhunderts anwachsend vom kaspischen Meere bis gegen den Dniepr hin und im Norden bis zur Oka sich ausdehnte und von Khakhanen türkischer Abkunft regiert wurde. Durch eine feste kriegerische Organisation hatten sich die Chasaren, deren Staatsverfassung eine morgenländisch despotische war, zu einer Achtung gebietenden Stellung unter den umwohnenden Völkern aufgeschwungen, die auch vom byzantinischen Hofe durch wiederholte Bündnisse anerkannt wurde, und daß sie für eine höhere Kultur nicht ganz unempfänglich waren, beweist die Verbreitung des jüdischen Glaubens in ihrer Herrscherfamilie und bei vielen Großen, sowie des Christenthums und Islams in andern Theilen des Volkes, durch welche die früher erwähnte Sendung Konstantins hervorgerufen wurde.

Die Ungern erkannten in Wohnsitzen, deren Lage sich nicht näher bestimmen läßt, die Oberherrschaft der Chasaren längere Zeit hindurch an und leisteten ihnen in allen ihren Kriegen Heeresfolge. Während dieses Aufenthaltes schlossen sie, die bisher in sieben Stämme getheilt von den einzelnen Häuptlingen derselben geführt worden waren[5]), sich zum erstenmale zu einer festeren Einheit zusammen, indem sie auf die Aufforderung des Khakhans, den tapfersten und klügsten unter jenen Anführern, Arpad, des Almus Sohn, zu ihrem Herzoge oder Oberfürsten wählten und ihn nach chasarischer Sitte feierlich auf den Schild erhoben[6]). Diese Würde, von einer wahrhaft königlichen noch weit entfernt, vererbte sich in seinem Geschlechte, doch behielten die alten Stämme daneben noch ihre besonderen Häupter. Neben den ursprünglichen sieben wird

---

[4]) Constantin. de admin. imp. c. 38—40. Daß es mit den 3 Jahren, welche die Ungern bei den Chasaren gewohnt haben sollen, seine Richtigkeit nicht haben kann, hat schon Zeuß (die Deutschen S. 750 A.) bemerkt. Ueber das Reich der Chasaren vgl. Büdinger S. 209 flg. Die Berichte Konstantins über die Vorgeschichte der Ungern sind so verworren und z. Th. widersprechend, daß ihre vollständige Verwerthung mir unmöglich scheint.

[5]) Constantin. c. 38 *καὶ οἱ μὲν Τοῦρκοι γενεαὶ ὑπῆρχον ἑπτά.* Diese Siebenzahl kehrt auch in der ungrischen Sage wieder; Simon von Keza (Gesta Hungaror. l. II bei Endlicher monum. Arpadiana p. 102) spricht von VII exercitus, bei dem albernen Notar Belas (c. 5 u. a. eb. p. 6) finden sich septem principales persone, qui Hetumoger vocantur. Hieher gehören auch die 7 Ungern, die nach Otto von Freising (Chronic. l. VI c. 20) allein aus der Schlacht auf dem Lechfelde übrig blieben, weil von diesen nach der Chronik Alberichs a. 957 (Leibnitii access. histor. II, 291) das Königshaus und der herrschende Adel stammen sollen.

[6]) Constantin.: *πρὸ δὲ τοῦ Ἀρπαδὴ τούτου ἄρχοντα ἕτερον οἱ Τοῦρκοι οὐκ ἐκτήσαντο πώποτε, ἐξ οὗ καὶ μέχρι τῆς σήμερον ἐκ τῆς τούτου γενεᾶς ἄρχων Τουρκίας καθίσταται.* Den Vater Arpads nennt K. Salmutzes, wo sicher das S am Anfange zu streichen ist (vgl. den *Ἀλμούζην* bei Nicet. Choniat. Iohann. Comnen. c. 5 p. 24 ed. Bekker), da die ungrische Sage ihn nur unter dem auch später noch öfter vorkommenden Namen Almus kennt s. außer den ungrischen Chronisten die Chronik Alberichs a. 893 p. 225: his diebus gens Ungarorum sub primo duce suo nomine Alino (corr. Almo) ex Scythia egressa.

als achter wohl der der Kabaren erwähnt, ein Theil des chasarischen Volkes, der sich den Magyaren auf ihren ferneren Wanderungen anschloß und vollständig mit ihnen verschmolz[7]). Während dieser Verbindung mit den Chasaren erwuchs den Magyaren ein überaus gefährlicher Feind an dem wilden und streitbaren Hirtenvolke der Petschenegen türkischer Abkunft, die aus ihrem Gebiete an der oberen Wolga gewaltsam verdrängt, zwischen dem Don und dem Dniepr neue Sitze einnahmen und die Ungern, mit denen sie wiederholte Kämpfe bestanden, weiter nach Westen schoben, wodurch dann auch ihr Verhältnis zum chasarischen Reiche gelöst worden sein mag[8]).

Schon vor den eben angedeuteten Ereignissen, vielleicht von den Ufern des Dniepr aus, müssen die magyarischen Reiter bis an die byzantinischen Grenzen gestreift sein. Nachweislich zum erstenmale erscheinen sie unter der Regierung des Kaisers Theophilus um das J. 837 an der Donau als Bundesgenossen der Bulgaren, welche eine in ihr Gebiet verpflanzte Kolonie von griechischen Kriegsgefangenen gewaltsam an der Heimkehr hindern wollten[9]). Um das J. 856 überfielen sie mordgierig den Philosophen Konstantin, da er von Cherson zu den Chasaren reiste, „nach Art der Wölfe heulend," sein Gebet aber beschwichtigte ihre Wut und zähmte sie[10]). Nicht lange danach so begegnen wir ihnen sogar an der deutschen Grenze: die Nachricht, so glaubwürdig sie ist, von Verwüstungen der Ungern daselbst im J. 862, lautet zu unbe-

---

[7]) Constantin. c. 39; c. 40 p. 174 werden *αἱ δὲ ὀκτὼ γενεαὶ τῶν Τούρκων* erwähnt.

[8]) Nach c. 3 und 8 de admin. imp. muß man wiederholte Kämpfe zwischen Ungern und Petschenegen annehmen, ich glaube daher, daß zweimal eine Verdrängung der ersteren durch die letzteren stattgefunden hat, die zweite im J. 895. Konstantin verwechselt offenbar beide mit einander und möchte ich auf die erste beziehen, was er c. 38 p. 168, 169 erzählt. Man könnte etwa vermuten, daß die P. bei ihrem ersten Vorrücken von der Wolga her bis zum Dniepr, bei dem zweiten bis zur Donau vorgedrungen sind. Ihre späteren Wohnsitze zu beiden Seiten des Dniepr von der Donaumündung bis zum Don werden c. 8, 37, 42 sehr klar beschrieben, allein diese hatten sie in vollem Umfange erst seit 895 inne. Zweifelhaft ist, ob die Angabe Reginos a. 889: ex supradictis igitur locis (d. h. vom Tanais) gens memorata a finitimis sibi populis, qui Pecinaci vocantur, a propriis sedibus expulsa est, eo quod numero et virtute praestarent, auf die als Bestätigung Konstantins jedenfalls großes Gewicht gelegt werden muß, auf frühere oder spätere Kämpfe sich bezieht.

[9]) Leo Grammaticus p. 231 ed. Bonnens., Georg. Monach. de Michaele et Theodora c. 8, aus derselben Quelle. Abwechselnd heißen sie hier *Οὐγγροι*, *Οὖννοι* und *Τοῦρκοι* und treten in einzelnen Schwärmen auf. Der Fortsetzer des Theophanes l. V c. 4 erwähnt diesen Kampf, ohne der Ungern zu gedenken und setzt ihn richtiger unter den Bulgarenfürsten Mortago (während die andern fälschlich Wladimir nennen). Der spätere Kaiser Basilius war damals etwa 25 J. alt vgl. Zeuß die Deutschen S. 749.

[10]) Vita Constantini c. 8 übers. in meinen südöstl. Marken (Archiv östr. Geschichtsq. X, 53, A. 7).

stimmt[11]), als daß sich mit Sicherheit entscheiden ließe, ob sie auf eigene Hand sich so weit vorgewagt, oder, was wahrscheinlicher dünkt, im Solde des mährischen Reiches. Da dieser Einfall noch ganz vereinzelt dastand, so vermochte er nur vorübergehend Schrecken und Beachtung zu erregen und wurde bald wieder vergessen.

Wenn wir über die früheren Wanderungen der Magyaren, sowie über ihre wechselnden Sitze nur auf völlig unsichere Vermutungen angewiesen sind, so lichtet sich in der zweiten Hälfte des neunten Jahrhunderts das Dunkel in so weit, daß wir das ungrische Volk an der Nordküste des Pontus zwischen den Mündungen der Donau und des Dniepr oder zwischen den Strömen Sereth und Bug mit Bestimmtheit vorfinden[12]), in seinem Rücken von den gefürchteten Petschenegen bedroht, vor sich in erreichbarer Nähe die lockenden Schätze der abendländischen Kultur. In diesen Gegenden an der Donau machte ihnen Methodius als Erzbischof von Pannonien einen Besuch und wurde von ihrem Fürsten günstig aufgenommen und beschenkt, doch konnte von einer Bekehrung zum Christenthum damals noch nicht die Rede sein[13]). Auch mit der nördlich von den Petschenegen am oberen Dniepr neu begründeten russischen Macht kamen die Magyaren auf einem ihrer Streifzüge in Berührung, indem sie auf ihren Zeltwagen vor der Hauptstadt Kiew erschienen, ohne sich jedoch in einen Kampf mit den streitbaren Warägern einzulassen[14]).

Von hier aus geschah es dann auch, daß sie ihre Waffen zum erstenmale gegen das mährische Reich richteten: ein magyarischer Reiterschwarm stieß zu dem deutschen Heere, mit welchem Arnolf im J. 892 das Gebiet Suatopluks gründlich verwüstete, ob von ihm unmittelbar aufgefordert, ob auf eigene Hand die Gelegenheit zu gefahrloser Plünderung wahrnehmend muß dahingestellt

[11]) Vgl. oben I, 476 A. 33. Kremper (De Ungaror. demigratione, Monast. 1857 p. 3) sucht diese Nachricht in einer ganz willkürlichen und gezwungenen Weise zu beseitigen.

[12]) Konstantin setzt c. 8 die Petschenegen an den Dniepr und Dniestr gegen Bulgarien hin, c. 37 bezeichnet er diese Sitze als die früheren der Ungern, die er dann c. 38 nach 5 Flüssen näher bestimmt, dem Baruch (Bug), Kubu (?) Trullos (Dniestr vgl. Cassel magyar. Alterth. S. 176 A. 3), Brutos (Pruth) und Seretos (Sereth), endlich c. 42 heißt es ἀπὸ δὲ κάτωθεν τῶν μερῶν Δανούβεως ποταμοῦ τῆς Δίστρας (Silistria) ἀντίπερα ἡ Πατζινακία παρέρχεται καὶ κατακρατεῖ ἡ κατοικία αὐτῶν μέχρι τοῦ Σάρκελ τοῦ τῶν Χαζάρων κάστρου (nahe der Mündung des Don) u. s. f. Von diesem ausgedehnten Gebiete haben die Ungern ohne Zweifel nur den westlichen Theil (Moldau, Bessarabien, Cherson) vor ihrer letzten Wanderung inne gehabt.

[13]) Vita Methodii c. 16: Dum Ungricus rex in partes Danubii venit, voluit illum (sc. Methodium) videre et licet quidam (homines) loquerentur et putarent, eum non posse sine cruciatu ab illo liberari, ivit ad eum etc. Der Glaubwürdigkeit dieser Nachricht steht nichts im Wege.

[14]) Nestors Chronik z. J. 6406 d. W. (898 n. Chr. G.) vgl. Büdinger in dem (Wiener) Jahrb. f. vaterländ. Gesch. I, 31.

bleiben[15]). Jedenfalls ist wohl schwerlich daran zu denken, daß der König, der damals nur unter Schwierigkeiten sich mit den von früherher befreundeten Bulgaren in Verbindung setzte, Boten zu den noch viel ferner wohnenden Magyaren gesandt haben solle, vielmehr müssen sie schon vorher an die Grenzen des mährischen Reiches gestreift haben und dort bereits bekannt gewesen sein.

Auf diese Hilfsleistung, welche der ostfränkische Herrscher den Ungern verdankte, folgte sehr schnell ein feindlicher Angriff derselben auf das deutsche Gebiet: schon im J. 894 überschritt eine Schar dieses Volkes die Donau und verheerte ganz Pannonien mit entsetzlicher Grausamkeit[16]). Niemand in den deutschen Landen hatte bisher den ungrischen Namen gehört oder gelesen[17]), man wußte nicht, woher diese neuen Ankömmlinge kamen, noch was sie bewog, plötzlich aus unbekannten Fernen über die arglosen Grenzbewohner herzufallen. Wie aber das Volk es liebt, schwere Leiden, unglückliche Verhängnisse, von denen es heimgesucht wird, wo möglich auf die persönliche Verschuldung einzelner zurück zu führen, so wurde auch in diesem Falle die Unbesonnenheit Eines Mannes als der Grund so vieler Uebel angesehen. Durch jene Einladung zur Theilnahme an dem mährischen Kriege, so meinte man, habe Arnolf ihnen den Weg nach Deutschland gewiesen und eröffnet[18]), er also sei als Urheber ihrer Niederlassung in Panno-

---

[15]) Ann. Fuldens. 892: Ungaris etiam ibidem ad se cum expeditione venientibus. Schon Kasp. Zeuß (die Deutschen S. 752 A.) und Max v. Gagern (Arnulfi vita p. 81) hat die Bedeutung dieser Nachricht richtig gewürdigt.

[16]) Ann. Fuld. 894 ... totam Pannoniam usque ad internicionem deleverunt.

[17]) Hincmari ann. 862: hostes antea illis populis inexperti, qui Ungri vocantur; Regino 889: gens Hungarorum ... retro ante seculis ideo inaudita, quia nec nominata; Schreiben an Dado von Verdun (Martene et Durand coll. ampliss. I, 230, Dachery spicil. XII, 354): in nullis enim historiis legimus huius monstriferae nationis nomen.

[18]) Ann. Sangall. mai. 892: Arnolfus ... Agarenos, ubi reclusi erant dimisit. Widukind (l. I c. 18, 19), der die Avaren (Hunen) und Ungern für das nämliche Volk hält, läßt jene von Karl dem Gr. ingenti vallo jenseit der Donau abgesperrt werden: imperante autem Arnulfo destructum est opus et via eis nocendi patefacta, eo quod iratus esset imperator Centupulcho regi Marorum. Liudprand (antapod. I c. 5) meldet von den Ungern: quibusdam namque difficillimis separata a nobis erat interpositionibus, quas clusas nominat vulgus, ut neque ad meridianam neque ad occidentalem plagam exeundi habuerit facultatem, durch Oeffnung dieser Klausen werden sie dann zum Verderben der Welt von Arnolf zu Hilfe gerufen (c. 13), von dem der Autor zweifelt, ob er nicht pro tam inmenso scelere, Hungariorum scil. emissione zur Hölle verurtheilt sei (c. 36). Hieher gehören auch die ann. Ratispon. 894 (Scr. XVII, 582): Arnolfus Ungarios eduxit. Eine Beziehung auf die avarischen Ringe liegt nahe bei der etwas sagenhaften Auffassung, welche dieselben schon bei dem Mönche von St. Gallen (Gesta Kar. M. II c. 1) gefunden haben, zumal da die Ungern nicht bloß bei Widukind, sondern schon in den ann. Fuld. 894, 896, 900 Avari, qui dicuntur Ungari heißen. Die Abschließung der Völker Gog und Magog mittels einer Mauer am Kaspischen

nien und aller daraus entspringenden Leiden anzuklagen. Diese unbegründete Meinung nahm schon um die Mitte des zehnten Jahrhunderts eine völlig sagenhafte Gestalt an, indem dunkle Erinnerungen an jene großartigen Befestigungen, die avarischen Ringe und an die kaspischen Pforten, hinter denen Alexander der Gr. einst die wilden Völker des Nordens abgeschlossen, sich zu Einer Vorstellung verwoben. Man glaubte also Karl der Gr. habe die Ungern-Avaren durch ungeheure Wälle und Werke abgesperrt und unschädlich gemacht, Arnolf in verblendeter Herrschsucht ihnen die Pforten geöffnet und dadurch unsägliches Unheil über die Völker heraufbeschworen.

Die wirklichen Gründe für die letzte Wanderung der Ungern und für ihre Niederlassung an der Donau lagen indessen auf einem völlig andern Gebiete. Sie hiengen mit einem Kriege zusammen, der wegen ungerechter Bedrückung des bulgarischen Handels im J. 893 zwischen dem tapfern Bulgarenkönige Simeon und dem griechischen Kaiser Leo zum Ausbruche kam[19]). Simeon, der zweite Sohn Michaels und Nachfolger seines Bruders Wladimir, brachte den Gegnern zuerst eine Niederlage bei, welche Thracien seinen Verwüstungen preisgab. Da schickte der Kaiser Niketas den „Harten“ zu den Ungern an der unteren Donau und schloß mit ihren Fürsten Arpad und Kursan[20]) ein förmliches Bündnis gegen die Bulgaren ab, für welches sie Geschenke empfiengen und Geiseln stellten.

Meere spielt in der Alexandersage eine Rolle s. Weismann Lamprechts Alexander II, 463 flg., 511. Der sog. Fredegar (chron. c. 66, col. 640 ed. Ruinart) erzählt: transmittens Heraclius legationem ad portas Caspias, quas Alexander M. Macedo super mare Caspium aereas fieri et serrare iusserat propter inundationem gentium saevissimarum, quae ultra montem Caucasi culminis habitabant, easdem portas Heraclius aperire praecepit, vgl. auch Hraban. de universo l. XVI c. 2 (p. 439 ed. Migne): Ugnos antea Hunos vocatos, postremo a rege suo Avares appellatos dicunt, qui prius in ultima Maeotide ... habitaverunt. deinde pernicibus equis Caucasi rupibus, ubi feras gentes Alexandri claustra cohibent, eruperunt et orientem XX annis tennerunt captivum etc. Dieser Zusammenhang verdiente eine nähere Prüfung.

[19]) Der Zeitpunkt dieses Krieges wird durch den bei den Byzantinern unmittelbar vorher erwähnten Tod des Patriarchen Stephan bestimmt, der mit Pagi (Critica ad Baronium III, 750) auf den 17. Mai 893 zu setzen ist. Die Berechnung Phil. Krugs (Byzant. Chronologie S. 20—22), der sich auf Grund des unzuverlässigen Symeon Magister für das J. 888 entscheidet, muß um so mehr verworfen werden, als nach den ann. Fuld. noch im J. 892 Wladimir in Bulgarien regierte. Noch gesicherter wäre jene Zeitbestimmung, wenn wir die Nachricht der ann. Hildesheim. (Lamberti) 893: factum est bellum magnum inter Bawarios (Bulgarios?) et Ungarios hierauf beziehen dürften. An einen Kampf mit den Baiern in diesem Jahre ist nicht zu denken.

[20]) Georgius Monachus (de Leone c. 12) und Leo Grammatikus (p. 266) nennen als Häupter der Ungern *Ἀρπάδη καὶ Κουρσάνη* (*Κουσάνη*). Konstantin (de adm. imp. c. 40) bei dem Einfalle *τὸν Λιούντινα τὸν υἱὸν τοῦ Ἀρπαδῆ*, den er nachher in der Genealogie Arpads mit Schweigen übergeht.

Hierauf wurden zu Lande wie zu Wasser große Rüstungen gegen Simeon unternommen, der alle Friedensvorschläge abwies. Während er jedoch gegen Nicephorus Phokas, den Oberanführer der Landtruppen im Felde lag, lief die griechische Flotte unter dem Admiral Eustathios in die Donau ein, welche die Bulgaren durch Ketten und starke Taue gesperrt hatten, um den Magyaren die Ueberfahrt zu verwehren. Umsonst, der tapfere Obersteuermann Michael Barkalas begann zur Verwunderung der Ungern die hemmenden Taue mit dem Schwerte zu durchhauen und bahnte so den mit den magyarischen Hilfsvölkern beladenen Schiffen den Weg über den Strom. Sobald Simeon von den Verwüstungen hörte, die im Rücken der neue Feind in seinem eigenen Lande anrichtete, wandte er aus Thracien zurückkehrend seine Waffen gegen die Ungern, die ihn in drei Treffen so vollständig besiegten, daß er aus dem letzten kaum noch nach Silistria entfliehen konnte und seine Hauptstadt Preslaw (bei Marcianopolis) ihnen preisgegeben war[21]).

Siegreich und mit großer Beute kehrten die Magyaren von diesem Zuge in ihr Land zurück, während die Griechen über ihre wohlfeil errungenen Erfolge triumphierten. Simeon vertrug sich vorläufig mit den letzteren und schloß Frieden, um an ihren Bundesgenossen Rache zu nehmen, doch die Bulgaren waren durch ihre Niederlagen zu tief gedemütigt und zu sehr geschwächt, als daß sie allein sich von neuem in den Kampf gegen die ungrischen Dränger zu stürzen gewagt hätten. Sie wandten sich daher an das wegen seiner Wildheit und Tapferkeit weit gefürchtete Volk der Petschenegen oder Kankar jenseits des Dniepr, welches an Zahl und Stärke den Ungern überlegen, ihnen schon durch seinen Namen furchtbar war und schlossen mit denselben ein Bündnis gegen den gemeinsamen Feind. Während gerade ein großer Theil der magyarischen Krieger auf einem Beutezuge in der Ferne weilte, überfiel im J. 895 Simeon mit den Petschenegen vereint die verlassenen Wohnsitze, in denen zum Schutze der Familien und Herden nur geringe Mannschaften zurückgeblieben waren[22]). Sie erschlu-

---

[21]) Von der Ueberfahrt über die Donau handelt Konstantin c. 51 (p. 238), über die weiteren Kämpfe Kaiser Leo selbst in der Taktik c. 18 (p. 287 ed. Meursius), der ausdrücklich bemerkt, daß die Ungern *τρισὶ μάχαις κατὰ κράτος νενικηκότας*, ann. Fuld. 896, die nur von zwei Siegen der Ungern wissen, sonst ganz übereinstimmend, Theophanes continuat. l. VI c. 9, der die Bulgaren besiegt werden läßt, *ὡς μόλις τὸν Συμεὼν ἐν τῇ Δίστρᾳ περισωθῆναι*, Constantin. de adm. imp. c. 40, der noch hinzufügt *καὶ ἐξελάσαντες μέχρι τῆς Πρεσθλάβου* (vgl. über dessen Lage Schafarik slaw. Alterth. II, 216) *διῆλθον ἀποκλείσαντες αὐτὸν εἰς τὸ κάστρον τὸ λεγόμενον Μουνδράγα καὶ εἰς τὴν ἰδίαν χώραν ὑπέστρεψαν.* Aus den Byzantinern schöpft Nestor (Wiener Jahrb. I, 40).

[22]) Am deutlichsten erzählt Konstantin c. 40 p. 173 diese Vorfälle, eb. c. 3 sagt er, daß die Ungern von den Petschenegen *τελείως σχεδὸν παραδοθῆναι ἀφανισμῷ*, c. 38 läßt er die Ungern vertrieben werden *μετὰ τοῦ ἄρ-*

gen alle Männer und Weiber, deren sie habhaft werden konnten, bemächtigten sich der herrenlosen Habe und nahmen das Land in Besitz, in welchem fortan bis zur Donaumündung die Petschenegen wohnten. Wie es scheint, wurde zugleich mit diesem Ueberfalle die Hauptmacht der Ungern überdem noch in einem sehr blutigen Treffen von den Bulgaren vollständig überwunden.

Nach diesen großen Verlusten war den Magyaren die Rückkehr in ihre frühere Heimat abgeschnitten: ein übermächtiger Feind hatte ihr Land inne, gegen den sie seitdem selbst auf die Aufforderung des griechischen Kaisers hin sich nie wieder in einen Kampf einlassen wollten[23]). Durch den Drang der Umstände also genöthigt, keineswegs aus freiem Entschlusse, indem hinter ihnen gleichsam die Schiffe zur Heimkehr verbrannt waren, mußten die Ungern in dem Lande, das sie bisher nur des Raubes halber durchstreift hatten, sich neue Wohnsitze durch Gewalt der Waffen erringen und sie dauernd behaupten. Die Karpathen überschreitend

---

χοντος αὐτῶν Ἀρπαδῆ. Der Zeitpunkt ergibt sich daraus, daß nach c. 37 die Petsch. über das vorher ungrische Gebiet seit 55 J. herrschen sollen, wonach Katona (hist. crit. primor. ducum Hungariae p. 163) das J. 895 berechnet hat. Abweichend sind andre Nachrichten, die doch auf dieselbe Sache gehen müssen, der Fortsetzer des Theophanes (l. VI c. 9) meldet im Anschlusse an den griechisch-bulgarischen Krieg von Simeon: ἐκστρατεύσας δὲ κατὰ τῶν Τούρκων πάντας κατέσφαξεν μὴ δυνηθέντας παρὰ Ῥωμαίοις βοήθειαν δέξασθαι, ann. Fuldens. 895: Avari terminos Bulgarorum invadentes ab ipsis praeventi sunt et magna pars eorum exercitus interfecta est, wodurch die vorherige Zeitbestimmung zugleich bestätigt wird, eb. 896, wo es von dem Verluste heißt: qnis enim gentilium Avarorum strages tantis congressionibus enumerando possit exponere, cum Bulgarorum, ad quos victoria concessit, nnmero 20 milia equitum caesa inveniuntur (die Erwähnung des alten Königs Michael bei dieser Gelegenheit möchte ich nicht gerade für ein Märchen halten, da derselbe nach Regino 868 den Thron mit dem Kloster vertauschte und als Mönch die Regierung seines jüngeren Sohnes noch erlebte). Wenn man annimmt, daß der obige Krieg im J. 893 nicht zu Ende kam, so mögen diese letzten Kämpfe sich sehr nahe an die früheren angereiht haben. Die von mir früher gebilligte Vermutung Engels (Gesch. des ungr. Reichs I, 61, Wien 1813), der in den siebenbürgischen Szeklern Reste der damals versprengten Ungern findet, ist unhaltbar, da die Szekler, wie Schlözer (Gesch. der Deutschen in Siebenbürgen S. 219) darthut, vielmehr Kumanen sind.

[23]) Dies wird von Konstantin wiederholt versichert de admin. imp. c. 3, 8, 13, 38 (καὶ ἔκτοτε πόλεμον οἱ Τοῦρκοι μετὰ τῶν Πατζινακιτῶν οὐκ ἐποίησαν). Bruno von Querfurt an K. Heinrich II. (Giesebrecht deutsche Kaiserzeit II, 667) nennt sie omninm paganorum crudelissimos Pezenegos, Leo Diacon. l. IX c. 12 Πατζινάκαι ... ἔθνος νομαδικὸν τοῦτο καὶ πολυάνθρωπον φθειροφάγοντε καὶ φερέοικον ἐπ' ἁμαξῶν ὡς τὰ πολλὰ βιωτεῦον vgl. ferner der Nibelnnge Not XII v. 1281 die wilden Pesnaere; Adam. gesta Hammab. pontif. II c. 19 schol. 18: inde Ungros et crudelissimam gentem Pescinagos, qui humanis carnibus vescuntur; Godefridi Viterb. pantheon (Muratori scr. VII, 427); Nicet. Choniat. de Manuele Comneno l. II c. 7 p. 124 ed. Bekker, Alberici chronic. 893: Pizenati et hi, qui Falones dicuntur, crudis et immundis carnibus, ntpote equinis, catinis usque hodie vescuntur; Zeuß die Deutschen S. 742. Als Nachbarn der Ungern kommen sie außer bei Konstantin auch in dem Leben des h. Stephan (c. 5, 6, Scr. XI, 228) und bei Otto von Freising (hist. Frider. I c. 31) vor.

faßten sie zuvörderst in den Ebenen an den großen Flüssen festen Fuß, wo sie noch jetzt am ungemischtesten wohnen und drangen erst allmälich bis zu den Gebirgen, den natürlichen Grenzen ihres heutigen Vaterlandes vor, welche damals den verdrängten Resten der früheren Bevölkerung als Zuflucht dienten. Konstantin[24]) bezeichnet daher ihre neuen Sitze nach den Strömen Temes, Maros, Körös und Theiß. Diese mittleren Striche zwischen dem alten Dacien und Pannonien wurden von den Eroberern ohne Zweifel am ersten und leichtesten in Besitz genommen, weil sie von Slaven oder Wlachen nur dünn bevölkert z. Th. wüst[25]) keinem der beiden benachbarten Reiche, dem mährischen oder bulgarischen angehörten, mithin keinen ernstlichen Widerstand leisten konnten. Indem sich die Magyaren zwischen jenen beiden Mächten festsetzten, wandten sie abwechselnd ihre Waffen bald gegen die eine, bald gegen die andre[26]), vornehmlich jedoch gegen Mähren, oder sie streiften auch über die Donau in die pannonische Mark. Eines der schönsten und fruchtbarsten Länder Europas[27]) lag vor den gierigen Blicken der Heimatlosen ausgebreitet, einst in römischer Zeit Sitz einer blühenden Kultur, jetzt trefflich geeignet ihren Rossen und Rindern reiche Weide zu bieten.

Ein nomadisches Volk, in beweglichen Zelten wohnend zogen die Ungern in das Land ein, dem sie für immer den Namen geben sollten. Sie gliederten sich wie die Petschenegen in Familien, Geschlechter und Stämme, an deren Spitze als oberstes Haupt der Großfürst Arpad stand, der Ahnherr ihrer Könige[28]). Seine

---

[24]) C. 40 τὰ δὲ ἀνωτέρω τούτων, ἐν ᾧ ἐστιν ἡ πᾶσα τῆς Τουρκίας κατασκήνωσις ἀρτίως ὀνομάζουσι κατὰ τὰς τῶν ἐκεῖσε ῥεόντων ποταμῶν ἐπωνυμίας. Den zweiten der von ihm genannten Flüsse, Tutes vermag ich nicht nachzuweisen.

[25]) Regino 889: et primo quidem Pannoniorum et Avarum solitudines pererrantes; Aelfreds Orosius: Sofort östlich vom Kärntnerland jenseits der Wüste (waestenne) ist Bulgarenland. Nestor meldet von den Ungern: Von Osten angelangt stürmten sie durch das große Gebirge und fiengen an, die dort lebenden Wlachen und Slowenen zu bekriegen (Wiener Jahrb. I, 33).

[26]) An ferneren Kämpfen gegen die Bulgaren kann es nicht gefehlt haben, wenn wir auch Näheres darüber nicht wissen, da Konstantin c. 40 ausdrücklich sagt, daß die Donau die Grenze zwischen Ungern und Bulgaren bilde, denn vorher herrschten die Bulg. auch nördlich von derselben vgl. Regino 889: deinde Carantanorum, Marahensium ac Vulgarum fines crebris incursionum infestationibus irrumpunt, Liudprand. antap. l. II c. 7 (unzuverlässig): nam Bulgariorum gentem atque Grecorum tributariam fecerant.

[27]) Otto Frisingens. hist. Frider. I c. 31: habet enim pulcherrimum, ut dixi, naturaliter spectaculum.

[28]) Constantin. de adm. imp. c. 40: ὁ Ἀρπαδῆς ὁ μέγας Τουρκίας ἄρχων. (Für die Chronologie ist der Umstand wichtig, daß Arpad auf Antrieb der Chasaren zum Oberfürsten gewählt wurde und die Ungern noch in ihr jetziges Vaterland führte, wobei jedoch zu bemerken ist, daß, da nicht er, sondern sein Vater Almus zu den 7 Stammeshäuptern gehörte, er wohl noch als ein junger Mann gewählt worden sein mag), eb. über die beiden Richter. Schon

Macht war indessen nicht bloß dadurch eingeschränkt, daß ihm und seinen Nachkommen zwei Richter, der Gylas und Karchan als Großwürdenträger an die Seite gesetzt sind, sondern die übrigen Stammeshäupter, ursprünglich seines Gleichen, übten ebenfalls eine fast unabhängige Gewalt und erschienen den andern Völkern gegenüber an der Spitze ihrer Heere wie Könige, so daß von einer wirklich monarchischen Verfassung in dem ersten Jahrhundert der ungrischen Geschichte noch keine Rede sein kann. Der Hauptreichthum des wandernden Volkes bestand in den großen Herden von Vieh und Rossen, welche letzteren sie im Winter wie im Sommer auf die Weide trieben[29]), außerdem fristeten sie ihr Leben durch Jagd und Fischerei. Auf Thierfellen mit Heu ausgestopft setzten sie nach alt morgenländischer Weise über die Ströme[30]). Sie standen aber auf der untersten Stufe der Gesittung, da sie das Fleisch fast roh verschlangen und nach Art der wilden Thiere Blut tranken[31]).

Die Kriegführung der Magyaren unterschied sich von der der meisten Nationen der damaligen Welt, nur mit der Kampfesweise der Bretonen und noch mehr mit der bulgarischen hatte sie Aehnlichkeit, in ihrer Neuheit eben lag der Schrecken, den sie verbrei-

---

Zeuß (die Deutschen S. 750 hat erkannt, daß die Benennung Wojewoden, die Konstantin für die Stammesfürsten gebraucht, als eine slavische, bei den Ungern nicht üblich gewesen sein kann. Die deutschen Chronisten nennen manche vermeintliche Könige der Ungern, die nicht zum Geschlechte Arpads gehörten, s. ann. Sangall. mai. 902: rex eorum Chussol, Gerhardi V. S. Oudalrici c. 12: reges eorum et principes, Ruotger. c. 35: regem ipsum barbarorum (es war vielmehr der Karchan Bulßu), Liudprand. ant. II c. 61: duo reges Dursac et Bugat, Gesta episc. Camerac. l. I c. 75 (Scr. VII, 428): rex Bulgio u. s. f. Die Adresse der griechischen kaiserlichen Schreiben lautete *εἰς τοὺς ἀρχοντας τῶν Τούρκων*, also an mehrere, nicht an einen Fürsten der Ungern gerichtet (Constantin. de cerimon. aulae Byzant. II c. 48 p. 691 ed. Reiske).

[29]) Leonis tactica c. 18 (ed. Meursius p. 290, 292). Die ganze Schilderung der Ungern bei Leo (§. 44, 46—76) ist eine größtentheils wörtliche Wiederholung der Schilderung der Avaren bei Maurikios (Strategicum l. XI c. 3), wie der Herausgeber des letzteren Joh. Scheffer bereits bemerkt hat, dennoch müssen die meisten Züge doch wohl zutreffend sein, da Leo über die Ungern sehr gut unterrichtet sein konnte.

[30]) Iohannis chron. Venet. (Scr. VII, 22): ad Venecias introgressi cum equis adque pelliciis navibus. Aehnliche Fahrzeuge erwähnt von den Petschenegen Nicetas Choniates (de Manuele Comneno l. II c. 7 p. 124 ed. Bekker) *σχεδιάζει δὲ τοῖς Σκύθαις τοῦ ποτάμου τὴν διάβασιν κάρφης πλήρης διφθέρα λίαν ἐς τὸ ἀκριβὲς σύσπαστος*.

[31]) Regino 889: vivunt non hominum sed beluarum more, carnibus siquidem, ut fama est, crudis vescuntur etc. und vorher venatu ac piscatione victum cottidianum queritant vgl. Ekkehard. casus S. Galli c. 5 von den Ungern: cum armos et caeteras victimarum portiones semicrudas absque cultellis dentibus laniando vorassent etc., Liudprand. ant. II c. 2: ut magis magisque timeantur interfectorum sese sanguine potant.

tete[32]). Mit Schwert, Wurfspieß und einem Bogen aus Horn bewaffnet, gebrauchten sie doch das erstere fast gar nicht und verließen sich ganz auf ihre Sicherheit und Gewandtheit im Pfeilschießen[33]), welches sie zu Pferde unaufhörlich einübten[34]). Ihre durch einen Panzer geschützten Rosse tummelten sie mit der größten Leichtigkeit, denn der Kampf aus der Ferne war ihnen günstiger, als das Handgemenge und sie siegten stets mehr durch List und die Schnelligkeit ihrer Bewegungen, als durch die unwiderstehliche Wucht eines massenhaften Angriffes[35]). Oft verlockten sie den Feind durch verstellte Flucht aus seiner festen Stellung und wenn er ihnen dann mit aufgelösten Gliedern nachsetzte, so machten sie plötzlich wieder Front, oft brachten sie ihn durch Abschneidung der Zufuhr in Verlegenheit und ermüdeten ihn so durch stetes Umschwärmen und Plänkeln, daß er zuletzt erliegen mußte oder sie raubten ihm durch unerwarteten Ueberfall die Möglichkeit eines geordneten Widerstandes. Ihre Schlachtreihe war, um sie beweglicher zu machen, in viele einzelne Haufen getheilt, einen Theil ihrer Truppen behielten sie stets als Reserve im Hinterhalte, wodurch sie bisweilen nach einer anscheinend vollständigen Niederlage noch den Sieg gewannen. War ihnen derselbe zu Theil geworden, so ruhten sie im Verfolgen nicht eher, als bis sie den Gegner nicht bloß völlig geschlagen, sondern vernichtet hatten, denn sie gaben keinen Pardon und erschlugen alle, die Waffen tragen konnten. Es soll sogar der Sage nach der Glaube unter ihnen geherrscht haben, daß alle, die auf Erden durch ihr Schwert gefallen seien, im Himmel ihnen als Sklaven dienen müßten. In allen kriegerischen Tugenden waren sie ausgezeichnet und mannhaft im Kam-

---

[32]) Eb. wird ihre Kampfesweise mit den Bretonen verglichen (s. a. 860) und hinzugefügt: quorum pugna, quo caeteris gentibus inusitata, eo et periculosior; Leonis tactica c. 18 p. 288, 289, 295 αὕτη τοίνυν ἡ πολεμικήτε καὶ συνήθης Τουρκῶν συνάσκησις διαφέρει τῶν Βουλγάρων, ὡς εἴρηται, κατά τινα μικρὰ, τὰ δ'ἄλλα ἐξομοίωται.

[33]) Eb. p. 283, Regino 889, Schreiben an Dado (Martene coll. I, 230): summam virium statuerunt in exercitatione sagittarum; Hrotsvithae gesta Oddonis v. 380: telis consueto more cruentis; Folcuin. gesta abbat. Lobiens. c. 25 (Scr. IV, 65): gentiliciam illis sagittandi artem; Ekkehard. casus S. Galli c. 5 (Scr. II, 105): pharetrati illi pilis minantibus et spiculis asperi. Von ihren Pfeilschüssen spricht auch Liudprand (antap. l. II c. 4, 31); Thietmar. chron. l. II c. 3: Avares pharetratos.

[34]) Leonis tactica a. a. O. p. 290: πολλὴν δὲ μελέτην καὶ ἄσκησιν ποιοῦνται περὶ τὴν ἐπὶ τῶν ἵππων τοξείαν.

[35]) Alles Folgende nach Leos Taktik a. a. O. Ekkehard (p. 106) rühmt von den Ungern, wie sie auf das erste Zeichen ut assueti erant, priusquam quis credat, parati in acie stabant. Liudprand (l. II c. 4) erzählt bei einer Schlacht: Turci, sicut non incallidi, positis ex adverso insidiis fugam simulant, desgl. c. 15 von der Schlacht an der Brenta. Folkuin a. a. O. erzählt von Ungern auf der Flucht, daß principes ipsi uterentur flagellis in eos, qui volebant subsistere u. s. f. wie auch Gerhard (vita S. Oudalrici c. 12, Scr. IV, 401) von den Geißelhieben spricht, mit denen die Ungern zur Belagerung von Augsburg getrieben wurden.

pfe; sie ertrugen willig Hitze und Kälte sowie jegliche Beschwerde. In ihrem Lager herrschte, so unbändig sie auch sonst sein mochten, strenge Mannszucht, durch harte Strafen aufrecht erhalten. Sie verstanden sich vorzüglich auf das Auskundschaften des Feindes, mit besonderer Vorsicht und sehr zahlreich stellten sie die Wachen aus, so daß ihnen durch plötzlichen Ueberfall nicht leicht beizukommen war. Mit ihrer Verschlagenheit, der sie die meisten ihrer Siege zu verdanken hatten, verbanden sie, wie so viele barbarische Völker, große Treulosigkeit und trugen, wenn Habgier sie reizte, nie Bedenken ihre Eide zu brechen. Von allen Künsten des Krieges waren sie nur in der Belagerung fester Plätze ungeübt und wußten diese auf keine andre Weise zu nehmen, als durch Aushungern.

Ein Volk, das so ungewohnte Waffen zu führen verstand, unverhofft hereinbrechend wie ein zerstörendes Ungewitter, erfüllte die Abendländer mit Entsetzen. Schon das Aeußere der Magyaren flößte den Franken Abscheu und Widerwillen ein, so daß sie mehr Unholde als wirkliche Menschen vor sich zu haben glaubten[36]): sie bemerkten an ihnen vornehmlich die häßlichen, wilden Gesichtszüge, die tiefliegenden Augen, das bis auf drei Zöpfe abgeschorene Haupthaar[37]) und den niederen Wuchs. Dazu unscheinbare Waffen und Zelte[38]), der mistönige Klang ihrer unverständlichen Sprache und der barbarische Schlachtruf[39]). Man erzählte schaudernd, daß sie Blut der Erschlagenen tränken und die Herzen der Gefangenen als ein Heilmittel stückweise verzehrten[40]). Wo sie hinkamen in Feindes Lande, brannten sie alle Gebäude nieder, tödteten was wehrhaft war und schleppten nebst unermeßlichem Raube zumal an Vieh Scharen von Weibern und Mädchen unter den rohesten Mis-

[36]) Schreiben an Dado (Dachery spicileg. XII, 355): ubique intolerabilis eos formido praecurrit, deo se per talia hominum monstra ulciscente de nobis; Hrotsvithae gesta Oddonis v. 384: his hominum monstris bellis obstans iteratis; Otto Frisingens. hist. Friderici I c. 31.

[37]) Regino 889, Liudprand. legatio c. 19; Schreiben der bairischen Bischöfe an Johann IX. (Chron. Reichersperg. ed. Gewold app. p. 37): (Sclavi) more eorum (sc. Ungarorum) capita suorum pseudochristianorum penitus detonderunt; Thwrocz chron. Hungar. II, 39 (Schwandtner scr. rer. Hungaric. I, 105): Vatha ... dedicavit se daemoniis radens caput suum et cincinnos dimittens sibi per tres partes ritu paganorum vgl. dazu Cassel magyar. Alterth. S. 160 flg.

[38]) Otto Frising. a. a. O.: omnes pene tetri tetris in armis procedunt. Liudprand (II c. 7) sagt von ihren Zelten redend verächtlich: defixis tentoriolis immo centonibus.

[39]) Eb. II c. 30: ex eorum vero (parte) turpis et diabolica húi húi frequenter auditur.

[40]) Regino 889: gens Hungarorum ferocissima et omni belua crudelior ... corda hominum, quos capiunt, particulatim dividentes veluti pro remedio devorant, Liudprand. antap. I c. 13; Iohann. chron. Venet. (Scr. VII, 22): Ungrorum pagana et crudelissima gens, Abbo von St. Germain (sermo V, Dachery spicil. IX, 109): impiissima Ungrorum natio.

handlungen zur Befriedigung ihrer Wollust mit sich fort[41]). Noch mehrere Jahrhunderte später, als sie durch das Christenthum längst mildere Sitten angenommen, waren Wohnhäuser von Stein unter ihnen äußerst selten und die Mehrzahl wohnte des Winters in elenden Hütten aus Rohr und Holz, im Sommer aber unter Zelten[42]). Während die Griechen an die Stelle des magyarischen Namens den ihnen geläufigeren der Türken setzten, suchte man in Deutschland die neu auftauchenden Ungern mit den von Alters her bekannten Völkern irgendwie zu verknüpfen: die einen brachten sie mit den fast schon verschollenen Avaren, ihren Vorgängern oder mit den Hunen in Verbindung, an welche der Name erinnern konnte, andre gar mit den Saracenen, denen sie an Grausamkeit glichen[43]). Auch den vieldeutigen Scythen wurden sie beigezählt und als die Völker Gog und Magog angesehen, die am Ende der Welt erscheinen, um Tod und Verderben zu spenden. Zur Erklärung des Namens Ungern oder Hungern wurde endlich eine alberne Geschichte erfunden, wonach eine arge Hungersnoth die Auswanderung des Volkes aus den mäotischen Sümpfen herbeigeführt haben sollte[44]).

Nachdem schon im J. 895 eine dunkle Kunde von einer gewaltigen Schlacht zwischen den Ungern und Bulgaren in das ostfränkische Reich gedrungen war, wurde der Kaiser Arnolf im fol-

[41]) Ann. Fuldens. 894: Ungari ... multa miserabilia perpetravere. nam homines et vetulas matronas penitus occidendo iuvenculas tantum ut iumenta pro libidine exercenda secum trahentes etc. vgl. Annalista Saxo 906, Benedicti chronic. c. 29 (Scr. III, 714): Ungarorum gens ... multos populo(s) simul cum femine et quicquid manum capere poterat asportaverunt.

[42]) Otto Frising. hist. Frider. l. I c. 31, daher sagt er von dem Lande, daß es ex barbarae gentis ritu moenium vel aedium rarum ornatum habe. Urtheile aus dem späteren Mittelalter, z. Th. die älteren bestätigend hat v. Karajan gesammelt „über den Leumund der Oestreicher, Böhmen u. Ungern“ (Sitzungsber. der ph. hist. Kl. der Wiener Akad. XLII, 490 flg.).

[43]) Den Namen der Türken, den Leo, Konstantin u. a. anwenden, hat auch Liudprand (antap. II c. 4, 26) den Byzantinern abgelernt. Mit den Avaren bringen die ann. Fuld. und Widukind sie in Verbindung; der letztere sagt (l. I c. 17): Avares, quos modo Ungarios vocamus, gentem belli asperrimam und (c. 18): Avares autem, ut quidam putant, reliquiae erant Hunorum, ebenso Hrotsvitha (gesta Oddonis v. 378): Avaresque ... saevi. In den ann. Sangall. mai. heißen sie durchweg Agarener, wogegen sich schon Ekkehard erklärt (casus S. Galli c. 10 p. 119). Später heißen sie mit gelehrter Erinnerung auch einigemale Parther s. die Urk. Ottos III. für Seeon vom J. 999 (Mabillon anal. vet. p. 433): in confinio Parthicae gentis; Modus Ottinc v. 20, 25, 39, 42, 43 (Müllenhoff u. Scherer Denkm. S. 31).

[44]) Regino benutzt die Nachrichten Justins über die Scythen für die Ungern. Ein Mönch von St. Germain schreibt an Dado: ac primum dicendum, opinionem, quae innumeros tam in vestra quam in nostra regione pervasit frivolam esse ..., qua putatur deo odibilis gens Hungrorum esse Gog et Magog caeteraeque gentes, quae cum iis ascribuntur (s. Hesekiel c. 38, 39), um dann nach der Ueberlieferung der Vorfahren zu erzählen, wie a fame, quam patiebantur Hungri vocati sunt (Dachery spicil. XII, 349—356).

genden Jahre genauer über den Verlauf der ganzen Sache unterrichtet und vertraute daher den Schutz des zunächst bedrohten Pannoniens nebst der Moosburg seinem getreuen Herzoge Brazlavo an, der bisher nur zwischen Sau und Drau geboten hatte[45]). Während er den November und Dezember hindurch in Regensburg verweilte[46]), erschien hier der Bischof Lazarus mit reichen Geschenken als Abgesandter des Kaisers Leo und wurde nach einem Aufenthalte von einigen Tagen von Arnolf ehrenvoll entlassen. Wir glauben kaum zu irren, wenn wir annehmen, daß der deutsche König gerade aus dieser Quelle genaue Belehrung über die Natur und die bisherigen Geschicke des neu auftretenden Volkes empfieng, über welche Niemand besser als der byzantinische Hof unterrichtet sein mußte[47]). Keine geringe Meinung von der Furchtbarkeit der Ungern erregte es, daß sie die streitbaren Bulgaren und ihren tapfern König Simeon so gewaltig in die Enge getrieben, denn wie erzählt wurde, hielten jene zur Abwendung der Gefahr auf den Rath ihres alten Königs Michael, der nach Niederlegung der Krone noch als Mönch unter ihnen lebte, drei Fast- und Bußtage ab und in der letzten siegreichen Schlacht sollte ihr eigener Verlust 20000 Reiter betragen haben.

Die Maßregeln, die Arnolf zur Verteidigung Pannoniens ergriffen, erwiesen sich dem Andrange der ungrischen Raubscharen gegenüber bald als unzureichend und noch unter seiner Regierung mußte dies Grenzland schwere Verwüstungen erleiden, durch welche die Pflanzungen Ludwigs des Deutschen vernichtet und die erneute Herrschaft des Heidenthums in der einstigen Kirchenprovinz des h. Methodius vorbereitet wurde[48]). Noch mehr indessen als nach dieser Seite hin richteten sich die Angriffe der Magyaren gegen das mährische Reich, das durch den Tod seines großen Fürsten

[45]) Ann. Fuld. 896: stipantibus vero isdem in partibus inter se conflictibus imperator Pannoniam cum urbe Paludarum tuendam Brazlowoni duci suo in id tempus commendavit.

[46]) Aus Regensburg ist eine Urk. Arnolfs vom 20. Nov. datiert (Hund metropolis Salisb. ed. Gewold II, 105, B. 1125 mit falschem Ausstellungsorte).

[47]) Schon früher (De Arnulfo p. 173) habe ich vermutet, daß die Nachrichten der ann. Fuld. 896 aus dem Munde des griechischen Gesandten stammen. Es entspricht der griechischen Auffassung, daß Michael die Bulgaren auffordert penitenciam de inlata christianis iniuria zu thun, da Leo (tactica p. 288) in dem gleichen Sinne schreibt, die göttliche Vorsehung habe sich der Ungern bedient, *ἵνα μὴ ἔχοντες Ῥωμαῖοι χριστιανοὶ χριστιανῶν Βουλγάρων αἵμασι χραίνοιντο.* — Ueber S. schreibt Liudprand (l. I c. 5): Simeon fortis bellator Bulgariis praeerat, christianus, sed vicinis Grecis valde inimicus.

[48]) Die ann. Fuld. erwähnen solche Verwüstungen zu den J. 894 und 900, doch könnten leicht in der Zwischenzeit auch deren stattgefunden haben. Es ist fraglich, ob die Aeußerungen der bairischen Bischöfe an Johann IX. (a. a. O.) über die Verwüstung Pannoniens auf diese Jahre oder etwa auf einen früheren Zeitpunkt zu beziehen sind.

Suatopluk viel von seiner früheren Stärke eingebüßt zu haben schien. Unter seinen beiden Söhnen brach bald Entzweiung aus[49]), die das Reich an den Rand des Abgrundes brachte. Vielleicht in Folge davon müssen schon damals innere Unruhen stattgefunden haben, denn als Arnolf zu Oetting das Weihnachtsfest feierte, vernahm er dort eine Botschaft der Mährer, die ihn ersuchten zur Sicherung des zwischen beiden Völkern bestehenden Friedens ihren Verbannten keine Aufnahme zu gewähren[50]). Wir wissen nicht, ob der Kaiser dieser Forderung entsprach, jedenfalls dauerte der Unfriede im mährischen Reiche zum Unheil desselben fort.

Von den vernichtenden Kämpfen zwischen Ungern und Slaven, welche die nächsten Jahre ausfüllten und erst mit der vollständigen Unterwerfung der letzteren endigten, ist keine nähere Kunde auf uns gelangt. Die ungrische Sage weiß jedoch zu berichten, daß Arpad nicht bloß der Waffengewalt sondern auch der List die Herrschaft über das schöne Donauland zu verdanken hatte. Die Magyaren, so heißt es[51]), waren bis an den Fluß Ungh (oder nach Siebenbürgen) gekommen, als sie vernahmen, daß die Donau ein herrliches Wasser sei und daß es kein trefflicheres Land gäbe, als an ihren Ufern. Da schickten sie Kusid, den Sohn

---

[49]) Die ann. Fuld. setzen den offenen Ausbruch der Entzweiung erst in das J. 898, doch bestand ohne Zweifel schon vorher Uneinigkeit vgl. Constantin. de adm. imp. c. 41 *μετὰ δὲ τὴν τελευτὴν τοῦ αὐτοῦ Σφενδοπλόκου ἕνα χρόνον ἐν εἰρήνῃ διατελέσαντες, ἔριδος καὶ στάσεως ἐν αὐτοῖς ἐμπεσούσης καὶ πρὸς ἀλλήλους ἐμφύλιον πόλεμον ποιήσαντες, ἐλθόντες οἱ Τοῦρκοι τούτους παντελῶς ἐξωλόθρευσαν καὶ ἐκράτησαν τὴν αὐτῶν χώραν, εἰς ἣν καὶ ἀρτίως οἰκοῦσι.* Auf die Zeitangabe des Einen Jahres ist allerdings in dieser Nachricht kein großes Gewicht zu legen.

[50]) Ann. Fuld. 897. Unter den exules eorum profugi können nur einzelne Personen, nicht, wie Palacky (Gesch. v. Böhmen I, 154) vermuten wollte, die Böhmen oder Sorben gemeint sein. Die Worte: quos rex ut audivit, absolvit et sine mora abire permisit lassen den Bescheid zweifelhaft.

[51]) In der Chronik des Simon von Keza (Endlicher mon. Arpad. p. 101) wird auf diese Sage nur hingedeutet, ausführlich erzählt ist sie in der rythmischen Ungernchronik aus der Zeit Ludwigs I. (Engel monum. Ungrica p. 17) und in der Chronik des Thwrocz l. II c. 3 (Schwandtner scr. rer. Hungaric. I, 82) vgl. dazu J. Grimm d. Rechtsalterth. S. 121. Bei dem angeblichen Notar Belas c. 16, 19, 20, 38, 39 ist die Geschichte auf abgeschmackte Weise breitgetreten. Ich bemerke beiläufig, daß der letztere nicht einmal für die spätere ungrische Sage, geschweige denn für die Geschichte als eine irgendwie brauchbare Quelle anzusehen ist, da er außer seiner grenzenlosen Unwissenheit und seinem lächerlichen Nationalstolze auch zu den absichtlichen Fälschern und Verdrehern der Geschichte gezählt werden muß. Ich habe mich daher schon früher (De Arnulfo p. 79, 180) im Anschlusse an Schlözer (Nestors russ. Annalen III, 122—138) gegen jede Benutzung des „Fabelmannes“ erklärt, worin mir neuerdings u. a. Ed. Rösler (zur Kritik älterer ungar. Gesch., Troppauer Gymnasialprogramm für 1860) beigestimmt hat. Büdinger (östr. Gesch. I, 213 A. 5) will in einer Abhandlung nachweisen, daß das Werk des Notars „eine Schrift von bestimmter politischer Absicht aus dem Ende des 13. Jahrhunderts“ sei, wie ohngefähr schon Schlözer (a. a. O. S. 133) vermutet hatte.

Kunds als Späher voraus, um die Lage und Beschaffenheit des Landes zu erforschen. Er fand es sehr schön und anmutig und brachte auch dem Herzog Suatopluk, der darüber herrschte, Nachricht von der Ankunft der Ungern und ihren Gruß. Der aber freute sich sehr, weil er meinte, die Ungern kämen als friedliche Bauern, die ihm die Aecker bauen würden und gestattete dem Boten auf seine Bitte gern Wasser und Erde zur Probe mitzunehmen. Da brachte Kusid seinen Landsleuten eine Flasche mit Donauwasser zurück, eine Erdscholle und ein Rasenstück. Unter diesen sinnbildlichen Zeichen ergriff Arpad, indem er sein Horn mit dem Wasser füllte und es austrank, stracks von dem Lande Besitz, dem Herzog Suatopluk aber schickte er zur Entgegnung durch Kusid einen Schimmel mit vergoldetem Sattel und goldenem Zaumzeug, wofür er Erde, Gras und Wasser von ihm forderte. Lächelnd erwiderte der Herzog: Sie mögen für dies Geschenk nehmen, soviel sie wollen.

Sogleich rückte nun Arpad mit den andern sieben Stammeshäuptern in Ungern ein und entbot Suatopluk, er möge alsbald räumen, was nicht mehr sein gehöre, denn mit dem Rosse hätten sie das Land, mit dem Zaume das Gras, mit dem Sattel das Wasser von ihm gekauft. Da rief der Herzog höhnend: Das Roß werde ich mit einer Keule todtschlagen, den Zaum auf die Wiese werfen und den Sattel ins Wasser. Der Bote erwiderte: „Was sollen wir davon für Schaden haben, Herr? Mit dem Rosse wirst du unsere Hunde füttern, den goldenen Zaum werden unsere Leute beim Mähen auf der Wiese finden, den Sattel die Fischer aus der Donau holen. Wenn sie also Land, Gras und Wasser haben, so haben sie alles.“ Da erschrack Suatopluk, suchte Beistand bei allen seinen Freunden und zog den Ungern mit Heeresmacht entgegen. Auf einem schönen Anger an der Donau kam es am frühen Morgen zur Schlacht: der Herzog wurde besiegt und floh und so lange verfolgten ihn die Ungern, bis er sich vor ihnen in die Fluten der Donau stürzte und ertrank. — So nahmen die Magyaren das Land noch kraft eines besonderen Rechtstitels in Besitz, welches ihnen als den Nachkommen der Hunen Attilas ohnehin als Erbtheil zufallen mußte. Trefflich schildert jenes Lied die natürliche Schlauheit des ungrischen Volkes, welches den einfältigen Slaven überlistet, die Berufung auf Attila aber verdankt nicht echter Ueberlieferung, sondern der durch die Deutschen vermittelten gelehrten Kenntnis ihren Ursprung. —

Von Oetting, woselbst jene mährische Gesandtschaft eintraf, begab sich Arnolf im Januar 897 in seine Hauptstadt Regensburg und hielt dort eine allgemeine Reichsversammlung ab[52]). Wir

[52]) Ann. Fuld. 897: habito generali conventu urbe Regia. Urk. von dort sind vom 28. und 30. Januar datiert B. 1128—1130. In der ersten heißt es, daß Huki Fuldensis abbas venit una cum Chunrado dilecto co-

finden unter den hier anwesenden Großen den Erzbischof Hatto von Mainz, die Bischöfe Salomon von Konstanz und Adalbero von Augsburg, den Abt Huggi von Fulda, die Grafen Otto von Sachsen, Konrad u. s. f., die mit verschiedenen Anliegen alle dem Könige nahten. In Folge von vielfachen Klagen, die von Bischöfen wie von Laien über das von Ludwig dem Deutschen einst hochbegünstigte und reich beschenkte Kloster Lorsch laut geworden, als sei durch die Nachlässigkeit seiner Vorsteher die Zucht und der regelrechte Wandel dort gänzlich in Abnahme gekommen, hatte Arnolf vor zwei Jahren, wahrscheinlich auf dem Konzile von Trebur, die Leitung desselben zur Besserung dieser Misstände dem sehr geliebten Bischof Adalbero übertragen [53]). Freiwillig legte derselbe, ohne Rücksicht auf die weltlichen Vortheile, die ihm daraus erwuchsen, nach Erfüllung seiner Aufgabe diese Würde jetzt nieder, um den Lorscher Mönchen das ihnen entzogene Recht der freien Abtswahl zurück zu geben. Auf seine Bitte bestätigte daher der Kaiser den Lorschern dies Recht, denen Adalbero überdies bald darauf noch eine Besitzung zu Gernsheim schenkte. — Den Rest des Winters verlebte Arnolf seines fortdauernden Siechthums halber an stillen Orten in Baiern [54]), das um eben diese Zeit von einer furchtbaren Hungersnoth heimgesucht wurde.

Gegen Ende Mai begab sich der Kaiser in Begleitung seiner Gemahlin nach Worms, um dort in einer sehr zahlreichen Versammlung, in der wir die Erzbischöfe Hatto und Ratbod, die Bischöfe Adalbero und Thietelah (von Worms), die Grafen Konrad, Walaho, Gebhard u. a. bemerken, zu Gericht zu sitzen und mancherlei Händel zu schlichten [55]). Nach längerer Trennung traf Ar-

---

mite nostro per interventum Hattonis archiepiscopi atque Ottonis fidelis marchionis nostri und um Bestätigung eines Tauschvertrages gebeten habe (Dronke cod. Fuldens. p. 294 nach einer fehlerhaften Abschrift), in der zweiten bittet Salomon von Konstanz ebenfalls um Bestätigung eines Tauschvertrages cum quodam venerabili viro Othere nuncupato (Neugart I, 509).

[53]) Cod. Lauresham. I, 95: ante biennium et etiam saepe antea a fidelibus episcopis nostris necnon ab religiosis laicis ... auribus serenitatis nostrae creberrima detractione delatum est, qualiter in monasterio Lauresham dicto ... conversatio monachicae vitae ob pastorum, qui eidem congregationi praeesse debuerant, incuriam atque desidiam irrita foret ... varias opiniones de eis proferentes ac omnigena pravitate eos accusantes ... at nos huiusmodi crebris sermonum verberibus attriti, omnium fidelium nostrorum consultu Adalberoni venerabili ac dilectissimo episcopo nostro, quem ad omne bonum promptum esse scimus et cognoscimus, idem monasterium gubernandum delegavimus, weiterhin cuius piis atque paternis admonitionibus libenter assensum praebuimus praesensque praeceptum inde conscribi iussimus etc.

[54]) Ann. Fuld. 897: ipse vero ... propter gravitudinem corporis in Baioaria secretis locis hiemare disposuit. Die nächste Urk. Arnolfs ist am 5. Mai ad curtem Felda ausgestellt (B. 1129) d. h. zu Velden an der Vils südlich von Landshut.

[55]) Ann. Fuld. 897: exeunte autem mense Madio habitum est pla-

nolf hier wieder mit seinem Sohne Zwentibald zusammen, der nach dem Rathe des Vaters einige Wochen zuvor um die Hand Odas, der Tochter des Grafen Otto angehalten und nach leicht erlangtem Jaworte seine Vermählung bereits mit ihr gefeiert hatte, um so durch die Verbindung mit einem angesehenen Hause seine Macht zu befestigen[56]). Was im übrigen der Kaiser von seinem Sohne, in dessen Begleitung vermutlich sein Kanzler Ratbod und der Graf Liutfrid erschienen waren, sah und hörte, lautete minder erfreulich.

Mit der hohen Geistlichkeit seines Reiches zwar, die viele Gunstbeweise erhielt, stand Zwentibald noch in gutem Einvernehmen, mit den weltlichen Großen aber, denen gegenüber der junge König durch sein mislungenes Unternehmen auf das Westreich sicherlich an Ansehen eingebüßt hatte, begannen bereits jene Streitigkeiten, die seine Stellung zuletzt völlig unhaltbar machen sollten. Gegen Ende des Jahres 896 entzog nämlich Zwentibald, wir wissen nicht durch welche Anklagen bewogen, vier der mächtigsten Grafen seines Reiches ihre Lehen und Aemter[57]). Dies waren Stephan, einst ein Gefährte des Usurpators Hugo, die Brüder Gerard und Matfrid in dem Bliesgau und Mosellande begütert,

---

citum urbe Wormacia; Regino 897: eodem anno Arnulfus Wormatiam venit ibique placitum tenuit. Urk. Arnolfs sind zu Worms erst 8. und 9. Juni ausgestellt (Schannat hist. Wormat. 10, 11, B. 1130, 1131), die erstere interventu Adalperonis dilecti episcopi et magni divinae legis amatoris atque Ruothardi fidelis ministerialis nostri, die zweite praedictorum consultu fidelium nostrorum et maxime Hathonis archiepiscopi Moguntiensis consensu, allein schon vom 20. Mai ist jene Schenkung Adalberos an Lorsch datiert, in der es heißt: hanc traditoriam chartam ... episcopis et multis comitibus et innumerabilibus viris scientibus et evidentibus ... fierri iussi und am Schlusse: consiliatum et ordinatum publice in civitate Wormatia Hathone et Ratbodone archiepiscopis et Thietelaho episcopo praesentibus, insuper Cunrado, Walahone, Gebehardo, Ruperto, Liutfrido, Burkardo, Dragebodo comitibus, Rudhardo domus regalis procuratori videntibus et innumerabilibus viris audientibus cum Liuthero abbate etc. (Cod. Lauresh. I, 97—100).

[56]) Regino 897. Die Hochzeit wurde nach Ostern (27. März) gefeiert; zuerst am 13. Juni 897 ordnete Z. Gebete an für das Heil generosissimae coniugis nostrae Uodae und am 4. Juni 898 heißt es in einer Urk. für das Nonnenkloster Essen, daß dilectissima coniunx nostra Oota et venerabilis Otto comes nostram adierunt clementiam (Beyer mittelrh. Urkb. I, 207, Lacomblet niederrh. Urkb. I, 43, B. 1162, 1169). Leibniz (ann. imp. II, 166) und Eckhart (comm. II, 773) hielten den Grafen Otto für den Sohn Liudolfs, da sie auf diese Oda eine Notiz des Necrol. Hildesh. (Leibnitii scr. Brunsvic. I, 765) VI Non. Iul. Oda regina soror nostra bezogen, Wittich (Entstehung des Herzogth. Lothringen S. 53) erklärt sich dagegen, indem er aus der Urk. für Werden ob interventum ... Ottonis fidelis nostri (Lacomblet I, 43, B. 1167) folgert, daß es einen lothringischen Grafen Otto gegeben haben müsse. Eine sichere Entscheidung ist derzeit nicht möglich.

[57]) Regino erzählt dies Ereignis zum J. 897, bei seiner häufigen Ungenauigkeit in der Zeitrechnung aber ist mehr Gewicht auf die Worte der ann. Fuldens. 897 zu legen: quibusdam primoribus suis, qui priori anno ab eo honoribus privati sunt cum eo pacificatis etc.

die sich zugleich mit jenem zwei Jahre früher eine schimpfliche Bestrafung wegen Landfriedensbruches zugezogen und endlich Odaker, vielleicht Graf vom Ardennengau, kurz zuvor noch ein einflußreicher Vermittler der königlichen Gunst[58]). Alle Besitzungen, die sie zu Lehen gehabt, wurden ihnen jetzt abgesprochen, der König zog mit einem Heere nach Trier, wahrscheinlich um jeden etwaigen Widerstand der abgesetzten Grafen sogleich nieder zu schlagen und vertheilte ihre Lehen an andre, indem er sich selbst die Klöster Oeren zu Trier, das er früher dem Erzbischof Ratbod urkundlich bestätigt, und St. Peter zu Metz vorbehielt.

Dieses vorschnelle und gewaltsame Verfahren mußte mehr zur Erschütterung als zur Befestigung des jungen lothringischen Königthums gereichen. Der Kaiser, der sonst gegen Ungetreue und Hochverräther keine Nachsicht kannte, war in diesem Falle selbst auf Milde und Versöhnung bedacht: er bewog daher den heftigen und jähzornigen Sohn, den er in Worms liebevoll begrüßte, die Hand zur Ausgleichung zu bieten und die drei Grafen Stephan, Gerard und Matfrid unter Zurückgabe ihrer Lehen zu Gnaden wieder aufzunehmen, wie er auch in mancher andern wichtigen Angelegenheit ihn durch seinen väterlichen Rath unterstützte und leitete. Für diesmal schien der wankende Thron Zwentibalds von neuem gesichert, aber bald standen schlimmere Stürme bevor. Auch jetzt hatte sich die innere Wunde nicht völlig geschlossen, da der mächtige Graf Odaker unversöhnt in seiner feindlichen Haltung verharrte.

Nachdem Arnolf in Worms seinen Erstgeborenen entlassen, in dessen Angelegenheiten er hier zum letztenmale unmittelbar eingriff, zog er im Juli nach der Pfalz Trebur, um abermals eine allgemeine Reichsversammlung abzuhalten[59]). Von den dort

[58]) Ueber die andern Grafen vgl. oben S. 387 und über das Kl. Oeren (Orrea) die Urk Zwentibalds vom 25. Okt. 895 nach dem Willen seines Vaters ausgestellt (Beyer I, 203, B. 1153). Ob Stefan Graf in pago Calmenzgowe (an der oberen Mosel, Mortagne und Meurthe, Bouquet IX, 365) oder in pago Piatahgewe (Bedagau, Beyer I, 205) war, muß dahingestellt bleiben. Am 22. Jan. 896 gab Zwent. dem Kl. St. Denis einige in seinem Reiche gelegenen Besitzungen ob interventum fidelium nostrorum Odoacri et Raginharii zurück, am 28. Jan. erklärte er, daß dilectissimi primates nostri Radbodus ... et Odacrus insignis comes ihn gebeten hätten, einen Trierer Wald in einen gebannten Forst zu verwandeln, quorum petitionibus ob maximam fidelitatem, quam nobis exhibent, contradicere nequaquam poteramus (Bouquet IX, 377; Beyer I, 205, B. 1156, 1157). Nach der letzteren Urk. vermutete Hontheim (Hist. Trevir. I, 232), daß O. Graf von Trier gewesen. In einer ungedr. Urk. für Echternach vom J. 901 gibt ein Ehepaar alodem nostrum nuncupatum Hettilbrucka, quod nobis ex serenissimi Arnulfi regis largitione advenerat in pago Ardinnense in comitatu Odari (Cod. Eptern. f. 95). Seine fortgesetzte Empörung erhellt daraus, daß sich im J. 898 Reginar mit ihm verband.

[59]) Ann. Fuld. 897: curte vero Triburia habito generali conventu. Von dort ist eine Urk. vom 14. Juli für einen gewissen Diotker datiert inter-

Anwesenden kennen wir nur die bairischen Grafen Iring und Sigihard, beide dem Könige persönlich nahe stehend. Wahrscheinlich auf diesen Reichstag darf man die vereinzelte, aber durchaus glaubwürdige Nachricht beziehen[60]), daß der Kaiser „Niemand vertrauend" wiederum für sich und für seinen kleinen, damals vierjährigen, Sohn Ludwig von allen den Eid der Treue gefordert habe. Arnolf also fürchtete innere Feinde, die dem hilflosen Kinde die Nachfolge streitig machen könnten und lagen nicht solche Besorgnisse nahe genug, da ihn ebenso wie einst seinen Vater ein unheilbares Leiden zur Hälfte entwaffnet hatte? Wie es scheint ward Ludwig schon hier zum Könige gewählt und eingesetzt, damit dadurch die Thronfolge um so mehr sicher gestellt würde.

Von Trebur aus besuchte Arnolf Ende Juli das benachbarte Frankfurt. Dem Bischofe Thietelah von Worms, einem um Vermehrung des Besitzstandes seiner Kirche, der er vierzig Jahre hindurch vorstand, eifrig bemühten Manne, machte er hier, wie zum Theile schon früher in Worms auf Fürbitte Hattos und Adalberos mehrere königliche Güter und Einkünfte sowie eine Anzahl von Hörigen theils für seine Kathedrale, theils für die Cyriakkirche in Neuhausen zum Geschenke[61]). Von den rheinischen Gegenden für immer scheidend gieng der Kaiser dann zum Gebete nach Fulda[62]). Schwere und trübe Gedanken mochten seine Seele bewegen, wenn seine zunehmende Krankheit ihm die letzten Schicksale seines durch Körperschwäche unfähig gewordenen entthronten Oheims ins Gedächtnis rief und zugleich die zarte unbeschützte Jugend des einzigen Thronerben ihm vor Augen trat. In einem Augenblicke

---

cedentibus qnoqne Sigihardo et Iringo venerabilibus nostris comitibns (Mon. Boica XXVIII[a], 114, B. 1132).

[60]) Herimann. Aug. chron. 897: Arnulfns imperator, babito conventu, nulli fidens sacramentum fidelitatis denuo sibi et filio parvulo Ludowico a cunctis exegit. Vielleicht darf man aus einer damals stattgehabten Königswahl die Eingangsverse eines auf Befehl Salomons von Konstanz geschriebenen Psalteriums erklären: Nongentis pariterque novem labentibus annis | ex illo, carnem quo sumpsit tempore Christns, | filins Arnulfi regis cum sceptra teneret | annis bissenis invenis Hludowicns herilis etc. (Delitzsch Commentar über den Psalter II, 454). Die 12 Jahre, in denen unmöglich ein Irrthum stecken kann, führen von 909 rückwärts auf das J. 897.

[61]) Für den Bischof von Worms sind 2 Urk. aus Worms und 3 aus Frankfurt ausgestellt, die letzteren sämtlich vom 7. August (B. 1133—1135, in der ersten ist das bei Muratori falsch angegebene Datum zu berichtigen s. Mone Anzeiger Jahrg. 1838 S. 441, Sitzungsber. der ph. hist. Kl. der Wiener Akad. XIV, 164, Pertz Archiv XI, 477), die letzte ist ausgestellt per interventum Hathonis et Adelperonis venerabilium episcoporum et Rodbardi fidelis ministerialis nostri (Schannat bist. Wormatiens. p. 13). Vgl. über Theotelah die ann. Wormatiens. (Scr. XVII, 37): Descriptio urbarii Wormatiensis civitatis facta a Tbeodolacho episcopo Wormatiensi anno 873, qui obiit in Neuweiller anno 914 Kal. Septembris episcopatus anno quadragesimo primo, über jene Urk. Arnold Verfgesch. der deutschen Freistädte I, 21.

[62]) Ann. Fuldens. 897: Fuldense coenobium causa orationis petiit, wie Ludwig der Deutsche zu Ostern 874.

drohten die Zügel seinen Händen zu entgleiten, in welchem Gefahren von allen Seiten das Reich umlagerten und die Nachwehen jener Umwälzung des Jahres 887 in den inneren Verhältnissen noch keineswegs überwunden waren. Wie leicht konnte ihn das gleiche Loos treffen, dem weiland sein Vater und sein Vaterbruder erlegen waren. Am wenigsten durfte er den ältesten Sohn als eine Stütze seiner eigenen oder der künftigen Herrschaft Ludwigs betrachten, da er von Schwierigkeiten umgeben selbst vielmehr des Beistandes seiner Familie und eines äußeren Rückhaltes bedurfte.

Von dem Stifte Fulda trat Arnolf durch Franken den Rückweg nach Baiern an. In Salz, wo er vor zwei Jahren die abodritischen Gesandten empfangen, erschienen jetzt Boten des sorbischen Volkes, die ihm mit Geschenken huldigten[63]). Es bleibt fraglich, ob die Sorben in den letzten siebzehn Jahren, in denen wir von keinem Kriege an dieser Grenze hören, stets im Gehorsame gegen das fränkische Reich beharrten, oder ob sie etwa, wie andre slavische Stämme in der Zwischenzeit gleichfalls dem Herzoge Suatopluk sich vorübergehend unterworfen hatten und nun erst bei dem Sinken der mährischen Macht in das alte Verhältnis zurücktraten. Jedenfalls wurde dies, wenn es früher nicht bestand, jetzt vollständig wiederhergestellt.

Als der Kaiser hierauf nach Regensburg zurückgekehrt war, trafen dort die Häupter des czechischen Volkes ein, die schon vor zwei Jahren von Mähren abfallend die alte Verbindung mit dem ostfränkischen Reiche erneuert hatten, um das damals abgeschlossene Bündnis noch mehr zu befestigen[64]). Sie überreichten königliche Geschenke und erbaten die Hilfe des Kaisers und seiner Getreuen gegen ihre früheren Bundesgenossen, die Mährer, von denen sie häufig auf feindlichen Anfällen schwer bedrückt wurden. Arnolf nahm die czechischen Herzoge sehr huldvoll auf, gab ihnen die besten Versicherungen kräftiger Unterstützung und entließ sie freudig und durch Gegengeschenke geehrt in ihr Land. Um seinen Versprechungen die That nachfolgen zu lassen, hielt er sich während der übrigen Herbstzeit in den Gegenden nördlich von der Donau und am Regen nahe der böhmischen Grenze auf, damit er bei einem neuen Angriffe der Mährer sogleich mit seinen Getreuen die erbetene Hilfe leisten könne. Der erwartete Angriff fand jedoch, ohne Zwei-

---

[63]) Fb.: quo peracto ad curtem, quae dicitur Salz pervenit advenientibus ibi ad eum cum muneribus Soraborum missis, quos, ut audivit absolvit et abire permisit. Die letzten Feldzüge gegen die Sorben fanden in den J. 869, 874, 880 statt.

[64]) Fb. his ita expletis contigit, ut gentis Behemitarum duces ad imperatorem Arnulfum, qui tunc temporis civitate Radaspona moratus est, devenerunt ... sua suorumque suffragia contra eorum inimicos Marahabitas scilicet postulantes, a quibus saepe ... durissime conprimebantur etc. Bemerkenswerth ist die Mehrzahl der böhmischen Herzoge, die Einherrschaft Spitihnievs war also noch keineswegs vollendet.

sel in Folge der inneren Wirren, in welche das mährische Reich gerathen war, für diesmal nicht statt und bald konnten die Böhmen ihren von allen Seiten gefährdeten Nachbarn Gleiches mit Gleichem vergelten.

VIII.

Mit der im Herbste des Jahres 897 erfolgten Rückkehr Arnolfs nach Regensburg beginnt der letzte Abschnitt seiner Regierung, in welchem er unausgesetzt in Baiern weilend den Angelegenheiten dieses Landes allein seine Thätigkeit noch zu widmen scheint. Die Zunahme seiner körperlichen Leiden und die Absicht in dem Kernlande vor allem die Nachfolge des kleinen Ludwig möglichst zu sichern, muß diese Beschränkung erklären, da unter andern Umständen zumal die lothringischen Händel und die Eroberungsgelüste des westfränkischen Königs den Kaiser sicherlich an die entgegengesetzte Grenze seines Reiches gerufen haben würden. Wie Arnolf aber Italien schon längst seiner eigenen Bestimmung überlassen hatte, so mußte er unter dem schweren Drucke eines unabwendbaren Verhängnisses jetzt auch in den übrigen Reichstheilen außer Baiern die Dinge gehen lassen, wie sie mochten und konnten und seinem selbstthätigen Eingreifen ein Ziel setzen. Selbst in Baiern aber regte sich Eigenmächtigkeit und Empörung gegen den Willen des hinsiechenden Fürsten.

Nachdem die seit dem Tode Suatopluks begründete Ordnung der Dinge in Mähren und der mit dem ostfränkischen Reiche gleichzeitig abgeschlossene Friede vier Jahre hindurch äußerlich wenigstens bestanden hatte, brach im J. 898 zwischen den beiden Brüdern Moimir und Suatopluk und ihrem Anhange so bittere Feindschaft aus, daß jeder von ihnen nicht nur nach der Alleinherrschaft, sondern wenn er des Bruders habhaft werden konnte, sogar nach dem Leben des andern trachtete. Der jüngere und schwächere der Söhne Suatopluks rief bald den Beistand des in Regensburg verweilenden Kaisers [1]) an: auf Arnolfs Befehl verwüsteten die Markgrafen Liutbold und Aribo an der Spitze eines bairischen Heeres das Gebiet Moimirs mit Feuer und Schwert und erschlugen viele seiner Leute.

Nach ihrer Rückkehr von diesem Zuge, so meldet unser Berichterstatter [2]), ward erwiesen, daß Aribo selbst, auf Antrieb sei-

---

[1]) Aus Regensburg sind Urk. Arnolfs vom 15. und 18. Mai 898 ausgestellt (B. 1136, 1137).

[2]) Ann. Fuld. 898: istius ergo dissensionis et disruptae pacis inter

nes Sohnes Isanrich, desselben ohne Zweifel, der sich einst vor etwa sechzehn Jahren als Geisel bei Suatopluk aufgehalten, aus irgend welchen eigennützigen Absichten jenen unheilvollen Bruderzwist angestiftet und den Kaiser ebenfalls zuerst zur Einmischung in den Streit angeregt hatte. Daß er hiefür zur Strafe seines Amtes entsetzt wurde und daß, als er es nach einiger Zeit zurück erhalten, Isanrich sich bewogen fand, die Fahne des Aufruhrs zu erheben, zeigt deutlich, wie wenig Arnolf den Bruch des mit Mähren geschlossenen Friedens billigte, der allein Schutz gegen die Ungern gewähren konnte. Nicht ihm ist die Schuld an dem für beide Reiche verderblichen Kriege beizumessen, sondern den ehrgeizigen Plänen ränkevoller Vassallen, welchen der von körperlichen Leiden gebeugte Kaiser nicht mehr wie ehedem einen Zaum anlegen konnte. Als einmal die lange geschürte Glut zu offenen Flammen ausgebrochen war, nahmen die Ereignisse unaufhaltsam ihren Lauf und in blindem Hasse wüteten die bairischen Edeln gegen die auch von andrer Seite angegriffenen Mährer, bis sie dem gemeinsamen Feinde den nicht mehr zu verschließenden Weg in das Herz ihres Vaterlandes gebahnt hatten.

Von Regensburg begab sich Arnolf im Sommer nach Ranshofen am Inn, einem seiner Lieblingsorte, wo er auch eine Kapelle hatte erbauen lassen, im Oktober kehrte er nach Regensburg zurück [3]), um endlich Weihnachten wieder in Ranshofen zu feiern. Hier wurde ihm einer seiner persönlichen Gegner in Baiern gefangen vorgeführt, jener Graf Erambert vom Isengau, weiland einer der vornehmsten unter den bairischen Großen, der im J. 879 der Nachfolge Arnolfs in der Herrschaft seines Vaters widerstrebt und durch seinen Widerstand die Entsetzung Karlmanns durch Ludwig den jüngeren herbeigeführt hatte. Daß er unter Arnolfs Regierung nicht im Besitze seiner Aemter und Würden sich behaupten könne, war hiernach vorauszusehen: er wurde bei irgend einem Anlasse als Empörer verjagt und gieng in die Verbannung [4]). Mit

---

supranominatos fratres Arbo comes, Isanrico filio suo instigante, instructor delatorque atque proditor esse convincitur et ob hanc causam praefectura sua caruit ad tempus, quam non multo post accepit. In den ann. Fuld. 884 heißt es, daß Aribo filium suum obsidem fieri non tardavit, doch wird kein Name genannt.

[3]) Vom 19., 31. August, 4. Sept. sind Urk. Arnolfs aus Ranshofen (Rantesdorf) datiert (die erste mindestens interpoliert s. Duemmler de Arnulfo p. 187), vom 11. Sept. aus ... hova d. i. wahrscheinlich Mattighofen oder Attersee (B. 1138—1140, Mon. Boica XXXI[a], 153; B. 1141, obwol von Waitz Verfg. IV, 108 noch benutzt, ist unzweifelhaft unecht s. Dümmler Piligrim v. Passau S. 178); vom 13., 14., 17., 18. Okt. sowie vom 13. und 15. Dez. aus Regensburg (B. 1142—1147).

[4]) Die Nachricht der ann. Fuld. 898: deinceps autem quidam, qui erat quondam princeps cum ceteris primoribus gentis Bawariorum nomine Erimpertus, qui postea rebellis regi suisque extitit läßt es durchaus zweifelhaft, bei welcher Gelegenheit sich Erambert wider den König und das bairische

weiteren feindseligen Entwürfen beschäftigt, ward er von einem dem Kaiser treuen slavischen Fürsten Priznolav vielleicht in Böhmen festgenommen und durch den wackeren Grafen Liutbold zu Weihnachten 898 in Ranshofen mit Ketten und andern Banden belastet Arnolf überliefert, um wahrscheinlich sein Leben in ewiger Gefangenschaft zu beschließen. Nach diesem düsteren Zwischenfalle, durch welchen der Kaiser eines gefährlichen Widersachers entledigt wurde, unternahmen die bairischen Großen mit ihren Leuten noch im Laufe des Winters einen gewinnreichen Raub- und Plünderungszug in das mährische Gebiet[5]).

Auf den traurigen Ausgang des Grafen-Erambert, dessen Ende völlig in Dunkel gehüllt ist, folgte bald ein für die königliche Familie noch traurigeres Ereignis, über dessen wirklichen Sachverhalt uns jedoch, wie über so manche andere Vorfälle dieser Zeit jede nähere Aufklärung fehlt. Wider die Königin Ota oder Uta, Arnolfs Gemahlin ward die furchtbare Anklage laut, daß sie sich durch Ausübung des Ehebruches mit andern Männern entehrt habe. Auf einer Reichsversammlung zu Regensburg[6]) im Juni 899 wurde vor einem Gerichtshofe der Großen über diesen schmählichen Fall verhandelt und die Unschuld der Kaiserin hergestellt, indem zwei und siebzig vornehme Männer für sie einen Reinigungseid leisteten. Ueber Grund oder Ungrund jener Beschuldigung läßt sich natürlich nichts mehr entscheiden: ein sehr inniges Verhältnis zwischen Ar-

---

Volk aufgelehnt, doch ist seine Identität mit dem oben S. 120 erwähnten Grafen E., wie schon v. Gagern (vita Arnulfi p. 121) erkannte, schwerlich zu bezweifeln. Ebenso wissen wir nichts mit dem Priznolawo quodam Sclavo duce anzufangen. 'Zuerst am 2. Juli 899 findet sich im Isengau ein Graf Gumpold (Mon. Boica XXXI^a, 158 u. s. f.).

[5]) Ann. Fuld. 898: tempore hiemali.

[6]) In Regensburg sind Urk. Arnolfs vom 5. und 8. Febr. und 1. Mai 899 ausgestellt (B. 1148, 1149; Schultes histor. Schriften 2. Abth. S. 334). Nach den ann. Fuld. fand das Gericht über Ota mense Iunio statt und zwar zur Zeit eines magni et commnnis civitate Regia placiti. Die etwas unklaren Ausdrücke der ann. Fuld. übersetzt Herimann von Reichenau a. 899 (Scr. V, 111) in die verständlicheren Worte: Outa regina adulterii crimine cum quibusdam viris infamata LXXII principum iuramento Ratisponae in conventu absoluta est. Ota kommt seit dem 12. Mai 888 (B. 1037) als Arnolfs Gemahlin vor; zuerst am 3. Mai 889 machte A. dem Kl. Kremsmünster auf ihre Fürbitte eine Schenkung (B. 1052 s. oben S. 331 A. 9), dem Kl. Gandersheim ohne Datum desgl. (Leibnitii scr. rer. Brunsvicens. II, 373), dem Geistlichen Ritbard ohne Datum als Kaiser cum consensu et voluntate dilectae coniugis nostre Odae (Mon. Boica XXXI^a, 155), am 9. Juni 897 an das Bisthum Worms interventu dilectissimae meae coniugis Utae (Schannat hist. Wormat. p. 10, B. 1131), 15. Dez. 898 Zollfreiheit der Freisinger Salzfuhren petitionibus ... Odae dilectae coniugis nostrae (Meichelbeck I, 147, B. 1147); 2. Juli 899 schenkte Arn. der Oettinger Kapelle per interventum dilecte coniugis nostrae Otae quasdam res pertinentes ad curtem, quae vocatur Velda, quam iam olim cum nostrae auctoritatis praecepto praefate amabili coniugi nostrae in proprium perdonatam habuimus (Mon. Boica XXXI^a, 158).

nolf und seiner Gemahlin mag wohl nie obgewaltet haben, da der Kaiser von früherer Zeit her mit Beischläferinnen Umgang pflog und den erwachsenen Sprößlingen aus solchen Verbindungen, wie es scheint in seinem Herzen den Vorrang vor der schwächlichen Frucht seiner Ehe einräumte. Immerhin sind einige Urkunden Arnolfs in herkömmlicher Weise auf Fürbitte oder Verwendung seiner geliebten Gattin Ota ausgestellt, die letzte vom 2. Juli 899 nach der erwähnten Freisprechung. Da der Sohn der angeschuldigten Fürstin in der Regierung nachfolgen sollte, so war es jedenfalls als ein Glück für den Thron anzusehen, daß auf der Verbindung, der er seinen Ursprung verdankte, kein Makel haften blieb.

Während desselben Reichstages, auf welchem Ota vor Gericht gestellt wurde, verschlimmerte sich die Lähmung des Kaisers durch einen neuen Schlaganfall. Alsbald tauchte das Gerücht auf, einige Männer und Frauen hätten demselben ein Gift eingeflößt, durch welches der Körper gelähmt würde. Gegen mehrere Personen wurde deshalb eine Untersuchung eingeleitet: der eine Graman ward, wie es heißt, des Hochverrathes in der That überführt und zu Oetting enthauptet, der andre der Angeklagten entzog sich dem gleichen Loose durch die Flucht und verbarg sich in Italien. Eine Frau Namens Rudburg endlich, die als eigentliche Urheberin des gegen das Leben Arnolfs gerichteten Verbrechens angeblich erwiesen wurde, erlitt zu Aibling[7]) den Tod am Galgen. Wie weit hier ein Wahn obgeherrscht, wie weit jene Verurtheilungen aus gerechten Gründen erfolgten, muß gänzlich dahingestellt bleiben. Trüb und düster genug mag es um diese Zeit an dem Hofe des unheilbar kranken, von Argwohn und finsteren Befürchtungen gequälten Kaisers ausgesehen haben!

Der mährische Krieg nahm auch in diesem Sommer durch einen neuen Einfall der bairischen Großen seinen Fortgang, auf welchem sie, wie auf den früheren ohne jeden Widerstand sich plündernd im Lande ausbreiteten. Suatopluk hatte trotz ihres Beistandes in dem Bürgerkriege den kürzeren gezogen und ward von seinem Bruder wie ein Gefangener in einer Burg eingeschlossen. Die Baiern nahmen diese Burg, die sie in Brand steckten und führten Suatopluk nebst seinen Leuten aus Mitleid in ihr Land mit sich fort[8]). Moimir, der kräftigere der beiden Brüder behauptete

[7]) Ann. Fuld. 899: Eipilinga in patibulo suspensa interiit. Die von Pertz (Scr. I, 414 n. 27) vorgeschlagene Aenderung Webilingua ist völlig unberechtigt, da der genannte Ort, Aibling bei Rosenheim in Baiern auch sonst hinlänglich bekannt ist.

[8]) Eb.: Zentobolchum puerum ... suumque populum de ergastulo civitatis, in quo inclusi morabantur eripuerunt ... atque in fines patriae suae pro misericordia secum abduxerunt. Hormayr (Herzog Luitpold S. 3) glaubte, daß Suatopluk der jüngere mit einem kärntnerischen Edelmanne Zwentibolch oder Zwetboch identisch sei, obwol dieser bereits im Sommer 898 als Vassall Liutbolds genannt und beschenkt wird (B. 1139, 1140), jener den frän-

sich allein im Besitze der väterlichen Herrschaft und somit wurde dem unglücklichen Lande jetzt wenigstens der innere Friede wieder gegeben.

Der junge Fürst legte sobald er seines schlimmsten Widersachers ledig geworden, Hand an die Herstellung der kirchlichen Ordnung, die seit dem Tode des h. Methodius und der Vertreibung seines Gegners Wiching gewis völliger Zerrüttung gewichen war. Nach Rom, das die Mährer stets als den Quell ihres Glaubens und Heiles verehrt hatten, schickte er eine Gesandschaft an den Papst Johann IX., die ihm reiche Geschenke überbringen und ihm die Bitte vortragen sollte, neue Bischöfe für die verwaiste mährische Kirche zu weihen[9]). Sein Gesuch wurde sogleich gewährt, der Erzbischof Johann und die Bischöfe Benedikt und Daniel mit päpstlichen Vollmachten abgeordnet, um für Mähren einen Metropoliten und mehrere Suffragane einzusetzen. Die Feindschaft zwischen dem bairischen und mährischen Volke konnte durch diesen Versuch zur Erneuerung der nationalen Kirche natürlich nur verschärft werden. Der Streit wurde hiedurch von dem Felde auch auf das kirchliche Gebiet übertragen und auf diesem mit gleicher Erbitterung fortgesetzt.

Mit den mährischen Händeln verschlang sich die Angelegenheit Isanrichs, des Sohnes des Markgrafen Aribo[10]), der in Folge jener vorübergehenden Entzweiung zwischen seinem Vater und dem Kaiser, die für ihn als den Anstifter eine Strafe herbeigeführt haben mag, sich gegen den letzteren empört hatte. Gewaltsam bemächtigte er sich eines Theiles der Ostmark, der wahrscheinlich ihm entzogen und der Leitung eines andern, vielleicht des Grafen Liutbold, übergeben worden war. Arnolf gerieth über diese Auflehnung in heftigen Zorn: obwol vom Schlage gelähmt, fuhr er dennoch zu Schiffe die Donau abwärts und griff den Aufrührer persönlich in seiner Feste Mautern an[11]). Nach heißem Kampfe wurde der Platz erstürmt, indem Isanrich mit seiner Familie und seinen Leuten sich zuletzt dem Kaiser ergab. In die Gefangenschaft geführt entwich er jedoch auf dem Wege nach Regensburg seinen Wächtern und riß darauf mit mährischer Hilfe von neuem

---

kischen Boden erst im J. 899 betrat! Einen gewissen Walthuni, der i. J. 895 Besitzungen in Kärnten erhielt (B. 1118), macht Hormayr aus eigener Machtvollkommenheit zu einem flüchtigen Anverwandten des mährischen Herrscherhauses.

[9]) S. das Schreiben der bair. Bischöfe an Johann IX., worüber weiter unten.

[10]) Eckhart (comment. II, 797) wirft seiner Vermutung über den Ursprung des Reineke Fuchs halber den Empörer Isanrich mit dem dem Kaiser getreuen Grafen Isingrim vom Mattiggau zusammen, wiewol schon die Verschiedenheit der Namen, andrer Umstände zu geschweigen, diese Annahme von vornherein hätte ausschließen sollen.

[11]) Ann. Fuld. 899: civitatem Mutarensem, das Mûtâren der Nibelungen v. 1271, Mutarim in den bairischen Zollgesetzen (Leg. III, 481).

einen Theil der Ostmark an sich. Erst später durch den Friedensschluß mit Mähren söhnte auch er mit dem Vaterlande sich wieder aus, indem er der gerechten Strafe für seine Empörung entgieng.

Wenn die Kräfte des kranken Kaisers nicht mehr dazu ausreichten, den Trotz eines auffässigen Grafen zu brechen und ihn vor Gericht zu stellen, so darf es uns nicht wundern, daß seine Autorität auch von der Geistlichkeit nicht wie früher mehr anerkannt und geachtet wurde. Ein Vorfall bewies dies, der noch die letzten Lebenstage Arnolfs verbittern sollte. Als nämlich am 12. Juni 899 Bischof Engelmar von Passau, ein vertrauter Diener des Kaisers gestorben war[12]), übertrug dieser nach dem stets von ihm geübten Rechte das erledigte Bisthum seinem Kanzler Wiching, der als Bischof von Passau in Mähren vielleicht das Gebiet wieder zu gewinnen hoffte, welches er als Bischof von Neitra eingebüßt hatte. Seine Erhebung auf einen andern bischöflichen Stuhl verstieß jedoch gegen die Kirchengesetze, die freilich in den letzten Jahrzehnten schon mehrmals z. B. bei Gelegenheit der Versetzung Ebbos von Reims und Gauzberts von Osnabrück verletzt worden waren. In Folge jenes Umstandes berief Theotmar von Salzburg als Metropolit eine bairische Provinzialsynode, die ohne Rücksicht auf den kaiserlichen Willen Wichings Wahl für eine ungesetzliche erklärte, seine Absetzung verfügte und in der Person Richars Engelmar einen andern Nachfolger gab. Ohne Zweifel entsprang dies Verfahren nicht bloß aus reinem Eifer für die Satzungen des Nicänischen Konzils, sondern es gab sich darin ein tieferer Gegensatz zwischen dem kaiserlichen Erzkaplan und dem Kanzler kund, von denen der letztere allem Anscheine nach in bei weitem höheren Grade der Gunst Arnolfs genoß und durch seine Bevorzugung Neid und Misgunst der übrigen Räthe auf sich gezogen hatte.

Außer einigen Urkunden besitzen wir keine Zeugnisse der Thätigkeit des Kaisers für die übrigen Reichslande aus jener letzten Zeit, die er ausschließlich in Baiern zubrachte. Am wenigsten konnte er daran denken in die Angelegenheiten des fernen Lothringens einzugreifen, wo doch seine Einwirkung eben jetzt am nothwendigsten gewesen sein würde. Wir hören nur, daß als im J. 898 der frisische Graf Eberhard, einst der Ankläger des Normannenkönigs Gotfrid, von Waltger, dem Sohne des Grafen Gerolf auf der Jagd meuchlings ermordet worden, die Grafschaft des Ermordeten von dem Kaiser seinem Bruder Meginhard übertragen wurde[13]). Das Amt des letzteren wird als Herzogswürde bezeich-

[12]) Den Todestag überliefert das Necrolog. St. Emmerammi (Jaffé): II Id. Iun. Engilmarus episcopus. Die ann. Fuld. 899 heben ausdrücklich hervor, daß W. das Bisthum rege concedente erhielt und daß er contra voluntatem regis abgesetzt wurde.

[13]) Regino 898: Eworhardus dux filius Meginhardi (vgl. a. 881:

net, wahrscheinlich in dem Sinne der militärischen Anführung in einem weiteren Bezirke. In der Wichtigkeit, welche die Verteidigung dieser frisischen Seeküste gegen die beständigen Landungen der Dänen für das gesamte Reich hatte, darf wohl auch der Grund gesucht werden, der Arnolf bestimmte, die Besetzung dieses Amtes sich selbst vorzubehalten. Eine Nebenbuhlerschaft zwischen der Familie Gerolfs, die mindestens schon seit Ludwig dem Frommen in diesen Gegenden d. h. in der heutigen Provinz Holland ansässig war und der Familie des Sachsen Eberhard, die neu hinzukommend seit dem Sturze Gotfrids sich zur obersten Leitung in Frisland aufschwang, mag jene Mordthat als Folge längerer Entzweiung hervorgerufen haben. An dem Verhältnis der beiden Familien zu einander wurde hiedurch zunächst nichts geändert. Als im J. 899 der Bischof Odilbald von Utrecht starb, soll die Wahl seines frommen und gelehrten Nachfolgers Ratbod, eines Abkömmlings des alten Frisenkönigs Ratbod, gleichfalls noch von Arnolf genehmigt worden sein [14]).

Während in Frisland, dem nördlichsten Theile des vormals lotharischen Reiches diese Veränderungen stattfanden, wurde das eigentliche Lothringen von inneren Bewegungen und heftigen Kämpfen erschüttert. Kaum hatte sich nämlich Zwentibald unter Vermittelung seines Vaters im J. 897 mit den Grafen Stephan, Gerard und Matfrid ausgesöhnt, als schon im folgenden Jahre ein viel gefährlicherer Zwiespalt zwischen ihm und dem Grafen Reginar, dem weitaus mächtigsten Manne seines Reiches ausbrach. Dieser, der Sproß eines edlen Geschlechtes, wahrscheinlich ein Sohn des Grafen Giselbert vom Maasgau und der von ihm entführten Tochter des Kaisers Lothars I. [15]), war mit Zwentibald zuerst im J. 895 auf jenem sonst mislungenen Eroberungszuge in das Westreich in nähere Verbindung getreten und hatte sich von Karl abfallend ihm angeschlossen. Voller List und Verschlagenheit, zugleich tapfer und kriegerisch, „das echte Urbild eines vornehmen Lothringers,"

Eberhardus Saxo filius Meginhardi comitis, wo auch mater Evesa genannt wird, a. 885) ... ducatus, quem tenuerat Meginhardo fratri ab imperatore committitur. Zur Bestätigung dient ein Schreiben Johanns X. an Hermann von Köln zwischen 914 und 917 verfaßt, in dem von einem Streite zwischen dem Grafen Meginhard und dem Bischof Ratbod die Rede ist (Floß Papstwahl unter den Ottonen Anh. S. 107). Vgl. über die Grafschaften Gerolfs und Eberhards Hirsch Jahrb. des deutschen Reichs unter Heinrich II. I, 340.

[14]) Regino 899; Vita S. Radbodi c. 4 (Mabillon acta sct. saec. V, 28): Radbodus omnium dignissimus censetur, id est Arnulfi, qui tum regni moderabatur habenas itemque principum de eo iudicium, vgl. die Bemerkung Ratbods selbst (Scr. II, 218).

[15]) Vgl. I, 282. Die obige Vermutung hat schon Leibniz (ann. imp. occid. II, 289) aufgestellt. Die edle Abkunft Giselberts, des Sohnes Reginars bezeugen im Allgemeinen Widukind (I c. 30), Richer (historiar. l. I c. 35) angef. von Wittich (Entstehung des Herzogth. Lothr. S. 33), der überhaupt alle auf Reginar bezüglichen Nachrichten am vollständigsten gesammelt hat.

wußte Reginar Langhals, wie ihn die Zeitgenossen nennen[16]), sich das unbedingte Zutrauen des jungen Königs und den ersten Platz in seinem Rathe zu erwerben[17]). Von der königlichen Huld getragen und unterstützt breitete er sein Machtbereich gewaltig aus; er verwaltete Grafschaften im Haspengau und Hennegau am linken Ufer der Maas, die ihn zum Nachbarn der Flandrer machten[18]), in Gemeinschaft mit den Bischöfen Franko von Lüttich und Ratbod von Utrecht bestand er an der Küste manchen Strauß gegen die normannischen Eindringlinge, als Laienabt bezog er (etwa seit 897) die Einkünfte des Klosters Echternach im Trierer Sprengel, als dessen Vorsteher wir schon einmal unter Lothar II. einen Grafen Reginar, vermutlich einen Verwandten des unsrigen finden[19]), und desgleichen erschlich er von Zwentibald den Besitz der

---

[16]) Richer I c. 34: Ragenerus vir consnlaris et nobilis cognomento Collo-longus; Folcuini gesta abbat. Lobiens. c. 17 (Scr. IV, 62): accito sibi Reginerio qnodam, quem Longum-collum vocant, viro strennno et in bellicis rebus exercitato; Dudo de morib. et actis Normannor. l. II (Dnchesnius hist. Normannor. scr. p. 74): Raginerum Longi-Colli Hasbacensem et Hainancensem ducem; ebenso heißt sein Sohn in den ann. Leodiens. 958 (Scr. IV, 17) Raginerus Longicollis; V. S. Gerardi Broniens. c. 19 (Mabillon acta sct. saec. V, 264): Raginerus comes Hainoensium haud ignotus cognomento Longicollis.

[17]) Regino 898: Reginarium ducem sibi fidissimum et unicum consiliarium. Auf seine Fürbitte stellte Zw. 22. Jan. 896 eine Urk. für St. Denis aus (s. oben S. 455 A. 58), und noch am 28. Dez. 897 für Ludelm von Toul auf Bitte des Reginharius dilectus comes noster (Bouquet IX, 379, B. 1165).

[18]) S. Dudo a. a. O. (wo unter dem Friesenfürsten Ratbod wohl mit Lappenberg, Gesch. v. Engl. II, 8 A. 4 an den gleichnamigen Bischof von Utrecht zu denken ist); am 1. Juni 911 machte er eine Schenkung in pago Hasbanio (Martene coll. ampliss. II, 39), doch umfaßte der Haspengau mehrere Grafschaften s. Wittich S. 33 A. 5. Im J. 908 findet sich im Hennegau ein Graf Sigehard (Miraei opp. dipl. I, 34), später aber sind Reginars Nachkommen im Besitze der Grafschaft.

[19]) Das Chronic. Epternac. (Martene et Durand coll. ampl. IV, 506) bezeugt, daß nach B. Hatto v. Verdun Graf Reginar 7 J. vom 10. bis 16. J. Lothars (864—870) dem Kl. vorstand. Damit stimmen Urk. aus dem 10., 12., 13. J. Lothars für Echternach, ubi etiam venerabilis vir Reginarius abbas et rector (in einer andern comes, abbas et rector) praeesse videtur (Cod. Eptern. f. 86, 86', 88'). Im J. 907 erscheint ein missus Reginharii religiosi comitis et abbatis coenobii Eftirnacha dicti (Dronke cod. Fuld. 301, B. 1215) vgl. ferner die Urk. des Cod. Epternac. von denen die frühesten aus dem 4. J. Ludwigs d. K. 903, in einer aus dem 8. J. heißt es von E., ubi vir venerabilis Reginnerus comes pastorali fungitur officio (f. 51, 54); Chronic. Epternac. (A. a. O. p. 507): X° anno Arnoldi regis ac incarn. dom. 897 ind. XV Reinerus comes adeptus est hunc locnm cnm nomine abbatis, desgl. eine zweite Echternacher Chronik eb. 509. Die erstere läßt Reg. auf den Grafen Robert (890—897) folgen, die letztere nennt statt dessen Ratbod von Trier. Das Schreiben des Mönches Theoderich führt von 849 an auf: Gr. Adalhard mit 7 J., B. Hatto mit 9, Reinero comite mit 7, Karlmann mit 7, Gr. Adalhard mit 13, Gr. Robert mit 3, B. Rabod mit 4, Reinero duce et comite mit 19 J. (Cod. Eptern. f. 5 vom J. 1191). Zw. bestätigte auf Für-

St. Servatiusabtei zu Maastricht, welche Arnolf dem Erzbischof Ratbod geschenkt hatte. Aus dieser glänzenden und einflußreichen Stellung wurde Reginar im Anfange des Jahres 898 jählings herabgestürzt: Zwentibalds Zorn entbrannte so heftig gegen den bisherigen Vertrauten, daß er ihm nicht nur alle in Lothringen gelegenen Lehen, sondern auch alle seine Eigengüter absprach und ihm den Befehl ertheilte, binnen vierzehn Tagen sein Reich zu verlassen [20]).

Es bleibt durchaus räthselhaft, welche Vorfälle oder welche Einflüsterungen den jugendlichen Fürsten zu einem so hitzigen und übereilten Verfahren antrieben. Einiger Antheil an demselben mag dem Erzbischof Ratbod von Trier zugeschrieben werden, wenn man erwägt, daß Reginar Laienabt des Klosters Echternach geworden war, dem Ratbod früher selbst vorstand und daß er ihn in unrechtmäßiger Weise um den Besitz der Servatiusabtei gebracht hatte. Diese letztere Thatsache ergibt sich aus zwei Urkunden Zwentibalds vom 13. Mai 898, in denen berichtet wird [21]), wie Reginar durch betrügerische Vorspiegelungen den König bewogen habe, ihm das Servatiusstift als Prekarei zu übergeben, welches sein Vater der Trierer Kirche geschenkt hatte. Ratbod jedoch führte über diese Beeinträchtigung bittere Klage bei Zwentibald, der auf einer Versammlung zu Achen nach dem Urtheile seiner Bischöfe und Grafen die Abtei dem rechtmäßigen Besitzer zurückstellte und jede künftige Gefährdung dieses Besitzes mit dem Bannfluche bedrohen ließ. Jedenfalls zeigt uns diese Handlung Reginar als gestürzten Günstling, doch ist die hier gefällte Entscheidung wohl mehr eine Wirkung als die Ursache seines Sturzes.

Die Feindschaft zwischen Zwentibald, dem fremden, den Lothringern halb wider ihren Willen aufgedrungenen Könige und Re-

---

bitte Ratbods 28. Okt. 895 den 40 Mitgliedern des Stiftes die zu ihrem Unterhalte angewiesenen 97½ Hufen (Beyer I, 204, B. 1154).

[20]) Regino 898: nescio cuius instinctu. Worte, in denen der Ausdruck versteckter Missbilligung nicht zu verkennen ist.

[21]) Beyer I, 209, 210 (B. 1168): Ratbodus ... archiepiscopus in generali placito nostro querelosis se precibus proclamavit plangens eam a Regenhario sub obtentu praecariae contra libitum suum suorumque fidelium usurpatam (sc. abbatiam S. Servatii), in der andern Urk.: quam ... ob fallentium seriem et ob fallentium ora, qui praefatum episcopum ... hoc velle narraverant, iniuste Reginario in precariam concessimus, in der ersten: nos vero omnem transactae rei ordinem recolentes fallentium iam calliditatibus detectis querimoniam illius veram esse agnovimus ... ipsam abbatiam cum consilio ac iudicio episcoporum et comitum nostrorum memorate Treverensi ecclesiae reddidimus. Die Schenkung Arnolfs ist vom 1. Juli 889 datiert (eb. 136, B. 1058). Als Grund von Reginars Sturze möchte ich mit v. Gagern (Arnulfi vita p. 121 n.) diesen Streit über die Maastrichter Abtei nicht ansehen, ebenso wenig aber glaube ich mit Wittich (Herzogth. Lothr. S. 39), daß diese Entscheidung dem Sturze nur vorausgegangen. Die formlose Bezeichnung Reginars in beiden Urk. ohne irgend einen Titel beweist, daß er zur Zeit der Zurückgabe der Abtei schon abgesetzt war.

ginar, dem klügsten und mächtigsten unter den einheimischen Großen war eine unheilbare, die nur mit dem Untergange eines von beiden Gegnern enden konnte. Reginar verband sich sogleich mit dem ebenfalls abgesetzten Grafen Odaker und andern Misvergnügten, die das gleiche Loos getroffen hatte. Mit Weib und Kind und allem ihrem Hausrath warfen sie sich in einen sehr festen Ort Doveren (unweit Heusden) am linken Ufer der Maas und verschanzten sich daselbst[22]). Der König rückte mit einem schnell gesammelten Heere gegen sie ins Feld, aber er konnte Doveren nicht erobern, weil die Sümpfe und Ueberschwemmungen der Maas den Ort unzugänglich machten.

Sobald er die Belagerung aufgehoben hatte, begab sich Reginar mit seinen Gefährten zu dem westfränkischen Könige Karl, der seit dem Tode Odos im ganzen Reiche anerkannt mächtiger denn je dastand, und forderte ihn, seinen früheren Herrn zu einem Einfalle in Lothringen auf, indem er ihm einen Treueid leistete[23]). Karl der Einfältige, an Kleinmut aber auch an Begehrlichkeit seinem Großvater ähnlich, säumte nicht, dieser Einladung zu folgen, die ihm reichen Gewinn verhieß. Zwentibald durch seinen Angriff überrascht, von Streitkräften augenblicklich entblößt, mußte in geringer Begleitung die Flucht ergreifen, Karl drang gerades Weges und ohne Hindernis nach der Kaiserstadt Achen vor, von wo er sich dann nach Nimwegen begab, um den Aufständischen die Hand zu bieten. So wenig fürchtete dieser kaum auf dem Throne befestigte Fürst den kranken Kaiser in Regensburg, den er vor wenig Jahren noch flehentlich um seinen Beistand gebeten!

Zwentibald raffte sich indessen von dem ersten unerwarteten Schlage schnell wieder auf: der streitbare Bischof Franko von Lüttich — dessen Bereitwilligkeit er noch im selben Jahre durch Schenkung des Krongutes Theux belohnte[24]) — stellte sich ihm mit den Mannen seiner Kirche zur Verfügung, als der König dann die Maas überschreitend nach dem Hofe Floringen (bei Diedenhofen) zog, strömte der Adel aus jenen Gegenden zu ihm und bald hatte der soeben von allen verlassene Fürst eine genügende Streitmacht beisammen, um mit Zuversicht seinem Gegner die Spitze zu bieten. Karl rückte auf diese Kunde von Nimwegen über Prüm seinem Vetter entgegen: als aber beide Heere einander schon nahe gekommen waren, wurde die Schlacht dennoch vermieden, weil auf beiden Seiten unter den Vassallen die Lust zum Kampfe fehlte.

---

[22]) Regino 898: in quendam tutissimum locum, qui Durfos dicitur ... propter paludes et multiplices refusiones, quas in praedicto loco Mosa fluvius facit, in Flodoardi ann. 928, 931 Durofostum genannt.

[23]) Regino a. a. O., ann. Vedast. 898.

[24]) Am 8. Okt. 898 (Miraei opp. dipl. I, 253, B. 1170), später von Ludwig und Karl bestätigt (B. 1218, 1946). In Floringas curia regia ist eine Urk. vom 3. Mai 896 ausgestellt (B. 1158 vgl. oben I, 596, 723).

Durch Gesandte ward ein vorläufiger Friede vermittelt und beschworen, der an der Sachlage natürlich nichts änderte und Karl kehrte unverrichteter Dinge über die Maas in sein Reich zurück[25]). Des auswärtigen Feindes, der ihm die Herrschaft rauben wollte, hatte Zwentibald sich glücklich wiederum entledigt, die viel gefährlicheren inneren Widersacher aber beharrten ungebeugt in ihrer Empörung.

Während in Lothringen Spannung und Unruhe fortdauerte, fand im J. 899 eine wichtige Zusammenkunft zu St. Goar am Rheine statt:[26]) Zwentibald mit mehreren seiner Großen, der Erzbischof Hatto und die fränkischen Grafen Konrad und Gebhard als Vertreter Arnolfs, Bischof Askrich von Paris und Graf Odaker als Bevollmächtigte Karls pflogen hier gemeinsamer Berathungen. Die Theilnahme der letzteren läßt vermuten, daß es sich um die Herstellung eines dauerhaften Friedens zwischen dem westfränkischen und lothringischen Reiche unter Vermittelung des Kaisers handelte. Aus dem Zeugnisse Reginos erfahren wir jedoch, daß die Großen der drei Reiche, die hier zusammentrafen, neben den offenkundigen Zwecken ihrer Vereinigung geheime Nebenabsichten verfolgten, über welche sie in Abwesenheit des Königs mit einander verhandelten und deren Erfolg bald darauf zu Tage trat. Wenn wir die Ereignisse ins Auge fassen, die unmittelbar nach dem Tode Arnolfs in Lothringen vor sich giengen und die Schnelligkeit, mit der die leitenden Männer auf deutscher Seite d. h. vornehmlich Hatto, Konrad und Gebhard den Anträgen der Gegner Zwentibalds entgegenkamen, so ist es sehr wahrscheinlich, daß schon hier der Umsturz des lothringischen Thrones und der allgemeine Abfall zu Ludwig bei Arnolfs voraussichtlichem Ableben vorbereitet wurde.

Nach der Zusammenkunft im Kloster St. Goar unternahm Zwentibald einen zweiten Feldzug gegen die Empörer und versuchte Doveren mit aller Macht zu erobern, aber auch diesmal blieb sein Bemühen gänzlich erfolglos. In seinem Unmute über dieses seiner Autorität so nachtheilige Mislingen befahl er den Bischöfen über Reginar, Odaker und ihre Genossen den Bann zu verhängen; ihre Weigerung versetzte ihn in den größten Ingrimm, von Drohungen gieng er zu Vorwürfen und Schmähungen über, die Belage-

[25]) Regino 898: pax firmatur, sacramenta iurantur; ann. Vedast. 898: Karolus nullo peracto negotio rediit in regnum suum.

[26]) Apud monasterium sancti Goaris ist schon eine Urk. Zw. vom 5. Juni 895 ausgestellt (B. 1151). Ueber die Zusammenkunft sagt Regino 899: quid vero in eodem conventu seorsum sine praesentia regis pertractatum sit, postea eventus rei luce clarius manifestavit. Diese Worte habe ich schon früher (de Arnulfo p. 149) in dem Sinne ausgelegt, daß damit auf die im J. 900 bevorstehende Absetzung des Königs hingedeutet werden soll. Wittich (a. a. O. S. 44 A. 4) findet dies unwahrscheinlich und denkt an die Regierungsnachfolge, allein über diese war gar nichts zu verhandeln, am wenigsten mit Abgesandten Karls und die Nähe Zwentibalds bildete für jenen andern Zweck kein Hindernis, da eben, wie Regino hervorhebt, hinter seinem Rücken verhandelt wurde.

rung wurde aufgehoben und jeder kehrte in seine Heimat zurück[27]). Wenn Zwentibald auch im November desselben Jahres noch einen freilich vergeblichen Zug gegen die Normannen antrat, die an der Oise sich festsetzend bis zur Maas schweiften und bald darauf mit Karl einen förmlichen Frieden abschloß[28]), so war doch seit der letzten Belagerung von Doveren seine Stellung völlig haltlos und haltungslos geworden und sein Sturz unvermeidlich. Für die herrschende Unordnung und Verwirrung zeugt es, daß die Grafen Gerard und Matfrid, obschon mit dem Könige wieder ausgesöhnt, im J. 899 den Abt Regino von Prüm, einen der gelehrtesten und einsichtsvollsten Männer seines Zeitalters, zur Niederlegung seiner Würde nöthigten, um ihren Bruder Richar gewaltsam an seine Stelle zu setzen[29]). Der Wendepunkt von Zwentibalds Geschicke lag aber darin, daß, nachdem er aus den mächtigsten der weltlichen Großen sich erbitterte Feinde geschaffen, er sich zuletzt auch mit den Bischöfen überwarf und somit jede Stütze im Lande verlor.

Mit der Geistlichkeit, durch deren Zustimmung Arnolf hauptsächlich die Erhebung seines Sohnes bewirkt hatte, stand dieser anfänglich in gutem Einvernehmen. Der Erzbischof Ratbod von Trier[30]) zumal, sein Erzkanzler, von dem der König in einer sei-

[27]) Regino 899: cum illi anathematis sententiam proferre recusarent, minis, exprobrationibus et contumeliis utitur ...

[28]) Ann. Vedast. 899. Karl vertrug sich zugleich mit Balduin von Flandern, der St. Vaast herausgeben mußte.

[29]) Regino 892, 899. Der nähere Hergang ist durch eine Verstümmelung seiner Chronik unterdrückt.

[30]) Im J. 895 Juni 5 bestätigte Zw. Siginand das Kl. Susteren archiepiscopi Ratboti salubri imploratione, quia utilia quaeque et proficua nobis regnoque nostro ingiter meditatur (Beyer I, 203), Aug. 15. machte er dem Kl. St. Mihiel an der Maas eine Schenkung auf Bitte des dilectus et fidelis noster archiepiscopus et cancellarius Ratpotus (Bouquet IX, 375), Okt. 25. bestätigte er demselben das Kl. Oeren in Trier, Okt. 28. bestätigte er dem Kl. Echternach seine Besitzungen auf Bitte des dilectus archiepiscopus sed et summus cancellarius noster Ratpotus und zwar eius petitioni velut in omnibus libentissime consentientes (Beyer I, 203, 204); 896 Jan. 28. ertheilte er den Trierer Waldungen die Rechte eines Bannforstes (s. oben S. 455 A. 58); 897 Juni 13. bestätigte er ob interventum venerabilissimi archiepiscopi nostri Ratpoti dem Kl. St. Maximin die von Arnolf geschenkten Güter (Beyer I, 207); 898 Febr. 5. bestätigte er dem Erzbisthum Trier alle seine Besitzungen und Rechte neque ullus iudex publicus vel quispiam ex regia et iudiciaria potestate aliquid poenitus ab eis exigere conetur exceptis VI equis, qui per singulos annos ex eodem episcopio solito more nostris nostrorumque debent successorum exhiberi conspectibus nec amplius requiri censuimus, quia comitatum de eo factum esse dinoscitur (eb. 208), Mai 11. bestätigte er dem Kl. Werden den Königsschutz und den Reichshof Friemersheim ob amorem dei et interventum honorabilis Ratbodi Trevirorum episcopi ... libentissime annuentes (Lacomblet I, 43), Mai 13. gab er Ratbod die Servatiusabtei zurück, 899 Jan. 23. (das Datum ergänzt Brower et Masen ann. Trevir. I, 442) endlich heißt es in der letzten Urk., quod Richquinus et Widiacus venerandi comites nostri iudicante nobis homines S. Petri in civitate manentes de nostro frequenti adventu magnam in-

ner ersten Urkunden rühmt, daß er stets nützliche und zuträgliche Rathschläge für ihn und sein Reich in Bereitschaft habe, wußte durch seine Verwendung nicht bloß andern königliche Gunstbezeugungen zu verschaffen, sondern erlangte dieselben auch für seine Kirche im reichsten Maße. So bestätigte ihm Zwentibald den Besitz des Klosters Oeren und der Servatiusabtei, und sicherte auf seine Bitte dem Stifte St. Maximin alle seine Güter zu; er verwandelte ferner die Waldungen des Erzbisthums sowie die des Stiftes St. Maximin innerhalb gewisser Grenzen in einen Bannforst, in dem Niemand außer dem Besitzer ein Jagdrecht zustehen solle, er verlieh dem Erzbisthum für alle seine Güter Abgabenfreiheit bis auf sechs Pferde, die es jährlich zu stellen habe, weil aus demselben eine Grafschaft gemacht worden sei; die Leute des h. Petrus in Trier endlich, die viel unter der häufigen Beherbergung des königlichen Gefolges leiden mußten, befreite er gänzlich von dieser Verpflichtung und entzog sie der königlichen Gerichtsbarkeit. Wenn Ratbod so mit Gnaden überhäuft wurde und sogar — das erste Beispiel dieser Art in Deutschland — an seinem Sitze gräfliche Rechte mit den bischöflichen verbinden durfte, so giengen doch auch die andern lothringischen Kirchenhirten keineswegs leer aus, namentlich die Bischöfe Ludelm von Toul und Franko von Lüttich und die Klöster Prüm, von jeher das angesehenste im Lande[31]), Stablo, St. Mihiel, Werden u. a. wurden mit königlicher Freigiebigkeit bedacht.

Diese Begünstigung der Geistlichkeit und die nützlichen Folgen, die daraus für Zwentibalds Herrschaft hätten entspringen können, wurden jedoch durch andre seiner Eigenschaften wieder unwirksam gemacht. Wenn der König einzelne Stifter reich beschenkte, so erlaubte er sich andrerseits dafür wieder die willkürlichsten und gewaltsamsten Eingriffe in das Kirchengut oder er ließ zu, daß solche Eingriffe durch andre verübt wurden[32]). So muß das Kloster Oeren, das er im J. 895 dem Erzbischof Ratbod bestätigt hatte, gleich darauf in die Hände eines der vier im folgenden Jahre

commoditatem ac dispendium pati, nostram deprecati sunt celsitudinem, ut ab huiuscemodi oppressione nostra liberarentur et salvarentur tuitione quorum petitionem ob ... reverentiam S. Petri necnon pro dilectione Rathbodi venerandi pontificis libenter auscultantes etc. (eb. 212; B. 1151—1154, 1157, 1162, 1166—1168, 1173). Die meisten Urk. Zwentibalds sind ad vicem Ratpoti archiepiscopi summique cancellarii ausgestellt, nur B. 1153 vom 25. Okt. 895 und B. 1161—1165 vom 11. Nov. 896 bis Ende 897 ad vicem Herimanni archicapellani.

[31]) Prüm nennt Zw. in der Urk. für Siginand deo acceptissimum locum Prumiensis, ubi instanter congregatio ad deum sedula et sacratissima precamina dirigit (Beyer I, 203). Ueber Toul vgl. die Urk. Ludelms (Mabillon annal. III, 693), Gesta episc. Tullens. c. 29 (Scr. VIII, 638).

[32]) Ann. Fuldens. 900: Zuentipoldus ... res ecclesiarum crudelitate sua inmoderate affectans; Regino 900: propter assiduas depraedationes et rapinas, quae in regno fiebant.

von Zwentibald abgesetzten Grafen übergegangen sein, aus deren Besitze es der König selbst an sich nahm, statt es seinem Kanzler zurück zu geben. Ebenso wenig würde dieser wohl seinen Anspruch auf die Servatiusabtei haben durchsetzen können, wenn Reginar nicht ohnedies in Ungnade gefallen wäre. Das Stift Moyenmoutier im Touler Sprengel gab er im J. 896 dem Grafen Hillin, der die Insassen größtentheils vertrieb und sich ihr Vermögen aneignete[33]). Einen kräftigen und ausreichenden Schutz gegen die Uebergriffe der lothringischen Großen, die sich schon längst gewöhnt hatten, die Klöster als Lehen zu empfangen und auszubeuten, gewährte also Zwentibalds Regiment der Kirche nirgends; gegen Gewaltthätigkeiten und Beraubungen vermochte er sie nicht zu schirmen.

Hiezu kam die launische Unzuverlässigkeit seines Charakters, die heute diesem, morgen jenem sein Vertrauen zuwandte und diejenigen, welche so eben noch hoch in Ansehen und Ehren gestanden, gleich darauf mit Schimpf und Schande überhäufte. Nicht bloß die Grafen, auch die Bischöfe nicht minder mußten sich dadurch verletzt fühlen, daß der König statt ihren Rath zu hören, die wichtigsten Reichsgeschäfte mit Weibern und Personen niederer Abkunft verhandelte[34]). Diesem gemeinem Umgange entsprach sein rohes und ungestümes Wesen, welches sich zuletzt so weit steigerte, daß er, vielleicht während der letzten Belagerung von Doveren, in seinem Zorne dem Erzbischof Ratbod mit seinem Stocke einen Hieb auf den Kopf versetzte[35]). Da war es kein Wunder, daß er von allen ebenso gehaßt als verachtet wurde: die Bischöfe und die großen Vassallen, so wenig ihre Interessen an sich zusammenfielen, machten gemeinschaftliche Sache wider ihn und zu der Zeit, da sein Vater die Augen schloß, war seine Herrschaft schon vollständig untergraben, die letzte Stunde des Königreichs Lothringen unmittelbar bevorstehend.

Dem kranken Kaiser sollte es erspart werden, den völligen Umsturz des für seinen Erstgeborenen begründeten Thrones zu erleben. In Folge jenes Uebels, das schon seit drei Jahren in zunehmendem Maße ihn des vollen Gebrauches seiner Kräfte beraubt hatte, verschied er zu Regensburg am 29. November, wie die einen, am 8. Dezember 899, wie andre vielleicht glaubwürdigere Zeugnisse besagen[36]) und wurde im Chore der damals außerhalb

---

[33]) Chronic. Mediani monast. c. 6 (Scr. IV, 89): Zundeboldus quoque tyrannus ... flebilis flagitii nota dedecoravit primitias sui principatus etc.

[34]) Regino 900: quia cum mulieribus et ignobilioribus regni negotia disponens honestiores et nobiliores quosque deiiciebat et honoribus et dignitatibus expoliabat.

[35]) Ann. Fuldens. 900: contra sacerdotalem honorem; Lobiens. 901 (Scr. II, 209): propter insolentiam morum; Regino 900: propter eius insolentiam et immanem malitiam; Catalog. regum (Scr. III, 215): Tundeboldus rex crudelis.

[36]) Da Arnolfs Tod dem Ende des Jahres so nahe fiel, so setzen ihn

der Stadt liegenden Klosterkirche von St. Emmeram in einem steinernen Sarge ehrenvoll beigesetzt [37]). Er starb in dem rüstigsten Mannesalter, höchstens in der Mitte der fünfziger Jahre stehend, wie vor ihm sein Vater Karlmann [38]), nach einer zwölfjährigen Regierung, deren letztes Viertel bereits den Uebergang zu der nach seinem Tode eintretenden Vielherrschaft bildete. Die Lähmung, welche sein Ende schließlich herbeiführte, scheint von der gleichen Art gewesen zu sein, wie die, von der seine Großmutter

---

mehrere Jahrb. in das J. 900, so die ann. Fuldens., S. Vincentii Mettens., eine Handschr. der ann. Alamann., Necrol. Prum., richtig unter 899 dagegen ann. Alamann., Corbeiens., Hildesheim., Elnon. min., Regino, die beiden fuldischen Nekrologien. Als Todestag gibt das Necrol. Augiense durch Verwechselung mit dem Herzog Arnolf von Baiern II. Id. Iul. Arnolfus rex; zwei Nekrologien von St. Emmeram aus dem 12. und 14. Jahrh. haben V Kal. Dec. Pie memorie Arnolfus imperator fundator huius loci (Jaffe) und Andreas von Regensburg (Eccard. corpus histor. medii aevi I, 2051) berichtet: cuius anniversarius agitur ibidem in die S. Virgilii episcopi d. h. am 27. Nov. Diese Angabe möchte ich mit der folgenden so vereinigen, daß man vielleicht die Gedenkfeier auf den Tag des h. Virgilius als den nächsten Festtag verlegt hat. Den 29. Nov. als Todestag gibt Regino 899, Necrol. Prumiense 900 (Pertz Archiv III, 23), Epternac. (Reiffenberg monuments VII, 212), Wizenburg. (Archiv des hist. Vereins v. Unterfranken XIII, 40), den 8. Dez. hat Bernoldi Necrolog. (Scr. V, 393), Todtenbuch v. Obermünster in Regensburg (Boehmer fontes III, 487), Necrolog. Altahense, Weltenburg. (Mon. Boica XIII, 491), St. Emmerammi (saec. XII ex cod. Maihing. Jaffe), dessen Zeugnis jedoch dadurch an Gewicht verliert, daß es für Ludwig das Kind und wahrscheinlich auch für Karlmann einen unrichtigen Todestag angibt, eine im J. 1671 in Arnolfs Grabe angeblich gefundene Bleitafel (Ratisbona monastica p. 121), deren Glaubwürdigkeit, wie Hirsch (Heinrich II., I, 417 A. 5) richtig bemerkt, schon durch die spätere Form des Namens Arnolt statt Arnolf dringend verdächtigt wird, endlich Necrol. Lauresham. (Boehmer fontes III, 151) mit der Variante IV Id. Dec. statt VI Id., Necrol. S. Maximini (Hontheim prodrom. hist. Trevir. II, 984): XVI Kal. (Sept.) Arnolfus imper. aug., qui nobis dedit regalem curiam Ribunacum (s. B. 1029). Karitas. Warum dies Gedächtnismahl auf den 17. Aug. gelegt worden, ist unklar.

[37]) Nur Regino 899 meldet: sepultusque est honorifice in Odingas, ubi et pater eius tumulatus iacet, wofür schon ein Freisinger Abschreiber des zehnten Jahrh. St. Emmeram gesetzt hat (Scr. I, 542), dagegen die wohl unterrichteten ann. Fuld. 900: imperator urbe Radisbona diem ultimum clausit et honorifice in domo sancti Emmerammi ... a suis sepelitur. Daß man schon im 11. Jahrh. dies Grab dort zu besitzen glaubte, lehren Thietmar (chronic. l. VI c. 28) und Arnold (de Sto Emmerammo c. 5). Ich halte daher und im Hinblicke auf die Vorliebe des Kaisers für St. Emmeram mit Usinger gegen Hirsch (S. 417 A. 3) es für das wahrscheinlichere, daß er an diesem Orte bestattet worden, vielleicht mögen in Oetting Herz und Eingeweide desselben beigesetzt worden sein. Vgl. über das Grabmal in St. Emmeram, welches 1642 durch eine Feuersbrunst verwüstet, 1671 einigermaßen wiederhergestellt wurde Ratisbona monastica p. 120 flg. Nur Liudprand (antap. l. I c. 36) läßt Arn. minutis quippe vermibus, quos pedunculos aiunt sterben zur Strafe für das von ihm verursachte Unheil: eine Nachricht, die natürlich ohne allen Werth ist.

[38]) Wenn man Karlmanns Geburt in das J. 828 setzt und annimmt, daß er frühestens mit 16 J. Arnolf gezeugt habe, so kann derselbe bei seinem Tode keinesfalls älter als 55 J. gewesen sein, wahrscheinlich aber war er jünger.

Hemma und von der König Karlmann gleichfalls in Italien befallen wurden.

Ueber Arnolfs Persönlichkeit haben die immer einsilbiger werdenden Geschichtschreiber jener Tage leider sehr wenig überliefert. Daß er von sehr schöner Gestalt gewesen sei, wie sein Vater, wird berichtet[39]) und als tapfer und kriegerisch zeigen ihn seine Thaten, vor allem die Schlacht an der Dyle und die Erstürmung Roms. Selbst Krankheit vermochte seinen Kampfesmut nicht ganz zu dämpfen, wie jener letzte Zug des leidenden Fürsten gegen die Feste Mautern beweist. Mit Strenge wußte Arnolf sein königliches Ansehen im Innern seines Reiches aufrecht zu erhalten, auch mächtige und hochstehende Empörer oder Ungetreue wurden von der gerechten Strafe ereilt und nicht leicht wieder zu Gnaden angenommen[40]), so die Grafen Erambert, Engelschalk, Engildeo u. a. Erst in der letzten Lebenszeit des Kaisers lockerten sich die Bande, weil seine körperlichen Kräfte nachließen. Daß gegenüber dem schlaffen Regimente Karls III. seines Nachfolgers Wirksamkeit zur Sicherung des Friedens, zur Befestigung der königlichen Gewalt eine gesegnete und erfolgreiche war, lehrt u. a. das Verstummen der Klagen über Unsicherheit, Räubereien u. s. w. zu Trebur, die zu Mainz so laut angestimmt worden waren. Innere Fehden wie die zwischen Poppo und Egino oder zwischen Aribo und den Söhnen Wilhelms und Engelschalks konnten daher unter dieser Regierung keinen Platz finden und nur Lothringen unter der Herrschaft Zwentibalds, eines Fürsten, dem es an jeglicher Selbstbeherrschung fehlte, bildete von dieser Regel eine Ausnahme.

Ebenso wie gegen die weltlichen Großen behauptete Arnolf seine herkömmlichen königlichen Rechte auch gegenüber der Kirche. Die Besetzung der Bisthümer lag durchaus in seiner Hand, wie wir dies an den Beispielen des Mainzer Erzstuhles und des Wirzburger Stuhles bestimmt nachweisen können[41]). Auch durch die Absetzung Wichings in seinen letzten Tagen wurde dies Recht als solches nicht in Frage gestellt. Den Klöstern ließ der König die

---

[39]) Regino 880: ex quadam nobili femina filium elegantissimae speciei suscepit, quem Arnolfum nominari iussit. In einer Königsreihe des 12. Jahrh. heißt er: Arnoldus potens imperator (Scr. III, 215).

[40]) Volle Begnadigung erlangte der Graf Udalrich vom Argengau s. oben S. 342.

[41]) Von Sunzo von Mainz sagt Regino 891, daß er Arnolfo rege annuente nachgefolgt sei, über Hattos Wahl spricht sich Arnolf selbst in einer Urk. aus s. oben S. 353. Die Art und Weise, in der Regino 892 von der Nachfolge Rudolfs von Wirzburg spricht, läßt deutlich erkennen, daß er durch Gunst, nicht durch freie Wahl nachfolgte, von Hermann von Köln hingegen heißt es (a. 890): per electionem cleri ac plebis ecclesiae Coloniensi praeficitur. Es findet sich aus Arnolfs Regierung keine Bestätigung des kanonischen Wahlrechtes für Bisthümer, nur Verleihungen der freien Abtswahl für Klöster, die u. a. bei der Einsetzung Salomons zum Abte von St. Gallen, der Uebertragung von Lorsch an Adalbero ausnahmsweise nicht beachtet wurden.

ihnen zustehende Wahlfreiheit, außer insoweit höhere Gründe sein Eingreifen nothwendig machten. Vereinzelt steht die Absetzung des Abtes Bernhard von St. Gallen, denn Sigehard von Fulda legte, vielleicht aus Altersschwäche „nach dem Rathe des Königs und der Vornehmen" im J. 891 seine Würde freiwillig nieder, worauf der Probst Huggi in Gegenwart von zwei königlichen Abgesandten zu seinem Nachfolger erwählt wurde[42]). Einigem Zweifel unterliegt es, ob die Kraft und Strenge des Königs überall mit Gerechtigkeit gepaart war: in der Streitsache des Bischofs Egilmar von Osnabrück entschied er, in die Fußtapfen seines Großvaters tretend vielleicht wider das bessere Recht, bei weitem schwerer aber trifft ihn der Vorwurf dem Erzbischof Hermann von Köln zu Liebe Adalgar von Hamburg mit der größten Unbilligkeit seiner Einkünfte beraubt und dadurch die einst so hoffnungsvolle Schöpfung des nordischen Erzbisthums zu Grunde gerichtet zu haben.

Es fehlt an jeder Andeutung darüber, ob Arnolf von kirchlicher Wissenschaft einen Anflug gehabt oder für literarische Arbeiten sich wenigstens in so weit interessiert habe, wie sein Oheim und Vorgänger, doch spricht das Schweigen der Quellen eher für das Gegentheil. Eine kirchlich fromme Gesinnung dürfen wir jedenfalls bei dem Kaiser voraussetzen, der durchaus im Einvernehmen mit den Häuptern der deutschen Geistlichkeit sein Regiment führte und von ihnen auf der Synode von Trebur, einer der zahlreichsten und glänzendsten Synoden dieses Jahrhunderts, als eifriger Schirmherr der Kirche mit höchstem Lobe gepriesen wurde, während andrerseits auch die Päpste Stephan und Formosus ihm freiwillig die Herrschaft über Rom entgegen trugen und den päpstlichen Stuhl unter seinen Schutz stellten. Groß ist auch die Zahl der Gnadenbeweise, die Arnolf wie seine Vorgänger kirchlichen Stiftungen zu Theil werden ließ, doch bewegen sie sich im Ganzen in den hergebrachten Formen und Grenzen, eine Erweiterung kirchlicher Gerechtsame ist nicht darin enthalten[43]). Die Echternacher

[42]) Annalista Saxo 891 (Scr. VI, 588): abbaciam Fulde consilio regis et optimatum Sigehart sponte dimisit et Hugo prepositus presentibus legatis regis Thiotbaldo et Poppone electus Ratispone eam a rege suscepit. Sigehard zog sich relinquens eam (sc. abbatiam) honorifice auf den Johannisberg bei Fulda zurück und starb dort erst 5. Sept. 899 (Catalog. abbat. Fuldens., Necrol. Fuld. mai., min. 899, Boehmer fontes III, 153, 156, 163, Mariani Scotti chronic. 915).

[43]) Die Urk. Arnolfs vom 14. Okt. 898, in welcher er dem Bischof Dietheloch von Worms monetam, thelonium, modium regis, quod alias Stuffkorn nuncupatur vel quidquid ad opus regium in ipsa civitate fiscus dominicus in servitoribus debito servitio mancipatis ... iusto iure possidere dinoscitur, totum ex integro, quod anteriore dono superaverat schenkt (Schannat hist. Wormat. p. 14, B. 1143 angef. von Arnold Verfgesch. d. d. Freist. I, 23) halte ich für unecht. Sie hat in der Fassung einiges Auffallende, ermangelt der notariellen Unterschrift und des Signums und würde neben andern Wormser Fälschungen durchaus nicht vereinzelt stehen.

Mönche beschwerten sich später, daß der König einen Theil der Klostergüter ihnen entzogen und an die Grafschaft Lützelburg (?) überwiesen habe[44]).

In Uebereinstimmung mit seiner Zeit huldigte auch Arnolf dem Glauben an die wunderthätige Kraft und Vermittelung der Heiligen in hohem Maße: er ließ sich von dem Papste Formosus Reliquien schenken, die er in der neu erbauten Kapelle zu Roding niederlegte. Dem h. Pankratius zu Ehren, dem diese Stiftung geweiht war, gründete er noch eine zweite Kapelle zu Ranshofen, die er mit allem Erforderlichen ausgestattet dem Priester Ellinbrecht übergab, damit sie nach dessen Tode an Oetting, seines Vaters Karlmann Ruhestätte, fallen solle[45]). Vielleicht weisen diese Gründungen auf den Dank hin, den Arnolf gerade dem h. Pankratius für seinen Beistand bei der Einnahme Roms schuldig zu sein glaubte. Ein von des h. Bonifacius eigener Hand geschriebenes Evangelienbuch gab der König auf inständiges Bitten des Abtes Huggi dem Kloster Fulda zurück[46]).

Als seinen besonderen Schutzpatron verehrte der Kaiser den h. Emmeram, der durch seine Beziehung zur Landeshauptstadt Regensburg bevorzugt als der erste und vornehmste unter allen bairischen Heiligen betrachtet wurde[47]). Ganz natürlich ist aber die Hingebung für ihn von Seite eines Fürsten, der sich zuerst als Baiernkönig fühlte und gerade in Regensburg am liebsten und längsten seinen Sitz aufschlug[48]). In der Nähe des Klosters grün-

---

[44]) Schreiben an K. Heinrich VI. (Martene coll. ampl. IV, 461): qui (sc. Arnoldus) propter incursionem Normannorum de bonis sancti Willibrordi auxit comitatum Lutzelburg ad supplendum scutum regalis exercitus in inferioribus etiam et in maritimis locis de eiusdem sancti bonis magnifice eum augmentavit.

[45]) In der Urk. vom 17. Okt. 898 erklärt Arn., daß er cuidam fideli ac religioso prespitero, cui nomen Ellimpreht tales res, quales hactenus in beneficium in Rantesdorf muneris nostri largitate tenebat id est capellam, quam nos ibi in honorem Christi et sancti Pancratii a fundamentis construximus doteque oportuna et ornatu ecclesiastico accumulavimus auf Lebenszeit zu eigen gebe, damit sie post obitum ipsius ad sanctum Philippum apost., cuius sacratissimum membrum in villa Otinga venerabiliter humatum est, in memoriam patris nostri ... convertatur und am 5. Febr. 899 schenkte er ad capellam, quam in loco Rantesdorf domino et sancto Pancratio martiri suo a fundamentis construximus, de terra iugera duo prope curtem, in qua eadem constructa cernitur ecclesia etc. (Mon. Boica III, 309, XXXI a, 156, B. 1144, 1148).

[46]) Schannat vindemiae I, 223 Inschrift in dem Evangelienbuche: quod etiam venerabilis abba Huoggi obnixis precibus a rege piissimo Arnolfo impetravit et sanctae Fuldensi aeclesiae honorabiliter restituit.

[47]) In den Worten des ungetreuen Markgrafen Gundakar von Kärnten (ann. Fuld. 869 vgl. oben I, 715): sanctus Emmerammus ceterique sancti, in quorum reliquiis Hludowico regi filiisque illius fidem me servaturum esse iuravi etc. ist die Hervorhebung des ersteren bezeichnend.

[48]) Herimann. Aug. 900: Ratisponae, ubi frequentius manebat (sc. Arnulfus); Regino 899 (cod. Frising.): in Radispona in basilica sancti

bete sich Arnolf eine neue große Pfalz (oder einen Festsaal), ein Bau, der vielleicht mit dem großen Brande in Zusammenhang steht, durch welchen Regensburg am 10. August 891 bis auf die St. Emmerams- und die mitten in der Stadt gelegene Kassianskirche ein Raub der Flammen wurde. Als der König im Sommer 893 auf dem mährischen Feldzuge der drohenden Lebensgefahr glücklich entgieng, glaubte er seine Rettung nur den Heiligen, vorzüglich aber einer Erscheinung des h. Emmeram zu verdanken. Nach seiner Heimkehr schickte Arnolf zum Danke reiche Gaben an alle bairischen Klöster, vorzüglich aber bedachte er diesen seinen Schutzpatron, dem er auf einmal den ganzen Schmuck seiner Pfalz schenkte [49]), darunter einen kleinen viereckigen Altar von einer Goldplatte bedeckt und mit Edelsteinen besetzt, von acht Säulen getragen, dazu einen silbernen Untersatz, kostbare Vorhänge und Altartücher, mehrere Evangelienbücher. Eins der letzteren mit goldenen Buchstaben im J. 870 auf Befehl Karls des Kahlen geschrieben, in einem mit Gold und Edelsteinen reich verzierten Einbande, auf welchem bildlich das himmlische Jerusalem dargestellt war, ein vorzügliches Werk westfränkischer Kunstfertigkeit, wurde bis zur Aufhebung des Klosters als einer seiner größten Schätze bewundert.

Auf welche Weise Arnolf in den Besitz dieses dem Stifte St. Denis ursprünglich zugehörenden Kleinodes gekommen, bleibt zweifelhaft, doch liegt die Annahme am nächsten, daß diese Evangelien eines der Geschenke waren, durch welche Odo sich die Gunst des deutschen Herrschers zu gewinnen suchte. Nach allen diesen Gnadenbeweisen, dem der Kaiser auch noch den hinzugefügt haben soll, daß er selbst das Kloster sich zur Ruhestätte ausersah, um desto sicherer den h. Emmeram, seinen Schutzpatron auf Erden, auch im Himmel zum Fürsprecher zu haben [50]), war es nicht mehr als

---

Hemmerammi martyris, quem ipse dum vixit, multum veneratus est; Arnold. de sto Emmerammo c. 5 (Scr. IV, 550): is (sc. Arnolfus) namque sperans deum sibi sic fore propitium, elegit b. Emmerammum vitae suae ac regno patronum adeoque illi adhesit, ut in vicinitate monasterii regio cultui aptum construeret grande palatium. Ueber die Feuersbrunst, die nach den ann. Fuld. 891 die ganze Stadt cum omnibus machinis et ecclesiis verzehrte exceptis domibus sancti Emmerammi martyris et ecclesia sancti Cassiani media urbe constituta vgl. oben S. 352 und über die Bauten in R. Hirsch Heinrich II. B. I S. 22 flg.

[49]) Arnold. de S. Emmer. l. I c. 5 (Scr. IV, 551). Mabillon beschreibt Altar und Evangelienbuch (letzteres unter den Cimelien der Münchener Bibliothek gegenwärtig aufbewahrt) aus eigener Anschauung (Jo. Mabillonii iter Germanic. Hamburgi 1717 p. 55). Von diesem sagt er: quo nullum pretiosiorem aut elegantiorem unquam vidimus, der kleine Altar (ciborium quadratum von Arnold genannt) wird durch eine Inschrift: Rex Arnulfus amore dei perfecerat istud etc. als einstiges Eigenthum desselben bezeichnet. Ueber das Evangelienbuch s. Coloman Sanftl dissert. in aureum evangelior. codicem S. Emmerammi a. 1786, wo zu p. 42 das Bild Karls des K. gegeben wird.

[50]) Arnold. a. a. O.: demum quippe apud S. Emmerammum sibi iussit

billig, daß die Mönche den 27. November als Todestag ihres Wohlthäters alljährlich durch ein feierliches Amt begiengen[51]). Sie benutzten später den Namen Arnolfs um eine Reihe von Fabeleien und absichtlichen Erdichtungen daran anzuknüpfen. Einerseits wurde dieser Kaiser von ihnen als der zweite Gründer und Erbauer ihres Stiftes gefeiert, welches er mit der gesamten Neustadt beschenkt und in Gemeinschaft mit dem selbst in Regensburg anwesenden Papste Formosus dem apostolischen Stuhle für immer unterworfen haben sollte, andrerseits entsprang aus der Schenkung jenes kostbaren Evangelienbuches von St. Denis das abgeschmackte Märchen, daß Arnolf sogar die Gebeine des h. Dionysius Areopagita selbst, nachdem er sie durch Diebstahl erworben, in sein geliebtes St. Emmeramskloster übertragen habe[52]).

Von Arnolfs Beziehungen zu seiner Familie ist hervor zu heben, daß er wie seine Vorgänger häufig in frommer Pietät seiner Großeltern und Eltern gedachte und in den Urkunden Stiftungen zu ihrem Andenken und zu Gebeten für ihrer Seelen Heil machte, wie er es auch einmal ausdrücklich als eine heilige Pflicht anerkennt, diejenigen zu belohnen, die ihnen von Kindesbeinen an treue Dienste geleistet[53]). So wurde u. a. Lorsch als die Grabstätte Ludwigs des Deutschen von ihm mit mehreren neuen Besitzungen, darunter einer zu Brumpt im Elsaß ausgestattet[54]), an

---

preparari mausoleum, quo mortem obiturus eum benignius in caelis haberet patrocinantem; Thietmar. chron. VI c. 28: confratres de monasterio ... Emmerammi, quod Arnulfus imperator in honorem eius construxit hicque ad corporaliter pausandum elegit.

[51]) Nach dem Zeugnisse Roman Zirngiebls (Neue histor. Abhandl. der bair. Akad. III, 378) fand alljährlich für die Seele Arnolfs erst eine Todtenvigil, am andern Tage ein feierliches Todtenamt statt, nach dessen Beendigung die Grabstätte von dem Prior und allen Mitbrüdern beräuchert und mit Weihwasser gesegnet wurde. Eine Feier seines Todestages verordnete Arn. in einer Urk. für Franko v. Lüttich (B. 1069) u. a. a. O.

[52]) S. die Translatio S. Dionysii mit der Einleitung von Köpke (Scr. XI, 343—371) und Hirsch Heinrich II. S. 415. Die Erwähnung des berühmten Evangelienbuches in der Transl. c. 36 läßt schließen, daß um diesen Kern sich die Fabel angesetzt hat. Ueber die andern gefälschten Urk. s. Hirsch a. a. O. S. 23 A. 3.

[53]) S. den Eingang der Urk. für den Kaplan Liutbrand, einst Notar Ludwigs des D., vom 11. Febr. 888: Si petitionibus procerum fideliumque nostrorum aures serenitatis nostrae accommodamus et his, qui ab infantia in servitio christianissimi avi nostri Hludowici et filiorum eius gloriosissimorum regum antecessorum nostrorum immoque in nostra fidelitate pio anhelabant studio, de temporali regno nostro aliquid in proprium donare studuerimus, praemia vitae aeternae inde nobis provenire liquido confidimus (Wirtemberg. Urkb. I, 186, B. 1032).

[54]) Necrolog. Lauresham. (Boehmer fontes III, 151): IV Id. Dec. Arnoldi imperatoris. hic nobis privilegium libertatis dedit et Bruomat ex integro et praedium suum in Rockesheim et Sunthove. Gemeint sind hiemit die Urk. B. 1037, 1041, 1073. Des Grabes der beiden Ludwige gedenkt Arn. in B. 1127.

Oetting, das die Gebeine seines Vaters Karlmann in sich schloß, schenkte er die von ihm erbaute Kirche zu Ranshofen und einige Güter im Isengau[55]). Seiner Mutter Liutswinda, die vor dem J. 895 gestorben sein muß, gedenkt Arnolf ebenfalls in Liebe. Von seiner Gemahlin Ota haben wir bereits geredet: das Witthum, welches der Kaiser ihr angewiesen, bestand aus Besitzungen zu Velden an der Vils, zu Föhring am Isar und zu Brixen am Eisack sämtlich in Baiern[56]), außerdem besaß sie einen Hof zu Lahnstein in Nassau, vielleicht ein Fingerzeig für ihre Abkunft.

Neben und vor dieser einzig rechtmäßigen Verbindung pflog Arnolf, selbst ein Kind der Liebe, Verkehr mit mehreren Kebsweibern, von denen nur eines, Ellinrata uns mit Namen bekannt ist. Diese Geliebte des Kaisers wurde von ihm mit einer Kapelle zu Ergolting (bei Landshut) ausgestattet, für welche sie im J. 914 von dem Kloster St. Emmeram auf Lebenszeit einige andre Güter eintauschte[57]). Aus Verbindungen solcher Art gieng der König Zwentibald von Lothringen hervor, ferner Ratolf, der nach dem Jahre 896 nicht mehr erwähnt wird, eine ungenannte Tochter, die der Graf Engelschalk entführte und heiratete und eine andre Tochter gleich ihrer Mutter Ellinrata genannt. Ein späterer Schriftsteller erzählt[58]), daß Arnolf einst auch eine sehr schöne

[55]) Außer Ranshofen (s. vorher) schenkte Arn. der Oettinger Kirche die Güter, die der Priester Dietrich im Isengau auf Lebenszeit besessen (Mon. Boica XXXIa, 158).

[56]) Ueber Velden s. die oben A. 6 angef. Urk. für Oetting und eine Urk. Ludwigs vom 12. Aug. 903, wodurch er den Rest ihres Besitzes an St. Emmeram schenkt. In der Urk. vom 13. Sept. 901 schenkt L. quandam curtem inter convallia ... quae dicitur Prihsna, quam etiam pius genitor noster Arnolfus imperator ... dilectae matri nostrae Otae reginae concessum habuit quamque eadem mater nostra ... nostro iuri ... relaxaverat dem Bisthum Seben, 30. Nov. 903 curtem quandam Veringa nuncupatam ..., quam venerabilis mater nostra Ota praeceptali tenore a beato genitore nostro Arnolfo caesare augusto obtinuisse constat an das Bisthum Freising (eb. XXVIIIa, 126, 134, XXXIa, 158, 171, B 1182, 1192, 1196). Ueber Lahnstein Urk. Ottos II. (Guden cod. Mogunt. I, 358).

[57]) Eb. XXVIIIa, 147 (B. 1252): quaedam matrona nomine Ellinrat concubina videl. Arnulfi serenissimi regis übergab proprietatem suam id est illam capellam in Ergoltinga cum aliis ecclesiis duabus ... pro remedio animae regis supradicti, cuius etiam largitate res easdem acquisierat ... excepta etiam hoba I, quam aequivocae suae Ellinratae contradidit usque ad finem vitae praesentis. Konrad von Scheiern (Chron. Schirense c. 16, Scr. XVII, 620) fabelt von einer griechischen Agnes, mit der Arn. vermählt gewesen sei, die ann. Magdeb. 919 (eb. 142) lassen K. Heinrich I. ex Liutgarda filia Arnolfi imperatoris geboren werden.

[58]) Ekkehard. casus S. Galli (Scr. II, 91): ad amplexus Arnolfi regis clam dum peteretur, respondisse fertur lenoniae procis etc. Ungerecht übertreibend sagt Leo (Vorles. über deutsche Gesch. I, 566 vgl. 554): „er hatte einen Hofstaat wie ein türkischer Sultan, Huren und Buben in Fülle.“ Von letzteren wissen die Quellen nichts.

außer der Ehe erzeugte Tochter des nachmaligen Bischofs Salomon III. von Konstanz zur Buhlschaft begehrt habe, die jedoch glücklich vor seinen Nachstellungen gerettet und einem vornehmen Manne vermählt wurde.

Am Hofe Arnolfs nahm wie unter seinen Vorgängern der Erzkaplan zugleich als Vorstand der Kanzlei die erste und vornehmste Stellung ein. Dieses Amt bekleidete während seiner ganzen Regierung der Erzbischof Theotmar von Salzburg, den wir in der gleichen Eigenschaft schon unter Karlmann kennen gelernt haben. Wie Arnolf sich zunächst als den Erben seines Vaters betrachtete und als Baiernkönig auch die Herrschaft über die andern Stämme erworben hatte, so war es natürlich, daß er das Haupt der bairischen Geistlichkeit an die Spitze der Reichsgeschäfte stellte[59]). Er schenkte seinem Erzkanzler im J. 890 die Abtei Au im Chiemsee, wozu er im folgenden Jahre noch den vorher seiner Mutter Liutswinda überwiesenen Königshof Erding nebst andern Gütern im Isengau und in der slavischen Grafschaft Dudleipa fügte, auch bedachte er einige Vassallen und Priester des Erzstiftes Salzburg noch mit besonderen Schenkungen, trotzdem scheint es, daß Theotmar sich nicht gerade in hervorragender Weise der Gunst seines königlichen Herrn erfreut habe. In den Urkunden Arnolfs tritt er fast nirgend als Fürbitter auf, der Thronerbe Ludwig wiewol auf bairischem Boden geboren, wird weder von ihm aus der Taufe gehoben, noch seiner Erziehung anvertraut, sein Name erscheint nie in der Geschichte Arnolfs, außer bei der gegen dessen Willen bewirkten Absetzung Wichings, die auf ein wenig freundschaftliches Verhältnis zum Könige schließen läßt. Die Stadt Salzburg, die obschon kirchliche Metropole Baierns während des

[59]) Die Urk. Arnolfs sind sämmtlich bis auf die nachher angef. Ausnahmen ad vicem Theotmari (Deotmari) archicappellani ausgestellt. Am 19. März 888 schenkte Arn. cuidam Theotmari venerabilis archiepiscopi nostri clerico Sigiboldo vocato eine Hufe im Lavanthale, in einer undatierten Urk. cuidam Reginhardo vasso Theotmari venerabilis archiepiscopi 2 Hufen an der Gurk in Kärnten, am 29. Juni 890 erklärt er, daß Deotmarus venerabilis sanctae Iuvavensis aecclesiae archiepiscopus et archicappellanus noster ihn um Schenkung der bisher als Lehen besessenen Abtei Chiemincseo ... quod vulgari vocabulo Owa dictum esse constat gebeten und dieselbe erlangt habe; am 9. März 891 schenkte A. Diotmaro reverentissimo ste Iuvavensis ecclesie metropolitano nostro supplicante den Hof Erding sowie Holzschlag und Weide in den königlichen Forsten Helfendorf und Schwindach und in einer zweiten Urk. von demselben Tage, gleichfalls Erding sowie Güter im Isengau und Dudleipa, am 3. Apr. 892 cuidam Theotmari venerabilis ac dilecti archiepiscopi nostri vasallo Theotrich nominato ein Lehen zu Mödling, ausgestellt Iuvavensi urbe (Kleimayrn Juvavia Anh. S. 106, 110, 115—117, B. 1036, 1081, 1088, 1089; entschieden unecht ist die S. 112 abgedr. Urk. B. 1084, wie ich schon de Arnulfo p. 186 bemerkt habe). Am 3. Okt. 889 machte A. dem Kanzler Aspert eine Schenkung pro Theotmari venerabilis archiepiscopi ... suggestione (Mon. Boica XXVIII^a, 90, B. 1068), am 3. Sept. 893 bestätigte er einen Gütertausch, den Engilscalc Diotmari venerabilis episcopi nostri religiosus diaconus mit dem Kl. Metten einging (eb. XI, 436, B. 1104).

ganzen neunten Jahrhunderts gegen das auch als Handelsplatz wichtige Regensburg sehr zurücksteht, wurde unseres Wissens von Arnolf nur ein einziges Mal besucht.

Unter der oberen Leitung des Erzkaplans war die Kanzlei nun ferner in der Weise gegliedert, daß zunächst unter ihm ein Kanzler stand, der bisweilen auch den Titel eines Erzkanzlers führt und unter dem Kanzler zwei Notare, die neben einander abwechselnd die königlichen Urkunden schrieben. Ihre Namen erscheinen jedoch nicht ganz so häufig, als der des Kanzlers. Das letztere Amt bekleidete mindestens seit dem Januar 888 bis zu Ende des Jahres 892 der Regensburger Diakonus Aspert[60]), nach dem am 14. Juli 891 stattgehabten Ableben des Bischofs Embricho selbst auf den bischöflichen Stuhl von Regensburg befördert, dem er bis zu seinem Tode (am 12. März 893) vorstand. Der Subdiakonus Anamodus widmete ihm, dem vielgeliebten Hirten seiner Herde, eine Sammlung von Schenkungs- und Tauschurkunden des Klosters St. Emmeram, die ihrem Zwecke als Muster zu dienen durch reine Sprache und gewählten Ausdruck in der That entsprechen und einen vortheilhaften Schluß auf die literarische Bildung der Regensburger Schule gestatten[61]).

Aspert, in der Regel Kanzler, in zwei unzweifelhaft echten Urkunden[62]) sogar Erzkanzler genannt, stand bei seinem königlichen Herrn in hoher Gunst. „Wenn wir, so heißt es in dem Eingange der Urkunde, durch welche Arnolf ihm die Kapelle auf dem Krongute Aufhausen an der Laber schenkte, wenn wir den Bitten un-

[60]) Die erste von Albertus (corr. Asbertus) cancellarius an Statt Theotmars geschriebene Urk. ist vom 3. Januar 888 (Urkundenb. v. Kremsmünster S. 16), die letzte vom 7. Dez. 892 (Orig. Guelf. IV, 403, B. 1099). Mit dem Bischof Embricho schloß Aspertus venerabilis diaconus cancellarius videlicet regis Arnulfi ipso rege licentiam concedente einen Tauschvertrag über mehrere Besitzungen (Bern. Pez thesaur. anecdot. Ic, 279). Ueber Embrichos Tod s. ann. Fuld. 891, S. Emmerammi 890, Ratispon. 891 (Scr. I, 94, XVII, 582), Necrolog. St. Emmerammi, Weltenburg. (Mon. Boica XIII, 484, XIV, 369). Ueber Aspert ann. S. Emmer. 890: Aspertus ordinatur episcopus, 893 Asperht episcopus obiit; Ratispon. 891: Aspertus successit, 895 Aspertus obiit. Das Necrol. S. Emmer. sowie das Weltenburger hat zu IIII Id. Mart. Aspertus Radasponensis episc., das von Obermünster zum 13. März. (Boehmer fontes III, 486).

[61]) In den versus Anamodi (Pez thesaur. Ic, 193) heißt es von ihm: cuius amor cunctis dulcis adest populis. | est humilis, mitis, reprobo fit denique fortis, und in der Widmung (eb. 199): Vestram igitur mentem quoniam in omni librorum studio caeteroque divini cultus mancipatu semper inhaerere cognoveram, hoc opusculum ultronea voluntate pulcherrimis sanctitatis vestrae manibus praesentare conabar etc.

[62]) Die Urk. vom 10. Mai 892 für Huggi von Fulda hat Engilpero notarius ad vicem Asperti archicancellarii (Dronke cod. Fuld. p. 294) ausgefertigt und in der Urk. vom 3. Okt. 889 wird er im Texte Aspertus venerabilis ac dilectus archicancellarius (später noch einmal) genannt (B. 1068, 1095). Für Theotmar scheint sich diese Benennung (wie z. B. Urkb. v. Kremsm. S. 16) nur in fehlerhaften Abschriften zu finden.

serer Getreuen nachzukommen uns bemühen, die wir scharfsinnig im Rathe, angenehm im Betragen, aufrichtig in der Treue und unverdrossen in den Mühewaltungen des königlichen Dienstes erblicken, so hoffen wir zuversichtlich, daß dadurch der Bestand unseres Reiches gesichert werde und sie selbst mit noch größerer Hingebung sich unserem Dienste widmen"[63]). Für verschiedene Personen sehen wir Aspert, der auch gelegentlich als Siegelbewahrer bezeichnet wird, als einflußreichen Vermittler sein Fürwort einlegen[64]), so für den Abt Bernhard von St. Gallen, das Achener Marienstift, den königlichen Kaplan Otolf, für einen Priester Pilgrim, der im Zillerthale ausgestattet wird, einen Salzburger Vassallen Reginhard und einen sonst nicht bekannten Altman. Alter oder Kränklichkeit mag ihn bewogen haben, sich schon einige Zeit vor seinem Tode von den Geschäften der Kanzlei zurück zu ziehen.

Als Asperts Nachfolger ganz in der gleichen Stellung finden wir seit dem Sommer 893 — zuerst am 2. September — den vertriebenen Bischof Wiching von Neitra, von dessen früheren Schicksalen vorher schon die Rede war. Auch er heißt in der Regel Kanzler, in vier echten Urkunden, von denen eine an seiner Statt ausgestellt ist Erzkanzler, in andern wird er als Bischof bezeichnet[65]). Er bekleidete sein Amt bis zum Tode des Kaisers,

---

[63]) Mon. Boica XXVIII^{a}, 90 (B. 1068). Diese allgemein gehaltenen Worte sind hier gewis auf Aspert zu beziehen, dessen pulchram formam Anamodus rühmend hervorhebt.

[64]) Am 29. Mai 888 machte Arn. dem Abte Bernhard per Asperti custodis et cancellarii nostri interventum eine Schenkung (Neugart I, 472), am 13. Juni baten ihn Willibert von Köln et Albertus cancellarius noster dem Achener Marienstifte die von Lothar II. überwiesenen Einkünfte zu bestätigen (Lacomblet I, 39), am 25. Aug. bat ihn Aspertus cancellarius noster für Otolf (Wirtemb. Urkb. I, 187), am 5. Okt. 889 baten quidam fideles nostri Aspertus venerabilis cancellarius scil. et Salomon für Pilgrim, am 3. Apr. 892 gab A. an Theotrich ein Leben, quod Altman illic tenuit rogatu Asperti venerabilis atque dilecti episcopi nostri, durch eine undatierte Urk. an Reginhard duas hobas plenas rogatu Asperti episcopi et Engilscalci comitis fidelium nostrorum (Kleimayrn Juvavia Anh. S. 109, 110, 118, B. 1046, 1065).

[65]) Die erste Urk., die Wihingus cancellarius ad vicem Deotmari archicappellani schrieb, ist für das Kl. Metten ausgestellt (Mon. Boica XI, 436, B. 1104), zwei Urk. für St. Gallen vom 26. Aug. 894 haben die Unterschrift Wihhingus archicancellarius ad vic. Theotm. archicappell. (Wirtemb. Urkb. I, 198, Neugart I, 498), desgl. die für Mont-Amiata vom 27. Febr. 896 (s. die Beilagen); eine Urk. für Toul vom 13. Juni 894 Engilpero notarius adv. Wichingi archicancellarii (Bouquet IX, 368, B. 1109—1111), 3 spätere Urk. aus den J. 898 und 899 Engilpero notarius ad vic. Wichingi episcopi (Mon. Boica XXXI^{a}, 150, 156, I, 351, B. 1138, 1148, 1149). Im Texte der Urk. heißt er nirgends Erzkanzler: eine Urk. vom 17. Febr. 894 (?) für den Kanzler Ernst ist per interventum Wihcingi fidelis episcopi nostri ausgestellt (Dümgé reg. Bad. p. 83), eine Urk. vom 16. Apr. 894 für das Trierer Domkapitel per admonitionem Wichingi venerandi presulis et cancellarii nostri (Beyer I, 201), vom 13. Juni (a. a. O.) ipsius praesulis Wichingi interventu, vom 17. Okt. 898 per supplicationem Wichingi venerabilis episcopi für den Priester Ellimbrecht, vom 5. Febr. 899 für die Kapelle zu

den er überlebte. Während der kurzen Zeit, in der er im J. 899 dem Bisthum Passau vorstand, tauschte er für sich statt einiger Besitzungen an der Erlaf in der Ostmark das Kloster Mondsee von dem Bischof Tuto von Regensburg auf Lebenszeit mit Zustimmung Arnolfs ein. Wann und wo er gestorben, ist unbekannt, da er mit dem Tode seines Wohlthäters aus der Geschichte verschwindet. Wiching, ein Mann von bedeutenden Geistesgaben ohne Zweifel, wenn man die tiefgreifenden Wirkungen erwägt, die sein Auftreten in Mähren hervorbrachte, übte auf den Kaiser, den er auf seinen beiden italienischen Zügen begleitete, sicherlich keinen geringeren Einfluß aus als sein Vorgänger Aspert: durch seine Verwendung erlangten der Kanzler Ernst, der Priester Ellinbrecht und die Domkapitel zu Trier und Toul Schenkungen oder Bestätigungen ihrer Güter, im übrigen entzieht sich seine Wirksamkeit unseren Blicken.

Unter oder neben den beiden Kanzlern Arnolfs wirkten während seiner ganzen Regierung in der Kanzlei noch die Notare Ernst und Engilpero, beide nachmals auch auf seinen Sohn übergehend, von denen der erstere bereits unter Karl III. in den J. 878 bis 882 als Subdiakonus mit dem gleichen Amte betraut war. Während Engilpero stets den ursprünglichen Titel eines Notars beibehält[66]), wird Ernst, dem der König Güter zu Sunthausen und Schwaningen in Schwaben schenkte, seit (dem 25. Mai) 895 in den Unterschriften der Urkunden Kauzler genannt[67]). Seine

Ranshofen intercedentibus quoqne Wichingo venerabili episcopo et Isangrimo (Urkb. des Landes ob der Enns II, 43, 45). Vgl. über ihn Hund metrop. Salisburg. ed. Gewold I, 128: hic Tuto quasdam possessiones in Austria ad flumen Erlafa acqnisivit a Wichindo episcopo Pataviensi, pro qnibns illi dedit monasterium Mansee temporibus vitae suae utendum consentiente rege Arnulpho, nt est in libro traditionum f. 88 (eine leider ungedruckte Urk.!). Das Necrol. Aug. bringt seinen Todestag II Id. Sept. Wiching episcopns.

[66]) Engilpero notarins hat schon die Urk. vom 11. Dez. 887 geschrieben, derselbe schreibt auch die letzte bisher bekannte Urk. Arnolfs vom 2. Juli 899 (Erhard reg. I, 26; Mon. Boica XXXI¹, 158), Kanzler wurde er unter der Regierung Ludwigs. Die 5 nicht ad vicem Theotmari ausgestellten Urk. Engilperos sind B. 1095, 1109, 1138, 1148, 1149. Ganz ungewöhnlich lautet der Eingang der Urk. für St. Gallen vom 2. Juli 892: Ordinante sancta et individna triuitate. Arnolfus rex ecclesiae catholicae filius et defensor statt des üblichen: In nomine sanctae et indiv. trinitatis Arnolfus divina favente gratia (clementia) rex, von Engilpero geschrieben und auch sonst in ihrer Stilisierung abweichend, dennoch ist das Original derselben ganz unverdächtig.

[67]) Die erste aller bekannten Urk. Arnolfs vom 27. Nov. 887 (v. Mohr cod. dipl. I, 51) hat bereits Ernestus notarius ad vic. Theotm. archicappell. geschrieben, zum letztenmale Notar heißt er am 7. Febr. 893 (Beyer I, 139), am 17. Febr. 894 schenkte Arn. Ernusto cancellario nostro quasdam res iuris nostri ... in Alamannia et in villis Sundhnsa et Suaninga (Dümgé p. 83), die Urk. für Eichstädt vom 25. Mai 895 hat Ernnstus cancellarius ad vic. Theotm. archicap. ausgestellt (B. 1116).

äußere Stellung also kann sich seitdem wenigstens von der des Kanzlers Wiching nicht unterschieden haben; bis auf fünf Urkunden Engilperos fertigten auch beide Notare stets an Statt Theotmars aus, der mithin allein ihr wahrer Vorgesetzter gewesen sein muß. In ihrer ganzen Fassung und in den angewandten Formeln unterscheiden sich die Urkunden Arnolfs durchaus nicht wesentlich von denen seiner Vorgänger: die Jahre werden ebenfalls nach der Regierungsdauer, nach der Römerzinszahl und nach Christi Geburt berechnet, dem Königstitel keine Bezeichnung eines bestimmten Landes oder Stammes hinzugefügt. Von den uns erhaltenen Urkunden Arnolfs — etwa 167 an der Zahl — beziehen sich nur sieben auf Italien, auf Lothringen keine mehr seit der Einsetzung Zwentibalds, auf Sachsen dreizehn, die meisten auf Baiern, demnächst auf Schwaben und Franken.

Von der Kapelle des Kaisers wissen wir nichts weiter als die Namen einer Anzahl von Mitgliedern derselben, die gelegentlich mit Lehen und Gütern ausgestattet werden, ohne daß von ihrer sonstigen Thätigkeit etwas zu melden wäre. Einige von diesen befanden sich sicher schon unter Karl III. in der Stellung von Hofkaplänen, wie Salomon, der nachmalige Bischof von Konstanz, der Kaplan Liutbrand, wegen seiner treuen Dienste gerühmt, eine Zeitlang Notar Ludwigs des Deutschen, der Kaplan Otolf, welchen Arnolf die von seinem Vorgänger gemachten Schenkungen bestätigte[68]), andre wie Zazko, Elolf, Waning kamen vielleicht erst später hinzu. Zu dieser Hofgeistlichkeit gehörte auch der Abt Richar von Metten, der den Titel eines Kustos d. h. wohl Siegelbewahrers führt[69]). Aus diesem Kreise mag die letzte Fortsetzung der sog. Jahrbücher von Fulda, eine unserer Hauptquellen für die Geschichte der Jahre 882 bis 901 stammen, die nicht bloß in Baiern sondern auch von einem Manne geschrieben sein muß, der in der

[68]) Am 11. Febr. 888 bestätigte Arn. Liutbrando cuidam venerabili cappelano nostro ob assiduum et fidele servitium suum, quod beatissimo avo nostro Hludowico, filiis illius gloriosissimis regibus ... et nobis assidue indefessa fide devote peregit das Klösterlein Faurndau und die Kapelle Brenz, am 25. Aug. cuidam cappellano nostro nomine Otolfo eine Schenkung Karls zu Dußlingen (Wirtemb. Urkb. I, 186—188). In der Urk. vom 5. Okt. 889 erscheint Salomon capellanus noster als Fürbitter (Kleimayrn Juvavia Anh. 109). Am 13. Apr. 888 gab A. cuidam venerabili et religioso cappellano nostro Zazconi interventu procerum fideliumque nostrorum necnon et ob assiduum et bone fidelitatis sue servicium tales causas, sicut hactenus ad Welas habuit in beneficium (Urkb. v. Kremsm. 21), am 20. Jan. 889 gab er pro devotae servitutis merito cuidam fideli cappellano nostro nomine Elolfo eine Kapelle im Gau Scerra (Mon. Boica XXVIII[a], 84), nach einer Urk. vom 21. Juli 891 besaß Waningus capellanus noster eine Kapelle zu Lurnfeld in Kärnten als Lehen (eb. XXXI[a], 137).

[69]) Mon. Boica XI, 435 Urk. vom 5. Juni 892 per interventum Rihharii custodis nostri, 436 vom 2. Sept. 893: Richeri dilectus custos noster et venerabilis Metamensis coenobii abba.

Umgebung des Königs verweilend ein Augenzeuge seiner Thaten wurde[70]). Die sehr rohe und unbehilfliche Sprache, in der dieser im Ganzen schlichte und streng thatsächliche Bericht abgefaßt ist, sticht unvortheilhaft gegen die bei weitem elegantere Arbeit des Subdiakonus Anamodus ab.

Daß auch die Künste unter der Geistlichkeit Arnolfs ihre Pflege fanden, lehrt der Name des Priesters Siginand, der von dem Könige als ein berühmter Künstler gepriesen und wegen seines hingebenden Diensteifers im J. 891 mit dem Nonnenkloster Susteren unweit der Maas beschenkt wird[71]). Seine Verdienste lassen sich ebenso wenig nachweisen wie die eines gewissen, dem Laienstande angehörigen Coprecht, der gleichfalls als Künstler (Baumeister wie es scheint) Schenkungen im Donaugaue empfängt[72]). Gleichfalls ein Priester war des Königs Arzt Amandus, dem er im J. 889 acht Hufen zu Ars an der Mosel schenkte, damit sie nach seinem Tode an das Domstift St. Arnolf zu Metz fielen[73]). Was für ein Hofamt der bei dem Könige sehr beliebte Bischof Engelmar von Passau bekleidete, der auch Ministeriale genannt wird, ist nicht mehr zu ermitteln.

Von den weltlichen Hofbeamten Arnolfs kennen wir den schwäbischen Pfalzgrafen Berthold, den Kämmerer Dietrich aus flüchtigen Erwähnungen[74]), etwas deutlicher erscheint uns die Persön-

---

[70]) Die Vermutung Eckharts (comment. de reb. Fr. orient. II, 722, 784), wonach Aspert, Wiching, Engilpero Verfasser des letzten Theiles der ann. Fuld. sein sollen, zu der ich früher ebenfalls neigte (de Arnulfo p. 172), halte ich jetzt, wiewol sie auf einer richtigen Grundanschauung beruht, doch nicht für zuläßig, weil in der Kanzlei offenbar ein besseres Latein geschrieben wurde, als es der Annalist zu schreiben vermag.

[71]) Urk. Arnolfs vom 24. Febr. 891: nos divino afflati instinctu ac pro bonae voluntatis merito devotissimaeque servitutis studio cuidam fideli presbitero nostro Siginando videl. illustri artifici quandam abbatiam in Masalante consistentem, quae vulgari vocabulo Suestra nuncupatur ... in proprietatem concessimus, bestätigt von Zwentibald 5. Juni 895: rex Arnolfus cuidam eximiarum artium presbitero Siginando monasterium nuncupante Suestra ... firmissime donavit, das dieser dann mit Zustimmung Arnolfs an das Kl. Prüm weiter schenkt (Beyer I, 137, 202, B. 1085, 1151).

[72]) Am 15. Apr. 890 schenkte A. rogatu et deprecatione procerum fideliumque nostrorum seu etiam pro merito assidui et fidelis servitii sui cuidam artifici nostro nomine Eopreht quasdam res zu Simbling bei Deggendorf, am 5. Mai 897 desgl. cuidam fideli operario nostro nomine Eopreht eine Hufe zu Straubing, die dieser (quidam liber homo nom. Ioperht) 905 an das Kl. Altaich austauschte (Mon. Boica XI, 126—130, XXVIII[a], 102, 114, 139).

[73]) Am 9. Juli 889 schenkte A. cuidam presbytero et fideli medico nostro nomine Amandus ... in comitatu Carponense in villa Arcus mansos VIII, nach seinem Tode an St. Arnulf (Kremer orig. Nassoicae I, 23), am 25. Apr. 892 bestätigte er den Kanonikern von St. Arnulf diese Schenkung (Hist. de Metz IV, 48, 49). Ueber Engelmar s. oben S. 400.

[74]) St. Galler Urk. vom März 889: Signum Perehtoldi palacii comi-

lichkeit Isangrims des Truchsessen, der, zugleich Graf des Mattiggaus am Inn, in jener Gegend angesessen war, die von Arnolf nach dem Beispiele seines Vaters durch öfteren Aufenthalt bevorzugt wurde[75]). Das Mundschenkenamt verwaltete ein gewisser Heimo, ebenso wie seine Gemahlin Miltrud bei Arnolf in hoher Gunst: der letzteren schenkte dieser (am 26. Dez. 888) zur Belohnung ihrer Dienstwilligkeit neun Königshufen zu Ramseiden bei Saalfelden sowie eine große Anzahl von Leibeigenen mit ihren Familien theils aus der Salzburger Gegend, theils aus Kärnten[76]), dem ersteren aber gestattete der König in der Ostmark einen festen Platz anzulegen, den Umwohnern im Falle der Gefahr zur Zuflucht, mit der Befugnis für den Erbauer unbeschränkte Gerichtsbarkeit zu üben und ein Drittel der Bußen in Civilsachen für sich zu erheben[77]). Eines der ersten Hofämter, es läßt sich jedoch nicht bestimmen welches, bekleidete der Graf Iring vom Salzburggau, der öfter als ein einflußreicher Vermittler am Hofe erscheint[78]).

---

tis (Neugart I, 477). Die zweite Urk. für Miltrud (s. A. 76) ist per interventum Diotrici fidelis camerarii nostri ausgestellt.

[75]) Am 31. Aug., 4. Sept. 898 machte A. einem Vassallen Liutbolds in Kärnten eine Schenkung rogatu Iringi et Isimgrimi dilectorum comitum nostrorum (Eichhorn Beytr. zur Gesch. v. Kärnten I, 167), am 11. Sept. 898 ließ er den Sklaven Gumpold frei obtentu ... Isangrimi comitis ac dapiferi nostri, 5. Febr. 899 an Ranshofen eine Schenkung intercedentibus quoque W ... et Isangrimo illustri comite ministerialique nostro; 8. Febr. 899 desgl. an Cholo, einen Vassallen Liutbolds interventu Issangrini illustri comitis nostri: Urk. Ludwigs vom 4. März 904: in Matahgowe comitatu Isangrimi (Mon. Boica XXXI[a], 153, 156, 168, I, 351, XXVIII[a], 136).

[76]) Kleimayrn Juvavia Anh. 107: venerande Heimonis dilecti ministerialis nostri coniugi Mildrut nominate ... ob meritum bone volnntatis sue et crebri servitii pensantes; 108: venerande Heimonis dilecti poticularii nostri coniugi Mildrut etc.

[77]) Eb. 118: quidam noster ministerialis nomine Heimo serenitatis nostre magnitudinem deprecatus est etc. ... at nos peticionibus eius libenter annuentes memores crebri devotique eius obsequii decrevimus ita fieri; mit dem unrichtigen J. 898, welches v. Meiller (Archiv f. Kunde östr. Geschichtsq. XI, 66) nach Einsicht des Originales verbessert. Büdinger (östr. Gesch. I, 164, 171) findet die Burg Heimos bei dem jetzigen Dorfe Heimberg im Viertel ob dem Wiener Walde. Vgl. Waitz Verfgesch. IV, 387. Heimo ist vermutlich ein Sohn des von Ludwig 860 im Thale von Admunt beschenkten Grafen Witagowa (Kleimayrn Juvavia Anh. 94, vgl. S. 62), da gegen 906 B. Waldo v. Freising von einem vornehmen Manne Georg aus Kärnten eine Schenkung zu Mariawörth empfängt, dessen Gemahlin Tunza Schwester eines Heimo und Tochter eines Witagowo genannt wird (Meichelbeck hist. Frising. I[b], 428). Am 8. Nov. 888 machte A. eine Schenkung an Reginbrecht ob ... cuiusdam fidelis nostri interventum Heimonis videl. (Cod. Lauresh. I, 91).

[78]) Am 15. Nov. 889 Schenkung für Lüttich per quorumdam procerum nostrorum E. vid. et Iringi interventum (Miraei opp. dipl. I, 650), 10. Jan. 890 für Egino per interventum fidelis comitis nostri Iringi et Erici ministerialis nostri (Neugart I, 475), 26. Juni 890: noster quidam comes honorabilis et dilectus ministerialis nomine Yringus Fürbitter für Otto-

Von andern Beamten wie Erich, Epo, Konrad werden die Namen ohne nähere Angabe erwähnt, endlich kommen noch ein königlicher Hausverwalter Rodhard und ein Jäger Gundpert vor. Ganz ausnahmsweise erscheint im J. 893 in besonderem Auftrage ein Sendbote Hiltibald in Zürich[79]).

Die eben aufgeführten geistlichen und weltlichen Würdenträger erschöpfen keineswegs den Kreis der Personen, die einen hervorragenden und bestimmenden Einfluß auf die Geschäfte der Regierung ausübten. Ungleich bedeutender als Theotmar griff Hatto von Mainz als der vornehmste Rathgeber und erste Staatsmann Arnolfs in alle wichtigen Reichsangelegenheiten ein und die Geltung der Bischöfe Adalbero und Salomon, Waldo und Engelmar sowie Erchanbalds kam mindestens der der Kanzler gleich, wenn sie dieselbe nicht vielmehr übertraf. Ebenso gab es aber auch unter den Grafen und großen Vassallen mehrere, die ohne ein Hofamt zu bekleiden, dennoch sehr häufig als gern gesehene und bevorzugte Räthe die Umgebung des Königs bildeten. Von den bairischen Großen sind dahin namentlich die Grafen Sigihard und Liutbold zu zählen, beide Blutsverwandte des Königs, jener der Ahnherr der Grafen von Ebersberg, Graf im Chiemgau und Salzburggau[80]), dieser nach dem Sturze Engildeos durch ihn zu der

---

beuren, 14. Juli 897 Schenkung für Diotker intercedentibus quoque Sigihardo et Iringo venerabilibus nostris comitibus (Mon. Boica XXXI^a, 135, XXVIII^a, 115). Nach der Urk. vom 20. Nov. 896 (Hund metr. Salisb. II, 105) lag Thalhausen bei Teissendorf in comitatu Iringi, und nach der vom 8. Febr. 899 gehörte auch ein Ort im Donaugau ad ministerium Iringi comitis (Mon. B. I, 351).

[79]) Mon. B. XXVIII^a, 86: quidam fidelis ministerialis noster nomine Epo, zu Krautheim bei Schweinfurt beschenkt; Dümgé p. 82: Schenkung an Speier im Elsaß per interventnm Chuonradi comitis ministerialisqne nostri, 3. Febr. 891; Hund metrop. II, 105: cuidam venatori nostro N. Gundperht Schenkung in lo(co) qui dicitur Talahusa 20. Nov. 896. Ueber Rodhard s. oben S. 454 A. 55. In den Mittheil. der antiq. Gesellsch. in Zürich VIII Beil. 20 Urk. vom 7. Mai 893 Beilegung eines Streites in presenciam missi domini regis nostri Arnolfi nomine Hildibaldi de camera ac palacio transmisso.

[80]) Am 1. Jan. 888 schenkte A. dem quidam dilectns fidelisque comes noster nomine Sigihart die Kapelle zu Haindlingberg pro gratae servitutis suae merito libenter annuentes; 8. Juli 896 pro bonae fidelitatis ac servitutis merito cuidam dilecto comiti et propinquo nostro nomine Sigihardo 6 Hufen; 14. Juli 897 ist S. Fürbitter für Diotker; 15. Mai 898 schenkt A. cuidam dilecto comiti et fideli propinquo nostro cui nomen Sigihart 2 Mansen zu Rota. Otto I. erwähnt in einer Urk. für den Grafen Eberhard im J. 946 eine Schenkung, welche Arnolfus rex avo illius Sigihardo comiti in pago Chiemihgowe in comitatu Sigihardi machte (Mon. B. XXVIII^a, 80, 111, 115, 116, 181), und in der Urk. Ludwigs vom 17. Dez. 907 heißt es: in pago Salzpurhgowe dicto in comitatu Sigihardi (Kleimayrn Anh. S. 120), letztere Grafschaft erhielt er vielleicht erst nach der Ungernschlacht von 907. Vgl. Chronic. Ebersperg. (Oefele scr. rer. Boicar. II, 11): Arnolfus ergo caesar ... qui consanguineus erat Sighardo multis ditans praediis ad novi

bei weitem mächtigsten Stellung in Baiern erhoben, da er zwei Marken und mehrere Grafschaften in seiner Hand vereinigte. In den letzten Jahren von Arnolfs Herrschaft erscheint daher der „geliebte Neffe" Liutbold unter den vertrautesten Rathgebern[81]), wie auch seine Vassallen und Getreuen durch die königliche Huld auf das reichste bedacht werden.

Ein ähnliches Verhältnis wie zu ihm hatte der König auch zu dem fränkischen Grafen Konrad und seinen Brüdern, wiewol in den Urkunden ihre Namen seltener auftauchen. Auch sie, die Enkel wahrscheinlich jenes unter Ludwig dem Frommen hochangesehenen Grafen Gebhard vom Lahngau, werden von Arnolf als Verwandte bezeichnet[82]). Der älteste der vier Brüder, Konrad

---

castri supplementum dedit tres mansos in villa Chagininga et tres in villa Olinga (?) ... traditionem firmans testamento regale sigillum habente (b. l. B. 1122).

[81]) Ueber die Grafschaften Liutbolds s. oben S. 393. Am 20. Nov. 896 machte A. dem Jäger G. eine Schenkung per obtentum dilecti comitis nostri N. Liutpoldi (Hund metr. Sal. II, 105); 18. Okt. 898 seinem Vassallen Reginbodo per interventum Liutpoldi dilecti comitis nostri (Cod. Lauresh. I, 100); 8. Febr. 899 desgl. cuidam vasallo Liutpoldi dilecti comitis nostri nomine Cholo (Mon. Boica I, 351) s. auch ann. Fuld. 898: Liutbaldo strenuo comite.

[82]) Ueber Gebhard s. I. 92, 99, 131 A. 68, 463. Nach der Stiftungsurk. von Gemünden vom 9. Nov. 879 hinterließ Gebhard 3 Söhne Udo, Berthold, Berengar, zu denen der dort erwähnte Abt Waldo von St. Maximin als vierter zu zählen ist (Kremer orig. Nassoicae cod. dipl. p. 14—18). Wiewol ich nicht allen Vermutungen Kremers (eb. I, 61 flg.) beitreten kann, — namentlich nicht der Verwandtschaft Udos mit Lothar I., da die Namen Udo und Otto unterschieden werden müssen — so ist es mir doch das wahrscheinlichste, daß Konrad und seine Brüder Söhne Udos waren. Die von Wenck (Hess. Landesgesch. II, 585 flg.) angenommene Abstammung von den Welfen in männlicher Linie ist gewis unhaltbar (vgl. oben S. 203): eine weibliche Verwandtschaft mit ihnen als Veranlassung der Namen Konrad und Rudolf wäre nicht unmöglich. Die von demselben (S. 563) gebilligte Ableitung von einer angeblichen Tochter Ludwigs des D. beruht auf der von Falcke gefälschten Korveier Chronik. Daß bei Ekkehard (Scr. II, 104) Konrad Kurzbold regii generis heißt, erklärt sich ausreichend durch seine Verwandtschaft mit Konrad I. Am 11. Mai 886 tauschte Graf Konrad von dem Kl. Lorsch eine Besitzung in der Wetterau für eine andre im Lahngau ein (Kremer cod. dipl. p. 18), nach der Urk. Arnolfs vom 28. Jan. 897 besaß Konrad ein Lehen im Eichsfelde, wofür er von Fulda Güter in suis comitatibus id est Angraria et Hessa eintauschte (Dronke cod. Fuld. 295 vgl. dazu Landau Beschreib. des Hessengaus S. 28), daher erwartete er Adalberts Angriff im J. 906 zu Fritzlar im Oberlahngau und Sachsen (aus dem Hessengau) kämpften unter seinen Fahnen (Regino 906). Am 5. Okt. 908 heißt es von seinem Sohne: in pago Hassionum in comitatu Chuonradi (Wenck hess. Landesgesch. II, Urk. 25 B. 1223). In der Urk. Ludwigs vom 9. Juli 903 heißt es: in pago Cozfelda in comitatu Chonrati (Mon. Boica XXVIII[a], 130), und vom 2. Sept 906: in pago Wormazfelda in comitatu Kuonrati (Mone Anzeiger 1838 S. 441), 22. Okt. 907: in pago Wormatiense in comitatu Cunradi (Cod. Lauresh. I. 108). Letztere Grafschaft verwaltete jedoch unter Karl III., Arnolf und bis in den Anfang von Ludwigs Regierung Graf Walaho (eb. p. 82, 91, 100, 104), sowie z. Th. Megingaud (Dronke p. 289).

war Graf in Hessen d. h. im Oberlahngau und in dem von Engern getrennten sächsischen Hessengau und vorübergehend im J. 892 thüringischer Markgraf, später kamen dazu noch Grafschaften im fränkischen Gozfelde und im Wormsfelde, Gebhard stand dem oberen Rheingau und der Wetterau vor[83]), Eberhard dem Niederlahngau, Rudolf endlich der jüngste seit 892 dem Bisthum Wirzburg. Wie in Sachsen die Familie der Liudolfinger schon längst ein überwiegendes Ansehen besaß, welches von Arnolf in keiner Weise geschmälert wurde, so ward ein ähnliches Uebergewicht einer einzelnen, dem königlichen Hause besonders ergebenen Familie von ihm durch die Erhebung Liutbolds für Baiern, durch die Begünstigung Konrads und seiner Brüder für Franken gefördert. In Lothringen stand dieser Entwickelung der Thron Zwentibalds im Wege, in Schwaben stützte sich die königliche Macht vorzüglich auf die an Grundbesitz und Einkünften reich ausgestatteten Bischöfe Hatto (als Abt von Reichenau), Salomon und Adalbero.

Wenn wir die gesamte Thätigkeit Arnolfs noch einmal überblicken, so fällt zuerst die Bevorzugung in die Augen, welche Baiern unter ihm fast noch mehr als unter seinem Großvater Ludwig erfuhr: die beiden großen Feste Weihnachten und Ostern feierte er wo möglich immer in Regensburg oder Oetting, wie er auch an dem ersteren Orte in der Regel einen der zwei oder drei jährlichen Reichstage abhielt. Alljährlich besuchte der Kaiser, meist zu Anfang des Sommers, Franken, wo Forchheim häufig seinen Getreuen als Sammelplatz diente, außerdem nahm er öfter am Mittelrhein einen längeren Aufenthalt, in der Pfalz Frankfurt, in dem benachbarten Trebur, dem Versammlungsorte für die große Synode des Jahres 895 oder in Worms, wo mit den westfränkischen Herrschern unterhandelt wurde. Schwaben ward von Arnolf einige Male, doch meist nur flüchtig berührt, Sachsen sah ihn ein einziges Mal auf dem Feldzuge gegen die Abodriten, Lothringen endlich abgesehen von dem Normannenzuge gleichfalls auf

---

[83]) Wenck (Hess. Landesgesch II, 595) wollte aus einer fuldischen Urk. vom J. 889 (Dronke p. 287) schließen, daß Gebehard Pfalzgraf gewesen, allein die Namen der unterschriebenen Bischöfe beweisen, daß die Urk. in der vorliegenden Gestalt unecht sein muß vgl. Urk. Adalberos vom 20. Mai 896 in Gegenwart Konrads und Gebhards ausgestellt: coenobium Laresham in pago Rinigowe in comitatu Gebehardi (Cod. Lauresh. I, 97); Urk. Ludwigs vom 13. Dez. 909 (Guden cod. dipl. I, 347): in comitatu Gebehardi et in pago Wetereiba. Adalberts Angriff erwartete G. i. J. 906 in Wedereiba (Regino 906); Gebhards ältester Sohn Udo war ebenfalls Graf in der Wetterau (Boehmer acta Conradi p. 23), sowie im Rheingau (eb. p. 32). Urk. vom 10. Febr. 910: cuidam Chuonrado ... filio Eberhardi in pago Loganahe in suo comitatu (Beyer I, 219), woraus sich auf die nämliche Grafschaft für Eberhard schließen läßt. Im Niederlahngau lag auch Weilburg, wo Konrad bestattet wurde (Regino 906 vgl. die Urk. Konrads I. vom 28. Nov. 912: Willinaburg ... in pago Logenehe, Boehmer acta Conradi p. 17).

nur einem längeren Besuche. Die gewöhnliche Umgebung des Kaisers war eine oberdeutsche.

Arnolf widerstand den Lockungen sich tiefer in die westfränkischen Verhältnisse einzumischen, die Oberherrlichkeit aber, die er vermöge seiner stärkeren Machtstellung in Anspruch nahm, entgieng ihm, sobald das Westreich sich innerlich einigte. Hochburgund vermochte er nicht zu unterwerfen, mit dem Arelate stand er nur im Bündnisse, die Herrschaft über Italien endlich gieng in Folge jener unheilvollen Erkrankung noch viel schneller wieder verloren, als sie gewonnen war. So führte Karls III. Absetzung theils mit theils wider Willen seines Nachfolgers in der That zu einer Auflösung des Gesamtreiches, die schon deshalb eine dauernde werden mußte, weil es an jeder Kraft gebrach, die das Ganze hätte zusammenhalten können. Das ostfränkische Reich befestigte sich unter Arnolf in den Grenzen, die es durch Ludwig den jüngeren erlangt hatte, doch wurde die Westgrenze durch die Absonderung des stets von neustrischer Seite noch beanspruchten Lothringens in Frage gestellt.

Daß das Gefüge dieses Reiches fest und unerschüttert bestünde, durch eine starke königliche Gewalt gehalten, war eben damals für das ganze Abendland und seine Kultur von der größten Wichtigkeit. Denn wenn auch Arnolfs siegreicher Arm die Normannen überwunden und wenigstens das Stromgebiet des Rheines einigermaßen gegen ihre Anfälle gesichert hatte, von Osten flutete so eben eine neue Völkerwelle gegen die christlichen Staaten heran, wilder und zerstörender in ihrem Inhalte, als selbst jene gefürchteten Beherrscher der See. Diese Gefahr, der nicht mehr auszuweichen war, mußte in mannhaftem Kampfe gewagt werden, doch nur ein in sich einiges und starkes Reich konnte in Wahrheit eine Schutzwehr der Christenheit gegen die Magyaren werden. Nach den heftigen Erschütterungen der Jahre 887 und 888 und dem schon vorher durch Karls Schlaffheit herbeigeführten Verfalle der Königsmacht, waren unter Arnolfs kräftigem Regimente wieder bessere Tage eingetreten und es schien namentlich darin die Bürgschaft einer gesicherten Zukunft zu liegen, daß durch die Geburt Ludwigs die rechtmäßige Erbfolge wiederhergestellt wurde.

Ein dunkles und schmerzliches Verhängnis aber, welches großen Umwälzungen die Bahn brechend so viele frische Triebe an dem Stamme des h. Arnolf vor der Zeit hinwelken ließ, gestattete dem Kaiser nicht mit Erfolg zu Ende zu führen, was er als König glücklich und vielverheißend angefangen. Eine dauernde Frucht konnten daher jene Bestrebungen um so weniger tragen, als das Königthum, sobald persönliche Kraft und Tüchtigkeit des Herrschers nachließen oder fehlten, mehr und mehr auf den äußeren Glanz der ererbten Stellung beschränkt wurde, die Macht der Großen aber, die aus angestellten Beamten erbliche Fürsten zu werden begannen, sich thatsächlich immer fester und unabhängiger gestaltete. Statt der das Ganze umschließenden und schirmenden Gewalt der Krone bereitete sich demnach, wiewol ohne Verschulden Arnolfs, ein wilder Kampf entfesselter Kräfte, nebenbuhlerisch um den Vorrang ringender gleichberechtigter Gewalten vor, die das Vaterland in seinem Innern zerrissen, um es zugleich dem äußeren Feinde zu öffnen und preiszugeben.

Siebentes Buch.

Ludwig das Kind. Konrad I.

Innere Auflösung und äußere Schmälerung des ostfränkischen Reiches.

Bildung der Herzogthümer.

900—918.

I.

Acht oder neun Wochen ohngefähr nachdem Kaiser Arnolf zu seinen Vätern versammelt worden, traten die Großen des Reiches geistlichen wie weltlichen Standes am 4. Februar 900[1]) zu Forchheim in Franken zusammen, um dem einzigen ehelichen Sohne des Verstorbenen, dem kleinen Ludwig zu huldigen. Kraft seines von Niemand bestrittenen Erbrechtes folgte dieser trotz seiner zarten Jugend dem Vater in der Regieruug nach[2]) und von einer Wahl

---

[1]) Den Ort der Thronbesteigung ad Foracheim nennt Regino a. 900 und curte regia Forhheim ist auch die erste bekannte Urk. Ludwigs vom 7. Februar 900 ausgestellt (Büttner Franconia Ansb. 1813, II, 57). Marianus Scottus a. 922 (Scr. V, 553) bringt, im übrigen aus Regino schöpfend, die Angabe: Ludowicus filius Arnolfi II Non. Febr. anno aetatis suae septimo ... proceres ... regem super se constituunt, die ich für um so glaubwürdiger halte, als die eben angef. Urk. sich sehr gut daran anschließt und die meisten Urk. Ludwigs mit dieser Zähiung übereinstimmen. Nur B. 1203 (Wirtemb. Urkb. I, 204) vom 21. Jan. 905 mit a. r. VI spräche für die Annahme Böhmers, der den 21. Jan. 900 für den Krönungstag hält, doch widerspricht dem B. 1218 (Miraei opp. dipl. I, 34) vom 28. Jan. 908 mit a. r. VIII, endlich B. 1204 vom 6. Febr. 905 mit a. r. V (Neugart I, 540) würde, woran nicht zu denken ist, auf einen noch späteren Termin hinweisen s. auch Cod. Lauresh. I, 103 Urk. Hattos vom 25. Jan. 902 regnante rege Ludovico anno II.

[2]) Die ann. Fuldens. 900 sagen einfach: Hludowicus filius eius, qui unicus tunc parvulus de legali uxore illi natus erat in regnum successit; ann. Alamann. 900: Hludowicus filius eius ... in regnum elevatur, Laubac. 899: Hludowicus regnum suscepit, Liudprand. ant. l. II c. 1 sogleich nach dem Tode Arnolfs suus ipsius filius Hulodoicus rex cuntis a populis ordinatur. Am ausführlichsten Regino 900: proceres et optimates, qui sub ditione Arnulfi fuerant ... Hludowicum ... regem super se creant et coronatnm regiisque ornamentis indutum in fastigio regni sublimant, Worte, die uns nicht nöthigen an eine wirkliche Wahl zu denken. Von einer solchen spricht nur der angebliche Brief Hattos von Mainz an einen Papst (Johann IX?), in dem es heißt: quem regem eligeret (sc. ecclesia) parvo tempore inscia mansit und die päpstliche Genehmigung zu der Wahl erbeten wird (Chronic. Reichersperg. ed. Gewold app. p. 20 in Gesellschaft der Lorscher Bullen, auch in der gleichen Verbindung im Cod. Vindobon. 1051 saec. XII), allein nach dem Vorgange Gatterers (de Ludovico IV. Infante p. 11) habe ich bereits früher (Archiv für östr. Geschichtsq. X, 78) Verdachtsgründe angeregt, die von Büdinger (östr. Gesch. I, 280, doch will mir die „schöne Entdeckung" Stumpfs wegen der Urheberschaft Piligrims noch nicht so ganz einleuchten eb. 274 A. 4

konnte um so weniger die Rede sein, als dem Kinde schon im Jahre 897 bei Lebzeiten Arnolfs der Eid der Treue geleistet worden war. Er wurde demnach von den anwesenden Großen feierlich als König anerkannt und mit der Krone und königlichen Gewändern geschmückt auf den väterlichen Thron gesetzt. Ein schwächlicher Knabe, der kürzlich erst sein sechstes Jahr vollendet hatte, ward somit in stürmischer Zeit dem Reiche zum Haupte gegeben. Welcher traurigen Zukunft gieng man durch diese unheilvolle und doch unabänderliche Fügung der Dinge entgegen!

Auf der Forchheimer Versammlung, die der Erhebung Ludwigs beiwohnte, wurde ohne Zweifel auch festgesetzt, wer statt des unmündigen Königskindes das Steuer des Staates lenken sollte. Die Kaiserin Witwe Ota, durch jene Anklage auf Ehebruch vielleicht in Misachtung gerathen, scheint bei der neuen Ordnung des Regimentes keinen erheblichen Einfluß auf dasselbe erlangt zu haben, nirgend wird sie in den Urkunden ihres Sohnes als Fürbitterin erwähnt, wohl aber mußte sie es sich gefallen lassen, daß der zu ihrem Witthume bestimmte Hof Brixen im J. 901 an das Bisthum Seben, der Hof Velden nach einer sehr zweifelhaften Urkunde 903 an Regensburg und Föhring endlich an Freising geschenkt wurde und es ist schwerlich anzunehmen, daß diese Verkürzung an Einkünften ganz aus ihrem freien Entschlusse hervorgieng [3]). Den Hof Lahnstein schenkte sie an die Mainzer Kathedrale und empfieng dafür auf Lebenszeit Tauberbischofsheim von Hatto zum Nießbrauche. Von ungleich größerer Bedeutung als die leibliche Mutter waren für den jungen König die beiden Männer, die sein Va-

---

und dürfte vielleicht mit Gatterer an einen noch jüngeren Ursprung zu denken sein) und Giesebrecht (deutsche Kaiserzeit 3. Ausg. I, 804) noch verstärkt worden sind. Ich halte daher die Auffassung Rintelens (Forschungen zur deutschen Gesch. III, 313): „Wen man wählen wollte, wußte man noch nicht ... scheint die Wahl endlich sich geeinigt zu haben," für völlig unzutreffend, so lange jene Bedenken nicht gehoben sind.

[3]) Urk. für Zacharias v. Seben: quamque (sc. curtem, quae dicitur Prihsna) eadem mater nostra post evolutum temporis intervallum nostro iuri consultu fidelium nostrorum relaxaverat; für Tuto v. Regensburg: per interventum dilectae genitricis nostrae Outae quasdam res sui proprii iuris ... ad ecclesiam b. Emmerammi ... donavimus; für Waldo v. Freising: quam (sc. Veringa) venerabilis mater nostra Ota ... in praesentia praedictorum fidelium nostrorum in manum regalitatis nostrae reddiderat (Mon. Boica XXVIII^a, 126, 135, XXXI^a, 171, B. 1182, 1192, 1196; B. 1193 auf Verwendung Otas ausgestellt ist eine unzweifelhafte Fälschung, aber auch B. 1192 wird durch die übereinstimmende ungewöhnliche Wendung: novimus nos ad sacra regimina et ad imperialem auctoritatem per sanctorum suffragia posse in futurum proficere sowie durch das unrichtige nostra imperiali auctoritate donavimus dringend verdächtig und ist mindestens interpoliert). In einer undatierten Urk. Ottos II. wird eine Urk. Ludwigs über die Schenkung von Lahnstein bestätigt ab Uta venerabili matre prefati regis ... ipso etiam regio decreto consentiente, wofür sie curtem Piscofesheim in pago Tubercowe usufructuario tantum ad tempus vitae suae empfängt (Kremer orig. Nass. I^b, 81).

ter selbst, indem er durch sie die Taufhandlung vollziehen ließ, zu den Leitern seiner Kindheit bestellt hatte, seine Taufpathen der Erzbischof Hatto von Mainz und sein Erzieher der Bischof Adalbero von Augsburg[4]).

Hatto, ein Mann von ebenso großer Thatkraft als Schärfe des Geistes, die oft in Verschlagenheit übergieng, stand dem Kaiser Arnolf schon von Anfang seiner Regierung an nahe und war durch ihn den Klöstern Elwangen und Reichenau vorgesetzt, endlich auf den Mainzer Erzstuhl berufen worden. An der Spitze der deutschen Geistlichkeit sehen wir ihn namentlich zu Trebur in ein enges Verständnis mit dem Könige treten und zu dem Bunde bestimmend mitwirken, der Kirche und Königthum auf dem Grunde ihrer gemeinsamen Interessen mit einander vereinigte. Wiewol seine kirchliche Gelehrsamkeit, die sich auch in den Triburer Konzilakten kundgab, höchlich gepriesen wird, so waren doch seine Bestrebungen vorzugsweise dem praktischen Leben zugewandt. Für die allgemeinen Reichsangelegenheiten unermüdlich wirkend kannte er keine Rast und Muße[5]). Er vergaß hiebei seinen eigenen Vortheil oder den der Mainzer Kirche nicht so ganz, wie u. a. der Umstand lehrt, daß er bald nach der Thronbesteigung Ludwigs zu den beiden reichen Abteien, die er schon besaß, sich auch noch Lorsch verleihen ließ, ein nicht minder reiches Kloster, obgleich Arnolf demselben erst im J. 897 seine Selbständigkeit und freie Abtswahl zurückgegeben hatte[6]), desgleichen erwarb er, wir wissen nicht unter

[4]) Ann. Fuldens. 893: qnem Haddo ... et Adalpero ... sacro fonte baptismatis chrismantes vgl. oben S. 362.

[5]) Vgl. oben S. 303, 352, 400, 420; Widmung Reginos an ihn (de synodalib. causis p. 1): sciens magnitndinem prudentiae vestrae non solum iuxta sacrorum canonum sanctiones totius provinciae sollicitudinem gerere, verum etiam totius regni ntilitatibus pervigili cura insudare und weiterhin: sed quia vestra sapientiae supereminens celsitudo in disponendis rebus publicis assidue versatur, fortassis onerosum videtur, ut plurima conciliorum volumina semper vobiscum longe lateque deferantur etc.; Widukind. res gestae Saxon. l. I c. 22 cod. A: Hatho ... vir magnae prudentiae et qui tempore Ludewici adolescentis super imperio Francorum acri cnra vigilabat, multas discordias in regno reconciliabat. In der Urk. vom 10. Febr. 910 (Beyer I, 219) gedenkt L. seiner als spiritalis patris nostri, ebenso 9. Juni 908: Hattoni venerabili archiepiscopo et spiritali patri nostro (Guden cod. dipl. I, 345), 5. Okt. per supplicationem Hattonis illustris archiepiscopi et spiritalis patris nostri (Wenck hess. Landesgesch. II Urkb. 25, B. 1220, 1223, 1229), 21. Mai 909: carissimus noster spiritalis pater Hatho (Dümge reg. Bad. p. 84).

[6]) Schon am 25. Jan. 902 schloß Hatto Magontiensis ecclesiae etsi indignus praesul et Laureshamensis monasterii dictus abbas für letzteres einen Tauschvertrag ab, den Ludwig im J. 906 bestätigte (Cod. Lauresh. I, 103, 105, II, 553). Am 5. Febr. 902 schenkte L. auf Bitten Hattos ad monasterium, qnod dicitur Wizzunpurc, cui ipse praesenti tempore praeesse videtur 3 Hufen zu Haßloch bei Speier (Tradit. Wizenburg. p. 264, B. 1183). Uebertrieben ist die Angabe Ekkehards (Scr. II, 83), daß Hatto, ut aiunt duodecim abbatiis praefuerit und wenn er unter diesen Fulda nennt, so beruht dies offenbar auf Verwechselung mit einem späteren Hatto.

wessen Regierung, wahrscheinlich als Erbtheil seines Vorgängers Liutbert, das Stift Weißenburg im Speiergau. Hatto, der, wie Regino an ihn schreibt, nicht nur für seinen ganzen Sprengel nach den Kirchengesetzen Fürsorge trug, sondern vielmehr in unablässigem Eifer für das Wohl des gesamten Reiches arbeitete, erscheint als das anerkannte Haupt der neuen Regierung, als der wahre Lenker des jungen Königs.

Neben ihm steht Adalbero, seit 887 Bischof von Augsburg[7]), ausgezeichnet durch edle Abkunft, Gelehrsamkeit und feine Bildung, wie er denn namentlich in der Tonkunst sich hervorthat und eine wahrhaft fromme Gesinnung, fern von allem Eigennutze. Auch er genoß schon unter Arnolf hoher Gunst, der er u. a. den vorübergehenden Besitz von Lorsch verdankte. Einen großen Liebhaber des göttlichen Gesetzes nennt ihn der Kaiser einmal und versichert, daß er den theuersten Bischof Adalbero zu allem Guten stets bereit erfunden und erprobt habe. Noch in einer seiner letzten Urkunden bestätigte er auf seine Bitte die Stiftung der St. Mangcelle bei St. Gallen, die von Salomon in Verbindung mit Adalbero ausgegangen war. Mit lebhafter Dankbarkeit erinnerte sich das Kloster St. Gallen eines Besuches, den der Augsburger Bischof in Begleitung des Bischofs Meginbert von Seben dem Stifte zur Feier des Gallustages (16. Okt.) im Jahre 908 abstattete, da er bei diesem sowol die Kirche als auch alle einzelnen Mitglieder der Genossenschaft mit den kostbarsten Geschenken wahrhaft überhäufte. Die Wahl eines in so hoher Achtung stehenden Geistlichen wie Adalbero zum Erzieher des jungen Königs[8]) war ohne Zweifel eine sehr glückliche und es ist natürlich, daß ihm neben dem

---

[7]) Regino 887: Adalbero nobilis generis magnique ingenii ac prudentiae vir vgl. die Widmung seiner Chronik (Scr. I, 543): Excellentissimi ingenii et totius philosophiae studiis multipliciter insignito domno Adalberoni episcopo etc; St. Galler Aufzeichnung vom J. 908 (Neugart I, 549): nobilissimus Augustae Vindelicae pontifex Adalbero; Herimann. Aug. 910: Adalbero venerabilis et famosus Augustae Vindeliciae episcopus obiit; Gerhardi V. S. Oudalrici c. 1 (Scr. IV, 386): quem (sc. Adalberonem) multa tunc temporis sapientia repletum musicaque arte prae caeteris praeditum gubernaculaque regni pene omnia cum rege disponentem agnoverunt. Ueber die St. Mangcelle, zu welcher Adalbero einen Arm des h. Magnus schenkte s. die Urk. Arnolfs vom 13. Okt. 898 (Neugart I, 515) und Ekkehard (casus S. Galli p. 79), über sein Verhältnis zu Arnolf oben S. 414, 453.

[8]) Urk. Ludwigs vom 28. Apr. 900: Adalbero noster admodum fidelis nutritor ... idem intentissimus nutritius (B. 1174); 8. Okt.: rogatu ... Adalberonis dilecti magistri et episcopi nostri (B. 1175); 19. Jan. 901 per ... Adalberonis ... studiosissimi nutritoris nostri ... interventum (Mon. Boica XXXI[a], 162), 7. Jan. 909 ob ... peticionem religiosissimi episcopi et nutritoris nostri Adalperonis; 20. Jan. per interventum ... Adalberonis scil. spiritalis patris et magistri nostri (B. 1224, 1225), sein Name kehrt in den meisten Urk. Ludwigs wieder. Hiernach ist Aventin zu berichtigen, der Waldo v. Freising zum Erzieher Ludwigs macht (ann. Boior. IV c. 1 ed. Gundling p. 444).

Mainzer Erzbischof der bedeutendste Antheil an der Leitung der Dinge zufiel.

Von den übrigen Bischöfen, die in Gemeinschaft mit den beiden Taufpathen Ludwigs vorwiegenden Einfluß auf die Regierung übten, sind besonders die Brüder Waldo und Salomon noch zu nennen, von denen der erstere die Abtei Kempten, der letztere die Abtei St. Gallen sowie später auch Pfävers mit seinem Bisthume, einem der größten und reichsten im Reiche vereinigte, beide bei Arnolf in großem Ansehen und mit Hatto durch innige Freundschaft verbunden, die sich in gegenseitiger Förderung ihrer Interessen kundgab[9]). Aus vornehmer Familie entsprossen, durch ihre Abkunft schon zur bischöflichen Würde vorher bestimmt, waren sie im Stifte St. Gallen von einem der ausgezeichnetsten Gelehrten und Musiker dieses Jahrhunderts, von Notker dem Stammler in die wissenschaftliche Bildung der Zeit gründlich eingeführt worden und hatten sich, zumal der mit den glänzendsten Gaben ausgestattete Salomon, die Zuneigung ihres alten Lehrers in vollstem Maße erworben, der freilich als strenger Mönch durch das auf weltliche Dinge gerichtete Dichten und Trachten seiner Zöglinge oft zu ernster Rüge getrieben wurde. Durch den Dienst in der Kanzlei Karls III., Salomon überdies als Kaplan Arnolfs, lernten sie die Verhältnisse des ostfränkischen Hofes vollständig genug kennen, um auf diesem schlüpfrigen Boden immerdar eine der ersten Rollen zu spielen und die Huld der Herrscher für ihre Kirchen in vieler Hinsicht fruchtbar zu machen. Auch übernahm der Konstanzer Bischof später seit dem J. 909 neuerdings das Amt eines Kanzlers.

Neben Waldo, dem Bischofe von Freising befanden sich vornehmlich auch die übrigen bairischen Bischöfe in der günstigsten Lage vermöge der vorwiegenden Bedeutung ihres Landes, Antheil an dem Regimente zu erlangen, so vor allen Theotmar von Salzburg der Erzkaplan, Tuto von Regensburg, dessen Stadt durch Arnolf so entschieden vor allen übrigen bevorzugt worden, Erchanbald von Eichstädt, ein kluger Mann, der durch Uebertragung von Re-

[9]) Ekkehardi casus S. Galli c. 1: Hattone ... sibi (sc. Salomoni) propter animi acutissimam sollertiam amicissimo ... ipse et Hatto ille Magontinus archiepiscopus sibi semper amicissimus ... post regem imperium tenuerant (Scr. II, 78, 83, 88). Salomon bittet in einem Gedichte an Dado von Verdun diesen: ut vinclo fidei, quo vos me stringere novi | nostrum Hathonem vestrumque ligetis eodem (v. 335 flg. in den Mittheil. der Züricher antiq. Gesellsch. XII, 239). Am 6. Febr. 905 schenkte L. Pfävers an Salomon pro devotissimae servitutis ac fidelitatis merito (Neugart I, 540, B. 1204). An dem was ich früher über die Jugend der beiden Brüder aus den Formulae Salomonis ermitteit habe, kann mich der durch nichts begründete Einspruch Rintelens (a. a. O. S. 317 A. 2) durchaus nicht irre machen, zumal da derseibe den Angaben Ekkehards in einer äußerst unkritischen Weise Glauben schenkt. In der Form. Salom. N. 44 (p. 56) heißt es von Salomon II.: in altero ... sicut magna diocoesis eius requirit, vigorem et auctoritatem apostolicam discere potueritis; in dem St. Galler Psalterium v. 7 wird der Bischofssitz Constantia dives genannt.

liquien der h. Walpurgis nach Monheim im J. 893 diesen Ort zu einer der besuchtesten Wallfahrtskirchen gemacht hatte. Die erste uns erhaltene Urkunde Ludwigs, noch aus Forchheim, drei Tage nach seiner Thronbesteigung, bestätigt ihm den Besitz der von Arnolf geschenkten damals sehr begüterten Abtei Herrieden[10]). Den Namen Wichings vermissen wir unter diesen häufig als Fürbitter auftretenden Kirchenhirten: er muß durch die Feindschaft Theotmars unmittelbar nach dem Tode seines Gönners sowol aus der Kanzlei wie überhaupt vom Hofe verdrängt worden sein.

Die genannten Bischöfe, zu denen aus den übrigen Theilen des Reiches etwa noch Rudolf von Wirzburg und Thietelah von Worms zu fügen wären, mußten die Leitung des Königs und Reiches jedoch mit einer Anzahl der hervorragendsten weltlichen Großen theilen. An der Spitze der bairischen Grafen, die in Regensburg die Umgebung Ludwigs bildeten, erscheint wie schon unter Arnolf, der Markgraf Liutbold als der angesehenste und einflußreichste. Wie er durch seine Blutsverwandtschaft vorzüglich dazu berufen war, den unmündigen Fürsten zu lenken, so konnten nicht minder jene fränkischen Grafen, die Nachkommen Gebhards den gleichen Anspruch erheben, den sie auch besonders durch ihre nahen Beziehungen zum Erzbischof Hatto zur Geltung brachten. Aus den übrigen deutschen Landen würden als vielvermögende Männer die Markgrafen Burchard von Thüringen und Burchard von Churwalchen etwa noch hieher gehören. Sachsen lag Ludwig ebenso fern als seinen Vorgängern und blieb daher die Führung des sächsischen Volkes dem Grafen Otto nach wie vor überlassen[11]).

Unter den deutschen Stämmen, die im Januar 900 zu Forchheim ihre Huldigungen darbrachten, fehlten allein die Lothringer als Unterthanen des Königs Zwentibald. Bald gelangten jedoch Aufforderungen aus ihrem Lande an Ludwig Besitz zu ergreifen, den unfähigen, der allgemeinen Verachtung preisgegebenen Halb-

---

[10]) Franconia II, 57 (vgl. Scr. VII 257 n. 23), bestätigt wird die Urk. Arnolfs vom 23. Febr. 888 (eb. 55, Mon. Boica XXXIa, 123) f. anonym. Haserens. c. 8 (Scr. VII, 256): hic (Erchanboldus) inter innumera pietatis et virtutis opera ... Haserensem abbaciam tunc Fuldensi, Elenwangensi et — — ensi abbaciis iure et divitiis aequalem S. Willibaldo acquisivit, sed tamen non totam. Arnulfus quippe tunc temporis princeps eandem abbaciam precibus et servitio praedicti antistitis devictus, ablatis prius regalibus circa Rhenum curtibus, in quibus et Thusburg ... ad Eistatensem episcopatum regali donatione tradidit.

[11]) Die Angabe Aventins (a. a. O.), daß Hatto mit Otto von Sachsen unter Ludwig die vormundschaftliche Regierung geführt habe, hat Waitz (K. Heinrich I. Neue Bearb. S. 11) mit Recht zurückgewiesen, weil sich nicht beweisen läßt, daß Otto irgend welche Befugnisse außerhalb Sachsens ausübte und Aventins Zeugnis allein überhaupt gar kein Gewicht hat. Otto erscheint unter L. nur dreimal als Fürbitter, im J. 902 für Siegmund v. Halberstadt, 906 für Waldo von Freising, 908 für das ihm selbst untergebene Kl. Hersfeld (B. 1185, 1208, 1223). Die zweite Urk. führt Leibniz (ann. imp. II, 232) irrig z. J. 909 auf.

bruder zu verdrängen. Nicht bloß von jenen aufsässigen Großen giengen diese Einladungen aus, die unter Umständen sich ebenso gern an das westfränkische Reich angeschlossen haben würden, sondern von der hohen Geistlichkeit, die Achtung und Vertrauen für den von ihr früher unterstützten Fürsten ebenfalls gänzlich verloren hatte. So begab sich also Ludwig in Begleitung Adalberos nach Diedenhofen an der Mosel, wo die Häupter des lothringischen Volkes sich alle um ihn scharten und ihm durch Handschlag ihre Huldigung leisteten [12]). Eine daselbst am 22. März ausgestellte Urkunde, die erste für Lothringen, bestätigte dem Trierer Domkapitel alle seine Einkünfte, auch den Zoll zu Merh und eine Hufe, die Zwentibald geschenkt. Wiewol Ludwig die Regierungsjahre in diesem seinem neuen Reiche nicht besonders zählte, so blieb doch für dasselbe eine besondere Kanzlei unter der Leitung des Erzbischofs Ratbod als Erzkanzlers bestehen, die eine gewisse Scheidung zwischen diesem Gebiete und den übrigen erhielt. Der junge König blieb noch einige Wochen in dem neu erworbenen Reiche — am 13. April bestätigte er zu Achen auf Fürbitte Adalberos und des Grafen Konrad dem Kloster Fulda seine Immunität —, um dann in sicherem Besitze sich wähnend, wahrscheinlich zur Feier des Osterfestes nach Frankfurt zurück zu kehren [13]).

Es ist auffallend, daß Ludwig sein neues Reich so schnell wieder verließ, bevor seine Herrschaft vollständig befestigt war. Davon konnte aber in der That nicht die Rede sein, so lange Zwentibald, wenn auch für den Augenblick ohnmächtig, noch einige Hoffnung hegte, die Macht wieder zu erlangen. Sobald sein kleiner Bruder abgezogen war, sammelte er, dem es nicht an allem Anhange unter dem gemeinen Volke gefehlt zu haben scheint, Mannschaften so viele er vermochte, — einem gewissen Rohing, der im Lüttichgaue begütert war, schenkte er jetzt erst, um ihn zu gewin-

---

[12]) Regino 900: pro huiuscemodi itaque causa omnibus odiosus efficitur. certatim igitur adHludowicum transeunt eumque in regnum introducunt et in Theodonis villa manibus datis eius dominationi se subiiciunt; ann. Fuld. 900: a suis tam episcopis quam comitibus omnibus desertatus est; Urk. Ludwigs vom 9. Nov. 909 (Lacomblet I, 47, B. 1227): qualiter frater noster Zuentiboldus, postquam a regni gubernatione proceres regni Lothariensis demiserint, cuidam viro scil. Rohingo quandam proprietatem dederit (vgl. eb. 44). Der Zeitpunkt des Umschwunges wird durch die Urk. vom 22. März 900 in Theudonisvilla näher bestimmt (Beyer I, 213), in der Radpoto et Adelbero venerandi pontifices als Fürbitter auftreten und die ad vicem Radpoti archiepiscopi archique cancellarii ausgestellt ist. L. bestätigt darin u. a. mansum unum ingenuilem . . . quemadmodum a fratre nostro olim actum comperimus.

[13]) Die aus Achen datierte Urk., in der vir venerabilis Fuldensis coenobii abbas Huggi adiens serenitatem nostram intervenientibus Adalberone episcopo et Chunrado comite auftritt, ist nur in einer fehlerhaften Abschrift erhalten (Dronke cod. Fuld. p. 295) doch übrigens unverdächtig. Die nächste Urk. Ludwigs ist aus Frankfurt vom 28. April datiert für den Lorscher Mönch Sigolf (B. 1174), Ostern fiel auf den 20. April.

nen daselbst eine Besitzung zu Mortier — überfiel einzelne Städte, die er mit Brand und Raub heimsuchte, indem er, wie der wohlunterrichtete Regino bemerkt, wähnte, die Abtrünnigen, die wegen seiner Zügellosigkeit und unmenschlichen Bosheit von ihm abgefallen waren, dadurch zurück zu bringen, daß er noch Aergeres und Unmenschlicheres vollführte." Auf die Kunde dieser Ereignisse und den Ruf seiner Anhänger kehrte Ludwig, der sich bis jetzt wahrscheinlich in den rheinischen Gegenden aufgehalten, nach Lothringen zurück[14]). Seines Einschreitens bedurfte es jedoch nicht mehr: den Grafen Stephan, Gerard und Matfrid, die jetzt im Auftrage des neuen Herrschers handelten, lieferte Zwentibald, mit seiner kleinen Schar die Uebermacht waghalsig angreifend, ein Treffen an der unteren Maas, in welchem er am 13. August Reich und Leben zugleich verlor.

Der todte König, der in dem Frauenkloster Süsteren seine letzte Ruhestätte fand[15]), verdiente und erregte wenig Mitgefühl, da er durch leidenschaftliche Wildheit und Unbesonnenheit seinen Untergang selbst verschuldet hatte, ebenso wenig ließ sich aber leugnen, daß jene aufrührerischen Großen, denen er unterlegen, aus den eigennützigsten Beweggründen sich die Herrschaft eines Kindes gewählt, die ihrer Gewinnsucht und Unbotmäßigkeit den freiesten Spielraum zu gewähren verhieß. Nur mit gemischten Gefühlen konnten daher diejenigen, die sich bei diesem Kampfe leidend verhielten, den Ausgang desselben betrachten. „Wer bei dieser Verschwörung und Schlacht verwundet wurde, so schreibt ein Zeit-

---

[14]) Regino 900: Hludowicus in regnum rursus accersitur et a comitibus Stephano, Gerardo et Matfrido circa Mosam isdem Zuendiboldus in proelio interficitur Id. Augusti; ann. Fuldens. 900: ipse vero recuperare nitens, cum paucis contra eos incaute dimicans vitam cum regno finivit. Der Ort des Treffens läßt sich ohngefähr aus dem Begräbnis zu Süsteren mutmaßen. Das Jahr bezeugen noch Ann. Alamann. 900 (901): Zuentibulcus rex filius Arnolfi occisus; Augiens. 900, S. Maximini Trevir. 899, Sangall. mai. 901: Zwentibolc rex a suis interficitur, Blandiniens. 900 (Scr. V, 24), irrig Ann. Colon. 898 (Scr. XVI, 730): Zuendivoldus occisus est; den Tag Necrolog. Prum. (Pertz Archiv III, 24) 901: Zuentibolt in proelio interficitur Idibus Augusti, Epternac. (Reiffenberg monuments VII, 211); eccl. Aquens. (ed. Quix): Id. Aug. Zwengebaldus rex qui dedit sancte Marie Kezzelheim (Kaiser Friedrich II. bestätigt im Juli 1226 der Achener Marienkirche Kezzelheim et Wintungen ... quas Zwendeboldus rex dedit, Lacomblet II, 73, die betreff. Urk. Zwentibalds ist verloren), S. Galli (cod. 915 p. 331): Id. (Aug.) Obitus Zuntibaldi regis.

[15]) Notae Aureaevallens. (Scr. XVI, 682): corpus autem b. regis Ceinderboldi sepelitur in ecclesia Sustrensi, quam ipse fundaverat ad honorem dei vgl. Acta sct. Bollandi Aug. t. III, 138. Ich weiß nicht, woher Resch (ann. Sabionens. II, 285 n. 624) die Nachricht hat: in monasterio Epternacensi sepultus est a. 900 hac cum memoria: XV Kal. Sept. Zendebolt rex piae memoriae, womit das Necrol. S. Maximini (Hontheim prodrom. hist. Trevir. II, 985): XV Kal. (Sept.) Zondebold rex piae mem. übereinstimmt. Das Kl. Süsteren hatte Zw. am 5. Juni 895 dem Stifte Prüm bestätigt.

genosse, der entgieng entweder dem gegenwärtigen Tode nicht oder verdiente doch niemals geheilt zu werden" [16]).

Die Erinnerung an die Ruchlosigkeit der Gegner und an die mancherlei frommen Schenkungen, die Zwentibald in seinen früheren Tagen den Kirchen gemacht, brachte es dahin, daß man im Volke hie und da anfieng den gewaltsam getödteten Fürsten als einen Schuldlosen anzusehen, ja als einen Heiligen zu verehren. Hiezu kam, daß die beiden Töchter, die ihm Oda geboren, Cäcilia und Benedikta nach einander dem Stifte Süsteren als Aebtissinnen vorstehend durch ihren heiligen Wandel das Andenken ihres Vaters verherrlichten. Zwentibald sowol als seine Töchter kamen demnach in Süsteren nachmals in den Ruf der Heiligkeit, an ihren Reliquien geschahen Wunder, zumal ein Zahn des unglücklichen Fürsten ward häufig als ein zuverlässiges Mittel gegen Zahnschmerzen erprobt [17]).

Eine unheilvolle Fügung war es ohne Zweifel, daß Ludwig auf so gewaltsame, unregelmäßige Weise in den Besitz Lothringens gelangte. Nicht nur daß die gelungene Entthronung eines gesalbten Königs durch seine Vassallen überhaupt das Ansehen und den Zauber der Krone bedenklich schwächte, so kamen auch die Früchte der Empörung nicht dem jungen Fürsten zu gute, der dazu nur den Vorwand hergegeben, sondern den Verbündeten, durch deren Kräfte der Sieg erfochten worden. Ihre eigenmächtigen Handlungen mußten von Ludwig entweder ausdrücklich gutgeheißen oder doch wenigstens geduldet werden. So behauptete sich Reginar auch ferner in dem Besitze der St. Servatiusabtei zu Maastricht, die Zwentibald dem Trierer Erzbischofe zurückgegeben hatte [18]) sowie

---

[16]) Ann. Lobiens. 901 (Scr. II, 209): eodem anno ... interfectus est Zuendibolich rex a Lothariensibus etc., Notiz Ratbods v. Utrecht (eb. 218): et quod his pestilentius est dirae hominum adversus deum se extollentium tempestates ... hoc eodem anno ... Folko ... et Zuendiboldus rex interfecti sunt.

[17]) Notae Aureaevall. (a. a. O.): sub cuius (sc. Amalbergae) doctrina nutritae fuerunt filiae praedicti Ceinderboldi regis Benedicta et Cecilia, quae successive post magistram suam praefuerunt et diversis annis XVI Kal. Septembris in dicta ecclesia sepultae. earumdem festivitas celebratur; Acta sct. Aug. III, 138: caput sancti regis Zuentiboldi Susterени praecipue honoratur, e quo decerptus dens unus innumeros homines a dentium dolore mirabiliter liberavit ... monstrantur praeterea ... vestes binae holosericae praedicti sti regis rubei et viridis coloris, auro pretiosisque lapidibus distinctae, über die Töchter eb. p. 509, vgl. Ernst hist. de Limbourg I, 366, der späterer sagenhafter Ueberlieferungen gedenkt.

[18]) S. die Urk. Karls des Einf. vom 13. Juni 919 (Beyer I, 224, B. 1964): Zuindebaldo perempto iterum (abbatia S. Servatii) a Ragnero pervasa est. Nach der Bestätigungsurk. Ottos I. vom 29. Dez. 945 (eb. 245): innovantes ergo ... dictionem regum videl. Arnolfi, Zuentibolchi, Luduwici et Karoli, qui prelibatae sedi ante dictam contulere Traiectensem abbatiam, scheint es, daß L. das Recht des Trierer Erzbischofs durch eine unwirksame Urk. anerkannte.

des Klosters Echternach. Hiezu erwarb er, vielleicht als Lohn seiner Parteinahme jetzt auch noch die beiden eng verbundenen wiewol in verschiedenen Sprengeln gelegenen Klöster Stablo und Malmedy, denen auch früher schon ein Laienabt, der Graf Liutfrid vorgestanden [19]). Seine aufstrebende Macht ward also durch diesen Umschwung in jeder Weise gefördert.

Ein gleich ehrgeiziges Streben beseelte die Gebrüder Gerard und Matfrid, von denen jener in demselben Jahre noch der Königin Oda sich vermählte [20]), in welchem er ihren Gemahl erschlagen, unzweifelhaft um hieran Ansprüche auf einen Theil der Erbschaft zu knüpfen. Wie Ludwig sie gewähren ließ, ersehen wir daraus, daß ihr Bruder Richar trotz seiner unrechtmäßigen Erhebung die Abtei Prüm behielt, während der von ihm verdrängte Regino in dem Martinsstifte zu Trier eine Zuflucht fand [21]). Wenn wir Gerard später im Besitze des elsässischen Klosters Ebersheim, Matfrid von Gütern zu Deidesheim im Speiergau erblicken [22]), so ist es wenigstens sehr wahrscheinlich, daß sie diese als ihren Antheil an der Beute davongetragen. Ein Verwandter von beiden, Stephan folgte im J. 901 auf Franko als Bischof von Lüttich.

Ein Gegengewicht gegen das übermütige und ungesetzliche Treiben der großen Vassallen vermochte vornehmlich die Geistlichkeit zu bilden und sie wurde auch in der That von den Reichsregenten vielfach begünstigt. So erlangte der Erzbischof Ratbod von Trier, außer den Burgen Sierk und Orsvels mit Zubehör [23]), im J. 902 den unbeschränkten Besitz der bisher zu einer Grafschaft

---

[19]) In der Urk. Ludwigs vom 10. Sept. 902 (B. 1186) treten auf Reginarius comes et sui monachi ex monasterio sancti Remacli und schließen einen Tausch und im J. 911 stellte Raginnarins comes ac missus dominicus necnon et abba Stabulensis atque Malmundariensis monasteriorum eine Schenkung aus (Martene et Durand coll. ampl. II, 36—39 vgl. Giesebrecht deutsche Kaiserzeit I, 806 und über die früheren Aebte von Stablo Wittich Herzogth. Lothr. S. 58 A. 5).

[20]) Regino 900: eodem anno Gerardus comes Odam uxorem eiusdem Zuendiboldi regis sibi in matrimonium copulat. Die Vermutung Kremers (Orig. Nassoic. I, 88, 94) statt Gerardus Gebehardus zu schreiben, hat als eine durchaus willkürliche schon Wenck (Hess. Landesgesch. II, 623 A. v) mit Recht zurückgewiesen.

[21]) Eberwini vita S. Magnerici (Scr. VIII, 208): ecclesia autem illa (sc. st. Martini) ... a Rabbodo Trevirensi episcopo Reginoni abbati religioso cuidam et ecclesiastico viro est commissa et ab eo in pristinum statum reparata vgl. Pertz Archiv III, 294.

[22]) S. die Urk. Ludwigs vom 4. Nov. 906, 28. Jan. 908 (B. 1214, 1218). Ebersheim verlieh L. 28. Jan. 908, nachdem er es Gerhard entzogen Stephano (sc. episcopo) ipsius proprio affini (eb.) vgl. ann. Lobiens. 901: obiit Franco Leodicensium episcopus, cui successit Stephanus; Leodiens. 901, Folcuin. gesta abbat. Lobiens. c. 18 (Scr. II, 209, IV, 16, 62).

[23]) Gesta Treveror. c. 28 (Scr. VIII, 168): deinde etiam a Ludowico imperatore haec castella obtinuit Sericum et Orkesvels cum villis sibi subiacentibus. Eine darauf bezügliche Urk. ist nicht mehr vorhanden.

vereinigten königlichen Rechte d. h. die Münze, den Zoll und alles was königliche Zinsleute innerhalb der Stadt sowie außerhalb in der Grafschaft zu zahlen hatten[24]). Dem betriebsamen Bischof Ludelm von Toul wurden die Abteien St. Evre und St. Germain zurückgegeben und ebenfalls Münze, Zoll und Immunität sowie das Marktrecht verliehen[25]), wodurch er den Grund zur späteren Erlangung der Grafschaft legte.

Ein andres Gegengewicht wider die Uebermacht der einheimischen Großen sollte, wie es scheint, dadurch hergestellt werden, daß die konradinische Familie mit Gütern und Lehen in diesem Lande ausgestattet wurde, wenn es auch zweifelhaft bleibt, ob dies schon damals oder erst zwei Jahre später geschah. Konrad, ein Verwandter des Königs, vermutlich auch jener Brüder, erscheint als Abt des Klosters Kaiserswerth[26]), Konrad und Gebhard zusammen als Besitzer der Abteien St. Maximin und Deren, die zum Nachlasse Zwentibalds gehörten[27]), ein Eberhard und später Konrad als Graf im Keldagaue (um Calkum), am bedeutsamsten aber ist der Titel, den eben jenem Gebhard eine Urkunde des Jahres 903 beilegt[28]), „Herzog des Reiches, welches von vielen

---

[24]) Beyer I, 214 (B. 1187): universa suprascripta monetam scil. ipsins civitatis, theloneum omneque tributum infra civitatem et extra per omnem comitatum de monasteriis et villis ac vineis sed et cunctos censuales atque fiscales et medemam agrorum de comitatu ad episcopatum cum omni integritate convertimus. Gegen Waitz (Verfgesch. IV, 134 A. 3), der hier nur eine Zurückgabe früher entzogener Rechte an das Bisthum anerkennt, glaube ich mit Beziehung auf B. 1166, daß es sich allerdings um die Verleihung ganz neuer Rechte handelt, zu denen die Berufung auf den Bischof Wiomad wohl nur den Vorwand hergeben sollte.

[25]) Urk. Ludwigs vom 31. Okt. 900 (Bouquet IX, 370, B. 1178 vgl. B. 1101); Gesta episcop. Tullens. c. 29 (Scr. VIII, 638): monetam etiam civitatis et telonenm cum immunitate comitatus a rege Ludovino impetrans (sc. Lugdelmus), necnon et mercatum civitatis ecclesiae suae subdidit, vgl. Waitz K. Heinrich I. Neue Bearb. S. 111 A. 5.

[26]) Lacomblet niederrh. Urkb. I, 45 vom 3. Aug. 904: Cuonrat dilectus et propinquus noster et abba cenobii S. Suitberti per supplicationem venerabilium comitum nostrorum Cnonrati scil. et Gebeharti precatus est clementiam nostram, ut quaedam loca ad ipsum monasterium pertinentia in comitatibus Ottonis et Eburharti in pagis Diuspurch et Keldaggowe sita fratribus ipsius monasterii ad prebendam ... concederemus, eb. 46 vom 26. Juli 910, worin Chuonradus fidelis et dilectus comes ac propinquus noster für den Priester Foldger um Schenkung einiger Lehen bittet in pago Keldocense in comitatu ipsius Chuonradi vgl. dazu Wittich S. 61.

[27]) Regino 906: honores suos (sc. Chuonradi) et Gebehardi fratris eius videl. possessionem sancti Maximini et sanctae Mariae ad Horrea. Am 1. Jan. 909 stand St. Maximin unter der Leitung des Grafen Eberhard (Beyer I, 217, 218).

[28]) Neugart I, 526 (B. 1190) Urk. vom 24. Juni 903: Kebehart dux regni, quod a multis Hlotharii dicitur. Eine Urk. vom 26. Okt. 907 für S. Stephan von Lüttich wird ausgestellt per supplicationem fidelinm nostrorum Hathonis videl. venerabilis archiepiscopi et Kepeharti illustris comitis, caeteris principibus illius regni in hac supplicatione consentientibus

Lothringen genannt wird." Hieraus dürfen wir abnehmen, daß er vorzüglich als Stellvertreter des Königs seine Autorität in den unter so mislichen Umständen gewonnenen Rheinlanden aufrecht erhalten sollte.

Von der Besitznahme Lothringens zurückkehrend hielt sich Ludwig, von Hatto, Adalbero und Konrad begleitet in der ersten Hälfte des Oktober in der Pfalz Trebur auf[29]). Ebenfalls in Begleitung Hattos und Konrads „des geliebtesten Grafen" zog der kleine König dann rheinaufwärts über Straßburg nach dem Bodensee und feierte Weihnachten vermutlich auf der Pfalz Bodman[30]): dort wenigstens wurde von ihm am 1. Januar 901 auf Bitte des Bischofs Salomon ein Vertrag zwischen dem Kloster St. Gallen und dem Bisthum Konstanz über die Leistungen der dem letzteren von Kaiser Arnolf geschenkten Zinsleute zu Berg bestätigt. Von hier begab sich Ludwig endlich nach seinem Heimatlande Baiern im Laufe des Januar zurück, nachdem er es ohngefähr vor Jahresfrist zum Behufe der Krönung verlassen. Wichtige Ereignisse an der südöstlichen Grenze, die Vorboten schwerer Gefahren, hatten während dieser langen Abwesenheit des Schattenkönigs die Wachsamkeit der bairischen Markgrafen herausgefordert und das gesamte bairische Volk in Spannung erhalten: der mährische Krieg auf der einen und was damit im innigen Zusammenhange stand, die unaufhaltsame Ausbreitung der Ungern auf der andern Seite.

In demselben Jahre, in welchem jener unheilvolle Krieg durch

(Ernst hist. de Limbourg VI, 90), wo also Gebhard zu den lothringischen Fürsten gezählt zu werden scheint; in einer zweiten Urk. für denselben bitten neben Hermann von Köln simulque Gepehardus et Reginharius egregii comites (B. 1218) und Wittich (Herzogth. Lothr. S. 86 A. 3) hat bereits darauf aufmerksam gemacht, daß die wiederholte Fürbitte Gebhards für die früher Zwentibald gehörige Abtei Chevremont auf einen Besitz derselben schließen läßt (Lacomblet I, 44, 47). Die Begründung dieser Stellung geht wahrscheinlicher, wie auch Rintelen S. 322 will, auf das J. 900 als 902 zurück. Gobelinus Persona (Cosmodrom. aet. VI c. 46, Meibom rer. German. scr. I, 246) sagt geradezu: eodem tempore regnum Lotharingiae per Lodewicum regem redactum est in ducatum, qui commissus est Gebehardo.

[29]) Aus Trebur sind Urk. vom 8. Okt. für den Mönch Wenilo von Hornbach rogatu Hathonis venerabilis archiepiscopi und Adalberos, vom 12 Okt. für Korvei per interventum venerabilis ac dilecti comitis nostri Cuonradi Bestätigung des Königsschutzes und Verleihung des Marktrechtes, der Münze und des Zolles zu Horohausen, eine dritte Urk. mit dem J. 980 ohne Tag Tausch zwischen dem Abte Huggi von Fulda und dem Grafen Stefan, dem Bruder Walahos in loco qui dicitur Tribure scientibus et annuentibus atque faventibus cunctis, qui aderant principibus kann in der vorliegenden Form nicht echt sein (Mon. Boica XXXI[a], 160, Seibertz westfäl. Urkb. I, 5, Dronke cod. Fuld. p. 296, B. 1175—1177).

[30]) Vom 31. Okt. 900 ist eine Urk. Strazburg civitate für Ludelm v. Toul consultu fidelinm nostrorum Athonis venerabilis archiepiscopi et Conradi dilectissimi comitis ausgestellt, vom 1. Jan. 901 in Potamo für Konstanz rogante venerabili episcopo Salomone (Martene thesaur. anecd. I, 60, Neugart I, 519, B. 1178, 1179).

die Entzweiung unter den Söhnen Suatopluks ausbrach, im J. 898, sollen ungrische Reiter bereits durch Pannonien bis an die Brenta gestreift sein[31]): der Reichthum Italiens lockte sie gewaltig an und reizte, einen Angriff mit der gesamten Streitmacht des Volkes zu unternehmen. Im August 899 erfolgte demnach dieser erste Einbruch einer den Italienern bis dahin noch nicht einmal dem Namen nach bekannten Nation, die sich sogleich in der entsetzlichsten Weise ankündigte[32]). Raubend, sengend und mordend zogen sie, da zunächst Niemand auf Widerstand gefaßt war, durch die gesegnete lombardische Ebene an Verona und andern festen Städten vorüber bis in die Gegend von Pavia.

König Berengar, damals seit dem Tode Lamberts allein als Herrscher anerkannt, erließ alsbald gegen den neuen Feind ein allgemeines Aufgebot an alle Heerpflichtigen durch das ganze italische Reich. Ein Heer von mindestens 15000 Mann strömte unter seinen Fahnen zusammen, bei dessen Annäherung die Magyaren schleunigst ihren Rückzug antraten. Mit Noth und Verlust setzten sie über die Adda, ihr Antrag ihnen gegen Auslieferung der ganzen Beute freien Abzug zu gewähren, ward schroff zurückgewiesen. Nach einem kurzen Gefechte unweit Verona, langten beide Theile gleichzeitig an der Brenta an: die Ungern, die wegen Ermattung der Pferde ihre Flucht hemmen mußten, baten abermals um freien Abzug, für den sie alle ihre Habe außer den zum Fortkommen unentbehrlichen Rossen abliefern wollten, die Weigerung der Christen aber zwang ihnen die Waffen in die Hand. Am 24. September fand diese Schlacht statt, in der die Magyaren, nachdem sie Hinterhalte gelegt, von der Verzweiflung gespornt, ihre noch unvorbereiteten Gegner selbst zuerst überfielen und mit ihrer gewohnten Waffe, dem Bogen unzählige Feinde erlegten. Innerer Zwiespalt in den Reihen des christlichen Heeres, eine in Italien nicht eben seltene Erscheinung, soll ihnen hiebei zu statten gekommen sein. Je sicherer vorher die Zuversicht des Sieges gewesen war, desto vernichtender wirkte jetzt die Niederlage. An Einem Tage gieng bis auf geringe Reste dies stattliche Heer,

---

[31]) Diese vorläufige Rekognoscierung erwähnt nur Liudprand (antap. l. II c. 7, 8), der bei diesem Anlasse einige interessante Bemerkungen über die Beschaffenheit Italiens einflicht.

[32]) Für das J. 899 entscheiden Ann. Alamann. 899, Augiens. 899: Ungari Italiam ingressi multa (mala) fecerunt, Benevent. 899 (Scr. III, 174): Hungari in Italiam venerunt; Chronic. Nonantulan. (Tiraboschi storia di Nonantola II, 6, Ughelli II, 254): in ipso anno (sc. 899) venerunt Ungari in Italia de mense Augusto ind. III. Diese zuverlässige Angabe (in der die dritte Indiktion wohl zu dem nachfolgenden Datum des 24. Sept. gehört) verdient, wie bereits Gregorovius (Gesch. der Stadt Rom III, 259) richtig erkannte, unbedingt den Vorzug vor dem Zeugnisse Liudprands (c. 9: sol necdum piscis signum deserens arietis occupabat), dem folgend auch ich früher den Einfall in den März setzte vgl. über das Jahr auch Köpke die Quellen des Chronic. Cavense (Pertz Archiv IX, 88).

die kriegerische Kraft Italiens zu Grunde, mit ihm viele Grafen und Bischöfe[33]).

Die Ungern eben noch flehentlich um Schonung bittend, begannen mit erneuter Wut und Zuversicht zu plündern. In ihrer ganzen Ausdehnung bis gegen den großen St. Bernhard hin wurde die reiche Lombardei jetzt erst von ihnen durchstreift, viele Gefangene fortgeschleppt, noch mehr mit dem Schwerte geschlagen. Nur die festesten Mauern gewährten Sicherheit, viele Ortschaften aber unvollkommen befestigt, wie das von Arnolf entwaffnete Bergamo, fielen in ihre Hände[34]). Selbst über den Po nach dem prächtigen Kloster Nonantola drangen sie vor und brannten es nebst vielen Handschriften nieder, indem mit dem Abte Leopard nur ein Theil der Mönche entfloh[35]). Desgleichen wurde Modena und Reggio ausgeplündert und die große Kirche San Savino außerhalb der Mauern von Piacenza von ihnen den Flammen überliefert[36]). Der

---

[33]) Am genauesten Chronic. Nonantul. (a. a. O.): ind. III. VIII Kal. Oct. iuncxerunt se christiani cum eis in bello ad flumen Brenta, ubi multa milia christianorum interfecta sunt ab eis et alios fugaverunt; Ann. Alamann. 899: Ungri Italiam ingressi. bellum primum inter Ungaros et christianos in Italia ad Parentum. Auch Liudprand (l. II c. 10—15) in seiner ausführlichen Schilderung nennt ausdrücklich die Brenta. Vgl. ferner Iohannis chronic. Venetum (Scr. VII, 22): contra quos Berengarius rex direxit exercitum 15000 hominum. sed pauci ex eis reversi sunt; ann. Fuld. 900: ita ut, occisis episcopis quam plurimis, Italici contra eos debellare molientes in uno proelio una die ceciderunt 22 milia; Regino 901: cuius ... beluino furori cum terrae incolae in unum agmen conglobati resistere conarentur, innumerabilis multitudo ictibus sagittarum periit, quam plurimi episcopi et comites trucidati sunt; Ann. Alam. 899: Ungri Italiam invaserunt et Langobardos bello vicerunt.

[34]) Iohann. chron. Ven.: Ungri vero pertranseuntes Tarvisium, Patavium, Brixiam ceterosque fines, Papiam et Mediolanum venerunt et usque ad montem Iob depopulantes cuncta. Diese große Verwüstung, die ich früher (de Arnulfo p. 161) durch Liudprand verleitet in das J. 899 gesetzt habe, gehört der venetian. Chronik zufolge größtentheils in das J. 900, da in dieser die Brentaschlacht vorangeht. Damit stimmen auch die ann. Alamann. 899, die nach der Schlacht hinzufügen: et castelli capti sunt. In einer Urk. Ludwigs III. vom 25. März 901 klagt Adalbert v. Bergamo: imminente Ungarorum hactenus persecutione pleraque suae ecclesiae munimina seu instrumenta chartarum perdita fuisse und Ludwig bestätigt quidquid tempore nefande persecutionis Ungarorum ipsa ecclesia iure quieto habuit und in einer Urk. Berengars vom 24. Mai 904 heißt es: eandem urbem Pergamum hostili quadam impugnatione devictam, unde nunc maxime sevorum Ungarorum incursione et ingenti comitum ... oppressione tenebatur, postulantes ut turres et muri ipsius civitatis rehedificentur etc. (Lupi cod. dipl. Berg. II, 7, 23, B. 1325, 1463).

[35]) Chron. Nonantul.: et codices multos concremaverunt vgl. das Schreiben des Papstes Sergius an den Abt Leopard von Nonantola (Muratori ant. It. I, 23, J. 2718): barbarorum gladio vastante tuumque monasterium ab eisdem igne crematum.

[36]) In einer Urk. vom 30. März 903 berichtet B. Eberhard v. Piacenza, daß, als er im Begriffe gewesen, zu S. Savino ein Kloster zu stiften, supervenit misera horrendaque gens infelicium paganorum, qui hostili gladio

Bischof Liutward von Vercelli, einst der allmächtige Günstling Kaiser Karls III., da er sich durch die Flucht vor ihnen retten wollte, begegnete unversehens den Verfolgern und endete am 24. Juni 900 sein Leben unter ihren Streichen, während die ungeheuren Schätze, die er mit sich führte, ihnen zur Beute dienten[37]).

Ein ungrischer Reiterschwarm wandte sich auch gegen Venedig, von dessen überseeischen Kostbarkeiten sie gehört haben mochten. Auf ledernen Kähnen setzten sie nach den Inseln über und steckten, indem alles vor ihnen floh, fast alle Orte der Venetianer in Brand. Da sie zuletzt auch Malamokko und Rialto bedrohten, lieferte ihnen der Doge Petrus am Peter- und Paulstage (29. Juni) ein Treffen zur See, das mit der Niederlage der Heiden endigte[38]). Nicht lange nach diesem Ereignis, nachdem Italien fast Jahr und Tag von dieser furchtbaren Geisel heimgesucht worden, kehrten die Magyaren mit aller ihrer Beute wohlbehalten in die Donauebene zurück, dazu mußte ihnen König Berengar überdies noch Geiseln und Geschenke geben, um ihren Abzug zu erkaufen.

„Ein altes Gesetz, so singt Salomon von Konstanz[39]) mit Bezug auf diesen und die nächstfolgenden Züge der Ungern, verbietet, Hundegeld in den Tempel zu tragen, jetzt dringt der garstigste Hund selbst in das Haus Christi ein, er überliefert das Volk dem Tode, die Sachen dem Raube, den Tempel den Flammen. Die ruchlose Hand spaltet den geweihten Tisch des Herrn, mit beflecktem Griffe tastet sie die Pfänder der Heiligen an und führt die Herde der Kirche in die Verbannung fort. Sie verschonen weder den Vater noch haben sie Erbarmen mit der Mutter, den Sohn durchbohrt ihre Wildheit vor dem Angesichte der Eltern, und die Tochter rettet es nicht, daß ihre Mutter noch andre Leichen zu beweinen hat. Der Jüngling und der Greis, der Knabe und das Mägdlein sterbend wälzen sie sich einer in des andern Blute. Die italischen Städte stehen ihrer Bürger beraubt da und verödet liegen die Aecker, da ihnen die Bebauer fehlen, die Ge-

corpora trucidantes igneque furoris ecclesias dei cremantes concremaverunt pariter praefatam b. Savini ecclesiam (Campi hist. eccles. di Piacenza I, 478). Ber. beschenkte 4. Jan. 904 das Hochstift des h. Prosper zu Reggio providentes eiusdem ecclesiae necessitates vel depredationes atque incendia, quae a ferocissima gente Hungrorum passa est (Tiraboschi mem. Moden. I c. d. 86, B. 1322).

[37]) Regino 901. Den Todestag gibt das Necrol. Augiense und St. Galli (Cod. 915 p. 325, Goldast scr. rer. Alamann. II, 152), wo irrig Cumani statt Vercellensis episcopi steht. Im März 901 erscheint urkundlich Sebastian als Bischof v. Vercelli (Hist. patr. mon. chart. I, 98).

[38]) Ioh. chron. Ven.: fuit namque haec persecucio in Italia et Venetia anno uno. rex igitur Berengarius datis obsidibus ac donis praedictos Ungros de Italia recedere fecit cum omni preda quam ceperant.

[39]) An Dado v. Verdun v. 74—88 (Mittheil. der Züricher antiq. Gesellsch. XII, 232). Salomon besuchte Italien selbst im J. 904.

filde scheinen weiß durch die bleichenden Gebeine der Erschlagenen, schon, glaube ich, sind nicht mehr so viele Lebende übrig, als im Kampfe dahingerafft." — Seit dem Tage an der Brenta zitterte ganz Italien vor den wilden Heiden, vor der Hand wagte Niemand ihnen auf offenem Felde wieder die Spitze zu bieten: Bischofssitze und Klöster eilten um die Wette, sich mit Mauern und Thürmen, Zinnen und Brustwehren, Gräben und Vorwerken zu umgeben und gegen feindliche Angriffe abzuschließen[40]).

Als die Magyaren etwa im Juli 900 aus Italien zurückkehrten, nahmen sie abermals ihren Weg durch Pannonien, das von ihnen zum größten Theile verwüstet wurde[41]). Wir hören um diese Zeit nichts mehr von jenem Herzoge Brazlavo, dem Arnolf im J. 896 die Verteidigung dieses Grenzlandes aufgetragen. Die Leichtigkeit, mit der die Ungern sein früheres Gebiet durchziehen, scheint vielmehr zu beweisen, daß es sich schon fast ganz in ihren Händen befand, wie es ja auch seitdem einen Theil ihrer Wohnsitze ausgemacht hat. Kaum heimgekehrt von dem großen Raubzuge schickten sie, angeblich eines friedlichen Vergleiches halber, Boten an das bairische Volk ab, um über Land und Leute Kundschaft einzuholen. Denn sie hatten vernommen, daß ein Kind den fränkischen Thron bestiegen und mit ihrer gewöhnlichen Schlauheit dachten sie den günstigen Augenblick zu nutzen[42]).

Der mährische Krieg, der seit drei Jahren, hauptsächlich in Verwüstungen des feindlichen Gebietes von bairischer Seite bestehend fortgeführt worden, hatte auch in diesem Jahre seine Opfer gefordert: vereint mit den Czechen waren die Baiern durch Böhmen im Sommer 900 in Mähren wiederum eingefallen, um drei Wochen lang daselbst zu sengen und zu brennen und endlich ohne

---

[40]) Auf solche Befestigungen beziehen sich viele Urk. Berengars B. 1322, 1325, 1326, 1328, 1333, 1338, 1344, 1347, 1349, 1353, 1354 (vgl. v. Bethmann-Hollweg lombard. Städefreiheit S. 99), Liudprand. ant. II c. 15: neque erat, qui eorum praesentiam nisi munitissimis forte praestolaretur in locis vgl. c. 5, Verse aus Modena oben S. 370 A. 21. B. Eberhard v. Piacenza stiftete das Kl. von S. Savino endlich innerhalb der Stadtmauern, quia praedictam b. Savini ecclesiam a paganis succensam nequivimus eo tempore reaedificare ob enormitatem suae magnitudinis, timentes etiam, ne maligni pagani suae malignitatis cursum iterantes eandem ecclesiam denuo concremarent (Campi I, 479).

[41]) Ann. Fuld. 900: ipsi namque eadem via, qua intraverunt, Pannoniam ex maxima parte devastantes regressi sunt, weiterhin heißt es geradezu redierunt, unde venerant, ad sua in Pannoniam. Die Besitznahme Pannoniens durch die Ungern wird nirgends ausdrücklich gemeldet: Konstantin (de adm. imp. c. 27) nennt es *Παννωνίαν, ἔνθα ἀρτίως οἰκοῦσιν οἱ Τοῦρκοι*, vgl. c. 42 *καὶ κατοικοῦσι μὲν οἱ Τοῦρκοι πέραθεν τοῦ Δανούβεως ποταμοῦ εἰς τὴν τῆς Μοραβίας γῆν, ἀλλὰ καὶ ἔνθεν μέσον τοῦ Δανούβεως καὶ τοῦ Σάβα ποταμοῦ*

[42]) Ann. Fuld. 900 ... sub dolo ... pacem optando, regionem illam ad explorandam.

irgend einen Unfall heimgekehrt[43]). Eben damals, vielleicht von einem bairischen Landtage aus, der sich Mitte Juli zu Reisbach an der Vils versammelt hatte, richtete die bairische Geistlichkeit von Theotmar geleitet ein leidenschaftliches Schreiben an den Papst Johann IX., um gegen den Wiederaufbau einer unabhängigen mährischen Kirche Einspruch zu erheben. Dieser merkwürdige Brief manigfach Licht verbreitend, aber auch absichtlich irre führend legt von dem tiefgewurzelten Hasse der Slaven und Deutschen ein redendes Zeugnis ab[44]).

„Keineswegs glauben wir, so heißt es darin nach den Eingangsworten, was wir täglich hören müssen, daß von dem heiligen apostolischen Stuhle, der uns als die Quelle unserer priesterlichen Würde und die Wiege der christlichen Religion gilt, etwas Verkehrtes ausgegangen sei, sondern vielmehr die Lehre und das Vorbild kirchlicher Ordnung. Doch es kamen, wie sie selbst verkündigten, von eurer Seite drei Bischöfe, nämlich der Erzbischof Johann und die Bischöfe Benedikt und Daniel in das Land der mährischen Slaven, welches unsern Königen und unserem Volke sowie auch uns mit seinen Bewohnern unterworfen war, sowol in der Ausübung des christlichen Glaubens als in dem Tribute von den weltlichen Gütern, weil sie von hier aus zuerst unterwiesen und aus Heiden zu Christen gemacht worden sind. Und deshalb begab sich der Bischof von Passau, zu dessen Sprengel die Einwohner jenes Landes gehören, seit dem Beginne ihrer Christlichkeit dorthin, so oft er es wollte und für nöthig hielt, ohne Widerstand zu finden und hielt mit ihnen und seinen dort lebenden Landsleuten zu wiederholten Malen Synoden ab, verrichtete kräftig alle seine Obliegenheiten und Niemand wagte ihm offen zu widerstehen. Auch unsere jenem Lande benachbarte Grafen hielten dort Gerichtstage ab, verhängten Strafen und erhoben Steuern und Niemand widerstrebte ihnen, bis jene anfiengen, das Christenthum zu verabscheuen, indem der Teufel ihre Herzen verhärtete und die Gerechtigkeit zu verbannen, zum Kriege zu reizen und sich heftig zur Wehr zu setzen, in dem Maße, daß dem Bischofe und

[43]) Eb. 900. Bisch. Tuto und ein vornehmer Mann Waltilo schlossen einen Tauschvertrag ab, als dessen Zeugen Liutpald comes, Pabo comes, Gundpald comes u. a. genannt werden, actum ad Rispah in conventu et colloquio principum, 15. Juli 900 (Ried cod. Ratisbon. I, 78).

[44]) Das Schreiben Theotmars und seiner Suffragane ist, nachdem es schon Aventin (Ann. Boior. l. IV p. 475) gekannt und benutzt hat, zuerst von Math. Flacius herausgegeben (Catalog. test. verit. l. IX, vol. II p. 26—29) und aus derselben Handschr. von Joh. Cordesius (Opusc. et epist. Hincmari, Paris 1615 p. 641—646), aus einer andern Handschr. in Verbindung mit dem angeblichen Schreiben Hattos und den Lorscher Bullen von Christoph. Gewold (Chronic. monasterii Reichersperg., Monachii 1611 app. p. 33—38), daraus fließen alle neueren Abdrücke, auch der bei Ludewig (Scr. rer. Bamberg. II, 363), den Rintelen (Forsch. zur d. Gesch. III, 314 A. 1) ganz irrig auf Aventin zurückführt.

den Priestern der Weg dorthin versperrt wurde. Nach ihrem Belieben aber thaten sie, was ihnen gut dünkte.“ Eine so vollständige Unterwerfung Mährens in kirchlicher und politischer Hinsicht, wie hier dargestellt wird, hat kaum jemals in der früheren Zeit Ludwigs des Deutschen, jedenfalls nicht seit dem Forchheimer Frieden im J. 874 und der auch von deutscher Seite anerkannten Einsetzung des h. Methodius zum mährischen Erzbischofe stattgefunden.

„Jetzt aber, so fährt Theotmar in seinem Briefe fort, brüsten sie sich — was uns furchtbar und unglaublich erscheint — um ihr Unrecht noch zu vergrößern, sie hätten durch die Menge des Goldes bewirkt, daß ihr die oben genannten Bischöfe zu ihnen gesandt. In dem Einen Bisthum Passau habt ihr Dinge vollführt, wie sie noch nie vom apostolischen Stuhle ausgiengen und durch die Satzungen des Kirchenrechtes verboten sind, indem ihr eine Spaltung der Kirche zugabet. Ein Bisthum ist nämlich in fünf getheilt: jene Bischöfe weihten, in eurem Auftrage, wie sie behaupteten, in einem und demselben Bisthume einen Erzbischof und drei Bischöfe als seine Suffragane ohne Wissen des Erzbischofs und ohne Einwilligung des Bischofs, in dessen Sprengel sie sich befanden. Euer Vorgänger weihte auf Ansuchen des Herzogs Zwentibald Wiching zum Bischofe, doch entsandte er ihn keineswegs in das alte Passauer Bisthum, sondern zu einem neugetauften Volke, welches der Herzog selbst erst im Kriege bezwungen und aus Heiden zu Christen gemacht hatte.“ Die erzbischöfliche Würde des Methodius, auf welche sich die neuen Verfügungen begründeten, wird hier, als sei sie nie vorhanden gewesen, dreist mit Stillschweigen übergangen, Wiching dagegen nur deshalb erwähnt, um alle aus seiner Stellung sich ergebenden Schlußfolgerungen von vornherein abzuschneiden.

„Als aber, so fahren die bairischen Bischöfe fort, jenen Slaven von euern Gesandten vertraulicher Zutritt gestattet wurde, beschuldigten und verleumdeten sie uns in vielen Stücken und griffen uns mit lügenhaften Worten an, weil Niemand ihnen die Wahrheit erwiederte, indem sie behaupteten, wir hätten mit den Franken und Alamannen Aergernis und Zwietracht gehabt, während dieselben doch unsere besten Freunde und geliebten Mitarbeiter sind. Auch warfen sie uns vor, daß wir gegen sie unversöhnlich wären, was, wir gestehen es ein, allerdings der Fall ist, doch nicht durch unsere Schuld, sondern um ihrer Frechheit willen. Denn zu der Zeit, da sie anfiengen das Christenthum gering zu schätzen und sich weigerten, den ihrem Lehnsherrn, unserem Fürsten zukommenden Tribut zu entrichten und mit den Waffen sich widersetzten, da trat unter ihnen eine innere Spaltung ein. Und weil jene sie überwältigten und in Knechtschaft brachten, deshalb mußten und müssen sie dieselben von Rechtswegen zu Unterthanen haben und unserem Reiche werden sie angehören, mögen sie nun wollen oder nicht.“ (Diese etwas dunkeln Aeußerungen gehen vielleicht auf die in Folge der Entzweiung zwischen Rastislav und Suatopluk im J. 870 stattgehabte Unterwerfung des ganzen Landes, die man jetzt erneuern wollte).

Die Vorgänger unseres erlauchten Herrn Ludwig, so heißt es weiter, Kaiser und Könige giengen aus dem allerchristlichsten Volke der Franken hervor, die Slaven Moimars dagegen stammen von Heiden und Ungläubigen ab. Jene erhöhten mit kaiserlicher Macht das römische Reich, diese schädigten es, jene waren herrlich und angesehen auf dem ganzen Erdkreise, diese verbargen sich in Schlupfwinkeln und Burgen[45]). Durch den Rath jener ist der apostolische Stuhl mächtig geworden, über die Verfolgung dieser trauerte die Christenheit. In allen diesen Dingen wünscht unser jugendlicher König, der keinem seiner Vorgänger nachsteht, gemäß der von Gott ihm verliehenen Tugend, der heiligen römischen Kirche und euch, ihrem höchsten Priester mit allen Fürsten seines Reiches ein tapferer Helfer zu sein. Die Falschheit dessen, was uns die besagten Slaven Schuld geben, wir hätten mit den Ungern den katholischen Glauben verletzt und durch einen Hund und Wolf und andre abscheuliche und heidnische Dinge einen Friedensvertrag beschworen[46]) und ihnen Geld gegeben, damit sie nach Italien zögen, würde offenbar werden, wenn unsere Sache vor dem allwissenden Gotte und vor euch, seinem Stellvertreter zur Prüfung käme. Denn weil sie unsere fern von uns wohnenden Christen stets bedrohten und ihnen durch heftige Verfolgung zusetzten, haben wir ihnen nicht Summen Geldes gegeben, sondern nur eine Anzahl unserer leinenen Gewänder, damit wir einigermaßen ihre Wildheit besänftigten und sie von der Verfolgung zurückhielten. Solches nämlich, wie wir oben erwähnt, ersannen jene in der Bosheit ihres Herzens und reizten eure Bischöfe dazu an, uns Unrecht anzuthun, so daß sie sogar in einem angeblich vom apostolischen Stuhle ausgehenden Briefe uns dies alles vorwarfen und u. a. behaupteten, wir seien werth von dem Bannfluche getroffen zu werden. Jene aber haben selbst das Vergehen, dessen sie uns einmal bezichtigten, seit vielen Jahren[47]) verübt. Sie selbst haben eine beträchtliche Zahl von Ungern zu sich genommen und nach deren Sitte auf heidnische Art ihr Haupt ganz abgeschoren und sie über uns Christen losgelassen, die sie theils zu Gefangenen machten, theils erschlugen, theils im Kerker vor Hunger und Durst

---

[45]) Diese Bemerkung erklärt sich durch die vielen festen Plätze des mährischen Landes s. I, 371 A. 28.

[46]) Von einem Vertrage, den Leo der Armenier mit den Bulgaren schloß, heißt es: κύνας μὲν, καὶ οἷς τὰ ἄνομα ἔθνη θύουσιν, ἐχρῆτο μάρτυσι τῶν πραττομένων καὶ ἀπέτεμνεν καὶ διὰ στόματος ἄγειν οὐκ ἐμυσάττετο εἰς βεβαίωσιν (Theophan. contin. l. I c. 20 p. 31).

[47]) Ueber die Auslegung dieser Stelle s. Kremper (de Ungaror. demigr. p. 48), den ich jetzt auch beistimme.

umkommen ließen; unzählige aber schleppten sie in das Elend, brachten vornehme Männer und ehrbare Frauen in die Sklaverei, steckten die Gotteshäuser in Brand und zerstörten alle Gebäude, so daß in ganz Pannonien, unserer größten Provinz fast keine Kirche mehr zu erblicken ist, wie eure Bischöfe euch melden könnten, wenn sie gestehen wollten, wie viele Tage sie hindurchreisten und das ganze Land als Einöde antrafen."

„Als wir jedoch erfuhren, daß die Ungern in Italien eingefallen seien, wünschten wir sehnlich — Gott sei unser Zeuge! — mit den Slaven Frieden zu schließen, indem wir versprachen ihnen alles uns und den unsrigen zugefügte Unrecht zu vergeben und zurück zu erstatten, was sich von ihrem Eigenthume als in unsern Händen befindlich ermitteln ließe, damit wir nur von ihrer Seite sicher wären und so lange Ruhe vor ihnen hätten, daß es uns möglich sei nach Langobardien ziehend die Besitzungen des heil. Petrus zu verteidigen und das christliche Volk durch göttliche Hilfe zu befreien. Und nicht einmal dies konnten wir von ihnen erlangen. Nach so vielen Schandthaten werden ihnen noch Wohlthaten zu Theil und es treten als falsche Ankläger auf, die zuvor Christenverfolger waren. Deshalb bitten wir insgesamt dringend, keinen Verdächtigungen in Bezug auf uns Glauben zu schenken, ehe nicht die Sache durch Gesandte von euch an uns oder von uns an euch abgeschickt, gründlich untersucht worden ist. Gemeinsamer Schmerz quält die Bewohner von Deutschland wie vom ganzen Baierlande, weil die Einheit der Kirche gespalten werden soll. Wenn daher der Betrug durch slavische List etwas Uebles hervorgerufen hat, so möge die Gerechtigkeit es bessern." Zum Schlusse entschuldigt sich Theotmar, daß er wegen des Wütens der Heiden die von ihm verwalteten päpstlichen Einkünfte aus Baiern bisher noch nicht habe übersenden können[48]).

Es läßt sich nicht mehr feststellen, inwieweit die hier gegen die Mährer erhobenen Anklagen auf Wahrheit beruhen, namentlich ob diese zu den schweren Verwüstungen, die Pannonien seit dem J. 894 durch die Ungern erleiden mußte, in der That mitgewirkt. Jedenfalls athmet die ganze Beschwerdeschrift einen Geist leidenschaftlicher Gehässigkeit und läßt sich in dem Schweigen über das Erzbisthum des h. Methodius eine so grobe Verletzung der historischen Treue zu Schulden kommen, daß wir auch den übrigen Angaben wenig Glauben schenken können. Da das Schreiben erst nach der Befreiung Italiens von den Ungern abgieng, so traf es den schon im Juli 900 verstorbenen Papst Johann IX. sicher nicht mehr unter den Lebenden[49]). Von einer weiteren Wirkung desselben ist

[48]) A. a. O. pecuniam vestro iuri debitam propter infestam paganorum saevitiam nec per me poteram nec per alios transmittere, den Ertrag der päpstlichen Besitzungen zu Winhöring, Andiesenhofen und Wöllenbach, vgl. I, 577 A. 36.

[49]) Sed quia dei gratia liberata est Italia. Diese Angabe führte mich

nichts bekannt: ohnedies wurden die schwachen Anfänge einer selbständigen mährischen Kirche mit in den bald darauf eintretenden Untergang des Reiches verwickelt[50]).

Um die nämliche Zeit ohngefähr da die bairischen Bischöfe jenes den Mährern so feindselige Schreiben abfaßten, trafen in Baiern die ungrischen Kundschafter ein, die Vorboten unsäglichen Unheils[51]). Kaum waren sie in ihr Land zurückgekehrt, so ergossen sich die Reiterschwärme ihres Volkes unversehens über die Ostmark, über die Enns drangen sie bis in den Traungau vor und verwüsteten denselben, vornehmlich die Besitzungen des der Passauer Kirche gehörigen Klosters St. Florian mit so großer Schnelligkeit, daß sie an Einem Tage einen Flächenraum von zehn Meilen in der Länge und Breite durchstreiften. Die weiter landeinwärts wohnenden Baiern setzten ihnen auf die Kunde dieses frechen Einbruches ergrimmt nach, kamen aber bereits zu spät, denn die Plünderer hatten mit aller ihrer Beute glücklich den schon in Besitz genommenen Theil Pannoniens erreicht.

Inzwischen aber war eine andre Schar derselben Feinde auf dem linken Donauufer verheerend vorgedrungen. Der Graf Liutbold und der Bischof Richar von Passau, welche sich nebst andern Großen an der Spitze der herbeigeeilten bairischen Krieger befanden, setzten daher mit Zurücklassung eines Theiles ihrer Gefährten alsbald über den Strom und lieferten den Ungern an demselben ein Treffen, das in der rühmlichsten Weise endigte. Beim ersten Zusammenstoße gewannen die Christen fast ohne Verlust auf ihrer Seite sogleich die Oberhand und gegen 1200 der magyarischen Räuber fanden ihren Tod entweder durchs Schwert oder in den Wellen der Donau. Mit lautem gen Himmel dringendem Rufe drückte man auf dem Schlachtfelde sogleich Gott seinen Dank für diesen glorreichen Sieg aus, der dennoch nur für den Augenblick Baiern errettet hatte[52]). Fröhlich kehrten die Sieger zu den auf der rechten Seite des Flusses ihrer harrenden Genossen zurück und

---

auf die Versammlung von Reisbach als Zeitpunkt der Abfassung, weil die Worte der Adresse: necnon et universus clerus populusque christianus per totam Noricam auf einen allgemeinen bairischen Landtag hinweisen. Ueber den Tod Johanns IX. s. Jaffé regesta pontif. p. 305.

[50]) Pilgrim in dem Schreiben an Benedikt VII. (Chron. Reichersperg. p. 25): quondam Romanorum Gepidarumque tempore proprios VII antistites eadem orientalis Pannonia habuit et Mesia ..., quorum etiam quatuor usque dum Ungari regnum Bawariorum invaserunt, sicut praesenti cognitum est aetati in Maravia manserunt. Diese Angabe beruht offenbar auf dem Briefe Theotmars vgl. auch Thietmar. chron. l. VI c. 60.

[51]) Ann. Fuld. 900: quod pro dolor! primum malum et cunctis retro transactis diebus invisum dampnum Baioarici regni contulit.

[52]) Ann. Fuld. 900 ausführlich, ann. Alamann. 900 (Scr. I, 54): Norici cum Ungris pugnaverunt et partem ex eis occiderunt; Herimann. Aug. 900: Ungarii Baioariam ingrediuntur et plus mille ex eis occiduntur; Liudprand. ant. II c. 2.

erbauten mit deren Hilfe in großer Eile am Ufer der Enns in der Nähe des alten Fleckens Lorch eine starke Feste die Ennsburg geheißen, die an der Grenze des altbairischen Landes liegend demselben als Vormauer gegen fernere Anfälle der Ungläubigen dienen sollte[53]).

Unter solchen kriegerischen Rüstungen hatte das Jahr 900 geendet. Im Januar 901 vereinigte sich um den jungen König in Regensburg eine Versammlung seiner Getreuen, unter denen wir außer Adalbero namentlich Liutbold, den tapfern Vorkämpfer des bairischen Volkes und die Bischöfe Richar und Waldo gewahren[54]). Auf Bitte dieser Männer schenkte Ludwig dem Kloster St. Florian zur Vergütung des schweren durch die Heiden erlittenen Schadens die Ennsburg samt allem Zubehör. Die Ereignisse des Jahres 900 hatten indessen den bairischen Großen über die wahre Natur der neuen Ankömmlinge, die sie bisher halb als Freunde behandelt, die Augen geöffnet. Als daher auf dem Regensburger Reichstage die Mährer durch eine Gesandtschaft um Frieden baten, wurde ihnen dieser ohne Anstand bewilligt und die Bedingungen desselben, wie sie in Baiern festgestellt worden, sodann auch von dem Herzoge Moimir und den vornehmsten Männern seines Volkes eidlich bekräftigt, in Gegenwart des zu diesem Behufe abgeordneten Bischofs Richarius und des Grafen Udalrich vom schwäbischen Linz- und Argengau[55]). In diesen Frieden ward auch Isanrich, der aufrührerische Sohn des Markgrafen Aribo,

---

[53]) Ann. Fuld. 900: citissime in id ipsum tempus pro tuicione illorum regni validissimam urbem in littore Anesi fluminis muro obposuerunt. In der Urk. Ottos II. vom 5. Okt. 977 (Mon. Boica XXVIII[a], 223 vgl. XXXI[a], 233) wird quoddam nostrae potestatis praedium Anesapurch nuncupatum in pago Trungowe in ripa Anesi fluminis erwähnt.

[54]) Ann. Fuld. 901: generale placitum Radisbona civitate habitum est. In der zu Regensburg 19. Jan. 901 ausgestellten Urk. berichtet Ludwig, qualiter ... Rihharius Pataviensis scil. praesul per quorumdam procerum nostrorum Adalberonis quoque reverendi antistitis ... et Waltonis Frisingensis episcopi necnon Liutbaldi illustris comitis et dilecti propinqui nostri interventum regalitatis nostre eminentiam merore confectus episcopii sui dampnum lamentando interpellavit, eo quod seviente proh dolor paganorum impugnatione quaedam pars diocesis suae, ubi S. Floriani mart. monasterium constructum esse cognoscitur, ex inproviso devastata est, deprecans, ut civitatem illam, quam fideles nostri regni pro tuitione patriae unanimiter contra eorumdem christiani nominis persecutorum insidias noviter in ripa Anesi fluminis in proprio iamdicti martyris partimque in terra praefecturae terminalis statuentes construxerunt, ad suprascriptum ... locum ... traderemus, worauf er die Burg schenkt cum omni apparatu munitionis seu utilitatis cum convenientia terminalis comitis.

[55]) Ann. Fuld. 901: inde ob hoc ipsum Richarius episcopus et Udalricus comes Marahaha missi sunt, qui eodem tenore, ut in Baioaria firmatum fuit, ipsum ducem et omnes primates eius eandem pacem se servaturos iuramento constrinxerunt; Herimann. Aug. chron. 901: eodem anno Moymarius dux Marahensium et Isanricus Noricus comes, qui ad ipsum transfugerat, cum Ludowico rege pacificati sunt.

der bisher an den Mährern einen Rückhalt gefunden, mit eingeschlossen, doch verschwindet sein Name seitdem aus der Geschichte. — Der Friede war also endlich hergestellt, zu spät aber um die letzte Stunde des mährischen Reiches abzuwenden und den deutschen Grenzen die Sicherheit wieder zu geben. Noch im Frühjahr 901 machten die rastlosen Feinde einen verheerenden Einfall in Kärnten und wenn sie auch auf diesem am Charsamstage (11. April) abermals eine Niederlage erlitten, so war dieselbe doch ebenso wenig entscheidend als der vorjährige Kampf an der Donau[66]).

Ludwig, dessen Anwesenheit den bedrohten Reichstheilen freilich ohnehin keinen Vortheil bringen konnte, hielt sich zur Zeit dieses letzten Treffens nicht mehr in Baiern auf, sondern war durch Schwaben, wo mancherlei Streitigkeiten ihre Erledigung fanden, zur Feier des Osterfestes nach Franken gezogen[67]). Schon im Sommer kehrte er wieder nach Baiern zurück und verweilte am 7. August zu Oetting, woselbst er die Stiftung seines Großvaters auf Bitte der Grafen Gumpold und Meginward mit einer Hufe Landes beschenkte[68]), Mitte September zu Regensburg[69]). Außer dem Mönche Ekkebrecht von St. Emmeram nahm hier der Bischof Zacharias von Seben in einer Versammlung der bairischen Großen, die sich zum Theil für ihn verwendeten, die königliche Freigebigkeit in Anspruch, weil sein Bisthum allzu arm und von Mitteln entblößt sei: auf die Fürsprache Liutbolds zumal empfieng er den von der Kaiserin Ota abgetretenen Hof Brixen in den Alpen, der später statt des hochgelegenen Seben Bischofssitz werden sollte.

Lothringen, das seit der Beseitigung Zwentibalds längere Zeit sich selbst überlassen blieb, wurde in demselben Jahre 901

---

[66]) Ann. Fuld. 901: interdum (i. e. interim) vero Ungari australem partem regni illorum (d. h. doch wohl der Baiern?) Caruntanum devastando invaserunt (das Treffen wird hier verschwiegen, weil der Verf. noch vor Ostern abbricht); Herimann. Aug. 901: Ungarii Carentanum petentes (in sabbato) commissa pugna victi caesique fugerunt. Hierauf darf man vielleicht die Angabe bei Ekkehard. Uraugiens. 902 (Scr. VI, 174) in sabbato paschae beziehen.

[67]) Ann. Fuld. 901 (die leider mit diesen Worten abbrechen): rex vero per Alamanniam causas ibi disponendo pascha domini celebrandum Franciam petiit.

[68]) Mon. Boica XXXI[a], 164: per interventum atque ammonitionem Gundboldi et Meginwardi comitum nostrorum.

[69]) Eb. 165: per interventum fidelium comitum nostrorum Pabonis videl. et Isangrimi; eb. XXVIII[a], 125: per interventum venerabilium pontificum Diotmari quoque Adalperonis, Waldonis scil., Erchanboldi atque Tutonis ... supplicante videl. una cum praefatis episcopis Liutbaldo comite et nepote nostro ... quia idem episcopium nulla parentum nostrorum auctum constat gubernatione, quin potius incuria antiquorum illius provisorum admodum est minutum et attenuatum, sed et nimia parvitatis paupertate dinoscitur exiguum etc. (B. 1180—1182 vgl. Archiv für östr. Geschichtsq. XI, 63).

Schauplatz eines blutigen Ereignisses, welches wieder recht deutlich zeigte, wie wenig die schwache Reichsregierung von den Mächtigen gefürchtet ward. Noch zu Lebzeiten Arnolfs hatte die früher erwähnte Ermordung des Grafen Megingaud durch Alberich zu einem Akte der Blutrache geführt: Gisela, die Witwe des Gemordeten reichte nämlich in zweiter Ehe ihre Hand Burchard, dem Sohne des Grafen Walo oder Walaho vom Wormsfelde, Speiergau und Enzgau, der zugleich als Laienabt dem Kloster Hornbach vorstand [60]). Walo sowie sein in der Wetterau begüterter Bruder Stephan, der eine Grafschaft in Lothringen verwaltete, gehörten zu den angesehensten Männern des Reiches und standen auch mit den Regenten, die für Ludwig das Steuer lenkten, in gutem Einvernehmen. Stephan ohne Zweifel durch seine Verschwägerung mit Gisela bewogen, rächte den Tod ihres Gatten an Alberich, indem er diesen Ende November 896 aus dem Wege räumte. Dafür traf ihn, als er in der Nacht ein natürliches Bedürfnis befriedigte, von unbekannter Hand ein vergifteter Pfeilschuß im J. 901, der seinem Leben ein schnelles Ende bereitete. Weder in dem einen noch in dem andern Falle verlautet irgend etwas von einem Einschreiten der Reichsgewalt, wie nicht minder der Mord des Friesenherzogs Eberhard im J. 899 ungerächt geblieben war.

Die sittliche Verwilderung, die sich in solchen blutigen Thaten kundgibt, fand im Westreiche einen noch stärkeren Ausdruck in der ruchlosen Ermordung eines der vornehmsten Kirchenhäupter der ganzen Christenheit, des Erzbischofs Fulko von Reims [61]), die bei

---

[60]) Ueber Gisela s. oben S. 358 A. 35. Regino 896: per idem tempus circa festivitatem S. Andreae Albricus comes ... a Stephano fratre Walonis occiditur; 901: Stephanus comes frater Walonis cum in secessu resideret ... a quodam per fenestram cubiculi ... graviter vulneratur. Am 8. Okt. 900 schenkte L. cuidam venerabili monacho Walahonis dilecti comitis nostri et abbatis Wenilo nominato de monasterio ... quod vocatur Hornpach quasdam res iuris nostri in pago Spiraggowe in comitatu sui senioris sitas vgl. Urk. vom 5. Febr. 902 in pago Spiricowe in comitatu Walahonis (Mon. Boica XXXI[a], 160, 167), im Okt. 900 bestätigte L. in einer sehr verdächtigen Urk. einen Tausch, den nobilis comes Stefan nomine mit dem Kloster Fulda eingegangen war cum consensu germani sui scil. Walahonis viri religiosi et aeque deum timentis über Güter in der Wetterau (Dronke cod. Fuld. p. 296 vgl. p. 290). Vgl. ferner Urk. Ludwigs III. vom 22. Sept. 882 in pago nuncupato Wormazfeld in comitatu Walonis, desgl. Arnolfs vom 8. Nov. 888, 8. Juni 897 für Worms; Hattos vom 25. Jan. 902: in pago Encichgowe ... in comitatu Walahi comitis (Cod. Lauresh. 82, 91, 104, Schannat hist. Wormat. I cod. prob. p. 11). Stefans Grafschaft ist zweifelhaft. Auf die Verschwägerung der Brüder mit Gisela hat Eckhart (comment. de reb. Fr. or. II, 772) hingewiesen. Am 24. Juni 903 erscheint zu Forchheim unter den Grafen Purchart filius Walachonis (Neugart I, 526). Eine Urk. mit sehr zweifelhaften Daten (Beyer I, 215 28. Okt. 905 ind. XI, regn. rege Arnolfo anno II!) ist in pago Meginovelt vocato in comitatu Burchardi comitis ausgestellt. Dieser Burchard ist von dem gleichfalls zu Forchheim anwesenden Burchard, mit dem Wenck (Hess. Landesgesch. II, 545) ihn verwechselt, durchaus zu unterscheiden.

[61]) Ann. Elnon. mai. 900: interfectus est Fulco archiepiscopus a

der Ausdehnung des Reimser Metropolitansprengels nach Lothringen auch für das ostfränkische Reich nicht ohne Einfluß war. Graf Balduin der Kahle von Flandern, ein sehr zweideutiger Charakter, der die westfränkischen Thronstreitigkeiten stets nur in eigennützigem Sinne zur Erweiterung seiner Hausmacht ausgebeutet hatte, versuchte nach dem Tode des ihm verwandten Abtes Rudolf von St. Vaast und St. Omer († 5. Jan. 892) sich der beiden Abteien desselben wie erblicher Lehen zu bemächtigen. In der That glückte ihm dies gegen den Willen Odos und erst im J. 899 wurde er von Karl dem Einfältigen, mit dem er in demselben Jahre Frieden schloß, durch eine Belagerung gezwungen das Kloster St. Vaast mit seiner Burg zurück zu geben. Der König belehnte mit demselben den Grafen Altmar, indem dieser dafür die Abtei St. Medard, die ihm vorher gehörte, dem Erzbischof Fulko abtrat.

Balduin hatte indessen gehofft durch seine Unterwerfung den Besitz seiner früheren Lehen in kurzem wieder zu erlangen: hierin fand er sich jetzt vollständig getäuscht, da Fulko und der Graf Heribert ihm auf das entschiedenste widerstrebten, jener um so mehr als eine von ihm nach Reims berufene Synode schon im J. 892 Balduin wegen der Besitznahme von Kirchengütern und zumal des Klosters St. Vaast mit dem Bannfluche bedroht hatte[62]). Heftig entbrannte der Zorn des Grafen, durch einige bittere Worte seines Gegners noch mehr gereizt: als Fulko von dem königlichen Hoflager zu Compiegne nach Reims zurückkehrte, lauerten ihm einige Leute Balduins, Winemar an ihrer Spitze, im Walde auf und machten am 17. Juni 900 seinem Leben durch mehrere Lanzenstiche ein Ende. Ueber die verruchten Mörder, Winemar und seine Genossen sprach zwar am 6. Juli eine Reimser Synode un-

Winemaro, Blandiniens. 900: Folco episcopus interficitur XV Kal. Iulii (Scr. V, 12, 24), Vedast. 900 zum 16. Juni, Chron. Remense 900 (Labbe bibl. manusc. I, 359), Regino 903, Flodoard. hist. Rem. eccl. l. IV c. 10 p. 499 (daraus Richer historiar. l. I c. 17, 18), Gedicht über den Tod Fulkos (Du Méril poesies popul. lat. anter. au XII siècle p. 266), Folquin. chartul. Sith. ed. Guérard p. 134. Nur an dem letzteren Orte wird der Streit darauf zurückgeführt, daß Fulko nach dem Tode Rudolfs sich das Kl. St. Omer vom Könige habe übergeben lassen. Dies scheint unrichtig, weil nach den ann. Blandiniens. 892, 918 Balduin Abt von St. Omer war. Ueber St. Vaast s. ann. Elnon. min. 891 (Scr. V, 19): Atrebatenses Balduinum Flanderensem suscipiunt, Vedast. 892, 895, 899, wonach Karl die Abtei Almaro comiti gab. Nach Flodoard erhielt sie Fulko, der von dem Grafen Altmar St. Medard dafür eintauschte, nach Regino befand sich Fulko im Besitze des Klosters. Die ann. Vedast. bezeichnen dasselbe nicht bestimmt als Zankapfel, da sie nur sagen: volens regem sibi reblandire, ut terram, quam ei tulerat redderet.

[62]) S. die Schreiben Fulkos an Dodilo von Kammerich und an Balduin selbst (Flodoard. hist. Rem. l. IV c. 6, 7 p. 472, 485—488); wenn es in dem letzteren heißt: locum sacrum monastici ordinis pervadens et abbatis sibi nomen usurpans, so ist dabei wahrscheinlich an St. Vaast zu denken. Die Verhängung des Bannes wurde noch verschoben, quoniam et ecclesiae et publicis regni utilitatibus videbatur accommodus.

ter dem Vorsitze des neugewählten Erzbischofs Heriveus den Bann aus, indem sie erklärte, daß solche Verbrechen bisher nur von den Heiden verübt worden seien, allein weder ward Balduin, der wahre Urheber der That von dieser Sentenz betroffen, noch vermochte sie den Mörder zu bekehren, der sich darauf berief, daß die Treue gegen seinen Lehnsherrn ihn zu solcher Handlungsweise verpflichtet habe[63]). So unwirksam waren dem gesetzlosen Trotze der Gewaltigen gegenüber auch die kirchlichen Strafmittel bereits geworden!

II.

Fast alljährlich zog Ludwig das Kind in wechselndem Aufenthalte von einem Ende des oberen Deutschlands an das andere, sei es um die Last des Hofhaltes, die dafür erforderlichen Lieferungen auf verschiedene Landschaften gleichmäßiger zu vertheilen, sei es um auch die Vortheile, die aus der Anwesenheit des Hofes gezogen werden konnten, mehreren Reichstheilen zu gute kommen zu lassen. So brach der König, nachdem er Weihnachten 901 wahrscheinlich in Regensburg gefeiert hatte, im folgenden Januar schon wieder gen Westen auf. Am 5. Februar 902 beschenkte er zu Straßburg das dem Erzbischof Hatto gehörige Kloster Weißenburg auf Fürbitte des Bischofs Salomon und der Grafen Konrad und Burchard mit drei Hufen zu Haßloch[1]), Anfang August verweilte er in der Pfalz Trebur, wo wir außer Hatto und Salomon auch die Grafen Otto (von Sachsen) und Burchard (von Thüringen) in der Umgebung des Königs finden[2]), der auf ihre Verwendung sowie

---

[63]) Reimser Synode (Delalande conc. Gall. suppl. 312): ab ipsius Balduini hominibus Winemaro, Ewerardo et Ratfrido ceterisque eorum complicibus interfectus crudelissime occubuit ... quia igitur tale scelus nostris temporibus perpetrare non timuerunt, quod antea, nisi forte a paganis in ecclesia non auditum, quia non est actum etc. vgl. Folkuin (chartul. Sith. p. 134): isdem autem Winemarus ... in cordis sui duritia perseverans, se minime reum cepit excusare; asserebat enim se hoc pro senioris sui fidelitate patrasse et iccirco fine tenus in ipso permansit anathemate. — Gr. Heribert wurde später (nach 900, vor 908) auch von einem Dienstmanne Balduins erschlagen s. Regino 818, die Herausgeber der l'art de vérifier les dates (XII, 179, XIII, 283) setzen seinen Tod, ich weiß nicht, worauf gestützt, in das J. 902.

[1]) Tradition. Wizenburg. ed. Zeuss p. 264: Hatho venerabilis archiepiscopus per supplicationem fidelium nostrorum Salomonis videl. episcopi, Chuonrati et Purgharti comitum precatus est clementiam nostram etc.

[2]) Wirtemb. Urkb. I, 201 Urk. vom 6. Aug. Tausch mit Salomon von Konstanz. L. empfängt den Hof Pappenheim an der Altmühl, um ihn cuidam fideli nostro nomine Meginwart zu geben; Ludewig reliquiae manuscript.

auf die des Hildesheimer Bischofs Wigbert Sigismund von Halberstadt die Immunität bestätigte und den Domherren seiner Kirche das freie Wahlrecht verlieh. Vielleicht wurde die Anwesenheit dieser sächsischen Großen am Hofe durch den Einfall slavischer Stämme veranlaßt, die in diesem Jahre Sachsen mit Verwüstung heimsuchten[3]). Im September schlug Ludwig dann wieder die Straße nach Lothringen ein[4]): am 10. bekräftigte er in Metz einen Tauschvertrag, den der Graf Reginar mit den Stabloer Mönchen über gewisse Güter geschlossen, am 19. übertrug er durch eine, schon oben erwähnte Urkunde, in Wadgassen bei Merzig dem Erzbischof Ratbod verschiedene königliche Einkünfte in der Stadt Trier, die bisher zu einer Grafschaft vereinigt waren, auf Fürbitte der Grafen Konrad und Gebhard, endlich 9. Okt. zu Achen ebenfalls durch Vermittelung des letzteren der Abtei Chevremont Besitzungen zu Wandre u. a. O.

Diese Handlungen des unmündigen Fürsten, der sich ganz in den Händen seiner Vormünder befand und lediglich ihren Eingebungen folgte, sind indessen für die Reichsgeschichte nur von geringer Erheblichkeit. Viel wichtigere Ereignisse, die in ihrem weiteren Verlaufe auch auf die deutsche Krone den größten Einfluß üben sollten, trugen sich eben damals ganz ohne Zuthun des Hofes in Franken zu. Zwei Familien standen sich im Maingebiete, an Macht und Ansehen ohngefähr gleich, nebenbuhlerisch gegenüber, die eine gehoben und gefördert durch ihren Anschluß an Ludwig den jüngeren und Karl III., die andre von Arnolf vornehmlich begünstigt und daher einflußreich unter seinem Sohne. Jene stammte von einem Grafen Poppo im Grabfelde zwischen dem oberen Laufe der Werra und dem Main, dessen (mutmaßliche) Söhne Heinrich und Poppo wir hinlänglich kennen gelernt haben, die Wiege des andern Geschlechtes ist im Nieder-Lahngau zu suchen. Von einer Betheiligung der Söhne des abgesetzten Markgrafen Poppo an dem Kampfe der beiden Familien mit einander, ist jedoch nichts bekannt, als Gegner standen sich vielmehr nur die vier konradini-

VII, 427 Urk. vom 7. Aug.: per interventum fidelium nostrorum Hattonis ac Wicperti episcoporum, Ottonis et Burchardi comitum (B. 1183—1185) vgl. Chronic. Halberstad. ed. Schatz p. 9.

[3]) Ann. Hildesh. (Lamberti) 902: Sclavi vastaverunt Saxoniam.

[4]) Martene et Durand coll. ampl. II, 36, Beyer I, 214: Cunradus et Gebehardus illustres comites nostrae mansuetudini suggesserunt, weiterhin pro dilectione Rathbodi memoratae civitatis venerabilis archiepiscopi per consensum Wigerici comitis (vermutlich desselben, der vorher in einer andern Urk. eb. 212 Widiatus heißt) et omnium nostrorum fidelium, qui presentes affuerunt etc.; Lacomblet niederrh. Urkb. I, 44: Gebehardus comes illustris nostram adiit clementiam etc. (B. 1186—1188). In dieser Zeit hielt Hatto eine Zusammenkunft mit Erzb. Heriveus v. Reims 16. Sept. 902 in Herrici monasterio in basilica scil. S. Salvatoris, auf der dieser ihm die Besitzungen der Reimser Kirche im Wormsfelde übertrug (Archives administrat. de la ville de Reims I, 67).

schen Brüder auf der einen, die drei Söhne des im J. 886 vor Paris gefallenen Heinrich, Adalbert, Adalhart und Heinrich auf der andern Seite gegenüber[5]). Wir finden die letzteren sogar mit Egino verbündet, dem Sohne jenes Grafen Egino, der einst ein so erbitterter Feind ihres Oheims Poppo gewesen war.

Außer einer Grafschaft im westlichen Grabfelde, der sog. Buchonia bekleideten die Söhne Heinrichs das gräfliche Amt in dem anstoßenden Saalgau (an der fränkischen Saale) sowie im Gozfelde und Volkfelde am oberen Main bis zur Aisch und Regnitz hin. Von weiteren Würden derselben ist in zuverlässiger Weise nichts überliefert: weder wurde je eine der beiden benachbarten Marken, die sorbische oder böhmische von ihnen verwaltet, noch läßt sich mit Sicherheit behaupten, daß Adalbert in der That, wie ein späterer Schriftsteller meldet, in Gemeinschaft mit dem viel älteren Grafen Wernher vom Lobdengau (um Lorsch) als Sendbote die Erhebung der königlichen Einkünfte in Franken zu besorgen gehabt habe[6]). Jedenfalls aber gehörte diese Familie zu den

[5]) Ueber Heinrich und Poppo vgl. oben S. 167, wo auch der Nachweis der Grafschaften im Grabfelde und Volkfelde gegeben ist und S. 356; die Urk. Ludwigs vom 9. Juli 903: in pago Cozfelda in comitatu Chonrati duo loca Prozzoltesheim (Prosselsheim nö. von Wirzburg) et Frichinhusa (Frickenhausen am Main oberh. Wirzb.) cum ... pertinentibus in quibuscumque pagis vel Folgfelda seu Iphigowe, Crapfelda seu Padiniggowe etc. frühere Besitzungen Adalharts und Heinrichs (Mon. Boica XXVIII[a], 86, 130, B. 1035, 1191), zu Adalberts Güter gehörte auch Engelstadt bei Wirzburg (s. unten A. 58). Auf dieselben Gegenden weist Babenberg, die Burg Adalberts und Theres unterh. Schweinfurt am Main hin, beide im Volkfelde gelegen. In einer ungedr. Urk. vom J. 901 geben Bruotbert und Kunigund an das Kl. Echternach eine Besitzung im Ardennengau: econtra vero in precaria recepimus ego et predicta amabilis coniunx mea in oriente ex rebus eiusdem S. Willibrordi ... curtem Peffunhusa vocitatum (Pfaffenhausen b. Hamelburg), qui situs est in pago Salagowe in comitatu Adalberti et quicquit illuc aspicit, quamvis in diversis iaceat locis et ex orientali parte Spehtashart de hoc iaceat, quod ad supra nominata pertinet loca totum ex integro (Cod. aur. Epternac. f. 95), doch könnte dieser Adalbert auch Poppos Sohn Adalbraht sein.

[6]) Die auf eine falsche Lesart in B. 1191 gestützten Vermutungen wegen der markgräflichen Würde der Babenberger hat Waitz siegreich widerlegt (Forschungen zur deutschen Gesch. III, 157). Nur Ekkehard (casus S. Galli c. 1, Scr. II, 83) berichtet: procurabant ambas (sc. terras) camerae, quos sic vocabant nuntii, Franciam Adalpert cum Werinhere. Der letztere kann nicht wohl ein andrer sein, als der im Lorscher Todtenbuche zum 28. Jan. aufgeführte Wohlthäter dieses Klosters (Boehmer fontes III, 144), der urkundlich in den J. 836 bis 877 als Graf des am Rhein und Neckar gelegenen Lobdengaus nachzuweisen ist (Cod. Lauresham. I, 56—60, 67: in pago Lobodengowe in comitatu Wernharii, 76), den Regierungsantritt Arnolfs aber sicher nicht erlebte (eb. p. 90 Urk. vom 3. Juli 888: in pago Lobodengowe in comitatu Liutherii). Durch diese Zusammenstellung Adalberts mit einem älteren Zeitgenossen seines Vaters wird die Nachricht Ekkehards unglaubhaft, die wir ohnehin auf sein Zeugnis allein nicht für begründet erachten könnten. An einen jüngeren Werner, Grafen im Speiergau und Wormsfelde (Schannat hist. Wormat. I, 15, Kremer I, 41, B. 1214, 1231, Flodoard. hist. Rem. l. I c. 20 p. 157: Warnerius pagi Vormacensis comes, in der Zeit Konrads) ist des-

ersten und erlauchtesten des fränkischen Stammes, wenn gleich die Verschwägerung mit den Liudolfingern durch Heinrichs angebliche Gemahlin Baba, die Schwester des nachmaligen Königs Heinrichs I., eine äußerst zweifelhafte ist[7]).

Schon unter der Regierung Arnolfs, in dessen Urkunden Adalbert oder seine Brüder nicht ein einziges Mal erwähnt werden, soll der Zwiespalt zwischen diesen und dem sehr beschränkten, nur durch Hofgunst erhobenen Bischof Rudolf von Wirzburg, Konrads jüngerem Bruder zum Ausbruche gekommen sein, doch führte ihre Entzweiung, die durch die Lage der Grafschaften der Babenberger inmitten des Wirzburger Sprengels immer neue Nahrung erhalten mußte, damals noch zu keiner Störung des öffentlichen Friedens, oder zu einem Eingreifen der Reichsgewalt[8]). Aus geringfügigen Anlässen entsprang diese Todfeindschaft: die wahre Ursache des Streites lag darin, daß so wie keine der beiden Familien der andern an Adel des Blutes nachzustehen glaubte, auch keine der andern einen Vorrang an Macht willig einräumen wollte. Und allerdings war es hohe Zeit, daß die Babenberger — sie nach ihrer Burg Babenberg, an der Stelle, wo nachmals Kaiser Heinrich II. den Grund zum Bamberger Dome legte, also benannt — gegen ihre Nebenbuhler zu den Waffen griffen, wofern sie nicht von

---

halb nicht wohl zu denken, weil der von Ekkehard erwähnte vor Adalbert gestorben sein soll (alter enim morbo obierat), was auf diesen nicht paßt.

[7]) Ekkehardi chronic. univ. 901: Adelbertus ... filius sororis Heinrici ducis sed postea regis, nepos Ottonis ducis Saxoniae vgl. den Stammbaum im chronic. Wirziburg.; Annalista Saxo 902: Adalbertus ..., cuius pater Heinricus dux, mater Baba dicebatur (Scr. VI, 28, 174, 590). Bei Widukind (res gest. Saxon. l. 1 c. 22 cod. 2, 3) ist die Verwandtschaft Adalberts mit Heinrich erst später interpoliert. Regino (a. 897) nennt die Brüder nur filios Heinrici ducis Adalbertum, Adalhardum et Heinricum. Jene späten Zeugnisse genügen für den Beweis dieser Verwandtschaft nicht, zumal da der Name Baba ganz so aussieht, als sei er zur Erklärung des Ortsnamens Babenberg nachträglich erfunden, wie es in der Admunter Königsreihe (Scr. X, 137) ausdrücklich heißt de cuius nomine idem mons Babenberc dictus est. Ich kann daher Hirsch (Heinrich II., II, 17) hierin nicht beistimmen. In den miracula S. Walburgis (Acta sct. Febr. t. III, 532, 540) kommt ein pauper quidam f a m o s i comitis Adalberti nomine Frideradus vor und a. a. O. heißt es: Adalbertus comes nominatus a rure Francorum illustrium monasterium (sc. Monheim) petiit. Bei Liudprand (antap. l. II c. 6) heißt er Adelbertus quidam, non quilibet sed magnus ille heros, bei Herimann v. Reichenau a. 906 (Scr. V, 111): Adalpertus nobilis et bellicosus de Babenberg Francus; Otto von Freising (chronic. VI c. 15): Albertus nobilissimus Francorum comes. Die Lage von Babenberg hat Thom. Rudhart richtig bestimmt, dem sich auch Schweitzer (die Altenburg u. das Schloß Babenberg, 26. Ber. des hist. Vereins zu Bamberg S. 48 flg.) anschließt.

[8]) Regino 897. Auf das Jahr ist kein Gewicht zu legen, um so weniger als hier der ganze Verlauf der Fehde zusammengefaßt wird. R. sagt nur, daß der Streit ex parvis minimisque rebus entstanden sei und erläutert dies weiter: dum de nobilitate carnis, de parentum numerosa multitudine, de magnitudine terrenae potestatis ultra quam decet se extollunt, in mutuis caedibus prorumpunt.

ihnen, die in Gemeinschaft mit dem Erzbischofe Hatto den jungen König ganz in ihrer Hand hatten, völlig überflügelt werden wollten.

Die lange schon im Verborgenen glimmende Zwietracht schlug im J. 902 in helle Flammen auf[9]). Adalbert, im Bunde mit seinen Brüdern sammelte ein stattliches Heer, mit dem er von seiner Burg Babenberg aus gegen die nicht minder gerüsteten Brüder Eberhard, Gebhard und Rudolf ins Feld rückte, um mit ihnen seine Kräfte zu messen. Diese hielten mannhaft Stand, durchbrachen die feindlichen Reihen mit dem Schwerte und ruhten nach vielem Blutvergießen nicht eher, als bis sie die Babenberger in die Flucht geschlagen. Der jüngste von diesen, Heinrich wurde in dem harten Strauße erschlagen, Adalhard gerieth in Gefangenschaft, aber auch Eberhard ward von den Seinigen auf dem Schlachtfelde von vielen Wunden durchbohrt aufgefunden und nach Hause geschafft, wo er gleichfalls nach wenigen Tagen starb. Zur Sühne wahrscheinlich für diesen schmerzlichen Verlust fiel auf Gebhards Befehl das Haupt des gefangenen Adalhard und Adalbert allein blieb als Rächer dieses Frevels und seiner getödteten Brüder übrig.

Diese traurigen Ereignisse und der dadurch verübte freche Bruch des Landfriedens führten den König schon zu Anfang des Jahres 903 nach Franken. Auf dem Hofe Forchheim, nicht weit von dem Schauplatze von Adalberts Thaten treffen wir Ludwig bereits Mitte Februar, in Begleitung der Bischöfe Adalbero, Erchanbald und Tuto, welchem letzteren hier eine Schenkung für das St. Emmeramsstift gemacht wurde[10]), und der bairischen Grafen Liutbold und Gumpold. Welche Schritte etwa von Seiten der Reichsgewalt geschahen, um der fortdauernden Fehde ein Ende zu machen, bleibt durchaus unklar, gewis ist nur dies, daß der Hof von vornherein Partei ergreifend die Sache der Brüder Eberhards durchaus zu der seinigen machte und nur gegen den stolzen Babenberger strafend vorzugehen sich anschickte.

Eine zahlreich besuchte Reichsversammlung fand sich zu Forchheim Ende Juni um den König zusammen[11]): genannt werden die

---

[9]) Ob dies Jahr das richtige, möchte man nach dem Zeugnisse des in der Zeitrechnung so ungenauen Regino noch bezweifeln, da die ann. Alamann. (Scr. I, 54) zum J. 900 melden: Adalhart et Heimrich frater eius et Eberhardus bello occisi sunt, dagegen ann. Hildesh. (Lamberti) 903 (Scr. III, 50): Eberhart et Adalhart atque Heinric occisi sunt; für das J. 902 scheint mir aber auch die nachher anzuführende Urk. Ludwigs B. 1191 zu sprechen.

[10]) Mon. Boica XXVIII[a], 128 (B. 1189): nos ... cuidam venerabili ac dilecto episcopo nostro Tutone nominato quasdam res nostri proprii iuris in ius ... b. Emmerammi mart. per interventum et consilium venerabilium pontificum Adalperonis et Ercanpoldi, immo etiam et reliquorum fidelium nostrorum Liutpoldi scil. dilecti propinqui nostri ac Gundpoldi comitum etc.

[11]) Urk. Ludwigs vom 24. Juni 903 (Neugart I, 526, B. 1190): in generali placito nostro Foracheim habito per suggestionem fidelium nostrorum primatum videl. et qui de diversis regni nostri finibus illic collecti

Bischöfe Hatto von Mainz, Waldo, Adalbero, Salomon, Erchanbald, Theotolf (von Chur), Tuto und Einhart (von Speier). Unter den Grafen in erster Reihe die Gebrüder Konrad und Gebhard, Burchard von Thüringen und von Rhätien, Liutbold und Pabo aus Baiern, Burchard der Sohn Walahos, mehrere schwäbische Grafen u. s. w. Von den Handlungen dieses Reichstages ist indessen nichts weiter bekannt, als daß der König den St. Gallern ihre Immunität und die freie Abtswahl bestätigte. Einen Theil derselben Personen, die auf diesem Reichstage erwähnt werden, finden wir dann im Juli mit dem jungen Könige zu Theres einer Burg am Main: entweder dort, oder vielleicht schon früher in Forchheim wurde über die Babenberger Gericht gehalten und nach dem Urtheile der Franken, Schwaben, Baiern, Thüringer und Sachsen die Güter Adalhards und Heinrichs „wegen der Größe ihrer Schlechtigkeit" eingezogen. Von diesen schenkte Ludwig Prosselsheim und Frickenhausen mit allem Zubehör im Volkfelde, Iffigau, Grabfelde und Badanachgau an den geliebten Bischof Rudolf von Wirzburg zum Ersatze für die Verwüstungen, welche sein Bisthum durch jene beiden Männer habe erleiden müssen [12]. Da bei dieser Gelegenheit der Gau Gozfeld als Konrads Grafschaft bezeichnet wird, so ist es sehr wahrscheinlich, daß sowie Rudolf die Güter, Konrad das gräfliche Amt der getödteten Babenberger erhielt und es erhellt hieraus, wie vollständig die Reichsregierung die Sache der Konradiner zu der ihrigen gemacht hatte.

Vergebens forscht man bei diesem Anlasse nach dem Namen Adalberts, den doch vor allen der Arm der strafenden Gerechtigkeit

---

affuerunt, quorum nomina haec sunt (folgen erst 7 venerabiles episcopi, dann comites vero 19), horum omnium, ut dictum est, fidelium nostrorum et aliorum plurimorum interventu atque consultu praelibatus Salomon dilectus episcopus noster petiit clementiam nostram etc. Die Urk. vom 9. Juli ist ausgestellt per supplicationem fidelium nostrorum Hathonis videl., Waltonis, Erchanpoldi, Adalperonis, Salomonis et Tutonis venerabilium episcoporum, comitum vero Chonrati, Kebeharti, Adalperti, Purcharti, Odalrici, Arnolfi, Liutfredi, Purcharti et Eranfredi (Mon. Boica XXVIII^a, 129, B. 1191). Alle diese Männer, mit Ausnahme des letzten, sowie des Bischofs Rudolf treten auch in der vorhergehenden Urk. auf.

[12]) Eb.: Ruodolfus venerabilis ac dilectus episcopus noster ... petiit clementiam nostram, ut quasdam res iuris nostri, quae Adalharti et Heinrici fuerunt et ob nequitiae eorum magnitudinem indicio Franchorum, Alamannorum, Bawoariorum, Thuringionum seu Saxonum legaliter in nostrum ius publicatae sunt ad episcopium suum ... concederemus nos quoque ... ipsas res ad praefatum sacrosanctum locum a praedictis Adalharto et Heinrico undique vastatum ... in proprium donavimus hoc est in pago Cozfelda in comitatu Chonrati duo loca, weiterhin solos vero homines, qui bonae memoriae Tragapotonem fidelem nostrum de villa Prozzoltesheim occiderunt ab hac donatione excipimus et si quid memorati viri ad supra scripta loca de nobilium virorum proprietatibus iniuste contraxerunt. Ueber das Gozfeld s. Wenck hess. Landesgesch. II, 614, über den Umfang jener Schenkung v. Schultes histor. Schriften I, 171.

hätte erreichen sollen. Welcher Urtheilsspruch auch gegen ihn gefällt worden sein mag, unbezwungen trotzte er allen Anfechtungen: noch im J. 903 verjagte er Rudolf aus seinem Bisthum und verwüstete die Besitzungen der Wirzburger Kirche mit großer Grausamkeit. Die Wittwe des Grafen Eberhard und ihre Söhne nöthigte er ihre Erbgüter wie ihre Lehen zu verlassen und sich hinter den Speßhart zurück zu ziehen [13]). Das ganze östliche Franken scheint sich demnach trotz Königs und Reichstages in seiner Gewalt befunden zu haben. Aus den folgenden beiden Jahren 904 und 905 wird uns nicht das geringste von einem weiteren Einschreiten der Reichsregenten wider Adalberts Erhebung gemeldet und doch hat es andrerseits nicht den Anschein, als wenn er in seinem Umsichgreifen inne gehalten hätte. Das Reich also hatte sich darauf beschränkt, gutzuheißen was ohne sein Zuthun geschehen war, im übrigen aber die Dinge ihrem Laufe zu überlassen.

Ein heilloser Zustand, nicht unähnlich demjenigen unter Karls III. ohnmächtigem Regimente, da Poppo und Egino, Aribo und die Markgrafensöhne ebenso ungescheut und ungestraft ihre Fehden und Feindschaften mit einander ausfochten. Nur da sah es besser aus, wo, wie in Sachsen eine Familie schon längst eine unbestrittene Autorität ausübte, welche für die mangelnde königliche gewissermaßen ergänzend eintreten konnte, oder wo man wie in Baiern durch äußere Feinde vollauf beschäftigt wurde. In den übrigen Theilen Deutschlands hingegen waltete Unsicherheit und Vergewaltigung. Nicht bloß in Lothringen auch in Schwaben geschahen straflos Mordthaten gegen hochstehende und angesehene Personen: so wurden z. B. Reginhard, Bernhard und Gerhard, die drei edlen Söhne des Grafen Ato vom Erichgau und der Adellinda im J. 903 in der Nähe des Nonnenklosters Buchau, als sie ihre Schwester von dort zur Hochzeit führen wollten, von ihren Feinden überfallen und erschlagen. Die Mutter der Gemordeten pilgerte nachmals nach Jerusalem und die Schwester wurde Aebtissin jenes Klosters, in dem sie ihre Ruhestätte gefunden [14]).

„Wenige sind, so heißt es in einem Gedichte, das in diesen Jahren Salomon von Konstanz an seinen Freund und Amtsbruder Dado von Verdun richtete [15]), wenige sind unter den unsrigen ein-

[13]) Regino 903. Für die Feststellung der Zeitrechnung erregt es allerdings große Bedenken, daß Regino diese Begebenheiten in dasselbe Jahr mit der am 17. Juni 900 erfolgten Ermordung Fulkos von Reims setzt. Die Worte desselben z. J. 906: Chuonradus ... crebras incursiones Adalberti suspectas habens deuten auf ununterbrochene Fortsetzung der Feindseligkeiten und Liudprand (antap. II c. 6) sagt übertreibend: igitur cum septennio ferme Adelbertus heros rebellionem huiusmodi exerceret ... iam fere septennio Adelbertus quantas strages dederit etc.

[14]) Ann. Alamann. 903: Reginhard, Perinhart et Kerhard germani tres occiduntur, Herimann. Aug. 902 (Scr. I, 54, V, 111) vgl. Stälin wirtemb. Gesch. I, 331 A. 3.

[15]) Mittheil. der Züricher antiq. Gesellsch. XII, 233 v. 116 flg., v. 160 flg.,

trächtigen Sinnes; alle hadern, der Bischof, der Graf und die Dienstmannen, unter einander kämpfen Mitbürger und Stammgenossen, das Stadtvolk murrt, auch in den Städten tobt der Aufruhr. Warum sollte nicht auch Verwandte die Zwietracht stacheln; der Bruder fordert den Bruder zum Kampfe mit den Waffen heraus. Die niedere Menge knirscht und wütet, alle Welt streitet, indem das Gesetz mit Füßen getreten wird. Die höheren thun nichts besseres als alle andern, die welche Verteidiger des Vaterlandes und des Volkes sein sollten, geben den andern den Anlaß zum Streite. Denn die Nachkommen der Väter, welche den Aufruhr beschwichtigten, verschärfen und steigern die Erbitterung. Wenn die Zerrissenheit eines Volkes so groß ist, glaubst du, daß ein so getheiltes Reich bestehen könne?" Weiterhin fährt der Dichter fort, auf die Gründe des Uebels eingehend: Wundere dich nicht, Vater, wenn wir von herben Sträußen und Kämpfen erschüttert werden, wenn der bewegte Erdkreis gährt, halte es vielmehr für ein Wunder, daß noch nicht alle Stämme und Völker in traurigem Kriege vollends dahingerafft sind, da es Niemand gibt, der einen Befehl oder ein Verbot erließe. Wenn eine königliche Gewalt die Scharen anführte, so würde nicht so haltlos die bewegliche Menge schwanken, und die Rotte der Empörer nicht soviel Unheil anrichten, noch würden sie Arges wagend und ins Werk setzend den Besitz der Guten angreifen dürfen. Was soll ich mehr darüber sagen? Allenthalben fehlen die Lenker, die Zucht verfällt und es erhebt sich ihr Gegentheil. Ohne Furcht sagt man, sei die Ehre nichts. Die Barbaren einst in ihrer Heimat aufgesucht und zum Zinse gezwungen vom Christenvolke, da ein König ihnen gebot, überfallen jetzt die katholische Gemeinschaft, weil kein König sie leitet, in ihrer Behausung und fordern den Zins mit Blut zurück. Das Siechthum des Kindes, das noch den königlichen Namen führt, hat uns seit langer Zeit eines Fürsten beraubt. Sein Alter ist weder brauchbar zum Kampfe noch fähig das Gesetz zu handhaben, dem Gott Reich und Scepter verliehen hat, sondern der zarte Körper und die zu tapfern Thaten spätreifenden Kräfte flößen den Einheimischen Verachtung, den Feinden Kühnheit ein. Wie fürchte ich, mein theures Haupt, wie oft erinnere ich mich der Weissagung jenes, der Wehe über das Land ausrief, des König ein Kind ist."

Kürzer doch nicht minder ausdrucksvoll besagen das Nämliche, was in dieser Schilderung enthalten ist, die Worte der schwäbischen Jahrbücher[16]), daß unter Ludwigs Regierung viele Bosheit

---

vor dem 18. Mai 906 (dem Tode Waldos von Freising) verfaßt. Johann in dem Leben des Abtes Johann von Gorze c. 12 (Scr. IV, 340) gedenkt Dadonis etiam summi ingenii et famosissimae sanctitatis episcopi Virdunensis.

[16]) Ann. Alamann. 900: Hludowicus ... sub quo omnia bona pace disiuncta sunt, in regnum elevatur; Laubac. 899: Hludowicus regnum

angefangen und zugenommen habe, oder daß unter ihm aller Friede zerstört worden sei. So drückte in der Gegenwart der Mangel eines starken, Recht und Gesetze schirmenden Regimentes schwer auf die deutschen Lande und ebenso düster erschien die nächste Zukunft, denn wie lange sollte es noch dauern, bis aus dem schwächlichen Knaben ein kräftiger Mann würde, der das Geschlecht Ludwigs des Deutschen glorreichen Andenkens fortsetzen könnte. Bis dahin aber sah man nur einer immer steigenden Verwirrung, einer immer schlimmeren Unterdrückung aller Unbewehrten und Schutzlosen entgegen und immer mehr mußte man aus der bisherigen Ordnung sich der Zerrüttung des Westreiches nähern. —

Von dem Forchheimer Reichstage hatte sich Ludwig im Sommer 903 wieder nach Baiern begeben, woselbst er bis zum März des folgenden Jahres verweilte, von den Personen umgeben und geleitet, die wir dort auch sonst gewöhnlich in seiner Begleitung bemerken. Mitte August hielt er sich zu Oetting, an seinem Geburtsorte auf, wo Tuto von Regensburg sich den Hof Velden von ihm schenken ließ[17]), Ende September in der Ostmark wie es scheint, um einen schon von Arnolf reich bedachten Vassallen des Markgrafen Liutbold Zwetboch auf Bitten mehrerer bairischer Grafen mit weiteren Besitzungen an der Steier und Krems auszustatten[18]). Ende November endlich finden wir ihn wieder in Regensburg. Dort wurde dem Bischof Waldo von Freising auf einer größeren Versammlung bairischer Großen der von der Kaiserin Ota abgetretene Hof Föhring (bei München) zum Ersatze für den Schaden

suscepit, sub quo multa malitia orta et aucta est, vgl. die oben S. 396 A. 19 angef. Stelle Reginos, die unter die Regierung Ludwigs fällt.

[17]) Zu Oetting sind 3 Urk. vom 12. Aug. ausgestellt (Mon. Boica XXXI[a], 168—172, B. 1192, 1194; B. 1193 ist entschieden unecht), in der ersten schenkte L. per interventum venerabilium episcoporum nostrorum Waltonis atque Purchardi cum consultu reliquorum principum ibi astantium quasdam res proprietatis nostrae in pago Isanahgowe in comitatu Gumpoldi ... et per interventum Paponis comitis in comitatu Isangrimmi comitis ... Gumpoldo cuidam clerico venerabilis episcopi nostri Purchardi cognato etc., in der zweiten treten quidam comes nomine Arbo et Engilmar Purchardi episcopi fassallus als Fürbitter für die Passauer Domherren auf, denen L. auf ihre Verwendung die Orte zu eigen gibt, die sie früher als Lehen gehabt, in der dritten (in ihrer gegenwärtigen Gestalt mindestens überarbeiteten) Urk. wird Velden an St. Emmeram geschenkt per consilium et consensum venerabilium episcoporum Theotmari, Waldonis, Erchanbaldi et Zachariae, Tutonis etiam et Burchardi necnon et fidelium comitum nostrorum Liutboldi, Cunpoldi, Iringi et ceterorum omnium.

[18]) Hormayr Archiv für Süddeutschl. II, 217 (B. 1195): per obtentum fidelium nostrorum Sigihardi scil. comitis, Regimberti atque Isimgrimi ministerialium nostrorum cuidam homini nomine Zwetboch dilecti propinqui nostri Liupoldi videl. marchionis vasallo in valle, quae dicitur Olipespurc in comitatu Arbonis ... hubas V cum consilio procerum nostrorum consentiente etiam praefato Arbone ... concessimus in proprietatem etc. vgl. B. 1139, 1140 und die Urk. Heinrichs II. vom J. 1005 (Urkb. des Landes ob der Enns II, 71).

verliehen, den seine Kirche durch Feuersbrunst erlitten[19]). Nachdem der König endlich Anfang März noch in Regensburg dem Kloster St. Emmeram einen Hof am Inn geschenkt hatte[20]), trat er noch in demselben Monate über Ingolstadt und Ulm die Reise in die westlichen Theile seines Reiches an[21]).

An der bairischen Ostgrenze und in dem mährischen Gebiete hatten indessen seit dem J. 900 die Kämpfe mit den Ungern ununterbrochen fortgedauert. Abwechselnd mit den für sie so gefahrlosen Plünderungszügen nach Italien[22]) richteten die Magyaren ihre stärksten Angriffe gegen ihre deutschen und slavischen Nachbarn: der nähere Hergang dieser denkwürdigen Begebenheiten aber ist für uns fast vollständig verschollen. Im J. 902 sollen nach einer Angabe die Mährer noch einmal den Sieg davongetragen[23]), nach einer andern dagegen die Franken, ohne Zweifel als Bundesgenossen der Mährer, auf mährischem Boden eine Niederlage erlitten haben. Vielleicht können beide Zeugnisse als wahr neben einander bestehen. Im folgenden Jahre 903 lieferten die Baiern den Ungern abermals ein Treffen, dessen Ausgang unbe-

---

[19]) Mon. Boica XXVIII[a], 134 (B. 1196). Waldo gieng den König an damnum combustionis, quod ecclesiae suae pro dolor culpis exigentibus noviter acciderat conquerendo, obnixe supplicans ut aliquod consolationis supplementum ad restaurationem eiusdem ecclesiae sibi largiremur. at nos ... intercessioni fidelium nostrorum Diotmari videl. archiepiscopi, Zachariae episcopi, Tutonis episcopi, Liutboldi illustris comitis et cari propinqui nostri, Sigihardi etiam, Cunpoldi, Isangrimi atque Meginwardi comitum ac reliquorum conspectui nostro assistentium procerum communi omnium consilio pie annuentes etc. vgl. eb. 140 (B. 1208): tempore autem suo casu accidit, ut domus sua inibi ... constructa ignium succensione combureretur.

[20]) Eb. 136 (B. 1198) Tuto legte Fürbitte ein per interventum Pabonis et Meginwardi comitum fideliumque ministerialium nostrorum, L. schenkte consentiente Cundboldo eiusdem beneficii possessore pariterque cum Iringo comite atque Engilberto consilium dante. Aus Regensburg ist auch eine Urk. für Salomon von Konstanz von 9. Febr. datiert (B. 1197).

[21]) Aus Ingolstadt ist eine Urk. vom 10. März datiert (B. 1199), aus Ulm vom 18. (Pertz Archiv XI, 477) für Deotoloch von Worms, dem L. die von seinem Vater geschenkten Orte Oppenheim, Horchheim und Weinsheim bestätigt.

[22]) Zum J. 901 melden die ann. Alam.: iterum Ungari in Italiam, (die angebliche Nachricht der ann. Benevent., Scr. III, 175 über einen Ungerneinfall im J. 904 ist apokryph s. Pertz Archiv IX, 202). Auf Kämpfe in diesen Jahren bezieht sich vielleicht die Grabschrift des Patriarchen Friedrich v. Aquileja, in der es heißt: Hungarorum rabiem magno moderamine pressit, | fecit et Hesperiam pacem habere bonam (Liruti notizie del Friuli III, 256).

[23]) Herim. Aug. 902: Ungarii Marahenses petunt pugnaque victi terga verterunt; Ann. Alamann. 902: et bellum in Maraha cum Ungaris et patria victa (Kremper de Ungaror. demigratione p. 29 deutet patria auf Mähren und denkt an einen mährischen Autor, was mir sehr gewagt scheint). Es ist zweifelhaft, ob wir die Worte der ann. Ratispon. 902 (Scr. XVII, 583): interfectio Ungarorum magna auf diese Ereignisse beziehen sollen, oder etwa auf das Blutbad im J. 904.

kannt ist[24]). Darauf wurde, wie schwäbische Jahrbücher ganz einsilbig berichten, im J. 904 der ungrische Heerführer Chussal von den Baiern zum Schmause eingeladen und mit seinem ganzen Gefolge hinterlistig erschlagen[25]). Ueber die etwaigen Folgen dieser treulosen That bleiben wir jedoch durchaus im Unklaren.

Der Besitz Kärntens und der Ostmark, ja sogar des oberen Pannoniens scheint in dieser Zeit trotz jener wiederholten Anfälle noch nicht wesentlich geschmälert worden zu sein. Unter den Markgrafen Liutbold und Aribo, die an der Spitze der gesamten Grenzprovinzen standen, werden in den ersten Jahren der Regierung Ludwigs noch mehrere andre Grafen in diesen Gegenden genannt[26]): so ein Graf Günther (vielleicht im Grunzwitigau), Waltilo, Chadaloch, ferner Ottokar, der in das nördliche Kärnten gehört, da sein Sohn Arpo am 10. März 904 von Ludwig eine Schenkung zu Göß und Leoben, in der Grafschaft seines Vaters empfängt[27]). Friedliche Verhältnisse scheint auch ein Tauschvertrag voraus zu setzen, den am 8. Sept. 903 oder 904 der Chorbischof Madalwin mit dem Bischof Burchard von Passau abschloß. Er gab einen Meßornat, 56 Bücher, eine Besitzung zwischen Enns und Url in Aribos Grafschaft und 9 salische Hufen zu Lilienbrunn in Pannonien beides aus Vergabung Arnolfs, dafür erhielt er mehrere Lehen in altbairischen Gauen auf Lebenszeit zu eigen, aber auch zwei jenseit des Wiener Waldes das eine zu Mödling[28]). Immerhin zog sich Madalwin hiedurch aus dem Vorlande tiefer in das Innere Baierns zurück.

---

[24]) Ann. Alam. 903: bellum Bauguariorum cum Ungaris.

[25]) Ann. Alam. 904: Ungari in dolo ad convivium a Baugauriis vocati; Chussal dux eorum suique sequaces occisi sunt; 902 (cod. A.): Ungari a Baioariis ad prandium vocati plures occiduntur, desgl. ann. Sangall. mai. daraus abgeleitet, vgl. Geros Verfahren gegen die slavischen Häuptlinge (Widukind. l. II c. 20). Man kann diese That moralisch verdammen, um sie aber mit Büdinger (östr. Gesch. I, 221) „eine Einsichtslosigkeit ärgster Art“ zu nennen, müßte man doch etwas mehr von dem Zusammenhange wissen.

[26]) Unter Richar v. Passau (899—902) machte quidam venerabilis ac religiosns comes nomine Guntheri dem h. Florian eine Schenkung inter Anesnm fluvium et Erilelaff (Mon. Boica XXVIII[b], 32). Den Tauschvertrag Madalwins (eb. 203) unterschrieben Waltilo comes. Chadalhoc comes.

[27]) In dem Verbrüderungsbuche v. St. Peter (her. v. Karajan 62, 6) finden sich neben einander Otachar comes. Liutbald comes. L. schenkte rogatu ac consultu fidelium nostrorum Tutonis videl. episcopi, Liutpoldi, Arponis, Iringi, Kumpoldi et Paponis comitum Otacharii dilecti comitis nostri filio, cui Arpo nomen in valle, quae dicitur Liupinatal in comitatu eiusdem Otacharii hobas XX etc. (Diplomataria sacra Styriae I, 3 B. 1199, verb. nach dem Wiener Orig. Sickel).

[28]) Mon. Boica XXVIII[b], 200—203. Seine Besitzungen lagen in comitatu Arbonis comitis in loco, qui dicitur Wolveswanc und in Panonis in loco qni dicitur Liliunprunno hobas salicas novem, er behielt Lehen in dem Künzen-, Schweinach-, Rott- und Traungaue et ultra montem Comage-

Das deutlichste Zeugnis von dem im Ganzen noch ungestörten Besitze der Ostmark legt eine Zollverordnung [29]) ab, die um das Jahr 904 vielleicht eben bei Gelegenheit des zuletzt erwähnten Aufenthaltes Ludwigs in Baiern für den Verkehr auf der Donau erlassen wurde. In dieser Urkunde wird nämlich berichtet, wie König Ludwig durch die häufigen Klagen der bairischen Bischöfe, Aebte und Grafen sowie aller Handeltreibenden bewogen, die sich über ungerechte Bedrückungen in Bezug auf Zoll und Mauth beschwerten, dem Markgrafen Aribo Auftrag gegeben habe, mit den Richtern aus der Ostmark die Sache gründlich zu untersuchen. Diesen wurden als königliche Sendboten der Erzbischof Theotmar, der Bischof Burchard von Passau und der Graf Otokar zugesellt. Auf einer Versammlung zu Raffelstetten an der Donau zwischen der Ziezelau und Enns kamen also die erfahrensten und angesehensten Männer aus drei Gaugrafschaften, Unterabtheilungen wie es scheint der von Aribo verwalteten Ostmark, zusammen und statteten, nachdem sie zuvor vereidigt worden, den königlichen Bevollmächtigten Bericht darüber ab, wie es von den Zeiten Ludwigs des Deutschen bis auf Arnolf herab mit den Donauzöllen gehalten worden sei [30]), denn das frühere Herkommen sollte auch für die Zukunft zur Richtschnur dienen. Danach wurden nun folgende Bestimmungen getroffen, die uns ein deutliches Bild von Handel und Wandel in diesen Gegenden geben [31]).

Schiffe, die vom Westen kommend am Passauer Walde vorbeifahren und zu Rosdorf oder anderwärts anlegen, um Handel zu treiben, bezahlen als Zoll eine halbe Drachme. Wenn sie aber weiter hinab nach Linz gehen wollen, geben sie von einem Schiffe

---

num ad Nominichha et ad Medilichha. Madalwin könnte der frühere Notar Karlmanns sein oben S. 142.

[29]) Leges Portorii ed. Merkel (Leg. III, 480), die erste kritische Ausgabe dieses merkwürdigen Aktenstückes, dessen Zeit sich durch die Namen der beiden Bischöfe bestimmt: Theotmar fiel in der Ungernschlacht im Sommer 907, Burchard folgte auf den am 16. Sept. 902 verstorbenen Richar und wird zum erstenmale 12. Aug. 903 urkundlich erwähnt (Dümmler Piligrim v. Passau S. 145), eine genauere Bestimmung ist nicht möglich.

[30]) A. a. O.: isti et ceteri omnes, qui in hiis tribus comitatibus nobiles fuerunt post peractum iuramentum interrogati ab Arbone marchione in presentia Theotmari archiepiscopi et Purchardi presulis Pataviensis ecclesie residente cum eis Otachario comite in ipso placito in loco qui dicitur Raffoltestetun retulerunt loca thelonii et modum thelonei, qualiter temporibus Hludwici et Karlomanni ceterorumque regum iustissime exolvebatur. Ueber die 3 Grafschaften vgl. die Anm. Zarnckes (Beitr. zur Erklärung des Nibelungenliedes, Berichte der phil. hist. Kl. der sächs. Gesellsch. der Wissensch. VIII, 178 A. 16), der an Otto Frising. chron. l. II c. 33 erinnert, jedenfalls glaube ich, daß Aribo an der Spitze der Ostmark und aller dazu gehörigen Grafschaften stand.

[31]) Ueber die Auslegung dieser Bestimmungen vgl. außer Zarncke (a. a. O. S. 176—179) besonders Waitz (deutsche Vfgesch. IV, 59—62), der mehrere von mir früher begangene Irrthümer und Flüchtigkeiten verbessert hat.

drei Scheffel vom Salze als Zoll, von Sklaven und andern Waaren aber nichts: sie können jedoch dann nördlich von der Donau bis zum Böhmerwalde hin Handel treiben, wo sie wollen. Baiern zahlen bei Einführung des Salzes nichts, sobald sie beschworen, daß es nur zu eigenem Gebrauche geschieht. Wer die gesetzlichen Marktplätze (d. h. Rosdorf und Linz) passiert, ohne zu zahlen oder eine derartige eidliche Aussage zu machen, verliert, wenn er ein Freier ist, sein Schiff samt allen Waaren, wenn er ein Knecht ist, wird er festgehalten, bis sein Herr ihn auslöst. Jenseits des Böhmischen Waldes[32]) dürfen die Salzschiffe nicht eher anlegen und Handel treiben als zu Ebersburg (einem nicht mehr vorhandenen Orte diesseits Mautern): dort geben sie vom Salze drei Scheffel als Zoll, ebensoviel sodann zu Mautern oder wo sonst gerade Salzmarkt sein mag; hiernach aber haben sie die Befugnis, ohne daß irgend Jemand Einspruch erheben dürfte, zu handeln, wo und wie es ihnen beliebt. Wer mit den Mährern verkehren will, soll auf der Hinreise noch eine Abgabe von einem Schilling entrichten, auf der Rückkehr nichts. Salzwagen, welche auf der Hauptstraße über die Enns fahren, sollen nur an der Url einen vollen Scheffel abgeben, Schiffe oder Kähne aus dem Traungau dürfen dort zollfrei vorüberfahren. Baiern und Slaven aus dem bairischen Reiche dürfen Lebensmittel, Sklaven, Pferde und andre Bedürfnisse allenthalben unverzollt einkaufen außer an den Marktorten, wo sie beim Kaufe die vorgeschriebene Abgabe zahlen müssen. Slaven, welche des Handels wegen aus Rußland[33]) oder Böhmen herkommen, sollen überall auf den Märkten am Ufer der Donau sowie nördlich von derselben von der Ladung Wachs, die ein Saumthier forttrÄgt zwei Maaß, von der, die ein Mensch eine Maaß entrichten. Wenn sie aber Sklaven oder Pferde verkaufen wollen, so zahlen sie von einer Sklavin sowie für einen Hengst vier Denare, für einen Sklaven oder eine Stute einen Denar. Die Baiern und die eingeborenen Slaven brauchen jedoch nichts zu entrichten. Die gewöhnlichen Kaufleute, mit Einschluß der Juden, woher sie sein mögen, müssen überall, wie es herkömmlich ist, einen mäßigen Zoll von Sklaven und andern Waaren zahlen.

Wir ersehen aus den oben mitgetheilten Satzungen, über deren Durchführung die Grenzgrafen wachen sollten, daß zu Anfange

---

[32]) Zarncke (S. 178) hat evident nachgewiesen, daß die Lücke in c. 7 durch silvam (Boemicam) auszufüllen ist, dennoch will Merkel in der neuen Ausgabe wieder Pataviam ergänzen.

[33]) Ich bezog früher die Worte de Rugis in c. 6 auf Mähren, indem ich an das alte Rugiland an der Donau dachte, allein da es in c. 8 heißt: ad mercatum Marahorum ist dies doch ganz unwahrscheinlich. Nicht minder unwahrscheinlich ist die Beziehung auf die Rugier an der Ostsee (Büdinger östr. Gesch. I, 157) und es bleiben daher nur nach dem contin. Reginonis 960—962 die Russen übrig, an welche auch Waitz denkt.

des zehnten Jahrhunderts die Donau noch immer durch einen einträglichen, streng geregelten Handelsverkehr zwischen dem Osten und Westen sowie vornehmlich nach den Slavenländern belebt wurde. Im Wesentlichen war demnach der allgemeine Zustand der Marken unverändert geblieben. Die bisher stattgehabten Einbrüche der Magyaren glichen nicht sowol dem Strome, der seine Gewässer unaufhaltsam über die Gefilde ergießend alle Menschenwerke von Grund aus zerstört, als vielmehr dem Sturmwinde, der rasch dahin fahrend zwar manches fortrafft und umwirft, aber ebenso schnell wieder vergeht, als er gekommen ist. Der Grund, weshalb Baiern mit seinen Marken von dem furchtbaren Feinde noch nicht schwerer heimgesucht worden, lag jedoch nicht bloß in der tapfern Gegenwehr des bairischen Volkes, als vielmehr darin, daß die Ungern sich zugleich mit den Mährern herumschlugen und wahrscheinlich gerade in den Jahren 904 bis 906 das mährische Reich vollständig ihrer Herrschaft unterwarfen.

Wir wissen aus dem Zeugnis eines Zeitgenossen[34]), daß die Söhne Suatopluks d. h. nach Vertreibung des jüngeren Suatopluk Moimir die Regierung nur kurze Zeit unglücklich führten, da die Ungern alles von Grund aus verwüsteten. Als dies geschrieben wurde, d. h. im J. 907 oder 908 war also Moimir nicht mehr auf dem Throne und mit diesem Zeitpunkte stimmt der erste Einfall der Ungern in Sachsen durch das Gebiet der Daleminzier und folglich auch durch Mähren im Sommer 906 vollständig überein. Leider fehlt uns jede weitere Nachricht über den letzten Heldenkampf des tapfern mährischen Volkes und über den Untergang seines hochstrebenden Fürstenhauses. Ausgeleerte Mauern und rauchende Trümmer bezeichneten jetzt die Stätten, welche einst Konstantin und Methodius durch ihre Predigt geheiligt, die Festen, an deren starken Wällen deutsche Tapferkeit sich öfters vergeblich versucht und ein zersprengtes, verarmtes, geknechtetes Volk blieb als Ueberrest[35]) jener einst so stolzen mährischen Nation, welche

[34]) Regino 894: regnum filii eius pauco tempore infeliciter tenuerunt, Ungaris omnia usque ad solum depopulantibus. Ueber den ersten Einfall der Ungern in Sachsen s. weiter unten.

[35]) Constantin. de admin. imp. c. 41 *ἐλθόντες οἱ Τοῦρκοι τούτους παντελῶς ἐξωλόθρευσαν καὶ ἐκράτησαν τὴν αὐτῶν χώραν, εἰς ἣν καὶ ἀρτίως οἰκοῦσι· καὶ οἱ ὑπολειφθέντες τοῦ λαοῦ διεσκορπίσθησαν προσφυγόντες εἰς τὰ παρακείμενα ἔθνη, εἴς τε τοὺς Βουλγάρους καὶ Τούρκους καὶ Χρωβάτους καὶ εἰς τὰ λοιπὰ ἔθνη.* Ebenso läßt er c. 42 die Ungern ausdrücklich *εἰς τὴν τῆς Μοραβίας γῆν* wohnen, welches er c. 40 wunderbarer Weise als das ungetaufte Mähren bezeichnet, *ἣν καὶ ἐξήλειψαν οἱ Τοῦρκοι* und c. 38 heißt es *ἐλθόντες ἀπεδίωξαν οὗτοι τοὺς τὴν μεγάλην Μοραβίαν κατοικοῦντας καὶ εἰς τὴν γῆν αὐτῶν κατεσκήνωσαν, εἰς ἣν νῦν οἱ Τοῦρκοι μέχρι τῆς σήμερον κατοικοῦσι.* Konst. hielt also einen großen Theil Ungerns für ehemals mährisches Gebiet. Vgl. Ruotger. vita Brunonis c. 3: Ungrorum ... crudelitas transgressa terminos Marahensium, quos sibi non longe ante impia usurpavit licentia, plerasque provintias regni eius (sc. Heinrici) ... vastavit; Miracula S. Apri c. 22 (Scr. IV, 517):

den Beruf zu haben schien, neben dem zerfallenden Reiche der Franken ein frisch aufblühendes, von den Elementen der Kultur nicht minder durchdrungenes Reich der Slaven zu begründen. —

Der König hatte sich inzwischen von Baiern im März 904 in die westlichen Theile des Reiches begeben: am 18. März bestätigte er in Ulm dem Bischofe Thietelah von Worms die Schenkungen seines Vaters, am 15. Mai in Straßburg dem Bischof Baltram die Zollfreiheit seiner Kirche. Einen Monat später machte er auf einer Reichsversammlung in der Pfalz Ingelheim, auf der wir Hatto und Salomon nebst mehreren schwäbischen und fränkischen Grafen anwesend finden, dem Kloster St. Gallen eine Schenkung und gab dem Priester Isanrich einige früher wegen seiner Verbindung mit dem Usurpator Bernhard entzogene Güter zurück[36]). In Frankfurt beschenkte er dann das Stift Kaiserswerth, dessen Abt Konrad ein Verwandter des Königs genannt wird, auf Fürbitte der Grafen Konrad und Gebhard. Ludwig verweilte bis gegen Ende des Jahres in diesen Gegenden, da wir ihn in Trebur noch am 26. November treffen[37]), dann zog er im Januar 905 über den Bodensee nach Baiern und blieb mindestens vom Februar bis Mai in Regensburg[38]). In der ersten Hälfte des Februar scheint dort eine größere Versammlung von bairischen Großen stattgefunden zu haben: die Bischöfe Erchanbald, Zacharias, Tuto und Burchard, die Grafen Liutbold, Sigihard und

---

Misia eversa Marahensiumque licet gentilium (!) convulsis tabernaculis suam olim Pannoniam irruperunt. Liudprand (ant. II c. 2) irrt offenbar in der Zeit, wenn er schreibt: primo namque mortis huius (sc. Arnulfi) ... anno ... Maravanorum gentem ... sibi vendicant.

36) B. 1200, 1201, Wirtemb. Urkb. I, 203 für Isanrich ausgestellt supplicante Hadthone venerabili episcopo. Hatto schloß einen Tauschvertrag mit dem rätischen Abte Rupert von Reams: actum Inglinheim coram Ludowico rege et populi frequentia testibusque probatis. Als Zeugen die Grafen Adelbert, Arnolf (Fürbitter in B. 1201), Konrad, Erinfrid, Liutfrid et alii multi, i. J. 904, Juni 14 (Cod. Lauresh. I, 107).

37) B. 1202, Lacomblet I, 45. In der letzten Urk. aus Trebur vom 26. Nov. (Bouquet IX, 371) schenkt L. auf Bitte des Bischofs Stephan v. Lüttich, Abtes von St. Mihiel dem Mönche Unkrin, der das verfallene Kloster Vieux Moutier wiederhergestellt, die zu St. Mihiel gehörige Villa Fresne auf Lebenszeit.

38) Vom 21. Jan. ist aus der Pfalz Bodman eine Urk. für St. Gallen datiert (Wirtemb. Urkb. I, 204), aus Regensburg vom 6. Febr., in der L. intercedentibus quoque venerabilibus episcopis Adalperone et Waltone Salomon die Abtei Pfävers schenkt; am 16. Febr. bestätigte er dem Kl. Altaich einen Ort per honorabiles dei servos Erchanboldum, Zachariam, Tutonem videl. et Burchardum episcopos, Liutboldum quoque, Sighartum atque Iringum comites ceterosque natu maiores et consiliarios nostros fideliter admoniti; eb. sind Urk. vom 29. Apr., 15. Mai (B. 1206, 1207) und vom 16. ausgestellt, in welcher letzteren L. per suplicationem Liutpoldi cari propinqui nostri et illustris marchionis cuidam homini suo nomine Immo ... hobam unam, quam Sclavus quidam nomine Gruonkin quondam obsederat schenkt (Mon. Boica XXXI^a, 175).

Iring werden uns hier als anwesende Rathgeber des Königs aufgeführt. Zu ihnen gesellte sich auch Salomon, der wegen seiner treuen Dienste mit der vorher dem Markgrafen Burchard von Rhätien überwiesenen Abtei Pfävers sich belohnen ließ. Auch in der zweiten Hälfte dieses Jahres verweilte der Hof wohl fortdauernd in Baiern, wenn wir dem Datum einer Urkunde trauen dürfen, in der Ludwig am 20. November zu Mattighofen seinem Erzkaplan Theotmar den Besitz des Nonnberges, des Pongaus, der Cellen Raitenhaslach, Gars, Au sowie des Klosters im Chiemsee bestätigt[39]).

Schwerlich nahm der deutsche Hof unmittelbaren Antheil an einer Umwälzung, die in diesem Sommer in Italien nicht ganz ohne deutsche Einwirkung sich vollzog. König Berengar nämlich hatte nicht lange der Alleinherrschaft sich erfreuen dürfen, die ihm durch den Tod seines Nebenbuhlers Lambert zugefallen war. Begünstigt vielleicht durch die Einbuße, die Berengars Ansehen in Folge der Niederlage an der Brenta nothwendig erleiden mußte, überschritt König Ludwig von Niederburgund, der Sohn Bosos und durch seine Mutter ein Enkel Kaiser Ludwigs II., im Herbste 900 die Alpen, um die Krone wirklich davon zu tragen, nach der sein Vater vergeblich getrachtet hatte. In Pavia wurde er auf einer zahlreichen Versammlung der italienischen Fürsten, auf deren Einladung er seinen Zug angetreten, darunter des Markgrafen Adalbert von Tuscien am 12. Oktober zum Könige gewählt[40]), glücklicher als Berengar drang er sogar nach Rom vor und empfieng um die Mitte Februar 901 aus der Hand Benedikts IV., der auf Papst Johann IX. gefolgt war, die Kaiserkrone[41]). Bis in den Sommer des Jahres 902 herrschte er im oberen Italien, wo ihm ohnehin durch seine Mutter ein reiches Erbtheil zugefallen war, dann gelang es seinem Gegner mit neugestärkten Kräften ihn

---

[39]) (Kleimayrn) Juvavia Anh. 100, wo diese Urk. Ludwig dem D. zugeschrieben und auf den 20. Nov. 875 gesetzt wird. Zeißberg (Arno v. Salzburg, Sitzungsber. der ph. hist. Kl. der Wiener Akad. XLIII, 314 A. 1) hat sie jedoch mit Recht für Ludwig des K. beansprucht, wozu die notarielle Unterschrift Engilpero notarius ad vic. Theutmari archicapell. allein berechtigt und hält nur das 44. Regierungsj. für interpoliert, ich glaube jedoch, daß das ganze Datum und Actum der Urk. B. 800 eb. 98 nachgebildet ist.

[40]) Ann. Alamann. 900 (Scr. I, 54): Hludowicus filins Bosonis in Italiam; Regino 896; Panegyr. Bereng. l. IV (Scr. IV, 207), Lindprand. antap. l. II c. 32—34; Urk. Ludwigs vom 12. Okt. 900 (Muratori ant. It. I, 87, B. 1455): venientibns nobis Papiam in sacro palatio ibique aelectione omnipotentis dei dispensatione in nobis ab omnibus episcopis, marchionibus, comitibus cunctisque item maioris inferiorisque personae ordinibus facta etc.

[41]) Ann. Alamaun. 901: Hludowicus filins Posonis imperator Rome efficitur; Regino 898, der von sonst nicht bekannten Kämpfen spricht: inter Hludowicum et Berengarinm in Italia plurimae congressiones fiunt, multa certaminum discrimina vicissim sibi succedunt, Urk. Ludwigs aus dem Febr. 901 (B. 1460).

endlich zum Abzuge in sein väterliches Reich zu zwingen. Ludwig wagte keine Schlacht, sondern entzog sich der Gefahr, indem er das eidliche Versprechen leistete, nie wieder nach Italien zurück zu kehren.

Nach drei Jahren, in denen Berengar die wankelmütigen Großen sich von neuem entfremdet, konnte Ludwig den Aufforderungen seiner alten Anhänger nicht länger widerstehen und zum zweitenmale gehorchte ihm die Lombardei. Da selbst Verona, der eigentliche Sitz der Macht seines Gegners sich ihm ergeben hatte und dieser sich vollständig zurückziehen mußte, so überließ sich Ludwig dort sorglos einer erträumten Sicherheit und verabschiedete den größten Theil seiner Truppen. Diesen Augenblick benutzte Berengar, um unterstützt von dem Markgrafen Adalbert von Tuscien mit Mannschaften, die er namentlich aus Baiern an sich gezogen, den Kaiser in Verona zu überfallen, wobei ihm ein Einverständnis mit den Bürgern dieser Stadt und wahrscheinlich auch mit dem Bischofe Adalhard zu statten kam. Ludwig wurde bei Nacht zum Gefangenen gemacht und unter Berufung auf seinen verletzten Eid des Augenlichtes beraubt[42]). Als ein hilfloser Mann kehrte er in sein ererbtes Reich zurück, um auch dort nur dem Namen nach noch den König zu spielen. Einen so schmählichen Ausgang nahmen im Juli 905 jene hochfliegenden Pläne, die sich einst an die Vermählung des Grafen Boso mit der Kaisertochter Irmingard geknüpft hatten.

Jene bairischen Hilfstruppen, deren sich Berengar bei dem auf Ludwig von Burgund geführten Schlage bediente, erklären sich am einfachsten durch die Verbindungen, die er und sein Haus von früherher in Deutschland besaßen, an eine Unterstützung von Seiten der Reichsregierung dagegen ist schwerlich zu denken. Sobald das Haus Ludwigs des Deutschen, wie es damals der Fall war, sich völlig außer Stande sah, seine eigenen Ansprüche auf die italienische Krone zur Geltung zu bringen, blieb es sich für die deutschen Interessen ganz gleich, ob jenseits der Alpen Berengar oder Ludwig den königlichen Namen führte. Von einem unmittelbaren Eingreifen in die italienischen Händel ist auch sonst durchaus nichts wahrzunehmen. Daß der Bischof Salomon von Konstanz zu Anfang des Jahres 904 nach Italien reiste, hatte, wenn er auch zu

[42]) Panegyr. Bereng. l. IV v. 32—65; Liudpr. antap. l. II c. 37—41, der diesen Umschwung allein auf Adalbert zurückführt; Constantin. de adm. imp. c. 26 p. 115 ed. Bekker; Ann. Alamann. 902: ipse Hludowicus a Perengario rege et Bauguaoriis in Verona captus et cecatus; Regino 905: cives (sc. Veronae) autem hoc Berengario summa cum festinatione notum fecerunt, qui eo tempore in Baioaria exulabat. ille nil moratus contractis undique copiis Veronam pervenit. Nach diesen beiden letzten der Zeit nach am nächsten stehenden Nachrichten halte ich die Betheiligung der Baiern für unzweifelhaft, die Regino leicht zu seinem Irrthume verleiten konnte, daher haben auch die ann. Ratispon. 906 (Scr. XVII, 583): obcecatio Lodwici regis vgl. Koepke de vita Liudprandi p. 84—86.

den leitenden Staatsmännern Ludwigs des Kindes gehörte, wahrscheinlich nur in Privatangelegenheiten seinen Grund: auf seine Bitte bestätigte am 22. Februar Papst Sergius III., der ihn mit freundlicher Zuvorkommenheit empfieng, dem Kloster St. Gallen das durch Salomons Erhebung verletzte Privilegium über die freie Abtswahl[43]) und König Berengar auf Verwendung des vielvermögenden Pfalzgrafen Sigifrid am 1. Juni zu Pavia demselben Kloster die von Kaiser Karl III. geschenkte Abtei Massino bei Lesa am Langensee[44]). Von einer ähnlichen Reise Hattos nach Italien zur Wahrnehmung der königlichen Rechte, ist nur eine sehr unsichere Kunde auf uns gelangt[45]).

Nach einer längeren Zwischenzeit, für welche alle urkundlichen Nachweise fehlen, finden wir Ludwig zu Anfang Mai 906 zu Holzkirchen in Baiern in einem größeren Kreise von zumeist bairischen Großen, unter denen jedoch auch Hatto, Thietelah und Adalbero sowie einige schwäbische Grafen genannt werden[46]). Alle

---

[43]) Neugart I, 533 (J. 2713): quidam venerabilis vir ex partibus Germaniae nomine Salomon Constantiensis ecclesiae episcopus et abbas venerabilis monasterii S. Galli causa orationis Romam pervenit et pro delictis suis sanctorum apostolorum suffragia humiliter imploravit. qui cum ab apostolica sede benigne atque humaniter susciperetur, concessa sibimet apostolatus nostri auctorali familiaritate inter alia nobis referebat etc. Ekkehard (casus S. Galli, Scr. II, 88) gedenkt der Reise Salomons in einem ganz falschen Zusammenhange.

[44]) Diese auf dem Luzerner Staatsarchive in einer Papierhandschrift des 15. Jahrh. befindliche Urk. wird v. Arx zuerst erwähnt (Gesch. des Kantons St. Gallen I, 105) und ist mir durch die Güte des Hr. Prof. G. v. Wyß in Zürich abschriftlich mitgetheilt worden. Berengar bekundet darin: Salomonem reverendissimum episcopum, cuius curae ac providentiae S. Galli cenobium commissum perpenditur, interventu Sigifredi illustris sacri palacii nostri comitis, dilectissimi fidelis nostri submissis precibus nostram exorasse clemenciam, ut abbaciam nostram, quae Massini nominatur, cuius ecclesia in honore S. dei genitricis semperque virginis Mariae dicata consistit, sita infra regnum nostrum in comitatu Stacionensi per nostri praecepti inscriptionem b. Galli cenobio in integrum perpetualiter habendum concederemus. quorum obsecracionem benigne suscipientes etc. Karls Schenkung wird in der Urk. nicht erwähnt, die B. als nostrae dapsilitatis pragmaticon bezeichnet.

[45]) Ekkehard. cas. S. Galli (Scr. II, 88): accidit autem, ut eo (sc. Salomone) quidem domum reverso Hatto archiepiscopus ... Italiam ius regium exacturus tendens Constantiam deveniret etc., nach p. 89 müßte diese Reise kurz vor Hattos Tode stattgefunden haben.

[46]) Mon. Boica XXVIII[a], 139 (B. 1208): per interventum fidelium nostrorum Haddonis videl. et Theotmari archiepiscoporum necnon aliorum episcoporum Erchanboldi scil., Adalperonis, Zachariae et Deotolohi, comitum vero Ottonis, Puruchardi, Adalperti, Liutpoldi, Puruchardi, Sigiharti, Cundpoldi, Iringi, weiterhin eiusdem episcopatus plebs et familia ... securam habeant potestatem, inter se eligendi episcopum, si talem inter se invenire queant, qui generositate naturae, pericia librorum et vitae probitate idoneus sit divinum servicium regere et regalia obsequia prebere; si autem talis inter eos nequeat inveniri, infra regiam curtem illis aptum querant et eligant.

diese Männer treten als Fürbitter für den Bischof Waldo von Freising auf, der dem Könige vortrug, daß sein Vorgänger der h. Korbinian einst für seine Herde das Recht der freien Bischofswahl erlangt habe, doch seien die darüber ausgestellten Urkunden bei dem letzten Brande der Freisinger Kathedrale leider sämtlich von den Flammen verzehrt worden. Ludwig verfügte demnach, daß auch ferner die Gemeinde Freising sich ihren Bischof selbst wählen solle und zwar zunächst unter der eigenen Geistlichkeit, wenn sich Männer darunter fänden, die zu diesem Amte durch edle Abkunft, wissenschaftliche Bildung und rechtschaffenen Wandel sich eigneten, wo nicht, so sollten sie am königlichen Hofe um einen tauglichen Bewerber nachsuchen. Nur wenige Tage nachdem Waldo seiner Kirche dies schätzbare Privilegium, eines der ersten dieser Art verschafft, starb er am 18. Mai 906 zum größten Kummer seines Bruders Salomon, der in allen öffentlichen, wie persönlichen Angelegenheiten mit ihm stets treulich und einträchtig zusammen gehalten[47]). Reich und Kirche verloren in ihm einen ihrer tüchtigsten Männer, der mit Recht das Vertrauen dreier Herrscher besessen, und aus ihrer Gunst für sein Bisthum reiche Früchte geerntet hatte.

Von Baiern, dessen Hauptstadt in diesem Jahre — zum zweitenmale innerhalb fünfzehn Jahren — von einer vernichtenden Feuersbrunst heimgesucht wurde[48]), zog Ludwig noch im Maimonat an den Rhein in Begleitung Hattos und Adalberos. Zu Trebur, wohin er einen Reichstag berief, bestätigte er am 30. dem Abte Huggi von Fulda eine Schenkung seines Vaters im Volkfelde zur Belohnung seiner treuen Dienste sowie der vielen Opfer, die er im Interesse des Königs gebracht[49]). Die Sache der Baben-

[47]) Ann. Alamann. 906 (Scr. I, 54): Waldo episcopus obiit. Seinen Todestag geben das Necrol. St. Galli (Mittheil. der Zür. ant. Gesellsch. XII, 263 A. 10), Necrol. Frising. cod. Monac. lat. 6421 saec. X—XI: XV Kal. Iun. Ista Waldo die de mundo praesul obivit, cod. Bamberg. saec. XI (Eckhart comment. I, 834). Daß das von mir neu herausgegebene Gedicht Salomons (Zürch. Mitth. a. a O. S. 239 flg.), dem sich zwei Trostgedichte des Mönches Waldram anschliessen, auf Waldos Tod zu beziehen sei, habe ich schon früher bemerkt (Formelbuch des Bischofs Salomo III S. 110). Auf jene Bischöfe, die in der letzten Urk. Ludwigs als Fürbitter für Waldo auftreten, gehen wohl v. 97 flg. des Gedichtes: illud cum memoro recolens animaequior exto, | quod cum migrarat, pontifices aderant, | cum quibus ipse suum pertractans saepe recessum, | res discessuri ordinat ipse sibi.

[48]) Ann. S. Emmerammi 906: Radasbona igne cremata, dagegen ann. Ratispon. 908: combustio Raegine civitatis (Scr. I, 94, XVII, 583), von Rintelen (Forschungen zur deutschen Gesch. III, 332) ganz willkürlich auf die Ungern bezogen.

[49]) Dronke cod. Fuld. p. 300 (B. 1209): nos quoque illius iusto precatui, qui nobis semper fideliter deservivit crebrisque donis non solum nos sed etiam nostros in nostro obsequio laborantes accumulavit et adhuc sedulo accumulat ob dei amorem et S. Bonifacii libenter annuimus et consultu fidelium nostrorum Hathonis videl. et Adalperonis venerabilium episcoporum caeterorumque fidelium nostrorum, qui ibi affuere etc.

berger, nachdem seit drei Jahren von Seiten der Regierung unseres Wissens nichts in derselben geschehen war, drängte jetzt endlich zu einer Entscheidung.

Die Ausbreitung der Konradiner nach Lothringen, während sie zugleich in Franken die erste Rolle zu spielen suchten, hatte ihnen unter den Großen beider Stämme heftige Gegner erweckt. Wie unter diesen Adalbert ihnen vorzüglich die Spitze bot, so traten ihnen in dem Mosellande die ehrgeizigen Brüder Gerard und Matfrid entgegen und bemächtigten sich, vielleicht auf die Verbindung mit Zwentibalds Witwe Oda pochend, gewaltsam der Abtei St. Maximin und des Nonnenklosters Oeren in Trier, die aus der Hinterlassenschaft des erschlagenen Königs an die konradinischen Brüder übergegangen waren[50]). Graf Konrad schickte daher zu Anfang des Jahres 906 seinen gleichnamigen Sohn, den späteren König mit einer ansehnlichen Kriegerschar nach Lothringen, um jene beiden Grafen anzugreifen, ein Heer von Lothringern stieß zu ihm, sei es aus ihren dortigen Besitzungen oder von den Anhängern ihres Hauses aufgebracht. Die Truppen Konrads drangen bis in den Bliesgau vor, indem sie die Güter und Lehen Gerards und Matfrids und ihrer Vassallen mit Feuer und Schwert verheerten und plünderten. Die beiden Grafen, die sich in eine feste Burg zurückgezogen hatten, schickten in Folge dessen Gesandte ab und baten um Frieden: er wurde ihnen unter gegenseitigen Eiden bis zum Ablaufe der Osterwoche (d. h. bis zum 20. April) bewilligt, worauf das fränkische Heer von dannen zog.

Während dies in Lothringen sich ereignete, standen zu Hause nicht minder der ältere Konrad und Gebhard unter den Waffen, gerüstet einen plötzlichen Einbruch Adalberts zu bestehen, wie solche in letzterer Zeit öfter in ihr Gebiet stattgefunden hatten. Da ersah sich der kühne Babenberger den Augenblick, wo die Macht seiner Gegner ihm getheilt gegenüberstand, der jüngere Konrad in Lothringen, der ältere in Hessen, Graf Gebhard in der Wetterau, um einen von ihnen vereinzelt zu überwältigen. Zuerst machte er mit seinen Truppen eine Scheinbewegung gegen Gebhard, die ihren Zweck, diesen zu erschrecken und festzuhalten, Konrad aber in Sicherheit einzuwiegen, vollständig erreichte, dann wandte er so schnell wie möglich gegen diesen um, der bei Fritzlar in Hessen mit einer zahlreichen Schar von Reiterei und Fußvolk ihn erwartete[51]).

Das Datum dieser Urk., Trebur 30. Mai, ist mit dem der folgenden, Rottweil 31. Mai (Neugart I, 542, B. 1210) nicht wohl zu vereinigen, vielleicht steckt bei einer von beiden in dem Monatstage ein Irrthum.

[50]) Regino 906 (905 in meiner deutschen Uebersetzung Reginos beruht nur auf einem leidigen Druckfehler) vgl. Wittich (Herzogth. Lothr. S. 69), der mit Recht bemerkt, daß eine Verbindung zwischen Adalbert und den Brüdern Gerard und Matfrid sich durchaus nicht nachweisen lasse.

[51]) Die Ann. Alamann. bringen schon zum J. 903 die Nachricht: Adal-

Wiewol Konrad auf die Verstärkung seines Bruders gerechnet hatte, so zögerte er doch auch jetzt keinen Augenblick, die Seinigen in das Treffen zu führen, das am 27. Februar 906 geliefert wurde. Von den drei Haufen, in welche Konrad sein Heer getheilt hatte, wenden zwei, der eine vom Fußvolk, der andre aus Sachsen (des Hessengaus) bestehend[52]), sobald das Handgemenge beginnt, sogleich den Rücken, indem ihr Führer sie vergeblich ermahnte, sie möchten für das Heil ihrer Weiber und Kinder und zur Verteidigung des Vaterlandes aus allen Kräften streiten. Um ihre Feigheit wieder gut zu machen, stürzt er selbst, seine Gefährten anfeuernd, an der Spitze des dritten Haufens auf den Feind, allein mit vielen Wunden bedeckt fällt er sogleich beim ersten Angriffe, Adalbert erringt einen vollständigen Sieg und streckt eine zahllose Menge der Fliehenden, zumal vom Fußvolke mit dem Schwerte nieder. Drei Tage lang durchstreifte hierauf der Sieger jene ganze Landschaft und richtete durch Mord und Plünderung großes Unheil an. Mit der Kriegsbeute und unermeßlichem Raube kehrte er nebst seinen Gefährten wohlbehalten nach Babenberg zurück. Die Leiche des gefallenen Konrad wurde von seiner Witwe Glismuoda und seinen Söhnen Konrad und Eberhard aufgehoben und in der Feste Weilburg bestattet.

Das aus einer dem Könige so nahe stehenden Familie vergossene Blut schrie um Rache. Adalbert, seit Jahren im Landfriedensbruche und in der Auflehnung wider die königlichen Gebote begriffen, wurde zum Juli auf den Reichstag nach Trebur zur Verantwortung vorgeladen[53]). Da er auch auf diese Ladung aus-

bertus Chonradum bello occidit, die ann. Augiens. z. J. 905: bellum inter Chuonradum et Adalbertum Francos, in quo cecidit Chuonradus (Scr. I, 54, 68) desgl. ann. Hildesh., Weissenb. 905: Cuonradus comes occisus est cum aliis multis ab Adelberto, für das J. 906 aber entscheiden außer der genauen Angabe Reginos, der auch den Tag bezeichnet Necrol. Fuld. min. 906: Cuonrat comes, mai: Cuonrat comes cum aliis ibidem necatis (Boehmer fontes III, 153, 156), Ann. Corbeiens. (Jaffé bibl. rer. German. I, 34) 906: Conradus dux occisus, Lobiens. 906: Cuonradus cum Adelberto pugnans occiditur; Herimann. Aug. 906 (Scr. V, 111): Adalpertus ... Francus commissa cum aemulo suo Counrado pugna vicit eumque cum multis aliis peremit. Ohne Jahr Widukind (res gestae Saxon. l. I c. 22 cod. 2, 3): in ultionem fratris Cuonradus quoque occisus est ab Adelberto.

[52]) Bemerkenswerth ist in dem Berichte Reginos, daß Konrad cum multa turba peditum et equitum den Angriff erwartete, wie auch hernach duae turmae una peditum et altera Saxonum (also war gerade das Fußvolk kein sächsisches sondern fränkisches) erwähnt werden, sowie daß Adalbert innumeram multitudinem maxime peditum gladio prostravit. Der Roßdienst war also doch wohl noch nicht so allein herrschend, wie es nach Waitz (deutsche Verf. IV, 461) scheinen möchte.

[53]) Regino 906: eodem anno circa Iulium mensem Hludowicus rex conventum generalem celebravit apud Triburias villa regia, ubi adesse mandavit saepe dictum Adalbertum, ut in praesentia optimatum regni pro se rationem redderet etc. Urkunden fehlen aus dieser Zeit.

blieb, so ward wider ihn ein schwäbisch-fränkisches Heer aufgeboten, an dessen Spitze Ludwig den hartnäckigen Empörer in der Burg Theres am Main belagerte[54]). Noch während der Belagerung fiel der fränkische Graf Egino, der Sohn jenes Egino, der einst die blutige Fehde mit Poppo ausgefochten hatte, bisher sein unzertrennlicher Gefährte auf allen seinen Zügen, von ihm ab und gieng mit seinen Leuten in das königliche Lager über, wofür er später seinen Antheil aus der Beute erhielt[55]). Adalberts Mut begann zu sinken, während die Einschließung sich in die Länge zog und seine Besitzungen rings umher verwüstet wurden. Unterhandlungen fanden statt, die dahin führten, daß der Babenberger die Thore seiner Burg öffnete, freiwillig und in geringer Begleitung sich zum Könige begab und als Schutzflehender seine Verzeihung für alle von ihm verübten Frevel erbat, indem er Besserung gelobte. Einige der Seinigen aber verklagten ihn bei Ludwig, daß seine Unterwerfung keine aufrichtig gemeinte sei, daß er die Absicht hege nach aufgehobener Belagerung alsbald zu seinen früheren Raubzügen zurück zu kehren. In Folge dieser Anzeige wurde er in Gewahrsam gebracht, mit gefesselten Händen dem Heere vorgeführt und durch das Gericht der großen Vassallen als Hochverräther zum Tode verurtheilt. Alle seine Güter und Lehen wurden für die Krone eingezogen und durch königliche Verleihung an andre vornehme Männer vertheilt. Am 9. September 906 ward Adalbert enthauptet[56]), Konrad der jüngere aber führt seitdem öfter den herzoglichen Titel und gebot nunmehr ohne Nebenbuhler in Franken[57]).

---

[54]) Eb.: rex ... collecto undique exercitu eum in castro, quod Terassa dicitur obsidione cinxit; Ann. Alam. 905: Franci et Alamanni ad Tarisiam super Adalbertum. Zu Tarasse ist B. 1191 ausgestellt.

[55]) Regino 906: Egino, qui eius individuus comes in omni pravitate extiterat vgl. über ihn oben S. 317, Urk. Ludwigs vom 19. März 907 (Dronke p. 301, B. 1215), in der er als Fürbitter auftritt, vom 8. Juni 908 (Guden cod. dipl. I, 345, B. 1220 vgl. B. 1214): nos ... in pago Padanichowe in comitatu Egenonis in loco Ingilinstat dicto (Engelstadt bei Wirzburg) quicquid adherere (corr. Adelbertus) ibi proprietatis potuit (corr. habuit) et ei per constitutionem legalem ac populorum iudicio, quia regie maiestati restitit ablatum est et postea predicto Egenoni in beneficium concessimus.

[56]) Den Todestag gibt Regino 906 an, ferner: Necrol. Wizzenburg.: V Id. Sept. Adelbertus comes occisus est; Merseburg.: Adelbertus comes obiit, das Todesjahr Ann. Sangall. mai. 906: 'Adalbertus decus Franchorum occiditur; Corbeiens. 906: Adalberhtus occisus; irrig ann. Coloniens. 904 (Scr. I, 98): Adalbertus capite plectitur; ann. Hildesh. (Wizzenb.) 907: Adelbertus comes decollatus est iubente Ludowico rege. Regino spricht nur von Einem Feldzuge gegen Theres, nach den ann. Alam. müßte man deren zwei annehmen, den ersten 905 (s. vorher), den zweiten 906: item Hludowicus super Adalbertum, eine Abweichung, für die ich keine rechte Erklärung weiß. Statt Theres nennen die späteren Schriftsteller (außer Thietmar) durchweg Babenberg: eine leicht begreifliche Verwechselung.

[57]) Konrad sagt später in Bezug auf die am 5. Okt. 908 ausgestellte Urk.

Das Volk trauerte um den Tod des durch Henkers Hand gefallenen Kämpen, dessen mannhafte Thaten ein rühmlicheres Ende verdient zu haben schienen. „Die Zierde der Franken" nennt ihn eine gleichzeitige Chronik, der Italiener Liudprand hörte bei seinem Aufenthalte in Deutschland um die Mitte des zehnten Jahrhunderts von ihm als einem allbekannten Helden reden und ein erlauchtes Fürstenhaus, das nachmals durch Jahrhunderte über Oestreich waltete, betrachtete ihn mit Stolz als seinen Ahnherrn[58]). Bei dieser lebhaften Theilnahme, welche Adalberts Person einflößte und der wir deshalb nicht alle Berechtigung absprechen dürfen, weil er ja nicht sowol gegen den schwachen König sich auflehnte, als vielmehr mit glücklicheren Nebenbuhlern um die vorwiegende Macht im Frankenlande rang, ist es sehr natürlich, daß alles, was zu seiner Rechfertigung dienen konnte, bereitwilligen Glauben fand. Nicht einen gerechten Tod durch eigenen Verrath sollte er erlitten haben, sondern durch den Verrath andrer einen ungerechten.

Schon die Zeitgenossen[59]) beschuldigten den listigen Erzbischof Hatto, Ludwigs vornehmsten Rath nebst andern Bischöfen oder

---

Ludwigs von den Hersfelder Mönchen: nostrum tunc tempore ducis supplementum quaesierunt (Boehmer acta Conradi p. 19) und die Urk. vom 10. Febr. 910 ist ausgestellt consultu ... Chuonradi egregii ducis (Beyer I, 219), vielleicht hier im Gegensatze zu seinem Vetter dem Grafen Konrad vom Lahngau.

[58]) Vgl. über diese Abstammung Giesebrecht in Rankes Jahrb. des deutschen R. IIa, 137. Schweitzer (die Altenburg, 26 Ber. des hist. Ver. zu Bamb. S. 135) kehrt wieder vertrauensvoll zu den Fälschungen Hanthalers zurück. Unter den Söhnen Liutpolds I. findet sich ein Heinrich und ein Poppo.

[59]) Nur Regino berichtet von dem Verrathe Adalberts (ad callida argumenta convertitur ... cum fraus quae struebatur, suis prodentibus fuisset detecta), dagegen ann. Alamann. 906: et ille ficta fide deceptus capite decollatur; Lanbac. 907: Adalbertus filius Heimrichi ficta fide episcoporum deceptus capite decollatus est; Herim. Aug. 907 (der gleichzeitigen Annalen folgt): Adalpertus cum praedia eius utpote rebellantis a Ludowico rege vastarentur et castrum oppugnaretur, perfidia, ut fama est, Hattonis archiepiscopi et cuiusdam Liutpaldi, de quibus plurimum confidebat, ad Ludowicum regem spe pactionis adductus decollari iussus est. Die ausgebildete Erzählung von Hattos Trug hat zuerst Liudprand (antap. l. II c. 6), der sie bei seinem Aufenthalte in Deutschland gehört haben muß, Widukind (res gest. Saxon. l. I c. 22) deutet nur darauf hin: is, ut ferunt, Adelberhtus, ab ipso quondam pontifice in fide susceptus, eius est consilio deceptus; quod quia non probamus, numquam adfirmamus, sed vulgi rumore magis fictum credimus (in den Handschr. 2 und 3 ist die Sache dann übereinstimmend mit Liudprand ausführlich erzählt); Thietmari chron. l. I c. 4: nota Hathonis versutia archipresulis, qua et antecessor suus (sc. Conradi) Aethelbertum comitem Teresi capitis abscisione devicit; Ekkehard. casus S. Galli (Scr. II, 83): qualiter Adalpert fraude eius de urbe Pabinborch detractus, capite sit plexus ... quoniam vulgo concinatur et canitur scribere supersedeo und Otto v. Freising (chron. VI c. 15): ut non solum in regum gestis invenitur, sed etiam in vulgari traditione in compitis et curiis hactenus auditur, praefatus Hatto Albertum in castro

auch in Gemeinschaft mit dem bairischen Grafen Liutbold, daß sie durch ihre Bürgschaft Adalbert zu freiwilliger Unterwerfung bewogen und dann doch seine Bestrafung treuloser Weise zugelassen hätten. Ob in diesen Anschuldigungen ein Kern von Wahrheit steckt, vermögen wir nicht mehr zu ermitteln, dürfen es jedoch ebenso wenig von vornherein verneinen. Die weitere Ausführung gehört ganz der Sage an, wie sie durch die Lieder der Bänkelsänger in aller Munde lebte. Hatto, so wurde auf den Gassen gesungen, habe als Unterhändler dem Grafen Adalbert auf der Burg Babenberg das eidliche Versprechen gegeben, ihm entweder durch persönliche Ergebung einen Frieden mit dem Könige zu vermitteln oder ihn unversehrt in seine Burg zurück zu führen. Nachdem beide unter solcher Verabredung ohne Mahlzeit von Babenberg in Eile aufgebrochen, sei es dem Erzbischof bald darauf anscheinend leid geworden, daß er sich nüchtern auf den Weg gemacht. Auf Adalberts Einladung wird umgekehrt und geschmaust, Hatto aber, da er ihn unversehrt zurückgeführt, trägt seines Eides ledig kein Bedenken, im königlichen Lager zu seiner Verdammung mitzuwirken, indem der Betrogene zu spät seines Irrthums inne ward.

Ludwig, der selbst willenlos in den Händen der Konradiner und ihrer Freunde zu dieser Verurtheilung zugestimmt hatte, wohnte, wie es scheint, der Vollstreckung des Urtheils nicht mehr bei, denn am 20. August befand er sich nach dem Zeugnis einer Urkunde für das Stift St. Evre zu Toul bereits in Metz, umgeben von den Erzbischöfen Hatto und Ratbod[60]). Auf einer Reichsversamlung wurde hier über die lothringischen Grafen Gerard und Matfrid die Reichsacht verhängt als über Hochverräther und alle ihre Güter eingezogen, von denen später eine Besitzung zu Deidesheim an die Cyriakkirche zu Neuhausen bei Worms, das elsässische Kloster Ebersheim an den Bischof Stephan von Lüttich kam[61]). Wie-

---

suo Babenberg adiit etc. Wenn auch diese letzteren Zeugnisse alle auf sagenhafte Ueberlieferung zurückgehen, so kann man das Gleiche doch nicht von den schwäbischen Jahrbüchern behaupten. So einfach also, wie Büdinger (östr. Gesch. I, 223 A. 1) meint, als „Erfindung der Volkssage," läßt sich die Sache nicht abthun, zumal da Regino einem Hatto und Adalbero gegenüber wohl Rücksichten zu nehmen hatte. Zu der angeblichen List Hattos vgl. Cicero de officiis l. III c. 32.

[60]) Bouquet IX, 371 (B. 1211): admonentibus et exhortantibus nos insignibus archiepiscopis Atthone et Rathpodo ac monachis ex coenobio S. Apri Tullensis ecclesiae etc.

[61]) Regino 906: compositis itaque in orientali Francia rebus rex Mediomatrico venit ibique in publico conventu Gerardum atque Matfridum proscriptione damnavit; vgl. die Urk. vom 4. Nov. 906 (Schannat hist. Wormat. cod. probat. 15): quasdam res iuris nostri in pago Spirahgowe in comitatu Werenharii in loco Titinesheim dicto sitas ... hoc est quicquid Mahtfrid in supradicta villa proprii tenuit et ipsi illic legali populorum iudicio, quia regiae potestati repugnavit, ablatum est; vom 28. Jan. 908 (Miraei opp. dipl. I, 34, B. 1214, 1218): abbatiam Heribotesheim nomine dictam, quae a Gerhardo quondam comite proprio iure habita, postea pro culpa infidelitatis contra nostram serenitatem exhibita

wol der unmittelbare Vortheil des Sturzes der beiden bisher übermächtigen Brüder gewis dem Grafen Gebhard und seiner Familie am meisten zu gute kam, so war doch damit zugleich auch Reginar, der sich mit der Regierung Ludwigs wohl zu stellen wußte gefährlicher Nebenbuhler um die höchste Gewalt in Lothringen entledigt worden und konnte sich seitdem um so ungestörter ausbreiten.

Der junge König zog indessen in Begleitung Hattos und Ratbods von Metz nach Toul, wo er dem Bischofe Ludelm alle Besitzungen des Domkapitels bestätigte[62]), dann nach Straßburg, um zwischen dem Bischofe Otbert, der erst in diesem Jahre auf Baltram gefolgt war und der (hörigen) Bevölkerung seiner Stadt, mit der er im Hader begriffen war, die Eintracht wiederherzustellen[63]). Von hier reiste Ludwig über den Rhein gerades Weges nach Schwaben[64]): am 2. September schenkte er in Urach auf Verwendung Hattos dem Bischofe Thietelah von Worms fünf Hufen zu Eich im Wormsfelde, die bisher Graf Gebhard, sein lieber Verwandter besessen. Noch einmal scheint er dann nach Lothringen zurückgekehrt zu sein, wo er am 20. Oktober zu St. Arnolf bei Metz auf Fürbitte Reginars einen Tauschvertrag bestätigte, den der Bischof Stephan als Abt von Lobbes mit einem Vassallen der Aebtissin Gisla von Fosses über Güter im Hennegau geschlossen hatte.

nostro cessit donatui versa etc. Es ist auffallend, daß Regino den König erst nach der Hinrichtung Adalberts nach Lothringen gehen läßt, während die Urkunden beweisen, daß es vorher geschehen sein muß (s. Pertz in den Scr. I, 612 n. 28).

[62]) Bouquet IX, 372 (B. 1212): admonentibus et exhortantibus nos insignibus archiepiscopis Atone et Rathpodo et episcopo Ludelmo ac canonicis S. Stephani Tullensis etc. Mit Recht bemerkte Böhmer, daß in dieser Urk. vor Kal. Sept. eine Ziffer ausgefallen sein muß, wodurch ihre Abfassung wahrscheinlich dicht hinter B. 1211 fällt, dennoch bleiben die Daten beider Urk. sehr auffallend und man wäre geneigt sie beide in spätere Zeit zu setzen, wenn nicht B. Ludelm schon am 11. Sept. 906 gestorben wäre s. Ann. S. Benigni Divion. 906 (Scr. V, 40), Regino 906.

[63]) Regino 906: inde egressus Strazburgensem urbem adiit ibique episcopum ac plebem inter se dissidentem ad concordiam revocavit. Otberts Vorgänger Baltram starb 12. April s. Erchenbaldi versus (Boehmer fontes III, 2).

[64]) Regino 906: et sic Rheno transmisso recto itinere in Alamanniam perrexit; Urk. zu Uraha ausgestellt (Mones Anzeiger 7. Jahrg. 1838 S. 441, B. 1213): Thietaloh Wormatiensis ecclesie venerabilis episcopus per interventionem Hathonis archiepiscopi ... in villa Echina dicta ... hoc est V hobas, quas huc usque carissimus comes noster Gebehardus ordine beneficiario tenuit etc. Die Urk. für die Cyriakkirche zu Neuhausen ist Northusa am 4. Nov. ausgestellt (B. 1214), wobei ich kaum an das sächsische Nordhausen denken möchte. Zwischen beide setze ich die ad sanctum Arnulfum prope Mettis ausgestellte ungedr. Urk. für Lobbes (K. Pertz) mit den widersprechenden Daten: XIII Kal. Novemb. anno domin. inc. 905, anno quoque regni domni Hludowici VII°, ind. XI, da das J. 907 gar nicht passen will.

III.

Das Jahr 906, in welchem die königliche Gewalt jene schwer erkauften Siege über den Babenberger sowie über die lothringischen Grafen davontrug, wurde noch durch ein andres trauriges und Unheil verkündendes Ereignis denkwürdig, durch den ersten Einbruch der Magyaren in Sachsen, der zugleich Zeugnis davon gab, daß die Schranke des mährischen Reiches nun vollständig gefallen war. Die Daleminzier an der mittleren Elbe, von Heinrich, dem Sohne des sächsischen Grafen Otto in die Enge getrieben und mit Verwüstung heimgesucht, wandten sich um Beistand an die Ungern und gaben diesen hiedurch Veranlassung, zum erstenmale am 24. Juni 906 den sächsischen Boden zu betreten[1]). Furchtbare Greuel bezeichneten ihre Spuren: viele Männer wurden erschlagen, ganze Scharen von Weibern edler wie geringer Abkunft führten sie mit sich fort, halbnackt mit durchbohrten Brüsten, an den Haaren zusammengekoppelt wie das Vieh, nebst vielen Kindern. Als sie mit unermeßlicher Beute durch das Daleminzierland zurückkehrten, begegneten ihnen andre Schwärme ihrer Landsleute, die sehr ungehalten waren, daß sie an dem Raube keinen Theil gehabt und deshalb die slavischen Bundesgenossen jener mit Kriege bedrohten. Sie drangen endlich ebenfalls nach Sachsen vor, das somit in diesem Jahre zweimal die Schrecken heidnischer Verwüstung erdulden mußte, während das erste Heer in Daleminzien das andre erwartend auch dies befreundete Gebiet auf das äußerste aussog.

Wenn durch den Hilferuf der Elbslaven die Ungern vorübergehend von der Bahn ihrer bisherigen Fortschritte abgelenkt waren, so wurde doch seit dem Untergange des mährischen Reiches vor allem Baiern von ihnen am stärksten bedroht und wie sie schon in den ersten Jahren von Ludwigs Regierung sich öfter mit dem bairischen Stamme gemessen, so ließ sich vorhersehen, daß sie jetzt mit verdoppelter Wut ihre Angriffe gegen denselben richten würden. Außer dem oben erwähnten Baue der Ennsburg, die den Traungau beschützte, hören wir jedoch nicht, daß weitere Befestigungen zur Verteidigung der bairischen Grenzen angelegt worden wären.

[1]) Ann. Corbeiens. 906: Ungarii in Saxoniam venerunt; Hersfeld. (Hildesh., Ottenb.) 906: Ungarii vastaverunt Saxoniam; Annalista Saxo 906 (Scr. VI, 591): eodem anno Ungari fines Saxonie VIII Kal. Iulii depopulati sunt multosque interfecerunt etc.; Ann. Palidens. 906 (Scr. XVI, 60 aus derselben Quelle): Ungarii fines Saxonie vastantes multos occidunt, mulierum quoque ingentem turbam nobilium, liberarum et ancillarum per crines veluti loris connexam, nudam et mamillis perforatam secum cum puerulis duxere captivam. Hiemit sind, wie es schon Waitz (Jahrb. des deutschen Reichs unter K. Heinrich I. Neue Bearb. S. 15) gethan, die Nachrichten Widukinds (l. I c. 17, 20 vgl. Thietmar. chron. l. I c. 2) über die Daleminzier zu verbinden, welche Knochenhauer (Gesch. Thüringens S. 53 A. 2) in eine etwas spätere Zeit nach dem Tode Burchards setzen will.

Noch hatte man nicht genugsam durch die Erfahrung erprobt, daß, wie in Frankreich und Italien nur feste Mauern die Bischofssitze, Klöster und Pfalzen gegen feindliche Ueberfälle zu sichern geeignet seien. Noch auch vertrauten die Baiern, ermutigt durch frühere Erfolge, daß es ihnen gelingen möchte, die heidnischen Verwüster durch vernichtende Schläge gänzlich von den deutschen Marken zurück zu werfen und ihnen auch Pannonien wieder zu entreißen. Allerdings war dies der einzige Weg, um des Uebels völlig Herr zu werden, aber es bedurfte dazu der vereinten Kraftanstrengung des ganzen Germaniens, nicht bloß der eines einzelnen Stammes.

Das Jahr 907 sollte in diesem Wettkampfe die blutige Entscheidung bringen. Am 19. März hielt sich der König noch zu Fürth in Franken auf, wo er in einer Versammlung von mehreren Bischöfen und Grafen einen Tauschvertrag zwischen dem Grafen Reginar als Abt von Echternach und dem Kloster Fulda bekräftigte[2]). Nach einer sehr zweifelhaften Urkunde[3]) verweilte er dann am 17. Juni zu St. Florian in Gesellschaft seines Erzkanzlers Theotmar und der Grafen Liutbold und Isangrim, auf deren Bitte er dem Bischof Burchard von Passau zum Ersatze für den vielen Schaden, den die Heiden schon in seinem Bisthume angerichtet, Oetting bestätigt haben soll. Gleich darauf muß der Feldzug der Baiern gegen die Ungern angetreten worden sein, von dessen Verlaufe wir jedoch nichts weiter wissen[4]), als daß am 5.

---

[2]) Dronke cod. Fuld. 301 (B. 1215): per sucgestionem fidelium nostrorum Hatthonis videl., Erchanbaldi, Ruodolfi et Tutonis venerabilium episcoporum, comitum vero Kebeharti, Liutpoldi, Burcharti, Eginonis, Liutfredi, Iringi et Cunpoldi. Es ist fraglich, ob mit dem Ausstellungsorte in loco Furt Fürth bei Nürnberg gemeint sei.

[3]) Mon. Boica XXXI[a], 176: Theotmarus venerabilis archiepiscopus noster et Luopolt atque Isingrim illustres nostre dominationis comites cum aliis fidelibus nostris luctuosa vociferatione celsitudinem nostre potestatis adierunt flagitantes, ut Purchardo fideli episcopo nostro, cuius episcopatum paganorum ferocitate maxima ex parte devastatum agnovimus Otingam suam regali ex donatione proprietatem ... affirmaremus vgl. über diese Schenkung Duemmler de Arnulfo p. 188, wahrscheinlich haben wir es mit einer auf echter Grundlage interpolierten Urkunde zu thun und erlangte erst Piligrim den Besitz von Oetting.

[4]) Ann. Alamann. 907: Baiovariorum omnis exercitus ab Ungaris occiditur; (al., Laubac.): item bellum Baugauriorum cum Ungaris insuperabile atque Liutpoldus dux et eorum supersticiosa superbia (crudeliter) occisa paucique christianorum evaserunt interemptis multos (quam plurimos) episcopis comitibusque; Ann. Augiens. 907: Baioarii et — — ab Ungaribus interficiuntur; Salisburg. 907: bellum pessimum fuit; S. Emerammi 907: exercitus Baiowariorum occisus fuit; Contin. Reginonis 907: Bawarii cum Ungariis congressi multa caede prostrati sunt, in qua congressione Liutbaldus dux occisus est; Ann. Corbeiens. 907: Baioariorum gens ab Ungariis pene deleta est; Hildesh. (etc.) 908: Liudboldus dux cum aliis multis interfectus est ab Ungariis; Herimann. Aug. chron. 907: Baioarii cum Ungariis commissa pugna victi sunt; 908 Liutpoldus occisus est; Ann. Admunt., Auctar. Garstense 906: Dietmarus Salzburgensis

bis 6. Juli im Ostlande fast das ganze Heer nebst seinem Führer, dem tapfern Grafen Liutbold vernichtet wurde, daß eine unzählige Menge Volkes, darunter viele Grafen das Schlachtfeld bedeckte. Unter den Gefallenen befanden sich auch drei Bischöfe Theotmar von Salzburg, der Erzkaplan, Udo von Freising und Zacharias von Seben. Räthselhaft und unerklärt bleibt die Andeutung eines Zeitgenossen von dieser Schlacht: „Und ihr abergläubischer Hochmut ward gefällt." Mit diesem gewaltigen Siege war das Bestehen der Ungern als einer selbständigen Nation in den von ihnen eingenommenen Sitzen für die kommenden Jahrhunderte gesichert.

Der bairische Volksstamm, indem er vereinzelt den heidnischen Drängern entgegentrat, hatte eine schwer zu verwindende Niederlage erlitten, die seine mächtige und fast vorherrschende Stellung im Reiche heftig erschütterte. Die natürliche Folgerung, die sich daraus zu ergeben schien, nun die Kräfte des ganzen Reiches gegen die magyarischen Angriffe zusammen zu nehmen, wurde nicht gezogen, die gemeinsame Gefahr brachte keine Vereinigung hervor, weil es Niemand gab, der als wirkliches Haupt die Gesamtheit führen konnte. Desto mehr stellte sich für die am meisten bedrohten Baiern das Bedürfnis einer kräftigen und einheitlichen Leitung heraus, die der junge König um so weniger üben konnte, als er sich seit der Ungernschlacht überwiegend in den westlichen Theilen des Reiches aufhielt und seine Jugend ihn zum militäri-

---

archiepiscopus occiditur ab Ungaris cum Utone et Zacharia aliis duobus episcopis; Ann. Ratispon. 907: interfectio Baioriorum (Scr. I, 54, 68, 89, 94, 614, III, 4, 52, V, 112, IX, 565, 573, 771, XVII, 583). Zu diesen überaus dürftigen annalistischen Aufzeichnungen treten ergänzend einige Todtenbücher, Necrol. Merseb. zum 28. Juni (Höfer Zeitschr. I, 116 vgl. Kremper a. a. O. p. 37, durch dessen Bemerkungen der Gebrauch der Todtenbücher überhaupt ausgeschlossen sein würde): Thietmarus archiepiscopus Zacharias episcopus Udo episc. Esico Mebis Egkeric et alii multi ab Ungariis occisi sunt, desgl. Wizenburg. (Archiv v. Unterfranken XIII, 24): Uodo episcopus obiit cum aliis multis apud Ungros occisis. Dieser Angabe, der mit mir (Südöstl. Marken S. 72) auch Büdinger (östr. Gesch. I, 224) gefolgt ist, stehen einerseits die Salzburger Nekrologien entgegen, die Theotmars Tod auf den 21. Juli setzen (Archiv für östr. Geschichtsq. XIX, 262, XXVIII, 31, 118) andrerseits ein Freisinger Martyrolog. des 10. Jahrh.: III Non. (Iulii) bellum Baioariorum (cum) Ungariis in Oriente (Quellen zur bayr. Gesch. VII, 451, 479 desgl. cod. lat. Monac. 6421), Necrol. Frising. cod. Bamb. saec. XI: II Non. Iul. Outo episcopus Frisingens. obiit (Eckhart comment. I, 834). Den letzteren Nachrichten räume ich jetzt ihres höheren Alters wegen mit Giesebrecht (Gesch. der deutschen Kaiserzeit I, 172, 805) um so mehr den Vorzug ein, als sich damit vielleicht auch der 21. Juli als der Tag der Bestattung Theotmars in Salzburg zusammenreimen läßt. Die Bezeichnung in Oriente kann auf die Ostmark selbst, aber auch auf weiter ostwärts liegende Gegenden gehen. Ueber die Unglaubwürdigkeit der Schlachtbeschreibung Aventins (ann. Boior. ed. Gundling p. 449 flg.) habe ich mich schon früher ausgesprochen, nicht einmal den Namen der 19 gefallenen Grafen (unter denen mehrere doppelt) möchte Werth beizulegen sein, da, wenn sie aus einem Todtenbuche stammten, der Schlachttag doch wenigstens richtig angegeben sein müßte. Jos. Kremper (de Ungaror. demigr. p. 36) hat sich meiner Ansicht wesentlich angeschlossen.

schen Oberbefehl untüchtig machte. Graf Liutbold, der Anführer des bairischen Volkes in jenem Kampfe hatte von seiner Gemahlin Kunigunde einen noch ziemlich jungen Sohn Arnolf hinterlassen[5]), der nicht bloß der Erbe seines Vaters in allen seinen Gütern und Lehen wurde, sondern sofort auch eine höhere und leitende Stellung an der Spitze seines ganzen Stammes eingenommen zu haben scheint. Wie die alten Volksherzoge aus dem Hause der Agilolfinger bestätigte Arnolf, indem er sich „durch göttliche Vorsehung Herzog der Baiern und der angrenzenden Lande“ (d. h. Kärntens) nennt, aus eigener Machtvollkommenheit schon im J. 908 einen Tauschvertrag über die Abtei Moosburg zwischen dem Bischofe Dracholf von Freising, Udos Nachfolger und dem Landbischofe Kuno[6]). Seine Herzogswürde erscheint daher nicht bloß als ein Oberbefehl im Kriege, sondern fast wie eine königliche Stellvertretung, hervorgerufen und gefordert durch die Noth der Zeit, deren erste und dringendste Aufgabe die Abwehr des Landesfeindes war. Mit Liutbold bereits, wenn er gleich durchweg nur Graf heißt, konnte sich keiner der übrigen bairischen Grafen an Besitz und Ansehen messen, — der Markgraf Aribo, der ihm früher vielleicht am nächsten stand, büßte durch die Ungern bald den größten Theil seines Amtssprengels ein — in verstärktem Maße aber gieng seine Geltung auf seinen tapfern Sohn über, der dem Kaiser Arnolf nicht bloß in dem Namen gleichend bei so gefahrvoller Lage Baiern mit seinen Marken in Abwesenheit und an Statt des Königs gegen die Magyaren zu schützen übernahm. Wieweit ihm diese Aufgabe mit Ludwigs Zustimmung zufiel, läßt sich nicht ausmachen:

---

[5]) Contin. Reginonis 907: cui (sc. Liutbaldo) filius suus Arnulfus in ducatum successit; Urk. Ludwigs vom 5. Febr. 908 (Mon. Boica XXXI[a], 178): Eihsteti ... in pago Nordcowe in comitatu Arnolfi. Bei Liudprand (antap. l. III c. 48 vgl. II c. 18) heißt er Arnaldus Bagoariorum et Carentanorum dux, letzteres gewis mit Recht, da schon Liutbold über Kärnten gesetzt war. Büdinger (östr. Gesch. I, 232) schließt daraus, daß Arnolfs Mutter Kunigunde (s. darüber weiter unten) sich 913 zum zweitenmale mit Konrad vermählte, nicht mit Unrecht auf ein noch jugendliches Alter Arnolfs. Konrad von Scheiern (chron. Schirense c. 16, Scr. XVII, 620) macht Arnolfum ducem Noricorum zu einem Sohne des Kaisers von der Griechin Agnes.

[6]) Meichelbeck hist. Frising. I[b], 429: In nom. s. et indiv. trin. (ganz wie in den Königsurk.!) Arnolfus divina ordinante providentia dux Baioariorum et etiam adiacentium regionum omnibus episcopis, comitibus et regni huius principibus. quicquid enim benivolentiae et gratiae erga dei cultores nostrosque et regni oratores ostendimus, totum hoc nobis ad aeternae vitae augmentum et praesentis regni adminiculum liquido credimus esse profuturum etc. Voran geht der vom 13. Sept. 908 datierte Tauschvertrag selbst, in dem Kuono für den Besitz von Moosburg sich auf königliche Verleihung beruft (vgl. B. 1117, eb. I[a], 145). Gegen die Auslegung Büdingers (S. 232 A. 2), der bei dem Könige an den Herzog Arnolf denken wollte, der doch in der That nie den Königstitel führt, hat sich schon Waitz mit Recht erklärt (Jahrb. des deutschen Reichs unter K. Heinrich I. Neue Bearb. 55 A. 2). Der Eingang einer späteren Urk. von 924 lautet: In nom. s. e. ind. tr. Arnulfus div. fav. clem. dux (Kleimayrn Juvavia Anh. S. 145).

bemerkenswerth aber ist es, daß, während Liutbold in den Urkunden desselben unter den Fürbittern besonders häufig und mit Auszeichnung erwähnt wird, Arnolf auch in den wenigen nach 907 für bairische Bisthümer ausgestellten Urkunden nirgends in gleicher Rolle vorkommt. Um so ausschließlicher mag der Einfluß der Bischöfe und der Konradiner am Hofe gewaltet haben. Das durch Theotmars Tod erledigte Amt des Erzkaplans erhielt sein Nachfolger, der Erzbischof Piligrim von Salzburg [7]).

Der König, von dem wir nicht einmal wissen, ob er an dem Feldzuge gegen die Ungern persönlich theilgenommen, begab sich nach Vollendung desselben jedenfalls an den Rhein. Am 22. Oktober beschenkte er zu Trebur auf Bitten Hattos den Lorscher Probst Sigolf [8]), den er sowie sein Vater schon öfter bedacht, mit einer Besitzung im Wormsfelde, am 26. zu Frankfurt bestätigte er durch Vermittlung Hattos sowie des Grafen Gebhard dem Bischof Stephan von Lüttich den Besitz der Abtei Fosses, den seine damals verstorbene Verwandte Gisela, die Tochter Lothars II. seiner Kirche vermacht [9]), um die Mitte des Dezember endlich scheint zu Waiblingen am Neckar eine größere Versammlung von Fürsten sich vereinigt zu haben. Von weltlichen wird nur Graf Konrad, der Sohn und Nachfolger des bei Fritzlar gefallenen Konrad genannt, von Bischöfen Hatto, Adalbero, Salomon, sowie Dracholf von Freising und Meginbert von Seben, Zacharias Nachfolger. Auf ihrer aller Rath schenkte Ludwig der Salzburger Kirche [10]), als Ersatz ohne Zweifel für schon erlittene oder noch drohende Einbußen den Königshof Salzburghofen nebst allen dazu gehörigen Abgaben innerhalb und außerhalb der Saline an Gold, Salz und Vieh und zwei Mauthen.

Zu Anfang des Jahres 908 im Januar besuchte der König die Achener Pfalz, die nur noch selten als Herrschersitz erwähnt

[7]) Ann. Salisb. 907: Piligrimns ordinatus est; Auctar. Garstense 906. Die erste ad vicem Piligrimi archicapellani ausgefertigte Urk. ist B. 1216 vom 22. Okt. 907.

[8]) Cod. Lauresh. I, 108: rogatu Hattonis venerabilis archiepiscopi Sigolfo nostro dilecto monacho ... in villa quae dicitur Dinenheim hobam unam ... donavimus vgl. eb. p. 88, 102 (B. 1041, 1174).

[9]) Ernst hist. de Limbourg VI, 90 (vgl. oben S. 243, 503): Kisala ... abbatiam Fosses nominatam ..., quia nos ipsi (eam) cum nostrae auctoritatis precepto in proprium donavimus ad monasterium sanctae Mariae et sancti Lantperti, ubi illius episcopii domns est principalis et ubi presenti tempore vir venerabilis Stephanus nomine episcopus esse dinoscitur, cum nostro consensu et fidelium nostrorum contradidit etc.

[10]) Kleimayrn Juvavia Anh. S. 119 (B. 1217): per interventum et supplicacionem fidelium nostrorum, episcoporum scil. et comitum, Hatthonis vero Mogonciensis archiepiscopi, Adalberonis episcopi atque Salemonis episcopi et Chounradi comitis nostri atque propinqui et Dracholfi episcopi atque Megimberti in praesencia ceterorum principum nostrorum et cum consultu eorum etc. Diese Schenkung wurde (ohne Erwähnung Ludwigs!) von Otto I. am 8. Juni 940 wörtlich wiederholt (Mon. Boica XXVIII[a], 174).

wird: auf Bitte des Erzbischofs Hermann von Köln und der Grafen Gebhard und Reginar stellte er hier dem Bischof Stephan von Lüttich, der, obgleich den Grafen Gerard und Matfrid verwandt, stets die Treue gegen den König bewahrt hatte, eine Versicherung über alle Besitzungen seiner Kirche aus, darunter die Abteien Lobbes, Fosses, Ebersheim, Zoll und Münze zu Maastricht u. s. f.[11]). In den ersten Tagen des Februar gieng Ludwig nach Frankfurt, wo wir wiederum Hatto, Adalbero und Salomon in seiner Gesellschaft finden[12]). Im Juni begab er sich nach Forchheim, im Juli nach Trebur, um dort oder in dem benachbarten Frankfurt die übrigen Monate des Jahres zuzubringen. Von irgend welchen Maßregeln gegen die Ungern ist in dieser Zeit nirgends die Rede. Der Bischof Erchanbald von Eichstädt ließ sich am 5. Februar, außer dem Rechte einen Markt mit Münze und Zoll zu gründen, auch für sein Bisthum die Erlaubnis zur Anlegung von Befestigungen gegen die Heiden ertheilen[13]). In diesem Akte spricht sich die Erkenntnis aus, nicht nur, daß Baiern bis an seine äußersten Grenzen den heidnischen Angriffen offen lag, sondern daß hinter Wall und Graben allein einige Sicherheit gegen ihre Streifzüge zu hoffen sei. Gewis werden viele in den zunächst bedrohten Landestheilen dem Beispiele Erchanbalds gefolgt sein, wenn wir auch der Nachrichten darüber ermangeln.

Der nächste Raubzug der Magyaren, im Sommer 908, gieng jedoch nicht gegen Baiern, sondern auf demselben Wege vermutlich wie zwei Jahre zuvor, gegen Sachsen. Weit und breit wurde dies Land, sowie zum erstenmale Thüringen von ihnen verwüstet. Ein fränkisch-thüringisches Heer stellte sich ihnen entgegen, um am 3. August in einem unglücklichen Treffen die Unüberwindlichkeit des wilden Feindes von neuem zu bestätigen[14]). Ei-

---

[11]) Miraei opp. dipl. I, 34 (B. 1218 vgl. oben S. 503, 541): quam (sc. abbatiam Heribotesheim) praelibato Stephano ipsius (Gerhardi) proprio affini, quandoquidem mansit semper fidelis, dare volentes, tamen suae iamdictae ecclesiae ipsius precatu dedimus.

[12]) Die Urk. vom 5. Febr. ist ausgestellt per supplicationes fidelium nostrorum Hathonis videl. et Adelperonis amabilium episcoporum, comitum vero Chuonradi et Cotefredi, vom 11. Febr.: intercedentibus nostris primatibus Hattone siquidem necnon Adalberone seu Salemone eximiae venerationis praesulibus für Ratbod von Trier (Mon. Boica XXXI^a, 178, Beyer I, 216, B. 1219).

[13]) Mon. Boica a. a. O.: Erchanbald bat, ut ei liceret ad suum coenobium Eihsteti dictum ... publice negotiationis mercatum constituere et monetam efficere theloneumque ... exigere et in suo episcopatu aliquas munitiones contra paganorum incursus moliri, bestätigt von Konrad I. (eb. XXVIII^a, 157). Vgl. Liudprand. antap. l. II c. 5: nec quisquam erat, qui horum praesentiam nisi labore non parvo naturave munitissimis praestolaretur in locis.

[14]) Ann. Alam. 908: Ungari in Saxones et Burchardus dux Toringorum et Ruodulfus episcopus Eginoque aliique quam plurimi occisi sunt devastata terra; Augiens. 908: Ungares Saxoniam et Turingiam vastant;

nige der angesehensten Männer des Reiches fielen in diesem blutigen Kampfe: der Bischof Rudolf von Wirzburg, auf dem der schwere Vorwurf lastete, die unselige Babenberger Fehde vornehmlich veranlaßt zu haben, der Graf Egino vom Badanachgau, seit seinem Abfalle von Adalbert im besten Einvernehmen mit dem Hofe, wie denn erst in diesem Sommer Ludwig auf seine Verwendung eine ihm zuerst verliehene Besitzung zu Engelstadt dem Erzbischof Hatto geschenkt hatte[15]), endlich der Thüringer Markgraf Burchard. An dem letzteren, der mit der sorbischen Mark zugleich eine Grafschaft im Grabfelde verband, verlor das Reich einen wackeren und thatkräftigen Mann, der als das Haupt des thüringischen Stammes öfter unter den vornehmsten Fürsten in der Umgebung des Königs erschienen war[16]). Noch wenige Wochen vor seinem Tode hatte Ludwig seinem Kaplane Martin ein Gut im Grabfelde geschenkt.

Die mächtige Stellung, die Burchard eingenommen, vererbte sich nicht auf seine beiden Söhne Burchard und Bardo, die zwar Güter und Grafschaften in Thüringen besaßen, aber weder den markgräflichen noch den herzoglichen Titel führten. In die Stelle des gefallenen Thüringerherzogs rückte daher zunächst Niemand ein, das größte Ansehen im Lande aber behauptete wohl ohne Zwei-

desgl. Contin. Reginonis 908, Herimann. Aug. 908; Ann. Hildesh. (etc.) 909: Burghart dux Thuringorum occisus est ab Ungariis; Necrol. Fuld. mai. 908: Ruodolf episcopus. Egino comes. Der Tag der Schlacht bestimmt sich durch den Todestag Rudolfs von Wirzburg, der übereinstimmend überliefert wird durch das Necrolog. Merseburg. (a. a. O. S. 118), Wizenburg. (S. 27): III Non. (Aug.) Ruodolfus episcopus Wirzeburgensis; Ekkehardi chronic. Wirziburg. (Scr. VI, 28, daraus die ann. S. Albani 908 eb. II, 241). Die spätere thüringische Sage verlegt die Schlacht nach Eisenach (Joh. Rothes düring. Chronik c. 220, S. 174 her. v. Liliencron). Daß die Ungern 908 „Baiern und Franken durchzogen," wie Giesebrecht (Gesch. der deutschen Kaiserzeit I, 172) annimmt, folgt aus den Quellen nicht vgl. Kremper de Ungaror. demigrat. p. 41.

15) Guden cod. dipl. I, 345: nos per interventum fidelium nostrorum Erchenboldi videl. venerabilis episcopi, comitum vero Burchardi, Egenonis et Ysaac ... in loco Ingilinstat dicto, quicquid etc. ... Hattoni venerabili archiepiscopo ... totum ex integro perenniter in proprium donavimus vgl. oben S. 539 A. 55.

16) Regino (a. 892) schreibt im J. 907 von ihm: qui hunc (sc. ducatum) hactenus strenue gubernat. Urk. Ludwigs vom 9. Juli 908 (Mon. Boica XXVIII[a], 141, B. 1221): nos per supplicationes fidelium nostrorum Purcharti videl. venerabilis comitis et Chuonrati fidelis ministerialis nostri cuidam Purchardi egregii (ducis) capellano Martinus nuncupato in pago Grapfelda in comitatu sui senioris quicquid in loco Walahrameswinida nostri iuris fuit ... in proprium donavimus. Auf seine Verwendung sind ferner ausgestellt B. 1183, 1185, 1190, 1191, 1208, 1215, 1220, doch ist es einigemale zweifelhaft, ob nicht ein andrer Burchard (von Rhätien oder der Sohn Walahos) gemeint sei. Widukind (res gestae Sax. I c. 22) nennt seine Söhne, die Wenck (hess. Landesg. II, 545 A.) als solche vermutet; in der Urk. Konrads vom 1. Juli 912 (Boehmer acta Conradi p. 13) wird Trebra an der Ilm genannt in pago Husitin dicto et in comitatu Bardonis vgl. über Burchards Herkunft Knochenhauer Gesch. Thüringens S. 44 flg.

fel der Liudolfinger Otto, denn zu den beiden Grafschaften in Südthüringen und im Eichsfelde, die er längst schon verwaltete, erwarb er unter Ludwig noch das mit Gütern und Einkünften in Thüringen reich ausgestattete Stift Hersfeld (einer der ersten Fälle der Vergabung eines Klosters an weltliche Hand außerhalb Lothringens) und sein Sohn Heinrich gewann durch seine Vermählung mit Hatheburg den ansehnlichen Besitz ihres Vaters, des Grafen Erwin zu Merseburg[17]).

Ludwig, der bis gegen Ende des Jahres in den mittelrheinischen Gegenden sich aufgehalten hatte — am 5. Okt. bestätigte er auf Bitte Hattos zu Trebur dem Kloster Hersfeld nach dem Tode des Grafen Otto und des unter ihm der Genossenschaft vorgesetzten Mönches Thiethard die freie Abtswahl für alle künftigen Zeiten[18]) —, begab sich nach Neujahr 909 nach Schwaben. Sein fünfzehntes Lebensjahr hatte er im vorhergehenden Herbste zurückgelegt und damit wahrscheinlich das Alter der Großjährigkeit erreicht, an den Verhältnissen aber änderte dies bei seiner persönlichen Schwäche sicherlich Nichts. Auf der Pfalz Bodman, die ihn schon oft in ihren Mauern gesehen, schenkte er am 7. Januar auf Verwendung Hattos, Adalberos, Salomons und mehrerer schwäbischen Grafen dem Kloster St. Gallen seine Besitzungen zu Feldkirch[19]). Der Bischof von Konstanz, zu dessen Gunsten diese Vergabung geschah, übernahm um dieselbe Zeit das Amt eines Kanzlers am königlichen Hofe, wodurch sein ohnehin schon sehr bedeutender Einfluß auf die Entschließungen der Regierung natürlich nur wachsen konnte.

Vom Bodensee kehrte der König endlich einmal wieder und zwar zum letztenmale nach Baiern zurück und nahm zu Holzkir-

[17]) Ueber die Rechte und Besitzungen der Liudolfinger in Thüringen haben Waitz (Kön. Heinrich I. Neue Bearb. S. 11, 16, 202) und Knochenhauer (a. a. O. S. 50) gründlich und erschöpfend gehandelt.

[18]) Wenck hess. Landesg. II Urk. 25 (B. 1223): Otto vir venerabilis et abba coenobii S. Wicberti per supplicationem Hattonis illustris archiepiscopi ... petiit clementiam nostram, ut fratribus eiusdem coenobii ... in eleemosynam nostram concederemus, ut eis post vitae suae terminum liceret inter se eligendi abbatem, ea tamen ratione, ut Thiethardus monachus vir religiosus et presenti tempore post Ottonem ipsius monasterii provisor eum, quamdiu vivat, potestative teneat. L. bewilligt dies hoc interdicentes, ut nullus postea ex genealogia ipsius Ottonis vel alia qualibet persona laicorum vel clericorum in ipsam abbatiam ullatenus se ultra intromittere presumat, auch sollen keine Klostergüter entfremdet werden. (Die Güter des Klosters hatte schon Ludwig der jüng. kurz vor seinem Tode zu schützen gesucht, s. Wenck III Anh. 23). In der Bestätigung Konrads vom 18. Febr. 913 (Boehmer acta Conr. p. 19) führt er diese Urk. auf seine Verwendung zurück, die in derselben nicht erwähnt wird. Lambert (ann. 901, 927) läßt auf Harderat v. Hersfeld als Abt Diethard I (901 – 927) folgen, desgl. in der Geschichte des Klosters (Scr. V, 139).

[19]) Neugart I, 551 (B. 1224): ob ... peticionem ... nutritoris nostri Adalperonis cum consultu fidelium nostrorum Hathonis scil. et Salomonis venerabilium episcoporum, comitum vero Purchardi, Adalperti et Odalrici.

chen einen längeren Aufenthalt: auf Fürbitte Adalberos und Salomons erneuerte er hier (20. Januar) dem Bischofe Meginbert von Seben die den Königsschutz und die Immunität verbürgenden Privilegien seiner Vorfahren[20]). Bemerkenswerth ist die ebendaselbst auf Verwendung derselben Personen sowie des Bischofs Dracholf und des Grafen Konrad dem Markgrafen Aribo und dem Erzbischofe Piligrim in Gemeinschaft gewährte Schenkung der Abtei Traunkirchen am Traunsee, die nach ihrem Tode ganz an das Erzstift Salzburg fallen sollte[21]). Wenn hiedurch für die Zukunft das Kloster wieder in geistliche Obhut übergieng, so diente es doch zunächst wie Hersfeld wenigstens zur Hälfte weltlichen Zwecken und nicht minder hatte es sich schon vor dieser Vergabung in Laienhänden befunden.

Die Bestimmung über das Ableben Aribos läßt schließen, daß ihm kein Sohn mehr als Nachfolger lebte, daß also Isanrich, der seit dem J. 901 nicht mehr erwähnt wird, mutmaßlich gegen die Ungern gefallen war. Auch Aribo verschwindet nach einer Wirksamkeit von mehr als 30 Jahren seit dieser Gewährung aus der Geschichte. Der Traungau mit der Ennsburg, innerhalb dessen er sich diese Entschädigung für große anderweitige Verluste anweisen ließ, verblieb ebenso wie das arme und gebirgige Kärnten jederzeit unter deutscher Herrschaft[22]) und wurde von den Magyaren nur plündernd durchzogen, von einer Ostmark dagegen ist seit dem J. 907 mehr denn 60 Jahre hindurch keine Rede mehr und die Zeiten der Agilolfinger schienen nicht bloß darin wiedergekehrt zu sein, daß abermals ein Volksherzog in Regensburg gebot, sondern daß auch die Enns neuerdings die Grenze zwischen den Baiern und Heiden bildete.

---

[20]) Resch ann. Sabion. II, 359 (B. 1225). Diese Urk. hat als die erste Salomon cancellarius geschrieben und Meginbert bittet darin per interventum dilectorum nobis episcopi Adalberonis scil. ... ac Salomonis venerandi ministerialis nostri. Man könnte hiebei auch an Holzkirch an der Wernitz denken.

[21]) Kleimayrn Juvavia Anh. 121 (B. 1226) vom 19. Febr.: per interventum fidelium nostrorum Adalberonis, Salomonis, Dracholfi venerabilium episcoporum necnon Chounradi comitis et propinqui nostri atque Altmani missi Hattonis archiepiscopi seu Deotrici vassi venerabilis Pilgrimi archiepiscopi cuidam comiti nomine Arbo quandam abbaciam iuris nostri Trunseo dictam, quam antea Alpker et Gundperht germani visi sunt habere sibi et Pilgrimo archiepiscopo usque in finem vitae utriusque, postea vero ... ad sanctam Iuvavensem sedem in proprietatem donare decrevimus. Die Nachricht des Annalista Saxo 1002, die ich früher auf den Tod dieses Aribo beziehen wollte (Südöstl. Marken S. 75 A. 4) wird von Hirsch (Heinrich II., I, 36 A. 2) auf einen andern Aribo bezogen.

[22]) Im J. 930 wird eine Besitzung zu Pachmanning urkundlich erwähnt in Trungowe ... in comitatu Meginhardi (Kleimayrn Juvavia Anh. 142). Von dem fortdauernden Besitze Kärntens zeugen die Traditionen Odalberts (s. eb. 126) vgl. Büdinger östr. Gesch. I, 246.

Schon im Mai 909 hatte Ludwig Baiern wieder verlassen und sich nach Bodman zurückbegeben[23]). In dem darauf folgenden Sommer wurde Deutschland durch magyarische Rohheit und Raubgier abermals auf das schwerste heimgesucht, doch lassen die dürftigen Nachrichten aus diesem Jahre den Verlauf und die Reihenfolge dieser Verwüstungen nicht deutlich erkennen. Schwaben, aus eigener Anschauung mit dem Heidenvolke bisher noch nicht bekannt, ward ihnen jetzt zum erstenmale, ohne allen Widerstand, wie es scheint, preisgegeben: mit unermeßlicher Beute von Menschen und Vieh kehrten die Ungern aus dem noch unberührten Lande zurück[24]). Vielleicht auf diesem Rückzuge drangen sie an einem Sonntag Morgen, allen Einwohnern unvermutet, am 30. Juli 909 in den Bischofssitz Freising ein, wo sie volle sechs Tage lang hausten und endlich am 4. August die Kirchen St. Stephan und St. Veit niederbrannten. Die auf dem Berge gelegene Kathedrale wurde von ihnen wunderbarer Weise verschont, wie man später meinte, weil Gott sie mit Blindheit schlug oder ihnen den Anblick der Kirche durch einen Nebel verhüllte. Die Rache für diese Frevel sollte jedoch nicht lange auf sich warten lassen. Am 11. August an einem Freitage fand zwischen den Baiern und Ungern ein Treffen an der Rott östlich von Freising statt, in dem jene unter Führung ihres Herzogs Arnolf wieder einmal den Sieg davontrugen[25]). Eine bleibende Wirkung konnte freilich dieser vorübergehende Erfolg nicht haben.

Der junge König hielt sich indessen fern von dem Schauplatze dieser Leiden und Kämpfe. Den ganzen Winter über von 909 zu 910 verweilte er in den mittelrheinischen Gegenden, die

---

[23]) Dümgé reg. Bad. p. 84 Urk. vom 21. Mai ad Potamum, in der L. auf Hattos Bitte dem Kl. Reichenau Immunität und freie Abtswahl bestätigt.

[24]) Ann. Alamann. 909: Ungari in Alamanniam et cum innnmerabili preda hominum animalinmque reversi sunt; Augiens. 909: Ungari Alcmanniam ingressi sunt; Herimann. Aug. 909: Ungarii Alamanniam invadentes vastant. Die in dem Necrol. Aug. (Mitth. der Zür. ant. Ges. VI, 68) erwähnten Kämpfe mit den Ungern möchte ich nicht hieher ziehen, weil im J. 909 von einem Treffen gar nicht die Rede ist.

[25]) Martyrolog. Frising. (Quellen zur bayer. Gesch. VII, 452, 454, 456, 479, 480): III Kal. Aug. Ungarii Frigisingam hora III invaserunt die solis cunctis his locis manentibus incognitum; II Non. (Aug.) Ungarii aecclesiam sancti Stephani atque sancti Viti hora VI igni dederunt in die Veneris; III Id. (Aug.) Bellum Baioariorum cnm Ungariis ad Rotam, ubi Ungarii a Baioariis victi sunt tempore Arnnlfi ducis in die Veneris. Die angegebenen Wochentage entsprechen dem J. 909, wohin die Herausgeber diese Nachrichten setzen. Früher hatte man den nur in unsicherer Weise überlieferten Brand von Freising in das J. 955 vor die Lechfeldschlacht setzen wollen s. Viti Arnpekhii chronic. Baioarior. l. II c. 18, IV c. 3 (Bern. Pez thesaur. anecd. III[c], 72, 147); Hund metrop. Salisb. ed. Gewold I, 90; Meichelbeck hist. Frising. I[a], 170. Der Zusammenhang dieser Kämpfe mit der Verwüstung Schwabens bleibt unklar. Hieher gehört wohl auch die Nachricht der ann. S. Bonifacii, Lobiens. 910 (Scr. II, 210, III, 118): gens Ungrorum primo Germaniam vastant als auf Schwaben bezüglich.

bisher von heidnischer Verwüstung noch verschont worden. Am 9. November schenkte er in Ingelheim dem Stifte Chevremont in Lothringen auf Fürbitte Hattos und des Grafen Gebhard den Ort Mortier im Lüttichgaue, den Zwentibald nach seiner Absetzung einst einem gewissen Rohing gegeben[26]), am 13. Dez. bestätigte er einen Tausch zwischen Hatto und dem Kloster Fulda[27]). Am 10. Februar 910 wurde in Frankfurt wieder durch Verwendung Hattos und des Grafen Konrad einem andern Konrad, dem Sohne des im J. 902 gefallenen Eberhard der Königshof Brechen verliehen zur Ausstattung der Kirche, die er zu Limburg an der Lahn in seiner Grafschaft erbauen wollte[28]). Am 6. April endlich bekräftigte der König durch seine Unterschrift in der Pfalz Trebur abermals einen Tauschvertrag zwischen Hatto und dem Kloster Fulda in Gegenwart mehrerer Bischöfe und Grafen[29]).

Ludwig war indessen zum Jünglinge herangewachsen, er stand in einem Alter, in welchem schon manche seiner mannhaften Vorgänger wie u. a. sein Großvater Karlmann selbst Heere befehligt und in das Feld geführt hatten. Auch für ihn, dessen spätreifende Kräfte wenig Hoffnung erweckten, sollte dieser Zeitpunkt endlich eintreten, als im Sommer 910 die Magyaren sich abermals, wie im vorhergehenden Jahre durch Baiern gegen Schwaben ergossen. Ein allgemeines Aufgebot ergieng durch das Reich, daß diejenigen, welche sich ihrer Dienstpflicht entzögen, nicht bloß wie sonst mit dem Heerbanne, sondern mit dem Galgen bedrohte. Die Schwaben, Franken und Baiern folgten in der That den königlichen Fahnen, von den Sachsen und Thüringern verlautet nichts. Bevor die Rüstungen noch ganz vollendet waren, griffen unverhofft die Magyaren, die bereits bis nach Schwaben hinein vorgedrungen waren, das schwäbisch-fränkische Heer des Königs in der Nähe

---

[26]) Lacomblet I, 47 (B. 1227): Hatto venerabilis archiepiscopus et Gebeherd celsitudinem nostram adierunt ... cumque prenominatus comes hoc taliter actum perscrutaverit etc.

[27]) Guden cod. dipl. I, 347 (B. 1228): fideles nostri Hatto videl. Maguntinae ecclesiae archiepiscopus ... et Honke bone memorie (!) abbas pro rerum suarum inita commutatione serenitatis nostre aures pulsaverunt etc.

[28]) Beyer I, 219 (B. 1229): nos rogatu atque consultu fidelium nostrorum Hattonis videl. venerabilis archiepiscopi ... necnon Chuonradi .. fidelis nepotis nostri cuidam Chuonrado dilecto comiti nostro filio Eberhardi in pago Loganahe in suo comitatu curtem dominicalem Brechene nuncupatam etc.

[29]) Dronke cod. Fuld. p. 302 (B. 1230): Datum palatio Triburensi coram rege Ludowico, qui et conscribi et sigillo suo insigniri iussit. Es finden sich ferner die Unterschriften Hattos, Gebehardi et Cunradi comitum, qui easdem traditiones rerum fideli manu susceperunt et hoc coram rege iuraverunt, ut eas sancto Bonifacio martyri fideliter delegarent, der Bischöfe Dietloh v. Worms, Einhart v. Speier, der Grafen Werinher, Liudfrid, Gotdank, Hartmann.

von Augsburg am Lech an[30]). Die Deutschen hielten, wenn wir einem späteren Schriftsteller trauen dürfen, trotz des unvermuteten Ueberfalles bis zum Mittag wacker Stand. Da nahmen endlich die Ungern nach ihrer Gewohnheit zur List ihre Zuflucht, indem sie einen Hinterhalt legend scheinbar entwichen und hiedurch ihre Gegner zur Verfolgung verleiteten. Die nachsetzenden bald von allen Seiten umringt, erlitten eine vollständige Niederlage. In diesem Treffen floß viel Christenblut, von vornehmen Männern fiel darin der Graf Gozbert (vom Kletgau)[31]).

[30]) Die ann. Alam. 910 in 3 Redaktionen unterscheiden zwei verschiedene Treffen, das erste: Ungri cum Alamannis et Francis pugnaverunt eosque vicerunt; Ungari in Alamanniam, bello insperato multos occiderunt et Gozpertus comes occisus; Ungari bellum cum Alamannis fecerunt victoriamque habuerunt et Gozpertus comes occisus est parsque populi magna occisa est, das zweite: sed et Norici partem ex eis occiderunt; atqne ipso itinere cum Francis et Baugauriis pugnaverunt Gebehardumque ducem et alios plurimos Paugauriis ex parte victoriam tenentibus occiderunt et cum praeda regressi sunt; et in ipso itinere cum Francis pugnaverunt, Gebehardum ducem et Liutfrednm aliosque quam plurimos, Bawoariis vict. ex parte ten., occid. praedamque abstulerunt; Ann. Aug. 910: Franci ab Ungaribus aut occisi aut fugati sunt, ausführlicher Reginos Fortsetzer 910: Franci in confinio Bawariae et Franciae Ungariis congressi miserabiliter aut victi aut fugati sunt; in quo proelio Gebeardus comes interiit relictis duobns filiis suis adhuc pueris Udone et Herimanno, ähnlich Herimann. Aug. 910: Ungarii Franciam petentes commissa pugna superiores fuere; Ann. Colon. 910 (Scr. I, 98): Gevohardus ab Ungariis occiditur; Ann. Hersfeld. 910 (eb. III, 53): Ludowicus rex pugnavit cum Ungariis et victus est; Ann. Ratispon. 911: interfectio Ungarorum (auf das zweite Treffen bezüglich). Das Necrol. Augiense bringt zweimal zum 12. Juni und 9. August die Nachricht: Alamanni ab Ungaris occisi sunt, von denen vielleicht die erste auf unsere Schlacht zu beziehen ist. Jedenfalls hieher gehört, wie auch Pertz und Kremper (de Ungaror. demigrat. p. 50) schon erkannte, die Schilderung der Ungernschlacht bei Liudprand (antap. l. II c. 3, 4), — auf deren Einzelheiten freilich nicht viel zu bauen ist — weil unseres Wissens nur im J. 910 Ludwig selbst befehligte. Rintelen (Forschungen zur deutschen Gesch. III, 325) will sie in das J. 902 setzen, in welchem Ludwig 8—9 J. alt war und die Ungern nur erst die bairischen Grenzen berührt hatten. Die Androhung der Todesstrafe für die ihrer Heeresvflicht nicht genügenden meldet L. auch vor der Schlacht vom J. 933 (antap. II c. 25 vgl. Waitz Versgesch. IV, 490). Der Ort (rex Hulodoicus collecta multitudine Augustam venerat) widerspricht nicht gerade den andern Berichten, von denen der eine auf Schwaben, der andre etwa auf das Rieß hinweisen würde, ungenau ist aber das Verschweigen des zweiten Treffens. Die ann. Palid. 924 bringen allerlei Fabeleien über eine Schlacht bei Augsburg, in der sie den h. Udalrich befehligen lassen. L. läßt an diese Schlacht die Erhebung eines Tributes sich anschließen (c. 5: factusque est per nonnullos populus hic tributarius annos, ähnlich doch ganz sagenhaft ann. Palid. 924, Scr. XVI, 61), worin ihm alle Neueren gefolgt sind (z. B. Giesebrecht deutsche Kaiserzeit I, 173, der überdem ohne allen Grund soviel ich sehe auch S. 172 von Herz. Arnolf Tribut gezahlt werden läßt), allein abgesehen davon, daß mit dieser Zinspflichtigkeit sich die fast alljährlich wiederholten Einfälle der Ungern doch schlecht vertrügen, so lehrt die Vergleichung mit c. 24 (debita utrum rex Heinricus velit tributa persolvere), daß Liudprand nur die Nachricht von dem in den J. 924 bis 933 für Sachsen gezahlten Tribute unklar aufgefaßt und verallgemeinert hat.

[31]) Grafen dieses Namens gab es im schwäbischen Nibelgau und im frän-

Als die siegreichen Ungern von dem Schlachtfelde ihren Marsch weiter fortsetzten, stießen sie unterwegs auf ein bairisch-fränkisches Heer, das vielleicht für die Theilnahme an dem ersten Kampfe zu spät gekommen war. Ein zweites nicht minder heißes Treffen entspann sich: die Franken wurden auch hier zurückgeworfen und hatten schwere Verluste zu beklagen, zumal den Herzog Gebhard, den letzten der vier konradinischen Brüder, der noch am Leben war und den Grafen Liutfrid, die Baiern dagegen trugen ihrerseits den Sieg davon, doch war derselbe nicht so entscheidend, daß nicht die Magyaren mit aller ihrer Beute die Heimat hätten wieder gewinnen können. So endete dieser königliche Feldzug ebenso unglücklich wie die vorhergehenden.

Der erfolglose Kampf gegen die Ungern ist die erste und letzte That, die wir aus der ganzen Regierung Ludwigs anzuführen haben. Fortan legen wiederum nur einige Urkunden[32]), sämtlich auf die Fürbitte von Mitgliedern der konradinischen Familie ausgestellt, Zeugnis von seinem Aufenthalte und seinem Regimente ab. Nach den beiden letzten verweilte er am 15. Okt. 910 zu Forchheim, am 16. Juni 911 zu Frankfurt, wahrscheinlich vorwiegend in den westlichen Landestheilen. Sein Erzieher und hochgeschätzter Rathgeber der Bischof Adalbero von Augsburg stand ihm in diesen Jahren nicht mehr zur Seite: am 28. Mai 910 war er bereits in die Ewigkeit eingegangen[33]), indem er ein gutes

---

kischen Glemsgau (v. Stälin wirtemb. Gesch. I, 331 flg.), der Tod eines älteren Gozpert wird in den ann. Alamann., Laubac. 888 vermerkt, wahrscheinlich ist an den Grafen im Kletgau zu denken, der in Rheinauer Urk. der J. 888, 892 vorkommt (Zapf monum. anecd. I, 450), eb. ein Gozbert schon 872 und 878 (eb. 438, 444). Liutfrid zu Forchheim im Juni 903 anwesend (Neugart I, 524, Mon. Boica XXVIII[a], 129) findet sich als Graf vom Lobdengau schon unter Arnolf (Cod. Lauresham. I, 100, 102, 104, 107), doch auch noch unter Konrad (Boehmer Acta Conradi p. 15).

[32]) Urk. Ludwigs vom 26. Juli 910 ad sanctam Brigidam (?) ausgestellt (Lacomblet I, 46): quidam fideles nostri Thioto videl. venerabilis praesul necnon et Chuonradus fidelis et dilectus comes ac propinquus noster serenitatis nostrae culmen accedentes obnixa efflagitaverunt postulatione, ut ... cuidam religioso presbitero Foldger nuncupato res sui beneficii, quas de abbatia b. Suidberti ... visus est possidere ..., in proprietatem concederemus; vom 15. Okt. (Kremer orig. Nassoicae I, 41, B. 1231): Isaac, Chuonradus atque Warnarius pariter celsitudinem nostram efflagitati sunt, ut quibusdam vassallis Hugonis illustris comitis scil. Bernardo seu Rathfrido ac Reginardo quasdam res proprietatis nostrae ad proprium largiremur, quas olim pater noster Arnolfus Hildemanno ex parte dedit, sed ipse fallaci versucia deceptus ultra modum donationis excessit subripiendo etc.; vom 16. Juni 911 (Mon. Boica XXVIII[a], 143, B. 1232): per interventum Chuonradi et Ebarhardi venerabilium comitum atque amabilium nepotum nostrorum cuidam religioso presbitero Gozbold nuncupato etc.

[33]) Ann. Alamann. 910, Herimann. Aug. 910. Seinen Todestag gewährt Necrol. S. Galli (Eckhart comment. II, 920) und die sonst ganz werthlose vita Adalberonis (ed. Jaffé, Steichele Archiv für die Gesch. des Bisthums

und rühmliches Andenken zurückließ. Aus seiner Schule gieng der nachmals so berühmte Bischof Udalrich von Augsburg hervor, der bei ihm eine Zeitlang das Amt eines Kämmerers bekleidete.

Einige Monate nach der letzten in Frankfurt ausgestellten Urkunde, eine Schenkung an den Priester Gozbold im Volkfelde betreffend, wurde auch der Schattenkönig aus seiner irdischen Laufbahn abgerufen. Ludwig, der letzte Sprößling aus dem erlauchten Hause Ludwigs des Deutschen, starb kaum achtzehn Jahre alt und unvermählt[34]) am 20. August oder 24. September 911[35]) nach einer Regierung von beinahe zwölf Jahren und wurde nach Ueberlieferungen, die allerdings nicht jeden Zweifel ausschließen, in der St. Emmeramskirche zu Regensburg an der Seite seines glorreichen Vaters Arnolf beigesetzt[36]). Wie von den persönlichen Ei-

---

Augsburg III, 9). Seinen urkundlich bezeugten Besuch in St. Gallen (Neugart I, 549) erwähnen die ann. Sangall. mai. wie ein Ereignis a. 908 (Scr. I, 77): Adalbero episcopus cum magno apparatu et multis donis venit ad monasterium sancti Galli.

[34]) Widukind (I c. 16) gibt ihm durch Verwechselung mit Ludwig dem jüng. eine Gemahlin. In einer Königsreihe des 10. Jahrh. (Scr. III, 214) wird ihm eine sonst unbekannte Irmingart beigelegt.

[35]) Ludwigs Todesjahr bezeugen Necrol. Fuld. mai. (Boehmer fontes III, 156), min. (Dronke tradit. Fuld. p. 74), Ann. Alam. 911 (al. 912), Colon. 911, Contin. Reginon. 911, Ann. Lobiens. 911, S. Vincentii Mettens, Corbeiens. 911, S. Bonifacii, Pragens. 911 (Scr. III, 118, 119), Virdun. 911 (Scr. IV, 7, 16), Leodiens.: Ludowicus rex ... obiit in orientali Francia et mediana; Blandiniens. 911 (Scr. V, 24). Ueber seinen Todestag weichen die Angaben von einander ab: 2 Nekrologien von St. Emmeram (cod. Maihing., Monac. 14868) geben XII Kal. Febr. Ludowicus rex filius Arnolfi imperatoris, ebenso Necrol. Altah. (Jaffe): XII Kal. Febr. Ludwicus imperator pius und das Weltenburger (Mon. Boica XIII, 475), das Lorscher nur um einen Tag abweichend: XIII Kal. Febr. Ludewici regis; hic sancto Nazario praedium suum dedit in Scarra Sunthove Dienenheim (ein Zusatz, der sich auf die Urk. B. 1174, 1216 bezieht). Dieser Tag aber ist sicher falsch, weil L. zwischen dem 16. Juni (B. 1232) und dem 8. Nov. 911, dem Tage der Wahl Konrads und zwar längere Zeit vor dem letzteren Termine gestorben sein muß. Hiernach hat Böhmers (reg. Carol. p. 118) Vermutung viele Wahrscheinlichkeit für sich, daß hier eine Verwechselung Ludwigs des Kindes mit Ludwig dem jüngeren vorliege, von dem es anderweitig feststeht, daß er am 20. Januar 882 starb (s. oben S. 163). B. nahm daher an, daß Ludwig das Kind am 20. August gestorben sei, den das Lorscher Todtenbuch als Sterbetag Ludwigs des jüng. bezeichnet. Dann würde auch das Necrol. Epternac. (Reiffenberg monuments VII, 211): XIII Kal. Sept. Ludovicus rex hieher gehören. Das einzige Bedenken gegen jene Vermutung erregt der Umstand, daß Regino, der vor Ludwigs des K. Tode schrieb, Ludwigs des j. Tod auch auf den 20. Aug. setzt, es scheint also dieser Tag auch ohne jene Verwechselung vorzukommen. Andrerseits ließe sich mit Spieß (Aufklärungen in der Gesch. u. Diplom., Bayreuth 1791 S. 127) annehmen, daß der im Necrol. Augiense zum 24. Sept. vermerkte K. Ludwig das Kind sei.

[36]) Herimann. Aug. 911: Ludowicus rex adolescens moritur et Ratisponae sepelitur; Arnold. de S. Emmer. l. I c. 6 (Scr. IV, 551, V, 112): ubi (sc. in ecclesia S. Emmerammi) principum sepulchra visitanti (sc. Chuonrado) Arnolfi scil. imperatoris necnon Hluoduwici qui puer inmatura morte e medio excessit ... suggestum est etc. Es ist auffallend, daß L.

genschaften dieses Knaben auf dem Throne, den man mit Recht durch den Beinamen des Kindes von andern Ludwigen unterschieden hat[37]), sich nichts weiter melden läßt, als daß er allem Anscheine nach bis in seine letzten Jahre völlig unselbständig unter der Leitung der Männer verblieb, die ihn seit seinem Regierungsantritte gelenkt hatten, so ist auch über seinen Hof, an dem sich die Verhältnisse der Zeit Arnolfs durchaus fortsetzen, nur wenig hinzu zu fügen. Der königlichen Kapelle Ludwigs stand wie unter seinem Vater zuerst Theotmar vor, dann seit dem Sommer 907 Piligrim, der jenem auf dem erzbischöflichen Stuhle von Salzburg folgte, doch fand die eine wichtige Abweichung von dem bisherigen Herkommen statt, daß daneben Lothringen, welches einige Wochen später als die übrigen Stämme Ludwig huldigte, seinen eigenen Erzkanzler in der Person Ratbods von Trier, wie unter Zwentibald behielt. Von seinen Salzburger Amtsgenossen unterscheidet dieser sich nur dadurch, daß er nie den Titel Erzkaplan führt[38]).

Wie die Spitzen so sind auch die übrigen Mitglieder beider Kanzleien völlig von einander geschieden. Für das alte ostfrän-

---

in Regensburg begraben worden sein soll, von dem er bei seinem Tode sicherlich ziemlich weit entfernt war und daß, wenn es geschah, sein Todestag dort nicht einmal richtig überliefert wurde. Die Zeugnisse sind doch nicht gleichzeitig und eine Verwechselung mit dem als Kind in Regensburg verunglückten Sohne Ludwigs des jüng., der gleichfalls Ludwig hieß, wäre immerhin denkbar. Ueber sein Grabmal s. Andreae Ratisbon. chron. 901 (Eccard. corpus histor. I, 2052): Ludwicus ... Ratisponae in medio chori monasterii S. Emmerammi sepelitur; Cölestin Ratisbona monastica p. 123, wo auch die Grabschrift mitgetheilt wird, die sich durch ihre ganze Fassung als ein sehr junges Machwerk verräth.

[37]) Ludwigs Jugend wird in den Quellen mehrfach hervorgehoben, so in den ann. Fuld. 900, Ann. Sangall. mai. 900: Hludowicus in regnum elevatur adhuc puerolus, Gedicht Salomons an Dado v. 177, 201: nobis per iuvenem veniat benedictio regem; Ann. Lobiens. 900: cui (sc. Arnulfo) Ludovicus filius puer successit, eine Urk. des Grafen Wingerich für Echternach (Cod. aur. Epternac. f. 55) trägt das Datum: IIII anno regnante Luodowico adolescenti et glorioso rege. Wie ein Beiname findet sich die Benennung das Kind bei Thietmar (chronic. l. I c. 4, Scr. III, 736): Conradus ... Luthuwici successor pueri; Herimann. Aug. chron. 900: Ludowicus puer annis 12; Adami gesta Hammaburg. pontif. l. I c. 54: Anno domni Hogeri secundo Ludvicus puer depositus; Ekkehard. Uraugiens. chron. 901 (Scr. VI, 174): Ludewicus ... admodum puer imperium suscepit; Cronica reg. Francor. (Scr. III, 214): Ludovicus puer aus der Zeit Konrads II.; Notae Halberstad. in den Briefen Wibalds (Jaffé biblioth. rer. Germanic. I, 603): Luthewicus, qui cognominatus est Infans vgl. Chron. Halberst. ed. Schatz p. 9.

[38]) In den an Stelle Ratbods ausgefertigten Urk. heißt er öfter nur Erzbischof (Beyer I, 213, B. 1211, 1219, 1231), oder es wird zu ad vicem Rathpodi archiepiscopi noch summique cancellarii hinzugefügt, (B. 1178, 1188, 1200, 1212, 1227), oder es heißt auch geradezu ad. vic. R. archicancellarii (B. 1186, 1187, 1218) so auch Ernustus cancellarius ad vicem Rapoti archicancellarii im Originale der von Ernst (hist. de Limb. VI, 90) herausgegebenen Urk. (Wattenbach).

kische Reich wurden die Urkunden von dem Kanzler Ernst und dem Notar Engilpero abwechselnd geschrieben, dieser bis zum J. 905, jener bis Ende des Jahres 908 wirksam, beide von Arnolf her bekannt, dann tritt für den Rest von Ludwigs Regierung der Bischof Salomon von Konstanz als Kanzler an ihre Stelle, einmal von dem schon im J. 907 verwendeten Notar Odalfrid abgelöst[39]). In Lothringen dagegen schrieb Ludwigs Urkunden zuerst während des Jahres 900 der Notar Albrich, dann im J. 902 vereinzelt der Kanzler Suntgar und der Notar Ruadmir, am häufigsten seit dem 9. Oktober 902 bis zu Ende der Regierung der Notar Theodulf[40]), der ebenso wie die andern Schreiber unter Zwentibald noch nicht erwähnt wird. Ohngefähr 73 Urkunden Ludwigs sind auf unsere Zeit gelangt. Von anderweitigen Hofbeamten werden die Grafen Reginbert und Isangrim (vordem Arnolfs Truchseß), Pabo und Meginward, sowie Rodolt und Konrad genannt[41]), von dem es zweifelhaft bleibt, ob er der konradinischen Familie angehört. Von den einflußreichsten Personen in der Umgebung des Königs, unter denen seit der großen Niederlage im J. 907 die bairischen Großen gänzlich zurücktreten, ist schon hinlänglich die Rede gewesen, eine bestimmte Regel für die Art ihrer Einwirkung läßt sich nicht aufstellen.

Weder gegen die innern noch gegen die äußeren Feinde hatte das Regiment des unmündigen Königs sich fähig gezeigt, Recht und Frieden zu schirmen und die Wehrlosen gegen Vergewaltigung zu schützen. Die vereinzelten Erfolge gegen die Ungern wurden nur der Tapferkeit des bairischen Stammes und seiner Führer Liutbold

---

[39]) Ernustus cancellarius zuerst in B. 1175, zuletzt in B. 1223 vom 5. Okt. 908; in B. 1185 ist für Arnolfus ohne Zweifel Ernustus zu setzen, ebenso in B. 1218. Er schrieb auch die ungedr. Urk. für Worms (S. 527, A. 21) u. im J. 904 eine Urk. Hattos (Cod. Lauresh. I, 108). Engilbero notarius schrieb die erste Urk. Ludwigs (Franconia II, 57), zuletzt die Urk. vom 16. Mai 905 und die verdächtige vom 17. Juni 907 (Mon. Boica XXXI^a, 175, 176); in einer nur abschriftlich überlieferten Urk. vom 12. Aug. 903 (eb. 168) steht wohl durch Irrthum Engilpero cancellarins, da er in einer andern vom gleichen Tage (B. 1194) notarius heißt. Odalfridus cancell. schreibt B. 1217 vom 17. Dez. 907, als notarius B. 1224 vom 7. Jan. 909. Ueber Salomon s. oben S. 550.

[40]) Albricus notarius hat nur Urk. vom 22. März und 31. Okt. 900 geschrieben (Beyer I, 213, B. 1178); Suntgarius cancellarius nur B. 1186 vom 10. Sept. 902; Ruadmirus notarius B. 1187 vom 19. Sept. 902; Theodulfus notarius beginnt am 9. Okt. 902 mit B. 1188 (wo Eodulfus so zu verb.) und schreibt zuletzt B. 1231 vom 15. Okt. 910, von ihm ist auch die ungedr. Urk. für Lobbes vom 20. Okt. 906 geschrieben: Chrodulphus (corr. Theod.) notarius ad vicem Racephodi (Rathpodi) archiepiscopi summique cancellarii, sowie die undatierte für Andlau (Grandidier II p. CCCXIII), die durch ihre ungewöhnliche Stilisierung sehr verdächtig ist.

[41]) S. die oben (S. 526, 527, 549) angef. Urk. B. 1195, 1198, 1221; Urk. vom J. 902 (Ried cod. dipl. I, 84): quidam igitur nobilis nomine Rodolt regalis videl. minister una cum manu Adalonnae uxoris suae übergibt an St. Emmeram seine Besitzung im bairischen Sundergau.

und Arnolf verdankt. Wie sie von dem Königthume nicht ausgiengen, so wirkten sie auch nicht auf die Stärkung seiner Macht zurück. Bei weitem aber überwogen blutige Niederlagen, die durch ihre Furchtbarkeit an jene sagenhaften Kämpfe der Hunen wider die Burgunder erinnerten[42]). Am schwersten waren die Baiern als die nächsten Grenznachbarn durch den Zusammenstoß mit dem Heidenvolke heimgesucht worden, demnächst die Schwaben, Franken und Thüringer, aber auch nach Sachsen waren die Magyaren trotz der Weite des Weges und der trennenden Gebirgswälle vorgedrungen. Außer den Rheinfranken und Lothringern, deren Gebiet von ihnen erst unter der folgenden Regierung erreicht wurde, durchstreiften sie demnach schon unter Ludwig das ganze Deutschland am rechten Rheinufer, wie ihnen nicht minder die Lombardei offen stand.

Schrecknisse gleich denen, welche die Normannen seit den Tagen Ludwigs des Frommen über das Westreich, sowie vorübergehend auch über Theile Sachsens und die Rheinlande gebracht hatten, verbreiteten sich nunmehr in erhöhtem Maße über das gesamte Ostreich. Nicht von einem germanischen Volke giengen sie jetzt aus, das bei aller Wildheit und Blutgier den Franken doch blutsverwandt und in hohem Grade bildungsfähig war, sondern von Barbaren von thierischer Rohheit, an denen alles gleich fremdartig und abschreckend erschien, deren Bildung noch nach Jahrhunderten eine durchaus entlehnte bleiben sollte. Fast nirgends dachte man in der nächsten Zeit an einen Widerstand, geschweige denn an einen erneuerten Angriff gegen die eindringenden ungrischen Horden. Die Bewohner des platten Landes waren ihren Mishandlungen schutzlos preisgegeben. Wer mit seiner Habe sich nicht hinter den Mauern und Wällen der meist noch ungenügend befestigten Städte und Burgen bergen konnte, der suchte im Dickicht der Wälder oder auf unzugänglichen Felsen und in abgelegenen Einöden eine Zuflucht[43]), aber auch dort trog ihn öfter seine Hoffnung,

---

[42]) Eine Königsreihe aus der Zeit Heinrichs II. (Scr. II, 314) bezeichnet daher Ludwigs Regierung so: Hludewicus rex Ostrofranciae, quo regnante maxima Baioariorum interfeccio facta.

[43]) S. ob. S. 548, die von Waitz (K. Heinrich I. Neue Bearb. S. 79, 96) angef. Stellen, Miracula S. Wigberhti c. 16 (Scr. IV, 226): vom J. 924: cum multis nationibus et maxime Saxonicis Thuringicisqne ab Ungariis pessima et gravis malorum incursio incubuit fierentque neces iuvenum ac seniorum, exterminia mulierum natorumque, nostros quoqne calamitas commixtae miseriae involvit. necdumque cinctione alicuius presidii loco isti vallato, silvarum rupinm torrentiumqne tuta latibula querebantur atque illuc privatae res aecclesiasticae vehiculis, quibus facultas erat, in posterum servandae sunt deputatae etc.; Mirac. S. Apri c. 23 (eb. 517): talis itaque ac tantae pestis turbine quae quis suorum poterat ne involverentur, intra moenia antiquarum urbium videl. monasteriorum ornamenta sanctorumque corporum pignora certatim recondebant. et nimirum quis se maxime felicem aiebat, non dicimus sua, sed si se gladio et captivitati praeripiens, non modo urbis, verum praeruptorum scopulo-

denn es gab einheimische Verräther, die zur Befriedigung irgend einer Privatrache als Wegweiser zu den versteckten Schlupfwinkeln dienten. Ebenso suchten die Kirchen und Klöster ihre Reliquien, ihre Schätze und Kostbarkeiten den gierigen Händen der Feinde zu entziehen. Wie ganz anders würde es um Deutschland gestanden haben, wenn auf Arnolfs hinsiechende Kraft ein Mann von der Art dessen gefolgt wäre, der ein halbes Jahrhundert später der Knechtung seines Volkes durch die Söhne Arpads mit der gesammelten Kraft desselben für immer ein Ende machte!

Diese Wehrlosigkeit nach außen, zusammentreffend mit der Unsicherheit im Innern mußte eine Entwickelung befördern derjenigen nicht unähnlich, die aus gleichen Ursachen unter den sinkenden Merowingern eingetreten war. In den einzelnen Reichstheilen, die in sich einen gewissen Halt und Abschluß hatten, die durch Natur und Geschichte geeignet waren, kleinere Ganze zu bilden, erhoben sich besondere Häupter, Herzoge, um je nach den Umständen in engerem oder weiterem Umfange die königliche Gewalt in ihren Gebieten auszuüben. Aus den angesehensten Familien ihres Stammes hervorgehend, halb die ihnen übertragenen Aemter, Marken und Grafschaften, halb den Drang der Noth ihrer neuen Stellung zur Grundlage gebend kamen sie in der That dem Bedürfnisse des Volkes nach Rechtsschutz und äußerer Sicherung entgegen und ihre Usurpation schlug Wurzel, weil sie dem Gemeinwohle diente. Eine Erinnerung an das alte Volksherzogthum, das Vorbild dieser neuen Schöpfungen, lebte gewis in dem Gedächtnis der meisten deutschen Stämme fort, wichtiger aber ist der Umstand, daß auch nach der Aufhebung der Herzogthümer in jenen Stämmen stets ein Bewußtsein ihrer Sonderung rege erhalten worden. Nicht nur durch die Verschiedenheit der Mundarten, die Manigfaltigkeit der Volksrechte und ungeschriebenen Bräuche, sondern vornehmlich auch dadurch, daß das fränkische Reich sie in so manchen Beziehungen als getrennte Ganze behandelte, sie namentlich stets einzeln unter eigenen Führern zum Kriege aufbot [44]).

Durch die Schwäche des Königthums gefördert ergänzte die

---

rum iuga ubi fortasse erant atque densissimi luci praesidia ac ignotae lumini vallis latibula meruisset.

[44]) Waitz hat in seiner Verfg. IV in dem Kap. über das Heer- und Kriegswesen den wichtigen Umstand nicht hervorgehoben, daß auch nach dem Aufhören der alten Volksherzogthümer die einzelnen Stämme stets getrennt als besondere militärische Einheiten im Kriege auftreten und wohl unter Einem Oberbefehle verbunden, aber nicht mit einander vermischt wurden. Ebenso aber traten sie bei dem häufigen Zusammenfallen der Heer- und Reichsversammlungen auf den letzteren getrennt auf, nicht durch einen Herzog, wohl aber durch die Gesamtheit ihrer Großen geführt. Auf eine Erörterung der bisher über die Entstehung der Herzogthümer ausgesprochenen Meinungen kann ich mich enthalten hier einzugehen, da eine solche in erschöpfender Weise in dem 5. Bande der Verfg. zu erwarten steht. Vorläufig verweise ich für das Allgemeine auf die treffenden Bemerkungen Giesebrechts (deutsche Kaiserzeit I, 178 flg., 805).

herzogliche Gewalt zwar die königliche für den Augenblick, doch nur um sie auf die Dauer zu beschränken und einen Theil ihrer Befugnisse an sich zu reißen. So wenig nun Ludwig persönlich solchen gefährlichen Bestrebungen entgegen zu wirken vermochte, denen durch die Anhäufung von Lehen und Aemtern bei einzelnen Familien durch seine Vorfahren sogar vorgearbeitet worden, so gab es doch noch eine andre Macht im Reiche, die wie die königliche für ihre Interessen einen Zusammenhang des Ganzen voraussetzte und forderte und von der Erhebung neuer Machthaber nur Schädigung erwarten konnte, die Kirche. Wie einst die Einheit des fränkischen Gesamtreiches unter der hohen Geistlichkeit ihre beredtesten Anwälte und eifrigsten Vorkämpfer gefunden hatte, so trat dieselbe nicht minder jetzt für ein starkes Königthum gegen die provinziellen Häupter in die Schranken. An dem regierenden Hause, das stets nur in den Tagen äußerster Bedrängnis zum Gute der Kirchen seine Zuflucht genommen, hatten die Bischöfe und Aebte stets ihren besten Schutz gegen die kleinen Herren gefunden, die zu allen Zeiten nach ihrem reichen Besitze die Hände begehrlich ausstreckten. Die Erhebung der Herzoge stellte der Kirche neue Einbußen in Aussicht, ihrem Vortheile entsprach es offenbar, nur Einem Herrn zu dienen. So gieng das Streben der Bischöfe, die vornehmlich für Ludwig das Kind die Regierung führten, unter ihm, wie unter seinem Nachfolger dahin, die königliche Autorität in ungeschwächter Geltung nach Kräften aufrecht zu erhalten, ohne dabei des eigenen Vortheils zu vergessen, die neu aufstrebenden Gewalten aber zu bekämpfen.

Fassen wir die einzelnen Stämme um diese Zeit des Ueberganges näher in das Auge, so erscheinen die Verhältnisse einfach und klar bei den Sachsen und Baiern, schwieriger und verwickelter bei den übrigen. Daß aber bei jenen beiden sich die herzogliche Gewalt zuerst zu größerer Festigkeit und Stetigkeit entwickelte, hat seinen Grund vorzüglich darin, daß sie die Grenzhüter des Reiches gegen die Barbaren waren und in beständigem Kampfe theils mit den Dänen, theils mit den Slaven oder Ungern begriffen, Männer erheischten, welche die ganze kriegerische Kraft des Stammes in ihrer Hand vereinigten. Unter den Sachsen wurde der Grund zum Herzogthume schon in den Zeiten Ludwigs des Deutschen durch Liudolf gelegt[45]), der nicht bloß der Sprößling einer der erlauch-

[45]) Ueber Liudolf und sein Geschlecht ist jetzt auf die umsichtigen Untersuchungen von Waitz zu verweisen (K. Heinrich I. Neue Bearb. S. 9—12, 185—194). Im Widerspruche mit der auch von mir früher aufgenommenen herkömmlichen Ansicht, nach welcher Liudolf der Sohn Ekberts und der h. Ida sein soll, wird höchstens eine weibliche Verwandtschaft desselben mit diesem Paare wahrscheinlich gemacht, dafür in einem Bruno aus der Zeit Karls des Gr. der Ahnherr vermutet. Die nüchterne Kritik wird dieser Ausführung nur beistimmen können. Was ich I, 354 über Korvei gesagt, stützt sich wesentlich auf die Annahme jener Verwandtschaft, mit der es hinfällig wird. In Bezug auf die

testen Familien seines Volkes, sondern durch seinen von Engern aus nach Ostfalen wie nach Westfalen verzweigten Besitz zugleich einer der reichsten und mächtigsten Männer desselben war. Sein frommer kirchlicher Sinn, wie er sich namentlich durch eine Wallfahrt nach Rom, durch die Stiftung des Klosters Gandersheim und durch die Darbringung von sechs seiner Kinder für das geistliche Leben kundgab, gewann ihm die Zuneigung und Achtung der sächsischen Geistlichkeit.

Liudolf wird bereits Herzog der östlichen Sachsen genannt: als er im J. 865 oder 866 starb, folgte ihm Bruno, der älteste der Söhne, die ihm seine Gemahlin Oda geboren, in dieser Würde nach, bis er im J. 880 an der Spitze des sächsischen Heeres gegen die Dänen bei Hamburg fiel. Sein jüngerer Bruder Otto trat an seine Stelle und behauptete das Ansehen des Vaters in gesteigertem Maße unter den Regierungen Karls III., Arnolfs und Ludwigs, unter denen Sachsen in der gleichen Absonderung und Selbständigkeit verharrte, wie zuvor. Nur der zweite dieser Fürsten wäre vielleicht im Stande gewesen, die aufstrebende Macht der Liudolfinger zu beschränken, allein wie er ihnen selbst vielmehr seine Erhebung mit zu verdanken hatte, als sie ihm die ihrige, so finden wir auch nicht, daß er je einen Versuch gemacht hätte, ihre hergebrachten Rechte zu schmälern. Zu diesen gehörte ohne Zweifel die Leitung im Kriege: ob außerdem auch die Verwaltung der königlichen Einkünfte, Gerichtsbarkeit an Stelle des Königs u. dgl. läßt sich bei dem gänzlichen Mangel an Zeugnissen nicht wohl ausmachen.

Eigenthümlich für die herzogliche Macht der Liudolfinger ist das stille und allmäliche Anwachsen derselben, das weder zu Kämpfen mit dem Königthume noch mit der Geistlichkeit Veranlassung gab. Nirgends findet in den sächsischen Verhältnissen ein plötzlicher oder gewaltsamer Uebergang statt. Um so wahrscheinlicher wird dadurch die Annahme, daß wohl schon ursprünglich Liudolf von Ludwig dem Deutschen gewisse allgemeinere und umfassendere Befugnisse empfangen habe, die dann von seinen Söhnen nur weiter ausgebildet wurden. Das markgräfliche Amt, wenn er es auch gegen die Dänen bekleidet haben mag, ist hier sicherlich nicht das Entscheidende gewesen. Sehr selbständig walteten die Liudolfinger in dem rauhen und streitbaren, von den fränkischen Königen so selten besuchten Sachsenlande, aber sie griffen dafür auch nur wenig in die allgemeinen Angelegenheiten des Reiches ein und waren

Schirmvoigtei bin ich aber nicht, wie mir Waitz (a. a. O. S. 10 A. 6) vorwirft, Falke gefolgt, den ich überhaupt nie benutzt habe, sondern Waitz selbst (Rankes Jahrb. des deutschen Reichs I^2, 7 A. 4), der sich allerdings wieder auf Falke stützt. Als Todesjahr Liudolfs (s. I, 352 A. 35) kann ich 866 nicht für so ausgemacht halten, wie Waitz will, da wenn auch die ann. Alam. hier geirrt haben sollten, die ann. Xantens., welche die meisten Ereignisse um ein bis zwei Jahre zu spät ansetzen, doch sicherlich des Irrthums ebenso verdächtig sind.

auch ihrerseits am Hofe nicht häufige Gäste, trotz der Verschwägerung, in welche sie mit Ludwig dem jüngeren traten. Unbestritten erscheint ihre Gewalt allezeit innerhalb Sachsens: erst da kommt es zu einer Entzweiung zwischen ihnen und dem Könige, als sie über die Grenzen des bisherigen Gebietes hinausgreifend auf das benachbarte Thüringen, das nach Burchards Tode des eigenen Hauptes entbehrte, die herzoglichen Rechte zu erstrecken suchten.

Die Entwickelung des bairischen Stammes traf darin mit der des sächsischen zusammen, daß auch bei ihm ziemlich früh und ohne innere Kämpfe sowie auch ohne Widerstreit gegen die Krone sich ein Herzogthum bildete. Wenn die Baiern auch nicht in so spröder Absonderung wie die trotzigen Sachsen ihren deutschen Reichsgenossen gegenüberstanden, so ist doch auch bei ihnen ein sehr starkes Stammesbewußtsein ausgeprägt[46]). Sie hatten am längsten eigene Volksherzoge gehabt, sie bildeten wiederholt während des neunten Jahrhunderts ein getrenntes Königreich, dessen stattliche Hauptstadt Regensburg unter den andern Stämmen ihres Gleichen nicht fand. Zu Baiern endlich gehörten sehr ausgedehnte Marken, ein großes Kolonialgebiet, dessen Verteidigung zahlreiche kriegsbereite Mannen beständig erforderte. Auf der andern Seite mußte es einzelnen ehrgeizigen Großen, die sich über die übrigen Grafen zu einer höheren Stellung aufzuschwingen strebten, hier besonders schwer fallen, so lange kräftige Fürsten, wie Karlmann und Arnolf, die dies Land als ihre Heimat ansahen, dort auch am liebsten ihren Aufenthalt nahmen und in den Kriegen mit den slavischen Nachbarn sich selbst an die Spitze der bairischen Heere stellten.

Nur im Rathe dieser Könige konnten dann die Häupter des bairischen Volkes es zu einer höheren Geltung bringen: sobald sie darüber hinaus nach einer selbständigen Stellung trachteten, erreichte sie das Verderben. So fielen die mächtigen Grafen Ernst und Engildeo, Liutbold dagegen, des letzteren Nachfolger begnügte sich der Freund und Vertraute Arnolfs, der Leiter seines Sohnes zu sein. In diesen nahen Beziehungen zu dem ihm blutsverwandten Königshause häufte er im Laufe weniger Jahre einen überaus reichen Besitz von Lehen und Aemtern in seiner Hand zusammen. Er vereinte zwei Marken, die böhmische auf dem Nordgau und Kärnten nebst einigen Grafschaften in Baiern, er war Burggraf zu Regensburg und seine Vermählung mit Kunigunde, der Schwester der schwäbischen Grafen Erchanger und Berthold diente gewis ebenfalls dazu seinen Einfluß zu steigern[47]). So überragte Liut-

---

[46]) Vgl. über die bairischen Verhältnisse Hirsch Heinrich II., I, 1 — 6.

[47]) Ueber Liutbolds Rechte und Besitzungen s. oben S. 393, 486. Die ann. Alam. 913 erwähnen Liupoldi relictam als Schwester Erchangers, ihren Namen Kunigund nennen zwei Urk. Konrads, ihres zweiten Gemahls (Boehmer acta Conradi p. 26, 27). Die sieben von Hormayr (Herzog Luitpold S. 98—

bold, überdies ein rüstiger und tapferer Mann, alle übrigen bairischen Grafen bei weitem durch das ausgedehnte Bereich seiner Herrschaft. Der Markgraf Aribo von der Ostmark, der vielleicht nächst ihm das weiteste Gebiet zu verwalten hatte, konnte sich schon deshalb bald gar nicht mehr mit ihm messen, weil unter den Angriffen der Ungern die Mark im Osten zu einer Grafschaft des Traungaus zusammenschrumpfte.

Liutbolds Stellung kam unter der Regierung, die von Ludwig den Namen führte, einer herzoglichen thatsächlich gewis vollkommen gleich, doch lebte und handelte er, soviel wir sehen, stets im Einvernehmen mit den Reichsregenten als ein väterlicher Berather für den jungen Fürsten. Als dann jene furchtbare Niederlage des bairischen Volksstammes im J. 907 erfolgt war, drängte Arnolf schon die Noth seines von dem königlichen Regimente fast ganz verlassenen Volkes die von seinem Vater erfüllte Aufgabe in noch entschiedenerem Sinne auf. Vielleicht durch einen ausdrücklichen Wahlakt der Baiern trat er als Herzog an ihre Spitze, um fortan unbekümmert um die Angelegenheiten des übrigen Reiches, den König dem Namen nach anerkennend, sich ausschließlich der Regierung und Vertheidigung Baierns zu widmen. Er bewährte seinen herzoglichen Beruf durch glänzende Kriegsthaten, die einzigen dieser Zeit, welche den Magyaren noch Achtung vor dem deutschen Namen einflößten. Die Geistlichkeit erkannte ihn an, aber Arnolf ermangelte des kirchlichen Sinnes, welcher das Haus der Liudolfinger der sächsischen Kirche werth und theuer machte. Der Drang der kriegerischen Zeit nöthigte ihn später, wie einst die fränkischen Hausmaier Karlmann und Pippin, zu tiefen Eingriffen in das Vermögen der vielen und begüterten Klöster Baierns, die ohnehin von den Ungern vielfach schon so schwer heimgesucht wurden. Grund genug seinem kirchenräuberischen Andenken einen Flecken anzuhängen [48]).

In Franken, welches durch seine manigfaltige Gliederung und seine vermittelnde Stellung viel weniger als die vorher berührten

---

101) zusammengestellten Stammbäume Liutbolds sind sämtlich gleich unerweislich. Ein Zusammenhang mit Arnolfs Mutter Liutswinda ist mir noch das wahrscheinlichste.

[48]) Vgl. über Arnolfs herzogliche Würde Hirsch a. a. O. I, 5, 15, 25, 94, Büdinger östr. Gesch. I, 231 flg., Waitz K. Heinrich I. Neue Bearb. S. 54 flg. Waitz, der selbst (Forschungen zur deutschen Gesch. III, 159) die noch von Hirsch (a. a. O. S. 15) getheilte Meinung widerlegt hat, daß Liutbold nach Adalberts Sturze die angebliche ostfränkische Mark desselben erhalten habe, nimmt dennoch an (Heinrich II. S. 54 A. 4), daß Ostfranken unter Arnolf stand, nach Liudprand. antap. II c. 21: hoc eodem tempore Arnaldus ... Hungaria rediens honorifice a Bagoariis atque ab orientalibus suscipitur Francis. Dies Zeugnis ist immerhin ganz unsicher und es bleibt daneben die von Giesebrecht (Gesch. der deutschen Kaiserzeit I, 271, Rankes Jahrb. II[a], 134) vertretene Ansicht, daß erst 939 nach dem Sturze Eberhards das bairische Herzogthum über Ostfranken erweitert worden, sehr wohl zulässig.

Gebiete zur Abschließung unter einem eigenen Haupte sich eignete, mag für die östlichen Theile die Auflehnung Adalberts von Babenberg als der gewaltsame Anfang einer gleichen Entwickelung betrachtet werden. Auch ihm fehlte bei seiner kühnen Erhebung nicht die Gunst des Volkes, die ein so wesentliches Moment für das Aufsteigen der neuen Geschlechter bildete und an Bedeutung für das ganze Reich hatte sein Vater Heinrich hinter einem Liutbold nicht zurückgestanden. Er scheiterte dennoch, theils weil er sogleich mit dem Bisthume, mit Rudolf von Wirzburg, feindlich zusammenstieß, theils weil eine andre Familie mit ihm nebenbuhlerisch wetteiferte, die, an Macht der seinigen vielleicht kaum gewachsen, dadurch die Oberhand gewann, daß sie über den Träger der Krone verfügen durfte. Wenn auch die konradinischen Brüder des Sturzes der Babenberger nicht lange froh wurden und ihn nur um kurze Zeit überlebten, so ernteten ihre Söhne doch die Früchte dieses Kampfes und es unterliegt kaum einem Zweifel, daß der jüngere Konrad in einem Theile von Ostfranken und Hessen eine herzogliche Stellung einnahm[49]), die unter der Regierung Ludwigs nur deshalb weniger hervortritt, weil Konrad keine Veranlassung hatte, sie gegen einen Fürsten geltend zu machen, welcher sich ganz unter seiner und seiner Freunde Leitung befand. Dem bairischen oder sächsischen Herzogthume kam dieses fränkische an Bedeutung freilich nicht gleich und seine minder feste Begründung geht schon daraus hervor, daß es mit dem Tode Eberhards im J. 939 wieder erlöschen konnte. Die Niederlage der Babenberger war eben vorzugsweise doch auch dem Bischofe von Wirzburg zu gute gekommen, der einen großen Zuwachs aus ihren bisherigen Lehen erhielt[50]). Da dies Bisthum, dessen Inhaber in unserer Periode sämtlich eine hervorragende Rolle spielen, ohnehin eines der größten im Reiche war, da es mit einem weit zerstreuten Besitz an Kirchen

---

[49]) Vgl. die oben S. 539 angef. Urk., Widukind. res gest. Saxon. I c. 16: Conradus quondam dux Francorum, II c. 26: dux ipse Evurhardus, danach Thietmar. chron. l. I c. 4: Conradus Francorum quondam dux egreius, l. II c. 22: Everhardus Francorum dux; Ann. Hildesh. 912: Chounradus dux Francorum; Quedlinb. 939: Eburhardus dux Francorum dagegen Liudprand. ant. II c. 18: Everardus comes potentissimus in Francia; Ann. Alamann. 912: Chonradus filius Chonradi comitis; Ann. Sangall. mai. 939: Eburhardns dux Franchorum; Augiens. 939: Eberhart dux; Contin. Regin. 937: Eberhardum ducem Francorum; Vita Iohann. Gorziens. c. 104 (Scr. IV, 367): sub quo (sc. Ottone) ... Everardus Franciae Austrasiae et quorundam trans Renum tenebat locorum (ducatum); Herimann. Aug. 939: Eberhardus dux Francorum. Waitz hat hiernach die Frage, ob Konrad die herzogliche Würde in Franken bekleidet, mit Recht bejaht (Rankes Jahrb. I[a], 127).

[50]) Ich schließe mich hier der Darlegung von Hirsch an (Heinrich II., II, 48 flg.). Ueber die ostfränkische Steuer ist neuerdings Dove (das Sendrecht der Main- u. Rednitzwenden in der Zeitschr. für Kirchenrecht IV, 169 A. 38) zu vergl., der ausführlich über die Verhältnisse der slavischen Bevölkerung in Franken handelt.

in den fränkischen Landen, darunter die vierzehn Slavenkirchen, den Zehnten der von der Krone in den ostfränkischen Gauen erhobenen fast allgemeinen Steuer sowie von dem Ertrage vieler Krongüter und einen Antheil an dem Heerbanne verband, so mußte nothwendig die hierauf beruhende weltliche Machtstellung der Wirzburger Bischöfe dem Aufkommen einer herzoglichen Gewalt in Ostfranken sehr hinderlich sein, und in der großen Begünstigung, der Wirzburg fast seit seiner Gründung von Seiten der Frankenkönige sich zu erfreuen hatte, lag daher schon der Keim der herzoglichen Würde, die es selbst später für Ostfranken erlangen sollte.

Erst am Ende der Regierung Ludwigs versuchte auch in Schwaben einer der mächtigsten unter den Großen des Landes dem Beispiele zu folgen, welches Adalbert mit unglücklichem, Arnolf mit glücklichem Erfolge ihm gegeben hatten. Burchard, der Sohn Adalberts und Urenkel eines Hunfrid, der unter Karl dem Gr. und Ludwig dem Fr. die rhätische Mark verwaltete[51]), ebenfalls Markgraf von Rhätien oder Churwalchen und Graf im Baar erscheint mit seinem Bruder Adalbert, dem Grafen vom Scherragau und Thurgau[52]) zusammen unter der späteren Regierung Arnolfs

[51]) Einhardi ann. 823: Hunfridus comes Curiensis, desgl. vita Hludowici imp. c. 37, Thegan. c. 30: Hunfridum, qui erat dux super Redicam, Urk. vom J. 806 (Wartmann Urkb. d. St. Gallen I, 177): Unfredus vir inluster Reciarum comis. In der transl. sanguinis dom. c. 16 (Mone bad. Quellensamml. I, 72) heißt es von ihm, daß er Reciam Curiensem tenebat und wird Adalbertus filius eius genannt, der aus Rhätien verdrängt ad fratrem, qui tunc temporis Hystriam tenebat sich begab vgl. Neugart episcop. Constantiens. I[a], 181 flg., Stälin wirt. Gesch. I, 415.

[52]) Die Belege für Adalberts Grafschaft im Scherragaue, einem Theile des Baars bei Stälin a. a. O. I, 308, 332, von 868 bis 889. Als Graf im Thurgau findet sich derselbe von 854 bis etwa 890 sehr häufig in St. Galler Urk. (Neugart cod. dipl. I, 291, 293, 306 u. s. f.; p. 385 v. J. 873: sub Adalberto comite Durgaugensi, eb. p. 396, 401, 405 J. 876: Adalberto comite in Durgewe, p. 430, 478, Dümgé reg. Bad. p. 81 J. 889: in pago Thurgowe in comitatu Adalberti). Im J. 889 fand eine Versammlung statt in pago, qui dicitur Para in villa nuncupata Durroheim coram Burghardo comite filio Adalberti illustris; in dem Schreiben Arnolfs vom J. 893 finden sich neben einander Adelberto und Purgharto; eine Urk. vom 27. Jan. 894 auf den Thurgau bezüglich ist sub comite Adalberto iuniore ausgestellt, dem wir dann noch oft begegnen, so am 13. Okt. 898 in pago Turgove comitatu Adalperti (Neugart I, 480, 492, 496, 516). In den mirac. S. Walburgis l. I c. 4 wird im J. 893 Adalbertus Alamanniae comes illustris erwähnt (Acta sct. Febr. t. III, 526). Im J. 890 findet sich noch Rudolf als Herzog von Rätien (Neugart I, 488), 903 auf der Reichsversammlung zu Forchheim neben einander Adalprecht Purchart marchio Curiensis Rhetiae (eb. 526, desgl. Mon. Boica XXVIII[a], 129: Adalperti Purcharti, Neugart I, 530: Adalbert comes Purchart comes). Am 6. Febr. 905 schenkte Ludwig die Abtei Pfävers quae sita est in Retiae Curiensis partibus consentiente videl. atque perdonante Burchardo illustri marchione, qui eandem eatenus iure beneficiali obsederat an Salomon, der diese Schenkung im J. 909 erwähnt als Burchardo earundem parcium duce consentiente et astipulante geschehen; am 31. Mai 906 ließ L. rogatu Purucharti dilecti comitis nostri einen Leibeigenen frei, am 7. Jan. 909 auf Fürbitte Purchardi Adalperti schenkte er

sowie unter seinem Sohne als einer der angesehensten alamannischen Grafen. Er wird in den Urkunden Ludwigs des Kindes mit Auszeichnung erwähnt und erhielt von ihm die Abtei Pfävers zur Nutznießung, die er jedoch bald wieder dem Abtbischof Salomon abtrat.

Seine ehrgeizigen Bestrebungen führten zu einem gewaltsamen Ende: auf einem schwäbischen Landtage im Herbste des J. 911 wurde Burchard, der Graf und Fürst der Alamannen, wie ihn der Jahrbuchschreiber nennt, nach dem ungerechten Urtheile eines gewissen Anshelm getödtet, nach andern Angaben in wildem Volksgetümmel erschlagen[53]). Seiner Witwe wurden alle ihre Güter entzogen, seine Söhne Burchard und Udalrich des Landes verwiesen, ihre Eigengüter sowol als ihre Lehen unter die Gegner vertheilt. Sein Bruder Adalbert, der Graf vom Thurgau wegen seiner Gerechtigkeitsliebe allgemein geachtet, erlitt auf Anstiften des Bischofs Salomon und andrer Feinde gleichfalls den Tod. Sogar der Schwiegermutter des jüngeren Burchard, Gisla, wurden, während sie auf einer Wallfahrt nach Rom begriffen war, alle ihre Besitzungen genommen und vertheilt. Nach ihrer Heimkehr rechtfertigte man dies Verfahren in der schmählichsten Weise durch falsche Zeugnisse und verurtheilte auf einer Versammlung zu Bodman darauf hin die Beraubte nachträglich als Hochverrätherin. Mit so ungerechter Härte wurde in Schwaben der erste Versuch zur Begründung einer herzoglichen Gewalt niedergeschlagen. Er scheiterte ohne Zweifel an dem Widerstande der in diesen Gegenden so besonders reich begüterten Geistlichkeit und an dem Hasse persönlicher Gegner. Salomon vornehmlich widerstrebte dem Herzoge im Interesse seines Standes, wiewol zwischen ihm und Burchard früher persönlich ein gutes Vernehmen obgewaltet zu haben scheint.

St. Gallen in Retia Curiensi in comitatu Purcharti in loco Feldkircha dicto seine dortigen Besitzungen (eb. 540, 542, 551, 554) vgl. Merkel de republ. Alamann. p. 41. Der jüngere Burchard heißt bei Ekkehard (casus S. Galli, Scr. II, 87): Purchardus gentis illius nobilissimus.

[53]) Ann. Alamann. 911 (vor dem zum J. 912 gesetzten Tode Ludwigs): Purghart comes et princeps Alamannorum iniusto iudicio ab Anshelmo censura inaequitatis occisus, omnibus viduae illius addemtis, filiisque ipsius Purchardo et Uodalricho extra patriam eiectis, predium atque beneficium eius inter illos distribuerunt. frater vero ipsius Adalbertus nobilissimus atque iustissimus comes nutu episcopi Salomonis et quorundam aliorum interemptus est. Gisle nempe socrui Purchardi iunioris etc., ganz ähnlich, nur kürzer ann. Laubac. 911; Herimann. Aug. chron. 911 (nach Konrads Wahl): Burchardus dux Alamanniae in conventu suo orto tumultu occisus est; Ann. Colon. 911: Burchardus occiditur (vor Konrads Wahl). Das Necrol. Augiense kennt vier verschiedene Herzoge des Namens Burchard, von denen zwei (Burchard I. † 28. Apr. 926, Burchard II. † 13. Nov. 973) auch anderweitig bekannt sind, es bleibt ein Purhardus dux zum 11. Mai und ein andrer doppelt zum 22. und 23. November, wahrscheinlich der letztere endete 911 sein Leben.

Die Thüringer, der kleinste unter den deutschen Stämmen, die in ihrem Lande nicht einmal ein eigenes Bisthum hatten, brachten es trotz der ihrer Obhut anvertrauten Mark gar nicht zur Ausbildung eines eigenen Herzogthums. Wahrscheinlich ließ der öftere Wechsel der Markgrafen aus verschiedenen Familien während des neunten Jahrhunderts keine derselben recht festen Fuß fassen: der mächtigste von diesen Männern, Burchard wurde durch frühen Tod an weiteren Fortschritten verhindert und seine Nachkommen mußten den Liudolfingern weichen[54]).

Es bleibt uns endlich noch Lothringen, das mit seiner zum Theil romanisch redenden Bevölkerung recht eigentlich auf der Grenzscheide der beiden Reiche lag: lange zwischen ihnen streitig näherte es sich dem Westen auch durch die gesteigerte Macht und Zügellosigkeit seiner Großen, welche die meisten Klöster als Laienäbte in ihre Hand gebracht hatten. Wenn Lothringen auf der einen Seite durch die Erinnerung an das Königthum Lothars II. und Zwentibalds sowie durch den fortdauernden Besitz einer besonderen Kanzlei vorzüglich berufen schien der allgemeinen Strömung der Zeit folgend sich ein eigenes Oberhaupt zu setzen, so standen einem solchen Beginnen andrerseits gerade hier durch die bedeutende Machtentfaltung der Bischöfe, durch die große nationale Manigfaltigkeit eines Gebietes, das Frisen, Ripuarier, Elsässer und Burgunder umschloß, endlich durch das gleiche Gewicht und den gleichen Ehrgeiz verschiedener Großen sehr erhebliche Schwierigkeiten im Wege. Von den Männern, die unter Zwentibald als Häupter des beweglichen, leicht zur Empörung geneigten lothringischen Adels vornehmlich hervortreten, war Reginar, der Graf vom Haspengau seitdem er Ludwig im J. 900 mit herbeigerufen, von diesem gefördert, die beiden Brüder Gerard und Matfrid dagegen nach anfänglicher Begünstigung durch ihre Verfeindung mit den Konradinern gestürzt worden. Statt dieser alten Nebenbuhler hatte jedoch die Regierung Ludwigs dem Grafen Reginar einen neuen an die Seite gesetzt in der Person Gebhards, der, mit mehreren Besitzungen aus dem Nachlasse Zwentibalds ausgestattet, als Herzog die königlichen Rechte gegen die einheimischen Großen wahrnehmen sollte. Reginar legte, soviel wir sehen, dieser Einrichtung kein Hindernis in den Weg und stand mit Gebhard in gutem Einvernehmen, um so mehr vielleicht weil derselbe als ein Fremder und wegen der Theilung der konradinischen Macht ihn nicht sehr gefährlich dünkte. Die Pläne, die sich an die Erhebung Gebhards knüpften, wurden jedoch durch seinen frühzeitigen Tod in der Ungernschlacht des Jahres 910 vereitelt, da er zwei unmündige Söhne,

---

[54]) Vgl. die Betrachtungen Knochenhauers (zur Gesch. Thüringens S. 61), doch legt derselbe zu viel Gewicht auf den Herzogstitel bei Regino, der, wie Waitz (Forschungen zur deutschen Gesch. III, 158 A. 2) richtig hervorhebt, mit dieser Bezeichnung allzu freigebig ist.

Udo und Hermann, hinterließ, die nicht geeignet waren des Vaters Gerechtsame in Lothringen zur Geltung zu bringen und nur seine fränkischen Besitzungen erbten[55]).

Reginar, nun unbestritten der mächtigste Mann im Reiche weiland Lothars, bereits neben seinen Grafschaften Laienabt von vier ansehnlichen Klöstern, benutzte diesen Augenblick bestens, um sich gegen das Aufkommen neuer Nebenbuhler sicher zu stellen. Wenn er in einer vom 1. Juni 911 noch nach der Regierung Ludwigs datierten Urkunde[56]) den damals schon ungebräuchlichen Titel eines Sendboten führt, so scheint dies darauf hinzudeuten, daß er unter diesem Namen sich ausgedehntere Befugnisse, eine missatische Oberaufsicht vermutlich, von dem Könige habe übertragen lassen. Gleich darauf, um die Zeit von Ludwigs Tode, fallen die lothringischen Großen vom ostfränkischen Reiche ab, um dem westfränkischen Könige Karl dem Einfältigen zu huldigen[57]). Da sich Reginar unter denen befindet, die zuerst von der neuen Herrschaft Vortheil ziehen, da er sowol den Besitz von St. Maximin wie von Chevremont erlangt[58]), von Abteien also die sich vorher die Konradiner angeeignet, so sind wir zu der Annahme berechtigt, daß gerade er hauptsächlich der Leiter des Abfalles war, zu dem Zwecke

---

[55]) Contin. Regin. 910: relictis duobus filiis suis adhuc pueris Udone et Herimanno.

[56]) Martene et Durand coll. ampl. II, 38: Raginnarius comes ac missus dominicus necnon et abba Stabulensis atque Malmundariensis monasteriorum mit dem Datum: in castro Hoiio ... sub die Kalend. Iunii anno XII regnante domno Hludovico filio Arnulphi regis in Francia vgl. dazu Wittich Herzogth. Lothringen S. 73, Forschungen zur deutschen Gesch. III, 124. Karl der Einf. bezeichnet ihn stets als Grafen oder Markgrafen.

[57]) Ann. Alamann. 911: Hlothariorum principes a Hludowico rege divisi, 912: Et Hlodarii Karolum regem Galliae super se fecerunt; Lobiens. 912: Karolus iam tandem occidentalium rex regnum etiam Lothariense recepit. Nach der ersteren gleichzeitigen Angabe müssen wir den Abfall der Lothringer noch unter die Regierung Ludwigs setzen. Karls erste Urk. für dies Reich d. h. für den Bischof Stephan von Kamerich ist vom 20. Dez. 911 (B. 1934), er fügt der Datierung fortan den Zusatz hinzu largiore vero hereditate indepta I u. s. f. Wenn Böhmer nach dieser Zählung aus den Urk. 1947, 1948 folgert, daß Karls Thronbesteigung in Lothringen zwischen dem 10. Okt. und 24. Nov. falle, so schließt dies doch einen früheren Abfall der Lothringer von Ludwig und eine schon vorher erlassene Einladung an Karl keineswegs aus.

[58]) In der ersten Urk. Karls für St. Maximin erwähnt er venerabilem comitem atque b. Maximini cenobii ... abbatem (Beyer I, 219, B. 1935), aber der Name ist leider ausgefallen. Aus Sigehardi mirac. S. Maximini c. 11 (Scr. IV, 231): siquidem post memoratum Megingaudum potestatibus et usibus huius regni ducum haec abbatia subiacuit, his tantum exceptis, quae fratrum sustentationi dudum sequestrata fuerant sowie aus der darauf folgenden Erwähnung Giselberts schließt jedoch Wittich (S. 83 A. 3) mit Recht, daß Reginar Abt wurde und zwar, wie jene Urk. lehrt, durch Karl (cum praefatum locum ad regendum largiremur). Flodoard (ann. 922) nennt Capraemontem Gisleberti castrum desgl. Richer. histor. I c. 39, Widukind. l. II c. 22, 28 vgl. über die früheren Schicksale Wittich S. 86 A. 3.

die Familie Gebhards nicht von neuem festen Fuß im Lande fassen zu lassen, ihre Erbschaft vielmehr anzutreten. Reginar hatte ja schon einmal dem ohnmächtigen Könige Karl als Vassall geschworen, ihn schon einmal in das Land gerufen, er konnte kein Bedenken hegen, dies bei passender Gelegenheit zu wiederholen. Den Grafen Berengar vom Lommagau (im heutigen Namur), seinen Schwiegersohn erblicken wir gleichfalls bald in der Umgebung Karls [59]).

Es erhellt nicht, wie die Geistlichkeit, die von ihrem neuen Gebieter reichlich bedacht wurde, sich zu dieser Umwälzung verhalten, gewis aber ist es, daß Reginar, der mit der Kirche sich im Ganzen gut gestellt zu haben scheint, durch den Anschluß an Karl seine herzogliche Gewalt noch mehr befestigte, so daß er sie sogar seinem unmündigen Sohne einige Jahre später schon ganz wie einen erblichen Besitz hinterlassen konnte. Allerdings gehorchte ihm nicht das ganze ehemalige Reich Lothars, sondern nur jene Lande am Niederrhein, an der Maas und Mosel, die fortan im engeren Sinne Lothringen heißen. Das schwäbische Elsaß, der Straßburger Sprengel und Frisland von den mächtigen Grafen Waltgar und Meginhard verwaltet, schlugen getrennte Wege ein. So endete Ludwigs des Kindes Regierung wie mit völliger Auflösung im Innern, so zugleich mit einem gewaltigen Verluste nach außen hin, eine der traurigsten, unheilvollsten Zeiten, die Deutschland jemals durchlebt.

IV.

Mit Ludwig dem Kinde starb die ostfränkische oder deutsche Linie des Herrscherhauses aus [1]), welches sich mit Pippin auf den Thron

[59]) Flodoard. ann. 924: Berengarius, qui sororem ipsius (sc. Gisleberti) uxorem habebat. In Karls Urk. für Stablo vom 12. Apr. 912 (Martene coll. II, 39, B. 1939) treten auf Reginarius atque Berengarius venerandi comites; letzterer war hiernach Graf in pago Maginisio, nach den Urk. Ludwigs vom 26. Okt. 907, 28. Jan. 908 in pago ac in comitatu Lummensi (Lominse, Ernst hist. de Limb. VI, 90, Miraei opp. dipl. I, 34, B. 1218). Vita S. Gerardi abb. Broniens. c. 3 (Mabillon acta ord. S. Bened. saec. V, 253): ea tempestate comes Berengarius Namucensi castro praesidebat.

[1]) Die der Zeit nach nächsten Autoren betrachten Ludwig als den letzten Nachkommen Ludwigs des D., so Contin. Reginon. 911: regali iam stirpe deficiente; Widukind. res gestae Saxon. I c. 16: ultimus vero Karolorum apud orientales Francos imperantium Hluthowicus ex Arnulfo ... natus erat ... regi autem Hluthowico non erat filius; Herimann. Aug. chron. 911: deficiente nostris in partibus regio stemate; in der Königsreihe aus

der Merovinger geschwungen und thatsächlich über zwei Jahrhunderte wenigstens den größeren Theil der deutschen Stämme regiert hatte. Noch bestand die von Karl dem Kahlen begründete westfränkische Linie dieses Hauses fort und befand sich nach der vorübergehenden Erhebung Odos wiederum im unbestrittenen Besitze des Westreiches. Karl dem Einfältigen fielen auch in der That in den letzten Tagen Ludwigs bereits die Lothringer zu, die von jeher zwischen beiden Theilreichen schwankten, doch trieben dazu sicherlich mehr eigensüchtige Gründe, als etwa die Rücksicht auf das angestammte Fürstenhaus, sie wollten sich hiedurch von den übrigen Stämmen trennen, von dem ostfränkischen Reiche abfallen. Außer ihnen dachte Niemand an die Wahl des französischen Schattenkönigs, der so gering von Ansehen in seinem eigenen Lande, in einem größeren Gebiete sich noch ungleich unfähiger gezeigt haben würde. Viel zu sehr hatte sich die Scheidung der beiden Reichshälften in den Gesinnungen und in der Gewohnheit der Menschen befestigt, als daß außerhalb der Grenzlande irgend welche Neigung zur Wiedervereinigung hervorgetreten wäre. Kein andrer Ausweg blieb übrig, als aus den mächtigsten Häuptern der deutschen Stämme eines durch Wahl auf den erledigten Thron zu setzen, ein neues Königshaus also zu gründen.

Mit Ausnahme der Lothringer vereinigten sich demnach die übrigen deutschen Stämme Anfang November insgesamt zu Forchheim in Franken[2]), an demselben Orte, an welchem Ludwig das Kind den Thron bestiegen hatte, zur neuen Königswahl. Wenn wir dem Berichte des Korveier Mönches Widukind glauben dürfen[3]), der etwa ein halbes Jahrhundert nach diesen Ereignissen

der Zeit Heinrichs II. heißt es von Ludwig: post quem nullus prosapiae istius regale solium ultra possedit (Scr. II, 314); Cronica reg. Francor. (eb. III, 214) aus der Zeit Konrads II.: cui (sc. Lodovico) Conradus deficiente saepedicta imperatoria stirpe nobili Francorum, quamvis non de eodem stemate ortus feliciter successit; Adam. gesta Hammab. pontif. l. I c. 54: in isto Ludvico vetus Karoli finitur prosapia; Catalog. reg. aus Heinrichs IV. Zeit (Scr. X, 136): in quo (sc. Ludowico) defecit omnis illa regum priorum successio; dagegen Ekkehardi Uraugiens. chron. 912 (Scr. VI, 175): hic (sc. Ludewicus rex) iuxta quosdam ultimus dicitur Karolorum apud orientales Francos imperantium, iuxta quosdam vero Chuonradus, qui post eum imperavit, ultimus computatur, a quibus pater illius Chuonradus, qui ab Adelberto interfectus est, frater Ludewici huius fuisse estimatur. In dem Stammbaume (eb. p. 32) wird Counradus geradezu als rex ultimus Karolorum aufgeführt.

[2]) Ann. Alamann. 912: Chonradus ... a Francis et Saxonibus seu Alamannis ac Bauguariis rex electus. Widukind (l. I c. 16) bezeichnet als Wähler omnisque populus Francorum atque Saxonum, wo unter den ersteren, wie an andern Orten seiner Schrift die übrigen deutschen Stämme im Gegensatze zu den Sachsen überhaupt zu verstehen sind. Wenig Gewicht hat Liudprand (antap. l. II c. 17): Chunradus ... rex cunctis a populis ordinatur, weil er (c. 18) denselben auch über die Lothringer regieren läßt.

[3]) A. a. O. omnisque populus ... quaerebat Oddoni diadema inponere regni. ipse vero quasi iam gravior recusabat imperii onus. eius tamen

schrieb, so hätten die Wähler zuerst dem in allgemeiner Achtung stehenden Herzoge Otto von Sachsen einmütig die Krone angeboten, er aber habe wegen seines hohen Alters diese Last abgelehnt und Konrad von Franken statt seiner vorgeschlagen. Befremdlich ist es, daß des Herzogs Arnolf hiebei gar nicht gedacht wird, da doch der bairische Stamm, von dem Hause Ludwigs des Deutschen bevorzugt, bisher ein so hervorragendes Ansehen im Reiche behauptet hatte. Vielleicht aber hatte die Heimsuchung der Ungern Baiern so geschwächt, daß es auf seinen Vorrang zunächst verzichten mußte, oder es wurde an Arnolf, der ohnehin ein starkes Herzogthum einem schwachen Königthume vorziehen mochte, seiner Jugend halber gar nicht gedacht.

Für Konrad sprach außer der Verwandtschaft mit dem Kaiser Arnolf, welche auch andre Fürsten hätten geltend machen können, vorzüglich der Umstand, daß er das Haupt des fränkischen d. h. des herrschenden Stammes war[4]). Er galt überdies als ein rüstiger und wackerer Mann, edler Abkunft und ausgezeichnet durch persönliche Tapferkeit, Klugheit und Leutseligkeit. Endlich hatte er unter Ludwig schon einen sehr wesentlichen Antheil an der Regierung genommen und stand mit den andern Reichsregenten, zumal dem Erzbischofe Hatto von Mainz auf vertrautem Fuße.

Gegen den 10. November 911 wurde demnach Konrad, der Sohn Konrads und Glismuodas[5]), zu Forchheim zum Frankenkö-

---

consultu etc., daraus Thietmar. chron. l. I c. 4: quem ob meritum sui Otto predictus ab omnibus regni principibus in regem electus, sibi quasi ad hoc indigno proposuit seque cum filiis fidei suae ac potestati subdiderat. Wiewol Waitz (K. Heinrich I. Neue Bearb. S. 195—198) neueren grundlosen Phantasien gegenüber die einfachen Nachrichten der Quellen und damit auch jene Angabe Widukinds mit Recht aufrecht erhält, so scheint mir die letztere, die ja keineswegs gleichzeitig ist, doch noch einige Zweifel zuzulassen. Es ist auffallend, daß man gerade dem sächsischen Stamme und dem sächsischen Herzoge, die sich bisher so wenig um allgemeine Reichsangelegenheiten gekümmert, die Krone zuerst angetragen haben soll; auffallend ist ferner der Zusatz Widukinds: penes Oddonem tamen snmmum semper et ubique fiebat imperium, da doch Otto die Wahl Konrads gerade nur um ein Jahr überlebte und in keiner der eilf in diesem Zeitraume ausgestellten Urk. als Fürbitter auftritt. Die Sage, und zwar die sächsische, hat offenbar großen Einfluß auf die Darstellung Widukinds gehabt: konnte sie nicht Konrads Unbilligkeit gegen Heinrich dadurch noch erhöhen, daß jener dem Vater dieses seine Krone gleichsam erst verdankte? Das Schweigen der andern Quellen ist freilich bei ihrer Dürftigkeit kein Gegenbeweis; daß Konrad ein Franke war, mußte ihm aber, scheint mir, von vornherein die Wahl sichern, die erst nach dem Verzichte der Franken auf einen Sachsen fiel.

[4]) Liudprand a. a. O.: Francorum ex genere oriundus; Ann. Ratispon. 912 (Scr. XVII, 583): Counradus Francigena successit, vgl. Widukinds Nachrichten über Ottos Thronbesteigung (l. II c. 1).

[5]) Am 1. Juli 912 machte Konrad dem Kl. Fulda eine Schenkung per intercessionem venerandae ac dilectae genitricis nostrae Glismuodae, desgl. nennt er sie in einer Stiftung für Fulda (Boehmer acta Conr. p. 13, 38). Sie überlebte ihren Sohn und starb erst 26. Apr. 924 f. Necrol. Fuld. mai. 924 (Boehmer fontes III, 156): Glismont cometissa VI Kal. Mai. Ganz

nige gekrönt und gesalbt, wahrscheinlich durch die Hand Hattos, des alten Gönners seines Hauses[6]). Gleich darauf am 10., vielleicht dem Krönungstage, machte er bereits auf Bitte des „geliebten" Bischofs Dioto von Wirzburg dem h. Gundpert zu Ansbach eine Schenkung mit einigen Besitzungen zu Viereth im Volkfelde nebst den dazu gehörigen slavischen Niederlassungen[7]). So ruhte die Leitung der öffentlichen Dinge nach langer Ohnmacht der Krone wieder in den Händen eines kräftigen Mannes, doch hatte sich freilich die Lage des Reiches seit dem Regierungsantritte seines jugendlichen Vorgängers in jeder Weise verschlimmert, die Ungern hausten in allen Theilen desselben als ein schon völlig eingenistetes Uebel, die königliche und die neu emporgekommene herzogliche Gewalt waren nirgends fest gegen einander abgegrenzt. Daß es bis zu vollständiger Ordnung dieser Verhältnisse an manigfachen Streitigkeiten nicht fehlen würde, ließ sich mit Sicherheit voraussehen; zunächst erkannten Otto und Arnolf den König als ihren Oberherrn an.

Das Weihnachtsfest des Jahres 911 feierte Konrad zu Konstanz am Hofe des Bischofs Salomon, der unter ihm während seiner ganzen Regierung das Amt des Kanzlers fortführte und seiner Gunst in hohem Maße sich erfreute. Da ihn dort plötzlich die Lust anwandelte, auch dem berühmten Kloster St. Gallen seinen Besuch abzustatten, so wurde dieser Entschluß alsbald am 26. Dezember ausgeführt[8]). Drei Tage verweilte der Fürst unter dem Dache der gastlichen Abtei, die zum Andenken an diesen Aufenthalt für die Schüler fortan Feiertage blieben. Er entzückte alles

---

unbegründeter Weise hat man, wie neuerdings noch Häußer (Gesch. der rhein. Pfalz I, 27) und Leo (Vorles. über deutsche Gesch. I, 588) Glismuoda zu einer unehelichen Tochter Arnolfs machen wollen: eine Ansicht, die schon von Kremer (Orig. Nassoicae I, 65) hinlänglich widerlegt worden ist. Ebenso grundlos ist bei späteren Chronisten die Bezeichnung des älteren Konrad als eines Bruders Ludwigs.

[6]) Die Salbung melden Widukind (a. a. O.): Conradus ... unguitur in regem; Herimann. Aug. 911: Counradus filius Counradi rex electus et unctus regnavit annis VII. Die übrigen Quellen erwähnen nur kurz seine Nachfolge, so Ann. Alamann. 911: Chunradus regnum accepit; Aug. 911: Chuonradus in regem elevatur; Cont. Regin. 911: Chuonradus in regno successit; Ann. Corbei. 911: Conradus rex; S. Vincentii Mett. 911 u. s. f. Nach der Urk. vom 10. Nov. 911, actum Foracheim muß K. vor diesem (oder spätestens an diesem) Tage (einem Sonntage) die Regierung angetreten haben, nach der Urk. vom 6. Nov. 915 anno vero regni ... IV nach dem 6. Nov. (Acta p. 1, 29). Böhmer (Reg. Karolor. p. 118) hat willkürlich die Mitte, den 8. Nov. angesetzt, doch ist es mir ganz unwahrscheinlich, daß die Krönung gerade an einem Freitage erfolgt sein sollte.

[7]) A. a. O.: rogatu Diotonis venerabilis et dilecti episcopi nostri und weiterhin vir venerabilis Dioto praesul aegregius. Nur diese einzige Urk. ist ad vicem Hathonis archiepiscopi summique cappellani ausgestellt.

[8]) Ann. Alamann. 912: Chuonradus monasterium sancti Galli adiit et illic regaliter susceptus est; Sangall. mai. 912: Chuonradus rex in festivitate sancti Stephani (d. i. 26. Dez.) ad vesperum venit ad monaste-

durch die leutselige Freundlichkeit, mit der er an dem kargen Mahle der Brüder theilnahm und mit ihnen verkehrte, ihm aber gewährten die Knaben der Klosterschule großes Vergnügen; einmal ließ er ihnen Aepfel auf den Estrich streuen, ohne daß auch nur der kleinsten einer aus der Prozession heraus sich danach zu bücken gewagt hätte, ein andermal steckte er ihnen, nachdem sie bei Tische vorgelesen, Goldstücke in den Mund und freute sich als ein Schüler schreiend die Gabe ausspuckte und durch diese Verachtung des Goldes sich für die Zukunft als einen rechten Mönch zu erkennen gab. Der König ließ auch, wie es Wohlthäter des Klosters zu thun pflegten, seinen Namen in das Verbrüderungsbuch eintragen, um sich dadurch die besondere Fürbitte der Brüder zu erwerben und überhäufte dieselben mit vielen Gnadenbeweisen. Unter anderm schenkte er dem Kloster, was die Krone noch bei dem schon früher verliehenen Stammheim im Thurgau besaß, sowie am 11. Januar 912, nachdem er nach der Pfalz Bodman zurückgekehrt, eine Besitzung zu Munderkingen im Kletgau[9]).

Neben diesen Gunstbezeugungen für das Stift St. Gallen nahmen den König während seines Aufenthaltes in diesen Gegenden auch ernstere Staatsgeschäfte in Anspruch. In der zuletzt erwähnten Urkunde, die „auf Ermahnung unseres getreuesten Bischofs Salomon“ ausgestellt ist, wird unter den Fürbittern auch ein schwäbischer Graf Erchanger genannt, der bald darauf den Titel eines Pfalzgrafen führt[10]). Nach deu Angaben eines späte-

rium sancti Galli. Ausführliche Nachrichten, die gerade bei diesem Ereignisse in ihren Hauptzügen wahr sein mögen, gibt Ekkehard (casus S. Galli, Scr. II, 84), wo es heißt: tribusque noctibus in omni hilaritate loco immoratus quarto die Arbonam tandem nocturnus venit. Eine St. Galler Litanei auf Konrad in den Mitth. der Zür. ant. Ges. XII, 222.

[9]) Acta Conr. I p. 2: interventu et admonitione fidelissimi nobis Salomonis episcopi, comitum quoque Erchangarii et Chunradi, Uodalrici, Hugonis.

[10]) Eb. p. 16 vom 25. Sept. 912: consilio ... Erchangarii comitis palatii, Perchtholdi. Nur in der bekannten Stelle Ekkehards (Scr. II, 83) werden Pertolt et Erchinger fratres ebenso wie zuvor Adalbert und Werner camerae, quos sic vocabant, nuntii genannt: ein Titel, der auf die Autorität dieses späten Schriftstellers hin keine Geltung beanspruchen kann, da sie den Zeitgenossen nur Grafen heißen. Nur der unter Arnolf im J. 893 erwähnte missus dominicus Hildibald de camera ac palatio transmissus (Mitth. der Zür. ant. Ges. VIII Beil. 20) könnte daran erinnern. Da ebenso wie Erchanger auch Berthold im J. 889 Pfalzgraf heißt (s. oben S. 484), so vermutete Rintelen (Forschungen zur d. Gesch. III, 316), daß sie Pfalzgrafen im Sinne der Ottonischen Zeit waren, Waitz erklärt sich jedoch bei dem Mangel weiterer Belege entschieden dagegen (K. Heinrich I. Neue Bearb. S. 110 A. 4), ihm erscheinen sie, „wie ein Uebergang von den missi zu den Pfalzgrafen.“ Ueber die Abkunft der Brüder vgl. Neugart (episcop. Constant. I^{a}, 191 flg.), der sie nach Blondell und Pfeffinger zu Enkeln des Grafen Erchanger vom elsässischen Nordgau und Breisgau machte, dessen Tochter Richardis Karl III. heiratete und dessen Sohn vermutlich in einer Urk. Lothars II. vom J. 869 als Ercongarius puer im Elsasse vorkommt (B. 712). Wahrscheinlich fällt damit ein andrer

ren Schriftstellers war ihm in Gemeinschaft mit seinem Bruder Berthold das Amt der Verwaltung der königlichen Einkünfte, gewissermaßen die Stellung eines ständigen Sendboten in Schwaben übertragen. Schon unter Arnolf soll es zwischen diesen Brüdern und dem Bischofe Salomon von Konstanz zu heftigen Streitigkeiten gekommen sein, so daß sie sogar gewaltsam Hand an ihn zu legen versuchten. Den Grund ihrer Unzufriedenheit bildeten die allzu zahlreichen Vergabungen von Krongut an den Abtbischof, weil dadurch ihre eigenen Einnahmen geschmälert wurden. Ohne Zweifel aber kam dazu nach dem wahrscheinlich unter ihrer Mitwirkung erfolgten Sturze Burchards ihr Streben nach der herzoglichen Gewalt, für welches sie von Salomon sich keine Förderung, vielmehr entschiedene Behinderung versprechen durften. Vorzüglich mochte sie das Beispiel ihres Neffen, des Baiernherzogs Arnolf anreizen. Während seines Aufenthaltes am Bodensee brachte Konrad noch einmal eine Versöhnung der entzweiten Gemüter zu Stande, die natürlich von keiner Dauer war. Eine Zeitlang finden wir sowol Erchanger als Salomon öfter in seiner Umgebung, allein den letzteren in ganz überwiegender Geltung. Im März bestätigte Konrad auf seine Bitte dem Kloster St. Gallen seine Rechte, sowie alle demselben von Salomon übertragenen Besitzungen, welche er sich von den Vorfahren im Reiche „durch häufige Aufwartung und Dienst in der Pfalz" erworben und einige Monate später machte er dem Konstanzer Bischofe eine Schenkung im Thurgau „wegen der Unverdrossenheit seiner vielfachen Dienstleistungen und der in seinem Herzen entzündeten Liebe" [11]).

Die erste und wichtigste Aufgabe für den neuen Herrscher

Erchanger in den J. 816 bis 828 (Wartmann Urkb. v. St. Gallen I, 212, 217, 233, 246, 254, 291 vgl. v. Stälin W. G. I, 289 A.) Graf im Alpgau zusammen, weitere Beziehungen aber sind nicht nachzuweisen. Es scheint mir grundlos, daß Neugart (a. a. O. 193) den Grafen Erchanger vom Kletgau, der ebenso wie Perehtolt in einer Urk. des B. Salomon vom J. 909 vorkommt (Neugart cod. Alem. I, 555) von dem sog. Kammerboten unterscheiden will. Auf die Angabe Herimanns a. 911 (Scr. V, 112): pro quo (sc. Burchardo) Erchanger ducatum invasit ist hinsichtlich des Jahres kein besonderes Gewicht zu legen. In der Erzählung Ekkehards über den Ausbruch des Streites lassen sich die geschichtlichen von den sagenhaften Elementen schwerlich scheiden. Die Grundlage mag richtig sein, während doch alle Einzelheiten zweifelhaft bleiben.

[11]) Urk. vom 14. März 912: K. bestätigt quicquid praefatus episcopus Salomon ex donatione antecessorum nostrorum Karoli videl. et Arnolfi imperatorum etiam et Hludowici regis pro eius frequenti famulatu et palatina servitute promeruit, necnon etiam ab aliis hominibus cum sui labore acquisivit et ad saepe notatum monasterium rite contradidit d. i. die Abtei Pfävers, den Hof Wihare im Thurgau, Schwaningen im Alpgau, Oberndorf im Baargau; vom 3. Okt. K. schenkt per multimodae servitutis sedulitatem simulque magnae caritatis suae cordetenus accensum ardorem Salomoni reverendissimo necnon religiositatis nomine decentissime praeconando pontifici in pago Tuhrkovensi comitatu Uodalrici omne quicquid in loco Helfoteswilare nostri iuris esse videtur und weiterhin heißt Sal. dilectissimus praenotatus episcopus (Acta Conradi p. 10, 17).

mußte ohne Zweifel die Wiederbringung des deutschen Stammes sein, der allein sich seiner Wahl entzogen, um sich dem Westreiche anzuschließen, der Lothringer. Was Ludwig der Deutsche und Ludwig der jüngere einst im Gefühle ihrer Uebermacht den westfränkischen Vettern abgerungen, war durch die Hinfälligkeit ihres letzten Nachfolgers auf Einen Schlag verloren gegangen. Außer der Ehre des Reiches, die hier auf dem Spiele stand, fügten die Lehen, die das konradinische Haus in Lothringen besessen und durch den Umschwung eingebüßt hatte, noch einen persönlichen Antrieb für Konrad hinzu. Hatte er doch selbst im J. 906 für die Verteidigung jener Güter wider die Grafen Gerard und Matfrid die Waffen geführt.

Die Einladung der lothringischen Großen an Karl den Einfältigen, der kurz zuvor durch die Aufnahme Rollos und seiner Gefährten die Küsten seines Reiches gegen die Räubereien der Nordmänner einigermaßen sicher gestellt, ergiengen noch bei Lebzeiten Ludwigs des Kindes, vielleicht in der Erwartung seines baldigen Todes, die Erledigung des Thrones erleichterte die Ausführung dieser Pläne. Von dem Enkel Karls des Kahlen, der schon von den Zeitgenossen durch jenen wenig ehrenvollen Beinamen ausgezeichnet sich gänzlich in den Händen seiner Günstlinge, zumal des von ihm aus niederem Stande erhobenen Grafen Hagano befand[12]), erwarteten die weltlichen Großen in ihrem Streben nach selbständiger Machterweiterung nicht gehindert zu werden, die Geistlichen hofften Güter und andre nutzbare Rechte der Krone in reicher Fülle davon zu tragen. Unter den letzteren hatte ja schon nach dem Tode Lothars II. der westfränkische König vorzüglich seinen Anhang gefunden. Noch vor Ablauf des Jahres 911 ergriff Karl in eigener Person von Lothringen Besitz; seine erste Urkunde vom 20. Dezember ist für die Domherren von Kamerich auf Bitte ihres Bischofs Stephan ausgestellt[13]), mit beson-

[12]) Contin. Reginon. 925: qui fertur vir hebetis esse ingenii et minus aptus utilitatibus regni; Thietmar. chron. l. I c. 13: fuit in occiduis partibus quidam rex ab incolis Karl Sot id est stolidus ironice dictus; Ademari historiar. l. III c. 20: Carolus cognomento Insipiens vel Minor; Rodulf. Glaber I c. 1: Karolum Hebetem cognominatum. Der Beiname Simplex findet sich u. a. in dem Chron. Normannor., Adonis contin., Mirac. S. Apri c. 22: Karolus iunior a suis cognominatus Simplex (Scr. I, 536, II, 325, IV, 517, VII, 53). Ueber Hagano s. Flodoardi ann. 920 flg., Rem. hist. l. IV c. 15, Richer. historiar. l. I c. 14 flg., Folquin. cartular. Sith. p. 136. Urkundlich kommt er am 26. Juli 917 zuerst als Fürbitter vor, sowie öfter in den folgenden Jahren ((Bouquet IX, 532, 538, 551, 558).

[13]) Gesta episc. Camerac. c. 67 (Scr. VII, 424, B. 1934). K. bestätigt den Domherren res eiusdem episcopii suo victui delegatas, super quibus etiam regale preceptum, olim largiente Zuentebolcho rege habuerant, sed eadem civitate deflagrata preceptum quoque voracibus flammis absumptum est. Der Ausstellungsort villa Cruztiaco ist mir unbekannt. Die lothringischen Urk. Karls aus den J. 911—912 sind sämtlich ad vicem Herivei archiepiscopi ausgestellt, andre Formen des Namens sind fehlerhaft.

derer Zählung der Regierungsjahre „nach Erlangung der reicheren Erbschaft." Daß Karl gerade hier zuerst Eingang gewann, begreift sich leicht bei der Zugehörigkeit Kamerichs zum Erzbisthum Reims, dessen damaliger Vorsteher Heriveus das Amt des Erzkanzlers im Westreiche bekleidete und es sogar auch für Lothringen übernahm.

Am 1. Januar 912 hielt sich Karl zu Metz auf, einer der ersten Städte Lothringens, wo einst sein Großvater die Krone dieses Reiches empfangen. Aus der Urkunde[14]), durch welche er hier den Mönchen von St. Maximin bei Trier alle die Güter bestätigte, die Arnolf für ihren Unterhalt bestimmt, geht hervor, daß er dieses schon seit längerer Zeit in weltlichen Händen befindliche Stift dem Grafen Reginar, als Lohn ohne Zweifel seiner Huldigung, übergeben hatte. Am 20. Januar gab der König in Toul dem Bischofe Drogo die Abtei Bon-Moutier zurück, die noch von den für die Touler Kirche sehr nachtheiligen Zeiten Lothars II. her, von Laienäbten verwaltet wurde:[15]) aus der rühmenden Bezeichnung Drogos als eines Getreuen und Blutsverwandten darf man schließen, daß er zu den eifrigen Anhängern der westfränkischen Linie gehörte.

Nicht zufrieden mit der Besitznahme des eigentlichen Lothringens, strebte jedoch Karl seine Grenzen sogleich bis an den Rheinstrom zu erweitern: am 3. Februar bekräftigte er zu Kestenholz (Chatenois) bei Schlettstadt im Elsaß die Privilegien des von der Kaiserin Richardis gestifteten Klosters Andlau, dem damals ihre Nichte Rotrude als Aebtissin vorstand[16]), am 12. zu Ruffach einen von dem Bischof Drogo geschlossenen Prekareivertrag[17]). Während

[14]) Beyer I, 219 (B. 1935) vgl. oben S. 569, ausgestellt Metis civitate. Die Führerschaft Reginars, die Wittich (Herzogth. Lothr. S. 77) nicht ganz gelten lassen will, bleibt doch zumal bei seinem früheren Verhältnisse zu Karl sehr wahrscheinlich.

[15]) Bouquet IX, 515 (B. 1936) vgl. oben I, 476 A. 36: post haec vero crebrescentibus malis hominibusque in deteriora volutis temporibus Lotharii regis scil. Lotharii imperatoris filii propter insuperabilem rectitudinis normam, quam tenuit erga praefatum regem venerabilis praesul domnus Arnulfus ipsa abbatia (sc. Bodonis) et aliis ... locis iniuste ab ipso rege est spoliatus. postea his finem veluti divina disposuit miseratio accipientibus memoria dignus domnus Arnulfus episcopus aliique ipsius successores Arnaldus scil. necnon et Ludelmus, quod quisque valuit suae ecclesiae per iustas proclamationes et dignam praedecessorum nostrorum regum miserationem readquirere studuit. nos etiam videntes rectam praefati pontificis Drogonis scil. proclamationem ... pro fidelitate et consanguinitate ipsius ... restituimus etc. Drogo nobilissimis ortus natalibus folgte im Herbst 906 auf Ludelm (Regino 906) tum vi tum ingenio tum consensu civium (Mirac. S. Apri c. 24, Scr. IV, 518).

[16]) Grandidier hist. de Strasb. II preuv. 319 (B. 1937). Er nennt als Fürbitterin Ruuddrudim abbatissam, die Nichte Richardas (s. oben S. 286) und fügt hinzu hoc solum secundum petitionem concedimus suam, quia partes illius regni nobis ob varia negotia rarius licet invisere, quam velle sit etc.

[17]) Bouquet IX, 516 (B. 1938). Die Prekarei wurde zwischen Drogo

der westfränkische König so ohne Widerstand bis in das Elsaß vordrang, rückte von der andern Seite König Rudolf von Burgund nach Basel vor, um bei dieser günstigen Gelegenheit ebenfalls im Trüben zu fischen. Schon nach kurzem kehrte er in sein früheres Reich zurück[18]), nachdem ihm anscheinend die Erwerbung von Basel geglückt war.

Diesem kecken Eindringen fremder Herrscher gegenüber setzte sich Konrad im Frühjahr 912, während Karl noch im Elsaß verweilte, mit Heeresmacht gegen Lothringen in Bewegung[19]). Wie weit und auf welchem Wege er vorgerückt, bleibt völlig unklar: daß er am 14. März umgeben von dem Erzbischofe Hatto von Mainz, dem Bischofe Salomon von Konstanz und seinem Bruder Eberhard in Straßburg eine Urkunde für St. Gallen vollzog[20]), scheint auf eine Besitznahme des Elsasses um diese Zeit hinzuweisen. Zuletzt wurde ein Vertrag, vermutlich nur ein Waffenstillstand zwischen beiden Parteien abgeschlossen, dessen Inhalt vollständig unbekannt ist. Karl behauptete jedenfalls zunächst seine neue Erwerbung: während Konrad in sein heimatliches Hessen zog, begab sich der westfränkische König nach der Pfalz Nimwegen, wo er am 12. April auf Bitte der Grafen Reginar und Berengar dem Kloster Stablo ein dem Priester Fulrad gemachtes Vermächtnis zuwandte[21]). Vielleicht bezieht sich auf sein weiteres Vorrücken der Vorwurf des Treubruches, der von einem Zeitgenossen erhoben wird. Konrad machte einen zweiten feindlichen Einfall in Lothringen, auf dem er bis nach Achen vordrang[22]): inzwischen wurde die Stadt Straßburg, ohne Zweifel weil sie sich dem deutschen

---

und dem Archidiakonus Angilram geschlossen und auf Bitte des ersteren und des Grafen Richwin (Riquins) bestätigt. Der Ausstellungsort Rubac villa heißt in der Form. Salom. 34 Ruvacha, jetzt Ruffach südl. von Kolmar.

18) Ann. Alam. 912: Ruodulfus rex Burgundiae ad civitatem Basileam et inde ad propria. Rudolf starb am 25. Okt. 912 (eb., ann. Lausonens. 911: hoc anno obiit Ruodolfus rex die dominico VIII Kal. Novembris, wo der Sonntag auf das J. 912 hinführt).

19) Ann. Alam. 912: ipso anno Francos, qui dicuntur Hlutharingi hostiliter invasit; Karolus in Alsatiam et Chonrâtus in Hlodarios, wonach man also Konrads Zug ohngefähr gleichzeitig mit Karls Auftreten im Elsasse ansetzen müßte.

20) Acta Conradi p. 9: per interventum Hathonis venerandi patris et religiosi archiepiscopi Heburhardique germani fratris nostri et aliorum fidelium nostrorum, ausgestellt Argentina civitate.

21) Bouquet IX, 516 (B. 1939) Neumaga palatio.

22) Ann. Alam. 912: et facta fide ficta Chuonrâtus in Hlodarios iterum usque ad Aquas: et Hlodarii quosdam in Argentinam civitatem eaque vastata et conbusta est. Der schicklichste Zeitpunkt für den zweiten lothringischen Zug Konrads scheint mir zwischen dem 12. April, an dem er in Fulda und dem 1. Juli, an dem er in Frankfurt verweilte (B. 1236—38) zu liegen, da die folgenden Monate nirgend einen hinlänglich weiten Zwischenraum für die Ausführung eines solchen Unternehmens lassen.

Könige unterworfen hatte, von einem lothringischen Heere angegriffen, verwüstet und in Brand gesteckt.

Daß diese beiden Züge Konrads nach Lothringen im Wesentlichen erfolglos blieben, war ein übler Anfang für die Regierung eines Fürsten, der erst durch seine persönliche Tüchtigkeit sich eine wahre Autorität über andre gleichstehende erwerben sollte. Die nächsten Maßregeln des Königs sind unbekannt, während des folgenden Sommers und Herbstes sehen wir ihn durchaus in friedlicher Thätigkeit. Wie früher nach St. Gallen, so kam er am 12. April nach Fulda „für das Heil unserer Seele und zum Besuche der getreuen Mönche, die dort Gott dienen" und wurde mit gebürender Ehre und Zuvorkommenheit empfangen. Drei Gnadenbriefe, die beiden ersten bei diesem Aufenthalte, der letzte am 1. Juli zu Frankfurt erlassen, drücken die Gesinnungen des Königs gegen die Stiftung des h. Bonifacius aus[23]), die er sich nachmals auch zur letzten Ruhestätte erkor. In dem ersten bestätigt er Immunität und freie Abtswahl, den Erlaß aller Abgaben an den Staat und die Erlaubnis von den Klosterleuten einen Zehnten für Baulichkeiten, Kerzen und Almosen zu erheben, in dem zweiten schenkte er dem Abte Huggi drei königliche Hufen zu Helmershausen im Grabfelde und ein Lehen zu Pfersdorf, in dem dritten endlich übergab er auf die Bitte seiner geliebten Mutter Glismuoda dem h. Bonifacius sein Erbgut zu Trebra an der Ilm, wofür jene auf Lebenszeit mehrere Klostergüter im Lahngau zum Genuß erhielt.

Am 8. August beschenkte Konrad desgleichen zu Frankfurt auf Fürbitte Hattos den Bischof Dracholf von Freising[24]) mit Besitzungen im fränkischen Ibfigau. Aus derselben Gegend, aus Trebur ist die nächste Schenkung des Königs für das zu Ehren des Erzengels Michael auf dem Aberinesberge (dem heiligen Berge bei Heidelberg) gegründete Kloster vom 23. August datiert[25]). Im September gieng er wieder nach Schwaben, wo wir ihn zu Bodman und Ulm mit Verfügungen zu Gunsten der Bischöfe von Chur

[23]) Acta Conradi p. 11—14. Die zweite Urk. beginnt: cognoscat devotio omnium fidelium nostrorum ..., quod in primo anno regni nostri sub die pridie iduum Aprilium ad monasterium Fultense pro salute animae nostrae et visitatione fidelium monachorum ibidem deo famulantium venerimus ibique honorifice benigneque recepti sumus.

[24]) Eb. p. 14: interventu fidelium nostrorum Hathonis videl. venerabilis archiepiscopi, necnon Erchengarii et Heinrici illustrium comitum Dracholfo egregio pontifici quasdam res propriae hereditatis nostrae in pago Ibfigewe et in comitatu Ernusti comitis sitas ... in proprium donavimus.

[25]) Eb. p. 15: pro quorundam fidelium nostrorum Thiedelachi necnon et Erkangeri comitis ac ceterorum Erlolfi et Folnandi rogatu quasdam res ... concedimus ad sanctum locum Aberinesburg dictum, qui est constructus in honore sti Michahelis archangeli etc. Dieser Ort früher der Königin Liutgard überwiesen, wurde von Ludwig dem jüng. an Kl. Lorsch geschenkt (oben S. 165).

und Konstanz beschäftigt finden, Ende November kehrte Konrad nach Hessen zurück und stattete dort am 28. November zu Weilburg, der Begräbnisstätte seines Vaters, das Gotteshaus der h. Maria und Walburg mit dem Hofe Rechtenbach im Lahngau aus[26]).

Kurze Zeit nach Ausfertigung dieser letzten Urkunde trat ein für das gesamte Reich wichtiger und bedeutsamer Todesfall ein: Herzog Otto von Sachsen starb am 30. November 912[27]), gerade acht Tage nach der Geburt seines Enkels Otto[28]), durch den dereinst die alte kaiserliche Herrlichkeit erneuert werden sollte. Erst nach ihm, sechs Monate später verschied seine Mutter Oda, die Witwe Liudolfs, in dem ungewöhnlichen Alter von 107 Jahren[29]). In Otto, der 32 Jahre hindurch den sächsischen Stamm mit fürstlichem Ansehen gelenkt hatte, ebenso wacker im Felde als gerecht und fromm zu Hause, verlor die deutsche Nation eines ihrer erlauchtesten Häupter, den tapfern Verteidiger ihrer Marken gegen alle Angriffe der Slaven oder Dänen[30]).

Außer mehreren Töchtern hinterließ der Herzog von seiner Gemahlin Haduwich[31]) nur Einen Sohn Heinrich, dessen zwei ältere Brüder jung gestorben waren, damals im kräftigsten Mannesalter stehend. Mit der kirchlichen Gesinnung seiner Vorfahren verband derselbe ihren kühnen Geist im Kampfe und kluge Umsicht in Behandlung der Menschen. Schon bei Lebzeiten seines Vaters hatte er die Daleminzier (im Meißnischen) durch Brand und Ver-

---

[26]) Eb. p. 16 Urk. vom 25. Sept. Potamico palatio, vom 3. Okt. Ulma, p. 17 vom 28. Nov. Wilinaburg.

[27]) Die Zeugnisse über Ottos Tod hat Waitz (K. Heinrich I. Neue Bearb. S. 199) vollständig gesammelt.

[28]) Hrotsvithae primordia Gandesh. v. 561 (Scr. IV, 316). Die ann. Quedlinb. 913 erwähnen minder genau Ottos Geburt erst nach dem Tode seines Großvaters.

[29]) Hrotsvitha v. 531, 575, Ann. Quedlinb. 913: domina Oda mater scil. ipsius obiit anno 107 vitae suae; Thangmari vita Bernwardi c. 13 (Scr. IV, 763): domna quoque Oda centesimo septimo aetatis anno omnibus filiis praemissis decessit.

[30]) Die sächsisch gesinnten Quellen spenden ihm hohes Lob, Widukind l. I c. 16, 21: patre patriae et magno duce Oddone; Ann. Quedlinb. 913: Otto ducum praecipuus ... onus limosae molis abiecit; Hrotsvithae gesta Oddonis v. 6: filius Oddonis magni ducis et venerandi; primordia Gandesheim. v. 507, 538: cuius ad exequias summo nisu celebrandas | undique nostrates confluxerunt lacrimantes | atque sui lethum cari senioris amarum | omnes immodicis pariter flevere lamentis; Vita Mahthildis c. 1 (Scr. X, 575): dux in tota Germania princeps extiterat nomine Otto, genere secundum seculi dignitatem nobilissimus, opibus pollens et cunctos honore praecellens, quia virtutibus erat praeditus.

[31]) Ueber die weiteren Familienverhältnisse Heinrichs handelt Waitz erschöpfend (a. a. O. S. 13 flg.). Die Vermutung Eckharts (Comment. II, 717), der Hathui zu einer Tochter Eberhards von Friaul machen will, widerlegt sich, wie Pertz (Scr. IV, 167 n. 3) richtig bemerkt, schon durch die Verschiedenheit des Namens, da die Tochter des Friauler Markgrafen Heilwich (d. i. Eigilwich) nicht Hedwig hieß.

heerung gezüchtigt und ihnen dadurch Anlaß gegeben, jenen ersten Ungerneinfall in Sachsen zur Rache herauf zu beschwören. Seine erste Vermählung mit Hatheburg, der Tochter des Grafen Erwin zu Merseburg dauerte nur kurze Zeit, da der Bischof Siegmund von Halberstadt die Rechtmäßigkeit eines Bundes anfocht, den Hatheburg als verschleierte Witwe gegen ihr Gelübde geschlossen. Trotz der Geburt eines Sohnes Thankmar wurde daher diese Ehe wieder gelöst, doch trug sie Heinrich, ohne dessen Unbeständigkeit es wohl schwerlich dahin gekommen wäre[32]), die reiche Mitgift der verstoßenen Gattin in Thüringen ein. Bald darauf im J. 909 vermählte sich Heinrich zum zweitenmale mit der schönen Mathilde, einer Urenkelin des alten Sachsenherzogs Widukind, die bisher in dem Nonnenkloster Herford in Westfalen unter der Obhut ihrer Großmutter auferzogen war. In diesem reich gesegneten Paare, das seine Verbindung zu Wallhausen an der Helma feierte, vereinten sich demnach die beiden edelsten Geschlechter des sächsischen Volkes.

Der König faßte die veränderten Verhältnisse Sachsens sogleich ins Auge: die in Korvei am 3. Februar 913 ausgestellte Urkunde, durch welche er dem gelehrten Abte Bovo die Gerechtsame seines Klosters bestätigte, zeugt von einem Besuche des sächsischen Landes[33]). Auch seine nächsten Verfügungen aus Kassel (das hier zum erstenmale erwähnt wird) vom 18. Februar hängen mit diesen Angelegenheiten zusammen: dem hessischen Kloster Hersfeld, dem Herzog Otto als Laienabt vorgestanden, wurde, wie es schon Ludwig bestimmt, das Recht der freien Abtswahl und die eigene Gerichtsbarkeit zurückgegeben[34]), desgleichen auf Bitte des Grafen Hermann dem Nonnenkloster Meschede an der Ruhr Immunität und freie Wahl der Aebtissin.

Es ist gewis, daß Konrad Heinrich, der in vollem Maße die Liebe und Anhänglichkeit seiner Sachsen besaß, die herzogliche Würde wenigstens im östlichen Sachsen zugestand und ihn als

---

[32]) Ich bin nicht abgeneigt dem Berichte Thietmars (chron. l. I c. 6: mens regis ab amore uxoris decrescens ob pulcritudinem et rem cuiusdam virginis nomine Mathildis secrete flagravit etc.) Glauben zu schenken, der durch die weitere Entfernung unbefangener als Widukind über Heinrich berichten durfte.

[33]) Acta Conr. p. 18, Diplom. XL ed. Jaffé p. 1: venientes ad monasterium sanctor. martyrum Stephani atque Viti Nova Corbeia nuncupatum, rogante eiusdem coenobii venerabili abbate Buobone una cum fratribus sibi commissis etc. Hieher gehört, wie Waitz wohl mit Recht annimmt, Widukind. l. III c. 2 (cod. 2, 3): Bovo (sc. abbas) Graecas litteras coram Cuonrado rege legendo factus est clarus.

[34]) Acta Conr. p. 19: nunc autem, quia fautore omnium Christo propitio regni gubernacula suscepimus, admoniti sumus cum immunitate concessa ipsis iamdictis fratribus, id ipsum nostri imperii auctoritate firmamus etc. (vgl. oben S. 550). Die Urk. für Meschede eb. sicut rogavit nos Heriman venerabilis comes noster.

Nachfolger seines Vaters anerkannte, doch aus Besorgnis vor der erprobten Tüchtigkeit des jungen Fürsten, enthielt er ihm doch einen Theil der väterlichen Lehen vor, um ihn zu schwächen, indem er diese Absicht unter einem sehr freundlichen Benehmen und glänzenden Versprechungen für die Zukunft zu verbergen suchte. Jene dem Herzoge entzogenen Lehen sind aller Wahrscheinlichkeit nach die von seinem Vater erworbenen thüringischen Grafschaften und Besitzungen, auf welche gestützt er seine herzogliche Gewalt über ganz Thüringen auszudehnen strebte. Da Konrad einer für die Krone so bedrohlichen Erweiterung der liudolfingischen Hausmacht mehr unter der Hand als offen entgegentrat, entstand zwischen ihm und Heinrich schon jetzt eine feindliche Spannung, doch vermied dieser, wie sehr er auch auf die Zuneigung seiner Sachsen zählen konnte, zunächst noch den offenen Bruch mit dem Könige[35]).

Während Konrad durch Hessen sich wieder nach dem oberen Deutschland wandte, begann der Sachsenherzog an denen Rache zu nehmen, die entweder am Hofe ihm entgegengewirkt oder aus seiner Schmälerung Vortheil gezogen hatten. Dem alten Ränkeschmiede, dem Erzbischof Hatto von Mainz gab er Schuld, auf sein Verderben hin zu arbeiten. Wie er einst durch schnöde Arglist den erlauchten Adalbert von Babenberg in seine Netze verstrickt habe, so wolle er auch jetzt — erzählte man im Volke — den trefflichen Heinrich, dem mit Gewalt nicht beizukommen sei, mit Hinterlist aus dem Wege räumen. Man behauptete, daß er einem Goldschmied, der die Sache dann verrieth, Auftrag gegeben habe, eine kunstvolle goldene Kette anzufertigen, um durch diese den Herzog, der sie als ein kostbares Geschenk anlegen sollte, bei einem Gastmahle zu erwürgen[36]). Gleichviel welche Vorwände oder Gründe Heinrich für sein Verfahren anführte, während Hatto dem Könige nach dem Rheine gefolgt war[37]), überfiel er die in Sachsen und Thüringen liegenden Besitzungen des Erzbisthums Mainz, um sich ihrer zu bemächtigen, eröffnete sogleich eine Fehde gegen

[35]) Ueber diese oft erörterten Verhältnisse wüßte ich der Darstellung von Waitz (a. a. O. S. 20—24, 201—204), mit der auch Knochenhauer (Gesch. Thüringens S. 56 flg.) im Ganzen übereinstimmt, nichts Neues hinzuzufügen und verweise daher auf dieselbe. Auf die Angabe Liudprands (antap. l. II c. 19), der die Empörung der Herzoge, zumal Heinrichs in das zweite Jahr von Konrads Regierung setzt, ist natürlich gar kein Gewicht zu legen.

[36]) Gegen Waitz (a. a. O. S. 22 A. 4) bin ich der Ansicht, daß Widukinds (l. I c. 22) Erzählung von der goldenen Kette, allerdings mit Thietmar (l. 1 c. 4) in dem Sinne einer beabsichtigten Erwürgung verstanden werden muß und beziehe mich dabei auf die von Waitz selbst (Scr. III, 427 n. 46) angeführte Stelle des Waltharius mit Grimms Auslegung vgl. auch die von Wattenbach (Deutschl. Geschichtsq. S. 170) angef. Parallelstelle aus Konr. Stolles thüring. erfurtischer Chron. z. J. 1492 (her. v. Hesse S. 177).

[37]) Die nächste Urk. Konrads aus Straßburg vom 12. März ist ausgestellt per supplicationem fidelium nostrorum Hathonis videl. Salomonis etc. (Acta Conr. p. 20).

die thüringischen Grafen Burchard und Bardo, die Söhne Burchards, von denen der eine ein Schwager des Königs war, und suchte sie aus ihrem Besitze zu verdrängen[38]).

Von jenem kurzen Besuche in Sachsen hinweg hatte sich indessen Konrad nach dem Oberrhein begeben, um das im vorigen Jahre abgebrochene Werk der Eroberung Lothringens von neuem aufzunehmen. Am 12. März bestätigte er in Straßburg dem Abte Rantbert von Murbach alle Besitzungen seines Klosters, die freie Abtswahl, die Immunität und Zollfreiheit im Reiche. Als Fürbitter treten die Bischöfe Hatto, Salomon, Thiedolf von Chur, Hildi von Augsburg und Einhard von Speier sowie die Grafen Erchanger, Konrad, Hugo, Otto, Heinrich, Poppo, Udalrich und Eberhard auf[39]), sämtlich so viel wir sehen, Schwaben oder Franken angehörig: ohne Zweifel haben wir in ihnen einen Theil der kriegerischen Begleitung des Königs zu erblicken. Der Feldzug, von dem Näheres nicht überliefert ist[40]), führte ebenso wenig zu dem gewünschten Ergebnisse, als die beiden vorjährigen, derselbe war aber überhaupt der letzte Versuch, den Konrad nach dieser Seite hin zur Herstellung der alten Grenzen machte. Die innern Schwierigkeiten, mit denen er fortan allein zu kämpfen hatte, verhinderten jeden weiteren Fortschritt gegen den Reichsfeind. Nichts andres trug er aus diesen Unternehmungen davon als den zweifelhaften Besitz des Elsasses und den vorübergehenden von Frisland. Der Bischof Ratbod von Utrecht, dem Konrad im J. 914 die Immunität seines Hochstiftes bestätigte[41]), und der Graf Waltger

[38]) Widukind. l. I c. 22: et statim omnia, quae iuris ipsius (sc. Hathonis) erant in omni Saxonia vel Thuringorum terra occupavit. Burghardum quoque et Bardonem, quorum alter gener regis erat, in tantum afflixit et bellis frequentibus contrivit, ut terra cederent eorumque omnem possessionem militibus suis divideret. Waitz erklärt in seiner Ausgabe gener durch sororius (Schwestermann?), in der Geschichte Heinrichs dagegen (S. 22 vgl. 268) durch Schwiegersohn, ich möchte an jenem festhalten.

[39]) S. A. 37, auch Trouillat monuments de Bâle I, 127. Auffallend ist, daß bei den Fürbittern die Bezeichnung als Bischöfe und Grafen fehlt.

[40]) Ann. Alamann. 913 (Scr. I, 56): item Chuonrad cum exercitu regnum Hluthringorum ingressus est; die einzige Nachricht über diesen Feldzug.

[41]) Acta Conradi p. 27: notum fieri volumus sanctae dei ecclesiae fidelibus ... Radbodonem venerabilem episcopum veteris Traiecti ecclesiae ... suggessisse maiestati nostrae per quosdam nobis familiares, ut constituta regum, qui nos praecesserunt ... scripta renovari iuberemus ... cuius petitioni, quam per Udonem consanguineum nostrum Waltgerumque comitem nobis obtulerat, libenter aurem accommodantes etc. Die Fassung dieser Urk. ist allerdings eine auffallend kurze, doch weiß ich nicht, aus welchem Grunde Boehmer sie als verdächtig bezeichnet und möchte sie vorläufig mit Waitz (K. Heinr. I. Neue Bearb. S. 63 A. 4) für echt halten. Auf der Bonner Zusammenkunft 4.—7. Nov. 921 (Leg. I, 568) stehen Baldricus Traiectensium episcopus (Ratbods Nachfolger) und die frisischen Grafen Waltkerus und Theodricus auf französischer Seite, nicht minder aber werden unter den lothringischen Großen, die sich im Jan. 916 in Herstal um Karl scharten (Beyer I, 222, 224) Theodericus comes und Walcherus comes genannt, das Verhält-

müssen ihn als Herrn anerkannt haben, trotzdem aber fiel der friſiſche Stamm, der sich damals allmälich von den normannischen Verwüstungen zu erholen begann, spätestens bei seinem Tode, wenn nicht schon früher ebenfalls dem Westreiche zu.

Karl der Einfältige, in seinem eigenen Erblande ein Spielball seiner Großen, durfte dennoch zur Schmach für das entzweite Deutschland, in den alten lothringischen Pfalzen Diedenhofen, Gondreville und Herstal, sowie in Achen und Metz Hof halten und Verfügungen über Land und Leute treffen[42]). Die Metropoliten, Ratbod von Trier nicht minder, dem Karl ebenso wie später seinem Nachfolger Rotgar das Amt des Erzkaplans zurückgab[43]), als Hermann von Köln hielten ohne Wanken an der westfränkischen Herrschaft fest. Die erste Rolle unter derselben spielte der Graf Reginar, der trotz der häufigen Anwesenheit des Königs in seiner neuen Erwerbung, außer seinen Grafschaften auf dem Besitze von mindestens sechs Abteien fußend, eine wahrhaft herzogliche Gewalt daselbst ausübte[44]).

---

nis scheint also schwankend gewesen zu sein. Ueber das Elsaß fehlen nach der angef. Urk. Konrads weitere Belege.

[42]) Die lothringischen Urk. Karls sind ausgestellt 913 Juni 11. St. Arnulf bei Metz, 13. Aug. Diedenhofen, 915 Aug. 25. St. Arnulf bei Metz, 10. Okt. Gondreville, 24. Nov. Diedenhofen, 916 Jan. 19., Apr. 9. Herstal, 917 Juli 26. Achen, 919 Juni 13., 27. Herstal, 9. Juli Diedenhofen, 920 Aug. 20. Loncamp bei Berncastel, 8. Sept. Herstal, 921 Juli 27. Achen, 7. Nov. Bonn, 922 März 4. Emmerich. (B. 1940—1974).

[43]) In der Urk. vom 13. Aug. 913 erscheint Ratbodus venerabilis S. Trevericae sedis metropolitanus archique capellanus noster, ut providus bonusque pastor in posterum praevidens et ecclesiae sibi commissae futurae utilitati consulens und Karl ertheilt pro illius dilectione atque fidelitate der Trierer Kirche die freie Wahl (Beyer I, 220). Diese Urk. hat Gozlinus notarius ad vicem Ratpodi archiepiscopi summique cancellarii geschrieben, in einer andern für Lüttich (B. 1964) wird doch wieder Heriveus als oberster Kanzler genannt, dagegen sind seit 916 mehrere Urk. ad vicem Ruotgeri archiep. summique cancellarii ausgestellt (B. 1949, 1959 für Attigny!, 1962, 1964, 1966, 1967 u. s. w.)

[44]) Ueber Karls und Reginars Stellung vgl. Wittich Herzogth. Lothr. S. 85 flg., über den Tod des letzteren eb. S. 89 A. 6. In der Urk. Karls für Lüttich vom 25. Aug. 915 treten Dado Virdunensium episcopus Raginerus marchio strenuus als Fürbitter auf (Bouquet IX, 523), am 16. Jan. 915 bestätigte K. zu Attigny eine Verfügung des Reginarius illustris comes, wodurch er aus den Klostergütern von Echternach den Brüdern die Orte Berg an d. Mosel, Rodemachern und Waalre an d. Dommel zu ihrer Pfründe anweist und ihren bisherigen Besitz bekräftigt (Cod. Eptern. f. 51'), zu Herstal 19. Jan. 916 erscheint dagegen sein Sohn Gislebertus unter den Grafen (Beyer I, 222), damit stimmt das Chronic. Epternac. (Martene coll. IV, 509) überein, das Reginar bis 915 dem Kl. Echternach vorstehen läßt, nach einer Stabloer Urk. (Ritz Urk. u. Abhandl. zur Gesch. des Niederrheins I, 15) wäre Giselbert schon am 14. Apr. 915 Abt dieses Klosters gewesen, doch steckt vielleicht ein Fehler in der Zahl. Ueber seinen Tod apud Marsnam palatium, wonach Karl Gisleberto eius filio iam facto iuveni paternum honorem ... liberalissime accommodat s. Richer. historiar. l. I c. 34, dazu Wittich (Forschungen zur deutschen Gesch. III, 113), über Giselberts Anfänge Sigehardi mirac. S. Ma-

So befestigt war Reginars Stellung, daß, als er 915 zu Meerssen starb, sein jugendlicher Sohn Giselbert unter der Leitung seiner Mutter Albrada, ihm ohne Schwierigkeit als sein Erbe in der herzoglichen Würde nachfolgen konnte. Kein andres Geschlecht in Lothringen kam diesem an Macht und Ansehen gleich: ein Matfrid, derselbe vermutlich, der früher unter Ludwig verurtheilt worden, tritt wieder als Graf von Metz auf, d. h. nicht mehr als Nebenbuhler um die herzogliche Gewalt[45]). Gegen die Bischöfe, von denen außer Drogo von Toul auch Stephan von Lüttich dem westfränkischen Herrscher blutsverwandt war, zeigte sich dieser nicht karg mit Gnadenbeweisen, sie fanden ebenso wie die weltlichen Großen ihren Vortheil unter dem milden und schlaffen Regimente Karls des Einfältigen.

Das Frühjahr 913, in welchem der letzte Angriff Konrads auf Lothringen scheiterte, führte noch einen andern schmerzlichen Verlust für ihn herbei. Sein vertrauter Rath, Erzbischof Hatto von Mainz, der alte Gönner seines Hauses, starb am 15. Mai, in Harm und Kummer über die unglückliche Wendung, welche durch Heinrichs Auflehnung die sächsischen Verhältnisse zu nehmen drohten[46]). Seit der Thronbesteigung Arnolfs, durch dessen Gunst er

ximini c. 11, 12, 16 (Scr. IV, 231). Gerberga, Giselberts Witwe schenkte 12. Febr. 968 praedium ... vocabulo Marsnam an St. Remi zu Reims pro ... remedio senioris nostri piae mem. Gisleberti suique parentum, patris scil. et matris Rageneri et Albradae (Bouquet IX, 666).

[45]) Beyer I, 222, 224, 229 Leg. I, 568 aus den J. 916 bis 926. Wittich (S. 84 A. 4) erinnert daran, daß Matfrid ein Verwandter Stephans von Lüttich war (s. oben S. 502), Karl aber machte im J. 915 dem Bisthum Lüttich eine Schenkung interventu Stephani venerabilis Tungrorum episcopi nostrae consanguinitatis affinis dilectissimi (Miraei opp. dipl. I, 254, B. 1946). St. stammte vermutlich aus dem Westreiche, da er mit den späteren Bischöfen Ratbod v. Utrecht und Mancio v. Chalons zusammen am Hofe Ludwigs des Stammlers unterrichtet wurde (Vita Radbodi c. 2, Mabillon acta sct. saec. V, 27).

[46]) Die Zeugnisse über den Zeitpunkt seines Todes hat Waitz gesammelt (K. Heinr. I. Neue Bearb. S. 200). Die Urk. Konrads für das Hatto vorher untergebene Kl. Lorsch vom 25. Juni 913 gereicht zur Bestätigung (Acta Conr. p. 21), desgl. die ann. Augiens. (Scr. I, 68), die im J. 913 Hug als Abt von Reichenau folgen lassen. Ueber seine Bauten Widukind l. I c. 22 cod. Dresd.: templum Maguntiae nobili structura illustrabat; Ekkehardi casus S. Galli (Scr. II, 83): qui Magontiam ipsam a loco suo antiquo motam propius Rheno statuerat et in hoc et in aliis multis animi sui magnitudinem ostenderat, über die St. Georgskirche oben S. 420. Seinen Tod bringt Ekkehard (Scr. II, 88, 89) mit einer angeblichen Reise nach Italien in Verbindung: parvo autem post tempore confectus Italica febre ... diem obiit, deren Glaubwürdigkeit schon Neugart (episcop. Constant. I[a], 264) mit Recht bestritten hat. Dagegen Widukind (l. I c. 22): Hatho autem videns suis calliditatibus finem impositum, nimia tristitia ac morbo pariter non post multos dies confectus interiit. fuerunt etiam, qui dicerent, quia fulmine caeli tactus eoque ictu dissolutus diem postremum defecisset (der letztere Zusatz fehlt im cod. Dresd.); Thietmar. chron. I c. 4: moxque morte repentina archipresul exspirat hominem; Ann. Palid. (Scr. XVI, 60): hic

zuerst gehoben wurde, ein Vierteljahrhundert hindurch, griff Niemand tiefer denn er in die Geschicke Deutschlands ein. Wiewol diese Thatsache feststeht, so ist doch im übrigen so wenig Zuverlässiges von seinem durch die Volkssage verunglimpften Charakter und von seinen Plänen bekannt, daß außer dem Eindrucke einer gewaltigen geistigen Macht, die er übte, Lob wie Tadel gleichmäßig der Begründung entbehren.

Man möchte ihn wohl vor allem als den Vorkämpfer des mit der Geistlichkeit im engsten Bunde stehenden Königthums gegenüber der in der Herzogswürde zu fürstlicher Stellung gipfelnden Macht der großen Vassallen betrachten, wofür außer seinem Auftreten gegen Adalbert und Heinrich, namentlich auch die innige Freundschaft mit dem von gleichem Streben beseelten Bischof Salomon von Konstanz spricht. Die einzige Thatsache, die hiemit nicht überein zu stimmen scheint, die Begünstigung der Familie Konrads, die doch auch nach der Herrschaft über Franken trachtete, verliert dadurch vielleicht ihre Beweiskraft, daß man annimmt, Hatto habe Konrad nicht zum Herzoge von Franken machen, sondern ihm von vornherein den Weg zu dem nächstens zu erledigenden Throne bahnen wollen. Während Hattos listige Praktiken im Kampfe wider die Herzoge ihm üble Nachrede im ganzen Reiche

(Hatto) malignis consiliis cum multa mala peregisset, post 24 annos episcopatus fulmine dicitur percussus sicque dissolutus post tertium diem defecit, weiter ausgebildet in der Compil. chronol. (Pistorii rer. German. scr. I, 1087 wörtlich ebenso in der Chronica S. Aegidii 914, Leibnitii scr. Brunsvic. III, 580) a. d. 914: Hatto Moguntinus episcopus a daemonibus in puteum ignis in monte Siciliae Aetna vivus praecipitatur, dicente voce in aere: Sic peccata lues sicque ruendo rues, nam Albertum comitem de Babenberg dolose tradidit occidendum. Eine völlig andre Ueberlieferung in Siffridi presb. epitomes l. I a. 923 (eb. p. 1032, reicht bis 1307): Hatto Moguntinus devoratus est a muribus nec se in castris nec insulis potuit ab iis defensare. Die angef. compil. chronol. (Chron. S. Aegidii) aber bezieht diese Sage auf Hatto II. (p. 1088): a. d. 969 Hatto Moguntinus episcopus devoratus est a muribus in Rheno, quia multitudinem pauperum cremavit in horreo tempore famis sub Ioanne papa et Ottone imperatore Magno, ebenfalls auf Hatto I. Theodor. Engelhusii chron. (Leibnitii scr. II, 1070): iste Hatto devoratus est a muribus in Rheno, tum quia iurare consuevit: si non dico verum, mures me devorent, tum etc., angef. von Nikolaus v. Siegen (Chronic. ecclesiast. ed. Wegele p. 197): unde de eo fabulatur, quod ipse construi fecit castrum in Reno dictum Rattenberg. alibi legi, quod fugiens in navim ad Renum, sed glires ipsum natando insequentes devovarunt, folgt die Geschichte von der Hungersnoth ausführlicher mit dem J. 969; Io. Trithemii monast. Hirsaug. chron. a. 967 (opp. histor. ed. Freher II, 35) ... turris autem in Rheni fluminis medio ... a casu murium turris dicitur; ähnlich Casp. Bruschius monasterior. Germaniae chronol. p. 207 ... demum a muribus corrodentibus ipsum ... in medio Rheno prope Bingam consumitur, cuius futurae pestis praesagium erat, quod nomen ipsius e pictis quoque parietibus mures adhuc ipso incolumi abrodebant, kürzer Andreae Ratisbon. chron. (Eccard. corp. hist. I, 2056) ... nomen suum a literis abraserunt. Hatto II., Abt v. Fulda (956—968) folgte als Erzb. v. Mainz auf den am 2. März 968 verstorbenen Wilhelm, † 18. Januar 970 (Rankes Jahrb. I c, 230).

bereiteten und einige seinen Tod sogar einem rächenden Blitzstrale zuschrieben, hinterließ er in Mainz ein sehr ehrenvolles Andenken durch seine Bauten am Dome, sowie durch seine Fürsorge für die Stadt, die er von ihrer früheren Stätte näher an den Rhein herabrückte. Auf der Reichenau wurde durch ihn die Kirche zu Oberzell zu Ehren des h. Georg erbaut. Auf dem Mainzer Stuhle folgte ihm Heriger als Erzbischof nach[47]).

Nicht lange nach der Rückkehr Konrads von dem erfolglosen lothringischen Zuge brach zwischen ihm und dem Grafen Erchanger, den wir bisher häufig in seiner nächsten Umgebung erblickten, ein Zwiespalt aus, der für beide Theile verhängnisvoll werden sollte. Der nähere Anlaß dieses Streites ist uns völlig verborgen und es läßt sich nur im Allgemeinen annehmen, daß die ältere Verfeindung zwischen Erchanger und dem Bischofe Salomon, welche der König früher selbst beizulegen gesucht, ihre Wirkung jetzt auch auf ihn erstreckt habe[48]).

Während so von zwei Seiten her zugleich in Sachsen und in Schwaben drohende Wolken aufstiegen, Lothringen den Nachbarn im Westen überlassen blieb, fehlte es auch nicht an neuen Angriffen von außen, um die herrschende Verwirrung noch zu steigern. Sehr unsicher und schwankend sind unsere Nachrichten über den ersten Ungerneinfall unter der Regierung Konrads. Wir hören einerseits, daß die Magyaren ohne irgend welchen Widerstand Franken und Thüringen plündernd durchzogen[49]), andrerseits, daß sie durch Schwaben und Franken zum erstenmale bis über den Rhein vordrangen, von wo sie nach Verheerung des Maienfeldes und Ahrgaus, der Gegend also von Koblenz und Sinzig, ohne jeglichen Verlust heimkehrten[50]). Die Angaben über diese Züge aber schwan-

---

[47]) Contin. Regin. 912, Lamberti ann. 912, Ann. Coloniens. 913, Herimann. Aug. 913, Mariani Scotti chron. 934 (912). Ganz ohne allen Grund macht ihn Rintelen zum Abt von Fulda (Forschungen zur d. Gesch. III, 346).

[48]) Ann. Alamann. 913: discordia coepta est inter regem et Erchangerum.

[49]) Ann. Hildesh. 911: Ungarii vastaverunt Franciam et Thuringiam (die ann. Quedlinb. setzen diese Nachricht zu 912, die ann. Weissenb., Lamberti, Ottenbur. nennen zu 911 nur Franciam); Ann. Prag. 912 (Scr. III, 119): Ungari Franciam vastaverunt; Lobiens. 911: et Ungri orientalem Frantiam devastant; Contin. Regin. 912: Ungarii iterum nullo resistente Franciam et Thuringiam vastaverunt.

[50]) Ann. Laubac. 911: item Ungari Alamanniam Franciamque atque ultra Hrenum et Magicampum usque in Arahaugiam devastabant et reversi sunt; 912: iterum Ungari Alamanniam Franciamque invaserunt atque (dieselben Worte) ac sine damno reversi sunt. Es ist nicht auszumachen, welches Jahr der Annalist für das richtige gehalten hat, die Vermutung von Pertz, der dafür 926 setzen will, scheint mir doch allzu willkürlich. Auffallend ist, daß während dieser Zug doch schon nach Lothringen streifte, die ann. S. Vincentii Mett. den ersten Einfall der Ungern in Lothringen ausdrücklich in

ken in der Art zwischen den Jahren 911 und 912, daß sich weder mit Bestimmtheit entscheiden läßt, in welches von beiden dieselben fallen, noch ob wir es, was mich wahrscheinlicher dünkt, überhaupt nur mit einem Raubzuge zu thun haben.

Bei weitem klarer liegen die Ereignisse des Jahres 913 vor uns[51]). Die Magyaren zogen in diesem durch Baiern verheerend nach Schwaben: als sie mit ihrer Beute den Rückmarsch angetreten hatten, folgte ihnen ein alamannisches Heer unter der Führung der Brüder Erchanger und Berthold und des Grafen Udalrich vom Argengau nach und lieferte ihnen, vereint mit den bairischen Mannen unter ihrem Herzoge Arnolf, eine überaus blutige Schlacht am Inn, die für die Heiden so verderblich wurde, daß ihr ganzes Heer bis auf dreißig Mann vernichtet worden sein soll. Jedenfalls war dies der glänzendste Sieg, der seit dem ersten Auftreten der Ungern auf deutschem Boden über sie errungen ward und wenn dies Ereignis für längere Zeit noch ein vereinzeltes blieb, so lag der Grund dafür nicht in mangelnder Tapferkeit, sondern in der innern Zerrissenheit der deutschen Stämme, die vereinigt wie am Inn, so überall alsbald obgesiegt haben würden.

Das glorreiche Treffen am Inn wurde nicht von dem Könige, sondern von den Herzogen gewonnen, ihrem Ansehen mußte dieser Erfolg zu gute kommen in demselben Augenblicke, da dem königlichen die vergeblichen Kämpfe um den Besitz Lothringens zur Schmälerung gereichten. Von den Thaten Konrads in diesem Sommer ist durchaus nichts überliefert, er scheint sich meist in den rheinischen Gegenden aufgehalten zu haben. Am 25. Juni verlieh er den Mönchen von Lorsch bei einem Besuche dieses Stiftes[52]), wie er ja überhaupt den Klöstern freundlich gesinnt war,

---

das J. 917 setzen, allein sie kennen auch den von Flodoard erwähnten Zug von 919 nicht, da sie den zweiten Einfall unter 926 bringen.

[51]) Ann. Ratispon. 913 (Scr. XVII, 583): Ungarii Baioriam vastant; Ann. Alam. 913: Ungri in Alamanniam, quibus per Baioariam redeuntibus Arnolfus filius Liupoldi et Erchangerus cum Perahtoldo et Uadalrico cum eis pugnaverunt et eos superarunt; Sangall. mai. 913: Agareni Alamanniam intraverunt. Erchanger et Perehtolt frater eius et Udalricus comes, auxiliante illis nepote eorum Arnolfo optimo duce Baioariorum totum exercitum eorum iuxta Ine fluvium penitus occiderunt nisi XXX viros; Augiens. 913: Ungri partes Alemanniae vastaverunt et iuxta In fluvium a Bauwariis et Alemannis occisi sunt, desgl. Contin. Regin. 913; Herimann. Aug. 912: Ungari item Baioariam petentes, congregatis Baioariorum et Alamannorum copiis iuxta fluvium Ine congressi magna strage profligantur; 913: item Ungarii egressi Alamanniam vastant. (Diese beiden Nachrichten, von denen nur die zweite unter dem richtigen Jahre steht, beziehen sich aus verschiedenen Quellen stammend auf denselben Ungerneinfall). Mit Bezug auf diesen und den früheren Sieg heißt es von Arnolf (Fragment. de Arnulfo duce, Scr. XVII, 570): per ipsum populus christianus de saevienti gladio paganorum est redemptus et in libertatem vite translatus.

[52]) Acta Conradi p. 21: monasterium Lauresham ... a iugo alienae potestatis, quo multo tempore obpressum iniuste videbatur, absolvimus et

nach dem Tode des ihnen aufgedrungenen Erzbischofs Hatto die freie Abtswahl und den königlichen Schutz und am 12. Sept. bestätigte er in Trebur dem Bischof Richgowo von Worms die Schenkungen seiner Vorgänger[53]). In diese Zeit mag die Aussöhnung des Königs mit Erchanger fallen; der zwischen ihnen geschlossene Vergleich wurde dadurch besiegelt, daß Konrad als Geisel und Unterpfand des Friedens die Schwester seines Gegners, Kunigunde zur Gemahlin empfieng[54]). Da sie die Witwe des Grafen Liutbold, die Mutter demnach des Herzogs Arnolf von Baiern war, so sollte zugleich dieser hiedurch noch enger an die Person des Herrschers gekettet werden. Dieser politische Ehebund blieb freilich, wie die meisten seiner Art, für die Zwecke, um derentwillen er zunächst eingegangen wurde, durchaus wirkungslos.

Der Zustand Deutschlands in diesen ungeordneten Verhältnissen, die bald hier bald da zu neuem Hader führen mußten, bis feste Grenzen zwischen der königlichen und der herzoglichen Gewalt sich gebildet hätten, muß ein überaus trauriger gewesen sein, da Sicherheit und kräftiger Schutz des Rechtes gänzlich fehlten. Sehr vereinzelt steht in den vielfältigen Kämpfen jener Tage ein Streit, der zwischen dem Bischof Otbert von Straßburg und der Bevölkerung seiner für Handel und Verkehr schon damals bedeutenden Stadt ausgebrochen und von dem Könige Ludwig im J. 906 nur vorübergehend beigelegt worden war: der Vorläufer vieler ähnlicher Entzweiuungen des eilften und zwölften Jahrhunderts. Die Feindschaft der auf ihren Reichthum trotzenden Straßburger gegen ihr geistliches Haupt gieng so weit, daß sie dasselbe aus seinem Sitze vertrieben und es nöthigten auf einer Burg im Wasgau Radburg seine Zuflucht zu nehmen. Aber auch dort wurde der Bischof von ihnen verfolgt und endete am 30. August 913 endlich sein Leben durch das Schwert[55]).

---

eidem cenobio ... immunitatis atque tuitionis dona pro divini cultus amore ... concessimus.

[53]) Eb., von Böhmer als zweifelhaft bezeichnet.

[54]) Ann. Alamann. 913: ipso anno Erchanger cum rege pacificatus est, cuius sororem Liupoldi relictam rex tamquam pacis obsidem in matrimonium accepit.

[55]) Ann. Sangall. mai. 913: et Otpertus episcopus occiditur; Contin. Reginon. 914: Otbertus Strazburgensis episcopus occiditur; Herimann. Aug. 912: Otpertus episcopus occiditur. Den Todestag hat das Necrol. Augiense zum 30. Aug. Otpreht episcopus; Erchenbaldi versus (Boehmer fontes III, 2): quis, qui non doleat, quod patrem grex abi(g)ebat? | Otbertum dico, qui periit gladio. | est Christo iunctus, pastoris nomine functus; | martyrizato mors preciosa fuit. | Ratburg, quem sanctis occisum iunxerat istis, | sit tutus claustro, sancta Maria, tuo. | tertia kalendas Septembris carne redemptum | obtulerat domino vivere perpetuo. Ueber seine Anfänge s. oben S. 542 A. 63. Radburg wurde im J. 1368 so vollständig zerstört, daß seine Lage nicht mehr genau zu bestimmen ist (Grandidier hist. de Strasbourg II, 277, wo übrigens die Geschichte Otberts mit einer bewundernswerthen Freiheit der Phantasie erzählt wird). Ueber Straßburg s. I,

Wenn der nähere Hergang dieser blutigen That uns gänzlich verborgen bleibt, so erkennen wir wenigstens eine wichtige Folge derselben. Die Erledigung des Straßburger Stuhles gab der lauernden westfränkischen Politik Gelegenheit ihre Netze nach dem Elsaß auszuwerfen: wahrscheinlich durch ihren Einfluß wurde an Otberts Stelle Gozfrid, ein Neffe des Königs Karl erhoben, der schon nach sieben Wochen am 12. November starb[56]). Den gleichen Ursprung hatte die hierauf folgende Wahl Richwins, eines vornehmen Lothringers, der sich unrechtmäßig und ohne die Zustimmung seines Metropolitans, des Mainzer Erzbischofs die bischöfliche Würde anmaßte[57]). Ein vollständiger Abfall des Elsasses von der deutschen Herrschaft scheint jedoch trotzdem nicht erfolgt zu sein, da noch unter der Regierung Heinrichs sich die Eroberungsversuche von westfränkischer Seite wiederholen. Eine ähnliche Gewaltthat wie die gegen Otbert ergieng in demselben Jahre gegen den Bischof Einhard von Speier[58]). Die Grafen Konrad und Bernhard bemächtigten sich seiner Person und ließen ihn blenden. Die Veranlassung dieses Verbrechens aber bleibt vollständig verborgen.

Zu Anfang des Jahres 914 begab sich Konrad von Franken nach Schwaben, das durch den Streit des Konstanzer Bischofs mit Erchanger und seinen Verwandten in arge Verwirrung gestürzt wurde[59]). Eine Burg bei dem ehemaligen Kammergute

---

738 A. 70, besonders die dort angef. Schilderung Ermolds, erläutert von Gfrörer P. Gregorius VII. u. sein Zeitalter VII, 164 flg.

[56]) Erchenbald. (a. a. O. p. 3): Gozfridus. hic maiorum natu oriundus, nuperioris (al. imperatoris) utique Karoli sororis filius, quo eciam, ut deus iussit dante tum virtute tum opere, paucitate dierum octo septimanis episcopium gubernans IIII Id. Novembr. vocatus coelum convocavit Gozfridus. Sein Name wird auch in den Bischofsreihen genannt (eb. p. 6, Scr. XVII, 87, 117). Bei dem Karl, dessen Neffe er sein soll, hat man zunächst an Karl den K. und Karl III. gedacht, der letztere ist jedoch unmöglich. Außer Karl dem K. ließe sich mit größerer Wahrscheinlichkeit an Karl den Einf. und dessen Schwestern Hildegard und Irmintrud denken (Genealogia Francor. ymperat., Scr. IX, 303).

[57]) Erchenbald. a. a. O.: Richwinus. nobilitate praecluem, profunditate litterarum ampliorem, virtutibus illustrem, genere Hlotariensem etc (Grandidier a. a. O. p. 288, macht ihn ohne jeden Beweis zu einem Sohne des Herzogs Reginar), Synod. Altheim. c. 29 (Leg. II, 554): Ricquinum, qui contra sanctorum canonum sanctiones Strazburgensem ecclesiam invasit, quem ad sanctam synodum per litteras nostras vocavimus et venire contemnens etc. Ueber das fernere Loos des Elsasses vgl. Waitz K. Heinrich I. Neue Bearb. S. 51, 74.

[58]) Contin. Reginon. 913: eodem anno Einhardus episcopus Spirensis a Bernhardo et Chnonrado comitibus caecatus est; Herimann. Aug. 912: Einhard excaecatur; Synod. Altheim. c. 31 (Leg. II, 559): nimis horrendum facinus, scil. de episcopo et confratre nostro Einhardo excecato ad liquidum minime definire valuimus etc.

[59]) Ann. Alamann. 914: item Chuonradus venit in Alamanniam; aus Urk. läßt sich dieser Aufenthalt in Schwaben nicht erweisen.

Stammheim im Thurgau, welche der König an St. Gallen abgetreten, wollten diese, weil sie sie selbst erbaut, als ihr Eigenthum nicht herausgeben. Bei einem Wortwechsel, der hierüber entstand, soll Liutfrid, der Neffe der beiden Brüder sogar das Schwert gegen Salomon gezogen haben, um ihn zu tödten. Jedenfalls ward er von ihnen durch feindlichen Ueberfall ergriffen[60]) und als ein Gefangener auf das Schloß Diepoltsburg (wahrscheinlich Schrotzburg oberhalb Bohlingen), Erchangers Wohnsitz geführt, um dort der Bewachung seiner Gemahlin Bertha anvertraut zu werden. Sie empfieng ihn erschreckt über die ruchlose Gewaltthat gegen einen Gesalbten des Herrn mit größter Ehrerbietung und suchte sich seiner Gunst zu empfehlen. Nicht lange danach fiel Erchanger selbst, wahrscheinlich bei der Burgfeste Opferdingen am Fuße des Randengebirges in die Hände des Königs, der ihn durch das Gericht der Alamannen mit Landesverweisung bestrafte[61]). Hiedurch erlangte Salomon seine Freiheit wieder. Schwaben kam auch durch die Verbannung jenes Friedensstörers nicht zur Ruhe, denn noch in demselben Jahre kehrte der jüngere Burchard aus der Fremde zurück, begann sich gegen Konrad aufzulehnen und verwüstete das Gebiet seiner Gegner[62]).

Abgesehen von dem Eingreifen in die schwäbischen Händel finden wir Konrad während des Jahres 914 meist in fränkischen Gegenden. Gegen Ende April beschenkt er seiner Vorfahren gedenkend wiederum die Kirche zu Weilburg, am 24. und 25. Mai stellte er in Forchheim mehrere Urkunden zu Gunsten des Bischofs Tuto von Regensburg aus, am 7. Juni bestätigte er zu Frankfurt

---

[60]) Ek.: Erchanger hostili mann super episcopum Salomonem venit et eum comprehendit, Sangall. mai. 914: Salomon episcopns captus est; desgl. contin. Regin. 914; Herimann. 914: Salomon Constantiae episcopus ... a quodam protervo captus et in custodiam missus est; Synod. Altheim c. 21 p. 558: Erchengario et eius complicibus ... insuper et episcopum suum venerabilem Salomonem dolo comprehenderunt. Diese überaus dürftigen Notizen ergänzt Ekkehard zu einer zusammenhängenden Geschichte, doch ist auf die nur von der Sage überlieferten Einzelheiten bei ihm durchaus nicht zu bauen. Ueber die Lage der nur von ihm (Scr. II, 86) erwähnten Thietpoldispurch s. Stälin Würtemb. Gesch. I, 269.

[61]) Ann. Alamann. 914: ipso anno idem Erchangerus apud castellum Onfridinga (vgl. Stälin I, 270) a rege comprehensus et in exilium missus est. Auf diesen Aufenthalt bezieht sich eine Urk. über einen Rechtsstreit zwischen St. Gallen und Chur die Abtei Pfävers betreffend, in der Waldo von Chur behauptet: hec ipsa paccio et tua forcia (nämlich des St. Galler Dekans Cozolt) venit ante regem Chunradum loco Honfridinga. et indicatum fuit ab omni populo, qui tunc aderant, te malo ordine iniustam tradicionem facere (Neugart I, 572). Hiemit stimmt die Erzählung Ekkehards nicht überein, der nach der Gefangennehmung Salomons zuerst Hohentwiel von seinen Feinden befestigt werden läßt, die sodann von Sigefrido episcopi patrui filio durch einen Ueberfall im Walde gefangen werden und deshalb des Bischofs Freilassung zugeben müssen.

[62]) Ann. Alam. 914: mox etiam Burchardus iunior contra regem coepit rebellare et propriam suam patriam devastare.

dem Kloster Lorsch auf Bitten der Mönche, die ihm die Emsigkeit ihrer Gebete gerühmt, das schon früher verliehene Recht der freien Abtswahl[63]). An demselben Orte bekräftigte er am 18. Februar 915 diesem Stifte die Schenkung der Besitzung Gingen, die seine Gemahlin Kunigunde mit Rücksicht auf ihre künftige Grabstätte daselbst gemacht hatte[64]).

Der innere Zwiespalt, der unablässig die Kräfte des Reiches lähmte und den König ausschließlich beschäftigte, mußte die Ungern trotz der am Inn erlittenen Niederlage zu neuen Einfällen ermutigen. So verwüsteten sie denn im J. 915 ganz Schwaben mit Feuer und Schwert, drangen von dort aus nach Thüringen und Sachsen vor und gelangten bis zu dem reichen Kloster Fulda, wo jedoch der kluge Abt Huggi ihnen mannhaft Widerstand leistete und sie zum Abzuge nöthigte[65]). Wahrscheinlich auf diesem Zuge wurde auch Bremen, der äußerste Punkt ihrer Ausbreitung in dieser Richtung, von ihnen überfallen, die Kirchen in Brand gesteckt, die Priester entweder niedergemetzelt oder nebst vielen Laien in die Gefangenschaft geführt. Bei dieser Gelegenheit soll Gott die Schänder seines Heiligthums wunderbar bestraft haben: ein plötzlich losbrechender Sturmwind warf die brennenden Schindeln von dem

---

[63]) Acta Conradi p. 22—26. In der letzten Urk. heißt es: ad nostram venerunt praesentiam monachi de coenobio sancti Nazarii mart. gratias nobis multimodas de deo et sancto Nazario suarumque frequentium studia precum devotissime referentes, pro eo quod nos tali electionis honore praedictum coenobium sublimare decrevimus, quali in antecessorum nostrorum ... temporibus habere videbantur. qui summo studio ... loca sancta magnis ditaverunt honoribus etc.

[64]) Eb. p. 27: dilecta nobilisque coniux nostra Cunigund nuncupata ... quendam proprietatis suae locum Ginga appellatum ... pro ... corporis eius sepultura ad monasterium ... sub honore sancti ... Nazarii constructum etc.; Kalendar. Lauresh. (Boehmer fontes III, 145): VII Id. Febr. Cunegundis reginae, haec dedit Gingen ex integro vgl. über den Ort v. Stälin wirtemb. Gesch. I, 345 A. 1.

[65]) Ann. Augiens. 915: Ungari totam Alemanniam igne et gladio vastaverunt; Herimann. Aug. 916: Ungarii item egressi inter alia mala totam pene Alamanniam igne et gladio miserabiliter vastant; Contin. Regin. 915: Ungarii totam Alamanniam igne et gladio vastaverunt, sed totam Thuringiam et Saxoniam pervaserunt et usque ad Fuldam monasterium pervenerunt; Ann. Corbeiens. 915: devastacio Hungariorum in Valun (Ostfalen); Quedlinb. 916: Ungari Saxonia vastata et cunctis circumquaque direptis venerunt usque ad Fuldam, kürzer zum J. 915 ann. Hildesh., Weissemb., Lamberti, abweichend Ottenbur. 915 (Scr. V, 4): Ungari Turingiam et Franciam orientalem vastant; Catalog. abbat. Fuld. (Boehmer fontes III, 163): Huoggi ... inter multas periculorum varietates christianorum et paganorum suam sagacissime sustentavit abbatiam ... novissime autem paganis monasterio irruentibus meritis sancti Bonifacii audacter, ut erat valde audax et prudens, divina se protegente gratia resistebat et de ipsis finibus viriliter eiecit. Diese Angabe gibt einen Anhalt für die Zeitbestimmung, da Huoggi am 8. oder 9. Juni 915 starb (eb. Necrolog. Fuld. mai. 915, Catal. abbat. bei Dronke tradit. Fuld. p. 164, Mariani Scotti chron. 940).

Dache der Kirche herab den Heiden ins Gesicht, so daß sie schleunig entflohen und einige in die Weser sprangen, andre von den Bürgern ergriffen wurden[66]). Mit den Ungern verbanden sich bei diesem Einfalle die Czechen, bei denen ohne Zweifel jede Abhängigkeit von Deutschland längst aufgehört hatte.

Nach zwei Seiten zugleich wurden im J. 915 die Kräfte des Königshauses in Anspruch genommen. Mit Heinrich von Sachsen, der die Konrad befreundeten thüringischen Grafen Burchard und Bardo aus ihrem Gebiete verdrängt hatte und sich Herzog der Thüringer nannte, sollte sich des Königs Bruder Eberhard messen, der mit dem markgräflichen Titel bezeichnet wird[67]), nach Schwaben eilte Konrad selbst, um die Aufrührer, die sich auf dem Bergkegel Hohentwiel befestigt und verproviantiert hatten[68]), daselbst einzuschließen und zu belagern. Schlimme Nachricht von seinem Bruder trieb ihn zu baldiger Heimkehr. Eberhard war von Hessen aus in den einst seinem Hause gehörenden sächsischen Hessengau vorgerückt, um Heinrich in der Feste Eresburg (Stadtberge) an der Diemel anzugreifen. Ehe er sichs versah kamen ihm die Sachsen, denen er nicht zugetraut haben soll, daß sie sich außerhalb der Mauern mit ihm messen würden, eine Meile vor der Burg entgegen, schlugen ihn in einer furchtbar blutigen Schlacht, deren Erinnerung noch lange im Volksmunde fortlebte und jagten sein Heer völlig in die Flucht[69]). Gleich darauf machte Heinrich einen rächenden Einfall in das Frankenland, der den König bewog, die Belagerung von Hohentwiel im Stiche zu lassen[70]).

Konrad, den die einzige Urkunde dieses Sommers am 9. August zu Weilburg zeigt, ein neu erbautes Klösterlein daselbst mit seinem Hofe Nassau beschenkend[71]), wandte sich jetzt mit der

---

[66]) Adami gesta Hammab. pontif. I c. 54, 55. Der Ungerneinfall wird hier unter Hoger gesetzt (ebenso in dem chronic. Bremense Scr. VII, 391), der von 909 bis 917 auf dem erzbischöflichen Stuhle saß. Nicht mit Sicherheit läßt sich die Notiz des Todtenbuches von Möllenbeck (Wigand Archiv V, 367) unterbringen: II Kal. Sept. Memoria fratrum nostrorum, qui ab Ungro occisi sunt, sowie die in der vita S. Idae l. I c. 10 (Scr. II, 573) erwähnte Verwüstung des Kl. Herzfeld.

[67]) Acta Conradi p. 26, Urk. vom 7. Juni 914: propter ... interventum ... Eberbardi marchionis fratris videl. nostri. Ueber die Auslegung dieser Stelle s. Waitz (Forschungen zur deutschen Gesch. III, 158).

[68]) Ekkehardi casus p. 86: postquam episcopum viri illi a se ... dimiserant, Duellium montem victualia convehentes nocte die nituntur munire; Ann. Alamann. 915: Chuonradus castellum Tviel obsedit. Wer in Twiel belagert wurde, ergibt sich aus dieser Nachricht nicht, vermutlich Burchard.

[69]) Ann. Corbeiens. 915: et bellum in Heresburg (nach dem Ungereinfalle), Pragens. 915 (Scr. III, 119): bellum fuit in Hersburch; Widukind. l. I c. 23 vgl. übrigens Waitz K. Heinrich I. Neue Bearb. S. 25.

[70]) Ann. Alam. 915: Chuonradus ... Einricho Saxonum duce Franciam invadente regreditur.

[71]) Acta Conradi p. 28: ad monasteriolum, quod infra muros civi-

gesamten Macht des fränkischen Stammes gegen den Sachsenherzog, der seinen Angriff in der Festung Grone (bei Göttingen) unweit der sächsisch-hessischen Grenze erwartete. Zu einem Kampfe jedoch kam es nicht, vielmehr zog der König zuletzt unverrichteter Dinge wieder ab: nach der sächsischen Sage wurde Heinrich, der schon im Begriffe stand, sich seinem Gegner zu unterwerfen, davon nur durch eine Kriegslist des schlauen und erfindungsreichen Grafen Thietmar, seines früheren Lehrers zurückgehalten[72]). Der Herzog beharrte also im Widerstande.

Durch die Abwesenheit des Königs trat in Schwaben jetzt ebenfalls eine sehr ungünstige Wendung ein. Der Graf Erchanger kehrte aus der Verbannung zurück, in der er ohngefähr ein Jahr gelebt hatte, vereinigte sich mit seinem Bruder Berthold sowie mit seinem Nebenbuhler Burchard und überwand die königliche Partei, deren Führer wir nicht kennen, in einem Treffen bei Wahlwies unfern Stockach, worauf er von seinen Anhängern sich zum Herzoge ausrufen ließ[73]). Konrad verweilte damals vermutlich wieder in Franken: am 6. Nov. machte er auf Fürbitte Herigers von Mainz und Diotos von Wirzburg einem Vassallen des letzteren in Wirzburg eine Schenkung[74]).

Statt sich von neuem gegen Sachsen oder Schwaben zu wenden, sehen wir den König im Sommer 916 plötzlich gegen einen neuen Feind zu Felde ziehen, von dessen Erhebung uns die Quellen bisher nichts gemeldet hatten, gegen den Herzog Arnolf von Baiern, seinen eigenen Stiefsohn. Nur vermuten läßt sich, daß der Abfall desselben mit den Plänen seines Oheims Erchanger wohl in einigem Zusammenhange stehen müsse. In Begleitung eines dem Herzoge feindlich gesinnten Bischofs, dessen Person sich nicht ermitteln läßt, drang Konrad an der Spitze eines Heeres in Baiern ein[75]). Er behandelte es als ein feindliches Land,

---

tatis Wilinaburg constructum atque consecratum est in honorem sancte dei genitricis et sancte Walburgis virginis.

[72]) Widukind l. I c. 24, Waitz a. a. O. S. 26.

[73]) Ann. Alam. 915: Erchanger de exilio reversus cum Burchardo et Perahtoldo cum ceteris patriotis suis pugnavit et eos apud Wallawis vicit et dux eorum effectus est vgl. v. Stälin Wirt. Gesch. I, 270.

[74]) Acta Conradi p. 29: propter petitionem ac interventum venerabilium nostrorum episcoporum Heregeri videl. et Thiodonis etc.

[75]) Fragment. de Arnulfo duce (Scr. XVII, 570): priori namque tempore diebus videl. Chonradi regis criminantur eundem episcopum cum eodem rege et exercitu eius provinciam illam non regaliter sed hostiliter intrasse et non minimam (eius partem) igne cremasse atque multis miseriis orphanos et viduas angustiasse. Den Zeitpunkt dieses Zuges bestimmt Jaffe, der neueste Herausgeber nach den ann. Zwifaltens. 916: Cuonradus rex Arnolfum ducem prelio vicit; Ratispon. 916: Chnnradus Arnolfum ducem vicit (Scr. X, 53, XVII, 583). Büdinger (Oestr. Gesch. I, 234) wollte dagegen dem Auctar. Garstense (ann. S. Rudberti, Scr. IX, 565, 771) mehr Glauben beimessen, die zum J. 914 berichten: Arnoldus dux Bawarie regi

Brand und Verwüstung begleitete seine Schritte. Arnolf wurde in einem Treffen besiegt, seine feste Hauptstadt Regensburg belagert und erobert, wobei sie zum Theil in Flammen aufgieng, die Geistlichkeit der Stadt, sowie die des Klosters gebrandschatzt[76]). Der Herzog wich vor seinem siegreichen Gegner aus dem Lande, er nahm mit seiner Gemahlin und seinen Kindern Zuflucht zu den Ungern, mit denen er vielleicht seit seinem letzten Siege einen Vertrag zum Schutze Baierns geschlossen hatte. Nur für den Augenblick war er beseitigt, keineswegs vernichtet.

Im Ganzen scheinen die bairischen Bischöfe auf der Seite des Königs gestanden zu haben: Piligrim von Salzburg bekleidete während seiner ganzen Regierung das Amt eines Erzkaplans, obschon sein Name im übrigen in Konrads Umgebung selten genannt wird, die Bischöfe Tuto von Regensburg, Dracholf von Freising, Udalfrid von Eichstädt sowie Meginbert von Seben wurden von ihm mit Schenkungen und andern Gnadenbeweisen bedacht[77]). Der Feldzug gegen Arnolf muß in den Juni fallen, da Konrad am 29. dieses Monats in Regensburg selbst dem Kloster St. Emmeram den zehnten Theil seiner dortigen Zolleinkünfte zur Unterhaltung von Lichtern schenkte, am 6. Juli aber bereits in Neuburg an der Donau sich befand. Aus den Urkunden ersehen wir, daß außer den bairischen Bischöfen Heriger von Mainz und Adalward von Verden ihm zur Seite standen.

Vermutlich bei diesem Aufenthalte erfolgte auch ein Besuch des St. Emmeramsklosters, von dem ein späterer Mönch desselben zu berichten weiß[78]). Konrad soll dort, nachdem er die Grabstät-

---

rebellans in Ungariam propellitur, allein die erstere Angabe ist deshalb glaubwürdiger, weil ihr die Urk. zur Seite stehen. Konrad befand sich am 4. Mai 916 zu Frankfurt, 29. Juni zu Regensburg, 6. Juli zu Neuburg an der Donau (Acta Conradi p. 29—31). In Betreff der Person des Bischofs läßt sich nicht über unsichere Vermutungen hinauskommen: die Urk. für St. Emmeram wurde admonente Adalwardo episcopo (von Verden vgl. über diesen Waitz K. Heinrich I. Neue Bearb. S. 113 A. 6) ausgestellt. die nächste für Meginbert von Seben per interventum dilectorum nobis Herigeri et Piligrini archiepiscoporum, Tutonis scil., Dracholfi, Adalwiordi et Udalfridi (von Eichstädt) quoque caeterorum fidelium nostrorum.

[76]) Fragm. de Arnulfo: eodem vero impetu venerunt ad quandam civitatem b. Petri apostoli et sancti Hemmerammi familia inhabitatam et plenam, quam et expugnatam incenderunt etc. Wohl mit Recht bezieht Jaffe auf diesen Besuch Baierns die angef. Nachricht der ann. S. Rudberti sowie Liudprands (antap. l. II c. 19): Arnaldus autem eius nimio terrore coactus cum uxore et filiis ad Hungarios fugit deguitque eodem, quoad vitalis aura Chuonradi regis rexerat artus vgl. c. 21: hoc eodem tempore Arnaldus cum uxore et filiis Hungaria rediens etc., wo dieser Aufenthalt jedenfalls zu weit ausgedehnt wird.

[77]) S. Büdinger östr. Gesch. I, 238. Woher hat B. die Angabe, daß Arnolf sich am 2. Juli zu Nördlingen befand (eb. 239)?

[78]) Arnold. de S. Emmer. c. 6 (Scr. IV, 551): Chuonradus rex.... ad Reginam civitatem devenit. in qua ... ex antiqua regum consuetudine pre-

ten seiner Vorgänger Arnolf und Ludwig besichtigt, auf Anrathen seiner Kapläne jenen prachtvollen Evangeliencodex, das Geschenk des Kaisers Arnolf mit fortgenommen haben. Sobald er aber beim Aufbruche zu Pferde stieg, überzeugte ihn ein Ruhranfall von der Strafbarkeit des an dem Heiligen verübten Raube und er beeilte sich, denselben reuig zurück zu erstatten, nicht ohne ein dauerndes Leiden von diesem Fehltritte davon zu tragen.

V.

Der rege Verkehr, der von Pippin bis auf Arnolf herab zwischen dem päpstlichen Stuhle und den Frankenkönigen stattfand, und nach beiden Seiten hin die eingreifendsten politischen Wirkungen hervorbrachte, ließ am Ausgange des neunten Jahrhunderts gänzlich nach. Das von Karl dem Gr. erneuerte Kaiserthum hatte seine Bedeutung für Italien völlig eingebüßt, die italienischen oder burgundischen Fürsten fränkischer Abkunft, welche mit diesem stolzen Titel prunkten, erstreckten ihre Herrscherrechte kaum über das Pogebiet hinaus und erschienen auch dort nicht anders denn als Parteihäupter, die ebenso schnell wieder gestürzt werden konnten, als sie sich erhoben hatten. Indem hiedurch der politische Zusammenhang zwischen Rom und dem Frankenreiche unterbrochen war, giengen von dort nur kirchliche Einwirkungen aus, doch auch diese keineswegs so stetig und nachhaltig wie etwa in den Zeiten des großen Nikolaus, sondern mehr gelegentlich und vereinzelt.

Die Gründe dieser schwächer werdenden Wirksamkeit lagen vor allem in den Zuständen von Rom selbst, in dem häufigen Wechsel der Nachfolger Petri und den gewaltsamen Auftritten, durch welche so oft die Würde des apostolischen Stuhles geschändet und erniedrigt wurde. Nach dem grausen Todtengerichte über den Leichnam des Formosus und der Ermordung des Papstes Stephan, diesen Unthaten einer auf das äußerste Maß gesteigerten Parteiwut, versuchte zuerst Johann IX. in engem Bunde mit dem Kaiser Lambert, auf einer Synode der zerrütteten Kirche den Frieden wiederzugeben und das Verhältnis der kaiserlichen und päpstlichen Gewalt zu einander abzugrenzen. Bei seinem frühzeitigen

monitus accessit ad ecclesiam b. Emmerammi quasi licentiam accepturus Franciam remeandi. ubi principum sepulchra visitanti ... a capellanis male suggestum est, ut regio iure ... sibi vendicaret prescriptum magni precii librum etc. Nichts nöthigt uns diesen Besuch auf den zweiten Zug Konrads zu beziehen, wie Rintelen (Forsch. zur d. Gesch. III, 359) für ausgemacht zu halten scheint. Hier ist alles unsicher.

Tode mußten seine Bestrebungen fruchtlos bleiben, sein Nachfolger Benedikt IV., der durchaus in seine Fußtapfen trat und Formosus ebenfalls als rechtmäßigen Papst anerkannte[1]), starb schon nach drei Jahren (August 903), noch kürzer regierten in gewaltsamem Wechsel die beiden folgenden römischen Bischöfe Leo V. und Christophorus, beide zu traurigem Ende bestimmt.

Gegen Ende Januar 904 gelang es nämlich Sergius, einem Anhänger Stephans und erbitterten Gegner des Formosus, den päpstlichen Stuhl, von dem er schon einmal im J. 898 durch Johann IX. verdrängt worden, endlich nach siebenjähriger Verbannung zum zweitenmale dauernd einzunehmen. Er ließ seine beiden Vorgänger im Kerker verschmachten und stürzte die Kirche in neue Verwirrung, indem er abermals die Wahl des Papstes Formosus für ungiltig erklärte und mithin auch alle von ihm ertheilten Weihen als nichtig behandelte[2]). Ein heftiger Streit über die Rechtmäßig-

---

[1]) S. die Bulle Benedikts über den Bischof Argrin von Langres (Bouquet IX, 211, J. 2708): nos vero ... praedecessoris nostri Ioannis papae statnta in omnibus servare cupientes und weiterhin quod (sc. pallium) olim a sanctissimo praedecessore nostro Formoso papa acceperat. Ueber die Zeitrechnung dieser Päpste s. Jaffé reg. pont. p. 306 flg., Gregorovius Gesch. d. Stadt Rom III, 267. Ueber ihr Ende Eugen. Vulgar. c. 14: nefas est indicari a qnoquam sacerdos summus ... quae res adeo viluit, ut non solum non diiudicentur, sed etiam acerva et puplica seditione comprehendantur et reali carcere proscribantur, donec subtili commento factiosoque actu carnificinus eorum interitus machinetur; ntrum eliminato exilio an concito exitio, qnod super his sit agendum determinetur. quod nnper de Leone et Christoforo sacris apostolis actum, totus mundus contremuit: qnando simul tres luctabantur apostolici, quorum unns, qui fortior, reliquos duro domans ergastulo vitam eorum cruda maceratione decoxit ac tandem miseratus diro martyrio finiri compulit et ab imis medullis dolentes animas extorqueri fecit, quatenus securus singularitatis victor suorum hostium in apostolicali cathedra sola maiestas adoraretur.

[2]) Schreiben an den B. Amelius von Uzes (Bouquet IX, 213, J. 2714): cum universns orbis dampnatum Formosum testetur, sancte sedis apostolice invasorem, admirati in tuis fuimus scriptis, que eum inter sacerdotes nominabant. igitur si te latet et nuntiatum tibi non est, his nostris apostolicis apicibus agnosce nominatum Formosnm esse dampnatum. verumptamen ad sacros, qnos sanctitatem tuam credimus bene intelligere, recurre canones et invenies non licere episcopnm propriam relinquere sedem et invadere alienam, quod egisse Formosum manifestum est; nnde perpetualiter est dampnatus. Ueber die Angelegenheit des Formosus handeln die von Bianchini (Gesta pontif. Rom. t. IV) herausgegebene Invectiva in Romam, ferner 2 Schriften des Auxilius (Mabillon anal. vet. p. 32, 40, Bibl. patr. Lugdun. XVII, 4, 11), von denen Roßhirt (kirchenrechtl. Quellen des ersten Jahrtausends S. 63) die erste längst bekannte de ordinationibus als einen neuen Fund ediert hat. Eine dritte von Mabillon, der sie herausgab (anal. vet. p. 28—32) gleichfalls dem Auxilius beigelegte Schrift liber cuiusdam requirentis et respondentis findet sich, wie mein verehrter Kollege Paul Hinschius entdeckt hat, in einer Bamberger Handschr. (P III. 20 fol. 103'—110) mit der Ueberschrift Vulgarii in defensionem Formosi papae und beginnt dort Eugenins Vulgarius Petro diacono fratri et amico. Petis a me etc. Derselbe Codex enthält, wie zuerst Roßhirt (a. a. O. S. 19, 29) mittheilte eine interessante ungedr. Schrift des nämlichen Eugenius (f. 88—101), darauf be-

keit oder Unrechtmäßigkeit jener Wahl knüpfte sich an diese Verfügung, der Aergernis und Unfrieden in weiten Kreisen verbreitete.

Vielleicht im Zusammenhange mit der Verurtheilung alles dessen, was von Formosus während seiner Regierung ausgegangen war, nahm Sergius auch eine für die deutsche Kirche äußerst wichtige Anordnung desselben zurück, die erneuerte Unterwerfung Bremens unter das Erzbisthum Köln. Um 906 erließ der Papst eine Bulle an den Erzbischof Adalgar von Hamburg[3]), durch welche er unter entschiedener Verwerfung und Verdammung der von Formosus und Arnolf durchgeführten Beschlüsse, der Bremer Kirche alle die Privilegien, die ihr Nikolaus verliehen, von neuem bestätigte und ihr die Metropolitangewalt über die Reiche der Dänen, Norweger, Schweden und der übrigen nordischen Völker zurückgab. Die Erzbischöfe Hermann und Hatto wurden wegen des leitenden Antheils, den sie auf der Synode zu Trebur an der ungerechten Beeinträchtigung des Hamburger Metropoliten genommen, eine Zeitlang zur Strafe der Ausübung ihrer geistlichen Amtspflichten enthoben. Dem Erzbischofe Adalgar gestattete der Papst wegen seines hohen Alters sich von fünf benachbarten sächsischen Bischöfen in seinen Obliegenheiten unterstützen zu lassen.

Ob zu dieser wichtigen Entscheidung des Papstes Sergius noch etwas anders Anlaß gegeben, als die Klagen Adalgars und das Bestreben alle Verfügungen seines Vorgängers Formosus als ungiltig anzusehen, muß dahingestellt bleiben. Sicherlich erfolgte sie, wie schon aus der dem Reichsregenten Hatto auferlegten Buße abzunehmen ist, nicht im Einverständnis mit der Regierung Ludwigs und kann daher mit der Reise des Bischofs Salomon nach Rom im J. 904 schwerlich in Verbindung gebracht werden. Nach dem Tode Adalgars (9. Mai 909) ertheilte Sergius seinem Nachfolger Hoger das Pallium als Abzeichen seiner Metropolitangewalt und demselben bestätigte darauf Papst Anastasius III. die Privilegien der Hamburger Kirche[4]), so daß hiemit der langwierige Streit

---

züglich, qualiter iterum domnus papa redivive in Formosianos feriret ac crudum resecationis mucronem in eos protenderet. Sie lag mir in einer Abschrift des Hrn. Prof. Hinschius vor.

[3]) Lappenberg Hamburg. Urkb. I, 36 (J. 2716): nos igitur quicquid iniquo consensu Formosi papae et Arnulphi regis et machinatione Herimanni archiepiscopi in te et in ecclesia Hammaburgensi temere perpetratum est ... omnino destruimus ... Herimannum autem Coloniensem archiepiscopum et Haddanum Moguntinum archipresulem pro satisfactione penitentiae usque ad prefinitum a nobis tempus a divino suspendimus officio, quoniam apud Triburiam etc. Adam von Bremen (Gesta Hammab. pontif. I c. 52) schöpft aus dieser Bulle. Erhard (reg. hist. Westf. I, 120) will das Datum berichtigen, indem er an die Stelle der 3. Ind. das 3. Pontifikatsj. setzt, weil 905 die Bischöfe Bernhard v. Minden und B. v. Osnabrück noch nicht im Amte waren.

[4]) Lappenberg I, 37, 38 (J. 2721, 2723), beide in der vorliegenden Gestalt interpoliert oder gefälscht. Von Hoger berichtet Adam (c. 54, Scr. VII,

wesentlich sein Endziel erreichte. Bei der von Sergius gefällten Entscheidung hatte es um so mehr sein Bewenden, als nach dem Abfalle der Rheinlande zu Westfrancien man im ostfränkischen Reiche durchaus kein Interesse mehr daran hatte, die Ansprüche des abtrünnigen Kölner Erzbischofs auf Bremen irgendwie zu unterstützen. Daß übrigens unter diesen Metropoliten des Nordens die Mission gänzlich ruhte, ergab sich aus der Ohnmacht des Reiches mit Nothwendigkeit. Gleichzeitig mit dem Einfalle der Ungern wurde überdies der alte Hamburger Sprengel selbst auch von den Slaven und Dänen heimgesucht [5]).

Auf Sergius, der um den September 911 starb, folgten wieder zwei ganz kurze Regierungen der Päpste Anastasius III. und Lando, dann aber im Mai 914 die ungleich bedeutendere Johanns X. Dieser, vorher Erzbischof von Ravenna, bestieg den päpstlichen Stuhl in durchaus ungesetzlicher Weise nur durch seine nahe Verbindung mit der in Rom allmächtigen Familie des Konsuls und Senators Theophylaktus [6]). Theodora, die Gemahlin Theophylakts, eine Frau von äußerst ausschweifenden Sitten, wie sie damals in den vornehmeren Kreisen Italiens nur allzu sehr herrschten, hatte

---

302): qnod per contentionem ordinatus est a Coloniensi archiepiscopo. pallium suscepit a papa Sergio, ferulam a Lndvico rege. Daß Hoger sich wieder dem Kölner Erzbischofe unterworfen, folgt aus dieser Nachricht ebenso wenig, wie daraus, daß Sergius ihm mit einem sehr häufig wiederkehrenden Formulare das Pallium übersandte. Gfrörers Vermutungen (Gesch. der Carol. II, 444, 463) zerfallen daher durchaus in nichts, zumal da die Bulle des Papstes Anastasius, wenn wir sie als echt wollten gelten lassen, eine einfache Bestätigung der Metropolitanrechte enthält, keineswegs aber ihre Wiederherstellung ausspricht. Die Worte: insuper decrevimus nullum archiepiscoporum vel Coloniensem vel alium qnemlibet in tua diocesi ullam sibi vendicare potestatem, beweisen nur, daß der Köiner Erzbischof von jeder Erneuerung seiner Ansprüche abgehalten werden sollte. Gfrörer entdeckt „durch eine anmuthige Gunst des Zufalls" sogar den Gesandten, der von den Reichsregenten nach Rom geschickt wurde, um von Sergius die Zurücknahme seiner ersten Verfügung auszuwirken.

[5]) Adam von Bremen (l. I c. 52) bemerkt: mirum tamen neque satis cognitum est nobis, an aliqui episcopi in gentes ordinati sint ab Adalgario ... an haec ordinatio episcoporum inacta remanserit. nsque ad dies Adaldagi, ut melins confidimus, praesertim qnod vastacio barbarica vixdum presbyteros inter se morari consenserit und c. 54: in diebus illis inmanissima persecucio Saxoniam oppressit, cum hinc Dani et Sclavi, inde Behemi et Ungri laniarent ecclesias. tunc parrochia Hammaburgensis a Sclavis et Bremensis Ungrorum impetu demolita est.

[6]) Chronica S. Bened. (Scr. III, 199): Iohannes archiepiscopus Rabennatis ecclesie invitatus a primatibus Romane urbis, contra instituta canonnm agens Romane ecclesie invasor factus; Invectiva in Romam (Anastasii de vit. Rom. pontif. ed. Blanchini t. IV p. LXXIV), Liudprand. antap. l. II c. 47, 48 vgl. dazu Koepke de vita Liudprandi p. 89 flg.; Benedicti chronic. c. 29; Panegyr. Bereng. l. IV v. 89 (Scr. IV, 208): summus erat pastor tunc temporis urbe Iohannes | officio affatim clarus sophiaque repletus. Ueber die Familie Theophylakts vgl. namentlich Gregorovius Gesch. d. Stadt Rom III, 275—280.

zwei Töchter, Marozia (d. i. Mariuccia, Mariechen) und Theodora, die an Reizen wie an Ueppigkeit ihre Mutter weit übertrafen. Während jene dem Markgrafen Alberich von Spoleto vermählt, zugleich mit dem Papste Sergius buhlte und durch ihn Mutter des späteren Papstes Johanns XI. wurde, schenkte die ältere Theodora dem Erzbischof Johann von Ravenna ihre Gunst, der eben durch ihren Einfluß zum Nachfolger Petri erkoren ward. Wenn die Art seiner Erhebung und seine Sitten ihn dieses hohen Amtes auch ganz unwürdig machten, so fehlte es ihm andrerseits doch nicht an Klugheit und Thatkraft, um den trüben Ursprung seiner Würde vergessen zu machen und an die Stelle des Weiberregimentes wieder männliche Leitung treten zu lassen.

Noch immer plünderten die Saracenen von ihrer festen Niederlassung am Garigliano aus bis in die Umgegend von Rom ja bis nach Tuscien hin, während ihre Stammesgenossen zu Garde-Freynet die Straßen von Burgund nach Italien unsicher machten. Von dem Könige Berengar, dem Johann Anfang Dezember 915 mit herkömmlicher Feierlichkeit die lange ersehnte Kaiserkrone aufs Haupt setzte[7]), versprach sich dieser wohl ebenso wenig einen wirksamen Beistand, als ihn seine Vorgänger geleistet hatten, Unterstützung gewährte ihm dagegen der Markgraf Alberich von Spoleto, der seinem Namen nach fränkischer oder langobardischer Abkunft, nach dem Aussterben der Widone in ihre Erbschaft eingetreten war. In mehreren kleineren Treffen wurden die Saracenen aus der Sabina, in der sie sich zu Ciciliano, Narni und Orta festgesetzt, von den Mannschaften von Rieti, Nepi und Sutri überall zurückgeworfen und traten sämtlich den Rückzug an den Garigliano an.

Dort vereinigten sich gegen sie der Papst, der Markgraf von Spoleto, der Fürst Landolf von Benevent und Kapua nebst seinem Bruder Atenolf, Waimar von Salerno und endlich griechische Mannschaften, die auf den Hilferuf der italienischen Fürsten der Patricius Nikolaus Picingli herbeiführte[8]). Letzterer hatte auch

---

[7]) Ueber den Zeitpunkt von Berengars Kaiserkrönung s. Köpke in Pertz Archiv IX, 94, der dieselbe mit Lupi zwischen dem 22. Nov. und 3. Dez. 915 ansetzen will, diese Bestimmung wird durch eine Urk. Berengars für Monte Amiata vom 8. Dez. 915, jetzt in Florenz zur Gewißheit erhoben bei Gregorovius III, 290 A. 1.

[8]) Ann. Casinat. 914: hoc anno dispersi sunt Saracini de tota Italia, cuius habitatio fuit in Gareliano; Benevent. 915: hoc anno expulsi Sarraceni a Gariliano per eundem Landolfum principem (Scr. III, 172, 175); Lupus Protospatar. 916: exierunt Agareni a Garaliano; Liudprand. antap. II c. 49—54, Benedicti chronic. c. 29; die zuverlässigsten Nachrichten bietend, Leonis chron. monast. Casinens. l. I c. 52 (Scr. VII, 616, der aus einer von Gregorovius III, 295 A. 1 angef. Urk. zu schöpfen scheint); Schreiben Johanns X. an Hermann von Köln (Floss Leonis papae VIII privileg. p. 105): latere vos minime volumus, quia ... per me licet peccatorem meumque certamen Saraceni, qui LX iam annis terram istam vastaverant

die bisherigen Bundesgenossen der Muhammedaner, die Herzoge Gregor von Neapel und Johann von Gaeta von ihnen abwendig gemacht, indem er ihnen von dem Kaiser Konstantin die Würde des Patriciates überbrachte. Nach heißem Kampfe, in welchem Alberich wie ein Löwe focht, wurden die Saracenen genöthigt, sich in ihre auf einem Berge gelegenen Verschanzungen zurück zu ziehen. Durch eine dreimonatliche Belagerung in große Bedrängnis gebracht, versuchten sie endlich im August 916, indem sie ihre Behausungen in Brand steckten, sich durch Berg und Wald davon zu schleichen, die Christen aber verfolgten sie so eifrig, daß fast keiner von den Räubern entkam.

Die Erlösung von diesem furchtbaren Feinde, der seit mehr denn dreißig Jahren von jenem sicheren Schlupfwinkel aus die Campagna von Rom in eine Wüstenei verwandelt hatte, erregte den größten Jubel durch ganz Italien. Die Apostel Petrus und Paulus selbst glaubte man in den christlichen Reihen als Vorkämpfer ihres Glaubens wahrgenommen zu haben. „Wir wollen euch keineswegs verbergen, so schrieb bald darauf Johann X. an den Erzbischof Hermann von Köln, daß wir durch die Gnade des allmächtigen Gottes wiewol unverdienter Weise, sowie durch eure heiligen Gebete uns leiblich vollkommen wohl befinden und daß durch die Barmherzigkeit des Herrn und die Fürsprache der seligsten Apostel, von mir sündigem Menschen die Saracenen, welche schon seit 60 Jahren dies Land verwüstet und wie ihr eigenes besessen hatten, im Kampfe zerstreut worden sind, indem ich mich selbst und mein Leben für das Wohl der Christenheit preisgab, zweimal in eigener Person ihnen ein Treffen lieferte und die Schätze der Kirchen Gottes für uns an unsere christlichen Helfer spendete. Da sind sehr viele Gefangene, die viele Jahre im Elende schmachteten, fröhlich in die Heimat zurückgekehrt, längst zerstörte Kirchen werden wieder hergestellt und hallen täglich vom Lobe Gottes wieder. Es freut sich das ganze Land und bringt insgemein dem allmächtigen Gotte seinen Dank dar, welcher die nicht verachtet, die auf ihn hoffen, sondern durch mich unwürdigen seine Barmherzigkeit an ihnen erfüllte, die er denen verheißen hat, so auf ihn hoffen."

---

et quasi propriam possederant dissipati sunt etc. (Hier kann nicht die erste Niederlassung am Garigliano gemeint sein, sondern das erste Auftreten der Saracenen in der Gegend von Rom, das freilich mindestens 70 J. früher stattgefunden hatte). Gregorovius Darstellung dieser Ereignisse leidet durch die Benutzung der Fälschungen Pratillis (Gesch. der Stadt Rom III, 291 A. 1, 293 A. 1, 296 A. 1 vgl. Köpke in Pertz Archiv IX, 95, 213), aus dem er die von Muratori nur gemutmaßte, aber durch nichts zu erweisende Betheiligung des Kaisers Berengar sowie eine willkürliche Zeitangabe entnahm, desgl. Papencordt Gesch. der Stadt Rom S. 173. Die genaueste Zeitbestimmung hat Leo, nach dem die Einschließung per tres menses continuos dauerte und die Niederlage im J. 915 in der dritten Indiction mense Augusto erfolgte; da er aber Johann triennio ante Papst werden läßt, so setzte Muratori den Kampf hiernach in das J. 916, womit Lupus übereinstimmt.

Mit diesem Papste, der unbeirrt durch die Zweifel gegen seine Rechtmäßigkeit die Zügel der Herrschaft so kräftig ergriffen hatte, setzte man sich von Deutschland aus in Verbindung. Man klagte ihm die Noth des bedrängten Vaterlandes und der Kirche, die schwer unter dem Widerstreite der berechtigten königlichen Gewalt mit den zu Herzogen sich aufwerfenden Usurpatoren litt und bat um die Absendung eines Legaten, um auf einer unter seiner Leitung abzuhaltenden Synode die Gebrechen des Reiches vom kirchlichen Standpunkte aus zu heilen. Vielleicht wirkte dazu das Beispiel der westfränkischen Kirche mit, die einige Jahre zuvor zu Trosly auf einer Synode sich gleichfalls mit Abstellung der schlimmsten Uebelstände und Misbräuche beschäftigt hatte. So traten denn die Bischöfe des ostfränkischen Reiches mit Ausschluß der Sachsen am 20. September 916 zu Hohenaltheim im Rieß südlich von Nördlingen zur Berathung zusammen[9]) im Beisein des päpstlichen Legaten, Bischofs Peter von Orta, „der dazu abgesandt ist, daß er das in unseren Landen aufgegangene teuflische Unkraut ausrotte und die ruchlosen Umtriebe gewisser verderbter Menschen beschwichtige und erstické."

Nachdem die versammelten Väter ein dreitägiges Fasten gehalten und Litaneien gefeiert, vereinigten sie sich in der Kirche Johanns des Täufers zur Synode. Traurig saßen sie nieder, so heißt es in den Akten, da erhob sich der Legat und las ihnen ein apostolisches Schreiben vor voll Ermahnungen, Anklagen und Belehrungen über die rechte Uebung des christlichen Glaubens. „Dies alles haben wir, wie es recht und angemessen war, demütig vernommen, sorgsam erwogen und mit ergebenem Sinne auf alle Weise beherzigt." Die Versammelten beschlossen hierauf, indem sie ihre zahllosen Fahrlässigkeiten und schweren Sünden beweinten, auf das Anmahnen des Legaten zuerst an ihre eigene Besserung sodann an die des christlichen Volkes Hand anzulegen. Sie begannen daher mit einigen allgemeinen Erinnerungen an Bischöfe und Priester zu sittlichem Wandel und strenger Pflichterfüllung. Niemand solle durch Simonie oder aus Ehrgeiz einen bischöflichen Stuhl besteigen[10]). Geistliche, die aus leibeigenem Stande durch die Wohlthat ihrer Herren unterrichtet und zur Priesterwürde befördert worden sind, sollen ihnen auch ferner Gehorsam und Unterwürfigkeit zollen, wofern sie nicht gebannt oder gar ihrer geistlichen Würde wieder entkleidet sein wollen.

---

[9]) Herimann. Aug. 916: ipso anno apud Altheim coram misso apostolico sinodus habita. Die vollständigen Akten ohne die Unterschriften Leg. II, 555—560.

[10]) C. 28: De simoniaca heresi vitanda et ambitu vgl. oben S. 309; Liudprand (antap. l. II c. 27) läßt Heinrich vor der Merseburger Schlacht geloben: simoniaca heresis deo invisa ..., quae a decessoribus nostris hactenus est temere custodita, modis omnibus a nostro sit regno expulsa.

Ganz besonders rügte man die Gemeinschaft mit Exkommunizierten und erklärte es auch für unerlaubt mit solchen etwa der Verteidigung des Kirchengutes halber zu verkehren. Die Geistlichkeit soll hierin ein gutes Beispiel geben, die Bischöfe und Priester, da sie es öffentlich nicht können, insgeheim in einem Kloster für ihre bisherigen Versündigungen in dieser Hinsicht Buße thun: denjenigen, die aus freien Stücken mit Gebannten verkehren, wird zur Strafe ein vierzigtägiges Fasten auferlegt. Indem man so die Strenge der kirchlichen Strafen zu schärfen suchte, machte man ihre Anwendung vorzüglich zum Schutze der Gerechtsame und des Eigenthums der Kirche geltend, wie z. B. der Leistung der Zehnten.

Geistliche sollten nie von weltlichen Richtern verurtheilt werden dürfen. Wer gegen die Bischöfe oder die kirchlichen Verwalter gerechten Grund zur Klage zu haben glaubt, darf seine Beschwerde doch nicht eher bei den Primaten oder sonstigen Richtern vorbringen, bevor er nicht den, von welchem er sich verletzt meint, zu wiederholten Malen gütlich aufgefordert hat, ihm sein Recht zu gewähren. Uebrigens soll es den Bischöfen zur Vermeidung von Aergernissen und damit solche Wirren, wie sie neuerdings stattgefunden, nicht wiederkehren, freistehen, sich nach dem Vorbilde des Papstes Leos III. (im J. 800) durch einen Reinigungseid auf die Evangelien von unbegründeten Anklagen zu befreien[11]). Wie es seit den Zeiten der Apostel üblich gewesen, so solle der Bischof, der von den Bischöfen derselben Kirchenprovinz angeklagt oder verurtheilt ist, ungehindert von ihnen an den apostolischen Stuhl appellieren. Wie dieser und mehrere der vorhergehenden Sätze, so ist auch der folgende, daß kein des Vermögens oder der Einkünfte seiner Kirche beraubter Bischof in Anklagezustand versetzt werden dürfe, den Pseudoisidorischen Dekretalen wörtlich entnommen[12]), die wenn auch nur allmälich und schrittweise, doch unaufhaltsam

---

[11]) C. 16: precipue ob multa scandala eruenda et funditus extirpanda et perturbationes, quae noviter exortae sunt et oriuntur, necnon ut omnes sciant, nos episcopos tales dei misericordia nequaquam esse, quales dicimur.

[12]) Gfrörer (Gesch. der Carol. II, 484) wollte in der Altheimer Synode nichts finden, als die echten Schlüsse von Sardika, desgl. Hefele (Conciliengesch. IV, 557 A. 2), schon Göcke aber (de exceptione spolii p. 76) erkannte, daß c. 14 derselben (Nulla — carent suis) aus Fabiani epist. c. 20 p. 165 ed. Hinschius entlehnt sei. Desgl. stammt c. 10 aus Anacleti ep. pr. c. 15 p. 73; c. 11 qui — facit eb. c. 14; c. 12 leges — submovemus eb. c. 15, peius malum — iudicio aus Alexandri ep. pr. c. 7 p. 98; c. 13 dei ordinationem — debeant aus Telesphori ep. pr. c. 3 p. 111, placuit — pontificem aus Victoris ep. c. 5 p. 128 u. a.; c. 14 et revera — patiatur aus Fabiani ep. III c. 28 p. 168, infames aus Clement. ep. pr. c. 31 p. 40; c. 15 si quis — saepissime aus Alexandri ep. pr. c. 8 p. 98 (vgl. decreta Felic. II papae c. 2, 3 p. 485); c. 17 errant — custodierint aus Calixti ep. II c. 20 p. 142.

Geltung in der deutschen Kirche erlangten. Jedenfalls wurde zu Altheim von dem Werke des Fälschers schon in ausgedehnterem Maße Gebrauch gemacht, als 21 Jahre früher zu Trebur.

Der Hauptzweck der Synode, dem wankenden Königthume an der Kirche einen Halt zu geben, trat in andern Verfügungen zu Tage [13]). Man klagte darüber, daß so viele Völker die Eide, die sie ihren Königen geschworen, für nichts achteten und brächen, ohne daran zu denken, welcher Verdammnis sie hiedurch ihre Seelen aussetzten. Von der gesamten anwesenden Geistlichkeit und dem Volke ward daher über solche Meineidige feierlich dreimal ein Fluch ausgesprochen, daß sie bei der Ankunft des Herrn gleich Judas Ischarioth geachtet sein sollten. Hieran schloß sich folgende Erklärung der Anwesenden: „Wir betheuern vor Gott und der ganzen Schar der Engel und dem Chore der Propheten und Apostel und aller Märtyrer, vor der gesamten katholischen Kirche und der Gemeinschaft der Christen, daß Niemand (von uns) auf den Tod des Königs sinnen, Niemand das Leben des Fürsten durch Mord antasten, Niemand ihn der Herrschaft im Reiche berauben, Niemand mit tyrannischer Anmaßung nach dem Throne streben, Niemand mit irgend welchen Mitteln zu seinem Schaden sich verschwören will. Wenn einer von uns sich in einem dieser Stücke mit vermessenem Willen vergeht, so sei er verflucht und ohne Rettung in alle Ewigkeit verdammt.“

Im Zusammenhange mit diesem feierlichen Gelöbnis steht eine Verordnung der Synode gegen den Meineid und die Verführung zum Meineide, die entweder mit lebenslänglicher oder mindestens mit zwölf bis vierzehnjähriger Buße bestraft werden sollte. Laien, die ihren dem Könige geschworenen Treueid verletzen und sich an Handlungen betheiligen, die gegen sein Reich oder sein Leben gerichtet sind, sollen verflucht sein, weil der einem Tempelräuber gleich ist, der seine Hand an den Gesalbten des Herrn legt. Sie müssen die Waffen ablegen, in ein Kloster gehen und Buße thun bis an ihr Ende. Geistliche in dem gleichen Falle werden degradiert. Weiter im Einzelnen wurde noch bestimmt, daß wer wissentlich Meineid begeht, sieben Jahre Buße zu thun habe, wer unwissentlich oder verführt, dreimal vierzig Tage u. s. f.

Die Synode beschäftigte sich jedoch nicht bloß mit allgemeinen Beschlüssen, um für die Zukunft einen besseren Zustand der Dinge herbeizuführen, sie begann auch sogleich die Vergehungen

---

[13]) C. 19 Pro robore regum nostrorum. post instituta quaedam ecclesiastici ordinis vel decreta, quae ad quorundam pertinent disciplinam, postremo nobis cunctis episcopis et sacerdotibus, presbyteris et omni clero consonoque populo una sententia est, pro robore regum et stabilitate christianae fidei gentisque pontificale ultimum sibi deo iudice ferre decretum. multarum quippe gentium, ut fama est, tanta extat perfidia animorum, ut fidem sacramento promissam suis regibus et dominis servare contemnant etc. Auch c. 20 führt die Ueberschrift item de robore regis.

derjenigen zu ahnden, durch deren Auflehnung wider die Ordnungen des Reiches und der Kirche die herrschende Verwirrung vornehmlich entstanden war. An Richwin, der sich ungesetzlicher Weise des Bisthums Straßburg bemächtigt und auf die an ihn ergangene Vorladung weder selbst erschienen war noch einen Vertreter gesandt hatte, wurde im Namen des Papstes eine zweite Vorladung zu einer von dem Erzbischof Heriger in Mainz abzuhaltenden Provinzialsynode gerichtet. Wenn er auch dort ausbliebe, so sollte er so lange für abgesetzt gelten, bis er sich in Rom vor dem Papste Johann selbst gerechtfertigt haben würde.

In Bezug auf die Blendung des Bischofs Einhard von Speier wollte die Synode nicht entscheiden, da die Akten noch nicht spruchreif seien, der Bischof Richgowo von Worms wurde beauftragt zu untersuchen, wie es mit der Buße der Schuldigen bestellt sei und ob sie der Kirche und dem Bischofe entsprechende Genugthuung geleistet hätten. Spätestens bis zum Samstage vor Pfingsten sollte er dem Papste darüber Bericht abstatten. Der Volkshaufe, der an diesen Verbrechen theilgenommen, sollte für diesmal noch ungestraft bleiben, für die Zukunft aber wolle man in ähnlichen Fällen die größte Vorsicht anwenden[14]). Die sächsischen Bischöfe, die zur Synode eingeladen nicht einmal ihre Vertreter geschickt hatten, erhielten eine scharfe Rüge wegen ihres Ungehorsams und wurden aufgefordert ebenso wie Richwin sich zu der anberaumten Mainzer Synode einzufinden. „Wenn sie auch dies, was wir nicht wünschen, misachtend, nicht kommen wollen und für ihre Widerspenstigkeit Rechenschaft abzulegen verschmähen, so untersagt ihnen mit apostolischer Autorität Petrus, (nämlich) des heil. Petrus und des Papstes Gesandter samt der heiligen Synode Messen zu feiern, bis sie nach Rom gehen und vor dem Papste und der heiligen Kirche genügende Rechenschaft abgelegt haben.“

Aus der Abwesenheit der sächsischen Bischöfe in Verbindung mit dem vollkommenen Schweigen der Synode über den Herzog Heinrich, darf man vielleicht folgern[15]), daß der letztere im Verlaufe des vorjährigen Feldzuges irgend einen Vergleich mit dem Könige geschlossen hatte, zufolge dessen er nicht mehr als Aufrührer betrachtet werden konnte, daß er aber bei seinem gespannten Ver-

---

[14]) C. 32: ut sepe accidit, quotiens a populis aut a turba peccatur, quia in omnes propter multitudinem non potest vindicari, inultum solere transire. priora ergo dimittenda dico dei iudicio, reliqua maxima sollicitudine praecavendum. B. Einhard, von dem wir nichts weiter hören, starb im J. 918 s. Necrol. Fuld. mai., min. 918, Ann. Quedlinb. 918: Einhardus episcopus occiditur.

[15]) Vgl. Waitz K. Heinrich I. Neue Bearb. S. 32, wo auch die unrichtige Angabe Adams von Bremen (l. I c. 55), der Unwan v. Bremen unter den Theilnehmern der Synode nennt, erklärt wird. Adalward v. Verden wird nicht in einer, sondern in zwei Urk. Konrads genannt (oben S. 595). Aus c. 30 läßt sich übrigens nicht mit Sicherheit schließen, ob alle sächsischen Bischöfe sich von der Synode fernhielten.

hältnisse doch Anstand nahm, seine Bischöfe zu dieser recht eigentlich zur Steigerung des königlichen Ansehens bestimmten Versammlung zu entsenden. Auch hier zeigt sich wieder, daß in Sachsen die Geistlichkeit mit dem Herzoge fest zusammenhielt. Die Gegner Konrads in Schwaben und Baiern waren sämtlich vor den Richterstuhl der Synode geladen worden[16]): während Burchard und Arnolf sich fernhielten, erschien Erchanger und Berthold freiwillig in der Hoffnung sich durch einen gütlichen Vergleich mit dem Könige abzufinden, wie einst Adalbert von Babenberg sich Ludwig dem Kinde in gleicher Absicht unterworfen hatte. Ihre und ihrer Genossen Vergehen wurden von den versammelten Vätern zunächst im Allgemeinen verurtheilt. „Wer mit List an den Gesalbten des Herrn, nämlich an seinen Bischof, Vater und Hirten Hand anlegt, wer ein Gotteshaus verwüstet und anzündet, wer einen Mönch oder Priester erschlägt und wer meineidig wird und nach dem Untergange seines Herrn, des Königs trachtet oder einen Verwandtenmord begeht, der soll nach dem Beschlusse der heiligen Synode entweder an Einem Orte d. h. im Kloster Zeitlebens Buße thun oder sich zwölf Jahre einer strengen Buße unterwerfen, nämlich nach den Kirchengesetzen drei Jahre bei Brot, Salz und Wasser, vom Fleisch und Wein aber sich Zeitlebens enthalten.“

Von diesen manigfaltigen Vergehungen, von denen die ersten beiden dem Tempelraube ausdrücklich gleichgestellt wurden, paßte jedenfalls immer die eine oder die andere auf Konrads Gegner. Daß man aber vorzüglich damit Erchangers Auflehnung verallgemeinert, lehrt seine und seiner Genossen besondere Verurtheilung wegen der arglistigen Gefangennehmung ihres Bischofs Sa-

---

[16]) C. 34 De his, qui ad synodum vocati non venerunt. decrevit sancta synodus, nt omnes, qui ad eam vocati non venerunt, ipsi qui polluti fuerant insania Erchengarii, Berhthaldi et Burghardi Arnoldique, si digne paenitere velint veniant etc. Da nur Arnolf und Berthold von neuem vorgeladen werden, so muß man wohl annehmen, daß die übrigen sich vor der Synode gestellt haben. Bei dem Urtheile, welches (c. 21) de Erchengario et sociis suis oder wie es im Texte heißt de Erchengario et eius complicibus et sociis gefällt wird, könnte man unter den letzteren an seinen Bruder Berthold und seinen Neffen Liutfrid denken und die Angabe des Herimann. Aug. 917: Erchanger, qui ducatum Alamanniae invaserat, cum fratre Berhtoldo regi Connrado rebellantes eique tandem ad deditionem s p e p a c t i o n i s venientes. Da der schwäbische Graf Berthold sich gleich nach der Synode in Konrads Händen findet, so vermutete Büdinger (östr. Gesch. I, 236) nicht ganz ohne Wahrscheinlichkeit, daß in c. 35 unter dem nach Regensburg vorgeladenen Berthold Arnolfs Bruder, der spätere Herzog von Baiern zu verstehen sei, der sonst unter Konrad noch gar nicht erwähnt wird. Zweifelhaft bleibt das Verhältnis Burchards: war er erschienen, warum traf ihn dann nicht dieselbe Verurtheilung wie Erchanger, war er aber nicht erschienen, warum wurde er nicht gleich Arnolf auf eine neue Synode vorgeladen? Aus diesem Grunde dürfte man vielleicht vermuten, daß in c. 35 de datis induciis Arnoldo et Berahdoldo, an Stelle des letzteren Burchardo zu lesen sei, wiewol sich im Texte Arnoldum et Berchthaldum noch einmal wiederholt. Sicher ist nur, daß Burchard im Widerstande verharrte.

lomon und wegen ihrer Verletzung von Kirchen. Sie sollten dafür der Welt entsagen, die Waffen ablegen, ins Kloster treten und dort all ihr Lebtage unablässig Buße thun. Alle diejenigen, die von gleicher Schuld befangen von der Versammlung ausgeblieben waren, wurden ermahnt, sich in größter Eile ihren Bischöfen zu unterwerfen und sich von ihnen eine Buße auferlegen zu lassen, wo nicht, so sollte sie der Bann treffen, mit welchem sie in dem Schreiben des Papstes Johann bedroht würden. Arnolf und Berthold (vielleicht Burchard?) wurde noch eine weitere Frist bis zum 7. Oktober angesetzt, bis zu welchem Tage sie sich mit ihren Anhängern auf einer Synode in Regensburg stellen könnten. Wenn sie auch diesen heilsamen Rath hochmütig zurückwiesen und sich nicht dem durch ihre Vassallen abgelegten Versprechen gemäß einfänden, so sollten sie nach Maßgabe des päpstlichen Schreibens in unwiderruflichen Bann verfallen und mit dem Verräther Judas dem ewigen Feuer überantwortet werden.

So in jeder Beziehung machte die deutsche Kirche auf der Synode von Hohenaltheim die Sache ihres Königs zu der ihrigen: verstärkt durch die ihr zur Verfügung gestellte Autorität des päpstlichen Stuhles, bedrohte sie alle Aufrührer mit den strengsten kirchlichen Bußen. Die Berechtigung dazu schöpfte sie theils aus der von geistlicher Hand vollzogenen Salbung des Königs, die ihn zu einem Geweihten des Herrn machte und ihm ein höheres göttliches Anrecht verlieh, theils aus der Verletzung des unter kirchlichen Formen geleisteten Eides, dessen sich die Empörer schuldig machten, endlich aus Gewaltthätigkeiten gegen einzelne Kirchen und Geistliche, wie vor allem gegen den Konstanzer Bischof, die von den Gegnern des Königs ausgegangen waren. Aehnliche Zustände wie die westfränkischen unter Karl dem Kahlen riefen auch in Deutschland ähnliche Mittel der Abwehr hervor.

Vornehmlich den Erzbischof Heriger von Mainz[17]) und den Bischof Salomon von Konstanz dürfen wir als die Männer betrachten, durch welche dieser enge Bund zwischen Königthum und Kirche geschürzt wurde, Konrad folgte damit ganz der Bahn, die sein Vorgänger Arnolf durch die Synode von Trebur eingeschlagen. Durch welche Beweggründe sich Johann hiebei leiten ließ, ist schwerlich zu ermitteln: wir wagen keine Vermutung darüber, ob er etwa den Wunsch hegte, Konrad den Weg über die Alpen frei zu machen, oder ob er überhaupt nur gern die noch nie dargebotene Gelegenheit ergriff, durch päpstlichen Machtspruch ein Gewicht in die Wagschale der inneren Angelegenheiten Deutschlands zu werfen. Welche Autorität mußte ihm zuwachsen, wenn sich auf diesem Wege die Wirren schlichten ließen, die zu einer Auflösung

---

[17]) Auf Fürbitte Herigers sind Urk. für Lorsch vom 7. Juni 914, für einen Wirzburger Vassallen vom 6. Nov. 915, für Seben vom 6. Juli 916, für Eichstädt vom 9. Sept 918 ausgestellt.

dieses Reiches zu führen drohten. Daß man aber in der gleichen Weise fortfahren, die Widersacher der königlichen Gewalt auch ferner durch die Zuchtmittel der Kirche zu bändigen gedachte, lehren die nach Mainz für Sachsen, nach Regensburg für Baiern ausgeschriebenen Synoden.

Die Wirkungen der Altheimer Synode scheinen nicht den aufgewandten Mitteln entsprochen zu haben: der herrschende Zustand der Verwirrung und Gesetzlosigkeit dauerte nach wie vor fort und von dem Zustandekommen weiterer Kirchenversammlungen erfahren wir nicht das geringste. Zunächst ward den schwäbischen Empörern, die sich doch freiwillig ergeben hatten, ein blutiges Ende bereitet. Ohne Rücksicht auf die Verurtheilung zum Kloster, welche die Synode über sie ausgesprochen, — vielleicht wollten sie sich diesem harten Spruche nicht fügen —, ließ Konrad die beiden Brüder Erchanger und Berthold, die Besieger der Ungern und seine eigenen Schwäger nebst ihrem Neffen Liutfrid als Hochverräther zum Tode verurtheilen und am 21 Januar 917 zu Adingen im Neckargaue mit dem Schwerte enthaupten[18]), ihre Güter fielen dem Staate zu mit Ausnahme derjenigen, welche zum Leibgedinge von Erchangers Gemahlin Bertha gehörten. Das Volk sagte von ihnen, wie von dem Babenberger, daß sie mit Unrecht durch Arglist ihren Tod gefunden, weil sie sich dem Könige in der sicheren Hoffnung auf Begnadigung unterworfen hätten. Ob sich dieselbe in diesem oder jenem Falle auf irgend welche bestimmte Zusagen stützte, ist jedoch nicht überliefert.

Zur Beruhigung Alamanniens trug die Hinrichtung der beiden herzoglichen Brüder jedenfalls nichts bei, denn an ihrer Stelle

---

[18]) Ann. Alamann. 916: Erchanger, Perahtolt et Liutfrid occiduntur dolose; Augiens. 917: Erchanger et Peratolht decollati sunt, desgl. Contin. Regin. 917; Ann. Sangall. mai. 916: Erchanger et frater eius Perehtolt et Liutfrid capti et occisi sunt; Quedlinburg. 917 (Scr. III, 52): Ercancharius, Berthardus et Lutfridus capite plectuntur; Herimann. Aug. 917: Erchanger ... cum fratre ... ipso (sc. Counrado) iubente apud villam Aldingam decollantur XII Kal. Februarii. (Ich halte mit dem Herausgeber Scr. V, 112 n. 59 an einem der wirtembergischen Aldingen fest. Daß der Ort im Rieß gelegen habe müsse, ist gewis aus der 4 Monate zuvor daselbst abgehaltenen Synode nicht zu folgern). Bei Ekkehard (casus S. Galli p. 86) wird Liutfridus sororis amborum filius iuvenis pertinacissimus als heftiger Feind Salomons genannt. Derselbe läßt Erchanger und Genossen schon zur Zeit der Gefangenschaft Salomons von den Bischöflichen gefangen werden, die dies dem Könige melden und fährt dann fort: consilio dehinc habito primo colloquinm publicum Magontiae, postea generale edixit concilium. ubi tribus illis lege abiuratis et proscriptis praediisque eorum in fiscum redactis, maiestatis reis capita dampnata snnt, caeteris omnibus, qui tanto facinori intererant tanquam rei publicae hostibus prosequi iussis. Während Salomon ihr Leben zu retten suchte, soll Burchard zu ihrer Hinrichtung gedrängt haben, rex autem crebro ab eo fatigatus tandem eos iugulari praecepit, worauf ihnen der Bischof multum eorum nece tristatus kirchliches Begräbnis gewährte. Die Unvereinbarkeit dieser Erzählung mit den dürftigen Andeutungen der Zeitgenossen hat bereits v. Stälin hervorgehoben (Wirt. Gesch. I, 272 A.).

erhob sich sofort, nun ohne Nebenbuhler, der Graf Burchard, bemächtigte sich der Güter der Getödteten und wurde im ganzen Lande von den Großen als Herzog anerkannt, ohne daß der König es hindern konnte[19]). Nicht umsonst hatte die Geistlichkeit seinem Aufkommen widerstrebt, denn um sich zu befestigen sah auch er sich vielfach genöthigt, seine Getreuen mit Kirchen- und Klostergütern auszustatten.

Zugleich mit Schwaben fiel auch Baiern von der Herrschaft Konrads wieder ab. Arnolf, von friedlicher Unterwerfung weit entfernt, kehrte aus der ungrischen Verbannung nach Salzburg zurück und bemeisterte sich von da seiner Hauptstadt Regensburg wieder. Konrad zog, wahrscheinlich im Sommer 917, gegen ihn zu Felde und belagerte ihn in Regensburg, doch ohne Erfolg, mit einer im Kampfe empfangenen Wunde soll er heimgekehrt sein[20]). Der Baiernherzog hatte sich siegreich gegen alle Angriffe behauptet, auf die Zuneigung des Volkes gestützt übte er nun, wenn auch ohne den königlichen Namen, eine so gut wie unumschränkte Gewalt. Seine Macht beruhte nicht auf der Geistlichkeit, die ihm vielmehr abgeneigt war, sondern auf den streitbaren Vassallen, die unter seiner Fahne kämpften und mit deren Hilfe er auch die verfallenen oder durch die Belagerung beschädigten Befestigungen von Regensburg wiederherstellte und neu aufbaute, indem er zugleich den Umfang der Stadt erweiterte[21]).

Die überaus zahlreichen und begüterten Klöster Baierns, von

---

[19]) Ann. Alamann. 916: et iterum Purachardus rebellavit; Herimann. Aug. 918: Burghardus dux Alamanniae factus tyrannidem invasit; Ekkehardi casus S. Galli p. 87: Sueviae principum assensu statuitur Alamannis dux primus Purchardus ... virtutum dote probatissimus, cui et praedia damnatorum confiscata in beneficium sunt tradita, exceptis dotibus Perhtae. Die letztere Nachricht ist gewis unrichtig, soweit es sich um eine freiwillige Belehnung mit diesen Gütern von Seiten der Krone handelt. Bei Liudprand (antap. l. II c. 18) wird unter den mächtigsten Fürsten Konrads Bruchardus in Suevia aufgezählt, Widukind (res gest. Saxon. l. I c. 27) erwähnt Burghardum ducem Alamanniae als einen bellator intolerabilis vgl. über ihn sonst v. Stälin wirtemb. Gesch. I, 431, Merkel de republ. Alamann. p. 14, 50.

[20]) Ann. Alam. 917: Arnolfus cum Bavaris rebellavit; Contin. Reginon. 917: Arnulfus dux Bawariorum regi rebellat; Ann. Ratispon. 917: Arnolfus Bawariam recepit; Auctar. Garstense (Ann. S. Rudberti Salisb.) 916: Arnoldus dux pergens (egressus) de Iuvavo obsessus est Ratispone a Chuonrado rege; Widukind. l. I c. 25: rex autem profectus in Boioariam dimicavit cum Arnulfo et ibi, ut quidam tradunt, vulneratus revertitur in patriam suam. Ueber die Zeitbestimmung dieses zweiten Zuges Konrads nach Baiern vgl. die Anmerkung Jaffés (Scr. XVII, 570 n. 14), dem sich auch Giesebrecht (deutsche Kaiserzeit 3. Ausg. I, 204) angeschlossen hat. Da wir aus dem ganzen Jahre 917 nur eine Urk. Konrads vom 3. Nov. aus Frankfurt kennen, so bleibt freier Raum für den bairischen Zug.

[21]) Arnold. de S. Emmer. I c. 7 (Scr. IV, 552): muros Ratisbonensium civitatis, quos Arnolfus dux inter optimates opere diviso cito construxerat sub rege Heinrico vgl. dazu Hirsch Heinrich II., I, 35.

denen freilich so manche, wie z. B. Benediktbeuern, St. Florian schon von den Ungern hart mitgenommen und verwüstet worden[22]), mußten zur Ausstattung der herzoglichen Lehnsleute einen großen Theil ihres Besitzes hergeben, der durch einen Gewaltstreich Arnolfs säkularisiert wurde[23]). So in Altaich, Tegernsee, Mönchsmünster und an andern Orten, überall wurde der Herzog als Tyrann verabscheut und ihm von den Mönchen der Beiname des Schlimmen angehängt. Für Land und Volk war es jedoch ohne Zweifel ein Glück, daß in der grenzenlosen Verwirrung ein so tapferer Mann die Zügel der Regierung ergriff, und den Verheerungen der Ungern Schranken setzte. „Hiernach, so schreibt ein Baier von seiner späteren Regierungszeit, leuchtete unser glorreicher Herzog Arnolf, mit Tüchtigkeit vom Himmel begabt, berühmt durch seine Tapferkeit und sieggekrönt, weil er von dem Geschlechte der Kaiser und Könige abstammt und durch ihn das Christenvolk von dem wütenden Schwerte der Heiden erlöst und zu einem freien Leben hindurchgeführt worden ist.“

In demselben Jahre, in welchem Konrad seinen zweiten erfolglosen Zug nach Baiern unternahm, erschienen auch die Ungern wieder innerhalb der deutschen Grenzen[24]). Durch Schwaben schweiften sie hinüber an den Oberrhein, der Bischofssitz Basel wurde von ihnen zerstört, dann gieng es durch das Elsaß zum er-

[22]) Chronic. Benedictobur. c. 8 (Scr. IX, 218).

[23]) Gerardi vita S. Oudalrici c. 3: de destructione multorum monasteriorum, quae in beneficia laicorum divisit (sc. Arnolfus) daraus Otto Frising. chron. VI c. 18: hic est Arnolfus, qui ecclesias et monasteria Baioariae crudeliter destruxit ac possessiones earum militibus distribuit. Die späteren Zeugnisse s. bei Büdinger östr. Gesch. I, 240, Hirsch Heinrich II., I, 94 flg., Waitz Heinrich I. Neue Bearb. S. 58, Ficker vom Heerschilde S. 82, 102.

[24]) Ann. Augiens. 917: Ungari per Alemanniam in Alsatiam et usque ad fines Lotharii regni venerunt; desgl. Contin. Reginon. 917; Herimann. Aug. 917: Ungarii pervasa, ut ceperant Alamannia Basileam urbem destruunt indeque Alsacia vastata Lotharii regnum multa mala facientes invadunt; Ann. S. Vincentii Mettens. 917: Ungarii primitus regnum Lotharii ingressi sunt; Chronic. Mediani monast. c. 6 (Scr. IV, 89): quo (sc. Ottone abbate) superstite civitas Basilea ab Hunis expugnata atque aequata est solo. (Ueber die Werthlosigkeit der ann. Wirzib., vielmehr S. Albani als Quelle für diesen Ungerneinfall s. Waitz in den Nachrichten der Gött. Gesellsch. der Wissensch. 1857 S. 55 A.). Hieher mögen die miracula S. Gorgonii c. 7 (Scr. IV, 240) gehören: ea tempestate, qua Ungarii pervagabantur has regiones Wigerico praesule civitati Mettensi praesidente fugerunt monachi ad civitatem eandem sua omnia secum tollentes, inter quae pretiosissimum pignus S. Gorgonii evehentes ... eo quod septione murorum necdum munitus esset ambitus monasterii. Wigerich folgte in Metz auf den am 2. Januar 917 verstorbenen Robert bis 927, mithin läge es am nächsten entweder an das J. 917 oder 926 zu denken. Vielleicht ist die Angabe der ann. S. Quintini Veromand. 913 (Scr. XVI, 507): H(ungarii) R(henum) transierunt et usque Burgundiam pervenerunt unter ein falsches Jahr gerathen und zu 917 zu setzen. Die vorhergehenden Worte: hoc anno gelu maximum stehen richtig unter 913 vgl. ann. Aug. 913: hiemps magna nimis.

stenmale tiefer hinein nach Lothringen, das sie ganz im Anfange von Konrads Herrschaft allerdings schon einmal berührt hatten. Vielleicht kamen sie damals auch in die Gegend von Metz, wohin die Mönche des noch unbefestigten Klosters Gorze mit den Reliquien des h. Gorgonius sich geflüchtet hatten. Da Baiern bei diesem Zuge ebenso wie zwei Jahre früher unter den verwüsteten Ländern nicht genannt wird, so liegt die Annahme nahe, daß die Magyaren in Folge eines Vertrages das Gebiet Arnolfs nur friedlich zurücklegten.

Ueber die Thätigkeit Konrads in den letzten anderthalb Jahren seiner Regierung seit dem bairischen Feldzuge versagen fast alle Zeugnisse: wir wissen weder, ob Kränklichkeit seine Schritte hemmte oder ob er fernere Unternehmungen gegen die Herzoge betrieb, an deren Vollendung ihn nur der Tod verhinderte. Am 3. November 917, nach der einzigen uns erhaltenen Urkunde dieses Jahres[25]) machte er in Frankfurt einem seiner Kapläne eine Schenkung, die nach dessen Tode an das Kloster Lorsch fallen sollte. An demselben Orte bestätigte er am 21. April 918 einen Vertrag zwischen dem Bischofe Dracholf von Freising und dem fränkischen Kloster Schwarzach und zu Johannis erfreute er das Stift Hersfeld in Hessen durch seinen Besuch[26]). Am 4. und 5. Juli erlangte der „geliebte Getreue" Bischof Dioto in Wirzburg selbst von Konrad die Bestätigung älterer Privilegien seiner Kirche die Immunität und die Schenkung des Marktzolles betreffend. Ebenfalls in Franken zu Forchheim, vielleicht auf einer Reichsversammlung, wie man aus der Erwähnung von vier Fürbittern schließen möchte, ist die letzte Urkunde Konrads vom 9. September für den Bischof Udalfrid von Eichstädt ausgestellt[27]).

Der König wollte nicht aus dieser Welt scheiden, bevor er nicht über die Nachfolge im Reiche Verfügung getroffen. Seine Ehe mit der wahrscheinlich schon in höheren Lebensjahren stehenden Kunigunde war unfruchtbar geblieben, als sein nächster Anverwandter erscheint demnach sein älterer Bruder Eberhard, der natürliche Erbe seiner Besitzungen, denn ein jüngerer Bruder Otto, Graf im oberen Lahngaue[28]) scheint vor ihm gestorben zu sein.

---

[25]) Acta Conradi p. 32, 33, letztere Urk. scheint mir nur schlecht überliefert, der Inhalt unverdächtig.

[26]) Contin. Reginon. 918: Chuonradus rex nativitatem sancti Iohannis Herolvesfelt monasterio celebravit; Lamberti ann. 918: Cuonradus rex fuit in Herolfesfelde.

[27]) Acta Conradi p. 35: intervenientibus fidelibus nostris Herigero archiepiscopo et Thiotone episcopo necnon et Eberhardo et Heinricho comitibus. Mit dem Grafen Eberhard ist in dieser Urk. wahrscheinlich der auch im J. 916 genannte Graf im Donaugau gemeint (eb. p. 29), nicht des Königs Bruder.

[28]) Urk. Konrads vom 1. Juli 912: in pago Loganacgowe appellato in comitatu Ottonis fratris nostri; vom 28. Nov.: in pago Logenehe in

Daß jener sich um die deutsche Krone bewürbe, lag um so näher, da er einerseits das Haupt des herrschenden fränkischen Stammes war, andrerseits dem neuen königlichen Hause angehörte. Wenn von einem strengen Erbrechte auch keine Rede sein kann, so bildete doch der letztere Umstand eine gewichtige Empfehlung, sobald man bei der Wahl nicht bloß die persönlichen Gaben, sondern die Berechtigung durch die Geburt ins Auge faßte. Die Erfahrungen, die Konrad in dem siebenjährigen Kampfe um die Krone gemacht hatte, waren jedoch so trauriger Art, die Unzulänglichkeit seiner Kräfte für diese schwierige Aufgabe war ihm so klar geworden, daß er seinem Bruder, der ihm als treuer Gehilfe zur Seite gestanden[29]), diese Erbschaft nicht übertragen wollte.

Von den übrigen Häuptern des deutschen Volkes — außer Giselbert, der es mit dem Westreiche hielt — Arnolf, Burchard, und Heinrich, lagen die beiden ersteren mit Konrad in erbitterter Fehde, ob auch der letztere muß dahingestellt bleiben. Für ein friedliches Verhältnis scheint es zu sprechen, daß nach dem Tode des Erzbischofs Hoger von Bremen Geistlichkeit und Volk den von ihnen erwählten Probst Leidrad zur Bestätigung an den königlichen Hof schickten, wo jedoch nicht er, sondern sein Kaplan, der unscheinbare Unni den Hirtenstab aus Konrads Hand empfieng[30]). Wie indessen die Beziehungen zwischen dem Könige und Heinrich zuletzt auch gewesen sein mögen — und eigentlich freundschaftlicher Art waren sie sicher nicht — Konrad erkannte in dem Sachsenherzoge den Mann, der durch persönliche Tüchtigkeit ebenso sehr wie durch seine festbegründete und weit überlegene Macht ein-

---

comitatu Ottonis germani nostri (eb. p. 13, 17). Die Annahme seines frühen Todes stützt sich auf eine fuldische Urk. aus der Regierung Konrads, in der es heißt: in pago Logenaha in comitatu Herimanni (des späteren Schwabenherzogs, Dronke cod. Fuld. p. 309), sowie auf das völlige Schweigen der Quellen über Otto, nur der Fortsetzer Reginos läßt Konrad sterben vocatis ad se fratribus et cognatis suis (a. 919 vgl. Kremer orig. Nassoicae I, 139).

[29]) Außer bei Widukind (l. I c. 23) wird Eberhard in 2 Urk. Konrads genannt, vom 14. März 912: per interventum ... Heburhardique germani fratris nostri, vom 7. Juni 914: propter ... interventum ... Eberhardi marchionis fratris videl. nostri, in 2 andern Urk. bleibt es in Ermangelung einer näheren Bezeichnung zweifelhaft, ob er gemeint ist (Acta Conradi p. 10, 20, 26, 36). Ueber Eberhards Besitzungen s. Ranke Jahrb. des deutschen Reichs unter dem sächs. Hause I[b], 14, 39.

[30]) Adam. gesta Hammab. pontif. l. I c. 56: qui (sc. Leidradus) hoc Unni pro capellano utens ad curiam venit. rex autem Conradus divino, ut creditur, spiritu afflatus, contempta Leidradi specie, parvulo Unni, quem retro stare conspexerat, virgam pastoralem optulit. Ganz zweifelhaft bleibt die Persönlichkeit des Bischofs Reginward vgl. Lappenberg Hamburg. Urkb. I, 803—805. Nach den ann. Corbeiens., Necrol. Fuld. mai., min. 917, Necrol. Luneburg. ist es doch das wahrscheinlichste, daß Hoger 20. Dez. 917 starb und Unni ihm unmittelbar folgte. Auf die Bedeutung dieser Nachricht hat Leibniz hingewiesen (ann. imp. II, 301) vgl. im übrigen die Erörterungen von Waitz (K. Heinrich I. Neue Bearb. S. 33).

zig geeignet sei, dem zerrütteten Reiche Frieden und Wohlfahrt wieder zu geben. Er sah voraus, daß sonst fort und fort, wie es während seiner ganzen Regierung der Fall gewesen, der fränkische Stamm vergeblich seine Kräfte an ein unerreichbares Ziel setzen würde.

So versammelte Konrad, als er sein Ende nahe fühlte[31]), um sein Krankenlager die fränkischen Großen samt seinem Bruder Eberhard, ermahnte sie mit väterlicher Rede nach seinem Tode keinen Zwist bei der Wahl zuzulassen, sondern vor allem das Wohl des ganzen Reiches zu bedenken. Als den würdigsten Nachfolger aber empfahl er Heinrich, Ottos Sohn, einen klugen und thatkräftigen Mann, der mit rechter Strenge das Recht handhaben würde, welchem das Glück und die Befähigung zur Seite stehe, deren Eberhard ermangele. Seinem Bruder insbesondere gebot er, ihm Scepter und Krone und die übrigen Insignien des Reiches sogleich nach seinem Ableben zu überbringen und mit ihm seinen Frieden zu machen, damit er ihn für immer zum Freunde und Verbündeten haben möge. Eberhard erklärte unter Thränen seine Zustimmung und führte auch nachmals den Willen des sterbenden Bruders treulich aus, Konrad aber beschloß sein Leben am 23. Dezember 918[32]) und wurde in dem Kloster Fulda, das er sich selbst zur Ruhestätte gewählt, unter den Wehklagen seiner Franken ehrenvoll bestattet[33]).

[31]) Die Zeugnisse für die letztwillige Verfügung Konrads hat Waitz (a. a. O. S. 37 flg.) am vollständigsten gesammelt. Die glaubwürdigste Angabe ist wohl die des Contin. Regin. 919, mit der auch Thietmar (l. I c. 5) und die ann. Palid. übereinstimmen, daß Konrad in einer Versammlung der fränkischen Großen jene Verfügung getroffen. Die Anwesenheit der sämtlichen Reichsfürsten, von der Liudprand spricht, erklärt sich dann leicht als ein Misverständnis, das mit der irrigen Meinung von ihrer völligen Unterwerfung zusammenhängt. Bei der Anpreisung Heinrichs, die alle diese Schriftsteller Konrad in den Mund legen, darf man den Einfluß der späteren Verhältnisse nicht ganz übersehen. Eigenthümlich entstellend berichtet Ricobaldi compil. chronol. (Eccard corp. hist. I, 1273): hic in obitu suo neglectis filiis suis, quia erant ignavi, adversarium suum, quia probus erat, Henricum ... sibi succedere ... voluit.

[32]) Ueber Tag und Jahr des Todes Konrads handelt erschöpfend Waitz (a. a. O. S. 205).

[33]) Schwartz (König Konrad I. S. 32) hat bereits ausgeführt, daß gegen das Zeugnis von Widukind (l. I c. 25, dem Thietmar l. I c. 5 und der sächsische Annalist a. 919 nur nachschreiben) nicht Weilburg, wo der ältere Konrad begraben liegt, sondern Fulda für des Königs Grabstätte zu halten ist, nach dem Contin. Regin. 919: ipse vero huic vitae decedens in Fulda monasterio honorifica sepultura tumulatus est; Mariani Scotti chron. 940 (918) ... sepultusque est in Fulda monasterio iuxta altare sanctae crucis; Ablösungsregister des Mönches Eberhard (Dronke tradit. Fuld. p. 64) und einer Urk. Konrads (Acta Conr. p. 37), die jedoch in der vorliegenden Gestalt entschieden unecht ist. K. schenkt darin an Fulda, das er sich zur Ruhestätte erlesen praedia dua a parentibus nostris hereditario iure collata nobis hoc est in Hagen et Sumerde. Das Grab Konrads ist wahrscheinlich bei dem Brande der Domkirche im J. 1286 zerstört worden.

Das fruchtlose Ringen um die Herstellung einer stärkeren Königsmacht hatte die Kraft Konrads vor der Zeit gebrochen und ihm ein frühes Grab bereitet. Ueber seine persönlichen Eigenschaften aber urtheilen die Zeitgenossen durchaus günstig [34]): dem Fortsetzer Reginos ist er ein in jeder Hinsicht milder und einsichtiger Mann und ein Liebhaber der heiligen Religion. Liudprand rühmt seine Kraft und Kriegserfahrenheit und daß er mit weisem Rathe und starker Hand die Herzoge alle gebeugt habe. Aehnlich heißt er bei Widukind ein tapferer Held, tüchtig im Kriege wie im Frieden, freigebig und mild und mit allen Tugenden geziert. Konrads kirchlicher Sinn leuchtet aus seiner engen Verbindung mit der Geistlichkeit hervor, daraus, daß Hatto und Heriger, Salomon und Diodo ihm die vertrautesten Rathgeber waren und er mit ihrem und des Papstes Beistande sogar den denkwürdigen Versuch unternahm, auf einer Synode die geistlichen Strafmittel gegen die Feinde der Krone in Anwendung zu bringen und zugleich mit Hilfe Pseudoisidors der Kirche eine unabhängigere Stellung einzuräumen. Hieher gehört auch seine ausgesprochene Neigung für das Mönchthum, seine Besuche in den Klöstern St. Gallen und Lorsch, Fulda und Hersfeld, Korvei und St. Emmeram, die meist von Vergabungen zu Gunsten der an diesen Orten verehrten Heiligen begleitet waren. Auf ihre Fürbitte legte Konrad gleich seinen Vorgängern großes Gewicht. Die Besitzungen der Reimser Kirche zu Kusel und Altenglan, welche Graf Wernher vom Wormsfelde seinen Leuten zu Lehen gegeben, stellte der König auf die Fürsprache des Erzbischofs Heriger, dem der h. Remigius mahnend im Traume erschienen war, sogleich bereitwillig ihrem Eigenthümer zurück [35]).

Wenn er während seiner Regierung über die süddeutschen Herzoge auch mehrere glückliche Erfolge errang, so läßt sich doch keineswegs behaupten, daß er am Schlusse derselben als Sieger aus dem Kampfe hervorgegangen wäre, er war nicht weiter denn im Anfange [36]), vielmehr die herzogliche Gewalt hatte durch sein

---

[34]) Contin. Regin. 919: Chuonradus rex obiit, vir per omnia mansuetus et prudeus et divinae religiouis amator; Liudpraud. autap. l. II c. 17: Chunradus ... vir strenuus bellorumque exercitio doctus; Widukind. l. I c. 25: rex ipse moritur, vir fortis et potens, domi militiaque optimus, largitate sereuus et omnium virtutum insigniis clarus.

[35]) Flodoard. hist. Rem. I c. 20: nostris olim diebus quidam Warnerius ... res sancti Remigii praemissas iu Vosago sitas invadens hominibus suis distribuerat. veniens autem b. Remigius ad Herigarium Moguntiae praesulem in somnis ei visus est, praecipiens, ut iret ad Conradum regem, commonens eum iubere sibi subiectis, quatenus dimitterent terram suae ditionis etc. (I, 157 ed. Lejeune).

[36]) Contin. Regin. 919: multis tamen laboribus paucis quos regnavit annis est a Bawariis et Alamannis et Saxonibus sibi rebellantibus fatigatus, quos aute obitum suum, deo propitio, superavit. Dieser Schlußsatz ist jedenfalls ungenau, ebenso Liudprand. ant. II c. 19: quos (sc. prin-

Widerstreben nur um so festere Wurzeln geschlagen, die Herrschaft der westlichen Nachbarn in Lothringen sich gleichfalls befestigt und den Ungern blieb von Basel bis Bremen kein Theil des Reiches mehr unzugänglich. Durch kriegerische Thaten hat demnach Konrad, so tapfer er sich selbst geschlagen haben mag, keinen bleibenden Nachruhm errungen: es ist schwerlich anzunehmen, daß er bei längerem Leben, wie Liudprand meint, über viele Völker geherrscht haben würde[37]), da er kaum über Franken hinaus zuverlässigen Gehorsam fand. Seine ehrenvollste That ist vielmehr der Verzicht, mit welchem er seine irdische Laufbahn schloß, auf die fernere Herrschaft seines Hauses und Stammes. „So sehr, sagt ein sächsischer Chronist[38]), lag ihm das Gemeinwohl am Herzen, daß er dasselbe — eine seltene Tugend — auch durch den Feind zu fördern suchte.“ Er, der Franke, das Haupt des stolzen Stammes, der das Reich begründet, überlieferte selbst das vielbeneidete Diadem dem ungeliebten, wegen seiner Wildheit verrufenen, um seiner späten Bekehrung willen geringgeschätzten Sachsenvolke und seinem Herzoge, dessen Herrscherberuf er als Gegner erprobt hatte. Vorahnend erblickte er von seinem Krankenlager das Morgenroth einer besseren Zukunft.

Wenig ist über die Männer hinzu zu fügen, die unter Konrad die laufenden Geschäfte der Regierung besorgten, von den hohen weltlichen Würdenträgern wird uns sogar nur der Pfalzgraf Erchanger und ein Ministeriale Altmann genannt. In der Kanzlei setzten dieselben Personen ihre Wirksamkeit fort, die schon unter Ludwig dem Kinde dieses Amt verwaltet hatten. Nachdem nur in der ersten, unmittelbar nach Konrads Wahl ausgestellten Urkunde der Erzbischof Hatto ausnahmsweise als oberster Kaplan bezeichnet wird, sind alle übrigen im Namen des Erzkaplans Piligrim, des Salzburger Erzbischofs ausgefertigt[39]). Unter ihm wirkten der Notar oder Kanzler Udalfrid, nur im ersten Regierungsjahre[40]),

---

cipes) Chuonradus rex tam sapientiae vigore quam fortitudinis robore superavit suamque ad fidelitatem perduxit.

[37]) Eb. c. 20: verum nisi pallida mors ... Chuonradum regem tam citissime raperet, is esset, cnius nomen multis mundi nationibus imperaret vgl. die ähnliche, ebenso unbegründete Aeußerung über K. Lambert (eb. l. I c. 44). Völlig ungerechtfertigt ist die Anklage Sikards v. Kremona (chronic., Muratori rer. Italic. scr. VII, 582): Ludovico successit Conradus nequissimus fortunatorum et ecclesiarum devastator ideoque sustulit eum deus.

[38]) Annalista Saxo 919, Ann. Palidens. 924 (Scr. VI, 590, XVII, 61).

[39]) Die meisten Urk. sind ad vicem Piligrimi archicappellani ausgestellt, nur in einer einzigen steht statt dessen archiepiscopi summique capellani (Acta Conr. p. 31). Den Salzburger Landbischof Gotabert beschenkte K. mit Gütern in comitatu Noritale in Tirol (Kleimayrn Juvavia Anh. 125).

[40]) In der ersten und letzten der von ihm geschriebenen Urk. (vom 10. Nov. 911 bis 23. Aug. 912) heißt er Oudalfridus cancellarius, in 3 andern O. notarius. Der Zeitpunkt des Todes Erchanbalds und der Nachfolge Udalfrids ist zweifelhaft, das J. 912 dafür aber mindestens sehr wahrscheinlich, s. die Be-

der vermutlich im J. 912 das durch Erchanbalds Tod erledigte Bisthum Eichstädt erhielt. Gleichzeitig als Kanzler der Bischof Salomon von Konstanz, der durch die Gunst von vier Fürsten ausgezeichnet, unter drei derselben von dem wesentlichsten Einflusse auf die Geschicke Deutschlands erst am 5. Januar 920 starb[41]). Auch in seiner Seele wie in der so mancher mittelalterlichen Kirchenfürsten kämpfte die Neigung der verworrenen Welt gänzlich zu entsagen mit dem Streben sie zu leiten und zu beherrschen, die Nachwirkungen des Klosterlebens stritten mit den früh gekosteten Reizen des Hofes, doch behaupteten letztere allezeit das Uebergewicht und das Leben des ehrgeizigen Bischofs verfloß in beständigem Kampfe um kirchliche und weltliche Macht, in dem vergeblichen Bemühen, die Entwickelung der herzoglichen Gewalt in Schwaben zu hemmen[42]). — Die Urkunden Konrads unterscheiden sich von denen seiner Vorgänger großentheils durch ihre knappere Fassung, durch Abkürzung der herkömmlichen Formeln. Von königlichen Kaplänen werden Wolvin, Reginolf und Werinolf genannt[43]).

Wie wir unter der Regierung Ludwigs des Kindes von der allgemeinen Unsicherheit und Zerrüttung zu berichten hatten, von der damals Deutschland heimgesucht wurde, so fehlt es nicht an Andeutungen, daß diese Lage der Dinge unter Konrad sich in gleicher Weise fortgesetzt, ja eher verschlimmert habe, da es demselben weder gelang die auswärtigen Feinde zurück zu schlagen, noch die königliche Autorität im Innern herzustellen und Bürgerkrieg

---

merkungen Dav. Popps zum Gundechar (Scr. VII, 244 n. 15); vielleicht dürfte man die in der Bischofsreihe Erchanbald und Udalfrid zugelegten Jahre vertauschen, so käme das richtige heraus.

[41]) Salomon cancellarius (wofür öfter fälschlich Salon) heißt er durchweg in den Urk. Ueber seinen Tod ann. Weingart. 920: Salomon tertius episcopus Non. Ianuar. obiit; Sangall. mai. 919: in vigilia epiphanie; Ekkehardi casus S. Galli (Scr. II, 91): in vigilia dein theophaniae confidentissimus in domino diem obiit. in aecclesia sedis suae ad parietem dexterum multis suorum lacrimis fletus sepultus est; Herimann. Aug. 919; Necrol. Fuld. mai., min. 919 (Boehmer fontes III, 154, 156); Ann. S. Meginradi 919 (Scr. III, 138); Necrolog. S. Galli (Eckhart comment. II, 919, Scr. II, 91 n. 45). Die St. Galler Abtreihe (eb. II, 35) gibt ihm 30 und ein halbes Jahr, wonach ich im Widerspruche mit Waitz (K. Heinr. I. Neue Bearb. S. 47 A. 5) seinen Tod doch 920 setzen möchte. Die von Johann X. am 22. Febr. 920 auf Bitten Salomons ausgestellte Bulle (J. 2728) scheint mir wegen der Erwähnung Konrads unecht.

[42]) Ueber Salomons Verhältnis zur Welt vgl. sein Gedicht an Dado v. 277 flg. (Mittheil. der Züricher antiq. Gesellsch. XII, 237).

[43]) Urk. vom 7. Juni 914 für Lorsch: propter ... interventum ... Wolvini capellani nostri; am 4. Mai 916 schenkt K. propter petitionem Altmanni vasalli ac ministerialis nostri cuidam clerico nostro videl. capellano Reginolf nuncupato quoddam proprium iuris nostri mansum unum zu Berkheim im Donaugau; 3. Nov. 917 schenkte K. cuidam venerabili presbytero nostro scil. fideli et dilecto capellano Werinolf nuncupato in pago Rinicgowe ... quicquid nos in locis Watenheim et Virnunheim nostri iuris hactenus habere videbamur (Acta Conradi p. 26, 29, 32).

die ganze Zeit seiner Herrschaft erfüllte. Von Heinrich wurde daher vorzüglich erwartet, daß er mit rechter Strenge das Recht handhaben werde[44]) und das Nämliche wird später auch als ein hohes Verdienst seiner Regierung gepriesen, denn „zu jener Zeit lagen viele, auch vom Adel dem Räuberhandwerk ob." Ruotger meldet[45]), daß Heinrich bei seiner Thronbesteigung das ganze Reich durch die fortwährenden Einfälle der Nachbarvölker und die heftigsten innern Zwistigkeiten zerrissen und geschwächt fand. Von der einen Seite drohten die wilden Dänen, zu Wasser und zu Lande mächtig, von der andern die vielgetheilten Slaven und die grausamen Ungern, welche die Provinzen weit und breit mit Feuer und Schwert verwüsteten. „Der Tag würde nicht ausreichen, um all das Elend zu erzählen. Jenseit des Rheins nach Westen zu befand sich alles im Aufruhr, die Fürsten des damals noch engen Reiches wüteten selbst fast ohne Hilfe und Besserung gegen ihr eigenes Fleisch; alles dies abzustellen oder zu heilen vermochte. Niemand außer wer mit vorzüglicher Kraft und rastlosem Eifer ausgerüstet war."

„Nach dem Tode des sehr frommen Kaisers Arnolf, so schreibt ein etwas jüngerer Schriftsteller[46]), wer möchte alle die Uebel aufzählen, die neunzehn Jahre hindurch unter seinem Sohne Ludwig und unter Konrad bis auf Heinrichs Zeiten fortdauerten, da aus blinder Ruhmbegier allenthalben Raub, Mord und Brand wüteten? Diese blutdürstige Seuche beherrschte die Herzen der Uebelthäter so ganz, zumal da ihnen die Freiheit zu Theil geworden, Jegliches zu wagen, daß sie keine Scheu trugen die Guten ebenso wie die Bösen zu tödten, die übrigen durch Schrecken zu bändigen."

---

[44]) Liudprand. ant. l. II c. 20: is enim est ... iustae severitatis censure habundans; Contin. Regin. 920: qui initium sui regni disciplina servandae pacis inchoavit. multi enim illis temporibus etiam nobiles latrociniis insudabant, vgl. Waitz Heinr. I. Neue Bearb. S. 115.

[45]) Vita Brunonis c. 3 ... cum ipse omnia regni spacia et continuis finitimorum incursionibus et gravissimis inter cives etiam et cognatos dissensionibus concussa et atrociter vexata repererit etc.

[46]) Fundatio monasterii Brunwilar. c. 3 (ed. Harless, Lacomblet Archiv für die Gesch. des Niederrheins IV, 179): defuncto enim Arnulpho imperatore piissimo quis mala enumeret omnia, quae per XIX annos sub Ludovico scilicet eiusdem Arnulphi filio et quodam Conrado ad eius usque duraverant tempora, cum per caecam ambitionis gloriam ubique saevirent rapinae, caedes et incendia? quae crudelitatis pestilentia ita irrepserat improborum pectora, maxime cum eis quodlibet audendi increvisset licentia, ut bonos iuxta ac malos non abhorrerent interficere, ceteros metu terrere. quae rabies ferina etc. Vor der Ungernschlacht im J. 933 redet Heinrich nach Widukind (l. I c. 38) die Großen also an: Olim ex omni parte confusum a quantis periculis imperium vestrum modo sit liberum, vos ipsi melius nostis, qui civilibus discordiis et externis bellis totiens attriti laborabatis.

VI.

Die achtzig Jahre deutscher Geschichte, die ohngefähr zwischen der ersten Erhebung Ludwigs des Deutschen auf den ostfränkischen Thron und dem Tode Konrads des Franken verflossen, stellen in doppelter Hinsicht eine Zeit des Ueberganges dar, des Ueberganges der deutschen Stämme aus der staatlichen Gemeinschaft mit den romanischen Völkern zu einem gesonderten deutschen Reiche, von der strafferen Einheit der von einem einzigen Mittelpunkte aus geleiteten Monarchie zu den loseren Formen eines Gemeinwesens, das von mehreren einem höchsten untergeordneten Häuptern regiert wird. Während die letztere Entwickelung mehr wie eine Rückkehr zu früheren überwundenen Zuständen erscheint, hält die erstere doch das wesentlichste Ergebnis der Schöpfungen der ersten großen Karolinger in engeren Grenzen fest. Der Charakter der Uebergangszeit aber bringt die äußeren Merkmale der Unfertigkeit, des Verfalles und der Auflösung mit sich: vorwiegend in diesem Lichte pflegt man unsere Periode zu betrachten, so manche Keime einer besseren Zukunft sie auch umhüllte, und dies um so mehr, als, wie es in solchen Zeiten zu geschehen pflegt, die innere Zerrissenheit äußere Feinde zum Angriffe einlud und somit Wehrlosigkeit nach außen die nothwendige Folge der Schwäche im Innern ward.

An den Namen Ludwigs des Frommen knüpft sich sowol der Versuch, die Einheit des Kaiserreiches unter kirchlicher Weihe für immer festzustellen, als auch der Anlaß zu den Kämpfen, die die Einheit für immer zerreißen sollten. Indem Lothar jenen in schwächerer Weise erneuern wollte, erfolgte die Theilung von Verdun. Ganz von dynastischen Ansprüchen bestimmt, ohne Rücksicht auf die natürliche Verschiedenheit der werdenden Nationen sollte diese Theilung keine völlige Sonderung bedingen, unter drei Königen gleichsam immer noch ein Gesamtreich schaffen. Die Trennung, anfänglich mehr eine zufällige, vorübergehende wurde allgemach unwiderruflich, obschon Karl III. noch einmal das Ganze vereinigte. Die Königswahlen Bosos, Odos und Rudolfs, Widos und Berengars erscheinen wie Akte der Lossagung einzelner selbständiger Reichstheile. Von gemeinsamen Frankentagen, gemeinschaftlichen Unternehmungen gegen auswärtige Feinde ist nicht mehr die Rede. Arnolf erkennt diesen Thatbestand durch seinen Verzicht auf die ihm dargebotene westfränkische und arelatensische Krone an, desgleichen die deutschen Stämme, indem sie, mit Ausnahme der Lothringer, nach dem Tode Ludwigs des Kindes sich von dem alten Herrscherhause, das im Westen fortregiert, abwenden und ein neues Geschlecht auf ihren Thron erheben. Die aus dynastischen Beweggründen entsprungene Theilung befestigte sich durch die nationale Verschiedenheit, die daran erstarkte. Die drei Theilreiche hörten auf eine gemeinsame Familienherrschaft mit gegenseitiger Beerbung darzustellen.

Zweifelhaft blieb bei der in Verdun beabsichtigten Gleichheit der drei Reiche, auf wessen Seite das Uebergewicht nunmehr fallen würde, da gerade der herrschende Stamm der Franken völlig gespalten war, ob von den ehemaligen Unterthanen derselben die romanischen oder die germanischen Bestandtheile den früheren Kern des Reiches nach sich ziehen würden. In dem Kampfe um die Erbschaft Lothars schien diese Frage zum Austrage zu kommen, doch wurde sie in dem Meerssener Vertrage von 870 durch eine gleichmäßige Theilung vertagt. Die Art indessen, wie dieselbe zu Stande kam, die Bevorzugung in dem Antheile, die Ludwig seinem Halbbruder abtrotzte, zeigte schon hier die entschiedene Uebermacht der deutschen Reichshälfte. Wenn darauf Karl der Kahle sich dennoch zuerst den Besitz Italiens zu verschaffen wußte, das als ein von den Franken erobertes Land seinen Herrn auch ferner von diesseit der Alpen erwartete, so war dies nur ein vorübergehender, durch künstliche Mittel erreichter Erfolg, keine bleibende Machtvermehrung. Fast um dieselbe Zeit, da die italienische Krone den Söhnen Ludwigs des Deutschen zufiel, erwarben sie in dem Vertrage von Ribemont (im J. 880) auch die westliche Hälfte Lothringens und besaßen somit nach dem Maßstabe der Theilung von Verdun fast zwei Drittel des ehemaligen Gesamtreiches.

Diese Erwerbungen, die sich unter Arnolf befestigt zu haben schienen, wurden freilich nicht bis zum Ende unserer Periode behauptet. Indem Italien unter eingeborene Herrscher fränkischer Abkunft gerieth, das ganze Lothringen sich mit dem Westreiche verband, gieng scheinbar das Uebergewicht jetzt auf die romanische Reichshälfte über. Dieser Verlust aber erfolgte nur durch die augenblickliche Ohnmacht der deutschen Stämme, nicht durch wahrhafte Ueberlegenheit der westlichen Nachbarn. Keineswegs geschwächt oder gebrochen war zu Anfange des zehnten Jahrhunderts die Kraft jener, sie kam nur vorübergehend nicht zu voller Geltung, weil es an festem Zusammenhalte und an einem kräftigen Haupte fehlte. Nicht der Vertrag von Verdun, sondern der von Ribemont sollte die Grundlage der späteren Verhältnisse bilden und über die Grenze entscheiden, der alten Scheidung zwischen Austrasien und Neustrien entsprechend; das Scepter Italiens aber sollte weder den Nachkommen Karls des K. noch den Nachfolgern Berengars gehören. Vielmehr sanken sowol Frankreich als Burgund, wie es unter Arnolf schon der Fall gewesen, nachmals wieder zu der untergeordneten Stellung von Vassallenstaaten herab [1]).

Indem durch die Theilungen die deutschen Stämme sich für

[1]) Das Bewußtsein dieser Ueberlegenheit spricht sich besonders in den Betrachtungen aus, die Widukind (Res gestae Saxon. l. I c. 33, 34) an die Uebertragung des h. Vitus nach Korvei knüpft.

immer von den überrheinischen Franken absonderten und fortan ein eigenes Reich ausmachten, trat hiemit zugleich eine große Gefahr für den gesicherten Bestand desselben ein. Dasselbe Prinzip der gleichen Berechtigung aller ehelichen Söhne des jedesmal regierenden Fürsten, durch welches das Gesamtreich zerfallen war, mußte auch in den einzelnen Theilreichen zersetzend fortwirken. In der That spaltete sich Deutschland im J. 876 in drei, Westfrancien 879 in zwei Königreiche. Eine höhere Fügung, nicht der Wille einzelner Menschen führte wunderbar schnell zur Einigung zurück. Unter Arnolf und Ludwig fehlte eine neue Veranlassung zur Theilung, denn die Verleihung Lothringens an Zwentibald kann man nicht als eine solche ansehen. Daß jenes unselige Prinzip der Erbtheilungen, welches einst schon zum Sinken des merovingischen Reiches wesentlich beigetragen, fürderhin ausgeschlossen blieb, hatte seinen Grund in der Abschaffung der strengen Erblichkeit der Krone[2]). Wiewol hierin zunächst keine plötzliche Aenderung der Verfassung lag, denn die Wahl konnte auch früher die Erblichkeit bekräftigen und man wählte auch nachher wo möglich aus demselben Hause nach dem Rechte der Erstgeburt[3]), so gelang es doch den späteren Königshäusern nicht wieder, das Reich gleich einem Familiengute erblich zu machen. So fand bis zum Untergange der Staufer gewissermaßen eine Verbindung beider Prinzipien statt, worauf endlich durch den Einfluß der päpstlichen Kurie die Wahl mit Ausschluß der Erblichkeit zum Grundprinzip der deutschen Verfassung erhoben wurde[4]). Zunächst war es gewis ein Glück für

[2]) Sehr bezeichnend für die staatsrechtliche Auffassung sind die Worte Ludwigs des Fr. in der Divisio imperii c. 14 (Leg. I, 199) in Bezug auf die Könige von Aquitanien und Baiern: Si vero aliquis illorum decedens legitimos filios reliquerit, non inter eos potestas ipsa dividatur, sed potius populus pariter conveniens unum ex eis, quem dominus voluerit eligat.

[3]) Ausdrücklich hebt dies Thietmar (chron. l. I c. 10) hervor: ve populis, quibus regnandi spes in subsecutura dominorum sobole non relinquitur ... si in consanguinitatis linea aliquis tali offitio dignus non inveniatur, saltem in alia bene morigeratus omni odio procul remoto assumatur vgl. Ann. Quedlinb. 936: Otto ... iure haereditario paternis eligitur succedere regnis und über die Wirkungen des Erbrechts, was der Fortsetzer Reginos a. 949 von dem Grafen Udo erzählt; über die Erblichkeit der fränk. Kaiser Giesebrecht deutsche Kaiserzeit II, 550, 663.

[4]) Deutlich tritt dies Streben der Kurie zuerst im J. 1078 hervor s. Bruno de bello Saxon. c. 91: hoc etiam ibi consensu communi comprobatum, Romani pontificis auctoritate est corroboratum, ut regia potestas nulli per haereditatem, sicut ante fuit consuetudo, cederet, sed filius regis, etiam si valde dignus esset, potius per electionem spontaneam, quam successionis per lineam rex proveniret; si vero non esset dignus regis filius, vel si nollet eum populus, quem regem facere vellet, haberet in potestate populus; Pauli Bernriedens. V. Gregorii VII c. 95 (Muratori rer. Ital. scr. III[a], 342): qui (sc. Rudolphus) utique regnum non ut proprium sed pro dispositione sibi creditum reputans omne haereditarium ius in eo repudiavit et vel filio suo se hoc adoptaturum fore penitus abnegavit: iustissime in arbitrio principum esse decernens, ut post

unser Vaterland, daß unter den erkorenen Königen die deutschen Stämme ungetrennt zusammen blieben und daß dadurch der Trieb zur Vereinigung, den vorzüglich das neunte Jahrhundert gepflanzt, in ihnen erstarkte und kräftiger wurde.

Bei der vorwiegenden Bedeutung der innern Kämpfe seit den späteren Jahren Ludwigs des Fr. ist es natürlich, daß in diesem ganzen Zeitraume wesentliche Fortschritte nach außen gegen die nördlichen und östlichen Barbaren nicht gemacht wurden. Nur das früher Gewonnene suchte man unverkürzt zu behaupten. Das mährische Reich, das unter den Nachbarn im Osten durch große Fürsten gehoben, lange der gefährlichste war und die deutschen Waffen vielfach beschäftigte, wurde nicht sowol überwältigt, als es durch innere Wirren zuletzt seine Widerstandskraft einbüßte. Die Czechen, die sich zu Zeiten mehr freiwillig als durch Zwang angeschlossen, stehen endlich wieder völlig unabhängig, ja feindlich da. Ueber die Sorben und Daleminzier wurde in häufigen Grenzfehden wohl meist die deutsche Herrschaft aufrecht erhalten, während die Abobriten und Wilzen kaum dem Namen nach unterworfen waren. Ohne Zweifel hätte unter günstigeren Verhältnissen schon damals eine nachhaltigere Einwirkung des überlegenen deutschen auf das slavische Element stattgefunden. Zwischen Elbe und Oder sollte sowol Mission als Germanisierung wesentlich erst im zehnten Jahrhundert ihren Anfang nehmen, unter einem Fürstenhause, das durch seine sächsische Abstammung ein näheres Interesse an diesen Gegenden hatte.

In Mähren und Böhmen erfolgte die Ausbreitung der christlichen Lehre seit der ersten Hälfte des neunten Jahrhunderts von Deutschland aus: den darauf begründeten Ansprüchen der deutschen Geistlichkeit setzte sich eine selbständige griechisch-slavische Mission entgegen, die wenn sie Bestand gehabt, diesen Ländern eine wesentlich abweichende politische wie geistige Entwickelung geben mußte. Der wichtigste Tummelplatz der bekehrenden und kolonisierenden Thätigkeit lag in diesem Zeitalter weder jenseit der Elbe noch jenseit der March, sondern in den Marken an der unteren Donau und Drau, dem Ostlande, Kärnten und Pannonien, in denen man mit Erfolg fortfuhr, unter slavischen Unterthanen für alle Zeiten den festen Grund zu einer herrschenden deutschen Bevölkerung zu legen.[1]

Eine jähe Unterbrechung erfuhr diese friedliche Entwickelung durch das Auftreten der Magyaren. Arnolf, der ihre Festsetzung zuließ, vielleicht förderte, würde sie wohl auch in Schranken gehalten haben: unter seinen beiden machtlosen Nachfolgern drangen sie unaufhaltsam vor, wie ein Keil zersprengten sie den slovenischen

---

mortem eius libere, non magis filium eius quam alium eligerent, nisi quem ad id culminis aetate et morum gravitate dignum invenissent (von Giesebrecht nachgewiesen).

Stamm; außer dem gebirgigen Kärnten rissen sie alle südöstlichen Marken an sich und erneuerten in schlimmerer Weise die Zeiten der avarischen Herrschaft an der Donau. In seiner damaligen Lage war das Reich ihren Angriffen fast wehrlos preisgegeben, sie abzuwenden bedurfte es einer ganz neuen Kraftentfaltung und festeren Einigung.

Von den Dänen oder Normannen mußten die sächsischen und frisischen Küsten eine Reihe von äußerst verheerenden Einfällen erleiden, bei denen dieselben allerdings nicht immer Sieger blieben, ja bis in das Herz Lothringens brachten die wilden Feinde schweres Unheil über das Volk und die Kirche, indessen hat das ostfränkische Reich sich ihrer doch nur einmal unter Karl III. durch eine Schatzung erledigt und dies wurde noch als allgemeine Schmach empfunden. Durch die Beseitigung Gotfrids, endlich durch die Schlacht an der Dyle ist ihre dauernde Niederlassung am Niederrheine und an der Maas verhindert worden. Daraus folgte dann, daß sie schließlich im Westreiche sich einnisteten, wo sie von jeher viel tiefer eingedrungen waren, viel geringere Gegenwehr gefunden hatten. Die unter Ludwig dem Fr. im Norden unternommene Mission blieb so gut wie erfolglos, wenn sie auch nicht völlig aufhörte und ließ nur unmerkliche Anfänge des Christenthums zurück. Die dänische Mark an der Eider verschwindet gänzlich. Auch nach dieser Seite hin beschränkte man sich auf nothdürftige Abwehr. Von den für Italien und die Alpenländer so verderblichen Ansiedelungen der Saracenen am Garigliano und zu Garde-Freynet wurde Deutschland zunächst nur sehr mittelbar berührt, indem vorzüglich seine Rompilger unter diesem Raubgesindel litten.

Bei weitem anlockender als die im Ganzen wenig gewinnbringenden, mühevollen Kämpfe gegen die Slaven, die ihre volle Bedeutung erst nach Jahrhunderten offenbaren sollten, erschienen bereits am Ende unserer Periode die Züge nach Welschland. Schon die Söhne Ludwigs des Deutschen traten diesen Theil der Erbschaft ihres Urgroßvaters an und stifteten jene so folgenreiche Vereinigung der ostfränkischen oder deutschen Königs- mit der römischen Kaiserkrone, die wenigstens dem Namen nach bis in die neuere Zeit fortbestanden hat. Da die Verleihung der letzteren anerkannter Maßen nur dem römischen Bischofe zustand [5]) und sie von ihm

[5]) Schon Kaiser Ludwig II. schrieb im J. 871 an Basilius (Scr. III, 523): Francorum principes primo reges, deinde vero imperatores dicti sunt, hii dumtaxat, qui a Romano pontifice ad hoc oleo sancto perfusi sunt ... porro si calumpniaris Romanum pontificem, quod gesserit, calumpniari poteris et Samuel, quod spreto Saule, quem ipse unxerat, David in regem ungere non renuerit. (Die von Mich. Amari storia dei Musulmani I, 381 gegen die Echtheit dieses Briefes angeregten Bedenken haben mich in keiner Weise überzeugt: die gelehrten Abschweifungen sind durch den Zweck desselben erklärt, Afrika wird nicht ausdrücklich als Stadt, sondern nur als Sitz der Saracenen bezeichnet, könnte aber allenfalls auch für Kairawan stehen, endlich ist der angekündigte Uebergang nach Sicilien deshalb nicht so auffallend,

erlangt werden mußte, so wurde durch den Besitz der Kaiserwürde jenes enge Band zwischen den deutschen Königen und dem päpstlichen Stuhle geknüpft, das zeitweilig diesen unter die Vormundschaft jener stellte, um schließlich gerade umgekehrt Deutschland in die größte politische Abhängigkeit von den Päpsten zu bringen. Es ist nicht unsere Aufgabe, die Wirkungen dieser Verbindung hier nach allen Seiten hin zu erörtern: daß diese großen gemeinsamen Unternehmungen, die größten, zu denen sich die Kräfte aller deutschen Stämme überhaupt vereinigten, zur Hebung und Entwickelung eines deutschen Nationalgefühles mächtig beitrugen, läßt sich schwerlich bestreiten. In den früheren Zeiten des Mittelalters war die deutsche Herrschaft sicherlich auch für das zerfahrene, jedes inneren Haltes entbehrende Italien wohlthätig und segensreich.

Die drei Nationen der Italiener, Deutschen und Franzosen, welche aus dem Frankenreiche hervorgehend für Jahrhunderte die Geschicke des europäischen Festlandes fast ausschließlich bestimmen sollten, sind am Ende des neunten Jahrhunderts zwar politisch von einander gesondert, noch aber wird man um diese Zeit kaum von einem wirklichen Nationalbewußtsein bei ihnen reden dürfen. Am bestimmtesten unterscheiden sich die Italiener, die freilich selbst nichts weniger als eine politische Einheit bilden, da sie der fränkischen Herrschaft nicht bloß am spätesten unterlegen waren, sondern zugleich auf einer höheren Stufe der Bildung stehend, die sie für fremde Einwirkung minder empfänglich machte. Ueberdies nahm Italien, abgesehen von den Saracenen im Süden, neue Elemente der Bevölkerung nur in sehr geringer Zahl auf. Wie in Welschland neben dem fränkischen Namen der deutsche als gemeinsame Bezeichnung der Nordländer zuerst üblich wird, so mußten auch diese in Italien sich ihrer besonderen Nationalität viel eher bewußt werden, als etwa in Gallien, das nirgend durch eine scharfe natürliche oder nationale Grenze von Deutschland geschieden war.

Wie viel inniger war damals der Zusammenhang zwischen den Ländern diesseit und jenseit des Rheines, zwischen denen das schwankende Lothringen die Brücke bildete. Gewis standen sie sich in allen Beziehungen des Lebens unter einander näher, als etwa den Neustriern die Leute jenseit der Loire, die Aquitanier[6]). Zu

---

weil ja der Kaiser keineswegs etwa sagt, daß er dies Land für sich erobern wolle). Ludwig der Fr. wurde im J. 813 von seinem Vater zum Kaiser eingesetzt und gekrönt, vom Papste erst nachträglich in Reims im J. 816, Lothar I. desgl. von seinem Vater 817, vom Papste 823, erst für Ludwig II. ist die päpstliche Krönung im J. 850 der entscheidende Anfangspunkt seiner Kaiserwürde und so blieb es fortan.

[6]) Ueber die Gegensätze innerhalb des Westreiches s. Wenck das fränk. Reich S. 69, Erhebung Arnulfs S. 54, oben I, 209, 361 vgl. besonders auch Abbo (de bellis Paris. l. II v. 452): praeterea astutos petiit praeceps Aquitanos, | mox sibi subiectis Francorum regna revisit; (v. 470): Francigeni approperant alta cum fronte superbi; | calliditate venis acieque, Aquitania,

der Verschiedenheit, die sich gleichwol herausbildete auf Grund der keltoromanischen Bevölkerung, mit der die westlichen Franken sich vermischten, mochte auch die nicht unbedeutende Mischung mit dem Blute der ritterlichen, kecken und raubgierigen Nordmänner beitragen, die nachdem sie Jahrzehnte hindurch an allen Küsten und in allen Strömen gehaust schließlich am untern Laufe der Seine sich weite Wohnsitze zu ihrer Niederlassung erwarben. Gegenüber der größeren Rohheit, aber auch der größeren Schlichtheit und Sitteneinfalt Deutschlands, finden wir in Frankreich, wo die gesetzliche Ordnung durch die zügellose Aristokratie und die beständigen Angriffe von außen bei weitem früher und stärker untergraben war, schon damals übertriebene Prunksucht und Zierlichkeit und den Hang zu groben sinnlichen Ausschweifungen als Nationalfehler gerügt [7]).

Wenden wir uns von den äußeren Umrissen zu den innern Verhältnissen, so fragt sich, wo lag der Schwerpunkt des ostfränkischen Reiches, durch welche Bande wurde der Zusammenhang seiner Theile bewahrt und gefestigt. In den glanzvollen Zeiten Karls und Ludwigs bildete nicht bloß der Fürst selbst den lebendigen Mittelpunkt, sondern man konnte auch von einem herrschenden Volke, als dem Träger des von ihm gestifteten Reiches reden [8]), ja es läßt sich nicht zweifeln, daß Achen, das zweite Rom mit seinen kaiserlichen Bauten zum bleibenden Herrschersitze be-

---

linguae, | consilioque fugae Burgun — adiere — diones vgl. v. 530. Wenck (Erb. Arnulfs S. 40) erinnert auch an die Unterscheidung zwischen Alt- und Neufranken s. Erchanbert. contin.: veteres Franci; Mon. S. Galli gesta Karoli l. I c. 21: Francia nova, c. 23: Francia ... quae dicitur antiqua, II c. 11: antiquae Franciae (Scr. II, 329, 740, 741, 754), in ganz anderm Sinne bei Notker im Martyrolog.: in Galliam, vel ut verius fatear in Franciam antiquam; in pago Austriae id est novae Franciae castro, d. i. Wirzburg (Canisii lect. ant. VI, 857, 871).

[7]) Abbo de bellis Paris. l. II v. 596: Francia cur latitas vires, narra, peto priscas, | te maiora triumphasti quibus atque iugasti | regna tibi? propter vitium triplexque piaclum. | quippe supercilium, Veneris quoque feda venustas, | ac vestis preciosae elatio te tibi tollunt! ... (v. 611): haec facis; haec aliae faciunt gentes ita nullae ... (614) ... fuge, Francia, ab istis! Der Mönch von St. Gallen (Gesta Kar. M. I c. 34) erzählt ein Beispiel von der Nachahmung der gallischen Mode durch die Franken. Ueber den Sittenzustand Westfranciens ist das Concil. Trosleyan. sehr lehrreich, in dem es c. 15 (Mansi XVIII, 306) u. a. heißt: exstant et alia diversorum criminum mala ... ut sunt nefandissimae cum masculis aut pecoribus pollutiones; s. auch Richer. historiar. l. I c. 3, 4.

[8]) Vgl. I, 200; über die Stellung der Franken in Italien oben S. 13. Der Astronom (V. Hludow. c. 3) erzählt von Karl: ordinavit autem per totam Aquitaniam comites, abbates necnon alios plurimos, quos vassos vulgo vocant, ex gente Francorum ... eisque commisit curam regni; Mon. Sangall. gesta Kar. M. l. I c. 10: in illo tempore propter excellentiam gloriosissimi Karoli et Galli et Aquitani, Aedui et Hispani, Alamanni et Baioarii non parum se insignitos gloriabantur, si vel nomine Francorum servorum censeri mererentur.

stimmt war[9]), von wo aus nach dem Muster der alten christlichen Imperatoren durch ein festgegliedertes Beamtenthum die Zügel des ganzen Reiches mit starker Hand geleitet werden sollten.

Diese zweite Stütze ward durch die Theilungen hinfällig; das gespaltene, selbst in seiner Sprache zwiespältig gewordene Frankenvolk konnte um so weniger seine vorwiegende Stellung behaupten, als es zum großen Theile längere Zeit zwischen dem Osten und Westen hin und herschwankte. Achen, in dem Bruderkriege durch Lothar, wie später von den Normannen ausgeraubt, sank zu einer Grenzstadt herab und behielt nur noch einen traditionellen Glanz, der an den Schöpfungen des großen Karl haftete[10]). Wenn auch amtlich der fränkische Stamm noch immer als der herrschende, das Reich als ein fränkisches betrachtet wurde[11]), wie denn noch in viel späterer Zeit jeder römische König durch seine Wahl ein Franke ward und fränkisches Recht empfieng, so lehrt doch gerade die unglückliche Regierung Konrads I. unwiderleglich, wie wenig die Franken, die sich überdies in Ostfranken und Lothringer theilten, ein wirkliches Uebergewicht zu behaupten vermochten. Mit Heinrich I. traten sie ihren Vorrang thatsächlich an die Sachsen ab[12]). Nicht die deutsche Osthälfte, sondern der romanische We-

---

[9]) Einhardi V. Karoli M. c. 22: ob hoc etiam Aquisgrani regiam extruxit ibique extremis vitae annis usque ad obitum perpetim habitavit, c. 14: Aquasgrani ubi regis comitatus erat; Karol. M. et Leo papa v. 94: Roma secunda; Chron. Moissiac. 810: Aquis sedem regiam. Karls des Gr. häufiger Aufenthalt in Achen datiert vom Winter 794—795. Seitdem verlebte er alle Winter dort, ausgenommen 797—798, 800—801, 805—806. Ludwig der Fr. überwinterte in Achen regelmäßig bis 832, ausgenommen 822—823, dann wieder 833—838, ausgen. 834—835, desgl. verlebte Lothar I. fast alle Winter dort, soweit wir es verfolgen können. Die Sequenz Urbs Aquensis urbs regalis gehört erst in die staufische Zeit s. Wattenbach Geschichtsquellen S. 433. Thegan (c. 14) nennt es in Bezug auf Ludwig sedem suam Aquisgrani palacio.

[10]) Otto I. wurde zuerst in Achen gekrönt, desgl. seine beiden Nachfolger, Ann. Sangall. mai. 978: Lotharius rex Francorum ... Aquisgrani tamquam sedem regni patrum suorum invasit; Thietmar. chron. l. III c. 6: Aquisgrani palacium et sedem regiam; Ann. Quedlinb. 1000: Aquisgrani, quam (Otto) etiam cunctis tunc post Romam urbibus praeferre moliebatur; Wiponis vita Chuonradi imp. c. 6: ubi (sc. Aquisgrani) publicus thronus regalis ab antiquis regibus et a Carolo praecipue locatus totius regni archisolium habetur.

[11]) Widukind l. I c. 41: omni Francorum imperio, l. II c. 1: totius imperii Francorum, III c. 57: toto Francorum imperio. W. scheint sonst unter dem Namen der Franken die oberdeutschen Stämme im Gegensatze zu den Sachsen zusammen zu fassen s. A. 13. Pactum Bonnense (Leg. I, 567): regis Francorum orientalium Heinrici vgl. Waitz Heinrich I. Neue Bearb. S. 43, v. Stälin wirtemb. Gesch I, 355 A. 5.

[12]) Hrothsvithae carmen de gestis Oddonis v. 3 (Scr. IV, 319): Postquam rex regum ... | iussit Francorum transferri nobile regnum | ad claram gentem Saxonum; Widukind. l. I c. 34: quo adveniente (sc. Vito) Saxonia ex serva facta est libera et ex tributaria multarum gentium do-

sten erbte den fränkischen Namen als den umfassenden, zum Beweise, daß in jener andere Elemente die Oberhand gewonnen hatten. Das Bedürfnis der Unterscheidung brachte allmälich für die Ostfranken den deutschen oder teutonischen Namen zur Geltung[13]).

Indem nunmehr die vier Stämme, die vornehmlich das Reich Ludwigs des Deutschen gebildet hatten, die Baiern, Schwaben, Franken und Sachsen gleichberechtigt neben einander stehen, gab es für sie keinen neuen örtlichen Mittelpunkt, wie es einst Achen für das Gesamtreich gewesen war. Regensburg, von Ludwig, Karlmann und Arnolf bevorzugt, eignete sich durch seine Lage doch nur zur Hauptstadt des bairischen Stammes, Frankfurt von den beiden Ludwigen begünstigt, blieb nur der Mittelpunkt des rheinischen Franciens, noch weniger kamen andere Orte in Betracht. Seit der Reichstheilung wechselte der Hof beständig in seinen Aufenthaltsorten, er wanderte von einem Ende des oberen Deutschlands an das andere — erst unter den Liudolfingern wurde auch Sachsen in sein Bereich gezogen und Frisland erst, nachdem die Spuren der normannischen Verwüstungen daselbst verwischt waren —, der Herrscher selbst mit seinem unmittelbaren Gefolge bildete somit den einzigen festen Mittelpunkt der Reichsgeschäfte. Dieser dem deutschen Charakter ganz entsprechende Zustand der Dinge hat sich von da an das ganze Mittelalter hindurch erhalten; erst unter Karl IV. könnte man gewissermaßen wieder von einer Hauptstadt (Prag) reden. Auch für die Reichstage, die neben dem Könige die Gesamtheit des Reiches darstellten, gab es keinen bestimmten Versammlungsort, sie wechselten zwanglos mit dem Hofe und erhielten je nach der Verschiedenheit der Theilnehmer ein vorwiegend landschaftliches Gepräge. Jenes Schweifen des Herrschers durch eine ganze Reihe von Pfalzen fand großentheils seinen Grund darin, daß noch immer die Naturallieferungen derselben die tägliche Hof-

---

mina; l. II c. 6: Saxones imperio regis gloriosi facti dedignabantur aliis servire nationibus.

[13]) Widukind begreift die Deutschen meist als populus Francorum atque Saxonum (l. I c. 16, 26, II c. 1, III c. 63: per omnem Franciam Saxoniamque), Liudprand zählt die einzelnen Stämme auf (antap. I c. 5, wo unter Francis Teutonicis die Ostfranken in engerem Sinne verstanden werden, II c. 5, 15, 42, III c. 21, legatio c. 11, 12) und scheint nur die Sprachen zu unterscheiden, daher erwähnt er (antap. I c. 14, 16) Franciam quam Romanam dicunt, dagegen (III c. 14) lingua ... Teutonica, ex Francorum genere Teutonicorum (III c. 20), lingua ... Teutonum (V c. 15), von Nicephorus ex Francis, quo nomine tam Latinos quam Teutones comprehendit; gentemque Latinam et Teutonicam (legat. c. 33, 37). Der Fortsetzer Reginos kennt nur einzelne Stämme, unterscheidet a. 939 den K. von Frankreich als rex Galliae Romanae. Bei Flodoard heißt der deutsche König meist rex Transrhenensis oder auch Germaniae. Die erste Urk., die den Volksnamen bringt, ist die Ottos I. für Magdeburg vom J. 961 (Diplom. XL ed. Jaffé p. 9): mancipiis Theutonicis et Sclavanicis, vgl. Giesebrecht deutsche Kaiserzeit I, 853.

haltung bestritten, während an dem italienischen und westfränkischen Königshofe sich die Geldwirthschaft bei weitem eher einbürgerte[14]).

Wie die großartige organisierende, gesetzgeberische Thätigkeit Karls des Gr. sich auf seine Nachfolger keineswegs vererbte, so blieb auch jenes Institut, das er gleichsam zur Seele seiner Verwaltung bestimmt hatte, das Amt der Sendboten oder Königsboten nicht ungeschmälert bestehen. In Italien allerdings sehen wir durch das ganze neunte Jahrhundert und weit darüber hinaus die Sendboten an Stelle des Königs Gericht halten, Beschwerden entgegennehmen und die Beamten beaufsichtigen[15]), ebenso fand im Westreiche unter Karl dem Kahlen und seinen Nachkommen noch öfter eine Aussendung von Königsboten durch das ganze Land, namentlich zur Unterdrückung der Räubereien, zur Herstellung eines geordneten Rechtszustandes statt, in Deutschland aber scheint das Institut gänzlich zurückgetreten zu sein. Für einzelne bestimmte Obliegenheiten werden dort wohl noch manchmal Sendboten erwähnt[16]), von einer regelmäßigen Wirksamkeit derselben aber als eines die gesamte Verwaltung des Staates oder gar der Kirche regelnden und beaufsichtigenden Organes ist sicherlich keine Rede mehr.

Klar ist es, daß hiemit ein Theil jener strengeren Einheit aufgegeben wurde, die Karl der Gr. durchgeführt oder wenigstens durchzuführen versucht hatte. Als Ersatz dafür mochte einigermaßen bei den beschränkteren Grenzen die häufigere Anwesenheit des

---

[14]) Nitzsch Vorarbeiten zur stauf. Periode I, 143. Vgl. V. Hludowici c. 7, Mon. Sangall. gesta Karoli l. I c. 14 (Scr. II, 610, 736).

[15]) Bethmann-Hollweg lombard. Städtefreiheit S. 77 flg. Noch in Karls des K. Kapiteln von Quierzy vom J. 877 c. 18 heißt es: et missi nostri, qui per omne regnum nostrum constituti sunt, missaticum nostrum, prout eis opportunum fuerit, agere non negligant und in Karlmanns Kapiteln zu Verneuil von 884 c. 9: ut missi dominici suis in locis ex hoc fideliter adiuvent etc. (Leg. I, 540, 552).

[16]) Ueber die Zeit Ludwigs des D. s. I, 880 A. 118, dazu kommt eine undatierte St. Galler Urk. (Neugart I, 649): Notitia testium, qui cum iuramento et fide data testificati sunt coram misso Atonis comitis videl. Adaloho in vice eiusdem comitis a parte palacii missi und ein Schreiben (Formel) an die Grafen, ihre Unterbeamten seu missis dominicis per terram discurrentibus (Epist. Alati N. 3 ed. Rockinger, Quellen und Erört. zur bayr. Gesch. VII, 173, ed. Rozière N. 39 p. 59, wo gewis irrig per tempora gelesen wird). In wirklichen Schreiben ähnlicher Art der Könige Ludwig und Arnolf (Mon. Boica XXXI[a], 94, Erhard reg. Westf. I, 40, B. 1146) fehlen die missi, dagegen in der nicht ganz unverdächtigen Urk. Arnolfs für Osnabrück (B. 1067): aut comites vel missi dominici per tempora discurrentes. Im Aug. 876 wurde ein Tauschgeschäft zwischen dem Kl. Rheinau und dem Grafen Gozpert abgeschlossen: domno Karolo praecipiente et per eius missum Adilbertum nos de eadem commutatione revestiente; Tausch Tunnos mit St. Gallen 10. Mai 882: notavi ... Ruadpertum missum imperatoris in vicem comitis (dafür 9. Apr. 886 sup vicario Ruadperto); Tauschvertrag des Abtes Bernhard v. St. Gallen mit Tisi 11. Nov. 886: in praesentia legatorum imperatoris Salomonis episcopi, Kozperti comitis, Ruadhoi abbatis, Hilteboldi comitis (Neugart I, 407, 433, 462, 465). Ueber Hiltibald vgl. oben S. 486, wo er auch unter Arnolf im J. 893 erwähnt wird.

Herrschers in verschiedenen Reichstheilen gelten, sein persönliches Einschreiten gegen gewissenlose und pflichtvergessene Beamte. Es fragt sich, ob ein Theil der Befugnisse, welche die Sendboten vordem ausgeübt, etwa auf andre Beamte übertragen wurde. In Bezug auf die Bischöfe und Aebte läßt sich nirgend nachweisen, daß sie von Staatswegen eine Oberaufsicht über weltliche Beamte gehabt [17]), außer insoweit dies durch das Institut der Sendgerichte bedingt wurde. Allerdings konnte durch diese geistliche Gerichtsbarkeit, die auf den jährlichen Visitationsreisen von den Bischöfen geübt wurde, die Kirche z. Th. in die Pflichten des Staates eintreten. Die Zuziehung von Rügegeschworenen bei diesen Gerichten seit der zweiten Hälfte des neunten Jahrhunderts, wie es zuvor nur auf den Reisen der Sendboten zu geschehen pflegte, weist offenbar auf einen Zusammenhang hin, doch fehlte hiebei ganz die leitende Oberaufsicht des Staates.

Einzelne Grafen als ständige Beamte erhielten, wie es scheint, zeitweilig die obere Leitung einer ganzen Provinz, namentlich in militärischer Beziehung. Eine solche Stellung nahmen in Baiern [18]) unter Karl dem Gr. zuerst Gerold, ferner der Seneschalk Audulf ein, Heerführer und Richter in Einer Person, unter Ludwig dem D. und seinen Nachfolgern steht dann der böhmische Markgraf an der Spitze der bairischen Großen, erst Ernst, hierauf Engildeo, endlich Liutbold. Es leuchtet ein, daß die ständige missatische Gewalt dieser Männer, wenn wir sie so nennen dürfen, von der ursprünglichen Gestalt des Amtes gänzlich verschieden war. Die geistliche Seite ihrer Befugnisse fiel durchaus fort und von einer wirksamen und unparteiischen Beaufsichtigung der übrigen Beamten konnte wohl keine Rede mehr sein. Aehnlich wie in Baiern jene Markgrafen, nur noch selbständiger und unbeschränkter mögen in Sachsen die Liudolfinger missatische Obliegenheiten geübt haben. Nur in einem einzigen Falle taucht die alte Benennung für diese so wesentlich anders gewordene Gewalt auf: Reginar von Lothringen legt sich selbst den Titel eines Königsboten willkürlich bei, vielleicht in dem Sinne eines höchsten königlichen Stellvertreters, wie dem Herzoge Boso dieser Titel für Italien beigelegt wird [19]).

---

[17]) Für die Meinung Leos (Vorles. über deutsche Gesch. I. 524): Das Institut der missi verfiel, wie es scheint, besonders dadurch, daß es sich nach der geistlichen Seite mit bestimmten erzbischöflichen Sitzen verband, habe ich keine deutlichen Belege gefunden, da man doch von den italienischen Bischöfen (s. I. 839) nicht auf die deutschen schließen darf, doch kann allerdings hier auf die erweiterte Wirksamkeit der Sendgerichte verwiesen werden vgl. darüber Dove Beitr. zur Gesch. des deutschen Kirchenrechts I in der Zeitschr. f. Kirchenr. v. Dove u. Friedreich.

[18]) Vgl. über die Vorsteher Baierns meine Abhandlung de Bohemiae condicione p. 22—27.

[19]) Ein älteres Beispiel einer solchen missatischen Stellung ist der Bretonenherzog Rominoe, der in einigen Urk. als kaiserlicher missus unter Ludw.

Auch der Graf Heinrich dürfte hier anzuführen sein, dessen außerordentliche Vollmachten unter Kaiser Karl III. sich jedoch nur auf die militärische Verteidigung erstreckt zu haben scheinen.

Nicht mit Sicherheit läßt sich ermitteln, ob außer den eben erwähnten es schon im neunten Jahrhundert noch andre höhere Beamte über oder neben den Grafen gab. Man hat wohl vermutet, daß die Pfalzgrafen, deren nachweislich mehrere waren, neben der Vertretung des Herrschers im Gericht etwa auch in je einer Provinz die Aufsicht über die Krongüter und die Verwaltung der königlichen Einkünfte zu führen gehabt haben[20]), allein mit dieser Auffassung werden ohne zwingenden Beweis die Verhältnisse des zehnten Jahrhunderts auf das vorhergehende übertragen und nur für Italien, das durch Personalunion verbundene, läßt sich die Existenz eines eigenen Pfalzgrafen wirklich erweisen. Ebenso sind die Zeugnisse für besondere sogen. Kammerboten als Verwalter der königlichen Einkünfte in Schwaben und Franken[21]), den beiden Gebieten, in denen wir sonst von höheren Beamten nichts wissen, allzu späten Ursprunges, als daß sich viel darauf bauen ließe, unwahrscheinlich ist es jedoch keineswegs, daß einzelne Grafen, bisweilen auch ein Pfalzgraf mit derartigen Obliegenheiten betraut worden und daß unter ihnen die Aktoren oder die Grafen standen, denen die Bewirthschaftung der einzelnen Krongüter aufgetragen war. Gewis mußte ein solches Amt von hoher Wichtigkeit sein, wenn man erwägt, daß eben die Erträge jener Besitzungen der Krone ihre bedeutendste Einnahmequelle bildeten.

Indem durch die Beseitigung der Sendboten und der von ihnen geübten Aufsicht sich die Bande der Abhängigkeit des Beamtenthums von den Königen lockerten, gieng durch den Einfluß des Lehnswesens eine noch wesentlichere Veränderung in der Stellung desselben vor sich. Dadurch daß die Grafen in die Reihe der großen Vassallen eintraten, daß ihnen außer den zu ihrer Grafschaft

---

dem Fr. vorkommt (Cartulaire de Redon ed. de Courson p. 136, 139, 149, 156).

[20]) So vermuten Sim. Th. Hirsch (de procuratoribus Bavariae p. 20 n. 49, wo ganz unzuläßiger Weise der bairische Graf Meginward mit dem Pfalzgrafen Meginhard zusammengeworfen wird), H. Leo (Vorles. über deutsche Gesch. I, 524) beide ohne ausreichenden Beweis. Waitz (K. Heinr. I. Neue Bearb. S. 110) will dagegen diese Art der Pfalzgrafen erst auf die Ottonen zurückführen, bemerkt aber (Verfg. III, 425) mit Recht, daß es neben einander mehrere Pfalzgrafen gab vgl. I, 878, oben S. 295. Alfr. Pernice (de comitib. palatii p. 40—46) nimmt eine Schwächung und Zersplitterung des pfalzgräflichen Amtes an, dessen Inhaber auf einen engeren Kreis beschränkt mehr in die Reihe der übrigen Grafen zurückgetreten seien. Die zuletzt von ihm p. 45 citierte Urk. B. 911 ist entschieden unecht.

[21]) Unsere Kunde dieses Amtes geht lediglich auf Ekkehard von St. Gallen zurück s. oben S. 520, 574. Ueber die Verwaltung der Krongüter s. v. Maurer Gesch. der Fronhöfe I, 231 flg. Der oben S. (454 A. 55) angef. Rodhard gehörte unter Arnolf zu den Verwaltern der königl. Einkünfte.

von jeher gehörigen Gütern, die neben dem Antheile an den Strafgeldern ihre Besoldung bildeten, Lehen ertheilt zu werden pflegten, gewöhnte man sich, die Grafschaften selbst als Lehen zu betrachten und zu behandeln[22]). Bei den Inhabern der Lehen aber finden wir überall das gleiche naturgemäße Streben, den ihnen persönlich verliehenen Besitz zu befestigen, ihn wo möglich den Nachkommen zu sichern.

Die Ausübung des Thronfallrechtes verwandelt sich in der zweiten Hälfte des neunten Jahrhunderts in eine formelle Bestätigung bei der Thronbesteigung, wo nicht besondere Gründe entgegenstehen[23]). Es erregt einen Sturm der Entrüstung, die sich unter schwachen Fürsten bis zu offenem Aufruhre steigert, wenn den Söhnen die Lehen oder Grafschaften ihres Vaters entzogen werden[24]). Selbst für unmündige Kinder, die noch gar nicht im Stande sind in das väterliche Amt einzutreten, wird der Anspruch erhoben, daß dasselbe für sie aufbehalten werde. Wiewol die Ge-

---

[22]) P. Roth Gesch. des Beneficialwesens S. 430 flg. „Seit der Mitte des neunten Jahrhunderts dagegen, heißt es dort S. 432, ist honor (ursprünglich die amtliche Qualität des Grafen oder seine Ehrenrechte) ganz identisch mit beneficinm... Ich glaube, diese Entwickelung des Sprachgebrauchs giebt zugleich den besten Aufschluß über die Veränderung, die im neunten Jahrh. in der Besetzung der Grafschaften vorgieng." Vgl. u. a. Regino a. 892: honores Megingaudi comitis, 897: honores et dignitates (Lehen und Aemter), 898 honoribus, haereditatibus ... interdictis, 900: et honoribus et dignitatibus exspoliabat, 903: a propriis haereditatibus (Alode) et honoribus regio munere concessis, 906: honores suos, überall in dem Sinne von Lehen; Hinkmar ann. 861, 864, 872, 877, 878, 879 (Scr. I, 455, 466, 494, 504, 506, 511). Sehr deutlich in einer ungedr. Urk. Karls III. vom 15. Jan. 887: libuit celsitudini nostrae tam ex Milonis quam ex Anscarii comitum honoribus illis volentibns atqne consentientibus qnendam fidelem nostrum Otbertum nomine de quibusdam rebus et mancipiis proprietatis nostrae munerare atque sublimare, weiterhin ex iamdicti comitis Anscarii honoribus mansus unns cum vineis et mancipiis (Sickel), Schreiben Johanns VIII. oben S. 92 A. 25, vgl. Waitz Verfg. IV, 183.

[23]) Roth a. a. O. S. 419 flg., Waitz Verfg. IV, 188—193.

[24]) S. die schon von Dönniges (deutsches Staatsrecht S. 218, 219) angef. Beispiele der Söhne Roberts des Tapfern, Wilhelms und Engelschalks, Heinrichs I. selbst, Thankmars (Widukind. res gest. Saxon. II c. 9: cuius (scil. Sigifridi comitis) legationem cum sibi vendicasset Thancmarus eo qnod propinqnus ei esset), des Grafen Udo (Contin. Regin. 949: qui permissu regis quicquid beneficii aut praefecturarum habuit quasi haereditatem inter filios divisit). Merkwürdig, wenn besser beglaubigt, wäre die Nachricht der Ann. Aureaevallens. 896 (Scr. XVI, 682): comitatns itaqne Hoyensis pervenit ei (sc. Maingoldo) ex parte Geilae uxoris suae, quae fuit uxor Guillelmi comitis Hoyensis. S. den von Ficker (Heerschild S. 85) angef. Fall: Graf Orendil schenkt 813 Eigen an Freising, so daß es nach seinem Tode an die Kirche fallen soll: si autem aliquis de filiis meis dignns fuerit, ut ad ministerium comitis pervenerit, hoc volo atque constituo, daß er das geschenkte Gut gegen einen Zins zum Nießbrauche empfange, wo also die Vererbung als wahrscheinlich vorausgesetzt wird. Nach dem Tode Bigos heißt es von Ludwig dem Fr. (Ermold. Nigell. l. II v. 485): divisitque dapes necnon partitur honorem | in sobolem propriam caesar amore patris.

setzgebung völlig unverändert blieb und nichts von der Erblichkeit der Lehen wußte — abgesehen von jener unvollständigen Anerkennung, welche dies Prinzip im J. 877 zu Quierzy erhielt —, so stellte doch auch das bloße Herkommen schon der Willkür der Herrscher in der Ertheilung der Lehen eine gewaltige Schranke entgegen und es bildete sich somit eine festgeschlossene Aristokratie mächtiger Familien, die mehr oder minder durch gemeinsame Interessen verbunden, oft auch durch feindliche gespalten, die Aemter und Nutzungen im ganzen Reiche in ihren Besitz zu bringen wußte. Diese Entwickelung erfolgte früher und durchgreifender im Westreiche, von wo die Vassallität überhaupt ihren Ausgang genommen, aber auch dem Ostreiche blieb sie nicht erspart.

Es ist bezeichnend, daß für diese Vornehmen, d. h. die Würdenträger am Hofe, die Grafen und sonstigen Vassallen vereinzelt seit der Regierung Karls III. der Name der Fürsten aufkommt, der vordem dem Herrscher ausschließlich zustand und daß dieser Name dann im Laufe des zehnten Jahrhunderts ganz gebräuchlich wird[25]). Die Fürsten weltlichen wie geistlichen Standes, deren Stimme auf den Reichstagen allein entscheidend war, wachten mit Eifersucht darüber, daß ihnen allen der ebenso gewinnreiche als

[25]) Ueber die ursprüngliche Bedeutung des Wortes princeps s. Ficker vom Reichsfürstenstande S. 24, eb. S. 43 sowie bei Waitz d. Verfg. IV, 276. Beispiele für den erweiterten Gebrauch desselben für proceres, optimates, über die Zeit Karls III. oben S. 293. In der von Ficker (S. 44 A. 5) zweifelnd angef. Urk. Ludwigs des jüng. für Gandersheim muß es heißen: ut nullus comes (nicht princeps) vel alius quilibet exactor (Eckhart comment. II, 888). Aus der Zeit Arnolfs ist mir kein Beispiel für das Vorkommen des Wortes in diesem Sinne bekannt: die von Ficker angef. fuldische Urk. (Dronke cod. Fuld. p. 288) von 889 scheint mir wegen der apokryphen Bischofsnamen unecht, eine St. Galler von 890 hat omnes principes (d. h. alle Vornehmen) de tribus comitatibus ... cum reliqua populorum multitudine (Neugart I, 486, von Waitz ungenau als Urk. Arnolfs citiert). Die Urk. Ludwigs des K. vom Okt. 900 (B. 1177: presente rege et cunctis regni principibus) wird von F. selbst verworfen. Ausnahmsweise heißt es in der Urk. für Lüttich (Ernst hist. de Limb. VI, 90), daß sie auf Fürbitte Hattos und Gebhards ausgestellt sei caeteris principibus illius regni in hac supplicatione consentientibus, ähnlich in zwei andern schon von F. (S. 45) angef. Urk. (Mon. Boica XXXI[a], 168, B. 1217 oben S. 503, 526, 547). Außerdem in Privaturk. (Ried cod. Ratisbon. I, 78, Meichelbeck hist. Fris. I[b], 429 angef. von Ficker S. 38, Form. Salom. N. 11). Bei den Schriftstellern des 10. Jahrh. ist der Ausdruck principes schon ganz in dem späteren Sinne gebräuchlich, z. B. bei Liudprand (antap. l. II c. 18, 19), Widukind (res g. Saxon. l. II c. 2, 4), Ruotger (V. Brunonis c. 21, 39), Hrotsvitha (gesta Oddonis v. 227, 529) u. s. f. Im Westreiche brauchen ihn bereits die ann. Vedast. 877: principes regni, 878, 880, 884, 886, aber auch Ruodolf. Fuld. 852: quibusdam ex Hlotharii ... principibus; 855: principes autem et optimates regni (sc. Hloth.); P. V 885: Baioariorum principibus; 888: missis ante se principibus suis; 898: qui erat quondam princeps; Monach. Sangall. gesta Kar. M. l. II c. 10: coram principibus suis, c. 17: qnendam de primis principibus nomine Otkerum; Regino 860: principes Caroli, terram principibus et consilio nudatam; 888: idoneos principes ad regni gubernacnla moderanda; 892: Francornm principes ex permaxima parte; 898: principes in unum congregati, die Synodalakten von Tribur 895 (oben S. 395 A. 16).

ehrenvolle Antheil am Regimente gewahrt bliebe. Die ausschließliche Bevorzugung einzelner Günstlinge ward allemal von ihnen wie ein Bruch des Herkommens angesehen und gab zu den bedenklichsten Aeußerungen des Misvergnügens Anlaß: Bernhard von Septimanien, Liutward von Vercelli, der Graf Hagano unter Karl dem Einf. und in viel späterer Zeit Bischof Heinrich von Augsburg bieten dafür hinlängliche Belege. Seine vollen Wirkungen entwickelte der stattgehabte Umschwung erst von dem Zeitpunkte der Königswahlen an, die einen erhöhten Einfluß der Großen bedingten. Wenn es im Interesse der letzteren lag, an derselben Familie festzuhalten, um hiedurch den eigenen Besitz zu sichern, so mußte umgekehrt der jedesmalige Herrscher die Stetigkeit der Krone durch die Stetigkeit der großen Lehen zu befestigen glauben, und es fand hier offenbar eine Wechselwirkung statt. Daher bot nachmals Kaiser Heinrich VI. für die Einführung der Erblichkeit der Krone den Reichsfürsten als Entgelt eine noch vollständigere Erblichkeit der Lehen (auch auf Töchter und Seitenverwandte) an, weil eins das andre bedingte.

Die weltliche Aristokratie gipfelte in den Herzogen, deren Erhebung in den Schluß unserer Periode fällt. Wie die Abschaffung der alten Herzogthümer einer der wesentlichsten Schritte zur Vollendung der Monarchie Karls des Gr. gewesen war, so bezeichnet die Begründung neuer Herzogthümer eine der wichtigsten Stufen zur Lockerung der monarchischen Formen, doch darf man darin mehr eine Wirkung als eine Ursache des veränderten Zustandes der Dinge erkennen. Neigung und Bedürfnis der einzelnen Stämme, durch die Erinnerung an frühere Verhältnisse genährt und der Ehrgeiz hervorragender Großen wirkten zusammen, um diese neue Gewalt zu schaffen, die halb rechtmäßig, halb usurpiert erst unter Heinrich und Otto I. in den Organismus des Reiches vollständig eingefügt wurde. Wiewol dieselbe immerhin als eine Schmälerung der königlichen erschien, so wäre es doch unrichtig anzunehmen, daß sie sich überall im Gegensatze zu den Königen entwickelt habe. Frühzeitig fanden auch diese sich bewogen einzelnen Männern ausgedehntere Vollmachten zu übertragen, gewisse Familien als Stützen ihrer eigenen Macht vorzugsweise zu begünstigen. Leute wie den Markgrafen Ernst, den Grafen Heinrich kann man als die Vorläufer der späteren Herzoge betrachten und die Liudolfinger und Konradiner stiegen durch die Gunst des Königshauses empor. Andre freilich auf die Wahl und die Anhänglichkeit des Volkes bauend traten in offenen Widerspruch zu den Herrschern und versuchten auch wohl, wie Arnolf in Baiern eine den Königen ähnliche Stellung zu erringen — gerade so wie einst die Schwäche der Merowinger die Sondergelüste der schwäbischen und bairischen Herzoge gefördert hatte. Dem Range nach betrachtete man sie noch immer nur als die vornehmsten unter den Grafen[26]).

[26]) Die Titel dux und comes werden anfänglich abwechselnd gebraucht

Die Auflehnung einzelner der neuen Herzoge gegen das Reich fand ihren Grund mehr in den damaligen Zeitumständen, in der allgemeinen Auflösung, als in dem Widerwillen der von ihnen geleiteten Stämme gegen den Reichsverband. Abgesehen von den Lothringern tritt ein Bestreben der Trennung bei ihnen nirgend hervor, wie namentlich die Wahl Konrads deutlich zeigt[27]). In den endlosen Bürgerkriegen, die das deutsche Mittelalter erfüllen, steht in der Regel nicht ein Stamm als solcher wider den andern, sondern die kämpfenden Parteien setzen sich aus verschiedenen Stämmen zusammen, im Gegentheile streiten oft die nächsten Blutsfreunde gegen einander.

Welche Mittel besaß nun der Herrscher, um dieser geschlossenen Aristokratie gegenüber, die ihn selbst zum Throne erwählt hatte, seine königliche Autorität ungeschwächt zu behaupten? Die unteren Stände, die Gemeinfreien bildeten kein Gegengewicht mehr, wie sie es später nach Entwickelung der städtischen Freiheit wiederum bilden sollten. Zwar bestanden dem Namen nach noch alle Gesetze Karls des Gr. in Kraft, sowol die Verpflichtung zum Kriegsdienste für alle Freien[28]), als auch zu vielerlei Naturallieferungen und Leistungen so wie andrerseits die Theilnahme am Gerichte theils unmittelbar theils durch die aus ihnen erwählten Schöffen, in Wirklichkeit aber waren die Verhältnisse gewaltig anders geworden. Man kann annehmen, daß am Ende des neunten Jahrhunderts die Gemeinfreien, die sich keinem Herrn außer dem Könige unterworfen hatten, schon fast einen besondern, gleichsam bevorrechteten Stand bildeten[29]). Während die mächtigeren und reicheren unter ihnen sich als Vassallen einem großen Herrn ergaben und damit allerdings ihre persönliche Freiheit bewahrten, oder als Ministerialen derselben auch die letztere dahingaben, traten die ärmeren durch persönliche Ergebung gegen Abgaben oder Frohnden in ein Schutz- und Hörigkeitsverhältnis zur Kirche oder den Großen und büßten dadurch das allgemeine Landrecht ein, um sich und ihren nächsten Nachkommen vielleicht eine leibliche Existenz zu sichern, zugleich aber ihr freies Eigenthum in ein Zinsgut zu verwandeln. Schon längst giengen die Heere, in denen der Roßdienst vorherrschte[30]), vorwie-

z. B. für Otto, Eberhard (Waitz K. Heinrich I. Neue Bearb. S. 110) s. auch die bezeichnende Aeußerung Giselberts von Lothringen an seine Gemahlin Gerberga (Liudpr. antap. l. IV c. 22): iucundare, inquit, in gremio comitis, brevi laetatura in amplexibus regis.

[27]) S. Roth Feudalität S. 6 flg. Der Gegensatz der Sachsen und Franken leuchtet besonders bei Widukind hervor, der Baiern und Sachsen in dem Bruchstücke über Herzog Arnolf, um von jüngeren Zeugnissen abzusehen.

[28]) Liudprand. antap. l. II c. 3, 25. Auf das allgemeine Aufgebot beziehen sich auch die Worte Liutberts: hoc siquidem provincialibus nostris est solitum, ut quotiescumque bellum contra paganos illis fuerit indictum etc. (Form. Salom. N. 43, Roziere N. 534).

[29]) Waitz Verfg. IV, 278 flg., Ficker Heerschild S. 142.

[30]) Vgl. I, 204 A. 65, 210 A. 15, oben S. 349, 538. In den ann.

gend aus den Vassallen hervor und das Aufgebot aller Freien diente vielleicht nur noch zur Landesvertheidigung. So schied sich von dem herrschenden Kriegerstande, der das Waffenrecht für sich allein behauptete, eine von allem unmittelbaren Antheile am Staate ausgeschlossene Menge von Bauern, Handwerkern und Kaufleuten und es gieng dem gemeinen Manne der alte Stolz der Freiheit immer mehr verloren. Wenn jene unter den ersten Kaisern so oft wiederkehrenden Ermahnungen und Strafandrohungen gegen die Grafen, ihr Amt nicht zur Unterdrückung der ärmeren Freien zu misbrauchen, sich später in Deutschland nur noch einmal auf der Mainzer Synode im J. 847 wiederholen[31]), so folgt daraus keineswegs, daß es jetzt an Anlässen dazu gefehlt habe, sondern daß man vielmehr, wofür auch das Eingehen der Sendboten spricht, es aufgab eine Entwickelung hemmen zu wollen, die unabänderlich schien.

Indem das Lehnswesen sich mehr und mehr über alle Kreise ausbreitete, alle Verhältnisse durchdrang, war nicht mehr der allgemeine Treueid, sondern der Lehnseid, den der Vassall seinem Senior schwören mußte, das sittliche Band, welches das Gemeinwesen zusammenhielt. An die Stelle der Pflichten gegen den Staat und das Vaterland trat demnach eine besondere und höhere Verpflichtung gegen das Oberhaupt des Staates als Senior in ziemlich unbestimmten Grenzen. Für die Festigkeit dieses rein persönlichen Bandes aber hieng natürlich außerordentlich viel von der jeweiligen Persönlichkeit des Lehnsherrn ab. Da ihm bei der Verfügung über die Lehen durch das auf Erblichkeit hinzielende Herkommen die Hände mehr oder minder gebunden waren, so kam alles darauf an, daß er wenigstens in den Fällen, in denen durch Handlungen der Infidelität, durch Verschlechterung der Lehen u. s. w. der Anspruch darauf verwirkt war, sofort zur Einziehung schritte[32]), daß er ferner sein Recht auf die heimgefallenen Lehen in vollem Umfange aufrecht erhielte, endlich die sicherste materielle Grundlage seiner Macht die Königshöfe oder Krongüter durch Vergabungen nicht allzusehr verringerte[33]). Eine strenge Rechtspflege, die sich allen Ständen wohlthätig erwies, unnachsichtige Bestrafung

---

Fuld. P. IV 886, 888 wird der Verlust an Pferden besonders hervorgehoben, doch können dies nach a. 896 ebenso gut Troßpferde gewesen sein. Oefter wird die Reiterei der Normannen erwähnt, die doch hierin gewis erst den Franken nachahmten. Die von Waitz (Verfg. IV, 459 A. 1) angef. Stelle der ann. Einh. 784 könnte mit gleichem Rechte für das Gegentheil beweisen, nämlich, daß der Annalist den Reiterkampf als etwas Ungewöhnliches betont habe.

[31]) S. I, 306, 689 vgl. v. Stälin wirtemb. Gesch. I, 351 flg., 358.

[32]) S. Roth Beneficialwesen S. 424 flg., Waitz Verfg. IV, 194, oben I, 203, 395 A. 39, 436.

[33]) S. was über Ludwigs des Fr. verkehrte Freigiebigkeit gemeldet wird vita Hludowici imp. c. 6, Nithard. historiar. l. IV c. 6 (Scr. II, 610, 672), dagegen über Karl den Gr. Monach. Sangall. l. I c. 13.

des Raubes und Landfriedensbruches, womit der Adel sich nur allzugern beschäftigte, dienten ferner vorzüglich zur Verstärkung des königlichen Ansehens[34]).

Nachdem die herzogliche Gewalt sich einmal in der Weise befestigt hatte, daß, wie die Regierung Konrads lehrte, an eine völlige Abschaffung derselben nicht mehr zu denken war, gehörte es zu den wichtigsten Aufgaben der Könige die Inhaber jener Gewalt nicht allzu unabhängig werden zu lassen, sie ganz besonders zur Erfüllung ihrer Vassallenpflichten anzuhalten. Dazu diente theils daß jeder Eigenmächtigkeit bei der Besetzung erledigter Herzogthümer, einer Volkswahl etwa, entschieden entgegengetreten wurde, ferner konnte eine Beschränkung der herzoglichen Rechte durch die Einsetzung andrer Beamten an ihrer Seite (Pfalzgrafen) sowie durch öfteres persönliches Eingreifen des Königs versucht werden, endlich strebte man dahin, theils Verwandte, Glieder des königlichen Hauses zu den herzoglichen Würden zu befördern oder die vorhandenen Machthaber durch Heiratsverbindungen enger an dasselbe zu ketten.

Auf alle Fälle gereichte es dem Königthume zum schweren Nachtheile, daß so außerordentlich viel von dem persönlichen Regimente des Fürsten abhieng, daß ein schwankendes Herkommen allein die Grenzen der verschiedenen Gewalten regelte[35]) und an eine umfassende Gesetzgebung über die wichtigsten Punkte der deutschen Verfassung erst dann Hand angelegt wurde, als die königliche Gewalt bereits unheilbar krankte. Unsere Periode, so wichtige Umwandelungen sich in ihr auch vorbereiteten, war in dieser Beziehung durchaus unschöpferisch, lediglich auf äußere Erhaltung des Herkommens bedacht. Diese Abneigung gegen geschriebene Gesetze entsprach damals dem deutschen Charakter: sobald Deutschland durch die Theilung sich von den romanischen Einflüssen mehr losgemacht hatte, versiegte die vorher so fruchtbare Gesetzgebung in unserem Vaterlande, während sie in den andern Theilreichen ihre frühere Triebkraft nicht völlig einbüßte. Ueberhaupt aber können von allen Nachfolgern Karls des Gr. ihm als staatsmännische und organisierende Geister höchstens Friedrich II. und Karl IV. verglichen werden.

[34]) Bekannt ist, wie vorzüglich hiedurch Heinrich I., Konrad II., Friedrich I. das Ansehen ihrer Dynastien begründeten vgl. Hinkmars Forderung de ordine palatii c. 25 (Walter corp. iur. German. III, 768).

[35]) Treffend bemerkt Waitz (Verfg. IV, 305) in Bezug auf die Ausbildung des Lehnswesens: Eine genauere Betrachtung zeigt zugleich, wie verhältnismäßig wenig hier die Einwirkung der einzelnen, auch der mächtigsten Persönlichkeit bedeutet. Solche Institutionen werden nicht gemacht, kaum mit vollem Bewußtsein geregelt: sie wachsen in den Staat hinein und durchziehen ihn mit ihren Wurzeln und Zweigen; Beseler (Boehlaus Zeitschr. für Rechtsgesch. II, 368) sagt: im Gegensatze zu den fränk. Königen, welche vielfach unter dem Einfluß römischer Rechtsanschauungen standen, haben die deutschen Kaiser und Könige dem Sinne des Volkes für die naive, gewohnheitsrechtliche Rechtsentwicklung gehuldigt u. s. w.

Das bedeutendste Gegengewicht gegen die Uebermacht der weltlichen Aristokratie bildete die Geistlichkeit, die abgesehen von ihrem reichen materiellen Besitze vermöge der Erhabenheit ihrer vermittelnden Stellung zwischen den Menschen und Gott unbedingt den Vorrang vor allen Gewaltigen der Erde beanspruchte und vielfach der Staatsgewalt ergänzend an die Seite trat, wie namentlich auf sie ein großer Theil der Strafgerichtsbarkeit in den Sendgerichten übergegangen war. Auf den ersten Blick mag es scheinen, als sei der Gegensatz zwischen den geistlichen und weltlichen Großen ein mehr theoretischer als praktischer gewesen. Die Bischöfe und Aebte giengen zum größten Theile aus denselben vornehmen Familien hervor, die durch ihren Grundbesitz und ihre weltlichen Würden auch sonst eine hervorragende Rolle im Staate spielten. Bei vielen Bischöfen wird die edle Abkunft, die als Regel galt, ausdrücklich gerühmt[36]), Beispiele von Leuten geringer Herkunft, die zur bischöflichen Würde aufstiegen, wie das Ebbos von Reims und Liutwards von Vercelli, standen ganz vereinzelt und erregten großen Anstoß[37]), sehr häufig sehen wir, daß Verwandte auf demselben oder einem benachbarten Bischofsstuhle einander folgten, viele Klöster empfiengen ihre Vorsteher erblich aus der Familie der Stifter[38]), deren Nachkommen ihre Wohlthäter blieben.

---

[36]) S. die jetzt von Rozière zusammengestellten Formeln über Bischofswahlen (recueil général des form. N. 512—521), in denen durchweg edle Abkunft als Grund der Empfehlung aufgeführt wird, namentlich die dem ostfränkischen Reiche angehörigen N. 519, 520 (Form. Salomonis N. 1, 27); in jener heißt der Kandidat undique nobiliter genitus, nach dieser sollen inter ipsos canonicos ingenui et nobiles homines erkoren werden.

[37]) Ueber Liutward s. oben S. 112, über Ebbo I, 88. In Bezug auf seine Erhebung schreibt grundlos verallgemeinernd Thegan (V. Hludowici c. 20): quia iamdudum illa pessima consuetudo erat, ut ex vilissimis servis fiebant summi pontifices, hoc non prohibnit (sc. Hludow.), tamen maximum malum est in populo christiano etc. Der Mönch von St. Gallen erzählt von 2 Müllerssöhnen de familia S. Columbani, quos quia non congruit ad episcopiorum vel coenobiorum regimen sublevari nur Pröbste wurden (Gesta Kar. M. l. I c. 8). Ueber Hatto s. oben S. 343.

[38]) Als Beispiele erwähne ich: Otgar von Mainz († 847) ein Blutsverwandter seines zweiten Vorgängers Rikulf (Benedicti capit., Leg. II^{b}, 39), Hatto vielleicht desgl. Liutberts (ob. S. 343), Thietgaud von Trier ein Neffe seines Vorgängers Hetti, Abt Grimald von St. Gallen sein Bruder (I, 453 A. 25), Bertolf v. Trier ein Neffe des B. Adventius v. Metz (I, 728), in Köln versuchte man an Günthers Stelle seinen Bruder Hilduin zu erheben, Ratbod v. Utrecht (seit 899) ein Neffe Günthers v. Köln (Vita S. Radbodi c. 1, Mabillon acta sct. saec. V, 27); in Konstanz folgten aus derselben Familie drei Salomone auf einander, des letzten Bruder Waldo wurde B. von Freising, sein Neffe Waldo B. von Chur (Formelbuch des B. Salomon S. 110), B. Hildegrim v. Halberstadt († 827) war ein Bruder des h. Liudger, B. v. Münster, ihm folgte sein Neffe Thiatgrim (Annalista Saxo a. 827, 840), wahrscheinlich hängt der jüngere Hildegrim (seit 853) auch mit dieser Familie zusammen, auf Liudger folgte in Münster sein Neffe Gerfrid (V. Liudgeri l. II c. 7); B. Erchanfrid v. Regensburg ein Verwandter seines Vorgängers Baturich († 847, s. I, 870); B. Erchanbert v. Freising ein Neffe seines Vor-

Auch die äußere Stellung dieser Kirchenhirten aber unterscheidet sich nicht sehr wesentlich von der der Grafen und Vassallen. Die gelehrten Studien treten in dieser eisernen Zeit gänzlich zurück. Bischöfe und Aebte durch die Lehen, welche sie inne haben, zum Kriegsdienste verpflichtet ziehen im Widerspruche mit den Kirchengesetzen an der Spitze der Heere ins Feld: in einem Zeitraume von noch nicht dreißig Jahren sind nicht weniger als zwei deutsche Erzbischöfe und acht Bischöfe im Kampfe gegen die Heiden gefallen [39]). Die Erwerbung und die Verteidigung des weltlichen Besitzes nimmt einen sehr großen Theil ihrer gesamten Thätigkeit in Anspruch, kein Wunder, wenn die geistliche Seite ihres Berufes bisweilen ganz hinter diesen weltlichen Sorgen zurücktritt [40]).

Wiewol Prälaten und Grafen manche gemeinschaftlichen Interessen haben und die ersteren weit genug davon entfernt sein mochten, eine rein geistige Macht darzustellen, so waltete andrerseits zwischen diesen beiden Ständen doch auch wieder ein so bestimmt ausgesprochenes feindliches Verhältnis ob, daß der König sehr wohl an dem einen eine Stütze wider den andern finden

gängers Hitto (Meichelbeck hist. Frising. I[b], 254); auf Berhard v. Verdun († 879) folgte sein Neffe Dado (Scr. IV, 37); in Auxerre folgten auf Angelelm dessen beide Neffen, die Brüder Heribald und Abbo (Gesta episc. Autissiod. c. 35, 36, 37); Ebbo, der Neffe Ebbos von Reims wurde B. v. Grenoble (I, 388); Hinkmar v. Reims beförderte seinen Neffen Hinkmar zum B. v. Laon, Wenilo v. Sens seinen Verwandten Tortold zum B. v. Bayeux (I, 414, 761), Liutward seinen Bruder Chadolt zum B. v. Novara; Erzb. Walther v. Sens war ein Neffe Walthers von Orleans (Regino a. 888); Wala v. Auxerre ein Bruder des Erzb. Ansegis v. Sens (Gesta episc. Autissiodor. c. 39, Duru bibl. hist. de l'Yonne I, 357, Necrol. Autissiodor. bei Martene coll. ampl. VI, 694). — Zu den Klöstern, die in derselben Verwandtschaft bleiben sollten, gehörten z. B. Gandersheim und Andlau; die Korveier Aebte Warin († 856), Bovo I. († 890), Bovo II. († 916) waren nahe mit einander verwandt (Widukind. res g. Saxon. l. III c. 2 cod. 2, 3).

[39]) Im J. 880 gegen die Dänen fielen Theoderich v. Minden, Markward v. Hildesheim, 882 desgl. Wala v. Metz, 886 gegen die Slaven Wolfher v. Minden, 891 gegen die Normannen Sunderold v. Mainz, 892 gegen die Slaven Arno v. Wirzburg, 907 gegen die Ungern Theotmar v. Salzburg, Uto v. Freising, Zacharias v. Seben, 908 desgl. Rudolf v. Wirzburg. Von vielen andern Bischöfen und Aebten wird überdies ausdrücklich erwähnt, daß sie ins Feld zogen. Franko v. Lüttich wollte wegen der Kämpfe gegen die Normannen sein Amt niederlegen sciens illicitum esse, quemquam sanguineis manibus sancta tractare (Folcuini gesta abbat. Lobiens. c. 17, Scr. IV, 62). Heriveus Erzb. v. Reims stieß 919 zum Könige habens armatos secum, ceu fertur, mille quingentos (Flodoard. hist. Rem. l. IV c. 14 p. 510). Ueber die Dienstpflicht der Geistlichen vgl. Roth Feudalität S. 317 flg., Waitz d. Verfg. IV, 499 flg.

[40]) Raban klagt in der Vorrede an Heimo (opp. ed. Migne V, 13): nam proh dolor! multi inveniuntur huius temporis viri in ecclesiasticis personis, qui relicto praedicandi officio et spiritali conversatione in eo se magnos aestimant, si terrenis negotiis praeponantur et disceptationibus saecularium saepe intersint, ita ut in eorum conventibus quasi arbitres praesideant et eorum conflictuum iudices fiant etc.

mochte. Die reichen Kirchen- und Klostergüter reizten fortwährend den Neid und die Habgier der weltlichen Großen, dieselben suchten, wo sich die Gelegenheit ergab, davon nach Kräften an sich zu reißen oder, wenn sie einzelne Güter von den Prälaten zu Lehen trugen, sich den darauf ruhenden Verpflichtungen zu entziehen[41]). Andrerseits fehlte es nie an Handlungen der Widersetzlichkeit und Auflehnung gegen die Kirchengebote, welche straflos blieben, wenn die Staatsgewalt nicht die kirchlichen Zuchtmittel unterstützte.

Gewis also hatten die Bischöfe ein sehr lebhaftes Interesse an einem starken Königthume, denn nur die Krone konnte die Besitzungen ihrer Kirchen gegen gewaltsame Uebergriffe schützen, ihre Immunitäten aufrecht erhalten, ihren Urtheilen und Synodalbeschlüssen den nöthigen Nachdruck verleihen. Ueberdies beanspruchten und behaupteten sie den ersten Platz im Rathe des Königs, der durch ihre Hand die Weihe erhalten, das nahe persönliche Verhältnis, in welches sie zu ihm traten, gewährte reichliche Gelegenheit, immer neue Schenkungen und Vergabungen von ihm zu erlangen. Noch mehr als die Bischöfe waren natürlich die durch ihre vereinzelte Stellung allen Angriffen bei weitem mehr preisgegebenen Aebte auf den königlichen Schutz angewiesen, dessen sie bisweilen auch gegen die Bischöfe bedurften.

Umgekehrt sprach aber auf der Seite des Königs alles dafür, die Bischöfe und Aebte zu begünstigen, ihnen reichere Beweise der königlichen Huld zukommen zu lassen, als den weltlichen Großen — ganz abgesehen davon, daß Schenkungen zu frommen Zwecken ein unbedingtes Erfordernis zur Erlangung der himmlischen Freuden, eine Bürgschaft für das Seelenheil der Vorfahren waren. Indem die geistliche Seite jener hohen Kirchenämter zurücktreten mußte vor der Rücksicht auf den ausgedehnten Besitz der einzelnen Hochstifter, trat auch die kanonische Wahl durch Ka-

[41]) In einer Predigt, die zwischen 927 und 936 abgefaßt ist, sagt Abbo v. St. Germain (Dachery spicileg. IX, 105 sermo V): ergo hanc religionem tam deo caram ... quotidie dissipant illi, qui nunc sunt principes mundi, reges videl., comites, vicecomites, consules, proconsules eorumque vicarii, vassi dominici, horum satellites omnesque mali iudices. auferunt namque perversa calliditate urbalibus ecclesiis necnon monasticis res et villas, quibus debent episcopi, monachi et canonici vivere. diversis plane dolis et fraudibus praedicti invasores ecclesiae destruunt praesidia christianitatis, hoc est sedes episcopales et monasteria, praedis scil. rapinis, precariis falsidicis, manufirmitatibus iniquis. habentes enim eas inscriptum contemnunt reddere censum. sic autem res Christi transferunt sibi in praedium et alodium possessores sacrilegi. interdum vero violenter easdem res ecclesiae diripiunt sibique inlicite possident. quamobrem multa iam scimus et videmus monasteria a clericis derelicta propter res quippe, unde vivere deberent illis ablatas etc. Diese Schilderung bezieht sich zwar auf das Westreich, für dessen Zustände sonst das Konzil von Troslh im J. 910 vielfaches Material liefert, etwas gemildert aber wird sie auch auf den deutschen Osten passen.

pitel und Volk gänzlich zurück gegen die Belehnung durch den Herrscher, die in den meisten Fällen für die Wahl selbst den Ausschlag gab[42]). Wenn einzelnen Kapiteln auch ihr freies Wahlrecht ausdrücklich und urkundlich bestätigt wurde[43]), wie z. B. Freising und Halberstadt durch Ludwig das Kind, so hatte dies doch im Grunde geringe praktische Bedeutung, der König konnte aus irgend einem Vorwande den vorgeschlagenen Kandidaten dennoch verwerfen und einen ihm genehmeren Bewerber vorziehen. Es lag

---

[42]) S. die von Waitz (Verfg. III, 354—357, K. Heinr. I. Neue Bearb. S. 57 A. 4) angef. Zeugnisse, ferner I, 860, oben S. 106 (vgl. S. 254), wo Johann VIII. dem K. Karlmann geradezu das Recht zugesteht, das Bisthum Vercelli zu verleihen, über Arnolf S. 473, Konrad S. 612. Die Forderungen, die Hinkmar bei Besetzung der Bisthümer Noyon und Beauvais geltend machte (S. 199 flg.) entsprachen sicherlich nicht der früheren Praxis (s. die Aeußerung Karls über Wenilo Leg. I, 462 c. 1) und wurden nur mit Rücksicht auf die Schwäche der Regierung gewagt und ebenso wenig drang wohl Nikolaus mit seinen Absichten durch (I, 656 A. 70).

[43]) Am ausführlichsten in der Form. Salom. N. 1 (Roziere N. 519). Hiernach soll der Bischof wo möglich aus den Domherren, oder aus einem Kloster, oder endlich aus der Geistlichkeit des Sprengels erwählt und sodann vor den König geführt werden, ut per nos archiepiscopo commendatus officii sui auctoritatem per nostram obtineat potestatem, wenn die Wahl aber auf einen Unfreien oder Unwürdigen fiele, liceat nobis potestate regia uti et iuxta scientiam nobis divinitus concessam ecclesiae dei dignum constituere sacerdotem (vgl. I, 50). Ludwig der Fr. verlieh 814 der Wormser Kirche das freie Wahlrecht, Karl III. 885 der Kirche von Chalon (B. 223, 986), desgl. der Paderborner Geistlichkeit (Vita Meinwerci c. 6, Scr. XI, 109, B. 995) (von der Genfer Kirche schreibt Johann VIII., daß Karl III. eidem ecclesiae electionem perenniter de proprio clero donaverat, Mansi XVII, 207), Arnolf 888 für Bremen (Ehmck Brem. Urkb. I, 7): sed et clero ibidem constituto libertatem tribuimus eligendi sibi episcopos sive inter se sive aliunde, Ludwig das K. 902 für Halberstadt (Ludewig reliquiae VII, 427): concedimus, ut habeant, cui eiusdem clerici sedis canonice atque ecclesiastice seu inter se seu aliunde digne ad hoc et convenienter eligendi episcopum liberam ac propriam facultatem, für Freising 906 (Mon. Boica XXVIII[a], 140) unter Berufung auf ein angeblich schon dem h. Korbinian ertheiltes Privilegium: iubemus, ut eiusdem episcopatus plebs et familia ab hodierna die et deinceps securam habeant potestatem inter se eligendi episcopum, si talem inter se invenire queant, qui generositate naturae, pericia librorum et vitae probitate idoneus sit divinum servicium regere et regalia obsequia prebere. si autem talis inter eos nequeat inveniri, infra regiam curtem illis aptum querant et eligant; Karl der Einfält. 913 für Trier (Beyer I, 220): ut post huius antistitis obitum, quemcunque Treverensis clerus et populus de propriis eiusdem aecclesiae filiis pari consensu elegerit, absque ulla cuiuslibet contradictione ille ... eis detur episcopus, nec ulterius ... quemquam non optatae personae cogantur suscipere pastorem. Beispiele von früheren Kanzlern oder Notaren, die zur bischöflichen Würde gelangten, sind Gozbald v. Wirzburg, Witgar v. Augsburg, Liutward v. Vercelli, Waldo und Salomon, vielleicht Wolfher v. Minden, Udalfrid v. Eichstädt. Wenilo v. Sens schrieb an Amolo von Lyon (Lupi epist. 81, p. 123 ed. Baluze): idque vestrae prudentiae dominus noster iussit suggerere, non esse novicium aut temerarium, quod ex palatio honorabilioribus maxime ecclesiis procurat antistites vgl. das Schreiben der Pariser (N. 98 p. 117).

also ganz in seiner Hand Männer seines Vertrauens, etwa seine Kanzler oder Kapläne auf die Bischofstühle zu befördern und andrerseits suchten gewis in den meisten Fällen die Kapitel zu ihrem eignen Vortheile schon bei der Wahl den königlichen Wünschen entgegen zu kommen. Die Klage über Simonie, die schon in unserer Periode auftaucht, bietet ebenfalls einen Beweis für den bestimmenden Einfluß des Hofes. Hieraus aber folgte, daß die Vergabungen an die Kirche im Allgemeinen für das Gemeinwesen ersprießlicher waren, als die an die weltlichen Großen, da der König bei jeder Erledigung eines Bisthums den gesamten Besitz desselben von neuem in die Hände eines ihm vertrauten und ergebenen Mannes legen konnte, während bei Ertheilung andrer Lehen das Herkommen und das zähe Interesse der mächtigen Familien seine freie Bestimmung hemmten.

Das gleiche Verhältnis fand bei den Abteien statt, für welche die ausdrücklichen Bestätigungen der freien Wahl ihrer Vorsteher bei weitem häufiger sind, als für die Bisthümer[44]). Diese Verleihungen hinderten nicht, ihnen gelegentlich einen Abt aufzubringen, den sie nicht erwählt hatten, Klöster auch vorübergehend, vielleicht zum Zwecke einer Reform, an Bischöfe zu übergeben oder sie ihnen für die Dauer zu schenken, doch geschah das letztere sicherlich nur mit kleineren Stiftern. Auch behielt sich die weltliche Gewalt das Recht vor, schuldige Aebte abzusetzen, das für die Bischöfe nur von der Kirche geübt wurde. Der im Westreiche längst herrschend gewordene Misbrauch, Klöster wie Lehen an mächtige Laien zu vergeben und sie dadurch ihrer wahren Bestimmung mehr oder minder zu entziehen[45]), fand fast nur in dem Theile des Ostreiches Nachahmung und Verbreitung, in dem sich ohnehin von jeher die stärkste Hinneigung zum Westen kundgab, in Lothringen[46]).

---

[44]) Ueber die schwäbischen Klöster s. die Zusammenstellung bei Merkel de republ. Alamann. p. 46. Karl III. verlieh 885 St. Maximin das Wahlrecht (Beyer I, 130): quandocunque autem divina vocatione abbas illorum obierit et ad loca meliora transierit, habeant potestatem fratres inter se eligendi abbatem, quamdiu deus concesserit, ut talis inter illos reperiri possit, qui eundem locum et fratres iuxta regulam b. Benedicti et professionem fratrum iuste et regulariter ordinare et regere possit. Daß diese Privilegien nicht immer wirksam waren, lehrt eben das Beispiel von St. Maximin, wie auch das von St. Gallen, Lorsch u. a. Klöstern (s. oben S. 342, 453).

[45]) Ueber diesen Misbrauch s. I, 115, 278, Concil. Trosleian. a. 910 c. 3 (Mansi XVIII, 270 flg.) ... nunc autem in monasteriis deo dicatis monachorum, canonicorum et sanctimonialium abbates laici cum suis uxoribus, filiis et filiabus, cum militibus morantur et canibus. ... respectum siquidem timoris dei habentibus auditu lugubre, dictu nefas, actu dignoscitur horribile, quando contra omnem paratum et totius christianae religionis anctoritatem ... in monasteriis regularibns laici in medio sacerdotum et caeterorum religiosorum ut domini ac magistri residentes velut abbates de illorum vita et conversatione ac regula sibi penitus ignota perverso ordine diiudicant etc.

[46]) Von den lothringischen Klöstern befanden sich in Laienhänden: St.

Die häufigen Gnadenbeweise der ostfränkischen Könige für die Bisthümer und Abteien bestanden zum überwiegenden Theile entweder in Schenkungen von Gütern, Leibeigenen, auch Einkünften und Zöllen oder in der Verleihung des Königsschutzes und der Immunität, die jedoch auch am Ende unserer Periode noch in denselben Formeln ausgedrückt wird, wie unter Ludwig dem Fr. und vornehmlich den Schutz der geistlichen Unterthanen gegen willkürliche Eingriffe der weltlichen Beamten bezweckte, zugleich aber den Grund zu eigenen geistlichen Gerichtssprengeln legte[47]). Außerdem findet sich öfter z. Th. im Zusammenhange mit der Immunität Zollfreiheit, Holzschlag in benachbarten Reichsforsten, Beschränkungen der Verpflichtung zum Heerdienste[48]), bei weitem seltener, erst seit Arnolf auch die Münze und Marktgerechtigkeit[49])

Maximin und Oeren zu Trier, Echiernach, Stavelot nebst Malmedy, St. Servatius zu Maastricht, Gorze, Hornbach, Chevremont u. s. w., Prüm niemals (s. I, 687, oben S. 465, 470, 501—503, 516). Ausnahmsweise erlitten Hersfeld und Traunkirchen das gleiche Loos (oben S. 550, 551, 581). Wenn Waitz (Verfg. IV, 133) im Allgemeinen bemerkt: Unter den späteren Karolingern sind die Klöster nicht viel anders denn als große Güter behandelt, die der König bald einem vornehmen Weltlichen übertrug u. s. w., so scheint mir doch dies vollständig nur auf die westfränkischen Könige zu passen. Lehrreich ist eine Urk. Ludwigs des jüng. vom 17. Jan. 882: domini annuente claementia res sancti Wicberti de monasterio Herolvesveldun adunatas habemus et ita eas deinceps ad iamdictum locum sanctum integras permanere volumus et nullus successorum nostrorum ipsas res ... aut in beneficia facere aut alio iniuste vertere praesumat ... si quis vero hoc frangere voluerit coram omnipotentia divinae maiestatis in die irae inde rationem reddat et pro voto, quod nos deo vovimus, qui illud fregerit, divino se damnatum iudicio sentiat (Wenck hess. Landesg. III Anh. 23, B. 896).

47) Vgl. über die Wirkungen der Immunität in Bezug auf die Gerichtsbarkeit Waitz Verfg. IV, 375 flg., s. in Bezug auf Schwaben die lehrreiche Zusammenstellung Merkels (de republ. Alam. p. 53—59).

48) Waitz IV, 268, 505 s. auch die Urk. Arnolfs für Osnabrück B. 1067.

49) Ueber die Verleihung des Münzrechts handeln Müller deutsche Münzgesch. I, 145—159, Waitz Verfg. IV, 81, dazu Sickel Beitr. zur Diplom. II (Sitzungsber. der phil. hist. Kl. der k. k. Akad. d. Wissensch. XXXIX, 132 flg.). Hiernach bleibt die Ertheilung des Münzrechtes unter Ludwig dem Fr. zweifelhaft, von Karl dem K. und Lothar II. (B. 700 zu Rommersheim für Prüm) finden sich vereinzelte Gewährungen, sowie weiterhin im Westreiche häufiger, von Ludwig dem D. existiert keine unzweifelhaft echte Urk. darüber, von seinen Söhnen bestätigte nur Karl III. dem B. Geilo v. Langres das schon von Karl II. erworbene Münzrecht zu Dijon und Langres (B. 1011). Arnolf verlieh 888 dem Erzb. Rimbert percussuram numorum et negotiandi usum in eodem loco Brema nuncupato, wie es seinen Vorgängern schon für Hamburg verliehen worden sei (Lappenberg Hamb. Urk. I, 33), 889 dem B. Egilmar v. Osnabrück mercatum habere et monetum publicum instituere et toloneum inde accipere (B. 1067), keineswegs zweifellos ist eine ähnliche Urk. für Worms B. 1143. Zwentibald verlieh 898 der Prümer Kirche zu Münstereifel Markt- und Münzrecht (B. 1172). Ludwig das K. 900 dem Kl. Korvei in villa Horohusun nuncupata (an der Diemel) Markt und Münze, dem Erzb. v. Trier 902 monetam scil. ipsius civitatis, dem B. von Lüttich 908 Zoll und Münze zu Maastricht, dgl. dem B. v. Eichstädt Marktrecht, Münze und Zoll, letztere Urk. von Konrad 918 bestätigt (B. 1176, 1187, 1218, 1266, Mon. Boica XXXI[a],

und endlich unter Ludwig Uebertragung einzelner gräflicher Gerechtsame d. h. Güter und Abgaben an die Bischöfe[50]). Die weitere Verschmelzung der bischöflichen und gräflichen Gewalt an den Bischofssitzen blieb jedoch erst den Ottonen vorbehalten, unter denen es sich sogar einführte, den Bischöfen Grafschaften außerhalb ihres Sitzes zu verleihen. Zunächst strebten diese wenigstens danach die Stadt, in der sie ihren Sitz hatten, ganz oder theilweise an sich zu bringen. Dazu wirkte das Bedürfnis mit, welches gegen Ende unseres Abschnittes durch die Einfälle der Normannen und Ungern so empfindlich fühlbar wurde, die bisher offenen Städte durch Wälle und Gräben, durch Mauern und Thürme abzuschließen. Indem die Prälaten aus ihren Mitteln derartige Befestigungen anzulegen begannen, suchten sie sich auch das Eigenthumsrecht daran zusichern zu lassen[51]).

Der enge Bund zwischen den Königen und der Kirche gab sich in dem Einflusse kund, welchen geistliche Rathgeber, zumal der Erzkaplan als Vorsteher der Kanzlei auf die ersteren auszuüben pflegten[52]), sowie in der Berufung der Synoden durch jene und in dem Antheile, den sie an ihren Beschlüssen nahmen. Während in der Regel die Bischöfe ihre Stütze und ihren Rückhalt an dem Herrscher suchten und von ihm die nachdrückliche Vollziehung ihrer Beschlüsse erwarteten, fand auf der Altheimer Synode im J. 916 auch das umgekehrte Verhältnis statt — wie wir es sonst häufiger im Westreiche beobachten können — daß nämlich die Krone in der Anwendung der Kirchenstrafen vielmehr eine Ergänzung ihrer eigenen Schwäche und Ohnmacht suchte. Diese Bemühungen gründen sich auf die Anschauung, daß der König durch die von geistlicher

178), ebenso dem B. Ludelm v. Toul monetam etiam civitatis et teloneum ... necnon et mercatum civitatis (Scr. VIII, 638).

[50]) Vgl. über Trier und Toul oben S. 502 flg. Die erste Verleihung voller gräflicher Rechte an einen Bischof in seiner Stadt ist die Heinrichs I. für Gauzlin v. Toul vom J. 928 angef. von Beseler (die deutschen Kaiserurk. als Rechtsquellen, Boehlaus Zeitschr. für Rechtsgesch. II, 382). Als das erste Beispiel der Vergabung einer ganzen Grafschaft an eine Kirche wird die der kleinen Grafschaft Huy an Lüttich im J. 985 (Miraei opp. dipl. I, 51) angeführt und auch diese steht noch sehr vereinzelt, es folgt im J. 1000 die Vergabung von Waldsassen und Rangau an Wirzburg s. Hirsch Heinrich II., II, 56. Entschieden unecht sind die Urk. Lothars I., Karls III. und Widos für Bobbio, wodurch der Abt dieses Klosters mit der Grafschaft belehnt wurde (Hist. patr. monum. I, 66, 81, Ughelli IV, 1333 vgl. Ficker vom Heerschilde S. 68), sowie ähnliche für Parma, welche Dönniges (das deutsche Staatsrecht S. 264) arglos benutzt und auch Waitz (Verfg. IV, 270 A.) anführt. Beispiele derartiger Verleihungen für Italien s. eb. S. 441, nicht mit gehöriger Sichtung, wie z. B. der urkundliche Beweis für Florenz gänzlich fehlt.

[51]) Ueber diesen Gegenstand handelt am gründlichsten Waitz (K. Heinr. I. Neue Bearb. S. 96). Das von demselben (Verfg. IV, 273 A. 2) angef. Beispiel der Schenkung Pettaus an Salzburg beruht jedoch auf einer unechten Urk. Arnolfs (B. 1084 vgl. Duemmler de Arnulfo p. 186).

[52]) Sogar Heinrich I. folgte gern bischöflichen Rathschlägen (Waitz H. I. N. B. S. 112 A. 6), über Otto I. s. Giesebrecht deutsche Kaiserzeit I, 321.

Hand vollzogene Salbung eine göttliche Weihe empfangen habe, die seine geheiligte Person für alle Anfechtungen unantastbar machen sollte[53]). Nicht minder war es dagegen seine Pflicht, die Heiligkeit des kirchlichen Eigenthums anzuerkennen, es gegen alle Angriffe von weltlicher Seite zu beschirmen. Im Ganzen haben auch die deutschen Könige dieser Auffassung entsprochen: eine freie Verfügung über das gesamte Kirchengut zu Zwecken des Staates ist von ihnen nirgend oder höchstens ganz ausnahmsweise in Bezug auf einzelne Abteien angesprochen und ausgeübt worden[54]). Die ersten Herzoge von Baiern und Schwaben hingegen zogen sich durch ihre Beraubung der Kirche sogleich die bitterste Anfeindung zu und ebenso mehrere der westfränkischen Könige.

Ein Umstand konnte gefährlich erscheinen für die Aufrichtigkeit und Ersprießlichkeit jenes Bundes zwischen Krone und Geistlichkeit, nämlich die Abhängigkeit der letzteren vom Papste. Wenn gleich durch die Erhebung der deutschen Könige auf den römischen Kaiserthron gewissermaßen Rom selbst zu einer Stadt ihres Reiches wurde, der Papst in die Reihe ihrer Bischöfe zu treten schien — wie ja auch zuweilen seine Wahl von Deutschland aus gelenkt worden ist —, so blieb er in Wahrheit doch immer der Träger einer unabhängigen politischen Macht, der es an Mitteln zur Behauptung ihrer Selbständigkeit nie gänzlich fehlen konnte und deren Endziele von denen der deutschen Herrscher weit genug abliegen mochten. Allerdings wäre dies Verhältnis schon damals

---

[53]) Ausdrücklich gemeldet wird die Krönung Ludwigs (die Waitz K. Heinr. I. N. B. S. 42 unbekannt geblieben zu sein scheint) und Konrads, denn die Angabe der Hist. Francor. Senonens. (Scr. IX, 365): Hludovicus autem Bavariam sibi vindicavit unctusque est in regem hat kein Gewicht, dennoch zweifle ich, abweichend von Waitz (Verfg. III, 225) nicht, daß die Krönung Regel war und nur als etwas ganz Selbstverständliches meist nicht besonders erwähnt wird.

[54]) Wenn Waitz (Vfg. IV, 138) behauptet, daß Karl der Gr. und Ludwig der Fr. „ein unbedingtes Eigenthums- und Verfügungsrecht" über die Kirchengüter beansprucht und daß man unter des letzteren Söhnen und Enkeln „auf diesem Wege nur rücksichtsloser und gewaltsamer" vorwärtsgieng, so scheint mir dies nur auf die westfränkische und lotharische Dynastie einige Anwendung zu finden, für Ludwig den Deutschen dagegen und seine Nachkommen fehlt jeder Beweis und alles spricht vielmehr dafür, daß die Kirche bei ihnen ausreichenden Schutz genoß. (Gegen Arnolf erhebt sich bei späteren Autoren die Beschuldigung, daß er den Klöstern Echternach und Herrieden einen Theil ihres Güterbesitzes entzogen s. oben S. 475, 498 A. 10). Vgl. Roth Feudalität S. 118 flg. — In der Urk. Liutberts für Korvei vom J. 888 heißt es (Erhard reg. Westf. dipl. p. 28): debeut enim mundi principes honorem praestare deo, quem sibi volunt praestari a deo, videl. ut quemadmodum cupiunt a deo sibi collatum regni honorem couservari, sic ecclesiae Christi suam non dedignentur servare legem. In gleichem Sinne sagt Arnolf in einer Urk. für St. Emmeram vom 21. März 890 (Mon. Boica XXVIII^{a}, 100): si debitores sumus omnibus iniustitiam patieutibus lineam aequitatis exhibere, dignum fore arbitramur, quatenus ecclesiasticae res mundiburdum ac defeusionem a uobis habeaut nullamque perpetiantur iniquitatem.

ein ebenso bedenkliches gewesen, wie es seit dem eilften Jahrhundert bis auf die Gegenwart herab in der That geworden ist, wenn die Ideen des großen Papstes Nikolaus und des von ihm zuerst in die Praxis eingeführten Pseudoisidor sich bereits vollständig verwirklicht hätten.

Die deutsche Kirche ehrte in dem apostolischen Stuhle die höchste Richtschnur für die Reinheit der Lehre, sie trat, als es sich um die Zurückweisung griechischer Angriffe handelte, bereitwillig für denselben ein, sie erkannte ferner die römische Mutter auch als die Meisterin der Kirchenzucht und als den obersten, über alle menschliche Verantwortung und Rechenschaft erhabenen Gerichtshof für Vergehen von Geistlichen an — eine sehr eingreifende, das Einzelne bestimmende Wirksamkeit entsprang indessen aus diesen zugestandenen Befugnissen damals nicht. Die Bischofswahlen waren von Rom durchaus unabhängig, nur die Metropoliten mußten durch das Pallium eine Bestätigung ihrer Würde in Rom nachsuchen, die fast nie verweigert wurde[55]) — denn der Fall Williberts von Köln, in dem es aus politischen Gründen geschah, steht ganz vereinzelt —, Synoden fanden bisweilen wie die Wormser auf Veranlassung, bisweilen wie die Altheimer auch unter Mitwirkung von päpstlichen Legaten statt, in der Regel aber wurde ihr Zusammentritt durch die Könige hervorgerufen, ihre Beschlüsse von dem Könige bestätigt und der päpstliche Stuhl wirkte hier um so weniger ein, als seine Legaten nur selten und bei außerordentlichen Gelegenheiten ausgesandt wurden. Ebenso fanden Reisen deutscher Bischöfe und Aebte nach Rom nicht gar zu häufig statt und auch diese erfolgten z. Th. im Auftrage oder in Begleitung des Königs oder es waren bloße Wallfahrten. Das wichtigste Recht des römischen Stuhles, angeklagte Bischöfe allein zu richten und, wo es erforderlich, abzusetzen, welches Nikolaus gegen Günther und Thietgaud geübt, wurde in Deutschland noch keineswegs vollständig anerkannt, doch läßt sich allerdings eine steigende Geltung der gerade nach dieser Seite hin so tief eingreifenden Grundsätze Pseudoisidors beobachten. Auf den Synoden zu Worms (868), Köln (887), Metz (893) und Tribur (895) nur selten und in wenig entscheidender Weise, zu Mainz (888) gar nicht benutzt,

[55]) Erhalten sind aus unserer Periode von den Bullen bei Uebersendung des Palliums namentlich einige für Köln (Floss Leonis papae VIII privileg. dipl. p. 102, 113, 110, wodurch der tägliche Gebrauch des Palliums versagt wird), für Salzburg (J. 1943, 1961, 2020, 2343 sämtlich im Anhange zu Kleimayrns Juvavia), für Hamburg (J. 1959, 2085 unecht, 2112, 2716, 2721); für Mainz (s. J. 2088, Mariani Scotti chron. 918) und Trier sind aus dieser Zeit keine Bullen auf uns gelangt. Zur besondern Auszeichnung empfieng auch B. Wala v. Metz das Pallium (J. 2401). In dem Schreiben an Rostagnus v. Arles (Mansi XVII, 80) verbot ausdrücklich Johann VIII. den gallischen Metropoliten Weihen vor Empfang des Palliums zu ertheilen.

beginnt er erst in Altheim (916) eine hervorragendere Rolle zu spielen[56]).

Der häufigste Verkehr mit Rom von Deutschland aus bestand in brieflichen Anfragen über einzelne dunkle oder schwierigere Punkte der kirchlichen Disziplin, als Ehen in verbotenen Verwandtschaftsgraden, Dauer der Kirchenbußen für schwere Verbrechen u. dgl. m.[57]) oder in der Bitte um Bestätigung der Privilegien von Bisthümern und Klöstern[58]). Immerhin konnte der Papst, an seinem eigenen Sitze oft durch ergrimmte Gegner in die Enge getrieben, ein Spielball feindlicher Parteien, auf diesem Wege eine manigfaltige und wichtige Einwirkung auf die kirchlichen Verhältnisse Europas üben, wie auch Veränderungen in den alten Kirchenprovinzen, Gründungen neuer Bisthümer nur unter seiner Zustimmung zu Stande kamen. Nicht immer wurden, wie schon die widersprechenden Entscheidungen über das Bisthum Bremen sowie die Wechselfälle der mährischen Kirche darthun, die päpstlichen Aussprüche von der Gerechtigkeit und gründlicher Sachkenntnis diktiert und das Geld spielte auch damals in Rom eine gewichtige Rolle[59]).

---

[56]) S. I, 645, oben S. 309, 396, 603. Die Metzer Synode c. 5 (Beyer I, 134) beruft sich, wie Weizsäcker (der Kampf gegen den Chorepiskopat S. 50) nachgewiesen hat, auf die decreta Damasi pape Innocentii et Leonis wegen der Chorbischöfe.

[57]) Von dieser Korrespondenz haben sich großentheils nur Bruchstücke erhalten s. die Bullen J. 2045, 46 an Eb. Karl v. Mainz (zweifelhaft s. I, 391), 2151—54 an Adalwin v. Salzburg, 2155—58 an Salomon I. von Konstanz (als ein Ganzes jetzt vollständig herausgegeben von Hinschius in Böhlaus Zeitschr. für Rechtsgesch. II, 471 aus dem cod. lat. Monac. 6242, findet sich ebenso im clm. 6241, 6245), 2159 an Ratold v. Straßburg, 2164, 65 an Oswald v. Kärnten (s. I, 615), 2439 an Wala v. Metz, 2642, 43 an Liutbert v. Mainz (gegen die Gottesurtheile: nam ferri candentis vel aquae ferventis examinatione confessionem extorqueri a quolibet sacri non censent canones et quod sanctorum patrum documento sancitum non est, superstitiosa adinventione non est praesumendum etc., Gratian. decr. C. II qu. 5 c. 20), 2653 an Robert v. Metz; Johann X. an Hermann v. Köln (Floss Leonis VIII. p. privil. dipl. p. 103, 107, 109). Hieher gehört auch das Schreiben Liutberts an Hadrian von 871 (Form. Salomonis N. 43, Rozière N. 534, vgl. I, 790).

[58]) Derartige Bestätigungen besitzen wir namentlich für Fulda J. 1975, 2011, 2017, 2255, 2618, 2662, 2710, 2726, für Korvei J. 2634, für Werden 2663, für Heerse 2664, für Wildeshausen 2665, für St. Gallen 2713.

[59]) Als Lupus v. Ferrieres nach Rom reisen wollte, schrieb er an den Abt Markward v. Prüm (ep. 68 p. 111 ed. Baluze): quoniam in conficiendis rebus apostolici notitia indigebo ea vero sine munerum intercessione iniri commode non potest, ... ad vos confugio, supplicans ut ... mihi ... per praesentes nuncios duo saga veneti coloris et totidem lintea ... dirigatis, quae illi comperi esse carissima atque gratissima. In dem A. 57 angef. Briefe Liutberts klagt dieser, wie potentiores quilibet sich hinter die päpstliche Autorität verschanzen, um sich den bischöflichen Verfügungen zu widersetzen und erwähnt dann, quod virum illum, quem ... beatissimus Nicolaus non pecuniae cupiditate, sed omnimoda eius inlectus

Seit Karl dem Gr., der mit seinen Bischöfen selbständig sogar über dogmatische Fragen entschied und die Kaiserkrone seinem Sohne aus eigener Machtvollkommenheit vererbte, hatte das Papstthum gewaltige Fortschritte auf dem Wege zu voller Unabhängigkeit, ja zur Beherrschung der Staaten gemacht. Es war anerkannt, daß nur der die Kaiserwürde besäße, der sie durch päpstliche Salbung erlangt hätte, die kaiserlichen Rechte in Rom geriethen gänzlich in Verfall, die Mitwirkung eines kaiserlichen Bevollmächtigten bei der Weihe eines neuen Papstes hatte aufgehört und erst durch Otto den Gr. wurde der kaiserliche Einfluß auf die Wahlen wiederhergestellt. Diese Erfolge, so bedeutend sie waren, trugen indessen zunächst noch wenig bleibende Frucht: der Verfall der kaiserlichen Macht in Italien stürzte dies Land überhaupt in Unsicherheit und Verwirrung und für die Abhängigkeit von den doch meist in der Ferne weilenden Frankenkönigen tauschte der päpstliche Stuhl die bei weitem drückendere Herrschaft der kleinen Tyrannen in der Nähe und der römischen Adelsparteien ein. In diesem wüsten Treiben gieng ihm die geistliche Würde und sittliche Haltung mehr und mehr verloren und erst durch die wohlthätig strafende Hand der sächsischen Kaiser vermochte er sie nachmals wieder zu gewinnen.

Man wird bei Erwägung dieser Umstände den deutschen Königen kaum einen Vorwurf daraus machen dürfen, daß sie freigebig Rechte und Reichthümer auf ihre Bischöfe häuften, in der Ueberzeugung an ihnen die festesten Säulen für ihren Thron zu erwerben, denn daß der Papst dieselben dereinst aus ihren alten Beziehungen zum weltlichen Herrscher lösen würde, konnte man damals wohl schwerlich ahnen. Bemerkenswerth bleibt noch die Thatsache, daß die Nachfolger Karls des Gr., wie viel sie auch von dem früheren Einfluß auf die gesamte Kirche einbüßen mochten, doch andrerseits dem Papste auch kein bestimmendes Dreinreden in politischen Angelegenheiten gestatteten. So wurde selbst Gregors IV. Vermittelung in dem fränkischen Bürgerkriege von Ludwig dem Frommen entschieden zurückgewiesen, Hadrian mußte sich die Meerssener Theilung zu Ungunsten des Kaisers Ludwig gefallen lassen, Johann VIII. endlich seinen Günstling Boso aufgeben und Karl von Schwaben mit der Kaiserkrone schmücken. Nicht leicht ist die anmaßliche Einmischung des päpstlichen Stuhles in rein politische Händel von Jemand kräftiger und nachdrück-

rationabilitate post nostram legationem absolvit evidentissime ultio divina perculerit (Formelb. des B. Salomon S. 53). Der Abt Hadamar v. Fulda rühmte sich 955, daß er nach Hause bringe tot pallia, quot velit empta cum libris (Schreiben des Eb. Wilhelm v. Mainz, in dem auch weiterhin die intercessio pecuniae Hadamari erwähnt wird bei Giesebrecht deutsche Kaiserzeit I, 873) vgl. auch die Klagen des h. Bonifazius über die Pallientaxe (Rettberg Kirchengesch. Deutschl. I, 413).

licher abgelehnt worden, als es durch Hinkmar von Reims im Namen seines Königs geschah.

VII.

Eine der hervorragendsten Seiten von Karls des Gr. reformierender Thätigkeit hatte in der Fürsorge für die geistige Bildung seiner Völker bestanden. Auf die tiefe Barbarei des von literarischen Hervorbringungen so gänzlich entblößten siebenten und achten Jahrhunderts war ein wunderbar schneller Aufschwung erfolgt: von der Achener Pfalz, dem eigentlichen Brennpunkte der neuen Bildung aus verbreiteten sich ihre Stralen über die bedeutendsten Klöster und Bischofssitze, so daß, wie ein St. Galler Mönch in den Tagen Karls III. naiv bemerkt, die neueren Franken in der Wissenschaft den alten Athenern und Römern gleich kamen[1]). Die Bestrebungen Karls hatten sich vorzüglich zwei von einander verschiedene Ziele gesetzt: einmal das gesamte Wissen des Alterthums, wie es am Ende desselben encyklopädisch zusammengefaßt und für die Auslegung der Schrift verwerthet worden, die kirchliche Gelehrsamkeit also nebst der zu ihrer Aufnahme nothwendigen Uebung der lateinischen Sprache gleichsam wieder flüssig zu machen, zunächst unter der Geistlichkeit, dann aber auch unter den Laien seines Reiches, andrerseits die Kenntnis der christlichen Lehre (vielleicht auch der Gesetze) durch Verdeutschung der zum Glauben und Gottesdienste erforderlichen Stücke auszubreiten und dem Verständnis des ungelehrten Volkes näher zu bringen[2]). So ist er zugleich einer der einflußreichsten Hersteller der lateinischen Wissenschaft des Mittelalters und der Schöpfer der ersten gemeindeutschen Literatur geworden, beides allerdings dem Geiste der Zeit gemäß in vollkommener Abhängigkeit von dem überlieferten Stoffe.

[1]) S. I, 206 A. 2. Alkuin (ep. 71 p. 103) sagt nur, wenn viele dem Beispiele Karls folgten, forsan Athenae nova perficeretur in Francia, immo multo excellentior etc. Johann VIII., nachdem er auf der Synode von Ravenna von Karls kriegerischen Thaten und seinen Verdiensten um die römische Kirche gesprochen, fährt fort: sed pauca dicta sunt, nisi quae circa religionis incrementum gessit magna et sublimia memorentur. religionis quippe statum inter diversorum errorum et pravitatum vepres incultum inventum sacris litteris erudivit, divina pariter et humana scientia perornavit, erroribus expurgavit, ratis dogmatibus saginavit, atque intra brevissimum tempus ita industrio pietatis studio egit, ut novus quodammodo videretur mundus magnis luminaribus venustatus et variis vernantibus floribus adornatus (Walter corp. iur. Germ. III, 202 vgl. oben S. 51).

[2]) Ueber diesen Theil seiner Thätigkeit ist jetzt vorzüglich Müllenhoff und Scherer zu vergl. (Denkmäler deutscher Poesie u. Prosa S. VI, 438 flg. sowie des letzteren Ursprung der deutschen Literatur, Berlin 1864).

So mächtig bei Karls Bemühungen zur Hebung der geistigen Kultur die kirchlichen Interessen mitsprachen, so trug sein literarisches Wirken doch kein ausschließlich theologisches Gepräge, wie dies später bei seinem Sohne Ludwig der Fall war. Der Kaiser, ein Förderer der für barbarisch gehaltenen Volkssprache, ließ die Heldenlieder der Vorzeit niederschreiben, er veranlaßte zur Verherrlichung der eigenen Thaten Aufzeichnungen über die Geschichte seiner Zeit[3]) und wie er selbst in späteren Jahren ein erhabenes Beispiel im Lernen gab, so wünschte er und setzte es durch, daß auch andre Laien vornehmer Abkunft unter seinen Augen sich für die Studien interessierten[4]). Zu diesen gehörte u. a. sein vertrauter Freund Augilbert, Homer genannt, sowie später dessen tapfrer Sohn Nithard, ferner Einhard (Besaleel) sein Geschichtschreiber, der erst in höheren Lebensjahren der Weltlichkeit entsagte, Herzog Erich von Friaul, dem Paulinus von Aquileja ein Buch der Ermahnung mit geistlichen Rathschlägen widmete, der brittische Markgraf Wido, dem in ähnlicher Absicht Alkuin seine Schrift über die Tugenden und Laster zueignete, auch der Seneschalk Audulf (Menalkas) und der Kämmerer Meginfrid (Thyrsis) bezeugten diesen gelehrten Uebungen ihren Antheil.

Dieser weitere Kreis von Theilnehmern an den geistigen Bestrebungen verengt sich leider in der Folge immer mehr: aus der Zeit Ludwigs des Fr.[5]) würde noch Dodana hier anzuführen sein, die Gemahlin des berüchtigten Markgrafen Bernhard von Septimanien, welche mütterliche Lebensregeln für ihren Sohn in einer Art von Katechismus niederlegte, Graf Matfrid von Orleans, dem auf seinen Wunsch der Bischof Jonas drei Bücher über den christ-

---

[3]) S. Wattenbach Deutschl. Geschichtsq. S. 105, Giesebrecht die fränk. Königsannalen (München 1864) S. 3 flg. vgl. I, 877 A. 109.

[4]) Wattenbach a. a. O. S. 115, Büdinger östr. Gesch. I, 142, Bähr Gesch. der röm. Liter. im karol. Zeitalter S. 330. Von den Eltern des h. Wilhelm heißt es (V. S. Willelmi c. 3): puerum ... cum omni diligentia nutriunt eumque disciplinis liberalibus tradunt et specialiter informari et erudiri faciunt (Mabillon acta sct. saec. IV[a], 73).

[5]) Vgl. Bähr karol. Liter. S. 393, 394, (Wiener) Jahrb. für vaterländ. Gesch. I, 178. Dodana schrieb ihrem Sohne u. a. (lib. manual. c. 7, Mabill. acta sct. saec. IV[a], 752): Admoneo te etiam o fili mi W..., ut inter mundanas huius saeculi curas plurima volumina librorum tibi acquiri non pigeas, ubi de deo creatore ... aliquid sentire et discere debeas. In dem Testamente Eckards etwa aus dem J. 875 (Pérard recueil de Bourgogne p. 26) verfügt er außer über Evangelien, Episteln, Psalter, Meßbüchern über libro pastorale uno, canones scarsus quaternio uno ... libello de arte militari (Vegetius?) ..., libello Isodora et alio de vita S. Gregorii et S. Laurentii ... pronosticorum libros duo et alio de agricultura ... gesta Longobardorum libro uno et chronica, quem Gregorius Turonensis facit libro duo ... pacto Romano libro ... libella de Maria Egyptiaca ... evangelio theudisco et vita S. Antonii, weiterhin erwähnt er istos libros, qui fuerunt germani mei Bernardi id est canones poenitentiales, liber Ambrosii de misteriis. Jene Bücher wurden großentheils Bischöfen vermacht.

lichen Wandel der Laien abfaßte, Markgraf Eberhard von Friaul ein Freund gelehrter Männer, wie Hinkmars, Gotschalks, Rabans, des Iren Sedulius, und ihrer Arbeiten endlich Graf Ekkard von Autun, auf dessen literarische Neigungen nur aus der ansehnlichen Bibliothek zu schließen ist, die er hinterließ. In demselben Maße, in welchem bei den Königen selbst die Liebe für die Studien erkaltet, ja noch viel schneller, schwindet sie auch bei den Großen.

Von den Söhnen Ludwigs des Frommen wissen wir noch, daß sie sich sämtlich gern mit gelehrten Fragen beschäftigten[6]), von den Söhnen Ludwigs des Deutschen ist dies schon einigermaßen zweifelhaft und ihre Zuneigung zu den Wissenschaften tritt, außer allenfalls bei Karl III. wenig hervor. Nach ihnen aber hört diese Nachwirkung der von Karl dem Gr. ausgehenden Anregung ganz auf. Das erhabene Beispiel, welches gleichzeitig der stammverwandte König Aelfred unter nicht minder kriegerischen Verhältnissen gab, fand auf dem Festlande keinen Anklang. Die Liudolfinger waren durchaus ohne jede literarische Bildung, welche erst Otto der Gr. sich in späteren Jahren anzueignen suchte und dann freilich seinen Nachkommen vererbte, desgleichen der Begründer des fränkischen Königshauses. Hieraus erhellt deutlich, daß die gelehrte Ueberlieferung jetzt ausschließliches Eigenthum der Geistlichkeit geworden war und daß dem Adel nur die Waffenübung am Herzen lag[7]).

Wenn ferner unter Karl die Hofschule der leitende Mittelpunkt dieser Studien gewesen war, so sollte auch dies unter seinen Nachfolgern sich wesentlich ändern. Unter Ludwig zwar blieb sie, wie früher bestehen, der Ire Klemens, der schon zuvor an derselben wirkte und ein gewisser Thomas sowie Aldrich werden uns gelegentlich unter ihren Lehrern genannt[8]). Desgleichen setzte sie

---

[6]) Vgl. I, 20, 377, 384, 854—857, oben S. 140, über Irmingard S. 124 A. 29. Ueber Otto I. s. Wattenbach S. 162, über Konrad eb. S. 217, Giesebrecht deutsche Kaiserzeit II, 618.

[7]) Der gelehrte Hukbald wurde zufolge einer Urk. v. J. 889 von St. Amand nach St. Omer beschieden ad erudiendum domnum abbatem Rodulfum seniorem nostrum, einen Laienabt nämlich, der durch diesen Unterricht sich die mangelnde Bildung erwerben wollte (Folquini chartul. Sith. 131).

[8]) Ueber die letzteren beiden s. Waitz d. Verfg. III, 440 A. 1. Klemens wird von dem St. Galler Mönche (Gesta Kar. M. l. I c. 1, 3) unter Karl den Gr. gesetzt und ist daher vielleicht identisch mit dem von Theodulf (Sirmondi opp. var. II, 794, 799) in so scharfer Weise verspotteten Scottellus, jedenfalls setzte er aber seine Wirksamkeit unter Ludwig fort s. Ermold. Nigell. in hon. Hludow. l. IV v. 403 (Scr. II, 509): turba sacerdotum Clementis dogmate constat, | levitaeque micant ordine namque pii (von dem Herausgeber offenbar misverstanden); Catalog. abbat. Fuld. (Dronke tradit. Fuld. p. 163): Ratger (803—817) ... direxit ... Modestum cum aliis ad Clementem Scottum grammaticam studendi. Er kann sehr wohl Verfasser eines dem (jungen) Kaiser Lothar gewidmeten Werkes über die Grammatik sein (tuus Clemens s. Grammatici lat. ed. Keil I p. XXI); vgl. Necrol. Wirziburg. (Eckhart comment. I, 830): IV Kal. Iun. ... Clementis presbyteri magistri palatini, aus der Mitte des 9. Jahrh. Ueber einen Clemens Scottus in

sich im Mittelreiche und im Westreiche fort, woselbst unter Karl dem Kahlen, dem eifrigsten Gönner der Wissenschaft, der große Philosoph Johannes Skotus und nach ihm unter Ludwig dem Stammler der Probst Manno von St. Claude als Lehrer am Hofe auftreten und die königliche Kapelle als eine Pflanzschule für Bischöfe betrachtet wurde, wie denn u. a. dort Wigbald von Auxerre, Fulko von Reims, Ratbod von Utrecht, Stephan von Lüttich, Mancio von Chalons ihre Ausbildung erhielten [9]).

Ganz anders in Deutschland. Hier ist schon unter Ludwig

St. Gallen s. Mitthl. der Züricher ant. Ges. XII, 251 A. 11. — Jonas v. Orleans schreibt 825 an B. Waltkaud v. Lüttich in Bezug auf das Leben des h. Hugbert (Cod. Vindob. 550 f. 1'): in qua re vestram admiror vehementer prudentiam, quia cum assit vobis palatina scolasticorum facundia, a me vix vel tenuiter scientiam communem litterarum sciente id fieri voluistis. Auf den Hof Lothars I. ist es zu beziehen, wenn es von dem 854 geweihten B. Franko v. Lüttich heißt: qui Franco multae nobilitatis et palatinis studiis instructus extitit (Folcuini gesta abb. Lobiens. c. 15, Scr. IV, 61). Angelomus scheint dort gewirkt zu haben s. seine Vorrede an Lothar (Bibl. patr. Lugd. XV, 415): nuper excubantem me in vestro sacro palatio sub obtentu inquam traditionum liberalium artium etc.

[9]) Herich v. St. Germain (geb. 841, geschoren 25. Dez. 849, Sickel manuscr. de Melk) schreibt 876 oder 877 an Karl: ne ... nostra inertia ... de praeceptorum inopia merito causaretur, id vobis singulare studium effecistis, ut sicubi terrarum magistri florerent artium ..., hos ad publicam eruditionem undecumque vestra celsitudo conduceret, comitas attraheret, dapsilitas provocaret ... hinc est, quod cum sit perantiqua sententia: Silent leges inter arma, hae tamen tam belli quam pacis tempore apud vos plurimum semper obtinent dignitatis, ita ut merito vocitetur schola palatium, cuius apex non minus scholaribus quam militaribus consuescit quotidie disciplinis. Schüler des Johannes Skottus waren B. Elias v. Angouleme († 860, Pertz Archiv X, 334) und Wigbald, unter Ludwig (880 —887) B. von Auxerre (Hist. episc. Autissiodor. c. 40, Duru bibl. hist. de l'Yonne I, 358). S. ferner V. Radbodi c. 1 (Mabillon acta sct. saec. V, 27): (Radbodus) primo ad Caroli regis Francorum, inde ad Ludovici eius filii aulam se contulit, non quod palatinos ambiret honores, sed quod intra regis palatium liberalium disciplinarum studia praeclare colerentur. praeerat autem gymnasio illi Manno philosophus ... c. 2 erant autem ei condiscipuli Stephanus et Mancio etc. (Ueber Manno vgl. ann. S. Maximini Trevir. 843: Manno nascitur; 876: Manno sacerdos est ordinatus XVI Kal. Iul., Scr. IV, 6; über Handschr. desselben zu St. Eugendus oder St. Claude Mabillon annal. III, 164, anal. vetera p. 416, Pertz Archiv VII, 256, 994; auf einer Synode zu Vienne April 870 erschien reverendus vir Manno praepositus coenobii sancti Eugendi Iurensis bei Dachery spicil. XII, 135). Die angebliche Verlegung der Hofschule nach Paris (Staudenmaier Joh. Skotus Erig. I, 159) beruht auf einem offenbar unechten Einschiebsel in dem Schreiben des Papstes Nikolaus J. 2441. Die gesta episcop. Autissiodor. c. 41 (Duru bibl. I, 360) melden über Herifrid von Chartres, der auf den am 12. Mai 887 verstorbenen Wigbald als B. von Auxerre folgte: eo siquidem tempore Karolus nulli virtute secundus totius orbis gubernabat imperium ... licet in diversa ... extenderetur animus, liberalium artium ferulas a palatio nunquam videns deesse, sed regiae dignitatis aulam totius sapientiae gymnasium mirareris existere. ad hunc locum quique nobiles et regni optimates discendi gratia humani et aecclesiastici habitus soboles destinabant certi utriusque disciplinae dogma oppido refulgere.

dem Deutschen, wiewol wir von gelehrten Geistlichen in seiner Umgebung hören und wiewol sein Erzkaplan Grimold selbst ein sehr kenntnisreicher Mann war, von einer eigentlichen Hofschule nichts wahrzunehmen und ebenso wenig existierte sie unter seinen Nachfolgern[10]). Es genügte für den königlichen Dienst, wenn in der Kapelle praktische Geistliche, in der Kanzlei brauchbare Urkundenschreiber gebildet wurden, obschon auch die Leistungen der letzteren sich nicht ganz auf der früheren Höhe erhielten und wenigstens die Geheimschrift der Tironischen Noten ihnen abhanden kam. Selbst die Reichsgeschichtschreibung starb allmälich ab: an die durch den Tod des Verfassers unterbrochenen Jahrbücher Rudolfs von Fulda knüpfte in ähnlichem Sinne ein andrer Geistlicher aus der Umgebung des Königs an, der gerade mit dem Tode Ludwigs des jüngeren abbrechend zu diesem offenbar in näherer Beziehung stand. Das gleiche Verhältnis scheint zwischen dem Kaiser Arnolf und dem einen der beiden Fortsetzer dieser Zeitgeschichte obgewaltet zu haben, der sein Werk bis in die Anfänge Ludwigs des Kindes führte, während der andre einen selbständigen Charakter an sich trägt. Die rohere, hinter der Reinheit eines Einhard und Rudolf weit zurückstehende Sprache dieser letzten, in Baiern verfaßten Königsannalen, die gleichsam zu ihrem Ausgangspunkte unter Karl dem Gr. zurückkehrt, zeugt von dem Sinken der formellen Bildung[11]).

[10]) Ueber die Pflege der Wissenschaft unter Ludwig dem D. s. I, 854—857. In der Kanzlei verlernte man unter ihm und seinen Nachfolgern den Gebrauch der Tironischen Noten in den Unterschriften der Urk. s. Sickel das lexicon Tironianum der Göttweiger Stiftsbibl., Beitr. zur Diplom. II (Sitzungsber. der ph. hist. Kl. der Wiener Akad. XXXVIII, 24, XXXIX, 115).

[11]) Daß das Geschichtswerk Rudolfs von Fulda einen offiziellen Charakter an sich trägt, habe ich I, 877 bemerkt und neuerdings hat auch v. Noorden (Hinkmar S. 152 A. 2) sich dieser Auffassung angeschlossen (doch hätte ich a. a. O., worauf Wattenbach mich aufmerksam macht, R. nicht Vorsteher der Klosterschule nach dem Zeugnis einer gefälschten Urk. nennen sollen), über die Fortsetzung, die mit Fulda nichts gemein hat, wie auch schon Rudolf sein Kloster sehr wenig berücksichtigt s. oben S. 169. Der vierte Theil von 882 bis 887 weist gleichfalls mehr auf eine mittelrheinische Gegend, um Mainz oder Worms hin, als auf Fulda, das nur einmal z. J. 885 und in einer Weise erwähnt wird (in monasterium S. Bonifatii apud Fuldam retrusus), die kaum auf einen fuldischen Mönch deutet. Für Mainz spricht dagegen die Bekanntschaft mit einem Schreiben an Liutbert (Scr. I, 400), welches man dort besitzen mußte, sowie die Hervorhebung dieses Erzbischofs (auch bei der Entthronung Karls). Vielleicht also hat derselbe Geistliche, der den dritten Theil im Auftrage Ludwigs des j. bis 882 fortführte, später diese selbständige Fortsetzung noch hinzugefügt. Ueber den fünften Theil s. oben S. 483, die älteste Handschrift desselben, vielleicht ein Fingerzeig für den Ort der Entstehung stammt aus Niederaltaich, jetzt in Leipzig (Naumanns Serapeum I, 145). Bemerkenswerth ist, daß der Verf. sowol bei den schimpflichen Verträgen von Elsloo und von Paris als bei der Absetzung Karls III. sich jedes Tadels gegen diesen Fürsten enthält — was jedenfalls auf gleichzeitige Abfassung deutet (s. Wattenbach S. 124). Die ersten Sätze des J. 882 Nortmanni — occisus est gehören gewis noch dem vierten Theile an.

Wenn über einen Verfall der Wissenschaften, über den Mangel an Interesse für die Literatur schon unmittelbar nach Karls Tode manche Zeitgenossen klagen[12]) und der eigentliche Stamm von wirklich umfassenden Gelehrten, von encyklopädischen Geistern, wie es ein Raban gewesen war, in dem zweiten Geschlechte ausstarb, ohne seines Gleichen zu hinterlassen, so kann man bei aller Ungunst der Zeitläufte doch keineswegs behaupten, daß ein völliger Rückfall in die alte Barbarei stattgefunden habe, vielmehr statt des einen beherrschenden Mittelpunktes, wie ihn anfänglich der kaiserliche Hof dargestellt hatte, bildeten sich an verschiedenen Bischofssitzen, hauptsächlich aber in den bedeutendsten Klöstern eine Reihe einzelner kleinerer Mittelpunkte und es begann demnach schon damals jene unserem Vaterlande so charakteristische Manigfaltigkeit in der geistigen Entwickelung, die in literarischer Hinsicht ebenso ersprießlich als in politischer nachtheilig werden sollte.

Der wahre Träger wissenschaftlicher Bildung ist zu dieser Zeit der Benediktinerorden, seine Stiftungen sind zugleich Lehranstalten, nur dort konnten die Studien gedeihen, weil die Klöster allein in ihren Bücherschätzen das dafür nothwendige Handwerkszeug besaßen. Freilich standen durchaus nicht alle von diesen nach gleicher Regel lebenden Genossenschaften auf der gleichen Stufe wissenschaftlicher Kenntnisse: das Licht, das irgend ein namhafter Lehrer verbreitet, erlosch bisweilen schon, wenn seine unmittelbaren Schüler ausgestorben, um der früheren Dämmerung Platz zu machen. So verstummte unter normannischen Drangsalen die Schule von Tours, welche Alkuin und Fridugis verherrlicht, ebenso wenig aber kann sich Fulda nach dem Tode Rabans und seines Schülers Rudolf besonderer literarischer Verdienste rühmen[13]) und Lorsch seit Karl dem Gr. mit Schenkungen überhäuft bedurfte am Ende des Jahrhunderts einer Reform der Sitten. An ihrer Statt stand vorzüglich das einst so ärmliche Stift des h. Gallus, durch das Dreigestirn eines Notker, Ratpert und Tuotilo ausgezeichnet

---

[12]) Walahfrid in der Vorrede zu Einhards vita Kar. M. (Pertz Archiv VII, 372): nunc vero relabentibus in contraria studiis lumen sapiencie, quod minus diligitur, rarescit in plurimis; Ermenrich an Grimold (Zür. Mitth. XII, 207): una est (sc. angustia), quia cerno docentium raritatem, altera, quia discentium crescere video tarditatem in tantum, ut nec de talibus vel interrogare dignentur et sic artes inscrutabiles a non discentibus vilescunt; Lupus an Einhard (Lupi opp. p. 2): nunc oneri sunt, qui aliquid discere affectant.

[13]) Die Gesch. der Aebte von Fulda meldet von Raban: fecit et bibliothecam, quam tanta librorum multitudine ditavit, ut vix dinumerari queant, von seinen Nachfolgern bis Helmfrid aber († 916) weiß sie fast nur die Bauten zu rühmen (Boehmer fontes III, 162). Flacius benutzte eine leider verschollene fuldische Briefsammlung, die bis auf Sigehard (869—891) herabreichte, von dem es heißt: scripsit epistolam ad Gebehardum episcopum et ad Liutpertum archiepiscopum Moguntinum, quae non satis latina est (Centuriae Magdeb. cent. IX c. 7 p. 587).

und von den Königen begünstigt, auf der Höhe der wissenschaftlich-künstlerischen Bildung der Zeit[14]). Von andern nachmals hervorragenden Stiftern, wie Hirschau im Schwarzwalde, wie Tegernsee[15]) läßt sich für das neunte Jahrhundert eben nur ihr Bestehen nachweisen, nicht aber ob sie als Schulen irgend etwas geleistet. Armut und wirklicher Mangel mag bei den einen den geistigen Beschäftigungen im Wege gestanden haben, andre die, wie Kremsmünster mit irdischem Gute hinlänglich ausgestattet waren, widmeten sich vielleicht, wie es die Verhältnisse eben mit sich brachten, überwiegend der Mission unter einer halbbekehrten Bevölkerung oder dem Anbaue des Landes. Auf den lothringischen Klöstern mit Ausnahme von Prüm lastete hemmend und verderblich das Joch der Laienäbte, die auch im günstigsten Falle nur für eine leibliche materielle Existenz der Brüder sorgten, für geistige Bestrebungen aber keinen Sinn hatten.

Die deutschen Bischöfe zeichnete durchaus nicht alle das wissenschaftliche Interesse aus, welches Fulko[16]) zur Herstellung einer doppelten Schule in Reims unter der Leitung des Remigius von Auxerre und Hukbalds bewog. Wo wir im neunten Jahrhundert

[14]) Vgl. oben S. 222. Arnolf in der Urk. vom 2. Juli 892 spricht von dem Kl. als de quodam loco a prioribus nostris inter primos habito. So wenig ich den wohlthätigen Einfluß der Rabanischen Schule in St. Gallen leugnen will, so scheint mir Scherer (Urspr. der deutschen Liter. S. 8) doch zu weit zu gehen, wenn er das Kloster „kurz vor der Mitte des 9. Jahrh. ein zerrüttetes Nest unwissender Mönche“ nennt. Dagegen spricht schon der einsichtige Klosterbau in den J. 830 bis 835 und die Art und Weise, wie die Brüder sich daran betheiligten (s. Ermenrichs Schreiben in den Zür. Mitth. XII, 209 und die von Bruschius monasterior. Germaniae chronol. p. 410 zuerst herausgeg. Verse), die Latinität der St. Galler behielt auch später noch eine sehr deutsche Färbung, wie außer den Thaten Karls des Gr. auch Ekkehards Schriften beweisen.

[15]) In den meisten neueren Bearbeitungen (z. B. in Bernhardys Grundr. der röm. Literatur S. 334) wird Hirschau unter den bedeutendsten Schulen des 9. Jahrh. genannt. Daß dies Kloster ursprünglich um 830 zu Ehren des h. Aurelius gegründet wurde, darf man aus den wiewol nicht gleichzeitigen Quellen schließen (Lamberti ann. 832, Annalista Saxo 830, Scr. III, 45, VI, 574; Urk. Heinrichs IV. vom J. 1075 im Wirtemb. Urkb. I, 276, Cod. Hirsangiens. p. 1), was aber sonst von seinen Vorstehern und Lehrern und ihren Werken vor den Zeiten des h. Wilhelm berichtet wird, beruht lediglich auf den Angaben Tritthelms († 1516), aus dem auch Joh. Parsimonius schöpfte (Lessings Werke her. v. Maltzahn IX, 248), kein älterer Gewährsmann weiß das mindeste von diesen Hirschauer Gelehrten, deren Namen ich daher für ebenso apokryph halte, wie den Hunibalds.

[16]) Flodoardi hist. Rem. l. IV c. 9 p. 497: Fulco ... amore quoque sapientiae fervens duas scholas Remis, canonicorum scil. loci atque ruralium clericorum iam pene delapsas restituit et evocato Remigio Autissiodorense magistro liberalium artium studiis adolescentes clericos exerceri fecit ipseque cum iis lectioni ac meditationi sapientiae operam dedit. sed et Hucbaldum sancti Amandi monachum, virum quoque disciplinis sophicis nobiliter eruditum accersivit et ecclesiam Remensem praeclaris illustravit doctrinis vgl. dazu c. 18 p. 515, Mabillon ann. ord. S. Bened. III, 240.

von gelehrten Leistungen an den Bischofssitzen hören, scheinen diese mehr aus den daselbst befindlichen Klöstern als aus den Domstiftern hervorgegangen zu sein und mehr jenen als diesen verdankten die Bischöfe ihre Ausbildung, die sich durch literarische Beschäftigungen einen Namen machten[17]). Mit dem Westreiche und seinen Gelehrten bestand sicherlich ein naher Verkehr fort, wenn auch bisweilen die Unsicherheit der Straßen lähmend darauf einwirken mochte[18]). Irische Mönche pflegten auch ferner in den deutschen, wie in den gallischen Klöstern, zumal in solchen, die ihnen wie St. Gallen ihre Entstehung verdankten, vielfach vorzusprechen und Spuren ihrer Gelehrsamkeit, wie ihres absonderlichen Kunstgeschmackes daselbst zu hinterlassen[19]).

---

[17]) Sicher nachzuweisen ist eine Schule zu St. Lambert in Lüttich unter den Bischöfen Hartgar (840—854) und Franko (854—901), an der der Ire Seduilus, ein fruchtbarer theologischer Schriftsteller und schwülstiger Dichter lehrte. Die Metzer Schule lernen wir durch die Aussage Stephans kennen, der als dortiger Domherr zum Bischofe von Lüttich erwählt wurde, se Mediomatricae ... a puero educatum fuisse (Folcuini gesta abbat. Lobiens. c. 18, Scr. IV, 62). Die Kölner Schule erwähnt die V. S. Radbodi c. 1 (Mabillon acta sct. saec. V, 27): primae aetatis tempus exegit apud Guntherum Coloniensem archiepiscopum avunculum suum litteris operam navans (Sedulius preist den Erzb. Günther in 2 Gedichten als wohlwollenden Gönner). In Utrecht wurde nachmals Bruno erzogen (Ruotgeri V. Brunonis c. 4).

[18]) Für den Verkehr des West- und Ostreiches sind die Briefe des Abtes Lupus v. Ferrieres besonders lehrreich; an Reginbert schreibt er (ep. 104): suademus vigilantissima cautione tutum iter eligendum, propterea quod in regno Karoli regis nostri novis exortis rebus impune latrocinia committuntur et nihil securius atque constantius, quam rapinarum violentia frequentatur und bei Hinkmar entschuldigt er sich, daß er ihm eine Handschrift des Beda noch nicht zugeschickt (ep. 76), propterea quod tantus est liber, ut nec sinu celari nec pera posset satis commode contineri. quamquam si alterutrum fieret, formidanda esset obvia improborum rapacitas, quam profecto pulchritudo ipsius codicis accendisset. — St. Gallen empfieng von dem Erzb. Ado v. Vienne 870 eine Handschrift mit Heiligenleben (s. Cod. 566 s. Canisii lect. ant. VI, 444, 452, Martyrolog. Notkeri eb. 835), eine andre (Cod. 446 p. 50) enthält die Notiz: Haec a coenobio Dionisii venit, quae incipit expositio. Lupus v. Ferrieres wollte sich gar Handschr. zum Kopieren von Rom kommen lassen. Regino v. Prüm berücksichtigt in seiner Chronik das Westreich ebenso sehr wie das Ostreich. Schon im 9. Jahrh. stand St. Gallen, wie sein altes Verbrüderungsbuch (Goldast scr. rer. Alam. II, 155) ausweist, in Gebetsgemeinschaft mit Tours, Langres, Melun, Blaise bei Dijon, St. Omer u. s. w., Reichenau dgl. mit Nonantola, Flavigny, St. Germain, St. Denis, St. Medard, St. Vaast, Corbie u. s. f. (Mabillon anal. vet. 426). Zwischen Konstanz und Brescia bestanden nahe Beziehungen (Form. Salom. N. 40, 41, 44, Odorici storie Bresciane III, 70—72). Hinkmar v. Laon entlieh Handschr. aus Augsburg (s. I, 873 A. 97).

[19]) V. S. Galli l. II c. 47 (Scr. II, 30): nuper quoque de natione Scotorum, quibus consuetudo peregrinandi iam poene in naturam conversa est, quidam advenientes; Walahfrid. de exord. et increm. rer. eccles. c. 25 (Bibl. patr. Lugd. XV, 194): quamvis autem geniculationis morem tota servet ecclesia, tamen praecipue huic operi Scotorum insistit natio, quorum multi ... non solum pro peccatis deplorandis, sed etiam pro quotidianae devotionis expletione studium istud frequentare videntur, ihr

Im Ganzen trat also, wenn sich gleich die Studien nicht mehr an der Gunst des Hofes sonnten, kein wesentlicher Rückgang ein. Eine große Zahl der deutschen Klöster blieb auch in den schlimmsten Zeiten vor unmittelbarer Verwüstung bewahrt, diejenigen aber, welche in den Rheinlanden von den Normannen, in Baiern oder anderwärts von den Ungern zerstört wurden, erhoben sich größtentheils schnell genug wieder aus der feindlichen Verheerung. Dazu fehlte es, namentlich in Sachsen, dem spät bekehrten auch durchaus nicht an neuen geistlichen Stiftungen, zumal Nonnenklöstern, die von der Pflege christlicher Gesittung auch zur Pflege der christlichen Literatur übergiengen und so auch ihrerseits die Blüte Sachsens im zehnten Jahrhundert vorbereiten halfen[20]). — Daß in allen jenen Lehranstalten gerade die Reichsgeschichte am wenigsten gepflegt wurde und im ersten Drittel des zehnten Jahrhunderts zu der Einsilbigkeit der Zeiten Pippins von Herstal zurückkehrte, darf uns den Zeichen politischer Auflösung und Schwäche gegenüber nicht in Verwunderung setzen und berechtigt zu keinen weiteren Schlüssen[21]). Nach Regino von Prüm, der nicht wegen der Genauigkeit seiner Berichte[22]), wohl aber durch freien Ueberblick und selbständiges Urtheil einen der ersten Plätze unter den mittelalterlichen Chronisten einnimmt, hauchten erst Ottos des Gr. Thaten der Geschichtschreibung wieder neues Leben ein.

Andre Zweige der Literatur, als die Geschichte wurden auch in diesen trüben Tagen mit Eifer und Ausdauer gepflegt, so vor allem die in den Schulen viel geübte lateinische Kunstdichtung, in welcher Salomon III. von Konstanz am deutschen Hofe den Preis davontrug, obwol in den uns erhaltenen Proben seiner Muse die Dunkelheit und das Gesuchte des Ausdruckes auffällt[23]). Gern ent-

---

Anblick war ihm also geläufig; vgl. oben S. 57 A. 73, F. Keller Bilder u. Schriftzüge in den ir. Manuscr. der schweizer. Bibl. (Zür. ant. Mitth. VII, 3). Nach Markus und Moengal ist der B. Israel, Brunos Lehrer der nächste namhafte Vertreter der irischen Gelehrsamkeit in Deutschland.

[20]) S. I, 350—354, oben S. 335 A. 22, 436. Otte (Gesch. der deutschen Baukunst S. 104—106) stellt die sächs. Klöster aus unserer Zeit zusammen, doch übergeht er Wildeshausen und Möllenbeck.

[21]) Ueber die geschichtliche Ueberlieferung dieser Zeit vgl. außer Wattenbach auch Waitz K. Heinrich I. N. B. S. 5—8.

[22]) Daß Regino seine Chronik im J. 908 vollendete, geht aus der Widmung an Adalbero, sowie aus der Bemerkung über den am 3. Aug. 908 gefallenen Markgr. Burchard z. J. 892 hervor, daß er sie aber erst einige Jahre nach 900 begann, folgt aus der Erwähnung des Mordes des Grafen Heribert schon z. J. 818 (s. oben S. 518 A. 63), sowie daraus, daß selbst so nahe liegende Ereignisse wie der erste Ungerneinfall in Italien (899—900) und die Ermordung Fulkos (900) um ein paar Jahre zu spät (901 und 903) erzählt werden. Hiernach und da Regino nach 813 außer einigen Aktenstücken in Betreff Lothars II. und etwa einem Prümer Todtenbuche keine andern schriftlichen Quellen benutzte, ist seine große Ungenauigkeit in der Zeitfolge erklärlich.

[23]) Ekkehardi casus S. Galli (Scr. II, 92): metro primus et coram regibus plerumque pro ludicro cum aliis certator. — Ein lehrreiches Bei-

lehnte man hiebei den Klassikern einzelne Worte und Wendungen, ja ganze Verse und bewunderte sie als unerreichbare Muster des Geschmackes, obgleich die alten Heiden mit ihren Fabeln christlichen Gemütern immer verdächtig blieben[24]). In einigem Zusammenhange mit der schulmäßigen Nachahmung der antiken und christlichen Dichter stehen die gleichfalls an uralte Traditionen anknüpfenden Uebungen in der regelrechten Abfassung von Urkunden und Briefen, für welche nach älteren gallischen Vorbildern im Laufe des neunten Jahrhunderts auch diesseit des Rheines in Schwaben und Baiern eine Reihe von Mustersammlungen entstanden: die vorzüglichste unter diesen sowol an Reinheit der Sprache als an Vollständigkeit und planmäßiger Anordnung ist ein schwäbisches Formelbuch aus der Zeit Arnolfs oder Ludwigs, das wahrscheinlich aus dem Kloster St. Gallen hervorgieng und den Abschluß aller bisherigen Leistungen auf diesem Gebiete bildet[25]).

In der gelehrten Theologie und Schriftauslegung zehrte man ganz von den Schätzen der früheren Jahrhunderte: die jüngsten auf diesem Felde anerkannten Namen sind die Rabans und seiner Schüler Walahfrid und Heimo, die ebenfalls das Ihrige zum größten Theile ihren Vorgängern verdanken[26]). Reginos wichtige Zusammenstellung der kirchlichen Gesetzgebung für die Visitation eines Sprengels, in welche er viele Beschlüsse westfränkischer Synoden aufnahm, dient lediglich praktischen Zwecken[27]). Zur Erbauung

spiel zu vielen andern, wie unbedenklich man sich in solchen Gedichten mit fremden Federn schmückte, bieten die von mir (Zür. ant. Mitth. XII, 211) herausgeg. Verse Ermenrichs, indem darin aus dem Gedichte Theodulfs an Aiulf (Sirmondi opp. var. II, 819, 821) v. 257, 263, 264, 272, 287, 288, 291 ganz oder theilweise herübergenommen sind. An seine Schüler richtete Notker der Stammler die Aufforderung: quia literarum studiis ab infantia fuistis occupati obsecro, ut prosas orationes et strophas versuum congruas absque retractatione et dilatione texere curetis (Form. Salom. N. 47).

[24]) S. die merkwürdigen Aeußerungen Ermenrichs und was ich dazu in den Erläuterungen angeführt habe (Zür. Mitth. XII, 207, 251. In einem auf die Erziehung eines Knaben in Reichenau bezüglichen Schreiben heißt es: vestri igitur arbitrii omnia ordinanda sancimus, quid prius de divinis libris vel postmodum de gentilium fabulis didicenda sint (Rozière recueil N. 792 p. 1058). Theodulf (a. a. O. S. 811) singt: Et modo Pompeium, modo te Donate legebam, | et modo Virgilium, te modo Naso loquax. | in quorum dictis quamquam sint frivola multa, | plurima sub falso tegmine vera latent etc.

[25]) Die von mir aufgebrachte Benennung Formulae Salomonis halte ich, da die Herkunft aus der Zeit und aus dem Sprengel Salomons feststeht, auch dann noch für passend, wenn von einem persönlichen Antheile des Bischofs keine Rede sein dürfte.

[26]) Die jüngsten Autoren, die der h. Notker seinem Schüler Salomon empfiehlt, sind Alkuin und Raban, dem er ein Werk seines Schülers Walahfrid zuschreibt (Formelb. des B. Salomon S. 69, 72).

[27]) Regino gibt in dem ersten Buche seines iussu et hortatu domini ... Ratbodi archiepiscopi entstandenen Werkes Anweisung, quid episcopo vel eius ministris cum ecclesiasticis viris sit agendum et in sua synodo requirendum, in dem zweiten, quid cum laicis et secularibus sit agendum.

der Gläubigen[28]), nicht zur historischen Belehrung, wurde mehrfach das Leben und Wirken frommer Männer und Frauen aus der Gegenwart, wie des h. Rimbert, der h. Hathumod erzählt, oder man bearbeitete durch neue Wundererscheinungen angeregt auch mit oder ohne schriftliche Vorlagen die Thaten und Leiden der Heiligen längst vergangener Zeiten, wie Lamberts, Riktruds u. v. a. Der Mönch Wolfhard von Herrieden verfaßte auf den Wunsch des Bischofs Erchanbald nicht bloß eine Erzählung von dem Leben und den Wundern der h. Walpurga, die seit dem J. 893 an ihrem Grabe zu Monheim in großer Zahl stattfanden, sondern er stellte auch eine große Sammlung verschiedenartiger Legenden nach den Tagen geordnet zu kirchlichem Gebrauche zusammen[29]). Dem gleichen Bedürfnis nur in kürzerer Fassung dienten die Marthyrologien, deren Deutschland in unserer Zeit nicht weniger als drei hervorbrachte, eines in Versen von dem Mönche Wandelbert von Prüm, zwei andre in Prosa von dem berühmten Raban und von Notker dem Stammler, welch letzterer insbesondere auch das Werk seines Vorgängers Ado von Vienne benutzte.

Am wenigsten ist von den Naturwissenschaften zu sagen, die ganz auf der Tradition des Alterthums beruhten. Die Heilkunst, in der man auch manche ausländische Gewürze anwandte, wurde hie und da von Juden, vorzugsweise jedoch von Geistlichen geübt, während das Volk sein Heil bei Hirten und alten Weibern, hauptsächlich aber bei den Heiligen suchte[30]). Kenntnis der griechischen

---

[28]) Ueber den Zweck der Heiligenleben schreibt Jonas v. Orleans (Cod. Vindob. 550 f. 1): cum animus modernorum venerabilium praesulum ad imitationem excitatur deo placentium priscorum sacerdotum, id maxime fieri reor ex assidua lectione sanctissimae vitae eorum, ähnlich Anskar im Leben des h. Willehad (Scr. II, 385): si qua dominus per sanctos suos miranda dignatus fuerit operari, iure ad noticiam plurimorum transferatur, ut posteris in memoria maneat spei, quod priores ob gratiam perceperunt fidei.

[29]) Anon. Haserens. c. 10: huius episcopi ... iussione Wolfhardus presbyter ... Haserensium monachorum unus passionalem librum revera utilem ... edidit sed et vitam sanctae Walpurgae ... quattuor libris explicuit. Die Vorreden zu ersterem bei Pez thes. anecd. VI, 90—92 vgl. Wattenbach in Pertz Archiv X, 644 und über die Martyrologien Rettberg Kirchengesch. I, 77. Sie verdienten noch eine eingehendere Bearbeitung.

[30]) Ueber jüdische Aerzte s. I, 280, oben S. 55. Arnolfs Arzt Amandus war ein Priester (ob. S. 484). Unter Zwentibald wird ein Geistlicher Everhelm als kön. Arzt genannt, den er zu Issey beschenkt (Gesta episc. Tull. c. 29, Scr. VIII, 638, Bouquet IX, 553, 378, B. 1158, 1964). Ueber die Aerzte am Hofe Karls des Gr. vgl. das von Orelli (Karol. M. et Leo papa p. 3 n. 1) angef. Gedicht Alkuins, Einhardi V. Kar. M. c. 22. Von der Heilkunst Isos v. St. Gallen berichtet Ekkehard (Scr. II, 93) vgl. Stälin wirt. Gesch. I, 408. Von dem Bisch. Wikbert v. Hildesheim (880—903) rühmt das Chron. Hildesh. c. 6 (Scr. VII, 851): qui in suo tempore medicinae artis peritissimus fuit. Einen Brief mit ärztlichen Rathschlägen richtete Pardulus v. Laon an Hinkmar v. Reims (Hincmari opp. ed. Sirmond II, 838). Einhard (transl. S. Marcellini c. 53 p. 292 ed. Teulet) erzählt von einer Frau

Sprache und Schrift kam in Deutschland nur ganz vereinzelt vor und wurde vielleicht mehr um praktischer als um gelehrter Interessen willen erstrebt[31]). Eine umfassende Sammlung des gesamten Wissens dieser Zeit ward in dem sog. Salomonischen Glossarium in St. Gallen versucht[32]). Um alle diese unvollkommenen Leistungen billig zu beurtheilen, darf man nie vergessen, daß die Fortpflanzung und Verbreitung des überlieferten Stoffes in diesem Jahrhundert der selbständigen Weiterbildung vorangehen mußte: die stille und anspruchslose Arbeit der Vervielfältigung von Handschriften, für welche Männer wie die Bischöfe Arno von Salzburg[33]), Baturich von Regensburg, Hitto von Freising, Erchanbald von Eichstädt u. v. a. eifrig Sorge trugen, gehörte damals sicherlich zu den verdienstlichsten Bethätigungen wissenschaftlichen Sinnes. Mit Sorgfalt und Gewissenhaftigkeit lag man diesem mühsamen Geschäfte ob, das doch nicht ganz ohne Kritik geübt werden konnte und auch der künstlerische Sinn durfte sich hiebei in kunstvoll verschlungenen und verschnörkelten Anfangsbuchstaben offenbaren[34]).

---

aus Ursel, die vom Kinnbackenkrampfe befallen wurde: hoc ubi muliercnlis in eodem fundo habitantibus innotuit, accurrunt herbisque et frivolis incantationibus male habenti succurrere moliuntur, sed non habuit effectum vana ac superstitiosa praesumptio. Auch bei Hinkmar (de divortio Lotharii, opp. I, 656) werden erwähnt ligaturae execrabilium remediorum, quae ars medica condemnat, ausführlicher verbreitet sich Raban (de magicis artibus, Hartzheim conc. Germ. II, 234) über diese Mittel, wo es u. a. heißt: omnis curatio, quae a divinis et magis vel ab ipsis daemoniis in idolorum cultura expetitur, mors potius dicenda est quam vita.

[31]) Ueber das Studium des Griechischen in St. Gallen s. Zür. ant. Mitth. XII, 258, über Korvei oben S. 581 A. 33. Die angeblichen griechischen Studien in Osnabrück beruhen auf einer unechten Urk. (B. 177 vgl. Erhard reg. Westf. I, 86).

[32]) Cod. S. Galli 905: abs Salomone patratus (Weidmann Gesch. der Bibl. v. St. Gallen S. 15) enthält das Vocabular. Salomonis, das nur als Inkunabel in Augsburg gedruckt ist s. v. Stälin I, 404. Isidors Etymologien bilden eine Hauptquelle desselben.

[33]) Vgl. über Arno Salzburger Todtenbuch (Archiv östr. Geschichtsq. XXVIII, 15: qui inter alia innumera et laudabilia opera plus quam CL volumina iussit hic conscribi), für Baturich unten Nachlese zum 1. Bande, für Hitto Kozrohs Zeugnis (Meichelbeck hist. Fris. I[a], 116); das Verzeichnis der Bücher des Abtes Grimold bei Weidmann (Gesch. der Bibl. v. St. Gallen S. 396 vgl. S. 7), über die Bücher des Passauer Chorb. Madalwin oben S. 528, über den fleißigen Bücherschreiber Reginbert in Reichenau s. Neugart episc. Constant. I[a], 152, Handschr. desselben nachgewiesen Stälin wirt. Gesch. I, 410, Mone Quellens. I, 232, Pertz Archiv II, 392, VII, 182, XI, 785 u. s. w. Von Erchanbald und Starchand schreibt der anon. Haserens. c. 11 (Scr. VII, 257): quam periti et studiosi in divina scriptura (fuerint) optimorum quos fieri iusserunt librorum usque hodie testatur multitudo copiosa.

[34]) S. Ekkehards Bericht über Sintrams und Salomons Kunstfertigkeit (Scr. II, 89, 92) und Waldrams Verse (Zür. ant. Mitth. XII, 247). Wie man das Abschreiben selbst als ein verdienstliches Werk ansah, lehren u. a. die Verse in einer Handschrift von Gregors Moralia (Cod. Vindob. 921 fol. 250): Qui legat hunc librum, dicat, rogo pectore puro: | Liuphrammo veniam scele-

Neben der lateinischen Gelehrsamkeit, von der wir bisher gesprochen, verstummte auch die deutsche Dichtung nicht völlig wieder, in welcher Otfrid von Weißenburg statt der mit dem Heidenthume in allzu engem Zusammenhange stehenden Alliteration[35]) zum erstenmale für ein größeres Werk den schon länger gekannten Reim durchgeführt hatte. Der einzige Name, den wir nach dem aus Rabans Schule hervorgegangenen Otfrid in unserer Zeit als deutschen Dichter kennen, ist der Ratperts, eines St. Galler Mönches und aus diesem Kloster stammt auch das deutsche Bruchstück einer Psalmenübersetzung[36]). Zunächst trieb die Dichtkunst allerdings nur spärliche Reiser hervor, unter denen durch die kraftvolle Kürze der Sprache und durch den der unmittelbaren Gegenwart entlehnten Stoff das Ludwigslied einzig dasteht. Ihr wichtigster Gewinn blieb der Besitz einer allgemein giltigen, wenn gleich wandelbaren und vielgestaltigen hochdeutschen Schriftsprache, der selbst die Kirche in der Predigt, der Beichte und dem Bekenntnis ihre Fürsorge zuwenden mußte, während die unkirchliche Volksdichtung[37]) ihre Erzeugnisse gleichzeitig nur mündlich fortpflanzte. Wie die althochdeutsche Dichtkunst durch ihren ersten großen Meister zum Dienste des Glaubens geweiht war, so verdankte die althochdeutsche Prosa ohnehin dem Bedürfnis der Verdeutschung der Glaubensstücke ihre Entstehung. Sie wurde daher in die Schule des Latein genommen und es fehlte auch nicht an einzelnen Anklängen an das so viel früher zur Schriftsprache ausgebildete Angelsächsisch[38]).

Mit den wissenschaftlichen Studien sind in unserer Zeit die künstlerischen auf das engste verknüpft. Zu den sieben freien Künsten, die überall das Fachwerk des Unterrichtes bildeten, gehörte die Musik, die mit der Dichtkunst verschwistert ist. Die Tonkunst fand in den Klöstern, wie im Volke vielfache Pflege und war bei

---

rum da Christe, precamur, | cum sanctisque tuis celsam perduc et in aulam | atque illi aeternam tribuas attingere vitam, | hoc opus eximium fecit qui scribere praesul | ad decus ecclesiae propriam simul inque salutem. Beispiele von der Textkritik Hinkmars liefert Weizsäcker (Riedners Zeitschr. für die hist. Theologie Jahrg. 1858 S. 331 flg.).

[35]) Vgl. Kelles Einleitung zu seiner Ausgabe Otfrids S. 87—98.

[36]) Von Ratpert stammt der Lobgesang auf den h. Gallus der sich leider nur in der Uebertragung Ekkehards erhalten hat (Müllenhoff u. Scherer Denkm. S. 17, 287), das Bruchstück einer Uebertragung des 138—139 Psalmes eb. S. 20, 293. Auch von Tuotilo meldet Ekkehard (Scr. II, 94): concinnandi in utraque lingua potens et promtus natura, doch kennen wir von ihm nur lateinische Hymnen.

[37]) Otfrid an Liutbert: dum rerum quondam sonus inutilium pulsaret aures quorundam probatissimorum virorum eorumque sanctitatem laicorum cantus inquietaret obscenus ... ut aliquantulum huius cantus lectionis ludum secularium vocum deleret.

[38]) Vgl. I, 305 flg. und die Anmerkungen Scherers zu den von ihm herausgegebenen prosaischen Stücken der Denkmäler S. 435 flg.

Hohen und Niederen gleich beliebt. Mit dem Kirchenliede aber blühte in unserer Periode ganz besonders die Kirchenmusik, für welche einst Karl der Gr. schon so großen Eifer gehegt. Notker der Stammler († 912) schuf in seinen Sequenzen oder Meßgesängen eine neue Gattung lyrischer Kirchenpoesie, die das ganze Mittelalter hindurch in hohem Ansehen stand, wie denn sein Media vita sogar das Ansehen eines Zaubergesanges erlangte[39]). In der Theorie der Musik erwarb sich Hukbald von St. Amand einen gefeierten Namen[40]). Diese beiden berühmtesten Musiker stehen keineswegs allein: auch Regino verfaßte eine kleine musikalische Abhandlung, Stephan von Lüttich einen Lobgesang auf den h. Lambert, Adalbero von Augsburg wird als musikverständig gepriesen. Von Tuotilo von St. Gallen hören wir, daß er die Söhne der Edlen und Freien auf der Flöte und Pfeife unterrichtete[41]). Die Orgel, die zuerst unter Pippin, dann in vollkommenerer Gestalt unter Karl dem Gr. von Konstantinopel ins Frankenreich gelangt war, fand im Laufe des neunten Jahrhunderts schon so weit Eingang, daß Papst Johann VIII. von dem Bischofe Anno von Freising sich die Uebersendung einer Orgel und eines Orgelspielers erbat, da doch die Italiener eben erst die Lehrmeister der Franken in der Kirchenmusik gewesen waren[42]).

Die Baukunst, die unter Karl dem Gr. durch die Schöpfung der Achener Marienkirche, der Pfalzen von Achen, Ingelheim und Nimwegen, der Rheinbrücke bei Mainz auf eine so hohe Stufe

---

[39]) Notkers Sequenzen hat Bern. Pez herausgegeben (Thesaur. anecdot. I[a], 17—41), einige Hymnen von ihm Canisius, wozu ich in meinen stgallischen Denkmalen Nachträge geliefert habe. Ueber die Entstehung des berühmten Media vita s. Canisii lect. ant. V, 770. Von den Leistungen Notkers und seiner Genossen in der Musik handelt ausführlich, doch nicht kritisch genug Schubiger die Sängerschule St. Gallens vom 8. bis 12. Jahrh., Einsiedeln 1858. Das Schreiben Notkers über die Tonschrift ist daselbst (S. 10) nach dem fehlerhaften Drucke des Canisius wiederholt.

[40]) Hukbalds musikalische Schriften sind von Gerbert herausgeg. (Scr. eccles. de musica sacra t. I, 104 flg.) vgl. darüber Coussemaker hist. de l'harmonie au moyen age p. 12 flg. Reginos Schreiben an Ratbod de harmonica institutione wird von Pertz (Scr. I, 537) für ungedr. erklärt vgl. Rob. Naumanns Katalog der Leipz. Stadtbibl. p. 51 n. 169; über Stephan Folcuini gesta abbat. Lobiens. c. 18: hic... armoniam ex ea (sc. passione b. Lamberti) dulcissimam melodiae, quae celebris habetur composuit; Anselmi gesta episc. Tungrens. c. 20 (Scr. VII, 200).

[41]) S. die von Stälin (Wirt. G. I, 404) angef. Stelle Ekkehards.

[42]) Einiges über das Aufkommen der Orgeln hat Gfrörer gesammelt (Gregorius VII, VII, 148). Auch Ermoldus (l. IV v. 639) erwähnt unter Ludwig: organa quin etiam, quae numquam Francia crevit, | unde Pelasga tument regna superba nimis ... nunc Aquis aula tenet. Diese Orgel, doch wohl dieselbe, welche der venetianische Priester Georg in Achen baute (Einhardi ann. 826, Transl. S. Marcellini c. 75 p. 340), scheint im Bürgerkriege zu Grunde gegangen zu sein, da der Mönch von St. Gallen (l. II c. 7) bemerkt: quomodo inter alia rei publicae post damna perierit, non est huius loci vel temporis enarrare.

der Vollendung erhoben worden, brachte unter seinen Nachfolgern zwar Werke von gleichem Umfange und gleicher Bedeutung nicht mehr hervor[43]), aber sie feierte doch auch keineswegs und es fehlte in der zweiten Hälfte des neunten Jahrhunderts nicht an einer großen Zahl von kirchlichen Bauten. Während Ludwig der Deutsche in den Kapellen von Frankfurt und Regensburg, Karl der Kahle in der Kirche von Compiegne verkleinerte Abbilder des Achener Münsters schufen, bauten auch ihre Nachfolger in Oetting, Lorsch, Regensburg und a. a. O. und nicht minder bauten Bischöfe und Aebte in Hildesheim, Korvei, Fulda, Köln, Lobbes, Reichenau oder einzelne Große des Reiches wie die Liudolfinger in Gandersheim: Gebäude, die wegen ihres geringen Umfanges großentheils später prächtigeren Neubauten weichen mußten. Schon dürfen wir uns in den Kirchen dieser Zeit den Gebrauch der Glocken allgemein denken[44]) und damit zugleich die Kunst des Glockengusses, ferner Scheiben von farbigen Gläsern[45]) — wie man sich überhaupt auf die kunstvolle Bereitung des Glases verstand —, sowie Wandmalereien, mit denen nicht minder die Paläste der Könige ausgeschmückt wurden[46]). Auch zum Erzguß und zur Bildschnitzerei konnte es in den Kirchen nicht an Gelegenheit fehlen, hierin wie in andern Künsten that sich in St. Gallen Tuotilo hervor[47]).

---

[43]) Eine Zusammenstellung der bedeutenderen Bauten unserer Periode gibt Otte (Gesch. der deutschen Baukunst S. 104 flg.), doch lassen sich seine Angaben mehrfach ergänzen vgl. I, 859, 864, 867, oben S. 140, 164, 420, über Lobbes s. Folcuini gesta abbat. Lobiens. c. 18. Abt Sigehard v. Fulda wird als Erbauer einer steinernen Brücke gerühmt (Gesta abbat. Fuld., Boehmer fontes III, 163). Einige Beispiele von steinernen Gebäuden bei Gfrörer (a. a. O. VII, 149), die Mehrzahl der gewöhnlichen Wohnhäuser wurde sicherlich aus Holz errichtet, daher die häufigen Städtebrände.

[44]) Ueber den Glockenguß vgl. Gfrörer a. a. O. Raban v. Fulda machte dem schwedischen Bischofe Gauzbert eine Glocke zum Geschenke (mitto vobis unam gloggam et unum tintinabulum, Centuriae Magdeburg. cent. IX c. 6 p. 232). Adalbero schenkte dem Kl. St. Gallen 909 campanum quoque mirae magnitudinis et eximiae sonoritatis (Neugart I, 549).

[45]) Wackernagel deutsche Glasmalerei S. 19, 24 mit den Anm., v. Stälin wirt. Gesch. I, 399. Von der Marienkirche zu Reims (? vgl. oben S. 42 A. 29) rühmt Johannes Skotus: ialini luminis haustus, | intus picturas, von der Fraumünsterkirche in Zürich Ratpert (Mitth. der ant. Ges. VIII Beil. S. 11): sicque fenestrarum depinxit plana colorum | pigmentis laquear pigmentaque arte manuque | artifici et fucis quadrato ex orbe petitis. Ein kunstvolles Glasgefäß wird in der V. Hathumodae c. 15 erwähnt.

[46]) Stälin a. a. O. S. 400, Wackernagel S. 139. Frothar v. Toul († 847) schrieb an den Abt Aglemar (ep. 20, Du Chesne rer. Francicar. scr. II, 720): peto, ut nobis mittas ad decorandos parietes colores diversos, qui ad manum habentur, videl. auri pigmentum, folium Indicum, minium, lazur atque prusinum et de vivo argento iuxta facultatem. Ein Maler Rudolf wird von Raban erwähnt, der auch Hatto wegen allzu großer Neigung zur Malerei tadelt (Poemata ed. Brower p. 30, 57), Salzburger Maler Conv. Carant. c. 11 (Scr. XI, 12).

[47]) Ekkehardi casus S. Galli c. 3 vgl. Scr. II, 101 n. 32.

Außer jenen Schildereien, die zur Zierde der Wände dienten, übte sich die Malerkunst ferner in Miniaturen meist aus der heiligen Geschichte zur Ausschmückung von Prachthandschriften. Aus Deutschland ist von Leistungen solcher Art aus unserer Periode allerdings sehr wenig bekannt: diese Kunst wurde im Westen mehr gepflegt und erreichte dort unter Karl dem Kahlen ihren Höhepunkt [48]). — Bei allen Mängeln des damaligen Zustandes wird man zugestehen müssen, daß von den Schöpfungen größerer Vorfahren genug erhalten blieb, um sowol der einheitlichen politischen Entwickelung des deutschen Volkes zur Richtschnur zu dienen, als auch demselben seinen gebürenden Platz unter den Trägern der christlichen Kultur für die Zukunft zu sichern.

Jene politische Entwickelung schlug nun freilich Bahnen ein, die von der altgermanischen Freiheit des Einzelnen immer weiter ab und erst auf wunderbaren Windungen dahin zurückführten. Die Quellen unserer Periode, wie die der nächsten Jahrhunderte handeln lediglich von den Thaten der Könige, ihrer Großen und Bischöfe, weil nur diese ein Gewicht in die Wagschale der allgemeinen Angelegenheiten werfen. Von den Klassen, die der herrschenden Aristokratie nicht angehören, wissen sie wenig zu melden: fast nur von ihren Leiden vernehmen wir bisweilen, sei es durch die unablässigen Einfälle der wilden Nachbarn oder durch den Druck der eigenen Machthaber oder endlich durch Ueberschwemmungen, Miswachs und Hungersnöthe, wie sie nur allzuoft mit verheerender Gewalt sich einstellen [49]). Dies Schweigen der Quellen entspricht

---

[48]) Die prachtvollsten Miniaturhandschr. entstanden unter Karl dem K., so namentlich die Bibel des Grafen Vivianus, Abtes v. Tours im J. 850 (Baluzii capitul. reg. Francor. II, 1566), das Evangelienbuch von St. Denis, auf Karls Geheiß im J. 870 von den Gebrüdern Berengar und Liuthard geschrieben und von Arnolf nach Regensburg entführt; ein Psalter gleichfalls von Liuthard, dem Kunststile nach gehört wahrscheinlich auch die Bibel von S. Calisto in Rom hieher u. s. w (Waagen Kunstwerke u. Künstler in Engl. u. Paris III, 246—256, ders. Kunstw. u. Künstler in Deutschl. I, 91, Pertz Archiv V, 452—57 abweichender Ansicht). In dem ostfränk. Reiche fehlt es an Seitenstücken: Wattenbach macht mich auf eine spätkaroling. Prachthandschrift der Psalmen in Berlin (Cod. theol. lat. 58) aufmerksam, jede Seite mit verziertem Rande, worin sich an den Schlangenköpfen irische Einwirkung zeigt, der Text mit kritischen Zeichen versehen. Auf der ersten Seite steht in den Verzierungen: Hludowico regi salus felicitas perpes, womit also wohl einer der 3 ostfränk. Ludwige gemeint ist. Das Bild der Kreuzigung vorn sehr roh, doch mit antiken Reminiscenzen in der Personificierung von Sonne und Mond.

[49]) Von der Größe dieser Uebel zeugt es, daß nach dem Berichte des sog. Annalisten von Fulda im J. 874 im Frankenreiche fast der dritte Theil der Menschen durch Hungersnoth und Seuche fortgerafft worden sein soll (I, 809 A. 32). Die Noth veranlaßte öfter zum Menschenfleische Zuflucht zu nehmen, so in den J. 868 und 896 (I, 672, oben S. 436), s. besonders die rührende Erzählung Rudolfs von Fulda z. J. 850 über einen durch himmlische Gnade abgewendeten Kindesmord. Derselbe erzählt, daß zu Mainz (dem Sitze des Getreidehandels s. Waitz Versg. IV, 36 A. 3) 850 der Scheffel Weizen 10 Seckel Silber d. i. 20 Denare galt, also das drei bis vierfache des Preises, den Karl

einfach dem wirklichen Stande der Dinge. Wenn wir uns aus den Urkunden und Synodalakten auch vielleicht ein annähernd richtiges Bild von der materiellen Lage der unteren Klassen der Bevölkerung entwerfen können[50]), so fehlt es leider doch fast gänzlich an Zeugnissen für ihre geistigen Zustände. Die Geistlichkeit, deren Händen allein das Amt der schriftlichen Ueberlieferung anvertraut war, hatte kein Interesse daran, von den starken heidnischen Resten, die neben und unter dem von Staats wegen geltenden Christenthume wucherten, nähere Kunde auf die Nachwelt zu bringen[51]). Wie sie sich ablehnend und feindlich verhielt gegen alles, was an den alten Götterglauben anknüpfte, so strebte sie namentlich auch danach die Lieder von den halbgöttlichen Helden der Vorzeit durch christliche Gesänge völlig zu verdrängen. Von der volksthümlichen Auffassung der Ereignisse weisen hauptsächlich erst die späteren Chroniken einzelne Spuren auf, die gleichzeitige Geschichtschreibung sieht die Dinge meist von einem höfischen oder kirchlichen Standpunkte an. Nur bei Rudolf von Fulda, der fast allein eingehender von den heidnischen Sachsen zu reden weiß, und bei seinem Fortsetzer treten uns hie und da einfach menschliche Züge aus dem wirklichen Leben entgegen und als ein echtes Kind des Volkes in einem durchaus deutsch gedachten Latein spiegelt der zahnlose Alte von St. Gallen in seinem auf den Wunsch Kaiser Karls III. aufgesetzten Buche den Eindruck wieder, den Karls des Gr. Regiment in seinen Landen zurückgelassen[52]).

---

der Gr. im J. 806 für den Weizen angesetzt hatte (der Scheffel 6 Denare). In Sens aber erreichte im Mai 868 der Scheffel Weizen den ganz unerhörten Preis von 8 Solidi (d. i. 96 Denaren) vgl. H. Müller deutsche Münzgesch. I, 357.

50) Beiträge dazu liefert z. Th. auf Guerards Forschungen gestützt H. Müller a. a. O. durch eine Zusammenstellung der Preise für die gangbarsten Lebensmittel und Bedürfnisse; für Schwaben entwirft v. Stälin (Wirt. Gesch. I, 392—403) ein Kulturbild im Kleinen.

51) Die westfränkischen Bischöfe klagen zu Trosly c. 15 (Mansi XVIII, 305): heu proh dolor! nostris nostrorumque comministrorum ... tam incuria quam inscientia perditi vitiis multi et pene innumerabiles adhuc inveniuntur in plebe ecclesiastica cuiuscumque sexus et aetatis pariter et conditionis, qui ad usque sua tempora senectutis necdum, ut debuerant, percepere fidei notitiam simplicis usque adeo, ut nec ipsius symboli verba salutaris nec saltem supplicationem dominicae noverint orationis. Solches kam noch in Gallien vor, um wie viel mehr in Deutschland! Auf heidnischen Aberglauben bezieht sich Regino de synodalib. causis l. II c. 354—379, doch sind alle diese Stellen wenig bezeichnend.

52) Vgl. über den „rein menschlichen Hauch" der deutschen Chronisten die treffenden Bemerkungen Wencks (das fränk. Reich S. 218). Auf die casus S. Galli würde ich jedoch nicht verweisen, denn Ratpert liefert doch nur eine dürre Klosterchronik und Ekkehard gehört einer späteren Zeit an. Einen Spielmannsvers, dessen Inhalt uns der Mönch von St. Gallen bewahrt, hat Haupt herzustellen versucht (Müllenhoff u. Scherer Denkm. S. 12, 274). Auf eine populäre Ueberlieferung deutet Thegan (V. Hludow. c. 28), indem er von dem Grafen Hugo v. Tours berichtet: qui erat de stirpe cuiusdam ducis nomine Etih, qui erat timidus super omnes homines. sic enim cecinerunt ei domestici

Werfen wir zum Schlusse noch einen Blick auf die Menschen unserer Periode, die auf der Bühne der Geschichte handelnd auftreten und den Charakter des Zeitalters bestimmen, so leuchtet ein, daß die unterscheidenden Züge unseres Volksgeistes von freier und selbstbewußter Entfaltung in diesem Zeitraume noch weit entfernt sind. Man möchte auch diesem Jahrhundert, wie den zunächst vorhergehenden für das Leben der Nation die Stelle zuweisen, welche im Leben des Einzelnen die Zeit einnimmt, da er auf den Schulbänken unter den Erzeugnissen einer fremden Bildung sich allmälich zu geistiger Selbständigkeit hindurchringen soll. Zwischen der Gewalt dieser Eindrücke und jugendlichen Verführungen schwankt er in unsicherem Handeln hin und her: mit den guten Naturanlagen und den Gewöhnungen der Kindheit liegen leidenschaftliche, begehrliche Aufwallungen im Streite, die ihn auf Abwege locken. So stehen in unserer Periode die Germanen zwischen der Kirche auf der einen Seite, die ihnen mühsam die Anfangsgründe alles Wissens beibringt, ihr tägliches Thun und Treiben unter strenge Aufsicht nimmt und ihre Sinnlichkeit durch die Schreckbilder künftiger Strafen in künstliche und unnatürliche Schranken einengt und den verführerischen Reizen welscher Pracht und Herrlichkeit, aber auch welscher Entsittlichung und Zügellosigkeit auf der andern. Unter so starken fremdartigen Einflüssen vermag das deutsche Wesen sich in seiner Eigenthümlichkeit noch wenig zu offenbaren.

In der Politik der weltlichen Herrscher unserer Periode walten durchaus persönliche Beweggründe vor, unter denen man vergeblich nach Ideen und höheren Zielpunkten sucht. Diese sind ihnen ebenso fremd, wie ein wahrhaft planmäßiges konsequentes Handeln und werden nur bei der päpstlichen Kurie und bei einzelnen geistlichen Staatsmännern, wie einem Wala von Corbie oder Hinkmar von Reims gefunden. Genug wenn unter den ehrgeizigen Absichten der Könige ein gewisser Instinkt für das innerlich Nothwendige und der Gesamtheit Ersprießliche sich verbirgt. Daraus, daß statt wahrer Staatsweisheit leidenschaftliche Triebe nur allzu oft entscheidend sind, erklärt sich der große Einfluß, den die ganze fränkische Geschichte hindurch die Weiber auf die öffentlichen Angelegenheiten ausüben[53]). Wie unheilvoll griffen einst schon die Ränke Plektrubs und Swanhilds zu Gunsten ihrer Sprößlinge

sui, ut aliquando pedem foris sepe ponere ausus non fuisset. Ueber Adalbert und Hatto s. oben S. 540, 586.

[53]) Wenck (Erhebung Arnulfs S. 17) bemerkt: Der leidenschaftlich-persönliche Charakter, welchen nach dem Bildungszustande der damaligen Menschen auch ihr auf Staat und Regierung bezügliches Treiben ganz unverhüllt an sich tragen mußte, die Unbefangenheit, mit der man das Reich als ein Familiengut, die Reichsangelegenheiten als Familienangelegenheiten des herrschenden Hauses zu betrachten pflegte, hatten im fränkischen Reiche von jeher die Frauen und insbesondere die Königinnen bei politischen Handlungen und Berechnungen eine höchst wichtige, bald thätige, bald leidende Rolle spielen lassen" vgl. Waitz Verfg. II, 127.

ein, Judith machte durch ihren mütterlichen Ehrgeiz die Entwürfe der erleuchtetsten Geister für die Zukunft des Frankenreiches zu Schanden. Wegen der Grausamkeit der Königin Fastrada brach sogar unter Karl dem Gr. eine Empörung aus, fast ebenso verhaßt machte sich Ludwigs II. Gemahlin Engelberga, aber auch andern minder übel berufenen Frauen, wie den Königinnen Irmingard von Burgund und Liutgard von Ostfranken wird ein tadelnswerther Antheil an den politischen Entschlüssen ihrer Männer beigemessen.

Die Herrschaft wird wie ein Familiengut betrachtet, um dessen Besitz die Erben gelegentlich hadern und sich mit allen Waffen der List und Gewalt ohne Rücksicht auf das Gemeinwohl gegenseitig zu übervortheilen suchen. Wie ein großes Gut wird der Staat in herkömmlicher Weise von dem Könige persönlich in Gemeinschaft mit den durch Geburt und äußeren Rang dazu Berechtigten bewirthschaftet, wobei man im Ganzen nur darauf sein Augenmerk richtet, einen möglichst großen Genuß zu ziehen, ohne doch die Unterthanen allzusehr zu drücken. Die Verhältnisse des Grundbesitzes und Ackerbaus, neben denen Handel und Gewerbe sehr zurücktreten, beherrschen die allgemeinen Zustände[54]), durch Naturallieferungen und persönliche Dienstleistungen wird der Staat größtentheils erhalten. Sobald bei dem Herrn die rechte Kraft fehlt, die Aufsicht nachläßt, bereichern sich die ungetreuen Verwalter und schinden die Leute, denn das Gesetz ist unwirksam, wann die stete Ueberwachung durch einen umsichtigen Fürsten aufhört. Die Gerechtigkeit in eigener Person fleißig zu handhaben, den Klagen der Bedrückten und Schutzlosen jederzeit Gehör zu geben, ist daher höchster Ruhm der Könige.

Wie nach altgermanischer Auffassung die Fürsten es als ihre oberste Pflicht ansehen mußten, Schützer des Friedens zu sein, so lag ihnen nicht minder die Anführung im Kriege ob. Ihre Abwesenheit von kriegerischen Unternehmungen übte den nachtheiligsten Einfluß auf das Gelingen derselben, Feigheit im Kampfe oder Schwäche gegen die Feinde brachten die größte Misachtung hervor, wie wir dies bei Karl II. und III. wahrnehmen, während siegreiche Schlachten ihr Ansehen mehr als irgend etwas andres erhöhten. Unter Waffenübungen wurden die fränkischen Königssöhne groß und kaum dem Knabenalter entwachsen standen sie an der Spitze von Heeren[55]). Wiewol der kühne kampfesmutige Geist der

---

[54]) Vgl. Waitz Verfg. IV, 303.

[55]) Einhardi V. Kar. M. c. 19: tum filios, cum primum aetas patiebatur, more Francorum equitare, armis ac venatibus exerceri fecit. Im J. 785 als Ludwig der Fr. 7 J. alt war ließ Karl filium iam bene equitantem aus Aquitanien kommen. Von Ludwig dem D. und Karlmann wissen wir, daß sie sehr frühzeitig Feldzüge mitmachten (in den J. 824 und 842), Ludwig das Kind war, als er 910 zum erstenmale selbst gegen die Ungern zog, 17 J. alt.

Franken keineswegs abnahm[56]), so ward dennoch nach Karl dem Großen kein Eroberungskrieg in größerem Umfange mehr von ihnen begonnen, keiner ihrer Fürsten versuchte es z. B. den dänischen Drängern in das eigene Land zu folgen und sie dort unschädlich zu machen. Theils rieb man die reichen kriegerischen Kräfte des Landes in den innern Streitigkeiten auf, theils zersplitterte man sie in vereinzelter Abwehr der hie und da einfallenden Feinde. Diese Kriege gegen die angrenzenden Barbaren wurden selten nach einem umfassenderen Plane geführt. Die Feldzüge füllen in der Regel nur die Sommermonate aus[57]), sie bestehen vorwiegend in Verwüstungen des feindlichen Gebietes, verbunden mit einzelnen Ueberfällen und Belagerungen fester Plätze, die oft genug mislingen. Der Nothwendigkeit der Befestigungen zum Zwecke der Landesverteidigung ward man sich erst gegen Ende unserer Periode mehr bewußt.

Die Vorschule des Krieges in den Zeiten der Waffenruhe bildete die Jagd, der die fränkischen Könige ebenso wie ihre Großen leidenschaftlich ergeben waren, von der auch die Bischöfe und Geistlichen trotz aller Verbote der Synoden sich nicht ganz zu enthalten vermochten[58]). Wie allgemein die Neigung zum Waidwerke war, darf man auch daraus schließen, daß gerade so vorzugsweise unkriegerische Fürsten wie Ludwig der Fr. und Karl der K. diesem Vergnügen mit dem größten Eifer oblagen. Karlmann von Westfrancien und Kaiser Lambert ließen in jungen Jahren auf der Jagd ihr Leben, auch Ludwig II. wurde einst von einem Hirsche schwer verletzt. Die Franken werden daher als die besten Reiter auf der Welt gepriesen[59]), edle Rosse gehören zu den kostbarsten Erzeug-

---

[56]) Otfridi liber evangelior. I v. 81: Nist lint thaz es biginne, thaz uuidar in ringe | in eigun sie iz firmeinit, mit uuafanon gizeinit. | sie lertun sie iz mit suuerton, nalas mit then uuorton, | mit speron filu uuasso, bi thiu forahten sie se noh so u. s. w. Ermoldus läßt den Mauren Zadun von den Franken u. a. sagen: arma ferunt semper, bellis est sueta iuventus; | baiulat haec iuvenis, hoc agit arte senex (l. I v. 341, Scr. II, 473).

[57]) Der Beginn der Feldzüge fiel unter Pippin und Karl mit dem Maifelde zusammen s. Waitz Verfg. III, 469 flg., IV, 463. In den ann. Lauresham. 791 heißt es von diesem Zeitpunkte: vertente anno, eo tempore, quo solent reges ad bella procedere, wozu die sog. ann. Einhardi 782 erläuternd bemerken: aestatis initio cum iam propter pabuli copiam exercitus duci poterat. Aus diesem Grunde fiengen auch wohl später noch die Kriege meist um diese Zeit an, eine Ausnahme von der Regel bilden namentlich die Römerzüge.

[58]) Ueber die Geistlichkeit s. I, 343 A. 11, über Ludw. den Fr. I, 42 A. 4, Ludw. den D. 851, Karl den K. oben S. 60 A. 82; Hincmari ann. 864 (Scr. I, 466): Hludowicus Italiae imperator nominatus a cervo, quem in rugitu positum sagittare voluit, gravissime vulneratur; Ermoldi eleg. I v. 99—102; II v. 45; Karol. M. et Leo papa v. 267—325.

[59]) Einhardi V. Kar. M. c. 22: exercebatur assidue equitando ac venando, quod illi gentilicium erat, quia vix ulla in terris natio invenitur, quae in hac arte Francis possit aequari.

nissen ihres Landes, die man wie die Jagdhunde gern fremden Fürsten zum Geschenke macht[60]). Neben den ungeheuren Waldungen, die einen großen Theil des deutschen Bodens bedeckten, gab es namentlich in Gallien auch noch besondere Thiergärten, Brühle genannt, zur Hegung edleren Wildes[61]). Wie viel reicher aber die Jagd damals war, mag man daraus abnehmen, daß in den königlichen Forsten bei Achen und Ingelheim außer den wilden Ebern, Hirschen u. s. w. Bären in großer Zahl, Büffel und Auerochsen erlegt wurden, daß in den Alpen das Geschlecht der Steinböcke weit verbreitet war und selbst in Westfrancien die Wölfe bisweilen zu Hunderten zusammengeschart Straßen und Gehöfte unsicher machten. Somit diente die Jagd freilich nicht bloß zur Leibesbewegung und um Wildpret auf die Tafel zu schaffen, sondern sie war oft in der That ein Kampf des Menschen mit dem Thiere zur eigenen Sicherung. Die Wolfsjäger genossen besondere Vorrechte.

Worin übrigens die Unterhaltungen der Großen bestanden, mit denen sie ihre Mußestunden ausfüllten, geht nur aus seltenen Andeutungen hervor. Es steht zu vermuten, daß neben dem Waidwerke auch andre Waffenspiele, die Anfänge des späteren Turniers, fleißig geübt wurden[62]). Trinkgelage, bei denen sowol Bier als Wein ihre Stelle finden, werden wie zu allen Zeiten so auch damals in unserem Vaterlande ihr Recht behauptet haben[63]). Auch

---

[60]) Schon P. Hadrian ersuchte Karl um famosissimos equos ... in ossibus atque plenitudine carnis decoratos (J. 1878); dem Chalifen Harun schickte K. equos et mulos Hispanos und canes quoque agilitate et ferocia singulares (Mon. Sangall. II c. 10); Ludwig an P. Stephan IV.: cornipedum glomerat praestancia corpora necnon | qualia Franquorum gignere terra solet (Ermold. Nigell. l. II v. 465), B. Anton v. Brescia erbat sich im J. 878 von dem B. von Konstanz unum admissarium generosissimum, celeritate et forma quin et animo praestantissimum et acrem, der ihm auch in vorzüglicher Güte zu Theil wurde (Form. Salom. N. 40, 41, Rozière N. 701, 702). K. Hugo von Italien schickte dem Kaiser Romanus Jagdhunde als Geschenk (Lindprand. antap. l. III c. 23). Die lombardischen Bischöfe ritten nach Ratherius (Martene coll. ampl. IX, 920) Pferde frenis Germanicis sellis Saxonicis faleratos.

[61]) Vgl. Waitz Verfg. IV, 112, über die Wölfe eb. 129, oben I, 276 A. 6. Von der Gegend von Cornelismünster heißt es: cornigeris quondam sedes gratissima cervis, | ursis seu bubalis apta ferisque capris und von der Jagd um Ingelheim: Hlntariusque celer florens ... | percutit ursorum corpora multa manu; eb. milia cervorum praegrandia cornua, necnon | ursorum referunt tergora seu capita, | plurima saetigerum revehunt et corpora aprorum, | capreolos, dammas fert puerile decus (Ermold. in hon. Hludow. l. II v. 591, IV v. 509, 561); Monach. Sangall. II c. 8: ad venatum bissontium vel urorum in nemus ire. Steinböcke im bair. Sundergau in einer Urk. vom J. 902 (Ried cod. dipl. I, 84).

[62]) Vgl. I, 168, die einzige Erwähnung dieser Art.

[63]) Bei Theodulf (ad Carol. regem v. 193, Sirmondi opp. var. II, 797) heißt es von dem königlichen Mahle: aut si, Bacche, tui, aut Cerealis liquoris | porgere praecipiat (sc. Albinus), fors et utrumque volet; Er-

darf man sich die Leistungen der Kochkunst, in der vermöge der strengen Fastengebote die Fische eine große Rolle spielten und Gewürze vielfach verwendet wurden, mit nichten so ganz verächtlich denken[64]). An den Höfen dienten Schauspieler, Gaukler und Spielleute zur Würze des Mahles und zur Belustigung des Volkes[65]). Mit kunstvollem und kostbarem Geschirre von Gold und Silber, mit prächtigen Decken und Teppichen, reichen zumal goldgestickten Gewändern ward bei festlichen Gelegenheiten auch zu jener Zeit schon von Fürsten und Großen viel Prunk getrieben[66]). Während man Wolle und Linnen durch weibliche Arbeiter im Lande sehr wohl selbst zu bereiten wußte und die frisischen Tuche sogar eine gewisse Berühmtheit erlangt hatten, bezog man namentlich die seidenen Stoffe aus dem Auslande, welches überdies die Gewürze für die Tafel sowie vielleicht auch werthvolle Waffen liefern mußte. Neben dem Pompe der Großen gab besonders der Schmuck der Kirchen und des Gottesdienstes dem Gewerbfleiße und den Künsten manigfache Anregung.

---

mold. Nig. l. II v. 277: pocula densa volant tangitque volentia Bacchus | corda, l. IV v. 466; Karol. M. et Leo papa v. 528: aurea namque tument per mensas vasa falerno. Karl der Gr. und Ludwig der Fr. werden beide als sehr mäßig im Weingenuß gerühmt (Einhardi V. K. M. c. 24, Thegani V. Hlud. c. 19) vgl. auch Mon. Sangall. I c. 22, 18, woselbst gewürzte Weine erwähnt werden, vgl. Waltharius v. 301.

[64]) Ueber die Tafel Karls, die in der Regel quaternis tantum ferculis praebebatur s. Einhard c. 24. Von Alkuin heißt es bei Theodulf (a. a. O. v. 197): este procul pultes et lactis massa coacti, | sed pigmentati sis prope mensa cibi. Ueber Hinkmars magere Kost belehrt ein Schreiben des B. Pardulus (Hincmari opp. II, 838), über die Schwelgerei eines andern Bischofs Mon. Sangall. I c. 18. Ein Recept zur Bereitung einer pikanten Sauce habe ich in den Mitth. der Zür. ant. Ges. XII S. VI herausgeg., es führt in der Handschr. den von mir übersehenen Titel: Confectio liquaminis, quod omogarum vocant.

[65]) S. I, 343 A. 12, die v. Stälin (Wirt. G. I, 392 A. 5, 395 A. 3) angef. Stellen Walahfrids und Ekkehards; Thegani V. Hludow. c. 19: quando in summis festivitatibus ad laetitiam populi procedebant themilici, scurri et mimi cum coraulis et citharistis ad mensam coram eo, tunc ad mensuram ridebat populus coram eo etc. Auf solche Künste bezieht sich Raban (de magicis artib., Hartzheim conc. Ger. II, 238): quam multa funambuli caeterique theatri artifices, quam multa opifices maximeque mechanici miranda fecerunt. Der Mönch v. St. Gallen (l. I c. 18) erzählt von einem Bischofe, der seinen Gästen nach der Tafel, ut eis magnificentiam suam et gloriam manifestius ostenderet, iussit procedere peritissimos cantandi magistros cum omnibus organis musicorum, de quorum vocibus et sonitu fortissima corda mollescerent. Vgl. über die lombardischen Bischöfe Vogel Ratherius v. Verona S. 45. Karl der Gr. liebte edlere Unterhaltungen (Einhard. c. 24 vgl. Theodulf a. a. O. v. 203: sonet Theodulfica Musa).

[66]) Ueber den Putz am Hofe vgl. das Gedicht Karol. M. et Leo papa v. 186 flg., 216, 225 u. s. w., Thegan. c. 19, Ermold. Nig. l. IV v. 373—396, wo die Gewänder beschrieben werden, die der Däne Heriold und seine Familie zum Geschenke erhielt, s. auch V. Hathumodae c. 2, Hrotsvithae prim. Gandersh. v. 325, 336. Gold und Edelsteine scheinen hiernach zum Schmucke sehr viel verwendet worden zu sein; s. übrigens v. Stälin Wirt. G. I, 399, Gfrörer Gregor VII. u. s. Zeitalter VII, 200, 229 flg.

Wie die Fürsten ihrem Volke an geistiger Bildung nicht allzu weit vorausgehen, so stehen sie auch eben nicht auf einer höheren Stufe der Sittlichkeit. Die Heiligkeit der Ehe wird nach dem Beispiele Karls des Gr. von ihnen allen wenig geachtet: fast nur Ludwig der Deutsche scheint keine unehelichen Nachkommen hinterlassen zu haben, bei den meisten übrigen Mitgliedern seines Hauses aber wissen wir von Kebsweibern und Bastarden. Lothar II. ragt unter ihnen nur dadurch hervor, daß er in seiner Leidenschaft der maßloseste und unglücklichste war. Daraus daß solche Verhältnisse damals offener und unumwundener hervortraten, darf man freilich am wenigsten einen ungünstigen Schluß auf die allgemeinen Sittenzustände ziehen. Gewis aber ist, daß die Erlaubnis zum Halten von Kebsfrauen, welche die Mainzer Synode im J. 852 den Unverheirateten ertheilt, auch von den Verheirateten noch vielfach in Anspruch genommen wurde. Mädchenraub und Entführung selbst von heiligen Orten gehörten zu den häufigeren Vergehen, gegen welche die Geistlichkeit einschreiten mußte, unnatürliche Wollust dagegen wird auf deutschem Boden doch nur selten erwähnt, sie kam jenseit des Rheines öfter vor. Sehr viel machten den geistlichen Gerichten die unerlaubten Ehen zu schaffen, indem jede noch so entfernte, wenn nur überhaupt nachweisbare Verwandtschaft der Gatten unerbittlich die Auflösung ihres Verhältnisses zur Folge haben sollte [67]).

Ueber die Stellung der Frauen im Allgemeinen, über ihre Vorzüge und Tugenden läßt sich aus unserer Periode wenig berichten, weil die Geschichte ja meist nur von solchen nähere Kunde erlangt, die über den Kreis echter Weiblichkeit hinausschreiten. Die Töchter Karls des Gr. wurden wie die geringsten ihres Geschlechtes zum Spinnrade und zur Weberei angehalten [68]), aber sie begleiteten den Vater auch zur Jagd und nahmen Theil an den literarischen Beschäftigungen der Hofschule. An der westfränkischen

---

[67]) Die geschlechtlichen und ehelichen Verhältnisse kamen auf allen Synoden des neunten Jahrhunderts zur Sprache. Ueber Kebsweiber s. I, 344; in gleichem Sinne äußerte sich Raban auf die Anfragen Heribalds v. Auxerre c. 28 (Hartzheim conc. II, 209). Einen sehr großen Raum nehmen die fleischlichen Vergehen in Reginos Buche de synodal. causis ein (l. II c. 98—265). Außer der Beantwortung der von Heribald gestellten Fragen schrieb Raban auch an Humbert v. Wirzburg darüber quota generatione licitum sit connubinm, desgl. an Hatto oder Bonosus und an den Chorbischof Reginbald (Hartzheim conc. Germ. II, 214, 226, 228); an den Chorbischof Reginhar schrieb er über einen Mann, der in partibus Thuringiae germani sui uxorem ipsa nesciente noctu oppressit (Cent. Magdeb. cent. IX c. 6 col. 242, 286) und an denselben: quosdam modicae fidei vel potius inimicos verae fidei illud quod Christus adulteram absolvit, de codicibus suis auferre, quod illo exemplo metuant mulieribus suis peccandi impunitatem dari (eb. 262).

[68]) Einhardi V. Kar. M. c. 19. Von Karls vierter Gemahlin Liutgard sagt Theodulf (a. a. O. v. 89): quae bene discendi studiis studiosa laborat | ingenuasque artes mentis in arce locat vgl. Alkuins Schreiben an Nathanael (ep. 185 p. 248 ed. Froben).

Königin Irmintrud rühmt der Hofphilosoph Johannes Skotus die kunstvolle Hand, mit der sie die Gewänder ihres Gatten aufputzte[69]). Die h. Liutbirg, Klausnerin in der Nähe von Halberstadt wurde als eine Künstlerin in den weiblichen Handarbeiten gefeiert: in diesen zugleich und im Psalmensingen unterrichtete sie junge Mädchen[70]). Als Frauen von höherer Bildung erscheinen die Kaiserin Judith und die Gräfin Dodana, das zehnte Jahrhundert hat mehrere dieser Art hervorgebracht. „Goldgewirkte Gewänder, so wird von der h. Hathumoda, Gandersheims erster Aebtissin berichtet[71]), Binden, Hauben, Flechten, Ohrringe, Ringe, Spangen, Geschmeide, Fächer, Gürtel und Riechfläschchen, die zu tragen der meisten Frauen Ehrgeiz entbrennt, diese, wenn nach Stand und Vermögen der Eltern ihr dargeboten, weigerte sie sich anzunehmen und, wenn gegen ihren Willen ihr angelegt, seufzte sie ängstlich und weinte heftig.“ Neben Frauen wie Engeltrud und Waldrada, die durch frechen Ehebruch den Völkern ein Aergernis gaben, stehen andre von zweifelhaftem Rufe wie Judith und Richilde, die sich vorzugsweise von den Eingebungen der Herrschsucht leiten lassen[72]), wieder andre scheinen gleich der Königin Hemma und der Gräfin Oda, der Mutter der Liudolfinger nur nach dem Ruhme züchtiger Hausfrauen getrachtet zu haben, die Weltentsagung endlich, die völlige Hingebung an den Dienst des Herrn

---

[69]) Iohannis laudes Yrmindrudis (Mai auctor. classic. V, 435) v. 7: ingens ingenium perfecta Palladis arte | auro subtili serica fila parans | actibus eximiis coulucent pepla mariti, | gemmarum serie detegit indusias. | miratus fugitans numquamque propinquat Arachne, | quamvis palladios aequiperat digitos, ähnlich von Judith: scilicet ex auro tunicam gemmisque rigentem, | conficit ast qualem arte Minerva sua (Ermold. Nig. l. IV v. 387).

[70]) V. S. Liutbirgae c. 6: in tantum igitur capax ingenii fuerat, ut diversarum artium, quae muliebribus conveniunt operibus ... prae caeteris circumquaque habitantibus veluti Daedala diffamabatur; c. 22: multorum muliebrium operum artifex erat; c. 35: cui ... (Ansgerus) puellas eleganti forma transmiserat, quas illa et in psalmodiis et in artificiosis operibus educaverat (Scr. IV, 160, 163, 164).

[71]) V. Hathumodae c. 2, übers. von Fr. Rückert.

[72]) Die Kaiserin Richilde, die im J. 910 noch am Leben war (s. ihre Urk. Hist. de Metz IV, 52) erregte als Witwe durch ihren Wandel Anstoß, so daß Fulko an sie schrieb pro fama non bona, quae ad ipsum de vita vel actibus eiusdem reginae pervenerat, quod scil. esset diabolus, ubi fuisset illa magis quam deus, cum forent circa illam, quae contra salutem militant animae, id est irae, rixae, dissensiones, incendia, homicidia, luxuriae, rapinae quoque pauperum, pervasiones ecclesiarum (Flodoard. hist. Rem. IV c. 5 p. 461 vgl. III c. 23, 25, 27 p. 291, 329, 381). Von der im J. 925 verstorbenen Markgräfin Bertha von Tuscien (Lothars II. Tochter) heißt es in ihrer Grabschrift v. 9: permansit felix seclo dum vixit in isto, | non inimicus eam vincere praevaluit. | consilio docto moderabat regmina multa, | semper erat secum gratia magna dei. | partibus ex multis multi comites veniebant, | mellifluum cuius quaerere colloquium (Fiorentini memorie di Matilda p. 36).

führte eine Richardis, eine Liutberga und Hathumod, die edlen Töchter des sächsischen Stammes zur höchsten Stufe irdischer Heiligkeit und himmlischer Herrlichkeit.

Die Frömmigkeit sowol der Regierer wie der Regierten trug einen sehr sinnlichen, stark abergläubischen Charakter. Wie die Kirche geschlechtlichen Ausschweifungen nur unvollkommen wehrte, so ließ sich auch der in der Rohheit der Menschen tief wurzelnde Hang zu Raub, Mord und Gewaltthaten, zur Selbsthilfe und Blutrache nur schwer ausrotten, wenn auch mit kirchlichen Bußen und Ausschließung aus der christlichen Gemeinschaft häufig dagegen eingeschritten wurde. Großentheils begnügte man sich damit die äußere Unterordnung des ganzen Lebens unter die Vorschriften der Religion so viel als möglich durchzuführen, die innere Heiligung des Herzens aber einer künftigen Zeit zu überlassen. Eine grob sinnliche Schilderung der Höllenqualen, bisweilen auch ein unmittelbar strafendes Eingreifen der Heiligen dienten vorzüglich zur Erweichung verstockter Sünder[73]) und gewis war es ein seltener Fall, daß ein Missethäter, wie jener Winemar, der Mörder Fulkos unbußfertig zu Grabe gieng. Trotz aller Ueberschreitungen und Angriffe im Einzelnen, wurde doch die geheiligte Autorität der Kirche nnd ihrer Diener auch von den Rohesten anerkannt und geachtet. Die Ausnahmen sind meist von der Art, daß sie diese Regel eher bestätigen. Die Eidbrüchigen — und auch damals stand die deutsche Treue an Lauterkeit doch höher als die welsche — zitterten vor der Rache der Heiligen, auf deren Reliquien sie ihr Seelenheil zum Pfande eingesetzt.

Gerade durch die wunderwirkende, segensreiche Kraft der Reliquien[74]), die man zuweilen in feierlichem Schaugepränge unter

[73]) Eine Frau, die am Laurentiustage cum reverentiae sanctorum praeposuisset lucrum terrenum Brot buck, subito eosdem (sc. panes) atramento repperit nigriores (Ann. Fuld. 870). Graf Megingaud, dem Arnolf St. Maximin geschenkt (oben S. 358), prahlte gegen seine Gattin: Servum ... praedivitem in beneficium michi indulsit (sc. Arnulfus) et si vis scire, ipse est Maximinus cum abbatia sua, quem etiam tibi si volueris tradam, für diese Rede wird er plötzlich in spaeram quandam vel globum pene informem convolvitur und nur durch reiche Geschenke an den Heiligen geheilt (Sigehardi mirac. S. Maxim. c. 8, 9, Scr. IV, 231). Flodoard (Hist. Rem. l. II c. 19 p. 333) erzählt von St. Peter in Reims: vidi siquidem nutritoris mei Gundacri ..., servum, dum temere prope fenestram huius cryptae accessisset mingere, terribili quadam quasi armati cuiusdam viri visione ita deterritum, ut putaretur amittere sensum, was sich dann noch bei einem andern wiederholte.

[74]) Von St. Gallen bemerkt Notker (Martyrolog. XVI Kal. Nov., Canisii lect. ant. VI, 929) im Allgemeinen: ubi domino virtutum eius merita declarante, caeci illuminantur, surdis auditus tribuitur, mancis operari conceditur, multi linguarum laxatione gratulantur, claudis gressus diriguntur, energumeni a spiritibus nequam liberantur, clinici atque contracti indepta gratis sanitate eriguntur, dolor dentium medicina trabis compescitur, reliquarum etiam infirmitatum exinanitio ibidem efficitur.

zahlreichem Geleite durch die Lande führte, prägte sich in die Gemüter der unwissenden Menge die unwiderstehliche Macht des Glaubens am tiefsten ein, Heiden wurden durch solche Erscheinungen zum Christenthume bekehrt. Derselben abergläubischen Auffassung wie die Menge huldigten auch die Fürsten; sie legten ebenfalls jenen todten Gebeinen den höchsten Werth bei und suchten sich deren aus den altchristlichen Ländern Italien und Gallien so viele wie möglich zu verschaffen[75]), einzelnes wurde auch wohl aus dem Morgenlande erworben, so in Reichenau durch einen Griechen, der sich daselbst niederließ, ein Krug von der Hochzeit von Kana. In einer den meisten andern Uebertragungen entgegengesetzten Richtung ließ der westfränkische König Karl sich Reliquien von der h. Walpurga, der Schwester Willibalds kommen, an deren Gebeinen zu Monheim im Eichstädter Sprengel seit den Tagen Arnolfs viele Wunder geschehen waren und gründete ihr zu Ehren im J. 916 eine eigene Kapelle in der Pfalz Attigny[76]). In diesem Heiligendienste wurzelten die so überaus häufigen Wallfahrten[77]), zumal nach Rom, mancherlei heidnische Gebräuche und Erinnerungen konnten sich unter diesen Auswüchsen des Christenthums verbergen und wenn auch aus ihrem früheren Zusammenhange herausgerissen noch immer ein vereinzeltes Dasein fristen. Während sich oft unter den Namen der Heiligen die der alten Götter versteckten und Petrus oder Martinus etwa die Stelle Wodans vertreten mußten[78]), flüchtete ein andrer Theil der heidnischen Götterlehre

---

Ueber die Wirkung der Reliquien zur Bekehrung s. die I, 350 A. 29 angef. Stellen.

[75]) Vgl. I, 857, oben S. 5, 6, 420, 475 flg. Die angef. Beispiele von Uebertragungen aus Italien könnten leicht vermehrt werden. So erwarb z. B. Salzburg 851 durch Liutpram den h. Hermes, 859 durch Adalwin Chrysanthus und Daria, 880 durch Theotmar den h. Vincentius, sämtlich von Rom, womit es sich schwer vereinigen läßt, daß Abt Markward v. Prüm 844 Chrysanth und Daria von Rom nach Prüm übertrug (von wo sie später nach Münstereifel gelangten s. Zwentibalds Urk. bei Beyer I, 212), K. Lothar 850 oder 851 den h. Hermes nach Cornelismünster (Dümmler Beitr. zur Gesch. des Erzbisthums Salzburg, Archiv östr. Geschichtsquellen XXII, 294). — In dem Necr. Aug. findet sich zum 9. Aug.: Symeon Achivus, cui ydria domini dono data probatur vgl. dessen vita (Scr. IV, 445 *).

[76]) Am 7. Juni 916 stiftete Karl in Attigny eine Kirche zu Ehren der h. Walburga, quam pro tutamento totius regni ex partibus Orientalium sagaci industria afferre voluimus (Bouquet IX, 529, B. 1951).

[77]) Ueber die Wallfahrten s. oben S. 5. Nüchtern bemerkt Theodulf (Sirmondi opp. var. II, 855): Non tantum isse iuvat Romam, bene vivere quantum, | vel Romae, vel ubi vita agitur hominis.

[78]) Besonders lehrreich für die allmäliche Umsetzung der heidnischen in christliche Mythologie sind die uralten, immer wieder verjüngten Segen und Sprüche s. Müllenhoff u. Scherer Denkm. S. 7—9, 140—146 mit den Anmerkungen. — In der transl. Chrysanti c. 18 (Mabillon acta sct. saec. IV[a], 614) wird von einem Orte in der Nähe von Prüm erzählt: huius igitur habitatores condixerant sibi omnes pariter ad locum contendere et nt non vacua vi-

in den Teufelsglauben, der im neunten Jahrhundert eine sehr ausgedehnte Geltung erlangt hatte. Nicht bloß als Verführer des Menschen zur Sünde, als Versucher bis zu völliger willenloser Besessenheit dachte man sich den Teufel, sondern man glaubte an eine ganze Schar von Unholden oder bösen Geistern, welche die geplagte Menschheit mit boshaftem Schabernack und manigfachen Leiden heimsuchten und denen allerdings übernatürliche Kräfte, zumal die Gabe der Prophezeiung beiwohnten[79]).

Der allgemein herrschende Glaube an die Macht des Satans, die Furcht vor drohenden Himmelszeichen, namentlich Kometen, die man als die sicheren Vorboten großer Unglücksfälle, vielleicht gar des Weltunterganges ansah[80]), endlich die vielen bedeutenden Veränderungen und das häufige Misgeschick, von dem Deutschland in diesem Zeitalter in der That betroffen wurde, bewirkten eine gesteigerte Hinneigung zu den Heilmitteln, welche die Kirche darbot, um durch gute Werke die Fürbitte der Heiligen und die Gnade Gottes zu gewinnen. Als der sicherste Weg zu den himmlischen Freuden erschienen namentlich für die Laien vor allem die Almosen, die freiwilligen Gaben an die Armen und an die Kirche, die nicht nur der Seele des Gebers den Aufenthalt im Fegefeuer abkürzten, sondern in gleicher Weise auch den Vorfahren zu gute kamen. Die Sorge für das eigene Seelenheil nicht minder als Kindespflicht gebot mildthätige Stiftungen in reichem Maße zu machen. In diesem Glauben lag die beste Schutzwehr für die von der Habgier der weltlichen Großen so vielfach bedrohten und angefeindeten Klöster: die Fürbitten der frommen Brüder als eine mächtige Beihilfe

---

derentur venire manu conlatione facta vas, quod cupa dicitur, cervisia impleverant, ut etiam dono muneris deo ponerent, consilio habito, qualitatem prius tentare voluerunt potus, antequam iter arriperent etc. Erinnert dies nicht deutlich an das Bieropfer der Alamannen zu Tuggen?

[79]) Ludwig der Fr. sah auf dem Sterbebette einen bösen Geist, den er von sich abwehrte (Vita Hludow. c. 64); Karl III. mußte im J. 873 exorcisiert werden (s. I, 791 flg.). Ein satelles atque discipulus Satanae machte 828 durch den Mund eines nur deutsch redenden Mädchens in lateinischer Sprache Enthüllungen über die von ihm und seinen Gefährten verursachten Leiden des Reiches (s. I, 46). Nach dem unglücklichen böhmischen Feldzuge im J. 849 geschah es, spiritum nequam per os cuiusdam arreptitii protestari bello se Boemanico praefuisse sociosque suos spiritum superbiae atque discordiae fuisse etc. (s. I, 329). Besonders lehrreich ist die Spuckgeschichte Ruodolf. Fuld. 858, Mon. Sangall. Gesta K. M. I c. 23 vgl. Wenck das fränk. Reich S. 217 A. 1. Ausführlich über die Dämonen und ihre übernatürlichen Kräfte handelt Raban de magicis artibus, wo es u. a. heißt: accessit etiam daemonibus per tam longum tempus, quo eorum vita protenditur rerum longe maior experientia, quam potest hominibus propter brevitatem vitae provenire (Hartzheim conc. Germ. II, 238), ders. in admonitione ad populum Reginhario episcopo missa, inquit: Rugiunt daemones iuxta reliquias et sepulchra sanctorum illius (a. a. O.).

[80]) Einhardi V. Kar. M. c. 32, V. Hludowici c. 62, Nithard. histor. l. IV c. 7, Ann. Fuld. P. III 882. Selbst in den kürzesten Annalen begegnen wir solchen Beobachtungen vgl. I, 184, 822.

auf dem Wege zum ewigen Leben wurden von allen Seiten begehrt und ebenso von den Königen durch die Spenden ihres Ueberflusses, wie von den Aermsten durch Aufopferung ihrer letzten Habe erkauft [81]).

Immerhin stellt dem rohen, kriegerischen Treiben der herrschenden, dem dumpfen, beschränkten Dasein der beherrschten Klasse gegenüber vornehmlich die Kirche eine höhere geistige und ideale Macht dar. Mochten auch manche ihrer Häupter in jenem Treiben und in dem Dienste des Staates ebenfalls ganz aufgehen, die Geistlichkeit spann doch allein den Faden der wissenschaftlichen Tradition in diesen trüben Zeiten fort und sogar das neunte Jahrhundert brachte Männer wie einen Anskar und Rimbert hervor, die als Heidenboten ihr Leben für das Evangelium einsetzend unter die ruhmvollsten Träger der christlichen Tugenden gezählt werden müssen. Bei allen ihren Mängeln, ihrer Einseitigkeit nahm die römische Kirche als Erzieherin und Bildnerin des Volkes eine erhabene und segensreiche Stellung ein und selbst die sinnliche Veräußerlichung ihres geistigen Inhaltes, die man ihr vorwerfen kann, jener von allen Ständen getheilte Wunderglaube wird vielleicht durch ihre nächste Aufgabe, die Verdrängung der heidnischen Anschauungen entschuldigt, wiewol unleugbar selbstsüchtige Berechnung oft genug dabei mitspielte. Am wenigsten ist diese mystische Richtung unserer ganz unschöpferischen Zeit zur Last zu legen, die sie als eine fertige vorfand und aufnahm.

Dies mittelalterliche Kirchenthum, ebenso wie jene üppig aufschießende Aristokratie, die durch das Lehnswesen ihr eigenthümliches Gepräge erhielt, hatten für unser Volk doch nur eine vorübergehende Bedeutung. Jenes sollte dereinst der freien sittlichen Selbstbestimmung des Einzelnen, diese dem freien selbstbewußten Bürgerthume weichen, indem erst in den Prinzipien der sittlichen und politischen Freiheit der deutsche Geist durch seine erhabenste That, die Reformation zur vollen Ausgestaltung gelangen konnte. Dem deutschen Königthume, das in unserer Periode noch größtentheils in ungebrochener Machtvollkommenheit aufrecht steht, nachmals aber durch die mit dem Oberhaupte der Kirche verbündete Aristokratie zu Boden geworfen und erniedrigt wurde, als dem

---

[81]) Arnolf in der Urk. für Metten vom J. 889 (Mon. Boica XI, 433) sagt kurz und gut: si ea, que nobis ab omnipotente domino data sunt, ad monasteria dare studuerimns, inde nobis procul dnbio credimus venire divinam clementiam, Zwentibald für St. Maximin im J. 897 (Beyer I, 207): quanto propensius divinae laudis cultum exequimur eiusque preconia unanimi fratrum collegio stabilire et transitoriis lucris augere studemus, tanto domini clementiam regnum nobis celitus commissum latius diffundere ac dintinis temporibus sanitatem nostram protelare et ad extremum aeternae nos inserere felicitati procul dubio confidimus. Aehnliche Wendungen wiederholen sich in unzähligen Urkunden. — Ueber die durch die Habgier der Geistlichkeit hervorgerufenen Misbräuche vgl. besonders P. Roth Gesch. des Beneficialwesens S. 253—256.

durch die Geschichte geheiligten Ausdrucke der nationalen Einheit und Macht gehört die Zukunft. Wie oft bis auf den heutigen Tag herab durfte man auf Deutschland die Worte anwenden, mit denen Regino im J. 888 den Zerfall des Gemeinwesens beklagt: „Denn viele zur Lenkung des Reiches tüchtige Fürsten hätte Francien erzeugt, wenn das Schicksal ihnen nicht im Wetteifer der Kraft zu gegenseitigem Verderben die Waffen in die Hand gegeben,“ doch vielleicht ist der Zeitpunkt nicht mehr fern, wo die gerechten Wünsche des Volkes so mächtig ins Gewicht fallen, daß auch der dynastische Ehrgeiz dem Wohle des ganzen Vaterlandes weichen muß und ein rechter Nachfolger Ludwigs des Deutschen sich wiederum über den vielen Häuptern Deutschlands als Oberhaupt erhebt.

Beilagen.

I.

In meiner Dissertation über Arnolf S. 134 habe ich im Anschlusse an Böhmer (Reg. Carolor. p. 109), Pertz (Leg. I, 561) und Jaffe (Reg. pontif. Roman. p. 301) den Aufenthalt dieses Fürsten in Rom in die Zeit vom 17. April bis 2. Mai 896 gesetzt. Diese Annahme stützte sich auf 2 durchaus unverdächtige Urk. Arnolfs für Piacenza nach seiner Kaiserkrönung am 25. April und 1. Mai ausgestellt, welche Campi (Hist. di Piacenza I, 476) herausgegeben hat, kombiniert mit dem Zeugnis der sehr glaubwürdigen sog. ann. Fuld. 896, die den Kaiser gerade am fünfzehnten Tage nach seiner Ankunft von Rom nach Spoleto aufbrechen und noch mense Madio nach Baiern heimkehren lassen. Hiemit vertrug sich jedoch eine andre Angabe derselben fuldischen Jahrbücher nicht, wonach Formosus am Ostertage (4. April) starb, weil Arnolf die zweite jener Urk. auf Bitte dieses Papstes ausstellte. Jaffe beseitigte diese Schwierigkeit durch die kühne Vermutung, daß der Annalist das Oster- mit dem Pfingstfeste (23. Mai) verwechselt habe. Andre chronologische Anhaltpunkte zur Feststellung dieser Ereignisse fehlten gänzlich, auffallen mußte es allerdings, daß Arnolf von Luni, wo er Weihnachten 895 feierte, bis Rom 3 — 4 Monate gebraucht haben soll, obschon die mislichen Verhältnisse gewis zur Eile trieben, während er auf der Heimkehr, die er doch nicht unmittelbar antrat, noch innerhalb des Monats Mai von Rom nach Baiern gelangt wäre. Heinrich II. dagegen wurde bereits am 14. Febr. gekrönt, nachdem er das vorhergehende Weihnachtsfest noch in Pavia gefeiert und Otto III. gebrauchte von Kremona bis Rom kaum einen Monat.

Bei dieser Berechnung wurde eine dritte Urk. Arnolfs aus Rom übersehen für das tuscische Kloster Monte Amiata, welche bereits Ughelli (Italia sacra III, 706 ed. pr., III, 615 ed. Coleti) veröffentlicht hatte, obgleich schon Pagi (Baronii ann. ed. Mansi XV, 479) und Muratori (ann. d' Italia a. 896) auf dieselbe hingewiesen haben. In vollem Widerspruche mit den vorher entwickelten Daten ist sie am 27. Februar ausgestellt. Bei der großen Nachlässigkeit der von Fehlern wimmelnden Ausgabe Ughellis mutmaßte daher Muratori, daß für IV Kal. Mart. zu lesen sei IV Kal. Maii und diese Annahme schien dadurch zur Gewisheit erhoben zu werden, daß nach dem Zeugnis von Gregorovius (Gesch. der Stadt Rom im MA. III, 242 A. 1) eine Abschrift dieser Urk. in dem codex Amiatinus zu Rom sie in der That auf den 28. April setzt. Diese Verbesserung verdanken wir jedoch nur einem Kopialbuche, wie steht es mit dem Originale der Urk.? Hr. Dr. Karl Pertz theilte mir auf meine Anfrage gütigst mit, daß in dem Staatsarchive zu Florenz sich 2 nach der Prüfung Bethmanns unzweifelhaft echte Originale dieser Urk. vorfänden, die im übrigen zahlreiche Verbesserungen zu dem Texte Ughellis liefern, das Datum aber lautet in beiden mit jenem Abdrucke ganz übereinstimmend. Diese Zeitangabe ist mit der vorhergehenden Berechnung absolut unvereinbar, sie stimmt aber sehr gut zu dem von den ann. Fuld. überlieferten Todestage des Papstes Formosus und läßt sich mit deren Berichte überhaupt ganz wohl verbinden. Um die beiden Urk. bei Campi trotzdem zu retten, die VII Kal. Maii und Kal. Maii datiert sind, bleibt kaum etwas andres übrig, als in ihnen Martii für Maii zu emendieren. Daß ein zwiefaches Versehen gleicher Art bei einem wenn gleich ebenfalls unzuverlässigen und sorglosen Herausgeber auffallend ist, will ich freilich nicht in Abrede stellen. Auch ist es befremdlich, daß in der ersten Urk. bei Campi die J. des Kaiserreiches gezählt werden, in unserer später ausgestellten dagegen nur die des italienischen Königreiches. Hiernach hätte sich Arnolf sicher am 24., 27. Febr., 1. März in Rom aufgehalten, seine Krönung könnte etwa auf Sonntag den 22. gefallen sein (wie auch Karl III., Otto I. und Heinrich II. im Februar gekrönt wurden), sein Aufbruch von Rom auf den 7. März, womit der überlieferte Zeitpunkt der Rückkehr gut im Einklange steht. Es ist sehr zu wünschen, daß durch Einsicht der Originale der beiden Urk. für S. Sisto zu Piacenza jeder Zweifel vollständig schwinde.

Einen ferneren Beweis für unsere Ansicht würde eine von Fickler (Quellen und Forschungen zur Gesch. Schwabens Urk. 9) herausgegebene Urkunde Arnolfs für Reichenau über Röhrnang mit den Daten Kal. Maii anno inc. dom. 896 ind. 13 (corr. 14) anno r. 8 (corr. 9) imp. 1 Actum Sinna curte regia liefern, wenn sie echt wäre, weil daraus hervorgienge, daß A. am 1. Mai (Schönhuth Chron. des Kl. Reichenau S. 81 setzt sie jedoch auf den 27. April) sich wieder in der Lombardei aufgehalten hätte (wo wir den in Urk. Berengars öfter genannten Ausstellungsort ohne Zweifel suchen müssen). Allein die Urk. ist entschieden unecht, wie außer der apokryphen Unterschrift: ego Lantfridus ad vicem archicapellani Dettmari scribsi Ausdrücke beweisen, wie quidam inveteratus miles nomine Hucpret, ferner comitem Odalricum, qui Potamis in nostro castro residet und besonders sin autem quisquam infeodando alienaverit. Immerhin wäre es möglich, daß dem Fälscher eine Notiz über eine früher vorhandene echte Urk. den Stoff lieferte: dafür könnte die auffallende Datierung, die ganz richtige Erwähnung des Grafen Udalrich und der Fürbitter (per interventum dilectae coniugis nostre Otae atque Hattonis fidelis archiepiscopi nostri) sprechen. Von Otas Begleitung auf dem Römerzuge wissen wir sonst nichts, in den echten Reichenauer Urk. wird sie nirgend genannt.

Die von Hr. Dr. Pertz mitgetheilten Verbesserungen, welche Hr. Prof. Sickel nach einer in Florenz angefertigten sorgfältigen Kopie mir vervollständigt hat, gestatten mir nachfolgend einen beglaubigten Text der Urk. für Montamiata zu liefern.

(Chr.) In nomine sanctae et indiuiduae trinitatis. Arnolfus diuina fauente clementia imperator augustus. Cognoscat generale collegium omnium fidelium nostrorum (praesentium) scilicet atque futurorum, quia Petrus abba coenobii in bonore sancti Saluatoris in monte Amiato constructi quoddam praeceptum detulit ad manns nostras bonae memoriae domni Hludowici imperatoris per interventum Hathonis venerabilis atque dilectissimi archiepiscopi nostri deprecans clementiam nostram, ut hoc nostra auctoritate roboraremns. continebatur antem in eodem praecepto, qualiter ante libatus domnus Hlndowicus imperator illnd coenobium cuidam fideli suo Adalpreht nominato ad regendnm commisit, ipse autem ob incuriam eorum, qni ipsum monasterium prius prouidere debebant, cum fratres ibidem domino famulantes inopia cuiuscumque boni confectos et diuina obsequia neglecta penitusque collapsa repperisset, eorundem fratrum nsibus haec loca contulit, ut sufficientiam[1]) nictus et habitus babentes regulariter uiuere et sine alicuius animositatis inpedimento diuinis laudibus sana mente insistere quiuissent. hoc est cellam sancti Benedicti, curtem de Palea, cellam sancti Stepbani in Monticlo et cellam sanctae Mariae in Lamulas, curticella(m) de Mustia necnon curticellam de Titinano et in Cerri angariales seu in Feroniano et manentes eins. insnper cella(m) sancti Saluatoris de ualle[2]) Rachana et curticellam de Cuniclo

1) Für ut suffic. hat die Urk. insufficientia.
2) uale Urk. Racnana das andre Dr.

cum ipso gagiolo de Postiano et cellam sancti Stephani in Terquini et cellam sancti Seueri super lacum cum ipsa curticellula de Bisentio (et) cellam etiam sancti Miniati cum cellula sanctae Mariae de Valeriano cum ipsis rebus de curticula et omnibus pertineutiis et appendiciis suis, ea uidelicet ratioue, ut ipsum collegium coeuobitarum haec omnia suis tantummodo utilitatibus habentes indeque uictum et habitum regulariter percipientes absque murmurio diuiuis die uoctuque uacareut obsequiis, sed praefatus uir, ut hoc quod bono studio ac zelo diuino fecit, perennem stabilitatem teneret, precatus est clementiam iam dicti imperatoris, hauc collatiouem ut cum suae auctoritatis scripto roboraret atque firmaret, quod et ita fecit, ueluti iu eodem praecepto scriptum habetur. ad nos huiusmodi iustae ac ratiouabili petitioni libenter annuentes hoc uostrae munificentiae praeceptum couscribi iussimus, per quod decernimus atque firmissime iubemus, ut ipsa collectio fratrum omnes res ante titulatas sine inquietudine et absque ulla publica repetitioue aut rectoris loci ipsius subtractu in suos usus ac uecessitates habeant, ordineut et dispouaut, quateuus inde sufficientiam habeutes diuiuis laudibus insistere atque pro nostra omniumque christianae religiouis salute melius delectet orare. iusuper etiam antedicti abbatis et fratrum suo regimiui subditorum sub regulari disciplina secum dominum seruientium rogatu ipsum monasterium cum eodem abbate et omni ipsa mouachorum turba omnibusque hominibus uel rebus ad ipsum coenobium rite pertineutibus pro remedio animae nostrae pareutumque uostrorum in nostrum mundiburdum ac defensionem suscipimus et idcirco praecipientes iubemus, ut uullus de fidelibus nostris comes, missus aut iudex uel de iudiciaria potestate in uillas seu curtes seu loca ipsius monasterii tam per douationes uel confirmatioues regum quamque etiam per bouorum hominum largitatem ipsi monasterio collata seu quolibet iusto studio augmeutata ad ipsam casam dei legibus aspicieutia ad causas audieudas uel freda exigeuda seu fideiussores tollendos siue mansioues aut paratas faciendas aut ullas publicas redibitiones uel fuuctioues requireudas quoquo tempore inuadere aut iugredi ullateuus praesumat, sed uostro mundiburdo et defensioue ipsa domus dei quieta tranquillitate potiatur. insuper etiam concedimus eis iudiciaria uel decimas de maneutes seu et de super titulatas curtes pro dei amore et remedium animae uostrae uel pareutum uostrorum in elimosina ad ospitalem fratrum pro receptione peregriuorum. pari modo etiam concedimus, ut quaudoquidem abba ipsius cenobii de hac luce diuiua iussioue discesserit, habeaut liceutiam inter se eligeudi abbatem de eadem collectioue, quemcumque iuter se caeteris digniorem et promptiorem indagare potuerint ad dei familiam diuinitus gubernandam et uostram seruitutem humanitus perageudam. si autem, quod absit, quaeuis mortalium persoua temerario ausu huius praecepti uiolatrix existere couata fuerit, coepti sui inops C libras defecati auri coacta persoluat, medietatem camerae palatii nostri et alteram partem, quibus iniuria facta est. et ut hoc praeceptum absque omni inquietudine in sua soliditate stabile perseueret, manu nostra illud firmauimus ac more nostro insigniri iussimus.

Signum domni Arnolfi (Mon.) inuictissimi imperatoris augusti

Wichiugus archicancellarius ad uicem Theotmari archicappellani recognouit et s(ubscripsit). (S. R. cum notis Tirou.)

L. S.

Data IIII Kalendarum Martii die anno incarnationis domini DCCCXCVI indictionum XIIII Anno regni Arnolfi imperatoris in Francia VIII[1]) in Italia III. Actum Romae in dei nomine feliciter Amen.

---

1) Das andre Orig. hat richtiger VIIII.

Der vorstehende Abdruck folgt dem einen der beiden Originale, das andre, welches der Ausgabe Ughellis zu Grunde lag, unterscheidet sich vorzüglich dadurch, daß es statt des Satzes insuper — peregrinorum einen andern similiter — confirmamus mit nochmaliger Nennung mehrerer Besitzungen einschiebt.

II.

Durch die Güte des Hr. Archivrathes Dr. Aug. Beck konnte ich für diesen Band den Cod. membr. I n. 71 der herzoglichen Bibliothek zu Gotha, den sog. Cod. aureus Epternac. benützen d. h. eine im J. 1191 von dem Mönche Theoderich zuerst angelegte, später fortgesetzte Sammlung von geschichtlichen Nachrichten über das Kloster Echternach, verbunden mit den Urkunden desselben. Eine Beschreibung dieser wichtigen Handschrift, welche ausreichendes Material für eine vollständige Geschichte des Klosters enthält, gibt Waitz (Pertz Archiv XI, 338—343) und Würth-Paquet (Publications de la société pour la recherche des monuments histor. de Luxembourg a. 1862 t. XVIII), Ergänzungen dazu sind von Sickel zu erwarten. Zu den gelegentlich aus der Handschrift citierten Stellen füge ich nachstehend als Probe die auf f. 55 überlieferte Urk. Reginars über Cruchten (bei Rommern in Luxemburg), deren Text leider theilweise verderbt ist.

In nomine sanctae et indiuiduae trinitatis. Notum sit omnibus tam presentibus quam et futuris sancte matris ecclesie filiis, qualiter ego in dei nomine Reginnerus dei patrocinante clementia comes et quamquam indignus monasterii sancti patris Willibrordi eiusdemque congregationis abbas et rector congrua sanaque cuiusdam ex eodem collegio fratris nomine Herfridi ammonitione pulsatus quandam uillulam uocabulo Cruftam cum suis appenditiis antiquorum largitione legittima orthodoxorum uirorum ad hospitale honorati confessoris Christi pertinentem, subsceptionibusque illuc confluentium nobilium seu pauperum delegatam, iniquorum suggestionibus ab antecessorum meorum praua dominatione scilicet abbatum seu comitum aliorumque seniorum iniuste abstractam ob mearum erectionem commissarum ex diuersis terrarum finibus hospitibus uenientibus utilitatem commodumque peragens multorum sub spetiebus redonaui. pauca igitur reuertendo redonantur sed tamen notabuntur: hoc est basilica una inibi constructa una cum ceteris dominicatarum munitionum edificiis tam mansis quam sedilibus uineis molendinis piscationibus pratis campis siluis pascuis aquis aquarumue decursibus exitibus et reditibus mancipiis utriusque sexus, quatinus tam ualidis quam inualidis fessisque deum omnipotentem piissimumque illius sacerdotem uidelicet sanctum Willibrordum perquirentibus futuris temporibus alimoniam largius prebendo proficiat in augmentis. si quis autem, quod fieri non optamus, ego quod absit aut aliquis successorum meorum contra hunc redonationis titulum uenire aut illum infringere conatus fuerit, dei omnipotentis iudicium incurrat sanctumque Willibrordum, cuius elemosinam euertere nititur, inquisitorem acquirat et quod repetit euindicare non ualeat, sed presens donationis firmitas in euum inconuulsa persistat corroboratione subnixa. Actum VIII anno regnante Luodowico glorioso rege.

Auf eine wegen des Cod. Bruxell. 18495 an die Verwaltung der kön. Bibliothek zu Brüssel gerichtete Anfrage, wurde mir mit zuvorkommender Gefälligkeit die Auskunft ertheilt, daß diese Handschrift nur Kopien der älteren bereits gedruckten Königsurk. für Echternach nebst ihrer Bestätigung durch die Kaiser Maximilian, Karl V. und Ferdinand I. enthalte und zwar von karolingischen nur B. 2, 1154.

III.

Unter den kostbaren Handschriften, welche K. Heinrich II. der Dombibliothek seines Lieblingsstiftes Bamberg zum Geschenke machte (vgl. Hirsch

Heinrich II., II, 103—112) befindet sich auch ein prachtvolles Psalterium (jetzt A I 14 bezeichnet), welches in synoptischer Nebeneinanderstellung einen vierfachen Text enthält, darunter den griechischen der Septuaginta mit lateinischen Buchstaben geschrieben. Das auf fol. 11'—12 in zwei Spalten mit lauter rothen Initialen vorangeschickte Gedicht läßt keinen Zweifel, daß dies Psalterbuch im J. 909 auf Befehl Salomons III., mithin in St. Gallen entstand. Nachdem zuerst Chr. Gottl. v. Murr (Merkwürdigkeiten der Residenzstadt Bamberg S. 233—236) genauere Nachricht davon gegeben, Jäck (Alphabete u. Schriftmuster vom 8. bis 16. Jahrh. aus den Handschr. der öff. Bibl. zu Bamberg 3. Hft. Taf. II n. 3, 4) ein mangelhaftes Facsimile veröffentlicht hatte, wurde obiges Gedicht mit einigen Fehlern von Franz Delitzsch (Commentar über den Psalter, Leipz. 1860, II, 454—456) vollständig herausgegeben. Es folgt nachstehend aus der Handschrift.

Nongentis pariterque nonem labentibns annis
ex illo, carnem quo sumpsit tempore Christus,
filius Arnulfi regis cum sceptra teneret
annis bissenis iuuenis Hludouuicus herilis,
mente humili pollens Salomon pietate redundans
tertius a priscis et eodem nomine dictus,
quos sibi pontifices legit Constantia diues,
praesul et abba simul meritis electus opimis
scriptores cauta uarios indagine lustrat,
hoc et psalterium docte collegit in unum
pandens lectori studioso mente sagaci
auctorum sensns uario sermone secretos.
pagina bis binis loquitur nam quaeque columnis,
quae stilus hebraico uerissima fonte refundat,
Hieronimo haec reserante quidem sermone latino.
grecus et hic proprie sensus ac sermo patescit
litterulis nostris nostroqne caractere scriptns,
quem tamen ex greco uersum sermone latino,
quam dixi supra retinet qnoque pagina scripta.
ecclesia haec etiam iugiter Romana frequentat
edicio communis et haec uulgataque fertur,
ex quibus hebraicae interpres linguae uenerandus
et reprobanda notat necnon retinenda figurat.
sed tamen hac quarta translatio scripta columna
est, quam praefatns bene septuaginta secutus
ex greco in linguam transferre fideliter istam
Hieronimns studuit totaque fide reserauit.
hanc etiam populi psallunt orientis et isti,
Gallia quos gennit, quos et septentrio gignit.
quadruplicem ergo precor caute nunc inspice lector
psalterii formam uario sermone coactam,
amplius et noli quouis paradigmate falli
neridica ante oculos anctorum dogmata cernens.
prima quidem supra folio descripta columna
qnae recitant Galli retinet sermone fideli,
horum Hieronimo ceu dixi interprete fido:
hac quicquid certe discordat ab editione
hoc et ab hebraico pariter distare memento.
sed nulgata tenet minus et correcta secunda:
haec et Romani psallunt Italique frequentant.
tertia sed uere hebraico translata magistro
continet et nobis melius haec omnia pandit.
ultima nam greco proprie sermone notata,
qnae minus ut dixi cum sint uulgata probamus.

Die ganze Handschrift besteht aus 170 Blättern: auf f. 1' befindet sich epist. b. Hieronimi de diapsalmate, f. 2 dgl. ad Sunniam et Fretelam bis f. 10, dann Praefatio sancti Hieronimi presbiteri, f. 10' Prolog. b. Hieronimi in psalterium iuxta Hebraeos, f. 12' Uersiculi Hieronimi presbiteri, 10 Hexameter; hinter dem Psalter auf f. 168' eine Litanei, die auch auf Ludwig das K. hinweist: Ut domnum apostolicum in sancta religioue conseruare digneris, te rogamus audi nos. Ut ei uitam et sanitatem doues te rog. audi nos. Ut domnum Hludouuicum regem et exercitum christianorum conseruare dign. t. r. a. n. Ut eis uitam et sanitatem atque uictoriam dones t. r. a. n. etc.

IV.

Im Anschlusse an meine früheren Mittheilungen über den Iren Sedulius, Lehrer an der Lütticher Domschule um die Mitte des neunten Jahrhunderts (Wiener Jahrbuch für vaterl. Gesch. I, 167 flg.) lasse ich nachstehend noch eine Probe seiner Muse aus dem Cod. Bruxell. 10725 (über welchen jetzt auch Inscriptiones Lat. antiquiss. ed. Mommsen p. 333 zu vergleichen) abdrucken, die kulturgeschichtlich nicht ohne Interesse ist. Das nachfolgende Gedicht, in der Reihe das zweite, ist an den Bischof Hartgar von Lüttich (840—854) gerichtet.

IDEM AD PRAEFATUM PRAESULEM REVERENDUM HARTGARIUM.

Vestri tecta nitent luce serena,
florent arte noua culmina picta
rident atque tholo multicolore
et formosa micant scemata plura.
nou sic Hesperidum hortule flores,
marcescis subitis qui cito dampnis,
nam uestra uiolae seu rosa pulchra
inhaesere tholis perpete sede.
sic ostrum rubeum sic iacinchtus,
non horrent tumidi flamina nothi.
nostri tecta nigrant perpete nocte,
intus nulla nitet gratia lucis,
pictae uestis abest pulchra uenustas,
clauis nulla regit ac sera nulla.
absis nonque micat compta tabellis,
sed fuligo tholo haeret in alto.
si Neptune plnas imbribus atris,
crebras rore graui domata nostra.
Eurus si reboet murmure saevo,
haec quassata tremit aula uetusta.
Caci talis erat mansio tetra,
talis caecus erat iam labyrinthus,
instar qui fuerat noctis opacae.
sic et nostra domus heu nefas ingens!
horret palliolo fuscida nigro,
nam luceute die noctis imago
crassescit uetulis aedibus istis.
nou haec apta domus, crede, sophistis,
qui splendentis amant munera lucis,
sed haec apta domus nicticoraci
talparumque gregi mansio digna.
o Lantberte nigros collige caecos,
omnes, oro, tuos transfer in istam.
caecorum ualeat semper in aeuum

haec obscura domus rite uocari.
sed nunc celse pater, splendide pastor,
his succurre malis, o decus almum!
dic uerboque pio quo decoretur
haec umbrosa domus prisca dierum.
sit pulchrum laquear stigmate pictum,
sit clauisque recens ac sera firma,
mox glaucae uitreae sintque fenestrae,
quo Phebus radios dirigat almus
perlustretque sophos crine decoro,
praesul clare, tuos lucis amantes.
sic vobis, dominus, arce polorum
aulae lucifluae pulchra uenustas
praestetur digitis compta tonantis
caelestis Solimae sede beata.

Die Anspielung auf Cakus weist auf die Aeneis l. VIII v. 193 flg., die auf das Labyrinth eb. l. V v. 588. In dem dritten der früher herausgegebenen Gedichte ist v. 2 redis v. 3 Eberhart zu verbessern.

Nachlese zum ersten Bande.

S. 37 A. 78 Die auf der Pfarre Buchenau (zwischen Urfar und Ottensheim) bezügliche Urk. ist herausg. und erläutert von Zahn (Archiv für östr. Geschichtsq. XXVII, 258, 291).

„ 58 „ 57 Chron. Remense (Labbé nova bibl. man. I, 362) 830: Ludowicus imperator a Pipino filio suo apud Compendium male dehonestatur.

„ 84 „ 65 Chron. Remense 833 (a. a. O.): idem imperator a Lothario filio perfidisque consiliariis regno privatur et in monasterio sancti Medardi cum monachis clanditur, coniux vero eius in monasterio puellarum custodiae mancipatur. quae omnia postea non impunita extiterunt.

„ 109 „ 68 Chron. Remense 835 (Labbé bibl. manuscr. I, 359 vgl. 362): Ebo Remorum archiepiscopus deponitur aliique multi, qui cum eo in deiectionem Ludowici imperatoris conspiraverant, damnantur et exiliantur hoc anno, ähnlich Regino 839.

„ 118 „ 18 Walas Todestag 31. Aug. (12. Sept. ?) in der Abtsreihe von Corbie (Polyptychum Irminonis ed. Guérard II, 337, 339).

„ 119 „ 24 vgl. die bei Ughelli (Italia sacra V, 1566, daraus ein Excerpt bei Affò storia di Guastalla I, 298) fehlerhaft, besser bei Tiraboschi (Memorie stor. Modenesi I cod. dipl. p. 30; B. 555) abgedruckte Urk. Lothars vom 17. Aug. 839 (doch gedenkt er darin divae recordationis genitoris nostri!), worin er dem Bischof Vitalis von Reggio die Höfe Mezenzatico und Luzzara zurückgibt: omnibus etiam notum esse volumus, quod pro causis incommodis cum procinctn bellico Italicorum fines egressi (aggressi Tirab.) sint (simus verb. Waitz, Verfg. IV, 138 A. 2) et quia exercitus noster subitaneo motu et itineris asperitate fractns erat et alimoniarum sumptus caeteraque subsidia ei defnerunt (defecerunt Tir.), ecclesiarum praedia feneravimus, ex quibus miliciae nostrae cetum ad fidelitatis augmentum confortaremus. inter que ex praedicta Regiensi ecclesia duas cortes, una que vocatur Maxenciatica ... et altera quae nominatnr Luciaria ... cuidam fideli nostro Richardo nomine in beneficium aliquandiu concessimns. pro quibus iam nominatus episcopus frequenter reclamavit ... migrante autem predicto Richardo de hoc seculo iamfatas cortes sanctae Regiensi ecclesiae ... reddimus. Richard starb zwischen 26. Juni 839 und 12. Nov. 842 (Beyer mittelrh. Urkb. I, 74, 78). Ueber die Ausstattung Hugos von Tours belehren 2 Urk. Lothars (angef. von Wüstenfeld in den Forschungen zur deutschen Gesch. III, 395); in der ersten vom 24. Jan. 835 schenkt er der Kirche St. Ambrogio zu Mailand den Hof Limonta auf Bitte seiner Gemahlin delectione fratris sui puerili elegantia delati Hugoni nomine (Carlo Morbio storie dei munic. Ital. III, 120), in der zweiten vom 10. Aug. 837 heißt es: nos devotissimae nobis Auue coniugis videl. Ugonis obtimatis nostri concessimus quandam curtem ex fisco nostro vocatam Locadum consistentem in territorio Mediolanensi super fluvio Lambro, den sie als Witwe dann an die Kirche von Monza schenkt (Frisi memorie de Monza II, 7, B. 541, 548).

S. 131 A. 68 Ueber eine zweite Urk. Ludwigs aus Kreuznach vom 8. Juli 839 s. oben S. 167 A. 46.

„ 139 Lothars Itinerar wird durch die Urk. vervollständigt, durch welche er 13. August der 3. Ind. (840) Magontia civitate der Metzer Kirche das Krongut Rumilly schenkt, wie es vorher ein gewisser Stephan inne gehabt (vgl. B. 1536). Der Abdruck bei Bouquet (rec. VIII, 394 aus Meurisse) gibt eine falsche notarielle Unterschrift, die nur auf Ludwig den D. passen würde, das Orig. in Metz aber hat, (nach Sickel) ganz richtig: Eichardus ad vicem Agilmari rec. et subscr.

„ 142 „ 25 Ueber die Familienverhältnisse des liudolfingischen Hauses hat nach mir Bender (Anzeiger für Kunde der deutschen Vorzeit 1862 Nr. 6—8) und Waitz (K. Heinrich I. Neue Bearb. S. 185 flg.) gehandelt, beide mir darin beistimmend, daß sie den Zusammenhang zwischen Ida und den Brüdern Adalhard und Wala leugnen. Im übrigen folgt aus der Untersuchung von Waitz das negative Ergebnis, daß Liudolf mit Ekbert und daher auch mit Kobbo wahrscheinlich nur durch weibliche Verwandtschaft zusammenhieng, keinenfalls aber des ersteren Sohn, des letzteren Bruder war. Ich gebe gern zu, daß ich über diese Verwandtschaft positiv mehr behauptet habe, als man beweisen kann oder auch nur vermuten darf, doch bleibt hier immer eine unaufgehellte Dunkelheit.

„ 144—145 Nach einer Urk. für das Kl. Flavigny (excerpiert bei Labbé nova bibl. I, 270) hielt sich Lothar 4. Dez. 840 Luciniaco villa in comitatu Belnense d. i. zu Lucenay nördl. v. Autun auf, nach einer andern für Farfa 15. Dez. Caliniaco villa comitatus Cabillonensis d. i. in der Grafschaft Chalon sur Saone (B. 563).

„ 147 A. 44—47 Ein wichtiges Zeugnis für die Schlacht im Rieß bietet das Necrol. Wirziburg. (Eckhart comment. I, 830): III Id. Maii Obitus Adalberti comitis fratris Banzleib et Hattonis comitis. Ersterer ist ohne Zweifel der Banzlegbus comes et Saxoniae patriae marchio, der am 22. März 838 dem Bisthum le Mans eine Besitzung zurückgibt, die er vorher vom Kaiser zu Lehen gehabt (Bouquet VI, 617, B. 479) und der Banzleibi comes, der nach der Urk. Ludwigs vom 10. Dez. 840 zu Emveide 20 Hufen zu Lehen hatte (Schaten I, 133, B. 751). Ueber den ostfränkischen Grafen Hatto s. I, 131 A. 68, 169. Diese Verwandtschaft war jedenfalls für Adalberts Machtstellung nicht unwesentlich.

„ 151 „ 55 Vgl. noch Chron. Remense (Labbé bibl. man. I, 359) 841: bellum ad Fontenedum factum. Eine Urk. für das Kl. Redon in der Bretagne vom 26. Jan. d. J. trägt das Datum: in illo anno quando pugnavit Hlotarius cum fratribus suis et ceciderunt multa millia in illo certamine, eine andre:

factum est illo anno quando dimicavit Hlotario cum fratribus suis (Cartulaire de l'abbaye de Redon par Aurél. de Courson; Paris 1863 p. 359, 360.

S. 165 Eine Urk. aus der Bretagne vom 19. Juni 842 ist in bezeichnender Weise datiert: regnantibus filiis Ludowici imperatoris et fiente turbatione inter ipsos Nominoeque possidente Britanniam, eine andre vom 13. Nov.: regnantibus Hlotario et Carolo vel Hlodowico et Nominoe duce in Britanniam, vom 19. Juni 843: in tempore illo regnante domno nostro Hlothario imperatore et Nominoe dominante Brittanniam (eb. p. 89, 103, 108, 360) u. s. f.

S. 181 A. 91 Den Todestag der Kaiserin Judith haben noch Kalendar. Augiense (Gerbert monum. liturg. p. 485), Necrol. S. Germani Prat. (Bouillart hist. de St. Germain p. CXII).

„ 184 „ 7 Ueber die Kämpfe der Saracenen im unteren Italien handelt ausführlich und mit Zuziehung der arabischen Quellen Mich. Amari (Storia dei Musulmani di Sicilia I, 359 flg.). Nach diesen heißt der eine ihrer Führer Khalfun, der andre wahrscheinlich Saheb.

„ 186 „ 13 Vgl. auch ann. Lauriss. mai. 777: partibus Nordmanniae, wofür der Ueberarbeiter ad Sigifridum Danorum regem setzt.

S. 188 Ein merkwürdiges Zeugnis für die normannischen Verheerungen an den Rheinmündungen bietet Altfrids († 849) Leben des h. Liudger l. II c. 3, wo es nach Erzählung einer darauf deutenden Prophezeiung des Heiligen heißt: post obitum eius (L. † 809) a gente sevissima Northmannorum innumerabilia pene annis singulis perpessi sumus mala. nam concrematae sunt ecclesiae, monasteria destructa, deserta ab habitatoribus praedia, in tantum, ut peccatis exigentibus regiones maritimae, quas prius multitudo tenebat hominum, pene sint in solitudinem redactae (Scr. II, 413).

„ 219 A. 32 Epoche machend für die Untersuchungen über Pseudoisidor ist die neue, die erste kritische Ausgabe der Dekretalen von Paul Hinschius. Nach dem von ihm gelieferten Nachweise (Decretales Pseudo-Isidorianae p. CLXXXIII flg.), daß die Zeit der Entstehung zwischen 847 und 853, am wahrscheinlichsten in die Jahre 851 oder 852 zu setzen sei, darf die Fälschung nicht mehr in einen so engen Zusammenhang mit dem Bürgerkriege und seinen Erfahrungen gebracht werden, wie ich es im Anschlusse an Wasserschleben versucht habe, wiewol sie natürlich unter den Nachwirkungen dieser Ereignisse entstanden ist, bei weitem enger hängt sie mit den S. 276 bis 281 berührten Reformbestrebungen in der westfränkischen Kirche zusammen.

„ 222 „ 36 Hinschius (p. CCVIII flg.) zeigt, daß von den beiden hier angef. Stellen die erstere gar nichts mit dem Primate zu schaffen hat, sondern einfach von dem Umfange eines Metropolitansprengels handelt. Hiemit fallen sowol Gfrörers als Weizsäckers Kombinationen, insofern sie Mainzer oder Reimser Primatialpläne als einen der Zwecke des Fälschers betrachteten. H. vermutet statt dessen in dem angef. Schreiben des Pelagius eine der Metropole Tours dargebotene Waffe gegen die Losreißung der Bretagne unter dem Herzoge Nominoe (s. S. 323), wodurch die Gründe für den westfränkischen Ursprung der Sammlung verstärkt werden. Die Entstehung im Reimser Sprengel ist ohnehin sicher durch die früheste, sowie durch die spätere ausgedehnte Benutzung Pseudoisidors daselbst, wie auch von den vorhandenen Handschriften eine auffallend geringe Zahl nach Deutschland weist (vgl. Hinschius a. a. O. p. CCIV—CCXIII).

S. 245 A. 48 Hinkmar wurde am 3. Mai 845 geweiht s. Chron. Remense (Labbé bibl. I, 359) 845: ordinatio Hincmari archiepiscopi V Non. Maii.

S. 247 Nach v. Noordens Ausführungen (Hinkmar S. VII—X) fand die Versetzung Ebbos nach Hildesheim erst in der zweiten Hälfte des J. 846 oder zu Anfang von 847 statt.

„ 248 Die Uebereinstimmung der Kapitel Angilrams mit den Dekretalen erklärt sich nicht auf die hier angedeutete Weise, sondern vielmehr dadurch, daß beide Fälschungen, wie Hinschius (p. CLVII flg.) aufs Höchste wahrscheinlich gemacht hat, von demselben Urheber ausgehen. Die Beziehungen auf die Geschichte Ebbos im Pseudoisidor konnten diesem selbst nichts mehr nützen, sondern sollten nur für die Zukunft der Wiederkehr ähnlicher Fälle vorbeugen.

„ 250 A. 66 Außer Hinkmar melden Ebbos Todestag auch Necrolog. S. Michaelis Hildesh. (Leibnitii scr. Brunsvic. II, 104), S. Germani Prat. (Bouillart hist. de St. Germain p. CXI): XIII Kal. Apr. Depositio Ebbonis episcopi.

„ 275 „ 5 Bretonische Urk. vom 24., 25. März, 10. Juni 846 sind datiert: in ipso anno quando venit Karolus super Nominoe in Ballon regnante Lotario imperatore et Nominoe dux in Britannia (Cartulaire de Redon p. 361, 362), ähnlich eine andre vom 9. März: in ipso anno quando bellum fuit inter Karolum regem et Nominoegium, vom 12. Apr.: in ipso anno, in quo prelium fuit inter Karolum et Nominoium (eb. 92, 124).

„ 285 „ 44 Auch v. Noorden (Hinkmar S. II—VII) hat die willkürliche Annahme Gfrörers, der die beiden Meerssener Tage zusammenwarf, zu widerlegen gesucht, seine weiteren gegen Wenck gerichteten Erläuterungen sind von diesem selbst bereits zurückgewiesen (v. Sybels hist. Zeitschr. XI, 226).

„ 289 „ 58 Chronica S. Bened. (Scr. III, 199): sub isto Sergio depraedaverunt Saraceni ecclesiam S. Petri. Ein auf die Plünderung Roms bezügliches Kapitulare Lothars I. vom J. 846 hat Maaßen zu Novara entdeckt und im XLVI. Bande der Wiener Sitzungsber. herausgegeben. Der Kaiser ordnet darin nach einer Zusammenkunft mit seinem Sohne die Befestigung der Peterskirche durch eine allgemeine Sammlung und für das folgende Frühjahr einen Feldzug seiner fränkischen Vassallen gegen die Saracenen von Benevent an. Auf diesem erfolgte vielleicht die S. 290 A. 62 erwähnte Niederlage Ludwigs.

„ 291 „ 65 Chron. S. Bened.: iste Leo fecit castellum S. Petri.

„ 295 „ 7 Hinschius (p. CLXXXIV) hat es aus der Art, wie Benedikt Otgars in der Vorrede gedenkt, außer allen Zweifel gestellt, daß er seine Sammlung erst nach dem Tode des Erzbischofs, also nach dem 21. April 847 vollendete. Hiernach ist es nicht nothwendig einen andern als vorübergehenden Aufenthalt Benedikts in Mainz anzunehmen, welches ihm nur einen großen Theil seiner Materialien lieferte und die Vollendung wie die erste Verbreitung der Kapitularien mag in das Westreich fallen. Dadurch erledigt sich die Schwierigkeit wegen der Angriffe auf die Chorbischöfe. H. hat ferner (p. CXLIII flg.) den Beweis geführt, daß die Uebereinstimmung zwischen Benedikt und Pseudoisidor einfach auf einer Benutzung des ersteren durch den letzteren, nicht, wie man sonst anzunehmen geneigt war, auf dem umgekehrten Verhältnis beider beruht.

„ 297 „ 12 Ueber die Zeit der Entstehung der Schrift Rabans an Drogo ist Hinschius (p. CCII) zu vgl.

S. 299 A. 24 Hier ist noch cent. IX c. 10 col. 271 nachzutragen: Reginarius et Aistulphus episcopi a Rabano petierunt sibi homilias conscribi ut patet ex epistolis eius.

„ 299 „ 26 Diese Verweisung Rabans bezieht sich nicht auf Benedikt, sondern, wie Hinschius (p. CLXXXV n. 5) nachweist, auf ein von Martene herausgegebenes Poenitentiale.

„ 305 „ 52 Die Auslegung Hegels (ital. Städteverf. II, 126 A. 1), der mit Ambr. Eichhorn die Erwähnung der romanischen Sprache auf Churwalchen deuten will, halte ich kaum für richtig, glaube vielmehr, daß man 847 nur gedankenlos für Deutschland allein wiederholte, was für das ganze Reich im J. 813 seinen guten Sinn gehabt hatte.

„ 333 In einer bretonischen Urk. erwähnt Erispoius gratia dei provinciae Britanniae princeps Nominoe als seinen Vater und macht eine Gewährung cum communi consilio atque consensu consobrini mei Salomonis filiique mei Conan. Auf die von Karl gemachte Abtretung bezieht sich eine andre Urk. vom 23. Aug. 852: Erispoe princeps Britanniae provinciae et usque ad Medanum fluvium und in dem Datum: dominante Erispoe ... in totam Britanniam et usque ad Medanum fluvium (Cartul. de Redon p. 365, 367).

„ 340 A. 2 Daß die von Brower mitgetheilte Notiz über eine Kirchweihe nicht auf Hersfeld zu beziehen sei, erkannte schon Wenck (Hess. Landesgesch. II, 307), Dahl will dieselbe auf die Stiftskirche zu Fritzlar deuten (Schneiders Buchonia III, 137), ob mit Recht lasse ich dahingestellt.

„ 366 „ 15 Mit Recht, wie ich glaube, hat sich jetzt v. Noorden (Hinkmar S. 128 A. 1) gegen die zu weit gehenden Verdächtigungen Weizsäckers ausgesprochen, der ein geheimes Bündnis zwischen Hinkmar und Lothar vermutete. Von politischen Hintergedanken kann demnach hier keine Rede sein.

„ 373 „ 35 Lothars I. Tod melden noch Asserius de gest. Aelfr. 855 (Mon. hist. Britann. I, 470): hoc etiam anno Lotharius imperator Romanus obiit filius Ludovici augusti piissimi; zum 28. Sept. Necrol. S. Maximini (Hontheim prodr. hist. Trevir. II, 987), S. Germani Prat. (Bouillart p. CXVIII), Altah. (Jaffé): IIII Kal. Oct. Lotharius primus imperator, irrig zum 29. Nov. Necrol. Aquense (ed. Quix p. 67): Ob. Lotharius imperator, qui dedit b. Marie Sencekam (vgl. B. 621). In der Abteikirche zu Prüm hat man kürzlich in einer Kapsel unter dem Altare die stark vermoderten Gebeine Lothars mit der Umschrift Ossa Lotharii imperatoris entdeckt (Anzeiger für Kunde der deutschen Vorz. N. F. Jahrg. 1862 Nr. 10 S. 390).

„ 378 „ 57 Das Necrol. S. Germani Prat. (a. a. O. p. CXI) hat unter XIII Kal. Apr. Depositio ... Ermengardis reginae.

„ 394 Hieher gehören, wie v. Noorden (Hinkmar S. 142) bemerkt hat die Briefe, durch welche Hinkmar den Oheim des Königs Rudolf, der mit den Rebellen unterhandelte, ermahnte an der Treue festzuhalten pro eo, quod ferebatur idem comes inter regem et quosdam subiectos ipsius quaedam contraria seminare (Flodoard. hist. Rem. eccl. I. III c. 26 p. 340—342).

„ 403 A. 63 Ueber Sidrok, der später in England fiel vgl. Chron. Anglo-Saxon., Asserius a. 871, Ethelwerdi chronic. l. IV c. 2 (Mon. Britann. I, 353, 477, 513).

„ 412 „ 16 Den Tag melden auch Chronica Andegav. 858 (Labbé nova bibl. I, 284): Hoc anno II Id. Nov. Hludovicus invasit regnum fratris sui Karoli etc.

S. 452 A. 23 Auch die cronica presulum Coloniens. eccl. aus dem 14. Jahrh. meldet: cuius quidem Gunthارii sororem dictus Lotharius habuit concubinam nomine Waltradam (Eckertz fontes rer. Rhenanar. p. 8), desgl. Henric. de Herfordia c. 73 (p. 60 ed. Potthast).

„ 464 „ 67 In einer Lorscher Urk. vom 18. Juli 855 wird Adelhardus comes provisor monasterii S. Nazarii erwähnt, der dem Abt und Bischof Samuel (von Worms) im Wormsfelde in Hagenheimer marca quidqnid ad sanctum Maximinum ibidem pertinere visum est übergibt und dafür andres empfängt (Cod. Lauresh. II, 331). Derselbe Adalhard war auch in den J. 849 bis 856 Laienabt von Echternach, um dann dem Bischof Hatto v. Verdun zu weichen s. oben S. 145 A. 2 und vorher im J. 842 kommt Adelardus comes et abba als Abt von Stavelot vor (Ritz niederrhein. Urk. I[a], 10).

„ 490 Z. 8 v. lies Scr. VII, 18.

„ 494 A. 3 Giesebrecht hat mich darauf aufmerksam gemacht, daß die angef. Stelle des Anastasius so zu interpungieren sei: Coronatur denique urbs (die Stadt wird bekränzt), exultat clerus, laetatur senatus et populi plenitudo magnifice gratulatur, womit alle weiteren Schlüsse auf die Krönung von selbst zu Boden fallen. Die Nachricht Benzos (ad Heinricum IV imper. l. VII, Scr. XI, 672) von der Krönung Nikolaus II. durch Hildebrand kann daher glaubwürdig sein (vgl. Giesebrecht deutsche Kaiserzeit III, 42).

„ 521 „ 20 Die Magdeb. Centuriatoren haben uns folgende Bruchstücke bewahrt: Synodi in hoc loco (sc. Mettis) celebratae acta damnavit Nicolaus papa in epistola ad episcopos Italiae et Germaniae, ut indicat Rodulphus ad Otgarium; Otgarius archiepiscopus Moguntinus secundum Lotharii matrimonium probavit contra pontificis sententiam, ut patet ex epistola Rudolphi monachi ad eundem; Rudolphus monachus et presbyter Fuldensis, vir literatus et bonus poeta scripsit epistolam ad Otgarium Mogontinum archiepiscopum ... dicit, Christum tantum ob fornicationem admisisse divortium ac monet Otgarium ea in re dissidentem a Romano pontifice, ut abiecto errore ad unitatem ecclesiae revertatur; contentio ei (sc. Otgario) fuit cum Romano pontifice de quodam, ut videtur, divortio, quod approbaverat, cum non esset legitime factum. quare pontifex eum excommunicare instituerat. hortatur eum Rodulphus presbyter Fuldensis, ut cum papa colat pacem (Cent. IX c. 2, 7, 10 col. 9, 338, 543, 587). In diesen Anführungen steckt ein Irrthum: entweder handelte es sich nur um einen sonst nicht weiter bekannten Scheidungsprozeß oder, wenn um den Lothars II., so kann der Empfänger des Briefes nicht der 847 verstorbene Otgar sein. Wahrscheinlich ist durch den letzteren Namen eine Lücke der Handschrift falsch ausgefüllt worden und wir können demnach nur an die Erzbischöfe Karl oder Liutbert denken. Die Erwähnung der Metzer Synode, wenn sie richtig ist, würde allein auf den letzteren führen. Man müßte also annehmen, daß entweder Rudolf den anfänglich schwankenden Erzbischof in seiner Ueberzeugung befestigt oder daß der dunkle und räthselhafte Brief Liutberts an den König von mir (A. 22) falsch erklärt worden. Sicher scheint mir hieraus nur Rudolfs Auffassung hervor zu gehen.

S. 530 A. 45 Die Magdeb. Centuriatoren (Cent. IX c. 10 col. 550) haben uns die Notiz bewahrt: Rothadus ... episcopus Suessionicae urbis Rabano abbati Fuldensi fuit familiaris, ut patet ex epistola eius.

„ 548 „ 22 Zu Karls Verfügungen über das Münzwesen ist die von Barthelemy (revue numismat. de France 1851 p. 33) herausgegebene Urk. zu vgl., Verleihung des Münzrechtes an den Bischof Erchenraus v. Chalons, vom 22. Nov. 864 in dem Jagdreviere apud Casnum in Cosia ausgestellt, erläutert von Müller (Münzgesch. I, 151).

„ 553 „ 36 In einem von Sickel in Paris im Original entdeckten Placitum vom 10. April 868 (doch stimmt der Wochentag die veneris dazu nicht), welches Karl una cum plurimorum suorum optimatum hielt, erscheint Ingelramno an ihrer Spitze.

„ 632 „ 1 v. u. lies paganissimam statt paganismam.

„ 643 „ 22 Hegel (ital. Städteverf. I, 274) will diese Spottverse in das 7. Jahrh. setzen, die von Muratori benutzte Handschr. aber ist auch nicht älter als Johannes Skotus (s. Decretales Pseudo-Isid. ed. Hinschius p. XIX n. 2).

„ 671 „ 26 Auf die Aufträge Hadrians bezog sich ein Schreiben Hinkmars: scribit idem venerabilis Hincmarus et ad Lotharium Italiae regem, qui se, relicta uxore propria, cuidam feminae copulaverat, dans ei consilium et admonens, ut eam a praesentia sua omnimodis removeret, significans se domni Adriani papae litteras et mandata super hac re suscepisse et ut idem rex in hac causa ipsius papae praecepta conservet, suggerere curet (Flodoardi hist. Rem. eccl. III c. 21 p. 209).

„ 671 „ 29 Chartul. de Lausanne (Mémoires de la Suisse Rom. VI, 8): Anno dom. 868 XII Kal. Aprilis cecidit in Burgundia nix magna et fuit fames valida.

„ 675 Z. 26 v. o. muß es heißen: der im Stande sei, von seinem beweglichen Vermögen sein eigenes Wergeld zu zahlen (quicumque de mobilibus widrigild suum habere potest, pergat in hoste, Scr. III, 223), vgl. Waitz Verfg. IV, 473 A. 4.

„ 682 A. 59 Lothars Todestag gibt auch das Necrol. S. Galli (*Cod. St. Galli* 915 p. 336): VI Id. Aug. Obitus Lotharii iunioris, den Ort seines Todes (*τὸ κάστρον Πλαζέντα*) Konstantin (de adm. imp. c. 26 p. 115), der ihn mit Lothar I. verwechselt und seinen Schwiegersohn Adalbert v. Tuscien zu seinem Sohne macht, ferner Ann. Placentini (Scr. XVIII, 410) 867: Lotharius rex et imperator de Roma veniens in Placentiam ibi defunctus est 6 Id. Aug., corpus cuius infra basilicam sct. Antonini et Victoris ... non longe extra murum civitatis Placentie reconditum fuit tempore Gottofredi ... episcopi.

„ 690 „ 3 Unter den Sendboten Ludwigs II. im J. 865 findet sich auch Everardus vasso et senescallo domni imperatoris (Muratori ant. Ital. V, 275).

„ 718 „ 7 Eine Urk. für das Kl. Redon vom 24. Mai 869 ist ausgestellt: in pago Namnetico in plebe Clavizac, ubi Salomon et omnes Britones contra Normandos in procinctu belli erant regnante Karolo rege, Salomone dominante Britanniam (Cartul. de Redon p. 193).

„ 724 „ 24 Vgl. auch Necrol. S. Germani Prat. (a. a. O. p. CXIX): Non. Oct. Depositio Irmintrudis reginae uxoris Karoli.

S. 731 A. 44 Vgl. über Willibert auch Regino 890 (Scr. I, 602): sanctissimo et in divinis humanisque rebus prudentissimo Williberto episcopo.

„ 735 „ 63 Bisestat, dessen Lage auch Wilmans (Rankes Jahrb. II b, 21 A. 2) nicht mit Sicherheit bestimmen konnte, ist das heutige Bürstadt (eigentlich Birstadt) zwischen Worms und Lorsch, wie ich aus Förstemanns altdeutschem Namenbuche II, 243 gelernt habe.

„ 735 „ 64 Zu Flamersheim sind neuerdings römische Alterthümer gefunden worden (Anzeiger f. K. der deutschen Vorz. 1863 S. 77).

„ 759 „ 48 Vgl. über Karlmann auch folg. Verse aus dem Kl. St. Amand: Auspice coenobiis patre Carlomannus adauctus | pluribus, ad Scarpi ius quoque dixit aquas (d. i. zu St. Amand) | : plurima qui claustris, patrio indulgente favore | munera largitur, caesare digna patre. | exhaustus bello genitor, quae vertere saevi | Martis in expensas dum repetita parat, | filius obsistit: fera suscitat arma parenti, | hostibus et patriis additur ille comes (Acta sct. Bollandi Iunii t. III, 36). Diese Worte scheinen mehr die Beweggründe Karlmanns zu verhüllen als zu zeigen.

„ 774 „ 8 Die angef. Verse: devictus bello capitur; victumque teneri | Sylvanectensi caesar in urbe iubet.

„ 779 B. Friedrich v. Lüttich schrieb 1119 an die Kirche von Mecheln: ex gestis etiam antiquorum Romanorum pontificum, quod omnino irrefragabile sit addimus, temporibus VII Iohannis, qui Adriano II successit, Loduwicus imperator ab Adalgiso Beneventano duce constrictus timore vitae iureiurando firmavit, numquam se Beneventi fines ultra intraturum neque ... ab hoc autem iuramento postmodum praedictus papa Iohannes Romae absolvit eum etc. (Martene et Durand coll. ampl. I, 655, offenbar aus Regino geschöpft).

„ 783 „ 34 Unvollständig findet sich dieser Brief auch in Hincmari opuscula ed. Cordesius (Paris 1615) p. 544—566.

„ 792 Z. 19 v. o. lies das er für daß er.

„ 796 A. 4 Die angef. Verse aus St. Amand: candenti et gemino mulctatum lumine ferro | privari radiis, lucide Phoebe, tuis, | tempore propitio, quo Hucbaldus Apolline Calvus Elnoni illatum composuitque loco.

„ 797 „ 6 Das Zeugnis Reginos wird durch eine Urk. Ottos I. vom 15. März 973 für Echternach bestätigt, worin er meldet: hoc itaque pravitate cuiusdam Karlomanni invasoris sic fuerat destructum, ut monachi inde expulsi et canonici sint intromissi (Beyer mittelrh. Urkb. I, 293). In dem liber aur. Epternac. f. 89 findet sich ein Tauschvertrag zwischen einem gewissen Adalwin necnon et venerabilem dompnum abbatem Karlomannum de monasterio Epternaco, doch steckt in dem Datum anno VIII (suppl. post obitum L. r.) Lotharii regis ein Irrthum. Nach dem Schreiben des Mönchs Theoderich stand er der Abtei 7 J. vor (eb. f. 5') vgl. das Chron. Epternac., welches ihn seine Blendung um 7 J. überleben läßt, nachdem ihm a patruo suo Ludowico rege coenobium Epternacense concessum est ad subsidium vitae (Martene coll. ampl. IV, 506, 509), doch wurde ihm nachgesagt, daß er monasterii possessiones satellitibus suis divisit et pro monachis seculares clericos inducens (eb. 459). Die chronica Andegav. lassen ihn wohl irrig erst 886 sterben (Labbé nova bibl. I, 285).

„ 801 „ 14 Salomon starb 28. Juni s. Chronica Andeg. 874 (a. a. O.) Salomon rex Britonum a suis interfectus est IV Kal. Iul.

S. 807 A. 30 Bei Reims zogen die Heuschrecken 16. August vorüber s. Chron. Remense (Labbé bibl. man. I, 359) 873: transierunt locustae Remis XVII Kal. Sept. in crastino autem fuit densa nebula valde; Chron. Andegav. 873 (eb. 285): XVI Kal. Sept. locustarum immensa congeries per Gallias pervolavit etc.; Chartul. de Lausanne (Mémoir. de la Suisse Rom. VI, 8): A. d. 868 ... anno VII post locustarum immissio immanis fuit.

„ 808 „ 31 Chron. Rem. 873: eodem autem sequenti anno 874 extitit talis super terram nix, qualem nemo memoratur se vidisse. unde et de bobus et de ovibus magna pars periit. 875 hiems solito asperior et prolixior, nix et gelu a Kal. Novembris usque ad aequinoctium vernale.

„ 810 „ 36 Thakolf fand, wie aus der S. 328 A. 32 anges. Urk. hervorgeht, seine Ruhestätte in Fulda.

„ 810 „ 38 Die Urk. Ludwigs für Wigbert v. Verden ist vollständig abgedruckt in Lünigs teutschem Reichsarchive B. XXI, d. i. Spicileg. ecclesiast. contin. III Forts. S. 73 (Orig. in Hannover).

„ 812 „ 43 Ueber die Zusammenkunft zu Verona s. das oben S. 182 A. 19 angef. Schreiben Johanns VIII. (J. 2563).

„ 814 „ 48 Das Necrol. Altah. (Jaffé) hat irrig II Id. Apr. Adilwin Salzpurgensis archiepiscopus.

„ 822 „ 6 Eine ungedr. Originalurk. datiert vom 14. Juni 875 Franconofurt, durch welche Ludwig der D. dem Kl. Fulda die Urkunden seines Großvaters bestätigt, hat Sickel in Fulda entdeckt.

„ 823 „ 11 Vgl. Necrol. Angiense: Id. Aug. Hludowicus Italiae imperator (Mitth. der Zür. ant. Ges. VI, 62); Chronic. Novalic. app. c. 2 (nach Erwähnung des Kometen): in ipso vero anno domnus Ludovicus serenissimus augustus obiit mense Augusto feria 6.

„ 826 „ 18 Z. 1 lies Mansi XVII, 38.

„ 828 „ 24 Adventius Grabschrift ist gedruckt Hist. liter. de France V, 431 (aus Meurisse hist. des évesques de Metz p. 689).

„ 849 „ 1 Vgl. Necrol. Altah.: V Kal. Sept. Ludowicus rex pius (Jaffé), Weltenburg. (Mon. Boica XIII, 486) desgl. Necrol. Weingart. (Pertz Archiv IV, 309) über sein Grabmal s. oben S. 164.

„ 855 „ 27 Die von Sirmond herausgegebene Abhandlung Hinkmars an Ludwig findet sich auch in dem cod. lat. Monac. 14738 fol. 82—88 aus dem 10. oder 11. Jahrh. aus St. Emmeram, vermutlich eine Abschrift nach dem dem Könige überreichten Exemplare.

„ 866 „ 70 Die Notiz lautet (Eckhart comm. I, 831): IV Non. Novembr. Dedicatio ecclesiae Gozbaldi ad Ohsonofurt in honore sanctorum martyrum Cypriani et Sebastiani ab Humberto episcopo venerabiliter celebrata.

„ 866 „ 71 S. auch Necrol. Altah. (Jaffé): XII Kal. Oct. Gozpaldus episcopus Herbipolensis et abbas nostre congregationis.

„ 869 „ 82 In Einhards transl. S. Marcellini p. 256 ed. Teulet heißt Ratleik clericus ille iuvenis.

„ 870 „ 87 Die Mönche von Fulda wandten sich u. a. auch ad Baturicum archicapellanum, um durch seine Fürsprache in den Besitz einer von Ludwig dem Fr. ihnen zum Besten ihrer Lampen versprochenen Oelpflanzung in Italien zu gelangen (Centuriae Magdeburg. cent. IX. c. 6 p. 270). Die 3 auf Baturichs Veranlassung geschriebenen Handschriften aus St. Emmeram sind Cod.

lat. Monac. 14437 (Augustinus super canonicam st. Iohannis apost.), in dem es auf f. 108 heißt: Incipit epistola Baturici episcopi. Librum hunc pro remedio animae meae ego in dei nomine Baturicus episcopus ad Franchonofurt scribere praecepi. scriptus est autem diebus septem et in octavo correctus in loco eodem anno VII° regiminis episcopatus mei et octingentesimo XXIII° dominicae incarnationis. scriptus autem per Ellenhardum et Dignum Hildoino orthografiam praestante. Orate pro nobis (109 Blätter); Cod. l. m. 14468 f. 1: Hoc volumen ut fieret ego Baturicus scribere iussi episcopus pro divino amore et remedio animae meae anno domini DCCCXXI et quinto ordinationis meae (vgl. über den Inhalt Müllenhoff u. Scherer Denkmäler S. 460); Clm. 14469 darin zuerst Expositio evangelior., f. 67: Expos. in apocalypsi scti Augustini episc., f. 143: Gratias referamus deo, qui est initium et finis, quod istum librum percurrimus scribendo heu pro dolor non intellegendo. Iste liber pertinet ad sanctum Emmeramum. hunc librum posteriorem beatus Baturicus gratia dei episcopus scribere iussit ad servitium dei et sancti Emmerami et ad salutem corporis et animae eius ac collocare in unum priorem et posteriorem; f. 143'—175 Gelasius papa de explanatione fidei.

S. 870 A. 88 Eine Regensburger Urk. (Bern. Pez thes. anecd. I[c], 199) berichtet, qualiter piissimus rex Hludowicus pater videl. Karlomanni quendam clericum nomine Gundpertum de ecclesia S. Petri apostoli cum suo quolibet clerico commutavit. largiente igitur clementia sua praedictum Gundbertum sibi accepit, ut eum ob remedium animae suae liberum atque ab opere servili securum praecepto auctoritatis suae efficeret: quod etenim misericorditer ita peregit. econtra autem donavit clericum suum nomine Elefantem in manum sanctae dei ecclesiae paulo ante nominatae ac venerabilis episcopi Ambrichonis (also zw. 864 und 876). porro eidem Gundperto, quia utilior et maioris ingenii fuit scribendi necnon et legendi addidit rex prudentissimus, quae subsequenter referam etc.

„ 878 „ 114 Aus der eben angef. Urk. lernen wir noch einen höheren Beamten Ludwigs kennen: illo autem in tempore Wito ministerialis regis fuit, princeps super omnes forestes, subiectus quoque eius nomine Wichad haec ad perficienda et investienda dirigebatur.

„ 879 „ 115 Die ann. Fuld. P. IV, 882 (Scr. I, 394) sprechen von einem Rathe, den quidam ex consiliariis augusti Liutward Karl III. gab, caeteris consiliariis, qui patri imperatoris assistere solebant ignorantibus.

Berichtigungen und Nachträge zum zweiten Bande.

S. 7 Z. 9 v. u. lies Walahfrids statt Wahlahfrids.

„ 17 „ 3 der Anm. lies inluster für inlustrem, adque für atque.

„ 33 „ 2 v. u. lies Hludowici statt Hludowic.

„ 86 A. 8 Vgl. auch die von Roßhirt (kirchenrechtl. Quellen des I. Jahrtausends S. 22 flg.) mitgeth. Auszüge aus einer Vertheidigungsschrift für Formosus, in denen es u. a. heißt: quod autem postmodum in Francia, ut supra retulimus, coram clementissimo papa genibus provolutus cum lacrimis veniam postulans vix laicam potuerit adipisci communionem et quod in secreto cubiculi iuramentum illud praebuerit, quis non videat, quante fuerit crudelitatis etc.

„ 98 Z. 6 v. u. lies I, 349 statt I, 379.

„ 129 „ 10 „ „ „ 14. April statt 13. April.

„ 138 A. 71 füge hinzu Adonis continuatio I (Scr. III, 325): apud Ambianensem urbem aequa sorte partiuntur.

„ 156 „ 23 füge hinzu Ann. Laubiens. 890 (Scr. IV, 15): huius (sc. Franconis) tempore fuerunt Normannorum incendia.

„ 158 „ 28 Vgl. die Urk. Karls des Einf. vom 20. Aug. 920 (Beyer I, 226, B. 1966): placuit nobis etiam illud interserere, ut si aliquid minus repperitur de ... strumentis cartarum, ... quod concrematione incendii facti per inruptionem paganorum ... deperiisse probatur.

„ 171 Z. 2 v. u. lies 134 statt 184.

„ 202 „ 9 In dem Eingange der Urk. für Prüm sagt Karl: Si erga loca divino cultu mancipata, maxime tamen ea, quae sub infestatione paganorum diruta esse noscuntur, serenitatis nostrae clementiam exercemus, inde nobis aeternae retributionis premia provenire liquido confidimus.

„ 209 „ 31 Vgl. die unten S. 318 Z. 2 v. u. angef. Stelle; V. S. Radbodi c. 3: Hugoni summae dignitatis abbati et ea tempestate inter abbates praecipuo.

„ 217 „ 49 Vgl. auch Eugen. Vulgar. c. 15: Notum est a Marino primum episcopo dein summo pontifice, cuius ordinatio hactenus intacta habetur, fuisse absolutum, receptum et in pristino honore revocatum (sc. Formosum).

„ 219 „ 54 Bei de Dionysiis de Aldone et Nothingo Veron. episc. p. 91 findet sich noch eine Urk. Karls vom 16. Juni 883 imp. 3 ind. I aus Verona (!), ohne Kanzler, worin er den Priestern Johann und Lubegisus ihre Besitzungen im Veronesischen Gebiete, da die Belege verbrannt, bestätigt und ihr Gut unter seinen Schutz nimmt.

S. 253 Z. 5 v. o.} lies Stephan VI. statt V.
„ 254 „ 15 „ u.}

„ 389 „ 6 „ „}
„ 390 „ 10 „ „} „ Σφενδοπλόκος statt Σφενδοφλόκος.

„ 400 A. 27 Z. 5 verb. 24. Febr. statt 23.

„ 8 füge hinzu (Mon. Boica XXXI[a], 123, B. 1075, 1116). Die letztere Urk. ist ausgestellt pro ... illorum amore fideliter in nostro servitio laborantium.

„ 442 Z. 2 v. u. lies Λιούντινα statt Διούντινα.

„ 520 A. 5 Z. 9 „ 55 statt 53.

„ 521 Z. 18 v. o. streiche sie.

„ 586 A. 46 In Bezug auf den Mäusethurm hat mich Mor. Haupt auf die Schrift San-Martes die polnische Königssage (Berlin 1848) aufmerksam gemacht, woselbst S. 53 flg. eine sehr ähnliche Sage von dem grauenhaften Untergange des Königs Popiels II. erzählt wird, an welche ebenfalls noch jetzt ein Mäusethurm zu Kruswice am Goplosee erinnert. Die Zeugnisse für Popiel gehen aber höher hinauf, als die für Hatto, da schon die Chronica Polonor. l. I c. 3 (Scr. IX, 427) um 1110 den Tod desselben durch die Mäuse kennt. San-Marte (S. 59) weist zugleich ein noch früheres Vorkommen derselben Sage als Strafe für einen kirchenräuberischen Ritter bei Thietmar v. Merseburg nach (chron. l. VI c. 49, Scr. III, 830), womit ann. Quedlinburg. 1012 (eb. 81) zu vergl. sind, aus denen sich der rheinische Ursprung (non longe a Colonia) dieser Ueberlieferung ergibt. Noch vollständiger handelt über diese Sage bereits Leibniz (Ann. imp. III, 277—280), der zugleich ihre Entstehung unter Hatto II. in scharfsinniger Weise zu erklären sucht.

„ 597 „ 1 Nach Einsicht der Handschrift ist zu lesen Z. 8 sedicione, Z. 9 suptili, Z. 11 quid super, Z. 12 sacris apostolicis. Am Schlusse der Handschr. (f. 110—114) finden sich noch mehrere ungedruckte Briefe und Gedichte des Vulgarius, die auf die Zeit des Papstes Sergius hinweisen.

„ 682 V. 18 ist für crebras wohl cribras zu emendieren (Wattenbach).

„ 684 Z. 2 v. o. lies Die auf die statt der.

Register.

Abkürzungen: A. Abt, B. Bischof, Eb. Erzbischof, Gr. Graf, Kl. Kloster, S. Sohn.

CPSIA information can be obtained
at www.ICGtesting.com
Printed in the USA
LVHW100412110522
718424LV00003B/23

9 783375 010492